NUEVO TESTAMENTO

NUEVA VERSIÓN INTERNACIONAL®

NEW TESTAMENT

NEW INTERNANTIONAL VERSION®

N.T. BILINGÜE ESPAÑOL/INGLÉS • SPANISH/ENGLISH BILINGUAL N.T.

Biblica™

COLORADO SPRINGS • HYDERABAD • MANILA • MIAMI • NAIROBI

Call us today or visit us online to receive a free catalog featuring hundreds of Scripture products priced for ministry.

Website: BiblicaDirect.com
E-mail: BiblicaDirectService@Biblica.com

Phone: 800-524-1588
Mail: 1820 Jet Stream Drive
Colorado Springs, CO 80921-3696

Biblica™

Por vidas transformadas con la Palabra de Dios

Transforming lives through God's Word

1820 Jet Stream Drive, Colorado Springs, CO 80921-3696

Span/Eng NT NVI/NIV 11106/11997
20000/10000
11106: ISBN 978-1-56320-644-3
11997: ISBN 978-1-56320-615-3

4/10
Printed in U.S.A.

Índice / Contents

Mateo (Mt)	Matthew	1
Marcos (Mr)	Mark	61
Lucas (Lc)	Luke	99
Juan (Jn)	John	162
Hechos (Hch)	Acts	209
Romanos (Ro)	Romans	268
1 Corintios (1Co)	1 Corinthians	295
2 Corintios (2Co)	2 Corinthians	319
Gálatas (Gá)	Galatians	335
Efesios (Ef)	Ephesians	344
Filipenses (Fil)	Philippians	352
Colosenses (Col)	Colossians	358
1 Tesalonicenses (1Ts)	1 Thessalonians	364
2 Tesalonicenses (2Ts)	2 Thessalonians	369
1 Timoteo (1Ti)	1 Timothy	372
2 Timoteo (2Ti)	2 Timothy	379
Tito (Tit)	Titus	384
Filemón (Flm)	Philemon	387
Hebreos (Heb)	Hebrews	389
Santiago (Stg)	James	409
1 Pedro (1P)	1 Peter	415
2 Pedro (2P)	2 Peter	422
1 Juan (1Jn)	1 John	427
2 Juan (2Jn)	2 John	434
3 Juan (3Jn)	3 John	435
Judas (Jud)	Jude	436
Apocalapisis (Ap)	Revelation	438

Tabla de abreviaturas

Libros de la Biblia en orden alfabético

Abdías	Abd	2 Juan	2Jn
Amós	Am	3 Juan	3Jn
Apocalipsis	Ap	Judas	Jud
Cantares	Cnt	Jueces	Jue
Colosenses	Col	Lamentaciones	Lm
1 Corintios	1Co	Levítico	Lv
2 Corintios	2Co	Lucas	Lc
1 Crónicas	1Cr	Malaquías	Mal
2 Crónicas	2Cr	Marcos	Mr
Daniel	Dn	Mateo	Mt
Deuteronomio	Dt	Miqueas	Mi
Eclesiastés	Ec	Nahúm	Nah
Efesios	Ef	Nehemías	Neh
Esdras	Esd	Números	Nm
Ester	Est	Oseas	Os
Éxodo	Éx	1 Pedro	1P
Ezequiel	Ez	2 Pedro	2P
Filemón	Flm	Proverbios	Pr
Filipenses	Fil	1 Reyes	1R
Génesis	Gn	2 Reyes	2R
Gálatas	Gá	Romanos	Ro
Habacuc	Hab	Rut	Rt
Hageo	Hag	Salmos	Sal
Hebreos	Heb	1 Samuel	1S
Hechos	Hch	2 Samuel	2S
Isaías	Is	Santiago	Stg
Jeremías	Jer	Sofonías	Sof
Job	Job	1 Tesalonicenses	1Ts
Joel	Jl	2 Tesalonicenses	2Ts
Jonás	Jon	1 Timoteo	1Ti
Josué	Jos	2 Timoteo	2Ti
Juan	Jn	Tito	Tit
1 Juan	1Jn	Zacarías	Zac

Otras abreviaturas

alt.	traducción alterna	lit.	traducción literal
aprox.	aproximadamente	LXX	Septuaginta
cap(s).	capítulo(s)	m.	metro(s)
cm.	centímetro(s)	ms(s).	manuscrito(s)
d.C.	después de Cristo	p.ej.	por ejemplo
gr.	gramo(s)	TM	Texto Masorético
heb.	hebreo	var.	variante textual
Kg.	kilogramo(s)	v(v).	versículo(s)

Prefacio

La **Nueva Versión Internacional** es una traducción de las Sagradas Escrituras elaborada por un grupo de expertos biblistas que representan a una docena de países de habla española, y que pertenecen a un buen número de denominaciones cristianas evangélicas. La traducción se hizo directamente de los textos hebreos, arameos y griegos en sus mejores ediciones disponibles. Se aprovechó, en buena medida, el trabajo de investigación y exégesis que antes efectuaron los traductores de la *New International Version*, traducción de la Biblia al inglés, ampliamente conocida.

Claridad, fidelidad, dignidad y elegancia son las características de esta nueva versión de la Biblia, cualidades que están garantizadas por la cuidadosa labor de los traductores, reconocidos expertos en las diferentes áreas del saber bíblico. Muchos de ellos son pastores o ejercen la docencia en seminarios e institutos bíblicos a lo largo y ancho de nuestro continente. Más importante aún, son todos ellos fervientes creyentes en el valor infinito de la Palabra, como revelación infalible de la verdad divina y única regla de fe y de vida para todos.

La alta calidad de esta **Nueva Versión Internacional** está, además, garantizada por el minucioso proceso de traducción, en el que se invirtieron miles de horas de trabajo de los traductores a quienes se asignaron determinados libros; de los revisores, que cuidadosamente cotejaron los primeros borradores producidos por los traductores; de los diferentes comités que, a su vez, revisaron frase por frase y palabra por palabra el trabajo de los traductores y revisores; y de los lectores que enviaron sus observaciones al comité de estilo. A este comité le correspondió, en última instancia, velar por que la versión final fuera no sólo exacta, clara y fiel a los originales, sino digna y elegante, en conformidad con los cánones del mejor estilo de nuestra lengua.

Claridad y exactitud en la traducción y fidelidad al sentido y mensaje de los escritores originales fueron la preocupación fundamental de los traductores. Una traducción es clara, exacta y fiel cuando reproduce en la lengua de los lectores de hoy lo que el autor quiso transmitir a la gente de su tiempo, en su propia lengua. Claridad, exactitud y fidelidad no significan necesariamente traducir palabra por palabra o, como se dice ordinariamente, hacer una traducción literal del texto. Las estructuras fonológicas, sintácticas y semánticas varían de una lengua a otra. Por eso una traducción fiel y exacta tiene que tomar en cuenta no sólo la lengua original sino también la lengua receptora. Esto significa vaciar el contenido total del mensaje en las nuevas formas gramaticales de la lengua receptora, cuidando de que no se pierda «ni una letra ni una tilde» de ese mensaje (Mt 5:18). Para lograrlo los traductores de esta **Nueva Versión Internacional** han procurado emplear el lenguaje más fresco y contemporáneo posible, a fin de que el mensaje de la Palabra divina sea tan claro, sencillo y natural como lo fue cuando el Espíritu Santo inspiró el texto original. A la vez han cuidado de que el lenguaje de esta **Nueva Versión Internacional** conserve la dignidad y belleza que se merece la Palabra inspirada. Términos y expresiones que ya han hecho carrera entre el pueblo cristiano evangélico, y que son bien entendidos por los lectores familiarizados con la Biblia, se han dejado en lo posible intactos. Se han buscado al mismo tiempo nuevos giros y expresiones para comunicar aquello que en otras versiones no parecía tan evidente. Se ha añadido además un **glosario** que explica el significado de términos que en el texto están precedidos por un asterisco; se trata de términos poco conocidos o difíciles de traducir. Esperamos que todo esto, más un buen número de notas explicativas al pie de página, sea de gran ayuda al lector.

En las notas al pie de página aparecen las siguientes abreviaturas:

Lit. (traducción literal): indica una posible representación más exacta, aunque no necesariamente más clara, del texto original, la cual puede ser de ayuda para algunos lectores.

Alt. (traducción alterna): indica que existen otras posibles traducciones o interpretaciones del texto, las cuales cuentan con el apoyo de otras versiones o de otros eruditos.

Var. (variante textual): se usa solamente en el Nuevo Testamento, e indica que hay diferencias entre los manuscritos neotestamentarios. La traducción se basa en el **texto crítico griego** actual, que da preferencia a los manuscritos más antiguos. Cuando se dan diferencias sustanciales entre este texto crítico y el texto tradicional conocido como *Textus Receptus*, la lectura tradicional se incluye en una nota, como variante textual. Otras variantes importantes también se incluyen en esta clase de notas.

En el Antiguo Testamento, las diferencias textuales se indican de otro modo. La base de la traducción es el *Texto Masorético* (TM), pero en algunos pasajes se ha aceptado una lectura diferente. En estos casos, la nota incluye entre paréntesis la evidencia textual (principalmente en las versiones antiguas) que apoya tal lectura; luego se indica lo que dice el TM.

Además, en el Antiguo Testamento se ha usado el vocablo SEÑOR para representar las cuatro consonantes hebreas que constituyen el nombre de Dios, es decir, *YHVH*, que posiblemente se pronunciaba *Yahvé*. La combinación de estas cuatro consonantes con la forma reverencial *Adonay* («Señor» sin versalitas) dieron como resultado el nombre «Jehová», que se ha usado en las versiones tradicionales. En pasajes donde *YHVH* y *Adonay* aparecen juntos, se ha variado la traducción (p.ej. «SEÑOR mi Dios»).

Otra diferencia entre la **Nueva Versión Internacional** y las versiones tradicionales tiene que ver con la onomástica hebrea. En el caso de nombres propios bien conocidos, esta versión ha mantenido las formas tradicionales, aun cuando no correspondan con las del hebreo (p.ej. *Jeremías*, aunque el hebreo es *Yirmeyahu*). En otros casos se ha hecho una revisión moderada para que los nombres no sólo reflejen con mayor exactitud el texto original (p.ej., la consonante *jet* se ha representado con *j* en vez de *h*), sino también para que se ajusten a la fonología castellana (p.ej., se ha evitado usar la consonante *m* en posición final).

Como todas las traducciones de la Biblia, la **Nueva Versión Internacional** que hoy colocamos en manos de nuestros lectores es susceptible de perfeccionarse. Y seguiremos trabajando para que así ocurra en sucesivas ediciones de la misma. Con todo, estamos muy agradecidos al Señor por el gran trabajo que nos ha permitido realizar, en el cual todos los integrantes del comité de traducción bíblica de la Sociedad Bíblica Internacional hemos puesto el mayor empeño, amor y fe, a fin de entregar a los lectores de este siglo la mejor versión posible del texto bíblico. Que todo sea para la mayor gloria de Dios y el más amplio conocimiento de su Palabra. Dedicamos este trabajo a Aquel, cuyo nombre debe ser honrado por todos los que lean su Palabra. Y oramos para que, a través de esta edición de la **Nueva Versión Internacional,** muchos puedan entender, asimilar y aceptar el mensaje de salvación que, por medio de Jesucristo, tiene el Dios de la Biblia para cada uno de ellos.

Comité de Traducción Bíblica
Biblica
P.O. Box 522241
Miami, Florida 33152-2241
EE.UU.

Septiembre de 1998

Preface

THE NEW INTERNATIONAL VERSION is a completely new translation of the Holy Bible made by over a hundred scholars working directly from the best available Hebrew, Aramaic and Greek texts. It had its beginning in 1965 when, after several years of exploratory study by committees from the Christian Reformed Church and the National Association of Evangelicals, a group of scholars met at Palos Heights, Illinois, and concurred in the need for a new translation of the Bible in contemporary English. This group, though not made up of official church representatives, was transdenominational. Its conclusion was endorsed by a large number of leaders from many denominations who met in Chicago in 1966.

Responsibility for the new version was delegated by the Palos Heights group to a self-governing body of fifteen, the Committee on Bible Translation, composed for the most part of biblical scholars from colleges, universities and seminaries. In 1967 the New York Bible Society (now the International Bible Society) generously undertook the financial sponsorship of the project—a sponsorship that made it possible to enlist the help of many distinguished scholars. The fact that participants from the United States, Great Britain, Canada, Australia and New Zealand worked together gave the project its international scope. That they were from many denominations—including Anglican, Assemblies of God, Baptist, Brethren, Christian Reformed, Church of Christ, Evangelical Free, Lutheran, Mennonite, Methodist, Nazarene, Presbyterian, Wesleyan and other churches—helped to safeguard the translation from sectarian bias.

How it was made helps to give the New International Version its distinctiveness. The translation of each book was assigned to a team of scholars. Next, one of the Intermediate Editorial Committees revised the initial translation, with constant reference to the Hebrew, Aramaic or Greek. Their work then went to one of the General Editorial Committees, which checked it in detail and made another thorough revision. This revision in turn was carefully reviewed by the Committee on Bible Translation, which made further changes and then released the final version for publication. In this way the entire Bible underwent three revisions, during each of which the translation was examined for its faithfulness to the original languages and for its English style.

All this involved many thousands of hours of research and discussion regarding the meaning of the texts and the precise way of putting them into English. It may well be that no other translation has been made by a more thorough process of review and revision from committee to committee than this one.

From the beginning of the project, the Committee on Bible Translation held to certain goals for the New International Version: that it would be an accurate translation and one that would have clarity and literary quality and so prove suitable for public and private reading, teaching, preaching, memorizing and liturgical use. The Committee also sought to preserve some measure of continuity with the long tradition of translating the Scriptures into English.

In working toward these goals, the translators were united in their commitment to the authority and infallibility of the Bible as God's Word in written form. They believe that it contains the divine answer to the deepest needs of humanity, that it sheds unique light on our path in a dark world, and that it sets forth the way to our eternal well-being.

The first concern of the translators has been the accuracy of the translation and its fidelity to the thought of the biblical writers. They have weighed the significance of

the lexical and grammatical details of the Hebrew, Aramaic and Greek texts. At the same time, they have striven for more than a word-for-word translation. Because thought patterns and syntax differ from language to language, faithful communication of the meaning of the writers of the Bible demands frequent modifications in sentence structure and constant regard for the contextual meanings of words.

A sensitive feeling for style does not always accompany scholarship. Accordingly the Committee on Bible Translation submitted the developing version to a number of stylistic consultants. Two of them read every book of both Old and New Testaments twice—once before and once after the last major revision—and made invaluable suggestions. Samples of the translation were tested for clarity and ease of reading by various kinds of people—young and old, highly educated and less well educated, ministers and laymen.

Concern for clear and natural English—that the New International Version should be idiomatic but not idiosyncratic, contemporary but not dated—motivated the translators and consultants. At the same time, they tried to reflect the differing styles of the biblical writers. In view of the international use of English, the translators sought to avoid obvious Americanisms on the one hand and obvious Anglicisms on the other. A British edition reflects the comparatively few differences of significant idiom and of spelling.

As for the traditional pronouns "thou," "thee" and "thine" in reference to the Deity, the translators judged that to use these archaisms (along with the old verb forms such as "doest," "wouldest" and "hadst") would violate accuracy in translation. Neither Hebrew, Aramaic nor Greek uses special pronouns for the persons of the Godhead. A present-day translation is not enhanced by forms that in the time of the King James Version were used in everyday speech, whether referring to God or man.

For the Old Testament the standard Hebrew text, the Masoretic Text as published in the latest editions of *Biblia Hebraica,* was used throughout. The Dead Sea Scrolls contain material bearing on an earlier stage of the Hebrew text. They were consulted, as were the Samaritan Pentateuch and the ancient scribal traditions relating to textual changes. Sometimes a variant Hebrew reading in the margin of the Masoretic Text was followed instead of the text itself. Such instances, being variants within the Masoretic tradition, are not specified by footnotes. In rare cases, words in the consonantal text were divided differently from the way they appear in the Masoretic Text. Footnotes indicate this. The translators also consulted the more important early versions—the Septuagint; Aquila, Symmachus and Theodotion; the Vulgate; the Syriac Peshitta; the Targums; and for the Psalms the *Juxta Hebraica* of Jerome. Readings from these versions were occasionally followed where the Masoretic Text seemed doubtful and where accepted principles of textual criticism showed that one or more of these textual witnesses appeared to provide the correct reading. Such instances are footnoted. Sometimes vowel letters and vowel signs did not, in the judgment of the translators, represent the correct vowels for the original consonantal text. Accordingly some words were read with a different set of vowels. These instances are usually not indicated by footnotes.

The Greek text used in translating the New Testament was an eclectic one. No other piece of ancient literature has such an abundance of manuscript witnesses as does the New Testament. Where existing manuscripts differ, the translators made their choice of readings according to accepted principles of New Testament textual criticism. Footnotes call attention to places where there was uncertainty about what the original text was. The best current printed texts of the Greek New Testament were used.

There is a sense in which the work of translation is never wholly finished. This applies to all great literature and uniquely so to the Bible. In 1973 the New Testament

in the New International Version was published. Since then, suggestions for corrections and revisions have been received from various sources. The Committee on Bible Translation carefully considered the suggestions and adopted a number of them. These were incorporated in the first printing of the entire Bible in 1978. Additional revisions were made by the Committee on Bible Translation in 1983 and appear in printings after that date.

As in other ancient documents, the precise meaning of the biblical texts is sometimes uncertain. This is more often the case with the Hebrew and Aramaic texts than with the Greek text. Although archaeological and linguistic discoveries in this century aid in understanding difficult passages, some uncertainties remain. The more significant of these have been called to the reader's attention in the footnotes.

In regard to the divine name *YHWH,* commonly referred to as the *Tetragrammaton,* the translators adopted the device used in most English versions of rendering that name as "LORD" in capital letters to distinguish it from *Adonai,* another Hebrew word rendered "Lord," for which small letters are used. Wherever the two names stand together in the Old Testament as a compound name of God, they are rendered "Sovereign LORD."

Because for most readers today the phrases "the LORD of hosts" and "God of hosts" have little meaning, this version renders them "the LORD Almighty" and "God Almighty." These renderings convey the sense of the Hebrew, namely, "he who is sovereign over all the 'hosts' (powers) in heaven and on earth, especially over the 'hosts' (armies) of Israel." For readers unacquainted with Hebrew this does not make clear the distinction between *Sabaoth* ("hosts" or "Almighty") and *Shaddai* (which can also be translated "Almighty"), but the latter occurs infrequently and is always footnoted. When *Adonai* and *YHWH Sabaoth* occur together, they are rendered "the Lord, the LORD Almighty."

As for other proper nouns, the familiar spellings of the King James Version are generally retained. Names traditionally spelled with "ch," except where it is final, are usually spelled in this translation with "k" or "c," since the biblical languages do not have the sound that "ch" frequently indicates in English—for example, in *chant.* For well-known names such as Zechariah, however, the traditional spelling has been retained. Variation in the spelling of names in the original languages has usually not been indicated. Where a person or place has two or more different names in the Hebrew, Aramaic or Greek texts, the more familiar one has generally been used, with footnotes where needed.

To achieve clarity the translators sometimes supplied words not in the original texts but required by the context. If there was uncertainty about such material, it is enclosed in brackets. Also for the sake of clarity or style, nouns, including some proper nouns, are sometimes substituted for pronouns, and vice versa. And though the Hebrew writers often shifted back and forth between first, second and third personal pronouns without change of antecedent, this translation often makes them uniform, in accordance with English style and without the use of footnotes.

Poetical passages are printed as poetry, that is, with indentation of lines with separate stanzas. These are generally designed to reflect the structure of Hebrew poetry. This poetry is normally characterized by parallelism in balanced lines. Most of the poetry in the Bible is in the Old Testament, and scholars differ regarding the scansion of Hebrew lines. The translators determined the stanza divisions for the most part by analysis of the subject matter. The stanzas therefore serve as poetic paragraphs.

As an aid to the reader, italicized sectional headings are inserted in most of the books. They are not to be regarded as part of the NIV text, are not for oral reading, and are not intended to dictate the interpretation of the sections they head.

The footnotes in this version are of several kinds, most of which need no explanation. Those giving alternative translations begin with "Or" and generally introduce the alternative with the last word preceding it in the text, except when it is a single-word alternative; in poetry quoted in a footnote a slant mark indicates a line division. Footnotes introduced by "Or" do not have uniform significance. In some cases two possible translations were considered to have about equal validity. In other cases, though the translators were convinced that the translation in the text was correct, they judged that another interpretation was possible and of sufficient importance to be represented in a footnote.

In the New Testament, footnotes that refer to uncertainty regarding the original text are introduced by "Some manuscripts" or similar expressions. In the Old Testament, evidence for the reading chosen is given first and evidence for the alternative is added after a semicolon (for example: Septuagint; Hebrew *father*). In such notes the term "Hebrew" refers to the Masoretic Text.

It should be noted that minerals, flora and fauna, architectural details, articles of clothing and jewelry, musical instruments and other articles cannot always be identified with precision. Also measures of capacity in the biblical period are particularly uncertain (see the table of weights and measures following the text).

Like all translations of the Bible, made as they are by imperfect man, this one undoubtedly falls short of its goals. Yet we are grateful to God for the extent to which he has enabled us to realize these goals and for the strength he has given us and our colleagues to complete our task. We offer this version of the Bible to him in whose name and for whose glory it has been made. We pray that it will lead many into a better understanding of the Holy Scriptures and a fuller knowledge of Jesus Christ the incarnate Word, of whom the Scriptures so faithfully testify.

The Committee on Bible Translation
June 1978
(Revised August 1983)

Names of the translators and editors may be secured from Biblica, translation sponsors of the *New International Version*, 1820 Jet Stream Drive, Colorado Springs, Colorado 80921-3696 U.S.A.

Evangelio según Mateo

Genealogía de Jesucristo

1 Tabla genealógica de *Jesucristo, hijo de David, hijo de Abraham:

2 Abraham fue el padre de[a] Isaac;
Isaac, padre de Jacob;
Jacob, padre de Judá y de sus hermanos;
3 Judá, padre de Fares y de Zera, cuya madre fue Tamar;
Fares, padre de Jezrón;
Jezrón, padre de Aram;
4 Aram, padre de Aminadab;
Aminadab, padre de Naasón;
Naasón, padre de Salmón;
5 Salmón, padre de Booz, cuya madre fue Rajab;
Booz, padre de Obed, cuya madre fue Rut;
Obed, padre de Isaí;
6 e Isaí, padre del rey David.

David fue el padre de Salomón, cuya madre había sido la esposa de Urías;
7 Salomón, padre de Roboán;
Roboán, padre de Abías;
Abías, padre de Asá;
8 Asá, padre de Josafat;
Josafat, padre de Jorán;
Jorán, padre de Uzías;
9 Uzías, padre de Jotán;
Jotán, padre de Acaz;
Acaz, padre de Ezequías;
10 Ezequías, padre de Manasés;
Manasés, padre de Amón;
Amón, padre de Josías;
11 y Josías, padre de Jeconías[b] y de sus hermanos en tiempos de la deportación a Babilonia.

12 Después de la deportación a Babilonia,
Jeconías fue el padre de Salatiel;
Salatiel, padre de Zorobabel;
13 Zorobabel, padre de Abiud;
Abiud, padre de Eliaquín;

[a] 1:2 *fue el padre de.* Lit. *engendró a*; y así sucesivamente en el resto de esta genealogía. [b] 1:11 *Jeconías.* Es decir, Joaquín; también en v. 12.

Matthew

The Genealogy of Jesus

1 A record of the genealogy of Jesus Christ the son of David, the son of Abraham:

2 Abraham was the father of Isaac,
Isaac the father of Jacob,
Jacob the father of Judah and his brothers,
3 Judah the father of Perez and Zerah, whose mother was Tamar,
Perez the father of Hezron,
Hezron the father of Ram,
4 Ram the father of Amminadab,
Amminadab the father of Nahshon,
Nahshon the father of Salmon,
5 Salmon the father of Boaz, whose mother was Rahab,
Boaz the father of Obed, whose mother was Ruth,
Obed the father of Jesse,
6 and Jesse the father of King David.

David was the father of Solomon, whose mother had been Uriah's wife,
7 Solomon the father of Rehoboam,
Rehoboam the father of Abijah,
Abijah the father of Asa,
8 Asa the father of Jehoshaphat,
Jehoshaphat the father of Jehoram,
Jehoram the father of Uzziah,
9 Uzziah the father of Jotham,
Jotham the father of Ahaz,
Ahaz the father of Hezekiah,
10 Hezekiah the father of Manasseh,
Manasseh the father of Amon,
Amon the father of Josiah,
11 and Josiah the father of Jeconiah[a] and his brothers at the time of the exile to Babylon.

12 After the exile to Babylon:
Jeconiah was the father of Shealtiel,
Shealtiel the father of Zerubbabel,
13 Zerubbabel the father of Abiud,
Abiud the father of Eliakim,

[a] *11* That is, Jehoiachin; also in verse 12

Eliaquín, padre de Azor;
14 Azor, padre de Sadoc;
Sadoc, padre de Aquín;
Aquín, padre de Eliud;
15 Eliud, padre de Eleazar;
Eleazar, padre de Matán;
Matán, padre de Jacob;
16 y Jacob fue padre de José, que fue el esposo de María, de la cual nació Jesús, llamado el *Cristo.

17Así que hubo en total catorce generaciones desde Abraham hasta David, catorce desde David hasta la deportación a Babilonia, y catorce desde la deportación hasta el Cristo.

Nacimiento de Jesucristo

18El nacimiento de Jesús, el *Cristo, fue así: Su madre, María, estaba comprometida para casarse con José, pero antes de unirse a él, resultó que estaba encinta por obra del Espíritu Santo. 19Como José, su esposo, era un hombre justo y no quería exponerla a vergüenza pública, resolvió divorciarse de ella en secreto.

20Pero cuando él estaba considerando hacerlo, se le apareció en sueños un ángel del Señor y le dijo: «José, hijo de David, no temas recibir a María por esposa, porque ella ha concebido por obra del Espíritu Santo. 21Dará a luz un hijo, y le pondrás por nombre Jesús,[c] porque él salvará a su pueblo de sus pecados.»

22Todo esto sucedió para que se cumpliera lo que el Señor había dicho por medio del profeta: 23«La virgen concebirá y dará a luz un hijo, y lo llamarán Emanuel»[d] (que significa «Dios con nosotros»).

24Cuando José se despertó, hizo lo que el ángel del Señor le había mandado y recibió a María por esposa. 25Pero no tuvo relaciones conyugales con ella hasta que dio a luz un hijo,[e] a quien le puso por nombre Jesús.

Visita de los sabios

2 Después de que Jesús nació en Belén de Judea en tiempos del rey Herodes, llegaron a Jerusalén unos sabios[f] procedentes del Oriente.

2—¿Dónde está el que ha nacido rey de los judíos? —preguntaron—. Vimos levantarse[g] su estrella y hemos venido a adorarlo.

3Cuando lo oyó el rey Herodes, se turbó, y toda Jerusalén con él. 4Así que convocó de entre

[c]**1:21** *Jesús* es la forma griega del nombre hebreo *Josué*, que significa *el SEÑOR salva*. [d]**1:23** Is 7:14 [e]**1:25** *un hijo*. Var. *su hijo primogénito*. [f]**2:1** *sabios*. Lit. *magos*; también en vv. 7, 16. [g]**2:2** *levantarse*. Alt. *en el oriente*; también en v. 9.

Eliakim the father of Azor,
14 Azor the father of Zadok,
Zadok the father of Akim,
Akim the father of Eliud,
15 Eliud the father of Eleazar,
Eleazar the father of Matthan,
Matthan the father of Jacob,
16 and Jacob the father of Joseph, the husband of Mary, of whom was born Jesus, who is called Christ.

17Thus there were fourteen generations in all from Abraham to David, fourteen from David to the exile to Babylon, and fourteen from the exile to the Christ.[b]

The Birth of Jesus Christ

18This is how the birth of Jesus Christ came about: His mother Mary was pledged to be married to Joseph, but before they came together, she was found to be with child through the Holy Spirit. 19Because Joseph her husband was a righteous man and did not want to expose her to public disgrace, he had in mind to divorce her quietly.

20But after he had considered this, an angel of the Lord appeared to him in a dream and said, "Joseph son of David, do not be afraid to take Mary home as your wife, because what is conceived in her is from the Holy Spirit. 21She will give birth to a son, and you are to give him the name Jesus,[c] because he will save his people from their sins."

22All this took place to fulfill what the Lord had said through the prophet: 23"The virgin will be with child and will give birth to a son, and they will call him Immanuel"[d]—which means, "God with us."

24When Joseph woke up, he did what the angel of the Lord had commanded him and took Mary home as his wife. 25But he had no union with her until she gave birth to a son. And he gave him the name Jesus.

The Visit of the Magi

2 After Jesus was born in Bethlehem in Judea, during the time of King Herod, Magi[e] from the east came to Jerusalem 2and asked, "Where is the one who has been born king of the Jews? We saw his star in the east[f] and have come to worship him."

3When King Herod heard this he was disturbed, and all Jerusalem with him. 4When he

[b]*17* Or *Messiah*. "The Christ" (Greek) and "the Messiah" (Hebrew) both mean "the Anointed One." [c]*21 Jesus* is the Greek form of *Joshua*, which means *the LORD saves*. [d]*23* Isaiah 7:14 [e]*1* Traditionally *Wise Men* [f]*2* Or *star when it rose*

el pueblo a todos los jefes de los sacerdotes y
*maestros de la ley, y les preguntó dónde había
de nacer el *Cristo.
5—En Belén de Judea —le respondieron—,
porque esto es lo que ha escrito el profeta:

6»"Pero tú, Belén, en la tierra de Judá,
de ninguna manera eres la menor entre
los principales de Judá;
porque de ti saldrá un príncipe
que será el pastor de mi pueblo Israel."[h]

7Luego Herodes llamó en secreto a los sabios
y se enteró por ellos del tiempo exacto en que
había aparecido la estrella. 8Los envió a Belén
y les dijo:
—Vayan e infórmense bien de ese niño y, tan
pronto como lo encuentren, avísenme para que
yo también vaya y lo adore.
9Después de oír al rey, siguieron su camino,
y sucedió que la estrella que habían visto levan-
tarse iba delante de ellos hasta que se detuvo
sobre el lugar donde estaba el niño. 10Al ver la
estrella, se llenaron de alegría. 11Cuando llega-
ron a la casa, vieron al niño con María, su madre;
y postrándose lo adoraron. Abrieron sus cofres
y le presentaron como regalos oro, incienso y
mirra. 12Entonces, advertidos en sueños de que
no volvieran a Herodes, regresaron a su tierra
por otro camino.

La huida a Egipto

13Cuando ya se habían ido, un ángel del
Señor se le apareció en sueños a José y le dijo:
«Levántate, toma al niño y a su madre, y huye
a Egipto. Quédate allí hasta que yo te avise,
porque Herodes va a buscar al niño para ma-
tarlo.»
14Así que se levantó cuando todavía era de
noche, tomó al niño y a su madre, y partió para
Egipto, 15donde permaneció hasta la muerte de
Herodes. De este modo se cumplió lo que el
Señor había dicho por medio del profeta: «De
Egipto llamé a mi hijo.»[i]
16Cuando Herodes se dio cuenta de que los
sabios se habían burlado de él, se enfureció y
mandó matar a todos los niños menores de dos
años en Belén y en sus alrededores, de acuerdo
con el tiempo que había averiguado de los sa-
bios. 17Entonces se cumplió lo dicho por el
profeta Jeremías:

18«Se oye un grito en Ramá,
llanto y gran lamentación;
es Raquel, que llora por sus hijos

[h]**2:6** Mi 5:2 [i]**2:15** Os 11:1

had called together all the people's chief priests
and teachers of the law, he asked them where the
Christ[g] was to be born. 5"In Bethlehem in Ju-
dea," they replied, "for this is what the prophet
has written:

6" 'But you, Bethlehem, in the land of Judah,
are by no means least among the rulers
of Judah;
for out of you will come a ruler
who will be the shepherd of my people
Israel.'[h]"

7Then Herod called the Magi secretly and
found out from them the exact time the star had
appeared. 8He sent them to Bethlehem and said,
"Go and make a careful search for the child. As
soon as you find him, report to me, so that I too
may go and worship him."
9After they had heard the king, they went on
their way, and the star they had seen in the east[i]
went ahead of them until it stopped over the
place where the child was. 10When they saw the
star, they were overjoyed. 11On coming to the
house, they saw the child with his mother Mary,
and they bowed down and worshiped him. Then
they opened their treasures and presented him
with gifts of gold and of incense and of myrrh.
12And having been warned in a dream not to go
back to Herod, they returned to their country by
another route.

The Escape to Egypt

13When they had gone, an angel of the Lord
appeared to Joseph in a dream. "Get up," he
said, "take the child and his mother and escape
to Egypt. Stay there until I tell you, for Herod is
going to search for the child to kill him." 14So
he got up, took the child and his mother during
the night and left for Egypt, 15where he stayed
until the death of Herod. And so was fulfilled
what the Lord had said through the prophet:
"Out of Egypt I called my son."[j]
16When Herod realized that he had been out-
witted by the Magi, he was furious, and he gave
orders to kill all the boys in Bethlehem and its
vicinity who were two years old and under, in
accordance with the time he had learned from
the Magi. 17Then what was said through the
prophet Jeremiah was fulfilled:

18"A voice is heard in Ramah,
weeping and great mourning,
Rachel weeping for her children

[g]*4* Or *Messiah* [h]*6* Micah 5:2 [i]*9* Or *seen when it rose*
[j]*15* Hosea 11:1

y no quiere ser consolada;
¡sus hijos ya no existen!»[j]

El regreso a Nazaret

19Después de que murió Herodes, un ángel
del Señor se le apareció en sueños a José en
Egipto 20y le dijo: «Levántate, toma al niño y a
su madre, y vete a la tierra de Israel, que ya
murieron los que amenazaban con quitarle la
*vida al niño.»
21Así que se levantó José, tomó al niño y a su
madre, y regresó a la tierra de Israel. 22Pero al
oír que Arquelao reinaba en Judea en lugar de
su padre Herodes, tuvo miedo de ir allá. Adver-
tido por Dios en sueños, se retiró al distrito de
Galilea, 23y fue a vivir en un pueblo llamado
Nazaret. Con esto se cumplió lo dicho por los
profetas: «Lo llamarán nazareno.»

Juan el Bautista prepara el camino

3 En aquellos días se presentó Juan el Bautis-
ta predicando en el desierto de Judea. 2De-
cía: «*Arrepiéntanse, porque el reino de los
cielos está cerca.» 3Juan era aquel de quien
había escrito el profeta Isaías:

«Voz de uno que grita en el desierto:
"Preparen el camino para el Señor,
háganle sendas derechas."»[k]

4La ropa de Juan estaba hecha de pelo de
camello. Llevaba puesto un cinturón de cuero y se
alimentaba de langostas y miel silvestre. 5Acudía
a él la gente de Jerusalén, de toda Judea y de toda
la región del Jordán. 6Cuando confesaban sus
pecados, él los bautizaba en el río Jordán.
7Pero al ver que muchos fariseos y saduceos
llegaban adonde él estaba bautizando, les advir-
tió: «¡Camada de víboras! ¿Quién les dijo que
podrán escapar del castigo que se acerca? 8Pro-
duzcan frutos que demuestren arrepentimiento.
9No piensen que podrán alegar: "Tenemos a
Abraham por padre." Porque les digo que aun
de estas piedras Dios es capaz de darle hijos a
Abraham. 10El hacha ya está puesta a la raíz de
los árboles, y todo árbol que no produzca buen
fruto será cortado y arrojado al fuego.
11»Yo los bautizo a ustedes con[l] agua para que
se arrepientan. Pero el que viene después de mí
es más poderoso que yo, y ni siquiera merezco
llevarle las sandalias. Él los bautizará con el
Espíritu Santo y con fuego. 12Tiene el rastrillo
en la mano y limpiará su era, recogiendo el trigo
en su granero; la paja, en cambio, la quemará
con fuego que nunca se apagará.»

[j]2:18 Jer 31:15 [k]3:3 Is 40:3 [l]3:11 *con.* Alt. *en.*

and refusing to be comforted,
because they are no more."[k]

The Return to Nazareth

19After Herod died, an angel of the Lord
appeared in a dream to Joseph in Egypt 20and
said, "Get up, take the child and his mother and
go to the land of Israel, for those who were trying
to take the child's life are dead."
21So he got up, took the child and his mother
and went to the land of Israel. 22But when he
heard that Archelaus was reigning in Judea in
place of his father Herod, he was afraid to go
there. Having been warned in a dream, he with-
drew to the district of Galilee, 23and he went and
lived in a town called Nazareth. So was fulfilled
what was said through the prophets: "He will be
called a Nazarene."

John the Baptist Prepares the Way

3 In those days John the Baptist came,
preaching in the Desert of Judea 2and say-
ing, "Repent, for the kingdom of heaven is
near." 3This is he who was spoken of through
the prophet Isaiah:

"A voice of one calling in the desert,
'Prepare the way for the Lord,
make straight paths for him.'"[l]

4John's clothes were made of camel's hair, and
he had a leather belt around his waist. His food
was locusts and wild honey. 5People went out to
him from Jerusalem and all Judea and the whole
region of the Jordan. 6Confessing their sins, they
were baptized by him in the Jordan River.
7But when he saw many of the Pharisees and
Sadducees coming to where he was baptizing,
he said to them: "You brood of vipers! Who
warned you to flee from the coming wrath?
8Produce fruit in keeping with repentance. 9And
do not think you can say to yourselves, 'We have
Abraham as our father.' I tell you that out of
these stones God can raise up children for Abra-
ham. 10The ax is already at the root of the trees,
and every tree that does not produce good fruit
will be cut down and thrown into the fire.
11"I baptize you with[m] water for repentance.
But after me will come one who is more power-
ful than I, whose sandals I am not fit to carry.
He will baptize you with the Holy Spirit and
with fire. 12His winnowing fork is in his hand,
and he will clear his threshing floor, gathering
his wheat into the barn and burning up the chaff
with unquenchable fire."

[k]*18* Jer. 31:15 [l]*3* Isaiah 40:3 [m]*11* Or *in*

Bautismo de Jesús

13Un día Jesús fue de Galilea al Jordán para que
Juan lo bautizara. 14Pero Juan trató de disuadirlo.
—Yo soy el que necesita ser bautizado por ti,
¿y tú vienes a mí? —objetó.
15—Dejémoslo así por ahora, pues nos convie-
ne cumplir con lo que es justo —le contestó Jesús.
Entonces Juan consintió.
16Tan pronto como Jesús fue bautizado, subió
del agua. En ese momento se abrió el cielo, y él
vio al Espíritu de Dios bajar como una paloma
y posarse sobre él. 17Y una voz del cielo decía:
«Éste es mi Hijo amado; estoy muy complacido
con él.»

Tentación de Jesús

4 Luego el Espíritu llevó a Jesús al desierto
para que el diablo lo sometiera a *tentación.
2Después de ayunar cuarenta días y cuarenta
noches, tuvo hambre. 3El tentador se le acercó
y le propuso:
—Si eres el Hijo de Dios, ordena a estas
piedras que se conviertan en pan.
4Jesús le respondió:
—Escrito está: "No sólo de pan vive el hom-
bre, sino de toda palabra que sale de la boca de
Dios." [m]
5Luego el diablo lo llevó a la ciudad santa e
hizo que se pusiera de pie sobre la parte más alta
del *templo, y le dijo:
6—Si eres el Hijo de Dios, tírate abajo. Porque
escrito está:

"Ordenará que sus ángeles
te sostengan en sus manos,
para que no tropieces con piedra alguna." [n]

7—También está escrito: "No pongas a prue-
ba al Señor tu Dios" [ñ] —le contestó Jesús.
8De nuevo lo tentó el diablo, llevándolo a una
montaña muy alta, y le mostró todos los reinos
del mundo y su esplendor.
9—Todo esto te daré si te postras y me adoras.
10—¡Vete, Satanás! —le dijo Jesús—. Porque
escrito está: "Adora al Señor tu Dios y sírvele
solamente a él." [o]
11Entonces el diablo lo dejó, y unos ángeles
acudieron a servirle.

Jesús comienza a predicar

12Cuando Jesús oyó que habían encarcelado a
Juan, regresó a Galilea. 13Partió de Nazaret y se
fue a vivir a Capernaúm, que está junto al lago

[m] **4:4** Dt 8:3 [n] **4:6** Sal 91:11,12 [ñ] **4:7** Dt 6:16
[o] **4:10** Dt 6:13

The Baptism of Jesus

13Then Jesus came from Galilee to the Jordan
to be baptized by John. 14But John tried to deter
him, saying, "I need to be baptized by you, and
do you come to me?"
15Jesus replied, "Let it be so now; it is proper
for us to do this to fulfill all righteousness."
Then John consented.
16As soon as Jesus was baptized, he went up
out of the water. At that moment heaven was
opened, and he saw the Spirit of God descending
like a dove and lighting on him. 17And a voice
from heaven said, "This is my Son, whom I
love; with him I am well pleased."

The Temptation of Jesus

4 Then Jesus was led by the Spirit into the
desert to be tempted by the devil. 2After
fasting forty days and forty nights, he was
hungry. 3The tempter came to him and said,
"If you are the Son of God, tell these stones
to become bread."
4Jesus answered, "It is written: 'Man does not
live on bread alone, but on every word that
comes from the mouth of God.'[n]"
5Then the devil took him to the holy city and
had him stand on the highest point of the temple.
6"If you are the Son of God," he said, "throw
yourself down. For it is written:

"'He will command his angels concern-
ing you,
and they will lift you up in their hands,
so that you will not strike your foot
against a stone.'[o]"

7Jesus answered him, "It is also written: 'Do
not put the Lord your God to the test.'[p]"
8Again, the devil took him to a very high
mountain and showed him all the kingdoms of
the world and their splendor. 9"All this I will
give you," he said, "if you will bow down and
worship me."
10Jesus said to him, "Away from me, Satan!
For it is written: 'Worship the Lord your God,
and serve him only.'[q]"
11Then the devil left him, and angels came and
attended him.

Jesus Begins to Preach

12When Jesus heard that John had been put in
prison, he returned to Galilee. 13Leaving Naza-
reth, he went and lived in Capernaum, which

[n] *4* Deut. 8:3 [o] *6* Psalm 91:11,12 [p] *7* Deut. 6:16
[q] *10* Deut. 6:13

en la región de Zabulón y de Neftalí, 14para
cumplir lo dicho por el profeta Isaías:

15«Tierra de Zabulón y tierra de Neftalí,
camino del mar, al otro lado del Jordán,
Galilea de los *gentiles;
16el pueblo que habitaba en la oscuridad
ha visto una gran luz;
sobre los que vivían en densas tinieblas[p]
la luz ha resplandecido.»[q]

17Desde entonces comenzó Jesús a predicar:
«*Arrepiéntanse, porque el reino de los cielos
está cerca.»

Llamamiento de los primeros discípulos

18Mientras caminaba junto al mar de Galilea,
Jesús vio a dos hermanos: uno era Simón, lla-
mado Pedro, y el otro Andrés. Estaban echando
la red al lago, pues eran pescadores. 19«Vengan,
síganme —les dijo Jesús—, y los haré pescado-
res de hombres.» 20Al instante dejaron las redes
y lo siguieron.
21Más adelante vio a otros dos hermanos:
*Jacobo y Juan, hijos de Zebedeo, que estaban
con su padre en una barca remendando las redes.
Jesús los llamó, 22y dejaron en seguida la barca
y a su padre, y lo siguieron.

Jesús sana a los enfermos

23Jesús recorría toda Galilea, enseñando en
las sinagogas, anunciando las buenas *nuevas
del reino, y sanando toda enfermedad y dolencia
entre la gente. 24Su fama se extendió por toda
Siria, y le llevaban todos los que padecían de
diversas enfermedades, los que sufrían de dolo-
res graves, los endemoniados, los epilépticos y
los paralíticos, y él los sanaba. 25Lo seguían
grandes multitudes de Galilea, *Decápolis, Je-
rusalén, Judea y de la región al otro lado del
Jordán.

Las bienaventuranzas

5 Cuando vio a las multitudes, subió a la
ladera de una montaña y se sentó. Sus dis-
cípulos se le acercaron, 2y tomando él la palabra,
comenzó a enseñarles diciendo:

3«*Dichosos los pobres en espíritu,
porque el reino de los cielos les pertene-
ce.
4Dichosos los que lloran,
porque serán consolados.
5Dichosos los humildes,

[p]**4:16** *vivían en densas tinieblas*. Lit. *habitaban en tierra y sombra de muerte*. [q]**4:16** Is 9:1,2

was by the lake in the area of Zebulun and
Naphtali— 14to fulfill what was said through the
prophet Isaiah:

15"Land of Zebulun and land of Naphtali,
the way to the sea, along the Jordan,
Galilee of the Gentiles—
16the people living in darkness
have seen a great light;
on those living in the land of the shadow
of death
a light has dawned."[r]

17From that time on Jesus began to preach,
"Repent, for the kingdom of heaven is near."

The Calling of the First Disciples

18As Jesus was walking beside the Sea of
Galilee, he saw two brothers, Simon called Peter
and his brother Andrew. They were casting a net
into the lake, for they were fishermen. 19"Come,
follow me," Jesus said, "and I will make you
fishers of men." 20At once they left their nets
and followed him.
21Going on from there, he saw two other
brothers, James son of Zebedee and his brother
John. They were in a boat with their father
Zebedee, preparing their nets. Jesus called them,
22and immediately they left the boat and their
father and followed him.

Jesus Heals the Sick

23Jesus went throughout Galilee, teaching in
their synagogues, preaching the good news of
the kingdom, and healing every disease and
sickness among the people. 24News about him
spread all over Syria, and people brought to him
all who were ill with various diseases, those
suffering severe pain, the demon-possessed,
those having seizures, and the paralyzed, and he
healed them. 25Large crowds from Galilee, the
Decapolis,[s] Jerusalem, Judea and the region
across the Jordan followed him.

The Beatitudes

5 Now when he saw the crowds, he went up
on a mountainside and sat down. His disci-
ples came to him, 2and he began to teach them
saying:

3"Blessed are the poor in spirit,
for theirs is the kingdom of heaven.
4Blessed are those who mourn,
for they will be comforted.
5Blessed are the meek,

[r]*16* Isaiah 9:1,2 [s]*25* That is, the Ten Cities

porque recibirán la tierra como herencia.
6 Dichosos los que tienen hambre y sed de justicia,
porque serán saciados.
7 Dichosos los compasivos,
porque serán tratados con compasión.
8 Dichosos los de corazón limpio,
porque ellos verán a Dios.
9 Dichosos los que trabajan por la paz,
porque serán llamados hijos de Dios.
10 Dichosos los perseguidos por causa de la justicia,
porque el reino de los cielos les pertenece.

11 »Dichosos serán ustedes cuando por mi cau-
sa la gente los insulte, los persiga y levante contra
ustedes toda clase de calumnias. 12 Alégrense y
llénense de júbilo, porque les espera una gran
recompensa en el cielo. Así también persiguieron
a los profetas que los precedieron a ustedes.

La sal y la luz

13 »Ustedes son la sal de la tierra. Pero si la sal
se vuelve insípida, ¿cómo recobrará su sabor?
Ya no sirve para nada, sino para que la gente la
deseche y la pisotee.
14 »Ustedes son la luz del mundo. Una ciudad
en lo alto de una colina no puede esconderse.
15 Ni se enciende una lámpara para cubrirla con
un cajón. Por el contrario, se pone en la repisa
para que alumbre a todos los que están en la casa.
16 Hagan brillar su luz delante de todos, para que
ellos puedan ver las buenas obras de ustedes y
alaben al Padre que está en el cielo.

El cumplimiento de la ley

17 »No piensen que he venido a anular la ley o
los profetas; no he venido a anularlos sino a
darles cumplimiento. 18 Les aseguro que mien-
tras existan el cielo y la tierra, ni una letra ni una
tilde de la ley desaparecerán hasta que todo se
haya cumplido. 19 Todo el que infrinja uno solo
de estos mandamientos, por pequeño que sea, y
enseñe a otros a hacer lo mismo, será conside-
rado el más pequeño en el reino de los cielos;
pero el que los practique y enseñe será conside-
rado grande en el reino de los cielos. 20 Porque
les digo a ustedes, que no van a entrar en el reino
de los cielos a menos que su justicia supere a la
de los fariseos y de los *maestros de la ley.

El homicidio

21 »Ustedes han oído que se dijo a sus antepa-
sados: "No mates,[r] y todo el que mate quedará

[r] **5:21** Éx 20:13

for they will inherit the earth.
6 Blessed are those who hunger and thirst for righteousness,
for they will be filled.
7 Blessed are the merciful,
for they will be shown mercy.
8 Blessed are the pure in heart,
for they will see God.
9 Blessed are the peacemakers,
for they will be called sons of God.
10 Blessed are those who are persecuted because of righteousness,
for theirs is the kingdom of heaven.

11 "Blessed are you when people insult you,
persecute you and falsely say all kinds of evil
against you because of me. 12 Rejoice and be
glad, because great is your reward in heaven, for
in the same way they persecuted the prophets
who were before you.

Salt and Light

13 "You are the salt of the earth. But if the salt
loses its saltiness, how can it be made salty
again? It is no longer good for anything, except
to be thrown out and trampled by men.
14 "You are the light of the world. A city on a
hill cannot be hidden. 15 Neither do people light
a lamp and put it under a bowl. Instead they put
it on its stand, and it gives light to everyone in
the house. 16 In the same way, let your light shine
before men, that they may see your good deeds
and praise your Father in heaven.

The Fulfillment of the Law

17 "Do not think that I have come to abolish
the Law or the Prophets; I have not come to
abolish them but to fulfill them. 18 I tell you the
truth, until heaven and earth disappear, not the
smallest letter, not the least stroke of a pen, will
by any means disappear from the Law until
everything is accomplished. 19 Anyone who
breaks one of the least of these commandments
and teaches others to do the same will be called
least in the kingdom of heaven, but whoever
practices and teaches these commands will be
called great in the kingdom of heaven. 20 For I
tell you that unless your righteousness surpasses
that of the Pharisees and the teachers of the law,
you will certainly not enter the kingdom of
heaven.

Murder

21 "You have heard that it was said to the
people long ago, 'Do not murder,[t] and anyone

[t] *21* Exodus 20:13

sujeto al juicio del tribunal.” 22Pero yo les digo que todo el que se enoje[s] con su hermano quedará sujeto al juicio del tribunal. Es más, cualquiera que insulte[t] a su hermano quedará sujeto al juicio del *Consejo. Pero cualquiera que lo maldiga[u] quedará sujeto al juicio del infierno.[v]

23»Por lo tanto, si estás presentando tu ofrenda en el altar y allí recuerdas que tu hermano tiene algo contra ti, 24deja tu ofrenda allí delante del altar. Ve primero y reconcíliate con tu hermano; luego vuelve y presenta tu ofrenda.

25»Si tu adversario te va a denunciar, llega a un acuerdo con él lo más pronto posible. Hazlo mientras vayan de camino al juzgado, no sea que te entregue al juez, y el juez al guardia, y te echen en la cárcel. 26Te aseguro que no saldrás de allí hasta que pagues el último centavo.[w]

El adulterio

27»Ustedes han oído que se dijo: “No cometas adulterio.”[x] 28Pero yo les digo que cualquiera que mira a una mujer y la codicia ya ha cometido adulterio con ella en el corazón. 29Por tanto, si tu ojo derecho te hace *pecar, sácatelo y tíralo. Más te vale perder una sola parte de tu cuerpo, y no que todo él sea arrojado al infierno.[y] 30Y si tu mano derecha te hace pecar, córtatela y arrójala. Más te vale perder una sola parte de tu cuerpo, y no que todo él vaya al infierno.

El divorcio

31»Se ha dicho: “El que repudia a su esposa debe darle un certificado de divorcio.”[z] 32Pero yo les digo que, excepto en caso de infidelidad conyugal, todo el que se divorcia de su esposa, la induce a cometer adulterio, y el que se casa con la divorciada comete adulterio también.

Los juramentos

33»También han oído que se dijo a sus antepasados: “No faltes a tu juramento, sino cumple con tus promesas al Señor.” 34Pero yo les digo: No juren de ningún modo: ni por el cielo, porque es el trono de Dios; 35ni por la tierra, porque es el estrado de sus pies; ni por Jerusalén, porque es la ciudad del gran Rey. 36Tampoco jures por tu cabeza, porque no puedes hacer que ni uno solo de tus cabellos se vuelva blanco o negro. 37Cuando ustedes digan “sí”, que sea realmente sí; y cuando digan “no”, que sea no. Cualquier cosa de más, proviene del maligno.

[s] **5:22** *se enoje.* Var. *se enoje sin causa.* [t] **5:22** *insulte.* Lit. *le diga: “Raca”* (*estúpido* en arameo). [u] **5:22** *lo maldiga.* Lit. *le diga: “Necio.”* [v] **5:22** *del infierno.* Lit. *de la *Gehenna del fuego.* [w] **5:26** *centavo.* Lit. *cuadrante.* [x] **5:27** Éx 20:14 [y] **5:29** *al infierno.* Lit. *a la *Gehenna*; también en v. 30. [z] **5:31** Dt 24:1

who murders will be subject to judgment.’ 22But I tell you that anyone who is angry with his brother[u] will be subject to judgment. Again, anyone who says to his brother, ‘Raca,[v]’ is answerable to the Sanhedrin. But anyone who says, ‘You fool!’ will be in danger of the fire of hell.

23“Therefore, if you are offering your gift at the altar and there remember that your brother has something against you, 24leave your gift there in front of the altar. First go and be reconciled to your brother; then come and offer your gift.

25“Settle matters quickly with your adversary who is taking you to court. Do it while you are still with him on the way, or he may hand you over to the judge, and the judge may hand you over to the officer, and you may be thrown into prison. 26I tell you the truth, you will not get out until you have paid the last penny.[w]

Adultery

27“You have heard that it was said, ‘Do not commit adultery.’[x] 28But I tell you that anyone who looks at a woman lustfully has already committed adultery with her in his heart. 29If your right eye causes you to sin, gouge it out and throw it away. It is better for you to lose one part of your body than for your whole body to be thrown into hell. 30And if your right hand causes you to sin, cut it off and throw it away. It is better for you to lose one part of your body than for your whole body to go into hell.

Divorce

31“It has been said, ‘Anyone who divorces his wife must give her a certificate of divorce.’[y] 32But I tell you that anyone who divorces his wife, except for marital unfaithfulness, causes her to become an adulteress, and anyone who marries the divorced woman commits adultery.

Oaths

33“Again, you have heard that it was said to the people long ago, ‘Do not break your oath, but keep the oaths you have made to the Lord.’ 34But I tell you, Do not swear at all: either by heaven, for it is God’s throne; 35or by the earth, for it is his footstool; or by Jerusalem, for it is the city of the Great King. 36And do not swear by your head, for you cannot make even one hair white or black. 37Simply let your ‘Yes’ be ‘Yes,’ and your ‘No,’ ‘No’; anything beyond this comes from the evil one.

[u] *22* Some manuscripts *brother without cause* [v] *22* An Aramaic term of contempt [w] *26* Greek *kodrantes* [x] *27* Exodus 20:14 [y] *31* Deut. 24:1

Ojo por ojo

38»Ustedes han oído que se dijo: “Ojo por ojo
y diente por diente.”[a] 39Pero yo les digo: No
resistan al que les haga mal. Si alguien te da una
bofetada en la mejilla derecha, vuélvele también
la otra. 40Si alguien te pone pleito para quitarte
la capa, déjale también la *camisa. 41Si alguien
te obliga a llevarle la carga un kilómetro, lléva-
sela dos. 42Al que te pida, dale; y al que quiera
tomar de ti prestado, no le vuelvas la espalda.

El amor a los enemigos

43»Ustedes han oído que se dijo: “Ama a tu
prójimo[b] y odia a tu enemigo.” 44Pero yo les digo:
Amen a sus enemigos y oren por quienes los
persiguen,[c] 45para que sean hijos de su Padre que
está en el cielo. Él hace que salga el sol sobre
malos y buenos, y que llueva sobre justos e
injustos. 46Si ustedes aman solamente a quienes
los aman, ¿qué recompensa recibirán? ¿Acaso no
hacen eso hasta los *recaudadores de impuestos?
47Y si saludan a sus hermanos solamente, ¿qué de
más hacen ustedes? ¿Acaso no hacen esto hasta
los *gentiles? 48Por tanto, sean *perfectos, así
como su Padre celestial es perfecto.

El dar a los necesitados

6 »Cuídense de no hacer sus obras de justicia
delante de la gente para llamar la atención.
Si actúan así, su Padre que está en el cielo no les
dará ninguna recompensa.

2»Por eso, cuando des a los necesitados, no lo
anuncies al son de trompeta, como lo hacen los
*hipócritas en las sinagogas y en las calles para
que la gente les rinda homenaje. Les aseguro que
ellos ya han recibido toda su recompensa. 3Más
bien, cuando des a los necesitados, que no se
entere tu mano izquierda de lo que hace la
derecha, 4para que tu limosna sea en secreto. Así
tu Padre, que ve lo que se hace en secreto, te
recompensará.

La oración

5»Cuando oren, no sean como los *hipócritas,
porque a ellos les encanta orar de pie en las
sinagogas y en las esquinas de las plazas para
que la gente los vea. Les aseguro que ya han
obtenido toda su recompensa. 6Pero tú, cuando
te pongas a orar, entra en tu cuarto, cierra la
puerta y ora a tu Padre, que está en lo secreto.
Así tu Padre, que ve lo que se hace en secreto,

[a]**5:38** Éx 21:24; Lv 24:20; Dt 19:21 [b]**5:43** Lv 19:18
[c]**5:44** *Amen … persiguen.* Var. *Amen a sus enemigos, bendigan a quienes los maldicen, hagan bien a quienes los odian, y oren por quienes los ultrajan y los persiguen* (véase Lc 6:27,28).

An Eye for an Eye

38“You have heard that it was said, ‘Eye for
eye, and tooth for tooth.’[z] 39But I tell you, Do
not resist an evil person. If someone strikes you
on the right cheek, turn to him the other also.
40And if someone wants to sue you and take
your tunic, let him have your cloak as well. 41If
someone forces you to go one mile, go with him
two miles. 42Give to the one who asks you, and
do not turn away from the one who wants to
borrow from you.

Love for Enemies

43“You have heard that it was said, ‘Love
your neighbor[a] and hate your enemy.’ 44But I
tell you: Love your enemies[b] and pray for those
who persecute you, 45that you may be sons of
your Father in heaven. He causes his sun to rise
on the evil and the good, and sends rain on the
righteous and the unrighteous. 46If you love
those who love you, what reward will you get?
Are not even the tax collectors doing that?
47And if you greet only your brothers, what are
you doing more than others? Do not even pagans
do that? 48Be perfect, therefore, as your heaven-
ly Father is perfect.

Giving to the Needy

6 “Be careful not to do your ‘acts of righ-
teousness’ before men, to be seen by them.
If you do, you will have no reward from your
Father in heaven.

2“So when you give to the needy, do not
announce it with trumpets, as the hypocrites
do in the synagogues and on the streets, to be
honored by men. I tell you the truth, they have
received their reward in full. 3But when you
give to the needy, do not let your left hand
know what your right hand is doing, 4so that
your giving may be in secret. Then your Fa-
ther, who sees what is done in secret, will
reward you.

Prayer

5“And when you pray, do not be like the
hypocrites, for they love to pray standing in the
synagogues and on the street corners to be seen
by men. I tell you the truth, they have received
their reward in full. 6But when you pray, go into
your room, close the door and pray to your
Father, who is unseen. Then your Father, who
sees what is done in secret, will reward you.

[z]*38* Exodus 21:24; Lev. 24:20; Deut. 19:21 [a]*43* Lev. 19:18
[b]*44* Some late manuscripts *enemies, bless those who curse you, do good to those who hate you*

te recompensará. 7Y al orar, no hablen sólo por
hablar como hacen los *gentiles, porque ellos se
imaginan que serán escuchados por sus muchas
palabras. 8No sean como ellos, porque su Padre
sabe lo que ustedes necesitan antes de que se lo
pidan.
9»Ustedes deben orar así:

»"Padre nuestro que estás en el cielo,
*santificado sea tu nombre,
10 venga tu reino,
hágase tu voluntad
en la tierra como en el cielo.
11 Danos hoy nuestro pan cotidiano.[d]
12 Perdónanos nuestras deudas,
como también nosotros hemos perdona-
do a nuestros deudores.
13 Y no nos dejes caer en *tentación,
sino líbranos del maligno."[e]

14»Porque si perdonan a otros sus ofensas,
también los perdonará a ustedes su Padre celes-
tial. 15Pero si no perdonan a otros sus ofensas,
tampoco su Padre les perdonará a ustedes las
suyas.

El ayuno

16»Cuando ayunen, no pongan cara triste co-
mo hacen los *hipócritas, que demudan sus
rostros para mostrar que están ayunando. Les
aseguro que éstos ya han obtenido toda su re-
compensa. 17Pero tú, cuando ayunes, perfúmate
la cabeza y lávate la cara 18para que no sea
evidente ante los demás que estás ayunando,
sino sólo ante tu Padre, que está en lo secreto; y
tu Padre, que ve lo que se hace en secreto, te
recompensará.

Tesoros en el cielo

19»No acumulen para sí tesoros en la tierra,
donde la polilla y el óxido destruyen, y donde
los ladrones se meten a robar. 20Más bien, acu-
mulen para sí tesoros en el cielo, donde ni la
polilla ni el óxido carcomen, ni los ladrones se
meten a robar. 21Porque donde esté tu tesoro, allí
estará también tu corazón.
22»El ojo es la lámpara del cuerpo. Por tanto,
si tu visión es clara, todo tu ser disfrutará de la
luz. 23Pero si tu visión está nublada, todo tu ser
estará en oscuridad. Si la luz que hay en ti es
oscuridad, ¡qué densa será esa oscuridad!
24»Nadie puede servir a dos señores, pues
menospreciará a uno y amará al otro, o querrá

7And when you pray, do not keep on babbling
like pagans, for they think they will be heard
because of their many words. 8Do not be like
them, for your Father knows what you need
before you ask him.
9"This, then, is how you should pray:

" 'Our Father in heaven,
hallowed be your name,
10 your kingdom come,
your will be done
on earth as it is in heaven.
11 Give us today our daily bread.
12 Forgive us our debts,
as we also have forgiven our
debtors.
13 And lead us not into temptation,
but deliver us from the evil one.[c]'

14For if you forgive men when they sin against
you, your heavenly Father will also forgive you.
15But if you do not forgive men their sins, your
Father will not forgive your sins.

Fasting

16"When you fast, do not look somber as the
hypocrites do, for they disfigure their faces to
show men they are fasting. I tell you the truth,
they have received their reward in full. 17But
when you fast, put oil on your head and wash
your face, 18so that it will not be obvious to men
that you are fasting, but only to your Father, who
is unseen; and your Father, who sees what is
done in secret, will reward you.

Treasures in Heaven

19"Do not store up for yourselves treasures on
earth, where moth and rust destroy, and where
thieves break in and steal. 20But store up for
yourselves treasures in heaven, where moth and
rust do not destroy, and where thieves do not
break in and steal. 21For where your treasure is,
there your heart will be also.
22"The eye is the lamp of the body. If your
eyes are good, your whole body will be full of
light. 23But if your eyes are bad, your whole
body will be full of darkness. If then the light
within you is darkness, how great is that dark-
ness!
24"No one can serve two masters. Either he
will hate the one and love the other, or he will

[d]**6:11** *nuestro pan cotidiano.* Alt. *el pan que necesitamos.*
[e]**6:13** *del maligno.* Alt. *del mal.* Var. *del maligno, porque tuyos son el reino y el poder y la gloria para siempre. Amén.*

[c]*13* Or *from evil*; some late manuscripts *one, / for yours is the kingdom and the power and the glory forever. Amen.*

mucho a uno y despreciará al otro. No se puede servir a la vez a Dios y a las riquezas.

De nada sirve preocuparse

25»Por eso les digo: No se preocupen por su *vida, qué comerán o beberán; ni por su cuerpo, cómo se vestirán. ¿No tiene la vida más valor que la comida, y el cuerpo más que la ropa? 26Fíjense en las aves del cielo: no siembran ni cosechan ni almacenan en graneros; sin embargo, el Padre celestial las alimenta. ¿No valen ustedes mucho más que ellas? 27¿Quién de ustedes, por mucho que se preocupe, puede añadir una sola hora al curso de su vida?[f]

28»¿Y por qué se preocupan por la ropa? Observen cómo crecen los lirios del campo. No trabajan ni hilan; 29sin embargo, les digo que ni siquiera Salomón, con todo su esplendor, se vestía como uno de ellos. 30Si así viste Dios a la hierba que hoy está en el campo y mañana es arrojada al horno, ¿no hará mucho más por ustedes, gente de poca fe? 31Así que no se preocupen diciendo: "¿Qué comeremos?" o "¿Qué beberemos?" o "¿Con qué nos vestiremos?" 32Porque los *paganos andan tras todas estas cosas, y el Padre celestial sabe que ustedes las necesitan. 33Más bien, busquen primeramente el reino de Dios y su justicia, y todas estas cosas les serán añadidas. 34Por lo tanto, no se angustien por el mañana, el cual tendrá sus propios afanes. Cada día tiene ya sus problemas.

El juzgar a los demás

7 »No juzguen a nadie, para que nadie los juzgue a ustedes. 2Porque tal como juzguen se les juzgará, y con la medida que midan a otros, se les medirá a ustedes.

3»¿Por qué te fijas en la astilla que tiene tu hermano en el ojo, y no le das importancia a la viga que está en el tuyo? 4¿Cómo puedes decirle a tu hermano: "Déjame sacarte la astilla del ojo", cuando ahí tienes una viga en el tuyo? 5¡*Hipócrita!, saca primero la viga de tu propio ojo, y entonces verás con claridad para sacar la astilla del ojo de tu hermano.

6»No den lo sagrado a los *perros, no sea que se vuelvan contra ustedes y los despedacen; ni echen sus perlas a los cerdos, no sea que las pisoteen.

Pidan, busquen, llamen

7»Pidan, y se les dará; busquen, y encontrarán; llamen, y se les abrirá. 8Porque todo el que

[f]6:27 *puede añadir … su vida.* Alt. *puede aumentar su estatura siquiera medio metro?* (lit. *un *codo*).

be devoted to the one and despise the other. You cannot serve both God and Money.

Do Not Worry

25"Therefore I tell you, do not worry about your life, what you will eat or drink; or about your body, what you will wear. Is not life more important than food, and the body more important than clothes? 26Look at the birds of the air; they do not sow or reap or store away in barns, and yet your heavenly Father feeds them. Are you not much more valuable than they? 27Who of you by worrying can add a single hour to his life[d]?

28"And why do you worry about clothes? See how the lilies of the field grow. They do not labor or spin. 29Yet I tell you that not even Solomon in all his splendor was dressed like one of these. 30If that is how God clothes the grass of the field, which is here today and tomorrow is thrown into the fire, will he not much more clothe you, O you of little faith? 31So do not worry, saying, 'What shall we eat?' or 'What shall we drink?' or 'What shall we wear?' 32For the pagans run after all these things, and your heavenly Father knows that you need them. 33But seek first his kingdom and his righteousness, and all these things will be given to you as well. 34Therefore do not worry about tomorrow, for tomorrow will worry about itself. Each day has enough trouble of its own.

Judging Others

7 "Do not judge, or you too will be judged. 2For in the same way you judge others, you will be judged, and with the measure you use, it will be measured to you.

3"Why do you look at the speck of sawdust in your brother's eye and pay no attention to the plank in your own eye? 4How can you say to your brother, 'Let me take the speck out of your eye,' when all the time there is a plank in your own eye? 5You hypocrite, first take the plank out of your own eye, and then you will see clearly to remove the speck from your brother's eye.

6"Do not give dogs what is sacred; do not throw your pearls to pigs. If you do, they may trample them under their feet, and then turn and tear you to pieces.

Ask, Seek, Knock

7"Ask and it will be given to you; seek and you will find; knock and the door will be opened

[d]27 Or *single cubit to his height*

pide, recibe; el que busca, encuentra; y al que
llama, se le abre.
9»¿Quién de ustedes, si su hijo le pide pan, le
da una piedra? 10¿O si le pide un pescado, le da
una serpiente? 11Pues si ustedes, aun siendo
malos, saben dar cosas buenas a sus hijos, ¡cuán-
to más su Padre que está en el cielo dará cosas
buenas a los que le pidan! 12Así que en todo
traten ustedes a los demás tal y como quieren
que ellos los traten a ustedes. De hecho, esto es
la ley y los profetas.

La puerta estrecha y la puerta ancha

13»Entren por la puerta estrecha. Porque es
ancha la puerta y espacioso el camino que con-
duce a la destrucción, y muchos entran por ella.
14Pero estrecha es la puerta y angosto el camino
que conduce a la vida, y son pocos los que la
encuentran.

El árbol y sus frutos

15»Cuídense de los falsos profetas. Vienen a
ustedes disfrazados de ovejas, pero por dentro
son lobos feroces. 16Por sus frutos los conoce-
rán. ¿Acaso se recogen uvas de los espinos, o
higos de los cardos? 17Del mismo modo, todo
árbol bueno da fruto bueno, pero el árbol malo
da fruto malo. 18Un árbol bueno no puede dar
fruto malo, y un árbol malo no puede dar fruto
bueno. 19Todo árbol que no da buen fruto se
corta y se arroja al fuego. 20Así que por sus
frutos los conocerán.
21»No todo el que me dice: "Señor, Señor",
entrará en el reino de los cielos, sino sólo el que
hace la voluntad de mi Padre que está en el cielo.
22Muchos me dirán en aquel día: "Señor, Señor,
¿no profetizamos en tu nombre, y en tu nombre
expulsamos demonios e hicimos muchos mila-
gros?" 23Entonces les diré claramente: "Jamás
los conocí. ¡Aléjense de mí, hacedores de mal-
dad!"

El prudente y el insensato

24»Por tanto, todo el que me oye estas palabras
y las pone en práctica es como un hombre pru-
dente que construyó su casa sobre la roca. 25Ca-
yeron las lluvias, crecieron los ríos, y soplaron
los vientos y azotaron aquella casa; con todo, la
casa no se derrumbó porque estaba cimentada
sobre la roca. 26Pero todo el que me oye estas
palabras y no las pone en práctica es como un
hombre insensato que construyó su casa sobre
la arena. 27Cayeron las lluvias, crecieron los
ríos, y soplaron los vientos y azotaron aquella
casa, y ésta se derrumbó, y grande fue su ruina.»

28Cuando Jesús terminó de decir estas cosas,
las multitudes se asombraron de su enseñanza,

to you. 8For everyone who asks receives; he
who seeks finds; and to him who knocks, the
door will be opened.
9"Which of you, if his son asks for bread, will
give him a stone? 10Or if he asks for a fish, will
give him a snake? 11If you, then, though you are
evil, know how to give good gifts to your chil-
dren, how much more will your Father in heaven
give good gifts to those who ask him! 12So in
everything, do to others what you would have
them do to you, for this sums up the Law and the
Prophets.

The Narrow and Wide Gates

13"Enter through the narrow gate. For wide is
the gate and broad is the road that leads to
destruction, and many enter through it. 14But
small is the gate and narrow the road that leads
to life, and only a few find it.

A Tree and Its Fruit

15"Watch out for false prophets. They come
to you in sheep's clothing, but inwardly they are
ferocious wolves. 16By their fruit you will rec-
ognize them. Do people pick grapes from thorn-
bushes, or figs from thistles? 17Likewise every
good tree bears good fruit, but a bad tree bears
bad fruit. 18A good tree cannot bear bad fruit,
and a bad tree cannot bear good fruit. 19Every
tree that does not bear good fruit is cut down and
thrown into the fire. 20Thus, by their fruit you
will recognize them.
21"Not everyone who says to me, 'Lord,
Lord,' will enter the kingdom of heaven, but
only he who does the will of my Father who
is in heaven. 22Many will say to me on that
day, 'Lord, Lord, did we not prophesy in your
name, and in your name drive out demons and
perform many miracles?' 23Then I will tell
them plainly, 'I never knew you. Away from
me, you evildoers!'

The Wise and Foolish Builders

24"Therefore everyone who hears these
words of mine and puts them into practice is
like a wise man who built his house on the
rock. 25The rain came down, the streams rose,
and the winds blew and beat against that
house; yet it did not fall, because it had its
foundation on the rock. 26But everyone who
hears these words of mine and does not put
them into practice is like a foolish man who
built his house on sand. 27The rain came down,
the streams rose, and the winds blew and beat
against that house, and it fell with a great
crash."
28When Jesus had finished saying these
things, the crowds were amazed at his teaching,

29porque les enseñaba como quien tenía autori-
dad, y no como los *maestros de la ley.

Jesús sana a un leproso

8 Cuando Jesús bajó de la ladera de la mon-
taña, lo siguieron grandes multitudes. 2Un
hombre que tenía *lepra se le acercó y se arro-
dilló delante de él.
—Señor, si quieres, puedes *limpiarme —le
dijo.
3Jesús extendió la mano y tocó al hombre.
—Sí quiero —le dijo—. ¡Queda limpio!
Y al instante quedó sano[g] de la lepra.
4—Mira, no se lo digas a nadie —le dijo
Jesús—; sólo ve, preséntate al sacerdote, y lleva
la ofrenda que ordenó Moisés, para que sirva de
testimonio.

La fe del centurión

5Al entrar Jesús en Capernaúm, se le acercó
un centurión pidiendo ayuda.
6—Señor, mi siervo está postrado en casa con
parálisis, y sufre terriblemente.
7—Iré a sanarlo —respondió Jesús.
8—Señor, no merezco que entres bajo mi
techo. Pero basta con que digas una sola palabra,
y mi siervo quedará sano. 9Porque yo mismo soy
un hombre sujeto a órdenes superiores, y ade-
más tengo soldados bajo mi autoridad. Le digo
a uno: "Ve", y va, y al otro: "Ven", y viene. Le
digo a mi siervo: "Haz esto", y lo hace.
10Al oír esto, Jesús se asombró y dijo a quie-
nes lo seguían:
—Les aseguro que no he encontrado en Israel
a nadie que tenga tanta fe. 11Les digo que mu-
chos vendrán del oriente y del occidente, y
participarán en el banquete con Abraham, Isaac
y Jacob en el reino de los cielos. 12Pero a los
súbditos del reino se les echará afuera, a la
oscuridad, donde habrá llanto y rechinar de
dientes.
13Luego Jesús le dijo al centurión:
—¡Ve! Todo se hará tal como creíste.
Y en esa misma hora aquel siervo quedó sanó.

Jesús sana a muchos enfermos

14Cuando Jesús entró en casa de Pedro, vio a
la suegra de éste en cama, con fiebre. 15Le tocó
la mano y la fiebre se le quitó; luego ella se
levantó y comenzó a servirle.
16Al atardecer, le llevaron muchos endemo-
niados, y con una sola palabra expulsó a los
espíritus, y sanó a todos los enfermos. 17Esto
sucedió para que se cumpliera lo dicho por el
profeta Isaías:

g 8:3 *sano*. Lit. *limpio*.

29because he taught as one who had authority,
and not as their teachers of the law.

The Man With Leprosy

8 When he came down from the mountain-
side, large crowds followed him. 2A man
with leprosy[e] came and knelt before him and
said, "Lord, if you are willing, you can make me
clean."
3Jesus reached out his hand and touched the
man. "I am willing," he said. "Be clean!" Im-
mediately he was cured[f] of his leprosy. 4Then
Jesus said to him, "See that you don't tell any-
one. But go, show yourself to the priest and offer
the gift Moses commanded, as a testimony to
them."

The Faith of the Centurion

5When Jesus had entered Capernaum, a cen-
turion came to him, asking for help. 6"Lord,"
he said, "my servant lies at home paralyzed and
in terrible suffering."
7Jesus said to him, "I will go and heal him."
8The centurion replied, "Lord, I do not de-
serve to have you come under my roof. But just
say the word, and my servant will be healed.
9For I myself am a man under authority, with
soldiers under me. I tell this one, 'Go,' and he
goes; and that one, 'Come,' and he comes. I say
to my servant, 'Do this,' and he does it."
10When Jesus heard this, he was astonished
and said to those following him, "I tell you the
truth, I have not found anyone in Israel with such
great faith. 11I say to you that many will come
from the east and the west, and will take their
places at the feast with Abraham, Isaac and
Jacob in the kingdom of heaven. 12But the sub-
jects of the kingdom will be thrown outside, into
the darkness, where there will be weeping and
gnashing of teeth."
13Then Jesus said to the centurion, "Go! It
will be done just as you believed it would." And
his servant was healed at that very hour.

Jesus Heals Many

14When Jesus came into Peter's house, he saw
Peter's mother-in-law lying in bed with a fever.
15He touched her hand and the fever left her, and
she got up and began to wait on him.
16When evening came, many who were de-
mon-possessed were brought to him, and he
drove out the spirits with a word and healed all
the sick. 17This was to fulfill what was spoken
through the prophet Isaiah:

e 2 The Greek word was used for various diseases affecting
the skin—not necessarily leprosy. f 3 Greek *made clean*

«Él cargó con nuestras enfermedades
y soportó nuestros dolores.»[h]

Lo que cuesta seguir a Jesús

18Cuando Jesús vio a la multitud que lo rodea-
ba, dio orden de pasar al otro lado del lago. 19Se
le acercó un *maestro de la ley y le dijo:
—Maestro, te seguiré a dondequiera que vayas.
20—Las zorras tienen madrigueras y las aves
tienen nidos —le respondió Jesús—, pero el Hijo
del hombre no tiene dónde recostar la cabeza.
21Otro discípulo le pidió:
—Señor, primero déjame ir a enterrar a mi
padre.
22—Sígueme —le replicó Jesús—, y deja que
los muertos entierren a sus muertos.

Jesús calma la tormenta

23Luego subió a la barca y sus discípulos lo
siguieron. 24De repente, se levantó en el lago
una tormenta tan fuerte que las olas inundaban
la barca. Pero Jesús estaba dormido. 25Los dis-
cípulos fueron a despertarlo.
—¡Señor —gritaron—, sálvanos, que nos va-
mos a ahogar!
26—Hombres de poca fe —les contestó—,
¿por qué tienen tanto miedo?
Entonces se levantó y reprendió a los vientos y
a las olas, y todo quedó completamente tranquilo.
27Los discípulos no salían de su asombro, y
decían: «¿Qué clase de hombre es éste, que hasta
los vientos y las olas le obedecen?»

Liberación de dos endemoniados

28Cuando Jesús llegó al otro lado, a la región
de los gadarenos,[i] dos endemoniados le salieron
al encuentro de entre los sepulcros. Eran tan
violentos que nadie se atrevía a pasar por aquel
camino. 29De pronto le gritaron:
—¿Por qué te entrometes, Hijo de Dios? ¿Has
venido aquí a atormentarnos antes del tiempo
señalado?
30A cierta distancia de ellos estaba paciendo
una gran manada de cerdos. 31Los demonios le
rogaron a Jesús:
—Si nos expulsas, mándanos a la manada de
cerdos.
32—Vayan —les dijo.
Así que salieron de los hombres y entraron en
los cerdos, y toda la manada se precipitó al lago
por el despeñadero y murió en el agua. 33Los
que cuidaban los cerdos salieron corriendo al
pueblo y dieron aviso de todo, incluso de lo que
les había sucedido a los endemoniados. 34Enton-

[h]8:17 Is 53:4 [i]8:28 *gadarenos*. Var. *gergesenos*; otra var. *gerasenos*.

"He took up our infirmities
and carried our diseases."[g]

The Cost of Following Jesus

18When Jesus saw the crowd around him, he
gave orders to cross to the other side of the lake.
19Then a teacher of the law came to him and
said, "Teacher, I will follow you wherever you
go."
20Jesus replied, "Foxes have holes and birds
of the air have nests, but the Son of Man has no
place to lay his head."
21Another disciple said to him, "Lord, first let
me go and bury my father."
22But Jesus told him, "Follow me, and let the
dead bury their own dead."

Jesus Calms the Storm

23Then he got into the boat and his disciples
followed him. 24Without warning, a furious
storm came up on the lake, so that the waves
swept over the boat. But Jesus was sleeping.
25The disciples went and woke him, saying,
"Lord, save us! We're going to drown!"
26He replied, "You of little faith, why are you
so afraid?" Then he got up and rebuked the
winds and the waves, and it was completely
calm.
27The men were amazed and asked, "What
kind of man is this? Even the winds and the
waves obey him!"

The Healing of Two Demon-possessed Men

28When he arrived at the other side in the
region of the Gadarenes,[h] two demon-possessed
men coming from the tombs met him. They were
so violent that no one could pass that way.
29"What do you want with us, Son of God?"
they shouted. "Have you come here to torture
us before the appointed time?"
30Some distance from them a large herd of
pigs was feeding. 31The demons begged Jesus,
"If you drive us out, send us into the herd of
pigs."
32He said to them, "Go!" So they came out
and went into the pigs, and the whole herd
rushed down the steep bank into the lake and
died in the water. 33Those tending the pigs ran
off, went into the town and reported all this,
including what had happened to the demon-pos-
sessed men. 34Then the whole town went out to

[g]*17* Isaiah 53:4 [h]*28* Some manuscripts *Gergesenes*; others *Gerasenes*

ces todos los del pueblo fueron al encuentro de
Jesús. Y cuando lo vieron, le suplicaron que se
alejara de esa región.

Jesús sana a un paralítico

9 Subió Jesús a una barca, cruzó al otro lado
y llegó a su propio pueblo. 2Unos hombres
le llevaron un paralítico, acostado en una cami-
lla. Al ver Jesús la fe de ellos, le dijo al paralítico:
—¡Ánimo, hijo; tus pecados quedan perdona-
dos!
3Algunos de los *maestros de la ley murmu-
raron entre ellos: «¡Este hombre *blasfema!»
4Como Jesús conocía sus pensamientos, les
dijo:
—¿Por qué dan lugar a tan malos pensamien-
tos? 5¿Qué es más fácil, decir: "Tus pecados
quedan perdonados", o decir: "Levántate y an-
da"? 6Pues para que sepan que el Hijo del
hombre tiene autoridad en la tierra para perdonar
pecados —se dirigió entonces al paralítico—:
Levántate, toma tu camilla y vete a tu casa.
7Y el hombre se levantó y se fue a su casa. 8Al
ver esto, la multitud se llenó de temor, y glorifi-
có a Dios por haber dado tal autoridad a los
*mortales.

Llamamiento de Mateo

9Al irse de allí, Jesús vio a un hombre llamado
Mateo, sentado a la mesa de recaudación de
impuestos. «Sígueme», le dijo. Mateo se levantó
y lo siguió.
10Mientras Jesús estaba comiendo en casa de
Mateo, muchos *recaudadores de impuestos y
*pecadores llegaron y comieron con él y sus
discípulos. 11Cuando los fariseos vieron esto,
les preguntaron a sus discípulos:
—¿Por qué come su maestro con recaudado-
res de impuestos y con pecadores?
12Al oír esto, Jesús les contestó:
—No son los sanos los que necesitan médico
sino los enfermos. 13Pero vayan y aprendan lo
que significa: "Lo que pido de ustedes es mise-
ricordia y no sacrificios."[j] Porque no he venido
a llamar a justos sino a pecadores.

Le preguntan a Jesús sobre el ayuno

14Un día se le acercaron los discípulos de Juan
y le preguntaron:
—¿Cómo es que nosotros y los fariseos ayu-
namos, pero no así tus discípulos?
Jesús les contestó:
15—¿Acaso pueden estar de luto los invitados
del novio mientras él está con ellos? Llegará el
día en que se les quitará el novio; entonces sí

[j] **9:13** Os 6:6

meet Jesus. And when they saw him, they plead-
ed with him to leave their region.

Jesus Heals a Paralytic

9 Jesus stepped into a boat, crossed over
and came to his own town. 2Some men
brought to him a paralytic, lying on a mat.
When Jesus saw their faith, he said to the
paralytic, "Take heart, son; your sins are for-
given."
3At this, some of the teachers of the law said
to themselves, "This fellow is blaspheming!"
4Knowing their thoughts, Jesus said, "Why
do you entertain evil thoughts in your hearts?
5Which is easier: to say, 'Your sins are forgiv-
en,' or to say, 'Get up and walk'? 6But so that
you may know that the Son of Man has authority
on earth to forgive sins...." Then he said to the
paralytic, "Get up, take your mat and go home."
7And the man got up and went home. 8When the
crowd saw this, they were filled with awe; and
they praised God, who had given such authority
to men.

The Calling of Matthew

9As Jesus went on from there, he saw a man
named Matthew sitting at the tax collector's
booth. "Follow me," he told him, and Matthew
got up and followed him.
10While Jesus was having dinner at Mat-
thew's house, many tax collectors and "sin-
ners" came and ate with him and his disciples.
11When the Pharisees saw this, they asked his
disciples, "Why does your teacher eat with tax
collectors and 'sinners'?"
12On hearing this, Jesus said, "It is not the
healthy who need a doctor, but the sick. 13But
go and learn what this means: 'I desire mercy,
not sacrifice.'[i] For I have not come to call the
righteous, but sinners."

Jesus Questioned About Fasting

14Then John's disciples came and asked him,
"How is it that we and the Pharisees fast, but
your disciples do not fast?"
15Jesus answered, "How can the guests of the
bridegroom mourn while he is with them? The
time will come when the bridegroom will be
taken from them; then they will fast.

[i] *13* Hosea 6:6

ayunarán. 16Nadie remienda un vestido viejo
con un retazo de tela nueva, porque el remiendo
fruncirá el vestido y la rotura se hará peor. 17Ni
tampoco se echa vino nuevo en odres viejos. De
hacerlo así, se reventarán los odres, se derrama-
rá el vino y los odres se arruinarán. Más bien, el
vino nuevo se echa en odres nuevos, y así ambos
se conservan.

Una niña muerta y una mujer enferma

18Mientras él les decía esto, un dirigente judío
llegó, se arrodilló delante de él y le dijo:
—Mi hija acaba de morir. Pero ven y pon tu
mano sobre ella, y vivirá.
19Jesús se levantó y fue con él, acompañado
de sus discípulos. 20En esto, una mujer que
hacía doce años padecía de hemorragias se le
acercó por detrás y le tocó el borde del manto.
21Pensaba: «Si al menos logro tocar su manto,
quedaré *sana.» 22Jesús se dio vuelta, la vio
y le dijo:
—¡Ánimo, hija! Tu fe te ha sanado.
Y la mujer quedó sana en aquel momento.
23Cuando Jesús entró en la casa del dirigente
y vio a los flautistas y el alboroto de la gente,
24les dijo:
—Váyanse. La niña no está muerta sino dor-
mida.
Entonces empezaron a burlarse de él. 25Pero
cuando se les hizo salir, entró él, tomó de la
mano a la niña, y ésta se levantó. 26La noticia se
divulgó por toda aquella región.

Jesús sana a los ciegos y a los mudos

27Al irse Jesús de allí, dos ciegos lo siguieron,
gritándole:
—¡Ten compasión de nosotros, Hijo de Da-
vid!
28Cuando entró en la casa, se le acercaron los
ciegos, y él les preguntó:
—¿Creen que puedo sanarlos?
—Sí, Señor —le respondieron.
29Entonces les tocó los ojos y les dijo:
—Se hará con ustedes conforme a su fe.
30Y recobraron la vista. Jesús les advirtió con
firmeza:
—Asegúrense de que nadie se entere de esto.
31Pero ellos salieron para divulgar por toda
aquella región la noticia acerca de Jesús.
32Mientras ellos salían, le llevaron un mudo
endemoniado. 33Así que Jesús expulsó al demo-
nio, y el que había estado mudo habló. La mul-
titud se maravillaba y decía: «Jamás se ha visto
nada igual en Israel.»
34Pero los fariseos afirmaban: «Éste expulsa
a los demonios por medio del príncipe de los
demonios.»

16"No one sews a patch of unshrunk cloth on
an old garment, for the patch will pull away from
the garment, making the tear worse. 17Neither
do men pour new wine into old wineskins. If
they do, the skins will burst, the wine will run
out and the wineskins will be ruined. No, they
pour new wine into new wineskins, and both are
preserved."

A Dead Girl and a Sick Woman

18While he was saying this, a ruler came and
knelt before him and said, "My daughter has just
died. But come and put your hand on her, and
she will live." 19Jesus got up and went with him,
and so did his disciples.
20Just then a woman who had been subject to
bleeding for twelve years came up behind him
and touched the edge of his cloak. 21She said to
herself, "If I only touch his cloak, I will be
healed."
22Jesus turned and saw her. "Take heart,
daughter," he said, "your faith has healed
you." And the woman was healed from that
moment.
23When Jesus entered the ruler's house and
saw the flute players and the noisy crowd, 24he
said, "Go away. The girl is not dead but asleep."
But they laughed at him. 25After the crowd had
been put outside, he went in and took the girl by
the hand, and she got up. 26News of this spread
through all that region.

Jesus Heals the Blind and Mute

27As Jesus went on from there, two blind men
followed him, calling out, "Have mercy on us,
Son of David!"
28When he had gone indoors, the blind men
came to him, and he asked them, "Do you
believe that I am able to do this?"
"Yes, Lord," they replied.
29Then he touched their eyes and said, "Ac-
cording to your faith will it be done to you";
30and their sight was restored. Jesus warned
them sternly, "See that no one knows about
this." 31But they went out and spread the news
about him all over that region.
32While they were going out, a man who
was demon-possessed and could not talk was
brought to Jesus. 33And when the demon was
driven out, the man who had been mute
spoke. The crowd was amazed and said,
"Nothing like this has ever been seen in Is-
rael."
34But the Pharisees said, "It is by the prince
of demons that he drives out demons."

Son pocos los obreros

35 Jesús recorría todos los pueblos y aldeas enseñando en las sinagogas, anunciando las buenas *nuevas del reino, y sanando toda enfermedad y toda dolencia. 36 Al ver a las multitudes, tuvo compasión de ellas, porque estaban agobiadas y desamparadas, como ovejas sin pastor. 37 «La cosecha es abundante, pero son pocos los obreros —les dijo a sus discípulos—. 38 Pídanle, por tanto, al Señor de la cosecha que envíe obreros a su campo.»

Jesús envía a los doce

10 Reunió a sus doce discípulos y les dio autoridad para expulsar a los *espíritus malignos y sanar toda enfermedad y toda dolencia.

2 Éstos son los nombres de los doce apóstoles: primero Simón, llamado Pedro, y su hermano Andrés; *Jacobo y su hermano Juan, hijos de Zebedeo; 3 Felipe y Bartolomé; Tomás y Mateo, el *recaudador de impuestos; Jacobo, hijo de Alfeo, y Tadeo; 4 Simón el Zelote y Judas Iscariote, el que lo traicionó.

5 Jesús envió a estos doce con las siguientes instrucciones: «No vayan entre los *gentiles ni entren en ningún pueblo de los samaritanos. 6 Vayan más bien a las ovejas descarriadas del pueblo de Israel. 7 Dondequiera que vayan, prediquen este mensaje: "El reino de los cielos está cerca." 8 Sanen a los enfermos, resuciten a los muertos, *limpien de su enfermedad a los que tienen *lepra, expulsen a los demonios. Lo que ustedes recibieron gratis, denlo gratuitamente. 9 No lleven oro ni plata ni cobre en el cinturón, 10 ni bolsa para el camino, ni dos mudas de ropa, ni sandalias, ni bastón; porque el trabajador merece que se le dé su sustento.

11 »En cualquier pueblo o aldea donde entren, busquen a alguien que merezca recibirlos, y quédense en su casa hasta que se vayan de ese lugar. 12 Al entrar, digan: "Paz a esta casa."[k] 13 Si el hogar se lo merece, que la paz de ustedes reine en él; y si no, que la paz se vaya con ustedes. 14 Si alguno no los recibe bien ni escucha sus palabras, al salir de esa casa o de ese pueblo, sacúdanse el polvo de los pies. 15 Les aseguro que en el día del juicio el castigo para Sodoma y Gomorra será más tolerable que para ese pueblo. 16 Los envío como ovejas en medio de lobos. Por tanto, sean astutos como serpientes y sencillos como palomas.

[k] 10:12 *Al entrar … casa"*. Lit. *Al entrar en la casa, salúdenla.*

The Workers Are Few

35 Jesus went through all the towns and villages, teaching in their synagogues, preaching the good news of the kingdom and healing every disease and sickness. 36 When he saw the crowds, he had compassion on them, because they were harassed and helpless, like sheep without a shepherd. 37 Then he said to his disciples, "The harvest is plentiful but the workers are few. 38 Ask the Lord of the harvest, therefore, to send out workers into his harvest field."

Jesus Sends Out the Twelve

10 He called his twelve disciples to him and gave them authority to drive out evil[j] spirits and to heal every disease and sickness.

2 These are the names of the twelve apostles: first, Simon (who is called Peter) and his brother Andrew; James son of Zebedee, and his brother John; 3 Philip and Bartholomew; Thomas and Matthew the tax collector; James son of Alphaeus, and Thaddaeus; 4 Simon the Zealot and Judas Iscariot, who betrayed him.

5 These twelve Jesus sent out with the following instructions: "Do not go among the Gentiles or enter any town of the Samaritans. 6 Go rather to the lost sheep of Israel. 7 As you go, preach this message: 'The kingdom of heaven is near.' 8 Heal the sick, raise the dead, cleanse those who have leprosy,[k] drive out demons. Freely you have received, freely give. 9 Do not take along any gold or silver or copper in your belts; 10 take no bag for the journey, or extra tunic, or sandals or a staff; for the worker is worth his keep.

11 "Whatever town or village you enter, search for some worthy person there and stay at his house until you leave. 12 As you enter the home, give it your greeting. 13 If the home is deserving, let your peace rest on it; if it is not, let your peace return to you. 14 If anyone will not welcome you or listen to your words, shake the dust off your feet when you leave that home or town. 15 I tell you the truth, it will be more bearable for Sodom and Gomorrah on the day of judgment than for that town. 16 I am sending you out like sheep among wolves. Therefore be as shrewd as snakes and as innocent as doves.

[j] *1* Greek *unclean* [k] *8* The Greek word was used for various diseases affecting the skin—not necessarily leprosy.

17»Tengan cuidado con la gente; los entrega-
rán a los tribunales y los azotarán en las sinago-
gas. 18Por mi causa los llevarán ante gobernado-
res y reyes para dar testimonio a ellos y a los
gentiles. 19Pero cuando los arresten, no se preo-
cupen por lo que van a decir o cómo van a
decirlo. En ese momento se les dará lo que han
de decir, 20porque no serán ustedes los que
hablen, sino que el Espíritu de su Padre hablará
por medio de ustedes.

21»El hermano entregará a la muerte al her-
mano, y el padre al hijo. Los hijos se rebelarán
contra sus padres y harán que los maten. 22Por
causa de mi nombre todo el mundo los odiará,
pero el que se mantenga firme hasta el fin será
salvo. 23Cuando los persigan en una ciudad,
huyan a otra. Les aseguro que no terminarán de
recorrer las ciudades de Israel antes de que
venga el Hijo del hombre.

24»El discípulo no es superior a su maestro, ni
el *siervo superior a su amo. 25Basta con que el
discípulo sea como su maestro, y el siervo como
su amo. Si al jefe de la casa lo han llamado
*Beelzebú, ¡cuánto más a los de su familia!

26»Así que no les tengan miedo; porque no
hay nada encubierto que no llegue a revelarse,
ni nada escondido que no llegue a conocerse.
27Lo que les digo en la oscuridad, díganlo uste-
des a plena luz; lo que se les susurra al oído,
proclámenlo desde las azoteas. 28No teman a los
que matan el cuerpo pero no pueden matar el
alma.[l] Teman más bien al que puede destruir
alma y cuerpo en el infierno.[m] 29¿No se venden
dos gorriones por una monedita?[n] Sin embargo,
ni uno de ellos caerá a tierra sin que lo permita
el Padre; 30y él les tiene contados a ustedes aun
los cabellos de la cabeza. 31Así que no tengan
miedo; ustedes valen más que muchos gorrio-
nes.

32»A cualquiera que me reconozca delante de
los demás, yo también lo reconoceré delante de
mi Padre que está en el cielo. 33Pero a cualquiera
que me desconozca delante de los demás, yo
también lo desconoceré delante de mi Padre que
está en el cielo.

34»No crean que he venido a traer paz a la
tierra. No vine a traer paz sino espada. 35Porque
he venido a poner en conflicto

> "al hombre contra su padre,
> a la hija contra su madre,
> a la nuera contra su suegra;
> 36los enemigos de cada cual
> serán los de su propia familia".[ñ]

[l]**10:28** *alma*. Este vocablo griego también puede significar **vida*. [m]**10:28** *infierno*. Lit. **Gehenna*. [n]**10:29** *una monedita*. Lit. *un *asarion*. [ñ]**10:36** Mi 7:6

17"Be on your guard against men; they will
hand you over to the local councils and flog
you in their synagogues. 18On my account you
will be brought before governors and kings as
witnesses to them and to the Gentiles. 19But
when they arrest you, do not worry about what
to say or how to say it. At that time you will
be given what to say, 20for it will not be you
speaking, but the Spirit of your Father speak-
ing through you.

21"Brother will betray brother to death, and
a father his child; children will rebel against
their parents and have them put to death. 22All
men will hate you because of me, but he who
stands firm to the end will be saved. 23When
you are persecuted in one place, flee to anoth-
er. I tell you the truth, you will not finish going
through the cities of Israel before the Son of
Man comes.

24"A student is not above his teacher, nor a
servant above his master. 25It is enough for the
student to be like his teacher, and the servant like
his master. If the head of the house has been
called Beelzebub,[l] how much more the mem-
bers of his household!

26"So do not be afraid of them. There is
nothing concealed that will not be disclosed, or
hidden that will not be made known. 27What I
tell you in the dark, speak in the daylight; what
is whispered in your ear, proclaim from the
roofs. 28Do not be afraid of those who kill the
body but cannot kill the soul. Rather, be afraid
of the One who can destroy both soul and body
in hell. 29Are not two sparrows sold for a pen-
ny[m]? Yet not one of them will fall to the ground
apart from the will of your Father. 30And even
the very hairs of your head are all numbered.
31So don't be afraid; you are worth more than
many sparrows.

32"Whoever acknowledges me before men,
I will also acknowledge him before my Father
in heaven. 33But whoever disowns me before
men, I will disown him before my Father in
heaven.

34"Do not suppose that I have come to bring
peace to the earth. I did not come to bring peace,
but a sword. 35For I have come to turn

> " 'a man against his father,
> a daughter against her mother,
> a daughter-in-law against her
> mother-in-law—
> 36 a man's enemies will be the members of
> his own household.'[n]

[l]*25* Greek *Beezeboul* or *Beelzeboul* [m]*29* Greek *an assarion* [n]*36* Micah 7:6

37»El que quiere a su padre o a su madre más
que a mí no es digno de mí; el que quiere a su
hijo o a su hija más que a mí no es digno de mí;
38y el que no toma su cruz y me sigue no es digno
de mí. 39El que encuentre su *vida, la perderá,
y el que la pierda por mi causa, la encontrará.

40»Quien los recibe a ustedes, me recibe a mí;
y quien me recibe a mí, recibe al que me envió.
41Cualquiera que recibe a un profeta por tratarse
de un profeta, recibirá recompensa de profeta; y
el que recibe a un justo por tratarse de un justo,
recibirá recompensa de justo. 42Y quien dé si-
quiera un vaso de agua fresca a uno de estos
pequeños por tratarse de uno de mis discípulos,
les aseguro que no perderá su recompensa.»

Jesús y Juan el Bautista

11 Cuando Jesús terminó de dar instruccio-
nes a sus doce discípulos, se fue de allí
a enseñar y a predicar en otros pueblos.

2Juan estaba en la cárcel, y al enterarse de lo
que *Cristo estaba haciendo, envió a sus discí-
pulos a que le preguntaran:

3—¿Eres tú el que ha de venir, o debemos
esperar a otro?

4Les respondió Jesús:

—Vayan y cuéntenle a Juan lo que están
viendo y oyendo: 5Los ciegos ven, los cojos
andan, los que tienen *lepra son sanados, los
sordos oyen, los muertos resucitan y a los pobres
se les anuncian las buenas *nuevas. 6*Dichoso
el que no *tropieza por causa mía.

7Mientras se iban los discípulos de Juan, Jesús
comenzó a hablarle a la multitud acerca de Juan:
«¿Qué salieron a ver al desierto? ¿Una caña
sacudida por el viento? 8Si no, ¿qué salieron a
ver? ¿A un hombre vestido con ropa fina? Claro
que no, pues los que usan ropa de lujo están en
los palacios de los reyes. 9Entonces, ¿qué salie-
ron a ver? ¿A un profeta? Sí, les digo, y más que
profeta. 10Éste es de quien está escrito:

»"Yo estoy por enviar a mi mensajero de-
lante de ti,
el cual preparará tu camino."[o]

11Les aseguro que entre los mortales no se ha
levantado nadie más grande que Juan el Bautis-
ta; sin embargo, el más pequeño en el reino de
los cielos es más grande que él. 12Desde los días
de Juan el Bautista hasta ahora, el reino de los
cielos ha venido avanzando contra viento y ma-
rea, y los que se esfuerzan logran aferrarse a él.[p]
13Porque todos los profetas y la ley profetizaron

[o]**11:10** Mal 3:1 [p]**11:12** *ha venido … aferrarse a él.* Alt.
sufre violencia y los violentos quieren arrebatarlo.

37"Anyone who loves his father or mother
more than me is not worthy of me; anyone who
loves his son or daughter more than me is not
worthy of me; 38and anyone who does not take
his cross and follow me is not worthy of me.
39Whoever finds his life will lose it, and whoev-
er loses his life for my sake will find it.

40"He who receives you receives me, and
he who receives me receives the one who sent
me. 41Anyone who receives a prophet because
he is a prophet will receive a prophet's reward,
and anyone who receives a righteous man be-
cause he is a righteous man will receive a
righteous man's reward. 42And if anyone
gives even a cup of cold water to one of these
little ones because he is my disciple, I tell you
the truth, he will certainly not lose his re-
ward."

Jesus and John the Baptist

11 After Jesus had finished instructing his
twelve disciples, he went on from there
to teach and preach in the towns of Galilee.[o]

2When John heard in prison what Christ was
doing, he sent his disciples 3to ask him, "Are
you the one who was to come, or should we
expect someone else?"

4Jesus replied, "Go back and report to John
what you hear and see: 5The blind receive sight,
the lame walk, those who have leprosy[p] are
cured, the deaf hear, the dead are raised, and the
good news is preached to the poor. 6Blessed is
the man who does not fall away on account of
me."

7As John's disciples were leaving, Jesus be-
gan to speak to the crowd about John: "What did
you go out into the desert to see? A reed swayed
by the wind? 8If not, what did you go out to see?
A man dressed in fine clothes? No, those who
wear fine clothes are in kings' palaces. 9Then
what did you go out to see? A prophet? Yes, I
tell you, and more than a prophet. 10This is the
one about whom it is written:

"'I will send my messenger ahead of you,
who will prepare your way before you.'[q]

11I tell you the truth: Among those born of
women there has not risen anyone greater than
John the Baptist; yet he who is least in the
kingdom of heaven is greater than he. 12From
the days of John the Baptist until now, the
kingdom of heaven has been forcefully advanc-
ing, and forceful men lay hold of it. 13For all the

[o]*1* Greek *in their towns* [p]*5* The Greek word was used for
various diseases affecting the skin—not necessarily leprosy.
[q]*10* Mal. 3:1

hasta Juan. 14 Y si quieren aceptar mi palabra,
Juan es el Elías que había de venir. 15 El que
tenga oídos, que oiga.

16 »¿Con qué puedo comparar a esta genera-
ción? Se parece a los niños sentados en la plaza
que gritan a los demás:

> 17 »"Tocamos la flauta,
> y ustedes no bailaron;
> Cantamos por los muertos,
> y ustedes no lloraron."

18 »Porque vino Juan, que no comía ni bebía,
y ellos dicen: "Tiene un demonio." 19 Vino el
Hijo del hombre, que come y bebe, y dicen:
"Éste es un glotón y un borracho, amigo de
*recaudadores de impuestos y de *pecadores."
Pero la sabiduría queda demostrada por sus he-
chos.»

Ayes sobre ciudades no arrepentidas

20 Entonces comenzó Jesús a denunciar a las
ciudades en que había hecho la mayor parte de sus
milagros, porque no se habían *arrepentido.
21 «¡Ay de ti, Corazín! ¡Ay de ti, Betsaida! Si se
hubieran hecho en Tiro y en Sidón los milagros
que se hicieron en medio de ustedes, ya hace
tiempo que se habrían arrepentido con muchos
lamentos.[q] 22 Pero les digo que en el día del juicio
será más tolerable el castigo para Tiro y Sidón que
para ustedes. 23 Y tú, Capernaúm, ¿acaso serás
levantada hasta el cielo? No, sino que descende-
rás hasta el *abismo. Si los milagros que se
hicieron en ti se hubieran hecho en Sodoma, ésta
habría permanecido hasta el día de hoy. 24 Pero te[r]
digo que en el día del juicio será más tolerable el
castigo para Sodoma que para ti.»

Descanso para los cansados

25 En aquel tiempo Jesús dijo: «Te alabo, Padre,
Señor del cielo y de la tierra, porque habiendo
escondido estas cosas de los sabios e instruidos,
se las has revelado a los que son como niños. 26 Sí,
Padre, porque esa fue tu buena voluntad.

27 »Mi Padre me ha entregado todas las cosas.
Nadie conoce al Hijo sino el Padre, y nadie
conoce al Padre sino el Hijo y aquel a quien el
Hijo quiera revelarlo.

28 »Vengan a mí todos ustedes que están can-
sados y agobiados, y yo les daré descanso.
29 Carguen con mi yugo y aprendan de mí, pues
yo soy apacible y humilde de corazón, y encon-
trarán descanso para su alma. 30 Porque mi yugo
es suave y mi carga es liviana.»

[q] **11:21** *con muchos lamentos.* Lit. *en saco y ceniza.*
[r] **11:24** *te.* Lit. *les.*

Prophets and the Law prophesied until John.
14 And if you are willing to accept it, he is the
Elijah who was to come. 15 He who has ears, let
him hear.

16 "To what can I compare this generation?
They are like children sitting in the marketplaces
and calling out to others:

> 17 " 'We played the flute for you,
> and you did not dance;
> we sang a dirge
> and you did not mourn.'

18 For John came neither eating nor drinking, and
they say, 'He has a demon.' 19 The Son of Man
came eating and drinking, and they say, 'Here is
a glutton and a drunkard, a friend of tax collec-
tors and "sinners." ' But wisdom is proved right
by her actions."

Woe on Unrepentant Cities

20 Then Jesus began to denounce the cities in
which most of his miracles had been performed,
because they did not repent. 21 "Woe to you,
Korazin! Woe to you, Bethsaida! If the miracles
that were performed in you had been performed
in Tyre and Sidon, they would have repented
long ago in sackcloth and ashes. 22 But I tell you,
it will be more bearable for Tyre and Sidon on
the day of judgment than for you. 23 And you,
Capernaum, will you be lifted up to the skies?
No, you will go down to the depths.[r] If the
miracles that were performed in you had been
performed in Sodom, it would have remained to
this day. 24 But I tell you that it will be more
bearable for Sodom on the day of judgment than
for you."

Rest for the Weary

25 At that time Jesus said, "I praise you, Fa-
ther, Lord of heaven and earth, because you
have hidden these things from the wise and
learned, and revealed them to little children.
26 Yes, Father, for this was your good pleasure.

27 "All things have been committed to me by
my Father. No one knows the Son except the
Father, and no one knows the Father except the
Son and those to whom the Son chooses to
reveal him.

28 "Come to me, all you who are weary and
burdened, and I will give you rest. 29 Take my
yoke upon you and learn from me, for I am
gentle and humble in heart, and you will find rest
for your souls. 30 For my yoke is easy and my
burden is light."

[r] *23* Greek *Hades*

Señor del sábado

12 Por aquel tiempo pasaba Jesús por los sembrados en *sábado. Sus discípulos tenían hambre, así que comenzaron a arrancar algunas espigas de trigo y comérselas. 2 Al ver esto, los fariseos le dijeron:

—¡Mira! Tus discípulos están haciendo lo que está prohibido en sábado.

3 Él les contestó:

—¿No han leído lo que hizo David en aquella ocasión en que él y sus compañeros tuvieron hambre? 4 Entró en la casa de Dios, y él y sus compañeros comieron los panes consagrados a Dios, lo que no se les permitía a ellos sino sólo a los sacerdotes. 5 ¿O no han leído en la ley que los sacerdotes en el *templo profanan el sábado sin incurrir en culpa? 6 Pues yo les digo que aquí está uno más grande que el templo. 7 Si ustedes supieran lo que significa: "Lo que pido de ustedes es misericordia y no sacrificios",[s] no condenarían a los que no son culpables. 8 Sepan que el Hijo del hombre es Señor del sábado.

9 Pasando de allí, entró en la sinagoga, 10 donde había un hombre que tenía una mano paralizada. Como buscaban un motivo para acusar a Jesús, le preguntaron:

—¿Está permitido sanar en sábado?

11 Él les contestó:

—Si alguno de ustedes tiene una oveja y en sábado se le cae en un hoyo, ¿no la agarra y la saca? 12 ¡Cuánto más vale un hombre que una oveja! Por lo tanto, está permitido hacer el bien en sábado.

13 Entonces le dijo al hombre:

—Extiende la mano.

Así que la extendió y le quedó restablecida, tan sana como la otra. 14 Pero los fariseos salieron y tramaban cómo matar a Jesús.

El siervo escogido por Dios

15 Consciente de esto, Jesús se retiró de aquel lugar. Muchos lo siguieron, y él sanó a todos los enfermos, 16 pero les ordenó que no dijeran quién era él. 17 Esto fue para que se cumpliera lo dicho por el profeta Isaías:

18 «Éste es mi siervo, a quien he escogido,
mi amado, en quien estoy muy complacido;
sobre él pondré mi Espíritu,
y proclamará justicia a las *naciones.
19 No disputará ni gritará;
nadie oirá su voz en las calles.
20 No acabará de romper la caña quebrada

[s] **12:7** Os 6:6

Lord of the Sabbath

12 At that time Jesus went through the grainfields on the Sabbath. His disciples were hungry and began to pick some heads of grain and eat them. 2 When the Pharisees saw this, they said to him, "Look! Your disciples are doing what is unlawful on the Sabbath."

3 He answered, "Haven't you read what David did when he and his companions were hungry? 4 He entered the house of God, and he and his companions ate the consecrated bread—which was not lawful for them to do, but only for the priests. 5 Or haven't you read in the Law that on the Sabbath the priests in the temple desecrate the day and yet are innocent? 6 I tell you that one[s] greater than the temple is here. 7 If you had known what these words mean, 'I desire mercy, not sacrifice,'[t] you would not have condemned the innocent. 8 For the Son of Man is Lord of the Sabbath."

9 Going on from that place, he went into their synagogue, 10 and a man with a shriveled hand was there. Looking for a reason to accuse Jesus, they asked him, "Is it lawful to heal on the Sabbath?"

11 He said to them, "If any of you has a sheep and it falls into a pit on the Sabbath, will you not take hold of it and lift it out? 12 How much more valuable is a man than a sheep! Therefore it is lawful to do good on the Sabbath."

13 Then he said to the man, "Stretch out your hand." So he stretched it out and it was completely restored, just as sound as the other. 14 But the Pharisees went out and plotted how they might kill Jesus.

God's Chosen Servant

15 Aware of this, Jesus withdrew from that place. Many followed him, and he healed all their sick, 16 warning them not to tell who he was. 17 This was to fulfill what was spoken through the prophet Isaiah:

18 "Here is my servant whom I have chosen,
the one I love, in whom I delight;
I will put my Spirit on him,
and he will proclaim justice to the nations.
19 He will not quarrel or cry out;
no one will hear his voice in the streets.
20 A bruised reed he will not break,

[s] *6* Or *something*; also in verses 41 and 42 [t] *7* Hosea 6:6

ni apagará la mecha que apenas arde,
hasta que haga triunfar la justicia.
21 Y en su nombre pondrán las naciones su
esperanza.»[t]

Jesús y Beelzebú

22 Un día le llevaron un endemoniado que
estaba ciego y mudo, y Jesús lo sanó, de modo
que pudo ver y hablar. 23 Toda la gente se quedó
asombrada y decía: «¿No será éste el Hijo de
David?»

24 Pero al oírlo los fariseos, dijeron: «Éste no
expulsa a los demonios sino por medio de *Beel-
zebú, príncipe de los demonios.»

25 Jesús conocía sus pensamientos, y les dijo:
«Todo reino dividido contra sí mismo quedará
asolado, y toda ciudad o familia dividida con-
tra sí misma no se mantendrá en pie. 26 Si Sa-
tanás expulsa a Satanás, está dividido contra
sí mismo. ¿Cómo puede, entonces, mantenerse
en pie su reino? 27 Ahora bien, si yo expulso
a los demonios por medio de Beelzebú, ¿los
seguidores de ustedes por medio de quién los
expulsan? Por eso ellos mismos los juzgarán
a ustedes. 28 En cambio, si expulso a los de-
monios por medio del Espíritu de Dios, eso
significa que el reino de Dios ha llegado a
ustedes.

29 »¿O cómo puede entrar alguien en la casa
de un hombre fuerte y arrebatarle sus bienes, a
menos que primero lo ate? Sólo entonces podrá
robar su casa.

30 »El que no está de mi parte, está contra mí;
y el que conmigo no recoge, esparce. 31 Por eso
les digo que a todos se les podrá perdonar todo
pecado y toda *blasfemia, pero la blasfemia
contra el Espíritu no se le perdonará a nadie. 32 A
cualquiera que pronuncie alguna palabra contra
el Hijo del hombre se le perdonará, pero el que
hable contra el Espíritu Santo no tendrá perdón
ni en este mundo ni en el venidero.

33 »Si tienen un buen árbol, su fruto es bue-
no; si tienen un mal árbol, su fruto es malo.
Al árbol se le reconoce por su fruto. 34 Camada
de víboras, ¿cómo pueden ustedes que son ma-
los decir algo bueno? De la abundancia del
corazón habla la boca. 35 El que es bueno, de
la bondad que atesora en el corazón saca el
bien, pero el que es malo, de su maldad saca
el mal. 36 Pero yo les digo que en el día del
juicio todos tendrán que dar cuenta de toda
palabra ociosa que hayan pronunciado. 37 Por-
que por tus palabras se te absolverá, y por tus
palabras se te condenará.»

[t] **12:21** Is 42:1-4

and a smoldering wick he will not snuff
out,
till he leads justice to victory.
21 In his name the nations will put their
hope."[u]

Jesus and Beelzebub

22 Then they brought him a demon-possessed
man who was blind and mute, and Jesus healed
him, so that he could both talk and see. 23 All the
people were astonished and said, "Could this be
the Son of David?"

24 But when the Pharisees heard this, they said,
"It is only by Beelzebub,[v] the prince of demons,
that this fellow drives out demons."

25 Jesus knew their thoughts and said to them,
"Every kingdom divided against itself will be
ruined, and every city or household divided
against itself will not stand. 26 If Satan drives out
Satan, he is divided against himself. How then
can his kingdom stand? 27 And if I drive out
demons by Beelzebub, by whom do your people
drive them out? So then, they will be your
judges. 28 But if I drive out demons by the Spirit
of God, then the kingdom of God has come upon
you.

29 "Or again, how can anyone enter a strong
man's house and carry off his possessions unless
he first ties up the strong man? Then he can rob
his house.

30 "He who is not with me is against me, and
he who does not gather with me scatters. 31 And
so I tell you, every sin and blasphemy will be
forgiven men, but the blasphemy against the
Spirit will not be forgiven. 32 Anyone who
speaks a word against the Son of Man will be
forgiven, but anyone who speaks against the
Holy Spirit will not be forgiven, either in this
age or in the age to come.

33 "Make a tree good and its fruit will be
good, or make a tree bad and its fruit will be
bad, for a tree is recognized by its fruit. 34 You
brood of vipers, how can you who are evil say
anything good? For out of the overflow of the
heart the mouth speaks. 35 The good man
brings good things out of the good stored up
in him, and the evil man brings evil things out
of the evil stored up in him. 36 But I tell you
that men will have to give account on the day
of judgment for every careless word they have
spoken. 37 For by your words you will be ac-
quitted, and by your words you will be con-
demned."

[u] *21* Isaiah 42:1-4 [v] *24* Greek *Beezeboul* or *Beelzeboul*; also in verse 27

La señal de Jonás

38Algunos de los fariseos y de los *maestros
de la ley le dijeron:
—Maestro, queremos ver alguna señal mila-
grosa de parte tuya.
39Jesús les contestó:
—¡Esta generación malvada y adúltera pide
una señal milagrosa! Pero no se le dará más señal
que la del profeta Jonás. 40Porque así como tres
días y tres noches estuvo Jonás en el vientre de un
gran pez, también tres días y tres noches estará el
Hijo del hombre en las entrañas de la tierra. 41Los
habitantes de Nínive se levantarán en el juicio
contra esta generación y la condenarán; porque
ellos se *arrepintieron al escuchar la predicación
de Jonás, y aquí tienen ustedes a uno más grande
que Jonás. 42La reina del Sur se levantará en el día
del juicio y condenará a esta generación; porque
ella vino desde los confines de la tierra para
escuchar la sabiduría de Salomón, y aquí tienen
ustedes a uno más grande que Salomón.
43»Cuando un *espíritu maligno sale de una
persona, va por lugares áridos, buscando descan-
so sin encontrarlo. 44Entonces dice: "Volveré a la
casa de donde salí." Cuando llega, la encuentra
desocupada, barrida y arreglada. 45Luego va y
trae a otros siete espíritus más malvados que él, y
entran a vivir allí. Así que el estado postrero de
aquella persona resulta peor que el primero. Así le
pasará también a esta generación malvada.

La madre y los hermanos de Jesús

46Mientras Jesús le hablaba a la multitud, se
presentaron su madre y sus hermanos. Se que-
daron afuera, y deseaban hablar con él. 47Al-
guien le dijo:
—Tu madre y tus hermanos están afuera y
quieren hablar contigo.[u]
48—¿Quién es mi madre, y quiénes son mis
hermanos? —replicó Jesús.
49Señalando a sus discípulos, añadió:
—Aquí tienen a mi madre y a mis hermanos.
50Pues mi hermano, mi hermana y mi madre son
los que hacen la voluntad de mi Padre que está
en el cielo.

Parábola del sembrador

13 Ese mismo día salió Jesús de la casa y
se sentó junto al lago. 2Era tal la multi-
tud que se reunió para verlo que él tuvo que subir
a una barca donde se sentó mientras toda la gente
estaba de pie en la orilla. 3Y les dijo en parábolas
muchas cosas como éstas: «Un sembrador salió
a sembrar. 4Mientras iba esparciendo la semilla,

[u]**12:47** Var. no incluye v. 47.

The Sign of Jonah

38Then some of the Pharisees and teachers of
the law said to him, "Teacher, we want to see a
miraculous sign from you."
39He answered, "A wicked and adulterous
generation asks for a miraculous sign! But
none will be given it except the sign of the
prophet Jonah. 40For as Jonah was three days
and three nights in the belly of a huge fish,
so the Son of Man will be three days and
three nights in the heart of the earth. 41The
men of Nineveh will stand up at the judgment
with this generation and condemn it; for they
repented at the preaching of Jonah, and now
one[w] greater than Jonah is here. 42The Queen
of the South will rise at the judgment with
this generation and condemn it; for she came
from the ends of the earth to listen to Solo-
mon's wisdom, and now one greater than Sol-
omon is here.
43"When an evil[x] spirit comes out of a
man, it goes through arid places seeking rest
and does not find it. 44Then it says, 'I will
return to the house I left.' When it arrives, it
finds the house unoccupied, swept clean and
put in order. 45Then it goes and takes with it
seven other spirits more wicked than itself,
and they go in and live there. And the final
condition of that man is worse than the first.
That is how it will be with this wicked gen-
eration."

Jesus' Mother and Brothers

46While Jesus was still talking to the crowd,
his mother and brothers stood outside, wanting
to speak to him. 47Someone told him, "Your
mother and brothers are standing outside, want-
ing to speak to you."[y]
48He replied to him, "Who is my mother, and
who are my brothers?" 49Pointing to his disci-
ples, he said, "Here are my mother and my
brothers. 50For whoever does the will of my
Father in heaven is my brother and sister and
mother."

The Parable of the Sower

13 That same day Jesus went out of the
house and sat by the lake. 2Such large
crowds gathered around him that he got into a
boat and sat in it, while all the people stood on the
shore. 3Then he told them many things in para-
bles, saying: "A farmer went out to sow his seed.
4As he was scattering the seed, some fell along the

[w]*41* Or *something*; also in verse 42 [x]*43* Greek *unclean*
[y]*47* Some manuscripts do not have verse 47.

una parte cayó junto al camino, y llegaron los
pájaros y se la comieron. 5Otra parte cayó en
terreno pedregoso, sin mucha tierra. Esa semilla
brotó pronto porque la tierra no era profunda;
6pero cuando salió el sol, las plantas se marchi-
taron y, por no tener raíz, se secaron. 7Otra parte
de la semilla cayó entre espinos que, al crecer,
la ahogaron. 8Pero las otras semillas cayeron en
buen terreno, en el que se dio una cosecha que
rindió treinta, sesenta y hasta cien veces más de
lo que se había sembrado. 9El que tenga oídos,
que oiga.»

10Los discípulos se acercaron y le pregunta-
ron:

—¿Por qué le hablas a la gente en parábolas?

11—A ustedes se les ha concedido conocer los
*secretos del reino de los cielos; pero a ellos no.
12Al que tiene, se le dará más, y tendrá en abun-
dancia. Al que no tiene, hasta lo poco que tiene se
le quitará. 13Por eso les hablo a ellos en parábolas:

»Aunque miran, no ven;
aunque oyen, no escuchan ni entienden.

14En ellos se cumple la profecía de Isaías:

»"Por mucho que oigan, no entenderán;
por mucho que vean, no percibirán.
15Porque el corazón de este pueblo se ha
vuelto insensible;
se les han embotado los oídos,
y se les han cerrado los ojos.
De lo contrario, verían con los ojos,
oirían con los oídos,
entenderían con el corazón
y se convertirían, y yo los sanaría."[v]

16Pero *dichosos los ojos de ustedes porque ven,
y sus oídos porque oyen. 17Porque les aseguro
que muchos profetas y otros justos anhelaron ver
lo que ustedes ven, pero no lo vieron; y oír lo
que ustedes oyen, pero no lo oyeron.

18»Escuchen lo que significa la parábola del
sembrador: 19Cuando alguien oye la palabra
acerca del reino y no la entiende, viene el malig-
no y arrebata lo que se sembró en su corazón.
Ésta es la semilla sembrada junto al camino. 20El
que recibió la semilla que cayó en terreno pedre-
goso es el que oye la palabra e inmediatamente
la recibe con alegría; 21pero como no tiene raíz,
dura poco tiempo. Cuando surgen problemas o
persecución a causa de la palabra, en seguida se
aparta de ella. 22El que recibió la semilla que
cayó entre espinos es el que oye la palabra, pero
las preocupaciones de esta vida y el engaño de

path, and the birds came and ate it up. 5Some fell
on rocky places, where it did not have much soil.
It sprang up quickly, because the soil was shal-
low. 6But when the sun came up, the plants were
scorched, and they withered because they had no
root. 7Other seed fell among thorns, which grew
up and choked the plants. 8Still other seed fell on
good soil, where it produced a crop—a hundred,
sixty or thirty times what was sown. 9He who has
ears, let him hear."

10The disciples came to him and asked, "Why
do you speak to the people in parables?"

11He replied, "The knowledge of the secrets of
the kingdom of heaven has been given to you, but
not to them. 12Whoever has will be given more,
and he will have an abundance. Whoever does not
have, even what he has will be taken from him.
13This is why I speak to them in parables:

"Though seeing, they do not see;
though hearing, they do not hear or un-
derstand.

14In them is fulfilled the prophecy of Isaiah:

" 'You will be ever hearing but never un-
derstanding;
you will be ever seeing but never per-
ceiving.
15For this people's heart has become
calloused;
they hardly hear with their ears,
and they have closed their eyes.
Otherwise they might see with their eyes,
hear with their ears,
understand with their hearts
and turn, and I would heal them.'[z]

16But blessed are your eyes because they see,
and your ears because they hear. 17For I tell you
the truth, many prophets and righteous men
longed to see what you see but did not see it, and
to hear what you hear but did not hear it.

18"Listen then to what the parable of the sower
means: 19When anyone hears the message about
the kingdom and does not understand it, the evil
one comes and snatches away what was sown in
his heart. This is the seed sown along the path.
20The one who received the seed that fell on rocky
places is the man who hears the word and at once
receives it with joy. 21But since he has no root, he
lasts only a short time. When trouble or persecu-
tion comes because of the word, he quickly falls
away. 22The one who received the seed that fell
among the thorns is the man who hears the word,

[v]**13:15** Is 6:9,10

[z]*15* Isaiah 6:9,10

las riquezas la ahogan, de modo que ésta no llega
a dar fruto. 23 Pero el que recibió la semilla que
cayó en buen terreno es el que oye la palabra y
la entiende. Éste sí produce una cosecha al trein-
ta, al sesenta y hasta al ciento por uno.

Parábola de la mala hierba

24 Jesús les contó otra parábola: «El reino de los
cielos es como un hombre que sembró buena
semilla en su campo. 25 Pero mientras todos dor-
mían, llegó su enemigo y sembró mala hierba
entre el trigo, y se fue. 26 Cuando brotó el trigo y
se formó la espiga, apareció también la mala
hierba. 27 Los siervos fueron al dueño y le dijeron:
"Señor, ¿no sembró usted semilla buena en su
campo? Entonces, ¿de dónde salió la mala hier-
ba?" 28 "Esto es obra de un enemigo", les respon-
dió. Le preguntaron los siervos: "¿Quiere usted
que vayamos a arrancarla?" 29 "¡No! —les con-
testó—, no sea que, al arrancar la mala hierba,
arranquen con ella el trigo. 30 Dejen que crezcan
juntos hasta la cosecha. Entonces les diré a los
segadores: Recojan primero la mala hierba, y
átenla en manojos para quemarla; después reco-
jan el trigo y guárdenlo en mi granero." »

Parábolas del grano de mostaza y de la levadura

31 Les contó otra parábola: «El reino de los
cielos es como un grano de mostaza que un
hombre sembró en su campo. 32 Aunque es la
más pequeña de todas las semillas, cuando crece
es la más grande de las hortalizas y se convierte
en árbol, de modo que vienen las aves y anidan
en sus ramas.»

33 Les contó otra parábola más: «El reino de
los cielos es como la levadura que una mujer
tomó y mezcló en una gran cantidad[w] de harina,
hasta que fermentó toda la masa.»

34 Jesús le dijo a la multitud todas estas cosas
en parábolas. Sin emplear parábolas no les decía
nada. 35 Así se cumplió lo dicho por el profeta:

> «Hablaré por medio de parábolas;
> revelaré cosas que han estado ocultas
> desde la creación del mundo.»[x]

Explicación de la parábola de la mala hierba

36 Una vez que se despidió de la multitud,
entró en la casa. Se le acercaron sus discípulos
y le pidieron:

—Explícanos la parábola de la mala hierba del
campo.

[w] **13:33** *una gran cantidad.* Lit. *tres satas* (probablemente unos 22 litros). [x] **13:35** Sal 78:2

but the worries of this life and the deceitfulness of
wealth choke it, making it unfruitful. 23 But the
one who received the seed that fell on good soil is
the man who hears the word and understands it.
He produces a crop, yielding a hundred, sixty or
thirty times what was sown."

The Parable of the Weeds

24 Jesus told them another parable: "The king-
dom of heaven is like a man who sowed good
seed in his field. 25 But while everyone was
sleeping, his enemy came and sowed weeds
among the wheat, and went away. 26 When the
wheat sprouted and formed heads, then the
weeds also appeared.

27 "The owner's servants came to him and
said, 'Sir, didn't you sow good seed in your
field? Where then did the weeds come from?'

28 " 'An enemy did this,' he replied.

"The servants asked him, 'Do you want us to
go and pull them up?'

29 " 'No,' he answered, 'because while you are
pulling the weeds, you may root up the wheat with
them. 30 Let both grow together until the harvest.
At that time I will tell the harvesters: First collect
the weeds and tie them in bundles to be burned;
then gather the wheat and bring it into my barn.' "

The Parables of the Mustard Seed and the Yeast

31 He told them another parable: "The king-
dom of heaven is like a mustard seed, which
a man took and planted in his field. 32 Though
it is the smallest of all your seeds, yet when it
grows, it is the largest of garden plants and
becomes a tree, so that the birds of the air
come and perch in its branches."

33 He told them still another parable: "The
kingdom of heaven is like yeast that a woman
took and mixed into a large amount[a] of flour
until it worked all through the dough."

34 Jesus spoke all these things to the crowd in
parables; he did not say anything to them with-
out using a parable. 35 So was fulfilled what was
spoken through the prophet:

> "I will open my mouth in parables,
> I will utter things hidden since the cre-
> ation of the world."[b]

The Parable of the Weeds Explained

36 Then he left the crowd and went into the
house. His disciples came to him and said, "Ex-
plain to us the parable of the weeds in the field."

[a] *33* Greek *three satas* (probably about 1/2 bushel or 22 liters)
[b] *35* Psalm 78:2

37—El que sembró la buena semilla es el Hijo del hombre —les respondió Jesús—. 38El campo es el mundo, y la buena semilla representa a los hijos del reino. La mala hierba son los hijos del maligno, 39y el enemigo que la siembra es el diablo. La cosecha es el fin del mundo, y los segadores son los ángeles.

40»Así como se recoge la mala hierba y se quema en el fuego, ocurrirá también al fin del mundo. 41El Hijo del hombre enviará a sus ángeles, y arrancarán de su reino a todos los que *pecan y hacen pecar. 42Los arrojarán al horno encendido, donde habrá llanto y rechinar de dientes. 43Entonces los justos brillarán en el reino de su Padre como el sol. El que tenga oídos, que oiga.

Parábolas del tesoro escondido y de la perla

44»El reino de los cielos es como un tesoro escondido en un campo. Cuando un hombre lo descubrió, lo volvió a esconder, y lleno de alegría fue y vendió todo lo que tenía y compró ese campo.

45»También se parece el reino de los cielos a un comerciante que andaba buscando perlas finas. 46Cuando encontró una de gran valor, fue y vendió todo lo que tenía y la compró.

Parábola de la red

47»También se parece el reino de los cielos a una red echada al lago, que recoge peces de toda clase. 48Cuando se llena, los pescadores la sacan a la orilla, se sientan y recogen en canastas los peces buenos, y desechan los malos. 49Así será al fin del mundo. Vendrán los ángeles y apartarán de los justos a los malvados, 50y los arrojarán al horno encendido, donde habrá llanto y rechinar de dientes.

51—¿Han entendido todo esto? —les preguntó Jesús.

—Sí —respondieron ellos.

Entonces concluyó Jesús:

52—Todo *maestro de la ley que ha sido instruido acerca del reino de los cielos es como el dueño de una casa, que de lo que tiene guardado saca tesoros nuevos y viejos.

Un profeta sin honra

53Cuando Jesús terminó de contar estas parábolas, se fue de allí. 54Al llegar a su tierra, comenzó a enseñar a la gente en la sinagoga.

—¿De dónde sacó éste tal sabiduría y tales poderes milagrosos? —decían maravillados—. 55¿No es acaso el hijo del carpintero? ¿No se llama su madre María; y no son sus hermanos *Jacobo, José, Simón y Judas? 56¿No están con nosotros todas sus hermanas? ¿Así que de dónde sacó todas estas cosas?

37He answered, "The one who sowed the good seed is the Son of Man. 38The field is the world, and the good seed stands for the sons of the kingdom. The weeds are the sons of the evil one, 39and the enemy who sows them is the devil. The harvest is the end of the age, and the harvesters are angels.

40"As the weeds are pulled up and burned in the fire, so it will be at the end of the age. 41The Son of Man will send out his angels, and they will weed out of his kingdom everything that causes sin and all who do evil. 42They will throw them into the fiery furnace, where there will be weeping and gnashing of teeth. 43Then the righteous will shine like the sun in the kingdom of their Father. He who has ears, let him hear.

The Parables of the Hidden Treasure and the Pearl

44"The kingdom of heaven is like treasure hidden in a field. When a man found it, he hid it again, and then in his joy went and sold all he had and bought that field.

45"Again, the kingdom of heaven is like a merchant looking for fine pearls. 46When he found one of great value, he went away and sold everything he had and bought it.

The Parable of the Net

47"Once again, the kingdom of heaven is like a net that was let down into the lake and caught all kinds of fish. 48When it was full, the fishermen pulled it up on the shore. Then they sat down and collected the good fish in baskets, but threw the bad away. 49This is how it will be at the end of the age. The angels will come and separate the wicked from the righteous 50and throw them into the fiery furnace, where there will be weeping and gnashing of teeth.

51"Have you understood all these things?" Jesus asked.

"Yes," they replied.

52He said to them, "Therefore every teacher of the law who has been instructed about the kingdom of heaven is like the owner of a house who brings out of his storeroom new treasures as well as old."

A Prophet Without Honor

53When Jesus had finished these parables, he moved on from there. 54Coming to his hometown, he began teaching the people in their synagogue, and they were amazed. "Where did this man get this wisdom and these miraculous powers?" they asked. 55"Isn't this the carpenter's son? Isn't his mother's name Mary, and aren't his brothers James, Joseph, Simon and Judas? 56Aren't all his sisters with us? Where

57Y se *escandalizaban a causa de él. Pero Jesús les dijo:

—En todas partes se honra a un profeta, menos en su tierra y en su propia casa.

58Y por la incredulidad de ellos, no hizo allí muchos milagros.

Decapitación de Juan el Bautista

14 En aquel tiempo Herodes el tetrarca se enteró de lo que decían de Jesús, 2y comentó a sus sirvientes: «¡Ése es Juan el Bautista; ha *resucitado! Por eso tiene poder para realizar milagros.»

3En efecto, Herodes había arrestado a Juan. Lo había encadenado y metido en la cárcel por causa de Herodías, esposa de su hermano Felipe. 4Es que Juan había estado diciéndole: «La ley te prohíbe tenerla por esposa.» 5Herodes quería matarlo, pero le tenía miedo a la gente, porque consideraban a Juan como un profeta.

6En el cumpleaños de Herodes, la hija de Herodías bailó delante de todos; y tanto le agradó a Herodes 7que le prometió bajo juramento darle cualquier cosa que pidiera. 8Instigada por su madre, le pidió: «Dame en una bandeja la cabeza de Juan el Bautista.»

9El rey se entristeció, pero a causa de sus juramentos y en atención a los invitados, ordenó que se le concediera la petición, 10y mandó decapitar a Juan en la cárcel. 11Llevaron la cabeza en una bandeja y se la dieron a la muchacha, quien se la entregó a su madre. 12Luego llegaron los discípulos de Juan, recogieron el cuerpo y le dieron sepultura. Después fueron y avisaron a Jesús.

Jesús alimenta a los cinco mil

13Cuando Jesús recibió la noticia, se retiró él solo en una barca a un lugar solitario. Las multitudes se enteraron y lo siguieron a pie desde los poblados. 14Cuando Jesús desembarcó y vio a tanta gente, tuvo compasión de ellos y sanó a los que estaban enfermos.

15Al atardecer se le acercaron sus discípulos y le dijeron:

—Éste es un lugar apartado y ya se hace tarde. Despide a la gente, para que vayan a los pueblos y se compren algo de comer.

16—No tienen que irse —contestó Jesús—. Denles ustedes mismos de comer.

17Ellos objetaron:

—No tenemos aquí más que cinco panes y dos pescados.

18—Tráiganmelos acá —les dijo Jesús.

19Y mandó a la gente que se sentara sobre la hierba. Tomó los cinco panes y los dos pescados y, mirando al cielo, los bendijo. Luego partió los panes y se los dio a los discípulos, quienes los repartieron a la gente. 20Todos comieron hasta

then did this man get all these things?" 57And they took offense at him.

But Jesus said to them, "Only in his hometown and in his own house is a prophet without honor."

58And he did not do many miracles there because of their lack of faith.

John the Baptist Beheaded

14 At that time Herod the tetrarch heard the reports about Jesus, 2and he said to his attendants, "This is John the Baptist; he has risen from the dead! That is why miraculous powers are at work in him."

3Now Herod had arrested John and bound him and put him in prison because of Herodias, his brother Philip's wife, 4for John had been saying to him: "It is not lawful for you to have her." 5Herod wanted to kill John, but he was afraid of the people, because they considered him a prophet.

6On Herod's birthday the daughter of Herodias danced for them and pleased Herod so much 7that he promised with an oath to give her whatever she asked. 8Prompted by her mother, she said, "Give me here on a platter the head of John the Baptist." 9The king was distressed, but because of his oaths and his dinner guests, he ordered that her request be granted 10and had John beheaded in the prison. 11His head was brought in on a platter and given to the girl, who carried it to her mother. 12John's disciples came and took his body and buried it. Then they went and told Jesus.

Jesus Feeds the Five Thousand

13When Jesus heard what had happened, he withdrew by boat privately to a solitary place. Hearing of this, the crowds followed him on foot from the towns. 14When Jesus landed and saw a large crowd, he had compassion on them and healed their sick.

15As evening approached, the disciples came to him and said, "This is a remote place, and it's already getting late. Send the crowds away, so they can go to the villages and buy themselves some food."

16Jesus replied, "They do not need to go away. You give them something to eat."

17"We have here only five loaves of bread and two fish," they answered.

18"Bring them here to me," he said. 19And he directed the people to sit down on the grass. Taking the five loaves and the two fish and looking up to heaven, he gave thanks and broke the loaves. Then he gave them to the disciples, and the disciples gave them to the people.

quedar satisfechos, y los discípulos recogieron
doce canastas llenas de pedazos que sobraron.
21 Los que comieron fueron unos cinco mil hom-
bres, sin contar a las mujeres y a los niños.

Jesús camina sobre el agua

22 En seguida Jesús hizo que los discípulos
subieran a la barca y se le adelantaran al otro
lado mientras él despedía a la multitud. 23 Des-
pués de despedir a la gente, subió a la montaña
para orar a solas. Al anochecer, estaba allí él
solo, 24 y la barca ya estaba bastante lejos[y] de la
tierra, zarandeada por las olas, porque el viento
le era contrario.
25 En la madrugada,[z] Jesús se acercó a ellos
caminando sobre el lago. 26 Cuando los discípu-
los lo vieron caminando sobre el agua, quedaron
aterrados.
—¡Es un fantasma! —gritaron de miedo.
27 Pero Jesús les dijo en seguida:
—¡Cálmense! Soy yo. No tengan miedo.
28 —Señor, si eres tú —respondió Pedro—,
mándame que vaya a ti sobre el agua.
29 —Ven —dijo Jesús.
Pedro bajó de la barca y caminó sobre el agua
en dirección a Jesús. 30 Pero al sentir el viento
fuerte, tuvo miedo y comenzó a hundirse. En-
tonces gritó:
—¡Señor, sálvame!
31 En seguida Jesús le tendió la mano y, suje-
tándolo, lo reprendió:
—¡Hombre de poca fe! ¿Por qué dudaste?
32 Cuando subieron a la barca, se calmó el
viento. 33 Y los que estaban en la barca lo adora-
ron diciendo:
—Verdaderamente tú eres el Hijo de Dios.
34 Después de cruzar el lago, desembarcaron
en Genesaret. 35 Los habitantes de aquel lugar
reconocieron a Jesús y divulgaron la noticia por
todos los alrededores. Le llevaban todos los
enfermos, 36 suplicándole que les permitiera to-
car siquiera el borde de su manto, y quienes lo
tocaban quedaban sanos.

Lo limpio y lo impuro

15 Se acercaron a Jesús algunos fariseos y
*maestros de la ley que habían llegado
de Jerusalén, y le preguntaron:
2 —¿Por qué quebrantan tus discípulos la tra-
dición de los *ancianos? ¡Comen sin cumplir
primero el rito de lavarse las manos!
3 Jesús les contestó:
—¿Y por qué ustedes quebrantan el manda-
miento de Dios a causa de la tradición? 4 Dios

20 They all ate and were satisfied, and the disci-
ples picked up twelve basketfuls of broken
pieces that were left over. 21 The number of those
who ate was about five thousand men, besides
women and children.

Jesus Walks on the Water

22 Immediately Jesus made the disciples get
into the boat and go on ahead of him to the
other side, while he dismissed the crowd.
23 After he had dismissed them, he went up on
a mountainside by himself to pray. When eve-
ning came, he was there alone, 24 but the boat
was already a considerable distance[c] from
land, buffeted by the waves because the wind
was against it.
25 During the fourth watch of the night Jesus
went out to them, walking on the lake. 26 When
the disciples saw him walking on the lake, they
were terrified. "It's a ghost," they said, and
cried out in fear.
27 But Jesus immediately said to them: "Take
courage! It is I. Don't be afraid."
28 "Lord, if it's you," Peter replied, "tell me
to come to you on the water."
29 "Come," he said.
Then Peter got down out of the boat, walked
on the water and came toward Jesus. 30 But when
he saw the wind, he was afraid and, beginning
to sink, cried out, "Lord, save me!"
31 Immediately Jesus reached out his hand and
caught him. "You of little faith," he said, "why
did you doubt?"
32 And when they climbed into the boat, the
wind died down. 33 Then those who were in the
boat worshiped him, saying, "Truly you are the
Son of God."
34 When they had crossed over, they landed at
Gennesaret. 35 And when the men of that place
recognized Jesus, they sent word to all the sur-
rounding country. People brought all their sick
to him 36 and begged him to let the sick just touch
the edge of his cloak, and all who touched him
were healed.

Clean and Unclean

15 Then some Pharisees and teachers of the
law came to Jesus from Jerusalem and
asked, 2 "Why do your disciples break the tradi-
tion of the elders? They don't wash their hands
before they eat!"
3 Jesus replied, "And why do you break the
command of God for the sake of your tradi-
tion? 4 For God said, 'Honor your father and

[y] **14:24** *bastante lejos*. Lit. *a muchos *estadios*. [z] **14:25** *la madrugada*. Lit. *la cuarta vigilia de la noche*.

[c] *24* Greek *many stadia*

dijo: "Honra a tu padre y a tu madre",[a] y tam-
bién: "El que maldiga a su padre o a su madre
será condenado a muerte."[b] 5Ustedes, en cam-
bio, enseñan que un hijo puede decir a su padre
o a su madre: "Cualquier ayuda que pudiera
darte ya la he dedicado como ofrenda a Dios."
6En ese caso, el tal hijo no tiene que honrar a su
padre.[c] Así por causa de la tradición anulan
ustedes la palabra de Dios. 7¡*Hipócritas! Tenía
razón Isaías cuando profetizó de ustedes:

8»"Este pueblo me honra con los labios,
pero su corazón está lejos de mí.
9En vano me adoran;
sus enseñanzas no son más que reglas
*humanas."[d]

10Jesús llamó a la multitud y dijo:
—Escuchen y entiendan. 11Lo que *contami-
na a una persona no es lo que entra en la boca
sino lo que sale de ella.
12Entonces se le acercaron los discípulos y le
dijeron:
—¿Sabes que los fariseos se *escandalizaron
al oír eso?
13—Toda planta que mi Padre celestial no haya
plantado será arrancada de raíz —les respon-
dió—. 14Déjenlos; son guías ciegos.[e] Y si un
ciego guía a otro ciego, ambos caerán en un hoyo.
15—Explícanos la comparación —le pidió Pe-
dro.
16—¿También ustedes son todavía tan torpes?
—les dijo Jesús—. 17¿No se dan cuenta de que
todo lo que entra en la boca va al estómago y
después se echa en la letrina? 18Pero lo que sale
de la boca viene del corazón y contamina a la
persona. 19Porque del corazón salen los malos
pensamientos, los homicidios, los adulterios, la
inmoralidad sexual, los robos, los falsos testi-
monios y las calumnias. 20Éstas son las cosas
que contaminan a la persona, y no el comer sin
lavarse las manos.

La fe de la mujer cananea

21Partiendo de allí, Jesús se retiró a la región
de Tiro y Sidón. 22Una mujer cananea de las
inmediaciones salió a su encuentro, gritando:
—¡Señor, Hijo de David, ten compasión de
mí! Mi hija sufre terriblemente por estar ende-
moniada.
23Jesús no le respondió palabra. Así que sus
discípulos se acercaron a él y le rogaron:
—Despídela, porque viene detrás de nosotros
gritando.

mother'[d] and 'Anyone who curses his father
or mother must be put to death.'[e] 5But you
say that if a man says to his father or mother,
'Whatever help you might otherwise have re-
ceived from me is a gift devoted to God,' 6he
is not to 'honor his father[f] with it. Thus you
nullify the word of God for the sake of your
tradition. 7You hypocrites! Isaiah was right
when he prophesied about you:

8" 'These people honor me with their lips,
but their hearts are far from me.
9They worship me in vain;
their teachings are but rules taught by
men.'[g]"

10Jesus called the crowd to him and said,
"Listen and understand. 11What goes into a
man's mouth does not make him 'unclean,' but
what comes out of his mouth, that is what makes
him 'unclean.'"
12Then the disciples came to him and asked,
"Do you know that the Pharisees were offended
when they heard this?"
13He replied, "Every plant that my heavenly
Father has not planted will be pulled up by the
roots. 14Leave them; they are blind guides.[h] If a
blind man leads a blind man, both will fall into
a pit."
15Peter said, "Explain the parable to us."
16"Are you still so dull?" Jesus asked them.
17"Don't you see that whatever enters the
mouth goes into the stomach and then out of
the body? 18But the things that come out of
the mouth come from the heart, and these
make a man 'unclean.' 19For out of the heart
come evil thoughts, murder, adultery, sexual
immorality, theft, false testimony, slander.
20These are what make a man 'unclean'; but
eating with unwashed hands does not make
him 'unclean.'"
21Leaving that place, Jesus withdrew to the
region of Tyre and Sidon. 22A Canaanite woman
from that vicinity came to him, crying out,
"Lord, Son of David, have mercy on me! My
daughter is suffering terribly from demon-pos-
session."
23Jesus did not answer a word. So his disci-
ples came to him and urged him, "Send her
away, for she keeps crying out after us."

[a] **15:4** Éx 20:12; Dt 5:16 [b] **15:4** Éx 21:17; Lv 20:9
[c] **15:6** *padre.* Var. *padre ni a su madre.* [d] **15:9** Is 29:13
[e] **15:14** *guías ciegos.* Var. *ciegos guías de ciegos.*

[d] *4* Exodus 20:12; Deut. 5:16 [e] *4* Exodus 21:17; Lev. 20:9
[f] *6* Some manuscripts *father or his mother* [g] *9* Isaiah 29:13
[h] *14* Some manuscripts *guides of the blind*

24—No fui enviado sino a las ovejas perdidas
del pueblo de Israel —contestó Jesús.
25La mujer se acercó y, arrodillándose delante
de él, le suplicó:
—¡Señor, ayúdame!
26Él le respondió:
—No está bien quitarles el pan a los hijos y
echárselo a los *perros.
27—Sí, Señor; pero hasta los perros comen las
migajas que caen de la mesa de sus amos.
28—¡Mujer, qué grande es tu fe! —contestó
Jesús—. Que se cumpla lo que quieres.
Y desde ese mismo momento quedó sana su
hija.

Jesús alimenta a los cuatro mil

29Salió Jesús de allí y llegó a orillas del mar
de Galilea. Luego subió a la montaña y se sentó.
30Se le acercaron grandes multitudes que lleva-
ban cojos, ciegos, lisiados, mudos y muchos
enfermos más, y los pusieron a sus pies; y él los
sanó. 31La gente se asombraba al ver a los
mudos hablar, a los lisiados recobrar la salud, a
los cojos andar y a los ciegos ver. Y alababan al
Dios de Israel.
32Jesús llamó a sus discípulos y les dijo:
—Siento compasión de esta gente porque ya
llevan tres días conmigo y no tienen nada que
comer. No quiero despedirlos sin comer, no sea
que se desmayen por el camino.
33Los discípulos objetaron:
—¿Dónde podríamos conseguir en este lugar
despoblado suficiente pan para dar de comer a
toda esta multitud?
34—¿Cuántos panes tienen? —les preguntó
Jesús.
—Siete, y unos pocos pescaditos.
35Luego mandó que la gente se sentara en el
suelo. 36Tomando los siete panes y los pescados,
dio gracias, los partió y se los fue dando a los
discípulos. Éstos, a su vez, los distribuyeron a la
gente. 37Todos comieron hasta quedar satisfe-
chos. Después los discípulos recogieron siete
cestas llenas de pedazos que sobraron. 38Los
que comieron eran cuatro mil hombres, sin con-
tar a las mujeres y a los niños. 39Después de
despedir a la gente, subió Jesús a la barca y se
fue a la región de Magadán.[f]

Le piden a Jesús una señal

16 Los fariseos y los saduceos se acercaron
a Jesús y, para ponerlo a prueba, le
pidieron que les mostrara una señal del cielo.
2Él les contestó:[g] «Al atardecer, ustedes dicen

[f]15:39 *Magadán*. Var. *Magdala*. [g]16:2 Var. no incluye el resto del v. 2 y todo el v. 3.

24He answered, "I was sent only to the lost
sheep of Israel."
25The woman came and knelt before him.
"Lord, help me!" she said.
26He replied, "It is not right to take the chil-
dren's bread and toss it to their dogs."
27"Yes, Lord," she said, "but even the dogs
eat the crumbs that fall from their masters' ta-
ble."
28Then Jesus answered, "Woman, you have
great faith! Your request is granted." And her
daughter was healed from that very hour.

Jesus Feeds the Four Thousand

29Jesus left there and went along the Sea of
Galilee. Then he went up on a mountainside and
sat down. 30Great crowds came to him, bringing
the lame, the blind, the crippled, the mute and
many others, and laid them at his feet; and he
healed them. 31The people were amazed when
they saw the mute speaking, the crippled made
well, the lame walking and the blind seeing. And
they praised the God of Israel.
32Jesus called his disciples to him and said, "I
have compassion for these people; they have
already been with me three days and have noth-
ing to eat. I do not want to send them away
hungry, or they may collapse on the way."
33His disciples answered, "Where could we
get enough bread in this remote place to feed
such a crowd?"
34"How many loaves do you have?" Jesus
asked.
"Seven," they replied, "and a few small
fish."
35He told the crowd to sit down on the
ground. 36Then he took the seven loaves and
the fish, and when he had given thanks, he
broke them and gave them to the disciples, and
they in turn to the people. 37They all ate and
were satisfied. Afterward the disciples picked
up seven basketfuls of broken pieces that were
left over. 38The number of those who ate was
four thousand, besides women and children.
39After Jesus had sent the crowd away, he got
into the boat and went to the vicinity of Mag-
adan.

The Demand for a Sign

16 The Pharisees and Sadducees came to
Jesus and tested him by asking him to
show them a sign from heaven.
2He replied,[i] "When evening comes, you say,
'It will be fair weather, for the sky is red,' 3and

[i]2 Some early manuscripts do not have the rest of verse 2 and all of verse 3.

que hará buen tiempo porque el cielo está rojizo,
3y por la mañana, que habrá tempestad porque
el cielo está nublado y amenazante.[h] Ustedes
saben discernir el aspecto del cielo, pero no las
señales de los tiempos. 4Esta generación malva-
da y adúltera busca una señal milagrosa, pero no
se le dará más señal que la de Jonás.» Entonces
Jesús los dejó y se fue.

La levadura de los fariseos y de los saduceos

5Cruzaron el lago, pero a los discípulos se les
había olvidado llevar pan.
6—Tengan cuidado —les advirtió Jesús—;
eviten la levadura de los fariseos y de los sadu-
ceos.
7Ellos comentaban entre sí: «Lo dice porque
no trajimos pan.» 8Al darse cuenta de esto, Jesús
les recriminó:
—Hombres de poca fe, ¿por qué están hablan-
do de que no tienen pan? 9¿Todavía no entien-
den? ¿No recuerdan los cinco panes para los
cinco mil, y el número de canastas que recogie-
ron? 10¿Ni los siete panes para los cuatro mil, y
el número de cestas que recogieron? 11¿Cómo
es que no entienden que no hablaba yo del pan
sino de tener cuidado de la levadura de fariseos
y saduceos?
12Entonces comprendieron que no les decía
que se cuidaran de la levadura del pan sino de la
enseñanza de los fariseos y de los saduceos.

La confesión de Pedro

13Cuando llegó a la región de Cesarea de
Filipo, Jesús preguntó a sus discípulos:
—¿Quién dice la gente que es el Hijo del
hombre?
Le respondieron:
14—Unos dicen que es Juan el Bautista, otros
que Elías, y otros que Jeremías o uno de los
profetas.
15—Y ustedes, ¿quién dicen que soy yo?
16—Tú eres el *Cristo, el Hijo del Dios vi-
viente —afirmó Simón Pedro.
17—*Dichoso tú, Simón, hijo de Jonás —le
dijo Jesús—, porque eso no te lo reveló ningún
mortal,[i] sino mi Padre que está en el cielo. 18Yo
te digo que tú eres Pedro,[j] y sobre esta piedra
edificaré mi iglesia, y las puertas del reino de la
muerte[k] no prevalecerán contra ella. 19Te daré
las llaves del reino de los cielos; todo lo que ates
en la tierra quedará atado en el cielo, y todo lo
que desates en la tierra quedará desatado en el
cielo.

[h]16:3 *amenazante.* Lit. *rojizo.* [i]16:17 *ningún mortal.* Lit. **carne y sangre.* [j]16:18 *Pedro* significa *piedra.* [k]16:18 *del reino de la muerte.* Lit. *del *Hades.*

in the morning, 'Today it will be stormy, for the
sky is red and overcast.' You know how to
interpret the appearance of the sky, but you
cannot interpret the signs of the times. 4A wick-
ed and adulterous generation looks for a mirac-
ulous sign, but none will be given it except the
sign of Jonah." Jesus then left them and went
away.

The Yeast of the Pharisees and Sadducees

5When they went across the lake, the disciples
forgot to take bread. 6"Be careful," Jesus said
to them. "Be on your guard against the yeast of
the Pharisees and Sadducees."
7They discussed this among themselves and
said, "It is because we didn't bring any bread."
8Aware of their discussion, Jesus asked,
"You of little faith, why are you talking among
yourselves about having no bread? 9Do you
still not understand? Don't you remember the
five loaves for the five thousand, and how
many basketfuls you gathered? 10Or the seven
loaves for the four thousand, and how many
basketfuls you gathered? 11How is it you don't
understand that I was not talking to you about
bread? But be on your guard against the yeast
of the Pharisees and Sadducees." 12Then they
understood that he was not telling them to
guard against the yeast used in bread, but
against the teaching of the Pharisees and Sad-
ducees.

Peter's Confession of Christ

13When Jesus came to the region of Caesarea
Philippi, he asked his disciples, "Who do people
say the Son of Man is?"
14They replied, "Some say John the Baptist;
others say Elijah; and still others, Jeremiah or
one of the prophets."
15"But what about you?" he asked. "Who do
you say I am?"
16Simon Peter answered, "You are the
Christ,[j] the Son of the living God."
17Jesus replied, "Blessed are you, Simon son
of Jonah, for this was not revealed to you by
man, but by my Father in heaven. 18And I tell
you that you are Peter,[k] and on this rock I will
build my church, and the gates of Hades[l] will
not overcome it.[m] 19I will give you the keys of
the kingdom of heaven; whatever you bind on
earth will be[n] bound in heaven, and whatever
you loose on earth will be[o] loosed in heaven."

[j]*16* Or *Messiah*; also in verse 20 [k]*18 Peter* means *rock.* [l]*18* Or *hell* [m]*18* Or *not prove stronger than it* [n]*19* Or *have been* [o]*19* Or *have been*

20 Luego les ordenó a sus discípulos que no
dijeran a nadie que él era el Cristo.

Jesús predice su muerte

21 Desde entonces comenzó Jesús a advertir a
sus discípulos que tenía que ir a Jerusalén y
sufrir muchas cosas a manos de los *ancianos,
de los jefes de los sacerdotes y de los *maestros
de la ley, y que era necesario que lo mataran y
que al tercer día resucitara. 22 Pedro lo llevó
aparte y comenzó a reprenderlo:

—¡De ninguna manera, Señor! ¡Esto no te
sucederá jamás!

23 Jesús se volvió y le dijo a Pedro:

—¡Aléjate de mí, Satanás! Quieres hacerme
*tropezar; no piensas en las cosas de Dios sino
en las de los hombres.

24 Luego dijo Jesús a sus discípulos:

—Si alguien quiere ser mi discípulo, tiene que
negarse a sí mismo, tomar su cruz y seguirme.
25 Porque el que quiera salvar su *vida, la perde-
rá; pero el que pierda su vida por mi causa, la
encontrará. 26 ¿De qué sirve ganar el mundo
entero si se pierde la vida? ¿O qué se puede dar
a cambio de la vida? 27 Porque el Hijo del hom-
bre ha de venir en la gloria de su Padre con sus
ángeles, y entonces recompensará a cada perso-
na según lo que haya hecho. 28 Les aseguro que
algunos de los aquí presentes no sufrirán la
muerte sin antes haber visto al Hijo del hombre
llegar en su reino.

La transfiguración

17 Seis días después, Jesús tomó consigo a
Pedro, a *Jacobo y a Juan, el hermano
de Jacobo, y los llevó aparte, a una montaña alta.
2 Allí se transfiguró en presencia de ellos; su
rostro resplandeció como el sol, y su ropa se
volvió blanca como la luz. 3 En esto, se les
aparecieron Moisés y Elías conversando con
Jesús. 4 Pedro le dijo a Jesús:

—Señor, ¡qué bien que estemos aquí! Si quie-
res, levantaré tres albergues: uno para ti, otro
para Moisés y otro para Elías.

5 Mientras estaba aún hablando, apareció una
nube luminosa que los envolvió, de la cual salió
una voz que dijo: «Éste es mi Hijo amado; estoy
muy complacido con él. ¡Escúchenlo!»

6 Al oír esto, los discípulos se postraron sobre
su rostro, aterrorizados. 7 Pero Jesús se acercó a
ellos y los tocó.

—Levántense —les dijo—. No tengan miedo.

8 Cuando alzaron la vista, no vieron a nadie
más que a Jesús.

9 Mientras bajaban de la montaña, Jesús les
encargó:

—No le cuenten a nadie lo que han visto hasta
que el Hijo del hombre *resucite.

20 Then he warned his disciples not to tell anyone
that he was the Christ.

Jesus Predicts His Death

21 From that time on Jesus began to explain to
his disciples that he must go to Jerusalem and
suffer many things at the hands of the elders, chief
priests and teachers of the law, and that he must
be killed and on the third day be raised to life.

22 Peter took him aside and began to rebuke
him. "Never, Lord!" he said. "This shall never
happen to you!"

23 Jesus turned and said to Peter, "Get behind
me, Satan! You are a stumbling block to me; you
do not have in mind the things of God, but the
things of men."

24 Then Jesus said to his disciples, "If anyone
would come after me, he must deny himself and
take up his cross and follow me. 25 For whoever
wants to save his life[p] will lose it, but whoever
loses his life for me will find it. 26 What good
will it be for a man if he gains the whole world,
yet forfeits his soul? Or what can a man give in
exchange for his soul? 27 For the Son of Man is
going to come in his Father's glory with his
angels, and then he will reward each person
according to what he has done. 28 I tell you the
truth, some who are standing here will not taste
death before they see the Son of Man coming in
his kingdom."

The Transfiguration

17 After six days Jesus took with him Peter,
James and John the brother of James, and
led them up a high mountain by themselves.
2 There he was transfigured before them. His face
shone like the sun, and his clothes became as
white as the light. 3 Just then there appeared be-
fore them Moses and Elijah, talking with Jesus.

4 Peter said to Jesus, "Lord, it is good for us
to be here. If you wish, I will put up three
shelters—one for you, one for Moses and one
for Elijah."

5 While he was still speaking, a bright cloud
enveloped them, and a voice from the cloud said,
"This is my Son, whom I love; with him I am
well pleased. Listen to him!"

6 When the disciples heard this, they fell face-
down to the ground, terrified. 7 But Jesus came
and touched them. "Get up," he said. "Don't be
afraid." 8 When they looked up, they saw no one
except Jesus.

9 As they were coming down the mountain,
Jesus instructed them, "Don't tell anyone what

p 25 The Greek word means either *life* or *soul*; also in verse 26.

10 Entonces los discípulos le preguntaron a Jesús:

—¿Por qué dicen los *maestros de la ley que Elías tiene que venir primero?

11 —Sin duda Elías viene, y restaurará todas las cosas —respondió Jesús—. 12 Pero les digo que Elías ya vino, y no lo reconocieron sino que hicieron con él todo lo que quisieron. De la misma manera va a sufrir el Hijo del hombre a manos de ellos.

13 Entonces entendieron los discípulos que les estaba hablando de Juan el Bautista.

Jesús sana a un muchacho endemoniado

14 Cuando llegaron a la multitud, un hombre se acercó a Jesús y se arrodilló delante de él.

15 —Señor, ten compasión de mi hijo. Le dan ataques y sufre terriblemente. Muchas veces cae en el fuego o en el agua. 16 Se lo traje a tus discípulos, pero no pudieron sanarlo.

17 —¡Ah, generación incrédula y perversa! —respondió Jesús—. ¿Hasta cuándo tendré que estar con ustedes? ¿Hasta cuándo tendré que soportarlos? Tráiganme acá al muchacho.

18 Jesús reprendió al demonio, el cual salió del muchacho, y éste quedó sano desde aquel momento.

19 Después los discípulos se acercaron a Jesús y, en privado, le preguntaron:

—¿Por qué nosotros no pudimos expulsarlo?

20 —Porque ustedes tienen tan poca fe —les respondió—. Les aseguro que si tienen fe tan pequeña como un grano de mostaza, podrán decirle a esta montaña: "Trasládate de aquí para allá", y se trasladará. Para ustedes nada será imposible.[l]

22 Estando reunidos en Galilea, Jesús les dijo: «El Hijo del hombre va a ser entregado en manos de los hombres. 23 Lo matarán, pero al tercer día resucitará.» Y los discípulos se entristecieron mucho.

El impuesto del templo

24 Cuando Jesús y sus discípulos llegaron a Capernaúm, los que cobraban el impuesto del *templo[m] se acercaron a Pedro y le preguntaron:

—¿Su maestro no paga el impuesto del templo?

25 —Sí, lo paga —respondió Pedro.

Al entrar Pedro en la casa, se adelantó Jesús a preguntarle:

—¿Tú qué opinas, Simón? Los reyes de la tierra, ¿a quiénes cobran tributos e impuestos: a los suyos o a los demás?

[l] **17:20** *imposible.* Var. *imposible.* [21] *Pero esta clase no sale sino con oración y ayuno.* [m] **17:24** *el impuesto del templo.* Lit. *las dos *dracmas.*

you have seen, until the Son of Man has been raised from the dead."

10 The disciples asked him, "Why then do the teachers of the law say that Elijah must come first?"

11 Jesus replied, "To be sure, Elijah comes and will restore all things. 12 But I tell you, Elijah has already come, and they did not recognize him, but have done to him everything they wished. In the same way the Son of Man is going to suffer at their hands." 13 Then the disciples understood that he was talking to them about John the Baptist.

The Healing of a Boy With a Demon

14 When they came to the crowd, a man approached Jesus and knelt before him. 15 "Lord, have mercy on my son," he said. "He has seizures and is suffering greatly. He often falls into the fire or into the water. 16 I brought him to your disciples, but they could not heal him."

17 "O unbelieving and perverse generation," Jesus replied, "how long shall I stay with you? How long shall I put up with you? Bring the boy here to me." 18 Jesus rebuked the demon, and it came out of the boy, and he was healed from that moment.

19 Then the disciples came to Jesus in private and asked, "Why couldn't we drive it out?"

20 He replied, "Because you have so little faith. I tell you the truth, if you have faith as small as a mustard seed, you can say to this mountain, 'Move from here to there' and it will move. Nothing will be impossible for you."[q]

22 When they came together in Galilee, he said to them, "The Son of Man is going to be betrayed into the hands of men. 23 They will kill him, and on the third day he will be raised to life." And the disciples were filled with grief.

The Temple Tax

24 After Jesus and his disciples arrived in Capernaum, the collectors of the two-drachma tax came to Peter and asked, "Doesn't your teacher pay the temple tax[r]?"

25 "Yes, he does," he replied.

When Peter came into the house, Jesus was the first to speak. "What do you think, Simon?" he asked. "From whom do the kings of the earth collect duty and taxes—from their own sons or from others?"

[q] *20* Some manuscripts *you.* [21] *But this kind does not go out except by prayer and fasting.* [r] *24* Greek *the two drachmas*

26—A los demás —contestó Pedro.

—Entonces los suyos están exentos —le dijo Jesús—. 27Pero, para no *escandalizar a esta gente, vete al lago y echa el anzuelo. Saca el primer pez que pique; ábrele la boca y encontrarás una moneda.[n] Tómala y dásela a ellos por mi impuesto y por el tuyo.

El más importante en el reino de los cielos

18 En ese momento los discípulos se acercaron a Jesús y le preguntaron:

—¿Quién es el más importante en el reino de los cielos?

2Él llamó a un niño y lo puso en medio de ellos. 3Entonces dijo:

—Les aseguro que a menos que ustedes cambien y se vuelvan como niños, no entrarán en el reino de los cielos. 4Por tanto, el que se humilla como este niño será el más grande en el reino de los cielos.

5»Y el que recibe en mi nombre a un niño como éste, me recibe a mí. 6Pero si alguien hace *pecar a uno de estos pequeños que creen en mí, más le valdría que le colgaran al cuello una gran piedra de molino y lo hundieran en lo profundo del mar.

7»¡Ay del mundo por las cosas que hacen pecar a la gente! Inevitable es que sucedan, pero ¡ay del que hace pecar a los demás! 8Si tu mano o tu pie te hace pecar, córtatelo y arrójalo. Más te vale entrar en la vida manco o cojo que ser arrojado al fuego eterno con tus dos manos y tus dos pies. 9Y si tu ojo te hace pecar, sácatelo y arrójalo. Más te vale entrar tuerto en la vida que con dos ojos ser arrojado al fuego del infierno.[ñ]

Parábola de la oveja perdida

10»Miren que no menosprecien a uno de estos pequeños. Porque les digo que en el cielo los ángeles de ellos contemplan siempre el rostro de mi Padre celestial.[o]

12»¿Qué les parece? Si un hombre tiene cien ovejas y se le extravía una de ellas, ¿no dejará las noventa y nueve en las colinas para ir en busca de la extraviada? 13Y si llega a encontrarla, les aseguro que se pondrá más feliz por esa sola oveja que por las noventa y nueve que no se extraviaron. 14Así también, el Padre de ustedes que está en el cielo no quiere que se pierda ninguno de estos pequeños.

[n]**17:27** *una moneda.* Lit. *un estatero* (moneda que equivale a cuatro *dracmas). [ñ]**18:9** *al fuego del infierno.* Lit. *a la *Gehenna del fuego.* [o]**18:10** *celestial.* Var. *celestial.* [11]*El Hijo del hombre vino a salvar lo que se había perdido.*

26"From others," Peter answered.

"Then the sons are exempt," Jesus said to him. 27"But so that we may not offend them, go to the lake and throw out your line. Take the first fish you catch; open its mouth and you will find a four-drachma coin. Take it and give it to them for my tax and yours."

The Greatest in the Kingdom of Heaven

18 At that time the disciples came to Jesus and asked, "Who is the greatest in the kingdom of heaven?"

2He called a little child and had him stand among them. 3And he said: "I tell you the truth, unless you change and become like little children, you will never enter the kingdom of heaven. 4Therefore, whoever humbles himself like this child is the greatest in the kingdom of heaven.

5"And whoever welcomes a little child like this in my name welcomes me. 6But if anyone causes one of these little ones who believe in me to sin, it would be better for him to have a large millstone hung around his neck and to be drowned in the depths of the sea.

7"Woe to the world because of the things that cause people to sin! Such things must come, but woe to the man through whom they come! 8If your hand or your foot causes you to sin, cut it off and throw it away. It is better for you to enter life maimed or crippled than to have two hands or two feet and be thrown into eternal fire. 9And if your eye causes you to sin, gouge it out and throw it away. It is better for you to enter life with one eye than to have two eyes and be thrown into the fire of hell.

The Parable of the Lost Sheep

10"See that you do not look down on one of these little ones. For I tell you that their angels in heaven always see the face of my Father in heaven.[s]

12"What do you think? If a man owns a hundred sheep, and one of them wanders away, will he not leave the ninety-nine on the hills and go to look for the one that wandered off? 13And if he finds it, I tell you the truth, he is happier about that one sheep than about the ninety-nine that did not wander off. 14In the same way your Father in heaven is not willing that any of these little ones should be lost.

[s]*10* Some manuscripts *heaven.* [11]*The Son of Man came to save what was lost.*

El hermano que peca contra ti

15»Si tu hermano peca contra ti,[p] ve a solas
con él y hazle ver su falta. Si te hace caso, has
ganado a tu hermano. 16Pero si no, lleva contigo
a uno o dos más, para que "todo asunto se
resuelva mediante el testimonio de dos o tres
testigos".[q] 17Si se niega a hacerles caso a ellos,
díselo a la iglesia; y si incluso a la iglesia no le
hace caso, trátalo como si fuera un incrédulo o
un renegado.[r]

18»Les aseguro que todo lo que ustedes aten
en la tierra quedará atado en el cielo, y todo lo
que desaten en la tierra quedará desatado en el
cielo.

19»Además les digo que si dos de ustedes en
la tierra se ponen de acuerdo sobre cualquier
cosa que pidan, les será concedida por mi Padre
que está en el cielo. 20Porque donde dos o tres
se reúnen en mi nombre, allí estoy yo en medio
de ellos.

Parábola del siervo despiadado

21Pedro se acercó a Jesús y le preguntó:

—Señor, ¿cuántas veces tengo que perdonar
a mi hermano que peca contra mí? ¿Hasta siete
veces?

22—No te digo que hasta siete veces, sino
hasta setenta y siete veces[s] —le contestó
Jesús—.

23»Por eso el reino de los cielos se parece a un
rey que quiso ajustar cuentas con sus *siervos.
24Al comenzar a hacerlo, se le presentó uno que
le debía miles y miles de monedas de oro.[t]
25Como él no tenía con qué pagar, el señor
mandó que lo vendieran a él, a su esposa y a sus
hijos, y todo lo que tenía, para así saldar la
deuda. 26El siervo se postró delante de él. "Ten-
ga paciencia conmigo —le rogó—, y se lo paga-
ré todo." 27El señor se compadeció de su siervo,
le perdonó la deuda y lo dejó en libertad.

28»Al salir, aquel siervo se encontró con uno
de sus compañeros que le debía cien monedas
de plata.[u] Lo agarró por el cuello y comenzó a
estrangularlo. "¡Págame lo que me debes!", le
exigió. 29Su compañero se postró delante de él.
"Ten paciencia conmigo —le rogó—, y te lo
pagaré." 30Pero él se negó. Más bien fue y lo
hizo meter en la cárcel hasta que pagara la
deuda. 31Cuando los demás siervos vieron lo
ocurrido, se entristecieron mucho y fueron a
contarle a su señor todo lo que había sucedido.

[p]**18:15** *peca contra ti.* Var. *peca.* [q]**18:16** Dt 19:15
[r]**18:17** *un incrédulo o un renegado.* Lit. *un *gentil o un *recaudador de impuestos.* [s]**18:22** *setenta y siete veces.* Alt. *setenta veces siete.* [t]**18:24** *miles y miles de monedas de oro.* Lit. *una miríada de *talentos.* [u]**18:28** *monedas de plata.* Lit. **denarios.*

A Brother Who Sins Against You

15"If your brother sins against you,[t] go and
show him his fault, just between the two of you.
If he listens to you, you have won your brother
over. 16But if he will not listen, take one or two
others along, so that 'every matter may be estab-
lished by the testimony of two or three wit-
nesses.'[u] 17If he refuses to listen to them, tell it
to the church; and if he refuses to listen even to
the church, treat him as you would a pagan or a
tax collector.

18"I tell you the truth, whatever you bind on
earth will be[v] bound in heaven, and whatever
you loose on earth will be[w] loosed in heaven.

19"Again, I tell you that if two of you on earth
agree about anything you ask for, it will be done
for you by my Father in heaven. 20For where
two or three come together in my name, there
am I with them."

The Parable of the Unmerciful Servant

21Then Peter came to Jesus and asked, "Lord,
how many times shall I forgive my brother when
he sins against me? Up to seven times?"

22Jesus answered, "I tell you, not seven times,
but seventy-seven times.[x]

23"Therefore, the kingdom of heaven is like a
king who wanted to settle accounts with his
servants. 24As he began the settlement, a man
who owed him ten thousand talents[y] was
brought to him. 25Since he was not able to pay,
the master ordered that he and his wife and his
children and all that he had be sold to repay the
debt.

26"The servant fell on his knees before him.
'Be patient with me,' he begged, 'and I will pay
back everything.' 27The servant's master took
pity on him, canceled the debt and let him go.

28"But when that servant went out, he found
one of his fellow servants who owed him a
hundred denarii.[z] He grabbed him and began to
choke him. 'Pay back what you owe me!' he
demanded.

29"His fellow servant fell to his knees and
begged him, 'Be patient with me, and I will pay
you back.'

30"But he refused. Instead, he went off and
had the man thrown into prison until he could
pay the debt. 31When the other servants saw
what had happened, they were greatly distressed
and went and told their master everything that
had happened.

[t]*15* Some manuscripts do not have *against you.* [u]*16* Deut. 19:15 [v]*18* Or *have been* [w]*18* Or *have been* [x]*22* Or *seventy times seven* [y]*24* That is, millions of dollars
[z]*28* That is, a few dollars

32Entonces el señor mandó llamar al siervo.
"¡Siervo malvado! —le increpó—. Te perdoné
toda aquella deuda porque me lo suplicaste.
33¿No debías tú también haberte compadecido
de tu compañero, así como yo me compadecí de
ti?" 34Y enojado, su señor lo entregó a los
carceleros para que lo torturaran hasta que pa-
gara todo lo que debía.

35»Así también mi Padre celestial los tratará
a ustedes, a menos que cada uno perdone de
corazón a su hermano.

El divorcio

19 Cuando Jesús acabó de decir estas co-
sas, salió de Galilea y se fue a la re-
gión de Judea, al otro lado del Jordán. 2Lo
siguieron grandes multitudes, y sanó allí a los
enfermos.

3Algunos fariseos se le acercaron y, para po-
nerlo a *prueba, le preguntaron:

—¿Está permitido que un hombre se divorcie
de su esposa por cualquier motivo?

4—¿No han leído —replicó Jesús— que en el
principio el Creador "los hizo hombre y mu-
jer",[v] 5y dijo: "Por eso dejará el hombre a su
padre y a su madre, y se unirá a su esposa, y los
dos llegarán a ser un solo cuerpo"?[w] 6Así que
ya no son dos, sino uno solo. Por tanto, lo que
Dios ha unido, que no lo separe el hombre.

7Le replicaron:

—¿Por qué, entonces, mandó Moisés que un
hombre le diera a su esposa un certificado de
divorcio y la despidiera?

8—Moisés les permitió divorciarse de su es-
posa por lo obstinados que son[x] —respondió
Jesús—. Pero no fue así desde el principio. 9Les
digo que, excepto en caso de infidelidad conyu-
gal, el que se divorcia de su esposa, y se casa
con otra, comete adulterio.

10—Si tal es la situación entre esposo y esposa
—comentaron los discípulos—, es mejor no ca-
sarse.

11—No todos pueden comprender este asunto
—respondió Jesús—, sino sólo aquellos a quie-
nes se les ha concedido entenderlo. 12Pues algu-
nos son *eunucos porque nacieron así; a otros
los hicieron así los hombres;, y otros se han
hecho así por causa del reino de los cielos. El
que pueda aceptar esto, que lo acepte.

Jesús y los niños

13Llevaron unos niños a Jesús para que les
impusiera las manos y orara por ellos, pero los
discípulos reprendían a quienes los llevaban.

[v]19:4 Gn 1:27 [w]19:5 Gn 2:24 [x]19:8 *por lo obstinados que son.* Lit. *por su dureza de corazón.*

32"Then the master called the servant in. 'You
wicked servant,' he said, 'I canceled all that debt
of yours because you begged me to. 33Shouldn't
you have had mercy on your fellow servant just
as I had on you?' 34In anger his master turned
him over to the jailers to be tortured, until he
should pay back all he owed.

35"This is how my heavenly Father will treat
each of you unless you forgive your brother
from your heart."

Divorce

19 When Jesus had finished saying these
things, he left Galilee and went into the
region of Judea to the other side of the Jordan.
2Large crowds followed him, and he healed
them there.

3Some Pharisees came to him to test him.
They asked, "Is it lawful for a man to divorce
his wife for any and every reason?"

4"Haven't you read," he replied, "that at
the beginning the Creator 'made them male
and female,'[a] 5and said, 'For this reason a man
will leave his father and mother and be united
to his wife, and the two will become one
flesh'[b]? 6So they are no longer two, but one.
Therefore what God has joined together, let
man not separate."

7"Why then," they asked, "did Moses com-
mand that a man give his wife a certificate of
divorce and send her away?"

8Jesus replied, "Moses permitted you to di-
vorce your wives because your hearts were hard.
But it was not this way from the beginning. 9I
tell you that anyone who divorces his wife,
except for marital unfaithfulness, and marries
another woman commits adultery."

10The disciples said to him, "If this is the
situation between a husband and wife, it is better
not to marry."

11Jesus replied, "Not everyone can accept this
word, but only those to whom it has been given.
12For some are eunuchs because they were born
that way; others were made that way by men;
and others have renounced marriage[c] because
of the kingdom of heaven. The one who can
accept this should accept it."

13Then little children were brought to Jesus
for him to place his hands on them and pray for
them. But the disciples rebuked those who
brought them.

[a]*4* Gen. 1:27 [b]*5* Gen. 2:24 [c]*12* Or *have made themselves eunuchs*

14Jesús dijo: «Dejen que los niños vengan a
mí, y no se lo impidan, porque el reino de los
cielos es de quienes son como ellos.» 15Después
de poner las manos sobre ellos, se fue de allí.

El joven rico

16Sucedió que un hombre se acercó a Jesús y
le preguntó:
—Maestro, ¿qué de bueno tengo que hacer
para obtener la vida eterna?
17—¿Por qué me preguntas sobre lo que es
bueno? —respondió Jesús—. Solamente hay
uno que es bueno. Si quieres entrar en la vida,
obedece los mandamientos.
18—¿Cuáles? —preguntó el hombre.
Contestó Jesús:
—"No mates, no cometas adulterio, no robes,
no presentes falso testimonio, 19honra a tu padre
y a tu madre",[y] y "ama a tu prójimo como a ti
mismo"[z].
20—Todos ésos los he cumplido —dijo el
joven—. ¿Qué más me falta?
21—Si quieres ser *perfecto, anda, vende lo
que tienes y dáselo a los pobres, y tendrás tesoro
en el cielo. Luego ven y sígueme.
22Cuando el joven oyó esto, se fue triste por-
que tenía muchas riquezas.
23—Les aseguro —comentó Jesús a sus dis-
cípulos— que es difícil para un rico entrar en el
reino de los cielos. 24De hecho, le resulta más
fácil a un camello pasar por el ojo de una aguja,
que a un rico entrar en el reino de Dios.
25Al oír esto, los discípulos quedaron descon-
certados y decían:
—En ese caso, ¿quién podrá salvarse?
26—Para los hombres es imposible —aclaró
Jesús, mirándolos fijamente—, mas para Dios
todo es posible.
27—¡Mira, nosotros lo hemos dejado todo por
seguirte! —le reclamó Pedro—. ¿Y qué gana-
mos con eso?
28—Les aseguro —respondió Jesús— que en
la renovación de todas las cosas, cuando el Hijo
del hombre se siente en su trono glorioso, uste-
des que me han seguido se sentarán también en
doce tronos para gobernar a las doce tribus de
Israel. 29Y todo el que por mi causa haya dejado
casas, hermanos, hermanas, padre, madre,[a] hi-
jos o terrenos, recibirá cien veces más y heredará
la vida eterna. 30Pero muchos de los primeros
serán últimos, y muchos de los últimos serán
primeros.

[y]**19:19** Éx 20:12-16; Dt 5:16-20 [z]**19:19** Lv 19:18
[a]**19:29** *madre.* Var. *madre, esposa.*

14Jesus said, "Let the little children come to
me, and do not hinder them, for the kingdom of
heaven belongs to such as these." 15When he
had placed his hands on them, he went on from
there.

The Rich Young Man

16Now a man came up to Jesus and asked,
"Teacher, what good thing must I do to get
eternal life?"
17"Why do you ask me about what is good?"
Jesus replied. "There is only One who is good.
If you want to enter life, obey the command-
ments."
18"Which ones?" the man inquired.
Jesus replied, " 'Do not murder, do not com-
mit adultery, do not steal, do not give false
testimony, 19honor your father and mother,'[d]
and 'love your neighbor as yourself.'[e]"
20"All these I have kept," the young man said.
"What do I still lack?"
21Jesus answered, "If you want to be perfect,
go, sell your possessions and give to the poor,
and you will have treasure in heaven. Then
come, follow me."
22When the young man heard this, he went
away sad, because he had great wealth.
23Then Jesus said to his disciples, "I tell you
the truth, it is hard for a rich man to enter the
kingdom of heaven. 24Again I tell you, it is
easier for a camel to go through the eye of a
needle than for a rich man to enter the kingdom
of God."
25When the disciples heard this, they were
greatly astonished and asked, "Who then can be
saved?"
26Jesus looked at them and said, "With man
this is impossible, but with God all things are
possible."
27Peter answered him, "We have left every-
thing to follow you! What then will there be for
us?"
28Jesus said to them, "I tell you the truth, at
the renewal of all things, when the Son of Man
sits on his glorious throne, you who have fol-
lowed me will also sit on twelve thrones, judging
the twelve tribes of Israel. 29And everyone who
has left houses or brothers or sisters or father or
mother[f] or children or fields for my sake will
receive a hundred times as much and will inherit
eternal life. 30But many who are first will be last,
and many who are last will be first.

[d]*19* Exodus 20:12-16; Deut. 5:16-20 [e]*19* Lev. 19:18
[f]*29* Some manuscripts *mother or wife*

Parábola de los viñadores

20 »Así mismo el reino de los cielos se
parece a un propietario que salió de
madrugada a contratar obreros para su viñedo.
2 Acordó darles la paga de un día de trabajo[b] y
los envió a su viñedo. 3 Cerca de las nueve de la
mañana,[c] salió y vio a otros que estaban deso-
cupados en la plaza. 4 Les dijo: "Vayan también
ustedes a trabajar en mi viñedo, y les pagaré lo
que sea justo." 5 Así que fueron. Salió de nuevo
a eso del mediodía y a la media tarde, e hizo lo
mismo. 6 Alrededor de las cinco de la tarde, salió
y encontró a otros más que estaban sin trabajo.
Les preguntó: "¿Por qué han estado aquí deso-
cupados todo el día?" 7 "Porque nadie nos ha
contratado", contestaron. Él les dijo: "Vayan
también ustedes a trabajar en mi viñedo."

8 »Al atardecer, el dueño del viñedo le ordenó
a su capataz: "Llama a los obreros y págales su
jornal, comenzando por los últimos contratados
hasta llegar a los primeros." 9 Se presentaron los
obreros que habían sido contratados cerca de las
cinco de la tarde, y cada uno recibió la paga de
un día. 10 Por eso cuando llegaron los que fueron
contratados primero, esperaban que recibirían
más. Pero cada uno de ellos recibió también la
paga de un día. 11 Al recibirla, comenzaron a
murmurar contra el propietario. 12 "Estos que
fueron los últimos en ser contratados trabajaron
una sola hora —dijeron—, y usted los ha tratado
como a nosotros que hemos soportado el peso
del trabajo y el calor del día." 13 Pero él le
contestó a uno de ellos: "Amigo, no estoy co-
metiendo ninguna injusticia contigo. ¿Acaso no
aceptaste trabajar por esa paga? 14 Tómala y
vete. Quiero darle al último obrero contratado lo
mismo que te di a ti. 15 ¿Es que no tengo derecho
a hacer lo que quiera con mi dinero? ¿O te da
envidia de que yo sea generoso?"[d]

16 »Así que los últimos serán primeros, y los
primeros, últimos.

Jesús predice de nuevo su muerte

17 Mientras subía Jesús rumbo a Jerusalén,
tomó aparte a los doce discípulos y les dijo:
18 «Ahora vamos rumbo a Jerusalén, y el Hijo
del hombre será entregado a los jefes de los
sacerdotes y a los *maestros de la ley. Ellos lo
condenarán a muerte 19 y lo entregarán a los
*gentiles para que se burlen de él, lo azoten y lo
crucifiquen. Pero al tercer día resucitará.»

[b]20:2 *la paga de un día de trabajo.* Lit. *un *denario por el día*; también en vv. 9,10,13. [c]20:3 *las nueve de la mañana.* Lit. *la hora tercera*; en v. 5 *la hora sexta y novena*; en vv. 6 y 9 *la hora undécima.* [d]20:15 *¿O … generoso?* Lit. *¿O es tu ojo malo porque yo soy bueno?*

The Parable of the Workers in the Vineyard

20 "For the kingdom of heaven is like a
landowner who went out early in the
morning to hire men to work in his vineyard. 2 He
agreed to pay them a denarius for the day and
sent them into his vineyard.

3 "About the third hour he went out and saw
others standing in the marketplace doing noth-
ing. 4 He told them, 'You also go and work in my
vineyard, and I will pay you whatever is right.'
5 So they went.

"He went out again about the sixth hour and
the ninth hour and did the same thing. 6 About
the eleventh hour he went out and found still
others standing around. He asked them, 'Why
have you been standing here all day long doing
nothing?'

7 " 'Because no one has hired us,' they an-
swered.

"He said to them, 'You also go and work in
my vineyard.'

8 "When evening came, the owner of the vine-
yard said to his foreman, 'Call the workers and
pay them their wages, beginning with the last
ones hired and going on to the first.'

9 "The workers who were hired about the
eleventh hour came and each received a de-
narius. 10 So when those came who were hired
first, they expected to receive more. But each
one of them also received a denarius. 11 When
they received it, they began to grumble against
the landowner. 12 'These men who were hired
last worked only one hour,' they said, 'and
you have made them equal to us who have
borne the burden of the work and the heat of
the day.'

13 "But he answered one of them, 'Friend, I
am not being unfair to you. Didn't you agree to
work for a denarius? 14 Take your pay and go. I
want to give the man who was hired last the
same as I gave you. 15 Don't I have the right to
do what I want with my own money? Or are you
envious because I am generous?'

16 "So the last will be first, and the first will
be last."

Jesus Again Predicts His Death

17 Now as Jesus was going up to Jerusalem,
he took the twelve disciples aside and said to
them, 18 "We are going up to Jerusalem, and
the Son of Man will be betrayed to the chief
priests and the teachers of the law. They will
condemn him to death 19 and will turn him over
to the Gentiles to be mocked and flogged and
crucified. On the third day he will be raised
to life!"

La petición de una madre

20 Entonces la madre de *Jacobo y de Juan,[e] junto con ellos, se acercó a Jesús y, arrodillándose, le pidió un favor.

21 —¿Qué quieres? —le preguntó Jesús.

—Ordena que en tu reino uno de estos dos hijos míos se siente a tu *derecha y el otro a tu izquierda.

22 —No saben lo que están pidiendo —les replicó Jesús—. ¿Pueden acaso beber el trago amargo de la copa que yo voy a beber?

—Sí, podemos.

23 —Ciertamente beberán de mi copa —les dijo Jesús—, pero el sentarse a mi derecha o a mi izquierda no me corresponde concederlo. Eso ya lo ha decidido[f] mi Padre.

24 Cuando lo oyeron los otros diez, se indignaron contra los dos hermanos. 25 Jesús los llamó y les dijo:

—Como ustedes saben, los gobernantes de las *naciones oprimen a los súbditos, y los altos oficiales abusan de su autoridad. 26 Pero entre ustedes no debe ser así. Al contrario, el que quiera hacerse grande entre ustedes deberá ser su servidor, 27 y el que quiera ser el primero deberá ser *esclavo de los demás; 28 así como el Hijo del hombre no vino para que le sirvan, sino para servir y para dar su *vida en rescate por muchos.

Dos ciegos reciben la vista

29 Una gran multitud seguía a Jesús cuando él salía de Jericó con sus discípulos. 30 Dos ciegos que estaban sentados junto al camino, al oír que pasaba Jesús, gritaron:

—¡Señor, Hijo de David, ten compasión de nosotros!

31 La multitud los reprendía para que se callaran, pero ellos gritaban con más fuerza:

—¡Señor, Hijo de David, ten compasión de nosotros!

32 Jesús se detuvo y los llamó.

—¿Qué quieren que haga por ustedes?

33 —Señor, queremos recibir la vista.

34 Jesús se compadeció de ellos y les tocó los ojos. Al instante recobraron la vista y lo siguieron.

La entrada triunfal

21 Cuando se acercaban a Jerusalén y llegaron a Betfagué, al monte de los Olivos, Jesús envió a dos discípulos 2 con este encargo: «Vayan a la aldea que tienen enfrente, y ahí mismo encontrarán una burra atada, y un burrito con ella. Desátenlos y tráiganmelos. 3 Si

[e] **20:20** *de Jacobo y de Juan.* Lit. *de los hijos de Zebedeo.*
[f] **20:23** *concederlo. Eso ya lo ha decidido.* Lit. *concederlo, sino para quienes lo ha preparado.*

A Mother's Request

20 Then the mother of Zebedee's sons came to Jesus with her sons and, kneeling down, asked a favor of him.

21 "What is it you want?" he asked.

She said, "Grant that one of these two sons of mine may sit at your right and the other at your left in your kingdom."

22 "You don't know what you are asking," Jesus said to them. "Can you drink the cup I am going to drink?"

"We can," they answered.

23 Jesus said to them, "You will indeed drink from my cup, but to sit at my right or left is not for me to grant. These places belong to those for whom they have been prepared by my Father."

24 When the ten heard about this, they were indignant with the two brothers. 25 Jesus called them together and said, "You know that the rulers of the Gentiles lord it over them, and their high officials exercise authority over them. 26 Not so with you. Instead, whoever wants to become great among you must be your servant, 27 and whoever wants to be first must be your slave— 28 just as the Son of Man did not come to be served, but to serve, and to give his life as a ransom for many."

Two Blind Men Receive Sight

29 As Jesus and his disciples were leaving Jericho, a large crowd followed him. 30 Two blind men were sitting by the roadside, and when they heard that Jesus was going by, they shouted, "Lord, Son of David, have mercy on us!"

31 The crowd rebuked them and told them to be quiet, but they shouted all the louder, "Lord, Son of David, have mercy on us!"

32 Jesus stopped and called them. "What do you want me to do for you?" he asked.

33 "Lord," they answered, "we want our sight."

34 Jesus had compassion on them and touched their eyes. Immediately they received their sight and followed him.

The Triumphal Entry

21 As they approached Jerusalem and came to Bethphage on the Mount of Olives, Jesus sent two disciples, 2 saying to them, "Go to the village ahead of you, and at once you will find a donkey tied there, with her colt by her. Untie them and bring them to me. 3 If anyone says anything to you, tell him that the

alguien les dice algo, díganle que el Señor los
necesita, pero que ya los devolverá.»
4 Esto sucedió para que se cumpliera lo dicho
por el profeta:

5 «Digan a la hija de Sión:
"Mira, tu rey viene hacia ti,
humilde y montado en un burro,
en un burrito, cría de una bestia de carga." »[g]

6 Los discípulos fueron e hicieron como les
había mandado Jesús. 7 Llevaron la burra y el
burrito, y pusieron encima sus mantos, sobre los
cuales se sentó Jesús. 8 Había mucha gente que
tendía sus mantos sobre el camino; otros cortaban ramas de los árboles y las esparcían en el
camino. 9 Tanto la gente que iba delante de él
como la que iba detrás, gritaba:

—¡Hosanna[h] al Hijo de David!

—¡Bendito el que viene en el nombre del Señor![i]

—¡Hosanna en las alturas!

10 Cuando Jesús entró en Jerusalén, toda la
ciudad se conmovió.

—¿Quién es éste? —preguntaban.

11 —Éste es el profeta Jesús, de Nazaret de
Galilea —contestaba la gente.

Jesús en el templo

12 Jesús entró en el *templo[j] y echó de allí a
todos los que compraban y vendían. Volcó las
mesas de los que cambiaban dinero y los puestos
de los que vendían palomas. 13 «Escrito está
—les dijo—: "Mi casa será llamada casa de
oración";[k] pero ustedes la están convirtiendo en
"cueva de ladrones".[l]»
14 Se le acercaron en el templo ciegos y cojos,
y los sanó. 15 Pero cuando los jefes de los sacerdotes y los *maestros de la ley vieron que hacía
cosas maravillosas, y que los niños gritaban en
el templo: «¡Hosanna al Hijo de David!», se
indignaron.
16 —¿Oyes lo que ésos están diciendo? —protestaron.

—Claro que sí —respondió Jesús—; ¿no han
leído nunca:

Lord needs them, and he will send them right
away."
4 This took place to fulfill what was spoken
through the prophet:

5 "Say to the Daughter of Zion,
'See, your king comes to you,
gentle and riding on a donkey,
on a colt, the foal of a donkey.'"[g]

6 The disciples went and did as Jesus had
instructed them. 7 They brought the donkey and
the colt, placed their cloaks on them, and Jesus
sat on them. 8 A very large crowd spread their
cloaks on the road, while others cut branches
from the trees and spread them on the road. 9 The
crowds that went ahead of him and those that
followed shouted,

"Hosanna[h] to the Son of David!"

"Blessed is he who comes in the name of the Lord!"[i]

"Hosanna[j] in the highest!"

10 When Jesus entered Jerusalem, the whole
city was stirred and asked, "Who is this?"
11 The crowds answered, "This is Jesus, the
prophet from Nazareth in Galilee."

Jesus at the Temple

12 Jesus entered the temple area and drove out
all who were buying and selling there. He overturned the tables of the money changers and the
benches of those selling doves. 13 "It is written,"
he said to them, "'My house will be called a
house of prayer,'[k] but you are making it a 'den
of robbers.'[l]"
14 The blind and the lame came to him at the
temple, and he healed them. 15 But when the
chief priests and the teachers of the law saw the
wonderful things he did and the children shouting in the temple area, "Hosanna to the Son of
David," they were indignant.
16 "Do you hear what these children are saying?" they asked him.

"Yes," replied Jesus, "have you never read,

[g] **21:5** Zac 9:9 [h] **21:9** Expresión hebrea que significa «¡Salva!», y que llegó a ser una exclamación de alabanza; también en v. 15. [i] **21:9** Sal 118:26 [j] **21:12** Es decir, en el área general del templo; también en vv. 14,15,23. [k] **21:13** Is 56:7 [l] **21:13** Jer 7:11

[g] *5* Zech. 9:9 [h] *9* A Hebrew expression meaning "Save!" which became an exclamation of praise; also in verse 15 [i] *9* Psalm 118:26 [j] *9* A Hebrew expression meaning "Save!" which became an exclamation of praise; also in verse 15 [k] *13* Isaiah 56:7 [l] *13* Jer. 7:11

»"En los labios de los pequeños
y de los niños de pecho
has puesto la perfecta alabanza"?[m]

17Entonces los dejó y, saliendo de la ciudad,
se fue a pasar la noche en Betania.

Se seca la higuera

18Muy de mañana, cuando volvía a la ciudad,
tuvo hambre. 19Al ver una higuera junto al ca-
mino, se acercó a ella, pero no encontró nada
más que hojas.
—¡Nunca más vuelvas a dar fruto! —le dijo.
Y al instante se secó la higuera.
20Los discípulos se asombraron al ver esto.
—¿Cómo es que se secó la higuera tan pronto?
—preguntaron ellos.
21—Les aseguro que si tienen fe y no dudan
—les respondió Jesús—, no sólo harán lo que he
hecho con la higuera, sino que podrán decirle a
este monte: "¡Quítate de ahí y tírate al mar!", y
así se hará. 22Si ustedes creen, recibirán todo lo
que pidan en oración.

La autoridad de Jesús puesta en duda

23Jesús entró en el *templo y, mientras en-
señaba, se le acercaron los jefes de los sacerdo-
tes y los *ancianos del pueblo.
—¿Con qué autoridad haces esto? —lo inte-
rrogaron—. ¿Quién te dio esa autoridad?
24—Yo también voy a hacerles una pregunta.
Si me la contestan, les diré con qué autoridad
hago esto. 25El bautismo de Juan, ¿de dónde
procedía? ¿Del cielo o de la tierra?[n]
Ellos se pusieron a discutir entre sí: «Si res-
pondemos: "Del cielo", nos dirá: "Entonces,
¿por qué no le creyeron?" 26Pero si decimos:
"De la tierra"... tememos al pueblo, porque
todos consideran que Juan era un profeta.» Así
que le respondieron a Jesús:
27—No lo sabemos.
—Pues yo tampoco les voy a decir con qué
autoridad hago esto.

Parábola de los dos hijos

28»¿Qué les parece? —continuó Jesús—.
Había un hombre que tenía dos hijos. Se di-
rigió al primero y le pidió: "Hijo, ve a tra-
bajar hoy en el viñedo." 29"No quiero", con-
testó, pero después se *arrepintió y fue.
30Luego el padre se dirigió al otro hijo y le
pidió lo mismo. Éste contestó: "Sí, señor";
pero no fue. 31¿Cuál de los dos hizo lo que
su padre quería?

[m]**21:16** Sal 8:2 [n]**21:25** *la tierra.* Lit. *los hombres*; también en v. 26.

" 'From the lips of children and infants
you have ordained praise'[m]?"

17And he left them and went out of the city to
Bethany, where he spent the night.

The Fig Tree Withers

18Early in the morning, as he was on his way
back to the city, he was hungry. 19Seeing a fig
tree by the road, he went up to it but found
nothing on it except leaves. Then he said to it,
"May you never bear fruit again!" Immediately
the tree withered.
20When the disciples saw this, they were
amazed. "How did the fig tree wither so quick-
ly?" they asked.
21Jesus replied, "I tell you the truth, if you
have faith and do not doubt, not only can you do
what was done to the fig tree, but also you can
say to this mountain, 'Go, throw yourself into
the sea,' and it will be done. 22If you believe,
you will receive whatever you ask for in
prayer."

The Authority of Jesus Questioned

23Jesus entered the temple courts, and, while
he was teaching, the chief priests and the elders
of the people came to him. "By what authority
are you doing these things?" they asked. "And
who gave you this authority?"
24Jesus replied, "I will also ask you one ques-
tion. If you answer me, I will tell you by what
authority I am doing these things. 25John's bap-
tism—where did it come from? Was it from
heaven, or from men?"
They discussed it among themselves and said,
"If we say, 'From heaven,' he will ask, 'Then
why didn't you believe him?' 26But if we say,
'From men'—we are afraid of the people, for
they all hold that John was a prophet."
27So they answered Jesus, "We don't know."
Then he said, "Neither will I tell you by what
authority I am doing these things.

The Parable of the Two Sons

28"What do you think? There was a man who
had two sons. He went to the first and said, 'Son,
go and work today in the vineyard.'
29" 'I will not,' he answered, but later he
changed his mind and went.
30"Then the father went to the other son and
said the same thing. He answered, 'I will, sir,'
but he did not go.
31"Which of the two did what his father want-
ed?"

[m]*16* Psalm 8:2

—El primero —contestaron ellos.
Jesús les dijo:
—Les aseguro que los *recaudadores de im-
puestos y las prostitutas van delante de ustedes
hacia el reino de Dios. 32 Porque Juan fue envia-
do a ustedes a señalarles el camino de la justicia,
y no le creyeron, pero los recaudadores de im-
puestos y las prostitutas sí le creyeron. E incluso
después de ver esto, ustedes no se arrepintieron
para creerle.

Parábola de los labradores malvados

33 »Escuchen otra parábola: Había un propieta-
rio que plantó un viñedo. Lo cercó, cavó un lagar
y construyó una torre de vigilancia. Luego arren-
dó el viñedo a unos labradores y se fue de viaje.
34 Cuando se acercó el tiempo de la cosecha,
mandó sus *siervos a los labradores para recibir
de éstos lo que le correspondía. 35 Los labradores
agarraron a esos siervos; golpearon a uno, mata-
ron a otro y apedrearon a un tercero. 36 Después
les mandó otros siervos, en mayor número que la
primera vez, y también los maltrataron.

37 »Por último, les mandó a su propio hijo,
pensando: "¡A mi hijo sí lo respetarán!" 38 Pero
cuando los labradores vieron al hijo, se dijeron
unos a otros: "Éste es el heredero. Matémoslo,
para quedarnos con su herencia." 39 Así que le
echaron mano, lo arrojaron fuera del viñedo y lo
mataron.

40 »Ahora bien, cuando vuelva el dueño, ¿qué
hará con esos labradores?

41 —Hará que esos malvados tengan un fin
miserable —respondieron—, y arrendará el viñe-
do a otros labradores que le den lo que le corres-
ponde cuando llegue el tiempo de la cosecha.

42 Les dijo Jesús:
—¿No han leído nunca en las Escrituras:

»"La piedra que desecharon los construc-
tores
ha llegado a ser la piedra angular;
esto es obra del Señor,
y nos deja maravillados"?[ñ]

43 »Por eso les digo que el reino de Dios se les
quitará a ustedes y se le entregará a un pueblo
que produzca los frutos del reino. 44 El que caiga
sobre esta piedra quedará despedazado, y si ella
cae sobre alguien, lo hará polvo.[o]

45 Cuando los jefes de los sacerdotes y los
fariseos oyeron las parábolas de Jesús, se dieron
cuenta de que hablaba de ellos. 46 Buscaban la
manera de arrestarlo, pero temían a la gente
porque ésta lo consideraba un profeta.

[ñ] **21:42** Sal 118:22,23 [o] **21:44** Var. no incluye v. 44.

"The first," they answered.
Jesus said to them, "I tell you the truth, the
tax collectors and the prostitutes are entering
the kingdom of God ahead of you. 32 For John
came to you to show you the way of righteous-
ness, and you did not believe him, but the tax
collectors and the prostitutes did. And even
after you saw this, you did not repent and
believe him.

The Parable of the Tenants

33 "Listen to another parable: There was a
landowner who planted a vineyard. He put a
wall around it, dug a winepress in it and built
a watchtower. Then he rented the vineyard to
some farmers and went away on a journey.
34 When the harvest time approached, he sent
his servants to the tenants to collect his fruit.

35 "The tenants seized his servants; they beat
one, killed another, and stoned a third. 36 Then
he sent other servants to them, more than the first
time, and the tenants treated them the same way.
37 Last of all, he sent his son to them. 'They will
respect my son,' he said.

38 "But when the tenants saw the son, they
said to each other, 'This is the heir. Come, let's
kill him and take his inheritance.' 39 So they took
him and threw him out of the vineyard and killed
him.

40 "Therefore, when the owner of the vineyard
comes, what will he do to those tenants?"

41 "He will bring those wretches to a wretched
end," they replied, "and he will rent the vine-
yard to other tenants, who will give him his share
of the crop at harvest time."

42 Jesus said to them, "Have you never read in
the Scriptures:

" 'The stone the builders rejected
has become the capstone[n];
the Lord has done this,
and it is marvelous in our eyes'[o]?

43 "Therefore I tell you that the kingdom of
God will be taken away from you and given to
a people who will produce its fruit. 44 He who
falls on this stone will be broken to pieces, but
he on whom it falls will be crushed."[p]

45 When the chief priests and the Pharisees
heard Jesus' parables, they knew he was talking
about them. 46 They looked for a way to arrest
him, but they were afraid of the crowd because
the people held that he was a prophet.

[n] *42* Or *cornerstone* [o] *42* Psalm 118:22,23 [p] *44* Some manuscripts do not have verse 44.

Parábola del banquete de bodas

22 Jesús volvió a hablarles en parábolas, y
les dijo: 2«El reino de los cielos es como
un rey que preparó un banquete de bodas para su
hijo. 3Mandó a sus *siervos que llamaran a los
invitados, pero éstos se negaron a asistir al ban-
quete. 4Luego mandó a otros siervos y les ordenó:
"Digan a los invitados que ya he preparado mi
comida: Ya han matado mis bueyes y mis reses
cebadas, y todo está listo. Vengan al banquete de
bodas." 5Pero ellos no hicieron caso y se fueron:
uno a su campo, otro a su negocio. 6Los demás
agarraron a los siervos, los maltrataron y los
mataron. 7El rey se enfureció. Mandó su ejército
a destruir a los asesinos y a incendiar su ciudad.
8Luego dijo a sus siervos: "El banquete de bodas
está preparado, pero los que invité no merecían
venir. 9Vayan al cruce de los caminos e inviten al
banquete a todos los que encuentren." 10Así que
los siervos salieron a los caminos y reunieron a
todos los que pudieron encontrar, buenos y ma-
los, y se llenó de invitados el salón de bodas.

11»Cuando el rey entró a ver a los invitados,
notó que allí había un hombre que no estaba
vestido con el traje de boda. 12"Amigo, ¿cómo
entraste aquí sin el traje de boda?", le dijo. El
hombre se quedó callado. 13Entonces el rey dijo
a los sirvientes: "Átenlo de pies y manos, y
échenlo afuera, a la oscuridad, donde habrá llan-
to y rechinar de dientes." 14Porque muchos son
los invitados, pero pocos los escogidos.»

El pago de impuestos al césar

15Entonces salieron los fariseos y tramaron
cómo tenderle a Jesús una trampa con sus mismas
palabras. 16Enviaron algunos de sus discípulos
junto con los herodianos, los cuales le dijeron:

—Maestro, sabemos que eres un hombre ín-
tegro y que enseñas el camino de Dios de acuer-
do con la verdad. No te dejas influir por nadie
porque no te fijas en las apariencias. 17Danos tu
opinión: ¿Está permitido pagar impuestos al
*césar o no?

18Conociendo sus malas intenciones, Jesús
replicó:

—¡*Hipócritas! ¿Por qué me tienden *tram-
pas? 19Muéstrenme la moneda para el impuesto.

Y se la enseñaron.[p]

20—¿De quién son esta imagen y esta inscrip-
ción? —les preguntó.

21—Del césar —respondieron.

—Entonces denle al césar lo que es del césar
y a Dios lo que es de Dios.

[p]22:19 *se la enseñaron.* Lit. *le trajeron un *denario.*

The Parable of the Wedding Banquet

22 Jesus spoke to them again in parables,
saying: 2"The kingdom of heaven is like
a king who prepared a wedding banquet for his
son. 3He sent his servants to those who had been
invited to the banquet to tell them to come, but
they refused to come.

4"Then he sent some more servants and said,
'Tell those who have been invited that I have
prepared my dinner: My oxen and fattened cattle
have been butchered, and everything is ready.
Come to the wedding banquet.'

5"But they paid no attention and went
off—one to his field, another to his business.
6The rest seized his servants, mistreated them
and killed them. 7The king was enraged. He sent
his army and destroyed those murderers and
burned their city.

8"Then he said to his servants, 'The wed-
ding banquet is ready, but those I invited did
not deserve to come. 9Go to the street corners
and invite to the banquet anyone you find.'
10So the servants went out into the streets and
gathered all the people they could find, both
good and bad, and the wedding hall was filled
with guests.

11"But when the king came in to see the
guests, he noticed a man there who was not
wearing wedding clothes. 12'Friend,' he asked,
'how did you get in here without wedding
clothes?' The man was speechless.

13"Then the king told the attendants, 'Tie him
hand and foot, and throw him outside, into the
darkness, where there will be weeping and
gnashing of teeth.'

14"For many are invited, but few are chosen."

Paying Taxes to Caesar

15Then the Pharisees went out and laid plans
to trap him in his words. 16They sent their
disciples to him along with the Herodians.
"Teacher," they said, "we know you are a
man of integrity and that you teach the way
of God in accordance with the truth. You aren't
swayed by men, because you pay no attention
to who they are. 17Tell us then, what is your
opinion? Is it right to pay taxes to Caesar or
not?"

18But Jesus, knowing their evil intent, said,
"You hypocrites, why are you trying to trap me?
19Show me the coin used for paying the tax."
They brought him a denarius, 20and he asked
them, "Whose portrait is this? And whose in-
scription?"

21"Caesar's," they replied.

Then he said to them, "Give to Caesar what
is Caesar's, and to God what is God's."

22Al oír esto, se quedaron asombrados. Así
que lo dejaron y se fueron.

El matrimonio en la resurrección

23Ese mismo día los saduceos, que decían que
no hay resurrección, se le acercaron y le plan-
tearon un problema:
24—Maestro, Moisés nos enseñó que si un
hombre muere sin tener hijos, el hermano de ese
hombre tiene que casarse con la viuda para que
su hermano tenga descendencia. 25Pues bien,
había entre nosotros siete hermanos. El primero
se casó y murió y, como no tuvo hijos, dejó la
esposa a su hermano. 26Lo mismo les pasó al
segundo y al tercer hermano, y así hasta llegar
al séptimo. 27Por último, murió la mujer. 28Aho-
ra bien, en la resurrección, ¿de cuál de los siete
será esposa esta mujer, ya que todos estuvieron
casados con ella?
29Jesús les contestó:
—Ustedes andan equivocados porque desco-
nocen las Escrituras y el poder de Dios. 30En la
resurrección, las personas no se casarán ni serán
dadas en casamiento, sino que serán como los
ángeles que están en el cielo. 31Pero en cuanto
a la resurrección de los muertos, ¿no han leído
lo que Dios les dijo a ustedes: 32"Yo soy el Dios
de Abraham, de Isaac y de Jacob"?[q] Él no es
Dios de muertos, sino de vivos.
33Al oír esto, la gente quedó admirada de su
enseñanza.

El mandamiento más importante

34Los fariseos se reunieron al oír que Jesús
había hecho callar a los saduceos. 35Uno de
ellos, *experto en la ley, le tendió una *trampa
con esta pregunta:
36—Maestro, ¿cuál es el mandamiento más
importante de la ley?
37—"Ama al Señor tu Dios con todo tu cora-
zón, con todo tu ser y con toda tu mente"[r] —le
respondió Jesús—. 38Éste es el primero y el más
importante de los mandamientos. 39El segundo
se parece a éste: "Ama a tu prójimo como a ti
mismo."[s] 40De estos dos mandamientos depen-
den toda la ley y los profetas.

¿De quién es hijo el Cristo?

41Mientras estaban reunidos los fariseos,
Jesús les preguntó:
42—¿Qué piensan ustedes acerca del *Cristo?
¿De quién es hijo?
—De David —le respondieron ellos.
43—Entonces, ¿cómo es que David, hablando
por el Espíritu, lo llama "Señor"? Él afirma:

[q]22:32 Éx 3:6 [r]22:37 Dt 6:5 [s]22:39 Lv 19:18

22When they heard this, they were amazed. So
they left him and went away.

Marriage at the Resurrection

23That same day the Sadducees, who say
there is no resurrection, came to him with a
question. 24"Teacher," they said, "Moses told
us that if a man dies without having children,
his brother must marry the widow and have
children for him. 25Now there were seven
brothers among us. The first one married and
died, and since he had no children, he left his
wife to his brother. 26The same thing happened
to the second and third brother, right on down
to the seventh. 27Finally, the woman died.
28Now then, at the resurrection, whose wife
will she be of the seven, since all of them were
married to her?"
29Jesus replied, "You are in error because
you do not know the Scriptures or the power
of God. 30At the resurrection people will nei-
ther marry nor be given in marriage; they will
be like the angels in heaven. 31But about the
resurrection of the dead—have you not read
what God said to you, 32'I am the God of
Abraham, the God of Isaac, and the God of
Jacob'[q]? He is not the God of the dead but of
the living."
33When the crowds heard this, they were as-
tonished at his teaching.

The Greatest Commandment

34Hearing that Jesus had silenced the Saddu-
cees, the Pharisees got together. 35One of them,
an expert in the law, tested him with this ques-
tion:
36"Teacher, which is the greatest command-
ment in the Law?" 37Jesus replied: " 'Love the
Lord your God with all your heart and with all
your soul and with all your mind.'[r] 38This is the
first and greatest commandment. 39And the sec-
ond is like it: 'Love your neighbor as yourself.'[s]
40All the Law and the Prophets hang on these
two commandments."

Whose Son Is the Christ

41While the Pharisees were gathered together,
Jesus asked them, 42"What do you think about
the Christ[t]? Whose son is he?"
"The son of David," they replied.
43He said to them, "How is it then that David,
speaking by the Spirit, calls him 'Lord'? For he
says,

[q]*32* Exodus 3:6 [r]*37* Deut. 6:5 [s]*39* Lev. 19:18
[t]*42* Or *Messiah*

44»"Dijo el Señor a mi Señor:
'Siéntate a mi *derecha,
hasta que ponga a tus enemigos
debajo de tus pies.'"[t]

45Si David lo llama "Señor", ¿cómo puede en-
tonces ser su hijo?
46Nadie pudo responderle ni una sola palabra,
y desde ese día ninguno se atrevía a hacerle más
preguntas.

Jesús denuncia a los fariseos y a los maestros de la ley

23 Después de esto, Jesús dijo a la gente y
a sus discípulos: 2«Los *maestros de la
ley y los fariseos tienen la responsabilidad de
interpretar a Moisés.[u] 3Así que ustedes deben
obedecerlos y hacer todo lo que les digan. Pero
no hagan lo que hacen ellos, porque no practican
lo que predican. 4Atan cargas pesadas y las
ponen sobre la espalda de los demás, pero ellos
mismos no están dispuestos a mover ni un dedo
para levantarlas.
5»Todo lo hacen para que la gente los vea:
Usan filacterias grandes y adornan sus ropas con
borlas vistosas;[v] 6se mueren por el lugar de
honor en los banquetes y los primeros asientos
en las sinagogas, 7y porque la gente los salude
en las plazas y los llame "Rabí".
8»Pero no permitan que a ustedes se les llame
"Rabí", porque tienen un solo Maestro y todos
ustedes son hermanos. 9Y no llamen "padre" a
nadie en la tierra, porque ustedes tienen un solo
Padre, y él está en el cielo. 10Ni permitan que
los llamen "maestro", porque tienen un solo
Maestro, el *Cristo. 11El más importante entre
ustedes será siervo de los demás. 12Porque el
que a sí mismo se enaltece será humillado, y el
que se humilla será enaltecido.
13»¡Ay de ustedes, maestros de la ley y fari-
seos, *hipócritas! Les cierran a los demás el
reino de los cielos, y ni entran ustedes ni dejan
entrar a los que intentan hacerlo.[w]
15»¡Ay de ustedes, maestros de la ley y fari-
seos, hipócritas! Recorren tierra y mar para ga-
nar un solo adepto, y cuando lo han logrado lo
hacen dos veces más merecedor del infierno[x]
que ustedes.

[t]**22:44** Sal 110:1 [u]**23:2** *tienen … Moisés*. Lit. *se sientan en la cátedra de Moisés*. [v]**23:5** *Usan … vistosas*. Lit. *Ensanchan sus filacterias y engrandecen las borlas*. Las filacterias eran pequeñas cajas en las que llevaban textos de las Escrituras en la frente y en los brazos; las borlas simbolizaban obediencia a los mandamientos (véanse Nm 15:38-39; Dt 6:8; 11:18). [w]**23:13** *hacerlo*. Var. *hacerlo.* *14 ¡Ay de ustedes, maestros de la ley y fariseos, hipócritas! Ustedes devoran las casas de las viudas y por las apariencias hacen largas plegarias. Por esto se les castigará con más severidad.* [x]**23:15** *merecedor del infierno*. Lit. *hijo de la *Gehenna*.

44" 'The Lord said to my Lord:
"Sit at my right hand
until I put your enemies
under your feet." '[u]

45If then David calls him 'Lord,' how can he be
his son?" 46No one could say a word in reply,
and from that day on no one dared to ask him
any more questions.

Seven Woes

23 Then Jesus said to the crowds and to his
disciples: 2"The teachers of the law and
the Pharisees sit in Moses' seat. 3So you must
obey them and do everything they tell you. But
do not do what they do, for they do not practice
what they preach. 4They tie up heavy loads and
put them on men's shoulders, but they them-
selves are not willing to lift a finger to move
them.
5"Everything they do is done for men to see:
They make their phylacteries[v] wide and the
tassels on their garments long; 6they love the
place of honor at banquets and the most impor-
tant seats in the synagogues; 7they love to be
greeted in the marketplaces and to have men call
them 'Rabbi.'
8"But you are not to be called 'Rabbi,' for
you have only one Master and you are all
brothers. 9And do not call anyone on earth
'father,' for you have one Father, and he is
in heaven. 10Nor are you to be called 'teach-
er,' for you have one Teacher, the Christ.[w]
11The greatest among you will be your ser-
vant. 12For whoever exalts himself will be
humbled, and whoever humbles himself will
be exalted.
13"Woe to you, teachers of the law and Phar-
isees, you hypocrites! You shut the kingdom of
heaven in men's faces. You yourselves do not
enter, nor will you let those enter who are trying
to.[x]
15"Woe to you, teachers of the law and Phar-
isees, you hypocrites! You travel over land and
sea to win a single convert, and when he be-
comes one, you make him twice as much a son
of hell as you are.

[u]*44* Psalm 110:1 [v]*5* That is, boxes containing Scripture verses, worn on forehead and arm [w]*10* Or *Messiah* [x]*13* Some manuscripts *to.* *14 Woe to you, teachers of the law and Pharisees, you hypocrites! You devour widows' houses and for a show make lengthy prayers. Therefore you will be punished more severely.*

16»¡Ay de ustedes, guías ciegos!, que dicen:
"Si alguien jura por el templo, no significa nada;
pero si jura por el oro del templo, queda obligado
por su juramento." 17¡Ciegos insensatos! ¿Qué
es más importante: el oro, o el templo que hace
sagrado al oro? 18También dicen ustedes: "Si
alguien jura por el altar, no significa nada; pero
si jura por la ofrenda que está sobre él, queda
obligado por su juramento." 19¡Ciegos! ¿Qué es
más importante: la ofrenda, o el altar que hace
sagrada la ofrenda? 20Por tanto, el que jura por
el altar, jura no sólo por el altar sino por todo lo
que está sobre él. 21El que jura por el templo,
jura no sólo por el templo sino por quien habita
en él. 22Y el que jura por el cielo, jura por el
trono de Dios y por aquel que lo ocupa.

23»¡Ay de ustedes, maestros de la ley y fari-
seos, hipócritas! Dan la décima parte de sus
especias: la menta, el anís y el comino. Pero han
descuidado los asuntos más importantes de la
ley, tales como la justicia, la misericordia y la
*fidelidad. Debían haber practicado esto sin
descuidar aquello. 24¡Guías ciegos! Cuelan el
mosquito pero se tragan el camello.

25»¡Ay de ustedes, maestros de la ley y fari-
seos, hipócritas! *Limpian el exterior del vaso
y del plato, pero por dentro están llenos de robo
y de desenfreno. 26¡Fariseo ciego! Limpia pri-
mero por dentro el vaso y el plato, y así quedará
limpio también por fuera.

27»¡Ay de ustedes, maestros de la ley y fari-
seos, hipócritas!, que son como sepulcros blan-
queados. Por fuera lucen hermosos pero por
dentro están llenos de huesos de muertos y de
podredumbre. 28Así también ustedes, por fuera
dan la impresión de ser justos pero por dentro
están llenos de hipocresía y de maldad.

29»¡Ay de ustedes, maestros de la ley y fari-
seos, hipócritas! Construyen sepulcros para los
profetas y adornan los monumentos de los jus-
tos. 30Y dicen: "Si hubiéramos vivido nosotros
en los días de nuestros antepasados, no habría-
mos sido cómplices de ellos para derramar la
sangre de los profetas." 31Pero así quedan im-
plicados ustedes al declararse descendientes de
los que asesinaron a los profetas. 32¡Completen
de una vez por todas lo que sus antepasados
comenzaron!

33»¡Serpientes! ¡Camada de víboras! ¿Cómo
escaparán ustedes de la condenación del infier-
no?[y] 34Por eso yo les voy a enviar profetas,
sabios y maestros. A algunos de ellos ustedes los
matarán y crucificarán; a otros los azotarán en
sus sinagogas y los perseguirán de pueblo en
pueblo. 35Así recaerá sobre ustedes la culpa de

[y]**23:33** *del infierno.* Lit. *de la *Gehenna.*

16"Woe to you, blind guides! You say, 'If
anyone swears by the temple, it means noth-
ing; but if anyone swears by the gold of the
temple, he is bound by his oath.' 17You blind
fools! Which is greater: the gold, or the tem-
ple that makes the gold sacred? 18You also
say, 'If anyone swears by the altar, it means
nothing; but if anyone swears by the gift on
it, he is bound by his oath.' 19You blind men!
Which is greater: the gift, or the altar that
makes the gift sacred? 20Therefore, he who
swears by the altar swears by it and by ev-
erything on it. 21And he who swears by the
temple swears by it and by the one who
dwells in it. 22And he who swears by heaven
swears by God's throne and by the one who
sits on it.

23"Woe to you, teachers of the law and
Pharisees, you hypocrites! You give a tenth
of your spices—mint, dill and cummin. But
you have neglected the more important mat-
ters of the law—justice, mercy and faithful-
ness. You should have practiced the latter,
without neglecting the former. 24You blind
guides! You strain out a gnat but swallow a
camel.

25"Woe to you, teachers of the law and Phar-
isees, you hypocrites! You clean the outside of
the cup and dish, but inside they are full of greed
and self-indulgence. 26Blind Pharisee! First
clean the inside of the cup and dish, and then the
outside also will be clean.

27"Woe to you, teachers of the law and Phar-
isees, you hypocrites! You are like whitewashed
tombs, which look beautiful on the outside but
on the inside are full of dead men's bones and
everything unclean. 28In the same way, on the
outside you appear to people as righteous but on
the inside you are full of hypocrisy and wicked-
ness.

29"Woe to you, teachers of the law and
Pharisees, you hypocrites! You build tombs
for the prophets and decorate the graves of
the righteous. 30And you say, 'If we had lived
in the days of our forefathers, we would not
have taken part with them in shedding the
blood of the prophets.' 31So you testify
against yourselves that you are the descen-
dants of those who murdered the prophets.
32Fill up, then, the measure of the sin of your
forefathers!

33"You snakes! You brood of vipers! How
will you escape being condemned to hell?
34Therefore I am sending you prophets and
wise men and teachers. Some of them you
will kill and crucify; others you will flog in
your synagogues and pursue from town to
town. 35And so upon you will come all the

toda la sangre justa que ha sido derramada sobre
la tierra, desde la sangre del justo Abel hasta la
de Zacarías, hijo de Berequías, a quien ustedes
asesinaron entre el *santuario y el altar de los
sacrificios. 36Les aseguro que todo esto vendrá
sobre esta generación.

37»¡Jerusalén, Jerusalén, que matas a los pro-
fetas y apedreas a los que se te envían! ¡Cuántas
veces quise reunir a tus hijos, como reúne la
gallina a sus pollitos debajo de sus alas, pero no
quisiste! 38Pues bien, la casa de ustedes va a
quedar abandonada. 39Y les advierto que ya no
volverán a verme hasta que digan: "¡Bendito el
que viene en el nombre del Señor!"[z]»

Señales del fin del mundo

24 Jesús salió del *templo y, mientras ca-
minaba, se le acercaron sus discípulos y
le mostraron los edificios del templo.

2Pero él les dijo:

—¿Ven todo esto? Les aseguro que no queda-
rá piedra sobre piedra, pues todo será derribado.

3Más tarde estaba Jesús sentado en el monte
de los Olivos, cuando llegaron los discípulos y
le preguntaron en privado:

—¿Cuándo sucederá eso, y cuál será la señal
de tu venida y del fin del mundo?

4—Tengan cuidado de que nadie los engañe
—les advirtió Jesús—. 5Vendrán muchos que,
usando mi nombre, dirán: "Yo soy el *Cristo",
y engañarán a muchos. 6Ustedes oirán de gue-
rras y de rumores de guerras, pero procuren no
alarmarse. Es necesario que eso suceda, pero no
será todavía el fin. 7Se levantará nación contra
nación, y reino contra reino. Habrá hambres y
terremotos por todas partes. 8Todo esto será
apenas el comienzo de los dolores.

9»Entonces los entregarán a ustedes para que
los persigan y los maten, y los odiarán todas las
*naciones por causa de mi nombre. 10En aquel
tiempo muchos se apartarán de la fe; unos a otros
se traicionarán y se odiarán; 11y surgirá un gran
número de falsos profetas que engañarán a mu-
chos. 12Habrá tanta maldad que el amor de
muchos se enfriará, 13pero el que se mantenga
firme hasta el fin será salvo. 14Y este *evangelio
del reino se predicará en todo el mundo como
testimonio a todas las naciones, y entonces ven-
drá el fin.

15»Así que cuando vean en el lugar santo
"el horrible sacrilegio",[a] de la que habló el
profeta Daniel (el que lee, que lo entienda),
16los que estén en Judea huyan a las mon-
tañas. 17El que esté en la azotea no baje a

[z]23:39 Sal 118:26 [a]24:15 *el horrible sacrilegio*. Lit. *la abominación de la desolación*; Dn 9:27; 11:31; 12:11.

righteous blood that has been shed on earth,
from the blood of righteous Abel to the blood
of Zechariah son of Berekiah, whom you
murdered between the temple and the altar.
36I tell you the truth, all this will come upon
this generation.

37"O Jerusalem, Jerusalem, you who kill the
prophets and stone those sent to you, how often
I have longed to gather your children together,
as a hen gathers her chicks under her wings, but
you were not willing. 38Look, your house is left
to you desolate. 39For I tell you, you will not see
me again until you say, 'Blessed is he who
comes in the name of the Lord.'[y]"

Signs of the End of the Age

24 Jesus left the temple and was walking
away when his disciples came up to him
to call his attention to its buildings. 2"Do you
see all these things?" he asked. "I tell you the
truth, not one stone here will be left on another;
every one will be thrown down."

3As Jesus was sitting on the Mount of Olives,
the disciples came to him privately. "Tell us,"
they said, "when will this happen, and what will
be the sign of your coming and of the end of the
age?"

4Jesus answered: "Watch out that no one
deceives you. 5For many will come in my name,
claiming, 'I am the Christ,[z]' and will deceive
many. 6You will hear of wars and rumors of
wars, but see to it that you are not alarmed. Such
things must happen, but the end is still to come.
7Nation will rise against nation, and kingdom
against kingdom. There will be famines and
earthquakes in various places. 8All these are the
beginning of birth pains.

9"Then you will be handed over to be perse-
cuted and put to death, and you will be hated by
all nations because of me. 10At that time many
will turn away from the faith and will betray and
hate each other, 11and many false prophets will
appear and deceive many people. 12Because of
the increase of wickedness, the love of most will
grow cold, 13but he who stands firm to the end
will be saved. 14And this gospel of the kingdom
will be preached in the whole world as a testi-
mony to all nations, and then the end will come.

15"So when you see standing in the holy place
'the abomination that causes desolation,'[a] spo-
ken of through the prophet Daniel—let the read-
er understand— 16then let those who are in
Judea flee to the mountains. 17Let no one on the
roof of his house go down to take anything out

[y]*39* Psalm 118:26 [z]*5* Or *Messiah*; also in verse 23
[a]*15* Daniel 9:27; 11:31; 12:11

llevarse nada de su casa. 18 Y el que esté en
el campo no regrese para buscar su capa.
19 ¡Qué terrible será en aquellos días para las
que estén embarazadas o amamantando!
20 Oren para que su huida no suceda en in-
vierno ni en *sábado. 21 Porque habrá una
gran tribulación, como no la ha habido desde
el principio del mundo hasta ahora, ni la ha-
brá jamás. 22 Si no se acortaran esos días, na-
die sobreviviría, pero por causa de los elegi-
dos se acortarán. 23 Entonces, si alguien les
dice a ustedes: "¡Miren, aquí está el Cristo!"
o "¡Allí está!", no lo crean. 24 Porque surgirán
falsos Cristos y falsos profetas que harán
grandes señales y milagros para engañar, de
ser posible, aun a los elegidos. 25 Fíjense que
se lo he dicho a ustedes de antemano.

26 »Por eso, si les dicen: "¡Miren que está en
el desierto!", no salgan; o: "¡Miren que está en
la casa!", no lo crean. 27 Porque así como el
relámpago que sale del oriente se ve hasta en el
occidente, así será la venida del Hijo del hom-
bre. 28 Donde esté el cadáver, allí se reunirán los
buitres.

29 »Inmediatamente después de la tribulación
de aquellos días,

»"se oscurecerá el sol
y no brillará más la luna;
las estrellas caerán del cielo
y los cuerpos celestes serán sacudidos".[b]

30 »La señal del Hijo del hombre aparecerá en
el cielo, y se angustiarán todas las razas de la
tierra. Verán al Hijo del hombre venir sobre las
nubes del cielo con poder y gran gloria. 31 Y al
sonido de la gran trompeta mandará a sus ánge-
les, y reunirán de los cuatro vientos a los elegi-
dos, de un extremo al otro del cielo.

32 »Aprendan de la higuera esta lección: Tan
pronto como se ponen tiernas sus ramas y brotan
sus hojas, ustedes saben que el verano está cerca.
33 Igualmente, cuando vean todas estas cosas,
sepan que el tiempo está cerca, a las puertas.
34 Les aseguro que no pasará esta generación
hasta que todas estas cosas sucedan. 35 El cielo
y la tierra pasarán, pero mis palabras jamás
pasarán.

Se desconocen el día y la hora

36 »Pero en cuanto al día y la hora, nadie
lo sabe, ni siquiera los ángeles en el cielo, ni
el Hijo,[c] sino sólo el Padre. 37 La venida del
Hijo del hombre será como en tiempos de
Noé. 38 Porque en los días antes del diluvio

[b] **24:29** Is 13:10; 34:4 [c] **24:36** Var. no incluye: *ni el Hijo.*

of the house. 18 Let no one in the field go back
to get his cloak. 19 How dreadful it will be in
those days for pregnant women and nursing
mothers! 20 Pray that your flight will not take
place in winter or on the Sabbath. 21 For then
there will be great distress, unequaled from the
beginning of the world until now—and never to
be equaled again. 22 If those days had not been
cut short, no one would survive, but for the sake
of the elect those days will be shortened. 23 At
that time if anyone says to you, 'Look, here is
the Christ!' or, 'There he is!' do not believe it.
24 For false Christs and false prophets will ap-
pear and perform great signs and miracles to
deceive even the elect—if that were possible.
25 See, I have told you ahead of time.

26 "So if anyone tells you, 'There he is, out in
the desert,' do not go out; or, 'Here he is, in the
inner rooms,' do not believe it. 27 For as lightning
that comes from the east is visible even in the
west, so will be the coming of the Son of Man.
28 Wherever there is a carcass, there the vultures
will gather.

29 "Immediately after the distress of those days

" 'the sun will be darkened,
and the moon will not give its light;
the stars will fall from the sky,
and the heavenly bodies will be shaken.'[b]

30 "At that time the sign of the Son of Man will
appear in the sky, and all the nations of the earth
will mourn. They will see the Son of Man com-
ing on the clouds of the sky, with power and
great glory. 31 And he will send his angels with
a loud trumpet call, and they will gather his elect
from the four winds, from one end of the heav-
ens to the other.

32 "Now learn this lesson from the fig tree: As
soon as its twigs get tender and its leaves come
out, you know that summer is near. 33 Even so,
when you see all these things, you know that it[c]
is near, right at the door. 34 I tell you the truth,
this generation[d] will certainly not pass away
until all these things have happened. 35 Heaven
and earth will pass away, but my words will
never pass away.

The Day and Hour Unknown

36 "No one knows about that day or hour, not
even the angels in heaven, nor the Son,[e] but only
the Father. 37 As it was in the days of Noah, so it
will be at the coming of the Son of Man. 38 For in
the days before the flood, people were eating and

[b] *29* Isaiah 13:10; 34:4 [c] *33* Or *he* [d] *34* Or *race*
[e] *36* Some manuscripts do not have *nor the Son.*

comían, bebían y se casaban y daban en ca-
samiento, hasta el día en que Noé entró en el
arca; 39y no supieron nada de lo que sucedería
hasta que llegó el diluvio y se los llevó a to-
dos. Así será en la venida del Hijo del hom-
bre. 40Estarán dos hombres en el campo: uno
será llevado y el otro será dejado. 41Dos mu-
jeres estarán moliendo: una será llevada y la
otra será dejada.

42»Por lo tanto, manténganse despiertos, por-
que no saben qué día vendrá su Señor. 43Pero
entiendan esto: Si un dueño de casa supiera a qué
hora de la noche va a llegar el ladrón, se man-
tendría despierto para no dejarlo forzar la entra-
da. 44Por eso también ustedes deben estar pre-
parados, porque el Hijo del hombre vendrá
cuando menos lo esperen.

45»¿Quién es el *siervo fiel y prudente a
quien su señor ha dejado encargado de los
sirvientes para darles la comida a su debido
tiempo? 46*Dichoso el siervo cuando su señor,
al regresar, lo encuentra cumpliendo con su
deber. 47Les aseguro que lo pondrá a cargo de
todos sus bienes. 48Pero ¿qué tal si ese siervo
malo se pone a pensar: "Mi señor se está de-
morando", 49y luego comienza a golpear a sus
compañeros, y a comer y beber con los borra-
chos? 50El día en que el siervo menos lo espere
y a la hora menos pensada el señor volverá.
51Lo castigará severamente y le impondrá la
condena que reciben los *hipócritas. Y habrá
llanto y rechinar de dientes.

Parábola de las diez jóvenes

25 »El reino de los cielos será entonces
como diez jóvenes solteras que toma-
ron sus lámparas y salieron a recibir al novio.
2Cinco de ellas eran insensatas y cinco pru-
dentes. 3Las insensatas llevaron sus lámparas,
pero no se abastecieron de aceite. 4En cambio,
las prudentes llevaron vasijas de aceite junto
con sus lámparas. 5Y como el novio tardaba
en llegar, a todas les dio sueño y se durmieron.
6A medianoche se oyó un grito: "¡Ahí viene
el novio! ¡Salgan a recibirlo!" 7Entonces to-
das las jóvenes se despertaron y se pusieron a
preparar sus lámparas. 8Las insensatas dijeron
a las prudentes: "Dennos un poco de su aceite
porque nuestras lámparas se están apagando."
9"No —respondieron éstas—, porque así no
va a alcanzar ni para nosotras ni para ustedes.
Es mejor que vayan a los que venden aceite,
y compren para ustedes mismas." 10Pero
mientras iban a comprar el aceite llegó el no-
vio, y las jóvenes que estaban preparadas en-
traron con él al banquete de bodas. Y se cerró
la puerta. 11Después llegaron también las
otras. "¡Señor! ¡Señor! —suplicaban—.

drinking, marrying and giving in marriage, up to
the day Noah entered the ark; 39and they knew
nothing about what would happen until the flood
came and took them all away. That is how it will
be at the coming of the Son of Man. 40Two men
will be in the field; one will be taken and the other
left. 41Two women will be grinding with a hand
mill; one will be taken and the other left.

42"Therefore keep watch, because you do not
know on what day your Lord will come. 43But
understand this: If the owner of the house had
known at what time of night the thief was com-
ing, he would have kept watch and would not
have let his house be broken into. 44So you also
must be ready, because the Son of Man will
come at an hour when you do not expect him.

45"Who then is the faithful and wise servant,
whom the master has put in charge of the ser-
vants in his household to give them their food at
the proper time? 46It will be good for that servant
whose master finds him doing so when he re-
turns. 47I tell you the truth, he will put him in
charge of all his possessions. 48But suppose that
servant is wicked and says to himself, 'My
master is staying away a long time,' 49and he
then begins to beat his fellow servants and to eat
and drink with drunkards. 50The master of that
servant will come on a day when he does not
expect him and at an hour he is not aware of.
51He will cut him to pieces and assign him a
place with the hypocrites, where there will be
weeping and gnashing of teeth.

The Parable of the Ten Virgins

25 "At that time the kingdom of heaven
will be like ten virgins who took their
lamps and went out to meet the bridegroom.
2Five of them were foolish and five were wise.
3The foolish ones took their lamps but did not
take any oil with them. 4The wise, however,
took oil in jars along with their lamps. 5The
bridegroom was a long time in coming, and they
all became drowsy and fell asleep.

6"At midnight the cry rang out: 'Here's the
bridegroom! Come out to meet him!'

7"Then all the virgins woke up and trimmed
their lamps. 8The foolish ones said to the wise,
'Give us some of your oil; our lamps are going
out.'

9"'No,' they replied, 'there may not be
enough for both us and you. Instead, go to those
who sell oil and buy some for yourselves.'

10"But while they were on their way to buy
the oil, the bridegroom arrived. The virgins who
were ready went in with him to the wedding
banquet. And the door was shut.

11"Later the others also came. 'Sir! Sir!' they
said. 'Open the door for us!'

¡Ábrenos la puerta!" 12"¡No, no las conoz-
co!", respondió él.
13»Por tanto —agregó Jesús—, manténgan-
se despiertos porque no saben ni el día ni la
hora.

Parábola de las monedas de oro

14»El reino de los cielos será también como
un hombre que, al emprender un viaje, llamó
a sus *siervos y les encargó sus bienes. 15A
uno le dio cinco mil monedas de oro,[d] a otro
dos mil y a otro sólo mil, a cada uno según su
capacidad. Luego se fue de viaje. 16El que
había recibido las cinco mil fue en seguida y
negoció con ellas y ganó otras cinco mil. 17Así
mismo, el que recibió dos mil ganó otras dos
mil. 18Pero el que había recibido mil fue, cavó
un hoyo en la tierra y escondió el dinero de
su señor.
19»Después de mucho tiempo volvió el
señor de aquellos siervos y arregló cuentas con
ellos. 20El que había recibido las cinco mil
monedas llegó con las otras cinco mil. "Señor
—dijo—, usted me encargó cinco mil mone-
das. Mire, he ganado otras cinco mil." 21Su
señor le respondió: "¡Hiciste bien, siervo bue-
no y fiel! En lo poco has sido fiel; te pondré
a cargo de mucho más. ¡Ven a compartir la
felicidad de tu señor!" 22Llegó también el que
recibió dos mil monedas. "Señor —infor-
mó—, usted me encargó dos mil monedas. Mi-
re, he ganado otras dos mil." 23Su señor le
respondió: "¡Hiciste bien, siervo bueno y fiel!
Has sido fiel en lo poco; te pondré a cargo de
mucho más. ¡Ven a compartir la felicidad de
tu señor!"
24»Después llegó el que había recibido sólo
mil monedas. "Señor —explicó—, yo sabía que
usted es un hombre duro, que cosecha donde no
ha sembrado y recoge donde no ha esparcido.
25Así que tuve miedo, y fui y escondí su dinero
en la tierra. Mire, aquí tiene lo que es suyo."
26Pero su señor le contestó: "¡Siervo malo y
perezoso! ¿Así que sabías que cosecho donde no
he sembrado y recojo donde no he esparcido?
27Pues debías haber depositado mi dinero en el
banco, para que a mi regreso lo hubiera recibido
con intereses.
28»"Quítenle las mil monedas y dénselas al
que tiene las diez mil. 29Porque a todo el que
tiene, se le dará más, y tendrá en abundancia.
Al que no tiene se le quitará hasta lo que tiene.
30Y a ese siervo inútil échenlo afuera, a la

[d]25:15 *cinco mil monedas de oro*. Lit. *cinco *talentos* (y así sucesivamente en el resto de este pasaje).

12"But he replied, 'I tell you the truth, I don't
know you.'
13"Therefore keep watch, because you do not
know the day or the hour.

The Parable of the Talents

14"Again, it will be like a man going on a
journey, who called his servants and entrusted his
property to them. 15To one he gave five talents[f] of
money, to another two talents, and to another one
talent, each according to his ability. Then he went
on his journey. 16The man who had received the
five talents went at once and put his money to
work and gained five more. 17So also, the one
with the two talents gained two more. 18But the
man who had received the one talent went off, dug
a hole in the ground and hid his master's money.
19"After a long time the master of those ser-
vants returned and settled accounts with them.
20The man who had received the five talents
brought the other five. 'Master,' he said, 'you
entrusted me with five talents. See, I have gained
five more.'
21"His master replied, 'Well done, good and
faithful servant! You have been faithful with a
few things; I will put you in charge of many
things. Come and share your master's happi-
ness!'
22"The man with the two talents also came.
'Master,' he said, 'you entrusted me with two
talents; see, I have gained two more.'
23"His master replied, 'Well done, good and
faithful servant! You have been faithful with a
few things; I will put you in charge of many
things. Come and share your master's happi-
ness!'
24"Then the man who had received the one
talent came. 'Master,' he said, 'I knew that you
are a hard man, harvesting where you have not
sown and gathering where you have not scat-
tered seed. 25So I was afraid and went out and
hid your talent in the ground. See, here is what
belongs to you.'
26"His master replied, 'You wicked, lazy ser-
vant! So you knew that I harvest where I have not
sown and gather where I have not scattered seed?
27Well then, you should have put my money on
deposit with the bankers, so that when I returned
I would have received it back with interest.
28" 'Take the talent from him and give it to the
one who has the ten talents. 29For everyone who
has will be given more, and he will have an
abundance. Whoever does not have, even what
he has will be taken from him. 30And throw that
worthless servant outside, into the darkness,

[f]*15* A talent was worth more than a thousand dollars.

oscuridad, donde habrá llanto y rechinar de dientes.”

Las ovejas y las cabras

31»Cuando el Hijo del hombre venga en su gloria, con todos sus ángeles, se sentará en su trono glorioso. 32Todas las naciones se reunirán delante de él, y él separará a unos de otros, como separa el pastor las ovejas de las cabras. 33Pondrá las ovejas a su *derecha, y las cabras a su izquierda.

34»Entonces dirá el Rey a los que estén a su derecha: “Vengan ustedes, a quienes mi Padre ha bendecido; reciban su herencia, el reino preparado para ustedes desde la creación del mundo. 35Porque tuve hambre, y ustedes me dieron de comer; tuve sed, y me dieron de beber; fui forastero, y me dieron alojamiento; 36necesité ropa, y me vistieron; estuve enfermo, y me atendieron; estuve en la cárcel, y me visitaron.” 37Y le contestarán los justos: “Señor, ¿cuándo te vimos hambriento y te alimentamos, o sediento y te dimos de beber? 38¿Cuándo te vimos como forastero y te dimos alojamiento, o necesitado de ropa y te vestimos? 39¿Cuándo te vimos enfermo o en la cárcel y te visitamos?” 40El Rey les responderá: “Les aseguro que todo lo que hicieron por uno de mis hermanos, aun por el más pequeño, lo hicieron por mí.”

41»Luego dirá a los que estén a su izquierda: “Apártense de mí, malditos, al fuego eterno preparado para el diablo y sus ángeles. 42Porque tuve hambre, y ustedes no me dieron nada de comer; tuve sed, y no me dieron nada de beber; 43fui forastero, y no me dieron alojamiento; necesité ropa, y no me vistieron; estuve enfermo y en la cárcel, y no me atendieron.” 44Ellos también le contestarán: “Señor, ¿cuándo te vimos hambriento o sediento, o como forastero, o necesitado de ropa, o enfermo, o en la cárcel, y no te ayudamos?” 45Él les responderá: “Les aseguro que todo lo que no hicieron por el más pequeño de mis hermanos, tampoco lo hicieron por mí.”

46»Aquéllos irán al castigo eterno, y los justos a la vida eterna.

La conspiración contra Jesús

26 Después de exponer todas estas cosas, Jesús les dijo a sus discípulos: 2«Como ya saben, faltan dos días para la Pascua, y el Hijo del hombre será entregado para que lo crucifiquen.»

3Se reunieron entonces los jefes de los sacerdotes y los *ancianos del pueblo en el palacio de Caifás, el sumo sacerdote, 4y con artimañas buscaban cómo arrestar a Jesús para matarlo. 5«Pero no durante la fiesta —decían—, no sea que se amotine el pueblo.»

where there will be weeping and gnashing of teeth.’

The Sheep and the Goats

31“When the Son of Man comes in his glory, and all the angels with him, he will sit on his throne in heavenly glory. 32All the nations will be gathered before him, and he will separate the people one from another as a shepherd separates the sheep from the goats. 33He will put the sheep on his right and the goats on his left.

34“Then the King will say to those on his right, ‘Come, you who are blessed by my Father; take your inheritance, the kingdom prepared for you since the creation of the world. 35For I was hungry and you gave me something to eat, I was thirsty and you gave me something to drink, I was a stranger and you invited me in, 36I needed clothes and you clothed me, I was sick and you looked after me, I was in prison and you came to visit me.’

37“Then the righteous will answer him, ‘Lord, when did we see you hungry and feed you, or thirsty and give you something to drink? 38When did we see you a stranger and invite you in, or needing clothes and clothe you? 39When did we see you sick or in prison and go to visit you?’

40“The King will reply, ‘I tell you the truth, whatever you did for one of the least of these brothers of mine, you did for me.’

41“Then he will say to those on his left, ‘Depart from me, you who are cursed, into the eternal fire prepared for the devil and his angels. 42For I was hungry and you gave me nothing to eat, I was thirsty and you gave me nothing to drink, 43I was a stranger and you did not invite me in, I needed clothes and you did not clothe me, I was sick and in prison and you did not look after me.’

44“They also will answer, ‘Lord, when did we see you hungry or thirsty or a stranger or needing clothes or sick or in prison, and did not help you?’

45“He will reply, ‘I tell you the truth, whatever you did not do for one of the least of these, you did not do for me.’

46“Then they will go away to eternal punishment, but the righteous to eternal life.”

The Plot Against Jesus

26 When Jesus had finished saying all these things, he said to his disciples, 2“As you know, the Passover is two days away—and the Son of Man will be handed over to be crucified.”

3Then the chief priests and the elders of the people assembled in the palace of the high priest, whose name was Caiaphas, 4and they plotted to arrest Jesus in some sly way and kill him. 5“But not during the Feast,” they said, “or there may be a riot among the people.”

Una mujer unge a Jesús en Betania

6Estando Jesús en Betania, en casa de Simón
llamado el Leproso, 7se acercó una mujer con
un frasco de alabastro lleno de un perfume muy
caro, y lo derramó sobre la cabeza de Jesús
mientras él estaba *sentado a la mesa.

8Al ver esto, los discípulos se indignaron.

—¿Para qué este desperdicio? —dijeron—.
9Podía haberse vendido este perfume por mucho
dinero para darlo a los pobres.

10Consciente de ello, Jesús les dijo:

—¿Por qué molestan a esta mujer? Ella ha
hecho una obra hermosa conmigo. 11A los po-
bres siempre los tendrán con ustedes, pero a mí
no me van a tener siempre. 12Al derramar ella
este perfume sobre mi cuerpo, lo hizo a fin de
prepararme para la sepultura. 13Les aseguro que
en cualquier parte del mundo donde se predique
este *evangelio, se contará también, en memoria
de esta mujer, lo que ella hizo.

Judas acuerda traicionar a Jesús

14Uno de los doce, el que se llamaba Judas
Iscariote, fue a ver a los jefes de los sacerdotes.

15—¿Cuánto me dan, y yo les entrego a Jesús?
—les propuso.

Decidieron pagarle treinta monedas de plata.
16Y desde entonces Judas buscaba una oportu-
nidad para entregarlo.

La Cena del Señor

17El primer día de la fiesta de los Panes sin
levadura, se acercaron los discípulos a Jesús y
le preguntaron:

—¿Dónde quieres que hagamos los prepara-
tivos para que comas la Pascua?

18Él les respondió que fueran a la ciudad, a la
casa de cierto hombre, y le dijeran: «El Maestro
dice: "Mi tiempo está cerca. Voy a celebrar la
Pascua en tu casa con mis discípulos."» 19Los
discípulos hicieron entonces como Jesús les ha-
bía mandado, y prepararon la Pascua.

20Al anochecer, Jesús estaba *sentado a la
mesa con los doce. 21Mientras comían, les dijo:

—Les aseguro que uno de ustedes me va a
traicionar.

22Ellos se entristecieron mucho, y uno por
uno comenzaron a preguntarle:

—¿Acaso seré yo, Señor?

23—El que mete la mano conmigo en el plato es
el que me va a traicionar —respondió Jesús—.
24A la verdad el Hijo del hombre se irá, tal como
está escrito de él, pero ¡ay de aquel que lo traicio-
na! Más le valdría a ese hombre no haber nacido.

25—¿Acaso seré yo, Rabí? —le dijo Judas, el
que lo iba a traicionar.

—Tú lo has dicho —le contestó Jesús.

Jesus Anointed at Bethany

6While Jesus was in Bethany in the home of
a man known as Simon the Leper, 7a woman
came to him with an alabaster jar of very expen-
sive perfume, which she poured on his head as
he was reclining at the table.

8When the disciples saw this, they were indig-
nant. "Why this waste?" they asked. 9"This
perfume could have been sold at a high price and
the money given to the poor."

10Aware of this, Jesus said to them, "Why are
you bothering this woman? She has done a
beautiful thing to me. 11The poor you will al-
ways have with you, but you will not always
have me. 12When she poured this perfume on
my body, she did it to prepare me for burial. 13I
tell you the truth, wherever this gospel is
preached throughout the world, what she has
done will also be told, in memory of her."

Judas Agrees to Betray Jesus

14Then one of the Twelve—the one called
Judas Iscariot—went to the chief priests 15and
asked, "What are you willing to give me if I
hand him over to you?" So they counted out for
him thirty silver coins. 16From then on Judas
watched for an opportunity to hand him over.

The Lord's Supper

17On the first day of the Feast of Unleavened
Bread, the disciples came to Jesus and asked,
"Where do you want us to make preparations
for you to eat the Passover?"

18He replied, "Go into the city to a certain
man and tell him, 'The Teacher says: My ap-
pointed time is near. I am going to celebrate the
Passover with my disciples at your house.'"
19So the disciples did as Jesus had directed them
and prepared the Passover.

20When evening came, Jesus was reclining at
the table with the Twelve. 21And while they
were eating, he said, "I tell you the truth, one of
you will betray me."

22They were very sad and began to say to him
one after the other, "Surely not I, Lord?"

23Jesus replied, "The one who has dipped his
hand into the bowl with me will betray me.
24The Son of Man will go just as it is written
about him. But woe to that man who betrays the
Son of Man! It would be better for him if he had
not been born."

25Then Judas, the one who would betray him,
said, "Surely not I, Rabbi?"

Jesus answered, "Yes, it is you."[g]

g25 Or *"You yourself have said it"*

26 Mientras comían, Jesús tomó pan y lo ben-
dijo. Luego lo partió y se lo dio a sus discípulos,
diciéndoles:
—Tomen y coman; esto es mi cuerpo.
27 Después tomó la copa, dio gracias, y se la
ofreció diciéndoles:
—Beban de ella todos ustedes. 28 Esto es
mi sangre del pacto,[e] que es derramada por
muchos para el perdón de pecados. 29 Les digo
que no beberé de este fruto de la vid desde
ahora en adelante, hasta el día en que beba
con ustedes el vino nuevo en el reino de mi
Padre.
30 Después de cantar los salmos, salieron al
monte de los Olivos.

Jesús predice la negación de Pedro

31 —Esta misma noche —les dijo Jesús—
todos ustedes me abandonarán, porque está es-
crito:

»"Heriré al pastor,
y se dispersarán las ovejas del rebaño."[f]

32 Pero después de que yo resucite, iré delante de
ustedes a Galilea.
33 —Aunque todos te abandonen —declaró
Pedro—, yo jamás lo haré.
34 —Te aseguro —le contestó Jesús— que
esta misma noche, antes de que cante el gallo,
me negarás tres veces.
35 —Aunque tenga que morir contigo —insis-
tió Pedro—, jamás te negaré.
Y los demás discípulos dijeron lo mismo.

Jesús en Getsemaní

36 Luego fue Jesús con sus discípulos a un
lugar llamado Getsemaní, y les dijo: «Siéntense
aquí mientras voy más allá a orar.» 37 Se llevó a
Pedro y a los dos hijos de Zebedeo, y comenzó
a sentirse triste y angustiado. 38 «Es tal la angus-
tia que me invade, que me siento morir —les
dijo—. Quédense aquí y manténganse despier-
tos conmigo.»
39 Yendo un poco más allá, se postró sobre su
rostro y oró: «Padre mío, si es posible, no me
hagas beber este trago amargo.[g] Pero no sea lo
que yo quiero, sino lo que quieres tú.»
40 Luego volvió adonde estaban sus discípulos
y los encontró dormidos. «¿No pudieron mante-
nerse despiertos conmigo ni una hora? —le dijo
a Pedro—. 41 Estén alerta y oren para que no
caigan en *tentación. El espíritu está dispuesto,
pero el cuerpo[h] es débil.»

[e] **26:28** *del pacto.* Var. *del nuevo pacto* (véase Lc 22:20).
[f] **26:31** Zac 13:7 [g] **26:39** *no … amargo.* Lit. *que pase de mí esta copa.* [h] **26:41** *el cuerpo.* Lit. *la *carne.*

26 While they were eating, Jesus took bread,
gave thanks and broke it, and gave it to his
disciples, saying, "Take and eat; this is my
body."
27 Then he took the cup, gave thanks and
offered it to them, saying, "Drink from it, all
of you. 28 This is my blood of the[h] covenant,
which is poured out for many for the forgive-
ness of sins. 29 I tell you, I will not drink of
this fruit of the vine from now on until that
day when I drink it anew with you in my
Father's kingdom."
30 When they had sung a hymn, they went out
to the Mount of Olives.

Jesus Predicts Peter's Denial

31 Then Jesus told them, "This very night you
will all fall away on account of me, for it is
written:

" 'I will strike the shepherd,
and the sheep of the flock will be scat-
tered.'[i]

32 But after I have risen, I will go ahead of you
into Galilee."
33 Peter replied, "Even if all fall away on
account of you, I never will."
34 "I tell you the truth," Jesus answered, "this
very night, before the rooster crows, you will
disown me three times."
35 But Peter declared, "Even if I have to die
with you, I will never disown you." And all the
other disciples said the same.

Gethsemane

36 Then Jesus went with his disciples to a place
called Gethsemane, and he said to them, "Sit
here while I go over there and pray." 37 He took
Peter and the two sons of Zebedee along with
him, and he began to be sorrowful and troubled.
38 Then he said to them, "My soul is over-
whelmed with sorrow to the point of death. Stay
here and keep watch with me."
39 Going a little farther, he fell with his face to
the ground and prayed, "My Father, if it is
possible, may this cup be taken from me. Yet not
as I will, but as you will."
40 Then he returned to his disciples and found
them sleeping. "Could you men not keep watch
with me for one hour?" he asked Peter.
41 "Watch and pray so that you will not fall into
temptation. The spirit is willing, but the body is
weak."

[h] *28* Some manuscripts *the new* [i] *31* Zech. 13:7

42 Por segunda vez se retiró y oró: «Padre mío,
si no es posible evitar que yo beba este trago
amargo,[i] hágase tu voluntad.»
43 Cuando volvió, otra vez los encontró dormi-
dos, porque se les cerraban los ojos de sueño.
44 Así que los dejó y se retiró a orar por tercera
vez, diciendo lo mismo.
45 Volvió de nuevo a los discípulos y les dijo:
«¿Siguen durmiendo y descansando? Miren, se
acerca la hora, y el Hijo del hombre va a ser
entregado en manos de *pecadores. 46 ¡Leván-
tense! ¡Vámonos! ¡Ahí viene el que me traicio-
na!»

Arresto de Jesús

47 Todavía estaba hablando Jesús cuando llegó
Judas, uno de los doce. Lo acompañaba una gran
turba armada con espadas y palos, enviada por
los jefes de los sacerdotes y los *ancianos del
pueblo. 48 El traidor les había dado esta contra-
seña: «Al que le dé un beso, ése es; arréstenlo.»
49 En seguida Judas se acercó a Jesús y lo saludó.
—¡Rabí! —le dijo, y lo besó.
50 —Amigo —le replicó Jesús—, ¿a qué vie-
nes?[j]
Entonces los hombres se acercaron y prendie-
ron a Jesús. 51 En eso, uno de los que estaban con
él extendió la mano, sacó la espada e hirió al
siervo del sumo sacerdote, cortándole una oreja.
52 —Guarda tu espada —le dijo Jesús—, por-
que los que a hierro matan, a hierro mueren.[k]
53 ¿Crees que no puedo acudir a mi Padre, y al
instante pondría a mi disposición más de doce
batallones[l] de ángeles? 54 Pero entonces, ¿cómo
se cumplirían las Escrituras que dicen que así
tiene que suceder?
55 Y de inmediato dijo a la turba:
—¿Acaso soy un bandido,[m] para que vengan
con espadas y palos a arrestarme? Todos los días
me sentaba a enseñar en el *templo, y no me
prendieron. 56 Pero todo esto ha sucedido para
que se cumpla lo que escribieron los profetas.
Entonces todos los discípulos lo abandonaron
y huyeron.

Jesús ante el Consejo

57 Los que habían arrestado a Jesús lo llevaron
ante Caifás, el sumo sacerdote, donde se habían
reunido los *maestros de la ley y los *ancianos.
58 Pero Pedro lo siguió de lejos hasta el patio del
sumo sacerdote. Entró y se sentó con los guar-
dias para ver en qué terminaba aquello.

[i] **26:42** *evitar … amargo.* Lit. *que esto pase de mí.*
[j] **26:50** *¿a qué vienes?* Alt. *haz lo que viniste a hacer.*
[k] **26:52** *porque … mueren.* Lit. *Porque todos los que toman espada, por espada perecerán.* [l] **26:53** *batallones.* Lit. *legiones.* [m] **26:55** *bandido.* Alt. *insurgente.*

42 He went away a second time and prayed,
"My Father, if it is not possible for this cup to
be taken away unless I drink it, may your will
be done."
43 When he came back, he again found them
sleeping, because their eyes were heavy. 44 So he
left them and went away once more and prayed
the third time, saying the same thing.
45 Then he returned to the disciples and said to
them, "Are you still sleeping and resting? Look,
the hour is near, and the Son of Man is betrayed
into the hands of sinners. 46 Rise, let us go! Here
comes my betrayer!"

Jesus Arrested

47 While he was still speaking, Judas, one of
the Twelve, arrived. With him was a large crowd
armed with swords and clubs, sent from the
chief priests and the elders of the people. 48 Now
the betrayer had arranged a signal with them:
"The one I kiss is the man; arrest him." 49 Going
at once to Jesus, Judas said, "Greetings, Rabbi!"
and kissed him.
50 Jesus replied, "Friend, do what you came
for."[j]
Then the men stepped forward, seized Jesus
and arrested him. 51 With that, one of Jesus'
companions reached for his sword, drew it out
and struck the servant of the high priest, cutting
off his ear.
52 "Put your sword back in its place," Jesus
said to him, "for all who draw the sword will die
by the sword. 53 Do you think I cannot call on
my Father, and he will at once put at my disposal
more than twelve legions of angels? 54 But how
then would the Scriptures be fulfilled that say it
must happen in this way?"
55 At that time Jesus said to the crowd, "Am
I leading a rebellion, that you have come out
with swords and clubs to capture me? Every
day I sat in the temple courts teaching, and
you did not arrest me. 56 But this has all taken
place that the writings of the prophets might
be fulfilled." Then all the disciples deserted
him and fled.

Before the Sanhedrin

57 Those who had arrested Jesus took him to
Caiaphas, the high priest, where the teachers
of the law and the elders had assembled. 58 But
Peter followed him at a distance, right up to
the courtyard of the high priest. He entered
and sat down with the guards to see the out-
come.

[j] *50* Or *"Friend, why have you come?"*

59Los jefes de los sacerdotes y el *Consejo en
pleno buscaban alguna prueba falsa contra Jesús
para poder condenarlo a muerte. 60Pero no la
encontraron, a pesar de que se presentaron mu-
chos falsos testigos.

Por fin se presentaron dos, 61que declara-
ron:

—Este hombre dijo: "Puedo destruir el *tem-
plo de Dios y reconstruirlo en tres días."

62Poniéndose en pie, el sumo sacerdote le dijo
a Jesús:

—¿No vas a responder? ¿Qué significan estas
denuncias en tu contra?

63Pero Jesús se quedó callado. Así que el
sumo sacerdote insistió:

—Te ordeno en el nombre del Dios viviente
que nos digas si eres el *Cristo, el Hijo de
Dios.

64—Tú lo has dicho —respondió Jesús—.
Pero yo les digo a todos: De ahora en adelante
verán ustedes al Hijo del hombre sentado a la
*derecha del Todopoderoso, y viniendo en las
nubes del cielo.

65—¡Ha *blasfemado! —exclamó el sumo
sacerdote, rasgándose las vestiduras—. ¿Para
qué necesitamos más testigos? ¡Miren, ustedes
mismos han oído la blasfemia! 66¿Qué piensan
de esto?

—Merece la muerte —le contestaron.

67Entonces algunos le escupieron en el rostro
y le dieron puñetazos. Otros lo abofeteaban 68y
decían:

—A ver, Cristo, ¡adivina quién te pegó!

Pedro niega a Jesús

69Mientras tanto, Pedro estaba sentado afuera,
en el patio, y una criada se le acercó.

—Tú también estabas con Jesús de Galilea
—le dijo.

70Pero él lo negó delante de todos, diciendo:

—No sé de qué estás hablando.

71Luego salió a la puerta, donde otra criada lo
vio y dijo a los que estaban allí:

—Éste estaba con Jesús de Nazaret.

72Él lo volvió a negar, jurándoles:

—¡A ese hombre ni lo conozco!

73Poco después se acercaron a Pedro los que
estaban allí y le dijeron:

—Seguro que eres uno de ellos; se te nota por
tu acento.

74Y comenzó a echarse maldiciones, y les
juró:

—¡A ese hombre ni lo conozco!

En ese instante cantó un gallo. 75Entonces
Pedro se acordó de lo que Jesús había dicho:
«Antes de que cante el gallo, me negarás tres
veces.» Y saliendo de allí, lloró amargamente.

59The chief priests and the whole Sanhedrin
were looking for false evidence against Jesus so
that they could put him to death. 60But they did
not find any, though many false witnesses came
forward.

Finally two came forward 61and declared,
"This fellow said, 'I am able to destroy the
temple of God and rebuild it in three days.'"

62Then the high priest stood up and said to
Jesus, "Are you not going to answer? What is
this testimony that these men are bringing
against you?" 63But Jesus remained silent.

The high priest said to him, "I charge you
under oath by the living God: Tell us if you are
the Christ,[k] the Son of God."

64"Yes, it is as you say," Jesus replied. "But
I say to all of you: In the future you will see the
Son of Man sitting at the right hand of the
Mighty One and coming on the clouds of heav-
en."

65Then the high priest tore his clothes and
said, "He has spoken blasphemy! Why do we
need any more witnesses? Look, now you
have heard the blasphemy. 66What do you
think?"

"He is worthy of death," they answered.

67Then they spit in his face and struck him
with their fists. Others slapped him 68and said,
"Prophesy to us, Christ. Who hit you?"

Peter Disowns Jesus

69Now Peter was sitting out in the courtyard,
and a servant girl came to him. "You also were
with Jesus of Galilee," she said.

70But he denied it before them all. "I don't
know what you're talking about," he said.

71Then he went out to the gateway, where
another girl saw him and said to the people
there, "This fellow was with Jesus of Naza-
reth."

72He denied it again, with an oath: "I don't
know the man!"

73After a little while, those standing there
went up to Peter and said, "Surely you are
one of them, for your accent gives you
away."

74Then he began to call down curses on him-
self and he swore to them, "I don't know the
man!"

Immediately a rooster crowed. 75Then Peter
remembered the word Jesus had spoken: "Be-
fore the rooster crows, you will disown me
three times." And he went outside and wept
bitterly.

[k] *63* Or *Messiah*; also in verse 68

Judas se ahorca

27 Muy de mañana, todos los jefes de los sacerdotes y los *ancianos del pueblo tomaron la decisión de condenar a muerte a Jesús. 2Lo ataron, se lo llevaron y se lo entregaron a Pilato, el gobernador.

3Cuando Judas, el que lo había traicionado, vio que habían condenado a Jesús, sintió remordimiento y devolvió las treinta monedas de plata a los jefes de los sacerdotes y a los ancianos.

4—He pecado —les dijo— porque he entregado sangre inocente.

—¿Y eso a nosotros qué nos importa? —respondieron—. ¡Allá tú!

5Entonces Judas arrojó el dinero en el *santuario y salió de allí. Luego fue y se ahorcó.

6Los jefes de los sacerdotes recogieron las monedas y dijeron: «La ley no permite echar esto al tesoro, porque es precio de sangre.» 7Así que resolvieron comprar con ese dinero un terreno conocido como Campo del Alfarero, para sepultar allí a los extranjeros. 8Por eso se le ha llamado Campo de Sangre hasta el día de hoy. 9Así se cumplió lo dicho por el profeta Jeremías: «Tomaron las treinta monedas de plata, el precio que el pueblo de Israel le había fijado, 10y con ellas compraron el campo del alfarero, como me ordenó el Señor.»[n]

Jesús ante Pilato

11Mientras tanto, Jesús compareció ante el gobernador, y éste le preguntó:

—¿Eres tú el rey de los judíos?

—Tú lo dices —respondió Jesús.

12Al ser acusado por los jefes de los sacerdotes y por los *ancianos, Jesús no contestó nada.

13—¿No oyes lo que declaran contra ti? —le dijo Pilato.

14Pero Jesús no respondió ni a una sola acusación, por lo que el gobernador se llenó de asombro.

15Ahora bien, durante la fiesta el gobernador acostumbraba soltar un preso que la gente escogiera. 16Tenían un preso famoso llamado Barrabás. 17-18Así que cuando se reunió la multitud, Pilato, que sabía que le habían entregado a Jesús por envidia, les preguntó:

—¿A quién quieren que les suelte: a Barrabás o a Jesús, al que llaman *Cristo?

19Mientras Pilato estaba sentado en el tribunal, su esposa le envió el siguiente recado: «No te metas con ese justo, pues por causa de él, hoy he sufrido mucho en un sueño.»

[n]**27:10** Véanse Zac 11:12,13; Jer 19:1-13; 32:6-9.

Judas Hangs Himself

27 Early in the morning, all the chief priests and the elders of the people came to the decision to put Jesus to death. 2They bound him, led him away and handed him over to Pilate, the governor.

3When Judas, who had betrayed him, saw that Jesus was condemned, he was seized with remorse and returned the thirty silver coins to the chief priests and the elders. 4"I have sinned," he said, "for I have betrayed innocent blood."

"What is that to us?" they replied. "That's your responsibility."

5So Judas threw the money into the temple and left. Then he went away and hanged himself.

6The chief priests picked up the coins and said, "It is against the law to put this into the treasury, since it is blood money." 7So they decided to use the money to buy the potter's field as a burial place for foreigners. 8That is why it has been called the Field of Blood to this day. 9Then what was spoken by Jeremiah the prophet was fulfilled: "They took the thirty silver coins, the price set on him by the people of Israel, 10and they used them to buy the potter's field, as the Lord commanded me."[l]

Jesus Before Pilate

11Meanwhile Jesus stood before the governor, and the governor asked him, "Are you the king of the Jews?"

"Yes, it is as you say," Jesus replied.

12When he was accused by the chief priests and the elders, he gave no answer. 13Then Pilate asked him, "Don't you hear the testimony they are bringing against you?" 14But Jesus made no reply, not even to a single charge—to the great amazement of the governor.

15Now it was the governor's custom at the Feast to release a prisoner chosen by the crowd. 16At that time they had a notorious prisoner, called Barabbas. 17So when the crowd had gathered, Pilate asked them, "Which one do you want me to release to you: Barabbas, or Jesus who is called Christ?" 18For he knew it was out of envy that they had handed Jesus over to him.

19While Pilate was sitting on the judge's seat, his wife sent him this message: "Don't have anything to do with that innocent man, for I have suffered a great deal today in a dream because of him."

[l]*10* See Zech. 11:12,13; Jer. 19:1-13; 32:6-9.

20Pero los jefes de los sacerdotes y los ancia-
nos persuadieron a la multitud a que le pidiera a
Pilato soltar a Barrabás y ejecutar a Jesús.

21—¿A cuál de los dos quieren que les suelte?
—preguntó el gobernador.

—A Barrabás.

22—¿Y qué voy a hacer con Jesús, al que
llaman Cristo?

—¡Crucifícalo! —respondieron todos.

23—¿Por qué? ¿Qué crimen ha cometido?

Pero ellos gritaban aún más fuerte:

—¡Crucifícalo!

24Cuando Pilato vio que no conseguía nada,
sino que más bien se estaba formando un tumul-
to, pidió agua y se lavó las manos delante de la
gente.

—Soy inocente de la sangre de este hombre
—dijo—. ¡Allá ustedes!

25—¡Que su sangre caiga sobre nosotros y
sobre nuestros hijos! —contestó todo el pueblo.

26Entonces les soltó a Barrabás; pero a Jesús
lo mandó azotar, y lo entregó para que lo cruci-
ficaran.

Los soldados se burlan de Jesús

27Los soldados del gobernador llevaron a
Jesús al palacio[ñ] y reunieron a toda la tropa
alrededor de él. 28Le quitaron la ropa y le pusie-
ron un manto de color escarlata. 29Luego tren-
zaron una corona de espinas y se la colocaron en
la cabeza, y en la mano derecha le pusieron una
caña. Arrodillándose delante de él, se burlaban
diciendo:

—¡Salve, rey de los judíos!

30Y le escupían, y con la caña le golpeaban la
cabeza. 31Después de burlarse de él, le quitaron
el manto, le pusieron su propia ropa y se lo
llevaron para crucificarlo.

La crucifixión

32Al salir encontraron a un hombre de Cirene
que se llamaba Simón, y lo obligaron a llevar la
cruz. 33Llegaron a un lugar llamado Gólgota
(que significa «Lugar de la Calavera»). 34Allí le
dieron a Jesús vino mezclado con hiel; pero
después de probarlo, se negó a beberlo. 35Lo
crucificaron y repartieron su ropa echando suer-
tes.[o] 36Y se sentaron a vigilarlo. 37Encima de su
cabeza pusieron por escrito la causa de su con-
dena: «ÉSTE ES JESÚS, EL REY DE LOS JU-
DÍOS.» 38Con él crucificaron a dos bandidos,[p]
uno a su derecha y otro a su izquierda. 39Los que

[ñ]**27:27** *palacio.* Lit. *pretorio.* [o]**27:35** *suertes.* Var. *suertes, para que se cumpliera lo dicho por medio del profeta: «Se repartieron entre ellos mi manto y sobre mi ropa echaron suertes»* (Sal 22:18; véase Jn 19:24). [p]**27:38** *bandidos.* Alt. *insurgentes*; también en v. 44.

20But the chief priests and the elders persuad-
ed the crowd to ask for Barabbas and to have
Jesus executed.

21"Which of the two do you want me to
release to you?" asked the governor.

"Barabbas," they answered.

22"What shall I do, then, with Jesus who is
called Christ?" Pilate asked.

They all answered, "Crucify him!"

23"Why? What crime has he committed?"
asked Pilate.

But they shouted all the louder, "Crucify
him!"

24When Pilate saw that he was getting no-
where, but that instead an uproar was starting,
he took water and washed his hands in front of
the crowd. "I am innocent of this man's blood,"
he said. "It is your responsibility!"

25All the people answered, "Let his blood be
on us and on our children!"

26Then he released Barabbas to them. But he
had Jesus flogged, and handed him over to be
crucified.

The Soldiers Mock Jesus

27Then the governor's soldiers took Jesus
into the Praetorium and gathered the whole
company of soldiers around him. 28They
stripped him and put a scarlet robe on him,
29and then twisted together a crown of thorns
and set it on his head. They put a staff in his
right hand and knelt in front of him and
mocked him. "Hail, king of the Jews!" they
said. 30They spit on him, and took the staff
and struck him on the head again and again.
31After they had mocked him, they took off
the robe and put his own clothes on him. Then
they led him away to crucify him.

The Crucifixion

32As they were going out, they met a man
from Cyrene, named Simon, and they forced
him to carry the cross. 33They came to a place
called Golgotha (which means The Place of the
Skull). 34There they offered Jesus wine to drink,
mixed with gall; but after tasting it, he refused
to drink it. 35When they had crucified him, they
divided up his clothes by casting lots.[m] 36And
sitting down, they kept watch over him there.
37Above his head they placed the written charge
against him: THIS IS JESUS, THE KING OF THE
JEWS. 38Two robbers were crucified with him,
one on his right and one on his left. 39Those who

[m]*35* A few late manuscripts *lots that the word spoken by the prophet might be fulfilled: "They divided my garments among themselves and cast lots for my clothing"* (Psalm 22:18)

pasaban meneaban la cabeza y *blasfemaban
contra él:
40—Tú, que destruyes el *templo y en tres
días lo reconstruyes, ¡sálvate a ti mismo! ¡Si eres
el Hijo de Dios, baja de la cruz!
41De la misma manera se burlaban de él los
jefes de los sacerdotes, junto con los *maestros
de la ley y los *ancianos.
42—Salvó a otros —decían—, ¡pero no puede
salvarse a sí mismo! ¡Y es el Rey de Israel! Que
baje ahora de la cruz, y así creeremos en él. 43Él
confía en Dios; pues que lo libre Dios ahora, si
de veras lo quiere. ¿Acaso no dijo: "Yo soy el
Hijo de Dios"?
44Así también lo insultaban los bandidos que
estaban crucificados con él.

Muerte de Jesús

45Desde el mediodía y hasta la media tarde[q]
toda la tierra quedó en oscuridad. 46Como a las
tres de la tarde,[r] Jesús gritó con fuerza:
—*Elí, Elí,*[s] *¿lama sabactani?* (que significa: "Dios mío, Dios mío, ¿por qué me has desamparado?").[t]
47Cuando lo oyeron, algunos de los que esta-
ban allí dijeron:
—Está llamando a Elías.
48Al instante uno de ellos corrió en busca de
una esponja. La empapó en vinagre, la puso en
una caña y se la ofreció a Jesús para que bebiera.
49Los demás decían:
—Déjalo, a ver si viene Elías a salvarlo.
50Entonces Jesús volvió a gritar con fuerza, y
entregó su espíritu.
51En ese momento la cortina del *santuario
del templo se rasgó en dos, de arriba abajo. La
tierra tembló y se partieron las rocas. 52Se abrie-
ron los sepulcros, y muchos *santos que habían
muerto resucitaron. 53Salieron de los sepulcros
y, después de la resurrección de Jesús, entraron
en la ciudad santa y se aparecieron a muchos.
54Cuando el centurión y los que con él estaban
custodiando a Jesús vieron el terremoto y todo
lo que había sucedido, quedaron aterrados y
exclamaron:
—¡Verdaderamente éste era el Hijo[u] de Dios!
55Estaban allí, mirando de lejos, muchas mu-
jeres que habían seguido a Jesús desde Galilea
para servirle. 56Entre ellas se encontraban María
Magdalena, María la madre de *Jacobo y de
José, y la madre de los hijos de Zebedeo.

passed by hurled insults at him, shaking their
heads 40and saying, "You who are going to
destroy the temple and build it in three days,
save yourself! Come down from the cross, if you
are the Son of God!"
41In the same way the chief priests, the teach-
ers of the law and the elders mocked him. 42"He
saved others," they said, "but he can't save
himself! He's the King of Israel! Let him come
down now from the cross, and we will believe
in him. 43He trusts in God. Let God rescue him
now if he wants him, for he said, 'I am the Son
of God.'" 44In the same way the robbers who
were crucified with him also heaped insults on
him.

The Death of Jesus

45From the sixth hour until the ninth hour
darkness came over all the land. 46About the
ninth hour Jesus cried out in a loud voice, "Eloi,
Eloi,[n] lama sabachthani?"—which means,
"My God, my God, why have you forsaken
me?"[o]
47When some of those standing there heard
this, they said, "He's calling Elijah."
48Immediately one of them ran and got a
sponge. He filled it with wine vinegar, put it on
a stick, and offered it to Jesus to drink. 49The
rest said, "Now leave him alone. Let's see if
Elijah comes to save him."
50And when Jesus had cried out again in a
loud voice, he gave up his spirit.
51At that moment the curtain of the temple
was torn in two from top to bottom. The earth
shook and the rocks split. 52The tombs broke
open and the bodies of many holy people who
had died were raised to life. 53They came out of
the tombs, and after Jesus' resurrection they
went into the holy city and appeared to many
people.
54When the centurion and those with him
who were guarding Jesus saw the earthquake
and all that had happened, they were terrified,
and exclaimed, "Surely he was the Son[p] of
God!"
55Many women were there, watching from
a distance. They had followed Jesus from
Galilee to care for his needs. 56Among them
were Mary Magdalene, Mary the mother of
James and Joses, and the mother of Zebedee's
sons.

[q] **27:45** *Desde … tarde.* Lit. *Desde la hora sexta hasta la hora novena.* [r] **27:46** *Como … tarde.* Lit. *Como a la hora novena.* [s] **27:46** *Elí, Elí.* Var. *Eloi, Eloi.* [t] **27:46** Sal 22:1 [u] **27:54** *era el Hijo.* Alt. *era hijo.*

[n] *46* Some manuscripts *Eli, Eli* [o] *46* Psalm 22:1 [p] *54* Or *a son*

Sepultura de Jesús

57Al atardecer, llegó un hombre rico de Ari-
matea, llamado José, que también se había con-
vertido en discípulo de Jesús. 58Se presentó ante
Pilato para pedirle el cuerpo de Jesús, y Pilato
ordenó que se lo dieran. 59José tomó el cuerpo,
lo envolvió en una sábana limpia 60y lo puso en
un sepulcro nuevo de su propiedad que había
cavado en la roca. Luego hizo rodar una piedra
grande a la entrada del sepulcro, y se fue. 61Allí
estaban, sentadas frente al sepulcro, María Mag-
dalena y la otra María.

La guardia ante el sepulcro

62Al día siguiente, después del día de la pre-
paración, los jefes de los sacerdotes y los fari-
seos se presentaron ante Pilato.
63—Señor —le dijeron—, nosotros recorda-
mos que mientras ese engañador aún vivía,
dijo: "A los tres días resucitaré." 64Por eso,
ordene usted que se selle el sepulcro hasta el
tercer día, no sea que vengan sus discípulos,
se roben el cuerpo y le digan al pueblo que ha
*resucitado. Ese último engaño sería peor que
el primero.
65—Llévense una guardia de soldados —les
ordenó Pilato—, y vayan a asegurar el sepulcro
lo mejor que puedan.
66Así que ellos fueron, cerraron el sepulcro
con una piedra, y lo sellaron; y dejaron puesta la
guardia.

La resurrección

28 Después del *sábado, al amanecer del
primer día de la semana, María Magda-
lena y la otra María fueron a ver el sepulcro.
2Sucedió que hubo un terremoto violento,
porque un ángel del Señor bajó del cielo y,
acercándose al sepulcro, quitó la piedra y se
sentó sobre ella. 3Su aspecto era como el de un
relámpago, y su ropa era blanca como la nieve.
4Los guardias tuvieron tanto miedo de él que se
pusieron a temblar y quedaron como muertos.
5El ángel dijo a las mujeres:
—No tengan miedo; sé que ustedes buscan a
Jesús, el que fue crucificado. 6No está aquí, pues
ha resucitado, tal como dijo. Vengan a ver el
lugar donde lo pusieron. 7Luego vayan pronto a
decirles a sus discípulos: "Él se ha *levantado
de entre los muertos y va delante de ustedes a
Galilea. Allí lo verán." Ahora ya lo saben.
8Así que las mujeres se alejaron a toda prisa
del sepulcro, asustadas pero muy alegres, y
corrieron a dar la noticia a los discípulos. 9En
eso Jesús les salió al encuentro y las saludó.
Ellas se le acercaron, le abrazaron los pies y
lo adoraron.

The Burial of Jesus

57As evening approached, there came a rich
man from Arimathea, named Joseph, who had
himself become a disciple of Jesus. 58Going to
Pilate, he asked for Jesus' body, and Pilate
ordered that it be given to him. 59Joseph took the
body, wrapped it in a clean linen cloth, 60and
placed it in his own new tomb that he had cut
out of the rock. He rolled a big stone in front of
the entrance to the tomb and went away. 61Mary
Magdalene and the other Mary were sitting there
opposite the tomb.

The Guard at the Tomb

62The next day, the one after Preparation Day,
the chief priests and the Pharisees went to Pilate.
63"Sir," they said, "we remember that while he
was still alive that deceiver said, 'After three
days I will rise again.' 64So give the order for
the tomb to be made secure until the third day.
Otherwise, his disciples may come and steal the
body and tell the people that he has been raised
from the dead. This last deception will be worse
than the first."
65"Take a guard," Pilate answered. "Go,
make the tomb as secure as you know how."
66So they went and made the tomb secure by
putting a seal on the stone and posting the
guard.

The Resurrection

28 After the Sabbath, at dawn on the first
day of the week, Mary Magdalene and
the other Mary went to look at the tomb.
2There was a violent earthquake, for an angel
of the Lord came down from heaven and, going
to the tomb, rolled back the stone and sat on it.
3His appearance was like lightning, and his
clothes were white as snow. 4The guards were
so afraid of him that they shook and became like
dead men.
5The angel said to the women, "Do not be
afraid, for I know that you are looking for Jesus,
who was crucified. 6He is not here; he has risen,
just as he said. Come and see the place where he
lay. 7Then go quickly and tell his disciples: 'He
has risen from the dead and is going ahead of
you into Galilee. There you will see him.' Now
I have told you."
8So the women hurried away from the
tomb, afraid yet filled with joy, and ran to
tell his disciples. 9Suddenly Jesus met them.
"Greetings," he said. They came to him,
clasped his feet and worshiped him. 10Then
Jesus said to them, "Do not be afraid. Go and

10—No tengan miedo —les dijo Jesús—. Va-
yan a decirles a mis hermanos que se dirijan a
Galilea, y allí me verán.

El informe de los guardias

11Mientras las mujeres iban de camino, algu-
nos de los guardias entraron en la ciudad e
informaron a los jefes de los sacerdotes de todo
lo que había sucedido. 12Después de reunirse
estos jefes con los *ancianos y de trazar un plan,
les dieron a los soldados una fuerte suma de
dinero 13y les encargaron: «Digan que los discí-
pulos de Jesús vinieron por la noche y que,
mientras ustedes dormían, se robaron el cuerpo.
14Y si el gobernador llega a enterarse de esto,
nosotros responderemos por ustedes y les evita-
remos cualquier problema.»

15Así que los soldados tomaron el dinero e
hicieron como se les había instruido. Esta es la
versión de los sucesos que hasta el día de hoy ha
circulado entre los judíos.

La gran comisión

16Los once discípulos fueron a Galilea, a la
montaña que Jesús les había indicado. 17Cuando
lo vieron, lo adoraron; pero algunos dudaban.
18Jesús se acercó entonces a ellos y les dijo:

—Se me ha dado toda autoridad en el cielo y
en la tierra. 19Por tanto, vayan y hagan discípu-
los de todas las *naciones, bautizándolos en el
nombre del Padre y del Hijo y del Espíritu Santo,
20enseñándoles a obedecer todo lo que les he
mandado a ustedes. Y les aseguro que estaré con
ustedes siempre, hasta el fin del mundo.[v]

tell my brothers to go to Galilee; there they
will see me."

The Guards' Report

11While the women were on their way, some
of the guards went into the city and reported
to the chief priests everything that had hap-
pened. 12When the chief priests had met with
the elders and devised a plan, they gave the
soldiers a large sum of money, 13telling them,
"You are to say, 'His disciples came during
the night and stole him away while we were
asleep.' 14If this report gets to the governor,
we will satisfy him and keep you out of trou-
ble." 15So the soldiers took the money and did
as they were instructed. And this story has
been widely circulated among the Jews to this
very day.

The Great Commission

16Then the eleven disciples went to Galilee,
to the mountain where Jesus had told them to
go. 17When they saw him, they worshiped
him; but some doubted. 18Then Jesus came to
them and said, "All authority in heaven and
on earth has been given to me. 19Therefore go
and make disciples of all nations, baptizing
them in[q] the name of the Father and of the
Son and of the Holy Spirit, 20and teaching
them to obey everything I have commanded
you. And surely I am with you always, to the
very end of the age."

[v]**28:20** *el fin del mundo.* Lit. *la consumación del siglo.*

[q]*19* Or *into*; see Acts 8:16; 19:5; Romans 6:3; 1 Cor. 1:13; 10:2 and Gal. 3:27.

Evangelio según Marcos

Juan el Bautista prepara el camino

1 Comienzo del *evangelio de *Jesucristo, el
Hijo de Dios.[a]

2Sucedió como está escrito en el profeta Isaías:

«Yo estoy por enviar a mi mensajero de-
lante de ti,
el cual preparará tu camino.»[b]
3«Voz de uno que grita en el desierto:
"Preparen el camino del Señor,
háganle sendas derechas." »[c]

4Así se presentó Juan, bautizando en el desierto
y predicando el bautismo de *arrepentimiento
para el perdón de pecados. 5Toda la gente de la
región de Judea y de la ciudad de Jerusalén acudía
a él. Cuando confesaban sus pecados, él los bau-
tizaba en el río Jordán. 6La ropa de Juan estaba
hecha de pelo de camello. Llevaba puesto un
cinturón de cuero, y comía langostas y miel sil-
vestre. 7Predicaba de esta manera: «Después de
mí viene uno más poderoso que yo; ni siquiera
merezco agacharme para desatar la correa de sus
sandalias. 8Yo los he bautizado a ustedes con[d]
agua, pero él los bautizará con el Espíritu Santo.»

Bautismo y tentación de Jesús

9En esos días llegó Jesús desde Nazaret de
Galilea y fue bautizado por Juan en el Jordán.
10En seguida, al subir del agua, Jesús vio que el
cielo se abría y que el Espíritu bajaba sobre él
como una paloma. 11También se oyó una voz
del cielo que decía: «Tú eres mi Hijo amado;
estoy muy complacido contigo.»

12En seguida el Espíritu lo impulsó a ir al
desierto, 13y allí fue *tentado por Satanás duran-
te cuarenta días. Estaba entre las fieras, y los
ángeles le servían.

Llamamiento de los primeros discípulos

14Después de que encarcelaron a Juan, Jesús
se fue a Galilea a anunciar las buenas *nuevas
de Dios. 15«Se ha cumplido el tiempo —de-

[a]1:1 Var. no incluye: *el Hijo de Dios*. [b]1:2 Mal 3:1
[c]1:3 Is 40:3 [d]1:8 *con.* Alt. *en.*

Mark

John the Baptist Prepares the Way

1 The beginning of the gospel about Jesus
Christ, the Son of God.[a]
2It is written in Isaiah the prophet:

"I will send my messenger ahead of you,
who will prepare your way" [b]—
3"a voice of one calling in the desert,
'Prepare the way for the Lord,
make straight paths for him.'" [c]

4And so John came, baptizing in the desert
region and preaching a baptism of repentance
for the forgiveness of sins. 5The whole Judean
countryside and all the people of Jerusalem
went out to him. Confessing their sins, they
were baptized by him in the Jordan River.
6John wore clothing made of camel's hair,
with a leather belt around his waist, and he ate
locusts and wild honey. 7And this was his
message: "After me will come one more pow-
erful than I, the thongs of whose sandals I am
not worthy to stoop down and untie. 8I baptize
you with[d] water, but he will baptize you with
the Holy Spirit."

The Baptism and Temptation of Jesus

9At that time Jesus came from Nazareth in
Galilee and was baptized by John in the Jordan.
10As Jesus was coming up out of the water, he
saw heaven being torn open and the Spirit de-
scending on him like a dove. 11And a voice came
from heaven: "You are my Son, whom I love;
with you I am well pleased."

12At once the Spirit sent him out into the
desert, 13and he was in the desert forty days,
being tempted by Satan. He was with the wild
animals, and angels attended him.

The Calling of the First Disciples

14After John was put in prison, Jesus went
into Galilee, proclaiming the good news of God.
15"The time has come," he said. "The kingdom

[a] *1* Some manuscripts do not have *the Son of God.*
[b] *2* Mal. 3:1 [c] *3* Isaiah 40:3 [d] *8* Or *in*

cía—. El reino de Dios está cerca. ¡*Arrepién-
tanse y crean las buenas *nuevas!»
16Pasando por la orilla del mar de Galilea,
Jesús vio a Simón y a su hermano Andrés que
echaban la red al lago, pues eran pescadores.
17«Vengan, síganme —les dijo Jesús—, y los
haré pescadores de hombres.» 18Al momento
dejaron las redes y lo siguieron.
19Un poco más adelante vio a *Jacobo y a su
hermano Juan, hijos de Zebedeo, que estaban en
su barca remendando las redes. 20En seguida los
llamó, y ellos, dejando a su padre Zebedeo en la
barca con los jornaleros, se fueron con Jesús.

Jesús expulsa a un espíritu maligno

21Entraron en Capernaúm, y tan pronto como
llegó el *sábado, Jesús fue a la sinagoga y se
puso a enseñar. 22La gente se asombraba de su
enseñanza, porque la impartía como quien tiene
autoridad y no como los *maestros de la ley.
23De repente, en la sinagoga, un hombre que
estaba poseído por un *espíritu maligno gritó:
24—¿Por qué te entrometes, Jesús de Nazaret?
¿Has venido a destruirnos? Yo sé quién eres tú:
¡el Santo de Dios!
25—¡Cállate! —lo reprendió Jesús—. ¡Sal de
ese hombre!
26Entonces el espíritu maligno sacudió al
hombre violentamente y salió de él dando un
alarido. 27Todos se quedaron tan asustados que
se preguntaban unos a otros: «¿Qué es esto?
¡Una enseñanza nueva, pues lo hace con autori-
dad! Les da órdenes incluso a los espíritus ma-
lignos, y le obedecen.» 28Como resultado, su
fama se extendió rápidamente por toda la región
de Galilea.

Jesús sana a muchos enfermos

29Tan pronto como salieron de la sinagoga,
Jesús fue con *Jacobo y Juan a casa de Simón y
Andrés. 30La suegra de Simón estaba en cama
con fiebre, y en seguida se lo dijeron a Jesús.
31Él se le acercó, la tomó de la mano y la ayudó
a levantarse. Entonces se le quitó la fiebre y se
puso a servirles.
32Al atardecer, cuando ya se ponía el sol, la
gente le llevó a Jesús todos los enfermos y ende-
moniados, 33de manera que la población entera se
estaba congregando a la puerta. 34Jesús sanó a
muchos que padecían de diversas enfermedades.
También expulsó a muchos demonios, pero no
los dejaba hablar porque sabían quién era él.

Jesús ora en un lugar solitario

35Muy de madrugada, cuando todavía estaba
oscuro, Jesús se levantó, salió de la casa y se fue
a un lugar solitario, donde se puso a orar. 36Si-
món y sus compañeros salieron a buscarlo.

of God is near. Repent and believe the good
news!"
16As Jesus walked beside the Sea of Galilee,
he saw Simon and his brother Andrew casting a
net into the lake, for they were fishermen.
17"Come, follow me," Jesus said, "and I will
make you fishers of men." 18At once they left
their nets and followed him.
19When he had gone a little farther, he saw
James son of Zebedee and his brother John in a
boat, preparing their nets. 20Without delay he
called them, and they left their father Zebedee
in the boat with the hired men and followed him.

Jesus Drives Out an Evil Spirit

21They went to Capernaum, and when the
Sabbath came, Jesus went into the synagogue
and began to teach. 22The people were amazed
at his teaching, because he taught them as one
who had authority, not as the teachers of the law.
23Just then a man in their synagogue who was
possessed by an evil[e] spirit cried out, 24"What
do you want with us, Jesus of Nazareth? Have
you come to destroy us? I know who you
are—the Holy One of God!"
25"Be quiet!" said Jesus sternly. "Come out
of him!" 26The evil spirit shook the man violent-
ly and came out of him with a shriek.
27The people were all so amazed that they
asked each other, "What is this? A new teach-
ing—and with authority! He even gives orders
to evil spirits and they obey him." 28News about
him spread quickly over the whole region of
Galilee.

Jesus Heals Many

29As soon as they left the synagogue, they
went with James and John to the home of Simon
and Andrew. 30Simon's mother-in-law was in
bed with a fever, and they told Jesus about her.
31So he went to her, took her hand and helped
her up. The fever left her and she began to wait
on them.
32That evening after sunset the people brought
to Jesus all the sick and demon-possessed. 33The
whole town gathered at the door, 34and Jesus
healed many who had various diseases. He also
drove out many demons, but he would not let the
demons speak because they knew who he was.

Jesus Prays in a Solitary Place

35Very early in the morning, while it was still
dark, Jesus got up, left the house and went off to
a solitary place, where he prayed. 36Simon and
his companions went to look for him, 37and

e23 Greek *unclean*; also in verses 26 and 27

37Por fin lo encontraron y le dijeron:

—Todo el mundo te busca.

38Jesús respondió:

—Vámonos de aquí a otras aldeas cercanas donde también pueda predicar; para esto he venido.

39Así que recorrió toda Galilea, predicando en las sinagogas y expulsando demonios.

Jesús sana a un leproso

40Un hombre que tenía *lepra se le acercó, y de rodillas le suplicó:

—Si quieres, puedes *limpiarme.

41Movido a compasión, Jesús extendió la mano y tocó al hombre, diciéndole:

—Sí quiero. ¡Queda limpio!

42Al instante se le quitó la lepra y quedó sano.[e] 43Jesús lo despidió en seguida con una fuerte advertencia:

44—Mira, no se lo digas a nadie; sólo ve, preséntate al sacerdote y lleva por tu *purificación lo que ordenó Moisés, para que sirva de testimonio.

45Pero él salió y comenzó a hablar sin reserva, divulgando lo sucedido. Como resultado, Jesús ya no podía entrar en ningún pueblo abiertamente, sino que se quedaba afuera, en lugares solitarios. Aun así, gente de todas partes seguía acudiendo a él.

Jesús sana a un paralítico

2 Unos días después, cuando Jesús entró de nuevo en Capernaúm, corrió la voz de que estaba en casa. 2Se aglomeraron tantos que ya no quedaba sitio ni siquiera frente a la puerta mientras él les predicaba la palabra. 3Entonces llegaron cuatro hombres que le llevaban un paralítico. 4Como no podían acercarlo a Jesús por causa de la multitud, quitaron parte del techo encima de donde estaba Jesús y, luego de hacer una abertura, bajaron la camilla en la que estaba acostado el paralítico. 5Al ver Jesús la fe de ellos, le dijo al paralítico:

—Hijo, tus pecados quedan perdonados.

6Estaban sentados allí algunos *maestros de la ley, que pensaban: 7«¿Por qué habla éste así? ¡Está *blasfemando! ¿Quién puede perdonar pecados sino sólo Dios?»

8En ese mismo instante supo Jesús en su espíritu que esto era lo que estaban pensando.

—¿Por qué razonan así? —les dijo—. 9¿Qué es más fácil, decirle al paralítico: "Tus pecados son perdonados", o decirle: "Levántate, toma tu camilla y anda"? 10Pues para que sepan que el Hijo del hombre tiene autoridad en la tierra para

[e]1:42 *sano.* Lit. *limpio.*

when they found him, they exclaimed: "Everyone is looking for you!"

38Jesus replied, "Let us go somewhere else—to the nearby villages—so I can preach there also. That is why I have come." 39So he traveled throughout Galilee, preaching in their synagogues and driving out demons.

A Man With Leprosy

40A man with leprosy[f] came to him and begged him on his knees, "If you are willing, you can make me clean."

41Filled with compassion, Jesus reached out his hand and touched the man. "I am willing," he said. "Be clean!" 42Immediately the leprosy left him and he was cured.

43Jesus sent him away at once with a strong warning: 44"See that you don't tell this to anyone. But go, show yourself to the priest and offer the sacrifices that Moses commanded for your cleansing, as a testimony to them." 45Instead he went out and began to talk freely, spreading the news. As a result, Jesus could no longer enter a town openly but stayed outside in lonely places. Yet the people still came to him from everywhere.

Jesus Heals a Paralytic

2 A few days later, when Jesus again entered Capernaum, the people heard that he had come home. 2So many gathered that there was no room left, not even outside the door, and he preached the word to them. 3Some men came, bringing to him a paralytic, carried by four of them. 4Since they could not get him to Jesus because of the crowd, they made an opening in the roof above Jesus and, after digging through it, lowered the mat the paralyzed man was lying on. 5When Jesus saw their faith, he said to the paralytic, "Son, your sins are forgiven."

6Now some teachers of the law were sitting there, thinking to themselves, 7"Why does this fellow talk like that? He's blaspheming! Who can forgive sins but God alone?"

8Immediately Jesus knew in his spirit that this was what they were thinking in their hearts, and he said to them, "Why are you thinking these things? 9Which is easier: to say to the paralytic, 'Your sins are forgiven,' or to say, 'Get up, take your mat and walk'? 10But that you may know that the Son of Man has

[f]*40* The Greek word was used for various diseases affecting the skin—not necessarily leprosy.

perdonar pecados —se dirigió entonces al paralítico—: 11A ti te digo, levántate, toma tu camilla y vete a tu casa.

12Él se levantó, tomó su camilla en seguida y salió caminando a la vista de todos. Ellos se quedaron asombrados y comenzaron a alabar a Dios.

—Jamás habíamos visto cosa igual —decían.

Llamamiento de Leví

13De nuevo salió Jesús a la orilla del lago. Toda la gente acudía a él, y él les enseñaba. 14Al pasar vio a Leví hijo de Alfeo, donde éste cobraba impuestos.

—Sígueme —le dijo Jesús.

Y Leví se levantó y lo siguió.

15Sucedió que, estando Jesús a la mesa en casa de Leví, muchos *recaudadores de impuestos y *pecadores se *sentaron con él y sus discípulos, pues ya eran muchos los que lo seguían. 16Cuando los *maestros de la ley, que eran *fariseos, vieron con quién comía, les preguntaron a sus discípulos:

—¿Y éste come con recaudadores de impuestos y con pecadores?

17Al oírlos, Jesús les contestó:

—No son los sanos los que necesitan médico sino los enfermos. Y yo no he venido a llamar a justos sino a pecadores.

Le preguntan a Jesús sobre el ayuno

18Al ver que los discípulos de Juan y los *fariseos ayunaban, algunos se acercaron a Jesús y le preguntaron:

—¿Cómo es que los discípulos de Juan y de los fariseos ayunan, pero los tuyos no?

19Jesús les contestó:

—¿Acaso pueden ayunar los invitados del novio mientras él está con ellos? No pueden hacerlo mientras lo tienen con ellos. 20Pero llegará el día en que se les quitará el novio, y ese día sí ayunarán. 21Nadie remienda un vestido viejo con un retazo de tela nueva. De hacerlo así, el remiendo fruncirá el vestido y la rotura se hará peor. 22Ni echa nadie vino nuevo en odres viejos. De hacerlo así, el vino hará reventar los odres y se arruinarán tanto el vino como los odres. Más bien, el vino nuevo se echa en odres nuevos.

Señor del sábado

23Un *sábado, al cruzar Jesús los sembrados, sus discípulos comenzaron a arrancar a su paso unas espigas de trigo.

24—Mira —le preguntaron los *fariseos—, ¿por qué hacen ellos lo que está prohibido hacer en sábado?

25Él les contestó:

authority on earth to forgive sins . . . .” He said to the paralytic, 11“I tell you, get up, take your mat and go home.” 12He got up, took his mat and walked out in full view of them all. This amazed everyone and they praised God, saying, “We have never seen anything like this!”

The Calling of Levi

13Once again Jesus went out beside the lake. A large crowd came to him, and he began to teach them. 14As he walked along, he saw Levi son of Alphaeus sitting at the tax collector’s booth. “Follow me,” Jesus told him, and Levi got up and followed him.

15While Jesus was having dinner at Levi’s house, many tax collectors and “sinners” were eating with him and his disciples, for there were many who followed him. 16When the teachers of the law who were Pharisees saw him eating with the “sinners” and tax collectors, they asked his disciples: “Why does he eat with tax collectors and ‘sinners’?”

17On hearing this, Jesus said to them, “It is not the healthy who need a doctor, but the sick. I have not come to call the righteous, but sinners.”

Jesus Questioned About Fasting

18Now John’s disciples and the Pharisees were fasting. Some people came and asked Jesus, “How is it that John’s disciples and the disciples of the Pharisees are fasting, but yours are not?”

19Jesus answered, “How can the guests of the bridegroom fast while he is with them? They cannot, so long as they have him with them. 20But the time will come when the bridegroom will be taken from them, and on that day they will fast.

21“No one sews a patch of unshrunk cloth on an old garment. If he does, the new piece will pull away from the old, making the tear worse. 22And no one pours new wine into old wineskins. If he does, the wine will burst the skins, and both the wine and the wineskins will be ruined. No, he pours new wine into new wineskins.”

Lord of the Sabbath

23One Sabbath Jesus was going through the grainfields, and as his disciples walked along, they began to pick some heads of grain. 24The Pharisees said to him, “Look, why are they doing what is unlawful on the Sabbath?”

25He answered, “Have you never read what David did when he and his companions were

—¿Nunca han leído lo que hizo David en aquella ocasión, cuando él y sus compañeros tuvieron hambre y pasaron necesidad? 26 Entró en la casa de Dios cuando Abiatar era el sumo sacerdote, y comió los panes consagrados a Dios, que sólo a los sacerdotes les es permitido comer. Y dio también a sus compañeros.

27 »El sábado se hizo para el hombre, y no el hombre para el sábado —añadió—. 28 Así que el Hijo del hombre es Señor incluso del sábado.

3 En otra ocasión entró en la sinagoga, y había allí un hombre que tenía la mano paralizada. 2 Algunos que buscaban un motivo para acusar a Jesús no le quitaban la vista de encima para ver si sanaba al enfermo en *sábado. 3 Entonces Jesús le dijo al hombre de la mano paralizada:

—Ponte de pie frente a todos.

4 Luego dijo a los otros:

—¿Qué está permitido en sábado: hacer el bien o hacer el mal, salvar una *vida o matar?

Pero ellos permanecieron callados. 5 Jesús se les quedó mirando, enojado y entristecido por la dureza de su corazón, y le dijo al hombre:

—Extiende la mano.

La extendió, y la mano le quedó restablecida. 6 Tan pronto como salieron los fariseos, comenzaron a tramar con los herodianos cómo matar a Jesús.

La multitud sigue a Jesús

7 Jesús se retiró al lago con sus discípulos, y mucha gente de Galilea lo siguió. 8 Cuando se enteraron de todo lo que hacía, acudieron también a él muchos de Judea y Jerusalén, de Idumea, del otro lado del Jordán y de las regiones de Tiro y Sidón. 9 Entonces, para evitar que la gente lo atropellara, encargó a sus discípulos que le tuvieran preparada una pequeña barca; 10 pues como había sanado a muchos, todos los que sufrían dolencias se abalanzaban sobre él para tocarlo. 11 Además, los *espíritus malignos, al verlo, se postraban ante él, gritando: «¡Tú eres el Hijo de Dios!» 12 Pero él les ordenó terminantemente que no dijeran quién era él.

Nombramiento de los doce apóstoles

13 Subió Jesús a una montaña y llamó a los que quiso, los cuales se reunieron con él. 14 Designó a doce, a quienes nombró apóstoles,[f] para que lo acompañaran y para enviarlos a predicar 15 y ejercer autoridad para expulsar demonios. 16 Éstos son los doce que él nombró: Simón (a quien llamó Pedro); 17 *Jacobo y su hermano Juan, hijos de Zebedeo (a quienes llamó Boanerges, que significa: Hijos del trueno); 18 Andrés, Feli-

[f] **3:14** Var. no incluye: *a quienes nombró apóstoles*.

hungry and in need? 26 In the days of Abiathar the high priest, he entered the house of God and ate the consecrated bread, which is lawful only for priests to eat. And he also gave some to his companions."

27 Then he said to them, "The Sabbath was made for man, not man for the Sabbath. 28 So the Son of Man is Lord even of the Sabbath."

3 Another time he went into the synagogue, and a man with a shriveled hand was there. 2 Some of them were looking for a reason to accuse Jesus, so they watched him closely to see if he would heal him on the Sabbath. 3 Jesus said to the man with the shriveled hand, "Stand up in front of everyone."

4 Then Jesus asked them, "Which is lawful on the Sabbath: to do good or to do evil, to save life or to kill?" But they remained silent.

5 He looked around at them in anger and, deeply distressed at their stubborn hearts, said to the man, "Stretch out your hand." He stretched it out, and his hand was completely restored. 6 Then the Pharisees went out and began to plot with the Herodians how they might kill Jesus.

Crowds Follow Jesus

7 Jesus withdrew with his disciples to the lake, and a large crowd from Galilee followed. 8 When they heard all he was doing, many people came to him from Judea, Jerusalem, Idumea, and the regions across the Jordan and around Tyre and Sidon. 9 Because of the crowd he told his disciples to have a small boat ready for him, to keep the people from crowding him. 10 For he had healed many, so that those with diseases were pushing forward to touch him. 11 Whenever the evil[g] spirits saw him, they fell down before him and cried out, "You are the Son of God." 12 But he gave them strict orders not to tell who he was.

The Appointing of the Twelve Apostles

13 Jesus went up on a mountainside and called to him those he wanted, and they came to him. 14 He appointed twelve—designating them apostles[h]—that they might be with him and that he might send them out to preach 15 and to have authority to drive out demons. 16 These are the twelve he appointed: Simon (to whom he gave the name Peter); 17 James son of Zebedee and his brother John (to them

[g] *11* Greek *unclean*; also in verse 30 [h] *14* Some manuscripts do not have *designating them apostles*.

pe, Bartolomé, Mateo, Tomás, Jacobo, hijo de
Alfeo; Tadeo, Simón el Zelote 19y Judas Isca-
riote, el que lo traicionó.

Jesús y Beelzebú

20Luego entró en una casa, y de nuevo se
aglomeró tanta gente que ni siquiera podían
comer él y sus discípulos. 21Cuando se enteraron
sus parientes, salieron a hacerse cargo de él,
porque decían: «Está fuera de sí.»
22Los *maestros de la ley que habían llegado
de Jerusalén decían: «¡Está poseído por *Beel-
zebú! Expulsa a los demonios por medio del
príncipe de los demonios.»
23Entonces Jesús los llamó y les habló en
parábolas: «¿Cómo puede Satanás expulsar a
Satanás? 24Si un reino está dividido contra sí
mismo, ese reino no puede mantenerse en pie.
25Y si una familia está dividida contra sí misma,
esa familia no puede mantenerse en pie. 26Igual-
mente, si Satanás se levanta contra sí mismo y
se divide, no puede mantenerse en pie, sino que
ha llegado su fin. 27Ahora bien, nadie puede
entrar en la casa de alguien fuerte y arrebatarle
sus bienes a menos que primero lo ate. Sólo
entonces podrá robar su casa. 28Les aseguro que
todos los pecados y *blasfemias se les perdona-
rán a todos por igual, 29excepto a quien blasfeme
contra el Espíritu Santo. Éste no tendrá perdón
jamás; es culpable de un pecado eterno.»
30Es que ellos habían dicho: «Tiene un *espí-
ritu maligno.»

La madre y los hermanos de Jesús

31En eso llegaron la madre y los hermanos de
Jesús. Se quedaron afuera y enviaron a alguien
a llamarlo, 32pues había mucha gente sentada
alrededor de él.
—Mira, tu madre y tus hermanos[g] están afue-
ra y te buscan —le dijeron.
33—¿Quiénes son mi madre y mis hermanos?
—replicó Jesús.
34Luego echó una mirada a los que estaban
sentados alrededor de él y añadió:
—Aquí tienen a mi madre y a mis hermanos.
35Cualquiera que hace la voluntad de Dios es mi
hermano, mi hermana y mi madre.

Parábola del sembrador

4 De nuevo comenzó Jesús a enseñar a la orilla
del lago. La multitud que se reunió para verlo
era tan grande que él subió y se sentó en una barca
que estaba en el lago, mientras toda la gente se
quedaba en la playa. 2Entonces se puso a enseñar-
les muchas cosas por medio de parábolas y, como

[g]3:32 *tus hermanos*. Var. *tus hermanos y tus hermanas*.

he gave the name Boanerges, which means
Sons of Thunder); 18Andrew, Philip, Barthol-
omew, Matthew, Thomas, James son of Al-
phaeus, Thaddaeus, Simon the Zealot 19and
Judas Iscariot, who betrayed him.

Jesus and Beelzebub

20Then Jesus entered a house, and again a
crowd gathered, so that he and his disciples were
not even able to eat. 21When his family heard
about this, they went to take charge of him, for
they said, "He is out of his mind."
22And the teachers of the law who came down
from Jerusalem said, "He is possessed by Beel-
zebub[i]! By the prince of demons he is driving
out demons."
23So Jesus called them and spoke to them in
parables: "How can Satan drive out Satan? 24If
a kingdom is divided against itself, that kingdom
cannot stand. 25If a house is divided against
itself, that house cannot stand. 26And if Satan
opposes himself and is divided, he cannot stand;
his end has come. 27In fact, no one can enter a
strong man's house and carry off his possessions
unless he first ties up the strong man. Then he
can rob his house. 28I tell you the truth, all the
sins and blasphemies of men will be forgiven
them. 29But whoever blasphemes against the
Holy Spirit will never be forgiven; he is guilty
of an eternal sin."
30He said this because they were saying, "He
has an evil spirit."

Jesus' Mother and Brothers

31Then Jesus' mother and brothers arrived.
Standing outside, they sent someone in to call
him. 32A crowd was sitting around him, and they
told him, "Your mother and brothers are outside
looking for you."
33"Who are my mother and my brothers?" he
asked.
34Then he looked at those seated in a circle
around him and said, "Here are my mother and
my brothers! 35Whoever does God's will is my
brother and sister and mother."

The Parable of the Sower

4 Again Jesus began to teach by the lake. The
crowd that gathered around him was so
large that he got into a boat and sat in it out on
the lake, while all the people were along the
shore at the water's edge. 2He taught them many

[i]22 Greek *Beezeboul* or *Beelzeboul*

parte de su instrucción, les dijo: 3«¡Pongan aten-
ción! Un sembrador salió a sembrar. 4Sucedió
que al esparcir él la semilla, una parte cayó junto
al camino, y llegaron los pájaros y se la comieron.
5Otra parte cayó en terreno pedregoso, sin mucha
tierra. Esa semilla brotó pronto porque la tierra no
era profunda; 6pero cuando salió el sol, las plantas
se marchitaron y, por no tener raíz, se secaron.
7Otra parte de la semilla cayó entre espinos que,
al crecer, la ahogaron, de modo que no dio fruto.
8Pero las otras semillas cayeron en buen terreno.
Brotaron, crecieron y produjeron una cosecha
que rindió el treinta, el sesenta y hasta el ciento
por uno.

9»El que tenga oídos para oír, que oiga»,
añadió Jesús.

10Cuando se quedó solo, los doce y los que
estaban alrededor de él le hicieron preguntas
sobre las parábolas. 11«A ustedes se les ha reve-
lado el *secreto del reino de Dios —les contes-
tó—; pero a los de afuera todo les llega por
medio de parábolas, 12para que

»"por mucho que vean, no perciban;
y por mucho que oigan, no entiendan;
no sea que se conviertan y sean
perdonados."[h]

13»¿No entienden esta parábola? —continuó
Jesús—. ¿Cómo podrán, entonces, entender las
demás? 14El sembrador siembra la palabra. 15Al-
gunos son como lo sembrado junto al camino,
donde se siembra la palabra. Tan pronto como la
oyen, viene Satanás y les quita la palabra sembra-
da en ellos. 16Otros son como lo sembrado en
terreno pedregoso: cuando oyen la palabra, en
seguida la reciben con alegría, 17pero como no
tienen raíz, duran poco tiempo. Cuando surgen
problemas o persecución a causa de la palabra, en
seguida se apartan de ella. 18Otros son como lo
sembrado entre espinos: oyen la palabra, 19pero
las preocupaciones de esta vida, el engaño de las
riquezas y muchos otros malos deseos entran
hasta ahogar la palabra, de modo que ésta no llega
a dar fruto. 20Pero otros son como lo sembrado en
buen terreno: oyen la palabra, la aceptan y produ-
cen una cosecha que rinde el treinta, el sesenta y
hasta el ciento por uno.»

Una lámpara en una repisa

21También les dijo: «¿Acaso se trae una lám-
para para ponerla debajo de un cajón o debajo
de la cama? ¿No es, por el contrario, para poner-
la en una repisa? 22No hay nada escondido que
no esté destinado a descubrirse; tampoco hay

[h]4:12 Is 6:9,10

things by parables, and in his teaching said:
3"Listen! A farmer went out to sow his seed.
4As he was scattering the seed, some fell along
the path, and the birds came and ate it up. 5Some
fell on rocky places, where it did not have much
soil. It sprang up quickly, because the soil was
shallow. 6But when the sun came up, the plants
were scorched, and they withered because they
had no root. 7Other seed fell among thorns,
which grew up and choked the plants, so that
they did not bear grain. 8Still other seed fell on
good soil. It came up, grew and produced a crop,
multiplying thirty, sixty, or even a hundred
times."

9Then Jesus said, "He who has ears to hear,
let him hear."

10When he was alone, the Twelve and the
others around him asked him about the para-
bles. 11He told them, "The secret of the king-
dom of God has been given to you. But to
those on the outside everything is said in par-
ables 12so that,

" 'they may be ever seeing but never per-
ceiving,
and ever hearing but never understand-
ing;
otherwise they might turn and be
forgiven!'[j]"

13Then Jesus said to them, "Don't you un-
derstand this parable? How then will you un-
derstand any parable? 14The farmer sows the
word. 15Some people are like seed along the
path, where the word is sown. As soon as they
hear it, Satan comes and takes away the word
that was sown in them. 16Others, like seed
sown on rocky places, hear the word and at
once receive it with joy. 17But since they have
no root, they last only a short time. When
trouble or persecution comes because of the
word, they quickly fall away. 18Still others,
like seed sown among thorns, hear the word;
19but the worries of this life, the deceitfulness
of wealth and the desires for other things come
in and choke the word, making it unfruitful.
20Others, like seed sown on good soil, hear the
word, accept it, and produce a crop—thirty,
sixty or even a hundred times what was
sown."

A Lamp on a Stand

21He said to them, "Do you bring in a lamp
to put it under a bowl or a bed? Instead, don't
you put it on its stand? 22For whatever is hid-

[j]*12* Isaiah 6:9,10

nada oculto que no esté destinado a ser revelado.
23El que tenga oídos para oír, que oiga.
24»Pongan mucha atención —añadió—. Con
la medida que midan a otros, se les medirá a
ustedes, y aún más se les añadirá. 25Al que tiene,
se le dará más; al que no tiene, hasta lo poco que
tiene se le quitará.»

Parábola de la semilla que crece

26Jesús continuó: «El reino de Dios se parece a
quien esparce semilla en la tierra. 27Sin que éste
sepa cómo, y ya sea que duerma o esté despierto,
día y noche brota y crece la semilla. 28La tierra da
fruto por sí sola; primero el tallo, luego la espiga,
y después el grano lleno en la espiga. 29Tan
pronto como el grano está maduro, se le mete la
hoz, pues ha llegado el tiempo de la cosecha.»

Parábola del grano de mostaza

30También dijo: «¿Con qué vamos a comparar
el reino de Dios? ¿Qué parábola podemos usar
para describirlo? 31Es como un grano de mosta-
za: cuando se siembra en la tierra, es la semilla
más pequeña que hay, 32pero una vez sembrada
crece hasta convertirse en la más grande de las
hortalizas, y echa ramas tan grandes que las aves
pueden anidar bajo su sombra.»
33Y con muchas parábolas semejantes les en-
señaba Jesús la palabra hasta donde podían en-
tender. 34No les decía nada sin emplear parábo-
las. Pero cuando estaba a solas con sus discípu-
los, les explicaba todo.

Jesús calma la tormenta

35Ese día al anochecer, les dijo a sus discípulos:
—Crucemos al otro lado.
36Dejaron a la multitud y se fueron con él en
la barca donde estaba. También lo acompañaban
otras barcas. 37Se desató entonces una fuerte
tormenta, y las olas azotaban la barca, tanto que
ya comenzaba a inundarse. 38Jesús, mientras
tanto, estaba en la popa, durmiendo sobre un
cabezal, así que los discípulos lo despertaron.
—¡Maestro! —gritaron—, ¿no te importa que
nos ahoguemos?
39Él se levantó, reprendió al viento y ordenó
al mar:
—¡Silencio! ¡Cálmate!
El viento se calmó y todo quedó completa-
mente tranquilo.
40—¿Por qué tienen tanto miedo? —dijo a sus
discípulos—. ¿Todavía[i] no tienen fe?
41Ellos estaban espantados y se decían unos a
otros:
—¿Quién es éste, que hasta el viento y el mar
le obedecen?

[i]**4:40** *Todavía.* Var. *Cómo es que.*

den is meant to be disclosed, and whatever is
concealed is meant to be brought out into the
open. 23If anyone has ears to hear, let him
hear."
24"Consider carefully what you hear," he
continued. "With the measure you use, it will
be measured to you—and even more. 25Who-
ever has will be given more; whoever does not
have, even what he has will be taken from
him."

The Parable of the Growing Seed

26He also said, "This is what the kingdom of
God is like. A man scatters seed on the ground.
27Night and day, whether he sleeps or gets up,
the seed sprouts and grows, though he does not
know how. 28All by itself the soil produces
grain—first the stalk, then the head, then the full
kernel in the head. 29As soon as the grain is ripe,
he puts the sickle to it, because the harvest has
come."

The Parable of the Mustard Seed

30Again he said, "What shall we say the king-
dom of God is like, or what parable shall we use
to describe it? 31It is like a mustard seed, which
is the smallest seed you plant in the ground.
32Yet when planted, it grows and becomes the
largest of all garden plants, with such big
branches that the birds of the air can perch in its
shade."
33With many similar parables Jesus spoke
the word to them, as much as they could un-
derstand. 34He did not say anything to them
without using a parable. But when he was
alone with his own disciples, he explained ev-
erything.

Jesus Calms the Storm

35That day when evening came, he said to his
disciples, "Let us go over to the other side."
36Leaving the crowd behind, they took him
along, just as he was, in the boat. There were
also other boats with him. 37A furious squall
came up, and the waves broke over the boat, so
that it was nearly swamped. 38Jesus was in the
stern, sleeping on a cushion. The disciples woke
him and said to him, "Teacher, don't you care
if we drown?"
39He got up, rebuked the wind and said to the
waves, "Quiet! Be still!" Then the wind died
down and it was completely calm.
40He said to his disciples, "Why are you so
afraid? Do you still have no faith?"
41They were terrified and asked each other,
"Who is this? Even the wind and the waves obey
him!"

Liberación de un endemoniado

5 Cruzaron el lago hasta llegar a la región de
los gerasenos.[j] 2Tan pronto como desem-
barcó Jesús, un hombre poseído por un *espíritu
maligno le salió al encuentro de entre los sepul-
cros. 3Este hombre vivía en los sepulcros, y ya
nadie podía sujetarlo, ni siquiera con cadenas.
4Muchas veces lo habían atado con cadenas y
grilletes, pero él los destrozaba, y nadie tenía
fuerza para dominarlo. 5Noche y día andaba por
los sepulcros y por las colinas, gritando y gol-
peándose con piedras.

6Cuando vio a Jesús desde lejos, corrió y se
postró delante de él.

7—¿Por qué te entrometes, Jesús, Hijo del
Dios Altísimo? —gritó con fuerza—. ¡Te ruego
por Dios que no me atormentes!

8Es que Jesús le había dicho: «¡Sal de este
hombre, espíritu maligno!»

9—¿Cómo te llamas? —le preguntó Jesús.

—Me llamo Legión —respondió—, porque
somos muchos.

10Y con insistencia le suplicaba a Jesús que
no los expulsara de aquella región.

11Como en una colina estaba paciendo una
manada de muchos cerdos, los demonios le ro-
garon a Jesús:

12—Mándanos a los cerdos; déjanos entrar en
ellos.

13Así que él les dio permiso. Cuando los
espíritus malignos salieron del hombre, entraron
en los cerdos, que eran unos dos mil, y la manada
se precipitó al lago por el despeñadero y allí se
ahogó.

14Los que cuidaban los cerdos salieron huyen-
do y dieron la noticia en el pueblo y por los
campos, y la gente fue a ver lo que había pasado.
15Llegaron adonde estaba Jesús, y cuando vie-
ron al que había estado poseído por la legión de
demonios, sentado, vestido y en su sano juicio,
tuvieron miedo. 16Los que habían presenciado
estos hechos le contaron a la gente lo que había
sucedido con el endemoniado y con los cerdos.
17Entonces la gente comenzó a suplicarle a
Jesús que se fuera de la región.

18Mientras subía Jesús a la barca, el que había
estado endemoniado le rogaba que le permitiera
acompañarlo. 19Jesús no se lo permitió, sino que
le dijo:

—Vete a tu casa, a los de tu familia, y diles
todo lo que el Señor ha hecho por ti y cómo te
ha tenido compasión.

20Así que el hombre se fue y se puso a procla-
mar en *Decápolis lo mucho que Jesús había

[j]5:1 *gerasenos*. Var. *gadarenos*; otra var. *gergesenos*.

The Healing of a Demon-possessed Man

5 They went across the lake to the region
of the Gerasenes.[k] 2When Jesus got out
of the boat, a man with an evil[l] spirit came
from the tombs to meet him. 3This man lived
in the tombs, and no one could bind him any
more, not even with a chain. 4For he had often
been chained hand and foot, but he tore the
chains apart and broke the irons on his feet.
No one was strong enough to subdue him.
5Night and day among the tombs and in the
hills he would cry out and cut himself with
stones.

6When he saw Jesus from a distance, he ran
and fell on his knees in front of him. 7He shouted
at the top of his voice, "What do you want with
me, Jesus, Son of the Most High God? Swear to
God that you won't torture me!" 8For Jesus had
said to him, "Come out of this man, you evil
spirit!"

9Then Jesus asked him, "What is your
name?"

"My name is Legion," he replied, "for we are
many." 10And he begged Jesus again and again
not to send them out of the area.

11A large herd of pigs was feeding on the
nearby hillside. 12The demons begged Jesus,
"Send us among the pigs; allow us to go into
them." 13He gave them permission, and the
evil spirits came out and went into the pigs.
The herd, about two thousand in number,
rushed down the steep bank into the lake and
were drowned.

14Those tending the pigs ran off and reported
this in the town and countryside, and the people
went out to see what had happened. 15When they
came to Jesus, they saw the man who had been
possessed by the legion of demons, sitting there,
dressed and in his right mind; and they were
afraid. 16Those who had seen it told the people
what had happened to the demon-possessed
man—and told about the pigs as well. 17Then
the people began to plead with Jesus to leave
their region.

18As Jesus was getting into the boat, the man
who had been demon-possessed begged to go
with him. 19Jesus did not let him, but said, "Go
home to your family and tell them how much the
Lord has done for you, and how he has had
mercy on you." 20So the man went away and
began to tell in the Decapolis[m] how much Jesus

[k]*1* Some manuscripts *Gadarenes*; other manuscripts *Gergesenes* [l]*2* Greek *unclean*; also in verses 8 and 13
[m]*20* That is, the Ten Cities

hecho por él. Y toda la gente se quedó asombra-
da.

Una niña muerta y una mujer enferma

21Después de que Jesús regresó en la barca al
otro lado del lago, se reunió alrededor de él una
gran multitud, por lo que él se quedó en la orilla.
22Llegó entonces uno de los jefes de la sinagoga,
llamado Jairo. Al ver a Jesús, se arrojó a sus pies,
23suplicándole con insistencia:

—Mi hijita se está muriendo. Ven y pon tus
manos sobre ella para que se *sane y viva.

24Jesús se fue con él, y lo seguía una gran
multitud, la cual lo apretujaba. 25Había entre la
gente una mujer que hacía doce años padecía de
hemorragias. 26Había sufrido mucho a manos de
varios médicos, y se había gastado todo lo que
tenía sin que le hubiera servido de nada, pues en
vez de mejorar, iba de mal en peor. 27Cuando oyó
hablar de Jesús, se le acercó por detrás entre la
gente y le tocó el manto. 28Pensaba: «Si logro
tocar siquiera su ropa, quedaré sana.» 29Al instan-
te cesó su hemorragia, y se dio cuenta de que su
cuerpo había quedado libre de esa aflicción.

30Al momento también Jesús se dio cuenta de
que de él había salido poder, así que se volvió
hacia la gente y preguntó:

—¿Quién me ha tocado la ropa?

31—Ves que te apretuja la gente —le contes-
taron sus discípulos—, y aun así preguntas:
"¿Quién me ha tocado?"

32Pero Jesús seguía mirando a su alrededor
para ver quién lo había hecho. 33La mujer, sa-
biendo lo que le había sucedido, se acercó tem-
blando de miedo y, arrojándose a sus pies, le
confesó toda la verdad.

34—¡Hija, tu fe te ha sanado! —le dijo Jesús—.
Vete en paz y queda sana de tu aflicción.

35Todavía estaba hablando Jesús, cuando lle-
garon unos hombres de la casa de Jairo, jefe de
la sinagoga, para decirle:

—Tu hija ha muerto. ¿Para qué sigues moles-
tando al Maestro?

36Sin hacer caso de la noticia, Jesús le dijo al
jefe de la sinagoga:

—No tengas miedo; cree nada más.

37No dejó que nadie lo acompañara, excepto
Pedro, *Jacobo y Juan, el hermano de Jacobo.
38Cuando llegaron a la casa del jefe de la sinago-
ga, Jesús notó el alboroto, y que la gente lloraba y
daba grandes alaridos. 39Entró y les dijo:

—¿Por qué tanto alboroto y llanto? La niña no
está muerta sino dormida.

40Entonces empezaron a burlarse de él, pero
él los sacó a todos, tomó consigo al padre y a la
madre de la niña y a los discípulos que estaban
con él, y entró adonde estaba la niña. 41La tomó
de la mano y le dijo:

had done for him. And all the people were
amazed.

A Dead Girl and a Sick Woman

21When Jesus had again crossed over by
boat to the other side of the lake, a large
crowd gathered around him while he was by
the lake. 22Then one of the synagogue rulers,
named Jairus, came there. Seeing Jesus, he
fell at his feet 23and pleaded earnestly with
him, "My little daughter is dying. Please
come and put your hands on her so that she
will be healed and live." 24So Jesus went
with him.

A large crowd followed and pressed around
him. 25And a woman was there who had been
subject to bleeding for twelve years. 26She had
suffered a great deal under the care of many
doctors and had spent all she had, yet instead of
getting better she grew worse. 27When she heard
about Jesus, she came up behind him in the
crowd and touched his cloak, 28because she
thought, "If I just touch his clothes, I will be
healed." 29Immediately her bleeding stopped
and she felt in her body that she was freed from
her suffering.

30At once Jesus realized that power had gone
out from him. He turned around in the crowd and
asked, "Who touched my clothes?"

31"You see the people crowding against you,"
his disciples answered, "and yet you can ask,
'Who touched me?'"

32But Jesus kept looking around to see who
had done it. 33Then the woman, knowing what
had happened to her, came and fell at his feet
and, trembling with fear, told him the whole
truth. 34He said to her, "Daughter, your faith has
healed you. Go in peace and be freed from your
suffering."

35While Jesus was still speaking, some men
came from the house of Jairus, the synagogue
ruler. "Your daughter is dead," they said. "Why
bother the teacher any more?"

36Ignoring what they said, Jesus told the
synagogue ruler, "Don't be afraid; just be-
lieve."

37He did not let anyone follow him except
Peter, James and John the brother of James.
38When they came to the home of the synagogue
ruler, Jesus saw a commotion, with people cry-
ing and wailing loudly. 39He went in and said to
them, "Why all this commotion and wailing?
The child is not dead but asleep." 40But they
laughed at him.

After he put them all out, he took the child's
father and mother and the disciples who were
with him, and went in where the child was.
41He took her by the hand and said to her,

—*Talita cum*[k] (que significa: Niña, a ti te
digo, ¡levántate!).
42La niña, que tenía doce años, se levantó en
seguida y comenzó a andar. Ante este hecho
todos se llenaron de asombro. 43Él dio órdenes
estrictas de que nadie se enterara de lo ocurrido,
y les mandó que le dieran de comer a la niña.

Un profeta sin honra

6 Salió Jesús de allí y fue a su tierra, en
compañía de sus discípulos. 2Cuando llegó
el *sábado, comenzó a enseñar en la sinagoga.
—¿De dónde sacó éste tales cosas? —decían
maravillados muchos de los que le oían—. ¿Qué
sabiduría es ésta que se le ha dado? ¿Cómo se
explican estos milagros que vienen de sus ma-
nos? 3¿No es acaso el carpintero, el hijo de
María y hermano de *Jacobo, de José, de Judas
y de Simón? ¿No están sus hermanas aquí con
nosotros?
Y se *escandalizaban a causa de él. Por tanto,
Jesús les dijo:
4—En todas partes se honra a un profeta,
menos en su tierra, entre sus familiares y en su
propia casa.
5En efecto, no pudo hacer allí ningún milagro,
excepto sanar a unos pocos enfermos al impo-
nerles las manos. 6Y él se quedó asombrado por
la incredulidad de ellos.

Jesús envía a los doce

Jesús recorría los alrededores, enseñando de
pueblo en pueblo. 7Reunió a los doce, y comen-
zó a enviarlos de dos en dos, dándoles autoridad
sobre los *espíritus malignos.
8Les ordenó que no llevaran nada para el
camino, ni pan, ni bolsa, ni dinero en el cinturón,
sino sólo un bastón. 9«Lleven sandalias —di-
jo—, pero no dos mudas de ropa.» 10Y añadió:
«Cuando entren en una casa, quédense allí hasta
que salgan del pueblo. 11Y si en algún lugar no
los reciben bien o no los escuchan, al salir de allí
sacúdanse el polvo de los pies, como un testimo-
nio contra ellos.»
12Los doce salieron y exhortaban a la gente a
que se *arrepintiera. 13También expulsaban a
muchos demonios y sanaban a muchos enfer-
mos, ungiéndolos con aceite.

Decapitación de Juan el Bautista

14El rey Herodes se enteró de esto, pues el
nombre de Jesús se había hecho famoso. Algu-
nos decían:[l] «Juan el Bautista ha *resucitado, y
por eso tiene poder para realizar milagros.»
15Otros decían: «Es Elías.» Otros, en fin, afir-

[k]**5:41** *cum.* Var. *cumi.* [l]**6:14** *Algunos decían.* Var. *Él decía.*

"Talitha koum!" (which means, "Little girl, I
say to you, get up!"). 42Immediately the girl
stood up and walked around (she was twelve
years old). At this they were completely as-
tonished. 43He gave strict orders not to let
anyone know about this, and told them to give
her something to eat.

A Prophet Without Honor

6 Jesus left there and went to his home-
town, accompanied by his disciples.
2When the Sabbath came, he began to teach
in the synagogue, and many who heard him
were amazed.
"Where did this man get these things?" they
asked. "What's this wisdom that has been given
him, that he even does miracles! 3Isn't this the
carpenter? Isn't this Mary's son and the brother
of James, Joseph,[n] Judas and Simon? Aren't his
sisters here with us?" And they took offense at
him.
4Jesus said to them, "Only in his hometown,
among his relatives and in his own house is a
prophet without honor." 5He could not do any
miracles there, except lay his hands on a few
sick people and heal them. 6And he was amazed
at their lack of faith.

Jesus Sends Out the Twelve

Then Jesus went around teaching from village
to village. 7Calling the Twelve to him, he sent
them out two by two and gave them authority
over evil[o] spirits.
8These were his instructions: "Take nothing
for the journey except a staff—no bread, no bag,
no money in your belts. 9Wear sandals but not
an extra tunic. 10Whenever you enter a house,
stay there until you leave that town. 11And if any
place will not welcome you or listen to you,
shake the dust off your feet when you leave, as
a testimony against them."
12They went out and preached that people
should repent. 13They drove out many demons
and anointed many sick people with oil and
healed them.

John the Baptist Beheaded

14King Herod heard about this, for Jesus'
name had become well known. Some were say-
ing,[p] "John the Baptist has been raised from the
dead, and that is why miraculous powers are at
work in him."
15Others said, "He is Elijah."

[n]*3* Greek *Joses*, a variant of *Joseph* [o]*7* Greek *unclean*
[p]*14* Some early manuscripts *He was saying*

maban: «Es un profeta, como los de antes.»
16Pero cuando Herodes oyó esto, exclamó:
«¡Juan, al que yo mandé que le cortaran la
cabeza, ha resucitado!»

17En efecto, Herodes mismo había mandado
que arrestaran a Juan y que lo encadenaran en la
cárcel. Herodes se había casado con Herodías,
esposa de Felipe su hermano, 18y Juan le había
estado diciendo a Herodes: «La ley te prohíbe
tener a la esposa de tu hermano.» 19Por eso
Herodías le guardaba rencor a Juan y deseaba
matarlo. Pero no había logrado hacerlo, 20ya que
Herodes temía a Juan y lo protegía, pues sabía
que era un hombre justo y *santo. Cuando He-
rodes oía a Juan, se quedaba muy desconcerta-
do, pero lo escuchaba con gusto.

21Por fin se presentó la oportunidad. En su
cumpleaños Herodes dio un banquete a sus altos
oficiales, a los comandantes militares y a los
notables de Galilea. 22La hija de Herodías entró
en el banquete y bailó, y esto agradó a Herodes
y a los invitados.

—Pídeme lo que quieras y te lo daré —le dijo
el rey a la muchacha.

23Y le prometió bajo juramento:

—Te daré cualquier cosa que me pidas, aun
cuando sea la mitad de mi reino.

24Ella salió a preguntarle a su madre:

—¿Qué debo pedir?

—La cabeza de Juan el Bautista —contestó.

25En seguida se fue corriendo la muchacha a
presentarle al rey su petición:

—Quiero que ahora mismo me des en una
bandeja la cabeza de Juan el Bautista.

26El rey se quedó angustiado, pero a causa de
sus juramentos y en atención a los invitados, no
quiso desairarla. 27Así que en seguida envió a
un verdugo con la orden de llevarle la cabeza de
Juan. El hombre fue, decapitó a Juan en la cárcel
28y volvió con la cabeza en una bandeja. Se la
entregó a la muchacha, y ella se la dio a su
madre. 29Al enterarse de esto, los discípulos de
Juan fueron a recoger el cuerpo y le dieron
sepultura.

Jesús alimenta a los cinco mil

30Los apóstoles se reunieron con Jesús y le
contaron lo que habían hecho y enseñado.

31Y como no tenían tiempo ni para comer,
pues era tanta la gente que iba y venía, Jesús les
dijo:

—Vengan conmigo ustedes solos a un lugar
tranquilo y descansen un poco.

32Así que se fueron solos en la barca a un lugar
solitario. 33Pero muchos que los vieron salir los
reconocieron y, desde todos los poblados, co-
rrieron por tierra hasta allá y llegaron antes que
ellos. 34Cuando Jesús desembarcó y vio tanta

And still others claimed, "He is a prophet, like
one of the prophets of long ago."

16But when Herod heard this, he said, "John,
the man I beheaded, has been raised from the
dead!"

17For Herod himself had given orders to have
John arrested, and he had him bound and put in
prison. He did this because of Herodias, his
brother Philip's wife, whom he had married.
18For John had been saying to Herod, "It is not
lawful for you to have your brother's wife."
19So Herodias nursed a grudge against John and
wanted to kill him. But she was not able to,
20because Herod feared John and protected him,
knowing him to be a righteous and holy man.
When Herod heard John, he was greatly puz-
zled[q]; yet he liked to listen to him.

21Finally the opportune time came. On his
birthday Herod gave a banquet for his high
officials and military commanders and the lead-
ing men of Galilee. 22When the daughter of
Herodias came in and danced, she pleased Her-
od and his dinner guests.

The king said to the girl, "Ask me for anything
you want, and I'll give it to you." 23And he
promised her with an oath, "Whatever you ask
I will give you, up to half my kingdom."

24She went out and said to her mother, "What
shall I ask for?"

"The head of John the Baptist," she an-
swered.

25At once the girl hurried in to the king with
the request: "I want you to give me right now
the head of John the Baptist on a platter."

26The king was greatly distressed, but because
of his oaths and his dinner guests, he did not
want to refuse her. 27So he immediately sent an
executioner with orders to bring John's head.
The man went, beheaded John in the prison,
28and brought back his head on a platter. He
presented it to the girl, and she gave it to her
mother. 29On hearing of this, John's disciples
came and took his body and laid it in a tomb.

Jesus Feeds the Five Thousand

30The apostles gathered around Jesus and re-
ported to him all they had done and taught.
31Then, because so many people were coming
and going that they did not even have a chance
to eat, he said to them, "Come with me by
yourselves to a quiet place and get some rest."

32So they went away by themselves in a boat
to a solitary place. 33But many who saw them
leaving recognized them and ran on foot from
all the towns and got there ahead of them.

q 20 Some early manuscripts *he did many things*

gente, tuvo compasión de ellos, porque eran
como ovejas sin pastor. Así que comenzó a
enseñarles muchas cosas.

35Cuando ya se hizo tarde, se le acercaron sus
discípulos y le dijeron:

—Éste es un lugar apartado y ya es muy tarde.
36Despide a la gente, para que vayan a los cam-
pos y pueblos cercanos y se compren algo de
comer.

37—Denles ustedes mismos de comer —con-
testó Jesús.

—¡Eso costaría casi un año de trabajo![m]
—objetaron—. ¿Quieres que vayamos y gaste-
mos todo ese dinero en pan para darles de co-
mer?

38—¿Cuántos panes tienen ustedes? —pre-
guntó—. Vayan a ver.

Después de averiguarlo, le dijeron:

—Cinco, y dos pescados.

39Entonces les mandó que hicieran que la
gente se sentara por grupos sobre la hierba ver-
de. 40Así que ellos se acomodaron en grupos de
cien y de cincuenta. 41Jesús tomó los cinco
panes y los dos pescados y, mirando al cielo, los
bendijo. Luego partió los panes y se los dio a los
discípulos para que se los repartieran a la gente.
También repartió los dos pescados entre todos.
42Comieron todos hasta quedar satisfechos, 43y
los discípulos recogieron doce canastas llenas de
pedazos de pan y de pescado. 44Los que comie-
ron fueron cinco mil.

Jesús camina sobre el agua

45En seguida Jesús hizo que sus discípulos
subieran a la barca y se le adelantaran al otro
lado, a Betsaida, mientras él despedía a la mul-
titud. 46Cuando se despidió, fue a la montaña
para orar.

47Al anochecer, la barca se hallaba en medio
del lago, y Jesús estaba en tierra solo. 48En la
madrugada,[n] vio que los discípulos hacían gran-
des esfuerzos para remar, pues tenían el viento en
contra. Se acercó a ellos caminando sobre el lago,
e iba a pasarlos de largo. 49Los discípulos, al verlo
caminar sobre el agua, creyeron que era un fantas-
ma y se pusieron a gritar, 50llenos de miedo por lo
que veían. Pero él habló en seguida con ellos y les
dijo: «¡Cálmense! Soy yo. No tengan miedo.»

51Subió entonces a la barca con ellos, y el
viento se calmó. Estaban sumamente asombra-
dos, 52porque tenían la mente embotada y no
habían comprendido lo de los panes.

53Después de cruzar el lago, llegaron a tierra
en Genesaret y atracaron allí. 54Al bajar ellos de

[m]6:37 *casi un año de trabajo*. Lit. *doscientos *denarios*.
[n]6:48 *En la madrugada*. Lit. *Alrededor de la cuarta vigilia de la noche*.

34When Jesus landed and saw a large crowd, he
had compassion on them, because they were like
sheep without a shepherd. So he began teaching
them many things.

35By this time it was late in the day, so his
disciples came to him. "This is a remote place,"
they said, "and it's already very late. 36Send the
people away so they can go to the surrounding
countryside and villages and buy themselves
something to eat."

37But he answered, "You give them some-
thing to eat."

They said to him, "That would take eight
months of a man's wages[r]! Are we to go and
spend that much on bread and give it to them to
eat?"

38"How many loaves do you have?" he
asked. "Go and see."

When they found out, they said, "Five—and
two fish."

39Then Jesus directed them to have all the
people sit down in groups on the green grass.
40So they sat down in groups of hundreds and
fifties. 41Taking the five loaves and the two fish
and looking up to heaven, he gave thanks and
broke the loaves. Then he gave them to his
disciples to set before the people. He also divid-
ed the two fish among them all. 42They all ate
and were satisfied, 43and the disciples picked up
twelve basketfuls of broken pieces of bread and
fish. 44The number of the men who had eaten
was five thousand.

Jesus Walks on the Water

45Immediately Jesus made his disciples get
into the boat and go on ahead of him to Bethsa-
ida, while he dismissed the crowd. 46After leav-
ing them, he went up on a mountainside to pray.

47When evening came, the boat was in the
middle of the lake, and he was alone on land. 48He
saw the disciples straining at the oars, because the
wind was against them. About the fourth watch of
the night he went out to them, walking on the lake.
He was about to pass by them, 49but when they
saw him walking on the lake, they thought he was
a ghost. They cried out, 50because they all saw
him and were terrified.

Immediately he spoke to them and said,
"Take courage! It is I. Don't be afraid." 51Then
he climbed into the boat with them, and the wind
died down. They were completely amazed, 52for
they had not understood about the loaves; their
hearts were hardened.

53When they had crossed over, they landed
at Gennesaret and anchored there. 54As soon

[r]37 Greek *take two hundred denarii*

la barca, la gente en seguida reconoció a Jesús.
55 Lo siguieron por toda aquella región y, adonde
oían que él estaba, le llevaban en camillas a los
que tenían enfermedades. 56 Y dondequiera que
iba, en pueblos, ciudades o caseríos, colocaban
a los enfermos en las plazas. Le suplicaban que
les permitiera tocar siquiera el borde de su manto, y quienes lo tocaban quedaban *sanos.

Lo puro y lo impuro

7 Los *fariseos y algunos de los *maestros
de la ley que habían llegado de Jerusalén se
reunieron alrededor de Jesús, 2 y vieron a algunos de sus discípulos que comían con manos
*impuras, es decir, sin habérselas lavado. 3 (En
efecto, los fariseos y los demás judíos no comen
nada sin primero cumplir con el rito de lavarse
las manos, ya que están aferrados a la tradición
de los *ancianos. 4 Al regresar del mercado, no
comen nada antes de lavarse. Y siguen otras
muchas tradiciones, tales como el rito de lavar
copas, jarras y bandejas de cobre.[ñ]) 5 Así que los
fariseos y los maestros de la ley le preguntaron
a Jesús:

—¿Por qué no siguen tus discípulos la tradición de los ancianos, en vez de comer con manos impuras?

6 Él les contestó:

—Tenía razón Isaías cuando profetizó acerca de ustedes, *hipócritas, según está escrito:

»"Este pueblo me honra con los labios,
pero su corazón está lejos de mí.
7 En vano me adoran;
sus enseñanzas no son más que reglas
*humanas."[o]

8 Ustedes han desechado los mandamientos divinos y se aferran a las tradiciones humanas.

9 Y añadió:

—¡Qué buena manera tienen ustedes de dejar
a un lado los mandamientos de Dios para mantener[p] sus propias tradiciones! 10 Por ejemplo,
Moisés dijo: "Honra a tu padre y a tu madre",[q]
y: "El que maldiga a su padre o a su madre será
condenado a muerte".[r] 11 Ustedes, en cambio,
enseñan que un hijo puede decirle a su padre o
a su madre: "Cualquier ayuda que pudiera haberte dado es corbán" (es decir, ofrenda dedicada a Dios). 12 En ese caso, el tal hijo ya no está
obligado a hacer nada por su padre ni por su
madre. 13 Así, por la tradición que se transmiten
entre ustedes, anulan la palabra de Dios. Y hacen
muchas cosas parecidas.

as they got out of the boat, people recognized
Jesus. 55 They ran throughout that whole region and carried the sick on mats to wherever
they heard he was. 56 And wherever he
went—into villages, towns or countryside—they placed the sick in the marketplaces.
They begged him to let them touch even the
edge of his cloak, and all who touched him
were healed.

Clean and Unclean

7 The Pharisees and some of the teachers
of the law who had come from Jerusalem
gathered around Jesus and 2 saw some of his
disciples eating food with hands that were
"unclean," that is, unwashed. 3 (The Pharisees
and all the Jews do not eat unless they give
their hands a ceremonial washing, holding to
the tradition of the elders. 4 When they come
from the marketplace they do not eat unless
they wash. And they observe many other traditions, such as the washing of cups, pitchers
and kettles.[s])

5 So the Pharisees and teachers of the law
asked Jesus, "Why don't your disciples live
according to the tradition of the elders instead of
eating their food with 'unclean' hands?"

6 He replied, "Isaiah was right when he
prophesied about you hypocrites; as it is written:

" 'These people honor me with their lips,
but their hearts are far from me.
7 They worship me in vain;
their teachings are but rules taught by
men.'[t]

8 You have let go of the commands of God and
are holding on to the traditions of men."

9 And he said to them: "You have a fine way
of setting aside the commands of God in order
to observe[u] your own traditions! 10 For Moses
said, 'Honor your father and your mother,'[v]
and, 'Anyone who curses his father or mother
must be put to death.'[w] 11 But you say that if
a man says to his father or mother: 'Whatever
help you might otherwise have received from
me is Corban' (that is, a gift devoted to God),
12 then you no longer let him do anything for
his father or mother. 13 Thus you nullify the
word of God by your tradition that you have
handed down. And you do many things like
that."

[ñ] **7:4** *bandejas de cobre.* Var. *bandejas de cobre y divanes.*
[o] **7:6,7** Is 29:13 [p] **7:9** *mantener.* Var. *establecer.*
[q] **7:10** Éx 20:12; Dt 5:16 [r] **7:10** Éx 21:17; Lv 20:9

[s] *4* Some early manuscripts *pitchers, kettles and dining couches* [t] *7* Isaiah 29:13 [u] *9* Some manuscripts *set up*
[v] *10* Exodus 20:12; Deut. 5:16 [w] *10* Exodus 21:17; Lev. 20:9

14De nuevo Jesús llamó a la multitud.
—Escúchenme todos —dijo— y entiendan
esto: 15Nada de lo que viene de afuera puede
*contaminar a una persona. Más bien, lo que
sale de la persona es lo que la contamina.[s]
17Después de que dejó a la gente y entró en la
casa, sus discípulos le preguntaron sobre la com-
paración que había hecho.
18—¿Tampoco ustedes pueden entenderlo?
—les dijo—. ¿No se dan cuenta de que nada de
lo que entra en una persona puede contaminarla?
19Porque no entra en su corazón sino en su
estómago, y después va a dar a la letrina.
Con esto Jesús declaraba *limpios todos los
alimentos. 20Luego añadió:
—Lo que sale de la persona es lo que la
contamina. 21Porque de adentro, del corazón
humano, salen los malos pensamientos, la inmo-
ralidad sexual, los robos, los homicidios, los
adulterios, 22la avaricia, la maldad, el engaño,
el libertinaje, la envidia, la calumnia, la arrogan-
cia y la necedad. 23Todos estos males vienen de
adentro y contaminan a la persona.

La fe de una mujer sirofenicia

24Jesús partió de allí y fue a la región de Tiro.[t]
Entró en una casa y no quería que nadie lo supiera,
pero no pudo pasar inadvertido. 25De hecho, muy
pronto se enteró de su llegada una mujer que tenía
una niña poseída por un *espíritu maligno, así que
fue y se arrojó a sus pies. 26Esta mujer era extran-
jera,[u] sirofenicia de nacimiento, y le rogaba que
expulsara al demonio que tenía su hija.
27—Deja que primero se sacien los hijos —re-
plicó Jesús—, porque no está bien quitarles el
pan a los hijos y echárselo a los *perros.
28—Sí, Señor —respondió la mujer—, pero
hasta los perros comen debajo de la mesa las
migajas que dejan los hijos.
29Jesús le dijo:
—Por haberme respondido así, puedes irte
tranquila; el demonio ha salido de tu hija.
30Cuando ella llegó a su casa, encontró a la
niña acostada en la cama. El demonio ya había
salido de ella.

Jesús sana a un sordomudo

31Luego regresó Jesús de la región de Tiro y
se dirigió por Sidón al mar de Galilea, internán-
dose en la región de *Decápolis. 32Allí le lleva-
ron un sordo tartamudo, y le suplicaban que
pusiera la mano sobre él.
33Jesús lo apartó de la multitud para estar a
solas con él, le puso los dedos en los oídos y le

14Again Jesus called the crowd to him and
said, "Listen to me, everyone, and understand
this. 15Nothing outside a man can make him
'unclean' by going into him. Rather, it is what
comes out of a man that makes him 'unclean.'"[x]
17After he had left the crowd and entered the
house, his disciples asked him about this para-
ble. 18"Are you so dull?" he asked. "Don't you
see that nothing that enters a man from the
outside can make him 'unclean'? 19For it
doesn't go into his heart but into his stomach,
and then out of his body." (In saying this, Jesus
declared all foods "clean.")
20He went on: "What comes out of a man is
what makes him 'unclean.' 21For from within,
out of men's hearts, come evil thoughts, sexual
immorality, theft, murder, adultery, 22greed,
malice, deceit, lewdness, envy, slander, arro-
gance and folly. 23All these evils come from
inside and make a man 'unclean.'"

The Faith of a Syrophoenician Woman

24Jesus left that place and went to the vicinity
of Tyre.[y] He entered a house and did not want
anyone to know it; yet he could not keep his
presence secret. 25In fact, as soon as she heard
about him, a woman whose little daughter was
possessed by an evil[z] spirit came and fell at his
feet. 26The woman was a Greek, born in Syrian
Phoenicia. She begged Jesus to drive the demon
out of her daughter.
27"First let the children eat all they want," he
told her, "for it is not right to take the children's
bread and toss it to their dogs."
28"Yes, Lord," she replied, "but even the
dogs under the table eat the children's crumbs."
29Then he told her, "For such a reply, you
may go; the demon has left your daughter."
30She went home and found her child lying on
the bed, and the demon gone.

The Healing of a Deaf and Mute Man

31Then Jesus left the vicinity of Tyre and went
through Sidon, down to the Sea of Galilee and
into the region of the Decapolis.[a] 32There some
people brought to him a man who was deaf and
could hardly talk, and they begged him to place
his hand on the man.
33After he took him aside, away from the
crowd, Jesus put his fingers into the man's ears.

[s] **7:15** *contamina.* Var. *contamina.* [16]*El que tenga oídos para oír, que oiga.* [t] **7:24** *de Tiro.* Var. *de Tiro y Sidón.* [u] **7:26** *extranjera.* Lit. *helénica* (es decir, de cultura griega).

[x] *15* Some early manuscripts *'unclean.'* [16]*If anyone has ears to hear, let him hear.* [y] *24* Many early manuscripts *Tyre and Sidon* [z] *25* Greek *unclean* [a] *31* That is, the Ten Cities

tocó la lengua con saliva.[v] 34Luego, mirando al
cielo, suspiró profundamente y le dijo: «*¡Efa-
tá!*» (que significa: ¡Ábrete!). 35Con esto, se le
abrieron los oídos al hombre, se le destrabó la
lengua y comenzó a hablar normalmente.

36Jesús les mandó que no se lo dijeran a nadie,
pero cuanto más se lo prohibía, tanto más lo
seguían propagando. 37La gente estaba suma-
mente asombrada, y decía: «Todo lo hace bien.
Hasta hace oír a los sordos y hablar a los mudos.»

Jesús alimenta a los cuatro mil

8 En aquellos días se reunió de nuevo mucha
gente. Como no tenían nada que comer,
Jesús llamó a sus discípulos y les dijo:

2—Siento compasión de esta gente porque ya
llevan tres días conmigo y no tienen nada que
comer. 3Si los despido a sus casas sin haber
comido, se van a desmayar por el camino, por-
que algunos de ellos han venido de lejos.

4Los discípulos objetaron:

—¿Dónde se va a conseguir suficiente pan en
este lugar despoblado para darles de comer?

5—¿Cuántos panes tienen? —les preguntó
Jesús.

—Siete —respondieron.

6Entonces mandó que la gente se sentara en el
suelo. Tomando los siete panes, dio gracias, los
partió y se los fue dando a sus discípulos para
que los repartieran a la gente, y así lo hicieron.
7Tenían además unos cuantos pescaditos. Dio
gracias por ellos también y les dijo a los discí-
pulos que los repartieran. 8La gente comió hasta
quedar satisfecha. Después los discípulos reco-
gieron siete cestas llenas de pedazos que sobra-
ron. 9Los que comieron eran unos cuatro mil.
Tan pronto como los despidió, 10Jesús se embar-
có con sus discípulos y se fue a la región de
Dalmanuta.

11Llegaron los *fariseos y comenzaron a dis-
cutir con Jesús. Para ponerlo a *prueba, le pidie-
ron una señál del cielo. 12Él lanzó un profundo
suspiro y dijo:[w] «¿Por qué pide esta generación
una señal milagrosa? Les aseguro que no se le
dará ninguna señal.» 13Entonces los dejó, volvió
a embarcarse y cruzó al otro lado.

La levadura de los fariseos y la de Herodes

14A los discípulos se les había olvidado llevar
comida, y sólo tenían un pan en la barca.

15Tengan cuidado —les advirtió Jesús—; ¡ojo
con la levadura de los *fariseos y con la de
Herodes!

[v]7:33 *con saliva*. Lit. *escupiendo*. [w]8:12 *lanzó … dijo*. Lit. *suspirando en su espíritu dijo*.

Then he spit and touched the man's tongue. 34He
looked up to heaven and with a deep sigh said
to him, "Ephphatha!" (which means, "Be
opened!"). 35At this, the man's ears were
opened, his tongue was loosened and he began
to speak plainly.

36Jesus commanded them not to tell anyone.
But the more he did so, the more they kept
talking about it. 37People were overwhelmed
with amazement. "He has done everything
well," they said. "He even makes the deaf hear
and the mute speak."

Jesus Feeds the Four Thousand

8 During those days another large crowd
gathered. Since they had nothing to eat,
Jesus called his disciples to him and said, 2"I
have compassion for these people; they have
already been with me three days and have noth-
ing to eat. 3If I send them home hungry, they will
collapse on the way, because some of them have
come a long distance."

4His disciples answered, "But where in this
remote place can anyone get enough bread to
feed them?"

5"How many loaves do you have?" Jesus
asked.

"Seven," they replied.

6He told the crowd to sit down on the ground.
When he had taken the seven loaves and given
thanks, he broke them and gave them to his
disciples to set before the people, and they did
so. 7They had a few small fish as well; he gave
thanks for them also and told the disciples to
distribute them. 8The people ate and were satis-
fied. Afterward the disciples picked up seven
basketfuls of broken pieces that were left over.
9About four thousand men were present. And
having sent them away, 10he got into the boat
with his disciples and went to the region of
Dalmanutha.

11The Pharisees came and began to ques-
tion Jesus. To test him, they asked him for a
sign from heaven. 12He sighed deeply and
said, "Why does this generation ask for a mi-
raculous sign? I tell you the truth, no sign
will be given to it." 13Then he left them, got
back into the boat and crossed to the other
side.

The Yeast of the Pharisees and Herod

14The disciples had forgotten to bring bread,
except for one loaf they had with them in the
boat. 15"Be careful," Jesus warned them.
"Watch out for the yeast of the Pharisees and
that of Herod."

16Ellos comentaban entre sí: «Lo dice porque
no tenemos pan.» 17Al darse cuenta de esto,
Jesús les dijo:
—¿Por qué están hablando de que no tienen
pan? ¿Todavía no ven ni entienden? ¿Tienen la
mente embotada? 18¿Es que tienen ojos, pero no
ven, y oídos, pero no oyen? ¿Acaso no recuer-
dan? 19Cuando partí los cinco panes para los
cinco mil, ¿cuántas canastas llenas de pedazos
recogieron?
—Doce —respondieron.
20—Y cuando partí los siete panes para los
cuatro mil, ¿cuántas cestas llenas de pedazos
recogieron?
—Siete.
21Entonces concluyó:
—¿Y todavía no entienden?

Jesús sana a un ciego en Betsaida

22Cuando llegaron a Betsaida, algunas perso-
nas le llevaron un ciego a Jesús y le rogaron que
lo tocara. 23Él tomó de la mano al ciego y lo sacó
fuera del pueblo. Después de escupirle en los
ojos y de poner las manos sobre él, le preguntó:
—¿Puedes ver ahora?
24El hombre alzó los ojos y dijo:
—Veo gente; parecen árboles que caminan.
25Entonces le puso de nuevo las manos sobre
los ojos, y el ciego fue curado: recobró la vista
y comenzó a ver todo con claridad. 26Jesús lo
mandó a su casa con esta advertencia:
—No vayas a entrar en el pueblo.[x]

La confesión de Pedro

27Jesús y sus discípulos salieron hacia las
aldeas de Cesarea de Filipo. En el camino les
preguntó:
—¿Quién dice la gente que soy yo?
28—Unos dicen que Juan el Bautista, otros
que Elías, y otros que uno de los profetas —con-
testaron.
29—Y ustedes, ¿quién dicen que soy yo?
—Tú eres el *Cristo —afirmó Pedro.
30Jesús les ordenó que no hablaran a nadie
acerca de él.

Jesús predice su muerte

31Luego comenzó a enseñarles:
—El Hijo del hombre tiene que sufrir muchas
cosas y ser rechazado por los *ancianos, por los
jefes de los sacerdotes y por los *maestros de la
ley. Es necesario que lo maten y que a los tres
días resucite.
32Habló de esto con toda claridad. Pedro lo
llevó aparte y comenzó a reprenderlo. 33Pero

[x]**8:26** *pueblo.* Var. *pueblo, ni a decírselo a nadie en el pueblo.*

16They discussed this with one another and
said, "It is because we have no bread."
17Aware of their discussion, Jesus asked
them: "Why are you talking about having no
bread? Do you still not see or understand? Are
your hearts hardened? 18Do you have eyes but
fail to see, and ears but fail to hear? And don't
you remember? 19When I broke the five loaves
for the five thousand, how many basketfuls of
pieces did you pick up?"
"Twelve," they replied.
20"And when I broke the seven loaves for the
four thousand, how many basketfuls of pieces
did you pick up?"
They answered, "Seven."
21He said to them, "Do you still not under-
stand?"

The Healing of a Blind Man at Bethsaida

22They came to Bethsaida, and some people
brought a blind man and begged Jesus to touch
him. 23He took the blind man by the hand and
led him outside the village. When he had spit on
the man's eyes and put his hands on him, Jesus
asked, "Do you see anything?"
24He looked up and said, "I see people; they
look like trees walking around."
25Once more Jesus put his hands on the man's
eyes. Then his eyes were opened, his sight was
restored, and he saw everything clearly. 26Jesus
sent him home, saying, "Don't go into the vil-
lage.[b]"

Peter's Confession of Christ

27Jesus and his disciples went on to the vil-
lages around Caesarea Philippi. On the way he
asked them, "Who do people say I am?"
28They replied, "Some say John the Baptist;
others say Elijah; and still others, one of the
prophets."
29"But what about you?" he asked. "Who do
you say I am?"
Peter answered, "You are the Christ.[c]"
30Jesus warned them not to tell anyone about
him.

Jesus Predicts His Death

31He then began to teach them that the Son
of Man must suffer many things and be reject-
ed by the elders, chief priests and teachers of
the law, and that he must be killed and after
three days rise again. 32He spoke plainly about
this, and Peter took him aside and began to
rebuke him.

[b]*26* Some manuscripts *Don't go and tell anyone in the village*
[c]*29* Or *Messiah.* "The Christ" (Greek) and "the Messiah" (Hebrew) both mean "the Anointed One."

Jesús se dio la vuelta, miró a sus discípulos, y reprendió a Pedro.

—¡Aléjate de mí, Satanás! —le dijo—. Tú no piensas en las cosas de Dios sino en las de los hombres.

34Entonces llamó a la multitud y a sus discípulos.

—Si alguien quiere ser mi discípulo —les dijo—, que se niegue a sí mismo, lleve su cruz y me siga. 35Porque el que quiera salvar su *vida, la perderá; pero el que pierda su vida por mi causa y por el *evangelio, la salvará. 36¿De qué sirve ganar el mundo entero si se pierde la vida? 37¿O qué se puede dar a cambio de la vida? 38Si alguien se avergüenza de mí y de mis palabras en medio de esta generación adúltera y pecadora, también el Hijo del hombre se avergonzará de él cuando venga en la gloria de su Padre con los santos ángeles.

9 Y añadió:

—Les aseguro que algunos de los aquí presentes no sufrirán la muerte sin antes haber visto el reino de Dios llegar con poder.

La transfiguración

2Seis días después Jesús tomó consigo a Pedro, a *Jacobo y a Juan, y los llevó a una montaña alta, donde estaban solos. Allí se transfiguró en presencia de ellos. 3Su ropa se volvió de un blanco resplandeciente como nadie en el mundo podría blanquearla. 4Y se les aparecieron Elías y Moisés, los cuales conversaban con Jesús. Tomando la palabra, 5Pedro le dijo a Jesús:

—Rabí, ¡qué bien que estemos aquí! Podemos levantar tres albergues: uno para ti, otro para Moisés y otro para Elías.

6No sabía qué decir, porque todos estaban asustados. 7Entonces apareció una nube que los envolvió, de la cual salió una voz que dijo: «Éste es mi Hijo amado. ¡Escúchenlo!»

8De repente, cuando miraron a su alrededor, ya no vieron a nadie más que a Jesús.

9Mientras bajaban de la montaña, Jesús les ordenó que no contaran a nadie lo que habían visto hasta que el Hijo del hombre se *levantara de entre los muertos. 10Guardaron el secreto, pero discutían entre ellos qué significaría eso de «levantarse de entre los muertos».

11—¿Por qué dicen los *maestros de la ley que Elías tiene que venir primero? —le preguntaron.

12—Sin duda Elías ha de venir primero para restaurar todas las cosas —respondió Jesús—. Pero entonces, ¿cómo es que está escrito que el Hijo del hombre tiene que sufrir mucho y ser rechazado? 13Pues bien, les digo que Elías ya ha venido, y le hicieron todo lo que quisieron, tal como está escrito de él.

33But when Jesus turned and looked at his disciples, he rebuked Peter. "Get behind me, Satan!" he said. "You do not have in mind the things of God, but the things of men."

34Then he called the crowd to him along with his disciples and said: "If anyone would come after me, he must deny himself and take up his cross and follow me. 35For whoever wants to save his life[d] will lose it, but whoever loses his life for me and for the gospel will save it. 36What good is it for a man to gain the whole world, yet forfeit his soul? 37Or what can a man give in exchange for his soul? 38If anyone is ashamed of me and my words in this adulterous and sinful generation, the Son of Man will be ashamed of him when he comes in his Father's glory with the holy angels."

9 And he said to them, "I tell you the truth, some who are standing here will not taste death before they see the kingdom of God come with power."

The Transfiguration

2After six days Jesus took Peter, James and John with him and led them up a high mountain, where they were all alone. There he was transfigured before them. 3His clothes became dazzling white, whiter than anyone in the world could bleach them. 4And there appeared before them Elijah and Moses, who were talking with Jesus.

5Peter said to Jesus, "Rabbi, it is good for us to be here. Let us put up three shelters—one for you, one for Moses and one for Elijah." 6(He did not know what to say, they were so frightened.)

7Then a cloud appeared and enveloped them, and a voice came from the cloud: "This is my Son, whom I love. Listen to him!"

8Suddenly, when they looked around, they no longer saw anyone with them except Jesus.

9As they were coming down the mountain, Jesus gave them orders not to tell anyone what they had seen until the Son of Man had risen from the dead. 10They kept the matter to themselves, discussing what "rising from the dead" meant.

11And they asked him, "Why do the teachers of the law say that Elijah must come first?"

12Jesus replied, "To be sure, Elijah does come first, and restores all things. Why then is it written that the Son of Man must suffer much and be rejected? 13But I tell you, Elijah has come, and they have done to him everything they wished, just as it is written about him."

d35 The Greek word means either *life* or *soul*; also in verse 36.

Jesús sana a un muchacho endemoniado

14Cuando llegaron adonde estaban los otros
discípulos, vieron[y] que a su alrededor había mu-
cha gente y que los *maestros de la ley discutían
con ellos. 15Tan pronto como la gente vio a Jesús,
todos se sorprendieron y corrieron a saludarlo.

16—¿Qué están discutiendo con ellos? —les
preguntó.

17—Maestro —respondió un hombre de entre
la multitud—, te he traído a mi hijo, pues está
poseído por un espíritu que le ha quitado el
habla. 18Cada vez que se apodera de él, lo derri-
ba. Echa espumarajos, cruje los dientes y se
queda rígido. Les pedí a tus discípulos que ex-
pulsaran al espíritu, pero no lo lograron.

19—¡Ah, generación incrédula! —respondió
Jesús—. ¿Hasta cuándo tendré que estar con
ustedes? ¿Hasta cuándo tendré que soportarlos?
Tráiganme al muchacho.

20Así que se lo llevaron. Tan pronto como vio
a Jesús, el espíritu sacudió de tal modo al mu-
chacho que éste cayó al suelo y comenzó a
revolcarse echando espumarajos.

21—¿Cuánto tiempo hace que le pasa esto?
—le preguntó Jesús al padre.

—Desde que era niño —contestó—. 22Mu-
chas veces lo ha echado al fuego y al agua para
matarlo. Si puedes hacer algo, ten compasión de
nosotros y ayúdanos.

23—¿Cómo que si puedo? Para el que cree,
todo es posible.

24—¡Sí creo! —exclamó de inmediato el pa-
dre del muchacho—. ¡Ayúdame en mi poca fe!

25Al ver Jesús que se agolpaba mucha gente,
reprendió al *espíritu maligno.

—Espíritu sordo y mudo —dijo—, te mando
que salgas y que jamás vuelvas a entrar en él.

26El espíritu, dando un alarido y sacudiendo
violentamente al muchacho, salió de él. Éste
quedó como muerto, tanto que muchos decían:
«Ya se murió.» 27Pero Jesús lo tomó de la mano
y lo levantó, y el muchacho se puso de pie.

28Cuando Jesús entró en casa, sus discípulos
le preguntaron en privado:

—¿Por qué nosotros no pudimos expulsarlo?

29—Esta clase de demonios sólo puede ser
expulsada a fuerza de oración[z] —respondió
Jesús.

30Dejaron aquel lugar y pasaron por Galilea.
Pero Jesús no quería que nadie lo supiera, 31por-
que estaba instruyendo a sus discípulos. Les
decía: «El Hijo del hombre va a ser entregado en
manos de los hombres. Lo matarán, y a los tres
días de muerto resucitará.»

[y]**9:14** *Cuando llegaron … vieron.* Var. *Cuando llegó … vio.*
[z]**9:29** *oración.* Var. *oración y ayuno.*

The Healing of a Boy with an Evil Spirit

14When they came to the other disciples, they
saw a large crowd around them and the teachers
of the law arguing with them. 15As soon as all
the people saw Jesus, they were overwhelmed
with wonder and ran to greet him.

16"What are you arguing with them about?"
he asked.

17A man in the crowd answered, "Teacher, I
brought you my son, who is possessed by a spirit
that has robbed him of speech. 18Whenever it
seizes him, it throws him to the ground. He
foams at the mouth, gnashes his teeth and be-
comes rigid. I asked your disciples to drive out
the spirit, but they could not."

19"O unbelieving generation," Jesus replied,
"how long shall I stay with you? How long shall
I put up with you? Bring the boy to me."

20So they brought him. When the spirit saw
Jesus, it immediately threw the boy into a con-
vulsion. He fell to the ground and rolled around,
foaming at the mouth.

21Jesus asked the boy's father, "How long has
he been like this?"

"From childhood," he answered. 22"It has
often thrown him into fire or water to kill him.
But if you can do anything, take pity on us and
help us."

23" 'If you can'?" said Jesus. "Everything is
possible for him who believes."

24Immediately the boy's father exclaimed, "I
do believe; help me overcome my unbelief!"

25When Jesus saw that a crowd was running
to the scene, he rebuked the evil[e] spirit. "You
deaf and mute spirit," he said, "I command you,
come out of him and never enter him again."

26The spirit shrieked, convulsed him violently
and came out. The boy looked so much like a
corpse that many said, "He's dead." 27But Jesus
took him by the hand and lifted him to his feet,
and he stood up.

28After Jesus had gone indoors, his disciples
asked him privately, "Why couldn't we drive it
out?"

29He replied, "This kind can come out only
by prayer.[f]"

30They left that place and passed through
Galilee. Jesus did not want anyone to know
where they were, 31because he was teaching his
disciples. He said to them, "The Son of Man is
going to be betrayed into the hands of men. They
will kill him, and after three days he will rise."

[e]*25* Greek *unclean* [f]*29* Some manuscripts *prayer and fasting*

32Pero ellos no entendían lo que quería decir
con esto, y no se atrevían a preguntárselo.

¿Quién es el más importante?

33Llegaron a Capernaúm. Cuando ya estaba
en casa, Jesús les preguntó:
—¿Qué venían discutiendo por el camino?
34Pero ellos se quedaron callados, porque en
el camino habían discutido entre sí quién era el
más importante.
35Entonces Jesús se sentó, llamó a los doce y
les dijo:
—Si alguno quiere ser el primero, que sea el
último de todos y el servidor de todos.
36Luego tomó a un niño y lo puso en medio
de ellos. Abrazándolo, les dijo:
37—El que recibe en mi nombre a uno de estos
niños, me recibe a mí; y el que me recibe a mí,
no me recibe a mí sino al que me envió.

El que no está contra nosotros está a favor de nosotros

38—Maestro —dijo Juan—, vimos a uno que
expulsaba demonios en tu nombre y se lo impe-
dimos porque no es de los nuestros.[a]
39—No se lo impidan —replicó Jesús—. Na-
die que haga un milagro en mi nombre puede a
la vez hablar mal de mí. 40El que no está contra
nosotros está a favor de nosotros. 41Les aseguro
que cualquiera que les dé un vaso de agua en mi
nombre por ser ustedes de *Cristo no perderá su
recompensa.

El hacer pecar

42»Pero si alguien hace *pecar a uno de estos
pequeños que creen en mí, más le valdría que le
ataran al cuello una piedra de molino y lo arro-
jaran al mar. 43Si tu mano te hace pecar, córta-
tela. Más te vale entrar en la vida manco, que ir
con las dos manos al infierno,[b] donde el fuego
nunca se apaga.[c] 45Y si tu pie te hace pecar,
córtatelo. Más te vale entrar en la vida cojo, que
ser arrojado con los dos pies al infierno.[d] 47Y si
tu ojo te hace pecar, sácatelo. Más te vale entrar
tuerto en el reino de Dios, que ser arrojado con
los dos ojos al infierno, 48donde

»"su gusano no muere,
y el fuego no se apaga".[e]

49La sal con que todos serán sazonados es el
fuego.

[a]**9:38** *no es de los nuestros*. Lit. *no nos sigue*. [b]**9:43** *al infierno*. Lit. *a la *Gehenna*; también en vv. 45 y 47.
[c]**9:43** *apaga*. Var. *apaga, [44]donde "su gusano no muere, y el fuego no se apaga"*. [d]**9:45** *infierno*. Var. *infierno, [46]donde "su gusano no muere, y el fuego no se apaga"*.
[e]**9:48** Is 66:24

32But they did not understand what he meant
and were afraid to ask him about it.

Who is Greatest?

33They came to Capernaum. When he was in
the house, he asked them, "What were you
arguing about on the road?" 34But they kept
quiet because on the way they had argued about
who was the greatest.
35Sitting down, Jesus called the Twelve and
said, "If anyone wants to be first, he must be the
very last, and the servant of all."
36He took a little child and had him stand
among them. Taking him in his arms, he said to
them, 37"Whoever welcomes one of these little
children in my name welcomes me; and whoev-
er welcomes me does not welcome me but the
one who sent me."

Whoever Is Not Against Us Is for Us

38"Teacher," said John, "we saw a man driv-
ing out demons in your name and we told him to
stop, because he was not one of us."
39"Do not stop him," Jesus said. "No one
who does a miracle in my name can in the next
moment say anything bad about me, 40for who-
ever is not against us is for us. 41I tell you the
truth, anyone who gives you a cup of water in
my name because you belong to Christ will
certainly not lose his reward.

Causing to Sin

42"And if anyone causes one of these little
ones who believe in me to sin, it would be better
for him to be thrown into the sea with a large
millstone tied around his neck. 43If your hand
causes you to sin, cut it off. It is better for you
to enter life maimed than with two hands to go
into hell, where the fire never goes out.[g] 45And
if your foot causes you to sin, cut it off. It is
better for you to enter life crippled than to have
two feet and be thrown into hell.[h] 47And if your
eye causes you to sin, pluck it out. It is better for
you to enter the kingdom of God with one eye
than to have two eyes and be thrown into hell,
48where

"'their worm does not die,
and the fire is not quenched.'[i]

49Everyone will be salted with fire.

[g]*43* Some manuscripts *out, [44]where / "'their worm does not die, / and the fire is not quenched.'* [h]*45* Some manuscripts *hell, [46]where / "'their worm does not die, / and the fire is not quenched.'* [i]*48* Isaiah 66:24

50»La sal es buena, pero si deja de ser salada,
¿cómo le pueden volver a dar sabor? Que no
falte la sal entre ustedes, para que puedan vivir
en paz unos con otros.

El divorcio

10 Jesús partió de aquel lugar y se fue a la
región de Judea y al otro lado del Jordán.
Otra vez se le reunieron las multitudes, y como
era su costumbre, les enseñaba.
2En eso, unos *fariseos se le acercaron y, para
ponerlo a *prueba, le preguntaron:
—¿Está permitido que un hombre se divorcie
de su esposa?
3—¿Qué les mandó Moisés? —replicó Jesús.
4—Moisés permitió que un hombre le escri-
biera un certificado de divorcio y la despidiera
—contestaron ellos.
5—Esa ley la escribió Moisés para ustedes por
lo obstinados que son[f] —aclaró Jesús—. 6Pero
al principio de la creación Dios "los hizo hom-
bre y mujer".[g] 7"Por eso dejará el hombre a su
padre y a su madre, y se unirá a su esposa,[h] 8y
los dos llegarán a ser un solo cuerpo."[i] Así que
ya no son dos, sino uno solo. 9Por tanto, lo que
Dios ha unido, que no lo separe el hombre.
10Vueltos a casa, los discípulos le preguntaron
a Jesús sobre este asunto.
11—El que se divorcia de su esposa y se casa
con otra, comete adulterio contra la primera
—respondió—. 12Y si la mujer se divorcia de su
esposo y se casa con otro, comete adulterio.

Jesús y los niños

13Empezaron a llevarle niños a Jesús para que
los tocara, pero los discípulos reprendían a quie-
nes los llevaban. 14Cuando Jesús se dio cuenta,
se indignó y les dijo: «Dejen que los niños
vengan a mí, y no se lo impidan, porque el reino
de Dios es de quienes son como ellos. 15Les
aseguro que el que no reciba el reino de Dios
como un niño, de ninguna manera entrará en él.»
16Y después de abrazarlos, los bendecía ponien-
do las manos sobre ellos.

El joven rico

17Cuando Jesús estaba ya para irse, un hom-
bre llegó corriendo y se postró delante de él.
—Maestro bueno —le preguntó—, ¿qué debo
hacer para heredar la vida eterna?
18—¿Por qué me llamas bueno? —respondió
Jesús—. Nadie es bueno sino sólo Dios. 19Ya
sabes los mandamientos: "No mates, no come-
tas adulterio, no robes, no presentes falso testi-

[f] **10:5** *por lo obstinados que son.* Lit. *por su dureza de corazón.* [g] **10:6** Gn 1:27 [h] **10:7** Var. no incluye: *y se unirá a su esposa.* [i] **10:8** Gn 2:24

50"Salt is good, but if it loses its saltiness, how
can you make it salty again? Have salt in your-
selves, and be at peace with each other."

Divorce

10 Jesus then left that place and went into
the region of Judea and across the Jor-
dan. Again crowds of people came to him, and
as was his custom, he taught them.
2Some Pharisees came and tested him by ask-
ing, "Is it lawful for a man to divorce his wife?"
3"What did Moses command you?" he re-
plied.
4They said, "Moses permitted a man to write
a certificate of divorce and send her away."
5"It was because your hearts were hard that
Moses wrote you this law," Jesus replied. 6"But
at the beginning of creation God 'made them
male and female.'[j] 7'For this reason a man will
leave his father and mother and be united to his
wife,[k] 8and the two will become one flesh.'[l] So
they are no longer two, but one. 9Therefore what
God has joined together, let man not separate."
10When they were in the house again, the
disciples asked Jesus about this. 11He an-
swered, "Anyone who divorces his wife and
marries another woman commits adultery
against her. 12And if she divorces her husband
and marries another man, she commits adul-
tery."

The Little Children and Jesus

13People were bringing little children to
Jesus to have him touch them, but the disciples
rebuked them. 14When Jesus saw this, he was
indignant. He said to them, "Let the little chil-
dren come to me, and do not hinder them, for
the kingdom of God belongs to such as these.
15I tell you the truth, anyone who will not
receive the kingdom of God like a little child
will never enter it." 16And he took the children
in his arms, put his hands on them and blessed
them.

The Rich Young Man

17As Jesus started on his way, a man ran up
to him and fell on his knees before him. "Good
teacher," he asked, "what must I do to inherit
eternal life?"
18"Why do you call me good?" Jesus an-
swered. "No one is good—except God alone.
19You know the commandments: 'Do not mur-
der, do not commit adultery, do not steal, do not

[j] *6* Gen. 1:27 [k] *7* Some early manuscripts do not have *and be united to his wife.* [l] *8* Gen. 2:24

monio, no defraudes, honra a tu padre y a tu
madre."[j]
20—Maestro —dijo el hombre—, todo eso lo
he cumplido desde que era joven.
21Jesús lo miró con amor y añadió:
—Una sola cosa te falta: anda, vende todo lo
que tienes y dáselo a los pobres, y tendrás tesoro
en el cielo. Luego ven y sígueme.
22Al oír esto, el hombre se desanimó y se fue
triste porque tenía muchas riquezas.
23Jesús miró alrededor y les comentó a sus
discípulos:
—¡Qué difícil es para los ricos entrar en el
reino de Dios!
24Los discípulos se asombraron de sus pala-
bras.
—Hijos, ¡qué difícil es entrar[k] en el reino de
Dios! —repitió Jesús—. 25Le resulta más fácil
a un camello pasar por el ojo de una aguja, que
a un rico entrar en el reino de Dios.
26Los discípulos se asombraron aún más, y
decían entre sí: «Entonces, ¿quién podrá salvar-
se?»
27—Para los hombres es imposible —aclaró
Jesús, mirándolos fijamente—, pero no para
Dios; de hecho, para Dios todo es posible.
28—¿Qué de nosotros, que lo hemos dejado
todo y te hemos seguido? —comenzó a recla-
marle Pedro.
29—Les aseguro —respondió Jesús— que to-
do el que por mi causa y la del *evangelio haya
dejado casa, hermanos, hermanas, madre, padre,
hijos o terrenos, 30recibirá cien veces más ahora
en este tiempo (casas, hermanos, hermanas, ma-
dres, hijos y terrenos, aunque con persecucio-
nes); y en la edad venidera, la vida eterna. 31Pero
muchos de los primeros serán últimos, y los
últimos, primeros.

Jesús predice de nuevo su muerte

32Iban de camino subiendo a Jerusalén, y
Jesús se les adelantó. Los discípulos estaban
asombrados, y los otros que venían detrás tenían
miedo. De nuevo tomó aparte a los doce y
comenzó a decirles lo que le iba a suceder.
33«Ahora vamos rumbo a Jerusalén, y el Hijo
del hombre será entregado a los jefes de los
sacerdotes y a los *maestros de la ley. Ellos lo
condenarán a muerte y lo entregarán a los *gen-
tiles. 34Se burlarán de él, le escupirán, lo azota-
rán y lo matarán. Pero a los tres días resucitará.»

[j]**10:19** Éx 20:12-16; Dt 5:16-20 [k]**10:24** *es entrar.* Var. *es para los que confían en las riquezas entrar.*

give false testimony, do not defraud, honor your
father and mother.'[m]"
20"Teacher," he declared, "all these I have
kept since I was a boy."
21Jesus looked at him and loved him. "One
thing you lack," he said. "Go, sell everything
you have and give to the poor, and you will
have treasure in heaven. Then come, follow
me."
22At this the man's face fell. He went away
sad, because he had great wealth.
23Jesus looked around and said to his disci-
ples, "How hard it is for the rich to enter the
kingdom of God!"
24The disciples were amazed at his words.
But Jesus said again, "Children, how hard it
is[n] to enter the kingdom of God! 25It is easier
for a camel to go through the eye of a needle
than for a rich man to enter the kingdom of
God."
26The disciples were even more amazed,
and said to each other, "Who then can be
saved?"
27Jesus looked at them and said, "With man
this is impossible, but not with God; all things
are possible with God."
28Peter said to him, "We have left everything
to follow you!"
29"I tell you the truth," Jesus replied, "no one
who has left home or brothers or sisters or
mother or father or children or fields for me and
the gospel 30will fail to receive a hundred times
as much in this present age (homes, brothers,
sisters, mothers, children and fields—and with
them, persecutions) and in the age to come,
eternal life. 31But many who are first will be last,
and the last first."

Jesus Again Predicts His Death

32They were on their way up to Jerusalem,
with Jesus leading the way, and the disciples
were astonished, while those who followed
were afraid. Again he took the Twelve aside and
told them what was going to happen to him.
33"We are going up to Jerusalem," he said, "and
the Son of Man will be betrayed to the chief
priests and teachers of the law. They will con-
demn him to death and will hand him over to the
Gentiles, 34who will mock him and spit on him,
flog him and kill him. Three days later he will
rise."

[m]*19* Exodus 20:12-16; Deut. 5:16-20 [n]*24* Some manuscripts *is for those who trust in riches*

La petición de Jacobo y Juan

35Se le acercaron *Jacobo y Juan, hijos de
Zebedeo.

—Maestro —le dijeron—, queremos que nos
concedas lo que te vamos a pedir.

36—¿Qué quieren que haga por ustedes?

37—Concédenos que en tu glorioso reino uno
de nosotros se siente a tu *derecha y el otro a tu
izquierda.

38—No saben lo que están pidiendo —les repli-
có Jesús—. ¿Pueden acaso beber el trago amargo
de la copa que yo bebo, o pasar por la prueba del
bautismo con el que voy a ser probado?[l]

39—Sí, podemos.

—Ustedes beberán de la copa que yo bebo
—les respondió Jesús— y pasarán por la prueba
del bautismo con el que voy a ser probado,
40pero el sentarse a mi derecha o a mi izquierda
no me corresponde a mí concederlo. Eso ya está
decidido.[m]

41Los otros diez, al oír la conversación, se
indignaron contra Jacobo y Juan. 42Así que
Jesús los llamó y les dijo:

—Como ustedes saben, los que se consideran
jefes de las *naciones oprimen a los súbditos, y
los altos oficiales abusan de su autoridad. 43Pero
entre ustedes no debe ser así. Al contrario, el que
quiera hacerse grande entre ustedes deberá ser su
servidor, 44y el que quiera ser el primero deberá
ser *esclavo de todos. 45Porque ni aun el Hijo del
hombre vino para que le sirvan, sino para servir y
para dar su *vida en rescate por muchos.

El ciego Bartimeo recibe la vista

46Después llegaron a Jericó. Más tarde, salió
Jesús de la ciudad acompañado de sus discípulos
y de una gran multitud. Un mendigo ciego lla-
mado Bartimeo (el hijo de Timeo) estaba senta-
do junto al camino. 47Al oír que el que venía era
Jesús de Nazaret, se puso a gritar:

—¡Jesús, Hijo de David, ten compasión de mí!

48Muchos lo reprendían para que se callara,
pero él se puso a gritar aún más:

—¡Hijo de David, ten compasión de mí!

49Jesús se detuvo y dijo:

—Llámenlo.

Así que llamaron al ciego.

—¡Ánimo! —le dijeron—. ¡Levántate! Te lla-
ma.

50Él, arrojando la capa, dio un salto y se acercó
a Jesús.

[l] **10:38** *beber … probado?* Lit. *beber la copa que yo bebo, o ser bautizados con el bautismo con que yo soy bautizado?*
[m] **10:40** *concederlo. Eso ya está decidido.* Lit. *concederlo, sino para quienes está preparado.*

The Request of James and John

35Then James and John, the sons of Zebedee,
came to him. "Teacher," they said, "we want
you to do for us whatever we ask."

36"What do you want me to do for you?" he
asked.

37They replied, "Let one of us sit at your right
and the other at your left in your glory."

38"You don't know what you are asking,"
Jesus said. "Can you drink the cup I drink or
be baptized with the baptism I am baptized
with?"

39"We can," they answered. Jesus said to
them, "You will drink the cup I drink and be
baptized with the baptism I am baptized with,
40but to sit at my right or left is not for me to
grant. These places belong to those for whom
they have been prepared."

41When the ten heard about this, they be-
came indignant with James and John. 42Jesus
called them together and said, "You know that
those who are regarded as rulers of the Gen-
tiles lord it over them, and their high officials
exercise authority over them. 43Not so with
you. Instead, whoever wants to become great
among you must be your servant, 44and who-
ever wants to be first must be slave of all.
45For even the Son of Man did not come to
be served, but to serve, and to give his life as
a ransom for many."

Blind Bartimaeus Receives His Sight

46Then they came to Jericho. As Jesus and
his disciples, together with a large crowd,
were leaving the city, a blind man, Bartimae-
us (that is, the Son of Timaeus), was sitting
by the roadside begging. 47When he heard
that it was Jesus of Nazareth, he began to
shout, "Jesus, Son of David, have mercy on
me!"

48Many rebuked him and told him to be quiet,
but he shouted all the more, "Son of David, have
mercy on me!"

49Jesus stopped and said, "Call him." So
they called to the blind man, "Cheer up! On
your feet! He's calling you." 50Throwing his
cloak aside, he jumped to his feet and came
to Jesus.

51—¿Qué quieres que haga por ti? —le pre-
guntó.
—Rabí, quiero ver —respondió el ciego.
52—Puedes irte —le dijo Jesús—; tu fe te ha
*sanado.
Al momento recobró la vista y empezó a
seguir a Jesús por el camino.

La entrada triunfal

11 Cuando se acercaban a Jerusalén y lle-
garon a Betfagué y a Betania, junto al
monte de los Olivos, Jesús envió a dos de sus
discípulos 2con este encargo: «Vayan a la aldea
que tienen enfrente. Tan pronto como entren en
ella, encontrarán atado un burrito, en el que
nunca se ha montado nadie. Desátenlo y tráigan-
lo acá. 3Y si alguien les dice: "¿Por qué hacen
eso?", díganle: "El Señor lo necesita, y en se-
guida lo devolverá."»
4Fueron, encontraron un burrito afuera en la
calle, atado a un portón, y lo desataron. 5En-
tonces algunos de los que estaban allí les pre-
guntaron: «¿Qué hacen desatando el burrito?»
6Ellos contestaron como Jesús les había dicho,
y les dejaron desatarlo. 7Le llevaron, pues, el
burrito a Jesús. Luego pusieron encima sus
mantos, y él se montó. 8Muchos tendieron sus
mantos sobre el camino; otros usaron ramas
que habían cortado en los campos. 9Tanto los
que iban delante como los que iban detrás,
gritaban:

—¡Hosanna![n]

—¡Bendito el que viene en el nombre del
Señor![ñ]

10—¡Bendito el reino venidero de nuestro
padre David!

—¡Hosanna en las alturas!

11Jesús entró en Jerusalén y fue al *templo.
Después de observarlo todo, como ya era tarde,
salió para Betania con los doce.

Jesús purifica el templo

12Al día siguiente, cuando salían de Betania,
Jesús tuvo hambre. 13Viendo a lo lejos una
higuera que tenía hojas, fue a ver si hallaba algún
fruto. Cuando llegó a ella sólo encontró hojas,
porque no era tiempo de higos. 14«¡Nadie vuelva
jamás a comer fruto de ti!», le dijo a la higuera.
Y lo oyeron sus discípulos.

[n]11:9 Expresión hebrea que significa «¡Salva!», y que llegó a ser una exclamación de alabanza; también en v. 10.
[ñ]11:9 Sal 118:25,26

51"What do you want me to do for you?"
Jesus asked him.
The blind man said, "Rabbi, I want to see."
52"Go," said Jesus, "your faith has healed
you." Immediately he received his sight and
followed Jesus along the road.

The Triumphal Entry

11 As they approached Jerusalem and
came to Bethphage and Bethany at the
Mount of Olives, Jesus sent two of his disci-
ples, 2saying to them, "Go to the village
ahead of you, and just as you enter it, you will
find a colt tied there, which no one has ever
ridden. Untie it and bring it here. 3If anyone
asks you, 'Why are you doing this?' tell him,
'The Lord needs it and will send it back here
shortly.'"
4They went and found a colt outside in the
street, tied at a doorway. As they untied it, 5some
people standing there asked, "What are you
doing, untying that colt?" 6They answered as
Jesus had told them to, and the people let them
go. 7When they brought the colt to Jesus and
threw their cloaks over it, he sat on it. 8Many
people spread their cloaks on the road, while
others spread branches they had cut in the fields.
9Those who went ahead and those who followed
shouted,

"Hosanna![o]"

"Blessed is he who comes in the name of
the Lord!"[p]

10"Blessed is the coming kingdom of our
father David!"

"Hosanna in the highest!"

11Jesus entered Jerusalem and went to the
temple. He looked around at everything, but
since it was already late, he went out to Bethany
with the Twelve.

Jesus Clears the Temple

12The next day as they were leaving Betha-
ny, Jesus was hungry. 13Seeing in the distance
a fig tree in leaf, he went to find out if it had
any fruit. When he reached it, he found nothing
but leaves, because it was not the season for
figs. 14Then he said to the tree, "May no one
ever eat fruit from you again." And his disci-
ples heard him say it.

[o]9 A Hebrew expression meaning "Save!" which became an exclamation of praise; also in verse 10 [p]9 Psalm 118:25,26

15Llegaron, pues, a Jerusalén. Jesús entró en el *templo[o] y comenzó a echar de allí a los que compraban y vendían. Volcó las mesas de los que cambiaban dinero y los puestos de los que vendían palomas, 16y no permitía que nadie atravesara el templo llevando mercancías. 17También les enseñaba con estas palabras: «¿No está escrito:

»"Mi casa será llamada
casa de oración para todas las *naciones"?[p]

Pero ustedes la han convertido en "cueva de ladrones".»[q]

18Los jefes de los sacerdotes y los *maestros de la ley lo oyeron y comenzaron a buscar la manera de matarlo, pues le temían, ya que toda la gente se maravillaba de sus enseñanzas.

19Cuando cayó la tarde, salieron[r] de la ciudad.

La higuera seca

20Por la mañana, al pasar junto a la higuera, vieron que se había secado de raíz. 21Pedro, acordándose, le dijo a Jesús:

—¡Rabí, mira, se ha secado la higuera que maldijiste!

22—Tengan fe en Dios —respondió Jesús—. 23Les aseguro[s] que si alguno le dice a este monte: "Quítate de ahí y tírate al mar", creyendo, sin abrigar la menor duda de que lo que dice sucederá, lo obtendrá. 24Por eso les digo: Crean que ya han recibido todo lo que estén pidiendo en oración, y lo obtendrán. 25Y cuando estén orando, si tienen algo contra alguien, perdónenlo, para que también su Padre que está en el cielo les perdone a ustedes sus pecados.[t]

La autoridad de Jesús puesta en duda

27Llegaron de nuevo a Jerusalén, y mientras Jesús andaba por el *templo, se le acercaron los jefes de los sacerdotes, los *maestros de la ley y los *ancianos.

28—¿Con qué autoridad haces esto? —lo interrogaron—. ¿Quién te dio autoridad para actuar así?

29—Yo voy a hacerles una pregunta a ustedes —replicó él—. Contéstenmela, y les diré con qué autoridad hago esto: 30El bautismo de Juan, ¿procedía del cielo o de la tierra?[u] Respóndanme.

15On reaching Jerusalem, Jesus entered the temple area and began driving out those who were buying and selling there. He overturned the tables of the money changers and the benches of those selling doves, 16and would not allow anyone to carry merchandise through the temple courts. 17And as he taught them, he said, "Is it not written:

" 'My house will be called
a house of prayer for all nations'[q]?

But you have made it 'a den of robbers.'[r]"

18The chief priests and the teachers of the law heard this and began looking for a way to kill him, for they feared him, because the whole crowd was amazed at his teaching.

19When evening came, they[s] went out of the city.

The Withered Fig Tree

20In the morning, as they went along, they saw the fig tree withered from the roots. 21Peter remembered and said to Jesus, "Rabbi, look! The fig tree you cursed has withered!"

22"Have[t] faith in God," Jesus answered. 23"I tell you the truth, if anyone says to this mountain, 'Go, throw yourself into the sea,' and does not doubt in his heart but believes that what he says will happen, it will be done for him. 24Therefore I tell you, whatever you ask for in prayer, believe that you have received it, and it will be yours. 25And when you stand praying, if you hold anything against anyone, forgive him, so that your Father in heaven may forgive you your sins."[u]

The Authority of Jesus Questioned

27They arrived again in Jerusalem, and while Jesus was walking in the temple courts, the chief priests, the teachers of the law and the elders came to him. 28"By what authority are you doing these things?" they asked. "And who gave you authority to do this?"

29Jesus replied, "I will ask you one question. Answer me, and I will tell you by what authority I am doing these things. 30John's baptism—was it from heaven, or from men? Tell me!"

[o] **11:15** Es decir, en el área general del templo; también en v. 16. [p] **11:17** Is 56:7 [q] **11:17** Jer 7:11 [r] **11:19** *salieron.* Var. *salió.* [s] **11:22-23** *Tengan fe … Les aseguro.* Var. *Si tienen fe … les aseguro.* [t] **11:25** *pecados.* Var. *pecados. Pero si ustedes no perdonan, tampoco su Padre que está en el cielo les perdonará a ustedes sus pecados.* [u] **11:30** *la tierra.* Lit. *los hombres*; también en v. 32.

[q] *17* Isaiah 56:7 [r] *17* Jer. 7:11 [s] *19* Some early manuscripts *he* [t] *22* Some early manuscripts *If you have* [u] *25* Some manuscripts *sins.* 26*But if you do not forgive, neither will your Father who is in heaven forgive your sins.*

31 Ellos se pusieron a discutir entre sí: «Si res-
pondemos: "Del cielo", nos dirá: "Entonces,
¿por qué no le creyeron?" 32 Pero si decimos: "De
la tierra" … » Es que temían al pueblo, porque
todos consideraban que Juan era realmente un
profeta. 33 Así que le respondieron a Jesús:

—No lo sabemos.

—Pues yo tampoco les voy a decir con qué
autoridad hago esto.

Parábola de los labradores malvados

12 Entonces comenzó Jesús a hablarles en
parábolas: «Un hombre plantó un viñe-
do. Lo cercó, cavó un lagar y construyó una torre
de vigilancia. Luego arrendó el viñedo a unos
labradores y se fue de viaje. 2 Llegada la cose-
cha, mandó un *siervo a los labradores para
recibir de ellos una parte del fruto. 3 Pero ellos
lo agarraron, lo golpearon y lo despidieron con
las manos vacías. 4 Entonces les mandó otro
siervo; a éste le rompieron la cabeza y lo humi-
llaron. 5 Mandó a otro, y a éste lo mataron.
Mandó a otros muchos, a unos los golpearon, a
otros los mataron.

6 »Le quedaba todavía uno, su hijo amado. Por
último, lo mandó a él, pensando: "¡A mi hijo sí
lo respetarán!" 7 Pero aquellos labradores se
dijeron unos a otros: "Éste es el heredero. Ma-
témoslo, y la herencia será nuestra." 8 Así que le
echaron mano y lo mataron, y lo arrojaron fuera
del viñedo.

9 »¿Qué hará el dueño? Volverá, acabará con
los labradores, y dará el viñedo a otros. 10 ¿No
han leído ustedes esta Escritura:

»"La piedra que desecharon los construc-
tores
ha llegado a ser la piedra angular;
11 esto es obra del Señor,
y nos deja maravillados"?»[v]

12 Cayendo en la cuenta de que la parábola iba
dirigida contra ellos, buscaban la manera de
arrestarlo. Pero temían a la multitud; así que lo
dejaron y se fueron.

El pago de impuestos al césar

13 Luego enviaron a Jesús algunos de los *fa-
riseos y de los herodianos para tenderle una
trampa con sus mismas palabras. 14 Al llegar le
dijeron:

—Maestro, sabemos que eres un hombre ín-
tegro. No te dejas influir por nadie porque no te
fijas en las apariencias, sino que de verdad en-
señas el camino de Dios. ¿Está permitido pagar

[v]12:11 Sal 118:22,23

31 They discussed it among themselves and
said, "If we say, 'From heaven,' he will ask,
'Then why didn't you believe him?' 32 But if we
say, 'From men'…." (They feared the people,
for everyone held that John really was a proph-
et.)

33 So they answered Jesus, "We don't know."
Jesus said, "Neither will I tell you by what
authority I am doing these things."

The Parable of the Tenants

12 He then began to speak to them in para-
bles: "A man planted a vineyard. He put
a wall around it, dug a pit for the winepress and
built a watchtower. Then he rented the vineyard
to some farmers and went away on a journey.
2 At harvest time he sent a servant to the tenants
to collect from them some of the fruit of the
vineyard. 3 But they seized him, beat him and
sent him away empty-handed. 4 Then he sent
another servant to them; they struck this man on
the head and treated him shamefully. 5 He sent
still another, and that one they killed. He sent
many others; some of them they beat, others
they killed.

6 "He had one left to send, a son, whom he
loved. He sent him last of all, saying, 'They will
respect my son.'

7 "But the tenants said to one another, 'This is
the heir. Come, let's kill him, and the inheritance
will be ours.' 8 So they took him and killed him,
and threw him out of the vineyard.

9 "What then will the owner of the vineyard
do? He will come and kill those tenants and give
the vineyard to others. 10 Haven't you read this
scripture:

" 'The stone the builders rejected
has become the capstone[v];
11 the Lord has done this,
and it is marvelous in our eyes'[w]?"

12 Then they looked for a way to arrest him
because they knew he had spoken the parable
against them. But they were afraid of the crowd;
so they left him and went away.

Paying Taxes to Caesar

13 Later they sent some of the Pharisees and
Herodians to Jesus to catch him in his words.
14 They came to him and said, "Teacher, we
know you are a man of integrity. You aren't
swayed by men, because you pay no attention
to who they are; but you teach the way of God

[v]10 Or *cornerstone* [w]11 Psalm 118:22,23

impuestos al *césar o no? 15¿Debemos pagar o no?

Pero Jesús, sabiendo que fingían, les replicó:

—¿Por qué me tienden *trampas? Tráiganme una moneda romana[w] para verla.

16Le llevaron la moneda, y él les preguntó:

—¿De quién son esta imagen y esta inscripción?

—Del césar —contestaron.

17—Denle, pues, al césar lo que es del césar, y a Dios lo que es de Dios.

Y se quedaron admirados de él.

El matrimonio en la resurrección

18Entonces los saduceos, que dicen que no hay resurrección, fueron a verlo y le plantearon un problema:

19—Maestro, Moisés nos enseñó en sus escritos que si un hombre muere y deja a la viuda sin hijos, el hermano de ese hombre tiene que casarse con la viuda para que su hermano tenga descendencia. 20Ahora bien, había siete hermanos. El primero se casó y murió sin dejar descendencia. 21El segundo se casó con la viuda, pero también murió sin dejar descendencia. Lo mismo le pasó al tercero. 22En fin, ninguno de los siete dejó descendencia. Por último, murió también la mujer. 23Cuando resuciten, ¿de cuál será esposa esta mujer, ya que los siete estuvieron casados con ella?

24—¿Acaso no andan ustedes equivocados? —les replicó Jesús—. ¡Es que desconocen las Escrituras y el poder de Dios! 25Cuando resuciten los muertos, no se casarán ni serán dados en casamiento, sino que serán como los ángeles que están en el cielo. 26Pero en cuanto a que los muertos resucitan, ¿no han leído en el libro de Moisés, en el pasaje sobre la zarza, cómo Dios le dijo: "Yo soy el Dios de Abraham, de Isaac y de Jacob"?[x] 27Él no es Dios de muertos, sino de vivos. ¡Ustedes andan muy equivocados!

El mandamiento más importante

28Uno de los *maestros de la ley se acercó y los oyó discutiendo. Al ver lo bien que Jesús les había contestado, le preguntó:

—De todos los mandamientos, ¿cuál es el más importante?

29—El más importante es: "Oye, Israel. El Señor nuestro Dios es el único Señor[y] —contestó Jesús—. 30Ama al Señor tu Dios con todo tu corazón, con toda tu alma, con toda tu mente y con todas tus fuerzas."[z] 31El segundo es: "Ama

[w] **12:15** *una moneda romana.* Lit. *un *denario.*
[x] **12:26** Éx 3:6 [y] **12:29** *Dios es el único Señor.* Alt. *Dios, el Señor es uno.* [z] **12:30** Dt 6:4,5

in accordance with the truth. Is it right to pay taxes to Caesar or not? 15Should we pay or shouldn't we?"

But Jesus knew their hypocrisy. "Why are you trying to trap me?" he asked. "Bring me a denarius and let me look at it." 16They brought the coin, and he asked them, "Whose portrait is this? And whose inscription?"

"Caesar's," they replied.

17Then Jesus said to them, "Give to Caesar what is Caesar's and to God what is God's."

And they were amazed at him.

Marriage at the Resurrection

18Then the Sadducees, who say there is no resurrection, came to him with a question. 19"Teacher," they said, "Moses wrote for us that if a man's brother dies and leaves a wife but no children, the man must marry the widow and have children for his brother. 20Now there were seven brothers. The first one married and died without leaving any children. 21The second one married the widow, but he also died, leaving no child. It was the same with the third. 22In fact, none of the seven left any children. Last of all, the woman died too. 23At the resurrection[x] whose wife will she be, since the seven were married to her?"

24Jesus replied, "Are you not in error because you do not know the Scriptures or the power of God? 25When the dead rise, they will neither marry nor be given in marriage; they will be like the angels in heaven. 26Now about the dead rising—have you not read in the book of Moses, in the account of the bush, how God said to him, 'I am the God of Abraham, the God of Isaac, and the God of Jacob'[y]? 27He is not the God of the dead, but of the living. You are badly mistaken!"

The Greatest Commandment

28One of the teachers of the law came and heard them debating. Noticing that Jesus had given them a good answer, he asked him, "Of all the commandments, which is the most important?"

29"The most important one," answered Jesus, "is this: 'Hear, O Israel, the Lord our God, the Lord is one.[z] 30Love the Lord your God with all your heart and with all your soul and with all your mind and with all your strength.'[a] 31The

[x] *23* Some manuscripts *resurrection, when men rise from the dead,* [y] *26* Exodus 3:6 [z] *29* Or *the Lord our God is one Lord* [a] *30* Deut. 6:4,5

a tu prójimo como a ti mismo."[a] No hay otro mandamiento más importante que éstos.

32—Bien dicho, Maestro—respondió el hombre—. Tienes razón al decir que Dios es uno solo y que no hay otro fuera de él. 33 Amarlo con todo el corazón, con todo el entendimiento y con todas las fuerzas, y amar al prójimo como a uno mismo, es más importante que todos los holocaustos y sacrificios.

34 Al ver Jesús que había respondido con inteligencia, le dijo:

—No estás lejos del reino de Dios.

Y desde entonces nadie se atrevió a hacerle más preguntas.

¿De quién es hijo el Cristo?

35 Mientras enseñaba en el *templo, Jesús les propuso:

—¿Cómo es que los *maestros de la ley dicen que el *Cristo es hijo de David? 36 David mismo, hablando por el Espíritu Santo, declaró:

»"Dijo el Señor a mi Señor:
'Siéntate a mi *derecha,
hasta que ponga a tus enemigos
debajo de tus pies.'"[b]

37 Si David mismo lo llama "Señor", ¿cómo puede ser su hijo?

La muchedumbre lo escuchaba con agrado.
38 Como parte de su enseñanza Jesús decía:

—Tengan cuidado de los *maestros de la ley. Les gusta pasearse con ropas ostentosas y que los saluden en las plazas, 39 ocupar los primeros asientos en las sinagogas y los lugares de honor en los banquetes. 40 Se apoderan de los bienes de las viudas y a la vez hacen largas plegarias para impresionar a los demás. Éstos recibirán peor castigo.

La ofrenda de la viuda

41 Jesús se sentó frente al lugar donde se depositaban las ofrendas, y estuvo observando cómo la gente echaba sus monedas en las alcancías del *templo. Muchos ricos echaban grandes cantidades. 42 Pero una viuda pobre llegó y echó dos moneditas de muy poco valor.[c]

43 Jesús llamó a sus discípulos y les dijo: «Les aseguro que esta viuda pobre ha echado en el tesoro más que todos los demás. 44 Éstos dieron de lo que les sobraba; pero ella, de su pobreza, echó todo lo que tenía, todo su sustento.»

[a] **12:31** Lv 19:18 [b] **12:36** Sal 110:1 [c] **12:42** *dos moneditas de muy poco valor.* Lit. *dos *lepta, que es un cuadrante.*

second is this: 'Love your neighbor as yourself.'[b] There is no commandment greater than these."

32 "Well said, teacher," the man replied. "You are right in saying that God is one and there is no other but him. 33 To love him with all your heart, with all your understanding and with all your strength, and to love your neighbor as yourself is more important than all burnt offerings and sacrifices."

34 When Jesus saw that he had answered wisely, he said to him, "You are not far from the kingdom of God." And from then on no one dared ask him any more questions.

Whose Son Is the Christ

35 While Jesus was teaching in the temple courts, he asked, "How is it that the teachers of the law say that the Christ[c] is the son of David? 36 David himself, speaking by the Holy Spirit, declared:

" 'The Lord said to my Lord:
"Sit at my right hand
until I put your enemies
under your feet." '[d]

37 David himself calls him 'Lord.' How then can he be his son?"

The large crowd listened to him with delight.

38 As he taught, Jesus said, "Watch out for the teachers of the law. They like to walk around in flowing robes and be greeted in the marketplaces, 39 and have the most important seats in the synagogues and the places of honor at banquets. 40 They devour widows' houses and for a show make lengthy prayers. Such men will be punished most severely."

The Widow's Offering

41 Jesus sat down opposite the place where the offerings were put and watched the crowd putting their money into the temple treasury. Many rich people threw in large amounts. 42 But a poor widow came and put in two very small copper coins,[e] worth only a fraction of a penny.[f]

43 Calling his disciples to him, Jesus said, "I tell you the truth, this poor widow has put more into the treasury than all the others. 44 They all gave out of their wealth; but she, out of her poverty, put in everything—all she had to live on."

[b] *31* Lev. 19:18 [c] *35* Or *Messiah* [d] *36* Psalm 110:1
[e] *42* Greek *two lepta* [f] *42* Greek *kodrantes*

Señales del fin del mundo

13 Cuando salía Jesús del *templo, le dijo uno de sus discípulos:

—¡Mira, Maestro! ¡Qué piedras! ¡Qué edificios!

2—¿Ves todos estos grandiosos edificios? —contestó Jesús—. No quedará piedra sobre piedra; todo será derribado.

3Más tarde estaba Jesús sentado en el monte de los Olivos, frente al templo. Y Pedro, *Jacobo, Juan y Andrés le preguntaron en privado:

4—Dinos, ¿cuándo sucederá eso? ¿Y cuál será la señal de que todo está a punto de cumplirse?

5—Tengan cuidado de que nadie los engañe —comenzó Jesús a advertirles—. 6Vendrán muchos que, usando mi nombre, dirán: "Yo soy", y engañarán a muchos. 7Cuando sepan de guerras y de rumores de guerras, no se alarmen. Es necesario que eso suceda, pero no será todavía el fin. 8Se levantará nación contra nación, y reino contra reino. Habrá terremotos por todas partes; también habrá hambre. Esto será apenas el comienzo de los dolores.

9»Pero ustedes cuídense. Los entregarán a los tribunales y los azotarán en las sinagogas. Por mi causa comparecerán ante gobernadores y reyes para dar testimonio ante ellos. 10Pero primero tendrá que predicarse el *evangelio a todas las *naciones. 11Y cuando los arresten y los sometan a juicio, no se preocupen de antemano por lo que van a decir. Sólo declaren lo que se les dé a decir en ese momento, porque no serán ustedes los que hablen, sino el Espíritu Santo.

12»El hermano entregará a la muerte al hermano, y el padre al hijo. Los hijos se rebelarán contra sus padres y les darán muerte. 13Todo el mundo los odiará a ustedes por causa de mi nombre, pero el que se mantenga firme hasta el fin será salvo.

14»Ahora bien, cuando vean "el horrible sacrilegio"[d] donde no debe estar (el que lee, que lo entienda), entonces los que estén en Judea huyan a las montañas. 15El que esté en la azotea no baje ni entre en casa para llevarse nada. 16Y el que esté en el campo no regrese para buscar su capa. 17¡Ay de las que estén embarazadas o amamantando en aquellos días! 18Oren para que esto no suceda en invierno, 19porque serán días de tribulación como no la ha habido desde el principio, cuando Dios creó el mundo,[e] ni la habrá jamás. 20Si el Señor no hubiera acortado esos días, nadie sobreviviría. Pero por causa de los que él ha elegido, los ha acortado. 21Enton-

[d]**13:14** *el horrible sacrilegio.* Lit. *la abominación de desolación;* Dn 9:27; 11:31; 12:11. [e]**13:19** *desde … mundo.* Lit. *desde el principio de la creación que creó Dios hasta ahora.*

Signs of the End of the Age

13 As he was leaving the temple, one of his disciples said to him, "Look, Teacher! What massive stones! What magnificent buildings!"

2"Do you see all these great buildings?" replied Jesus. "Not one stone here will be left on another; every one will be thrown down."

3As Jesus was sitting on the Mount of Olives opposite the temple, Peter, James, John and Andrew asked him privately, 4"Tell us, when will these things happen? And what will be the sign that they are all about to be fulfilled?"

5Jesus said to them: "Watch out that no one deceives you. 6Many will come in my name, claiming, 'I am he,' and will deceive many. 7When you hear of wars and rumors of wars, do not be alarmed. Such things must happen, but the end is still to come. 8Nation will rise against nation, and kingdom against kingdom. There will be earthquakes in various places, and famines. These are the beginning of birth pains.

9"You must be on your guard. You will be handed over to the local councils and flogged in the synagogues. On account of me you will stand before governors and kings as witnesses to them. 10And the gospel must first be preached to all nations. 11Whenever you are arrested and brought to trial, do not worry beforehand about what to say. Just say whatever is given you at the time, for it is not you speaking, but the Holy Spirit.

12"Brother will betray brother to death, and a father his child. Children will rebel against their parents and have them put to death. 13All men will hate you because of me, but he who stands firm to the end will be saved.

14"When you see 'the abomination that causes desolation'[g] standing where it[h] does not belong—let the reader understand—then let those who are in Judea flee to the mountains. 15Let no one on the roof of his house go down or enter the house to take anything out. 16Let no one in the field go back to get his cloak. 17How dreadful it will be in those days for pregnant women and nursing mothers! 18Pray that this will not take place in winter, 19because those will be days of distress unequaled from the beginning, when God created the world, until now—and never to be equaled again. 20If the Lord had not cut short those days, no one would survive. But for the sake of the elect, whom he has chosen, he has shortened them. 21At that

[g]*14* Daniel 9:27; 11:31; 12:11 [h]*14* Or *he*; also in verse 29

ces, si alguien les dice a ustedes: "¡Miren, aquí
está el *Cristo!" o "¡Miren, allí está!", no lo
crean. 22Porque surgirán falsos Cristos y falsos
profetas que harán señales y milagros para en-
gañar, de ser posible, aun a los elegidos. 23Así
que tengan cuidado; los he prevenido de todo.
24»Pero en aquellos días, después de esa tri-
bulación,

»"se oscurecerá el sol
y no brillará más la luna;
25las estrellas caerán del cielo
y los cuerpos celestes serán sacudidos".[f]

26»Verán entonces al Hijo del hombre venir
en las nubes con gran poder y gloria. 27Y él
enviará a sus ángeles para reunir de los cuatro
vientos a los elegidos, desde los confines de la
tierra hasta los confines del cielo.
28»Aprendan de la higuera esta lección: Tan
pronto como se ponen tiernas sus ramas y brotan
sus hojas, ustedes saben que el verano está cerca.
29Igualmente, cuando vean que suceden estas
cosas, sepan que el tiempo está cerca, a las
puertas. 30Les aseguro que no pasará esta gene-
ración hasta que todas estas cosas sucedan. 31El
cielo y la tierra pasarán, pero mis palabras jamás
pasarán.

Se desconocen el día y la hora

32»Pero en cuanto al día y la hora, nadie lo
sabe, ni siquiera los ángeles en el cielo, ni el
Hijo, sino sólo el Padre. 33¡Estén alerta! ¡Vigi-
len![g] Porque ustedes no saben cuándo llegará
ese momento. 34Es como cuando un hombre sale
de viaje y deja su casa al cuidado de sus siervos,
cada uno con su tarea, y le manda al portero que
vigile.
35»Por lo tanto, manténganse despiertos, por-
que no saben cuándo volverá el dueño de la casa,
si al atardecer, o a la medianoche, o al canto del
gallo, o al amanecer; 36no sea que venga de
repente y los encuentre dormidos. 37Lo que les
digo a ustedes, se lo digo a todos: ¡Manténganse
despiertos!

Una mujer unge a Jesús en Betania

14 Faltaban sólo dos días para la Pascua y
para la fiesta de los Panes sin levadura.
Los jefes de los sacerdotes y los *maestros de la
ley buscaban con artimañas cómo arrestar a
Jesús para matarlo. 2Por eso decían: «No duran-
te la fiesta, no sea que se amotine el pueblo.»
3En Betania, mientras estaba él *sentado a la
mesa en casa de Simón llamado el leproso, llegó

[f]13:25 Is 13:10; 34:4 [g]13:33 *¡Vigilen!* Var. *¡Vigilen y oren!*

time if anyone says to you, 'Look, here is the
Christ[i]!' or, 'Look, there he is!' do not believe
it. 22For false Christs and false prophets will
appear and perform signs and miracles to de-
ceive the elect—if that were possible. 23So be
on your guard; I have told you everything ahead
of time.
24"But in those days, following that distress,

" 'the sun will be darkened,
and the moon will not give its light;
25the stars will fall from the sky,
and the heavenly bodies will be shak-
en.'[j]

26"At that time men will see the Son of Man
coming in clouds with great power and glory.
27And he will send his angels and gather his
elect from the four winds, from the ends of the
earth to the ends of the heavens.
28"Now learn this lesson from the fig tree: As
soon as its twigs get tender and its leaves come
out, you know that summer is near. 29Even so,
when you see these things happening, you know
that it is near, right at the door. 30I tell you the
truth, this generation[k] will certainly not pass
away until all these things have happened.
31Heaven and earth will pass away, but my
words will never pass away.

The Day and Hour Unknown

32"No one knows about that day or hour, not
even the angels in heaven, nor the Son, but only
the Father. 33Be on guard! Be alert[l]! You do not
know when that time will come. 34It's like a man
going away: He leaves his house and puts his
servants in charge, each with his assigned task,
and tells the one at the door to keep watch.
35"Therefore keep watch because you do not
know when the owner of the house will come
back—whether in the evening, or at midnight, or
when the rooster crows, or at dawn. 36If he comes
suddenly, do not let him find you sleeping.
37What I say to you, I say to everyone: 'Watch!'"

Jesus Anointed at Bethany

14 Now the Passover and the Feast of Un-
leavened Bread were only two days
away, and the chief priests and the teachers of
the law were looking for some sly way to arrest
Jesus and kill him. 2"But not during the Feast,"
they said, "or the people may riot."
3While he was in Bethany, reclining at the
table in the home of a man known as Simon the

[i]*21* Or *Messiah* [j]*25* Isaiah 13:10; 34:4 [k]*30* Or *race*
[l]*33* Some manuscripts *alert and pray*

una mujer con un frasco de alabastro lleno de un
perfume muy costoso, hecho de nardo puro.
Rompió el frasco y derramó el perfume sobre la
cabeza de Jesús.
4 Algunos de los presentes comentaban indig-
nados:
—¿Para qué este desperdicio de perfume?
5 Podía haberse vendido por muchísimo dinero[h]
para darlo a los pobres.
Y la reprendían con severidad.
6 —Déjenla en paz —dijo Jesús—. ¿Por qué
la molestan? Ella ha hecho una obra hermosa
conmigo. 7 A los pobres siempre los tendrán con
ustedes, y podrán ayudarlos cuando quieran;
pero a mí no me van a tener siempre. 8 Ella hizo
lo que pudo. Ungió mi cuerpo de antemano,
preparándolo para la sepultura. 9 Les aseguro
que en cualquier parte del mundo donde se
predique el *evangelio, se contará también, en
memoria de esta mujer, lo que ella hizo.
10 Judas Iscariote, uno de los doce, fue a los
jefes de los sacerdotes para entregarles a Jesús.
11 Ellos se alegraron al oírlo, y prometieron darle
dinero. Así que él buscaba la ocasión propicia
para entregarlo.

La Cena del Señor

12 El primer día de la fiesta de los Panes sin
levadura, cuando se acostumbraba sacrificar el
cordero de la Pascua, los discípulos le pregunta-
ron a Jesús:
—¿Dónde quieres que vayamos a hacer los
preparativos para que comas la Pascua?
13 Él envió a dos de sus discípulos con este
encargo:
—Vayan a la ciudad y les saldrá al encuentro un
hombre que lleva un cántaro de agua. Síganlo, 14 y
allí donde entre díganle al dueño: "El Maestro
pregunta: ¿Dónde está la sala en la que pueda
comer la Pascua con mis discípulos?" 15 Él les
mostrará en la planta alta una sala amplia, amue-
blada y arreglada. Preparen allí nuestra cena.
16 Los discípulos salieron, entraron en la ciu-
dad y encontraron todo tal y como les había
dicho Jesús. Así que prepararon la Pascua.
17 Al anochecer llegó Jesús con los doce.
18 Mientras estaban *sentados a la mesa comien-
do, dijo:
—Les aseguro que uno de ustedes, que está
comiendo conmigo, me va a traicionar.
19 Ellos se pusieron tristes, y uno tras otro
empezaron a preguntarle:
—¿Acaso seré yo?
20 —Es uno de los doce —contestó—, uno que
moja el pan conmigo en el plato. 21 A la verdad,

Leper, a woman came with an alabaster jar of
very expensive perfume, made of pure nard. She
broke the jar and poured the perfume on his
head.
4 Some of those present were saying indig-
nantly to one another, "Why this waste of per-
fume? 5 It could have been sold for more than a
year's wages[m] and the money given to the
poor." And they rebuked her harshly.
6 "Leave her alone," said Jesus. "Why are
you bothering her? She has done a beautiful
thing to me. 7 The poor you will always have
with you, and you can help them any time
you want. But you will not always have me.
8 She did what she could. She poured perfume
on my body beforehand to prepare for my
burial. 9 I tell you the truth, wherever the gos-
pel is preached throughout the world, what
she has done will also be told, in memory of
her."
10 Then Judas Iscariot, one of the Twelve,
went to the chief priests to betray Jesus to them.
11 They were delighted to hear this and promised
to give him money. So he watched for an oppor-
tunity to hand him over.

The Lord's Supper

12 On the first day of the Feast of Unleavened
Bread, when it was customary to sacrifice the
Passover lamb, Jesus' disciples asked him,
"Where do you want us to go and make prepa-
rations for you to eat the Passover?"
13 So he sent two of his disciples, telling
them, "Go into the city, and a man carrying a
jar of water will meet you. Follow him. 14 Say
to the owner of the house he enters, 'The
Teacher asks: Where is my guest room, where
I may eat the Passover with my disciples?'
15 He will show you a large upper room, fur-
nished and ready. Make preparations for us
there."
16 The disciples left, went into the city and
found things just as Jesus had told them. So they
prepared the Passover.
17 When evening came, Jesus arrived with the
Twelve. 18 While they were reclining at the table
eating, he said, "I tell you the truth, one of you
will betray me—one who is eating with me."
19 They were saddened, and one by one they
said to him, "Surely not I?"
20 "It is one of the Twelve," he replied, "one
who dips bread into the bowl with me. 21 The

[h] 14:5 *muchísimo dinero.* Lit. *más de trescientos *denarios.*

[m] 5 Greek *than three hundred denarii*

el Hijo del hombre se irá tal como está escrito
de él, pero ¡ay de aquel que lo traiciona! Más le
valdría a ese hombre no haber nacido.
22Mientras comían, Jesús tomó pan y lo bendi-
jo. Luego lo partió y se lo dio a ellos, diciéndoles:
—Tomen; esto es mi cuerpo.
23Después tomó una copa, dio gracias y se la
dio a ellos, y todos bebieron de ella.
24—Esto es mi sangre del pacto,[i] que es de-
rramada por muchos —les dijo—. 25Les asegu-
ro que no volveré a beber del fruto de la vid hasta
aquel día en que beba el vino nuevo en el reino
de Dios.
26Después de cantar los salmos, salieron al
monte de los Olivos.

Jesús predice la negación de Pedro

27—Todos ustedes me abandonarán —les dijo
Jesús—, porque está escrito:

»"Heriré al pastor,
y se dispersarán las ovejas."[j]

28Pero después de que yo resucite, iré delante de
ustedes a Galilea.
29—Aunque todos te abandonen, yo no —de-
claró Pedro.
30—Te aseguro —le contestó Jesús— que
hoy, esta misma noche, antes de que el gallo
cante por segunda vez,[k] me negarás tres veces.
31—Aunque tenga que morir contigo —insis-
tió Pedro con vehemencia—, jamás te negaré.
Y los demás dijeron lo mismo.

Getsemaní

32Fueron a un lugar llamado Getsemaní, y
Jesús les dijo a sus discípulos: «Siéntense aquí
mientras yo oro.» 33Se llevó a Pedro, a *Jacobo y
a Juan, y comenzó a sentir temor y tristeza. 34«Es
tal la angustia que me invade que me siento morir
—les dijo—. Quédense aquí y vigilen.»
35Yendo un poco más allá, se postró en tierra
y empezó a orar que, de ser posible, no tuviera
él que pasar por aquella hora. 36Decía: «**Abba*,
Padre, todo es posible para ti. No me hagas beber
este trago amargo,[l] pero no sea lo que yo quiero,
sino lo que quieres tú.»
37Luego volvió a sus discípulos y los encontró
dormidos. «Simón —le dijo a Pedro—, ¿estás
dormido? ¿No pudiste mantenerte despierto ni
una hora? 38Vigilen y oren para que no caigan
en *tentación. El espíritu está dispuesto, pero el
cuerpo[m] es débil.»

Son of Man will go just as it is written about him.
But woe to that man who betrays the Son of
Man! It would be better for him if he had not
been born."
22While they were eating, Jesus took bread,
gave thanks and broke it, and gave it to his
disciples, saying, "Take it; this is my body."
23Then he took the cup, gave thanks and of-
fered it to them, and they all drank from it.
24"This is my blood of the[n] covenant, which
is poured out for many," he said to them. 25"I
tell you the truth, I will not drink again of the
fruit of the vine until that day when I drink it
anew in the kingdom of God."
26When they had sung a hymn, they went out
to the Mount of Olives.

Jesus Predicts Peter's Denial

27"You will all fall away," Jesus told them,
"for it is written:

" 'I will strike the shepherd,
and the sheep will be scattered.'[o]

28But after I have risen, I will go ahead of you
into Galilee."
29Peter declared, "Even if all fall away, I will
not."
30"I tell you the truth," Jesus answered, "to-
day—yes, tonight—before the rooster crows
twice[p] you yourself will disown me three times."
31But Peter insisted emphatically, "Even if I
have to die with you, I will never disown you."
And all the others said the same.

Gethsemane

32They went to a place called Gethsemane,
and Jesus said to his disciples, "Sit here while I
pray." 33He took Peter, James and John along
with him, and he began to be deeply distressed
and troubled. 34"My soul is overwhelmed with
sorrow to the point of death," he said to them.
"Stay here and keep watch."
35Going a little farther, he fell to the ground
and prayed that if possible the hour might pass
from him. 36"Abba,[q] Father," he said, "every-
thing is possible for you. Take this cup from me.
Yet not what I will, but what you will."
37Then he returned to his disciples and found
them sleeping. "Simon," he said to Peter, "are
you asleep? Could you not keep watch for one
hour? 38Watch and pray so that you will not fall
into temptation. The spirit is willing, but the
body is weak."

[i] **14:24** *del pacto*. Var. *del nuevo pacto* (véase Lc 22:20).
[j] **14:27** Zac 13:7 [k] **14:30** Var. no incluye: *por segunda vez*.
[l] **14:36** *No … amargo*. Lit. *Quita de mí esta copa*.
[m] **14:38** *el cuerpo*. Lit. *la *carne*.

[n] *24* Some manuscripts *the new* [o] *27* Zech. 13:7
[p] *30* Some early manuscripts do not have *twice*.
[q] *36* Aramaic for *Father*

39 Una vez más se retiró e hizo la misma
oración. 40 Cuando volvió, los encontró dormi-
dos otra vez, porque se les cerraban los ojos de
sueño. No sabían qué decirle. 41 Al volver por
tercera vez, les dijo: «¿Siguen durmiendo y des-
cansando? ¡Se acabó! Ha llegado la hora. Miren,
el Hijo del hombre va a ser entregado en manos
de *pecadores. 42 ¡Levántense! ¡Vámonos! ¡Ahí
viene el que me traiciona!»

Arresto de Jesús

43 Todavía estaba hablando Jesús cuando de
repente llegó Judas, uno de los doce. Lo acom-
pañaba una turba armada con espadas y palos,
enviada por los jefes de los sacerdotes, los
*maestros de la ley y los *ancianos.
44 El traidor les había dado esta contraseña:
«Al que yo le dé un beso, ése es; arréstenlo y
llévenselo bien asegurado.» 45 Tan pronto como
llegó, Judas se acercó a Jesús.
—¡Rabí! —le dijo, y lo besó.
46 Entonces los hombres prendieron a Jesús.
47 Pero uno de los que estaban ahí desenfundó la
espada e hirió al siervo del sumo sacerdote,
cortándole una oreja.
48 —¿Acaso soy un bandido[n] —dijo Jesús—,
para que vengan con espadas y palos a arrestar-
me? 49 Día tras día estaba con ustedes, enseñan-
do en el *templo, y no me prendieron. Pero es
preciso que se cumplan las Escrituras.
50 Entonces todos lo abandonaron y huyeron.
51 Cierto joven que se cubría con sólo una sábana
iba siguiendo a Jesús. Lo detuvieron, 52 pero él
soltó la sábana y escapó desnudo.

Jesús ante el Consejo

53 Llevaron a Jesús ante el sumo sacerdote y
se reunieron allí todos los jefes de los sacerdotes,
los *ancianos y los *maestros de la ley. 54 Pedro
lo siguió de lejos hasta dentro del patio del sumo
sacerdote. Allí se sentó con los guardias, y se
calentaba junto al fuego.
55 Los jefes de los sacerdotes y el *Consejo en
pleno buscaban alguna prueba contra Jesús para
poder condenarlo a muerte, pero no la encontra-
ban. 56 Muchos testificaban falsamente contra él,
pero sus declaraciones no coincidían. 57 Enton-
ces unos decidieron dar este falso testimonio
contra él:
58 —Nosotros le oímos decir: "Destruiré este
*templo hecho por hombres y en tres días
construiré otro, no hecho por hombres."
59 Pero ni aun así concordaban sus declaracio-
nes.
60 Poniéndose de pie en el medio, el sumo
sacerdote interrogó a Jesús:

[n] 14:48 *bandido.* Alt. *insurgente.*

39 Once more he went away and prayed the
same thing. 40 When he came back, he again
found them sleeping, because their eyes were
heavy. They did not know what to say to him.
41 Returning the third time, he said to them,
"Are you still sleeping and resting? Enough!
The hour has come. Look, the Son of Man is
betrayed into the hands of sinners. 42 Rise! Let
us go! Here comes my betrayer!"

Jesus Arrested

43 Just as he was speaking, Judas, one of the
Twelve, appeared. With him was a crowd
armed with swords and clubs, sent from the
chief priests, the teachers of the law, and the
elders.
44 Now the betrayer had arranged a signal with
them: "The one I kiss is the man; arrest him and
lead him away under guard." 45 Going at once to
Jesus, Judas said, "Rabbi!" and kissed him.
46 The men seized Jesus and arrested him.
47 Then one of those standing near drew his
sword and struck the servant of the high priest,
cutting off his ear.
48 "Am I leading a rebellion," said Jesus,
"that you have come out with swords and
clubs to capture me? 49 Every day I was with
you, teaching in the temple courts, and you did
not arrest me. But the Scriptures must be ful-
filled." 50 Then everyone deserted him and
fled.
51 A young man, wearing nothing but a linen
garment, was following Jesus. When they seized
him, 52 he fled naked, leaving his garment be-
hind.

Before the Sanhedrin

53 They took Jesus to the high priest, and all
the chief priests, elders and teachers of the law
came together. 54 Peter followed him at a dis-
tance, right into the courtyard of the high priest.
There he sat with the guards and warmed him-
self at the fire.
55 The chief priests and the whole Sanhedrin
were looking for evidence against Jesus so that
they could put him to death, but they did not find
any. 56 Many testified falsely against him, but
their statements did not agree.
57 Then some stood up and gave this false
testimony against him: 58 "We heard him say,
'I will destroy this man-made temple and in
three days will build another, not made by
man.'" 59 Yet even then their testimony did
not agree.
60 Then the high priest stood up before them
and asked Jesus, "Are you not going to answer?

—¿No tienes nada que contestar? ¿Qué signi-
fican estas denuncias en tu contra?
61 Pero Jesús se quedó callado y no contestó
nada.
—¿Eres el *Cristo, el Hijo del Bendito? —le
preguntó de nuevo el sumo sacerdote.
62 —Sí, yo soy —dijo Jesús—. Y ustedes ve-
rán al Hijo del hombre sentado a la *derecha del
Todopoderoso, y viniendo en las nubes del cielo.
63 —¿Para qué necesitamos más testigos?
—dijo el sumo sacerdote, rasgándose las vesti-
duras—. 64 ¡Ustedes han oído la *blasfemia!
¿Qué les parece?
Todos ellos lo condenaron como digno de
muerte. 65 Algunos comenzaron a escupirle; le
vendaron los ojos y le daban puñetazos.
—¡Profetiza! —le gritaban.
Los guardias también le daban bofetadas.

Pedro niega a Jesús

66 Mientras Pedro estaba abajo en el patio,
pasó una de las criadas del sumo sacerdote.
67 Cuando vio a Pedro calentándose, se fijó en él.
—Tú también estabas con ese nazareno, con
Jesús —le dijo ella.
68 Pero él lo negó:
—No lo conozco. Ni siquiera sé de qué estás
hablando.
Y salió afuera, a la entrada.[ñ]
69 Cuando la criada lo vio allí, les dijo de
nuevo a los presentes:
—Éste es uno de ellos.
70 Él lo volvió a negar.
Poco después, los que estaban allí le dijeron a
Pedro:
—Seguro que tú eres uno de ellos, pues eres
galileo.
71 Él comenzó a echarse maldiciones.
—¡No conozco a ese hombre del que hablan!
—les juró.
72 Al instante un gallo cantó por segunda vez.[o]
Pedro se acordó de lo que Jesús le había dicho:
«Antes de que el gallo cante por segunda vez,[p]
me negarás tres veces.» Y se echó a llorar.

Jesús ante Pilato

15 Tan pronto como amaneció, los jefes de
los sacerdotes, con los *ancianos, los
*maestros de la ley y el *Consejo en pleno,
llegaron a una decisión. Ataron a Jesús, se lo
llevaron y se lo entregaron a Pilato.
2 —¿Eres tú el rey de los judíos? —le preguntó
Pilato.
—Tú mismo lo dices —respondió.

[ñ] **14:68** *entrada.* Var. *entrada; y cantó el gallo.*
[o] **14:72** Var. no incluye: *por segunda vez.* [p] **14:72** Var. no incluye: *por segunda vez.*

What is this testimony that these men are bring-
ing against you?" 61 But Jesus remained silent
and gave no answer.
Again the high priest asked him, "Are you the
Christ,[r] the Son of the Blessed One?"
62 "I am," said Jesus. "And you will see the
Son of Man sitting at the right hand of the
Mighty One and coming on the clouds of heav-
en."
63 The high priest tore his clothes. "Why do
we need any more witnesses?" he asked.
64 "You have heard the blasphemy. What do you
think?"
They all condemned him as worthy of death.
65 Then some began to spit at him; they blind-
folded him, struck him with their fists, and said,
"Prophesy!" And the guards took him and beat
him.

Peter Disowns Jesus

66 While Peter was below in the courtyard, one
of the servant girls of the high priest came by.
67 When she saw Peter warming himself, she
looked closely at him.
"You also were with that Nazarene, Jesus,"
she said.
68 But he denied it. "I don't know or under-
stand what you're talking about," he said, and
went out into the entryway.[s]
69 When the servant girl saw him there, she
said again to those standing around, "This fel-
low is one of them." 70 Again he denied it.
After a little while, those standing near said to
Peter, "Surely you are one of them, for you are
a Galilean."
71 He began to call down curses on himself,
and he swore to them, "I don't know this man
you're talking about."
72 Immediately the rooster crowed the second
time.[t] Then Peter remembered the word Jesus
had spoken to him: "Before the rooster crows
twice[u] you will disown me three times." And he
broke down and wept.

Jesus Before Pilate

15 Very early in the morning, the chief
priests, with the elders, the teachers of
the law and the whole Sanhedrin, reached a
decision. They bound Jesus, led him away and
handed him over to Pilate.
2 "Are you the king of the Jews?" asked
Pilate.
"Yes, it is as you say," Jesus replied.

[r] *61* Or *Messiah* [s] *68* Some early manuscripts *entryway and the rooster crowed* [t] *72* Some early manuscripts do not have *the second time.* [u] *72* Some early manuscripts do not have *twice.*

3Los jefes de los sacerdotes se pusieron a acusarlo de muchas cosas.

4—¿No vas a contestar? —le preguntó de nuevo Pilato—. Mira de cuántas cosas te están acusando.

5Pero Jesús ni aun con eso contestó nada, de modo que Pilato se quedó asombrado.

6Ahora bien, durante la fiesta él acostumbraba soltarles un preso, el que la gente pidiera. 7Y resulta que un hombre llamado Barrabás estaba encarcelado con los rebeldes condenados por haber cometido homicidio en una insurrección. 8Subió la multitud y le pidió a Pilato que le concediera lo que acostumbraba.

9—¿Quieren que les suelte al rey de los judíos? —replicó Pilato, 10porque se daba cuenta de que los jefes de los sacerdotes habían entregado a Jesús por envidia.

11Pero los jefes de los sacerdotes incitaron a la multitud para que Pilato les soltara más bien a Barrabás.

12—¿Y qué voy a hacer con el que ustedes llaman el rey de los judíos? —les preguntó Pilato.

13—¡Crucifícalo! —gritaron.

14—¿Por qué? ¿Qué crimen ha cometido?

Pero ellos gritaron aún más fuerte:

—¡Crucifícalo!

15Como quería satisfacer a la multitud, Pilato les soltó a Barrabás; a Jesús lo mandó azotar, y lo entregó para que lo crucificaran.

Los soldados se burlan de Jesús

16Los soldados llevaron a Jesús al interior del palacio (es decir, al pretorio) y reunieron a toda la tropa. 17Le pusieron un manto de color púrpura; luego trenzaron una corona de espinas, y se la colocaron.

18—¡Salve, rey de los judíos! —lo aclamaban.

19Lo golpeaban en la cabeza con una caña y le escupían. Doblando la rodilla, le rendían homenaje. 20Después de burlarse de él, le quitaron el manto y le pusieron su propia ropa. Por fin, lo sacaron para crucificarlo.

La crucifixión

21A uno que pasaba por allí de vuelta del campo, un tal Simón de Cirene, padre de Alejandro y de Rufo, lo obligaron a llevar la cruz. 22Condujeron a Jesús al lugar llamado Gólgota (que significa: Lugar de la Calavera). 23Le ofrecieron vino mezclado con mirra, pero no lo tomó. 24Y lo crucificaron. Repartieron su ropa, echando suertes para ver qué le tocaría a cada uno.

25Eran las nueve de la mañana[q] cuando lo crucificaron. 26Un letrero tenía escrita la causa de

[q]15:25 *Eran … mañana.* Lit. *Era la hora tercera.*

3The chief priests accused him of many things. 4So again Pilate asked him, "Aren't you going to answer? See how many things they are accusing you of."

5But Jesus still made no reply, and Pilate was amazed.

6Now it was the custom at the Feast to release a prisoner whom the people requested. 7A man called Barabbas was in prison with the insurrectionists who had committed murder in the uprising. 8The crowd came up and asked Pilate to do for them what he usually did.

9"Do you want me to release to you the king of the Jews?" asked Pilate, 10knowing it was out of envy that the chief priests had handed Jesus over to him. 11But the chief priests stirred up the crowd to have Pilate release Barabbas instead.

12"What shall I do, then, with the one you call the king of the Jews?" Pilate asked them.

13"Crucify him!" they shouted.

14"Why? What crime has he committed?" asked Pilate.

But they shouted all the louder, "Crucify him!"

15Wanting to satisfy the crowd, Pilate released Barabbas to them. He had Jesus flogged, and handed him over to be crucified.

The Soldiers Mock Jesus

16The soldiers led Jesus away into the palace (that is, the Praetorium) and called together the whole company of soldiers. 17They put a purple robe on him, then twisted together a crown of thorns and set it on him. 18And they began to call out to him, "Hail, king of the Jews!" 19Again and again they struck him on the head with a staff and spit on him. Falling on their knees, they paid homage to him. 20And when they had mocked him, they took off the purple robe and put his own clothes on him. Then they led him out to crucify him.

The Crucifixion

21A certain man from Cyrene, Simon, the father of Alexander and Rufus, was passing by on his way in from the country, and they forced him to carry the cross. 22They brought Jesus to the place called Golgotha (which means The Place of the Skull). 23Then they offered him wine mixed with myrrh, but he did not take it. 24And they crucified him. Dividing up his clothes, they cast lots to see what each would get.

25It was the third hour when they crucified him. 26The written notice of the charge against him read: THE KING OF THE JEWS.

su condena: «EL REY DE LOS JUDÍOS.» 27 Con él crucificaron a dos bandidos,[r] uno a su derecha y otro a su izquierda.[s] 29 Los que pasaban meneaban la cabeza y *blasfemaban contra él.

—¡Eh! Tú que destruyes el *templo y en tres días lo reconstruyes —decían—, 30 ¡baja de la cruz y sálvate a ti mismo!

31 De la misma manera se burlaban de él los jefes de los sacerdotes junto con los maestros de la ley.

—Salvó a otros —decían—, ¡pero no puede salvarse a sí mismo! 32 Que baje ahora de la cruz ese *Cristo, el rey de Israel, para que veamos y creamos.

También lo insultaban los que estaban crucificados con él.

Muerte de Jesús

33 Desde el mediodía y hasta la media tarde quedó toda la tierra en oscuridad. 34 A las tres de la tarde[t] Jesús gritó a voz en cuello:

—*Eloi, Eloi, ¿lama sabactani?* (que significa: "Dios mío, Dios mío, ¿por qué me has desamparado?").[u]

35 Cuando lo oyeron, algunos de los que estaban cerca dijeron:

—Escuchen, está llamando a Elías.

36 Un hombre corrió, empapó una esponja en vinagre, la puso en una caña y se la ofreció a Jesús para que bebiera.

—Déjenlo, a ver si viene Elías a bajarlo —dijo.

37 Entonces Jesús, lanzando un fuerte grito, expiró.

38 La cortina del *santuario del templo se rasgó en dos, de arriba abajo. 39 Y el centurión, que estaba frente a Jesús, al oír el grito y[v] ver cómo murió, dijo:

—¡Verdaderamente este hombre era el Hijo[w] de Dios!

40 Algunas mujeres miraban desde lejos. Entre ellas estaban María Magdalena, María la madre de *Jacobo el menor y de José, y Salomé. 41 Estas mujeres lo habían seguido y atendido cuando estaba en Galilea. Además había allí muchas otras que habían subido con él a Jerusalén.

Sepultura de Jesús

42 Era el día de preparación (es decir, la víspera del *sábado). Así que al atardecer, 43 José de Arimatea, miembro distinguido del *Consejo, y que también esperaba el reino de Dios, se atrevió

27 They crucified two robbers with him, one on his right and one on his left.[v] 29 Those who passed by hurled insults at him, shaking their heads and saying, "So! You who are going to destroy the temple and build it in three days, 30 come down from the cross and save yourself!"

31 In the same way the chief priests and the teachers of the law mocked him among themselves. "He saved others," they said, "but he can't save himself! 32 Let this Christ,[w] this King of Israel, come down now from the cross, that we may see and believe." Those crucified with him also heaped insults on him.

The Death of Jesus

33 At the sixth hour darkness came over the whole land until the ninth hour. 34 And at the ninth hour Jesus cried out in a loud voice, "Eloi, Eloi, lama sabachthani?"—which means, "My God, my God, why have you forsaken me?"[x]

35 When some of those standing near heard this, they said, "Listen, he's calling Elijah."

36 One man ran, filled a sponge with wine vinegar, put it on a stick, and offered it to Jesus to drink. "Now leave him alone. Let's see if Elijah comes to take him down," he said.

37 With a loud cry, Jesus breathed his last.

38 The curtain of the temple was torn in two from top to bottom. 39 And when the centurion, who stood there in front of Jesus, heard his cry and[y] saw how he died, he said, "Surely this man was the Son[z] of God!"

40 Some women were watching from a distance. Among them were Mary Magdalene, Mary the mother of James the younger and of Joses, and Salome. 41 In Galilee these women had followed him and cared for his needs. Many other women who had come up with him to Jerusalem were also there.

The Burial of Jesus

42 It was Preparation Day (that is, the day before the Sabbath). So as evening approached, 43 Joseph of Arimathea, a prominent member of the Council, who was himself waiting for the kingdom of God, went boldly to Pilate and asked for Jesus' body. 44 Pilate was surprised to hear

[r] **15:27** *bandidos*. Alt. *insurgentes*. [s] **15:27** *izquierda*. Var. *izquierda.* [28] *Así se cumplió la Escritura que dice: «Fue contado con los malhechores.»* (Is 53:12) [t] **15:33-34** *Desde … tarde*. Lit. *Y llegando la hora sexta vino oscuridad sobre toda la tierra hasta la hora novena.* [34] *Y en la hora novena.* [u] **15:34** Sal 22:1 [v] **15:39** Var. no incluye: *oír el grito y*. [w] **15:39** *era el Hijo*. Alt. *era hijo*.

[v] *27* Some manuscripts *left,* [28] *and the scripture was fulfilled which says, "He was counted with the lawless ones"* (Isaiah 53:12) [w] *32* Or *Messiah* [x] *34* Psalm 22:1 [y] *39* Some manuscripts do not have *heard his cry and.* [z] *39* Or *a son*

a presentarse ante Pilato para pedirle el cuerpo
de Jesús. 44Pilato, sorprendido de que ya hubiera
muerto, llamó al centurión y le preguntó si hacía
mucho que[x] había muerto. 45Una vez informado
por el centurión, le entregó el cuerpo a José.
46Entonces José bajó el cuerpo, lo envolvió en
una sábana que había comprado, y lo puso en un
sepulcro cavado en la roca. Luego hizo rodar una
piedra a la entrada del sepulcro. 47María Mag-
dalena y María la madre de José vieron dónde lo
pusieron.

La resurrección

16 Cuando pasó el *sábado, María Magda-
lena, María la madre de *Jacobo, y Sa-
lomé compraron especias aromáticas para ir a
ungir el cuerpo de Jesús. 2Muy de mañana el
primer día de la semana, apenas salido el sol, se
dirigieron al sepulcro. 3Iban diciéndose unas a
otras: «¿Quién nos quitará la piedra de la entrada
del sepulcro?» 4Pues la piedra era muy grande.

Pero al fijarse bien, se dieron cuenta de que
estaba corrida. 5Al entrar en el sepulcro vieron
a un joven vestido con un manto blanco, sentado
a la derecha, y se asustaron.

6—No se asusten —les dijo—. Ustedes bus-
can a Jesús el nazareno, el que fue crucificado.
¡Ha resucitado! No está aquí. Miren el lugar
donde lo pusieron. 7Pero vayan a decirles a los
discípulos y a Pedro: "Él va delante de ustedes
a Galilea. Allí lo verán, tal como les dijo."

8Temblorosas y desconcertadas, las mujeres
salieron huyendo del sepulcro. No dijeron nada
a nadie, porque tenían miedo.[y]

Apariciones y ascensión de Jesús

9Cuando Jesús resucitó en la madrugada del
primer día de la semana, se apareció primero a
María Magdalena, de la que había expulsado
siete demonios. 10Ella fue y avisó a los que
habían estado con él, que estaban lamentándose
y llorando. 11Pero ellos, al oír que Jesús estaba
vivo y que ella lo había visto, no lo creyeron.

12Después se apareció Jesús en otra forma a
dos de ellos que iban de camino al campo.
13Éstos volvieron y avisaron a los demás, pero
no les creyeron a ellos tampoco.

14Por último se apareció Jesús a los once
mientras comían; los reprendió por su falta de fe
y por su obstinación en no creerles a los que lo
habían visto *resucitado.

[x]**15:44** *hacía mucho que.* Var. *ya.* [y]**16:8** Los mss. más antiguos y otros testimonios de la antigüedad no incluyen Mr 16:9-20. En lugar de este pasaje, algunos mss. incluyen una conclusión más breve.

that he was already dead. Summoning the cen-
turion, he asked him if Jesus had already died.
45When he learned from the centurion that it was
so, he gave the body to Joseph. 46So Joseph
bought some linen cloth, took down the body,
wrapped it in the linen, and placed it in a tomb
cut out of rock. Then he rolled a stone against
the entrance of the tomb. 47Mary Magdalene
and Mary the mother of Joses saw where he was
laid.

The Resurrection

16 When the Sabbath was over, Mary Mag-
dalene, Mary the mother of James, and
Salome bought spices so that they might go to
anoint Jesus' body. 2Very early on the first day
of the week, just after sunrise, they were on their
way to the tomb 3and they asked each other,
"Who will roll the stone away from the entrance
of the tomb?"

4But when they looked up, they saw that the
stone, which was very large, had been rolled
away. 5As they entered the tomb, they saw a
young man dressed in a white robe sitting on the
right side, and they were alarmed.

6"Don't be alarmed," he said. "You are
looking for Jesus the Nazarene, who was cru-
cified. He has risen! He is not here. See the
place where they laid him. 7But go, tell his
disciples and Peter, 'He is going ahead of you
into Galilee. There you will see him, just as
he told you.'"

8Trembling and bewildered, the women went
out and fled from the tomb. They said nothing
to anyone, because they were afraid.

[The most reliable early manuscripts and other ancient witnesses do not have Mark 16:9-20.]

9When Jesus rose early on the first day of
the week, he appeared first to Mary Magda-
lene, out of whom he had driven seven de-
mons. 10She went and told those who had
been with him and who were mourning and
weeping. 11When they heard that Jesus was
alive and that she had seen him, they did not
believe it.

12Afterward Jesus appeared in a different
form to two of them while they were walking
in the country. 13These returned and reported
it to the rest; but they did not believe them
either.

14Later Jesus appeared to the Eleven as they
were eating; he rebuked them for their lack of
faith and their stubborn refusal to believe those
who had seen him after he had risen.

15He said to them, "Go into all the world and
preach the good news to all creation. 16Whoever

15Les dijo: «Vayan por todo el mundo y anun-
cien las buenas *nuevas a toda criatura.[z] 16El que
crea y sea bautizado será salvo, pero el que no crea
será condenado. 17Estas señales acompañarán a
los que crean: en mi nombre expulsarán demo-
nios; hablarán en nuevas lenguas; 18tomarán en
sus manos serpientes; y cuando beban algo vene-
noso, no les hará daño alguno; pondrán las manos
sobre los enfermos, y éstos recobrarán la salud.»

19Después de hablar con ellos, el Señor Jesús
fue llevado al cielo y se sentó a la *derecha de
Dios. 20Los discípulos salieron y predicaron por
todas partes, y el Señor los ayudaba en la obra y
confirmaba su palabra con las señales que la
acompañaban.

believes and is baptized will be saved, but who-
ever does not believe will be condemned. 17And
these signs will accompany those who believe:
In my name they will drive out demons; they
will speak in new tongues; 18they will pick up
snakes with their hands; and when they drink
deadly poison, it will not hurt them at all; they
will place their hands on sick people, and they
will get well."

19After the Lord Jesus had spoken to them, he
was taken up into heaven and he sat at the right
hand of God. 20Then the disciples went out and
preached everywhere, and the Lord worked with
them and confirmed his word by the signs that
accompanied it.

[z] **16:15** *criatura.* Lit. *creación.*

Evangelio según Lucas

Prólogo

1 Muchos han intentado hacer un relato de las
cosas que se han cumplido[a] entre nosotros,
2tal y como nos las transmitieron los que desde
el principio fueron testigos presenciales y servi-
dores de la palabra. 3Por lo tanto, yo también,
excelentísimo Teófilo, habiendo investigado to-
do esto con esmero desde su origen, he decidido
escribírtelo ordenadamente, 4para que llegues a
tener plena seguridad de lo que te enseñaron.

Anuncio del nacimiento de Juan el Bautista

5En tiempos de Herodes, rey de Judea, hubo
un sacerdote llamado Zacarías, miembro del
grupo de Abías. Su esposa Elisabet también era
descendiente de Aarón. 6Ambos eran rectos e
intachables delante de Dios; obedecían todos los
mandamientos y preceptos del Señor. 7Pero no
tenían hijos, porque Elisabet era estéril; y los dos
eran de edad avanzada.

8Un día en que Zacarías, por haber llegado el
turno de su grupo, oficiaba como sacerdote de-
lante de Dios, 9le tocó en suerte, según la cos-
tumbre del sacerdocio, entrar en el *santuario
del Señor para quemar incienso. 10Cuando llegó
la hora de ofrecer el incienso, la multitud reunida
afuera estaba orando. 11En esto un ángel del
Señor se le apareció a Zacarías a la derecha del
altar del incienso. 12Al verlo, Zacarías se asustó,
y el temor se apoderó de él. 13El ángel le dijo:

—No tengas miedo, Zacarías, pues ha sido
escuchada tu oración. Tu esposa Elisabet te dará
un hijo, y le pondrás por nombre Juan. 14Tendrás
gozo y alegría, y muchos se regocijarán por su
nacimiento, 15porque él será un gran hombre
delante del Señor. Jamás tomará vino ni licor, y
será lleno del Espíritu Santo aun desde su naci-
miento.[b] 16Hará que muchos israelitas se vuel-
van al Señor su Dios. 17Él irá primero, delante
del Señor, con el espíritu y el poder de Elías,
para reconciliar a[c] los padres con los hijos y
guiar a los desobedientes a la sabiduría de los

[a] 1:1 *se han cumplido*. Alt. *se han recibido con convicción*. [b] 1:15 *desde su nacimiento*. Alt. *antes de nacer*. Lit. *desde el vientre de su madre*. [c] 1:17 *reconciliar a*. Lit. *hacer volver los corazones de*; véase Mal 4:6.

Luke

Introduction

1 Many have undertaken to draw up an ac-
count of the things that have been fulfilled[a]
among us, 2just as they were handed down to us
by those who from the first were eyewitnesses
and servants of the word. 3Therefore, since I
myself have carefully investigated everything
from the beginning, it seemed good also to me
to write an orderly account for you, most excel-
lent Theophilus, 4so that you may know the
certainty of the things you have been taught.

The Birth of John the Baptist Foretold

5In the time of Herod king of Judea there was
a priest named Zechariah, who belonged to the
priestly division of Abijah; his wife Elizabeth
was also a descendant of Aaron. 6Both of them
were upright in the sight of God, observing all
the Lord's commandments and regulations
blamelessly. 7But they had no children, because
Elizabeth was barren; and they were both well
along in years.

8Once when Zechariah's division was on duty
and he was serving as priest before God, 9he was
chosen by lot, according to the custom of the
priesthood, to go into the temple of the Lord and
burn incense. 10And when the time for the burn-
ing of incense came, all the assembled worship-
ers were praying outside.

11Then an angel of the Lord appeared to him,
standing at the right side of the altar of incense.
12When Zechariah saw him, he was startled and
was gripped with fear. 13But the angel said to
him: "Do not be afraid, Zechariah; your prayer
has been heard. Your wife Elizabeth will bear
you a son, and you are to give him the name
John. 14He will be a joy and delight to you, and
many will rejoice because of his birth, 15for he
will be great in the sight of the Lord. He is never
to take wine or other fermented drink, and he
will be filled with the Holy Spirit even from
birth.[b] 16Many of the people of Israel will he
bring back to the Lord their God. 17And he will
go on before the Lord, in the spirit and power of
Elijah, to turn the hearts of the fathers to their

[a] 1 Or *been surely believed* [b] 15 Or *from his mother's womb*

justos. De este modo preparará un pueblo bien
dispuesto para recibir al Señor.
18—¿Cómo podré estar seguro de esto?
—preguntó Zacarías al ángel—. Ya soy anciano
y mi esposa también es de edad avanzada.
19—Yo soy Gabriel y estoy a las órdenes de
Dios —le contestó el ángel—. He sido enviado
para hablar contigo y darte estas buenas *noti-
cias. 20Pero como no creíste en mis palabras, las
cuales se cumplirán a su debido tiempo, te vas a
quedar mudo. No podrás hablar hasta el día en
que todo esto suceda.
21Mientras tanto, el pueblo estaba esperando
a Zacarías y les extrañaba que se demorara tanto
en el santuario. 22Cuando por fin salió, no podía
hablarles, así que se dieron cuenta de que allí
había tenido una visión. Se podía comunicar
sólo por señas, pues seguía mudo.
23Cuando terminaron los días de su servicio,
regresó a su casa. 24Poco después, su esposa
Elisabet quedó encinta y se mantuvo recluida por
cinco meses. 25«Esto —decía ella— es obra del
Señor, que ahora ha mostrado su bondad al quitar-
me la vergüenza que yo tenía ante los demás.»

Anuncio del nacimiento de Jesús

26A los seis meses, Dios envió al ángel Ga-
briel a Nazaret, pueblo de Galilea, 27a visitar a
una joven virgen comprometida para casarse
con un hombre que se llamaba José, descendien-
te de David. La virgen se llamaba María. 28El
ángel se acercó a ella y le dijo:
—¡Te saludo,[d] tú que has recibido el favor de
Dios! El Señor está contigo.
29Ante estas palabras, María se perturbó, y se
preguntaba qué podría significar este saludo.
30—No tengas miedo, María; Dios te ha con-
cedido su favor —le dijo el ángel—. 31Quedarás
encinta y darás a luz un hijo, y le pondrás por
nombre Jesús. 32Él será un gran hombre, y lo
llamarán Hijo del Altísimo. Dios el Señor le dará
el trono de su padre David, 33y reinará sobre el
pueblo de Jacob para siempre. Su reinado no
tendrá fin.
34—¿Cómo podrá suceder esto —le preguntó
María al ángel—, puesto que soy virgen?[e]
35—El Espíritu Santo vendrá sobre ti, y el
poder del Altísimo te cubrirá con su sombra. Así
que al santo niño que va a nacer lo llamarán Hijo
de Dios. 36También tu parienta Elisabet va a
tener un hijo en su vejez; de hecho, la que decían
que era estéril ya está en el sexto mes de emba-
razo. 37Porque para Dios no hay nada imposible.

[d]**1:28** *¡Te saludo.* Alt. *¡Alégrate.* [e]**1:34** *soy virgen?* Lit. *no conozco a hombre?*

children and the disobedient to the wisdom of
the righteous—to make ready a people prepared
for the Lord."
18Zechariah asked the angel, "How can I be
sure of this? I am an old man and my wife is well
along in years."
19The angel answered, "I am Gabriel. I stand
in the presence of God, and I have been sent to
speak to you and to tell you this good news.
20And now you will be silent and not able to
speak until the day this happens, because you
did not believe my words, which will come true
at their proper time."
21Meanwhile, the people were waiting for
Zechariah and wondering why he stayed so long
in the temple. 22When he came out, he could not
speak to them. They realized he had seen a
vision in the temple, for he kept making signs to
them but remained unable to speak.
23When his time of service was completed, he
returned home. 24After this his wife Elizabeth
became pregnant and for five months remained
in seclusion. 25"The Lord has done this for me,"
she said. "In these days he has shown his favor
and taken away my disgrace among the people."

The Birth of Jesus Foretold

26In the sixth month, God sent the angel Ga-
briel to Nazareth, a town in Galilee, 27to a virgin
pledged to be married to a man named Joseph,
a descendant of David. The virgin's name was
Mary. 28The angel went to her and said, "Greet-
ings, you who are highly favored! The Lord is
with you."
29Mary was greatly troubled at his words and
wondered what kind of greeting this might be.
30But the angel said to her, "Do not be afraid,
Mary, you have found favor with God. 31You
will be with child and give birth to a son, and
you are to give him the name Jesus. 32He will
be great and will be called the Son of the Most
High. The Lord God will give him the throne of
his father David, 33and he will reign over the
house of Jacob forever; his kingdom will never
end."
34"How will this be," Mary asked the angel,
"since I am a virgin?"
35The angel answered, "The Holy Spirit will
come upon you, and the power of the Most High
will overshadow you. So the holy one to be born
will be called[c] the Son of God. 36Even Elizabeth
your relative is going to have a child in her old
age, and she who was said to be barren is in her
sixth month. 37For nothing is impossible with
God."

[c]*35* Or *So the child to be born will be called holy,*

38—Aquí tienes a la sierva del Señor —con-
testó María—. Que él haga conmigo como me
has dicho.
Con esto, el ángel la dejó.

María visita a Elisabet

39A los pocos días María emprendió el viaje
y se fue de prisa a un pueblo en la región
montañosa de Judea. 40Al llegar, entró en casa
de Zacarías y saludó a Elisabet. 41Tan pronto
como Elisabet oyó el saludo de María, la criatura
saltó en su vientre. Entonces Elisabet, llena del
Espíritu Santo, 42exclamó:
—¡Bendita tú entre las mujeres, y bendito el
hijo que darás a luz![f] 43Pero, ¿cómo es esto, que
la madre de mi Señor venga a verme? 44Te digo
que tan pronto como llegó a mis oídos la voz de
tu saludo, saltó de alegría la criatura que llevo
en el vientre. 45¡*Dichosa tú que has creído,
porque lo que el Señor te ha dicho se cumplirá!

El cántico de María

46Entonces dijo María:

—Mi alma glorifica al Señor,
47 y mi espíritu se regocija en Dios mi Salvador,
48 porque se ha dignado fijarse en su humilde sierva.
Desde ahora me llamarán *dichosa todas las generaciones,
49 porque el Poderoso ha hecho grandes cosas por mí.
¡Santo es su nombre!
50 De generación en generación
se extiende su misericordia a los que le temen.
51 Hizo proezas con su brazo;
desbarató las intrigas de los soberbios.[g]
52 De sus tronos derrocó a los poderosos,
mientras que ha exaltado a los humildes.
53 A los hambrientos los colmó de bienes,
y a los ricos los despidió con las manos vacías.
54-55 Acudió en ayuda de su siervo Israel
y, cumpliendo su promesa a nuestros padres,
mostró[h] su misericordia a Abraham
y a su descendencia para siempre.

56María se quedó con Elisabet unos tres meses
y luego regresó a su casa.

[f]1:42 *el hijo que darás a luz!* Lit. *el fruto de tu vientre!* [g]1:51 *desbarató … soberbios*. Lit. *dispersó a los orgullosos en el pensamiento del corazón de ellos*. [h]1:54-55 *mostró*. Lit. *recordó*.

38"I am the Lord's servant," Mary answered.
"May it be to me as you have said." Then the
angel left her.

Mary Visits Elizabeth

39At that time Mary got ready and hurried
to a town in the hill country of Judea, 40where
she entered Zechariah's home and greeted
Elizabeth. 41When Elizabeth heard Mary's
greeting, the baby leaped in her womb, and
Elizabeth was filled with the Holy Spirit. 42In
a loud voice she exclaimed: "Blessed are you
among women, and blessed is the child you
will bear! 43But why am I so favored, that the
mother of my Lord should come to me? 44As
soon as the sound of your greeting reached my
ears, the baby in my womb leaped for joy.
45Blessed is she who has believed that what
the Lord has said to her will be accom-
plished!"

Mary's Song

46And Mary said:

"My soul glorifies the Lord
47 and my spirit rejoices in God my Savior,
48 for he has been mindful
of the humble state of his servant.
From now on all generations will call me blessed,
49 for the Mighty One has done great things for me—
holy is his name.
50 His mercy extends to those who fear him,
from generation to generation.
51 He has performed mighty deeds with his arm;
he has scattered those who are proud in their inmost thoughts.
52 He has brought down rulers from their thrones
but has lifted up the humble.
53 He has filled the hungry with good things
but has sent the rich away empty.
54 He has helped his servant Israel,
remembering to be merciful
55 to Abraham and his descendants forever,
even as he said to our fathers."

56Mary stayed with Elizabeth for about three
months and then returned home.

Nacimiento de Juan el Bautista

57 Cuando se le cumplió el tiempo, Elisabet dio
a luz un hijo. 58 Sus vecinos y parientes se ente-
raron de que el Señor le había mostrado gran
misericordia, y compartieron su alegría.

59 A los ocho días llevaron a circuncidar al
niño. Como querían ponerle el nombre de su
padre, Zacarías, 60 su madre se opuso.

—¡No! —dijo ella—. Tiene que llamarse
Juan.

61 —Pero si nadie en tu familia tiene ese nom-
bre —le dijeron.

62 Entonces le hicieron señas a su padre, para
saber qué nombre quería ponerle al niño. 63 Él
pidió una tablilla, en la que escribió: «Su nombre
es Juan.» Y todos quedaron asombrados. 64 Al
instante se le desató la lengua, recuperó el habla y
comenzó a alabar a Dios. 65 Todos los vecinos se
llenaron de temor, y por toda la región montañosa
de Judea se comentaba lo sucedido. 66 Quienes lo
oían se preguntaban: «¿Qué llegará a ser este
niño?» Porque la mano del Señor lo protegía.

El cántico de Zacarías

67 Entonces su padre Zacarías, lleno del Espí-
ritu Santo, profetizó:

68 «Bendito sea el Señor, Dios de Israel,
porque ha venido a redimir[i] a su pueblo.
69 Nos envió un poderoso salvador[j]
en la casa de David su siervo
70 (como lo prometió en el pasado por
medio de sus *santos profetas),
71 para librarnos de nuestros enemigos
y del poder de todos los que nos aborrecen;
72 para mostrar misericordia a nuestros
padres
al acordarse de su santo pacto.
73 Así lo juró a Abraham nuestro padre:
74 nos concedió que fuéramos libres del temor,
al rescatarnos del poder de nuestros ene-
migos,
para que le sirviéramos 75 con *santidad y
justicia,
viviendo en su presencia todos nuestros
días.

76 Y tú, hijito mío, serás llamado profeta del
Altísimo,
porque irás delante del Señor para prepa-
rarle el camino.
77 Darás a conocer a su pueblo la salvación
mediante el perdón de sus pecados,

[i] 1:68 *ha venido a redimir*. Lit. *ha visitado y ha redimido*.
[j] 1:69 *envió un poderoso salvador*. Lit. *levantó un cuerno de salvación*.

The Birth of John the Baptist

57 When it was time for Elizabeth to have her
baby, she gave birth to a son. 58 Her neighbors
and relatives heard that the Lord had shown her
great mercy, and they shared her joy.

59 On the eighth day they came to circumcise
the child, and they were going to name him after
his father Zechariah, 60 but his mother spoke up
and said, "No! He is to be called John."

61 They said to her, "There is no one among
your relatives who has that name."

62 Then they made signs to his father, to find
out what he would like to name the child. 63 He
asked for a writing tablet, and to everyone's
astonishment he wrote, "His name is John."
64 Immediately his mouth was opened and his
tongue was loosed, and he began to speak, prais-
ing God. 65 The neighbors were all filled with
awe, and throughout the hill country of Judea
people were talking about all these things. 66 Ev-
eryone who heard this wondered about it, ask-
ing, "What then is this child going to be?" For
the Lord's hand was with him.

Zechariah's Song

67 His father Zechariah was filled with the
Holy Spirit and prophesied:

68 "Praise be to the Lord, the God of Israel,
because he has come and has redeemed
his people.
69 He has raised up a horn[d] of salvation for
us
in the house of his servant David
70 (as he said through his holy prophets of
long ago),
71 salvation from our enemies
and from the hand of all who hate us—
72 to show mercy to our fathers
and to remember his holy covenant,
73 the oath he swore to our father Abraham:
74 to rescue us from the hand of our enemies,
and to enable us to serve him without
fear
75 in holiness and righteousness before him
all our days.

76 And you, my child, will be called a
prophet of the Most High;
for you will go on before the Lord to
prepare the way for him,
77 to give his people the knowledge of
salvation
through the forgiveness of their sins,

[d] 69 *Horn* here symbolizes strength.

78 gracias a la entrañable misericordia de
nuestro Dios.
Así nos visitará desde el cielo el sol na-
ciente,
79 para dar luz a los que viven en tinieblas,
en la más terrible oscuridad,[k]
para guiar nuestros pasos por la senda de
la paz.»

80 El niño crecía y se fortalecía en espíritu; y
vivió en el desierto hasta el día en que se presen-
tó públicamente al pueblo de Israel.

Nacimiento de Jesús

2 Por aquellos días Augusto *César decretó
que se levantara un censo en todo el im-
perio romano.[l] 2 (Este primer censo se efectuó
cuando Cirenio gobernaba en Siria.) 3 Así que
iban todos a inscribirse, cada cual a su propio
pueblo.
4 También José, que era descendiente del rey
David, subió de Nazaret, ciudad de Galilea, a
Judea. Fue a Belén, la ciudad de David, 5 para
inscribirse junto con María su esposa.[m] Ella se
encontraba encinta 6 y, mientras estaban allí, se
le cumplió el tiempo. 7 Así que dio a luz a su hijo
primogénito. Lo envolvió en pañales y lo acostó
en un pesebre, porque no había lugar para ellos
en la posada.

Los pastores y los ángeles

8 En esa misma región había unos pastores que
pasaban la noche en el campo, turnándose para
cuidar sus rebaños. 9 Sucedió que un ángel del
Señor se les apareció. La gloria del Señor los
envolvió en su luz, y se llenaron de temor.
10 Pero el ángel les dijo: «No tengan miedo.
Miren que les traigo buenas *noticias que serán
motivo de mucha alegría para todo el pueblo.
11 Hoy les ha nacido en la ciudad de David un
Salvador, que es *Cristo el Señor. 12 Esto les
servirá de señal: Encontrarán a un niño envuelto
en pañales y acostado en un pesebre.»
13 De repente apareció una multitud de ángeles
del cielo, que alababan a Dios y decían:

14 «Gloria a Dios en las alturas,
y en la tierra paz a los que gozan de su
buena voluntad.»[n]

15 Cuando los ángeles se fueron al cielo, los
pastores se dijeron unos a otros: «Vamos a Be-

[k] **1:79** *en la más terrible oscuridad.* Lit. *y en sombra de muerte.* [l] **2:1** *el imperio romano.* Lit. *el mundo.*
[m] **2:5** *María su esposa.* Lit. *María, que estaba comprometida para casarse con él.* [n] **2:14** *paz … voluntad.* Lit. *paz a los hombres de buena voluntad.* Var. *paz, buena voluntad a los hombres.*

78 because of the tender mercy of our God,
by which the rising sun will come to us
from heaven
79 to shine on those living in darkness
and in the shadow of death,
to guide our feet into the path of peace."

80 And the child grew and became strong in
spirit; and he lived in the desert until he appeared
publicly to Israel.

The Birth of Jesus

2 In those days Caesar Augustus issued a
decree that a census should be taken of the
entire Roman world. 2 (This was the first census
that took place while Quirinius was governor of
Syria.) 3 And everyone went to his own town to
register.
4 So Joseph also went up from the town of
Nazareth in Galilee to Judea, to Bethlehem the
town of David, because he belonged to the house
and line of David. 5 He went there to register
with Mary, who was pledged to be married to
him and was expecting a child. 6 While they were
there, the time came for the baby to be born, 7 and
she gave birth to her firstborn, a son. She
wrapped him in cloths and placed him in a
manger, because there was no room for them in
the inn.

The Shepherds and the Angels

8 And there were shepherds living out in the
fields nearby, keeping watch over their flocks
at night. 9 An angel of the Lord appeared to
them, and the glory of the Lord shone around
them, and they were terrified. 10 But the angel
said to them, "Do not be afraid. I bring you
good news of great joy that will be for all the
people. 11 Today in the town of David a Savior
has been born to you; he is Christ[e] the Lord.
12 This will be a sign to you: You will find a
baby wrapped in cloths and lying in a man-
ger."
13 Suddenly a great company of the heavenly
host appeared with the angel, praising God and
saying,

14 "Glory to God in the highest,
and on earth peace to men on whom his
favor rests."

15 When the angels had left them and gone into
heaven, the shepherds said to one another,
"Let's go to Bethlehem and see this thing that

[e] *11* Or *Messiah*. "The Christ" (Greek) and "the Messiah" (Hebrew) both mean "the Anointed One"; also in verse 26.

lén, a ver esto que ha pasado y que el Señor nos
ha dado a conocer.»
16 Así que fueron de prisa y encontraron a
María y a José, y al niño que estaba acostado en
el pesebre. 17 Cuando vieron al niño, contaron lo
que les habían dicho acerca de él, 18 y cuantos lo
oyeron se asombraron de lo que los pastores
decían. 19 María, por su parte, guardaba todas
estas cosas en su corazón y meditaba acerca de
ellas. 20 Los pastores regresaron glorificando y
alabando a Dios por lo que habían visto y oído,
pues todo sucedió tal como se les había dicho.

Presentación de Jesús en el templo

21 Cuando se cumplieron los ocho días y fue-
ron a circuncidarlo, lo llamaron Jesús, nombre
que el ángel le había puesto antes de que fuera
concebido.
22 Así mismo, cuando se cumplió el tiempo en
que, según la ley de Moisés, ellos debían *puri-
ficarse, José y María llevaron al niño a Jerusalén
para presentarlo al Señor. 23 Así cumplieron con
lo que en la ley del Señor está escrito: «Todo
varón primogénito será consagrado[ñ] al Señor».[o]
24 También ofrecieron un sacrificio conforme a
lo que la ley del Señor dice: «un par de tórtolas
o dos pichones de paloma».[p]
25 Ahora bien, en Jerusalén había un hombre
llamado Simeón, que era justo y devoto, y aguar-
daba con esperanza la redención[q] de Israel. El
Espíritu Santo estaba con él 26 y le había revela-
do que no moriría sin antes ver al *Cristo del
Señor. 27 Movido por el Espíritu, fue al *templo.
Cuando al niño Jesús lo llevaron sus padres para
cumplir con la costumbre establecida por la ley,
28 Simeón lo tomó en sus brazos y bendijo a
Dios:

29 «Según tu palabra, Soberano Señor,
ya puedes despedir a tu *siervo en paz.
30 Porque han visto mis ojos tu salvación,
31 que has preparado a la vista de todos los
pueblos:
32 luz que ilumina a las *naciones
y gloria de tu pueblo Israel.»

33 El padre y la madre del niño se quedaron
maravillados por lo que se decía de él. 34 Simeón
les dio su bendición y le dijo a María, la madre de
Jesús: «Este niño está destinado a causar la caída
y el levantamiento de muchos en Israel, y a crear
mucha oposición,[r] 35 a fin de que se manifiesten

[ñ]**2:23** *Todo … consagrado*. Lit. *Todo varón que abre la matriz será llamado santo*. [o]**2:23** Éx 13:2,12 [p]**2:24** Lv 12:8 [q]**2:25** *redención*. Lit. *consolación*. [r]**2:34** *a crear mucha oposición*. Lit. *a ser una señal contra la cual se hablará*.

has happened, which the Lord has told us
about."
16 So they hurried off and found Mary and
Joseph, and the baby, who was lying in the
manger. 17 When they had seen him, they spread
the word concerning what had been told them
about this child, 18 and all who heard it were
amazed at what the shepherds said to them.
19 But Mary treasured up all these things and
pondered them in her heart. 20 The shepherds
returned, glorifying and praising God for all the
things they had heard and seen, which were just
as they had been told.

Jesus Presented in the Temple

21 On the eighth day, when it was time to
circumcise him, he was named Jesus, the name
the angel had given him before he had been
conceived.
22 When the time of their purification accord-
ing to the Law of Moses had been completed,
Joseph and Mary took him to Jerusalem to
present him to the Lord 23 (as it is written in the
Law of the Lord, "Every firstborn male is to be
consecrated to the Lord"[f]), 24 and to offer a
sacrifice in keeping with what is said in the Law
of the Lord: "a pair of doves or two young
pigeons."[g]
25 Now there was a man in Jerusalem called
Simeon, who was righteous and devout. He was
waiting for the consolation of Israel, and the
Holy Spirit was upon him. 26 It had been re-
vealed to him by the Holy Spirit that he would
not die before he had seen the Lord's Christ.
27 Moved by the Spirit, he went into the temple
courts. When the parents brought in the child
Jesus to do for him what the custom of the Law
required, 28 Simeon took him in his arms and
praised God, saying:

29 "Sovereign Lord, as you have promised,
you now dismiss[h] your servant in peace.
30 For my eyes have seen your salvation,
31 which you have prepared in the sight of
all people,
32 a light for revelation to the Gentiles
and for glory to your people Israel."

33 The child's father and mother marveled at
what was said about him. 34 Then Simeon
blessed them and said to Mary, his mother:
"This child is destined to cause the falling and
rising of many in Israel, and to be a sign that will
be spoken against, 35 so that the thoughts of

[f]*23* Exodus 13:2,12 [g]*24* Lev. 12:8 [h]*29* Or *promised, / now dismiss*

las intenciones de muchos corazones. En cuanto a
ti, una espada te atravesará el alma.»
36Había también una profetisa, Ana, hija de
Penuel, de la tribu de Aser. Era muy anciana;
casada de joven, había vivido con su esposo siete
años, 37y luego permaneció viuda hasta la edad
de ochenta y cuatro.[s] Nunca salía del *templo,
sino que día y noche adoraba a Dios con ayunos
y oraciones. 38Llegando en ese mismo momen-
to, Ana dio gracias a Dios y comenzó a hablar
del niño a todos los que esperaban la redención
de Jerusalén.
39Después de haber cumplido con todo lo que
exigía la ley del Señor, José y María regresaron
a Galilea, a su propio pueblo de Nazaret. 40El
niño crecía y se fortalecía; progresaba en sabi-
duría, y la gracia de Dios lo acompañaba.

El niño Jesús en el templo

41Los padres de Jesús subían todos los años a
Jerusalén para la fiesta de la Pascua. 42Cuando
cumplió doce años, fueron allá según era la
costumbre. 43Terminada la fiesta, emprendieron
el viaje de regreso, pero el niño Jesús se había
quedado en Jerusalén, sin que sus padres se
dieran cuenta. 44Ellos, pensando que él estaba
entre el grupo de viajeros, hicieron un día de
camino mientras lo buscaban entre los parientes
y conocidos. 45Al no encontrarlo, volvieron a
Jerusalén en busca de él. 46Al cabo de tres días
lo encontraron en el *templo, sentado entre los
maestros, escuchándolos y haciéndoles pregun-
tas. 47Todos los que le oían se asombraban de su
inteligencia y de sus respuestas. 48Cuando lo
vieron sus padres, se quedaron admirados.
—Hijo, ¿por qué te has portado así con noso-
tros? —le dijo su madre—. ¡Mira que tu padre
y yo te hemos estado buscando angustiados!
49—¿Por qué me buscaban? ¿No sabían que
tengo que estar en la casa de mi Padre?
50Pero ellos no entendieron lo que les decía.
51Así que Jesús bajó con sus padres a Nazaret
y vivió sujeto a ellos. Pero su madre conservaba
todas estas cosas en el corazón. 52Jesús siguió
creciendo en sabiduría y estatura, y cada vez
más gozaba del favor de Dios y de toda la gente.

Juan el Bautista prepara el camino

3 En el año quince del reinado de Tiberio
*César, Poncio Pilato gobernaba la provin-
cia de Judea, Herodes[t] era tetrarca en Galilea, su
hermano Felipe en Iturea y Traconite, y Lisanias
en Abilene; 2el sumo sacerdocio lo ejercían
Anás y Caifás. En aquel entonces, la palabra de

[s]2:37 *hasta la edad de ochenta y cuatro.* Alt. *durante ochenta y cuatro años.* [t]3:1 Es decir, Herodes Antipas, hijo del rey Herodes (1:5).

many hearts will be revealed. And a sword will
pierce your own soul too."
36There was also a prophetess, Anna, the
daughter of Phanuel, of the tribe of Asher. She
was very old; she had lived with her husband
seven years after her marriage, 37and then was
a widow until she was eighty-four.[i] She never
left the temple but worshiped night and day,
fasting and praying. 38Coming up to them at that
very moment, she gave thanks to God and spoke
about the child to all who were looking forward
to the redemption of Jerusalem.
39When Joseph and Mary had done every-
thing required by the Law of the Lord, they
returned to Galilee to their own town of Naza-
reth. 40And the child grew and became strong;
he was filled with wisdom, and the grace of God
was upon him.

The Boy Jesus at the Temple

41Every year his parents went to Jerusalem for
the Feast of the Passover. 42When he was twelve
years old, they went up to the Feast, according
to the custom. 43After the Feast was over, while
his parents were returning home, the boy Jesus
stayed behind in Jerusalem, but they were un-
aware of it. 44Thinking he was in their company,
they traveled on for a day. Then they began
looking for him among their relatives and
friends. 45When they did not find him, they went
back to Jerusalem to look for him. 46After three
days they found him in the temple courts, sitting
among the teachers, listening to them and asking
them questions. 47Everyone who heard him was
amazed at his understanding and his answers.
48When his parents saw him, they were aston-
ished. His mother said to him, "Son, why have
you treated us like this? Your father and I have
been anxiously searching for you."
49"Why were you searching for me?" he
asked. "Didn't you know I had to be in my
Father's house?" 50But they did not understand
what he was saying to them.
51Then he went down to Nazareth with them
and was obedient to them. But his mother trea-
sured all these things in her heart. 52And Jesus
grew in wisdom and stature, and in favor with
God and men.

John the Baptist Prepares the Way

3 In the fifteenth year of the reign of Tiberius
Caesar—when Pontius Pilate was governor
of Judea, Herod tetrarch of Galilee, his brother
Philip tetrarch of Iturea and Traconitis, and Ly-
sanias tetrarch of Abilene— 2during the high

[i]37 Or *widow for eighty-four years*

Dios llegó a Juan hijo de Zacarías, en el desierto.
3 Juan recorría toda la región del Jordán predi-
cando el bautismo de *arrepentimiento para el
perdón de pecados. 4 Así está escrito en el libro
del profeta Isaías:

«Voz de uno que grita en el desierto:
"Preparen el camino del Señor,
háganle sendas derechas.
5 Todo valle será rellenado,
toda montaña y colina será allanada.
Los caminos torcidos se enderezarán,
las sendas escabrosas quedarán llanas.
6 Y todo *mortal verá la salvación de
Dios." »[u]

7 Muchos acudían a Juan para que los bautizara.
—¡Camada de víboras! —les advirtió—.
¿Quién les dijo que podrán escapar del castigo
que se acerca? 8 Produzcan frutos que demues-
tren arrepentimiento. Y no se pongan a pensar:
"Tenemos a Abraham por padre." Porque les
digo que aun de estas piedras Dios es capaz de
darle hijos a Abraham. 9 Es más, el hacha ya está
puesta a la raíz de los árboles, y todo árbol que
no produzca buen fruto será cortado y arrojado
al fuego.

10 —¿Entonces qué debemos hacer? —le pre-
guntaba la gente.

11 —El que tiene dos *camisas debe compartir
con el que no tiene ninguna —les contestó
Juan—, y el que tiene comida debe hacer lo
mismo.

12 Llegaron también unos *recaudadores de
impuestos para que los bautizara.

—Maestro, ¿qué debemos hacer nosotros?
—le preguntaron.

13 —No cobren más de lo debido —les respon-
dió.

14 —Y nosotros, ¿qué debemos hacer? —le
preguntaron unos soldados.

—No extorsionen a nadie ni hagan denuncias
falsas; más bien confórmense con lo que les
pagan.

15 La gente estaba a la expectativa, y todos se
preguntaban si acaso Juan sería el *Cristo.

16 —Yo los bautizo a ustedes con[v] agua —les
respondió Juan a todos—. Pero está por llegar uno
más poderoso que yo, a quien ni siquiera merezco
desatarle la correa de sus sandalias. Él los bautiza-
rá con el Espíritu Santo y con fuego. 17 Tiene el
rastrillo en la mano para limpiar su era y recoger
el trigo en su granero; la paja, en cambio, la
quemará con fuego que nunca se apagará.

18 Y con muchas otras palabras exhortaba Juan

priesthood of Annas and Caiaphas, the word of
God came to John son of Zechariah in the desert.
3 He went into all the country around the Jordan,
preaching a baptism of repentance for the for-
giveness of sins. 4 As is written in the book of
the words of Isaiah the prophet:

"A voice of one calling in the desert,
'Prepare the way for the Lord,
make straight paths for him.
5 Every valley shall be filled in,
every mountain and hill made low.
The crooked roads shall become straight,
the rough ways smooth.
6 And all mankind will see God's
salvation.'"[j]

7 John said to the crowds coming out to be
baptized by him, "You brood of vipers! Who
warned you to flee from the coming wrath?
8 Produce fruit in keeping with repentance.
And do not begin to say to yourselves, 'We
have Abraham as our father.' For I tell you that
out of these stones God can raise up children
for Abraham. 9 The ax is already at the root of
the trees, and every tree that does not produce
good fruit will be cut down and thrown into
the fire."

10 "What should we do then?" the crowd
asked.

11 John answered, "The man with two tunics
should share with him who has none, and the one
who has food should do the same."

12 Tax collectors also came to be baptized.
"Teacher," they asked, "what should we do?"

13 "Don't collect any more than you are re-
quired to," he told
them. 14 Then some soldiers asked him, "And
what should we do?"

He replied, "Don't extort money and don't
accuse people falsely—be content with your
pay."

15 The people were waiting expectantly and
were all wondering in their hearts if John might
possibly be the Christ.[k] 16 John answered them
all, "I baptize you with[l] water. But one more
powerful than I will come, the thongs of whose
sandals I am not worthy to untie. He will baptize
you with the Holy Spirit and with fire. 17 His
winnowing fork is in his hand to clear his thresh-
ing floor and to gather the wheat into his barn,
but he will burn up the chaff with unquenchable
fire." 18 And with many other words John ex-
horted the people and preached the good news
to them.

[u] **3:6** Is 40:3-5 [v] **3:16** *con.* Alt. *en.*

[j] *6* Isaiah 40:3-5 [k] *15* Or *Messiah* [l] *16* Or *in*

a la gente y le anunciaba las buenas *nuevas.
19 Pero cuando reprendió al tetrarca Herodes por
el asunto de su cuñada Herodías,[w] y por todas
las otras maldades que había cometido, 20 Hero-
des llegó hasta el colmo de encerrar a Juan en la
cárcel.

Bautismo y genealogía de Jesús

21 Un día en que todos acudían a Juan para que
los bautizara, Jesús fue bautizado también. Y
mientras oraba, se abrió el cielo, 22 y el Espíritu
Santo bajó sobre él en forma de paloma. Entonces
se oyó una voz del cielo que decía: «Tú eres mi
Hijo amado; estoy muy complacido contigo.»
23 Jesús tenía unos treinta años cuando comen-
zó su ministerio. Era hijo, según se creía, de José,

hijo de Elí, 24 hijo de Matat,
hijo de Leví, hijo de Melquí,
hijo de Janay, hijo de José,
25 hijo de Matatías, hijo de Amós,
hijo de Nahúm, hijo de Eslí,
hijo de Nagay, 26 hijo de Máat,
hijo de Matatías, hijo de Semeí,
hijo de Josec, hijo de Judá,
27 hijo de Yojanán, hijo de Resa,
hijo de Zorobabel, hijo de Salatiel,
hijo de Neri, 28 hijo de Melquí,
hijo de Adí, hijo de Cosán,
hijo de Elmadán, hijo de Er,
29 hijo de Josué, hijo de Eliezer,
hijo de Jorín, hijo de Matat,
hijo de Leví, 30 hijo de Simeón,
hijo de Judá, hijo de José,
hijo de Jonán, hijo de Eliaquín,
31 hijo de Melea, hijo de Mainán,
hijo de Matata, hijo de Natán,
hijo de David, 32 hijo de Isaí,
hijo de Obed, hijo de Booz,
hijo de Salmón,[x] hijo de Naasón,
33 hijo de Aminadab, hijo de Aram,[y]
hijo de Jezrón, hijo de Fares,
hijo de Judá, 34 hijo de Jacob,
hijo de Isaac, hijo de Abraham,
hijo de Téraj, hijo de Najor,
35 hijo de Serug, hijo de Ragau,
hijo de Péleg, hijo de Éber,
hijo de Selaj, 36 hijo de Cainán,
hijo de Arfaxad, hijo de Sem,
hijo de Noé, hijo de Lamec,
37 hijo de Matusalén, hijo de Enoc,
hijo de Jared, hijo de Malalel,
hijo de Cainán, 38 hijo de Enós,

[w] **3:19** Esposa de Felipe, hermano de Herodes Antipas.
[x] **3:32** *Salmón.* Var. *Sala.* [y] **3:33** *Aminadab, hijo de Aram.* Var. *Aminadab, el hijo de Admin, el hijo de Arní*; los mss. varían mucho en este versículo.

19 But when John rebuked Herod the tetrarch
because of Herodias, his brother's wife, and
all the other evil things he had done, 20 Herod
added this to them all: He locked John up in
prison.

The Baptism and Genealogy of Jesus

21 When all the people were being baptized,
Jesus was baptized too. And as he was praying,
heaven was opened 22 and the Holy Spirit de-
scended on him in bodily form like a dove.
And a voice came from heaven: "You are my
Son, whom I love; with you I am well
pleased."
23 Now Jesus himself was about thirty years
old when he began his ministry. He was the son,
so it was thought, of Joseph,

the son of Heli, 24 the son of Matthat,
the son of Levi, the son of Melki,
the son of Jannai, the son of Joseph,
25 the son of Mattathias, the son of Amos,
the son of Nahum, the son of Esli,
the son of Naggai, 26 the son of Maath,
the son of Mattathias, the son of Semein,
the son of Josech, the son of Joda,
27 the son of Joanan, the son of Rhesa,
the son of Zerubbabel, the son of Shealtiel,
the son of Neri, 28 the son of Melki,
the son of Addi, the son of Cosam,
the son of Elmadam, the son of Er,
29 the son of Joshua, the son of Eliezer,
the son of Jorim, the son of Matthat,
the son of Levi, 30 the son of Simeon,
the son of Judah, the son of Joseph,
the son of Jonam, the son of Eliakim,
31 the son of Melea, the son of Menna,
the son of Mattatha, the son of Nathan,
the son of David, 32 the son of Jesse,
the son of Obed, the son of Boaz,
the son of Salmon,[m] the son of Nahshon,
33 the son of Amminadab, the son of Ram,[n]
the son of Hezron, the son of Perez,
the son of Judah, 34 the son of Jacob,
the son of Isaac, the son of Abraham,
the son of Terah, the son of Nahor,
35 the son of Serug, the son of Reu,
the son of Peleg, the son of Eber,
the son of Shelah, 36 the son of Cainan,
the son of Arphaxad, the son of Shem,
the son of Noah, the son of Lamech,
37 the son of Methuselah, the son of Enoch,
the son of Jared, the son of Mahalalel,
the son of Kenan, 38 the son of Enosh,

[m] *32* Some early manuscripts *Sala* [n] *33* Some manuscripts *Amminadab, the son of Admin, the son of Arni*; other manuscripts vary widely.

hijo de Set, hijo de Adán,
hijo de Dios.

Tentación de Jesús

4 Jesús, lleno del Espíritu Santo, volvió del
Jordán y fue llevado por el Espíritu al de-
sierto. 2 Allí estuvo cuarenta días y fue *tentado
por el diablo. No comió nada durante esos días,
pasados los cuales tuvo hambre.

3 —Si eres el Hijo de Dios —le propuso el
diablo—, dile a esta piedra que se convierta en
pan.

4 Jesús le respondió:

—Escrito está: "No sólo de pan vive el hom-
bre."[z]

5 Entonces el diablo lo llevó a un lugar alto y le
mostró en un instante todos los reinos del mundo.

6 —Sobre estos reinos y todo su esplendor
—le dijo—, te daré la autoridad, porque a mí me
ha sido entregada, y puedo dársela a quien yo
quiera. 7 Así que, si me adoras, todo será tuyo.

Jesús le contestó:

8 —Escrito está: "Adora al Señor tu Dios y
sírvele solamente a él."[a]

9 El diablo lo llevó luego a Jerusalén e hizo que
se pusiera de pie en la parte más alta del *templo,
y le dijo:

—Si eres el Hijo de Dios, ¡tírate de aquí!
10 Pues escrito está:

»"Ordenará que sus ángeles te cuiden.
Te sostendrán en sus manos
11 para que no tropieces con piedra alguna."[b]

12 —También está escrito: "No pongas a prue-
ba al Señor tu Dios"[c] —le replicó Jesús.

13 Así que el diablo, habiendo agotado todo
recurso de tentación, lo dejó hasta otra oportu-
nidad.

Rechazan a Jesús en Nazaret

14 Jesús regresó a Galilea en el poder del Es-
píritu, y se extendió su fama por toda aquella
región. 15 Enseñaba en las sinagogas, y todos lo
admiraban.

16 Fue a Nazaret, donde se había criado, y un
*sábado entró en la sinagoga, como era su cos-
tumbre. Se levantó para hacer la lectura, 17 y le
entregaron el libro del profeta Isaías. Al desen-
rollarlo, encontró el lugar donde está escrito:

18 «El Espíritu del Señor está sobre mí,
por cuanto me ha ungido
para anunciar buenas *nuevas a los pobres.

[z]4:4 Dt 8:3 [a]4:8 Dt 6:13 [b]4:10-11 Sal 91:11,12
[c]4:12 Dt 6:16

the son of Seth, the son of Adam,
the son of God.

The Temptation of Jesus

4 Jesus, full of the Holy Spirit, returned from
the Jordan and was led by the Spirit in the
desert, 2 where for forty days he was tempted by
the devil. He ate nothing during those days, and
at the end of them he was hungry.

3 The devil said to him, "If you are the Son of
God, tell this stone to become bread."

4 Jesus answered, "It is written: 'Man does not
live on bread alone.'[o]"

5 The devil led him up to a high place and
showed him in an instant all the kingdoms of
the world. 6 And he said to him, "I will give
you all their authority and splendor, for it has
been given to me, and I can give it to anyone
I want to. 7 So if you worship me, it will all
be yours."

8 Jesus answered, "It is written: 'Worship the
Lord your God and serve him only.'[p]"

9 The devil led him to Jerusalem and had him
stand on the highest point of the temple. "If you
are the Son of God," he said, "throw yourself
down from here. 10 For it is written:

" 'He will command his angels concern-
ing you
to guard you carefully;
11 they will lift you up in their hands,
so that you will not strike your foot
against a stone.'[q]"

12 Jesus answered, "It says: 'Do not put the
Lord your God to the test.'[r]"

13 When the devil had finished all this tempt-
ing, he left him until an opportune time.

Jesus Rejected at Nazareth

14 Jesus returned to Galilee in the power of the
Spirit, and news about him spread through the
whole countryside. 15 He taught in their syna-
gogues, and everyone praised him.

16 He went to Nazareth, where he had been
brought up, and on the Sabbath day he went into
the synagogue, as was his custom. And he stood
up to read. 17 The scroll of the prophet Isaiah was
handed to him. Unrolling it, he found the place
where it is written:

18 "The Spirit of the Lord is on me,
because he has anointed me
to preach good news to the poor.

[o]*4* Deut. 8:3 [p]*8* Deut. 6:13 [q]*11* Psalm 91:11,12
[r]*12* Deut. 6:16

Me ha enviado a proclamar libertad a los
cautivos
y dar vista a los ciegos,
a poner en libertad a los oprimidos,
19 a pregonar el año del favor del Señor.»[d]

20 Luego enrolló el libro, se lo devolvió al
ayudante y se sentó. Todos los que estaban en la
sinagoga lo miraban detenidamente, 21 y él co-
menzó a hablarles: «Hoy se cumple esta Escri-
tura en presencia de ustedes.»
22 Todos dieron su aprobación, impresionados
por las hermosas palabras[e] que salían de su boca.
«¿No es éste el hijo de José?», se preguntaban.
23 Jesús continuó: «Seguramente ustedes me
van a citar el proverbio: "¡Médico, cúrate a ti
mismo! Haz aquí en tu tierra lo que hemos oído
que hiciste en Capernaúm." 24 Pues bien, les
aseguro que a ningún profeta lo aceptan en su
propia tierra. 25 No cabe duda de que en tiempos
de Elías, cuando el cielo se cerró por tres años y
medio, de manera que hubo una gran hambre en
toda la tierra, muchas viudas vivían en Israel.
26 Sin embargo, Elías no fue enviado a ninguna
de ellas, sino a una viuda de Sarepta, en los
alrededores de Sidón. 27 Así mismo, había en
Israel muchos enfermos de *lepra en tiempos del
profeta Eliseo, pero ninguno de ellos fue sanado,
sino Naamán el sirio.»
28 Al oír esto, todos los que estaban en la
sinagoga se enfurecieron. 29 Se levantaron, lo
expulsaron del pueblo y lo llevaron hasta la
cumbre de la colina sobre la que estaba construi-
do el pueblo, para tirarlo por el precipicio. 30 Pe-
ro él pasó por en medio de ellos y se fue.

Jesús expulsa a un espíritu maligno

31 Jesús pasó a Capernaúm, un pueblo de Ga-
lilea, y el día *sábado enseñaba a la gente.
32 Estaban asombrados de su enseñanza, porque
les hablaba con autoridad.
33 Había en la sinagoga un hombre que estaba
poseído por un *espíritu maligno, quien gritó
con todas sus fuerzas:
34 —¡Ah! ¿Por qué te entrometes, Jesús de
Nazaret? ¿Has venido a destruirnos? Yo sé quién
eres tú: ¡el Santo de Dios!
35 —¡Cállate! —lo reprendió Jesús—. ¡Sal de
ese hombre!
Entonces el demonio derribó al hombre en
medio de la gente y salió de él sin hacerle ningún
daño.
36 Todos se asustaron y se decían unos a otros:
«¿Qué clase de palabra es ésta? ¡Con autoridad

He has sent me to proclaim freedom for
the prisoners
and recovery of sight for the blind,
to release the oppressed,
19 to proclaim the year of the Lord's
favor."[s]

20 Then he rolled up the scroll, gave it back to
the attendant and sat down. The eyes of every-
one in the synagogue were fastened on him,
21 and he began by saying to them, "Today this
scripture is fulfilled in your hearing."
22 All spoke well of him and were amazed at
the gracious words that came from his lips.
"Isn't this Joseph's son?" they asked.
23 Jesus said to them, "Surely you will quote
this proverb to me: 'Physician, heal yourself! Do
here in your hometown what we have heard that
you did in Capernaum.'"
24 "I tell you the truth," he continued, "no
prophet is accepted in his hometown. 25 I assure
you that there were many widows in Israel in
Elijah's time, when the sky was shut for three
and a half years and there was a severe famine
throughout the land. 26 Yet Elijah was not sent to
any of them, but to a widow in Zarephath in the
region of Sidon. 27 And there were many in Israel
with leprosy[t] in the time of Elisha the prophet,
yet not one of them was cleansed—only Naa-
man the Syrian."
28 All the people in the synagogue were furi-
ous when they heard this. 29 They got up, drove
him out of the town, and took him to the brow
of the hill on which the town was built, in order
to throw him down the cliff. 30 But he walked
right through the crowd and went on his way.

Jesus Drives Out an Evil Spirit

31 Then he went down to Capernaum, a town
in Galilee, and on the Sabbath began to teach the
people. 32 They were amazed at his teaching,
because his message had authority.
33 In the synagogue there was a man possessed
by a demon, an evil[u] spirit. He cried out at the
top of his voice, 34 "Ha! What do you want with
us, Jesus of Nazareth? Have you come to de-
stroy us? I know who you are—the Holy One of
God!"
35 "Be quiet!" Jesus said sternly. "Come out
of him!" Then the demon threw the man down
before them all and came out without injuring
him.
36 All the people were amazed and said to each
other, "What is this teaching? With authority

[d] **4:19** Is 61:1,2 [e] **4:22** *Todos … palabras.* Lit. *Todos daban testimonio de él y estaban asombrados de las palabras de gracia.*

[s] *19* Isaiah 61:1,2 [t] *27* The Greek word was used for various diseases affecting the skin—not necessarily leprosy.
[u] *33* Greek *unclean*; also in verse 36

y poder les da órdenes a los espíritus malignos, y salen!» 37Y se extendió su fama por todo aquel lugar.

Jesús sana a muchos enfermos

38Cuando Jesús salió de la sinagoga, se fue a casa de Simón, cuya suegra estaba enferma con una fiebre muy alta. Le pidieron a Jesús que la ayudara, 39así que se inclinó sobre ella y reprendió a la fiebre, la cual se le quitó. Ella se levantó en seguida y se puso a servirles.

40Al ponerse el sol, la gente le llevó a Jesús todos los que padecían de diversas enfermedades; él puso las manos sobre cada uno de ellos y los sanó. 41Además, de muchas personas salían demonios que gritaban: «¡Tú eres el Hijo de Dios!» Pero él los reprendía y no los dejaba hablar porque sabían que él era el *Cristo.

42Cuando amaneció, Jesús salió y se fue a un lugar solitario. La gente andaba buscándolo, y cuando llegaron adonde él estaba, procuraban detenerlo para que no se fuera. 43Pero él les dijo: «Es preciso que anuncie también a los demás pueblos las buenas *nuevas del reino de Dios, porque para esto fui enviado.»

44Y siguió predicando en las sinagogas de los judíos.[f]

Llamamiento de los primeros discípulos

5 Un día estaba Jesús a orillas del lago de Genesaret,[g] y la gente lo apretujaba para escuchar el mensaje de Dios. 2Entonces vio dos barcas que los pescadores habían dejado en la playa mientras lavaban las redes. 3Subió a una de las barcas, que pertenecía a Simón, y le pidió que la alejara un poco de la orilla. Luego se sentó, y enseñaba a la gente desde la barca.

4Cuando acabó de hablar, le dijo a Simón:

—Lleva la barca hacia aguas más profundas, y echen allí las redes para pescar.

5—Maestro, hemos estado trabajando duro toda la noche y no hemos pescado nada —le contestó Simón—. Pero como tú me lo mandas, echaré las redes.

6Así lo hicieron, y recogieron una cantidad tan grande de peces que las redes se les rompían. 7Entonces llamaron por señas a sus compañeros de la otra barca para que los ayudaran. Ellos se acercaron y llenaron tanto las dos barcas que comenzaron a hundirse.

8Al ver esto, Simón Pedro cayó de rodillas delante de Jesús y le dijo:

—¡Apártate de mí, Señor; soy un pecador!

9Es que él y todos sus compañeros estaban

[f]4:44 *los judíos*. Lit. *Judea*. Var. *Galilea*. [g]5:1 Es decir, el mar de Galilea.

and power he gives orders to evil spirits and they come out!" 37And the news about him spread throughout the surrounding area.

Jesus Heals Many

38Jesus left the synagogue and went to the home of Simon. Now Simon's mother-in-law was suffering from a high fever, and they asked Jesus to help her. 39So he bent over her and rebuked the fever, and it left her. She got up at once and began to wait on them.

40When the sun was setting, the people brought to Jesus all who had various kinds of sickness, and laying his hands on each one, he healed them. 41Moreover, demons came out of many people, shouting, "You are the Son of God!" But he rebuked them and would not allow them to speak, because they knew he was the Christ.[v]

42At daybreak Jesus went out to a solitary place. The people were looking for him and when they came to where he was, they tried to keep him from leaving them. 43But he said, "I must preach the good news of the kingdom of God to the other towns also, because that is why I was sent." 44And he kept on preaching in the synagogues of Judea.[w]

The Calling of the First Disciples

5 One day as Jesus was standing by the Lake of Gennesaret,[x] with the people crowding around him and listening to the word of God, 2he saw at the water's edge two boats, left there by the fishermen, who were washing their nets. 3He got into one of the boats, the one belonging to Simon, and asked him to put out a little from shore. Then he sat down and taught the people from the boat.

4When he had finished speaking, he said to Simon, "Put out into deep water, and let down[y] the nets for a catch."

5Simon answered, "Master, we've worked hard all night and haven't caught anything. But because you say so, I will let down the nets."

6When they had done so, they caught such a large number of fish that their nets began to break. 7So they signaled their partners in the other boat to come and help them, and they came and filled both boats so full that they began to sink.

8When Simon Peter saw this, he fell at Jesus' knees and said, "Go away from me, Lord; I am a sinful man!" 9For he and all his companions were astonished at the catch of fish they had

[v]*41* Or *Messiah* [w]*44* Or *the land of the Jews*; some manuscripts *Galilee* [x]*1* That is, Sea of Galilee [y]*4* The Greek verb is plural.

asombrados ante la pesca que habían hecho,
10como también lo estaban *Jacobo y Juan, hijos
de Zebedeo, que eran socios de Simón.
—No temas; desde ahora serás pescador de
hombres —le dijo Jesús a Simón.
11Así que llevaron las barcas a tierra y, dején-
dolo todo, siguieron a Jesús.

Jesús sana a un leproso

12En otra ocasión, cuando Jesús estaba en un
pueblo, se presentó un hombre cubierto de *lepra.
Al ver a Jesús, cayó rostro en tierra y le suplicó:
—Señor, si quieres, puedes *limpiarme.
13Jesús extendió la mano y tocó al hombre.
—Sí quiero —le dijo—. ¡Queda limpio!
Y al instante se le quitó la lepra.
14—No se lo digas a nadie —le ordenó
Jesús—; sólo ve, preséntate al sacerdote y lleva
por tu *purificación lo que ordenó Moisés, para
que sirva de testimonio.
15Sin embargo, la fama de Jesús se extendía
cada vez más, de modo que acudían a él multi-
tudes para oírlo y para que los sanara de sus
enfermedades. 16Él, por su parte, solía retirarse
a lugares solitarios para orar.

Jesús sana a un paralítico

17Un día, mientras enseñaba, estaban senta-
dos allí algunos *fariseos y *maestros de la ley
que habían venido de todas las aldeas de Galilea
y Judea, y también de Jerusalén. Y el poder del
Señor estaba con él para sanar a los enfermos.
18Entonces llegaron unos hombres que llevaban
en una camilla a un paralítico. Procuraron entrar
para ponerlo delante de Jesús, 19pero no pudie-
ron a causa de la multitud. Así que subieron a la
azotea y, separando las tejas, lo bajaron en la
camilla hasta ponerlo en medio de la gente,
frente a Jesús.
20Al ver la fe de ellos, Jesús dijo:
—Amigo, tus pecados quedan perdonados.
21Los fariseos y los maestros de la ley comen-
zaron a pensar: «¿Quién es éste que dice *blas-
femias? ¿Quién puede perdonar pecados sino
sólo Dios?»
22Pero Jesús supo lo que estaban pensando y
les dijo:
—¿Por qué razonan así? 23¿Qué es más fácil
decir: "Tus pecados quedan perdonados", o
"Levántate y anda"? 24Pues para que sepan que
el Hijo del hombre tiene autoridad en la tierra
para perdonar pecados —se dirigió entonces al
paralítico—: A ti te digo, levántate, toma tu
camilla y vete a tu casa.
25Al instante se levantó a la vista de todos,
tomó la camilla en que había estado acostado, y
se fue a su casa alabando a Dios. 26Todos que-
daron asombrados y ellos también alababan a

taken, 10and so were James and John, the sons
of Zebedee, Simon's partners.
Then Jesus said to Simon, "Don't be afraid;
from now on you will catch men." 11So they
pulled their boats up on shore, left everything
and followed him.

The Man With Leprosy

12While Jesus was in one of the towns, a man
came along who was covered with leprosy.[z]
When he saw Jesus, he fell with his face to the
ground and begged him, "Lord, if you are will-
ing, you can make me clean."
13Jesus reached out his hand and touched the
man. "I am willing," he said. "Be clean!" And
immediately the leprosy left him.
14Then Jesus ordered him, "Don't tell any-
one, but go, show yourself to the priest and offer
the sacrifices that Moses commanded for your
cleansing, as a testimony to them."
15Yet the news about him spread all the
more, so that crowds of people came to hear
him and to be healed of their sicknesses.
16But Jesus often withdrew to lonely places
and prayed.

Jesus Heals a Paralytic

17One day as he was teaching, Pharisees and
teachers of the law, who had come from every
village of Galilee and from Judea and Jerusa-
lem, were sitting there. And the power of the
Lord was present for him to heal the sick.
18Some men came carrying a paralytic on a
mat and tried to take him into the house to lay
him before Jesus. 19When they could not find
a way to do this because of the crowd, they
went up on the roof and lowered him on his
mat through the tiles into the middle of the
crowd, right in front of Jesus.
20When Jesus saw their faith, he said,
"Friend, your sins are forgiven."
21The Pharisees and the teachers of the law
began thinking to themselves, "Who is this fel-
low who speaks blasphemy? Who can forgive
sins but God alone?"
22Jesus knew what they were thinking and
asked, "Why are you thinking these things in
your hearts? 23Which is easier: to say, 'Your sins
are forgiven,' or to say, 'Get up and walk'?
24But that you may know that the Son of Man
has authority on earth to forgive sins...." He
said to the paralyzed man, "I tell you, get up,
take your mat and go home." 25Immediately he
stood up in front of them, took what he had been

[z] *12* The Greek word was used for various diseases affecting the skin—not necessarily leprosy.

Dios. Estaban llenos de temor y decían: «Hoy hemos visto maravillas.»

Llamamiento de Leví

27 Después de esto salió Jesús y se fijó en un *recaudador de impuestos llamado Leví, sentado a la mesa donde cobraba.

—Sígueme —le dijo Jesús.

28 Y Leví se levantó, lo dejó todo y lo siguió.

29 Luego Leví le ofreció a Jesús un gran banquete en su casa, y había allí un grupo numeroso de recaudadores de impuestos y otras personas que estaban comiendo con ellos. 30 Pero los *fariseos y los *maestros de la ley que eran de la misma secta les reclamaban a los discípulos de Jesús:

—¿Por qué comen y beben ustedes con recaudadores de impuestos y *pecadores?

31 —No son los sanos los que necesitan médico sino los enfermos —les contestó Jesús—. 32 No he venido a llamar a justos sino a pecadores para que se *arrepientan.

Le preguntan a Jesús sobre el ayuno

33 Algunos dijeron a Jesús:

—Los discípulos de Juan ayunan y oran con frecuencia, lo mismo que los discípulos de los *fariseos, pero los tuyos se la pasan comiendo y bebiendo.

34 Jesús les replicó:

—¿Acaso pueden obligar a los invitados del novio a que ayunen mientras él está con ellos? 35 Llegará el día en que se les quitará el novio; en aquellos días sí ayunarán.

36 Les contó esta parábola:

—Nadie quita un retazo de un vestido nuevo para remendar un vestido viejo. De hacerlo así, habrá rasgado el vestido nuevo, y el retazo nuevo no hará juego con el vestido viejo. 37 Ni echa nadie vino nuevo en odres viejos. De hacerlo así, el vino nuevo hará reventar los odres, se derramará el vino y los odres se arruinarán. 38 Más bien, el vino nuevo debe echarse en odres nuevos. 39 Y nadie que haya bebido vino añejo quiere el nuevo, porque dice: "El añejo es mejor."

Señor del sábado

6 Un *sábado, al pasar Jesús por los sembrados, sus discípulos se pusieron a arrancar unas espigas de trigo, y las desgranaban para comérselas. 2 Por eso algunos de los *fariseos les dijeron:

—¿Por qué hacen ustedes lo que está prohibido hacer en sábado?

3 Jesús les contestó:

—¿Nunca han leído lo que hizo David en aquella ocasión en que él y sus compañeros tuvieron hambre? 4 Entró en la casa de Dios y,

lying on and went home praising God. 26 Everyone was amazed and gave praise to God. They were filled with awe and said, "We have seen remarkable things today."

The Calling of Levi

27 After this, Jesus went out and saw a tax collector by the name of Levi sitting at his tax booth. "Follow me," Jesus said to him, 28 and Levi got up, left everything and followed him.

29 Then Levi held a great banquet for Jesus at his house, and a large crowd of tax collectors and others were eating with them. 30 But the Pharisees and the teachers of the law who belonged to their sect complained to his disciples, "Why do you eat and drink with tax collectors and 'sinners'?"

31 Jesus answered them, "It is not the healthy who need a doctor, but the sick. 32 I have not come to call the righteous, but sinners to repentance."

Jesus Questioned About Fasting

33 They said to him, "John's disciples often fast and pray, and so do the disciples of the Pharisees, but yours go on eating and drinking."

34 Jesus answered, "Can you make the guests of the bridegroom fast while he is with them? 35 But the time will come when the bridegroom will be taken from them; in those days they will fast."

36 He told them this parable: "No one tears a patch from a new garment and sews it on an old one. If he does, he will have torn the new garment, and the patch from the new will not match the old. 37 And no one pours new wine into old wineskins. If he does, the new wine will burst the skins, the wine will run out and the wineskins will be ruined. 38 No, new wine must be poured into new wineskins. 39 And no one after drinking old wine wants the new, for he says, 'The old is better.'"

Lord of the Sabbath

6 One Sabbath Jesus was going through the grainfields, and his disciples began to pick some heads of grain, rub them in their hands and eat the kernels. 2 Some of the Pharisees asked, "Why are you doing what is unlawful on the Sabbath?"

3 Jesus answered them, "Have you never read what David did when he and his companions were hungry? 4 He entered the house of God, and taking the consecrated bread, he ate what is lawful only for priests to eat. And he

tomando los panes consagrados a Dios, comió
lo que sólo a los sacerdotes les es permitido
comer. Y les dio también a sus compañeros.
5Entonces añadió:
—El Hijo del hombre es Señor del sábado.
6Otro sábado entró en la sinagoga y comenzó
a enseñar. Había allí un hombre que tenía la
mano derecha paralizada; 7así que los *maestros
de la ley y los fariseos, buscando un motivo para
acusar a Jesús, no le quitaban la vista de encima
para ver si sanaría en sábado. 8Pero Jesús, que
sabía lo que estaban pensando, le dijo al hombre
de la mano paralizada:
—Levántate y ponte frente a todos.
Así que el hombre se puso de pie. Entonces
Jesús dijo a los otros:
9—Voy a hacerles una pregunta: ¿Qué está
permitido hacer en sábado: hacer el bien o el
mal, salvar una *vida o destruirla?
10Jesús se quedó mirando a todos los que lo
rodeaban, y le dijo al hombre:
—Extiende la mano.
Así lo hizo, y la mano le quedó restablecida.
11Pero ellos se enfurecieron y comenzaron a
discutir qué podrían hacer contra Jesús.

Los doce apóstoles

12Por aquel tiempo se fue Jesús a la montaña
a orar, y pasó toda la noche en oración a Dios.
13Al llegar la mañana, llamó a sus discípulos
y escogió a doce de ellos, a los que nombró
apóstoles: 14Simón (a quien llamó Pedro), su
hermano Andrés, *Jacobo, Juan, Felipe, Bar-
tolomé, 15Mateo, Tomás, Jacobo hijo de Al-
feo, Simón, al que llamaban el Zelote, 16Judas
hijo de Jacobo, y Judas Iscariote, que llegó a
ser el traidor.

Bendiciones y ayes

17Luego bajó con ellos y se detuvo en un llano.
Había allí una gran multitud de sus discípulos y
mucha gente de toda Judea, de Jerusalén y de la
costa de Tiro y Sidón, 18que habían llegado para
oírlo y para que los sanara de sus enfermedades.
Los que eran atormentados por *espíritus malig-
nos quedaban liberados; 19así que toda la gente
procuraba tocarlo, porque de él salía poder que
sanaba a todos.
20Él entonces dirigió la mirada a sus discípu-
los y dijo:

«*Dichosos ustedes los pobres,
porque el reino de Dios les pertenece.
21 Dichosos ustedes que ahora pasan hambre,
porque serán saciados.
Dichosos ustedes que ahora lloran,
porque luego habrán de reír.
22 Dichosos ustedes cuando los odien,

also gave some to his companions." 5Then
Jesus said to them, "The Son of Man is Lord
of the Sabbath."
6On another Sabbath he went into the syna-
gogue and was teaching, and a man was there
whose right hand was shriveled. 7The Pharisees
and the teachers of the law were looking for a
reason to accuse Jesus, so they watched him
closely to see if he would heal on the Sabbath.
8But Jesus knew what they were thinking and
said to the man with the shriveled hand, "Get up
and stand in front of everyone." So he got up
and stood there.
9Then Jesus said to them, "I ask you, which
is lawful on the Sabbath: to do good or to do evil,
to save life or to destroy it?"
10He looked around at them all, and then said
to the man, "Stretch out your hand." He did so,
and his hand was completely restored. 11But
they were furious and began to discuss with one
another what they might do to Jesus.

The Twelve Apostles

12One of those days Jesus went out to a
mountainside to pray, and spent the night pray-
ing to God. 13When morning came, he called
his disciples to him and chose twelve of them,
whom he also designated apostles: 14Simon
(whom he named Peter), his brother Andrew,
James, John, Philip, Bartholomew, 15Mat-
thew, Thomas, James son of Alphaeus, Simon
who was called the Zealot, 16Judas son of
James, and Judas Iscariot, who became a trai-
tor.

Blessings and Woes

17He went down with them and stood on a
level place. A large crowd of his disciples was
there and a great number of people from all over
Judea, from Jerusalem, and from the coast of
Tyre and Sidon, 18who had come to hear him
and to be healed of their diseases. Those trou-
bled by evil[a] spirits were cured, 19and the people
all tried to touch him, because power was com-
ing from him and healing them all.
20Looking at his disciples, he said:

"Blessed are you who are poor,
for yours is the kingdom of God.
21 Blessed are you who hunger now,
for you will be satisfied.
Blessed are you who weep now,
for you will laugh.
22 Blessed are you when men hate you,
when they exclude you and insult you

[a] *18* Greek *unclean*

cuando los discriminen, los insulten y
los desprestigien[h]
por causa del Hijo del hombre.

23»Alégrense en aquel día y salten de gozo,
pues miren que les espera una gran recompensa
en el cielo. Dense cuenta de que los antepasados
de esta gente trataron así a los profetas.

24»Pero ¡ay de ustedes los ricos,
porque ya han recibido su consuelo!
25¡Ay de ustedes los que ahora están saciados,
porque sabrán lo que es pasar hambre!
¡Ay de ustedes los que ahora ríen,
porque sabrán lo que es derramar lágrimas!
26¡Ay de ustedes cuando todos los elogien!
Dense cuenta de que los antepasados de
esta gente trataron así a los falsos
profetas.

El amor a los enemigos

27»Pero a ustedes que me escuchan les digo:
Amen a sus enemigos, hagan bien a quienes
los odian, 28bendigan a quienes los maldicen,
oren por quienes los maltratan. 29Si alguien te
pega en una mejilla, vuélvele también la otra.
Si alguien te quita la *camisa, no le impidas
que se lleve también la capa. 30Dale a todo el
que te pida, y si alguien se lleva lo que es tuyo,
no se lo reclames. 31Traten a los demás tal y
como quieren que ellos los traten a ustedes.
32»¿Qué mérito tienen ustedes al amar a quienes los aman? Aun los *pecadores lo hacen así.
33¿Y qué mérito tienen ustedes al hacer bien a
quienes les hacen bien? Aun los pecadores actúan así. 34¿Y qué mérito tienen ustedes al dar
prestado a quienes pueden corresponderles?
Aun los pecadores se prestan entre sí, esperando
recibir el mismo trato. 35Ustedes, por el contrario, amen a sus enemigos, háganles bien y denles
prestado sin esperar nada a cambio. Así tendrán
una gran recompensa y serán hijos del Altísimo,
porque él es bondadoso con los ingratos y malvados. 36Sean compasivos, así como su Padre es
compasivo.

El juzgar a los demás

37»No juzguen, y no se les juzgará. No condenen, y no se les condenará. Perdonen, y se les
perdonará. 38Den, y se les dará: se les echará en
el regazo una medida llena, apretada, sacudida
y desbordante. Porque con la medida que midan
a otros, se les medirá a ustedes.»
39También les contó esta parábola: «¿Acaso

[h]6:22 *los desprestigien.* Lit. *echen su nombre como malo.*

and reject your name as evil, because of
the Son of Man.

23"Rejoice in that day and leap for joy, because great is your reward in heaven. For that is
how their fathers treated the prophets.

24"But woe to you who are rich,
for you have already received your comfort.
25Woe to you who are well fed now,
for you will go hungry.
Woe to you who laugh now,
for you will mourn and weep.
26Woe to you when all men speak well of
you,
for that is how their fathers treated the
false prophets.

Love for Enemies

27"But I tell you who hear me: Love your
enemies, do good to those who hate you, 28bless
those who curse you, pray for those who mistreat you. 29If someone strikes you on one
cheek, turn to him the other also. If someone
takes your cloak, do not stop him from taking
your tunic. 30Give to everyone who asks you,
and if anyone takes what belongs to you, do not
demand it back. 31Do to others as you would
have them do to you.
32"If you love those who love you, what credit
is that to you? Even 'sinners' love those who
love them. 33And if you do good to those who
are good to you, what credit is that to you? Even
'sinners' do that. 34And if you lend to those from
whom you expect repayment, what credit is that
to you? Even 'sinners' lend to 'sinners,' expecting to be repaid in full. 35But love your enemies,
do good to them, and lend to them without
expecting to get anything back. Then your reward will be great, and you will be sons of the
Most High, because he is kind to the ungrateful
and wicked. 36Be merciful, just as your Father
is merciful.

Judging Others

37"Do not judge, and you will not be judged.
Do not condemn, and you will not be condemned. Forgive, and you will be forgiven.
38Give, and it will be given to you. A good
measure, pressed down, shaken together and
running over, will be poured into your lap. For
with the measure you use, it will be measured to
you."
39He also told them this parable: "Can a blind
man lead a blind man? Will they not both fall

puede un ciego guiar a otro ciego? ¿No caerán
ambos en el hoyo? 40El discípulo no está por
encima de su maestro, pero todo el que haya
completado su aprendizaje, a lo sumo llega al
nivel de su maestro.

41»¿Por qué te fijas en la astilla que tiene tu
hermano en el ojo y no le das importancia a la viga
que tienes en el tuyo? 42¿Cómo puedes decirle a
tu hermano: "Hermano, déjame sacarte la astilla
del ojo", cuando tú mismo no te das cuenta de la
viga en el tuyo? ¡*Hipócrita! Saca primero la viga
de tu propio ojo, y entonces verás con claridad
para sacar la astilla del ojo de tu hermano.

El árbol y su fruto

43»Ningún árbol bueno da fruto malo; tampoco
da buen fruto el árbol malo. 44A cada árbol se le
reconoce por su propio fruto. No se recogen higos
de los espinos ni se cosechan uvas de las zarzas.
45El que es bueno, de la bondad que atesora en el
corazón produce el bien; pero el que es malo, de
su maldad produce el mal, porque de lo que
abunda en el corazón habla la boca.

El prudente y el insensato

46»¿Por qué me llaman ustedes "Señor,
Señor", y no hacen lo que les digo? 47Voy a
decirles a quién se parece todo el que viene a mí,
y oye mis palabras y las pone en práctica: 48Se
parece a un hombre que, al construir una casa,
cavó bien hondo y puso el cimiento sobre la
roca. De manera que cuando vino una inunda-
ción, el torrente azotó aquella casa, pero no pudo
ni siquiera hacerla tambalear porque estaba bien
construida. 49Pero el que oye mis palabras y no
las pone en práctica se parece a un hombre que
construyó una casa sobre tierra y sin cimientos.
Tan pronto como la azotó el torrente, la casa se
derrumbó, y el desastre fue terrible.»

La fe del centurión

7 Cuando terminó de hablar al pueblo, Jesús
entró en Capernaúm. 2Había allí un centu-
rión, cuyo *siervo, a quien él estimaba mucho,
estaba enfermo, a punto de morir. 3Como oyó
hablar de Jesús, el centurión mandó a unos
dirigentes[i] de los judíos a pedirle que fuera a
sanar a su siervo. 4Cuando llegaron ante Jesús,
le rogaron con insistencia:

—Este hombre merece que le concedas lo que
te pide: 5aprecia tanto a nuestra nación, que nos
ha construido una sinagoga.

6Así que Jesús fue con ellos. No estaba lejos
de la casa cuando el centurión mandó unos
amigos a decirle:

[i] 7:3 *dirigentes*. Lit. **ancianos*.

into a pit? 40A student is not above his teacher,
but everyone who is fully trained will be like his
teacher.

41"Why do you look at the speck of sawdust
in your brother's eye and pay no attention to the
plank in your own eye? 42How can you say to
your brother, 'Brother, let me take the speck out
of your eye,' when you yourself fail to see the
plank in your own eye? You hypocrite, first take
the plank out of your eye, and then you will see
clearly to remove the speck from your brother's
eye.

A Tree and Its Fruit

43"No good tree bears bad fruit, nor does a
bad tree bear good fruit. 44Each tree is recog-
nized by its own fruit. People do not pick figs
from thornbushes, or grapes from briers. 45The
good man brings good things out of the good
stored up in his heart, and the evil man brings
evil things out of the evil stored up in his heart.
For out of the overflow of his heart his mouth
speaks.

The Wise and Foolish Builders

46"Why do you call me, 'Lord, Lord,' and
do not do what I say? 47I will show you what
he is like who comes to me and hears my
words and puts them into practice. 48He is
like a man building a house, who dug down
deep and laid the foundation on rock. When
a flood came, the torrent struck that house but
could not shake it, because it was well built.
49But the one who hears my words and does
not put them into practice is like a man who
built a house on the ground without a foun-
dation. The moment the torrent struck that
house, it collapsed and its destruction was
complete."

The Faith of the Centurion

7 When Jesus had finished saying all this in
the hearing of the people, he entered Caper-
naum. 2There a centurion's servant, whom his
master valued highly, was sick and about to die.
3The centurion heard of Jesus and sent some
elders of the Jews to him, asking him to come
and heal his servant. 4When they came to Jesus,
they pleaded earnestly with him, "This man
deserves to have you do this, 5because he loves
our nation and has built our synagogue." 6So
Jesus went with them.

He was not far from the house when the
centurion sent friends to say to him: "Lord,
don't trouble yourself, for I do not deserve to

—Señor, no te tomes tanta molestia, pues no
merezco que entres bajo mi techo. 7Por eso ni
siquiera me atreví a presentarme ante ti. Pero con
una sola palabra que digas, quedará sano mi
siervo. 8Yo mismo obedezco órdenes superiores
y, además, tengo soldados bajo mi autoridad. Le
digo a uno: "Ve", y va, y al otro: "Ven", y viene.
Le digo a mi siervo: "Haz esto", y lo hace.
9Al oírlo, Jesús se asombró de él y, volviéndose a la multitud que lo seguía, comentó:

—Les digo que ni siquiera en Israel he encontrado una fe tan grande.

10Al regresar a casa, los enviados encontraron sano al siervo.

Jesús resucita al hijo de una viuda

11Poco después Jesús, en compañía de sus
discípulos y de una gran multitud, se dirigió a un
pueblo llamado Naín. 12Cuando ya se acercaba a
las puertas del pueblo, vio que sacaban de allí a un
muerto, hijo único de madre viuda. La acompañaba un grupo grande de la población. 13Al verla, el
Señor se compadeció de ella y le dijo:

—No llores.

14Entonces se acercó y tocó el féretro. Los que
lo llevaban se detuvieron, y Jesús dijo:

—Joven, ¡te ordeno que te levantes!

15El muerto se incorporó y comenzó a hablar,
y Jesús se lo entregó a su madre. 16Todos se
llenaron de temor y alababan a Dios.

—Ha surgido entre nosotros un gran profeta —decían—. Dios ha venido en ayuda de[j] su pueblo.

17Así que esta noticia acerca de Jesús se divulgó por toda Judea[k] y por todas las regiones vecinas.

Jesús y Juan el Bautista

18Los discípulos de Juan le contaron todo
esto. Él llamó a dos de ellos 19y los envió al
Señor a preguntarle:

—¿Eres tú el que ha de venir, o debemos esperar a otro?

20Cuando se acercaron a Jesús, ellos le dijeron:

—Juan el Bautista nos ha enviado a preguntarte: "¿Eres tú el que ha de venir, o debemos esperar a otro?"

21En ese mismo momento Jesús sanó a mu-
chos que tenían enfermedades, dolencias y *es-
píritus malignos, y les dio la vista a muchos
ciegos. 22Entonces les respondió a los enviados:

—Vayan y cuéntenle a Juan lo que han visto y oído: Los ciegos ven, los cojos andan, los que tienen *lepra son sanados, los sordos oyen, los

[j]7:16 *ha venido en ayuda de.* Lit. *ha visitado a.*
[k]7:17 *Judea.* Alt. *la tierra de los judíos.*

have you come under my roof. 7That is why
I did not even consider myself worthy to come
to you. But say the word, and my servant will
be healed. 8For I myself am a man under au-
thority, with soldiers under me. I tell this one,
'Go,' and he goes; and that one, 'Come,' and
he comes. I say to my servant, 'Do this,' and
he does it."
9When Jesus heard this, he was amazed at
him, and turning to the crowd following him, he
said, "I tell you, I have not found such great faith
even in Israel." 10Then the men who had been
sent returned to the house and found the servant
well.

Jesus Raises a Widow's Son

11Soon afterward, Jesus went to a town
called Nain, and his disciples and a large
crowd went along with him. 12As he ap-
proached the town gate, a dead person was
being carried out—the only son of his mother,
and she was a widow. And a large crowd from
the town was with her. 13When the Lord saw
her, his heart went out to her and he said,
"Don't cry."
14Then he went up and touched the coffin, and
those carrying it stood still. He said, "Young
man, I say to you, get up!" 15The dead man sat
up and began to talk, and Jesus gave him back
to his mother.
16They were all filled with awe and praised
God. "A great prophet has appeared among
us," they said. "God has come to help his
people." 17This news about Jesus spread
throughout Judea[b] and the surrounding coun-
try.

Jesus and John the Baptist

18John's disciples told him about all these
things. Calling two of them, 19he sent them to
the Lord to ask, "Are you the one who was to
come, or should we expect someone else?"
20When the men came to Jesus, they said,
"John the Baptist sent us to you to ask, 'Are you
the one who was to come, or should we expect
someone else?'"
21At that very time Jesus cured many who
had diseases, sicknesses and evil spirits, and
gave sight to many who were blind. 22So he
replied to the messengers, "Go back and report
to John what you have seen and heard: The
blind receive sight, the lame walk, those who
have leprosy[c] are cured, the deaf hear, the
dead are raised, and the good news is preached

[b]17 Or *the land of the Jews* [c]22 The Greek word was used for various diseases affecting the skin—not necessarily leprosy.

muertos resucitan y a los pobres se les anuncian
las buenas *nuevas. 23*Dichoso el que no *tro-
pieza por causa mía.

24Cuando se fueron los enviados, Jesús comen-
zó a hablarle a la multitud acerca de Juan: «¿Qué
salieron a ver al desierto? ¿Una caña sacudida por
el viento? 25Si no, ¿qué salieron a ver? ¿A un
hombre vestido con ropa fina? Claro que no, pues
los que se visten ostentosamente y llevan una vida
de lujo están en los palacios reales. 26Entonces,
¿qué salieron a ver? ¿A un profeta? Sí, les digo, y
más que profeta. 27Éste es de quien está escrito:

»"Yo estoy por enviar a mi mensajero de-
lante de ti,
el cual preparará el camino."[l]

28Les digo que entre los mortales no ha habido
nadie más grande que Juan; sin embargo, el más
pequeño en el reino de Dios es más grande que
él.»

29Al oír esto, todo el pueblo, y hasta los *re-
caudadores de impuestos, reconocieron que el
camino de Dios era justo, y fueron bautizados
por Juan. 30Pero los *fariseos y los *expertos en
la ley no se hicieron bautizar por Juan, rechazan-
do así el propósito de Dios respecto a ellos.[m]

31«Entonces, ¿con qué puedo comparar a la
gente de esta generación? ¿A quién se parecen
ellos? 32Se parecen a niños sentados en la plaza
que se gritan unos a otros:

»"Tocamos la flauta,
y ustedes no bailaron;
entonamos un canto fúnebre,
y ustedes no lloraron."

33Porque vino Juan el Bautista, que no comía
pan ni bebía vino, y ustedes dicen: "Tiene un
demonio." 34Vino el Hijo del hombre, que come
y bebe, y ustedes dicen: "Éste es un glotón y un
borracho, amigo de recaudadores de impuestos
y de *pecadores." 35Pero la sabiduría queda
demostrada por los que la siguen.»[n]

Una mujer pecadora unge a Jesús

36Uno de los *fariseos invitó a Jesús a comer,
así que fue a la casa del fariseo y se *sentó a la
mesa.[ñ] 37Ahora bien, vivía en aquel pueblo una
mujer que tenía fama de *pecadora. Cuando ella
se enteró de que Jesús estaba comiendo en casa
del fariseo, se presentó con un frasco de alabas-
tro lleno de perfume. 38Llorando, se arrojó a los

[l]**7:27** Mal 3:1 [m]**7:29-30** Algunos intérpretes piensan que estos versículos forman parte del discurso de Jesús.
[n]**7:35** *queda … siguen.* Lit. *ha sido justificada por todos sus hijos.* [ñ]**7:36** *se sentó a la mesa.* Lit. *se recostó.*

to the poor. 23Blessed is the man who does
not fall away on account of me."

24After John's messengers left, Jesus began
to speak to the crowd about John: "What did you
go out into the desert to see? A reed swayed by
the wind? 25If not, what did you go out to see?
A man dressed in fine clothes? No, those who
wear expensive clothes and indulge in luxury
are in palaces. 26But what did you go out to see?
A prophet? Yes, I tell you, and more than a
prophet. 27This is the one about whom it is
written:

" 'I will send my messenger ahead of you,
who will prepare your way before you.'[d]

28I tell you, among those born of women there
is no one greater than John; yet the one who
is least in the kingdom of God is greater than
he."

29(All the people, even the tax collectors,
when they heard Jesus' words, acknowledged
that God's way was right, because they had been
baptized by John. 30But the Pharisees and ex-
perts in the law rejected God's purpose for them-
selves, because they had not been baptized by
John.)

31"To what, then, can I compare the people of
this generation? What are they like? 32They are
like children sitting in the marketplace and call-
ing out to each other:

" 'We played the flute for you,
and you did not dance;
we sang a dirge,
and you did not cry.'

33For John the Baptist came neither eating bread
nor drinking wine, and you say, 'He has a de-
mon.' 34The Son of Man came eating and drink-
ing, and you say, 'Here is a glutton and a drunk-
ard, a friend of tax collectors and "sinners." '
35But wisdom is proved right by all her chil-
dren."

Jesus Anointed by a Sinful Woman

36Now one of the Pharisees invited Jesus to
have dinner with him, so he went to the Phari-
see's house and reclined at the table. 37When a
woman who had lived a sinful life in that town
learned that Jesus was eating at the Pharisee's
house, she brought an alabaster jar of perfume,
38and as she stood behind him at his feet weep-

[d]*27* Mal. 3:1

pies de Jesús,[o] de manera que se los bañaba en
lágrimas. Luego se los secó con los cabellos;
también se los besaba y se los ungía con el
perfume.
39Al ver esto, el fariseo que lo había invitado
dijo para sí: «Si este hombre fuera profeta, sabría
quién es la que lo está tocando, y qué clase de
mujer es: una pecadora.»
40Entonces Jesús le dijo a manera de respuesta:
—Simón, tengo algo que decirte.
—Dime, Maestro —respondió.
41—Dos hombres le debían dinero a cierto
prestamista. Uno le debía quinientas monedas
de plata,[p] y el otro cincuenta. 42Como no tenían
con qué pagarle, les perdonó la deuda a los dos.
Ahora bien, ¿cuál de los dos lo amará más?
43—Supongo que aquel a quien más le perdo-
nó —contestó Simón.
—Has juzgado bien —le dijo Jesús.
44Luego se volvió hacia la mujer y le dijo a
Simón:
—¿Ves a esta mujer? Cuando entré en tu
casa, no me diste agua para los pies, pero ella
me ha bañado los pies en lágrimas y me los
ha secado con sus cabellos. 45Tú no me besas-
te, pero ella, desde que entré, no ha dejado de
besarme los pies. 46Tú no me ungiste la cabeza
con aceite, pero ella me ungió los pies con
perfume. 47Por esto te digo: si ella ha amado
mucho, es que sus muchos pecados le han sido
perdonados.[q] Pero a quien poco se le perdona,
poco ama.
48Entonces le dijo Jesús a ella:
—Tus pecados quedan perdonados.
49Los otros invitados comenzaron a decir entre
sí: «¿Quién es éste, que hasta perdona pecados?»
50—Tu fe te ha salvado —le dijo Jesús a la
mujer—; vete en paz.

Parábola del sembrador

8 Después de esto, Jesús estuvo recorriendo
los pueblos y las aldeas, proclamando las
buenas *nuevas del reino de Dios. Lo acom-
pañaban los doce, 2y también algunas mujeres
que habían sido sanadas de *espíritus malignos
y de enfermedades: María, a la que llamaban
Magdalena, y de la que habían salido siete de-
monios; 3Juana, esposa de Cuza, el administra-
dor de Herodes; Susana y muchas más que los
ayudaban con sus propios recursos.
4De cada pueblo salía gente para ver a Jesús,
y cuando se reunió una gran multitud, él les

[o]7:38 *se arrojó a los pies de Jesús.* Lit. *se puso detrás junto a sus pies*; es decir, detrás del recostadero.
[p]7:41 *quinientas monedas de plata.* Lit. *quinientos *denarios.* [q]7:47 *te digo … perdonados.* Lit. *te digo que sus muchos pecados han sido perdonados porque amó mucho.*

ing, she began to wet his feet with her tears. Then
she wiped them with her hair, kissed them and
poured perfume on them.
39When the Pharisee who had invited him saw
this, he said to himself, "If this man were a
prophet, he would know who is touching him
and what kind of woman she is—that she is a
sinner."
40Jesus answered him, "Simon, I have some-
thing to tell you."
"Tell me, teacher," he said.
41"Two men owed money to a certain mon-
eylender. One owed him five hundred denarii,[e]
and the other fifty. 42Neither of them had the
money to pay him back, so he canceled the debts
of both. Now which of them will love him
more?"
43Simon replied, "I suppose the one who had
the bigger debt canceled."
"You have judged correctly," Jesus said.
44Then he turned toward the woman and
said to Simon, "Do you see this woman? I
came into your house. You did not give me
any water for my feet, but she wet my feet
with her tears and wiped them with her hair.
45You did not give me a kiss, but this woman,
from the time I entered, has not stopped kiss-
ing my feet. 46You did not put oil on my head,
but she has poured perfume on my feet.
47Therefore, I tell you, her many sins have
been forgiven—for she loved much. But he
who has been forgiven little loves little."
48Then Jesus said to her, "Your sins are for-
given."
49The other guests began to say among them-
selves, "Who is this who even forgives sins?"
50Jesus said to the woman, "Your faith has
saved you; go in peace."

The Parable of the Sower

8 After this, Jesus traveled about from one
town and village to another, proclaiming
the good news of the kingdom of God. The
Twelve were with him, 2and also some wom-
en who had been cured of evil spirits and dis-
eases: Mary (called Magdalene) from whom
seven demons had come out; 3Joanna the wife
of Cuza, the manager of Herod's household;
Susanna; and many others. These women
were helping to support them out of their own
means.
4While a large crowd was gathering and peo-
ple were coming to Jesus from town after town,

[e]*41* A denarius was a coin worth about a day's wages.

contó esta parábola: 5«Un sembrador salió a
sembrar. Al esparcir la semilla, una parte cayó
junto al camino; fue pisoteada, y los pájaros se
la comieron. 6Otra parte cayó sobre las piedras
y, cuando brotó, las plantas se secaron por falta
de humedad. 7Otra parte cayó entre espinos que,
al crecer junto con la semilla, la ahogaron. 8Pero
otra parte cayó en buen terreno; así que brotó y
produjo una cosecha del ciento por uno.»

Dicho esto, exclamó: «El que tenga oídos para oír, que oiga.»

9Sus discípulos le preguntaron cuál era el
significado de esta parábola. 10«A ustedes se les
ha concedido que conozcan los *secretos del
reino de Dios —les contestó—; pero a los demás
se les habla por medio de parábolas para que

»"aunque miren, no vean;
aunque oigan, no entiendan".[r]

11»Éste es el significado de la parábola: La
semilla es la palabra de Dios. 12Los que están
junto al camino son los que oyen, pero luego
viene el diablo y les quita la palabra del cora-
zón, no sea que crean y se salven. 13Los que
están sobre las piedras son los que reciben la
palabra con alegría cuando la oyen, pero no
tienen raíz. Éstos creen por algún tiempo, pero
se apartan cuando llega la *prueba. 14La parte
que cayó entre espinos son los que oyen, pero,
con el correr del tiempo, los ahogan las preo-
cupaciones, las riquezas y los placeres de esta
vida, y no maduran. 15Pero la parte que cayó
en buen terreno son los que oyen la palabra
con corazón noble y bueno, y la retienen; y
como perseveran, producen una buena cose-
cha.

Una lámpara en una repisa

16»Nadie enciende una lámpara para después
cubrirla con una vasija o ponerla debajo de la
cama, sino para ponerla en una repisa, a fin de
que los que entren tengan luz. 17No hay nada
escondido que no llegue a descubrirse, ni nada
oculto que no llegue a conocerse públicamente.
18Por lo tanto, pongan mucha atención. Al que
tiene, se le dará más; al que no tiene, hasta lo que
cree tener se le quitará.»

La madre y los hermanos de Jesús

19La madre y los hermanos de Jesús fueron a
verlo, pero como había mucha gente, no lograban acercársele.

20—Tu madre y tus hermanos están afuera y quieren verte —le avisaron.

[r] **8:10** Is 6:9

he told this parable: 5"A farmer went out to sow
his seed. As he was scattering the seed, some fell
along the path; it was trampled on, and the birds
of the air ate it up. 6Some fell on rock, and when
it came up, the plants withered because they had
no moisture. 7Other seed fell among thorns,
which grew up with it and choked the plants.
8Still other seed fell on good soil. It came up and
yielded a crop, a hundred times more than was
sown."

When he said this, he called out, "He who has ears to hear, let him hear."

9His disciples asked him what this parable
meant. 10He said, "The knowledge of the se-
crets of the kingdom of God has been given to
you, but to others I speak in parables, so that,

" 'though seeing, they may not see;
though hearing, they may not understand.'[f]

11"This is the meaning of the parable: The seed
is the word of God. 12Those along the path are the
ones who hear, and then the devil comes and takes
away the word from their hearts, so that they may
not believe and be saved. 13Those on the rock are
the ones who receive the word with joy when they
hear it, but they have no root. They believe for a
while, but in the time of testing they fall away.
14The seed that fell among thorns stands for those
who hear, but as they go on their way they are
choked by life's worries, riches and pleasures,
and they do not mature. 15But the seed on good
soil stands for those with a noble and good heart,
who hear the word, retain it, and by persevering
produce a crop.

A Lamp on a Stand

16"No one lights a lamp and hides it in a jar
or puts it under a bed. Instead, he puts it on a
stand, so that those who come in can see the
light. 17For there is nothing hidden that will not
be disclosed, and nothing concealed that will not
be known or brought out into the open. 18There-
fore consider carefully how you listen. Whoever
has will be given more; whoever does not have,
even what he thinks he has will be taken from
him."

Jesus' Mother and Brother

19Now Jesus' mother and brothers came to
see him, but they were not able to get near him
because of the crowd. 20Someone told him,
"Your mother and brothers are standing outside,
wanting to see you."

[f] *10* Isaiah 6:9

21 Pero él les contestó:
—Mi madre y mis hermanos son los que oyen
la palabra de Dios y la ponen en práctica.

Jesús calma la tormenta

22 Un día subió Jesús con sus discípulos a una
barca.
—Crucemos al otro lado del lago —les dijo.
Así que partieron, 23 y mientras navegaban, él
se durmió. Entonces se desató una tormenta
sobre el lago, de modo que la barca comenzó a
inundarse y corrían gran peligro.
24 Los discípulos fueron a despertarlo.
—¡Maestro, Maestro, nos vamos a ahogar!
—gritaron.
Él se levantó y reprendió al viento y a las olas;
la tormenta se apaciguó y todo quedó tranquilo.
25 —¿Dónde está la fe de ustedes? —les dijo
a sus discípulos.
Con temor y asombro ellos se decían unos a
otros: «¿Quién es éste, que manda aun a los
vientos y al agua, y le obedecen?»

Liberación de un endemoniado

26 Navegaron hasta la región de los gerasenos,[s]
que está al otro lado del lago, frente a Galilea. 27 Al
desembarcar Jesús, un endemoniado que venía
del pueblo le salió al encuentro. Hacía mucho
tiempo que este hombre no se vestía; tampoco
vivía en una casa sino en los sepulcros. 28 Cuando
vio a Jesús, dio un grito y se arrojó a sus pies.
Entonces exclamó con fuerza:
—¿Por qué te entrometes, Jesús, Hijo del Dios
Altísimo? ¡Te ruego que no me atormentes!
29 Es que Jesús le había ordenado al *espíritu
maligno que saliera del hombre. Se había apo-
derado de él muchas veces y, aunque le sujeta-
ban los pies y las manos con cadenas y lo
mantenían bajo custodia, rompía las cadenas y
el demonio lo arrastraba a lugares solitarios.
30 —¿Cómo te llamas? —le preguntó Jesús.
—Legión —respondió, ya que habían entrado
en él muchos demonios.
31 Y éstos le suplicaban a Jesús que no los
mandara al *abismo. 32 Como había una manada
grande de cerdos paciendo en la colina, le rogaron
a Jesús que los dejara entrar en ellos. Así que él les
dio permiso. 33 Y cuando los demonios salieron
del hombre, entraron en los cerdos, y la manada se
precipitó al lago por el despeñadero y se ahogó.
34 Al ver lo sucedido, los que cuidaban los
cerdos huyeron y dieron la noticia en el pueblo
y por los campos, 35 y la gente salió a ver lo que
había pasado. Llegaron adonde estaba Jesús y

[s] **8:26** *gerasenos.* Var. *gadarenos*; otra var. *gergesenos*; también en v. 37.

21 He replied, "My mother and brothers are
those who hear God's word and put it into
practice."

Jesus Calms the Storm

22 One day Jesus said to his disciples, "Let's
go over to the other side of the lake." So they
got into a boat and set out. 23 As they sailed, he
fell asleep. A squall came down on the lake, so
that the boat was being swamped, and they were
in great danger.
24 The disciples went and woke him, saying,
"Master, Master, we're going to drown!"
He got up and rebuked the wind and the
raging waters; the storm subsided, and all was
calm. 25 "Where is your faith?" he asked his
disciples.
In fear and amazement they asked one anoth-
er, "Who is this? He commands even the winds
and the water, and they obey him."

The Healing of a Demon-possessed Man

26 They sailed to the region of the Gera-
senes,[g] which is across the lake from Galilee.
27 When Jesus stepped ashore, he was met by
a demon-possessed man from the town. For a
long time this man had not worn clothes or
lived in a house, but had lived in the tombs.
28 When he saw Jesus, he cried out and fell at
his feet, shouting at the top of his voice, "What
do you want with me, Jesus, Son of the Most
High God? I beg you, don't torture me!" 29 For
Jesus had commanded the evil[h] spirit to come
out of the man. Many times it had seized him,
and though he was chained hand and foot and
kept under guard, he had broken his chains
and had been driven by the demon into solitary
places.
30 Jesus asked him, "What is your name?"
"Legion," he replied, because many demons
had gone into him. 31 And they begged him
repeatedly not to order them to go into the
Abyss.
32 A large herd of pigs was feeding there on
the hillside. The demons begged Jesus to let
them go into them, and he gave them permis-
sion. 33 When the demons came out of the man,
they went into the pigs, and the herd rushed
down the steep bank into the lake and was
drowned.
34 When those tending the pigs saw what had
happened, they ran off and reported this in the
town and countryside, 35 and the people went out

[g] *26* Some manuscripts *Gadarenes*; other manuscripts *Gergesenes*; also in verse 37 [h] *29* Greek *unclean*

encontraron, sentado a sus pies, al hombre de quien habían salido los demonios. Cuando lo vieron vestido y en su sano juicio, tuvieron miedo. 36Los que habían presenciado estas cosas le contaron a la gente cómo el endemoniado había sido *sanado. 37Entonces toda la gente de la región de los gerasenos le pidió a Jesús que se fuera de allí, porque les había entrado mucho miedo. Así que él subió a la barca para irse.

38Ahora bien, el hombre de quien habían salido los demonios le rogaba que le permitiera acompañarlo, pero Jesús lo despidió y le dijo:

39—Vuelve a tu casa y cuenta todo lo que Dios ha hecho por ti.

Así que el hombre se fue y proclamó por todo el pueblo lo mucho que Jesús había hecho por él.

Una niña muerta y una mujer enferma

40Cuando Jesús regresó, la multitud se alegró de verlo, pues todos estaban esperándolo. 41En esto llegó un hombre llamado Jairo, que era un jefe de la sinagoga. Arrojándose a los pies de Jesús, le suplicaba que fuera a su casa, 42porque su única hija, de unos doce años, se estaba muriendo.

Jesús se puso en camino y las multitudes lo apretujaban. 43Había entre la gente una mujer que hacía doce años padecía de hemorragias,[f] sin que nadie pudiera sanarla. 44Ella se le acercó por detrás y le tocó el borde del manto, y al instante cesó su hemorragia.

45—¿Quién me ha tocado? —preguntó Jesús.

Como todos negaban haberlo tocado, Pedro le dijo:

—Maestro, son multitudes las que te aprietan y te oprimen.

46—No, alguien me ha tocado —replicó Jesús—; yo sé que de mí ha salido poder.

47La mujer, al ver que no podía pasar inadvertida, se acercó temblando y se arrojó a sus pies. En presencia de toda la gente, contó por qué lo había tocado y cómo había sido sanada al instante.

48—Hija, tu fe te ha *sanado —le dijo Jesús—. Vete en paz.

49Todavía estaba hablando Jesús, cuando alguien llegó de la casa de Jairo, jefe de la sinagoga, para decirle:

—Tu hija ha muerto. No molestes más al Maestro.

50Al oír esto, Jesús le dijo a Jairo:

—No tengas miedo; cree nada más, y ella será sanada.

51Cuando llegó a la casa de Jairo, no dejó que nadie entrara con él, excepto Pedro, Juan y

[f]**8:43** *hemorragias.* Var. *hemorragias y que había gastado en médicos todo lo que tenía.*

to see what had happened. When they came to Jesus, they found the man from whom the demons had gone out, sitting at Jesus' feet, dressed and in his right mind; and they were afraid. 36Those who had seen it told the people how the demon-possessed man had been cured. 37Then all the people of the region of the Gerasenes asked Jesus to leave them, because they were overcome with fear. So he got into the boat and left.

38The man from whom the demons had gone out begged to go with him, but Jesus sent him away, saying, 39"Return home and tell how much God has done for you." So the man went away and told all over town how much Jesus had done for him.

A Dead Girl and a Sick Woman

40Now when Jesus returned, a crowd welcomed him, for they were all expecting him. 41Then a man named Jairus, a ruler of the synagogue, came and fell at Jesus' feet, pleading with him to come to his house 42because his only daughter, a girl of about twelve, was dying.

As Jesus was on his way, the crowds almost crushed him. 43And a woman was there who had been subject to bleeding for twelve years,[i] but no one could heal her. 44She came up behind him and touched the edge of his cloak, and immediately her bleeding stopped.

45"Who touched me?" Jesus asked.

When they all denied it, Peter said, "Master, the people are crowding and pressing against you."

46But Jesus said, "Someone touched me; I know that power has gone out from me."

47Then the woman, seeing that she could not go unnoticed, came trembling and fell at his feet. In the presence of all the people, she told why she had touched him and how she had been instantly healed. 48Then he said to her, "Daughter, your faith has healed you. Go in peace."

49While Jesus was still speaking, someone came from the house of Jairus, the synagogue ruler. "Your daughter is dead," he said. "Don't bother the teacher any more."

50Hearing this, Jesus said to Jairus, "Don't be afraid; just believe, and she will be healed."

51When he arrived at the house of Jairus, he did not let anyone go in with him except Peter,

[i]*43* Many manuscripts *years, and she had spent all she had on doctors*

*Jacobo, y el padre y la madre de la niña. 52Todos estaban llorando, muy afligidos por ella.

—Dejen de llorar —les dijo Jesús—. No está muerta sino dormida.

53Entonces ellos empezaron a burlarse de él porque sabían que estaba muerta. 54Pero él la tomó de la mano y le dijo:

—¡Niña, levántate!

55Recobró la vida[u] y al instante se levantó. Jesús mandó darle de comer. 56Los padres se quedaron atónitos, pero él les advirtió que no contaran a nadie lo que había sucedido.

Jesús envía a los doce

9 Habiendo reunido a los doce, Jesús les dio poder y autoridad para expulsar a todos los demonios y para sanar enfermedades. 2Entonces los envió a predicar el reino de Dios y a sanar a los enfermos. 3«No lleven nada para el camino: ni bastón, ni bolsa, ni pan, ni dinero, ni dos mudas de ropa —les dijo—. 4En cualquier casa que entren, quédense allí hasta que salgan del pueblo. 5Si no los reciben bien, al salir de ese pueblo, sacúdanse el polvo de los pies como un testimonio contra sus habitantes.» 6Así que partieron y fueron por todas partes de pueblo en pueblo, predicando el evangelio y sanando a la gente.

7Herodes el tetrarca se enteró de todo lo que estaba sucediendo. Estaba perplejo porque algunos decían que Juan había *resucitado; 8otros, que se había aparecido Elías; y otros, en fin, que había resucitado alguno de los antiguos profetas. 9Pero Herodes dijo: «A Juan mandé que le cortaran la cabeza; ¿quién es, entonces, éste de quien oigo tales cosas?» Y procuraba verlo.

Jesús alimenta a los cinco mil

10Cuando regresaron los apóstoles, le relataron a Jesús lo que habían hecho. Él se los llevó consigo y se retiraron solos a un pueblo llamado Betsaida, 11pero la gente se enteró y lo siguió. Él los recibió y les habló del reino de Dios. También sanó a los que lo necesitaban.

12Al atardecer se le acercaron los doce y le dijeron:

—Despide a la gente, para que vaya a buscar alojamiento y comida en los campos y pueblos cercanos, pues donde estamos no hay nada.[v]

13—Denles ustedes mismos de comer —les dijo Jesús.

—No tenemos más que cinco panes y dos pescados, a menos que vayamos a comprar comida para toda esta gente —objetaron ellos, 14porque había allí unos cinco mil hombres.

[u]**8:55** *Recobró la vida.* Lit. *Y volvió el espíritu de ella.*
[v]**9:12** *donde estamos no hay nada.* Lit. *aquí estamos en un lugar desierto.*

John and James, and the child's father and mother. 52Meanwhile, all the people were wailing and mourning for her. "Stop wailing," Jesus said. "She is not dead but asleep."

53They laughed at him, knowing that she was dead. 54But he took her by the hand and said, "My child, get up!" 55Her spirit returned, and at once she stood up. Then Jesus told them to give her something to eat. 56Her parents were astonished, but he ordered them not to tell anyone what had happened.

Jesus Sends Out the Twelve

9 When Jesus had called the Twelve together, he gave them power and authority to drive out all demons and to cure diseases, 2and he sent them out to preach the kingdom of God and to heal the sick. 3He told them: "Take nothing for the journey—no staff, no bag, no bread, no money, no extra tunic. 4Whatever house you enter, stay there until you leave that town. 5If people do not welcome you, shake the dust off your feet when you leave their town, as a testimony against them." 6So they set out and went from village to village, preaching the gospel and healing people everywhere.

7Now Herod the tetrarch heard about all that was going on. And he was perplexed, because some were saying that John had been raised from the dead, 8others that Elijah had appeared, and still others that one of the prophets of long ago had come back to life. 9But Herod said, "I beheaded John. Who, then, is this I hear such things about?" And he tried to see him.

Jesus Feeds the Five Thousand

10When the apostles returned, they reported to Jesus what they had done. Then he took them with him and they withdrew by themselves to a town called Bethsaida, 11but the crowds learned about it and followed him. He welcomed them and spoke to them about the kingdom of God, and healed those who needed healing.

12Late in the afternoon the Twelve came to him and said, "Send the crowd away so they can go to the surrounding villages and countryside and find food and lodging, because we are in a remote place here."

13He replied, "You give them something to eat."

They answered, "We have only five loaves of bread and two fish—unless we go and buy food for all this crowd." 14(About five thousand men were there.)

Pero Jesús dijo a sus discípulos:

—Hagan que se sienten en grupos como de cincuenta cada uno.

15Así lo hicieron los discípulos, y se sentaron todos. 16Entonces Jesús tomó los cinco panes y los dos pescados, y mirando al cielo, los bendijo. Luego los partió y se los dio a los discípulos para que se los repartieran a la gente. 17Todos comieron hasta quedar satisfechos, y de los pedazos que sobraron se recogieron doce canastas.

La confesión de Pedro

18Un día cuando Jesús estaba orando para sí, estando allí sus discípulos, les preguntó:

—¿Quién dice la gente que soy yo?

19—Unos dicen que Juan el Bautista, otros que Elías, y otros que uno de los antiguos profetas ha resucitado —respondieron.

20—Y ustedes, ¿quién dicen que soy yo?

—El *Cristo de Dios —afirmó Pedro.

21Jesús les ordenó terminantemente que no dijeran esto a nadie. Y les dijo:

22—El Hijo del hombre tiene que sufrir muchas cosas y ser rechazado por los *ancianos, los jefes de los sacerdotes y los *maestros de la ley. Es necesario que lo maten y que resucite al tercer día.

23Dirigiéndose a todos, declaró:

—Si alguien quiere ser mi discípulo, que se niegue a sí mismo, lleve su cruz cada día y me siga. 24Porque el que quiera salvar su *vida, la perderá; pero el que pierda su vida por mi causa, la salvará. 25¿De qué le sirve a uno ganar el mundo entero si se pierde o se destruye a sí mismo? 26Si alguien se avergüenza de mí y de mis palabras, el Hijo del hombre se avergonzará de él cuando venga en su gloria y en la gloria del Padre y de los santos ángeles. 27Además, les aseguro que algunos de los aquí presentes no sufrirán la muerte sin antes haber visto el reino de Dios.

La transfiguración

28Unos ocho días después de decir esto, Jesús, acompañado de Pedro, Juan y *Jacobo, subió a una montaña a orar. 29Mientras oraba, su rostro se transformó, y su ropa se tornó blanca y radiante. 30Y aparecieron dos personajes —Moisés y Elías— que conversaban con Jesús. 31Tenían un aspecto glorioso, y hablaban de la partida[w] de Jesús, que él estaba por llevar a cabo en Jerusalén. 32Pedro y sus compañeros estaban rendidos de sueño, pero cuando se despabilaron, vieron su gloria y a los dos personajes que estaban con él. 33Mientras éstos se apartaban de Jesús, Pedro, sin saber lo que estaba diciendo, propuso:

[w]**9:31** *de la partida.* Lit. *del éxodo.*

But he said to his disciples, "Have them sit down in groups of about fifty each." 15The disciples did so, and everybody sat down. 16Taking the five loaves and the two fish and looking up to heaven, he gave thanks and broke them. Then he gave them to the disciples to set before the people. 17They all ate and were satisfied, and the disciples picked up twelve basketfuls of broken pieces that were left over.

Peter's Confession of Christ

18Once when Jesus was praying in private and his disciples were with him, he asked them, "Who do the crowds say I am?"

19They replied, "Some say John the Baptist; others say Elijah; and still others, that one of the prophets of long ago has come back to life."

20"But what about you?" he asked. "Who do you say I am?"

Peter answered, "The Christ[j] of God."

21Jesus strictly warned them not to tell this to anyone. 22And he said, "The Son of Man must suffer many things and be rejected by the elders, chief priests and teachers of the law, and he must be killed and on the third day be raised to life."

23Then he said to them all: "If anyone would come after me, he must deny himself and take up his cross daily and follow me. 24For whoever wants to save his life will lose it, but whoever loses his life for me will save it. 25What good is it for a man to gain the whole world, and yet lose or forfeit his very self? 26If anyone is ashamed of me and my words, the Son of Man will be ashamed of him when he comes in his glory and in the glory of the Father and of the holy angels. 27I tell you the truth, some who are standing here will not taste death before they see the kingdom of God."

The Transfiguration

28About eight days after Jesus said this, he took Peter, John and James with him and went up onto a mountain to pray. 29As he was praying, the appearance of his face changed, and his clothes became as bright as a flash of lightning. 30Two men, Moses and Elijah, 31appeared in glorious splendor, talking with Jesus. They spoke about his departure, which he was about to bring to fulfillment at Jerusalem. 32Peter and his companions were very sleepy, but when they became fully awake, they saw his glory and the two men standing with him. 33As the men were leaving Jesus, Peter said to him, "Master, it is

[j]*20* Or *Messiah*

—Maestro, ¡qué bien que estemos aquí! Podemos levantar tres albergues: uno para ti, otro para Moisés y otro para Elías.

34Estaba hablando todavía cuando apareció una nube que los envolvió, de modo que se asustaron. 35Entonces salió de la nube una voz que dijo: «Éste es mi Hijo, mi escogido; escúchenlo.» 36Después de oírse la voz, Jesús quedó solo. Los discípulos guardaron esto en secreto, y por algún tiempo a nadie contaron nada de lo que habían visto.

Jesús sana a un muchacho endemoniado

37Al día siguiente, cuando bajaron de la montaña, le salió al encuentro mucha gente. 38Y un hombre de entre la multitud exclamó:

—Maestro, te ruego que atiendas a mi hijo, pues es el único que tengo. 39Resulta que un espíritu se posesiona de él, y de repente el muchacho se pone a gritar; también lo sacude con violencia y hace que eche espumarajos. Cuando lo atormenta, a duras penas lo suelta. 40Ya les rogué a tus discípulos que lo expulsaran, pero no pudieron.

41—¡Ah, generación incrédula y perversa! —respondió Jesús—. ¿Hasta cuándo tendré que estar con ustedes y soportarlos? Trae acá a tu hijo.

42Estaba acercándose el muchacho cuando el demonio lo derribó con una convulsión. Pero Jesús reprendió al *espíritu maligno, sanó al muchacho y se lo devolvió al padre. 43Y todos se quedaron asombrados de la grandeza de Dios.

En medio de tanta admiración por todo lo que hacía, Jesús dijo a sus discípulos:

44—Presten mucha atención a lo que les voy a decir: El Hijo del hombre va a ser entregado en manos de los hombres.

45Pero ellos no entendían lo que quería decir con esto. Les estaba encubierto para que no lo comprendieran, y no se atrevían a preguntárselo.

¿Quién va a ser el más importante?

46Surgió entre los discípulos una discusión sobre quién de ellos sería el más importante. 47Como Jesús sabía bien lo que pensaban, tomó a un niño y lo puso a su lado.

48—El que recibe en mi nombre a este niño —les dijo—, me recibe a mí; y el que me recibe a mí, recibe al que me envió. El que es más insignificante entre todos ustedes, ése es el más importante.

49—Maestro —intervino Juan—, vimos a un hombre que expulsaba demonios en tu nombre; pero como no anda con nosotros, tratamos de impedírselo.

50—No se lo impidan —les replicó Jesús—, porque el que no está contra ustedes está a favor de ustedes.

good for us to be here. Let us put up three shelters—one for you, one for Moses and one for Elijah." (He did not know what he was saying.)

34While he was speaking, a cloud appeared and enveloped them, and they were afraid as they entered the cloud. 35A voice came from the cloud, saying, "This is my Son, whom I have chosen; listen to him." 36When the voice had spoken, they found that Jesus was alone. The disciples kept this to themselves, and told no one at that time what they had seen.

The Healing of a Boy With an Evil Spirit

37The next day, when they came down from the mountain, a large crowd met him. 38A man in the crowd called out, "Teacher, I beg you to look at my son, for he is my only child. 39A spirit seizes him and he suddenly screams; it throws him into convulsions so that he foams at the mouth. It scarcely ever leaves him and is destroying him. 40I begged your disciples to drive it out, but they could not."

41"O unbelieving and perverse generation," Jesus replied, "how long shall I stay with you and put up with you? Bring your son here."

42Even while the boy was coming, the demon threw him to the ground in a convulsion. But Jesus rebuked the evil[k] spirit, healed the boy and gave him back to his father. 43And they were all amazed at the greatness of God.

While everyone was marveling at all that Jesus did, he said to his disciples, 44"Listen carefully to what I am about to tell you: The Son of Man is going to be betrayed into the hands of men." 45But they did not understand what this meant. It was hidden from them, so that they did not grasp it, and they were afraid to ask him about it.

Who Will Be the Greatest

46An argument started among the disciples as to which of them would be the greatest. 47Jesus, knowing their thoughts, took a little child and had him stand beside him. 48Then he said to them, "Whoever welcomes this little child in my name welcomes me; and whoever welcomes me welcomes the one who sent me. For he who is least among you all—he is the greatest."

49"Master," said John, "we saw a man driving out demons in your name and we tried to stop him, because he is not one of us."

50"Do not stop him," Jesus said, "for whoever is not against you is for you."

[k] *42* Greek *unclean*

La oposición de los samaritanos

51 Como se acercaba el tiempo de que fuera
llevado al cielo, Jesús se hizo el firme propósito
de ir a Jerusalén. 52 Envió por delante mensaje-
ros, que entraron en un pueblo samaritano para
prepararle alojamiento; 53 pero allí la gente no
quiso recibirlo porque se dirigía a Jerusalén.
54 Cuando los discípulos *Jacobo y Juan vieron
esto, le preguntaron:

—Señor, ¿quieres que hagamos caer fuego del
cielo para[x] que los destruya?

55 Pero Jesús se volvió a ellos y los reprendió.
56 Luego[y] siguieron la jornada a otra aldea.

Lo que cuesta seguir a Jesús

57 Iban por el camino cuando alguien le dijo:

—Te seguiré a dondequiera que vayas.

58 —Las zorras tienen madrigueras y las aves
tienen nidos —le respondió Jesús—, pero el Hijo
del hombre no tiene dónde recostar la cabeza.

59 A otro le dijo:

—Sígueme.

—Señor —le contestó—, primero déjame ir a
enterrar a mi padre.

60 —Deja que los muertos entierren a sus pro-
pios muertos, pero tú ve y proclama el reino de
Dios —le replicó Jesús.

61 Otro afirmó:

—Te seguiré, Señor; pero primero déjame
despedirme de mi familia.

62 Jesús le respondió:

—Nadie que mire atrás después de poner la
mano en el arado es apto para el reino de Dios.

Jesús envía a los setenta y dos

10 Después de esto, el Señor escogió a
otros setenta y dos[z] para enviarlos de
dos en dos delante de él a todo pueblo y lugar
adonde él pensaba ir. 2 «Es abundante la cosecha
—les dijo—, pero son pocos los obreros. Pídan-
le, por tanto, al Señor de la cosecha que mande
obreros a su campo. 3 ¡Vayan ustedes! Miren que
los envío como corderos en medio de lobos. 4 No
lleven monedero ni bolsa ni sandalias; ni se
detengan a saludar a nadie por el camino.

5 »Cuando entren en una casa, digan primero:
"Paz a esta casa." 6 Si hay allí alguien digno de
paz, gozará de ella; y si no, la bendición no se
cumplirá.[a] 7 Quédense en esa casa, y coman y

Samaritan Opposition

51 As the time approached for him to be taken
up to heaven, Jesus resolutely set out for Jeru-
salem. 52 And he sent messengers on ahead, who
went into a Samaritan village to get things ready
for him; 53 but the people there did not welcome
him, because he was heading for Jerusalem.
54 When the disciples James and John saw this,
they asked, "Lord, do you want us to call fire
down from heaven to destroy them[l]?" 55 But
Jesus turned and rebuked them, 56 and[m] they
went to another village.

The Cost of Following Jesus

57 As they were walking along the road, a man
said to him, "I will follow you wherever you
go."

58 Jesus replied, "Foxes have holes and birds
of the air have nests, but the Son of Man has no
place to lay his head."

59 He said to another man, "Follow me."

But the man replied, "Lord, first let me go and
bury my father."

60 Jesus said to him, "Let the dead bury their
own dead, but you go and proclaim the kingdom
of God."

61 Still another said, "I will follow you, Lord;
but first let me go back and say good-by to my
family."

62 Jesus replied, "No one who puts his hand to
the plow and looks back is fit for service in the
kingdom of God."

Jesus Sends Out the Seventy-two

10 After this the Lord appointed seventy-
two[n] others and sent them two by two
ahead of him to every town and place where he
was about to go. 2 He told them, "The harvest is
plentiful, but the workers are few. Ask the Lord
of the harvest, therefore, to send out workers
into his harvest field. 3 Go! I am sending you out
like lambs among wolves. 4 Do not take a purse
or bag or sandals; and do not greet anyone on
the road.

5 "When you enter a house, first say, 'Peace
to this house.' 6 If a man of peace is there, your
peace will rest on him; if not, it will return to
you. 7 Stay in that house, eating and drinking

[x] **9:54** *cielo para.* Var. *cielo, como hizo Elías, para.*
[y] **9:55,56** *reprendió.* [56] *Luego.* Var. *reprendió. / —Ustedes no saben de qué espíritu son —les dijo—,* [56] *porque el Hijo del Hombre no vino para destruir la vida de las personas sino para salvarla. / Luego.* [z] **10:1** *setenta y dos.* Var. *setenta*; también en v. 17. [a] **10:6** *Si hay … se cumplirá.* Lit. *Si hay allí un hijo de paz, la paz de ustedes reposará sobre él; y si no, volverá a ustedes.*

[l] *54* Some manuscripts *them, even as Elijah did*
[m] *55,56* Some manuscripts *them. And he said, "You do not know what kind of spirit you are of, for the Son of Man did not come to destroy men's lives, but to save them."* [56] *And*
[n] *1* Some manuscripts *seventy*; also in verse 17

beban de lo que ellos tengan, porque el trabaja-
dor tiene derecho a su sueldo. No anden de casa
en casa.

8»Cuando entren en un pueblo y los reciban,
coman lo que les sirvan. 9Sanen a los enfermos
que encuentren allí y díganles: "El reino de Dios
ya está cerca de ustedes." 10Pero cuando entren
en un pueblo donde no los reciban, salgan a las
plazas y digan: 11"Aun el polvo de este pueblo,
que se nos ha pegado a los pies, nos lo sacudimos
en protesta contra ustedes. Pero tengan por se-
guro que ya está cerca el reino de Dios." 12Les
digo que en aquel día será más tolerable el
castigo para Sodoma que para ese pueblo.

13»¡Ay de ti, Corazín! ¡Ay de ti, Betsaida! Si
se hubieran hecho en Tiro y en Sidón los mila-
gros que se hicieron en medio de ustedes, ya
hace tiempo que se habrían *arrepentido con
grandes lamentos.[b] 14Pero en el juicio será más
tolerable el castigo para Tiro y Sidón que para
ustedes. 15Y tú, Capernaúm, ¿acaso serás levan-
tada hasta el cielo? No, sino que descenderás
hasta el *abismo.

16»El que los escucha a ustedes, me escucha
a mí; el que los rechaza a ustedes, me rechaza a
mí; y el que me rechaza a mí, rechaza al que me
envió.»

17Cuando los setenta y dos regresaron, dijeron
contentos:

—Señor, hasta los demonios se nos someten
en tu nombre.

18—Yo veía a Satanás caer del cielo como un
rayo —respondió él—. 19Sí, les he dado autori-
dad a ustedes para pisotear serpientes y escor-
piones y vencer todo el poder del enemigo; nada
les podrá hacer daño. 20Sin embargo, no se
alegren de que puedan someter a los espíritus,
sino alégrense de que sus nombres están escritos
en el cielo.

21En aquel momento Jesús, lleno de alegría
por el Espíritu Santo, dijo: «Te alabo, Padre,
Señor del cielo y de la tierra, porque habiendo
escondido estas cosas de los sabios e instruidos,
se las has revelado a los que son como niños. Sí,
Padre, porque esa fue tu buena voluntad.

22»Mi Padre me ha entregado todas las cosas.
Nadie sabe quién es el Hijo, sino el Padre, y
nadie sabe quién es el Padre, sino el Hijo y aquel
a quien el Hijo quiera revelárselo.»

23Volviéndose a sus discípulos, les dijo apar-
te: «*Dichosos los ojos que ven lo que ustedes
ven. 24Les digo que muchos profetas y reyes
quisieron ver lo que ustedes ven, pero no lo
vieron; y oír lo que ustedes oyen, pero no lo
oyeron.»

[b] **10:13** *con grandes lamentos*. Lit. *sentados en saco y ceniza.*

whatever they give you, for the worker deserves
his wages. Do not move around from house to
house.

8"When you enter a town and are welcomed,
eat what is set before you. 9Heal the sick who
are there and tell them, 'The kingdom of God is
near you.' 10But when you enter a town and are
not welcomed, go into its streets and say,
11'Even the dust of your town that sticks to our
feet we wipe off against you. Yet be sure of this:
The kingdom of God is near.' 12I tell you, it will
be more bearable on that day for Sodom than for
that town.

13"Woe to you, Korazin! Woe to you, Beth-
saida! For if the miracles that were performed
in you had been performed in Tyre and Sidon,
they would have repented long ago, sitting in
sackcloth and ashes. 14But it will be more
bearable for Tyre and Sidon at the judgment
than for you. 15And you, Capernaum, will you
be lifted up to the skies? No, you will go down
to the depths.[o]

16"He who listens to you listens to me; he who
rejects you rejects me; but he who rejects me
rejects him who sent me."

17The seventy-two returned with joy and said,
"Lord, even the demons submit to us in your
name."

18He replied, "I saw Satan fall like lightning
from heaven. 19I have given you authority to
trample on snakes and scorpions and to over-
come all the power of the enemy; nothing will
harm you. 20However, do not rejoice that the
spirits submit to you, but rejoice that your names
are written in heaven."

21At that time Jesus, full of joy through the
Holy Spirit, said, "I praise you, Father, Lord of
heaven and earth, because you have hidden
these things from the wise and learned, and
revealed them to little children. Yes, Father, for
this was your good pleasure.

22"All things have been committed to me by
my Father. No one knows who the Son is except
the Father, and no one knows who the Father is
except the Son and those to whom the Son
chooses to reveal him."

23Then he turned to his disciples and said
privately, "Blessed are the eyes that see what
you see. 24For I tell you that many prophets
and kings wanted to see what you see but did
not see it, and to hear what you hear but did
not hear it."

[o] *15* Greek *Hades*

Parábola del buen samaritano

25 En esto se presentó un *experto en la ley y, para poner a prueba a Jesús, le hizo esta pregunta:

—Maestro, ¿qué tengo que hacer para heredar la vida eterna?

26 Jesús replicó:

—¿Qué está escrito en la ley? ¿Cómo la interpretas tú?

27 Como respuesta el hombre citó:

—"Ama al Señor tu Dios con todo tu corazón, con todo tu ser, con todas tus fuerzas y con toda tu mente",[c] y: "Ama a tu prójimo como a ti mismo."[d]

28 —Bien contestado —le dijo Jesús—. Haz eso y vivirás.

29 Pero él quería justificarse, así que le preguntó a Jesús:

—¿Y quién es mi prójimo?

30 Jesús respondió:

—Bajaba un hombre de Jerusalén a Jericó, y
cayó en manos de unos ladrones. Le quitaron la
ropa, lo golpearon y se fueron, dejándolo medio
muerto. 31 Resulta que viajaba por el mismo
camino un sacerdote quien, al verlo, se desvió y
siguió de largo. 32 Así también llegó a aquel
lugar un levita, y al verlo, se desvió y siguió de
largo. 33 Pero un samaritano que iba de viaje
llegó adonde estaba el hombre y, viéndolo, se
compadeció de él. 34 Se acercó, le curó las heri-
das con vino y aceite, y se las vendó. Luego lo
montó sobre su propia cabalgadura, lo llevó a un
alojamiento y lo cuidó. 35 Al día siguiente, sacó
dos monedas de plata[e] y se las dio al dueño del
alojamiento. "Cuídemelo —le dijo—, y lo que
gaste usted de más, se lo pagaré cuando yo
vuelva." 36 ¿Cuál de estos tres piensas que de-
mostró ser el prójimo del que cayó en manos de
los ladrones?

37 —El que se compadeció de él —contestó el experto en la ley.

—Anda entonces y haz tú lo mismo —concluyó Jesús.

En casa de Marta y María

38 Mientras iba de camino con sus discípulos,
Jesús entró en una aldea, y una mujer llamada
Marta lo recibió en su casa. 39 Tenía ella una
hermana llamada María que, sentada a los pies
del Señor, escuchaba lo que él decía. 40 Marta,
por su parte, se sentía abrumada porque tenía
mucho que hacer. Así que se acercó a él y le dijo:

—Señor, ¿no te importa que mi hermana me haya dejado sirviendo sola? ¡Dile que me ayude!

[c]**10:27** Dt 6:5 [d]**10:27** Lv 19:18 [e]**10:35** *monedas de plata*. Lit. **denarios*.

The Parable of the Good Samaritan

25 On one occasion an expert in the law stood up to test Jesus. "Teacher," he asked, "what must I do to inherit eternal life?"

26 "What is written in the Law?" he replied. "How do you read it?"

27 He answered: " 'Love the Lord your God with all your heart and with all your soul and with all your strength and with all your mind'[p]; and, 'Love your neighbor as yourself.'[q]"

28 "You have answered correctly," Jesus replied. "Do this and you will live."

29 But he wanted to justify himself, so he asked Jesus, "And who is my neighbor?"

30 In reply Jesus said: "A man was going
down from Jerusalem to Jericho, when he fell
into the hands of robbers. They stripped him
of his clothes, beat him and went away, leav-
ing him half dead. 31 A priest happened to be
going down the same road, and when he saw
the man, he passed by on the other side. 32 So
too, a Levite, when he came to the place and
saw him, passed by on the other side. 33 But a
Samaritan, as he traveled, came where the man
was; and when he saw him, he took pity on
him. 34 He went to him and bandaged his
wounds, pouring on oil and wine. Then he put
the man on his own donkey, took him to an
inn and took care of him. 35 The next day he
took out two silver coins[r] and gave them to
the innkeeper. 'Look after him,' he said, 'and
when I return, I will reimburse you for any
extra expense you may have.'

36 "Which of these three do you think was a neighbor to the man who fell into the hands of robbers?"

37 The expert in the law replied, "The one who had mercy on him."

Jesus told him, "Go and do likewise."

At the Home of Martha and Mary

38 As Jesus and his disciples were on their
way, he came to a village where a woman
named Martha opened her home to him. 39 She
had a sister called Mary, who sat at the Lord's
feet listening to what he said. 40 But Martha
was distracted by all the preparations that had
to be made. She came to him and asked,
"Lord, don't you care that my sister has left
me to do the work by myself? Tell her to help
me!"

[p]*27* Deut. 6:5 [q]*27* Lev. 19:18 [r]*35* Greek *two denarii*

41—Marta, Marta —le contestó Jesús—, estás inquieta y preocupada por muchas cosas, 42pero sólo una es necesaria.[f] María ha escogido la mejor, y nadie se la quitará.

Jesús enseña sobre la oración

11 Un día estaba Jesús orando en cierto lugar. Cuando terminó, le dijo uno de sus discípulos:

—Señor, enséñanos a orar, así como Juan enseñó a sus discípulos.

2Él les dijo:

—Cuando oren, digan:

»"Padre,[g]
*santificado sea tu nombre.
Venga tu reino.[h]
3 Danos cada día nuestro pan cotidiano.[i]
4 Perdónanos nuestros pecados,
porque también nosotros perdonamos a todos los que nos ofenden.[j]
Y no nos metas en *tentación."[k]

5»Supongamos —continuó— que uno de ustedes tiene un amigo, y a medianoche va y le dice: "Amigo, préstame tres panes, 6pues se me ha presentado un amigo recién llegado de viaje, y no tengo nada que ofrecerle." 7Y el que está adentro le contesta: "No me molestes. Ya está cerrada la puerta, y mis hijos y yo estamos acostados. No puedo levantarme a darte nada." 8Les digo que, aunque no se levante a darle pan por ser amigo suyo, sí se levantará por su impertinencia y le dará cuanto necesite.

9»Así que yo les digo: Pidan, y se les dará; busquen, y encontrarán; llamen, y se les abrirá la puerta. 10Porque todo el que pide, recibe; el que busca, encuentra; y al que llama, se le abre.

11»¿Quién de ustedes que sea padre, si su hijo le pide[l] un pescado, le dará en cambio una serpiente? 12¿O si le pide un huevo, le dará un escorpión? 13Pues si ustedes, aun siendo malos, saben dar cosas buenas a sus hijos, ¡cuánto más el Padre celestial dará el Espíritu Santo a quienes se lo pidan!

Jesús y Beelzebú

14En otra ocasión Jesús expulsaba de un hombre a un demonio que lo había dejado mudo. Cuando salió el demonio, el mudo habló, y la

41"Martha, Martha," the Lord answered, "you are worried and upset about many things, 42but only one thing is needed.[s] Mary has chosen what is better, and it will not be taken away from her."

Jesus' Teaching on Prayer

11 One day Jesus was praying in a certain place. When he finished, one of his disciples said to him, "Lord, teach us to pray, just as John taught his disciples."

2He said to them, "When you pray, say:

" 'Father,[t]
hallowed be your name,
your kingdom come.[u]
3 Give us each day our daily bread.
4 Forgive us our sins,
for we also forgive everyone who sins against us.[v]
And lead us not into temptation.[w]' "

5Then he said to them, "Suppose one of you has a friend, and he goes to him at midnight and says, 'Friend, lend me three loaves of bread, 6because a friend of mine on a journey has come to me, and I have nothing to set before him.'

7"Then the one inside answers, 'Don't bother me. The door is already locked, and my children are with me in bed. I can't get up and give you anything.' 8I tell you, though he will not get up and give him the bread because he is his friend, yet because of the man's boldness[x] he will get up and give him as much as he needs.

9"So I say to you: Ask and it will be given to you; seek and you will find; knock and the door will be opened to you. 10For everyone who asks receives; he who seeks finds; and to him who knocks, the door will be opened.

11"Which of you fathers, if your son asks for[y] a fish, will give him a snake instead? 12Or if he asks for an egg, will give him a scorpion? 13If you then, though you are evil, know how to give good gifts to your children, how much more will your Father in heaven give the Holy Spirit to those who ask him!"

Jesus and Beelzebub

14Jesus was driving out a demon that was mute. When the demon left, the man who had been mute spoke, and the crowd was amazed.

[f] **10:42** *sólo una es necesaria.* Var. *se necesitan pocas cosas, o una sola.* [g] **11:2** *Padre.* Var. *Padre nuestro que estás en el cielo* (véase Mt 6:9). [h] **11:2** *reino.* Var. *reino. Hágase tu voluntad en la tierra como en el cielo* (véase Mt 6:10). [i] **11:3** *nuestro pan cotidiano.* Alt. *el pan que necesitamos.* [j] **11:4** *nos ofenden.* Lit. *nos deben.* [k] **11:4** *tentación.* Var. *tentación, sino líbranos del maligno* (véase Mt 6:13). [l] **11:11** *le pide.* Var. *le pide pan, le dará una piedra; o si le pide.*

[s] *42* Some manuscripts *but few things are needed—or only one* [t] *2* Some manuscripts *Our Father in heaven* [u] *2* Some manuscripts *come. May your will be done on earth as it is in heaven.* [v] *4* Greek *everyone who is indebted to us* [w] *4* Some manuscripts *temptation but deliver us from the evil one* [x] *8* Or *persistence* [y] *11* Some manuscripts *for bread, will give him a stone; or if he asks for*

gente se quedó asombrada. 15Pero algunos dije-
ron: «Éste expulsa a los demonios por medio de
*Beelzebú, príncipe de los demonios.» 16Otros,
para ponerlo a *prueba, le pedían una señal del
cielo.

17Como él conocía sus pensamientos, les dijo:
«Todo reino dividido contra sí mismo quedará
asolado, y una casa dividida contra sí misma se
derrumbará.[m] 18Por tanto, si Satanás está divi-
dido contra sí mismo, ¿cómo puede mantenerse
en pie su reino? Lo pregunto porque ustedes
dicen que yo expulso a los demonios por medio
de Beelzebú. 19Ahora bien, si yo expulso a los
demonios por medio de Beelzebú, ¿los seguido-
res de ustedes por medio de quién los expulsan?
Por eso ellos mismos los juzgarán a ustedes.
20Pero si expulso a los demonios con el poder[n]
de Dios, eso significa que ha llegado a ustedes
el reino de Dios.

21»Cuando un hombre fuerte y bien armado
cuida su hacienda, sus bienes están seguros. 22Pe-
ro si lo ataca otro más fuerte que él y lo vence, le
quita las armas en que confiaba y reparte el botín.

23»El que no está de mi parte, está contra mí;
y el que conmigo no recoge, esparce.

24»Cuando un *espíritu maligno sale de una
persona, va por lugares áridos buscando un des-
canso. Y al no encontrarlo, dice: "Volveré a mi
casa, de donde salí." 25Cuando llega, la encuen-
tra barrida y arreglada. 26Luego va y trae otros
siete espíritus más malvados que él, y entran a
vivir allí. Así que el estado final de aquella
persona resulta peor que el inicial.»

27Mientras Jesús decía estas cosas, una mujer
de entre la multitud exclamó:

—¡*Dichosa la mujer que te dio a luz y te
amamantó![ñ]

28—Dichosos más bien —contestó Jesús—
los que oyen la palabra de Dios y la obedecen.

La señal de Jonás

29Como crecía la multitud, Jesús se puso a
decirles: «Ésta es una generación malvada. Pide
una señal milagrosa, pero no se le dará más señal
que la de Jonás. 30Así como Jonás fue una señal
para los habitantes de Nínive, también lo será el
Hijo del hombre para esta generación. 31La reina
del Sur se levantará en el día del juicio y conde-
nará a esta gente; porque ella vino desde los
confines de la tierra para escuchar la sabiduría
de Salomón, y aquí tienen ustedes a uno más
grande que Salomón. 32Los ninivitas se levanta-
rán en el día del juicio y condenarán a esta

[m]11:17 *y una casa … derrumbará.* Alt. *y sus casas se derrumbarán unas sobre otras.* [n]11:20 *poder.* Lit. *dedo.* [ñ]11:27 *¡Dichosa … amamantó!* Lit. *¡Dichoso el vientre que te llevó y los pechos que te criaron!*

15But some of them said, "By Beelzebub,[z] the
prince of demons, he is driving out demons."
16Others tested him by asking for a sign from
heaven.

17Jesus knew their thoughts and said to
them: "Any kingdom divided against itself
will be ruined, and a house divided against
itself will fall. 18If Satan is divided against
himself, how can his kingdom stand? I say this
because you claim that I drive out demons by
Beelzebub. 19Now if I drive out demons by
Beelzebub, by whom do your followers drive
them out? So then, they will be your judges.
20But if I drive out demons by the finger of
God, then the kingdom of God has come to
you.

21"When a strong man, fully armed, guards
his own house, his possessions are safe. 22But
when someone stronger attacks and overpowers
him, he takes away the armor in which the man
trusted and divides up the spoils.

23"He who is not with me is against me, and
he who does not gather with me, scatters.

24"When an evil[a] spirit comes out of a man,
it goes through arid places seeking rest and
does not find it. Then it says, 'I will return to
the house I left.' 25When it arrives, it finds the
house swept clean and put in order. 26Then it
goes and takes seven other spirits more wicked
than itself, and they go in and live there. And
the final condition of that man is worse than
the first."

27As Jesus was saying these things, a woman
in the crowd called out, "Blessed is the mother
who gave you birth and nursed you."

28He replied, "Blessed rather are those who
hear the word of God and obey it."

The Sign of Jonah

29As the crowds increased, Jesus said, "This
is a wicked generation. It asks for a miraculous
sign, but none will be given it except the sign of
Jonah. 30For as Jonah was a sign to the Nine-
vites, so also will the Son of Man be to this
generation. 31The Queen of the South will rise
at the judgment with the men of this generation
and condemn them; for she came from the ends
of the earth to listen to Solomon's wisdom, and
now one[b] greater than Solomon is here. 32The
men of Nineveh will stand up at the judgment
with this generation and condemn it; for they

[z]*15* Greek *Beezeboul* or *Beelzeboul*; also in verses 18 and 19 [a]*24* Greek *unclean* [b]*31* Or *something*; also in verse 32

generación; porque ellos se *arrepintieron al
escuchar la predicación de Jonás, y aquí tienen
ustedes a uno más grande que Jonás.

La lámpara del cuerpo

33»Nadie enciende una lámpara para luego
ponerla en un lugar escondido o cubrirla con un
cajón, sino para ponerla en una repisa, a fin de
que los que entren tengan luz. 34Tus ojos son la
lámpara de tu cuerpo. Si tu visión es clara, todo
tu ser disfrutará de la luz; pero si está nublada,
todo tu ser estará en la oscuridad.[o] 35Asegúrate
de que la luz que crees tener no sea oscuridad.
36Por tanto, si todo tu ser disfruta de la luz, sin
que ninguna parte quede en la oscuridad, estarás
completamente iluminado, como cuando una
lámpara te alumbra con su luz.»

Jesús denuncia a los fariseos y a los expertos en la ley

37Cuando Jesús terminó de hablar, un *fariseo
lo invitó a comer con él; así que entró en la casa
y se *sentó a la mesa. 38Pero el fariseo se
sorprendió al ver que Jesús no había cumplido
con el rito de lavarse antes de comer.

39—Resulta que ustedes los fariseos —les
dijo el Señor—, *limpian el vaso y el plato por
fuera, pero por dentro están ustedes llenos de
codicia y de maldad. 40¡Necios! ¿Acaso el que
hizo lo de afuera no hizo también lo de adentro?
41Den más bien a los pobres de lo que está
dentro,[p] y así todo quedará limpio para ustedes.

42»¡Ay de ustedes, fariseos!, que dan la déci-
ma parte de la menta, de la ruda y de toda clase
de legumbres, pero descuidan la justicia y el
amor de Dios. Debían haber practicado esto, sin
dejar de hacer aquello.

43»¡Ay de ustedes, fariseos!, que se mueren
por los primeros puestos en las sinagogas y los
saludos en las plazas.

44»¡Ay de ustedes!, que son como tumbas sin
lápida, sobre las que anda la gente sin darse
cuenta.

45Uno de los *expertos en la ley le respondió:

—Maestro, al hablar así nos insultas también
a nosotros.

46Contestó Jesús:

—¡Ay de ustedes también, expertos en la ley!
Abruman a los demás con cargas que apenas se
pueden soportar, pero ustedes mismos no levan-
tan ni un dedo para ayudarlos.

47»¡Ay de ustedes!, que construyen monu-
mentos para los profetas, a quienes los antepa-

[o]11:34 *Si tu visión … oscuridad.* Lit. *Cuando tu ojo es bueno, todo tu cuerpo está iluminado; pero cuando es malo, también tu cuerpo está oscuro.* [p]11:41 *lo que está dentro.* Alt. *lo que tienen.*

repented at the preaching of Jonah, and now one
greater than Jonah is here.

The Lamp of the Body

33"No one lights a lamp and puts it in a place
where it will be hidden, or under a bowl. Instead
he puts it on its stand, so that those who come in
may see the light. 34Your eye is the lamp of your
body. When your eyes are good, your whole
body also is full of light. But when they are bad,
your body also is full of darkness. 35See to it,
then, that the light within you is not darkness.
36Therefore, if your whole body is full of light,
and no part of it dark, it will be completely
lighted, as when the light of a lamp shines on
you."

Six Woes

37When Jesus had finished speaking, a Phari-
see invited him to eat with him; so he went in
and reclined at the table. 38But the Pharisee,
noticing that Jesus did not first wash before the
meal, was surprised.

39Then the Lord said to him, "Now then, you
Pharisees clean the outside of the cup and dish,
but inside you are full of greed and wickedness.
40You foolish people! Did not the one who made
the outside make the inside also? 41But give
what is inside ⌊the dish⌋[c] to the poor, and every-
thing will be clean for you.

42"Woe to you Pharisees, because you give
God a tenth of your mint, rue and all other
kinds of garden herbs, but you neglect justice
and the love of God. You should have prac-
ticed the latter without leaving the former un-
done.

43"Woe to you Pharisees, because you love
the most important seats in the synagogues and
greetings in the marketplaces.

44"Woe to you, because you are like un-
marked graves, which men walk over without
knowing it."

45One of the experts in the law answered him,
"Teacher, when you say these things, you insult
us also."

46Jesus replied, "And you experts in the
law, woe to you, because you load people
down with burdens they can hardly carry, and
you yourselves will not lift one finger to help
them.

47"Woe to you, because you build tombs for
the prophets, and it was your forefathers who

[c]41 Or *what you have*

sados de ustedes mataron. 48En realidad[q] aprue-
ban lo que hicieron sus antepasados; ellos mata-
ron a los profetas, y ustedes les construyen los
sepulcros. 49Por eso dijo Dios en su sabiduría:
"Les enviaré profetas y apóstoles, de los cuales
matarán a unos y perseguirán a otros." 50Por lo
tanto, a esta generación se le pedirán cuentas de
la sangre de todos los profetas derramada desde
el principio del mundo, 51desde la sangre de
Abel hasta la sangre de Zacarías, el que murió
entre el altar y el *santuario. Sí, les aseguro que
de todo esto se le pedirán cuentas a esta genera-
ción.

52»¡Ay de ustedes, expertos en la ley!, porque
se han adueñado de la llave del conocimiento.
Ustedes mismos no han entrado, y a los que
querían entrar les han cerrado el paso.

53Cuando Jesús salió de allí, los *maestros de
la ley y los fariseos, resentidos, se pusieron a
acosarlo a preguntas. 54Estaban tendiéndole
trampas para ver si fallaba en algo.

Advertencias y estímulos

12 Mientras tanto, se habían reunido milla-
res de personas, tantas que se atropella-
ban unas a otras. Jesús comenzó a hablar, diri-
giéndose primero a sus discípulos: «Cuídense de
la levadura de los *fariseos, o sea, de la *hipo-
cresía. 2No hay nada encubierto que no llegue a
revelarse, ni nada escondido que no llegue a
conocerse. 3Así que todo lo que ustedes han
dicho en la oscuridad se dará a conocer a plena
luz, y lo que han susurrado a puerta cerrada se
proclamará desde las azoteas.

4»A ustedes, mis amigos, les digo que no teman
a los que matan el cuerpo pero después no pueden
hacer más. 5Les voy a enseñar más bien a quién
deben temer: teman al que, después de dar muer-
te, tiene poder para echarlos al infierno.[r] Sí, les
aseguro que a él deben temerle. 6¿No se venden
cinco gorriones por dos moneditas?[s] Sin embar-
go, Dios no se olvida de ninguno de ellos. 7Así
mismo sucede con ustedes: aun los cabellos de su
cabeza están contados. No tengan miedo; ustedes
valen más que muchos gorriones.

8»Les aseguro que a cualquiera que me reco-
nozca delante de la gente, también el Hijo del
hombre lo reconocerá delante de los ángeles de
Dios. 9Pero al que me desconozca delante de la
gente se le desconocerá delante de los ángeles
de Dios. 10Y todo el que pronuncie alguna pala-
bra contra el Hijo del hombre será perdonado,
pero el que *blasfeme contra el Espíritu Santo
no tendrá perdón.

[q]**11:48** *En realidad.* Lit. *Así que ustedes son testigos y.*
[r]**12:5** *al infierno.* Lit. *a la *Gehenna.* [s]**12:6** *moneditas.* Lit.
asaria.

killed them. 48So you testify that you approve
of what your forefathers did; they killed the
prophets, and you build their tombs. 49Be-
cause of this, God in his wisdom said, 'I will
send them prophets and apostles, some of
whom they will kill and others they will per-
secute.' 50Therefore this generation will be
held responsible for the blood of all the proph-
ets that has been shed since the beginning of
the world, 51from the blood of Abel to the
blood of Zechariah, who was killed between
the altar and the sanctuary. Yes, I tell you, this
generation will be held responsible for it all.

52"Woe to you experts in the law, because
you have taken away the key to knowledge. You
yourselves have not entered, and you have hin-
dered those who were entering."

53When Jesus left there, the Pharisees and the
teachers of the law began to oppose him fiercely
and to besiege him with questions, 54waiting to
catch him in something he might say.

Warnings and Encouragements

12 Meanwhile, when a crowd of many
thousands had gathered, so that they
were trampling on one another, Jesus began to
speak first to his disciples, saying: "Be on
your guard against the yeast of the Pharisees,
which is hypocrisy. 2There is nothing con-
cealed that will not be disclosed, or hidden
that will not be made known. 3What you have
said in the dark will be heard in the daylight,
and what you have whispered in the ear in the
inner rooms will be proclaimed from the
roofs.

4"I tell you, my friends, do not be afraid of
those who kill the body and after that can do
no more. 5But I will show you whom you
should fear: Fear him who, after the killing of
the body, has power to throw you into hell.
Yes, I tell you, fear him. 6Are not five spar-
rows sold for two pennies[d]? Yet not one of
them is forgotten by God. 7Indeed, the very
hairs of your head are all numbered. Don't be
afraid; you are worth more than many spar-
rows.

8"I tell you, whoever acknowledges me be-
fore men, the Son of Man will also acknowl-
edge him before the angels of God. 9But he
who disowns me before men will be dis-
owned before the angels of God. 10And ev-
eryone who speaks a word against the Son of
Man will be forgiven, but anyone who blas-
phemes against the Holy Spirit will not be
forgiven.

[d]*6* Greek *two assaria*

11»Cuando los hagan comparecer ante las si-
nagogas, los gobernantes y las autoridades, no
se preocupen de cómo van a defenderse o de qué
van a decir, 12porque en ese momento el Espíritu
Santo les enseñará lo que deben responder.»

Parábola del rico insensato

13Uno de entre la multitud le pidió:
—Maestro, dile a mi hermano que comparta
la herencia conmigo.
14—Hombre —replicó Jesús—, ¿quién me
nombró a mí juez o árbitro entre ustedes?
15»¡Tengan cuidado! —advirtió a la gente—.
Absténganse de toda avaricia; la vida de una
persona no depende de la abundancia de sus
bienes.
16Entonces les contó esta parábola:
—El terreno de un hombre rico le produjo una
buena cosecha. 17Así que se puso a pensar:
"¿Qué voy a hacer? No tengo dónde almacenar
mi cosecha." 18Por fin dijo: "Ya sé lo que voy
a hacer: derribaré mis graneros y construiré
otros más grandes, donde pueda almacenar todo
mi grano y mis bienes. 19Y diré: Alma mía, ya
tienes bastantes cosas buenas guardadas para
muchos años. Descansa, come, bebe y goza de
la vida." 20Pero Dios le dijo: "¡Necio! Esta
misma noche te van a reclamar la *vida. ¿Y
quién se quedará con lo que has acumulado?"
21»Así le sucede al que acumula riquezas para
sí mismo, en vez de ser rico delante de Dios.

No se preocupen

22Luego dijo Jesús a sus discípulos:
—Por eso les digo: No se preocupen por su
*vida, qué comerán; ni por su cuerpo, con qué se
vestirán. 23La vida tiene más valor que la comida,
y el cuerpo más que la ropa. 24Fíjense en los
cuervos: no siembran ni cosechan, ni tienen alma-
cén ni granero; sin embargo, Dios los alimenta.
¡Cuánto más valen ustedes que las aves! 25¿Quién
de ustedes, por mucho que se preocupe, puede
añadir una sola hora al curso de su vida?[f] 26Ya que
no pueden hacer algo tan insignificante, ¿por qué
se preocupan por lo demás?
27»Fíjense cómo crecen los lirios. No trabajan
ni hilan; sin embargo, les digo que ni siquiera
Salomón, con todo su esplendor, se vestía como
uno de ellos. 28Si así viste Dios a la hierba que
hoy está en el campo y mañana es arrojada al
horno, ¡cuánto más hará por ustedes, gente de
poca fe! 29Así que no se afanen por lo que han
de comer o beber; dejen de atormentarse. 30El
mundo *pagano anda tras todas estas cosas, pero

[f] **12:25** *puede añadir … su vida.* Alt. *puede aumentar su estatura siquiera medio metro* (lit. *un *codo*).

11"When you are brought before synagogues,
rulers and authorities, do not worry about how
you will defend yourselves or what you will say,
12for the Holy Spirit will teach you at that time
what you should say."

The Parable of the Rich Fool

13Someone in the crowd said to him, "Teach-
er, tell my brother to divide the inheritance with
me."
14Jesus replied, "Man, who appointed me a
judge or an arbiter between you?" 15Then he
said to them, "Watch out! Be on your guard
against all kinds of greed; a man's life does
not consist in the abundance of his posses-
sions."
16And he told them this parable: "The ground
of a certain rich man produced a good crop. 17He
thought to himself, 'What shall I do? I have no
place to store my crops.'
18"Then he said, 'This is what I'll do. I will
tear down my barns and build bigger ones, and
there I will store all my grain and my goods.
19And I'll say to myself, "You have plenty of
good things laid up for many years. Take life
easy; eat, drink and be merry." '
20"But God said to him, 'You fool! This very
night your life will be demanded from you. Then
who will get what you have prepared for your-
self?'
21"This is how it will be with anyone who
stores up things for himself but is not rich toward
God."

Do Not Worry

22Then Jesus said to his disciples: "Therefore
I tell you, do not worry about your life, what you
will eat; or about your body, what you will wear.
23Life is more than food, and the body more than
clothes. 24Consider the ravens: They do not sow
or reap, they have no storeroom or barn; yet God
feeds them. And how much more valuable you
are than birds! 25Who of you by worrying can
add a single hour to his life[e]? 26Since you cannot
do this very little thing, why do you worry about
the rest?
27"Consider how the lilies grow. They do not
labor or spin. Yet I tell you, not even Solomon
in all his splendor was dressed like one of these.
28If that is how God clothes the grass of the field,
which is here today, and tomorrow is thrown
into the fire, how much more will he clothe you,
O you of little faith! 29And do not set your heart
on what you will eat or drink; do not worry about
it. 30For the pagan world runs after all such

[e] *25* Or *single cubit to his height*

el Padre sabe que ustedes las necesitan. 31Uste-
des, por el contrario, busquen el reino de Dios,
y estas cosas les serán añadidas.

32»No tengan miedo, mi rebaño pequeño, por-
que es la buena voluntad del Padre darles el
reino. 33Vendan sus bienes y den a los pobres.
Provéanse de bolsas que no se desgasten; acu-
mulen un tesoro inagotable en el cielo, donde no
hay ladrón que aceche ni polilla que destruya.
34Pues donde tengan ustedes su tesoro, allí esta-
rá también su corazón.

La vigilancia

35»Manténganse listos, con la ropa bien ajus-
tada[u] y la luz encendida. 36Pórtense como sier-
vos que esperan a que regrese su señor de un
banquete de bodas, para abrirle la puerta tan
pronto como él llegue y toque. 37*Dichosos los
*siervos a quienes su señor encuentre pendien-
tes de su llegada. Créanme que se ajustará la
ropa, hará que los siervos se sienten a la mesa,
y él mismo se pondrá a servirles. 38Sí, dichosos
aquellos siervos a quienes su señor encuentre
preparados, aunque llegue a la medianoche o de
madrugada. 39Pero entiendan esto: Si un dueño
de casa supiera a qué hora va a llegar el ladrón,
estaría pendiente para no dejarlo forzar la entra-
da. 40Así mismo deben ustedes estar preparados,
porque el Hijo del hombre vendrá cuando menos
lo esperen.

41—Señor —le preguntó Pedro—, ¿cuentas
esta parábola para nosotros, o para todos?

42Respondió el Señor:

—¿Dónde se halla un mayordomo fiel y pru-
dente a quien su señor deja encargado de los
siervos para repartirles la comida a su debido
tiempo? 43Dichoso el siervo cuyo señor, al re-
gresar, lo encuentra cumpliendo con su deber.
44Les aseguro que lo pondrá a cargo de todos sus
bienes. 45Pero ¡qué tal si ese siervo se pone a
pensar: "Mi señor tarda en volver", y luego
comienza a golpear a los criados y a las criadas,
y a comer y beber y emborracharse! 46El señor
de ese siervo volverá el día en que el siervo
menos lo espere y a la hora menos pensada.
Entonces lo castigará severamente y le impon-
drá la condena que reciben los incrédulos.[v]

47»El siervo que conoce la voluntad de su
señor, y no se prepara para cumplirla, recibirá
muchos golpes. 48En cambio, el que no la cono-
ce y hace algo que merezca castigo, recibirá
pocos golpes. A todo el que se le ha dado mucho,
se le exigirá mucho; y al que se le ha confiado
mucho, se le pedirá aun más.

[u] **12:35** *Manténganse … ajustada.* Lit. *Tengan sus lomos ceñidos.* [v] **12:46** *lo castigará … incrédulos.* Lit. *lo cortará en dos y fijará su porción con los incrédulos.*

things, and your Father knows that you need
them. 31But seek his kingdom, and these things
will be given to you as well.

32"Do not be afraid, little flock, for your
Father has been pleased to give you the king-
dom. 33Sell your possessions and give to the
poor. Provide purses for yourselves that will not
wear out, a treasure in heaven that will not be
exhausted, where no thief comes near and no
moth destroys. 34For where your treasure is,
there your heart will be also.

Watchfulness

35"Be dressed ready for service and keep
your lamps burning, 36like men waiting for
their master to return from a wedding banquet,
so that when he comes and knocks they can
immediately open the door for him. 37It will
be good for those servants whose master finds
them watching when he comes. I tell you the
truth, he will dress himself to serve, will have
them recline at the table and will come and
wait on them. 38It will be good for those ser-
vants whose master finds them ready, even if
he comes in the second or third watch of the
night. 39But understand this: If the owner of
the house had known at what hour the thief
was coming, he would not have let his house
be broken into. 40You also must be ready, be-
cause the Son of Man will come at an hour
when you do not expect him."

41Peter asked, "Lord, are you telling this par-
able to us, or to everyone?"

42The Lord answered, "Who then is the
faithful and wise manager, whom the master
puts in charge of his servants to give them
their food allowance at the proper time? 43It
will be good for that servant whom the master
finds doing so when he returns. 44I tell you
the truth, he will put him in charge of all his
possessions. 45But suppose the servant says to
himself, 'My master is taking a long time in
coming,' and he then begins to beat the men-
servants and maidservants and to eat and drink
and get drunk. 46The master of that servant
will come on a day when he does not expect
him and at an hour he is not aware of. He will
cut him to pieces and assign him a place with
the unbelievers.

47"That servant who knows his master's will
and does not get ready or does not do what his
master wants will be beaten with many blows.
48But the one who does not know and does
things deserving punishment will be beaten with
few blows. From everyone who has been given
much, much will be demanded; and from the one
who has been entrusted with much, much more
will be asked.

División en vez de paz

49»He venido a traer fuego a la tierra, y ¡cómo
quisiera que ya estuviera ardiendo! 50Pero tengo
que pasar por la prueba de un bautismo, y ¡cuánta
angustia siento hasta que se cumpla! 51¿Creen
ustedes que vine a traer paz a la tierra? ¡Les digo
que no, sino división! 52De ahora en adelante
estarán divididos cinco en una familia, tres contra
dos, y dos contra tres. 53Se enfrentarán el padre
contra su hijo y el hijo contra su padre, la madre
contra su hija y la hija contra su madre, la suegra
contra su nuera y la nuera contra su suegra.

Señales de los tiempos

54Luego añadió Jesús, dirigiéndose a la multitud:

—Cuando ustedes ven que se levanta una
nube en el occidente, en seguida dicen: "Va a
llover", y así sucede. 55Y cuando sopla el viento
del sur, dicen: "Va a hacer calor", y así sucede.
56¡*Hipócritas! Ustedes saben interpretar la
apariencia de la tierra y del cielo. ¿Cómo es que
no saben interpretar el tiempo actual?

57»¿Por qué no juzgan por ustedes mismos lo
que es justo? 58Si tienes que ir con un adversario
al magistrado, procura reconciliarte con él en el
camino, no sea que te lleve por la fuerza ante el
juez, y el juez te entregue al alguacil, y el alguacil te meta en la cárcel. 59Te digo que no saldrás
de allí hasta que pagues el último centavo.[w]

El que no se arrepiente perecerá

13 En aquella ocasión algunos que habían
llegado le contaron a Jesús cómo Pilato
había dado muerte a unos galileos cuando ellos
ofrecían sus sacrificios.[x] 2Jesús les respondió:
«¿Piensan ustedes que esos galileos, por haber
sufrido así, eran más pecadores que todos los
demás? 3¡Les digo que no! De la misma manera,
todos ustedes perecerán, a menos que se *arrepientan. 4¿O piensan que aquellos dieciocho que
fueron aplastados por la torre de Siloé eran más
culpables que todos los demás habitantes de
Jerusalén? 5¡Les digo que no! De la misma
manera, todos ustedes perecerán, a menos que
se arrepientan.»

6Entonces les contó esta parábola: «Un hombre
tenía una higuera plantada en su viñedo, pero
cuando fue a buscar fruto en ella, no encontró
nada. 7Así que le dijo al viñador: "Mira, ya hace
tres años que vengo a buscar fruto en esta higuera,
y no he encontrado nada. ¡Córtala! ¿Para qué ha
de ocupar terreno?" 8"Señor —le contestó el

[w]12:59 *centavo.* Lit. **lepton.* [x]13:1 *le contaron … sacrificios.* Lit. *le contaron acerca de los galileos cuya sangre Pilato mezcló con sus sacrificios.*

Not Peace but Division

49"I have come to bring fire on the earth, and
how I wish it were already kindled! 50But I have
a baptism to undergo, and how distressed I am
until it is completed! 51Do you think I came to
bring peace on earth? No, I tell you, but division.
52From now on there will be five in one family
divided against each other, three against two and
two against three. 53They will be divided, father
against son and son against father, mother
against daughter and daughter against mother,
mother-in-law against daughter-in-law and
daughter-in-law against mother-in-law."

Interpreting the Times

54He said to the crowd: "When you see a
cloud rising in the west, immediately you say,
'It's going to rain,' and it does. 55And when the
south wind blows, you say, 'It's going to be hot,'
and it is. 56Hypocrites! You know how to interpret the appearance of the earth and the sky.
How is it that you don't know how to interpret
this present time?

57"Why don't you judge for yourselves what
is right? 58As you are going with your adversary
to the magistrate, try hard to be reconciled to him
on the way, or he may drag you off to the judge,
and the judge turn you over to the officer, and
the officer throw you into prison. 59I tell you,
you will not get out until you have paid the last
penny.[f]"

Repent or Perish

13 Now there were some present at that
time who told Jesus about the Galileans
whose blood Pilate had mixed with their sacrifices. 2Jesus answered, "Do you think that these
Galileans were worse sinners than all the other
Galileans because they suffered this way? 3I tell
you, no! But unless you repent, you too will all
perish. 4Or those eighteen who died when the
tower in Siloam fell on them—do you think they
were more guilty than all the others living in
Jerusalem? 5I tell you, no! But unless you repent, you too will all perish."

6Then he told this parable: "A man had a
fig tree, planted in his vineyard, and he went
to look for fruit on it, but did not find any. 7So
he said to the man who took care of the vineyard, 'For three years now I've been coming
to look for fruit on this fig tree and haven't
found any. Cut it down! Why should it use up
the soil?'

f59 Greek *lepton*

viñador—, déjela todavía por un año más, para
que yo pueda cavar a su alrededor y echarle
abono. 9Así tal vez en adelante dé fruto; si no,
córtela."»

Jesús sana en sábado a una mujer encorvada

10Un *sábado Jesús estaba enseñando en una
de las sinagogas, 11y estaba allí una mujer que
por causa de un demonio llevaba dieciocho años
enferma. Andaba encorvada y de ningún modo
podía enderezarse. 12Cuando Jesús la vio, la
llamó y le dijo:

—Mujer, quedas libre de tu enfermedad.

13Al mismo tiempo, puso las manos sobre
ella, y al instante la mujer se enderezó y empezó
a alabar a Dios. 14Indignado porque Jesús había
sanado en sábado, el jefe de la sinagoga intervino, dirigiéndose a la gente:

—Hay seis días en que se puede trabajar, así que vengan esos días para ser sanados, y no el sábado.

15—*¡Hipócritas! —le contestó el Señor—.
¿Acaso no desata cada uno de ustedes su buey o
su burro en sábado, y lo saca del establo para
llevarlo a tomar agua? 16Sin embargo, a esta
mujer, que es hija de Abraham, y a quien Satanás
tenía atada durante dieciocho largos años, ¿no
se le debía quitar esta cadena en sábado?

17Cuando razonó así, quedaron humillados todos sus adversarios, pero la gente estaba encantada de tantas maravillas que él hacía.

Parábolas del grano de mostaza y de la levadura

18—¿A qué se parece el reino de Dios? —con-
tinuó Jesús—. ¿Con qué voy a compararlo? 19Se
parece a un grano de mostaza que un hombre sembró en su huerto. Creció hasta convertirse en un árbol, y las aves anidaron en sus ramas.

20Volvió a decir:

—¿Con qué voy a comparar el reino de Dios?
21Es como la levadura que una mujer tomó y mezcló con una gran cantidad[y] de harina, hasta que fermentó toda la masa.

La puerta estrecha

22Continuando su viaje a Jerusalén, Jesús enseñaba en los pueblos y aldeas por donde pasaba.

23—Señor, ¿son pocos los que van a salvarse? —le preguntó uno.

24—Esfuércense por entrar por la puerta es-
trecha —contestó—, porque les digo que mu-
chos tratarán de entrar y no podrán. 25Tan pronto

[y] **13:21** *una gran cantidad.* Lit. *tres satas* (probablemente unos 22 litros).

8" 'Sir,' the man replied, 'leave it alone for
one more year, and I'll dig around it and fertilize
it. 9If it bears fruit next year, fine! If not, then
cut it down.' "

A Crippled Woman Healed on the Sabbath

10On a Sabbath Jesus was teaching in one of
the synagogues, 11and a woman was there who
had been crippled by a spirit for eighteen years. She was bent over and could not straighten up
at all. 12When Jesus saw her, he called her
forward and said to her, "Woman, you are set
free from your infirmity." 13Then he put his
hands on her, and immediately she straightened up and praised God.

14Indignant because Jesus had healed on the Sabbath, the synagogue ruler said to the people, "There are six days for work. So come and be healed on those days, not on the Sabbath."

15The Lord answered him, "You hypocrites! Doesn't each of you on the Sabbath untie his ox or donkey from the stall and lead it out to give
it water? 16Then should not this woman, a
daughter of Abraham, whom Satan has kept bound for eighteen long years, be set free on the Sabbath day from what bound her?"

17When he said this, all his opponents were humiliated, but the people were delighted with all the wonderful things he was doing.

The Parables of the Mustard Seed and the Yeast

18Then Jesus asked, "What is the kingdom
of God like? What shall I compare it to? 19It
is like a mustard seed, which a man took and planted in his garden. It grew and became a tree, and the birds of the air perched in its branches."

20Again he asked, "What shall I compare the
kingdom of God to? 21It is like yeast that a
woman took and mixed into a large amount[g] of flour until it worked all through the dough."

The Narrow Door

22Then Jesus went through the towns and villages, teaching as he made his way to Jerusa-
lem. 23Someone asked him, "Lord, are only a
few people going to be saved?"

He said to them, 24"Make every effort to enter
through the narrow door, because many, I tell
you, will try to enter and will not be able to.
25Once the owner of the house gets up and

[g] *21* Greek *three satas* (probably about 1/2 bushel or 22 liters)

como el dueño de la casa se haya levantado a
cerrar la puerta, ustedes desde afuera se pondrán
a golpear la puerta, diciendo: "Señor, ábrenos."
Pero él les contestará: "No sé quiénes son uste-
des." 26Entonces dirán: "Comimos y bebimos
contigo, y tú enseñaste en nuestras plazas."
27Pero él les contestará: "Les repito que no sé
quiénes son ustedes. ¡Apártense de mí, todos
ustedes hacedores de injusticia!"

28»Allí habrá llanto y rechinar de dientes
cuando vean en el reino de Dios a Abraham,
Isaac, Jacob y a todos los profetas, mientras a
ustedes los echan fuera. 29Habrá quienes lle-
guen del oriente y del occidente, del norte y del
sur, para *sentarse al banquete en el reino de
Dios. 30En efecto, hay últimos que serán prime-
ros, y primeros que serán últimos.

Lamento de Jesús sobre Jerusalén

31En ese momento se acercaron a Jesús unos
*fariseos y le dijeron:

—Sal de aquí y vete a otro lugar, porque
Herodes quiere matarte.

32Él les contestó:

—Vayan y díganle a ese zorro: "Mira, hoy y
mañana seguiré expulsando demonios y sanan-
do a la gente, y al tercer día terminaré lo que
debo hacer." 33Tengo que seguir adelante hoy,
mañana y pasado mañana, porque no puede ser
que muera un profeta fuera de Jerusalén.

34»¡Jerusalén, Jerusalén, que matas a los pro-
fetas y apedreas a los que se te envían! ¡Cuántas
veces quise reunir a tus hijos, como reúne la
gallina a sus pollitos debajo de sus alas, pero no
quisiste! 35Pues bien, la casa de ustedes va a
quedar abandonada. Y les advierto que ya no
volverán a verme hasta el día que digan: "¡Ben-
dito el que viene en el nombre del Señor!"[z]

Jesús en casa de un fariseo

14 Un día Jesús fue a comer a casa de un
notable de los *fariseos. Era *sábado,
así que éstos estaban acechando a Jesús. 2Allí,
delante de él, estaba un hombre enfermo de
hidropesía. 3Jesús les preguntó a los *expertos
en la ley y a los fariseos:

—¿Está permitido o no sanar en sábado?

4Pero ellos se quedaron callados. Entonces
tomó al hombre, lo sanó y lo despidió.

5También les dijo:

—Si uno de ustedes tiene un hijo[a] o un buey
que se le cae en un pozo, ¿no lo saca en seguida
aunque sea sábado?

6Y no pudieron contestarle nada.

7Al notar cómo los invitados escogían los

closes the door, you will stand outside knocking
and pleading, 'Sir, open the door for us.'

"But he will answer, 'I don't know you or
where you come from.'

26"Then you will say, 'We ate and drank with
you, and you taught in our streets.'

27"But he will reply, 'I don't know you or
where you come from. Away from me, all you
evildoers!'

28"There will be weeping there, and gnashing
of teeth, when you see Abraham, Isaac and
Jacob and all the prophets in the kingdom of
God, but you yourselves thrown out. 29People
will come from east and west and north and
south, and will take their places at the feast in
the kingdom of God. 30Indeed there are those
who are last who will be first, and first who will
be last."

Jesus' Sorrow for Jerusalem

31At that time some Pharisees came to Jesus
and said to him, "Leave this place and go some-
where else. Herod wants to kill you."

32He replied, "Go tell that fox, 'I will drive
out demons and heal people today and tomor-
row, and on the third day I will reach my goal.'
33In any case, I must keep going today and
tomorrow and the next day—for surely no
prophet can die outside Jerusalem!

34"O Jerusalem, Jerusalem, you who kill
the prophets and stone those sent to you, how
often I have longed to gather your children
together, as a hen gathers her chicks under
her wings, but you were not willing! 35Look,
your house is left to you desolate. I tell you,
you will not see me again until you say,
'Blessed is he who comes in the name of the
Lord.'[h]"

Jesus at a Pharisee's House

14 One Sabbath, when Jesus went to eat
in the house of a prominent Pharisee,
he was being carefully watched. 2There in
front of him was a man suffering from dropsy.
3Jesus asked the Pharisees and experts in the
law, "Is it lawful to heal on the Sabbath or
not?" 4But they remained silent. So taking
hold of the man, he healed him and sent him
away.

5Then he asked them, "If one of you has a son[i]
or an ox that falls into a well on the Sabbath day,
will you not immediately pull him out?" 6And
they had nothing to say.

7When he noticed how the guests picked the
places of honor at the table, he told them this

[z] **13:35** Sal 118:26 [a] **14:5** *hijo.* Var. *burro.*

[h] *35* Psalm 118:26 [i] *5* Some manuscripts *donkey*

lugares de honor en la mesa, les contó esta
parábola:
8—Cuando alguien te invite a una fiesta de
bodas, no te sientes en el lugar de honor, no sea
que haya algún invitado más distinguido que tú.
9Si es así, el que los invitó a los dos vendrá y te
dirá: “Cédele tu asiento a este hombre.” Enton-
ces, avergonzado, tendrás que ocupar el último
asiento. 10Más bien, cuando te inviten, siéntate
en el último lugar, para que cuando venga el que
te invitó, te diga: “Amigo, pasa más adelante a
un lugar mejor.” Así recibirás honor en presen-
cia de todos los demás invitados. 11Todo el que
a sí mismo se enaltece será humillado, y el que
se humilla será enaltecido.
12También dijo Jesús al que lo había invitado:
—Cuando des una comida o una cena, no
invites a tus amigos, ni a tus hermanos, ni a tus
parientes, ni a tus vecinos ricos; no sea que ellos,
a su vez, te inviten y así seas recompensado.
13Más bien, cuando des un banquete, invita a los
pobres, a los inválidos, a los cojos y a los ciegos.
14Entonces serás *dichoso, pues aunque ellos no
tienen con qué recompensarte, serás recompen-
sado en la resurrección de los justos.

Parábola del gran banquete

15Al oír esto, uno de los que estaban *sentados
a la mesa con Jesús le dijo:
—¡*Dichoso el que coma en el banquete del
reino de Dios!
16Jesús le contestó:
—Cierto hombre preparó un gran banquete e
invitó a muchas personas. 17A la hora del ban-
quete mandó a su siervo a decirles a los invita-
dos: “Vengan, porque ya todo está listo.” 18Pero
todos, sin excepción, comenzaron a disculparse.
El primero le dijo: “Acabo de comprar un terre-
no y tengo que ir a verlo. Te ruego que me
disculpes.” 19Otro adujo: “Acabo de comprar
cinco yuntas de bueyes, y voy a probarlas. Te
ruego que me disculpes.” 20Otro alegó: “Acabo
de casarme y por eso no puedo ir.” 21El siervo
regresó y le informó de esto a su señor. Entonces
el dueño de la casa se enojó y le mandó a su
siervo: “Sal de prisa por las plazas y los calle-
jones del pueblo, y trae acá a los pobres, a los
inválidos, a los cojos y a los ciegos.” 22“Señor
—le dijo luego el siervo—, ya hice lo que usted
me mandó, pero todavía hay lugar.” 23Entonces
el señor le respondió: “Ve por los caminos y las
veredas, y oblígalos a entrar para que se llene mi
casa. 24Les digo que ninguno de aquellos invi-
tados disfrutará de mi banquete.”

El precio del discipulado

25Grandes multitudes seguían a Jesús, y él se
volvió y les dijo: 26«Si alguno viene a mí y no

parable: 8“When someone invites you to a wed-
ding feast, do not take the place of honor, for a
person more distinguished than you may have
been invited. 9If so, the host who invited both of
you will come and say to you, ‘Give this man
your seat.’ Then, humiliated, you will have to
take the least important place. 10But when you
are invited, take the lowest place, so that when
your host comes, he will say to you, ‘Friend,
move up to a better place.’ Then you will be
honored in the presence of all your fellow
guests. 11For everyone who exalts himself will
be humbled, and he who humbles himself will
be exalted.”
12Then Jesus said to his host, “When you give
a luncheon or dinner, do not invite your friends,
your brothers or relatives, or your rich neigh-
bors; if you do, they may invite you back and so
you will be repaid. 13But when you give a ban-
quet, invite the poor, the crippled, the lame, the
blind, 14and you will be blessed. Although they
cannot repay you, you will be repaid at the
resurrection of the righteous.”

The Parable of the Great Banquet

15When one of those at the table with him
heard this, he said to Jesus, “Blessed is the man
who will eat at the feast in the kingdom of God.”
16Jesus replied: “A certain man was preparing
a great banquet and invited many guests. 17At
the time of the banquet he sent his servant to tell
those who had been invited, ‘Come, for every-
thing is now ready.’
18“But they all alike began to make excuses.
The first said, ‘I have just bought a field, and I
must go and see it. Please excuse me.’
19“Another said, ‘I have just bought five yoke
of oxen, and I’m on my way to try them out.
Please excuse me.’
20“Still another said, ‘I just got married, so I
can’t come.’
21“The servant came back and reported this
to his master. Then the owner of the house
became angry and ordered his servant, ‘Go out
quickly into the streets and alleys of the town
and bring in the poor, the crippled, the blind and
the lame.’
22“ ‘Sir,’ the servant said, ‘what you ordered
has been done, but there is still room.’
23“Then the master told his servant, ‘Go out
to the roads and country lanes and make them
come in, so that my house will be full. 24I tell
you, not one of those men who were invited will
get a taste of my banquet.’ ”

The Cost of Being a Disciple

25Large crowds were traveling with Jesus, and
turning to them he said: 26“If anyone comes to

sacrifica el amor[b] a su padre y a su madre, a su
esposa y a sus hijos, a sus hermanos y a sus
hermanas, y aun a su propia *vida, no puede ser
mi discípulo. 27Y el que no carga su cruz y me
sigue, no puede ser mi discípulo.

28»Supongamos que alguno de ustedes quiere
construir una torre. ¿Acaso no se sienta primero
a calcular el costo, para ver si tiene suficiente
dinero para terminarla? 29Si echa los cimientos
y no puede terminarla, todos los que la vean
comenzarán a burlarse de él, 30y dirán: "Este
hombre ya no pudo terminar lo que comenzó a
construir."

31»O supongamos que un rey está a punto de
ir a la guerra contra otro rey. ¿Acaso no se sienta
primero a calcular si con diez mil hombres pue-
de enfrentarse al que viene contra él con veinte
mil? 32Si no puede, enviará una delegación
mientras el otro está todavía lejos, para pedir
condiciones de paz. 33De la misma manera,
cualquiera de ustedes que no renuncie a todos
sus bienes, no puede ser mi discípulo.

34»La sal es buena, pero si se vuelve insípida,
¿cómo recuperará el sabor? 35No sirve ni para
la tierra ni para el abono; hay que tirarla fuera.

»El que tenga oídos para oír, que oiga.»

Parábola de la oveja perdida

15 Muchos *recaudadores de impuestos y
*pecadores se acercaban a Jesús para
oírlo, 2de modo que los *fariseos y los *maes-
tros de la ley se pusieron a murmurar: «Este
hombre recibe a los pecadores y come con
ellos.»

3Él entonces les contó esta parábola: 4«Su-
pongamos que uno de ustedes tiene cien ovejas
y pierde una de ellas. ¿No deja las noventa y
nueve en el campo, y va en busca de la oveja
perdida hasta encontrarla? 5Y cuando la encuen-
tra, lleno de alegría la carga en los hombros 6y
vuelve a la casa. Al llegar, reúne a sus amigos y
vecinos, y les dice: "Alégrense conmigo; ya
encontré la oveja que se me había perdido."
7Les digo que así es también en el cielo: habrá
más alegría por un solo pecador que se *arre-
pienta, que por noventa y nueve justos que no
necesitan arrepentirse.

Parábola de la moneda perdida

8»O supongamos que una mujer tiene diez
monedas de plata[c] y pierde una. ¿No enciende
una lámpara, barre la casa y busca con cuidado
hasta encontrarla? 9Y cuando la encuentra, reú-
ne a sus amigas y vecinas, y les dice: "Alégrense

[b] **14:26** *no sacrifica el amor.* Lit. *no odia.* [c] **15:8** *monedas de plata.* Lit. **dracmas.*

me and does not hate his father and mother, his
wife and children, his brothers and sisters—yes,
even his own life—he cannot be my disciple.
27And anyone who does not carry his cross and
follow me cannot be my disciple.

28"Suppose one of you wants to build a tower.
Will he not first sit down and estimate the cost
to see if he has enough money to complete it?
29For if he lays the foundation and is not able to
finish it, everyone who sees it will ridicule him,
30saying, 'This fellow began to build and was
not able to finish.'

31"Or suppose a king is about to go to war
against another king. Will he not first sit down
and consider whether he is able with ten thou-
sand men to oppose the one coming against
him with twenty thousand? 32If he is not able,
he will send a delegation while the other is
still a long way off and will ask for terms of
peace. 33In the same way, any of you who
does not give up everything he has cannot be
my disciple.

34"Salt is good, but if it loses its saltiness,
how can it be made salty again? 35It is fit
neither for the soil nor for the manure pile; it
is thrown out.

"He who has ears to hear, let him hear."

The Parable of the Lost Sheep

15 Now the tax collectors and "sinners"
were all gathering around to hear him.
2But the Pharisees and the teachers of the law
muttered, "This man welcomes sinners and eats
with them."

3Then Jesus told them this parable: 4"Sup-
pose one of you has a hundred sheep and loses
one of them. Does he not leave the ninety-nine
in the open country and go after the lost sheep
until he finds it? 5And when he finds it, he
joyfully puts it on his shoulders 6and goes
home. Then he calls his friends and neighbors
together and says, 'Rejoice with me; I have
found my lost sheep.' 7I tell you that in the
same way there will be more rejoicing in heav-
en over one sinner who repents than over nine-
ty-nine righteous persons who do not need to
repent.

The Parable of the Lost Coin

8"Or suppose a woman has ten silver coins[j]
and loses one. Does she not light a lamp,
sweep the house and search carefully until she
finds it? 9And when she finds it, she calls her
friends and neighbors together and says, 'Re-

[j] *8* Greek *ten drachmas*, each worth about a day's wages

conmigo; ya encontré la moneda que se me había perdido.” 10Les digo que así mismo se alegra Dios con sus ángeles[d] por un pecador que se arrepiente.

Parábola del hijo perdido

11»Un hombre tenía dos hijos —continuó Jesús—. 12El menor de ellos le dijo a su padre: “Papá, dame lo que me toca de la herencia.” Así que el padre repartió sus bienes entre los dos. 13Poco después el hijo menor juntó todo lo que tenía y se fue a un país lejano; allí vivió desenfrenadamente y derrochó su herencia.

14»Cuando ya lo había gastado todo, sobrevino una gran escasez en la región, y él comenzó a pasar necesidad. 15Así que fue y consiguió empleo con un ciudadano de aquel país, quien lo mandó a sus campos a cuidar cerdos. 16Tanta hambre tenía que hubiera querido llenarse el estómago con la comida que daban a los cerdos, pero aun así nadie le daba nada. 17Por fin recapacitó y se dijo: “¡Cuántos jornaleros de mi padre tienen comida de sobra, y yo aquí me muero de hambre! 18Tengo que volver a mi padre y decirle: Papá, he pecado contra el cielo y contra ti. 19Ya no merezco que se me llame tu hijo; trátame como si fuera uno de tus jornaleros.” 20Así que emprendió el viaje y se fue a su padre.

»Todavía estaba lejos cuando su padre lo vio y se compadeció de él; salió corriendo a su encuentro, lo abrazó y lo besó. 21El joven le dijo: “Papá, he pecado contra el cielo y contra ti. Ya no merezco que se me llame tu hijo.”[e] 22Pero el padre ordenó a sus *siervos: “¡Pronto! Traigan la mejor ropa para vestirlo. Pónganle también un anillo en el dedo y sandalias en los pies. 23Traigan el ternero más gordo y mátenlo para celebrar un banquete. 24Porque este hijo mío estaba muerto, pero ahora ha vuelto a la vida; se había perdido, pero ya lo hemos encontrado.” Así que empezaron a hacer fiesta.

25»Mientras tanto, el hijo mayor estaba en el campo. Al volver, cuando se acercó a la casa, oyó la música del baile. 26Entonces llamó a uno de los siervos y le preguntó qué pasaba. 27“Ha llegado tu hermano —le respondió—, y tu papá ha matado el ternero más gordo porque ha recobrado a su hijo sano y salvo.” 28Indignado, el hermano mayor se negó a entrar. Así que su padre salió a suplicarle que lo hiciera. 29Pero él le contestó: “¡Fíjate cuántos años te he servido sin desobedecer jamás tus órdenes, y ni un cabrito me has dado para celebrar una fiesta con mis amigos! 30¡Pero ahora llega ese hijo tuyo, que ha despilfarrado tu

[d]15:10 *se alegra ... ángeles.* Lit. *hay alegría en la presencia de los ángeles de Dios.* [e]15:21 *hijo.* Var. *hijo; trátame como si fuera uno de tus jornaleros.*

joice with me; I have found my lost coin.’ 10In the same way, I tell you, there is rejoicing in the presence of the angels of God over one sinner who repents.”

The Parable of the Lost Son

11Jesus continued: “There was a man who had two sons. 12The younger one said to his father, ‘Father, give me my share of the estate.’ So he divided his property between them.

13“Not long after that, the younger son got together all he had, set off for a distant country and there squandered his wealth in wild living. 14After he had spent everything, there was a severe famine in that whole country, and he began to be in need. 15So he went and hired himself out to a citizen of that country, who sent him to his fields to feed pigs. 16He longed to fill his stomach with the pods that the pigs were eating, but no one gave him anything.

17“When he came to his senses, he said, ‘How many of my father’s hired men have food to spare, and here I am starving to death! 18I will set out and go back to my father and say to him: Father, I have sinned against heaven and against you. 19I am no longer worthy to be called your son; make me like one of your hired men.’ 20So he got up and went to his father.

“But while he was still a long way off, his father saw him and was filled with compassion for him; he ran to his son, threw his arms around him and kissed him.

21“The son said to him, ‘Father, I have sinned against heaven and against you. I am no longer worthy to be called your son.[k]’

22“But the father said to his servants, ‘Quick! Bring the best robe and put it on him. Put a ring on his finger and sandals on his feet. 23Bring the fattened calf and kill it. Let’s have a feast and celebrate. 24For this son of mine was dead and is alive again; he was lost and is found.’ So they began to celebrate.

25“Meanwhile, the older son was in the field. When he came near the house, he heard music and dancing. 26So he called one of the servants and asked him what was going on. 27‘Your brother has come,’ he replied, ‘and your father has killed the fattened calf because he has him back safe and sound.’

28“The older brother became angry and refused to go in. So his father went out and pleaded with him. 29But he answered his father, ‘Look! All these years I’ve been slaving for you and never disobeyed your orders. Yet you never gave

[k]21 Some early manuscripts *son. Make me like one of your hired men.*

fortuna con prostitutas, y tú mandas matar en su
honor el ternero más gordo!"
31»"Hijo mío —le dijo su padre—, tú siempre
estás conmigo, y todo lo que tengo es tuyo.
32Pero teníamos que hacer fiesta y alegrarnos,
porque este hermano tuyo estaba muerto, pero
ahora ha vuelto a la vida; se había perdido, pero
ya lo hemos encontrado."»

Parábola del administrador astuto

16 Jesús contó otra parábola a sus discípu-
los: «Un hombre rico tenía un adminis-
trador a quien acusaron de derrochar sus bienes.
2Así que lo mandó a llamar y le dijo: "¿Qué es
esto que me dicen de ti? Rinde cuentas de tu
administración, porque ya no puedes seguir en
tu puesto." 3El administrador reflexionó: "¿Qué
voy a hacer ahora que mi patrón está por quitar-
me el puesto? No tengo fuerzas para cavar, y me
da vergüenza pedir limosna. 4Tengo que asegu-
rarme de que, cuando me echen de la adminis-
tración, haya gente que me reciba en su casa. ¡Ya
sé lo que voy a hacer!"
5»Llamó entonces a cada uno de los que le
debían algo a su patrón. Al primero le preguntó:
"¿Cuánto le debes a mi patrón?" 6"Cien barri-
les[f] de aceite", le contestó él. El administrador
le dijo: "Toma tu factura, siéntate en seguida y
escribe cincuenta." 7Luego preguntó al segun-
do: "Y tú, ¿cuánto debes?" "Cien bultos[g] de
trigo", contestó. El administrador le dijo: "To-
ma tu factura y escribe ochenta."
8»Pues bien, el patrón elogió al administrador
de riquezas mundanas[h] por haber actuado con
astucia. Es que los de este mundo, en su trato
con los que son como ellos, son más astutos que
los que han recibido la luz. 9Por eso les digo que
se valgan de las riquezas mundanas para ganar
amigos,[i] a fin de que cuando éstas se acaben
haya quienes los reciban a ustedes en las vivien-
das eternas.
10»El que es honrado[j] en lo poco, también lo
será en lo mucho; y el que no es íntegro[k] en lo
poco, tampoco lo será en lo mucho. 11Por eso,
si ustedes no han sido honrados en el uso de las
riquezas mundanas,[l] ¿quién les confiará las ver-
daderas? 12Y si con lo ajeno no han sido honra-
dos, ¿quién les dará a ustedes lo que les pertene-
ce?
13»Ningún sirviente puede servir a dos patro-

[f]**16:6** *cien barriles*. Lit. *cien *batos* (unos 3.700 litros).
[g]**16:7** *cien bultos*. Lit. *cien *coros* (unos 37.000 litros).
[h]**16:8** *administrador de riquezas mundanas*. Alt. *administrador deshonesto*. Lit. *administrador de injusticia*.
[i]**16:9** *se valgan … amigos*. Lit. *se hagan amigos por medio del dinero de injusticia*. [j]**16:10** *honrado*. Alt. *digno de confianza*. Lit. *fiel*; también en vv. 11,12. [k]**16:10** *el que no es íntegro*. Lit. *el que es injusto*. [l]**16:11** *las riquezas mundanas*. Lit. *el dinero injusto*.

me even a young goat so I could celebrate with
my friends. 30But when this son of yours who
has squandered your property with prostitutes
comes home, you kill the fattened calf for him!'
31" 'My son,' the father said, 'you are always
with me, and everything I have is yours. 32But
we had to celebrate and be glad, because this
brother of yours was dead and is alive again; he
was lost and is found.' "

The Parable of the Shrewd Manager

16 Jesus told his disciples: "There was a
rich man whose manager was accused
of wasting his possessions. 2So he called him in
and asked him, 'What is this I hear about you?
Give an account of your management, because
you cannot be manager any longer.'
3"The manager said to himself, 'What shall I
do now? My master is taking away my job. I'm
not strong enough to dig, and I'm ashamed to
beg— 4I know what I'll do so that, when I lose
my job here, people will welcome me into their
houses.'
5"So he called in each one of his master's
debtors. He asked the first, 'How much do you
owe my master?'
6" 'Eight hundred gallons[l] of olive oil,' he
replied.
"The manager told him, 'Take your bill, sit
down quickly, and make it four hundred.'
7"Then he asked the second, 'And how much
do you owe?'
" 'A thousand bushels[m] of wheat,' he replied.
"He told him, 'Take your bill and make it
eight hundred.'
8"The master commended the dishonest
manager because he had acted shrewdly. For
the people of this world are more shrewd in
dealing with their own kind than are the people
of the light. 9I tell you, use worldly wealth to
gain friends for yourselves, so that when it is
gone, you will be welcomed into eternal dwell-
ings.
10"Whoever can be trusted with very little
can also be trusted with much, and whoever
is dishonest with very little will also be dis-
honest with much. 11So if you have not been
trustworthy in handling worldly wealth, who
will trust you with true riches? 12And if you
have not been trustworthy with someone else's
property, who will give you property of your
own?
13"No servant can serve two masters. Either
he will hate the one and love the other, or he will

[l]*6* Greek *one hundred batous* (probably about 3 kiloliters)
[m]*7* Greek *one hundred korous* (probably about 35 kiloliters)

nes. Menospreciará a uno y amará al otro, o querrá mucho a uno y despreciará al otro. Ustedes no pueden servir a la vez a Dios y a las riquezas.»

14 Oían todo esto los *fariseos, a quienes les encantaba el dinero, y se burlaban de Jesús. 15 Él les dijo: «Ustedes se hacen los buenos ante la gente, pero Dios conoce sus corazones. Dense cuenta de que aquello que la gente tiene en gran estima es detestable delante de Dios.

Otras enseñanzas

16 »La ley y los profetas se proclamaron hasta Juan. Desde entonces se anuncian las buenas *nuevas del reino de Dios, y todos se esfuerzan por entrar en él.[m] 17 Es más fácil que desaparezcan el cielo y la tierra, que caiga una sola tilde de la ley.

18 »Todo el que se divorcia de su esposa y se casa con otra, comete adulterio; y el que se casa con la divorciada, comete adulterio.

El rico y Lázaro

19 »Había un hombre rico que se vestía lujosamente[n] y daba espléndidos banquetes todos los días. 20 A la puerta de su casa se tendía un mendigo llamado Lázaro, que estaba cubierto de llagas 21 y que hubiera querido llenarse el estómago con lo que caía de la mesa del rico. Hasta los perros se acercaban y le lamían las llagas.

22 »Resulta que murió el mendigo, y los ángeles se lo llevaron para que estuviera al lado de Abraham. También murió el rico, y lo sepultaron. 23 En el infierno,[ñ] en medio de sus tormentos, el rico levantó los ojos y vio de lejos a Abraham, y a Lázaro junto a él. 24 Así que alzó la voz y lo llamó: "Padre Abraham, ten compasión de mí y manda a Lázaro que moje la punta del dedo en agua y me refresque la lengua, porque estoy sufriendo mucho en este fuego." 25 Pero Abraham le contestó: "Hijo, recuerda que durante tu vida te fue muy bien, mientras que a Lázaro le fue muy mal; pero ahora a él le toca recibir consuelo aquí, y a ti, sufrir terriblemente. 26 Además de eso, hay un gran abismo entre nosotros y ustedes, de modo que los que quieren pasar de aquí para allá no pueden, ni tampoco pueden los de allá para acá."

27 »Él respondió: "Entonces te ruego, padre, que mandes a Lázaro a la casa de mi padre, 28 para que advierta a mis cinco hermanos y no vengan ellos también a este lugar de tormento." 29 Pero Abraham le contestó: "Ya tienen a Moisés y a los

[m] **16:16** *se esfuerzan por entrar en él.* Alt. *hacen violencia por entrar en él*, o *hacen violencia contra él.*
[n] **16:19** *lujosamente.* Lit. *con púrpura y tela fina.*
[ñ] **16:23** *infierno.* Lit. **Hades.*

be devoted to the one and despise the other. You cannot serve both God and Money."

14 The Pharisees, who loved money, heard all this and were sneering at Jesus. 15 He said to them, "You are the ones who justify yourselves in the eyes of men, but God knows your hearts. What is highly valued among men is detestable in God's sight.

Additional Teachings

16 "The Law and the Prophets were proclaimed until John. Since that time, the good news of the kingdom of God is being preached, and everyone is forcing his way into it. 17 It is easier for heaven and earth to disappear than for the least stroke of a pen to drop out of the Law.

18 "Anyone who divorces his wife and marries another woman commits adultery, and the man who marries a divorced woman commits adultery.

The Rich Man and Lazarus

19 "There was a rich man who was dressed in purple and fine linen and lived in luxury every day. 20 At his gate was laid a beggar named Lazarus, covered with sores 21 and longing to eat what fell from the rich man's table. Even the dogs came and licked his sores.

22 "The time came when the beggar died and the angels carried him to Abraham's side. The rich man also died and was buried. 23 In hell,[n] where he was in torment, he looked up and saw Abraham far away, with Lazarus by his side. 24 So he called to him, 'Father Abraham, have pity on me and send Lazarus to dip the tip of his finger in water and cool my tongue, because I am in agony in this fire.'

25 "But Abraham replied, 'Son, remember that in your lifetime you received your good things, while Lazarus received bad things, but now he is comforted here and you are in agony. 26 And besides all this, between us and you a great chasm has been fixed, so that those who want to go from here to you cannot, nor can anyone cross over from there to us.'

27 "He answered, 'Then I beg you, father, send Lazarus to my father's house, 28 for I have five brothers. Let him warn them, so that they will not also come to this place of torment.'

29 "Abraham replied, 'They have Moses and the Prophets; let them listen to them.'

[n] *23* Greek *Hades*

profetas; ¡que les hagan caso a ellos!” 30“No les
harán caso, padre Abraham —replicó el rico—;
en cambio, si se les presentara uno de entre los
muertos, entonces sí se *arrepentirían.” 31Abra-
ham le dijo: “Si no les hacen caso a Moisés y a los
profetas, tampoco se convencerán aunque al-
guien se *levante de entre los muertos.” »

El pecado, la fe y el deber

17 Luego dijo Jesús a sus discípulos:
—Los *tropiezos son inevitables, pero
¡ay de aquel que los ocasiona! 2Más le valdría
ser arrojado al mar con una piedra de molino
atada al cuello, que servir de tropiezo a uno solo
de estos pequeños. 3Así que, ¡cuídense!

»Si tu hermano peca, repréndelo; y si se *arre-
piente, perdónalo. 4Aun si peca contra ti siete
veces en un día, y siete veces regresa a decirte
“Me arrepiento”, perdónalo.

5Entonces los apóstoles le dijeron al Señor:

—¡Aumenta nuestra fe!

6—Si ustedes tuvieran una fe tan pequeña
como un grano de mostaza —les respondió el
Señor—, podrían decirle a este árbol: “Desarrái-
gate y plántate en el mar”, y les obedecería.

7»Supongamos que uno de ustedes tiene un
*siervo que ha estado arando el campo o cuidando
las ovejas. Cuando el siervo regresa del campo,
¿acaso se le dice: “Ven en seguida a sentarte a la
mesa”? 8¿No se le diría más bien: “Prepárame la
comida y cámbiate de ropa para atenderme mien-
tras yo ceno; después tú podrás cenar”? 9¿Acaso
se le darían las gracias al siervo por haber hecho
lo que se le mandó? 10Así también ustedes, cuan-
do hayan hecho todo lo que se les ha mandado,
deben decir: “Somos siervos inútiles; no hemos
hecho más que cumplir con nuestro deber.”

Jesús sana a diez leprosos

11Un día, siguiendo su viaje a Jerusalén, Jesús
pasaba por Samaria y Galilea. 12Cuando estaba
por entrar en un pueblo, salieron a su encuentro
diez hombres enfermos de *lepra. Como se ha-
bían quedado a cierta distancia, 13gritaron:

—¡Jesús, Maestro, ten compasión de noso-
tros!

14Al verlos, les dijo:

—Vayan a presentarse a los sacerdotes.

Resultó que, mientras iban de camino, queda-
ron *limpios.

15Uno de ellos, al verse ya sano, regresó ala-
bando a Dios a grandes voces. 16Cayó rostro en
tierra a los pies de Jesús y le dio las gracias, no
obstante que era samaritano.

17—¿Acaso no quedaron limpios los diez?
—preguntó Jesús—. ¿Dónde están los otros nue-
ve? 18¿No hubo ninguno que regresara a dar
gloria a Dios, excepto este extranjero? 19Levánta-

30“ ‘No, father Abraham,’ he said, ‘but if
someone from the dead goes to them, they will
repent.’

31“He said to him, ‘If they do not listen to
Moses and the Prophets, they will not be con-
vinced even if someone rises from the dead.’ ”

Sin, Faith, Duty

17 Jesus said to his disciples: “Things that
cause people to sin are bound to come,
but woe to that person through whom they come.
2It would be better for him to be thrown into the
sea with a millstone tied around his neck than
for him to cause one of these little ones to sin.
3So watch yourselves.

“If your brother sins, rebuke him, and if he
repents, forgive him. 4If he sins against you
seven times in a day, and seven times comes
back to you and says, ‘I repent,’ forgive him.”

5The apostles said to the Lord, “Increase our
faith!”

6He replied, “If you have faith as small as a
mustard seed, you can say to this mulberry tree,
‘Be uprooted and planted in the sea,’ and it will
obey you.

7“Suppose one of you had a servant plowing
or looking after the sheep. Would he say to the
servant when he comes in from the field, ‘Come
along now and sit down to eat’? 8Would he not
rather say, ‘Prepare my supper, get yourself
ready and wait on me while I eat and drink; after
that you may eat and drink’? 9Would he thank
the servant because he did what he was told to
do? 10So you also, when you have done every-
thing you were told to do, should say, ‘We are
unworthy servants; we have only done our
duty.’ ”

Ten Healed of Leprosy

11Now on his way to Jerusalem, Jesus trav-
eled along the border between Samaria and Gal-
ilee. 12As he was going into a village, ten men
who had leprosy[o] met him. They stood at a
distance 13and called out in a loud voice, “Jesus,
Master, have pity on us!”

14When he saw them, he said, “Go, show
yourselves to the priests.” And as they went,
they were cleansed.

15One of them, when he saw he was healed,
came back, praising God in a loud voice. 16He
threw himself at Jesus' feet and thanked
him—and he was a Samaritan.

17Jesus asked, “Were not all ten cleansed?
Where are the other nine? 18Was no one found

o *12* The Greek word was used for various diseases affecting the skin—not necessarily leprosy.

te y vete —le dijo al hombre—; tu fe te ha
*sanado.

La venida del reino de Dios

20 Los *fariseos le preguntaron a Jesús cuándo
iba a venir el reino de Dios, y él les respondió:
—La venida del reino de Dios no se puede
someter a cálculos.[o] 21 No van a decir:
"¡Mírenlo acá! ¡Mírenlo allá!" Dense cuenta
de que el reino de Dios está entre[p] ustedes.
22 A sus discípulos les dijo:
—Llegará el tiempo en que ustedes anhelarán
vivir siquiera uno de los días del Hijo del hom-
bre, pero no podrán. 23 Les dirán: "¡Mírenlo
allá! ¡Mírenlo acá!" No vayan; no los sigan.
24 Porque en su día[q] el Hijo del hombre será
como el relámpago que fulgura e ilumina el
cielo de uno a otro extremo. 25 Pero antes él
tiene que sufrir muchas cosas y ser rechazado
por esta generación.
26 »Tal como sucedió en tiempos de Noé,
así también será cuando venga el Hijo del
hombre. 27 Comían, bebían, y se casaban y
daban en casamiento, hasta el día en que Noé
entró en el arca; entonces llegó el diluvio y los
destruyó a todos.
28 »Lo mismo sucedió en tiempos de Lot:
comían y bebían, compraban y vendían, sem-
braban y edificaban. 29 Pero el día en que Lot
salió de Sodoma, llovió del cielo fuego y
azufre y acabó con todos.
30 » Así será el día en que se manifieste el
Hijo del hombre. 31 En aquel día, el que esté en
la azotea y tenga sus cosas dentro de la casa,
que no baje a buscarlas. Así mismo el que esté
en el campo, que no regrese por lo que haya
dejado atrás. 32 ¡Acuérdense de la esposa de
Lot! 33 El que procure conservar su *vida, la
perderá; y el que la pierda, la conservará.
34 Les digo que en aquella noche estarán dos
personas en una misma cama: una será lleva-
da y la otra será dejada. 35 Dos mujeres estarán
moliendo juntas: una será llevada y la otra
será dejada.[r]
37 —¿Dónde, Señor? —preguntaron.
—Donde esté el cadáver, allí se reunirán
los buitres —respondió él.

Parábola de la viuda insistente

18 Jesús les contó a sus discípulos una pa-
rábola para mostrarles que debían orar
siempre, sin desanimarse. 2 Les dijo: «Había en
cierto pueblo un juez que no tenía temor de Dios

[o] **17:20** *La venida ... cálculos.* Lit. *El reino de Dios no viene con observación.* [p] **17:21** *entre.* Alt. *dentro de.* [q] **17:24** Var. *no incluye: en su día.* [r] **17:35** *dejada.* Var. *dejada.* 36 *Estarán dos hombres en el campo: uno será llevado y el otro será dejado* (véase Mt 24:40).

to return and give praise to God except this
foreigner?" 19 Then he said to him, "Rise and
go; your faith has made you well."

The Coming of the Kingdom of God

20 Once, having been asked by the Pharisees
when the kingdom of God would come, Jesus
replied, "The kingdom of God does not come
with your careful observation, 21 nor will peo-
ple say, 'Here it is,' or 'There it is,' because the
kingdom of God is within[p] you."
22 Then he said to his disciples, "The time is
coming when you will long to see one of the
days of the Son of Man, but you will not see it.
23 Men will tell you, 'There he is!' or 'Here he
is!' Do not go running off after them. 24 For the
Son of Man in his day[q] will be like the light-
ning, which flashes and lights up the sky from
one end to the other. 25 But first he must suffer
many things and be rejected by this generation.
26 "Just as it was in the days of Noah, so also
will it be in the days of the Son of Man.
27 People were eating, drinking, marrying and
being given in marriage up to the day Noah
entered the ark. Then the flood came and
destroyed them all.
28 "It was the same in the days of Lot.
People were eating and drinking, buying and
selling, planting and building. 29 But the day
Lot left Sodom, fire and sulfur rained down
from heaven and destroyed them all.
30 "It will be just like this on the day the Son
of Man is revealed. 31 On that day no one who
is on the roof of his house, with his goods
inside, should go down to get them. Likewise,
no one in the field should go back for anything.
32 Remember Lot's wife! 33 Whoever tries to
keep his life will lose it, and whoever loses his
life will preserve it. 34 I tell you, on that night
two people will be in one bed; one will be
taken and the other left. 35 Two women will be
grinding grain together; one will be taken and
the other left."[r]
37 "Where, Lord?" they asked.
He replied, "Where there is a dead body,
there the vultures will gather."

The Parable of the Persistent Widow

18 Then Jesus told his disciples a parable
to show them that they should always
pray and not give up. 2 He said: "In a certain
town there was a judge who neither feared God
nor cared about men. 3 And there was a widow

[p] *21* Or *among* [q] *24* Some manuscripts do not have *in his day.* [r] *35* Some manuscripts *left.* *36 Two men will be in the field; one will be taken and the other left.*

ni consideración de nadie. 3En el mismo pueblo
había una viuda que insistía en pedirle:
"Hágame usted justicia contra mi adversario."
4Durante algún tiempo él se negó, pero por fin
concluyó: "Aunque no temo a Dios ni tengo
consideración de nadie, 5como esta viuda no
deja de molestarme, voy a tener que hacerle
justicia, no sea que con sus visitas me haga la
vida imposible."»

6Continuó el Señor: «Tengan en cuenta lo
dicho por el juez injusto. 7¿Acaso Dios no hará
justicia a sus escogidos, que claman a él día y
noche? ¿Se tardará mucho en responderles?
8 Les digo que sí les hará justicia, y sin demo-
ra. No obstante, cuando venga el Hijo del hom-
bre, ¿encontrará fe en la tierra?»

Parábola del fariseo y del recaudador de impuestos

9A algunos que, confiando en sí mismos, se
creían justos y que despreciaban a los demás,
Jesús les contó esta parábola: 10«Dos hombres
subieron al *templo a orar; uno era *fariseo y
el otro, *recaudador de impuestos. 11El fariseo
se puso a orar consigo mismo: "Oh Dios, te
doy gracias porque no soy como otros hombres
—ladrones, malhechores, adúlteros— ni mu-
cho menos como ese recaudador de impuestos.
12Ayuno dos veces a la semana y doy la déci-
ma parte de todo lo que recibo." 13En cambio,
el recaudador de impuestos, que se había
quedado a cierta distancia, ni siquiera se atrevía
a alzar la vista al cielo, sino que se golpeaba el
pecho y decía: "¡Oh Dios, ten compasión de
mí, que soy pecador!"

14»Les digo que éste, y no aquél, volvió a
su casa *justificado ante Dios. Pues todo el
que a sí mismo se enaltece será humillado, y el
que se humilla será enaltecido.»

Jesús y los niños

15También le llevaban niños pequeños a
Jesús para que los tocara. Al ver esto, los dis-
cípulos reprendían a quienes los llevaban.
16Pero Jesús llamó a los niños y dijo: «Dejen
que los niños vengan a mí, y no se lo impidan,
porque el reino de Dios es de quienes son
como ellos. 17Les aseguro que el que no reci-
ba el reino de Dios como un niño, de ninguna
manera entrará en él.»

El dirigente rico

18Cierto dirigente le preguntó:

—Maestro bueno, ¿qué tengo que hacer
para heredar la vida eterna?

19—¿Por qué me llamas bueno? —respondió
Jesús—. Nadie es bueno sino sólo Dios. 20Ya
sabes los mandamientos: "No cometas adulte-

in that town who kept coming to him with the
plea, 'Grant me justice against my adversary.'

4"For some time he refused. But finally he
said to himself, 'Even though I don't fear God
or care about men, 5yet because this widow
keeps bothering me, I will see that she gets jus-
tice, so that she won't eventually wear me out
with her coming!' "

6And the Lord said, "Listen to what the
unjust judge says. 7And will not God bring
about justice for his chosen ones, who cry out
to him day and night? Will he keep putting
them off? 8I tell you, he will see that they get
justice, and quickly. However, when the Son of
Man comes, will he find faith on the earth?"

The Parable of the Pharisee and the Tax Collector

9To some who were confident of their own
righteousness and looked down on everybody
else, Jesus told this parable: 10"Two men went
up to the temple to pray, one a Pharisee and the
other a tax collector. 11The Pharisee stood up
and prayed about[s] himself: 'God, I thank you
that I am not like other men—robbers, evildo-
ers, adulterers—or even like this tax collector.
12I fast twice a week and give a tenth of all
I get.'

13"But the tax collector stood at a distance.
He would not even look up to heaven, but beat
his breast and said, 'God, have mercy on me, a
sinner.'

14"I tell you that this man, rather than the
other, went home justified before God. For
everyone who exalts himself will be humbled,
and he who humbles himself will be exalted."

The Little Children and Jesus

15People were also bringing babies to Jesus
to have him touch them. When the disciples
saw this, they rebuked them. 16But Jesus
called the children to him and said, "Let the lit-
tle children come to me, and do not hinder
them, for the kingdom of God belongs to such
as these. 17I tell you the truth, anyone who will
not receive the kingdom of God like a little
child will never enter it."

The Rich Ruler

18A certain ruler asked him, "Good teacher,
what must I do to inherit eternal life?"

19"Why do you call me good?" Jesus an-
swered. "No one is good—except God alone.
20You know the commandments: 'Do not com-
mit adultery, do not murder, do not steal, do not

[s] *11* Or *to*

rio, no mates, no robes, no presentes falso testi-
monio, honra a tu padre y a tu madre.»[s]

21—Todo eso lo he cumplido desde que era
joven —dijo el hombre.

22Al oír esto, Jesús añadió:

—Todavía te falta una cosa: vende todo lo que
tienes y repártelo entre los pobres, y tendrás
tesoro en el cielo. Luego ven y sígueme.

23Cuando el hombre oyó esto, se entristeció
mucho, pues era muy rico. 24Al verlo tan afligi-
do, Jesús comentó:

—¡Qué difícil es para los ricos entrar en el
reino de Dios! 25En realidad, le resulta más fácil
a un camello pasar por el ojo de una aguja, que
a un rico entrar en el reino de Dios.

26Los que lo oyeron preguntaron:

—Entonces, ¿quién podrá salvarse?

27—Lo que es imposible para los hombres es
posible para Dios —aclaró Jesús.

28—Mira —le dijo Pedro—, nosotros hemos
dejado todo lo que teníamos para seguirte.

29—Les aseguro —respondió Jesús— que to-
do el que por causa del reino de Dios haya dejado
casa, esposa, hermanos, padres o hijos, 30recibi-
rá mucho más en este tiempo; y en la edad
venidera, la vida eterna.

Jesús predice de nuevo su muerte

31Entonces Jesús tomó aparte a los doce y les
dijo: «Ahora vamos rumbo a Jerusalén, donde
se cumplirá todo lo que escribieron los profetas
acerca del Hijo del hombre. 32En efecto, será
entregado a los *gentiles. Se burlarán de él, lo
insultarán, le escupirán; 33y después de azotarlo,
lo matarán. Pero al tercer día resucitará.»

34Los discípulos no entendieron nada de esto.
Les era incomprensible, pues no captaban el
sentido de lo que les hablaba.

Un mendigo ciego recibe la vista

35Sucedió que al acercarse Jesús a Jericó,
estaba un ciego sentado junto al camino pidien-
do limosna. 36Cuando oyó a la multitud que
pasaba, preguntó qué acontecía.

37—Jesús de Nazaret está pasando por aquí
—le respondieron.

38—¡Jesús, Hijo de David, ten compasión de
mí! —gritó el ciego.

39Los que iban delante lo reprendían para que
se callara, pero él se puso a gritar aún más fuerte:

—¡Hijo de David, ten compasión de mí!

40Jesús se detuvo y mandó que se lo trajeran.
Cuando el ciego se acercó, le preguntó Jesús:

41—¿Qué quieres que haga por ti?

—Señor, quiero ver.

[s]**18:20** Éx 20:12-16; Dt 5:16-20

give false testimony, honor your father and
mother.'[t]"

21"All these I have kept since I was a boy,"
he said.

22When Jesus heard this, he said to him, "You
still lack one thing. Sell everything you have and
give to the poor, and you will have treasure in
heaven. Then come, follow me."

23When he heard this, he became very sad,
because he was a man of great wealth. 24Jesus
looked at him and said, "How hard it is for the
rich to enter the kingdom of God! 25Indeed, it is
easier for a camel to go through the eye of a
needle than for a rich man to enter the kingdom
of God."

26Those who heard this asked, "Who then can
be saved?"

27Jesus replied, "What is impossible with
men is possible with God."

28Peter said to him, "We have left all we had
to follow you!"

29"I tell you the truth," Jesus said to them,
"no one who has left home or wife or brothers
or parents or children for the sake of the king-
dom of God 30will fail to receive many times as
much in this age and, in the age to come, eternal
life."

Jesus Again Predicts His Death

31Jesus took the Twelve aside and told them,
"We are going up to Jerusalem, and everything
that is written by the prophets about the Son of
Man will be fulfilled. 32He will be handed over
to the Gentiles. They will mock him, insult him,
spit on him, flog him and kill him. 33On the third
day he will rise again."

34The disciples did not understand any of this.
Its meaning was hidden from them, and they did
not know what he was talking about.

A Blind Beggar Receives His Sight

35As Jesus approached Jericho, a blind man
was sitting by the roadside begging. 36When he
heard the crowd going by, he asked what was
happening. 37They told him, "Jesus of Nazareth
is passing by."

38He called out, "Jesus, Son of David, have
mercy on me!"

39Those who led the way rebuked him and
told him to be quiet, but he shouted all the more,
"Son of David, have mercy on me!"

40Jesus stopped and ordered the man to be
brought to him. When he came near, Jesus asked
him, 41"What do you want me to do for you?"

"Lord, I want to see," he replied.

[t]*20* Exodus 20:12-16; Deut. 5:16-20

42—¡Recibe la vista! —le dijo Jesús—. Tu fe
te ha *sanado.
43Al instante recobró la vista. Entonces, glo-
rificando a Dios, comenzó a seguir a Jesús, y
todos los que lo vieron daban alabanza a Dios.

Zaqueo, el recaudador de impuestos

19 Jesús llegó a Jericó y comenzó a cruzar
la ciudad. 2Resulta que había allí un
hombre llamado Zaqueo, jefe de los *recauda-
dores de impuestos, que era muy rico. 3Estaba
tratando de ver quién era Jesús, pero la multitud
se lo impedía, pues era de baja estatura. 4Por eso
se adelantó corriendo y se subió a un árbol para
poder verlo, ya que Jesús iba a pasar por allí.
5Llegando al lugar, Jesús miró hacia arriba y
le dijo:
—Zaqueo, baja en seguida. Tengo que que-
darme hoy en tu casa.
6Así que se apresuró a bajar y, muy contento,
recibió a Jesús en su casa.
7Al ver esto, todos empezaron a murmurar:
«Ha ido a hospedarse con un *pecador.»
8Pero Zaqueo dijo resueltamente:
—Mira, Señor: Ahora mismo voy a dar a los
pobres la mitad de mis bienes, y si en algo he
defraudado a alguien, le devolveré cuatro veces
la cantidad que sea.
9—Hoy ha llegado la salvación a esta casa
—le dijo Jesús—, ya que éste también es hijo de
Abraham. 10Porque el Hijo del hombre vino a
buscar y a salvar lo que se había perdido.

Parábola del dinero

11Como la gente lo escuchaba, pasó a contar-
les una parábola, porque estaba cerca de Jerusa-
lén y la gente pensaba que el reino de Dios iba
a manifestarse en cualquier momento. 12Así que
les dijo: «Un hombre de la nobleza se fue a un
país lejano para ser coronado rey y luego regre-
sar. 13Llamó a diez de sus *siervos y entregó a
cada cual una buena cantidad de dinero.[t] Les
instruyó: "Hagan negocio con este dinero hasta
que yo vuelva." 14Pero sus súbditos lo odiaban
y mandaron tras él una delegación a decir: "No
queremos a éste por rey."
15»A pesar de todo, fue nombrado rey. Cuan-
do regresó a su país, mandó llamar a los siervos
a quienes había entregado el dinero, para ente-
rarse de lo que habían ganado. 16Se presentó el
primero y dijo: "Señor, su dinero[u] ha producido
diez veces más." 17"¡Hiciste bien, siervo bue-
no! —le respondió el rey—. Puesto que has sido
fiel en tan poca cosa, te doy el gobierno de diez

[t]**19:13** *y entregó … de dinero.* Lit. *y les entregó diez *minas* (una mina equivalía al salario de unos tres meses).
[u]**19:16** *dinero.* Lit. *mina*; también en vv. 18,20,24.

42Jesus said to him, "Receive your sight; your
faith has healed you." 43Immediately he re-
ceived his sight and followed Jesus, praising
God. When all the people saw it, they also
praised God.

Zacchaeus the Tax Collector

19 Jesus entered Jericho and was passing
through. 2A man was there by the name
of Zacchaeus; he was a chief tax collector and
was wealthy. 3He wanted to see who Jesus was,
but being a short man he could not, because of
the crowd. 4So he ran ahead and climbed a
sycamore-fig tree to see him, since Jesus was
coming that way.
5When Jesus reached the spot, he looked up
and said to him, "Zacchaeus, come down im-
mediately. I must stay at your house today."
6So he came down at once and welcomed him
gladly.
7All the people saw this and began to mutter,
"He has gone to be the guest of a 'sinner.'"
8But Zacchaeus stood up and said to the Lord,
"Look, Lord! Here and now I give half of my
possessions to the poor, and if I have cheated
anybody out of anything, I will pay back four
times the amount."
9Jesus said to him, "Today salvation has
come to this house, because this man, too, is a
son of Abraham. 10For the Son of Man came to
seek and to save what was lost."

The Parable of the Ten Minas

11While they were listening to this, he went
on to tell them a parable, because he was near
Jerusalem and the people thought that the king-
dom of God was going to appear at once. 12He
said: "A man of noble birth went to a distant
country to have himself appointed king and then
to return. 13So he called ten of his servants and
gave them ten minas.[u] 'Put this money to work,'
he said, 'until I come back.'
14"But his subjects hated him and sent a del-
egation after him to say, 'We don't want this
man to be our king.'
15"He was made king, however, and returned
home. Then he sent for the servants to whom he
had given the money, in order to find out what
they had gained with it.
16"The first one came and said, 'Sir, your
mina has earned ten more.'
17" 'Well done, my good servant!' his mas-
ter replied. 'Because you have been trustwor-
thy in a very small matter, take charge of ten
cities.'

[u]*13* A mina was about three months' wages.

ciudades.” 18 Se presentó el segundo y dijo:
“Señor, su dinero ha producido cinco veces
más.” 19 El rey le respondió: “A ti te pongo sobre
cinco ciudades.”

20 »Llegó otro siervo y dijo: “Señor, aquí
tiene su dinero; lo he tenido guardado, envuel-
to en un pañuelo. 21 Es que le tenía miedo a
usted, que es un hombre muy exigente: toma
lo que no depositó y cosecha lo que no sem-
bró.” 22 El rey le contestó: “Siervo malo, con
tus propias palabras te voy a juzgar. ¿Así que
sabías que soy muy exigente, que tomo lo que
no deposité y cosecho lo que no sembré? 23 En-
tonces, ¿por qué no pusiste mi dinero en el
banco, para que al regresar pudiera reclamar
los intereses?” 24 Luego dijo a los presentes:
“Quítenle el dinero y dénselo al que recibió
diez veces más.” 25 “Señor —protestaron—,
¡él ya tiene diez veces más!” 26 El rey contestó:
“Les aseguro que a todo el que tiene, se le
dará más, pero al que no tiene, se le quitará
hasta lo que tiene. 27 Pero en cuanto a esos
enemigos míos que no me querían por rey,
tráiganlos acá y mátenlos delante de mí.” »

La entrada triunfal

28 Dicho esto, Jesús siguió adelante, subiendo
hacia Jerusalén. 29 Cuando se acercó a Betfagué
y a Betania, junto al monte llamado de los Oli-
vos, envió a dos de sus discípulos con este
encargo: 30 «Vayan a la aldea que está enfrente
y, al entrar en ella, encontrarán atado a un burrito
en el que nadie se ha montado. Desátenlo y
tráiganlo acá. 31 Y si alguien les pregunta: “¿Por
qué lo desatan?”, díganle: “El Señor lo necesi-
ta.” »

32 Fueron y lo encontraron tal como él les
había dicho. 33 Cuando estaban desatando el bu-
rrito, los dueños les preguntaron:

—¿Por qué desatan el burrito?

34 —El Señor lo necesita —contestaron.

35 Se lo llevaron, pues, a Jesús. Luego pusie-
ron sus mantos encima del burrito y ayudaron a
Jesús a montarse. 36 A medida que avanzaba, la
gente tendía sus mantos sobre el camino.

37 Al acercarse él a la bajada del monte de los
Olivos, todos los discípulos se entusiasmaron y
comenzaron a alabar a Dios por tantos milagros
que habían visto. Gritaban:

38 —¡Bendito el Rey que viene en el
nombre del Señor![v]

—¡Paz en el cielo y gloria en las alturas!

[v] 19:38 Sal 118:26

18 “The second came and said, ‘Sir, your mina
has earned five more.’

19 “His master answered, ‘You take charge of
five cities.’

20 “Then another servant came and said, ‘Sir,
here is your mina; I have kept it laid away in a
piece of cloth. 21 I was afraid of you, because you
are a hard man. You take out what you did not
put in and reap what you did not sow.’

22 “His master replied, ‘I will judge you by
your own words, you wicked servant! You
knew, did you, that I am a hard man, taking out
what I did not put in, and reaping what I did not
sow? 23 Why then didn’t you put my money on
deposit, so that when I came back, I could have
collected it with interest?’

24 “Then he said to those standing by, ‘Take
his mina away from him and give it to the one
who has ten minas.’

25 “ ‘Sir,’ they said, ‘he already has ten!’

26 “He replied, ‘I tell you that to everyone who
has, more will be given, but as for the one who
has nothing, even what he has will be taken
away. 27 But those enemies of mine who did not
want me to be king over them—bring them here
and kill them in front of me.’ ”

The Triumphal Entry

28 After Jesus had said this, he went on ahead,
going up to Jerusalem. 29 As he approached
Bethphage and Bethany at the hill called the
Mount of Olives, he sent two of his disciples,
saying to them, 30 “Go to the village ahead of
you, and as you enter it, you will find a colt tied
there, which no one has ever ridden. Untie it and
bring it here. 31 If anyone asks you, ‘Why are you
untying it?’ tell him, ‘The Lord needs it.’ ”

32 Those who were sent ahead went and found
it just as he had told them. 33 As they were
untying the colt, its owners asked them, “Why
are you untying the colt?”

34 They replied, “The Lord needs it.”

35 They brought it to Jesus, threw their cloaks
on the colt and put Jesus on it. 36 As he went
along, people spread their cloaks on the road.

37 When he came near the place where the road
goes down the Mount of Olives, the whole
crowd of disciples began joyfully to praise God
in loud voices for all the miracles they had seen:

38 “Blessed is the king who comes in the
name of the Lord!”[v]
“Peace in heaven and glory in the high-
est!”

[v] 38 Psalm 118:26

39Algunos de los *fariseos que estaban entre
la gente le reclamaron a Jesús:
—¡Maestro, reprende a tus discípulos!
40Pero él respondió:
—Les aseguro que si ellos se callan, gritarán
las piedras.

Jesús en el templo

41Cuando se acercaba a Jerusalén, Jesús vio
la ciudad y lloró por ella. 42Dijo:
—¡Cómo quisiera que hoy supieras lo que te
puede traer paz! Pero eso ahora está oculto a tus
ojos. 43Te sobrevendrán días en que tus enemi-
gos levantarán un muro y te rodearán, y te
encerrarán por todos lados. 44Te derribarán a ti
y a tus hijos dentro de tus murallas. No dejarán
ni una piedra sobre otra, porque no reconociste
el tiempo en que Dios vino a salvarte.[w]
45Luego entró en el *templo[x] y comenzó a
echar de allí a los que estaban vendiendo. 46«Es-
crito está —les dijo—: "Mi casa será casa de
oración";[y] pero ustedes la han convertido en
"cueva de ladrones".[z]»
47Todos los días enseñaba en el templo, y los
jefes de los sacerdotes, los *maestros de la ley
y los dirigentes del pueblo procuraban matarlo.
48Sin embargo, no encontraban la manera de
hacerlo, porque todo el pueblo lo escuchaba con
gran interés.

La autoridad de Jesús puesta en duda

20 Un día, mientras Jesús enseñaba al pue-
blo en el *templo y les predicaba el
*evangelio, se le acercaron los jefes de los sa-
cerdotes y los *maestros de la ley, junto con los
*ancianos.
2—Dinos con qué autoridad haces esto —lo
interrogaron—. ¿Quién te dio esa autoridad?
3—Yo también voy a hacerles una pregunta a
ustedes —replicó él—. Díganme: 4El bautismo
de Juan, ¿procedía del cielo o de la tierra?[a]
5Ellos, pues, lo discutieron entre sí: «Si res-
pondemos: "Del cielo", nos dirá: "¿Por qué no
le creyeron?" 6Pero si decimos: "De la tierra",
todo el pueblo nos apedreará, porque están con-
vencidos de que Juan era un profeta.»
Así que le respondieron:
7—No sabemos de dónde era.
8—Pues yo tampoco les voy a decir con qué
autoridad hago esto.

Parábola de los labradores malvados

9Pasó luego a contarle a la gente esta parábola:

[w] **19:44** *el tiempo … salvarte.* Lit. *el tiempo de tu visitación.*
[x] **19:45** Es decir, en el área general del templo.
[y] **19:46** Is 56:7 [z] **19:46** Jer 7:11 [a] **20:4** *la tierra.* Lit. *los hombres*; también en v. 6.

39Some of the Pharisees in the crowd said to
Jesus, "Teacher, rebuke your disciples!"
40"I tell you," he replied, "if they keep quiet,
the stones will cry out."
41As he approached Jerusalem and saw the
city, he wept over it 42and said, "If you, even
you, had only known on this day what would
bring you peace—but now it is hidden from
your eyes. 43The days will come upon you
when your enemies will build an embankment
against you and encircle you and hem you in
on every side. 44They will dash you to the
ground, you and the children within your
walls. They will not leave one stone on anoth-
er, because you did not recognize the time of
God's coming to you."

Jesus at the Temple

45Then he entered the temple area and began
driving out those who were selling. 46"It is
written," he said to them, " 'My house will be a
house of prayer'[w]; but you have made it 'a den
of robbers.'[x]"
47Every day he was teaching at the temple.
But the chief priests, the teachers of the law
and the leaders among the people were trying
to kill him. 48Yet they could not find any way
to do it, because all the people hung on his
words.

The Authority of Jesus Questioned

20 One day as he was teaching the people
in the temple courts and preaching the
gospel, the chief priests and the teachers of the
law, together with the elders, came up to him.
2"Tell us by what authority you are doing these
things," they said. "Who gave you this author-
ity?"
3He replied, "I will also ask you a question.
Tell me, 4John's baptism—was it from heaven,
or from men?"
5They discussed it among themselves and
said, "If we say, 'From heaven,' he will ask,
'Why didn't you believe him?' 6But if we say,
'From men,' all the people will stone us, be-
cause they are persuaded that John was a
prophet."
7So they answered, "We don't know where it
was from."
8Jesus said, "Neither will I tell you by what
authority I am doing these things."

The Parable of the Tenants

9He went on to tell the people this parable:
"A man planted a vineyard, rented it to some

[w] *46* Isaiah 56:7 [x] *46* Jer. 7:11

—Un hombre plantó un viñedo, se lo arrendó
a unos labradores y se fue de viaje por largo
tiempo. 10Llegada la cosecha, mandó un *siervo
a los labradores para que le dieran parte de la
cosecha. Pero los labradores lo golpearon y lo
despidieron con las manos vacías. 11Les envió
otro siervo, pero también a éste lo golpearon, lo
humillaron y lo despidieron con las manos va-
cías. 12Entonces envió un tercero, pero aun a
éste lo hirieron y lo expulsaron.

13»Entonces pensó el dueño del viñedo:
"¿Qué voy a hacer? Enviaré a mi hijo amado;
seguro que a él sí lo respetarán." 14Pero cuando
lo vieron los labradores, trataron el asunto. "Éste
es el heredero —dijeron—. Matémoslo, y la
herencia será nuestra." 15Así que lo arrojaron
fuera del viñedo y lo mataron.

»¿Qué les hará el dueño? 16Volverá, acabará
con esos labradores y dará el viñedo a otros.

Al oír esto, la gente exclamó:

—¡Dios no lo quiera!

17Mirándolos fijamente, Jesús les dijo:

—Entonces, ¿qué significa esto que está es-
crito:

»"La piedra que desecharon los constructores
ha llegado a ser la piedra angular"?[b]

18Todo el que caiga sobre esa piedra quedará
despedazado, y si ella cae sobre alguien, lo hará
polvo.

19Los maestros de la ley y los jefes de los
sacerdotes, cayendo en cuenta que la parábola
iba dirigida contra ellos, buscaron la manera de
echarle mano en aquel mismo momento. Pero
temían al pueblo.

El pago de impuestos al césar

20Entonces, para acecharlo, enviaron espías
que fingían ser gente honorable. Pensaban
atrapar a Jesús en algo que él dijera, y así
poder entregarlo a la jurisdicción del goberna-
dor.

21—Maestro —dijeron los espías—, sabemos
que lo que dices y enseñas es correcto. No juzgas
por las apariencias, sino que de verdad enseñas
el camino de Dios. 22¿Nos está permitido pagar
impuestos al *césar o no?

23Pero Jesús, dándose cuenta de sus malas
intenciones, replicó:

24—Muéstrenme una moneda romana.[c] ¿De
quién son esta imagen y esta inscripción?

—Del césar —contestaron.

[b]**20:17** Sal 118:22 [c]**20:24** *una moneda romana.* Lit. *un *denario.*

farmers and went away for a long time. 10At
harvest time he sent a servant to the tenants
so they would give him some of the fruit of
the vineyard. But the tenants beat him and sent
him away empty-handed. 11He sent another
servant, but that one also they beat and treated
shamefully and sent away empty-handed.
12He sent still a third, and they wounded him
and threw him out.

13"Then the owner of the vineyard said,
'What shall I do? I will send my son, whom I
love; perhaps they will respect him.'

14"But when the tenants saw him, they talked
the matter over. 'This is the heir,' they said.
'Let's kill him, and the inheritance will be ours.'
15So they threw him out of the vineyard and
killed him.

"What then will the owner of the vineyard do
to them? 16He will come and kill those tenants
and give the vineyard to others." When the
people heard this, they said, "May this never
be!"

17Jesus looked directly at them and asked,
"Then what is the meaning of that which is
written:

" 'The stone the builders rejected
has become the capstone[y]'[z]?

18Everyone who falls on that stone will be bro-
ken to pieces, but he on whom it falls will be
crushed."

19The teachers of the law and the chief
priests looked for a way to arrest him imme-
diately, because they knew he had spoken this
parable against them. But they were afraid of
the people.

Paying Taxes to Caesar

20Keeping a close watch on him, they sent
spies, who pretended to be honest. They hoped
to catch Jesus in something he said so that they
might hand him over to the power and authority
of the governor. 21So the spies questioned him:
"Teacher, we know that you speak and teach
what is right, and that you do not show partiality
but teach the way of God in accordance with the
truth. 22Is it right for us to pay taxes to Caesar
or not?"

23He saw through their duplicity and said to
them, 24"Show me a denarius. Whose portrait
and inscription are on it?"

25"Caesar's," they replied.

[y]*17* Or *cornerstone* [z]*17* Psalm 118:22

25—Entonces denle al césar lo que es del
césar, y a Dios lo que es de Dios.
26No pudieron atraparlo en lo que decía en
público. Así que, admirados de su respuesta, se
callaron.

La resurrección y el matrimonio

27Luego, algunos de los saduceos, que decían
que no hay resurrección, se acercaron a Jesús y
le plantearon un problema:
28—Maestro, Moisés nos enseñó en sus escri-
tos que si un hombre muere y deja a la viuda sin
hijos, el hermano de ese hombre tiene que casar-
se con la viuda para que su hermano tenga
descendencia. 29Pues bien, había siete herma-
nos. El primero se casó y murió sin dejar hijos.
30Entonces el segundo 31y el tercero se casaron
con ella, y así sucesivamente murieron los siete
sin dejar hijos. 32Por último, murió también la
mujer. 33Ahora bien, en la resurrección, ¿de cuál
será esposa esta mujer, ya que los siete estuvie-
ron casados con ella?
34—La gente de este mundo se casa y se da en
casamiento —les contestó Jesús—. 35Pero en
cuanto a los que sean dignos de tomar parte en el
mundo venidero por la resurrección: ésos no se
casarán ni serán dados en casamiento, 36ni tampo-
co podrán morir, pues serán como los ángeles.
Son hijos de Dios porque toman parte en la
resurrección. 37Pero que los muertos resucitan lo
dio a entender Moisés mismo en el pasaje sobre la
zarza, pues llama al Señor "el Dios de Abraham,
de Isaac y de Jacob".[d] 38Él no es Dios de muertos,
sino de vivos; en efecto, para él todos ellos viven.
39Algunos de los *maestros de la ley le res-
pondieron:
—¡Bien dicho, Maestro!
40Y ya no se atrevieron a hacerle más pregun-
tas.

¿De quién es hijo el Cristo?

41Pero Jesús les preguntó:
—¿Cómo es que dicen que el *Cristo es hijo
de David? 42David mismo declara en el libro de
los Salmos:

»"Dijo el Señor a mi Señor:
'Siéntate a mi *derecha,
43 hasta que ponga a tus enemigos
por estrado de tus pies.'"[e]

44David lo llama "Señor". ¿Cómo puede enton-
ces ser su hijo?
45Mientras todo el pueblo lo escuchaba, Jesús
les dijo a sus discípulos:

[d]20:37 Éx 3:6 [e]20:43 Sal 110:1

He said to them, "Then give to Caesar what
is Caesar's, and to God what is God's."
26They were unable to trap him in what he had
said there in public. And astonished by his an-
swer, they became silent.

The Resurrection and Marriage

27Some of the Sadducees, who say there is no
resurrection, came to Jesus with a question.
28"Teacher," they said, "Moses wrote for us
that if a man's brother dies and leaves a wife but
no children, the man must marry the widow and
have children for his brother. 29Now there were
seven brothers. The first one married a woman
and died childless. 30The second 31and then the
third married her, and in the same way the seven
died, leaving no children. 32Finally, the woman
died too. 33Now then, at the resurrection whose
wife will she be, since the seven were married
to her?"
34Jesus replied, "The people of this age marry
and are given in marriage. 35But those who are
considered worthy of taking part in that age and
in the resurrection from the dead will neither
marry nor be given in marriage, 36and they can
no longer die; for they are like the angels. They
are God's children, since they are children of the
resurrection. 37But in the account of the bush,
even Moses showed that the dead rise, for he
calls the Lord 'the God of Abraham, and the God
of Isaac, and the God of Jacob.'[a] 38He is not the
God of the dead, but of the living, for to him all
are alive."
39Some of the teachers of the law responded,
"Well said, teacher!" 40And no one dared to ask
him any more questions.

Whose Son Is the Christ?

41Then Jesus said to them, "How is it that
they say the Christ[b] is the Son of David?
42David himself declares in the Book of
Psalms:

" 'The Lord said to my Lord:
"Sit at my right hand
43 until I make your enemies
a footstool for your feet." '[c]

44David calls him 'Lord.' How then can he be
his son?"
45While all the people were listening, Jesus
said to his disciples, 46"Beware of the teachers

[a]37 Exodus 3:6 [b]41 Or *Messiah* [c]43 Psalm 110:1

46—Cuídense de los *maestros de la ley. Les
gusta pasearse con ropas ostentosas y les encanta
que los saluden en las plazas, y ocupar el primer
puesto en las sinagogas y los lugares de honor en
los banquetes. 47Devoran los bienes de las viudas
y a la vez hacen largas plegarias para impresionar
a los demás. Éstos recibirán peor castigo.

La ofrenda de la viuda

21 Jesús se detuvo a observar y vio a los
ricos que echaban sus ofrendas en las
alcancías del *templo. 2También vio a una viuda
pobre que echaba dos moneditas de cobre.[f]
3—Les aseguro —dijo— que esta viuda pobre
ha echado más que todos los demás. 4Todos
ellos dieron sus ofrendas de lo que les sobraba;
pero ella, de su pobreza, echó todo lo que tenía
para su sustento.

Señales del fin del mundo

5Algunos de sus discípulos comentaban acer-
ca del *templo, de cómo estaba adornado con
hermosas piedras y con ofrendas dedicadas a
Dios. Pero Jesús dijo:
6—En cuanto a todo esto que ven ustedes,
llegará el día en que no quedará piedra sobre
piedra; todo será derribado.
7—Maestro —le preguntaron—, ¿cuándo su-
cederá eso, y cuál será la señal de que está a
punto de suceder?
8—Tengan cuidado; no se dejen engañar
—les advirtió Jesús—. Vendrán muchos que
usando mi nombre dirán: "Yo soy", y: "El
tiempo está cerca." No los sigan ustedes. 9Cuan-
do sepan de guerras y de revoluciones, no se
asusten. Es necesario que eso suceda primero,
pero el fin no vendrá en seguida.
10»Se levantará nación contra nación, y reino
contra reino —continuó—. 11Habrá grandes te-
rremotos, hambre y epidemias por todas partes,
cosas espantosas y grandes señales del cielo.
12»Pero antes de todo esto, echarán mano de
ustedes y los perseguirán. Los entregarán a las
sinagogas y a las cárceles, y por causa de mi
nombre los llevarán ante reyes y gobernadores.
13Así tendrán ustedes la oportunidad de dar
testimonio ante ellos. 14Pero tengan en cuenta
que no hay por qué preparar una defensa de
antemano, 15pues yo mismo les daré tal elocuen-
cia y sabiduría para responder, que ningún ad-
versario podrá resistirles ni contradecirles.
16Ustedes serán traicionados aun por sus padres,
hermanos, parientes y amigos, y a algunos de
ustedes se les dará muerte. 17Todo el mundo los
odiará por causa de mi nombre. 18Pero no se

of the law. They like to walk around in flowing
robes and love to be greeted in the marketplaces
and have the most important seats in the syna-
gogues and the places of honor at banquets.
47They devour widows' houses and for a show
make lengthy prayers. Such men will be pun-
ished most severely."

The Widow's Offering

21 As he looked up, Jesus saw the rich
putting their gifts into the temple trea-
sury. 2He also saw a poor widow put in two very
small copper coins.[d] 3"I tell you the truth," he
said, "this poor widow has put in more than all
the others. 4All these people gave their gifts out
of their wealth; but she out of her poverty put in
all she had to live on."

Signs of the End of the Age

5Some of his disciples were remarking about
how the temple was adorned with beautiful
stones and with gifts dedicated to God. But
Jesus said, 6"As for what you see here, the
time will come when not one stone will be left
on another; every one of them will be thrown
down."
7"Teacher," they asked, "when will these
things happen? And what will be the sign that
they are about to take place?"
8He replied: "Watch out that you are not
deceived. For many will come in my name,
claiming, 'I am he,' and, 'The time is near.' Do
not follow them. 9When you hear of wars and
revolutions, do not be frightened. These things
must happen first, but the end will not come
right away."
10Then he said to them: "Nation will rise
against nation, and kingdom against kingdom.
11There will be great earthquakes, famines and
pestilences in various places, and fearful events
and great signs from heaven.
12"But before all this, they will lay hands
on you and persecute you. They will deliver
you to synagogues and prisons, and you will
be brought before kings and governors, and
all on account of my name. 13This will result
in your being witnesses to them. 14But make
up your mind not to worry beforehand how
you will defend yourselves. 15For I will give
you words and wisdom that none of your ad-
versaries will be able to resist or contradict.
16You will be betrayed even by parents,
brothers, relatives and friends, and they will
put some of you to death. 17All men will hate

[f]21:2 *dos moneditas de cobre.* Lit. *dos *lepta.*

[d]2 Greek *two lepta*

perderá ni un solo cabello de su cabeza. 19Si se
mantienen firmes, se salvarán.[g]

20»Ahora bien, cuando vean a Jerusalén ro-
deada de ejércitos, sepan que su desolación ya
está cerca. 21Entonces los que estén en Judea
huyan a las montañas, los que estén en la ciudad
salgan de ella, y los que estén en el campo no
entren en la ciudad. 22Ése será el tiempo del
juicio cuando se cumplirá todo lo que está escri-
to. 23¡Ay de las que estén embarazadas o ama-
mantando en aquellos días! Porque habrá gran
aflicción en la tierra, y castigo contra este pue-
blo. 24Caerán a filo de espada y los llevarán
cautivos a todas las naciones. Los *gentiles pi-
sotearán a Jerusalén, hasta que se cumplan los
tiempos señalados para ellos.

25»Habrá señales en el sol, la luna y las estre-
llas. En la tierra, las naciones estarán angustia-
das y perplejas por el bramido y la agitación del
mar. 26Se desmayarán de terror los hombres,
temerosos por lo que va a sucederle al mundo,
porque los cuerpos celestes serán sacudidos.
27Entonces verán al Hijo del hombre venir en
una nube con poder y gran gloria. 28Cuando
comiencen a suceder estas cosas, cobren ánimo
y levanten la cabeza, porque se acerca su reden-
ción.

29Jesús también les propuso esta compara-
ción:

—Fíjense en la higuera y en los demás árbo-
les. 30Cuando brotan las hojas, ustedes pueden
ver por sí mismos y saber que el verano está
cerca. 31Igualmente, cuando vean que suceden
estas cosas, sepan que el reino de Dios está
cerca.

32»Les aseguro que no pasará esta generación
hasta que todas estas cosas sucedan. 33El cielo
y la tierra pasarán, pero mis palabras jamás
pasarán.

34»Tengan cuidado, no sea que se les endu-
rezca el corazón por el vicio, la embriaguez y las
preocupaciones de esta vida. De otra manera,
aquel día caerá de improviso sobre ustedes,
35pues vendrá como una trampa sobre todos los
habitantes de la tierra. 36Estén siempre vigilan-
tes, y oren para que puedan escapar de todo lo
que está por suceder, y presentarse delante del
Hijo del hombre.

37De día Jesús enseñaba en el templo, pero
salía a pasar la noche en el monte llamado de los
Olivos, 38y toda la gente madrugaba para ir al
templo a oírlo.

[g]21:19 *Si … salvarán.* Lit. *Por su perseverancia obtendrán sus almas.*

you because of me. 18But not a hair of your
head will perish. 19By standing firm you will
gain life.

20"When you see Jerusalem being surround-
ed by armies, you will know that its desolation
is near. 21Then let those who are in Judea flee to
the mountains, let those in the city get out, and
let those in the country not enter the city. 22For
this is the time of punishment in fulfillment of
all that has been written. 23How dreadful it will
be in those days for pregnant women and nurs-
ing mothers! There will be great distress in the
land and wrath against this people. 24They will
fall by the sword and will be taken as prisoners
to all the nations. Jerusalem will be trampled on
by the Gentiles until the times of the Gentiles are
fulfilled.

25"There will be signs in the sun, moon and
stars. On the earth, nations will be in anguish and
perplexity at the roaring and tossing of the sea.
26Men will faint from terror, apprehensive of
what is coming on the world, for the heavenly
bodies will be shaken. 27At that time they will
see the Son of Man coming in a cloud with
power and great glory. 28When these things
begin to take place, stand up and lift up your
heads, because your redemption is drawing
near."

29He told them this parable: "Look at the fig
tree and all the trees. 30When they sprout leaves,
you can see for yourselves and know that sum-
mer is near. 31Even so, when you see these
things happening, you know that the kingdom of
God is near.

32"I tell you the truth, this generation[e] will
certainly not pass away until all these things
have happened. 33Heaven and earth will pass
away, but my words will never pass away.

34"Be careful, or your hearts will be weighed
down with dissipation, drunkenness and the
anxieties of life, and that day will close on you
unexpectedly like a trap. 35For it will come upon
all those who live on the face of the whole earth.
36Be always on the watch, and pray that you
may be able to escape all that is about to happen,
and that you may be able to stand before the Son
of Man."

37Each day Jesus was teaching at the temple,
and each evening he went out to spend the night
on the hill called the Mount of Olives, 38and all
the people came early in the morning to hear him
at the temple.

[e]32 Or *race*

Judas acuerda traicionar a Jesús

22 Se aproximaba la fiesta de los Panes sin
levadura, llamada la Pascua. 2 Los jefes
de los sacerdotes y los *maestros de la ley
buscaban algún modo de acabar con Jesús, por-
que temían al pueblo. 3 Entonces entró Satanás
en Judas, uno de los doce, al que llamaban
Iscariote. 4 Éste fue a los jefes de los sacerdotes
y a los capitanes del *templo para tratar con ellos
cómo les entregaría a Jesús. 5 Ellos se alegraron
y acordaron darle dinero. 6 Él aceptó, y comenzó
a buscar una oportunidad para entregarles a
Jesús cuando no hubiera gente.

La última cena

7 Cuando llegó el día de la fiesta de los Panes
sin levadura, en que debía sacrificarse el cordero
de la Pascua, 8 Jesús envió a Pedro y a Juan,
diciéndoles:

—Vayan a hacer los preparativos para que
comamos la Pascua.

9 —¿Dónde quieres que la preparemos? —le
preguntaron.

10 —Miren —contestó él—: al entrar ustedes
en la ciudad les saldrá al encuentro un hombre
que lleva un cántaro de agua. Síganlo hasta la
casa en que entre, 11 y díganle al dueño de la
casa: "El Maestro pregunta: ¿Dónde está la sala
en la que voy a comer la Pascua con mis discí-
pulos?" 12 Él les mostrará en la planta alta una
sala amplia y amueblada. Preparen allí la cena.

13 Ellos se fueron y encontraron todo tal como
les había dicho Jesús. Así que prepararon la
Pascua.

14 Cuando llegó la hora, Jesús y sus apóstoles
se *sentaron a la mesa. 15 Entonces les dijo:

—He tenido muchísimos deseos de comer
esta Pascua con ustedes antes de padecer,
16 pues les digo que no volveré a comerla hasta
que tenga su pleno cumplimiento en el reino
de Dios.

17 Luego tomó la copa, dio gracias y dijo:

—Tomen esto y repártanlo entre ustedes.
18 Les digo que no volveré a beber del fruto de
la vid hasta que venga el reino de Dios.

19 También tomó pan y, después de dar gra-
cias, lo partió, se lo dio a ellos y dijo:

—Este pan es mi cuerpo, entregado por uste-
des; hagan esto en memoria de mí.

20 De la misma manera tomó la copa después
de la cena, y dijo:

—Esta copa es el nuevo pacto en mi sangre,
que es derramada por ustedes. 21 Pero sepan que
la mano del que va a traicionarme está con la
mía, sobre la mesa. 22 A la verdad el Hijo del
hombre se irá según está decretado, pero ¡ay de
aquel que lo traiciona!

Judas Agrees to Betray Jesus

22 Now the Feast of Unleavened Bread,
called the Passover, was approaching,
2 and the chief priests and the teachers of the law
were looking for some way to get rid of Jesus,
for they were afraid of the people. 3 Then Satan
entered Judas, called Iscariot, one of the Twelve.
4 And Judas went to the chief priests and the
officers of the temple guard and discussed with
them how he might betray Jesus. 5 They were
delighted and agreed to give him money. 6 He
consented, and watched for an opportunity to
hand Jesus over to them when no crowd was
present.

The Last Supper

7 Then came the day of Unleavened Bread
on which the Passover lamb had to be sacri-
ficed. 8 Jesus sent Peter and John, saying, "Go
and make preparations for us to eat the Pass-
over."

9 "Where do you want us to prepare for it?"
they asked.

10 He replied, "As you enter the city, a man
carrying a jar of water will meet you. Follow him
to the house that he enters, 11 and say to the
owner of the house, 'The Teacher asks: Where
is the guest room, where I may eat the Passover
with my disciples?' 12 He will show you a large
upper room, all furnished. Make preparations
there."

13 They left and found things just as Jesus had
told them. So they prepared the Passover.

14 When the hour came, Jesus and his apostles
reclined at the table. 15 And he said to them, "I
have eagerly desired to eat this Passover with
you before I suffer. 16 For I tell you, I will not eat
it again until it finds fulfillment in the kingdom
of God."

17 After taking the cup, he gave thanks and
said, "Take this and divide it among you.
18 For I tell you I will not drink again of the
fruit of the vine until the kingdom of God
comes."

19 And he took bread, gave thanks and broke
it, and gave it to them, saying, "This is my
body given for you; do this in remembrance
of me."

20 In the same way, after the supper he took
the cup, saying, "This cup is the new covenant
in my blood, which is poured out for you. 21 But
the hand of him who is going to betray me is with
mine on the table. 22 The Son of Man will go as
it has been decreed, but woe to that man who
betrays him." 23 They began to question among
themselves which of them it might be who
would do this.

23Entonces comenzaron a preguntarse unos a
otros quién de ellos haría esto.

24Tuvieron además un altercado sobre cuál de
ellos sería el más importante. 25Jesús les dijo:

—Los reyes de las *naciones oprimen a sus
súbditos, y los que ejercen autoridad sobre ellos
se llaman a sí mismos benefactores. 26No sea así
entre ustedes. Al contrario, el mayor debe com-
portarse como el menor, y el que manda como
el que sirve. 27Porque, ¿quién es más importan-
te, el que está a la mesa o el que sirve? ¿No lo
es el que está sentado a la mesa? Sin embargo,
yo estoy entre ustedes como uno que sirve.
28Ahora bien, ustedes son los que han estado
siempre a mi lado en mis *pruebas. 29Por eso,
yo mismo les concedo un reino, así como mi
Padre me lo concedió a mí, 30para que coman y
beban a mi mesa en mi reino, y se sienten en
tronos para juzgar a las doce tribus de Israel.

31»Simón, Simón, mira que Satanás ha pedido
zarandearlos a ustedes como si fueran trigo.
32Pero yo he orado por ti, para que no falle tu fe.
Y tú, cuando te hayas vuelto a mí, fortalece a tus
hermanos.

33—Señor —respondió Pedro—, estoy dis-
puesto a ir contigo tanto a la cárcel como a la
muerte.

34—Pedro, te digo que hoy mismo, antes de que
cante el gallo, tres veces negarás que me conoces.

35Luego Jesús dijo a todos:

—Cuando los envié a ustedes sin monedero ni
bolsa ni sandalias, ¿acaso les faltó algo?

—Nada —respondieron.

36—Ahora, en cambio, el que tenga un mone-
dero, que lo lleve; así mismo, el que tenga una
bolsa. Y el que nada tenga, que venda su manto y
compre una espada. 37Porque les digo que tiene
que cumplirse en mí aquello que está escrito: "Y
fue contado entre los transgresores."[h] En efecto,
lo que se ha escrito de mí se está cumpliendo.[i]

38—Mira, Señor —le señalaron los discípu-
los—, aquí hay dos espadas.

—¡Basta! —les contestó.

Jesús ora en el monte de los Olivos

39Jesús salió de la ciudad y, como de costum-
bre, se dirigió al monte de los Olivos, y sus
discípulos lo siguieron. 40Cuando llegaron al lu-
gar, les dijo: «Oren para que no caigan en *tenta-
ción.» 41Entonces se separó de ellos a una buena
distancia,[j] se arrodilló y empezó a orar: 42«Padre,
si quieres, no me hagas beber este trago amargo;[k]
pero no se cumpla mi voluntad, sino la tuya.»

[h]**22:37** Is 53:12 [i]**22:37** *En efecto ... cumpliendo.* Lit. *Porque lo que es acerca de mí tiene fin.* [j]**22:41** *a una buena distancia.* Lit. *como a un tiro de piedra.* [k]**22:42** *no ... amargo.* Lit. *quita de mí esta copa.*

24Also a dispute arose among them as to
which of them was considered to be greatest.
25Jesus said to them, "The kings of the Gen-
tiles lord it over them; and those who exercise
authority over them call themselves Benefac-
tors. 26But you are not to be like that. Instead,
the greatest among you should be like the
youngest, and the one who rules like the one
who serves. 27For who is greater, the one who
is at the table or the one who serves? Is it
not the one who is at the table? But I am
among you as one who serves. 28You are
those who have stood by me in my trials.
29And I confer on you a kingdom, just as my
Father conferred one on me, 30so that you
may eat and drink at my table in my kingdom
and sit on thrones, judging the twelve tribes
of Israel.

31"Simon, Simon, Satan has asked to sift
you[f] as wheat. 32But I have prayed for you,
Simon, that your faith may not fail. And when
you have turned back, strengthen your broth-
ers."

33But he replied, "Lord, I am ready to go with
you to prison and to death."

34Jesus answered, "I tell you, Peter, before
the rooster crows today, you will deny three
times that you know me."

35Then Jesus asked them, "When I sent you
without purse, bag or sandals, did you lack
anything?"

"Nothing," they answered.

36He said to them, "But now if you have a
purse, take it, and also a bag; and if you don't
have a sword, sell your cloak and buy one. 37It
is written: 'And he was numbered with the trans-
gressors'[g]; and I tell you that this must be ful-
filled in me. Yes, what is written about me is
reaching its fulfillment."

38The disciples said, "See, Lord, here are two
swords."

"That is enough," he replied.

Jesus Prays on the Mount of Olives

39Jesus went out as usual to the Mount of
Olives, and his disciples followed him. 40On
reaching the place, he said to them, "Pray that
you will not fall into temptation." 41He with-
drew about a stone's throw beyond them, knelt
down and prayed, 42"Father, if you are will-
ing, take this cup from me; yet not my will,
but yours be done." 43An angel from heaven

[f]*31* The Greek is plural. [g]*37* Isaiah 53:12

43Entonces se le apareció un ángel del cielo para
fortalecerlo. 44Pero, como estaba angustiado, se
puso a orar con más fervor, y su sudor era como
gotas de sangre que caían a tierra.[l]

45Cuando terminó de orar y volvió a los dis-
cípulos, los encontró dormidos, agotados por la
tristeza. 46«¿Por qué están durmiendo? —les
exhortó—. Levántense y oren para que no cai-
gan en tentación.»

Arresto de Jesús

47Todavía estaba hablando Jesús cuando se
apareció una turba, y al frente iba uno de los
doce, el que se llamaba Judas. Éste se acercó a
Jesús para besarlo, 48pero Jesús le preguntó:

—Judas, ¿con un beso traicionas al Hijo del hombre?

49Los discípulos que lo rodeaban, al darse cuenta de lo que pasaba, dijeron:

—Señor, ¿atacamos con la espada?

50Y uno de ellos hirió al siervo del sumo sacerdote, cortándole la oreja derecha.

51—¡Déjenlos! —ordenó Jesús.

Entonces le tocó la oreja al hombre, y lo sanó.
52Luego dijo a los jefes de los sacerdotes, a los
capitanes del *templo y a los *ancianos, que
habían venido a prenderlo:

—¿Acaso soy un bandido,[m] para que vengan
contra mí con espadas y palos? 53Todos los días
estaba con ustedes en el templo, y no se atrevieron
a ponerme las manos encima. Pero ya ha llegado
la hora de ustedes, cuando reinan las tinieblas.

Pedro niega a Jesús

54Prendieron entonces a Jesús y lo llevaron a la
casa del sumo sacerdote. Pedro los seguía de
lejos. 55Pero luego, cuando encendieron una fo-
gata en medio del patio y se sentaron alrededor,
Pedro se les unió. 56Una criada lo vio allí sentado
a la lumbre, lo miró detenidamente y dijo:

—Éste estaba con él.

57Pero él lo negó.

—Muchacha, yo no lo conozco.

58Poco después lo vio otro y afirmó:

—Tú también eres uno de ellos.

—¡No, hombre, no lo soy! —contestó Pedro.

59Como una hora más tarde, otro lo acusó:

—Seguro que éste estaba con él; miren que es galileo.

60—¡Hombre, no sé de qué estás hablando! —replicó Pedro.

En el mismo momento en que dijo eso, cantó
el gallo. 61El Señor se volvió y miró directamen-
te a Pedro. Entonces Pedro se acordó de lo que
el Señor le había dicho: «Hoy mismo, antes de

[l]22:44 Var. no incluye vv. 43 y 44. [m]22:52 *bandido*. Alt. *insurgente*.

appeared to him and strengthened him. 44And
being in anguish, he prayed more earnestly,
and his sweat was like drops of blood falling
to the ground.[h]

45When he rose from prayer and went back to
the disciples, he found them asleep, exhausted
from sorrow. 46"Why are you sleeping?" he
asked them. "Get up and pray so that you will
not fall into temptation."

Jesus Arrested

47While he was still speaking a crowd came
up, and the man who was called Judas, one of
the Twelve, was leading them. He approached
Jesus to kiss him, 48but Jesus asked him, "Ju-
das, are you betraying the Son of Man with a
kiss?"

49When Jesus' followers saw what was going
to happen, they said, "Lord, should we strike
with our swords?" 50And one of them struck the
servant of the high priest, cutting off his right
ear.

51But Jesus answered, "No more of this!"
And he touched the man's ear and healed him.

52Then Jesus said to the chief priests, the
officers of the temple guard, and the elders, who
had come for him, "Am I leading a rebellion,
that you have come with swords and clubs?
53Every day I was with you in the temple courts,
and you did not lay a hand on me. But this is
your hour—when darkness reigns."

Peter Disowns Jesus

54Then seizing him, they led him away and
took him into the house of the high priest. Peter
followed at a distance. 55But when they had
kindled a fire in the middle of the courtyard and
had sat down together, Peter sat down with
them. 56A servant girl saw him seated there in
the firelight. She looked closely at him and said,
"This man was with him."

57But he denied it. "Woman, I don't know
him," he said.

58A little later someone else saw him and said,
"You also are one of them."

"Man, I am not!" Peter replied.

59About an hour later another asserted, "Cer-
tainly this fellow was with him, for he is a
Galilean."

60Peter replied, "Man, I don't know what
you're talking about!" Just as he was speaking,
the rooster crowed. 61The Lord turned and
looked straight at Peter. Then Peter remembered
the word the Lord had spoken to him: "Before

[h]44 Some early manuscripts do not have verses 43 and 44.

que el gallo cante, me negarás tres veces.» 62Y
saliendo de allí, lloró amargamente.

Los soldados se burlan de Jesús

63Los hombres que vigilaban a Jesús comen-
zaron a burlarse de él y a golpearlo. 64Le venda-
ron los ojos, y le increpaban:
—¡Adivina quién te pegó!
65Y le lanzaban muchos otros insultos.

Jesús ante Pilato y Herodes

66Al amanecer, se reunieron los *ancianos del
pueblo, tanto los jefes de los sacerdotes como
los *maestros de la ley, e hicieron comparecer a
Jesús ante el *Consejo.
67—Si eres el *Cristo, dínoslo —le exigieron.
Jesús les contestó:
—Si se lo dijera a ustedes, no me lo creerían,
68y si les hiciera preguntas, no me contestarían.
69Pero de ahora en adelante el Hijo del hombre
estará sentado a la *derecha del Dios Todopo-
deroso.
70—¿Eres tú, entonces, el Hijo de Dios? —le
preguntaron a una voz.
—Ustedes mismos lo dicen.
71—¿Para qué necesitamos más testimonios?
—resolvieron—. Acabamos de oírlo de sus pro-
pios labios.

23 Así que la asamblea en pleno se levantó,
y lo llevaron a Pilato. 2Y comenzaron la
acusación con estas palabras:
—Hemos descubierto a este hombre agitando a
nuestra nación. Se opone al pago de impuestos al
*emperador y afirma que él es el *Cristo, un rey.
3Así que Pilato le preguntó a Jesús:
—¿Eres tú el rey de los judíos?
—Tú mismo lo dices —respondió.
4Entonces Pilato declaró a los jefes de los
sacerdotes y a la multitud:
—No encuentro que este hombre sea culpable
de nada.
5Pero ellos insistían:
—Con sus enseñanzas agita al pueblo por toda
Judea.[n] Comenzó en Galilea y ha llegado hasta
aquí.
6Al oír esto, Pilato preguntó si el hombre era
galileo. 7Cuando se enteró de que pertenecía a
la jurisdicción de Herodes, se lo mandó a él, ya
que en aquellos días también Herodes estaba en
Jerusalén.
8Al ver a Jesús, Herodes se puso muy conten-
to; hacía tiempo que quería verlo por lo que oía
acerca de él, y esperaba presenciar algún mila-
gro que hiciera Jesús. 9Lo acosó con muchas
preguntas, pero Jesús no le contestaba nada.

[n]23:5 *toda Judea.* Alt. *toda la tierra de los judíos.*

the rooster crows today, you will disown me
three times." 62And he went outside and wept
bitterly.

The Guards Mock Jesus

63The men who were guarding Jesus began
mocking and beating him. 64They blindfolded
him and demanded, "Prophesy! Who hit you?"
65And they said many other insulting things to
him.

Jesus Before Pilate and Herod

66At daybreak the council of the elders of the
people, both the chief priests and teachers of the
law, met together, and Jesus was led before
them. 67"If you are the Christ,[i]" they said, "tell
us."
Jesus answered, "If I tell you, you will not
believe me, 68and if I asked you, you would
not answer. 69But from now on, the Son of
Man will be seated at the right hand of the
mighty God."
70They all asked, "Are you then the Son of
God?"
He replied, "You are right in saying I am."
71Then they said, "Why do we need any
more testimony? We have heard it from his
own lips."

23 Then the whole assembly rose and led
him off to Pilate. 2And they began to
accuse him, saying, "We have found this man
subverting our nation. He opposes payment of
taxes to Caesar and claims to be Christ,[j] a
king."
3So Pilate asked Jesus, "Are you the king of
the Jews?"
"Yes, it is as you say," Jesus replied.
4Then Pilate announced to the chief priests
and the crowd, "I find no basis for a charge
against this man."
5But they insisted, "He stirs up the people all
over Judea[k] by his teaching. He started in Gali-
lee and has come all the way here."
6On hearing this, Pilate asked if the man
was a Galilean. 7When he learned that Jesus
was under Herod's jurisdiction, he sent him
to Herod, who was also in Jerusalem at that
time.
8When Herod saw Jesus, he was greatly
pleased, because for a long time he had been
wanting to see him. From what he had heard
about him, he hoped to see him perform some
miracle. 9He plied him with many questions,
but Jesus gave him no answer. 10The chief

[i]67 Or *Messiah* [j]2 Or *Messiah*; also in verses 35 and 39
[k]5 Or *over the land of the Jews*

10 Allí estaban también los jefes de los sacerdo-
tes y los *maestros de la ley, acusándolo con
vehemencia. 11 Entonces Herodes y sus solda-
dos, con desprecio y burlas, le pusieron un man-
to lujoso y lo mandaron de vuelta a Pilato.
12 Anteriormente, Herodes y Pilato no se lleva-
ban bien, pero ese mismo día se hicieron amigos.

13 Pilato entonces reunió a los jefes de los sacer-
dotes, a los gobernantes y al pueblo, 14 y les dijo:

—Ustedes me trajeron a este hombre acusado de fomentar la rebelión entre el pueblo, pero resulta que lo he interrogado delante de ustedes sin encontrar que sea culpable de lo que ustedes
lo acusan. 15 Y es claro que tampoco Herodes lo
ha juzgado culpable, puesto que nos lo devolvió. Como pueden ver, no ha cometido ningún delito
que merezca la muerte, 16 así que le daré una
paliza y después lo soltaré.[ñ]

18 Pero todos gritaron a una voz:

—¡Llévate a ése! ¡Suéltanos a Barrabás!

19 A Barrabás lo habían metido en la cárcel por
una insurrección en la ciudad, y por homicidio.
20 Pilato, como quería soltar a Jesús, apeló al
pueblo otra vez, 21 pero ellos se pusieron a gritar:

—¡Crucifícalo! ¡Crucifícalo!

22 Por tercera vez les habló:

—Pero, ¿qué crimen ha cometido este hombre? No encuentro que él sea culpable de nada que merezca la pena de muerte, así que le daré una paliza y después lo soltaré.

23 Pero a voz en cuello ellos siguieron insis-
tiendo en que lo crucificara, y con sus gritos se
impusieron. 24 Por fin Pilato decidió concederles
su demanda: 25 soltó al hombre que le pedían, el
que por insurrección y homicidio había sido echado en la cárcel, y dejó que hicieran con Jesús lo que quisieran.

La crucifixión

26 Cuando se lo llevaban, echaron mano de un
tal Simón de Cirene, que volvía del campo, y le cargaron la cruz para que la llevara detrás de
Jesús. 27 Lo seguía mucha gente del pueblo, inclu-
so mujeres que se golpeaban el pecho, lamentán-
dose por él. 28 Jesús se volvió hacia ellas y les dijo:

—Hijas de Jerusalén, no lloren por mí; lloren
más bien por ustedes y por sus hijos. 29 Miren,
va a llegar el tiempo en que se dirá: "¡*Dichosas las estériles, que nunca dieron a luz ni amaman-
taron!" 30 Entonces

»"dirán a las montañas: '¡Caigan sobre nosotros!',
y a las colinas: '¡Cúbrannos!'"[o]

[ñ]23:16 *soltaré.* Var. *soltaré.* 17*Ahora bien, durante la fiesta tenía la obligación de soltarles un preso* (véanse Mt 27:15 y Mr 15:6). [o]23:30 Os 10:8

priests and the teachers of the law were stand-
ing there, vehemently accusing him. 11 Then
Herod and his soldiers ridiculed and mocked him. Dressing him in an elegant robe, they sent
him back to Pilate. 12 That day Herod and Pi-
late became friends—before this they had been enemies.

13 Pilate called together the chief priests, the
rulers and the people, 14 and said to them,
"You brought me this man as one who was inciting the people to rebellion. I have examined him in your presence and have found no
basis for your charges against him. 15 Neither
has Herod, for he sent him back to us; as you can see, he has done nothing to deserve death.
16 Therefore, I will punish him and then release
him."[l]

18 With one voice they cried out, "Away with
this man! Release Barabbas to us!" 19 (Barabbas
had been thrown into prison for an insurrection in the city, and for murder.)

20 Wanting to release Jesus, Pilate appealed to
them again. 21 But they kept shouting, "Crucify
him! Crucify him!"

22 For the third time he spoke to them: "Why?
What crime has this man committed? I have found in him no grounds for the death penalty. Therefore I will have him punished and then release him."

23 But with loud shouts they insistently de-
manded that he be crucified, and their shouts
prevailed. 24 So Pilate decided to grant their
demand. 25 He released the man who had been
thrown into prison for insurrection and murder, the one they asked for, and surrendered Jesus to their will.

The Crucifixion

26 As they led him away, they seized Simon
from Cyrene, who was on his way in from the country, and put the cross on him and made him
carry it behind Jesus. 27 A large number of peo-
ple followed him, including women who
mourned and wailed for him. 28 Jesus turned and
said to them, "Daughters of Jerusalem, do not weep for me; weep for yourselves and for your
children. 29 For the time will come when you will
say, 'Blessed are the barren women, the wombs that never bore and the breasts that never
nursed!' 30 Then

" 'they will say to the mountains, "Fall on us!"
and to the hills, "Cover us!" '[m]

[l]*16* Some manuscripts *him." 17Now he was obliged to release one man to them at the Feast.* [m]*30* Hosea 10:8

31Porque si esto se hace cuando el árbol está
verde, ¿qué no sucederá cuando esté seco?
32También llevaban con él a otros dos, ambos
criminales, para ser ejecutados. 33Cuando llega-
ron al lugar llamado la Calavera, lo crucificaron
allí, junto con los criminales, uno a su derecha
y otro a su izquierda.
34—Padre —dijo Jesús—, perdónalos, por-
que no saben lo que hacen.[p]
Mientras tanto, echaban suertes para repartir-
se entre sí la ropa de Jesús.
35La gente, por su parte, se quedó allí obser-
vando, y aun los gobernantes estaban burlándo-
se de él.
—Salvó a otros —decían—; que se salve a sí
mismo, si es el *Cristo de Dios, el Escogido.
36También los soldados se acercaron para bur-
larse de él. Le ofrecieron vinagre 37y le dijeron:
—Si eres el rey de los judíos, sálvate a ti mismo.
38Resulta que había sobre él un letrero, que
decía: «ÉSTE ES EL REY DE LOS JUDÍOS.»
39Uno de los criminales allí colgados empezó
a insultarlo:
—¿No eres tú el Cristo? ¡Sálvate a ti mismo
y a nosotros!
40Pero el otro criminal lo reprendió:
—¿Ni siquiera temor de Dios tienes, aunque
sufres la misma condena? 41En nuestro caso, el
castigo es justo, pues sufrimos lo que merecen
nuestros delitos; éste, en cambio, no ha hecho
nada malo.
42Luego dijo:
—Jesús, acuérdate de mí cuando vengas en tu
reino.
43—Te aseguro que hoy estarás conmigo en
el paraíso —le contestó Jesús.

Muerte de Jesús

44Desde el mediodía y hasta la media tarde[q]
toda la tierra quedó sumida en la oscuridad,
45pues el sol se ocultó. Y la cortina del *santua-
rio del templo se rasgó en dos. 46Entonces Jesús
exclamó con fuerza:
—¡Padre, en tus manos encomiendo mi espí-
ritu!
Y al decir esto, expiró.
47El centurión, al ver lo que había sucedido,
alabó a Dios y dijo:
—Verdaderamente este hombre era justo.
48Entonces los que se habían reunido para
presenciar aquel espectáculo, al ver lo ocurrido,
se fueron de allí golpeándose el pecho. 49Pero
todos los conocidos de Jesús, incluso las muje-
res que lo habían seguido desde Galilea, se
quedaron mirando desde lejos.

31For if men do these things when the tree is
green, what will happen when it is dry?"
32Two other men, both criminals, were also
led out with him to be executed. 33When they
came to the place called the Skull, there they
crucified him, along with the criminals—one on
his right, the other on his left. 34Jesus said,
"Father, forgive them, for they do not know
what they are doing."[n] And they divided up his
clothes by casting lots.
35The people stood watching, and the rulers
even sneered at him. They said, "He saved
others; let him save himself if he is the Christ of
God, the Chosen One."
36The soldiers also came up and mocked
him. They offered him wine vinegar 37and
said, "If you are the king of the Jews, save
yourself."
38There was a written notice above him,
which read: THIS IS THE KING OF THE JEWS.
39One of the criminals who hung there hurled
insults at him: "Aren't you the Christ? Save
yourself and us!"
40But the other criminal rebuked him. "Don't
you fear God," he said, "since you are under the
same sentence? 41We are punished justly, for we
are getting what our deeds deserve. But this man
has done nothing wrong."
42Then he said, "Jesus, remember me when
you come into your kingdom.[o]"
43Jesus answered him, "I tell you the truth,
today you will be with me in paradise."

Jesus' Death

44It was now about the sixth hour, and dark-
ness came over the whole land until the ninth
hour, 45for the sun stopped shining. And the
curtain of the temple was torn in two. 46Jesus
called out with a loud voice, "Father, into your
hands I commit my spirit." When he had said
this, he breathed his last.
47The centurion, seeing what had hap-
pened, praised God and said, "Surely this was
a righteous man." 48When all the people who
had gathered to witness this sight saw what
took place, they beat their breasts and went
away. 49But all those who knew him, includ-
ing the women who had followed him from
Galilee, stood at a distance, watching these
things.

[p] **23:34** Var. no incluye esta oración. [q] **23:44** *el mediodía … la media tarde.* Lit. *la hora sexta … la hora novena.*

[n] *34* Some early manuscripts do not have this sentence.
[o] *42* Some manuscripts *come with your kingly power*

Sepultura de Jesús

50Había un hombre bueno y justo llamado
José, miembro del *Consejo, 51que no había
estado de acuerdo con la decisión ni con la
conducta de ellos. Era natural de un pueblo de
Judea llamado Arimatea, y esperaba el reino de
Dios. 52Éste se presentó ante Pilato y le pidió el
cuerpo de Jesús. 53Después de bajarlo, lo envol-
vió en una sábana de lino y lo puso en un
sepulcro cavado en la roca, en el que todavía no
se había sepultado a nadie. 54Era el día de pre-
paración para el *sábado, que estaba a punto de
comenzar.

55Las mujeres que habían acompañado a
Jesús desde Galilea siguieron a José para ver el
sepulcro y cómo colocaban el cuerpo. 56Luego
volvieron a casa y prepararon especias aromáti-
cas y perfumes. Entonces descansaron el sába-
do, conforme al mandamiento.

La resurrección

24 El primer día de la semana, muy de
mañana, las mujeres fueron al sepulcro,
llevando las especias aromáticas que habían pre-
parado. 2Encontraron que había sido quitada la
piedra que cubría el sepulcro 3y, al entrar, no
hallaron el cuerpo del Señor Jesús. 4Mientras se
preguntaban qué habría pasado, se les presenta-
ron dos hombres con ropas resplandecientes.
5Asustadas, se postraron sobre su rostro, pero
ellos les dijeron:

—¿Por qué buscan ustedes entre los muertos
al que vive? 6No está aquí; ¡ha resucitado! Re-
cuerden lo que les dijo cuando todavía estaba
con ustedes en Galilea: 7"El Hijo del hombre
tiene que ser entregado en manos de hombres
*pecadores, y ser crucificado, pero al tercer día
resucitará."

8Entonces ellas se acordaron de las palabras
de Jesús. 9Al regresar del sepulcro, les contaron
todas estas cosas a los once y a todos los demás.
10Las mujeres eran María Magdalena, Juana,
María la madre de *Jacobo, y las demás que las
acompañaban. 11Pero a los discípulos el relato
les pareció una tontería, así que no les creyeron.
12Pedro, sin embargo, salió corriendo al sepul-
cro. Se asomó y vio sólo las vendas de lino.
Luego volvió a su casa, extrañado de lo que
había sucedido.

De camino a Emaús

13Aquel mismo día dos de ellos se dirigían a
un pueblo llamado Emaús, a unos once kilóme-
tros[r] de Jerusalén. 14Iban conversando sobre

[r]**24:13** *unos once kilómetros.* Lit. *sesenta *estadios.*

Jesus' Burial

50Now there was a man named Joseph, a
member of the Council, a good and upright
man, 51who had not consented to their deci-
sion and action. He came from the Judean
town of Arimathea and he was waiting for the
kingdom of God. 52Going to Pilate, he asked
for Jesus' body. 53Then he took it down,
wrapped it in linen cloth and placed it in a
tomb cut in the rock, one in which no one had
yet been laid. 54It was Preparation Day, and
the Sabbath was about to begin.

55The women who had come with Jesus from
Galilee followed Joseph and saw the tomb and
how his body was laid in it. 56Then they went
home and prepared spices and perfumes. But
they rested on the Sabbath in obedience to the
commandment.

The Resurrection

24 On the first day of the week, very ear-
ly in the morning, the women took the
spices they had prepared and went to the
tomb. 2They found the stone rolled away from
the tomb, 3but when they entered, they did not
find the body of the Lord Jesus. 4While they
were wondering about this, suddenly two men
in clothes that gleamed like lightning stood
beside them. 5In their fright the women
bowed down with their faces to the ground,
but the men said to them, "Why do you look
for the living among the dead? 6He is not here;
he has risen! Remember how he told you,
while he was still with you in Galilee: 7'The
Son of Man must be delivered into the hands
of sinful men, be crucified and on the third
day be raised again.'" 8Then they remem-
bered his words.

9When they came back from the tomb, they
told all these things to the Eleven and to all
the others. 10It was Mary Magdalene, Joanna,
Mary the mother of James, and the others with
them who told this to the apostles. 11But they
did not believe the women, because their
words seemed to them like nonsense. 12Peter,
however, got up and ran to the tomb. Bending
over, he saw the strips of linen lying by them-
selves, and he went away, wondering to him-
self what had happened.

On the Road to Emmaus

13Now that same day two of them were going
to a village called Emmaus, about seven miles[p]
from Jerusalem. 14They were talking with each

[p]*13* Greek *sixty stadia* (about 11 kilometers)

todo lo que había acontecido. 15Sucedió que, mientras hablaban y discutían, Jesús mismo se acercó y comenzó a caminar con ellos; 16pero no lo reconocieron, pues sus ojos estaban velados.

17—¿Qué vienen discutiendo por el camino? —les preguntó.

Se detuvieron, cabizbajos; 18y uno de ellos, llamado Cleofas, le dijo:

—¿Eres tú el único peregrino en Jerusalén que no se ha enterado de todo lo que ha pasado recientemente?

19—¿Qué es lo que ha pasado? —les preguntó.

—Lo de Jesús de Nazaret. Era un profeta, poderoso en obras y en palabras delante de Dios y de todo el pueblo. 20Los jefes de los sacerdotes y nuestros gobernantes lo entregaron para ser condenado a muerte, y lo crucificaron; 21pero nosotros abrigábamos la esperanza de que era él quien redimiría a Israel. Es más, ya hace tres días que sucedió todo esto. 22También algunas mujeres de nuestro grupo nos dejaron asombrados. Esta mañana, muy temprano, fueron al sepulcro 23pero no hallaron su cuerpo. Cuando volvieron, nos contaron que se les habían aparecido unos ángeles quienes les dijeron que él está vivo. 24Algunos de nuestros compañeros fueron después al sepulcro y lo encontraron tal como habían dicho las mujeres, pero a él no lo vieron.

25—¡Qué torpes son ustedes —les dijo—, y qué tardos de corazón para creer todo lo que han dicho los profetas! 26¿Acaso no tenía que sufrir el *Cristo estas cosas antes de entrar en su gloria?

27Entonces, comenzando por Moisés y por todos los profetas, les explicó lo que se refería a él en todas las Escrituras.

28Al acercarse al pueblo adonde se dirigían, Jesús hizo como que iba más lejos. 29Pero ellos insistieron:

—Quédate con nosotros, que está atardeciendo; ya es casi de noche.

Así que entró para quedarse con ellos. 30Luego, estando con ellos a la mesa, tomó el pan, lo bendijo, lo partió y se lo dio. 31Entonces se les abrieron los ojos y lo reconocieron, pero él desapareció. 32Se decían el uno al otro:

—¿No ardía nuestro corazón mientras conversaba con nosotros en el camino y nos explicaba las Escrituras?

33Al instante se pusieron en camino y regresaron a Jerusalén. Allí encontraron a los once y a los que estaban reunidos con ellos. 34«¡Es cierto! —decían—. El Señor ha resucitado y se le ha aparecido a Simón.»

35Los dos, por su parte, contaron lo que les había sucedido en el camino, y cómo habían reconocido a Jesús cuando partió el pan.

other about everything that had happened. 15As they talked and discussed these things with each other, Jesus himself came up and walked along with them; 16but they were kept from recognizing him.

17He asked them, "What are you discussing together as you walk along?"

They stood still, their faces downcast. 18One of them, named Cleopas, asked him, "Are you only a visitor to Jerusalem and do not know the things that have happened there in these days?"

19"What things?" he asked.

"About Jesus of Nazareth," they replied. "He was a prophet, powerful in word and deed before God and all the people. 20The chief priests and our rulers handed him over to be sentenced to death, and they crucified him; 21but we had hoped that he was the one who was going to redeem Israel. And what is more, it is the third day since all this took place. 22In addition, some of our women amazed us. They went to the tomb early this morning 23but didn't find his body. They came and told us that they had seen a vision of angels, who said he was alive. 24Then some of our companions went to the tomb and found it just as the women had said, but him they did not see."

25He said to them, "How foolish you are, and how slow of heart to believe all that the prophets have spoken! 26Did not the Christ[q] have to suffer these things and then enter his glory?" 27And beginning with Moses and all the Prophets, he explained to them what was said in all the Scriptures concerning himself.

28As they approached the village to which they were going, Jesus acted as if he were going farther. 29But they urged him strongly, "Stay with us, for it is nearly evening; the day is almost over." So he went in to stay with them.

30When he was at the table with them, he took bread, gave thanks, broke it and began to give it to them. 31Then their eyes were opened and they recognized him, and he disappeared from their sight. 32They asked each other, "Were not our hearts burning within us while he talked with us on the road and opened the Scriptures to us?"

33They got up and returned at once to Jerusalem. There they found the Eleven and those with them, assembled together 34and saying, "It is true! The Lord has risen and has appeared to Simon." 35Then the two told what had happened on the way, and how Jesus was recognized by them when he broke the bread.

q26 Or *Messiah*; also in verse 46

Jesús se aparece a los discípulos

36Todavía estaban ellos hablando acerca de
esto, cuando Jesús mismo se puso en medio de
ellos y les dijo:
—Paz a ustedes.
37Aterrorizados, creyeron que veían a un es-
píritu.
38—¿Por qué se asustan tanto? —les pregun-
tó—. ¿Por qué les vienen dudas? 39Miren mis
manos y mis pies. ¡Soy yo mismo! Tóquenme y
vean; un espíritu no tiene carne ni huesos, como
ven que los tengo yo.
40Dicho esto, les mostró las manos y los pies.
41Como ellos no acababan de creerlo a causa de
la alegría y del asombro, les preguntó:
—¿Tienen aquí algo de comer?
42Le dieron un pedazo de pescado asado, 43así
que lo tomó y se lo comió delante de ellos.
Luego les dijo:
44—Cuando todavía estaba yo con ustedes,
les decía que tenía que cumplirse todo lo que está
escrito acerca de mí en la ley de Moisés, en los
profetas y en los salmos.
45Entonces les abrió el entendimiento para
que comprendieran las Escrituras.
46—Esto es lo que está escrito —les expli-
có—: que el *Cristo padecerá y *resucitará al
tercer día, 47y en su nombre se predicarán el
*arrepentimiento y el perdón de pecados a todas
las *naciones, comenzando por Jerusalén. 48Us-
tedes son testigos de estas cosas. 49Ahora voy a
enviarles lo que ha prometido mi Padre; pero
ustedes quédense en la ciudad hasta que sean
revestidos del poder de lo alto.

La ascensión

50Después los llevó Jesús hasta Betania; allí
alzó las manos y los bendijo. 51Sucedió que,
mientras los bendecía, se alejó de ellos y fue
llevado al cielo. 52Ellos, entonces, lo adoraron y
luego regresaron a Jerusalén con gran alegría.
53Y estaban continuamente en el *templo, ala-
bando a Dios.

Jesus Appears to the Disciples

36While they were still talking about this,
Jesus himself stood among them and said to
them, "Peace be with you."
37They were startled and frightened, thinking
they saw a ghost. 38He said to them, "Why are
you troubled, and why do doubts rise in your
minds? 39Look at my hands and my feet. It is I
myself! Touch me and see; a ghost does not have
flesh and bones, as you see I have."
40When he had said this, he showed them
his hands and feet. 41And while they still did
not believe it because of joy and amazement,
he asked them, "Do you have anything here
to eat?" 42They gave him a piece of broiled
fish, 43and he took it and ate it in their pres-
ence.
44He said to them, "This is what I told you
while I was still with you: Everything must be
fulfilled that is written about me in the Law of
Moses, the Prophets and the Psalms."
45Then he opened their minds so they could
understand the Scriptures. 46He told them,
"This is what is written: The Christ will suffer
and rise from the dead on the third day, 47and
repentance and forgiveness of sins will be
preached in his name to all nations, beginning
at Jerusalem. 48You are witnesses of these
things. 49I am going to send you what my
Father has promised; but stay in the city until
you have been clothed with power from on
high."

The Ascension

50When he had led them out to the vicinity of
Bethany, he lifted up his hands and blessed
them. 51While he was blessing them, he left
them and was taken up into heaven. 52Then they
worshiped him and returned to Jerusalem with
great joy. 53And they stayed continually at the
temple, praising God.

Evangelio según Juan

El Verbo se hizo hombre

1 En el principio ya existía el *Verbo,
y el Verbo estaba con Dios,
y el Verbo era Dios.
2 Él estaba con Dios en el principio.
3 Por medio de él todas las cosas fueron
creadas;
sin él, nada de lo creado llegó a existir.
4 En él estaba la vida,
y la vida era la luz de la *humanidad.
5 Esta luz resplandece en las tinieblas,
y las tinieblas no han podido extinguirla.[a]

6 Vino un hombre llamado Juan. Dios lo envió
7 como testigo para dar testimonio de la luz, a fin
de que por medio de él todos creyeran. 8 Juan no
era la luz, sino que vino para dar testimonio de
la luz. 9 Esa luz verdadera, la que alumbra a todo
*ser humano, venía a este mundo.[b]
10 El que era la luz ya estaba en el mundo, y el
mundo fue creado por medio de él, pero el mundo
no lo reconoció. 11 Vino a lo que era suyo, pero los
suyos no lo recibieron. 12 Mas a cuantos lo recibie-
ron, a los que creen en su nombre, les dio el
derecho de ser hijos de Dios. 13 Éstos no nacen de
la sangre, ni por deseos *naturales, ni por volun-
tad humana, sino que nacen de Dios.
14 Y el Verbo se hizo hombre y habitó[c] entre
nosotros. Y hemos contemplado su gloria, la
gloria que corresponde al Hijo *unigénito del
Padre, lleno de gracia y de verdad.
15 Juan dio testimonio de él, y a voz en cuello
proclamó: «Éste es aquel de quien yo decía: "El
que viene después de mí es superior a mí, porque
existía antes que yo."» 16 De su plenitud todos
hemos recibido gracia sobre gracia, 17 pues la ley
fue dada por medio de Moisés, mientras que la
gracia y la verdad nos han llegado por medio de
*Jesucristo. 18 A Dios nadie lo ha visto nunca; el
Hijo unigénito, que es Dios[d] y que vive en unión
íntima con el Padre, nos lo ha dado a conocer.

Juan el Bautista niega ser el Cristo

19 Éste es el testimonio de Juan cuando los
judíos de Jerusalén enviaron sacerdotes y levitas

[a]**1:5** *extinguirla.* Alt. *comprenderla.* [b]**1:9** *Esa … mundo.* Alt. *Esa era la luz verdadera que alumbra a todo *ser humano que viene al mundo.* [c]**1:14** *habitó.* Lit. *puso su carpa.* [d]**1:18** *el Hijo unigénito, que es Dios.* Lit. *Dios unigénito.* Var. *el Hijo unigénito.*

John

The Word Became Flesh

1 In the beginning was the Word, and the
Word was with God, and the Word was
God. 2 He was with God in the beginning.
3 Through him all things were made; without
him nothing was made that has been made. 4 In
him was life, and that life was the light of men.
5 The light shines in the darkness, but the dark-
ness has not understood[a] it.
6 There came a man who was sent from God;
his name was John. 7 He came as a witness to
testify concerning that light, so that through him
all men might believe. 8 He himself was not the
light; he came only as a witness to the light. 9 The
true light that gives light to every man was
coming into the world.[b]
10 He was in the world, and though the world
was made through him, the world did not recog-
nize him. 11 He came to that which was his own,
but his own did not receive him. 12 Yet to all who
received him, to those who believed in his name,
he gave the right to become children of God—
13 children born not of natural descent,[c] nor of
human decision or a husband's will, but born of
God.
14 The Word became flesh and made his
dwelling among us. We have seen his glory, the
glory of the One and Only,[d] who came from the
Father, full of grace and truth.
15 John testifies concerning him. He cries out,
saying, "This was he of whom I said, 'He who
comes after me has surpassed me because he
was before me.'" 16 From the fullness of his
grace we have all received one blessing after
another. 17 For the law was given through Mo-
ses; grace and truth came through Jesus Christ.
18 No one has ever seen God, but God the One
and Only,[e,f] who is at the Father's side, has
made him known.

John the Baptist Denies Being the Christ

19 Now this was John's testimony when the
Jews of Jerusalem sent priests and Levites to ask

[a]*5* Or *darkness, and the darkness has not overcome* [b]*9* Or *This was the true light that gives light to every man who comes into the world* [c]*13* Greek *of bloods* [d]*14* Or *the Only Begotten* [e]*18* Or *the Only Begotten* [f]*18* Some manuscripts *but the only* (or *only begotten*) *Son*

a preguntarle quién era. 20No se negó a decla-
rarlo, sino que confesó con franqueza:
—Yo no soy el *Cristo.
21—¿Quién eres entonces? —le pregunta-
ron—. ¿Acaso eres Elías?
—No lo soy.
—¿Eres el profeta?
—No lo soy.
22—¿Entonces quién eres? ¡Tenemos que lle-
var una respuesta a los que nos enviaron! ¿Cómo
te ves a ti mismo?
23—Yo soy la voz del que grita en el desierto:
"Enderecen el camino del Señor"[e] —respondió
Juan, con las palabras del profeta Isaías.
24Algunos que habían sido enviados por los
*fariseos 25lo interrogaron:
—Pues si no eres el Cristo, ni Elías ni el
profeta, ¿por qué bautizas?
26—Yo bautizo con[f] agua, pero entre ustedes
hay alguien a quien no conocen, 27y que viene
después de mí, al cual yo no soy digno ni siquie-
ra de desatarle la correa de las sandalias.
28Todo esto sucedió en Betania, al otro lado
del río Jordán, donde Juan estaba bautizando.

Jesús, el Cordero de Dios

29Al día siguiente Juan vio a Jesús que se
acercaba a él, y dijo: «¡Aquí tienen al Cordero
de Dios, que quita el pecado del mundo! 30De
éste hablaba yo cuando dije: "Después de mí
viene un hombre que es superior a mí, porque
existía antes que yo." 31Yo ni siquiera lo cono-
cía, pero, para que él se revelara al pueblo de
Israel, vine bautizando con agua.»
32Juan declaró: «Vi al Espíritu descender del
cielo como una paloma y permanecer sobre él.
33Yo mismo no lo conocía, pero el que me envió
a bautizar con agua me dijo: "Aquel sobre quien
veas que el Espíritu desciende y permanece, es
el que bautiza con el Espíritu Santo." 34Yo lo he
visto y por eso testifico que éste es el Hijo de
Dios.»

Los primeros discípulos de Jesús

35Al día siguiente Juan estaba de nuevo allí,
con dos de sus discípulos. 36Al ver a Jesús que
pasaba por ahí, dijo:
—¡Aquí tienen al Cordero de Dios!
37Cuando los dos discípulos le oyeron decir
esto, siguieron a Jesús. 38Jesús se volvió y, al
ver que lo seguían, les preguntó:
—¿Qué buscan?
—Rabí, ¿dónde te hospedas? (Rabí significa:
Maestro.)
39—Vengan a ver —les contestó Jesús.
Ellos fueron, pues, y vieron dónde se hospe-

[e]**1:23** Is 40:3 [f]**1:26** *con.* Alt. *en*; también en vv. 31 y 33.

him who he was. 20He did not fail to confess,
but confessed freely, "I am not the Christ.[g]"
21They asked him, "Then who are you? Are
you Elijah?"
He said, "I am not."
"Are you the Prophet?"
He answered, "No."
22Finally they said, "Who are you? Give us
an answer to take back to those who sent us.
What do you say about yourself?"
23John replied in the words of Isaiah the
prophet, "I am the voice of one calling in the
desert, 'Make straight the way for the Lord.'"[h]
24Now some Pharisees who had been sent
25questioned him, "Why then do you baptize if
you are not the Christ, nor Elijah, nor the Proph-
et?"
26"I baptize with[i] water," John replied, "but
among you stands one you do not know. 27He is
the one who comes after me, the thongs of whose
sandals I am not worthy to untie."
28This all happened at Bethany on the other
side of the Jordan, where John was baptizing.

Jesus the Lamb of God

29The next day John saw Jesus coming toward
him and said, "Look, the Lamb of God, who
takes away the sin of the world! 30This is the one
I meant when I said, 'A man who comes after
me has surpassed me because he was before
me.' 31I myself did not know him, but the reason
I came baptizing with water was that he might
be revealed to Israel."
32Then John gave this testimony: "I saw the
Spirit come down from heaven as a dove and
remain on him. 33I would not have known him,
except that the one who sent me to baptize
with water told me, 'The man on whom you
see the Spirit come down and remain is he
who will baptize with the Holy Spirit.' 34I
have seen and I testify that this is the Son of
God."

Jesus' First Disciples

35The next day John was there again with two
of his disciples. 36When he saw Jesus passing
by, he said, "Look, the Lamb of God!"
37When the two disciples heard him say this,
they followed Jesus. 38Turning around, Jesus
saw them following and asked, "What do you
want?"
They said, "Rabbi" (which means Teacher),
"where are you staying?"
39"Come," he replied, "and you will see."

[g]*20* Or *Messiah.* "The Christ" (Greek) and "the Messiah" (Hebrew) both mean "the Anointed One"; also in verse 25.
[h]*23* Isaiah 40:3 [i]*26* Or *in;* also in verses 31 and 33

daba, y aquel mismo día se quedaron con él. Eran como las cuatro de la tarde.[g]

40 Andrés, hermano de Simón Pedro, era uno de los dos que, al oír a Juan, habían seguido a Jesús. 41 Andrés encontró primero a su hermano Simón, y le dijo:

—Hemos encontrado al Mesías (es decir, el *Cristo).

42 Luego lo llevó a Jesús, quien mirándolo fijamente, le dijo:

—Tú eres Simón, hijo de Juan. Serás llamado *Cefas (es decir, Pedro).

Jesús llama a Felipe y a Natanael

43 Al día siguiente, Jesús decidió salir hacia Galilea. Se encontró con Felipe, y lo llamó:

—Sígueme.

44 Felipe era del pueblo de Betsaida, lo mismo que Andrés y Pedro. 45 Felipe buscó a Natanael y le dijo:

—Hemos encontrado a Jesús de Nazaret, el hijo de José, aquel de quien escribió Moisés en la ley, y de quien escribieron los profetas.

46 —¡De Nazaret! —replicó Natanael—. ¿Acaso de allí puede salir algo bueno?

—Ven a ver —le contestó Felipe.

47 Cuando Jesús vio que Natanael se le acercaba, comentó:

—Aquí tienen a un verdadero israelita, en quien no hay falsedad.

48 —¿De dónde me conoces? —le preguntó Natanael.

—Antes de que Felipe te llamara, cuando aún estabas bajo la higuera, ya te había visto.

49 —Rabí, ¡tú eres el Hijo de Dios! ¡Tú eres el Rey de Israel! —declaró Natanael.

50 —¿Lo crees porque te dije que te vi cuando estabas debajo de la higuera? ¡Vas a ver aun cosas más grandes que éstas!

Y añadió:

51 —Ciertamente les aseguro que ustedes verán abrirse el cielo, y a los ángeles de Dios subir y bajar sobre el Hijo del hombre.

Jesús cambia el agua en vino

2 Al tercer día se celebró una boda en Caná de Galilea, y la madre de Jesús se encontraba allí. 2 También habían sido invitados a la boda Jesús y sus discípulos. 3 Cuando el vino se acabó, la madre de Jesús le dijo:

—Ya no tienen vino.

4 —Mujer, ¿eso qué tiene que ver conmigo? —respondió Jesús—. Todavía no ha llegado mi hora.

So they went and saw where he was staying, and spent that day with him. It was about the tenth hour.

40 Andrew, Simon Peter's brother, was one of the two who heard what John had said and who had followed Jesus. 41 The first thing Andrew did was to find his brother Simon and tell him, "We have found the Messiah" (that is, the Christ). 42 And he brought him to Jesus.

Jesus looked at him and said, "You are Simon son of John. You will be called Cephas" (which, when translated, is Peter[j]).

Jesus Calls Philip and Nathanael

43 The next day Jesus decided to leave for Galilee. Finding Philip, he said to him, "Follow me."

44 Philip, like Andrew and Peter, was from the town of Bethsaida. 45 Philip found Nathanael and told him, "We have found the one Moses wrote about in the Law, and about whom the prophets also wrote—Jesus of Nazareth, the son of Joseph."

46 "Nazareth! Can anything good come from there?" Nathanael asked.

"Come and see," said Philip.

47 When Jesus saw Nathanael approaching, he said of him, "Here is a true Israelite, in whom there is nothing false."

48 "How do you know me?" Nathanael asked.

Jesus answered, "I saw you while you were still under the fig tree before Philip called you."

49 Then Nathanael declared, "Rabbi, you are the Son of God; you are the King of Israel."

50 Jesus said, "You believe[k] because I told you I saw you under the fig tree. You shall see greater things than that." 51 He then added, "I tell you[l] the truth, you[m] shall see heaven open, and the angels of God ascending and descending on the Son of Man."

Jesus Changes Water to Wine

2 On the third day a wedding took place at Cana in Galilee. Jesus' mother was there, 2 and Jesus and his disciples had also been invited to the wedding. 3 When the wine was gone, Jesus' mother said to him, "They have no more wine."

4 "Dear woman, why do you involve me?" Jesus replied, "My time has not yet come."

[g] **1:39** *Eran … tarde* (si se cuentan las horas a partir de las seis de la mañana, según la hora judía). Lit. *Era como la hora décima*; véase nota en 19:14.

[j] *42* Both *Cephas* (Aramaic) and *Peter* (Greek) mean *rock.*
[k] *50* Or *Do you believe …?* [l] *51* The Greek is plural.
[m] *51* The Greek is plural.

5Su madre dijo a los sirvientes:

—Hagan lo que él les ordene.

6Había allí seis tinajas de piedra, de las que usan los judíos en sus ceremonias de *purificación. En cada una cabían unos cien litros.[h]

7Jesús dijo a los sirvientes:

—Llenen de agua las tinajas.

Y los sirvientes las llenaron hasta el borde.

8—Ahora saquen un poco y llévenlo al encargado del banquete —les dijo Jesús.

Así lo hicieron. 9El encargado del banquete probó el agua convertida en vino sin saber de dónde había salido, aunque sí lo sabían los sirvientes que habían sacado el agua. Entonces llamó aparte al novio 10y le dijo:

—Todos sirven primero el mejor vino, y cuando los invitados ya han bebido mucho, entonces sirven el más barato; pero tú has guardado el mejor vino hasta ahora.

11Ésta, la primera de sus señales, la hizo Jesús en Caná de Galilea. Así reveló su gloria, y sus discípulos creyeron en él.

12Después de esto Jesús bajó a Capernaúm con su madre, sus hermanos y sus discípulos, y se quedaron allí unos días.

Jesús purifica el templo

13Cuando se aproximaba la Pascua de los judíos, subió Jesús a Jerusalén. 14Y en el *templo[i] halló a los que vendían bueyes, ovejas y palomas, e instalados en sus mesas a los que cambiaban dinero. 15Entonces, haciendo un látigo de cuerdas, echó a todos del templo, juntamente con sus ovejas y sus bueyes; regó por el suelo las monedas de los que cambiaban dinero y derribó sus mesas. 16A los que vendían las palomas les dijo:

—¡Saquen esto de aquí! ¿Cómo se atreven a convertir la casa de mi Padre en un mercado?

17Sus discípulos se acordaron de que está escrito: «El celo por tu casa me consumirá.»[j] 18Entonces los judíos reaccionaron, preguntándole:

—¿Qué señal puedes mostrarnos para actuar de esta manera?

19—Destruyan este templo —respondió Jesús—, y lo levantaré de nuevo en tres días.

20—Tardaron cuarenta y seis años en construir este templo, ¿y tú vas a levantarlo en tres días?

21Pero el templo al que se refería era su propio cuerpo. 22Así, pues, cuando se *levantó de entre los muertos, sus discípulos se acordaron de lo que había dicho, y creyeron en la Escritura y en las palabras de Jesús.

23Mientras estaba en Jerusalén, durante la fiesta de la Pascua, muchos creyeron en su nom-

[h]**2:6** *unos cien litros*. Lit. *entre dos y tres *metretas*.
[i]**2:14** Es decir, en el área general del templo; en vv. 19-21 el término griego significa **santuario*. [j]**2:17** Sal 69:9

5His mother said to the servants, "Do whatever he tells you."

6Nearby stood six stone water jars, the kind used by the Jews for ceremonial washing, each holding from twenty to thirty gallons.[n]

7Jesus said to the servants, "Fill the jars with water"; so they filled them to the brim.

8Then he told them, "Now draw some out and take it to the master of the banquet."

They did so, 9and the master of the banquet tasted the water that had been turned into wine. He did not realize where it had come from, though the servants who had drawn the water knew. Then he called the bridegroom aside 10and said, "Everyone brings out the choice wine first and then the cheaper wine after the guests have had too much to drink; but you have saved the best till now."

11This, the first of his miraculous signs, Jesus performed in Cana of Galilee. He thus revealed his glory, and his disciples put their faith in him.

Jesus Clears the Temple

12After this he went down to Capernaum with his mother and brothers and his disciples. There they stayed for a few days.

13When it was almost time for the Jewish Passover, Jesus went up to Jerusalem. 14In the temple courts he found men selling cattle, sheep and doves, and others sitting at tables exchanging money. 15So he made a whip out of cords, and drove all from the temple area, both sheep and cattle; he scattered the coins of the money changers and overturned their tables. 16To those who sold doves he said, "Get these out of here! How dare you turn my Father's house into a market!"

17His disciples remembered that it is written: "Zeal for your house will consume me."[o]

18Then the Jews demanded of him, "What miraculous sign can you show us to prove your authority to do all this?"

19Jesus answered them, "Destroy this temple, and I will raise it again in three days."

20The Jews replied, "It has taken forty-six years to build this temple, and you are going to raise it in three days?" 21But the temple he had spoken of was his body. 22After he was raised from the dead, his disciples recalled what he had said. Then they believed the Scripture and the words that Jesus had spoken.

23Now while he was in Jerusalem at the Passover Feast, many people saw the miraculous signs he was doing and believed in his name.[p]

[n]*6* Greek *two to three metretes* (probably about 75 to 115 liters) [o]*17* Psalm 69:9 [p]*23* Or *and believed in him*

bre al ver las señales que hacía. 24En cambio
Jesús no les creía porque los conocía a todos;
25no necesitaba que nadie le informara nada[k]
acerca de los demás, pues él conocía el interior
del *ser humano.

Jesús enseña a Nicodemo

3 Había entre los *fariseos un dirigente de los
judíos llamado Nicodemo. 2Éste fue de no-
che a visitar a Jesús.
—Rabí —le dijo—, sabemos que eres un
maestro que ha venido de parte de Dios, porque
nadie podría hacer las señales que tú haces si
Dios no estuviera con él.
3—De veras te aseguro que quien no nazca de
nuevo[l] no puede ver el reino de Dios —dijo Jesús.
4—¿Cómo puede uno nacer de nuevo siendo
ya viejo? —preguntó Nicodemo—. ¿Acaso pue-
de entrar por segunda vez en el vientre de su
madre y volver a nacer?
5—Yo te aseguro que quien no nazca de agua
y del Espíritu, no puede entrar en el reino de
Dios —respondió Jesús—. 6Lo que nace del
cuerpo es cuerpo; lo que nace del Espíritu es
espíritu. 7No te sorprendas de que te haya dicho:
"Tienen que nacer de nuevo." 8El viento sopla
por donde quiere, y lo oyes silbar, aunque igno-
ras de dónde viene y a dónde va. Lo mismo pasa
con todo el que nace del Espíritu.
9Nicodemo replicó:
—¿Cómo es posible que esto suceda?
10—Tú eres maestro de Israel, ¿y no entiendes
estas cosas? —respondió Jesús—. 11Te digo con
seguridad y verdad que hablamos de lo que
sabemos y damos testimonio de lo que hemos
visto personalmente, pero ustedes no aceptan
nuestro testimonio. 12Si les he hablado de las
cosas terrenales, y no creen, ¿entonces cómo
van a creer si les hablo de las celestiales? 13Na-
die ha subido jamás al cielo sino el que descen-
dió del cielo, el Hijo del hombre.[m]

Jesús y el amor del Padre

14»Como levantó Moisés la serpiente en el
desierto, así también tiene que ser levantado el
Hijo del hombre, 15para que todo el que crea en
él tenga vida eterna.[n]
16»Porque tanto amó Dios al mundo, que dio
a su Hijo *unigénito, para que todo el que cree
en él no se pierda, sino que tenga vida eterna.
17Dios no envió a su Hijo al mundo para conde-
nar al mundo, sino para salvarlo por medio de
él. 18El que cree en él no es condenado, pero el

24But Jesus would not entrust himself to them,
for he knew all men. 25He did not need man's
testimony about man, for he knew what was in
a man.

Jesus Teaches Nicodemus

3 Now there was a man of the Pharisees
named Nicodemus, a member of the Jewish
ruling council. 2He came to Jesus at night and
said, "Rabbi, we know you are a teacher who
has come from God. For no one could perform
the miraculous signs you are doing if God were
not with him."
3In reply Jesus declared, "I tell you the truth,
no one can see the kingdom of God unless he is
born again.[q]"
4"How can a man be born when he is old?"
Nicodemus asked. "Surely he cannot enter a
second time into his mother's womb to be
born!"
5Jesus answered, "I tell you the truth, no
one can enter the kingdom of God unless he
is born of water and the Spirit. 6Flesh gives
birth to flesh, but the Spirit[r] gives birth to
spirit. 7You should not be surprised at my say-
ing, 'You[s] must be born again.' 8The wind
blows wherever it pleases. You hear its sound,
but you cannot tell where it comes from or
where it is going. So it is with everyone born
of the Spirit."
9"How can this be?" Nicodemus asked.
10"You are Israel's teacher," said Jesus, "and
do you not understand these things? 11I tell you
the truth, we speak of what we know, and we
testify to what we have seen, but still you people
do not accept our testimony. 12I have spoken to
you of earthly things and you do not believe;
how then will you believe if I speak of heavenly
things? 13No one has ever gone into heaven
except the one who came from heaven—the Son
of Man.[t] 14Just as Moses lifted up the snake in
the desert, so the Son of Man must be lifted up,
15that everyone who believes in him may have
eternal life.[u]
16"For God so loved the world that he gave
his one and only Son,[v] that whoever believes
in him shall not perish but have eternal life.
17For God did not send his Son into the world
to condemn the world, but to save the world
through him. 18Whoever believes in him is not
condemned, but whoever does not believe
stands condemned already because he has not

[k] 2:25 *le informara nada.* Lit. *le diera testimonio.* [l] 3:3 *de nuevo.* Alt. *de arriba*; también en v. 7. [m] 3:13 *hombre.* Var. *hombre que está en el cielo.* [n] 3:15 *todo … eterna.* Alt. *todo el que cree tenga vida eterna en él.*

[q] *3* Or *born from above;* also in verse 7 [r] *6* Or *but spirit* [s] *7* The Greek is plural. [t] *13* Some manuscripts *Man, who is in heaven* [u] *15* Or *believes may have eternal life in him* [v] *16* Or *his only begotten Son*

que no cree ya está condenado por no haber
creído en el nombre del Hijo unigénito de Dios.
19Ésta es la causa de la condenación: que la luz
vino al mundo, pero la *humanidad prefirió las
tinieblas a la luz, porque sus hechos eran perver-
sos. 20Pues todo el que hace lo malo aborrece la
luz, y no se acerca a ella por temor a que sus
obras queden al descubierto. 21En cambio, el
que practica la verdad se acerca a la luz, para que
se vea claramente que ha hecho sus obras en
obediencia a Dios.[ñ]

Testimonio de Juan el Bautista acerca de Jesús

22Después de esto Jesús fue con sus discí-
pulos a la región de Judea. Allí pasó algún
tiempo con ellos, y bautizaba. 23También Juan
estaba bautizando en Enón, cerca de Salín,
porque allí había mucha agua. Así que la gente
iba para ser bautizada. 24(Esto sucedió antes
de que encarcelaran a Juan.) 25Se entabló en-
tonces una discusión entre los discípulos de
Juan y un judío[o] en torno a los ritos de *pu-
rificación. 26Aquéllos fueron a ver a Juan y le
dijeron:

—Rabí, fíjate, el que estaba contigo al otro
lado del Jordán, y de quien tú diste testimonio,
ahora está bautizando, y todos acuden a él.

27—Nadie puede recibir nada a menos que
Dios se lo conceda —les respondió Juan—.
28Ustedes me son testigos de que dije: "Yo no
soy el *Cristo, sino que he sido enviado delante
de él." 29El que tiene a la novia es el novio. Pero
el amigo del novio, que está a su lado y lo
escucha, se llena de alegría cuando oye la voz
del novio. Ésa es la alegría que me inunda. 30A
él le toca crecer, y a mí menguar.

El que viene del cielo

31»El que viene de arriba está por encima de
todos; el que es de la tierra, es terrenal y de lo
terrenal habla. El que viene del cielo está por
encima de todos 32y da testimonio de lo que ha
visto y oído, pero nadie recibe su testimonio.
33El que lo recibe certifica que Dios es veraz.
34El enviado de Dios comunica el mensaje divi-
no, pues Dios mismo le da su Espíritu sin res-
tricción. 35El Padre ama al Hijo, y ha puesto todo
en sus manos. 36El que cree en el Hijo tiene vida
eterna; pero el que rechaza al Hijo no sabrá lo
que es esa vida, sino que permanecerá bajo el
castigo de Dios.[p]

[ñ]3:21 Algunos intérpretes consideran que el discurso de Jesús termina en el v. 15. [o]3:25 *un judío*. Var. *unos judíos*. [p]3:36 Algunos intérpretes consideran que los vv. 31-36 son comentario del autor del evangelio.

believed in the name of God's one and only
Son.[w] 19This is the verdict: Light has come
into the world, but men loved darkness instead
of light because their deeds were evil. 20Ev-
eryone who does evil hates the light, and will
not come into the light for fear that his deeds
will be exposed. 21But whoever lives by the
truth comes into the light, so that it may be
seen plainly that what he has done has been
done through God."[x]

John the Baptist's Testimony About Jesus

22After this, Jesus and his disciples went out
into the Judean countryside, where he spent
some time with them, and baptized. 23Now John
also was baptizing at Aenon near Salim, because
there was plenty of water, and people were
constantly coming to be baptized. 24(This was
before John was put in prison.) 25An argument
developed between some of John's disciples and
a certain Jew[y] over the matter of ceremonial
washing. 26They came to John and said to him,
"Rabbi, that man who was with you on the other
side of the Jordan—the one you testified
about—well, he is baptizing, and everyone is
going to him."

27To this John replied, "A man can receive
only what is given him from heaven. 28You
yourselves can testify that I said, 'I am not the
Christ[z] but am sent ahead of him.' 29The bride
belongs to the bridegroom. The friend who
attends the bridegroom waits and listens for
him, and is full of joy when he hears the bride-
groom's voice. That joy is mine, and it is now
complete. 30He must become greater; I must
become less.

31"The one who comes from above is above
all; the one who is from the earth belongs to the
earth, and speaks as one from the earth. The one
who comes from heaven is above all. 32He
testifies to what he has seen and heard, but no
one accepts his testimony. 33The man who has
accepted it has certified that God is truthful.
34For the one whom God has sent speaks the
words of God, for God[a] gives the Spirit without
limit. 35The Father loves the Son and has placed
everything in his hands. 36Whoever believes in
the Son has eternal life, but whoever rejects the
Son will not see life, for God's wrath remains
on him."[b]

[w]*18* Or *God's only begotten Son* [x]*21* Some interpreters end the quotation after verse 15. [y]*25* Some manuscripts *and certain Jews* [z]*28* Or *Messiah* [a]*34* Greek *he* [b]*36* Some interpreters end the quotation after verse 30.

Jesús y la samaritana

4 Jesús[q] se enteró de que los *fariseos sabían que él estaba haciendo y bautizando más discípulos que Juan 2(aunque en realidad no era Jesús quien bautizaba sino sus discípulos). 3Por eso se fue de Judea y volvió otra vez a Galilea. 4Como tenía que pasar por Samaria, 5llegó a un pueblo samaritano llamado Sicar, cerca del terreno que Jacob le había dado a su hijo José. 6Allí estaba el pozo de Jacob. Jesús, fatigado del camino, se sentó junto al pozo. Era cerca del mediodía.[r] 7-8Sus discípulos habían ido al pueblo a comprar comida.

En eso llegó a sacar agua una mujer de Samaria, y Jesús le dijo:

—Dame un poco de agua.

9Pero como los judíos no usan nada en común[s] con los samaritanos, la mujer le respondió:

—¿Cómo se te ocurre pedirme agua, si tú eres judío y yo soy samaritana?

10—Si supieras lo que Dios puede dar, y conocieras al que te está pidiendo agua —contestó Jesús—, tú le habrías pedido a él, y él te habría dado agua que da vida.

11—Señor, ni siquiera tienes con qué sacar agua, y el pozo es muy hondo; ¿de dónde, pues, vas a sacar esa agua que da vida? 12¿Acaso eres tú superior a nuestro padre Jacob, que nos dejó este pozo, del cual bebieron él, sus hijos y su ganado?

13—Todo el que beba de esta agua volverá a tener sed —respondió Jesús—, 14pero el que beba del agua que yo le daré, no volverá a tener sed jamás, sino que dentro de él esa agua se convertirá en un manantial del que brotará vida eterna.

15—Señor, dame de esa agua para que no vuelva a tener sed ni siga viniendo aquí a sacarla.

16—Ve a llamar a tu esposo, y vuelve acá —le dijo Jesús.

17—No tengo esposo —respondió la mujer.

—Bien has dicho que no tienes esposo. 18Es cierto que has tenido cinco, y el que ahora tienes no es tu esposo. En esto has dicho la verdad.

19—Señor, me doy cuenta de que tú eres profeta. 20Nuestros antepasados adoraron en este monte, pero ustedes los judíos dicen que el lugar donde debemos adorar está en Jerusalén.

21—Créeme, mujer, que se acerca la hora en que ni en este monte ni en Jerusalén adorarán ustedes al Padre. 22Ahora ustedes adoran lo que

[q]4:1 *Jesús*. Var. *El Señor*. [r]4:6 *del mediodía*. Lit. *de la hora sexta*; véase nota en 1:39. [s]4:9 *no usan nada en común*. Alt. *no se llevan bien*.

Jesus Talks With a Samaritan Woman

4 The Pharisees heard that Jesus was gaining and baptizing more disciples than John, 2although in fact it was not Jesus who baptized, but his disciples. 3When the Lord learned of this, he left Judea and went back once more to Galilee.

4Now he had to go through Samaria. 5So he came to a town in Samaria called Sychar, near the plot of ground Jacob had given to his son Joseph. 6Jacob's well was there, and Jesus, tired as he was from the journey, sat down by the well. It was about the sixth hour.

7When a Samaritan woman came to draw water, Jesus said to her, "Will you give me a drink?" 8(His disciples had gone into the town to buy food.)

9The Samaritan woman said to him, "You are a Jew and I am a Samaritan woman. How can you ask me for a drink?" (For Jews do not associate with Samaritans.[c])

10Jesus answered her, "If you knew the gift of God and who it is that asks you for a drink, you would have asked him and he would have given you living water."

11"Sir," the woman said, "you have nothing to draw with and the well is deep. Where can you get this living water? 12Are you greater than our father Jacob, who gave us the well and drank from it himself, as did also his sons and his flocks and herds?"

13Jesus answered, "Everyone who drinks this water will be thirsty again, 14but whoever drinks the water I give him will never thirst. Indeed, the water I give him will become in him a spring of water welling up to eternal life."

15The woman said to him, "Sir, give me this water so that I won't get thirsty and have to keep coming here to draw water."

16He told her, "Go, call your husband and come back."

17"I have no husband," she replied.

Jesus said to her, "You are right when you say you have no husband. 18The fact is, you have had five husbands, and the man you now have is not your husband. What you have just said is quite true."

19"Sir," the woman said, "I can see that you are a prophet. 20Our fathers worshiped on this mountain, but you Jews claim that the place where we must worship is in Jerusalem."

21Jesus declared, "Believe me, woman, a time is coming when you will worship the Father neither on this mountain nor in Jerusalem. 22You

[c]9 Or *do not use dishes Samaritans have used*

no conocen; nosotros adoramos lo que conoce-
mos, porque la salvación proviene de los judíos.
23 Pero se acerca la hora, y ha llegado ya, en que
los verdaderos adoradores rendirán culto al Pa-
dre en espíritu y en verdad,[f] porque así quiere el
Padre que sean los que le adoren. 24 Dios es
espíritu, y quienes lo adoran deben hacerlo en
espíritu y en verdad.

25 —Sé que viene el Mesías, al que llaman el
*Cristo —respondió la mujer—. Cuando él ven-
ga nos explicará todas las cosas.

26 —Ése soy yo, el que habla contigo —le dijo
Jesús.

Los discípulos vuelven a reunirse con Jesús

27 En esto llegaron sus discípulos y se sorpren-
dieron de verlo hablando con una mujer, aunque
ninguno le preguntó: «¿Qué pretendes?» o «¿De
qué hablas con ella?»

28 La mujer dejó su cántaro, volvió al pueblo
y le decía a la gente:

29 —Vengan a ver a un hombre que me ha dicho
todo lo que he hecho. ¿No será éste el *Cristo?

30 Salieron del pueblo y fueron a ver a Jesús.
31 Mientras tanto, sus discípulos le insistían:

—Rabí, come algo.

32 —Yo tengo un alimento que ustedes no
conocen —replicó él.

33 «¿Le habrán traído algo de comer?», co-
mentaban entre sí los discípulos.

34 —Mi alimento es hacer la voluntad del que
me envió y terminar su obra —les dijo Jesús—.
35 ¿No dicen ustedes: "Todavía faltan cuatro me-
ses para la cosecha"? Yo les digo: ¡Abran los ojos
y miren los campos sembrados! Ya la cosecha
está madura; 36 ya el segador recibe su salario y
recoge el fruto para vida eterna. Ahora tanto el
sembrador como el segador se alegran juntos.
37 Porque como dice el refrán: "Uno es el que
siembra y otro el que cosecha." 38 Yo los he
enviado a ustedes a cosechar lo que no les costó
ningún trabajo. Otros se han fatigado trabajando,
y ustedes han cosechado el fruto de ese trabajo.

Muchos samaritanos creen en Jesús

39 Muchos de los samaritanos que vivían en
aquel pueblo creyeron en él por el testimonio
que daba la mujer: «Me dijo todo lo que he
hecho.» 40 Así que cuando los samaritanos fue-
ron a su encuentro le insistieron en que se que-
dara con ellos. Jesús permaneció allí dos días,
41 y muchos más llegaron a creer por lo que él
mismo decía.

[f] **4:23** *en espíritu y en verdad.* Alt. *por el Espíritu y la verdad*; también en v. 24.

Samaritans worship what you do not know; we
worship what we do know, for salvation is from
the Jews. 23 Yet a time is coming and has now
come when the true worshipers will worship the
Father in spirit and truth, for they are the kind of
worshipers the Father seeks. 24 God is spirit, and
his worshipers must worship in spirit and in
truth."

25 The woman said, "I know that Messiah"
(called Christ) "is coming. When he comes, he
will explain everything to us."

26 Then Jesus declared, "I who speak to you
am he."

The Disciples Rejoin Jesus

27 Just then his disciples returned and were
surprised to find him talking with a woman. But
no one asked, "What do you want?" or "Why
are you talking with her?"

28 Then, leaving her water jar, the woman went
back to the town and said to the people,
29 "Come, see a man who told me everything I
ever did. Could this be the Christ[d]?" 30 They
came out of the town and made their way toward
him.

31 Meanwhile his disciples urged him, "Rab-
bi, eat something."

32 But he said to them, "I have food to eat that
you know nothing about."

33 Then his disciples said to each other,
"Could someone have brought him food?"

34 "My food," said Jesus, "is to do the will
of him who sent me and to finish his work.
35 Do you not say, 'Four months more and then
the harvest'? I tell you, open your eyes and
look at the fields! They are ripe for harvest.
36 Even now the reaper draws his wages, even
now he harvests the crop for eternal life, so
that the sower and the reaper may be glad
together. 37 Thus the saying 'One sows and
another reaps' is true. 38 I sent you to reap what
you have not worked for. Others have done
the hard work, and you have reaped the ben-
efits of their labor."

Many Samaritans Believe

39 Many of the Samaritans from that town
believed in him because of the woman's testi-
mony, "He told me everything I ever did." 40 So
when the Samaritans came to him, they urged
him to stay with them, and he stayed two days.
41 And because of his words many more became
believers.

[d] *29* Or *Messiah*

42—Ya no creemos sólo por lo que tú dijiste
—le decían a la mujer—; ahora lo hemos oído
nosotros mismos, y sabemos que verdadera-
mente éste es el Salvador del mundo.

Jesús sana al hijo de un funcionario

43Después de esos dos días Jesús salió de allí
rumbo a Galilea 44(pues, como él mismo había
dicho, a ningún profeta se le honra en su propia
tierra). 45Cuando llegó a Galilea, fue bien reci-
bido por los galileos, pues éstos habían visto
personalmente todo lo que había hecho en Jeru-
salén durante la fiesta de la Pascua, ya que ellos
habían estado también allí.
46Y volvió otra vez Jesús a Caná de Galilea,
donde había convertido el agua en vino. Había
allí un funcionario real, cuyo hijo estaba enfer-
mo en Capernaúm. 47Cuando este hombre se
enteró de que Jesús había llegado de Judea a
Galilea, fue a su encuentro y le suplicó que
bajara a sanar a su hijo, pues estaba a punto de
morir.
48—Ustedes nunca van a creer si no ven seña-
les y prodigios —le dijo Jesús.
49—Señor —rogó el funcionario—, baja an-
tes de que se muera mi hijo.
50—Vuelve a casa, que tu hijo vive —le dijo
Jesús—.
El hombre creyó lo que Jesús le dijo, y se fue.
51Cuando se dirigía a su casa, sus siervos salie-
ron a su encuentro y le dieron la noticia de que
su hijo estaba vivo. 52Cuando les preguntó a qué
hora había comenzado su hijo a sentirse mejor,
le contestaron:
—Ayer a la una de la tarde[u] se le quitó la
fiebre.
53Entonces el padre se dio cuenta de que
precisamente a esa hora Jesús le había dicho:
«Tu hijo vive.» Así que creyó él con toda su
familia.
54Ésta fue la segunda señal que hizo Jesús
después de que volvió de Judea a Galilea.

Jesús sana a un inválido

5 Algún tiempo después, se celebraba una
fiesta de los judíos, y subió Jesús a Jerusa-
lén. 2Había allí, junto a la puerta de las Ovejas,
un estanque rodeado de cinco pórticos, cuyo
nombre en arameo es Betzatá.[v] 3En esos pórti-
cos se hallaban tendidos muchos enfermos, cie-
gos, cojos y paralíticos.[w] 5Entre ellos se encon-

[u]**4:52** *la una de la tarde*. Lit. *la hora séptima*; véase nota en 1:39. [v]**5:2** *Betzatá*. Var. *Betesda*; otra var. *Betsaida*. [w]**5:3** *paralíticos*. Var. *paralíticos, que esperaban el movimiento del agua. [4] De cuando en cuando un ángel del Señor bajaba al estanque y agitaba el agua. El primero que entraba en el estanque después de cada agitación del agua quedaba sano de cualquier enfermedad que tuviera.*

42They said to the woman, "We no longer
believe just because of what you said; now we
have heard for ourselves, and we know that this
man really is the Savior of the world."

Jesus Heals the Official's Son

43After the two days he left for Galilee.
44(Now Jesus himself had pointed out that a
prophet has no honor in his own country.)
45When he arrived in Galilee, the Galileans
welcomed him. They had seen all that he had
done in Jerusalem at the Passover Feast, for they
also had been there.
46Once more he visited Cana in Galilee,
where he had turned the water into wine. And
there was a certain royal official whose son lay
sick at Capernaum. 47When this man heard that
Jesus had arrived in Galilee from Judea, he went
to him and begged him to come and heal his son,
who was close to death.
48"Unless you people see miraculous signs
and wonders," Jesus told him, "you will never
believe."
49The royal official said, "Sir, come down
before my child dies."
50Jesus replied, "You may go. Your son will
live."
The man took Jesus at his word and depart-
ed. 51While he was still on the way, his ser-
vants met him with the news that his boy was
living. 52When he inquired as to the time
when his son got better, they said to him,
"The fever left him yesterday at the seventh
hour."
53Then the father realized that this was the
exact time at which Jesus had said to him, "Your
son will live." So he and all his household
believed.
54This was the second miraculous sign that
Jesus performed, having come from Judea to
Galilee.

The Healing at the Pool

5 Some time later, Jesus went up to Jerusalem
for a feast of the Jews. 2Now there is in
Jerusalem near the Sheep Gate a pool, which in
Aramaic is called Bethesda[e] and which is sur-
rounded by five covered colonnades. 3Here a
great number of disabled people used to lie—the
blind, the lame, the paralyzed.[f] 5One who was

[e]*2* Some manuscripts *Bethzatha;* other manuscripts *Bethsaida*
[f]*3* Some less important manuscripts *paralyzed—and they waited for the moving of the waters. [4] From time to time an angel of the Lord would come down and stir up the waters. The first one into the pool after each such disturbance would be cured of whatever disease he had.*

traba un hombre inválido que llevaba enfermo
treinta y ocho años. 6Cuando Jesús lo vio allí,
tirado en el suelo, y se enteró de que ya tenía
mucho tiempo de estar así, le preguntó:

—¿Quieres quedar sano?

7—Señor —respondió—, no tengo a nadie que
me meta en el estanque mientras se agita el agua,
y cuando trato de hacerlo, otro se mete antes.

8—Levántate, recoge tu camilla y anda —le
contestó Jesús.

9Al instante aquel hombre quedó sano, así que
tomó su camilla y echó a andar. Pero ese día era
*sábado. 10Por eso los judíos le dijeron al que
había sido sanado:

—Hoy es sábado; no te está permitido cargar
tu camilla.

11—El que me sanó me dijo: "Recoge tu
camilla y anda" —les respondió.

12—¿Quién es ese hombre que te dijo: "Re-
cógela y anda"? —le interpelaron.

13El que había sido sanado no tenía idea de
quién era, porque Jesús se había escabullido
entre la mucha gente que había en el lugar.

14Después de esto Jesús lo encontró en el
*templo y le dijo:

—Mira, ya has quedado sano. No vuelvas a
pecar, no sea que te ocurra algo peor.

15El hombre se fue e informó a los judíos que
Jesús era quien lo había sanado.

Vida mediante el Hijo

16Precisamente por esto los judíos perseguían
a Jesús, pues hacía tales cosas en *sábado. 17Pe-
ro Jesús les respondía:

—Mi Padre aun hoy está trabajando, y yo
también trabajo.

18Así que los judíos redoblaban sus esfuerzos
para matarlo, pues no sólo quebrantaba el sába-
do sino que incluso llamaba a Dios su propio
Padre, con lo que él mismo se hacía igual a Dios.

19Entonces Jesús afirmó:

—Ciertamente les aseguro que el hijo no puede
hacer nada por su propia cuenta, sino solamente lo
que ve que su padre hace, porque cualquier cosa
que hace el padre, la hace también el hijo. 20Pues
el padre ama al hijo y le muestra todo lo que hace.
Sí, y aun cosas más grandes que éstas le mostrará,
que los dejará a ustedes asombrados. 21Porque así
como el Padre resucita a los muertos y les da vida,
así también el Hijo da vida a quienes a él le place.
22Además, el Padre no juzga a nadie, sino que
todo juicio lo ha delegado en el Hijo, 23para que
todos honren al Hijo como lo honran a él. El que
se niega a honrar al Hijo no honra al Padre que lo
envió.

24»Ciertamente les aseguro que el que oye mi
palabra y cree al que me envió, tiene vida eterna
y no será juzgado, sino que ha pasado de la

there had been an invalid for thirty-eight years.
6When Jesus saw him lying there and learned
that he had been in this condition for a long time,
he asked him, "Do you want to get well?"

7"Sir," the invalid replied, "I have no one to
help me into the pool when the water is stirred.
While I am trying to get in, someone else goes
down ahead of me."

8Then Jesus said to him, "Get up! Pick up
your mat and walk." 9At once the man was
cured; he picked up his mat and walked.

The day on which this took place was a Sab-
bath, 10and so the Jews said to the man who had
been healed, "It is the Sabbath; the law forbids
you to carry your mat."

11But he replied, "The man who made me
well said to me, 'Pick up your mat and
walk.'"

12So they asked him, "Who is this fellow who
told you to pick it up and walk?"

13The man who was healed had no idea who
it was, for Jesus had slipped away into the crowd
that was there.

14Later Jesus found him at the temple and said
to him, "See, you are well again. Stop sinning
or something worse may happen to you." 15The
man went away and told the Jews that it was
Jesus who had made him well.

Life Through the Son

16So, because Jesus was doing these things
on the Sabbath, the Jews persecuted him.
17Jesus said to them, "My Father is always
at his work to this very day, and I, too, am
working." 18For this reason the Jews tried all
the harder to kill him; not only was he break-
ing the Sabbath, but he was even calling God
his own Father, making himself equal with
God.

19Jesus gave them this answer: "I tell you
the truth, the Son can do nothing by himself;
he can do only what he sees his Father doing,
because whatever the Father does the Son also
does. 20For the Father loves the Son and shows
him all he does. Yes, to your amazement he
will show him even greater things than these.
21For just as the Father raises the dead and
gives them life, even so the Son gives life to
whom he is pleased to give it. 22Moreover, the
Father judges no one, but has entrusted all
judgment to the Son, 23that all may honor the
Son just as they honor the Father. He who does
not honor the Son does not honor the Father,
who sent him.

24"I tell you the truth, whoever hears my
word and believes him who sent me has eternal
life and will not be condemned; he has crossed

muerte a la vida. 25Ciertamente les aseguro que
ya viene la hora, y ha llegado ya, en que los
muertos oirán la voz del Hijo de Dios, y los que
la oigan vivirán. 26Porque así como el Padre
tiene vida en sí mismo, así también ha concedido
al Hijo el tener vida en sí mismo, 27y le ha dado
autoridad para juzgar, puesto que es el Hijo del
hombre.

28»No se asombren de esto, porque viene la
hora en que todos los que están en los sepulcros
oirán su voz, 29y saldrán de allí. Los que han
hecho el bien resucitarán para tener vida, pero
los que han practicado el mal resucitarán para
ser juzgados. 30Yo no puedo hacer nada por mi
propia cuenta; juzgo sólo según lo que oigo, y
mi juicio es justo, pues no busco hacer mi propia
voluntad sino cumplir la voluntad del que me
envió.

Los testimonios a favor del Hijo

31»Si yo testifico en mi favor, ese testimonio
no es válido. 32Otro es el que testifica en mi
favor, y me consta que es válido el testimonio
que él da de mí.

33»Ustedes enviaron a preguntarle a Juan, y él
dio un testimonio válido. 34Y no es que acepte
yo el testimonio de un hombre; más bien lo
menciono para que ustedes sean salvos. 35Juan
era una lámpara encendida y brillante, y ustedes
decidieron disfrutar de su luz por algún tiempo.

36»El testimonio con que yo cuento tiene más
peso que el de Juan. Porque esa misma tarea que
el Padre me ha encomendado que lleve a cabo,
y que estoy haciendo, es la que testifica que el
Padre me ha enviado. 37Y el Padre mismo que
me envió ha testificado en mi favor. Ustedes
nunca han oído su voz, ni visto su figura, 38ni
vive su palabra en ustedes, porque no creen en
aquel a quien él envió. 39Ustedes estudian[x] con
diligencia las Escrituras porque piensan que en
ellas hallan la vida eterna. ¡Y son ellas las que
dan testimonio en mi favor! 40Sin embargo,
ustedes no quieren venir a mí para tener esa vida.

41»La gloria *humana no la acepto, 42pero a
ustedes los conozco, y sé que no aman realmente
a Dios.[y] 43Yo he venido en nombre de mi Padre,
y ustedes no me aceptan; pero si otro viniera por
su propia cuenta, a ése sí lo aceptarían. 44¿Cómo
va a ser posible que ustedes crean, si unos a otros
se rinden gloria pero no buscan la gloria que
viene del Dios único?[z]

45»Pero no piensen que yo voy a acusarlos
delante del Padre. Quien los va a acusar es
Moisés, en quien tienen puesta su esperanza.

[x]5:39 *Ustedes estudian.* Alt. *Estudien.* [y]5:42 *no aman … Dios.* Lit. *no tienen el amor de Dios en sí mismos.*
[z]5:44 *del Dios único.* Var. *del Único.*

over from death to life. 25I tell you the truth,
a time is coming and has now come when the
dead will hear the voice of the Son of God and
those who hear will live. 26For as the Father
has life in himself, so he has granted the Son
to have life in himself. 27And he has given
him authority to judge because he is the Son
of Man.

28"Do not be amazed at this, for a time is
coming when all who are in their graves will
hear his voice 29and come out—those who have
done good will rise to live, and those who have
done evil will rise to be condemned. 30By my-
self I can do nothing; I judge only as I hear, and
my judgment is just, for I seek not to please
myself but him who sent me.

Testimonies About Jesus

31"If I testify about myself, my testimony is
not valid. 32There is another who testifies in my
favor, and I know that his testimony about me is
valid.

33"You have sent to John and he has testi-
fied to the truth. 34Not that I accept human
testimony; but I mention it that you may be
saved. 35John was a lamp that burned and gave
light, and you chose for a time to enjoy his
light.

36"I have testimony weightier than that of
John. For the very work that the Father has
given me to finish, and which I am doing,
testifies that the Father has sent me. 37And
the Father who sent me has himself testified
concerning me. You have never heard his
voice nor seen his form, 38nor does his word
dwell in you, for you do not believe the one
he sent. 39You diligently study[g] the Scrip-
tures because you think that by them you pos-
sess eternal life. These are the Scriptures that
testify about me, 40yet you refuse to come to
me to have life.

41"I do not accept praise from men, 42but I
know you. I know that you do not have the love
of God in your hearts. 43I have come in my
Father's name, and you do not accept me; but if
someone else comes in his own name, you will
accept him. 44How can you believe if you accept
praise from one another, yet make no effort to
obtain the praise that comes from the only
God[h]?

45"But do not think I will accuse you before
the Father. Your accuser is Moses, on whom
your hopes are set. 46If you believed Moses, you

[g]*39* Or *Study diligently* (the imperative) [h]*44* Some early manuscripts *the Only One*

46Si le creyeran a Moisés, me creerían a mí, porque de mí escribió él. 47Pero si no creen lo que él escribió, ¿cómo van a creer mis palabras?

Jesús alimenta a los cinco mil

6 Algún tiempo después, Jesús se fue a la otra orilla del mar de Galilea (o de Tiberíades). 2Y mucha gente lo seguía, porque veían las señales milagrosas que hacía en los enfermos. 3Entonces subió Jesús a una colina y se sentó con sus discípulos. 4Faltaba muy poco tiempo para la fiesta judía de la Pascua.

5Cuando Jesús alzó la vista y vio una gran multitud que venía hacia él, le dijo a Felipe:

—¿Dónde vamos a comprar pan para que coma esta gente?

6Esto lo dijo sólo para ponerlo a *prueba, porque él ya sabía lo que iba a hacer.

7—Ni con el salario de ocho meses[a] podríamos comprar suficiente pan para darle un pedazo a cada uno —respondió Felipe.

8Otro de sus discípulos, Andrés, que era hermano de Simón Pedro, le dijo:

9—Aquí hay un muchacho que tiene cinco panes de cebada y dos pescados, pero ¿qué es esto para tanta gente?

10—Hagan que se sienten todos —ordenó Jesús.

En ese lugar había mucha hierba. Así que se sentaron, y los varones adultos eran como cinco mil. 11Jesús tomó entonces los panes, dio gracias y distribuyó a los que estaban sentados todo lo que quisieron. Lo mismo hizo con los pescados.

12Una vez que quedaron satisfechos, dijo a sus discípulos:

—Recojan los pedazos que sobraron, para que no se desperdicie nada.

13Así lo hicieron, y con los pedazos de los cinco panes de cebada que les sobraron a los que habían comido, llenaron doce canastas.

14Al ver la señal que Jesús había realizado, la gente comenzó a decir: «En verdad éste es el profeta, el que ha de venir al mundo.» 15Pero Jesús, dándose cuenta de que querían llevárselo a la fuerza y declararlo rey, se retiró de nuevo a la montaña él solo.

Jesús camina sobre el agua

16Cuando ya anochecía, sus discípulos bajaron al lago 17y subieron a una barca, y comenzaron a cruzar el lago en dirección a Capernaúm. Para entonces ya había oscurecido, y Jesús todavía no se les había unido. 18Por causa del fuerte viento que soplaba, el lago estaba picado. 19Habrían

[a]6:7 *el salario de ocho meses.* Lit. *doscientos *denarios.*

would believe me, for he wrote about me. 47But since you do not believe what he wrote, how are you going to believe what I say?"

Jesus Feeds the Five Thousand

6 Some time after this, Jesus crossed to the far shore of the Sea of Galilee (that is, the Sea of Tiberias), 2and a great crowd of people followed him because they saw the miraculous signs he had performed on the sick. 3Then Jesus went up on a mountainside and sat down with his disciples. 4The Jewish Passover Feast was near.

5When Jesus looked up and saw a great crowd coming toward him, he said to Philip, "Where shall we buy bread for these people to eat?" 6He asked this only to test him, for he already had in mind what he was going to do.

7Philip answered him, "Eight months' wages[i] would not buy enough bread for each one to have a bite!"

8Another of his disciples, Andrew, Simon Peter's brother, spoke up, 9"Here is a boy with five small barley loaves and two small fish, but how far will they go among so many?"

10Jesus said, "Have the people sit down." There was plenty of grass in that place, and the men sat down, about five thousand of them. 11Jesus then took the loaves, gave thanks, and distributed to those who were seated as much as they wanted. He did the same with the fish.

12When they had all had enough to eat, he said to his disciples, "Gather the pieces that are left over. Let nothing be wasted." 13So they gathered them and filled twelve baskets with the pieces of the five barley loaves left over by those who had eaten.

14After the people saw the miraculous sign that Jesus did, they began to say, "Surely this is the Prophet who is to come into the world." 15Jesus, knowing that they intended to come and make him king by force, withdrew again to a mountain by himself.

Jesus Walks on the Water

16When evening came, his disciples went down to the lake, 17where they got into a boat and set off across the lake for Capernaum. By now it was dark, and Jesus had not yet joined them. 18A strong wind was blowing and the waters grew rough. 19When they had rowed three or three and a half miles,[j] they saw Jesus approaching the boat, walking on the water; and they were terrified. 20But he said to them,

[i]7 Greek *two hundred denarii* [j]19 Greek *rowed twenty-five or thirty stadia* (about 5 or 6 kilometers)

remado unos cinco o seis kilómetros[b] cuando vieron que Jesús se acercaba a la barca, caminando sobre el agua, y se asustaron. 20Pero él les dijo: «No tengan miedo, que soy yo.» 21Así que se dispusieron a recibirlo a bordo, y en seguida la barca llegó a la orilla adonde se dirigían.

22Al día siguiente, la multitud que se había quedado en el otro lado del lago se dio cuenta de que los discípulos se habían embarcado solos. Allí había estado una sola barca, y Jesús no había entrado en ella con sus discípulos. 23Sin embargo, algunas barcas de Tiberíades se aproximaron al lugar donde la gente había comido el pan después de haber dado gracias el Señor. 24En cuanto la multitud se dio cuenta de que ni Jesús ni sus discípulos estaban allí, subieron a las barcas y se fueron a Capernaúm a buscar a Jesús.

Jesús, el pan de vida

25Cuando lo encontraron al otro lado del lago, le preguntaron:

—Rabí, ¿cuándo llegaste acá?

26—Ciertamente les aseguro que ustedes me buscan, no porque han visto señales sino porque comieron pan hasta llenarse. 27Trabajen, pero no por la comida que es perecedera, sino por la que permanece para vida eterna, la cual les dará el Hijo del hombre. Sobre éste ha puesto Dios el Padre su sello de aprobación.

28—¿Qué tenemos que hacer para realizar las obras que Dios exige? —le preguntaron.

29—Ésta es la obra de Dios: que crean en aquel a quien él envió —les respondió Jesús.

30—¿Y qué señal harás para que la veamos y te creamos? ¿Qué puedes hacer? —insistieron ellos—. 31Nuestros antepasados comieron el maná en el desierto, como está escrito: "Pan del cielo les dio a comer." [c]

32—Ciertamente les aseguro que no fue Moisés el que les dio a ustedes el pan del cielo —afirmó Jesús—. El que da el verdadero pan del cielo es mi Padre. 33El pan de Dios es el que baja del cielo y da vida al mundo.

34—Señor —le pidieron—, danos siempre ese pan.

35—Yo soy el pan de vida —declaró Jesús—. El que a mí viene nunca pasará hambre, y el que en mí cree nunca más volverá a tener sed. 36Pero como ya les dije, a pesar de que ustedes me han visto, no creen. 37Todos los que el Padre me da vendrán a mí; y al que a mí viene, no lo rechazo. 38Porque he bajado del cielo no para hacer mi voluntad sino la del que me envió. 39Y ésta es la voluntad del que me envió: que yo no pierda nada

[b]**6:19** *cinco o seis kilómetros.* Lit. *veinticinco o treinta *estadios.* [c]**6:31** Éx 16:4; Neh 9:15; Sal 78:24,25

"It is I; don't be afraid." 21Then they were willing to take him into the boat, and immediately the boat reached the shore where they were heading.

22The next day the crowd that had stayed on the opposite shore of the lake realized that only one boat had been there, and that Jesus had not entered it with his disciples, but that they had gone away alone. 23Then some boats from Tiberias landed near the place where the people had eaten the bread after the Lord had given thanks. 24Once the crowd realized that neither Jesus nor his disciples were there, they got into the boats and went to Capernaum in search of Jesus.

Jesus the Bread of Life

25When they found him on the other side of the lake, they asked him, "Rabbi, when did you get here?"

26Jesus answered, "I tell you the truth, you are looking for me, not because you saw miraculous signs but because you ate the loaves and had your fill. 27Do not work for food that spoils, but for food that endures to eternal life, which the Son of Man will give you. On him God the Father has placed his seal of approval."

28Then they asked him, "What must we do to do the works God requires?"

29Jesus answered, "The work of God is this: to believe in the one he has sent."

30So they asked him, "What miraculous sign then will you give that we may see it and believe you? What will you do? 31Our forefathers ate the manna in the desert; as it is written: 'He gave them bread from heaven to eat.'[k]"

32Jesus said to them, "I tell you the truth, it is not Moses who has given you the bread from heaven, but it is my Father who gives you the true bread from heaven. 33For the bread of God is he who comes down from heaven and gives life to the world."

34"Sir," they said, "from now on give us this bread."

35Then Jesus declared, "I am the bread of life. He who comes to me will never go hungry, and he who believes in me will never be thirsty. 36But as I told you, you have seen me and still you do not believe. 37All that the Father gives me will come to me, and whoever comes to me I will never drive away. 38For I have come down from heaven not to do my will but to do the will of him who sent me. 39And this is the will of him who sent me, that I shall lose none of all that he has given me,

[k]*31* Exodus 16:4; Neh. 9:15; Psalm 78:24,25

de lo que él me ha dado, sino que lo resucite en el
día final. 40Porque la voluntad de mi Padre es que
todo el que reconozca al Hijo y crea en él, tenga
vida eterna, y yo lo resucitaré en el día final.

41Entonces los judíos comenzaron a murmu-
rar contra él, porque dijo: «Yo soy el pan que
bajó del cielo.» 42Y se decían: «¿Acaso no es
éste Jesús, el hijo de José? ¿No conocemos a su
padre y a su madre? ¿Cómo es que sale diciendo:
"Yo bajé del cielo"?»

43—Dejen de murmurar —replicó Jesús—.
44Nadie puede venir a mí si no lo atrae el Padre
que me envió, y yo lo resucitaré en el día final.
45En los profetas está escrito: "A todos los
instruirá Dios."[d] En efecto, todo el que escucha
al Padre y aprende de él, viene a mí. 46Al Padre
nadie lo ha visto, excepto el que viene de Dios;
sólo él ha visto al Padre. 47Ciertamente les ase-
guro que el que cree tiene vida eterna. 48Yo soy
el pan de vida. 49Los antepasados de ustedes
comieron el maná en el desierto, y sin embargo
murieron. 50Pero éste es el pan que baja del
cielo; el que come de él, no muere. 51Yo soy el
pan vivo que bajó del cielo. Si alguno come de
este pan, vivirá para siempre. Este pan es mi
carne, que daré para que el mundo viva.

52Los judíos comenzaron a disputar acalora-
damente entre sí: «¿Cómo puede éste darnos a
comer su carne?»

53—Ciertamente les aseguro —afirmó Jesús—
que si no comen la carne del Hijo del hombre ni
beben su sangre, no tienen realmente vida. 54El
que come[e] mi carne y bebe mi sangre tiene vida
eterna, y yo lo resucitaré en el día final. 55Porque
mi carne es verdadera comida y mi sangre es
verdadera bebida. 56El que come mi carne y bebe
mi sangre, permanece en mí y yo en él. 57Así
como me envió el Padre viviente, y yo vivo por el
Padre, también el que come de mí, vivirá por mí.
58Éste es el pan que bajó del cielo. Los antepasa-
dos de ustedes comieron maná y murieron, pero
el que come de este pan vivirá para siempre.

59Todo esto lo dijo Jesús mientras enseñaba
en la sinagoga de Capernaúm.

Muchos discípulos abandonan a Jesús

60Al escucharlo, muchos de sus discípulos
exclamaron: «Esta enseñanza es muy difícil;
¿quién puede aceptarla?»

61Jesús, muy consciente de que sus discípulos
murmuraban por lo que había dicho, les reprochó:

—¿Esto les causa *tropiezo? 62¿Qué tal si
vieran al Hijo del hombre subir adonde antes
estaba? 63El Espíritu da vida; la *carne no vale
para nada. Las palabras que les he hablado son

[d]**6:45** Is 54:13 [e]**6:54** *come.* Lit. *masca,* o *casca.*

but raise them up at the last day. 40For my
Father's will is that everyone who looks to the
Son and believes in him shall have eternal life,
and I will raise him up at the last day."

41At this the Jews began to grumble about him
because he said, "I am the bread that came down
from heaven." 42They said, "Is this not Jesus,
the son of Joseph, whose father and mother we
know? How can he now say, 'I came down from
heaven'?"

43"Stop grumbling among yourselves," Jesus
answered. 44"No one can come to me unless the
Father who sent me draws him, and I will raise
him up at the last day. 45It is written in the
Prophets: 'They will all be taught by God.'[l]
Everyone who listens to the Father and learns
from him comes to me. 46No one has seen the
Father except the one who is from God; only he
has seen the Father. 47I tell you the truth, he who
believes has everlasting life. 48I am the bread of
life. 49Your forefathers ate the manna in the
desert, yet they died. 50But here is the bread that
comes down from heaven, which a man may eat
and not die. 51I am the living bread that came
down from heaven. If anyone eats of this bread,
he will live forever. This bread is my flesh,
which I will give for the life of the world."

52Then the Jews began to argue sharply
among themselves, "How can this man give us
his flesh to eat?"

53Jesus said to them, "I tell you the truth,
unless you eat the flesh of the Son of Man and
drink his blood, you have no life in you. 54Who-
ever eats my flesh and drinks my blood has
eternal life, and I will raise him up at the last day.
55For my flesh is real food and my blood is real
drink. 56Whoever eats my flesh and drinks my
blood remains in me, and I in him. 57Just as the
living Father sent me and I live because of the
Father, so the one who feeds on me will live
because of me. 58This is the bread that came
down from heaven. Your forefathers ate manna
and died, but he who feeds on this bread will live
forever." 59He said this while teaching in the
synagogue in Capernaum.

Many Disciples Desert Jesus

60On hearing it, many of his disciples said,
"This is a hard teaching. Who can accept it?"

61Aware that his disciples were grumbling
about this, Jesus said to them, "Does this offend
you? 62What if you see the Son of Man ascend
to where he was before! 63The Spirit gives life;
the flesh counts for nothing. The words I have
spoken to you are spirit[m] and they are life. 64Yet

[l]*45* Isaiah 54:13 [m]*63* Or *Spirit*

espíritu y son vida. 64Sin embargo, hay algunos
de ustedes que no creen.

Es que Jesús conocía desde el principio quié-
nes eran los que no creían y quién era el que iba
a traicionarlo. Así que añadió:

65—Por esto les dije que nadie puede venir a
mí, a menos que se lo haya concedido el Padre.

66Desde entonces muchos de sus discípulos le
volvieron la espalda y ya no andaban con él. Así
que Jesús les preguntó a los doce:

67—¿También ustedes quieren marcharse?

68—Señor —contestó Simón Pedro—, ¿a
quién iremos? Tú tienes palabras de vida eterna.
69Y nosotros hemos creído, y sabemos que tú
eres el Santo de Dios.[f]

70—¿No los he escogido yo a ustedes doce?
—repuso Jesús—. No obstante, uno de ustedes
es un diablo.

71Se refería a Judas, hijo de Simón Iscariote,
uno de los doce, que iba a traicionarlo.

Jesús va a la fiesta de los Tabernáculos

7 Algún tiempo después, Jesús andaba por
Galilea. No tenía ningún interés en ir a
Judea, porque allí los judíos buscaban la opor-
tunidad para matarlo. 2Faltaba poco tiempo para
la fiesta judía de los Tabernáculos,[g] 3así que los
hermanos de Jesús le dijeron:

—Deberías salir de aquí e ir a Judea, para que
tus discípulos vean las obras que realizas, 4por-
que nadie que quiera darse a conocer actúa en
secreto. Ya que haces estas cosas, deja que el
mundo te conozca.

5Lo cierto es que ni siquiera sus hermanos
creían en él. 6Por eso Jesús les dijo:

—Para ustedes cualquier tiempo es bueno,
pero el tiempo mío aún no ha llegado. 7El mundo
no tiene motivos para aborrecerlos; a mí, sin
embargo, me aborrece porque yo testifico que
sus obras son malas. 8Suban ustedes a la fiesta.
Yo no voy todavía[h] a esta fiesta porque mi
tiempo aún no ha llegado.

9Dicho esto, se quedó en Galilea. 10Sin em-
bargo, después de que sus hermanos se fueron a
la fiesta, fue también él, no públicamente sino
en secreto. 11Por eso las autoridades judías lo
buscaban durante la fiesta, y decían: «¿Dónde se
habrá metido?»

12Entre la multitud corrían muchos rumores
acerca de él. Unos decían: «Es una buena perso-
na.» Otros alegaban: «No, lo que pasa es que
engaña a la gente.» 13Sin embargo, por temor a
los judíos nadie hablaba de él abiertamente.

[f]6:69 *el Santo de Dios*. Var. *el *Cristo, el hijo del Dios viviente*. [g]7:2 *los Tabernáculos*. Alt. *las *Enramadas*.
[h]7:8 Var. no incluye: *todavía*.

there are some of you who do not believe." For
Jesus had known from the beginning which of
them did not believe and who would betray him.
65He went on to say, "This is why I told you that
no one can come to me unless the Father has
enabled him."

66From this time many of his disciples turned
back and no longer followed him.

67"You do not want to leave too, do you?"
Jesus asked the Twelve.

68Simon Peter answered him, "Lord, to
whom shall we go? You have the words of
eternal life. 69We believe and know that you are
the Holy One of God."

70Then Jesus replied, "Have I not chosen you,
the Twelve? Yet one of you is a devil!" 71(He
meant Judas, the son of Simon Iscariot, who,
though one of the Twelve, was later to betray
him.)

Jesus Goes to the Feast of Tabernacles

7 After this, Jesus went around in Galilee,
purposely staying away from Judea be-
cause the Jews there were waiting to take his life.
2But when the Jewish Feast of Tabernacles was
near, 3Jesus' brothers said to him, "You ought
to leave here and go to Judea, so that your
disciples may see the miracles you do. 4No one
who wants to become a public figure acts in
secret. Since you are doing these things, show
yourself to the world." 5For even his own broth-
ers did not believe in him.

6Therefore Jesus told them, "The right time
for me has not yet come; for you any time is
right. 7The world cannot hate you, but it hates
me because I testify that what it does is evil.
8You go to the Feast. I am not yet[n] going up to
this Feast, because for me the right time has not
yet come." 9Having said this, he stayed in Gal-
ilee.

10However, after his brothers had left for
the Feast, he went also, not publicly, but in
secret. 11Now at the Feast the Jews were
watching for him and asking, "Where is that
man?"

12Among the crowds there was widespread
whispering about him. Some said, "He is a good
man."

Others replied, "No, he deceives the people."
13But no one would say anything publicly about
him for fear of the Jews.

[n]*8* Some early manuscripts do not have *yet*.

Jesús enseña en la fiesta

14 Jesús esperó hasta la mitad de la fiesta para
subir al *templo y comenzar a enseñar. 15 Los
judíos se admiraban y decían: «¿De dónde sacó
éste tantos conocimientos sin haber estudiado?»

16 —Mi enseñanza no es mía —replicó Jesús—
sino del que me envió. 17 El que esté dispuesto a
hacer la voluntad de Dios reconocerá si mi en-
señanza proviene de Dios o si yo hablo por mi
propia cuenta. 18 El que habla por cuenta propia
busca su vanagloria; en cambio, el que busca
glorificar al que lo envió es una persona íntegra y
sin doblez. 19 ¿No les ha dado Moisés la ley a
ustedes? Sin embargo, ninguno de ustedes la
cumple. ¿Por qué tratan entonces de matarme?

20 —Estás endemoniado —contestó la multi-
tud—. ¿Quién quiere matarte?

21 —Hice un milagro y todos ustedes han que-
dado asombrados. 22 Por eso Moisés les dio la
circuncisión, que en realidad no proviene de
Moisés sino de los patriarcas, y aun en *sábado
la practican. 23 Ahora bien, si para cumplir la ley
de Moisés circuncidan a un varón incluso en
sábado, ¿por qué se enfurecen conmigo si en
sábado lo sano por completo? 24 No juzguen por
las apariencias; juzguen con justicia.

¿Es éste el Cristo?

25 Algunos de los que vivían en Jerusalén co-
mentaban: «¿No es éste al que quieren matar?
26 Ahí está, hablando abiertamente, y nadie le dice
nada. ¿Será que las autoridades se han convenci-
do de que es el *Cristo? 27 Nosotros sabemos de
dónde viene este hombre, pero cuando venga el
Cristo nadie sabrá su procedencia.»

28 Por eso Jesús, que seguía enseñando en el
*templo, exclamó:

—¡Con que ustedes me conocen y saben de
dónde vengo! No he venido por mi propia cuen-
ta, sino que me envió uno que es digno de
confianza. Ustedes no lo conocen, 29 pero yo sí
lo conozco porque vengo de parte suya, y él
mismo me ha enviado.

30 Entonces quisieron arrestarlo, pero nadie le
echó mano porque aún no había llegado su hora.
31 Con todo, muchos de entre la multitud creyeron
en él y decían: «Cuando venga el Cristo, ¿acaso
va a hacer más señales que este hombre?»

32 Los *fariseos oyeron a la multitud que mur-
muraba estas cosas acerca de él, y junto con los
jefes de los sacerdotes mandaron unos guardias
del templo para arrestarlo.

33 —Voy a estar con ustedes un poco más de
tiempo —afirmó Jesús—, y luego volveré al que
me envió. 34 Me buscarán, pero no me encontra-
rán, porque adonde yo esté no podrán ustedes
llegar.

Jesus Teaches at the Feast

14 Not until halfway through the Feast did
Jesus go up to the temple courts and begin to
teach. 15 The Jews were amazed and asked,
"How did this man get such learning without
having studied?"

16 Jesus answered, "My teaching is not my
own. It comes from him who sent me. 17 If
anyone chooses to do God's will, he will find
out whether my teaching comes from God or
whether I speak on my own. 18 He who speaks
on his own does so to gain honor for himself, but
he who works for the honor of the one who sent
him is a man of truth; there is nothing false about
him. 19 Has not Moses given you the law? Yet
not one of you keeps the law. Why are you trying
to kill me?"

20 "You are demon-possessed," the crowd an-
swered. "Who is trying to kill you?"

21 Jesus said to them, "I did one miracle, and
you are all astonished. 22 Yet, because Moses
gave you circumcision (though actually it did
not come from Moses, but from the patriarchs),
you circumcise a child on the Sabbath. 23 Now
if a child can be circumcised on the Sabbath so
that the law of Moses may not be broken, why
are you angry with me for healing the whole man
on the Sabbath? 24 Stop judging by mere appear-
ances, and make a right judgment."

Is Jesus the Christ?

25 At that point some of the people of Jerusalem
began to ask, "Isn't this the man they are trying to
kill? 26 Here he is, speaking publicly, and they are
not saying a word to him. Have the authorities
really concluded that he is the Christ[o]? 27 But we
know where this man is from; when the Christ
comes, no one will know where he is from."

28 Then Jesus, still teaching in the temple
courts, cried out, "Yes, you know me, and you
know where I am from. I am not here on my
own, but he who sent me is true. You do not
know him, 29 but I know him because I am from
him and he sent me."

30 At this they tried to seize him, but no one
laid a hand on him, because his time had not yet
come. 31 Still, many in the crowd put their faith
in him. They said, "When the Christ comes, will
he do more miraculous signs than this man?"

32 The Pharisees heard the crowd whispering
such things about him. Then the chief priests and
the Pharisees sent temple guards to arrest him.

33 Jesus said, "I am with you for only a short
time, and then I go to the one who sent me. 34 You

[o] 26 Or *Messiah;* also in verses 27, 31, 41 and 42

35«¿Y éste a dónde piensa irse que no poda-
mos encontrarlo? —comentaban entre sí los ju-
díos—. ¿Será que piensa ir a nuestra gente dis-
persa entre las naciones,[i] para enseñar a los
*griegos? 36¿Qué quiso decir con eso de que
"me buscarán, pero no me encontrarán", y
"adonde yo esté no podrán ustedes llegar"?»

Jesús en el último día de la fiesta

37En el último día, el más solemne de la fiesta,
Jesús se puso de pie y exclamó:
—¡Si alguno tiene sed, que venga a mí y beba!
38De aquel que cree en mí, como dice[j] la Escri-
tura, brotarán ríos de agua viva.
39Con esto se refería al Espíritu que habrían
de recibir más tarde los que creyeran en él. Hasta
ese momento el Espíritu no había sido dado,
porque Jesús no había sido glorificado todavía.
40Al oír sus palabras, algunos de entre la
multitud decían: «Verdaderamente éste es el
profeta.» 41Otros afirmaban: «¡Es el *Cristo!»
Pero otros objetaban: «¿Cómo puede el Cristo
venir de Galilea? 42¿Acaso no dice la Escritura
que el Cristo vendrá de la descendencia de Da-
vid, y de Belén, el pueblo de donde era David?»
43Por causa de Jesús la gente estaba dividida.
44Algunos querían arrestarlo, pero nadie le puso
las manos encima.

Incredulidad de los dirigentes judíos

45Los guardias del *templo volvieron a los
jefes de los sacerdotes y a los *fariseos, quienes
los interrogaron:
—¿Se puede saber por qué no lo han traído?
46—¡Nunca nadie ha hablado como ese hom-
bre! —declararon los guardias.
47—¿Así que también ustedes se han dejado
engañar? —replicaron los fariseos—. 48¿Acaso
ha creído en él alguno de los gobernantes o de
los fariseos? 49¡No! Pero esta gente, que no sabe
nada de la ley, está bajo maldición.
50Nicodemo, que era uno de ellos y que antes
había ido a ver a Jesús, les interpeló:
51—¿Acaso nuestra ley condena a un hombre
sin antes escucharlo y averiguar lo que hace?
52—¿No eres tú también de Galilea? —pro-
testaron—. Investiga y verás que de Galilea no
ha salido ningún profeta.[k]

53Entonces todos se fueron a casa.

[i] **7:35** *nuestra … naciones.* Lit. *la diáspora de los griegos.*
[j] **7:37-38** *que venga … como dice.* Alt. *que venga a mí! ¡Y que beba [38] el que cree en mí! De él, como dice.*
[k] **7:52** Los mss. más antiguos y otros testimonios de la antigüedad no incluyen Jn 7:53—8:11. En algunos códices y versiones que contienen el relato de la adúltera, esta sección aparece en diferentes lugares; por ejemplo, después de 7:44, o al final de este evangelio, o después de Lc 21:38.

will look for me, but you will not find me; and
where I am, you cannot come."
35The Jews said to one another, "Where does
this man intend to go that we cannot find him?
Will he go where our people live scattered
among the Greeks, and teach the Greeks?
36What did he mean when he said, 'You will
look for me, but you will not find me,' and
'Where I am, you cannot come'?"
37On the last and greatest day of the Feast,
Jesus stood and said in a loud voice, "If any-
one is thirsty, let him come to me and drink.
38Whoever believes in me, as[p] the Scripture
has said, streams of living water will flow from
within him." 39By this he meant the Spirit,
whom those who believed in him were later
to receive. Up to that time the Spirit had not
been given, since Jesus had not yet been glo-
rified.
40On hearing his words, some of the people
said, "Surely this man is the Prophet."
41Others said, "He is the Christ."
Still others asked, "How can the Christ come
from Galilee? 42Does not the Scripture say that
the Christ will come from David's family[q] and
from Bethlehem, the town where David lived?"
43Thus the people were divided because of
Jesus. 44Some wanted to seize him, but no one
laid a hand on him.

Unbelief of the Jewish Leaders

45Finally the temple guards went back to the
chief priests and Pharisees, who asked them,
"Why didn't you bring him in?"
46"No one ever spoke the way this man
does," the guards declared.
47"You mean he has deceived you also?" the
Pharisees retorted. 48"Has any of the rulers or
of the Pharisees believed in him? 49No! But this
mob that knows nothing of the law—there is a
curse on them."
50Nicodemus, who had gone to Jesus earlier
and who was one of their own number, asked,
51"Does our law condemn anyone without first
hearing him to find out what he is doing?"
52They replied, "Are you from Galilee, too?
Look into it, and you will find that a prophet[r]
does not come out of Galilee."

[The earliest and most reliable manuscripts and other ancient witnesses do not have John 7:53-8:11.]

53Then each went to his own home.

[p] *38* Or */ If anyone is thirsty, let him come to me. / And let him drink, [38] who believes in me. / As*
[q] *42* Greek *seed*
[r] *52* Two early manuscripts *the Prophet*

La mujer sorprendida en adulterio

8 Pero Jesús se fue al monte de los Olivos. 2Al amanecer se presentó de nuevo en el *templo. Toda la gente se le acercó, y él se sentó a enseñarles. 3Los *maestros de la ley y los *fariseos llevaron entonces a una mujer sorprendida en adulterio, y poniéndola en medio del grupo 4le dijeron a Jesús:

—Maestro, a esta mujer se le ha sorprendido en el acto mismo de adulterio. 5En la ley Moisés nos ordenó apedrear a tales mujeres. ¿Tú qué dices?

6Con esta pregunta le estaban tendiendo una *trampa, para tener de qué acusarlo. Pero Jesús se inclinó y con el dedo comenzó a escribir en el suelo. 7Y como ellos lo acosaban a preguntas, Jesús se incorporó y les dijo:

—Aquel de ustedes que esté libre de pecado, que tire la primera piedra.

8E inclinándose de nuevo, siguió escribiendo en el suelo. 9Al oír esto, se fueron retirando uno tras otro, comenzando por los más viejos, hasta dejar a Jesús solo con la mujer, que aún seguía allí. 10Entonces él se incorporó y le preguntó:

—Mujer, ¿dónde están?[l] ¿Ya nadie te condena?

11—Nadie, Señor.

—Tampoco yo te condeno. Ahora vete, y no vuelvas a pecar.

Validez del testimonio de Jesús

12Una vez más Jesús se dirigió a la gente, y les dijo:

—Yo soy la luz del mundo. El que me sigue no andará en tinieblas, sino que tendrá la luz de la vida.

13—Tú te presentas como tu propio testigo —alegaron los *fariseos—, así que tu testimonio no es válido.

14—Aunque yo sea mi propio testigo —repuso Jesús—, mi testimonio es válido, porque sé de dónde he venido y a dónde voy. Pero ustedes no saben de dónde vengo ni a dónde voy. 15Ustedes juzgan según criterios *humanos; yo, en cambio, no juzgo a nadie. 16Y si lo hago, mis juicios son válidos porque no los emito por mi cuenta sino en unión con el Padre que me envió. 17En la ley de ustedes está escrito que el testimonio de dos personas es válido. 18Uno de mis testigos soy yo mismo, y el Padre que me envió también da testimonio de mí.

19—¿Dónde está tu padre?

—Si supieran quién soy yo, sabrían también quién es mi Padre.

[l]**8:10** *¿dónde están?* Var. *¿dónde están los que te acusaban?*

8 But Jesus went to the Mount of Olives. 2At dawn he appeared again in the temple courts, where all the people gathered around him, and he sat down to teach them. 3The teachers of the law and the Pharisees brought in a woman caught in adultery. They made her stand before the group 4and said to Jesus, "Teacher, this woman was caught in the act of adultery. 5In the Law Moses commanded us to stone such women. Now what do you say?" 6They were using this question as a trap, in order to have a basis for accusing him.

But Jesus bent down and started to write on the ground with his finger. 7When they kept on questioning him, he straightened up and said to them, "If any one of you is without sin, let him be the first to throw a stone at her." 8Again he stooped down and wrote on the ground.

9At this, those who heard began to go away one at a time, the older ones first, until only Jesus was left, with the woman still standing there. 10Jesus straightened up and asked her, "Woman, where are they? Has no one condemned you?"

11"No one, sir," she said.

"Then neither do I condemn you," Jesus declared. "Go now and leave your life of sin."

The Validity of Jesus' Testimony

12When Jesus spoke again to the people, he said, "I am the light of the world. Whoever follows me will never walk in darkness, but will have the light of life."

13The Pharisees challenged him, "Here you are, appearing as your own witness; your testimony is not valid."

14Jesus answered, "Even if I testify on my own behalf, my testimony is valid, for I know where I came from and where I am going. But you have no idea where I come from or where I am going. 15You judge by human standards; I pass judgment on no one. 16But if I do judge, my decisions are right, because I am not alone. I stand with the Father, who sent me. 17In your own Law it is written that the testimony of two men is valid. 18I am one who testifies for myself; my other witness is the Father, who sent me."

19Then they asked him, "Where is your father?"

"You do not know me or my Father," Jesus replied. "If you knew me, you would know my Father also." 20He spoke these words while

20 Estas palabras las dijo Jesús en el lugar
donde se depositaban las ofrendas, mientras en-
señaba en el *templo. Pero nadie le echó mano
porque aún no había llegado su tiempo.

Yo no soy de este mundo

21 De nuevo Jesús les dijo:
—Yo me voy, y ustedes me buscarán, pero en
su pecado morirán. Adonde yo voy, ustedes no
pueden ir.
22 Comentaban, por tanto, los judíos: «¿Acaso
piensa suicidarse? ¿Será por eso que dice:
"Adonde yo voy, ustedes no pueden ir"?»
23 —Ustedes son de aquí abajo —continuó
Jesús—; yo soy de allá arriba. Ustedes son de
este mundo; yo no soy de este mundo. 24 Por eso
les he dicho que morirán en sus pecados, pues
si no creen que yo soy el que afirmo ser,[m] en sus
pecados morirán.
25 —¿Quién eres tú? —le preguntaron.
—En primer lugar, ¿qué tengo que explicar-
les?[n] —contestó Jesús—. 26 Son muchas las co-
sas que tengo que decir y juzgar de ustedes. Pero
el que me envió es veraz, y lo que le he oído decir
es lo mismo que le repito al mundo.
27 Ellos no entendieron que les hablaba de su
Padre. 28 Por eso Jesús añadió:
—Cuando hayan levantado al Hijo del hom-
bre, sabrán ustedes que yo soy, y que no hago
nada por mi propia cuenta, sino que hablo
conforme a lo que el Padre me ha enseñado.
29 El que me envió está conmigo; no me ha
dejado solo, porque siempre hago lo que le
agrada.
30 Mientras aún hablaba, muchos creyeron en
él.

Los hijos de Abraham

31 Jesús se dirigió entonces a los judíos que
habían creído en él, y les dijo:
—Si se mantienen fieles a mis enseñanzas,
serán realmente mis discípulos; 32 y conocerán
la verdad, y la verdad los hará libres.
33 —Nosotros somos descendientes de Abra-
ham —le contestaron—, y nunca hemos sido
esclavos de nadie. ¿Cómo puedes decir que se-
remos liberados?
34 —Ciertamente les aseguro que todo el que
peca es esclavo del pecado —respondió Jesús—.
35 Ahora bien, el esclavo no se queda para siempre
en la familia; pero el hijo sí se queda en ella para
siempre. 36 Así que si el Hijo los libera, serán
ustedes verdaderamente libres. 37 Yo sé que uste-
des son descendientes de Abraham. Sin embargo,

[m] 8:24 *el que afirmo ser.* Alt. *aquél*; también en v. 28.
[n] 8:25 *En primer … explicarles?* Alt. *Lo que desde el principio he venido diciéndoles.*

teaching in the temple area near the place where
the offerings were put. Yet no one seized him,
because his time had not yet come.
21 Once more Jesus said to them, "I am go-
ing away, and you will look for me, and you
will die in your sin. Where I go, you cannot
come."
22 This made the Jews ask, "Will he kill him-
self? Is that why he says, 'Where I go, you
cannot come'?"
23 But he continued, "You are from below;
I am from above. You are of this world; I am
not of this world. 24 I told you that you would
die in your sins; if you do not believe that I
am ⌊the one I claim to be⌋,[s] you will indeed
die in your sins."
25 "Who are you?" they asked.
"Just what I have been claiming all along,"
Jesus replied. 26 "I have much to say in judg-
ment of you. But he who sent me is reliable,
and what I have heard from him I tell the
world."
27 They did not understand that he was tell-
ing them about his Father. 28 So Jesus said,
"When you have lifted up the Son of Man,
then you will know that I am ⌊the one I claim
to be⌋ and that I do nothing on my own but
speak just what the Father has taught me.
29 The one who sent me is with me; he has not
left me alone, for I always do what pleases
him." 30 Even as he spoke, many put their faith
in him.

The Children of Abraham

31 To the Jews who had believed him, Jesus
said, "If you hold to my teaching, you are really
my disciples. 32 Then you will know the truth,
and the truth will set you free."
33 They answered him, "We are Abraham's
descendants[t] and have never been slaves of
anyone. How can you say that we shall be set
free?"
34 Jesus replied, "I tell you the truth, everyone
who sins is a slave to sin. 35 Now a slave has no
permanent place in the family, but a son belongs
to it forever. 36 So if the Son sets you free, you
will be free indeed. 37 I know you are Abraham's
descendants. Yet you are ready to kill me, be-
cause you have no room for my word. 38 I am
telling you what I have seen in the Father's
presence, and you do what you have heard from
your father.[u]"

[s] *24* Or *I am he;* also in verse 28 [t] *33* Greek *seed;* also in verse 37 [u] *38* Or *presence. Therefore do what you have heard from the Father.*

procuran matarme porque no está en sus planes
aceptar mi palabra. 38 Yo hablo de lo que he visto
en presencia del Padre; así también ustedes, ha-
gan lo que del Padre han escuchado.
39 —Nuestro padre es Abraham —replicaron.
—Si fueran hijos de Abraham, harían lo mis-
mo que él hizo. 40 Ustedes, en cambio, quieren
matarme, ¡a mí, que les he expuesto la verdad
que he recibido de parte de Dios! Abraham
jamás haría tal cosa. 41 Las obras de ustedes son
como las de su padre.
—Nosotros no somos hijos nacidos de prosti-
tución —le reclamaron—. Un solo Padre tene-
mos, y es Dios mismo.

Los hijos del diablo

42 —Si Dios fuera su Padre —les contestó
Jesús—, ustedes me amarían, porque yo he ve-
nido de Dios y aquí me tienen. No he venido por
mi propia cuenta, sino que él me envió. 43 ¿Por
qué no entienden mi modo de hablar? Porque no
pueden aceptar mi palabra. 44 Ustedes son de su
padre, el diablo, cuyos deseos quieren cumplir.
Desde el principio éste ha sido un asesino, y no
se mantiene en la verdad, porque no hay verdad
en él. Cuando miente, expresa su propia natura-
leza, porque es un mentiroso. ¡Es el padre de la
mentira! 45 Y sin embargo a mí, que les digo la
verdad, no me creen. 46 ¿Quién de ustedes me
puede probar que soy culpable de pecado? Si
digo la verdad, ¿por qué no me creen? 47 El que
es de Dios escucha lo que Dios dice. Pero uste-
des no escuchan, porque no son de Dios.

Declaración de Jesús acerca de sí mismo

48 —¿No tenemos razón al decir que eres un
samaritano, y que estás endemoniado? —repli-
caron los judíos.
49 —No estoy poseído por ningún demonio
—contestó Jesús—. Tan sólo honro a mi Padre;
pero ustedes me deshonran a mí. 50 Yo no busco
mi propia gloria; pero hay uno que la busca, y él
es el juez. 51 Ciertamente les aseguro que el que
cumple mi palabra, nunca morirá.
52 —¡Ahora estamos convencidos de que estás
endemoniado! —exclamaron los judíos—.
Abraham murió, y también los profetas, pero tú
sales diciendo que si alguno guarda tu palabra,
nunca morirá. 53 ¿Acaso eres tú mayor que nues-
tro padre Abraham? Él murió, y también murie-
ron los profetas. ¿Quién te crees tú?
54 —Si yo me glorifico a mí mismo —les
respondió Jesús—, mi gloria no significa nada.
Pero quien me glorifica es mi Padre, el que
ustedes dicen que es su Dios, 55 aunque no lo
conocen. Yo, en cambio, sí lo conozco. Si dijera
que no lo conozco, sería tan mentiroso como
ustedes; pero lo conozco y cumplo su palabra.

39 "Abraham is our father," they answered.
"If you were Abraham's children," said
Jesus, "then you would[v] do the things Abra-
ham did. 40 As it is, you are determined to kill
me, a man who has told you the truth that I
heard from God. Abraham did not do such
things. 41 You are doing the things your own
father does."
"We are not illegitimate children," they pro-
tested. "The only Father we have is God him-
self."

The Children of the Devil

42 Jesus said to them, "If God were your
Father, you would love me, for I came from
God and now am here. I have not come on
my own; but he sent me. 43 Why is my lan-
guage not clear to you? Because you are un-
able to hear what I say. 44 You belong to your
father, the devil, and you want to carry out
your father's desire. He was a murderer from
the beginning, not holding to the truth, for
there is no truth in him. When he lies, he
speaks his native language, for he is a liar
and the father of lies. 45 Yet because I tell the
truth, you do not believe me! 46 Can any of
you prove me guilty of sin? If I am telling
the truth, why don't you believe me? 47 He
who belongs to God hears what God says.
The reason you do not hear is that you do
not belong to God."

The Claims of Jesus About Himself

48 The Jews answered him, "Aren't we right
in saying that you are a Samaritan and demon-
possessed?"
49 "I am not possessed by a demon," said
Jesus, "but I honor my Father and you dishonor
me. 50 I am not seeking glory for myself; but
there is one who seeks it, and he is the judge. 51 I
tell you the truth, if anyone keeps my word, he
will never see death."
52 At this the Jews exclaimed, "Now we know
that you are demon-possessed! Abraham died
and so did the prophets, yet you say that if
anyone keeps your word, he will never taste
death. 53 Are you greater than our father Abra-
ham? He died, and so did the prophets. Who do
you think you are?"
54 Jesus replied, "If I glorify myself, my glory
means nothing. My Father, whom you claim as
your God, is the one who glorifies me. 55 Though
you do not know him, I know him. If I said I did

[v] *39* Some early manuscripts *"If you are Abraham's children," said Jesus, "then*

56Abraham, el padre de ustedes, se regocijó al pensar que vería mi día; y lo vio y se alegró.

57—Ni a los cincuenta años llegas —le dijeron los judíos—, ¿y has visto a Abraham?

58—Ciertamente les aseguro que, antes de que Abraham naciera, ¡yo soy!

59Entonces los judíos tomaron piedras para arrojárselas, pero Jesús se escondió y salió inadvertido del templo.[ñ]

Jesús sana a un ciego de nacimiento

9 A su paso, Jesús vio a un hombre que era ciego de nacimiento. 2Y sus discípulos le preguntaron:

—Rabí, para que este hombre haya nacido ciego, ¿quién pecó, él o sus padres?

3—Ni él pecó, ni sus padres —respondió Jesús—, sino que esto sucedió para que la obra de Dios se hiciera evidente en su vida. 4Mientras sea de día, tenemos que llevar a cabo la obra del que me envió. Viene la noche cuando nadie puede trabajar. 5Mientras esté yo en el mundo, luz soy del mundo.

6Dicho esto, escupió en el suelo, hizo barro con la saliva y se lo untó en los ojos al ciego, diciéndole:

7—Ve y lávate en el estanque de Siloé (que significa: Enviado).

El ciego fue y se lavó, y al volver ya veía.

8Sus vecinos y los que lo habían visto pedir limosna decían: «¿No es éste el que se sienta a mendigar?» 9Unos aseguraban: «Sí, es él.» Otros decían: «No es él, sino que se le parece.» Pero él insistía: «Soy yo.»

10—¿Cómo entonces se te han abierto los ojos? —le preguntaron.

11—Ese hombre que se llama Jesús hizo un poco de barro, me lo untó en los ojos y me dijo: "Ve y lávate en Siloé." Así que fui, me lavé, y entonces pude ver.

12—¿Y dónde está ese hombre? —le preguntaron.

—No lo sé —respondió.

Las autoridades investigan la sanidad del ciego

13Llevaron ante los *fariseos al que había sido ciego. 14Era *sábado cuando Jesús hizo el barro y le abrió los ojos al ciego. 15Por eso los fariseos, a su vez, le preguntaron cómo había recibido la vista.

—Me untó barro en los ojos, me lavé, y ahora veo —respondió.

16Algunos de los fariseos comentaban: «Ese

ñ8:59 *templo.* Var. *templo atravesando por en medio de ellos, y así se fue.*

not, I would be a liar like you, but I do know him and keep his word. 56Your father Abraham rejoiced at the thought of seeing my day; he saw it and was glad."

57"You are not yet fifty years old," the Jews said to him, "and you have seen Abraham!"

58"I tell you the truth," Jesus answered, "before Abraham was born, I am!" 59At this, they picked up stones to stone him, but Jesus hid himself, slipping away from the temple grounds.

Jesus Heals a Man Born Blind

9 As he went along, he saw a man blind from birth. 2His disciples asked him, "Rabbi, who sinned, this man or his parents, that he was born blind?"

3"Neither this man nor his parents sinned," said Jesus, "but this happened so that the work of God might be displayed in his life. 4As long as it is day, we must do the work of him who sent me. Night is coming, when no one can work. 5While I am in the world, I am the light of the world."

6Having said this, he spit on the ground, made some mud with the saliva, and put it on the man's eyes. 7"Go," he told him, "wash in the Pool of Siloam" (this word means Sent). So the man went and washed, and came home seeing.

8His neighbors and those who had formerly seen him begging asked, "Isn't this the same man who used to sit and beg?" 9Some claimed that he was.

Others said, "No, he only looks like him."

But he himself insisted, "I am the man."

10"How then were your eyes opened?" they demanded.

11He replied, "The man they call Jesus made some mud and put it on my eyes. He told me to go to Siloam and wash. So I went and washed, and then I could see."

12"Where is this man?" they asked him.

"I don't know," he said.

The Pharisees Investigate the Healing

13They brought to the Pharisees the man who had been blind. 14Now the day on which Jesus had made the mud and opened the man's eyes was a Sabbath. 15Therefore the Pharisees also asked him how he had received his sight. "He put mud on my eyes," the man replied, "and I washed, and now I see."

16Some of the Pharisees said, "This man is not from God, for he does not keep the Sabbath."

But others asked, "How can a sinner do such miraculous signs?" So they divided.

hombre no viene de parte de Dios, porque no respeta el sábado.» Otros objetaban: «¿Cómo puede un pecador hacer semejantes señales?» Y había desacuerdo entre ellos.

17 Por eso interrogaron de nuevo al ciego:

—¿Y qué opinas tú de él? Fue a ti a quien te abrió los ojos.

—Yo digo que es profeta —contestó.

18 Pero los judíos no creían que el hombre hubiera sido ciego y que ahora viera, y hasta llamaron a sus padres 19 y les preguntaron:

—¿Es éste su hijo, el que dicen ustedes que nació ciego? ¿Cómo es que ahora puede ver?

20 —Sabemos que éste es nuestro hijo —contestaron los padres—, y sabemos también que nació ciego. 21 Lo que no sabemos es cómo ahora puede ver, ni quién le abrió los ojos. Pregúntenselo a él, que ya es mayor de edad y puede responder por sí mismo.

22 Sus padres contestaron así por miedo a los judíos, pues ya éstos habían convenido que se expulsara de la sinagoga a todo el que reconociera que Jesús era el *Cristo. 23 Por eso dijeron sus padres: «Pregúntenselo a él, que ya es mayor de edad.»

24 Por segunda vez llamaron los judíos al que había sido ciego, y le dijeron:

—Júralo por Dios.[o] A nosotros nos consta que ese hombre es *pecador.

25 —Si es pecador, no lo sé —respondió el hombre—. Lo único que sé es que yo era ciego y ahora veo.

26 Pero ellos le insistieron:

—¿Qué te hizo? ¿Cómo te abrió los ojos?

27 —Ya les dije y no me hicieron caso. ¿Por qué quieren oírlo de nuevo? ¿Es que también ustedes quieren hacerse sus discípulos?

28 Entonces lo insultaron y le dijeron:

—¡Discípulo de ése lo serás tú! ¡Nosotros somos discípulos de Moisés! 29 Y sabemos que a Moisés le habló Dios; pero de éste no sabemos ni de dónde salió.

30 —¡Allí está lo sorprendente! —respondió el hombre—: que ustedes no sepan de dónde salió, y que a mí me haya abierto los ojos. 31 Sabemos que Dios no escucha a los pecadores, pero sí a los piadosos y a quienes hacen su voluntad. 32 Jamás se ha sabido que alguien le haya abierto los ojos a uno que nació ciego. 33 Si este hombre no viniera de parte de Dios, no podría hacer nada.

34 Ellos replicaron:

—Tú, que naciste sumido en pecado, ¿vas a darnos lecciones?

Y lo expulsaron.

[o] 9:24 *Júralo por Dios*. Lit. *Da gloria a Dios*; véase Jos 7:19.

17 Finally they turned again to the blind man, "What have you to say about him? It was your eyes he opened."

The man replied, "He is a prophet."

18 The Jews still did not believe that he had been blind and had received his sight until they sent for the man's parents. 19 "Is this your son?" they asked. "Is this the one you say was born blind? How is it that now he can see?"

20 "We know he is our son," the parents answered, "and we know he was born blind. 21 But how he can see now, or who opened his eyes, we don't know. Ask him. He is of age; he will speak for himself." 22 His parents said this because they were afraid of the Jews, for already the Jews had decided that anyone who acknowledged that Jesus was the Christ[w] would be put out of the synagogue. 23 That was why his parents said, "He is of age; ask him."

24 A second time they summoned the man who had been blind. "Give glory to God,[x]" they said. "We know this man is a sinner."

25 He replied, "Whether he is a sinner or not, I don't know. One thing I do know. I was blind but now I see!"

26 Then they asked him, "What did he do to you? How did he open your eyes?"

27 He answered, "I have told you already and you did not listen. Why do you want to hear it again? Do you want to become his disciples, too?"

28 Then they hurled insults at him and said, "You are this fellow's disciple! We are disciples of Moses! 29 We know that God spoke to Moses, but as for this fellow, we don't even know where he comes from."

30 The man answered, "Now that is remarkable! You don't know where he comes from, yet he opened my eyes. 31 We know that God does not listen to sinners. He listens to the godly man who does his will. 32 Nobody has ever heard of opening the eyes of a man born blind. 33 If this man were not from God, he could do nothing."

34 To this they replied, "You were steeped in sin at birth; how dare you lecture us!" And they threw him out.

[w] *22* Or *Messiah* [x] *24* A solemn charge to tell the truth (see Joshua 7:19)

La ceguera espiritual

35 Jesús se enteró de que habían expulsado a aquel hombre, y al encontrarlo le preguntó:

—¿Crees en el Hijo del hombre?

36 —¿Quién es, Señor? Dímelo, para que crea en él.

37 —Pues ya lo has visto —le contestó Jesús—; es el que está hablando contigo.

38 —Creo, Señor —declaró el hombre.

Y, postrándose, lo adoró.

39 Entonces Jesús dijo:

—Yo he venido a este mundo para juzgarlo, para que los ciegos vean, y los que ven se queden ciegos.

40 Algunos fariseos que estaban con él, al oírlo hablar así, le preguntaron:

—¿Qué? ¿Acaso también nosotros somos ciegos?

41 Jesús les contestó:

—Si fueran ciegos, no serían culpables de pecado, pero como afirman que ven, su pecado permanece.

Jesús, el buen pastor

10 »Ciertamente les aseguro que el que no entra por la puerta al redil de las ovejas, sino que trepa y se mete por otro lado, es un ladrón y un bandido. 2 El que entra por la puerta es el pastor de las ovejas. 3 El portero le abre la puerta, y las ovejas oyen su voz. Llama por nombre a las ovejas y las saca del redil. 4 Cuando ya ha sacado a todas las que son suyas, va delante de ellas, y las ovejas lo siguen porque reconocen su voz. 5 Pero a un desconocido jamás lo siguen; más bien, huyen de él porque no reconocen voces extrañas.

6 Jesús les puso este ejemplo, pero ellos no captaron el sentido de sus palabras. 7 Por eso volvió a decirles: «Ciertamente les aseguro que yo soy la puerta de las ovejas. 8 Todos los que vinieron antes de mí eran unos ladrones y unos bandidos, pero las ovejas no les hicieron caso. 9 Yo soy la puerta; el que entre por esta puerta, que soy yo, será salvo.[p] Se moverá con entera libertad,[q] y hallará pastos. 10 El ladrón no viene más que a robar, matar y destruir; yo he venido para que tengan vida, y la tengan en abundancia.

11 »Yo soy el buen pastor. El buen pastor da su *vida por las ovejas. 12 El asalariado no es el pastor, y a él no le pertenecen las ovejas. Cuando ve que el lobo se acerca, abandona las ovejas y huye; entonces el lobo ataca al rebaño y lo dispersa. 13 Y ese hombre huye porque, siendo asalariado, no le importan las ovejas.

14 »Yo soy el buen pastor; conozco a mis ove-

[p] **10:9** *será salvo.* Alt. *se mantendrá seguro.* [q] **10:9** *Se moverá … libertad.* Lit. *Entrará y saldrá.*

Spiritual Blindness

35 Jesus heard that they had thrown him out, and when he found him, he said, "Do you believe in the Son of Man?"

36 "Who is he, sir?" the man asked. "Tell me so that I may believe in him."

37 Jesus said, "You have now seen him; in fact, he is the one speaking with you."

38 Then the man said, "Lord, I believe," and he worshiped him.

39 Jesus said, "For judgment I have come into this world, so that the blind will see and those who see will become blind."

40 Some Pharisees who were with him heard him say this and asked, "What? Are we blind too?"

41 Jesus said, "If you were blind, you would not be guilty of sin; but now that you claim you can see, your guilt remains.

The Shepherd and His Flock

10 "I tell you the truth, the man who does not enter the sheep pen by the gate, but climbs in by some other way, is a thief and a robber. 2 The man who enters by the gate is the shepherd of his sheep. 3 The watchman opens the gate for him, and the sheep listen to his voice. He calls his own sheep by name and leads them out. 4 When he has brought out all his own, he goes on ahead of them, and his sheep follow him because they know his voice. 5 But they will never follow a stranger; in fact, they will run away from him because they do not recognize a strangers voice." 6 Jesus used this figure of speech, but they did not understand what he was telling them.

7 Therefore Jesus said again, "I tell you the truth, I am the gate for the sheep. 8 All who ever came before me were thieves and robbers, but the sheep did not listen to them. 9 I am the gate; whoever enters through me will be saved.[y] He will come in and go out, and find pasture. 10 The thief comes only to steal and kill and destroy; I have come that they may have life, and have it to the full.

11 "I am the good shepherd. The good shepherd lays down his life for the sheep. 12 The hired hand is not the shepherd who owns the sheep. So when he sees the wolf coming, he abandons the sheep and runs away. Then the wolf attacks the flock and scatters it. 13 The man runs away because he is a hired hand and cares nothing for the sheep.

[y] *9* Or *kept safe*

jas, y ellas me conocen a mí, 15así como el Padre
me conoce a mí y yo lo conozco a él, y doy mi
vida por las ovejas. 16Tengo otras ovejas que no
son de este redil, y también a ellas debo traerlas.
Así ellas escucharán mi voz, y habrá un solo
rebaño y un solo pastor. 17Por eso me ama el
Padre: porque entrego mi vida para volver a
recibirla. 18Nadie me la arrebata, sino que yo la
entrego por mi propia voluntad. Tengo autori-
dad para entregarla, y tengo también autoridad
para volver a recibirla. Éste es el mandamiento
que recibí de mi Padre.»

19De nuevo las palabras de Jesús fueron mo-
tivo de disensión entre los judíos. 20Muchos de
ellos decían: «Está endemoniado y loco de re-
mate. ¿Para qué hacerle caso?» 21Pero otros
opinaban: «Estas palabras no son de un endemo-
niado. ¿Puede acaso un demonio abrirles los
ojos a los ciegos?»

Jesús y la fiesta de la Dedicación

22Por esos días se celebraba en Jerusalén la
fiesta de la Dedicación.[r] Era invierno, 23y Jesús
andaba en el *templo, por el pórtico de Salomón.
24Entonces lo rodearon los judíos y le pregunta-
ron:

—¿Hasta cuándo vas a tenernos en suspenso?
Si tú eres el *Cristo, dínoslo con franqueza.

25—Ya se lo he dicho a ustedes, y no lo creen.
Las obras que hago en nombre de mi Padre son
las que me acreditan, 26pero ustedes no creen
porque no son de mi rebaño. 27Mis ovejas oyen
mi voz; yo las conozco y ellas me siguen. 28Yo
les doy vida eterna, y nunca perecerán, ni nadie
podrá arrebatármelas de la mano. 29Mi Padre,
que me las ha dado, es más grande que todos;[s]
y de la mano del Padre nadie las puede arrebatar.
30El Padre y yo somos uno.

31Una vez más los judíos tomaron piedras
para arrojárselas, 32pero Jesús les dijo:

—Yo les he mostrado muchas obras irrepro-
chables que proceden del Padre. ¿Por cuál de
ellas me quieren apedrear?

33—No te apedreamos por ninguna de ellas
sino por *blasfemia; porque tú, siendo hombre,
te haces pasar por Dios.

34—¿Y acaso —respondió Jesús— no está
escrito en su ley: "Yo he dicho que ustedes son
dioses"?[t] 35Si Dios llamó "dioses" a aquellos
para quienes vino la palabra (y la Escritura no
puede ser quebrantada), 36¿por qué acusan de
blasfemia a quien el Padre apartó para sí y envió al
mundo? ¿Tan sólo porque dijo: "Yo soy el Hijo de
Dios"? 37Si no hago las obras de mi Padre, no me

[r] **10:22** Es decir, Hanukkah. [s] **10:29** *Mi Padre … todos.*
Var. *Lo que mi Padre me ha dado es más grande que todo.*
[t] **10:34** Sal 82:6

14"I am the good shepherd; I know my sheep
and my sheep know me— 15just as the Father
knows me and I know the Father—and I lay
down my life for the sheep. 16I have other sheep
that are not of this sheep pen. I must bring them
also. They too will listen to my voice, and there
shall be one flock and one shepherd. 17The
reason my Father loves me is that I lay down my
life—only to take it up again. 18No one takes it
from me, but I lay it down of my own accord. I
have authority to lay it down and authority to
take it up again. This command I received from
my Father."

19At these words the Jews were again divided.
20Many of them said, "He is demon-possessed
and raving mad. Why listen to him?"

21But others said, "These are not the sayings
of a man possessed by a demon. Can a demon
open the eyes of the blind?"

The Unbelief of the Jews

22Then came the Feast of Dedication[z] at Jeru-
salem. It was winter, 23and Jesus was in the
temple area walking in Solomon's Colonnade.
24The Jews gathered around him, saying, "How
long will you keep us in suspense? If you are the
Christ,[a] tell us plainly."

25Jesus answered, "I did tell you, but you
do not believe. The miracles I do in my Fa-
ther's name speak for me, 26but you do not
believe because you are not my sheep. 27My
sheep listen to my voice; I know them, and
they follow me. 28I give them eternal life, and
they shall never perish; no one can snatch them
out of my hand. 29My Father, who has given
them to me, is greater than all[b]; no one can
snatch them out of my Father's hand. 30I and
the Father are one."

31Again the Jews picked up stones to stone
him, 32but Jesus said to them, "I have shown
you many great miracles from the Father. For
which of these do you stone me?"

33"We are not stoning you for any of these,"
replied the Jews, "but for blasphemy, because
you, a mere man, claim to be God."

34Jesus answered them, "Is it not written in
your Law, 'I have said you are gods'[c]? 35If
he called them 'gods,' to whom the word of
God came—and the Scripture cannot be bro-
ken— 36what about the one whom the Father
set apart as his very own and sent into the
world? Why then do you accuse me of blas-

[z] *22* That is, Hanukkah [a] *24* Or *Messiah* [b] *29* Many early
manuscripts *What my Father has given me is greater than all*
[c] *34* Psalm 82:6

crean. 38Pero si las hago, aunque no me crean a
mí, crean a mis obras, para que sepan y entiendan
que el Padre está en mí, y que yo estoy en el Padre.
39Nuevamente intentaron arrestarlo, pero él se
les escapó de las manos.
40Volvió Jesús al otro lado del Jordán, al lugar
donde Juan había estado bautizando antes; y allí
se quedó. 41Mucha gente acudía a él, y decía:
«Aunque Juan nunca hizo ninguna señal mila-
grosa, todo lo que dijo acerca de este hombre era
verdad.» 42Y muchos en aquel lugar creyeron en
Jesús.

Muerte de Lázaro

11 Había un hombre enfermo llamado Lá-
zaro, que era de Betania, el pueblo de
María y Marta, sus hermanas. 2María era la
misma que ungió con perfume al Señor, y le secó
los pies con sus cabellos. 3Las dos hermanas
mandaron a decirle a Jesús: «Señor, tu amigo
querido está enfermo.»
4Cuando Jesús oyó esto, dijo: «Esta enferme-
dad no terminará en muerte, sino que es para la
gloria de Dios, para que por ella el Hijo de Dios
sea glorificado.»
5Jesús amaba a Marta, a su hermana y a
Lázaro. 6A pesar de eso, cuando oyó que Lázaro
estaba enfermo, se quedó dos días más donde se
encontraba. 7Después dijo a sus discípulos:
—Volvamos a Judea.
8—Rabí —objetaron ellos—, hace muy poco
los judíos intentaron apedrearte, ¿y todavía quie-
res volver allá?
9—¿Acaso el día no tiene doce horas? —res-
pondió Jesús—. El que anda de día no tropieza,
porque tiene la luz de este mundo. 10Pero el que
anda de noche sí tropieza, porque no tiene luz.
11Dicho esto, añadió:
—Nuestro amigo Lázaro duerme, pero voy a
despertarlo.
12—Señor —respondieron sus discípulos—,
si duerme, es que va a recuperarse.
13Jesús les hablaba de la muerte de Lázaro,
pero sus discípulos pensaron que se refería al
sueño natural. 14Por eso les dijo claramente:
—Lázaro ha muerto, 15y por causa de ustedes
me alegro de no haber estado allí, para que
crean. Pero vamos a verlo.
16Entonces Tomás, apodado el Gemelo,[u] dijo
a los otros discípulos:
—Vayamos también nosotros, para morir con
él.

Jesús consuela a las hermanas de Lázaro

17A su llegada, Jesús se encontró con que
Lázaro llevaba ya cuatro días en el sepulcro.

[u] 11:16 *apodado el Gemelo*. Lit. *llamado Dídimos*.

phemy because I said, 'I am God's Son'? 37Do
not believe me unless I do what my Father
does. 38But if I do it, even though you do not
believe me, believe the miracles, that you may
know and understand that the Father is in me,
and I in the Father." 39Again they tried to
seize him, but he escaped their grasp.
40Then Jesus went back across the Jordan to
the place where John had been baptizing in the
early days. Here he stayed 41and many people
came to him. They said, "Though John never
performed a miraculous sign, all that John said
about this man was true." 42And in that place
many believed in Jesus.

The Death of Lazarus

11 Now a man named Lazarus was sick. He
was from Bethany, the village of Mary
and her sister Martha. 2This Mary, whose broth-
er Lazarus now lay sick, was the same one who
poured perfume on the Lord and wiped his feet
with her hair. 3So the sisters sent word to Jesus,
"Lord, the one you love is sick."
4When he heard this, Jesus said, "This sick-
ness will not end in death. No, it is for God's
glory so that God's Son may be glorified
through it." 5Jesus loved Martha and her sister
and Lazarus. 6Yet when he heard that Lazarus
was sick, he stayed where he was two more days.
7Then he said to his disciples, "Let us go back
to Judea."
8"But Rabbi," they said, "a short while ago
the Jews tried to stone you, and yet you are going
back there?"
9Jesus answered, "Are there not twelve hours
of daylight? A man who walks by day will not
stumble, for he sees by this world's light. 10It is
when he walks by night that he stumbles, for he
has no light."
11After he had said this, he went on to tell
them, "Our friend Lazarus has fallen asleep; but
I am going there to wake him up."
12His disciples replied, "Lord, if he sleeps, he
will get better." 13Jesus had been speaking of
his death, but his disciples thought he meant
natural sleep.
14So then he told them plainly, "Lazarus is
dead, 15and for your sake I am glad I was not
there, so that you may believe. But let us go to
him."
16Then Thomas (called Didymus) said to the
rest of the disciples, "Let us also go, that we may
die with him."

Jesus Comforts the Sisters

17On his arrival, Jesus found that Lazarus had
already been in the tomb for four days. 18Beth-

18Betania estaba cerca de Jerusalén, como a tres
kilómetros[v] de distancia, 19y muchos judíos ha-
bían ido a casa de Marta y de María, a darles el
pésame por la muerte de su hermano. 20Cuando
Marta supo que Jesús llegaba, fue a su encuen-
tro; pero María se quedó en la casa.
21—Señor —le dijo Marta a Jesús—, si hubie-
ras estado aquí, mi hermano no habría muerto.
22Pero yo sé que aun ahora Dios te dará todo lo
que le pidas.
23—Tu hermano resucitará —le dijo Jesús.
24—Yo sé que resucitará en la resurrección,
en el día final —respondió Marta.
25Entonces Jesús le dijo:
—Yo soy la resurrección y la vida. El que cree
en mí vivirá, aunque muera; 26y todo el que vive
y cree en mí no morirá jamás. ¿Crees esto?
27—Sí, Señor; yo creo que tú eres el *Cristo,
el Hijo de Dios, el que había de venir al mundo.
28Dicho esto, Marta regresó a la casa y, lla-
mando a su hermana María, le dijo en privado:
—El Maestro está aquí y te llama.
29Cuando María oyó esto, se levantó rápi-
damente y fue a su encuentro. 30Jesús aún no
había entrado en el pueblo, sino que todavía
estaba en el lugar donde Marta se había en-
contrado con él. 31Los judíos que habían es-
tado con María en la casa, dándole el pésame,
al ver que se había levantado y había salido
de prisa, la siguieron, pensando que iba al se-
pulcro a llorar.
32Cuando María llegó adonde estaba Jesús y
lo vio, se arrojó a sus pies y le dijo:
—Señor, si hubieras estado aquí, mi hermano
no habría muerto.
33Al ver llorar a María y a los judíos que la
habían acompañado, Jesús se turbó y se conmo-
vió profundamente.
34—¿Dónde lo han puesto? —preguntó.
—Ven a verlo, Señor —le respondieron.
35Jesús lloró.
36—¡Miren cuánto lo quería! —dijeron los
judíos.
37Pero algunos de ellos comentaban:
—Éste, que le abrió los ojos al ciego, ¿no
podría haber impedido que Lázaro muriera?

Jesús resucita a Lázaro

38Conmovido una vez más, Jesús se acercó al
sepulcro. Era una cueva cuya entrada estaba
tapada con una piedra.
39—Quiten la piedra —ordenó Jesús.
Marta, la hermana del difunto, objetó:
—Señor, ya debe oler mal, pues lleva cuatro
días allí.

[v]**11:18** *tres kilómetros*. Lit. *quince *estadios*.

any was less than two miles[d] from Jerusalem,
19and many Jews had come to Martha and Mary
to comfort them in the loss of their brother.
20When Martha heard that Jesus was coming,
she went out to meet him, but Mary stayed at
home.
21"Lord," Martha said to Jesus, "if you had
been here, my brother would not have died.
22But I know that even now God will give you
whatever you ask."
23Jesus said to her, "Your brother will rise
again."
24Martha answered, "I know he will rise
again in the resurrection at the last day."
25Jesus said to her, "I am the resurrection and
the life. He who believes in me will live, even
though he dies; 26and whoever lives and believes
in me will never die. Do you believe this?"
27"Yes, Lord," she told him, "I believe that
you are the Christ,[e] the Son of God, who was to
come into the world."
28And after she had said this, she went back
and called her sister Mary aside. "The Teacher
is here," she said, "and is asking for you."
29When Mary heard this, she got up quickly and
went to him. 30Now Jesus had not yet entered
the village, but was still at the place where
Martha had met him. 31When the Jews who had
been with Mary in the house, comforting her,
noticed how quickly she got up and went out,
they followed her, supposing she was going to
the tomb to mourn there.
32When Mary reached the place where Jesus
was and saw him, she fell at his feet and said,
"Lord, if you had been here, my brother would
not have died."
33When Jesus saw her weeping, and the Jews
who had come along with her also weeping, he
was deeply moved in spirit and troubled.
34"Where have you laid him?" he asked.
"Come and see, Lord," they replied.
35Jesus wept.
36Then the Jews said, "See how he loved him!"
37But some of them said, "Could not he who
opened the eyes of the blind man have kept this
man from dying?"

Jesus Raises Lazarus From the Dead

38Jesus, once more deeply moved, came to the
tomb. It was a cave with a stone laid across the
entrance. 39"Take away the stone," he said.
"But, Lord," said Martha, the sister of the
dead man, "by this time there is a bad odor, for
he has been there four days."

[d]*18* Greek *fifteen stadia* (about 3 kilometers) [e]*27* Or Messiah

40—¿No te dije que si crees verás la gloria de Dios? —le contestó Jesús.

41Entonces quitaron la piedra. Jesús, alzando la vista, dijo:

—Padre, te doy gracias porque me has escuchado. 42Ya sabía yo que siempre me escuchas, pero lo dije por la gente que está aquí presente, para que crean que tú me enviaste.

43Dicho esto, gritó con todas sus fuerzas:

—¡Lázaro, sal fuera!

44El muerto salió, con vendas en las manos y en los pies, y el rostro cubierto con un sudario.

—Quítenle las vendas y dejen que se vaya —les dijo Jesús.

La conspiración para matar a Jesús

45Muchos de los judíos que habían ido a ver a María y que habían presenciado lo hecho por Jesús, creyeron en él. 46Pero algunos de ellos fueron a ver a los *fariseos y les contaron lo que Jesús había hecho. 47Entonces los jefes de los sacerdotes y los fariseos convocaron a una reunión del *Consejo.

—¿Qué vamos a hacer? —dijeron—. Este hombre está haciendo muchas señales milagrosas. 48Si lo dejamos seguir así, todos van a creer en él, y vendrán los romanos y acabarán con nuestro lugar sagrado, e incluso con nuestra nación.

49Uno de ellos, llamado Caifás, que ese año era el sumo sacerdote, les dijo:

—¡Ustedes no saben nada en absoluto! 50No entienden que les conviene más que muera un solo hombre por el pueblo, y no que perezca toda la nación.

51Pero esto no lo dijo por su propia cuenta sino que, como era sumo sacerdote ese año, profetizó que Jesús moriría por la nación judía, 52y no sólo por esa nación sino también por los hijos de Dios que estaban dispersos, para congregarlos y unificarlos. 53Así que desde ese día convinieron en quitarle la vida.

54Por eso Jesús ya no andaba en público entre los judíos. Se retiró más bien a una región cercana al desierto, a un pueblo llamado Efraín, donde se quedó con sus discípulos.

55Faltaba poco para la Pascua judía, así que muchos subieron del campo a Jerusalén para su *purificación ceremonial antes de la Pascua. 56Andaban buscando a Jesús, y mientras estaban en el *templo comentaban entre sí: «¿Qué les parece? ¿Acaso no vendrá a la fiesta?» 57Por su parte, los jefes de los sacerdotes y los fariseos habían dado la orden de que si alguien llegaba a saber dónde estaba Jesús, debía denunciarlo para que lo arrestaran.

40Then Jesus said, "Did I not tell you that if you believed, you would see the glory of God?"

41So they took away the stone. Then Jesus looked up and said, "Father, I thank you that you have heard me. 42I knew that you always hear me, but I said this for the benefit of the people standing here, that they may believe that you sent me."

43When he had said this, Jesus called in a loud voice, "Lazarus, come out!" 44The dead man came out, his hands and feet wrapped with strips of linen, and a cloth around his face.

Jesus said to them, "Take off the grave clothes and let him go."

The Plot to Kill Jesus

45Therefore many of the Jews who had come to visit Mary, and had seen what Jesus did, put their faith in him. 46But some of them went to the Pharisees and told them what Jesus had done. 47Then the chief priests and the Pharisees called a meeting of the Sanhedrin.

"What are we accomplishing?" they asked. "Here is this man performing many miraculous signs. 48If we let him go on like this, everyone will believe in him, and then the Romans will come and take away both our place[f] and our nation."

49Then one of them, named Caiaphas, who was high priest that year, spoke up, "You know nothing at all! 50You do not realize that it is better for you that one man die for the people than that the whole nation perish."

51He did not say this on his own, but as high priest that year he prophesied that Jesus would die for the Jewish nation, 52and not only for that nation but also for the scattered children of God, to bring them together and make them one. 53So from that day on they plotted to take his life.

54Therefore Jesus no longer moved about publicly among the Jews. Instead he withdrew to a region near the desert, to a village called Ephraim, where he stayed with his disciples.

55When it was almost time for the Jewish Passover, many went up from the country to Jerusalem for their ceremonial cleansing before the Passover. 56They kept looking for Jesus, and as they stood in the temple area they asked one another, "What do you think? Isn't he coming to the Feast at all?" 57But the chief priests and Pharisees had given orders that if anyone found out where Jesus was, he should report it so that they might arrest him.

f48 Or *temple*

María unge a Jesús en Betania

12 Seis días antes de la Pascua llegó Jesús
a Betania, donde vivía Lázaro, a quien
Jesús había *resucitado. 2 Allí se dio una cena en
honor de Jesús. Marta servía, y Lázaro era uno
de los que estaban a la mesa con él. 3 María tomó
entonces como medio litro de nardo puro, que
era un perfume muy caro, y lo derramó sobre los
pies de Jesús, secándoselos luego con sus cabe-
llos. Y la casa se llenó de la fragancia del perfu-
me.

4 Judas Iscariote, que era uno de sus discípulos
y que más tarde lo traicionaría, objetó:

5 —¿Por qué no se vendió este perfume, que
vale muchísimo dinero,[w] para dárselo a los po-
bres?

6 Dijo esto, no porque se interesara por los
pobres sino porque era un ladrón y, como tenía
a su cargo la bolsa del dinero, acostumbraba
robarse lo que echaban en ella.

7 —Déjala en paz —respondió Jesús—. Ella
ha estado guardando este perfume para el día de
mi sepultura.[x] 8 A los pobres siempre los tendrán
con ustedes, pero a mí no siempre me tendrán.

9 Mientras tanto, muchos de los judíos se en-
teraron de que Jesús estaba allí, y fueron a ver
no sólo a Jesús sino también a Lázaro, a quien
Jesús había resucitado. 10 Entonces los jefes de
los sacerdotes resolvieron matar también a Lá-
zaro, 11 pues por su causa muchos se apartaban
de los judíos y creían en Jesús.

La entrada triunfal

12 Al día siguiente muchos de los que habían
ido a la fiesta se enteraron de que Jesús se dirigía
a Jerusalén; 13 tomaron ramas de palma y salie-
ron a recibirlo, gritando a voz en cuello:

—¡Hosanna!

—¡Bendito el que viene en el nombre del
Señor![y]

—¡Bendito el Rey de Israel!

14 Jesús encontró un burrito y se montó en él,
como dice la Escritura:

15 «No temas, oh hija de Sión;
mira, que aquí viene tu rey,
montado sobre un burrito.»[z]

[w] **12:5** *perfume … dinero.* Lit. *perfume por trescientos *denarios.* [x] **12:7** *Jesús—. Ella … sepultura.* Var. *Jesús— para que guarde* [es decir, *se acuerde de*] *esto el día de mi sepultura.* [y] **12:13** Sal 118:25,26 [z] **12:15** Zac 9:9

Jesus Anointed at Bethany

12 Six days before the Passover, Jesus ar-
rived at Bethany, where Lazarus lived,
whom Jesus had raised from the dead. 2 Here a
dinner was given in Jesus' honor. Martha
served, while Lazarus was among those reclin-
ing at the table with him. 3 Then Mary took about
a pint[g] of pure nard, an expensive perfume; she
poured it on Jesus' feet and wiped his feet with
her hair. And the house was filled with the
fragrance of the perfume.

4 But one of his disciples, Judas Iscariot, who
was later to betray him, objected, 5 "Why wasn't
this perfume sold and the money given to the
poor? It was worth a year's wages.[h]" 6 He did
not say this because he cared about the poor but
because he was a thief; as keeper of the money
bag, he used to help himself to what was put into
it.

7 "Leave her alone," Jesus replied. "⌞It was
intended⌟ that she should save this perfume for
the day of my burial. 8 You will always have the
poor among you, but you will not always have
me."

9 Meanwhile a large crowd of Jews found out
that Jesus was there and came, not only because
of him but also to see Lazarus, whom he had
raised from the dead. 10 So the chief priests made
plans to kill Lazarus as well, 11 for on account of
him many of the Jews were going over to Jesus
and putting their faith in him.

The Triumphal Entry

12 The next day the great crowd that had come
for the Feast heard that Jesus was on his way to
Jerusalem. 13 They took palm branches and went
out to meet him, shouting,

"Hosanna![i]"

"Blessed is he who comes in the name of
the Lord!"[j]

"Blessed is the King of Israel!"

14 Jesus found a young donkey and sat upon it,
as it is written,

15 "Do not be afraid, O Daughter of Zion;
see, your king is coming,
seated on a donkey's colt."[k]

[g] *3* Greek *a litra* (probably about 0.5 liter) [h] *5* Greek *three hundred denarii* [i] *13* A Hebrew expression meaning "Save!" which became an exclamation of praise [j] *13* Psalm 118:25, 26 [k] *15* Zech. 9:9

16 Al principio, sus discípulos no entendieron
lo que sucedía. Sólo después de que Jesús fue
glorificado se dieron cuenta de que se había
cumplido en él lo que de él ya estaba escrito.

17 La gente que había estado con Jesús cuando
él llamó a Lázaro del sepulcro y lo resucitó de
entre los muertos, seguía difundiendo la noticia.
18 Muchos que se habían enterado de la señal
realizada por Jesús salían a su encuentro. 19 Por
eso los *fariseos comentaban entre sí: «Como
pueden ver, así no vamos a lograr nada. ¡Miren
cómo lo sigue todo el mundo!»

Jesús predice su muerte

20 Entre los que habían subido a adorar en la
fiesta había algunos *griegos. 21 Éstos se acerca-
ron a Felipe, que era de Betsaida de Galilea, y le
pidieron:

—Señor, queremos ver a Jesús.

22 Felipe fue a decírselo a Andrés, y ambos
fueron a decírselo a Jesús.

23 —Ha llegado la hora de que el Hijo del
hombre sea glorificado —les contestó Jesús—.
24 Ciertamente les aseguro que si el grano de
trigo no cae en tierra y muere, se queda solo.
Pero si muere, produce mucho fruto. 25 El que se
apega a su *vida la pierde; en cambio, el que
aborrece su vida en este mundo, la conserva para
la vida eterna. 26 Quien quiera servirme, debe
seguirme; y donde yo esté, allí también estará
mi siervo. A quien me sirva, mi Padre lo honrará.

27 »Ahora todo mi ser está angustiado, ¿y aca-
so voy a decir: "Padre, sálvame de esta hora
difícil"? ¡Si precisamente para afrontarla he
venido! 28 ¡Padre, glorifica tu nombre!

Se oyó entonces, desde el cielo, una voz que
decía: «Ya lo he glorificado, y volveré a glorifi-
carlo.» 29 La multitud que estaba allí, y que oyó
la voz, decía que había sido un trueno; otros
decían que un ángel le había hablado.

30 —Esa voz no vino por mí sino por ustedes
—dijo Jesús—. 31 El juicio de este mundo ha
llegado ya, y el príncipe de este mundo va a ser
expulsado. 32 Pero yo, cuando sea levantado de
la tierra, atraeré a todos a mí mismo.

33 Con esto daba Jesús a entender de qué ma-
nera iba a morir.

34 —De la ley hemos sabido —le respondió la
gente— que el *Cristo permanecerá para siem-
pre; ¿cómo, pues, dices que el Hijo del hombre
tiene que ser levantado? ¿Quién es ese Hijo del
hombre?

35 —Ustedes van a tener la luz sólo un poco
más de tiempo —les dijo Jesús—. Caminen
mientras tienen la luz, antes de que los envuel-
van las tinieblas. El que camina en las tinieblas
no sabe a dónde va. 36 Mientras tienen la luz,
crean en ella, para que sean hijos de la luz.

16 At first his disciples did not understand all
this. Only after Jesus was glorified did they
realize that these things had been written about
him and that they had done these things to him.

17 Now the crowd that was with him when he
called Lazarus from the tomb and raised him
from the dead continued to spread the word.
18 Many people, because they had heard that he
had given this miraculous sign, went out to meet
him. 19 So the Pharisees said to one another,
"See, this is getting us nowhere. Look how the
whole world has gone after him!"

Jesus Predicts His Death

20 Now there were some Greeks among those
who went up to worship at the Feast. 21 They
came to Philip, who was from Bethsaida in
Galilee, with a request. "Sir," they said, "we
would like to see Jesus." 22 Philip went to tell
Andrew; Andrew and Philip in turn told Jesus.

23 Jesus replied, "The hour has come for the
Son of Man to be glorified. 24 I tell you the truth,
unless a kernel of wheat falls to the ground and
dies, it remains only a single seed. But if it dies,
it produces many seeds. 25 The man who loves
his life will lose it, while the man who hates his
life in this world will keep it for eternal life.
26 Whoever serves me must follow me; and
where I am, my servant also will be. My Father
will honor the one who serves me.

27 "Now my heart is troubled, and what shall
I say? 'Father, save me from this hour'? No, it
was for this very reason I came to this hour.
28 Father, glorify your name!"

Then a voice came from heaven, "I have
glorified it, and will glorify it again." 29 The
crowd that was there and heard it said it had
thundered; others said an angel had spoken to
him.

30 Jesus said, "This voice was for your benefit,
not mine. 31 Now is the time for judgment on this
world; now the prince of this world will be driven
out. 32 But I, when I am lifted up from the earth,
will draw all men to myself." 33 He said this to
show the kind of death he was going to die.

34 The crowd spoke up, "We have heard from
the Law that the Christ[l] will remain forever, so
how can you say, 'The Son of Man must be lifted
up'? Who is this 'Son of Man'?"

35 Then Jesus told them, "You are going to
have the light just a little while longer. Walk
while you have the light, before darkness over-
takes you. The man who walks in the dark does
not know where he is going. 36 Put your trust in
the light while you have it, so that you may

[l] *34* Or *Messiah*

Cuando terminó de hablar, Jesús se fue y se escondió de ellos.

Los judíos siguen en su incredulidad

37 A pesar de haber hecho Jesús todas estas señales en presencia de ellos, todavía no creían en él. 38 Así se cumplió lo dicho por el profeta Isaías:

> «Señor, ¿quién ha creído a nuestro mensaje,
> y a quién se le ha revelado el poder del Señor?»[a]

39 Por eso no podían creer, pues también había dicho Isaías:

> 40 «Les ha cegado los ojos
> y endurecido el corazón,
> para que no vean con los ojos,
> ni entiendan con el corazón
> ni se conviertan; y yo los sane.»[b]

41 Esto lo dijo Isaías porque vio la gloria de Jesús y habló de él.

42 Sin embargo, muchos de ellos, incluso de entre los jefes, creyeron en él, pero no lo confesaban porque temían que los *fariseos los expulsaran de la sinagoga. 43 Preferían recibir honores de los hombres más que de parte de Dios.

44 «El que cree en mí —clamó Jesús con voz fuerte—, cree no sólo en mí sino en el que me envió. 45 Y el que me ve a mí, ve al que me envió. 46 Yo soy la luz que ha venido al mundo, para que todo el que crea en mí no viva en tinieblas.

47 »Si alguno escucha mis palabras, pero no las obedece, no seré yo quien lo juzgue; pues no vine a juzgar al mundo sino a salvarlo. 48 El que me rechaza y no acepta mis palabras tiene quien lo juzgue. La palabra que yo he proclamado lo condenará en el día final. 49 Yo no he hablado por mi propia cuenta; el Padre que me envió me ordenó qué decir y cómo decirlo. 50 Y sé muy bien que su mandato es vida eterna. Así que todo lo que digo es lo que el Padre me ha ordenado decir.»

Jesús les lava los pies a sus discípulos

13 Se acercaba la fiesta de la Pascua. Jesús sabía que le había llegado la hora de abandonar este mundo para volver al Padre. Y habiendo amado a los suyos que estaban en el mundo, los amó hasta el fin.[c]

[a] 12:38 Is 53:1 [b] 12:40 Is 6:10 [c] 13:1 *hasta el fin.* Alt. *hasta lo sumo.*

become sons of light." When he had finished speaking, Jesus left and hid himself from them.

The Jews Continue in Their Unbelief

37 Even after Jesus had done all these miraculous signs in their presence, they still would not believe in him. 38 This was to fulfill the word of Isaiah the prophet:

> "Lord, who has believed our message
> and to whom has the arm of the Lord
> been revealed?"[m]

39 For this reason they could not believe, because, as Isaiah says elsewhere:

> 40 "He has blinded their eyes
> and deadened their hearts,
> so they can neither see with their eyes,
> nor understand with their hearts,
> nor turn—and I would heal them."[n]

41 Isaiah said this because he saw Jesus' glory and spoke about him.

42 Yet at the same time many even among the leaders believed in him. But because of the Pharisees they would not confess their faith for fear they would be put out of the synagogue; 43 for they loved praise from men more than praise from God.

44 Then Jesus cried out, "When a man believes in me, he does not believe in me only, but in the one who sent me. 45 When he looks at me, he sees the one who sent me. 46 I have come into the world as a light, so that no one who believes in me should stay in darkness.

47 "As for the person who hears my words but does not keep them, I do not judge him. For I did not come to judge the world, but to save it. 48 There is a judge for the one who rejects me and does not accept my words; that very word which I spoke will condemn him at the last day. 49 For I did not speak of my own accord, but the Father who sent me commanded me what to say and how to say it. 50 I know that his command leads to eternal life. So whatever I say is just what the Father has told me to say."

Jesus Washes His Disciples' Feet

13 It was just before the Passover Feast. Jesus knew that the time had come for him to leave this world and go to the Father. Having loved his own who were in the world, he now showed them the full extent of his love.[o]

[m] *38* Isaiah 53:1 [n] *40* Isaiah 6:10 [o] *1* Or *he loved them to the last*

2Llegó la hora de la cena. El diablo ya había
incitado a Judas Iscariote, hijo de Simón, para
que traicionara a Jesús. 3Sabía Jesús que el
Padre había puesto todas las cosas bajo su do-
minio, y que había salido de Dios y a él volvía;
4así que se levantó de la mesa, se quitó el manto
y se ató una toalla a la cintura. 5Luego echó agua
en un recipiente y comenzó a lavarles los pies a
sus discípulos y a secárselos con la toalla que
llevaba a la cintura.

6Cuando llegó a Simón Pedro, éste le dijo:

—¿Y tú, Señor, me vas a lavar los pies a mí?

7—Ahora no entiendes lo que estoy haciendo
—le respondió Jesús—, pero lo entenderás más
tarde.

8—¡No! —protestó Pedro—. ¡Jamás me lava-
rás los pies!

—Si no te los lavo,[d] no tendrás parte con-
migo.

9—Entonces, Señor, ¡no sólo los pies sino
también las manos y la cabeza!

10—El que ya se ha bañado no necesita lavar-
se más que los pies —le contestó Jesús—; pues
ya todo su cuerpo está limpio. Y ustedes ya están
limpios, aunque no todos.

11Jesús sabía quién lo iba a traicionar, y por
eso dijo que no todos estaban limpios.

12Cuando terminó de lavarles los pies, se puso
el manto y volvió a su lugar. Entonces les dijo:

—¿Entienden lo que he hecho con ustedes?
13Ustedes me llaman Maestro y Señor, y dicen
bien, porque lo soy. 14Pues si yo, el Señor y el
Maestro, les he lavado los pies, también ustedes
deben lavarse los pies los unos a los otros. 15Les
he puesto el ejemplo, para que hagan lo mismo
que yo he hecho con ustedes. 16Ciertamente les
aseguro que ningún *siervo es más que su amo,
y ningún mensajero es más que el que lo envió.
17¿Entienden esto? *Dichosos serán si lo ponen
en práctica.

Jesús predice la traición de Judas

18»No me refiero a todos ustedes; yo sé a
quiénes he escogido. Pero esto es para que se
cumpla la Escritura: "El que comparte el pan
conmigo me ha puesto la zancadilla."[e]

19»Les digo esto ahora, antes de que suceda,
para que cuando suceda crean que yo soy.
20Ciertamente les aseguro que el que recibe al
que yo envío me recibe a mí, y el que me recibe
a mí recibe al que me envió.

21Dicho esto, Jesús se angustió profundamen-
te y declaró:

—Ciertamente les aseguro que uno de ustedes
me va a traicionar.

2The evening meal was being served, and the
devil had already prompted Judas Iscariot, son
of Simon, to betray Jesus. 3Jesus knew that the
Father had put all things under his power, and
that he had come from God and was returning to
God; 4so he got up from the meal, took off his
outer clothing, and wrapped a towel around his
waist. 5After that, he poured water into a basin
and began to wash his disciples' feet, drying
them with the towel that was wrapped around
him.

6He came to Simon Peter, who said to him,
"Lord, are you going to wash my feet?"

7Jesus replied, "You do not realize now what
I am doing, but later you will understand."

8"No," said Peter, "you shall never wash my
feet."

Jesus answered, "Unless I wash you, you
have no part with me."

9"Then, Lord," Simon Peter replied, "not
just my feet but my hands and my head as
well!"

10Jesus answered, "A person who has had a
bath needs only to wash his feet; his whole body
is clean. And you are clean, though not every
one of you." 11For he knew who was going to
betray him, and that was why he said not every
one was clean.

12When he had finished washing their feet, he
put on his clothes and returned to his place. "Do
you understand what I have done for you?" he
asked them. 13"You call me 'Teacher' and
'Lord,' and rightly so, for that is what I am.
14Now that I, your Lord and Teacher, have
washed your feet, you also should wash one
another's feet. 15I have set you an example that
you should do as I have done for you. 16I tell you
the truth, no servant is greater than his master,
nor is a messenger greater than the one who sent
him. 17Now that you know these things, you will
be blessed if you do them.

Jesus Predicts His Betrayal

18"I am not referring to all of you; I know
those I have chosen. But this is to fulfill the
scripture: 'He who shares my bread has lifted up
his heel against me.'[p]

19"I am telling you now before it happens, so
that when it does happen you will believe that I
am He. 20I tell you the truth, whoever accepts
anyone I send accepts me; and whoever accepts
me accepts the one who sent me."

21After he had said this, Jesus was troubled in
spirit and testified, "I tell you the truth, one of
you is going to betray me."

[d]**13:8** *te los lavo.* Lit. *te lavo.* [e]**13:18** Sal 41:9

[p]*18* Psalm 41:9

22Los discípulos se miraban unos a otros sin saber a cuál de ellos se refería. 23Uno de ellos, el discípulo a quien Jesús amaba, estaba a su lado. 24Simón Pedro le hizo señas a ese discípulo y le dijo:

—Pregúntale a quién se refiere.

25—Señor, ¿quién es? —preguntó él, reclinándose sobre Jesús.

26—Aquel a quien yo le dé este pedazo de pan que voy a mojar en el plato —le contestó Jesús.

Acto seguido, mojó el pedazo de pan y se lo dio a Judas Iscariote, hijo de Simón. 27Tan pronto como Judas tomó el pan, Satanás entró en él.

—Lo que vas a hacer, hazlo pronto —le dijo Jesús.

28Ninguno de los que estaban a la mesa entendió por qué le dijo eso Jesús. 29Como Judas era el encargado del dinero, algunos pensaron que Jesús le estaba diciendo que comprara lo necesario para la fiesta, o que diera algo a los pobres. 30En cuanto Judas tomó el pan, salió de allí. Ya era de noche.

Jesús predice la negación de Pedro

31Cuando Judas hubo salido, Jesús dijo:

—Ahora es glorificado el Hijo del hombre, y Dios es glorificado en él. 32Si Dios es glorificado en él,[f] Dios glorificará al Hijo en sí mismo, y lo hará muy pronto.

33»Mis queridos hijos, poco tiempo me queda para estar con ustedes. Me buscarán, y lo que antes les dije a los judíos, ahora se lo digo a ustedes: Adonde yo voy, ustedes no pueden ir.

34»Este mandamiento nuevo les doy: que se amen los unos a los otros. Así como yo los he amado, también ustedes deben amarse los unos a los otros. 35De este modo todos sabrán que son mis discípulos, si se aman los unos a los otros.

36—¿Y a dónde vas, Señor? —preguntó Simón Pedro.

—Adonde yo voy, no puedes seguirme ahora, pero me seguirás más tarde.

37—Señor —insistió Pedro—, ¿por qué no puedo seguirte ahora? Por ti daré hasta la *vida.

38—¿Tú darás la vida por mí? ¡De veras te aseguro que antes de que cante el gallo, me negarás tres veces!

Jesús consuela a sus discípulos

14 »No se angustien. Confíen en Dios, y confíen también en mí.[g] 2En el hogar de mi Padre hay muchas viviendas; si no fuera así, ya se lo habría dicho a ustedes. Voy a prepararles un lugar. 3Y si me voy y se lo preparo, vendré para llevármelos conmigo. Así ustedes estarán

[f]**13:32** Var. no incluye: *Si Dios es glorificado en él.*
[g]**14:1** *Confíen … en mí.* Alt. *Ustedes confían en Dios; confíen tambien en mí.*

22His disciples stared at one another, at a loss to know which of them he meant. 23One of them, the disciple whom Jesus loved, was reclining next to him. 24Simon Peter motioned to this disciple and said, "Ask him which one he means."

25Leaning back against Jesus, he asked him, "Lord, who is it?"

26Jesus answered, "It is the one to whom I will give this piece of bread when I have dipped it in the dish." Then, dipping the piece of bread, he gave it to Judas Iscariot, son of Simon. 27As soon as Judas took the bread, Satan entered into him.

"What you are about to do, do quickly," Jesus told him, 28but no one at the meal understood why Jesus said this to him. 29Since Judas had charge of the money, some thought Jesus was telling him to buy what was needed for the Feast, or to give something to the poor. 30As soon as Judas had taken the bread, he went out. And it was night.

Jesus Predicts Peter's Denial

31When he was gone, Jesus said, "Now is the Son of Man glorified and God is glorified in him. 32If God is glorified in him,[q] God will glorify the Son in himself, and will glorify him at once.

33"My children, I will be with you only a little longer. You will look for me, and just as I told the Jews, so I tell you now: Where I am going, you cannot come.

34"A new command I give you: Love one another. As I have loved you, so you must love one another. 35By this all men will know that you are my disciples, if you love one another."

36Simon Peter asked him, "Lord, where are you going?"

Jesus replied, "Where I am going, you cannot follow now, but you will follow later."

37Peter asked, "Lord, why can't I follow you now? I will lay down my life for you."

38Then Jesus answered, "Will you really lay down your life for me? I tell you the truth, before the rooster crows, you will disown me three times!

Jesus Comforts His Disciples

14 "Do not let your hearts be troubled. Trust in God[r]; trust also in me. 2In my Father's house are many rooms; if it were not so, I would have told you. I am going there to prepare a place for you. 3And if I go and prepare a place for you,

[q]*32* Many early manuscripts do not have *If God is glorified in him.* [r]*1* Or *You trust in God*

donde yo esté. 4Ustedes ya conocen el camino para ir adonde yo voy.

Jesús, el camino al Padre

5Dijo entonces Tomás:

—Señor, no sabemos a dónde vas, así que ¿cómo podemos conocer el camino?

6—Yo soy el camino, la verdad y la vida —le contestó Jesús—. Nadie llega al Padre sino por mí. 7Si ustedes realmente me conocieran, conocerían[h] también a mi Padre. Y ya desde este momento lo conocen y lo han visto.

8—Señor —dijo Felipe—, muéstranos al Padre y con eso nos basta.

9—¡Pero, Felipe! ¿Tanto tiempo llevo ya entre ustedes, y todavía no me conoces? El que me ha visto a mí, ha visto al Padre. ¿Cómo puedes decirme: "Muéstranos al Padre"? 10¿Acaso no crees que yo estoy en el Padre, y que el Padre está en mí? Las palabras que yo les comunico, no las hablo como cosa mía, sino que es el Padre, que está en mí, el que realiza sus obras. 11Créanme cuando les digo que yo estoy en el Padre y que el Padre está en mí; o al menos créanme por las obras mismas. 12Ciertamente les aseguro que el que cree en mí las obras que yo hago también él las hará, y aun las hará mayores, porque yo vuelvo al Padre. 13Cualquier cosa que ustedes pidan en mi nombre, yo la haré; así será glorificado el Padre en el Hijo. 14Lo que pidan en mi nombre, yo lo haré.

Jesús promete el Espíritu Santo

15»Si ustedes me aman, obedecerán mis mandamientos. 16Y yo le pediré al Padre, y él les dará otro *Consolador para que los acompañe siempre: 17el Espíritu de verdad, a quien el mundo no puede aceptar porque no lo ve ni lo conoce. Pero ustedes sí lo conocen, porque vive con ustedes y estará[i] en ustedes. 18No los voy a dejar huérfanos; volveré a ustedes. 19Dentro de poco el mundo ya no me verá más, pero ustedes sí me verán. Y porque yo vivo, también ustedes vivirán. 20En aquel día ustedes se darán cuenta de que yo estoy en mi Padre, y ustedes en mí, y yo en ustedes. 21¿Quién es el que me ama? El que hace suyos mis mandamientos y los obedece. Y al que me ama, mi Padre lo amará, y yo también lo amaré y me manifestaré a él.

22Judas (no el Iscariote) le dijo:

—¿Por qué, Señor, estás dispuesto a manifestarte a nosotros, y no al mundo?

23Le contestó Jesús:

—El que me ama, obedecerá mi palabra, y mi Padre lo amará, y haremos nuestra vivienda en

[h] **14:7** *me conocieran, conocerían.* Var. *me han conocido, conocerán.* [i] **14:17** *estará.* Var. *está.*

I will come back and take you to be with me that you also may be where I am. 4You know the way to the place where I am going."

Jesus the Way to the Father

5Thomas said to him, "Lord, we don't know where you are going, so how can we know the way?"

6Jesus answered, "I am the way and the truth and the life. No one comes to the Father except through me. 7If you really knew me, you would know[s] my Father as well. From now on, you do know him and have seen him."

8Philip said, "Lord, show us the Father and that will be enough for us."

9Jesus answered: "Don't you know me, Philip, even after I have been among you such a long time? Anyone who has seen me has seen the Father. How can you say, 'Show us the Father'? 10Don't you believe that I am in the Father, and that the Father is in me? The words I say to you are not just my own. Rather, it is the Father, living in me, who is doing his work. 11Believe me when I say that I am in the Father and the Father is in me; or at least believe on the evidence of the miracles themselves. 12I tell you the truth, anyone who has faith in me will do what I have been doing. He will do even greater things than these, because I am going to the Father. 13And I will do whatever you ask in my name, so that the Son may bring glory to the Father. 14You may ask me for anything in my name, and I will do it.

Jesus Promises the Holy Spirit

15"If you love me, you will obey what I command. 16And I will ask the Father, and he will give you another Counselor to be with you forever— 17the Spirit of truth. The world cannot accept him, because it neither sees him nor knows him. But you know him, for he lives with you and will be[t] in you. 18I will not leave you as orphans; I will come to you. 19Before long, the world will not see me anymore, but you will see me. Because I live, you also will live. 20On that day you will realize that I am in my Father, and you are in me, and I am in you. 21Whoever has my commands and obeys them, he is the one who loves me. He who loves me will be loved by my Father, and I too will love him and show myself to him."

22Then Judas (not Judas Iscariot) said, "But, Lord, why do you intend to show yourself to us and not to the world?"

23Jesus replied, "If anyone loves me, he will obey my teaching. My Father will love him, and

[s] *7* Some early manuscripts *If you really have known me, you will know* [t] *17* Some early manuscripts *and is*

él. 24El que no me ama, no obedece mis palabras. Pero estas palabras que ustedes oyen no son mías sino del Padre, que me envió.

25»Todo esto lo digo ahora que estoy con ustedes. 26Pero el Consolador, el Espíritu Santo, a quien el Padre enviará en mi nombre, les enseñará todas las cosas y les hará recordar todo lo que les he dicho. 27La paz les dejo; mi paz les doy. Yo no se la doy a ustedes como la da el mundo. No se angustien ni se acobarden.

28»Ya me han oído decirles: "Me voy, pero vuelvo a ustedes." Si me amaran, se alegrarían de que voy al Padre, porque el Padre es más grande que yo. 29Y les he dicho esto ahora, antes de que suceda, para que cuando suceda, crean. 30Ya no hablaré más con ustedes, porque viene el príncipe de este mundo. Él no tiene ningún dominio sobre mí, 31pero el mundo tiene que saber que amo al Padre, y que hago exactamente lo que él me ha ordenado que haga.

»¡Levántense, vámonos de aquí!

Jesús, la vid verdadera

15 »Yo soy la vid verdadera, y mi Padre es el labrador. 2Toda rama que en mí no da fruto, la corta; pero toda rama que da fruto la poda[j] para que dé más fruto todavía. 3Ustedes ya están limpios por la palabra que les he comunicado. 4Permanezcan en mí, y yo permaneceré en ustedes. Así como ninguna rama puede dar fruto por sí misma, sino que tiene que permanecer en la vid, así tampoco ustedes pueden dar fruto si no permanecen en mí.

5»Yo soy la vid y ustedes son las ramas. El que permanece en mí, como yo en él, dará mucho fruto; separados de mí no pueden ustedes hacer nada. 6El que no permanece en mí es desechado y se seca, como las ramas que se recogen, se arrojan al fuego y se queman. 7Si permanecen en mí y mis palabras permanecen en ustedes, pidan lo que quieran, y se les concederá. 8Mi Padre es glorificado cuando ustedes dan mucho fruto y muestran así que son mis discípulos.

9»Así como el Padre me ha amado a mí, también yo los he amado a ustedes. Permanezcan en mi amor. 10Si obedecen mis mandamientos, permanecerán en mi amor, así como yo he obedecido los mandamientos de mi Padre y permanezco en su amor. 11Les he dicho esto para que tengan mi alegría y así su alegría sea completa. 12Y éste es mi mandamiento: que se amen los unos a los otros, como yo los he amado. 13Nadie tiene amor más grande que el dar la *vida por sus amigos. 14Ustedes son mis amigos si hacen lo que yo les mando. 15Ya no los llamo *siervos, porque el siervo no está al tanto de lo

[j] **15:2** *poda.* Alt. *limpia.*

we will come to him and make our home with him. 24He who does not love me will not obey my teaching. These words you hear are not my own; they belong to the Father who sent me.

25"All this I have spoken while still with you. 26But the Counselor, the Holy Spirit, whom the Father will send in my name, will teach you all things and will remind you of everything I have said to you. 27Peace I leave with you; my peace I give you. I do not give to you as the world gives. Do not let your hearts be troubled and do not be afraid.

28"You heard me say, 'I am going away and I am coming back to you.' If you loved me, you would be glad that I am going to the Father, for the Father is greater than I. 29I have told you now before it happens, so that when it does happen you will believe. 30I will not speak with you much longer, for the prince of this world is coming. He has no hold on me, 31but the world must learn that I love the Father and that I do exactly what my Father has commanded me.

"Come now; let us leave.

The Vine and the Branches

15 "I am the true vine, and my Father is the gardener. 2He cuts off every branch in me that bears no fruit, while every branch that does bear fruit he prunes[u] so that it will be even more fruitful. 3You are already clean because of the word I have spoken to you. 4Remain in me, and I will remain in you. No branch can bear fruit by itself; it must remain in the vine. Neither can you bear fruit unless you remain in me.

5"I am the vine; you are the branches. If a man remains in me and I in him, he will bear much fruit; apart from me you can do nothing. 6If anyone does not remain in me, he is like a branch that is thrown away and withers; such branches are picked up, thrown into the fire and burned. 7If you remain in me and my words remain in you, ask whatever you wish, and it will be given you. 8This is to my Father's glory, that you bear much fruit, showing yourselves to be my disciples.

9"As the Father has loved me, so have I loved you. Now remain in my love. 10If you obey my commands, you will remain in my love, just as I have obeyed my Father's commands and remain in his love. 11I have told you this so that my joy may be in you and that your joy may be complete. 12My command is this: Love each other as I have loved you. 13Greater love has no one than this, that he lay down his life for his friends. 14You are my friends if you do what I command. 15I no longer call you servants, because a servant

[u] *2* The Greek for *prunes* also means *cleans.*

que hace su amo; los he llamado amigos, porque todo lo que a mi Padre le oí decir se lo he dado a conocer a ustedes. 16No me escogieron ustedes a mí, sino que yo los escogí a ustedes y los comisioné para que vayan y den fruto, un fruto que perdure. Así el Padre les dará todo lo que le pidan en mi nombre. 17Éste es mi mandamiento: que se amen los unos a los otros.

Jesús y sus discípulos aborrecidos por el mundo

18»Si el mundo los aborrece, tengan presente que antes que a ustedes, me aborreció a mí. 19Si fueran del mundo, el mundo los querría como a los suyos. Pero ustedes no son del mundo, sino que yo los he escogido de entre el mundo. Por eso el mundo los aborrece. 20Recuerden lo que les dije: "Ningún *siervo es más que su amo." [k] Si a mí me han perseguido, también a ustedes los perseguirán. Si han obedecido mis enseñanzas, también obedecerán las de ustedes. 21Los tratarán así por causa de mi nombre, porque no conocen al que me envió. 22Si yo no hubiera venido ni les hubiera hablado, no serían culpables de pecado. Pero ahora no tienen excusa por su pecado. 23El que me aborrece a mí, también aborrece a mi Padre. 24Si yo no hubiera hecho entre ellos las obras que ningún otro antes ha realizado, no serían culpables de pecado. Pero ahora las han visto, y sin embargo a mí y a mi Padre nos han aborrecido. 25Pero esto sucede para que se cumpla lo que está escrito en la ley de ellos: "Me odiaron sin motivo." [l]

26»Cuando venga el *Consolador, que yo les enviaré de parte del Padre, el Espíritu de verdad que procede del Padre, él testificará acerca de mí. 27Y también ustedes darán testimonio porque han estado conmigo desde el principio.

16 »Todo esto les he dicho para que no flaquee su fe. 2Los expulsarán de las sinagogas; y hasta viene el día en que cualquiera que los mate pensará que le está prestando un servicio a Dios. 3Actuarán de este modo porque no nos han conocido ni al Padre ni a mí. 4Y les digo esto para que cuando llegue ese día se acuerden de que ya se lo había advertido. Sin embargo, no les dije esto al principio porque yo estaba con ustedes.

La obra del Espíritu Santo

5»Ahora vuelvo al que me envió, pero ninguno de ustedes me pregunta: "¿A dónde vas?" 6Al contrario, como les he dicho estas cosas, se han entristecido mucho. 7Pero les digo la verdad: Les conviene que me vaya porque, si no lo hago, el *Consolador no vendrá a ustedes; en

[k]**15:20** Jn 13:16 [l]**15:25** Sal 35:19; 69:4

does not know his master's business. Instead, I have called you friends, for everything that I learned from my Father I have made known to you. 16You did not choose me, but I chose you and appointed you to go and bear fruit—fruit that will last. Then the Father will give you whatever you ask in my name. 17This is my command: Love each other.

The World Hates the Disciples

18"If the world hates you, keep in mind that it hated me first. 19If you belonged to the world, it would love you as its own. As it is, you do not belong to the world, but I have chosen you out of the world. That is why the world hates you. 20Remember the words I spoke to you: 'No servant is greater than his master.' [v] If they persecuted me, they will persecute you also. If they obeyed my teaching, they will obey yours also. 21They will treat you this way because of my name, for they do not know the One who sent me. 22If I had not come and spoken to them, they would not be guilty of sin. Now, however, they have no excuse for their sin. 23He who hates me hates my Father as well. 24If I had not done among them what no one else did, they would not be guilty of sin. But now they have seen these miracles, and yet they have hated both me and my Father. 25But this is to fulfill what is written in their Law: 'They hated me without reason.' [w]

26"When the Counselor comes, whom I will send to you from the Father, the Spirit of truth who goes out from the Father, he will testify about me. 27And you also must testify, for you have been with me from the beginning.

16 "All this I have told you so that you will not go astray. 2They will put you out of the synagogue; in fact, a time is coming when anyone who kills you will think he is offering a service to God. 3They will do such things because they have not known the Father or me. 4I have told you this, so that when the time comes you will remember that I warned you. I did not tell you this at first because I was with you.

The Work of the Holy Spirit

5"Now I am going to him who sent me, yet none of you asks me, 'Where are you going?' 6Because I have said these things, you are filled with grief. 7But I tell you the truth: It is for your good that I am going away. Unless I go away, the Counselor will not come to you; but if I go, I will send him to you. 8When he

[v]*20* John 13:16 [w]*25* Psalms 35:19; 69:4

cambio, si me voy, se lo enviaré a ustedes. 8Y
cuando él venga, convencerá al mundo de su
error[m] en cuanto al pecado, a la justicia y al
juicio; 9en cuanto al pecado, porque no creen en
mí; 10en cuanto a la justicia, porque voy al Padre
y ustedes ya no podrán verme; 11y en cuanto al
juicio, porque el príncipe de este mundo ya ha
sido juzgado.

12»Muchas cosas me quedan aún por decirles,
que por ahora no podrían soportar. 13Pero cuan-
do venga el Espíritu de la verdad, él los guiará a
toda la verdad, porque no hablará por su propia
cuenta sino que dirá sólo lo que oiga y les
anunciará las cosas por venir. 14Él me glorificará
porque tomará de lo mío y se lo dará a conocer
a ustedes. 15Todo cuanto tiene el Padre es mío.
Por eso les dije que el Espíritu tomará de lo mío
y se lo dará a conocer a ustedes.

16»Dentro de poco ya no me verán; pero un
poco después volverán a verme.

La despedida de Jesús

17Algunos de sus discípulos comentaban en-
tre sí:

«¿Qué quiere decir con eso de que "dentro de
poco ya no me verán", y "un poco después
volverán a verme", y "porque voy al Padre"?»
18E insistían: «¿Qué quiere decir con eso de
"dentro de poco"? No sabemos de qué habla.»

19Jesús se dio cuenta de que querían hacerle
preguntas acerca de esto, así que les dijo:

—¿Se están preguntando qué quise decir
cuando dije: "Dentro de poco ya no me ve-
rán", y "un poco después volverán a verme"?
20Ciertamente les aseguro que ustedes llorarán
de dolor, mientras que el mundo se alegrará.
Se pondrán tristes, pero su tristeza se conver-
tirá en alegría. 21La mujer que está por dar a
luz siente dolores porque ha llegado su mo-
mento, pero en cuanto nace la criatura se ol-
vida de su angustia por la alegría de haber
traído al mundo un nuevo ser. 22Lo mismo les
pasa a ustedes: Ahora están tristes, pero cuan-
do vuelva a verlos se alegrarán, y nadie les va
a quitar esa alegría. 23En aquel día ya no me
preguntarán nada. Ciertamente les aseguro que
mi Padre les dará todo lo que le pidan en mi
nombre. 24Hasta ahora no han pedido nada en
mi nombre. Pidan y recibirán, para que su ale-
gría sea completa.

25»Les he dicho todo esto por medio de com-
paraciones, pero viene la hora en que ya no les
hablaré así, sino que les hablaré claramente
acerca de mi Padre. 26En aquel día pedirán en
mi nombre. Y no digo que voy a rogar por

comes, he will convict the world of guilt[x] in
regard to sin and righteousness and judgment:
9in regard to sin, because men do not believe
in me; 10in regard to righteousness, because I
am going to the Father, where you can see me
no longer; 11and in regard to judgment, be-
cause the prince of this world now stands con-
demned.

12"I have much more to say to you, more than
you can now bear. 13But when he, the Spirit of
truth, comes, he will guide you into all truth. He
will not speak on his own; he will speak only
what he hears, and he will tell you what is yet to
come. 14He will bring glory to me by taking
from what is mine and making it known to you.
15All that belongs to the Father is mine. That is
why I said the Spirit will take from what is mine
and make it known to you.

16"In a little while you will see me no more,
and then after a little while you will see me."

The Disciples' Grief Will Turn to Joy

17Some of his disciples said to one another,
"What does he mean by saying, 'In a little while
you will see me no more, and then after a little
while you will see me,' and 'Because I am going
to the Father'?" 18They kept asking, "What
does he mean by 'a little while'? We don't
understand what he is saying."

19Jesus saw that they wanted to ask him
about this, so he said to them, "Are you asking
one another what I meant when I said, 'In a
little while you will see me no more, and then
after a little while you will see me'? 20I tell
you the truth, you will weep and mourn while
the world rejoices. You will grieve, but your
grief will turn to joy. 21A woman giving birth
to a child has pain because her time has come;
but when her baby is born she forgets the an-
guish because of her joy that a child is born
into the world. 22So with you: Now is your
time of grief, but I will see you again and you
will rejoice, and no one will take away your
joy. 23In that day you will no longer ask me
anything. I tell you the truth, my Father will
give you whatever you ask in my name. 24Un-
til now you have not asked for anything in my
name. Ask and you will receive, and your joy
will be complete.

25"Though I have been speaking figuratively,
a time is coming when I will no longer use this
kind of language but will tell you plainly about
my Father. 26In that day you will ask in my
name. I am not saying that I will ask the Father

m **16:8** *convencerá … error.* Alt. *pondrá en evidencia la culpa del mundo.*

x *8* Or *will expose the guilt of the world*

ustedes al Padre, 27ya que el Padre mismo los
ama porque me han amado y han creído que yo
he venido de parte de Dios. 28Salí del Padre y
vine al mundo; ahora dejo de nuevo el mundo y
vuelvo al Padre.

29—Ahora sí estás hablando directamente, sin
vueltas ni rodeos —le dijeron sus discípulos—.
30Ya podemos ver que sabes todas las cosas, y
que ni siquiera necesitas que nadie te haga pre-
guntas. Por esto creemos que saliste de Dios.

31—¿Hasta ahora me creen?[n] —contestó
Jesús—. 32Miren que la hora viene, y ya está
aquí, en que ustedes serán dispersados, y cada
uno se irá a su propia casa y a mí me dejarán
solo. Sin embargo, solo no estoy, porque el
Padre está conmigo. 33Yo les he dicho estas
cosas para que en mí hallen paz. En este mundo
afrontarán aflicciones, pero ¡anímense! Yo he
vencido al mundo.

Jesús ora por sí mismo

17 Después de que Jesús dijo esto, dirigió
la mirada al cielo y oró así:

«Padre, ha llegado la hora. Glorifica a tu
Hijo, para que tu Hijo te glorifique a ti, 2ya que
le has conferido autoridad sobre todo *mortal
para que él les conceda vida eterna a todos los
que le has dado. 3Y ésta es la vida eterna: que
te conozcan a ti, el único Dios verdadero, y a
*Jesucristo, a quien tú has enviado. 4Yo te he
glorificado en la tierra, y he llevado a cabo la
obra que me encomendaste. 5Y ahora, Padre,
glorifícame en tu presencia con la gloria que
tuve contigo antes de que el mundo existiera.

Jesús ora por sus discípulos

6»A los que me diste del mundo les he
revelado quién eres.[ñ] Eran tuyos; tú me los
diste y ellos han obedecido tu palabra. 7Ahora
saben que todo lo que me has dado viene de ti,
8porque les he entregado las palabras que me
diste, y ellos las aceptaron; saben con certeza
que salí de ti, y han creído que tú me enviaste.
9Ruego por ellos. No ruego por el mundo, sino
por los que me has dado, porque son tuyos.
10Todo lo que yo tengo es tuyo, y todo lo que
tú tienes es mío; y por medio de ellos he sido
glorificado. 11Ya no voy a estar por más tiem-
po en el mundo, pero ellos están todavía en el
mundo, y yo vuelvo a ti.

»Padre santo, protégelos con el poder de tu
nombre, el nombre que me diste, para que sean
uno, lo mismo que nosotros. 12Mientras estaba
con ellos, los protegía y los preservaba me-

[n]16:31 *¿Hasta ... creen?* Alt. *¿Ahora creen?* [ñ]17:6 *quién eres.* Lit. *tu nombre*; también en v. 26.

on your behalf. 27No, the Father himself loves
you because you have loved me and have be-
lieved that I came from God. 28I came from the
Father and entered the world; now I am leaving
the world and going back to the Father."

29Then Jesus' disciples said, "Now you are
speaking clearly and without figures of speech.
30Now we can see that you know all things and
that you do not even need to have anyone ask
you questions. This makes us believe that you
came from God."

31"You believe at last!"[y] Jesus answered.
32"But a time is coming, and has come, when
you will be scattered, each to his own home. You
will leave me all alone. Yet I am not alone, for
my Father is with me.

33"I have told you these things, so that in me
you may have peace. In this world you will have
trouble. But take heart! I have overcome the
world."

Jesus Prays for Himself

17 After Jesus said this, he looked toward
heaven and prayed:

"Father, the time has come. Glorify your
Son, that your Son may glorify you. 2For you
granted him authority over all people that he
might give eternal life to all those you have
given him. 3Now this is eternal life: that they
may know you, the only true God, and Jesus
Christ, whom you have sent. 4I have brought
you glory on earth by completing the work you
gave me to do. 5And now, Father, glorify me
in your presence with the glory I had with you
before the world began.

Jesus Prays for His Disciples

6"I have revealed you[z] to those whom you
gave me out of the world. They were yours;
you gave them to me and they have obeyed
your word. 7Now they know that everything
you have given me comes from you. 8For I
gave them the words you gave me and they
accepted them. They knew with certainty that
I came from you, and they believed that you
sent me. 9I pray for them. I am not praying for
the world, but for those you have given me,
for they are yours. 10All I have is yours, and
all you have is mine. And glory has come to
me through them. 11I will remain in the world
no longer, but they are still in the world, and I
am coming to you. Holy Father, protect them
by the power of your name—the name you
gave me—so that they may be one as we are

[y]31 Or *"Do you now believe?"* [z]6 Greek *your name;* also in verse 26

diante el nombre que me diste, y ninguno se
perdió sino aquel que nació para perderse, a
fin de que se cumpliera la Escritura.

13»Ahora vuelvo a ti, pero digo estas cosas
mientras todavía estoy en el mundo, para que
tengan mi alegría en plenitud. 14Yo les he
entregado tu palabra, y el mundo los ha odiado
porque no son del mundo, como tampoco yo
soy del mundo. 15No te pido que los quites del
mundo, sino que los protejas del maligno.
16Ellos no son del mundo, como tampoco lo
soy yo. 17*Santifícalos en la verdad; tu pala-
bra es la verdad. 18Como tú me enviaste al
mundo, yo los envío también al mundo. 19Y
por ellos me santifico a mí mismo, para que
también ellos sean santificados en la verdad.

Jesús ora por todos los creyentes

20»No ruego sólo por éstos. Ruego también
por los que han de creer en mí por el mensaje
de ellos, 21para que todos sean uno. Padre, así
como tú estás en mí y yo en ti, permite que
ellos también estén en nosotros, para que el
mundo crea que tú me has enviado. 22Yo les
he dado la gloria que me diste, para que sean
uno, así como nosotros somos uno: 23yo en
ellos y tú en mí. Permite que alcancen la
*perfección en la unidad, y así el mundo reco-
nozca que tú me enviaste y que los has amado
a ellos tal como me has amado a mí.

24»Padre, quiero que los que me has dado
estén conmigo donde yo estoy. Que vean mi
gloria, la gloria que me has dado porque me
amaste desde antes de la creación del mundo.

25»Padre justo, aunque el mundo no te co-
noce, yo sí te conozco, y éstos reconocen que
tú me enviaste. 26Yo les he dado a conocer
quién eres, y seguiré haciéndolo, para que el
amor con que me has amado esté en ellos, y
yo mismo esté en ellos.»

Arresto de Jesús

18 Cuando Jesús terminó de orar, salió con
sus discípulos y cruzó el arroyo de Ce-
drón. Al otro lado había un huerto en el que entró
con sus discípulos.

2También Judas, el que lo traicionaba, cono-
cía aquel lugar, porque muchas veces Jesús se
había reunido allí con sus discípulos. 3Así que
Judas llegó al huerto, a la cabeza de un destaca-
mento[o] de soldados y guardias de los jefes de
los sacerdotes y de los *fariseos. Llevaban an-
torchas, lámparas y armas.

4Jesús, que sabía todo lo que le iba a suceder,
les salió al encuentro.

[o] **18:3** *un destacamento.* Lit. *una cohorte* (que tenía 600 soldados).

one. 12While I was with them, I protected them
and kept them safe by that name you gave me.
None has been lost except the one doomed to
destruction so that Scripture would be ful-
filled.

13"I am coming to you now, but I say these
things while I am still in the world, so that they
may have the full measure of my joy within
them. 14I have given them your word and the
world has hated them, for they are not of the
world any more than I am of the world. 15My
prayer is not that you take them out of the
world but that you protect them from the evil
one. 16They are not of the world, even as I am
not of it. 17Sanctify[a] them by the truth; your
word is truth. 18As you sent me into the world,
I have sent them into the world. 19For them I
sanctify myself, that they too may be truly
sanctified.

Jesus Prays for All Believers

20"My prayer is not for them alone. I pray
also for those who will believe in me through
their message, 21that all of them may be one,
Father, just as you are in me and I am in you.
May they also be in us so that the world may
believe that you have sent me. 22I have given
them the glory that you gave me, that they may
be one as we are one: 23I in them and you in
me. May they be brought to complete unity to
let the world know that you sent me and have
loved them even as you have loved me.

24"Father, I want those you have given me
to be with me where I am, and to see my glory,
the glory you have given me because you
loved me before the creation of the world.

25"Righteous Father, though the world does
not know you, I know you, and they know that
you have sent me. 26I have made you known
to them, and will continue to make you known
in order that the love you have for me may be
in them and that I myself may be in them."

Jesus Arrested

18 When he had finished praying, Jesus left
with his disciples and crossed the Kid-
ron Valley. On the other side there was an olive
grove, and he and his disciples went into it.

2Now Judas, who betrayed him, knew the
place, because Jesus had often met there with his
disciples. 3So Judas came to the grove, guiding
a detachment of soldiers and some officials from
the chief priests and Pharisees. They were car-
rying torches, lanterns and weapons.

[a] *17* Greek *hagiazo (set apart for sacred use* or *make holy)*; also in verse 19

—¿A quién buscan? —les preguntó.

5—A Jesús de Nazaret —contestaron.

—Yo soy.

Judas, el traidor, estaba con ellos. 6Cuando Jesús les dijo: «Yo soy», dieron un paso atrás y se desplomaron.

7—¿A quién buscan? —volvió a preguntarles Jesús.

—A Jesús de Nazaret —repitieron.

8—Ya les dije que yo soy. Si es a mí a quien buscan, dejen que éstos se vayan.

9Esto sucedió para que se cumpliera lo que había dicho: «De los que me diste ninguno se perdió.»[p]

10Simón Pedro, que tenía una espada, la desenfundó e hirió al siervo del sumo sacerdote, cortándole la oreja derecha. (El siervo se llamaba Malco.)

11—¡Vuelve esa espada a su funda! —le ordenó Jesús a Pedro—. ¿Acaso no he de beber el trago amargo que el Padre me da a beber?

Jesús ante Anás

12Entonces los soldados, con su comandante, y los guardias de los judíos, arrestaron a Jesús. Lo ataron 13y lo llevaron primeramente a Anás, que era suegro de Caifás, el sumo sacerdote de aquel año. 14Caifás era el que había aconsejado a los judíos que era preferible que muriera un solo hombre por el pueblo.

Pedro niega a Jesús

15Simón Pedro y otro discípulo seguían a Jesús. Y como el otro discípulo era conocido del sumo sacerdote, entró en el patio del sumo sacerdote con Jesús; 16Pedro, en cambio, tuvo que quedarse afuera, junto a la puerta. El discípulo conocido del sumo sacerdote volvió entonces a salir, habló con la portera de turno y consiguió que Pedro entrara.

17—¿No eres tú también uno de los discípulos de ese hombre? —le preguntó la portera.

—No lo soy —respondió Pedro.

18Los criados y los guardias estaban de pie alrededor de una fogata que habían hecho para calentarse, pues hacía frío. Pedro también estaba de pie con ellos, calentándose.

Jesús ante el sumo sacerdote

19Mientras tanto, el sumo sacerdote interrogaba a Jesús acerca de sus discípulos y de sus enseñanzas.

20—Yo he hablado abiertamente al mundo —respondió Jesús—. Siempre he enseñado en las sinagogas o en el *templo, donde se congregan todos los judíos. En secreto no he dicho nada.

[p]18:9 Jn 6:39

4Jesus, knowing all that was going to happen to him, went out and asked them, "Who is it you want?"

5"Jesus of Nazareth," they replied.

"I am he," Jesus said. (And Judas the traitor was standing there with them.) 6When Jesus said, "I am he," they drew back and fell to the ground.

7Again he asked them, "Who is it you want?"

And they said, "Jesus of Nazareth."

8"I told you that I am he," Jesus answered. "If you are looking for me, then let these men go." 9This happened so that the words he had spoken would be fulfilled: "I have not lost one of those you gave me."[b]

10Then Simon Peter, who had a sword, drew it and struck the high priest's servant, cutting off his right ear. (The servant's name was Malchus.)

11Jesus commanded Peter, "Put your sword away! Shall I not drink the cup the Father has given me?"

Jesus Taken to Annas

12Then the detachment of soldiers with its commander and the Jewish officials arrested Jesus. They bound him 13and brought him first to Annas, who was the father-in-law of Caiaphas, the high priest that year. 14Caiaphas was the one who had advised the Jews that it would be good if one man died for the people.

Peter's First Denial

15Simon Peter and another disciple were following Jesus. Because this disciple was known to the high priest, he went with Jesus into the high priest's courtyard, 16but Peter had to wait outside at the door. The other disciple, who was known to the high priest, came back, spoke to the girl on duty there and brought Peter in.

17"You are not one of his disciples, are you?" the girl at the door asked Peter.

He replied, "I am not."

18It was cold, and the servants and officials stood around a fire they had made to keep warm. Peter also was standing with them, warming himself.

The High Priest Questions Jesus

19Meanwhile, the high priest questioned Jesus about his disciples and his teaching.

20"I have spoken openly to the world," Jesus replied. "I always taught in synagogues or at the temple, where all the Jews come together. I said

[b]9 John 6:39

21¿Por qué me interrogas a mí? ¡Interroga a los
que me han oído hablar! Ellos deben saber lo que
dije.
22Apenas dijo esto, uno de los guardias que
estaba allí cerca le dio una bofetada y le dijo:
—¿Así contestas al sumo sacerdote?
23—Si he dicho algo malo —replicó Jesús—,
demuéstramelo. Pero si lo que dije es correcto,
¿por qué me pegas?
24Entonces Anás lo envió,[q] todavía atado, a
Caifás, el sumo sacerdote.

Pedro niega de nuevo a Jesús

25Mientras tanto, Simón Pedro seguía de pie,
calentándose.
—¿No eres tú también uno de sus discípulos?
—le preguntaron.
—No lo soy —dijo Pedro, negándolo.
26—¿Acaso no te vi en el huerto con él?
—insistió uno de los siervos del sumo sacerdote,
pariente de aquel a quien Pedro le había cortado
la oreja.
27Pedro volvió a negarlo, y en ese instante
cantó el gallo.

Jesús ante Pilato

28Luego los judíos llevaron a Jesús de la casa
de Caifás al palacio del gobernador romano.[r]
Como ya amanecía, los judíos no entraron en el
palacio, pues de hacerlo se *contaminarían ri-
tualmente y no podrían comer la Pascua. 29Así
que Pilato salió a interrogarlos:
—¿De qué delito acusan a este hombre?
30—Si no fuera un malhechor —respondie-
ron—, no te lo habríamos entregado.
31—Pues llévenselo ustedes y júzguenlo se-
gún su propia ley —les dijo Pilato.
—Nosotros no tenemos ninguna autoridad pa-
ra ejecutar a nadie —objetaron los judíos.
32Esto sucedió para que se cumpliera lo que
Jesús había dicho, al indicar la clase de muerte
que iba a sufrir.
33Pilato volvió a entrar en el palacio y llamó
a Jesús.
—¿Eres tú el rey de los judíos? —le preguntó.
34—¿Eso lo dices tú —le respondió Jesús—,
o es que otros te han hablado de mí?
35—¿Acaso soy judío? —replicó Pilato—. Han
sido tu propio pueblo y los jefes de los sacerdotes
los que te entregaron a mí. ¿Qué has hecho?
36—Mi reino no es de este mundo —contestó
Jesús—. Si lo fuera, mis propios guardias pelea-
rían para impedir que los judíos me arrestaran.
Pero mi reino no es de este mundo.
37—¡Así que eres rey! —le dijo Pilato.

nothing in secret. 21Why question me? Ask
those who heard me. Surely they know what I
said."
22When Jesus said this, one of the officials
nearby struck him in the face. "Is this the way
you answer the high priest?" he demanded.
23"If I said something wrong," Jesus replied,
"testify as to what is wrong. But if I spoke the
truth, why did you strike me?" 24Then Annas
sent him, still bound, to Caiaphas the high
priest.[c]

Peter's Second and Third Denials

25As Simon Peter stood warming himself, he
was asked, "You are not one of his disciples, are
you?"
He denied it, saying, "I am not."
26One of the high priest's servants, a relative
of the man whose ear Peter had cut off, chal-
lenged him, "Didn't I see you with him in the
olive grove?" 27Again Peter denied it, and at
that moment a rooster began to crow.

Jesus Before Pilate

28Then the Jews led Jesus from Caiaphas to
the palace of the Roman governor. By now it
was early morning, and to avoid ceremonial
uncleanness the Jews did not enter the palace;
they wanted to be able to eat the Passover.
29So Pilate came out to them and asked,
"What charges are you bringing against this
man?"
30"If he were not a criminal," they replied,
"we would not have handed him over to you."
31Pilate said, "Take him yourselves and judge
him by your own law."
"But we have no right to execute anyone,"
the Jews objected. 32This happened so that
the words Jesus had spoken indicating the
kind of death he was going to die would be
fulfilled.
33Pilate then went back inside the palace,
summoned Jesus and asked him, "Are you the
king of the Jews?"
34"Is that your own idea," Jesus asked, "or
did others talk to you about me?"
35"Am I a Jew?" Pilate replied. "It was
your people and your chief priests who hand-
ed you over to me. What is it you have
done?"
36Jesus said, "My kingdom is not of this
world. If it were, my servants would fight to
prevent my arrest by the Jews. But now my
kingdom is from another place."

[q] **18:24** *Entonces … envió.* Alt. *Ahora bien, Anás lo había enviado.* [r] **18:28** *al … romano.* Lit. *al pretorio.*

[c] *24* Or *(Now Annas had sent him, still bound, to Caiaphas the high priest.)*

—Eres tú quien dice que soy rey. Yo para esto
nací, y para esto vine al mundo: para dar testi-
monio de la verdad. Todo el que está de parte de
la verdad escucha mi voz.
38—¿Y qué es la verdad? —preguntó Pilato.
Dicho esto, salió otra vez a ver a los judíos.
—Yo no encuentro que éste sea culpable de
nada —declaró—. 39Pero como ustedes tienen
la costumbre de que les suelte a un preso durante
la Pascua, ¿quieren que les suelte al "rey de los
judíos"?
40—¡No, no sueltes a ése; suelta a Barrabás!
—volvieron a gritar desaforadamente.
Y Barrabás era un bandido.[s]

La sentencia

19 Pilato tomó entonces a Jesús y mandó
que lo azotaran. 2Los soldados, que ha-
bían tejido una corona de espinas, se la pusieron
a Jesús en la cabeza y lo vistieron con un manto
de color púrpura.
3—¡Viva el rey de los judíos! —le gritaban,
mientras se le acercaban para abofetearlo.
4Pilato volvió a salir.
—Aquí lo tienen —dijo a los judíos—. Lo he
sacado para que sepan que no lo encuentro cul-
pable de nada.
5Cuando salió Jesús, llevaba puestos la coro-
na de espinas y el manto de color púrpura.
—¡Aquí tienen al hombre! —les dijo Pilato.
6Tan pronto como lo vieron, los jefes de los
sacerdotes y los guardias gritaron a voz en cuello:
—¡Crucifícalo! ¡Crucifícalo!
—Pues llévenselo y crucifíquenlo ustedes
—replicó Pilato—. Por mi parte, no lo encuentro
culpable de nada.
7—Nosotros tenemos una ley, y según esa ley
debe morir, porque se ha hecho pasar por Hijo
de Dios —insistieron los judíos.
8Al oír esto, Pilato se atemorizó aún más, 9así
que entró de nuevo en el palacio y le preguntó a
Jesús:
—¿De dónde eres tú?
Pero Jesús no le contestó nada.
10—¿Te niegas a hablarme? —le dijo Pilato—.
¿No te das cuenta de que tengo poder para ponerte
en libertad o para mandar que te crucifiquen?
11—No tendrías ningún poder sobre mí si no
se te hubiera dado de arriba —le contestó
Jesús—. Por eso el que me puso en tus manos es
culpable de un pecado más grande.
12Desde entonces Pilato procuraba poner en
libertad a Jesús, pero los judíos gritaban desafo-
radamente:
—Si dejas en libertad a este hombre, no eres

[s]**18:40** *bandido.* Alt. *insurgente.*

37"You are a king, then!" said Pilate.
Jesus answered, "You are right in saying I
am a king. In fact, for this reason I was born,
and for this I came into the world, to testify
to the truth. Everyone on the side of truth lis-
tens to me."
38"What is truth?" Pilate asked. With this he
went out again to the Jews and said, "I find no
basis for a charge against him. 39But it is your
custom for me to release to you one prisoner at
the time of the Passover. Do you want me to
release 'the king of the Jews'?"
40They shouted back, "No, not him! Give us
Barabbas!" Now Barabbas had taken part in a
rebellion.

Jesus Sentenced to be Crucified

19 Then Pilate took Jesus and had him
flogged. 2The soldiers twisted together
a crown of thorns and put it on his head. They
clothed him in a purple robe 3and went up to him
again and again, saying, "Hail, king of the
Jews!" And they struck him in the face.
4Once more Pilate came out and said to the
Jews, "Look, I am bringing him out to you to let
you know that I find no basis for a charge against
him." 5When Jesus came out wearing the crown
of thorns and the purple robe, Pilate said to them,
"Here is the man!"
6As soon as the chief priests and their offi-
cials saw him, they shouted, "Crucify! Cruci-
fy!"
But Pilate answered, "You take him and cru-
cify him. As for me, I find no basis for a charge
against him."
7The Jews insisted, "We have a law, and
according to that law he must die, because he
claimed to be the Son of God."
8When Pilate heard this, he was even more
afraid, 9and he went back inside the palace.
"Where do you come from?" he asked Jesus,
but Jesus gave him no answer. 10"Do you refuse
to speak to me?" Pilate said. "Don't you realize
I have power either to free you or to crucify
you?"
11Jesus answered, "You would have no power
over me if it were not given to you from above.
Therefore the one who handed me over to you
is guilty of a greater sin."
12From then on, Pilate tried to set Jesus free,
but the Jews kept shouting, "If you let this man
go, you are no friend of Caesar. Anyone who
claims to be a king opposes Caesar."
13When Pilate heard this, he brought Jesus out
and sat down on the judge's seat at a place

amigo del *emperador. Cualquiera que pretende
ser rey se hace su enemigo.
13Al oír esto, Pilato llevó a Jesús hacia fuera
y se sentó en el tribunal, en un lugar al que
llamaban el Empedrado (que en arameo se dice
Gabatá). 14Era el día de la preparación para la
Pascua, cerca del mediodía.[t]

—Aquí tienen a su rey —dijo Pilato a los
judíos.

15—¡Fuera! ¡Fuera! ¡Crucifícalo! —vocifera-
ron.

—¿Acaso voy a crucificar a su rey? —replicó
Pilato.

—No tenemos más rey que el emperador ro-
mano —contestaron los jefes de los sacerdotes.
16Entonces Pilato se lo entregó para que lo
crucificaran, y los soldados se lo llevaron.

La crucifixión

17Jesús salió cargando su propia cruz hacia el
lugar de la Calavera (que en arameo se llama
Gólgota). 18Allí lo crucificaron, y con él a otros
dos, uno a cada lado y Jesús en medio.
19Pilato mandó que se pusiera sobre la cruz
un letrero en el que estuviera escrito: «JESÚS
DE NAZARET, REY DE LOS JUDÍOS.» 20Mu-
chos de los judíos lo leyeron, porque el sitio
en que crucificaron a Jesús estaba cerca de la
ciudad. El letrero estaba escrito en arameo,
latín y griego.
21—No escribas "Rey de los judíos" —pro-
testaron ante Pilato los jefes de los sacerdotes
judíos—. Era él quien decía ser rey de los judíos.
22—Lo que he escrito, escrito queda —les
contestó Pilato.
23Cuando los soldados crucificaron a Jesús,
tomaron su manto y lo partieron en cuatro partes,
una para cada uno de ellos. Tomaron también la
túnica, la cual no tenía costura, sino que era de
una sola pieza, tejida de arriba abajo.
24—No la dividamos —se dijeron unos a
otros—. Echemos suertes para ver a quién le toca.

Y así lo hicieron los soldados. Esto sucedió
para que se cumpliera la Escritura que dice:

> «Se repartieron entre ellos mi manto,
> y sobre mi ropa echaron suertes.»[u]

25Junto a la cruz de Jesús estaban su madre,
la hermana de su madre, María la esposa de
Cleofas, y María Magdalena. 26Cuando Jesús
vio a su madre, y a su lado al discípulo a quien
él amaba, dijo a su madre:

[t]**19:14** *del mediodía.* Alt. *de las seis de la mañana* (si se cuentan las horas a partir de la medianoche, según la hora romana). Lit. *de la hora sexta*; véase nota en 1:39.
[u]**19:24** Sal 22:18

known as the Stone Pavement (which in Arama-
ic is Gabbatha). 14It was the day of Preparation
of Passover Week, about the sixth hour.

"Here is your king," Pilate said to the Jews.
15But they shouted, "Take him away! Take
him away! Crucify him!"

"Shall I crucify your king?" Pilate asked.

"We have no king but Caesar," the chief
priests answered.
16Finally Pilate handed him over to them to
be crucified.

The Crucifixion

So the soldiers took charge of Jesus. 17Carry-
ing his own cross, he went out to the place of the
Skull (which in Aramaic is called Golgotha).
18Here they crucified him, and with him two
others—one on each side and Jesus in the mid-
dle.
19Pilate had a notice prepared and fastened to
the cross. It read: JESUS OF NAZARETH, THE
KING OF THE JEWS. 20Many of the Jews read
this sign, for the place where Jesus was crucified
was near the city, and the sign was written in
Aramaic, Latin and Greek. 21The chief priests
of the Jews protested to Pilate, "Do not write
'The King of the Jews,' but that this man
claimed to be king of the Jews."
22Pilate answered, "What I have written, I
have written."
23When the soldiers crucified Jesus, they took
his clothes, dividing them into four shares, one
for each of them, with the undergarment remain-
ing. This garment was seamless, woven in one
piece from top to bottom.
24"Let's not tear it," they said to one another.
"Let's decide by lot who will get it."

This happened that the scripture might be
fulfilled which said,

> "They divided my garments among them
> and cast lots for my clothing."[d]

So this is what the soldiers did.
25Near the cross of Jesus stood his mother, his
mother's sister, Mary the wife of Clopas, and
Mary Magdalene. 26When Jesus saw his mother
there, and the disciple whom he loved standing
nearby, he said to his mother, "Dear woman,
here is your son," 27and to the disciple, "Here

[d]*24* Psalm 22:18

—Mujer, ahí tienes a tu hijo.
27 Luego dijo al discípulo:
—Ahí tienes a tu madre.
Y desde aquel momento ese discípulo la reci-
bió en su casa.

Muerte de Jesús

28 Después de esto, como Jesús sabía que ya
todo había terminado, y para que se cumpliera
la Escritura, dijo:
—Tengo sed.
29 Había allí una vasija llena de vinagre; así
que empaparon una esponja en el vinagre, la
pusieron en una caña[v] y se la acercaron a la boca.
30 Al probar Jesús el vinagre, dijo:
—Todo se ha cumplido.
Luego inclinó la cabeza y entregó el espíritu.
31 Era el día de la preparación para la Pascua.
Los judíos no querían que los cuerpos permane-
cieran en la cruz en *sábado, por ser éste un día
muy solemne. Así que le pidieron a Pilato orde-
nar que les quebraran las piernas a los crucifica-
dos y bajaran sus cuerpos. 32 Fueron entonces los
soldados y le quebraron las piernas al primer
hombre que había sido crucificado con Jesús, y
luego al otro. 33 Pero cuando se acercaron a Jesús
y vieron que ya estaba muerto, no le quebraron
las piernas, 34 sino que uno de los soldados le
abrió el costado con una lanza, y al instante le
brotó sangre y agua. 35 El que lo vio ha dado
testimonio de ello, y su testimonio es verídico.
Él sabe que dice la verdad, para que también
ustedes crean. 36 Estas cosas sucedieron para que
se cumpliera la Escritura: «No le quebrarán
ningún hueso»[w] 37 y, como dice otra Escritura:
«Mirarán al que han traspasado.»[x]

Sepultura de Jesús

38 Después de esto, José de Arimatea le pidió
a Pilato el cuerpo de Jesús. José era discípulo de
Jesús, aunque en secreto por miedo a los judíos.
Con el permiso de Pilato, fue y retiró el cuerpo.
39 También Nicodemo, el que antes había visita-
do a Jesús de noche, llegó con unos treinta y
cuatro kilos[y] de una mezcla de mirra y áloe.
40 Ambos tomaron el cuerpo de Jesús y, confor-
me a la costumbre judía de dar sepultura, lo
envolvieron en vendas con las especias aromá-
ticas. 41 En el lugar donde crucificaron a Jesús
había un huerto, y en el huerto un sepulcro nuevo
en el que todavía no se había sepultado a nadie.
42 Como era el día judío de la preparación, y el
sepulcro estaba cerca, pusieron allí a Jesús.

[v] **19:29** *una caña.* Lit. *una rama de hisopo.*
[w] **19:36** Ex 12:46; Nm 9:12; Sal 34:20 [x] **19:37** Zac 12:10
[y] **19:39** *unos … kilos.* Lit. *como cien litrai.*

is your mother." From that time on, this disciple
took her into his home.

The Death of Jesus

28 Later, knowing that all was now complet-
ed, and so that the Scripture would be fulfilled,
Jesus said, "I am thirsty." 29 A jar of wine
vinegar was there, so they soaked a sponge in
it, put the sponge on a stalk of the hyssop plant,
and lifted it to Jesus' lips. 30 When he had
received the drink, Jesus said, "It is finished."
With that, he bowed his head and gave up his
spirit.
31 Now it was the day of Preparation, and
the next day was to be a special Sabbath. Be-
cause the Jews did not want the bodies left on
the crosses during the Sabbath, they asked Pi-
late to have the legs broken and the bodies
taken down. 32 The soldiers therefore came and
broke the legs of the first man who had been
crucified with Jesus, and then those of the
other. 33 But when they came to Jesus and
found that he was already dead, they did not
break his legs. 34 Instead, one of the soldiers
pierced Jesus' side with a spear, bringing a
sudden flow of blood and water. 35 The man
who saw it has given testimony, and his testi-
mony is true. He knows that he tells the truth,
and he testifies so that you also may believe.
36 These things happened so that the scripture
would be fulfilled: "Not one of his bones will
be broken,"[e] 37 and, as another scripture says,
"They will look on the one they have
pierced."[f]

The Burial of Jesus

38 Later, Joseph of Arimathea asked Pilate for
the body of Jesus. Now Joseph was a disciple of
Jesus, but secretly because he feared the Jews.
With Pilate's permission, he came and took the
body away. 39 He was accompanied by Nicode-
mus, the man who earlier had visited Jesus at
night. Nicodemus brought a mixture of myrrh
and aloes, about seventy-five pounds.[g] 40 Taking
Jesus' body, the two of them wrapped it, with
the spices, in strips of linen. This was in accor-
dance with Jewish burial customs. 41 At the
place where Jesus was crucified, there was a
garden, and in the garden a new tomb, in which
no one had ever been laid. 42 Because it was the
Jewish day of Preparation and since the tomb
was nearby, they laid Jesus there.

[e] *36* Exodus 12:46; Num. 9:12; Psalm 34:20 [f] *37* Zech. 12:10 [g] *39* Greek *a hundred litrai* (about 34 kilograms)

El sepulcro vacío

20 El primer día de la semana, muy de
mañana, cuando todavía estaba oscuro,
María Magdalena fue al sepulcro y vio que
habían quitado la piedra que cubría la entrada.
2 Así que fue corriendo a ver a Simón Pedro y al
otro discípulo, a quien Jesús amaba, y les dijo:
—¡Se han llevado del sepulcro al Señor, y no
sabemos dónde lo han puesto!
3 Pedro y el otro discípulo se dirigieron enton-
ces al sepulcro. 4 Ambos fueron corriendo, pero
como el otro discípulo corría más aprisa que
Pedro, llegó primero al sepulcro. 5 Inclinándose,
se asomó y vio allí las vendas, pero no entró. 6 Tras
él llegó Simón Pedro, y entró en el sepulcro. Vio
allí las vendas 7 y el sudario que había cubierto la
cabeza de Jesús, aunque el sudario no estaba con
las vendas sino enrollado en un lugar aparte. 8 En
ese momento entró también el otro discípulo, el
que había llegado primero al sepulcro; y vio y
creyó. 9 Hasta entonces no habían entendido la
Escritura, que dice que Jesús tenía que resucitar.

Jesús se aparece a María Magdalena

10 Los discípulos regresaron a su casa, 11 pero
María se quedó afuera, llorando junto al sepul-
cro. Mientras lloraba, se inclinó para mirar den-
tro del sepulcro, 12 y vio a dos ángeles vestidos
de blanco, sentados donde había estado el cuer-
po de Jesús, uno a la cabecera y otro a los pies.
13 —¿Por qué lloras, mujer? —le preguntaron
los ángeles.
—Es que se han llevado a mi Señor, y no sé
dónde lo han puesto —les respondió.
14 Apenas dijo esto, volvió la mirada y allí vio
a Jesús de pie, aunque no sabía que era él.
15 Jesús le dijo:
—¿Por qué lloras, mujer? ¿A quién buscas?
Ella, pensando que se trataba del que cuidaba
el huerto, le dijo:
—Señor, si usted se lo ha llevado, dígame
dónde lo ha puesto, y yo iré por él.
16 —María —le dijo Jesús.
Ella se volvió y exclamó:
—¡Raboni! (que en arameo significa: Maes-
tro).
17 —Suéltame,[z] porque todavía no he vuelto al
Padre. Ve más bien a mis hermanos y diles:
"Vuelvo a mi Padre, que es Padre de ustedes; a
mi Dios, que es Dios de ustedes."
18 María Magdalena fue a darles la noticia a
los discípulos. «¡He visto al Señor!», exclama-
ba, y les contaba lo que él le había dicho.

[z] **20:17** *Suéltame*. Lit. *No me toques.*

The Empty Tomb

20 Early on the first day of the week, while
it was still dark, Mary Magdalene went
to the tomb and saw that the stone had been
removed from the entrance. 2 So she came run-
ning to Simon Peter and the other disciple, the
one Jesus loved, and said, "They have taken the
Lord out of the tomb, and we don't know where
they have put him!"
3 So Peter and the other disciple started for
the tomb. 4 Both were running, but the other
disciple outran Peter and reached the tomb
first. 5 He bent over and looked in at the strips
of linen lying there but did not go in. 6 Then
Simon Peter, who was behind him, arrived
and went into the tomb. He saw the strips of
linen lying there, 7 as well as the burial cloth
that had been around Jesus' head. The cloth
was folded up by itself, separate from the lin-
en. 8 Finally the other disciple, who had
reached the tomb first, also went inside. He
saw and believed. 9 (They still did not under-
stand from Scripture that Jesus had to rise
from the dead.)

Jesus Appears to Mary Magdalene

10 Then the disciples went back to their homes,
11 but Mary stood outside the tomb crying. As
she wept, she bent over to look into the tomb
12 and saw two angels in white, seated where
Jesus' body had been, one at the head and the
other at the foot.
13 They asked her, "Woman, why are you
crying?"
"They have taken my Lord away," she said,
"and I don't know where they have put him."
14 At this, she turned around and saw Jesus
standing there, but she did not realize that it was
Jesus.
15 "Woman," he said, "why are you crying?
Who is it you are looking for?"
Thinking he was the gardener, she said, "Sir,
if you have carried him away, tell me where you
have put him, and I will get him."
16 Jesus said to her, "Mary."
She turned toward him and cried out in Ara-
maic, "Rabboni!" (which means Teacher).
17 Jesus said, "Do not hold on to me, for I have
not yet returned to the Father. Go instead to my
brothers and tell them, 'I am returning to my
Father and your Father, to my God and your
God.'"
18 Mary Magdalene went to the disciples
with the news: "I have seen the Lord!" And
she told them that he had said these things to
her.

Jesús se aparece a sus discípulos

19Al atardecer de aquel primer día de la sema-
na, estando reunidos los discípulos a puerta ce-
rrada por temor a los judíos, entró Jesús y,
poniéndose en medio de ellos, los saludó.
—¡La paz sea con ustedes!
20Dicho esto, les mostró las manos y el costa-
do. Al ver al Señor, los discípulos se alegraron.
21—¡La paz sea con ustedes! —repitió
Jesús—. Como el Padre me envió a mí, así yo
los envío a ustedes.
22Acto seguido, sopló sobre ellos y les dijo:
—Reciban el Espíritu Santo. 23A quienes les
perdonen sus pecados, les serán perdonados; a
quienes no se los perdonen, no les serán perdo-
nados.

Jesús se aparece a Tomás

24Tomás, al que apodaban el Gemelo,[a] y que
era uno de los doce, no estaba con los discípulos
cuando llegó Jesús. 25Así que los otros discípu-
los le dijeron:
—¡Hemos visto al Señor!
—Mientras no vea yo la marca de los clavos
en sus manos, y meta mi dedo en las marcas y
mi mano en su costado, no lo creeré —repuso
Tomás.
26Una semana más tarde estaban los discípulos
de nuevo en la casa, y Tomás estaba con ellos.
Aunque las puertas estaban cerradas, Jesús entró
y, poniéndose en medio de ellos, los saludó.
—¡La paz sea con ustedes!
27Luego le dijo a Tomás:
—Pon tu dedo aquí y mira mis manos. Acerca
tu mano y métela en mi costado. Y no seas
incrédulo, sino hombre de fe.
28—¡Señor mío y Dios mío! —exclamó To-
más.
29—Porque me has visto, has creído —le dijo
Jesús—; *dichosos los que no han visto y sin
embargo creen.
30Jesús hizo muchas otras señales milagrosas
en presencia de sus discípulos, las cuales no
están registradas en este libro. 31Pero éstas se
han escrito para que ustedes crean que Jesús es
el *Cristo, el Hijo de Dios, y para que al creer
en su nombre tengan vida.

Jesús y la pesca milagrosa

21 Después de esto Jesús se apareció de
nuevo a sus discípulos, junto al lago de
Tiberíades.[b] Sucedió de esta manera: 2Estaban
juntos Simón Pedro, Tomás (al que apodaban el

[a]20:24 *apodaban el Gemelo.* Lit. *llamaban Dídimos.*
[b]21:1 Es decir, el mar de Galilea.

Jesus Appears to His Disciples

19On the evening of that first day of the week,
when the disciples were together, with the doors
locked for fear of the Jews, Jesus came and stood
among them and said, "Peace be with you!"
20After he said this, he showed them his hands
and side. The disciples were overjoyed when
they saw the Lord.
21Again Jesus said, "Peace be with you! As
the Father has sent me, I am sending you."
22And with that he breathed on them and said,
"Receive the Holy Spirit. 23If you forgive any-
one his sins, they are forgiven; if you do not
forgive them, they are not forgiven."

Jesus Appears to Thomas

24Now Thomas (called Didymus), one of the
Twelve, was not with the disciples when Jesus
came. 25So the other disciples told him, "We
have seen the Lord!"
But he said to them, "Unless I see the nail
marks in his hands and put my finger where the
nails were, and put my hand into his side, I will
not believe it."
26A week later his disciples were in the
house again, and Thomas was with them.
Though the doors were locked, Jesus came and
stood among them and said, "Peace be with
you!" 27Then he said to Thomas, "Put your
finger here; see my hands. Reach out your
hand and put it into my side. Stop doubting
and believe."
28Thomas said to him, "My Lord and my
God!"
29Then Jesus told him, "Because you have
seen me, you have believed; blessed are those
who have not seen and yet have believed."
30Jesus did many other miraculous signs in
the presence of his disciples, which are not
recorded in this book. 31But these are written
that you may[h] believe that Jesus is the Christ,
the Son of God, and that by believing you may
have life in his name.

Jesus and the Miraculous Catch of Fish

21 Afterward Jesus appeared again to his
disciples, by the Sea of Tiberias.[i] It
happened this way: 2Simon Peter, Thomas
(called Didymus), Nathanael from Cana in
Galilee, the sons of Zebedee, and two other

[h]*31* Some manuscripts *may continue to*
[i]*1* That is, Sea of Galilee

Gemelo[c]), Natanael, el de Caná de Galilea, los hijos de Zebedeo, y otros dos discípulos.

3—Me voy a pescar —dijo Simón Pedro.

—Nos vamos contigo —contestaron ellos.

Salieron, pues, de allí y se embarcaron, pero esa noche no pescaron nada.

4Al despuntar el alba Jesús se hizo presente en la orilla, pero los discípulos no se dieron cuenta de que era él.

5—Muchachos, ¿no tienen algo de comer? —les preguntó Jesús.

—No —respondieron ellos.

6—Tiren la red a la derecha de la barca, y pescarán algo.

Así lo hicieron, y era tal la cantidad de pescados que ya no podían sacar la red.

7—¡Es el Señor! —dijo a Pedro el discípulo a quien Jesús amaba.

Tan pronto como Simón Pedro le oyó decir: «Es el Señor», se puso la ropa, pues estaba semidesnudo, y se tiró al agua. 8Los otros discípulos lo siguieron en la barca, arrastrando la red llena de pescados, pues estaban a escasos cien metros[d] de la orilla. 9Al desembarcar, vieron unas brasas con un pescado encima, y un pan.

10—Traigan algunos de los pescados que acaban de sacar —les dijo Jesús.

11Simón Pedro subió a bordo y arrastró hasta la orilla la red, la cual estaba llena de pescados de buen tamaño. Eran ciento cincuenta y tres, pero a pesar de ser tantos la red no se rompió.

12—Vengan a desayunar —les dijo Jesús.

Ninguno de los discípulos se atrevía a preguntarle: «¿Quién eres tú?», porque sabían que era el Señor. 13Jesús se acercó, tomó el pan y se lo dio a ellos, e hizo lo mismo con el pescado. 14Ésta fue la tercera vez que Jesús se apareció a sus discípulos después de haber *resucitado.

Jesús restituye a Pedro

15Cuando terminaron de desayunar, Jesús le preguntó a Simón Pedro:

—Simón, hijo de Juan, ¿me amas más que éstos?

—Sí, Señor, tú sabes que te quiero —contestó Pedro.

—Apacienta mis corderos —le dijo Jesús.

16Y volvió a preguntarle:

—Simón, hijo de Juan, ¿me amas?

—Sí, Señor, tú sabes que te quiero.

—Cuida de mis ovejas.

17Por tercera vez Jesús le preguntó:

—Simón, hijo de Juan, ¿me quieres?

disciples were together. 3"I'm going out to fish," Simon Peter told them, and they said, "We'll go with you." So they went out and got into the boat, but that night they caught nothing.

4Early in the morning, Jesus stood on the shore, but the disciples did not realize that it was Jesus.

5He called out to them, "Friends, haven't you any fish?"

"No," they answered.

6He said, "Throw your net on the right side of the boat and you will find some." When they did, they were unable to haul the net in because of the large number of fish.

7Then the disciple whom Jesus loved said to Peter, "It is the Lord!" As soon as Simon Peter heard him say, "It is the Lord," he wrapped his outer garment around him (for he had taken it off) and jumped into the water. 8The other disciples followed in the boat, towing the net full of fish, for they were not far from shore, about a hundred yards.[j] 9When they landed, they saw a fire of burning coals there with fish on it, and some bread.

10Jesus said to them, "Bring some of the fish you have just caught."

11Simon Peter climbed aboard and dragged the net ashore. It was full of large fish, 153, but even with so many the net was not torn. 12Jesus said to them, "Come and have breakfast." None of the disciples dared ask him, "Who are you?" They knew it was the Lord. 13Jesus came, took the bread and gave it to them, and did the same with the fish. 14This was now the third time Jesus appeared to his disciples after he was raised from the dead.

Jesus Reinstates Peter

15When they had finished eating, Jesus said to Simon Peter, "Simon son of John, do you truly love me more than these?"

"Yes, Lord," he said, "you know that I love you."

Jesus said, "Feed my lambs."

16Again Jesus said, "Simon son of John, do you truly love me?"

He answered, "Yes, Lord, you know that I love you."

Jesus said, "Take care of my sheep."

17The third time he said to him, "Simon son of John, do you love me?"

[c]**21:2** *apodaban el Gemelo.* Lit. *llamaban Dídimos.*
[d]**21:8** *a escasos cien metros.* Lit. *a unos doscientos *codos.*

[j]8 Greek *about two hundred cubits* (about 90 meters)

A Pedro le dolió que por tercera vez Jesús le
hubiera preguntado: «¿Me quieres?» Así que le
dijo:
—Señor, tú lo sabes todo; tú sabes que te
quiero.
—Apacienta mis ovejas —le dijo Jesús—.
18De veras te aseguro que cuando eras más
joven te vestías tú mismo e ibas adonde querías;
pero cuando seas viejo, extenderás las manos y
otro te vestirá y te llevará adonde no quieras ir.
19Esto dijo Jesús para dar a entender la clase
de muerte con que Pedro glorificaría a Dios.
Después de eso añadió:
—¡Sígueme!
20Al volverse, Pedro vio que los seguía el
discípulo a quien Jesús amaba, el mismo que en
la cena se había reclinado sobre Jesús y le había
dicho: «Señor, ¿quién es el que va a traicionar-
te?» 21Al verlo, Pedro preguntó:
—Señor, ¿y éste, qué?
22—Si quiero que él permanezca vivo hasta
que yo vuelva, ¿a ti qué? Tú sígueme no más.
23Por este motivo corrió entre los hermanos
el rumor de que aquel discípulo no moriría. Pero
Jesús no dijo que no moriría, sino solamente: «Si
quiero que él permanezca vivo hasta que yo
vuelva, ¿a ti qué?»
24Éste es el discípulo que da testimonio de
estas cosas, y las escribió. Y estamos convenci-
dos de que su testimonio es verídico.
25Jesús hizo también muchas otras cosas, tan-
tas que, si se escribiera cada una de ellas, pienso
que los libros escritos no cabrían en el mundo
entero.

Peter was hurt because Jesus asked him the
third time, "Do you love me?" He said, "Lord,
you know all things; you know that I love
you."
Jesus said, "Feed my sheep. 18I tell you the
truth, when you were younger you dressed
yourself and went where you wanted; but
when you are old you will stretch out your
hands, and someone else will dress you and
lead you where you do not want to go."
19Jesus said this to indicate the kind of death
by which Peter would glorify God. Then he
said to him, "Follow me!"
20Peter turned and saw that the disciple whom
Jesus loved was following them. (This was the
one who had leaned back against Jesus at the
supper and had said, "Lord, who is going to
betray you?") 21When Peter saw him, he asked,
"Lord, what about him?"
22Jesus answered, "If I want him to remain
alive until I return, what is that to you? You
must follow me." 23Because of this, the rumor
spread among the brothers that this disciple
would not die. But Jesus did not say that he
would not die; he only said, "If I want him to
remain alive until I return, what is that to
you?"
24This is the disciple who testifies to these
things and who wrote them down. We know that
his testimony is true.
25Jesus did many other things as well. If every
one of them were written down, I suppose that
even the whole world would not have room for
the books that would be written.

Hechos de los Apóstoles

Jesús llevado al cielo

1 Estimado Teófilo, en mi primer libro me referí a todo lo que Jesús comenzó a hacer y enseñar 2hasta el día en que fue llevado al cielo, luego de darles instrucciones por medio del Espíritu Santo a los apóstoles que había escogido. 3Después de padecer la muerte, se les presentó dándoles muchas pruebas convincentes de que estaba vivo. Durante cuarenta días se les apareció y les habló acerca del reino de Dios. 4Una vez, mientras comía con ellos, les ordenó:

—No se alejen de Jerusalén, sino esperen la promesa del Padre, de la cual les he hablado: 5Juan bautizó con[a] agua, pero dentro de pocos días ustedes serán bautizados con el Espíritu Santo.

6Entonces los que estaban reunidos con él le preguntaron:

—Señor, ¿es ahora cuando vas a restablecer el reino a Israel?

7—No les toca a ustedes conocer la hora ni el momento determinados por la autoridad misma del Padre —les contestó Jesús—. 8Pero cuando venga el Espíritu Santo sobre ustedes, recibirán poder y serán mis testigos tanto en Jerusalén como en toda Judea y Samaria, y hasta los confines de la tierra.

9Habiendo dicho esto, mientras ellos lo miraban, fue llevado a las alturas hasta que una nube lo ocultó de su vista. 10Ellos se quedaron mirando fijamente al cielo mientras él se alejaba. De repente, se les acercaron dos hombres vestidos de blanco, que les dijeron:

11—Galileos, ¿qué hacen aquí mirando al cielo? Este mismo Jesús, que ha sido llevado de entre ustedes al cielo, vendrá otra vez de la misma manera que lo han visto irse.

Elección de Matías para reemplazar a Judas

12Entonces regresaron a Jerusalén desde el monte llamado de los Olivos, situado aproximadamente a un kilómetro de la ciudad.[b] 13Cuando llegaron, subieron al lugar donde se alojaban.

[a]**1:5** *con.* Alt. *en.* [b]**1:12** *situado … ciudad.* Lit. *que está cerca de Jerusalén, camino de un *sábado* (es decir, lo que la ley permitía caminar en el día de reposo).

Acts

Jesus Taken Up Into Heaven

1 In my former book, Theophilus, I wrote about all that Jesus began to do and to teach 2until the day he was taken up to heaven, after giving instructions through the Holy Spirit to the apostles he had chosen. 3After his suffering, he showed himself to these men and gave many convincing proofs that he was alive. He appeared to them over a period of forty days and spoke about the kingdom of God. 4On one occasion, while he was eating with them, he gave them this command: "Do not leave Jerusalem, but wait for the gift my Father promised, which you have heard me speak about. 5For John baptized with[a] water, but in a few days you will be baptized with the Holy Spirit."

6So when they met together, they asked him, "Lord, are you at this time going to restore the kingdom to Israel?"

7He said to them: "It is not for you to know the times or dates the Father has set by his own authority. 8But you will receive power when the Holy Spirit comes on you; and you will be my witnesses in Jerusalem, and in all Judea and Samaria, and to the ends of the earth."

9After he said this, he was taken up before their very eyes, and a cloud hid him from their sight.

10They were looking intently up into the sky as he was going, when suddenly two men dressed in white stood beside them. 11"Men of Galilee," they said, "why do you stand here looking into the sky? This same Jesus, who has been taken from you into heaven, will come back in the same way you have seen him go into heaven."

Matthias Chosen to Replace Judas

12Then they returned to Jerusalem from the hill called the Mount of Olives, a Sabbath day's walk[b] from the city. 13When they arrived, they

[a]*5* Or *in* [b]*12* That is, about 3/4 mile (about 1,100 meters)

Estaban allí Pedro, Juan, *Jacobo, Andrés, Feli-
pe, Tomás, Bartolomé, Mateo, Jacobo hijo de
Alfeo, Simón el Zelote y Judas hijo de Jacobo.
14 Todos, en un mismo espíritu, se dedicaban a
la oración, junto con las mujeres y con los her-
manos de Jesús y su madre María.

15 Por aquellos días Pedro se puso de pie en
medio de los creyentes,[c] que eran un grupo
como de ciento veinte personas, 16 y les dijo:
«Hermanos, tenía que cumplirse la Escritura
que, por boca de David, había predicho el Espí-
ritu Santo en cuanto a Judas, el que sirvió de guía
a los que arrestaron a Jesús. 17 Judas se contaba
entre los nuestros y participaba en nuestro mi-
nisterio. 18 (Con el dinero que obtuvo por su
crimen, Judas compró un terreno; allí cayó de
cabeza, se reventó, y se le salieron las vísceras.
19 Todos en Jerusalén se enteraron de ello, así
que aquel terreno fue llamado Acéldama, que en
su propio idioma quiere decir "Campo de San-
gre".)

20 »Porque en el libro de los Salmos —conti-
nuó Pedro— está escrito:

»"Que su lugar quede desierto,
y que nadie lo habite."[d]

También está escrito:

»"Que otro se haga cargo de su oficio."[e]

21-22 Por tanto, es preciso que se una a nosotros
un testigo de la resurrección, uno de los que nos
acompañaban todo el tiempo que el Señor Jesús
vivió entre nosotros, desde que Juan bautizaba
hasta el día en que Jesús fue llevado de entre
nosotros.»

23 Así que propusieron a dos: a José, llamado
Barsabás, apodado el Justo, y a Matías. 24 Y
oraron así: «Señor, tú que conoces el corazón de
todos, muéstranos a cuál de estos dos has elegi-
do 25 para que se haga cargo del servicio apostó-
lico que Judas dejó para irse al lugar que le
correspondía.» 26 Luego echaron suertes y la
elección recayó en Matías; así que él fue reco-
nocido junto con los once apóstoles.

El Espíritu Santo desciende en Pentecostés

2 Cuando llegó el día de Pentecostés, estaban
todos juntos en el mismo lugar. 2 De repen-
te, vino del cielo un ruido como el de una vio-
lenta ráfaga de viento y llenó toda la casa donde
estaban reunidos. 3 Se les aparecieron entonces

[c] 1:15 *creyentes*. Lit. *hermanos*. [d] 1:20 Sal 69:25
[e] 1:20 Sal 109:8

went upstairs to the room where they were stay-
ing. Those present were Peter, John, James and
Andrew; Philip and Thomas, Bartholomew and
Matthew; James son of Alphaeus and Simon the
Zealot, and Judas son of James. 14 They all
joined together constantly in prayer, along with
the women and Mary the mother of Jesus, and
with his brothers.

15 In those days Peter stood up among the
believers[c] (a group numbering about a hundred
and twenty) 16 and said, "Brothers, the Scripture
had to be fulfilled which the Holy Spirit spoke
long ago through the mouth of David concerning
Judas, who served as guide for those who arrest-
ed Jesus— 17 he was one of our number and
shared in this ministry."

18 (With the reward he got for his wickedness,
Judas bought a field; there he fell headlong, his
body burst open and all his intestines spilled out.
19 Everyone in Jerusalem heard about this, so
they called that field in their language Akelda-
ma, that is, Field of Blood.)

20 "For," said Peter, "it is written in the book
of Psalms,

" 'May his place be deserted;
let there be no one to dwell in it,'[d]

and,

" 'May another take his place of leader-
ship.'[e]

21 Therefore it is necessary to choose one of the
men who have been with us the whole time the
Lord Jesus went in and out among us, 22 begin-
ning from John's baptism to the time when Jesus
was taken up from us. For one of these must
become a witness with us of his resurrection."

23 So they proposed two men: Joseph called
Barsabbas (also known as Justus) and Matthias.
24 Then they prayed, "Lord, you know every-
one's heart. Show us which of these two you
have chosen 25 to take over this apostolic minis-
try, which Judas left to go where he belongs."
26 Then they cast lots, and the lot fell to Matthias;
so he was added to the eleven apostles.

The Holy Spirit Comes at Pentecost

2 When the day of Pentecost came, they were
all together in one place. 2 Suddenly a sound
like the blowing of a violent wind came from
heaven and filled the whole house where they
were sitting. 3 They saw what seemed to be

[c] *15* Greek *brothers* [d] *20* Psalm 69:25 [e] *20* Psalm 109:8

unas lenguas como de fuego que se repartieron
y se posaron sobre cada uno de ellos. 4 Todos
fueron llenos del Espíritu Santo y comenzaron
a hablar en diferentes *lenguas, según el Espíri-
tu les concedía expresarse.

5 Estaban de visita en Jerusalén judíos piadosos,
procedentes de todas las naciones de la tierra. 6 Al
oír aquel bullicio, se agolparon y quedaron todos
pasmados porque cada uno los escuchaba hablar
en su propio idioma. 7 Desconcertados y maravi-
llados, decían: «¿No son galileos todos estos que
están hablando? 8 ¿Cómo es que cada uno de
nosotros los oye hablar en su lengua materna?
9 Partos, medos y elamitas; habitantes de Mesopo-
tamia, de Judea y de Capadocia, del Ponto y de
*Asia, 10 de Frigia y de Panfilia, de Egipto y de las
regiones de Libia cercanas a Cirene; visitantes
llegados de Roma; 11 judíos y *prosélitos; creten-
ses y árabes: ¡todos por igual los oímos proclamar
en nuestra propia lengua las maravillas de Dios!»

12 Desconcertados y perplejos, se preguntaban:
«¿Qué quiere decir esto?» 13 Otros se burlaban y
decían: «Lo que pasa es que están borrachos.»

Pedro se dirige a la multitud

14 Entonces Pedro, con los once, se puso de pie
y dijo a voz en cuello: «Compatriotas judíos y
todos ustedes que están en Jerusalén, déjenme
explicarles lo que sucede; presten atención a lo
que les voy a decir. 15 Éstos no están borrachos,
como suponen ustedes. ¡Apenas son las nueve
de la mañana![f] 16 En realidad lo que pasa es lo
que anunció el profeta Joel:

17 »"Sucederá que en los últimos días
—dice Dios—,
derramaré mi Espíritu sobre todo el gé-
nero *humano.
Los hijos y las hijas de ustedes profetizarán,
tendrán visiones los jóvenes
y sueños los ancianos.
18 En esos días derramaré mi Espíritu
aun sobre mis *siervos y mis siervas,
y profetizarán.
19 Arriba en el cielo y abajo en la tierra
mostraré prodigios:
sangre, fuego y nubes de humo.
20 El sol se convertirá en tinieblas
y la luna en sangre
antes que llegue el día del Señor,
día grande y esplendoroso.
21 Y todo el que invoque el nombre del Señor
será salvo."[g]

tongues of fire that separated and came to rest
on each of them. 4 All of them were filled with
the Holy Spirit and began to speak in other
tongues[f] as the Spirit enabled them.

5 Now there were staying in Jerusalem God-
fearing Jews from every nation under heaven.
6 When they heard this sound, a crowd came
together in bewilderment, because each one
heard them speaking in his own language.
7 Utterly amazed, they asked: "Are not all
these men who are speaking Galileans? 8 Then
how is it that each of us hears them in his
own native language? 9 Parthians, Medes and
Elamites; residents of Mesopotamia, Judea
and Cappadocia, Pontus and Asia, 10 Phrygia
and Pamphylia, Egypt and the parts of Libya
near Cyrene; visitors from Rome 11 (both
Jews and converts to Judaism); Cretans and
Arabs—we hear them declaring the wonders
of God in our own tongues!" 12 Amazed and
perplexed, they asked one another, "What
does this mean?"

13 Some, however, made fun of them and said,
"They have had too much wine.[g]"

Peter Addresses the Crowd

14 Then Peter stood up with the Eleven,
raised his voice and addressed the crowd:
"Fellow Jews and all of you who live in Je-
rusalem, let me explain this to you; listen care-
fully to what I say. 15 These men are not drunk,
as you suppose. It's only nine in the morning!
16 No, this is what was spoken by the prophet
Joel:

17 " 'In the last days, God says,
I will pour out my Spirit on all people.
Your sons and daughters will prophesy,
your young men will see visions,
your old men will dream dreams.
18 Even on my servants, both men and
women,
I will pour out my Spirit in those days,
and they will prophesy.
19 I will show wonders in the heaven above
and signs on the earth below,
blood and fire and billows of smoke.
20 The sun will be turned to darkness
and the moon to blood
before the coming of the great and glori-
ous day of the Lord.
21 And everyone who calls
on the name of the Lord will be saved.'[h]

[f] **2:15** *son las nueve de la mañana.* Lit. *es la hora tercera del día.* [g] **2:21** Jl 2:28-32

[f] *4* Or *languages*; also in verse 11 [g] *13* Or *sweet wine*
[h] *21* Joel 2:28-32

22»Pueblo de Israel, escuchen esto: Jesús de Nazaret fue un hombre acreditado por Dios ante ustedes con milagros, señales y prodigios, los cuales realizó Dios entre ustedes por medio de él, como bien lo saben. 23Éste fue entregado según el determinado propósito y el previo conocimiento de Dios; y por medio de gente malvada,[h] ustedes lo mataron, clavándolo en la cruz. 24Sin embargo, Dios lo resucitó, librándolo de las angustias de la muerte, porque era imposible que la muerte lo mantuviera bajo su dominio. 25En efecto, David dijo de él:

»"Veía yo al Señor siempre delante de mí,
porque él está a mi *derecha
para que no caiga.
26Por eso mi corazón se alegra, y canta con gozo mi lengua;
mi cuerpo también vivirá en esperanza.
27No dejarás que mi *vida termine en el sepulcro;[i]
no permitirás que tu santo sufra corrupción.
28Me has dado a conocer los caminos de la vida;
me llenarás de alegría en tu presencia."[j]

29»Hermanos, permítanme hablarles con franqueza acerca del patriarca David, que murió y fue sepultado, y cuyo sepulcro está entre nosotros hasta el día de hoy. 30Era profeta y sabía que Dios le había prometido bajo juramento poner en el trono a uno de sus descendientes.[k] 31Fue así como previó lo que iba a suceder. Refiriéndose a la resurrección del *Mesías, afirmó que Dios no dejaría que su vida terminara en el sepulcro, ni que su fin fuera la corrupción. 32A este Jesús, Dios lo resucitó, y de ello todos nosotros somos testigos. 33Exaltado por el poder[l] de Dios, y habiendo recibido del Padre el Espíritu Santo prometido, ha derramado esto que ustedes ahora ven y oyen. 34David no subió al cielo, y sin embargo declaró:

»"Dijo el Señor a mi Señor:
Siéntate a mi derecha,
35hasta que ponga a tus enemigos
por estrado de tus pies."[m]

36»Por tanto, sépalo bien todo Israel que a este Jesús, a quien ustedes crucificaron, Dios lo ha hecho Señor y Mesías.»

[h]2:23 *gente malvada.* Lit. *quienes carecían de la ley.* [i]2:27 *sepulcro.* Lit. **Hades*; también en v. 31. [j]2:28 Sal 16:8-11 [k]2:30 Sal 132:11 [l]2:33 *por el poder.* Alt. *a la derecha.* [m]2:35 Sal 110:1

22"Men of Israel, listen to this: Jesus of Nazareth was a man accredited by God to you by miracles, wonders and signs, which God did among you through him, as you yourselves know. 23This man was handed over to you by God's set purpose and foreknowledge; and you, with the help of wicked men,[i] put him to death by nailing him to the cross. 24But God raised him from the dead, freeing him from the agony of death, because it was impossible for death to keep its hold on him. 25David said about him:

" 'I saw the Lord always before me.
Because he is at my right hand,
I will not be shaken.
26Therefore my heart is glad and my tongue rejoices;
my body also will live in hope,
27because you will not abandon me to the grave,
nor will you let your Holy One see decay.
28You have made known to me the paths of life;
you will fill me with joy in your presence.'[j]

29"Brothers, I can tell you confidently that the patriarch David died and was buried, and his tomb is here to this day. 30But he was a prophet and knew that God had promised him on oath that he would place one of his descendants on his throne. 31Seeing what was ahead, he spoke of the resurrection of the Christ,[k] that he was not abandoned to the grave, nor did his body see decay. 32God has raised this Jesus to life, and we are all witnesses of the fact. 33Exalted to the right hand of God, he has received from the Father the promised Holy Spirit and has poured out what you now see and hear. 34For David did not ascend to heaven, and yet he said,

" 'The Lord said to my Lord:
"Sit at my right hand
35until I make your enemies
a footstool for your feet." '[l]

36"Therefore let all Israel be assured of this:

[i]23 Or *of those not having the law* (that is, Gentiles) [j]28 Psalm 16:8-11 [k]31 Or *Messiah.* "The Christ" (Greek) and "the Messiah" (Hebrew) both mean "the Anointed One"; also in verse 36. [l]35 Psalm 110:1

37Cuando oyeron esto, todos se sintieron pro-
fundamente conmovidos y les dijeron a Pedro y
a los otros apóstoles:
—Hermanos, ¿qué debemos hacer?
38—*Arrepiéntase y bautícese cada uno de
ustedes en el nombre de *Jesucristo para perdón
de sus pecados —les contestó Pedro—, y recibi-
rán el don del Espíritu Santo. 39En efecto, la
promesa es para ustedes, para sus hijos y para
todos los extranjeros,[n] es decir, para todos aque-
llos a quienes el Señor nuestro Dios quiera llamar.
40Y con muchas otras razones les exhortaba
insistentemente:
—¡Sálvense de esta generación perversa!

La comunidad de los creyentes

41Así, pues, los que recibieron su mensaje
fueron bautizados, y aquel día se unieron a la
iglesia unas tres mil personas. 42Se mantenían
firmes en la enseñanza de los apóstoles, en la
comunión, en el partimiento del pan y en la
oración. 43Todos estaban asombrados por los
muchos prodigios y señales que realizaban los
apóstoles. 44Todos los creyentes estaban juntos
y tenían todo en común: 45vendían sus propie-
dades y posesiones, y compartían sus bienes
entre sí según la necesidad de cada uno. 46No
dejaban de reunirse en el *templo ni un solo día.
De casa en casa partían el pan y compartían la
comida con alegría y generosidad, 47alabando a
Dios y disfrutando de la estimación general del
pueblo. Y cada día el Señor añadía al grupo los
que iban siendo salvos.

Pedro sana a un mendigo lisiado

3 Un día subían Pedro y Juan al *templo a las
tres de la tarde,[ñ] que es la hora de la oración.
2Junto a la puerta llamada Hermosa había un
hombre lisiado de nacimiento, al que todos los
días dejaban allí para que pidiera limosna a los
que entraban en el templo. 3Cuando éste vio que
Pedro y Juan estaban por entrar, les pidió limosna.
4Pedro, con Juan, mirándolo fijamente, le dijo:
—¡Míranos!
5El hombre fijó en ellos la mirada, esperando
recibir algo.
6—No tengo plata ni oro —declaró Pedro—,
pero lo que tengo te doy. En el nombre de
*Jesucristo de Nazaret, ¡levántate y anda!
7Y tomándolo por la mano derecha, lo levan-
tó. Al instante los pies y los tobillos del hombre
cobraron fuerza. 8De un salto se puso en pie y
comenzó a caminar. Luego entró con ellos en el
templo con sus propios pies, saltando y alabando

[n]2:39 *los extranjeros.* Lit. *los que están lejos.* [ñ]3:1 *las tres de la tarde.* Lit. *la hora novena.*

God has made this Jesus, whom you crucified,
both Lord and Christ."
37When the people heard this, they were cut
to the heart and said to Peter and the other
apostles, "Brothers, what shall we do?"
38Peter replied, "Repent and be baptized, ev-
ery one of you, in the name of Jesus Christ for
the forgiveness of your sins. And you will re-
ceive the gift of the Holy Spirit. 39The promise
is for you and your children and for all who are
far off—for all whom the Lord our God will
call."
40With many other words he warned them;
and he pleaded with them, "Save yourselves
from this corrupt generation." 41Those who ac-
cepted his message were baptized, and about
three thousand were added to their number that
day.

The Fellowship of the Believers

42They devoted themselves to the apostles'
teaching and to the fellowship, to the breaking
of bread and to prayer. 43Everyone was filled
with awe, and many wonders and miraculous
signs were done by the apostles. 44All the be-
lievers were together and had everything in
common. 45Selling their possessions and
goods, they gave to anyone as he had need.
46Every day they continued to meet together
in the temple courts. They broke bread in
their homes and ate together with glad and
sincere hearts, 47praising God and enjoying
the favor of all the people. And the Lord add-
ed to their number daily those who were be-
ing saved.

Peter Heals the Crippled Beggar

3 One day Peter and John were going up to
the temple at the time of prayer—at three
in the afternoon. 2Now a man crippled from
birth was being carried to the temple gate
called Beautiful, where he was put every day
to beg from those going into the temple courts.
3When he saw Peter and John about to enter,
he asked them for money. 4Peter looked
straight at him, as did John. Then Peter said,
"Look at us!" 5So the man gave them his
attention, expecting to get something from
them.
6Then Peter said, "Silver or gold I do not
have, but what I have I give you. In the name of
Jesus Christ of Nazareth, walk." 7Taking him
by the right hand, he helped him up, and instant-
ly the man's feet and ankles became strong. 8He
jumped to his feet and began to walk. Then he
went with them into the temple courts, walking

a Dios. 9Cuando todo el pueblo lo vio caminar
y alabar a Dios, 10lo reconocieron como el mis-
mo hombre que acostumbraba pedir limosna
sentado junto a la puerta llamada Hermosa, y se
llenaron de admiración y asombro por lo que le
había ocurrido.

Pedro se dirige a los espectadores

11Mientras el hombre seguía aferrado a Pedro
y a Juan, toda la gente, que no salía de su
asombro, corrió hacia ellos al lugar conocido
como Pórtico de Salomón. 12Al ver esto, Pedro
les dijo: «Pueblo de Israel, ¿por qué les sorpren-
de lo que ha pasado? ¿Por qué nos miran como
si, por nuestro propio poder o virtud, hubiéra-
mos hecho caminar a este hombre? 13El Dios de
Abraham, de Isaac y de Jacob, el Dios de nues-
tros antepasados, ha glorificado a su siervo
Jesús. Ustedes lo entregaron y lo rechazaron
ante Pilato, aunque éste había decidido soltarlo.
14Rechazaron al Santo y Justo, y pidieron que se
indultara a un asesino. 15Mataron al autor de la
vida, pero Dios lo *levantó de entre los muertos,
y de eso nosotros somos testigos. 16Por la fe en
el nombre de Jesús, él ha restablecido a este
hombre a quien ustedes ven y conocen. Esta fe
que viene por medio de Jesús lo ha sanado por
completo, como les consta a ustedes.

17»Ahora bien, hermanos, yo sé que ustedes y
sus dirigentes actuaron así por ignorancia. 18Pero
de este modo Dios cumplió lo que de antemano
había anunciado por medio de todos los profetas:
que su *Mesías tenía que padecer. 19Por tanto,
para que sean borrados sus pecados, *arrepién-
tanse y vuélvanse a Dios, a fin de que vengan
tiempos de descanso de parte del Señor, 20envián-
doles el Mesías que ya había sido preparado para
ustedes, el cual es Jesús. 21Es necesario que él
permanezca en el cielo hasta que llegue el tiempo
de la restauración de todas las cosas, como Dios
lo ha anunciado desde hace siglos por medio de
sus *santos profetas. 22Moisés dijo: "El Señor su
Dios hará surgir para ustedes, de entre sus propios
hermanos, a un profeta como yo; presten atención
a todo lo que les diga. 23Porque quien no le haga
caso será eliminado del pueblo."[o]

24»En efecto, a partir de Samuel todos los
profetas han anunciado estos días. 25Ustedes,
pues, son herederos de los profetas y del pacto
que Dios estableció con nuestros antepasados al
decirle a Abraham: "Todos los pueblos del mun-
do serán bendecidos por medio de tu descenden-
cia."[p] 26Cuando Dios resucitó a su siervo, lo
envió primero a ustedes para darles la bendición
de que cada uno se convierta de sus maldades.»

[o]3:23 Lv 23:29; Dt 18:15,18,19 [p]3:25 Gn 22:18; 26:4

and jumping, and praising God. 9When all the
people saw him walking and praising God,
10they recognized him as the same man who
used to sit begging at the temple gate called
Beautiful, and they were filled with wonder and
amazement at what had happened to him.

Peter Speaks to the Onlookers

11While the beggar held on to Peter and John,
all the people were astonished and came running
to them in the place called Solomon's Colon-
nade. 12When Peter saw this, he said to them:
"Men of Israel, why does this surprise you?
Why do you stare at us as if by our own power
or godliness we had made this man walk? 13The
God of Abraham, Isaac and Jacob, the God of
our fathers, has glorified his servant Jesus. You
handed him over to be killed, and you disowned
him before Pilate, though he had decided to let
him go. 14You disowned the Holy and Righteous
One and asked that a murderer be released to
you. 15You killed the author of life, but God
raised him from the dead. We are witnesses of
this. 16By faith in the name of Jesus, this man
whom you see and know was made strong. It is
Jesus' name and the faith that comes through
him that has given this complete healing to him,
as you can all see.

17"Now, brothers, I know that you acted in
ignorance, as did your leaders. 18But this is how
God fulfilled what he had foretold through all
the prophets, saying that his Christ[m] would suf-
fer. 19Repent, then, and turn to God, so that your
sins may be wiped out, that times of refreshing
may come from the Lord, 20and that he may send
the Christ, who has been appointed for
you—even Jesus. 21He must remain in heaven
until the time comes for God to restore every-
thing, as he promised long ago through his holy
prophets. 22For Moses said, 'The Lord your God
will raise up for you a prophet like me from
among your own people; you must listen to
everything he tells you. 23Anyone who does not
listen to him will be completely cut off from
among his people.'[n]

24"Indeed, all the prophets from Samuel on,
as many as have spoken, have foretold these
days. 25And you are heirs of the prophets and of
the covenant God made with your fathers. He
said to Abraham, 'Through your offspring all
peoples on earth will be blessed.'[o] 26When God
raised up his servant, he sent him first to you to
bless you by turning each of you from your
wicked ways."

[m]*18* Or *Messiah*; also in verse 20 [n]*23* Deut. 18:15,18,19
[o]*25* Gen. 22:18; 26:4

Pedro y Juan ante el Consejo

4 Mientras Pedro y Juan le hablaban a la
gente, se les presentaron los sacerdotes, el
capitán de la guardia del *templo y los saduceos.
2 Estaban muy disgustados porque los apóstoles
enseñaban a la gente y proclamaban la resurrec-
ción, que se había hecho evidente en el caso de
Jesús. 3 Prendieron a Pedro y a Juan y, como ya
anochecía, los metieron en la cárcel hasta el día
siguiente. 4 Pero muchos de los que oyeron el
mensaje creyeron, y el número de éstos llegaba
a unos cinco mil.

5 Al día siguiente se reunieron en Jerusalén los
gobernantes, los *ancianos y los *maestros de la
ley. 6 Allí estaban el sumo sacerdote Anás, Cai-
fás, Juan, Alejandro y los otros miembros de la
familia del sumo sacerdote. 7 Hicieron que Pedro
y Juan comparecieran ante ellos y comenzaron
a interrogarlos:

—¿Con qué poder, o en nombre de quién,
hicieron ustedes esto?

8 Pedro, lleno del Espíritu Santo, les respondió:

—Gobernantes del pueblo y ancianos: 9 Hoy
se nos procesa por haber favorecido a un inváli-
do, ¡y se nos pregunta cómo fue sanado! 10 Se-
pan, pues, todos ustedes y todo el pueblo de
Israel que este hombre está aquí delante de
ustedes, sano gracias al nombre de *Jesucristo
de Nazaret, crucificado por ustedes pero *resu-
citado por Dios. 11 Jesucristo es "la piedra que
desecharon ustedes los constructores, y que ha
llegado a ser la piedra angular".[q] 12 De hecho,
en ningún otro hay salvación, porque no hay
bajo el cielo otro nombre dado a los hombres
mediante el cual podamos ser salvos.

13 Los gobernantes, al ver la osadía con que
hablaban Pedro y Juan, y al darse cuenta de que
eran gente sin estudios ni preparación, quedaron
asombrados y reconocieron que habían estado
con Jesús. 14 Además, como vieron que los acom-
pañaba el hombre que había sido sanado, no
tenían nada que alegar. 15 Así que les mandaron
que se retiraran del *Consejo, y se pusieron a
deliberar entre sí: 16 «¿Qué vamos a hacer con
estos sujetos? Es un hecho que por medio de ellos
ha ocurrido un milagro evidente; todos los que
viven en Jerusalén lo saben, y no podemos negar-
lo. 17 Pero para evitar que este asunto siga divul-
gándose entre la gente, vamos a amenazarlos para
que no vuelvan a hablar de ese nombre a nadie.»

18 Los llamaron y les ordenaron terminante-
mente que dejaran de hablar y enseñar acerca del
nombre de Jesús. 19 Pero Pedro y Juan replica-
ron:

[q] 4:11 Sal 118:22

Peter and John Before the Sanhedrin

4 The priests and the captain of the temple
guard and the Sadducees came up to Peter
and John while they were speaking to the people.
2 They were greatly disturbed because the apos-
tles were teaching the people and proclaiming in
Jesus the resurrection of the dead. 3 They seized
Peter and John, and because it was evening, they
put them in jail until the next day. 4 But many
who heard the message believed, and the num-
ber of men grew to about five thousand.

5 The next day the rulers, elders and teachers
of the law met in Jerusalem. 6 Annas the high
priest was there, and so were Caiaphas, John,
Alexander and the other men of the high
priest's family. 7 They had Peter and John
brought before them and began to question
them: "By what power or what name did you
do this?"

8 Then Peter, filled with the Holy Spirit, said
to them: "Rulers and elders of the people! 9 If
we are being called to account today for an act
of kindness shown to a cripple and are asked
how he was healed, 10 then know this, you and
all the people of Israel: It is by the name of Jesus
Christ of Nazareth, whom you crucified but
whom God raised from the dead, that this man
stands before you healed. 11 He is

" 'the stone you builders rejected,
which has become the capstone.[p]'[q]

12 Salvation is found in no one else, for there is
no other name under heaven given to men by
which we must be saved."

13 When they saw the courage of Peter and
John and realized that they were unschooled,
ordinary men, they were astonished and they
took note that these men had been with Jesus.
14 But since they could see the man who had
been healed standing there with them, there
was nothing they could say. 15 So they ordered
them to withdraw from the Sanhedrin and then
conferred together. 16 "What are we going to
do with these men?" they asked. "Everybody
living in Jerusalem knows they have done an
outstanding miracle, and we cannot deny it.
17 But to stop this thing from spreading any
further among the people, we must warn these
men to speak no longer to anyone in this
name."

18 Then they called them in again and com-
manded them not to speak or teach at all in the
name of Jesus. 19 But Peter and John replied,

[p] 11 Or *cornerstone* [q] 11 Psalm 118:22

—¿Es justo delante de Dios obedecerlos a
ustedes en vez de obedecerlo a él? ¡Júzguenlo
ustedes mismos! 20 Nosotros no podemos dejar
de hablar de lo que hemos visto y oído.

21 Después de nuevas amenazas, los dejaron
irse. Por causa de la gente, no hallaban manera
de castigarlos: todos alababan a Dios por lo que
había sucedido, 22 pues el hombre que había sido
milagrosamente sanado tenía más de cuarenta
años.

La oración de los creyentes

23 Al quedar libres, Pedro y Juan volvieron a los
suyos y les relataron todo lo que les habían dicho
los jefes de los sacerdotes y los *ancianos.
24 Cuando lo oyeron, alzaron unánimes la voz en
oración a Dios: «Soberano Señor, creador del
cielo y de la tierra, del mar y de todo lo que hay en
ellos, 25 tú, por medio del Espíritu Santo, dijiste en
labios de nuestro padre David, tu siervo:

»"¿Por qué se sublevan las *naciones
y en vano conspiran los pueblos?
26 Los reyes de la tierra se rebelan
y los gobernantes se confabulan
contra el Señor
y contra su ungido."[r]

27 En efecto, en esta ciudad se reunieron Herodes
y Poncio Pilato, con los *gentiles y con el pue-
blo[s] de Israel, contra tu santo siervo Jesús, a
quien ungiste 28 para hacer lo que de antemano
tu poder y tu voluntad habían determinado que
sucediera. 29 Ahora, Señor, toma en cuenta sus
amenazas y concede a tus *siervos el proclamar
tu palabra sin temor alguno. 30 Por eso, extiende
tu mano para sanar y hacer señales y prodigios
mediante el nombre de tu santo siervo Jesús.»

31 Después de haber orado, tembló el lugar en
que estaban reunidos; todos fueron llenos del
Espíritu Santo, y proclamaban la palabra de
Dios sin temor alguno.

Los creyentes comparten sus bienes

32 Todos los creyentes eran de un solo sentir y
pensar. Nadie consideraba suya ninguna de sus
posesiones, sino que las compartían. 33 Los
apóstoles, a su vez, con gran poder seguían
dando testimonio de la resurrección del Señor
Jesús. La gracia de Dios se derramaba abundan-
temente sobre todos ellos, 34 pues no había nin-
gún necesitado en la comunidad. Quienes po-
seían casas o terrenos los vendían, llevaban el
dinero de las ventas 35 y lo entregaban a los

[r]4:26 *ungido*. Lit. **Cristo*; Sal 2:1-2. [s]4:27 *el pueblo*. Lit. *los pueblos*.

"Judge for yourselves whether it is right in
God's sight to obey you rather than God. 20 For
we cannot help speaking about what we have
seen and heard."

21 After further threats they let them go. They
could not decide how to punish them, because
all the people were praising God for what had
happened. 22 For the man who was miraculously
healed was over forty years old.

The Believers' Prayer

23 On their release, Peter and John went back
to their own people and reported all that the chief
priests and elders had said to them. 24 When they
heard this, they raised their voices together in
prayer to God. "Sovereign Lord," they said,
"you made the heaven and the earth and the sea,
and everything in them. 25 You spoke by the
Holy Spirit through the mouth of your servant,
our father David:

"'Why do the nations rage
and the peoples plot in vain?
26 The kings of the earth take their stand
and the rulers gather together
against the Lord
and against his Anointed One.[r][s]

27 Indeed Herod and Pontius Pilate met togeth-
er with the Gentiles and the people[t] of Israel
in this city to conspire against your holy ser-
vant Jesus, whom you anointed. 28 They did
what your power and will had decided before-
hand should happen. 29 Now, Lord, consider
their threats and enable your servants to speak
your word with great boldness. 30 Stretch out
your hand to heal and perform miraculous
signs and wonders through the name of your
holy servant Jesus."

31 After they prayed, the place where they
were meeting was shaken. And they were all
filled with the Holy Spirit and spoke the word
of God boldly.

The Believers Share Their Possessions

32 All the believers were one in heart and
mind. No one claimed that any of his posses-
sions was his own, but they shared everything
they had. 33 With great power the apostles con-
tinued to testify to the resurrection of the Lord
Jesus, and much grace was upon them all.
34 There were no needy persons among them.
For from time to time those who owned lands or
houses sold them, brought the money from the

[r]*26* That is, Christ or Messiah [s]*26* Psalm 2:1,2 [t]*27* The Greek is plural.

apóstoles para que se distribuyera a cada uno
según su necesidad.
36José, un levita natural de Chipre, a quien los
apóstoles llamaban Bernabé (que significa:
Consolador[f]), 37vendió un terreno que poseía,
llevó el dinero y lo puso a disposición de los
apóstoles.

Ananías y Safira

5 1-2Un hombre llamado Ananías también
vendió una propiedad y, en complicidad con
su esposa Safira, se quedó con parte del dinero y
puso el resto a disposición de los apóstoles.
3—Ananías —le reclamó Pedro—, ¿cómo es
posible que Satanás haya llenado tu corazón
para que le mintieras al Espíritu Santo y te
quedaras con parte del dinero que recibiste por
el terreno? 4¿Acaso no era tuyo antes de vender-
lo? Y una vez vendido, ¿no estaba el dinero en
tu poder? ¿Cómo se te ocurrió hacer esto? ¡No
has mentido a los hombres sino a Dios!
5Al oír estas palabras, Ananías cayó muerto.
Y un gran temor se apoderó de todos los que se
enteraron de lo sucedido. 6Entonces se acerca-
ron los más jóvenes, envolvieron el cuerpo, se
lo llevaron y le dieron sepultura.
7Unas tres horas más tarde entró la esposa, sin
saber lo que había ocurrido.
8—Dime —le preguntó Pedro—, ¿vendieron
ustedes el terreno por tal precio?
—Sí —dijo ella—, por tal precio.
9—¿Por qué se pusieron de acuerdo para poner
a *prueba al Espíritu del Señor? —le recriminó
Pedro—. ¡Mira! Los que sepultaron a tu esposo
acaban de regresar y ahora te llevarán a ti.
10En ese mismo instante ella cayó muerta a
los pies de Pedro. Entonces entraron los jóvenes
y, al verla muerta, se la llevaron y le dieron
sepultura al lado de su esposo. 11Y un gran
temor se apoderó de toda la iglesia y de todos
los que se enteraron de estos sucesos.

Los apóstoles sanan a muchas personas

12Por medio de los apóstoles ocurrían muchas
señales y prodigios entre el pueblo; y todos los
creyentes se reunían de común acuerdo en el
Pórtico de Salomón. 13Nadie entre el pueblo se
atrevía a juntarse con ellos, aunque los elogia-
ban. 14Y seguía aumentando el número de los
que creían y aceptaban al Señor. 15Era tal la
multitud de hombres y mujeres, que hasta saca-
ban a los enfermos a las plazas y los ponían en
colchonetas y camillas para que, al pasar Pedro,
por lo menos su sombra cayera sobre alguno de
ellos. 16También de los pueblos vecinos a Jeru-

[f]4:36 *Consolador.* Lit. *Hijo de consolación.*

sales 35and put it at the apostles' feet, and it was
distributed to anyone as he had need.
36Joseph, a Levite from Cyprus, whom the
apostles called Barnabas (which means Son of
Encouragement), 37sold a field he owned and
brought the money and put it at the apostles'
feet.

Ananias and Sapphira

5 Now a man named Ananias, together with
his wife Sapphira, also sold a piece of prop-
erty. 2With his wife's full knowledge he kept
back part of the money for himself, but brought
the rest and put it at the apostles' feet.
3Then Peter said, "Ananias, how is it that
Satan has so filled your heart that you have
lied to the Holy Spirit and have kept for your-
self some of the money you received for the
land? 4Didn't it belong to you before it was
sold? And after it was sold, wasn't the money
at your disposal? What made you think of do-
ing such a thing? You have not lied to men but
to God."
5When Ananias heard this, he fell down and
died. And great fear seized all who heard what
had happened. 6Then the young men came for-
ward, wrapped up his body, and carried him out
and buried him.
7About three hours later his wife came in, not
knowing what had happened. 8Peter asked her,
"Tell me, is this the price you and Ananias got
for the land?"
"Yes," she said, "that is the price."
9Peter said to her, "How could you agree to
test the Spirit of the Lord? Look! The feet of the
men who buried your husband are at the door,
and they will carry you out also."
10At that moment she fell down at his feet
and died. Then the young men came in and,
finding her dead, carried her out and buried
her beside her husband. 11Great fear seized the
whole church and all who heard about these
events.

The Apostles Heal Many

12The apostles performed many miraculous
signs and wonders among the people. And all
the believers used to meet together in Solo-
mon's Colonnade. 13No one else dared join
them, even though they were highly regarded
by the people. 14Nevertheless, more and more
men and women believed in the Lord and were
added to their number. 15As a result, people
brought the sick into the streets and laid them
on beds and mats so that at least Peter's shad-
ow might fall on some of them as he passed
by. 16Crowds gathered also from the towns

salén acudían multitudes que llevaban personas
enfermas y atormentadas por *espíritus malig-
nos, y todas eran sanadas.

Persiguen a los apóstoles

17El sumo sacerdote y todos sus partidarios,
que pertenecían a la secta de los saduceos, se
llenaron de envidia. 18Entonces arrestaron a los
apóstoles y los metieron en la cárcel común.
19Pero en la noche un ángel del Señor abrió las
puertas de la cárcel y los sacó. 20«Vayan —les
dijo—, preséntense en el *templo y comuniquen
al pueblo todo este mensaje de vida.»

21Conforme a lo que habían oído, al amanecer
entraron en el templo y se pusieron a enseñar.
Cuando llegaron el sumo sacerdote y sus parti-
darios, convocaron al *Consejo, es decir, a la
asamblea general de los *ancianos de Israel, y
mandaron traer de la cárcel a los apóstoles.
22Pero al llegar los guardias a la cárcel, no los
encontraron. Así que volvieron con el siguiente
informe: 23«Encontramos la cárcel cerrada, con
todas las medidas de seguridad, y a los guardias
firmes a las puertas; pero cuando abrimos, no
encontramos a nadie adentro.»

24Al oírlo, el capitán de la guardia del templo
y los jefes de los sacerdotes se quedaron perple-
jos, preguntándose en qué terminaría todo aque-
llo. 25En esto, se presentó alguien que les infor-
mó: «¡Miren! Los hombres que ustedes metie-
ron en la cárcel están en el templo y siguen
enseñando al pueblo.» 26Fue entonces el capitán
con sus guardias y trajo a los apóstoles sin
recurrir a la fuerza, porque temían ser apedrea-
dos por la gente. 27Los condujeron ante el Con-
sejo, y el sumo sacerdote les reclamó:

28—Terminantemente les hemos prohibido
enseñar en ese nombre. Sin embargo, ustedes
han llenado a Jerusalén con sus enseñanzas, y se
han propuesto echarnos la culpa a nosotros de la
muerte[u] de ese hombre.

29—¡Es necesario obedecer a Dios antes que
a los hombres! —respondieron Pedro y los de-
más apóstoles—. 30El Dios de nuestros antepa-
sados resucitó a Jesús, a quien ustedes mataron
colgándolo de un madero. 31Por su poder,[v] Dios
lo exaltó como Príncipe y Salvador, para que
diera a Israel *arrepentimiento y perdón de pe-
cados. 32Nosotros somos testigos de estos acon-
tecimientos, y también lo es el Espíritu Santo
que Dios ha dado a quienes le obedecen.

33A los que oyeron esto se les subió la sangre
a la cabeza y querían matarlos. 34Pero un *fari-
seo llamado Gamaliel, *maestro de la ley muy

[u]**5:28** *muerte.* Lit. *sangre.* [v]**5:31** *Por su poder.* Alt. *A su derecha.*

around Jerusalem, bringing their sick and
those tormented by evil[u] spirits, and all of
them were healed.

The Apostles Persecuted

17Then the high priest and all his associates,
who were members of the party of the Saddu-
cees, were filled with jealousy. 18They arrest-
ed the apostles and put them in the public jail.
19But during the night an angel of the Lord
opened the doors of the jail and brought them
out. 20"Go, stand in the temple courts," he
said, "and tell the people the full message of
this new life."

21At daybreak they entered the temple courts,
as they had been told, and began to teach the
people.

When the high priest and his associates ar-
rived, they called together the Sanhedrin—the
full assembly of the elders of Israel—and sent
to the jail for the apostles. 22But on arriving at
the jail, the officers did not find them there. So
they went back and reported, 23"We found the
jail securely locked, with the guards standing at
the doors; but when we opened them, we found
no one inside." 24On hearing this report, the
captain of the temple guard and the chief priests
were puzzled, wondering what would come of
this.

25Then someone came and said, "Look! The
men you put in jail are standing in the temple
courts teaching the people." 26At that, the cap-
tain went with his officers and brought the apos-
tles. They did not use force, because they feared
that the people would stone them.

27Having brought the apostles, they made
them appear before the Sanhedrin to be ques-
tioned by the high priest. 28"We gave you strict
orders not to teach in this name," he said. "Yet
you have filled Jerusalem with your teaching
and are determined to make us guilty of this
man's blood."

29Peter and the other apostles replied: "We
must obey God rather than men! 30The God
of our fathers raised Jesus from the
dead—whom you had killed by hanging him
on a tree. 31God exalted him to his own right
hand as Prince and Savior that he might give
repentance and forgiveness of sins to Israel.
32We are witnesses of these things, and so is
the Holy Spirit, whom God has given to those
who obey him."

33When they heard this, they were furious and
wanted to put them to death. 34But a Pharisee
named Gamaliel, a teacher of the law, who was

[u]*16* Greek *unclean*

respetado por todo el pueblo, se puso de pie en
el Consejo y mandó que hicieran salir por un
momento a los apóstoles. 35Luego dijo: «Hom-
bres de Israel, piensen dos veces en lo que están
a punto de hacer con estos hombres. 36Hace
algún tiempo surgió Teudas, jactándose de ser
alguien, y se le unieron unos cuatrocientos hom-
bres. Pero lo mataron y todos sus seguidores se
dispersaron y allí se acabó todo. 37Después de
él surgió Judas el galileo, en los días del censo,
y logró que la gente lo siguiera. A él también lo
mataron, y todos sus secuaces se dispersaron.
38En este caso les aconsejo que dejen a estos
hombres en paz. ¡Suéltenlos! Si lo que se propo-
nen y hacen es de origen humano, fracasará;
39pero si es de Dios, no podrán destruirlos, y
ustedes se encontrarán luchando contra Dios.»

Se dejaron persuadir por Gamaliel. 40Enton-
ces llamaron a los apóstoles y, luego de azotar-
los, les ordenaron que no hablaran más en el
nombre de Jesús. Después de eso los soltaron.

41Así, pues, los apóstoles salieron del Conse-
jo, llenos de gozo por haber sido considerados
dignos de sufrir afrentas por causa del Nombre.
42Y día tras día, en el templo y de casa en casa,
no dejaban de enseñar y anunciar las buenas
*nuevas de que Jesús es el *Mesías.

Elección de los siete

6 En aquellos días, al aumentar el número de
los discípulos, se quejaron los judíos de
habla griega contra los de habla aramea[w] de que
sus viudas eran desatendidas en la distribución
diaria de los alimentos. 2Así que los doce reu-
nieron a toda la comunidad de discípulos y les
dijeron: «No está bien que nosotros los apóstoles
descuidemos el ministerio de la palabra de Dios
para servir las mesas. 3Hermanos, escojan de
entre ustedes a siete hombres de buena reputa-
ción, llenos del Espíritu y de sabiduría, para
encargarles esta responsabilidad. 4Así nosotros
nos dedicaremos de lleno a la oración y al mi-
nisterio de la palabra.»

5Esta propuesta agradó a toda la asamblea.
Escogieron a Esteban, hombre lleno de fe y del
Espíritu Santo, y a Felipe, a Prócoro, a Nicanor,
a Timón, a Parmenas y a Nicolás, un prosélito
de Antioquía. 6Los presentaron a los apóstoles,
quienes oraron y les impusieron las manos.

7Y la palabra de Dios se difundía: el número
de los discípulos aumentaba considerablemente
en Jerusalén, e incluso muchos de los sacerdotes
obedecían a la fe.

[w]6:1 *los judíos … aramea.* Lit. *los helenistas contra los hebreos.*

honored by all the people, stood up in the San-
hedrin and ordered that the men be put outside
for a little while. 35Then he addressed them:
"Men of Israel, consider carefully what you
intend to do to these men. 36Some time ago
Theudas appeared, claiming to be somebody,
and about four hundred men rallied to him. He
was killed, all his followers were dispersed, and
it all came to nothing. 37After him, Judas the
Galilean appeared in the days of the census and
led a band of people in revolt. He too was killed,
and all his followers were scattered. 38There-
fore, in the present case I advise you: Leave
these men alone! Let them go! For if their pur-
pose or activity is of human origin, it will fail.
39But if it is from God, you will not be able to
stop these men; you will only find yourselves
fighting against God."

40His speech persuaded them. They called the
apostles in and had them flogged. Then they
ordered them not to speak in the name of Jesus,
and let them go.

41The apostles left the Sanhedrin, rejoicing
because they had been counted worthy of suf-
fering disgrace for the Name. 42Day after day,
in the temple courts and from house to house,
they never stopped teaching and proclaiming the
good news that Jesus is the Christ.[v]

The Choosing of the Seven

6 In those days when the number of disciples
was increasing, the Grecian Jews among
them complained against the Hebraic Jews be-
cause their widows were being overlooked in the
daily distribution of food. 2So the Twelve gath-
ered all the disciples together and said, "It
would not be right for us to neglect the ministry
of the word of God in order to wait on tables.
3Brothers, choose seven men from among you
who are known to be full of the Spirit and
wisdom. We will turn this responsibility over to
them 4and will give our attention to prayer and
the ministry of the word."

5This proposal pleased the whole group. They
chose Stephen, a man full of faith and of the
Holy Spirit; also Philip, Procorus, Nicanor, Ti-
mon, Parmenas, and Nicolas from Antioch, a
convert to Judaism. 6They presented these men
to the apostles, who prayed and laid their hands
on them.

7So the word of God spread. The number of
disciples in Jerusalem increased rapidly, and a
large number of priests became obedient to the
faith.

[v]*42* Or *Messiah*

Arresto de Esteban

8Esteban, hombre lleno de la gracia y del poder
de Dios, hacía grandes prodigios y señales mila-
grosas entre el pueblo. 9Con él se pusieron a
discutir ciertos individuos de la sinagoga llamada
de los Libertos, donde había judíos de Cirene y de
Alejandría, de Cilicia y de la provincia de *Asia.
10Como no podían hacer frente a la sabiduría ni al
Espíritu con que hablaba Esteban, 11instigaron a
unos hombres a decir: «Hemos oído a Esteban
*blasfemar contra Moisés y contra Dios.»

12Agitaron al pueblo, a los *ancianos y a los
*maestros de la ley. Se apoderaron de Esteban
y lo llevaron ante el *Consejo. 13Presentaron
testigos falsos, que declararon: «Este hombre no
deja de hablar contra este lugar santo y contra la
ley. 14Le hemos oído decir que ese Jesús de
Nazaret destruirá este lugar y cambiará las tra-
diciones que nos dejó Moisés.»

15Todos los que estaban sentados en el Con-
sejo fijaron la mirada en Esteban y vieron que
su rostro se parecía al de un ángel.

Discurso de Esteban ante el Consejo

7 —¿Son ciertas estas acusaciones? —le pre-
guntó el sumo sacerdote.

2Él contestó:

—Hermanos y padres, ¡escúchenme! El Dios
de la gloria se apareció a nuestro padre Abraham
cuando éste aún vivía en Mesopotamia, antes de
radicarse en Jarán. 3"Deja tu tierra y a tus pa-
rientes —le dijo Dios—, y ve a la tierra que yo
te mostraré."[x]

4»Entonces salió de la tierra de los caldeos y
se estableció en Jarán. Desde allí, después de la
muerte de su padre, Dios lo trasladó a esta tierra
donde ustedes viven ahora. 5No le dio herencia
alguna en ella, ni siquiera dónde plantar el pie,
pero le prometió dársela en posesión a él y a su
descendencia, aunque Abraham no tenía ni un
solo hijo todavía. 6Dios le dijo así: "Tus descen-
dientes vivirán como extranjeros en tierra ex-
traña, donde serán esclavizados y maltratados
durante cuatrocientos años. 7Pero sea cual sea la
nación que los esclavice, yo la castigaré, y luego
tus descendientes saldrán de esa tierra y me
adorarán en este lugar."[y] 8Hizo con Abraham el
pacto que tenía por señal la circuncisión. Así,
cuando Abraham tuvo a su hijo Isaac, lo circun-
cidó a los ocho días de nacido, e Isaac a Jacob,
y Jacob a los doce patriarcas.

9»Por envidia los patriarcas vendieron a José

[x]7:3 Gn 12:1 [y]7:7 Gn 15:13,14; Éx 3:12

Stephen Seized

8Now Stephen, a man full of God's grace and
power, did great wonders and miraculous signs
among the people. 9Opposition arose, however,
from members of the Synagogue of the Freed-
men (as it was called)—Jews of Cyrene and
Alexandria as well as the provinces of Cilicia
and Asia. These men began to argue with Ste-
phen, 10but they could not stand up against his
wisdom or the Spirit by whom he spoke.

11Then they secretly persuaded some men to
say, "We have heard Stephen speak words of
blasphemy against Moses and against God."

12So they stirred up the people and the elders
and the teachers of the law. They seized Stephen
and brought him before the Sanhedrin. 13They
produced false witnesses, who testified, "This
fellow never stops speaking against this holy
place and against the law. 14For we have heard
him say that this Jesus of Nazareth will destroy
this place and change the customs Moses handed
down to us."

15All who were sitting in the Sanhedrin
looked intently at Stephen, and they saw that his
face was like the face of an angel.

Stephen's Speech to the Sanhedrin

7 Then the high priest asked him, "Are these
charges true?"

2To this he replied: "Brothers and fathers,
listen to me! The God of glory appeared to our
father Abraham while he was still in Mesopota-
mia, before he lived in Haran. 3'Leave your
country and your people,' God said, 'and go to
the land I will show you.'[w]

4"So he left the land of the Chaldeans and
settled in Haran. After the death of his father,
God sent him to this land where you are now
living. 5He gave him no inheritance here, not
even a foot of ground. But God promised him
that he and his descendants after him would
possess the land, even though at that time Abra-
ham had no child. 6God spoke to him in this
way: 'Your descendants will be strangers in a
country not their own, and they will be enslaved
and mistreated four hundred years. 7But I will
punish the nation they serve as slaves,' God
said, 'and afterward they will come out of that
country and worship me in this place.'[x] 8Then
he gave Abraham the covenant of circumcision.
And Abraham became the father of Isaac and
circumcised him eight days after his birth. Later
Isaac became the father of Jacob, and Jacob
became the father of the twelve patriarchs.

[w]3 Gen. 12:1 [x]7 Gen. 15:13,14

como esclavo, quien fue llevado a Egipto; pero
Dios estaba con él 10y lo libró de todas sus
desgracias. Le dio sabiduría para ganarse el
favor del faraón, rey de Egipto, que lo nombró
gobernador del país y del palacio real.

11»Hubo entonces un hambre que azotó a todo
Egipto y a Canaán, causando mucho sufrimiento,
y nuestros antepasados no encontraban alimen-
tos. 12Al enterarse Jacob de que había comida en
Egipto, mandó allá a nuestros antepasados en una
primera visita. 13En la segunda, José se dio a
conocer a sus hermanos, y el faraón supo del
origen de José. 14Después de esto, José mandó
llamar a su padre Jacob y a toda su familia, setenta
y cinco personas en total. 15Bajó entonces Jacob
a Egipto, y allí murieron él y nuestros antepasa-
dos. 16Sus restos fueron llevados a Siquén y
puestos en el sepulcro que a buen precio Abraham
había comprado a los hijos de Jamor en Siquén.

17»Cuando ya se acercaba el tiempo de que se
cumpliera la promesa que Dios le había hecho a
Abraham, el pueblo crecía y se multiplicaba en
Egipto. 18Por aquel entonces subió al trono de
Egipto un nuevo rey que no sabía nada de José.
19Este rey usó de artimañas con nuestro pueblo
y oprimió a nuestros antepasados, obligándolos
a dejar abandonados a sus hijos recién nacidos
para que murieran.

20»En aquel tiempo nació Moisés, y fue agra-
dable a los ojos de Dios.[z] Por tres meses se crió
en la casa de su padre 21y, al quedar abandonado,
la hija del faraón lo adoptó y lo crió como a su
propio hijo. 22Así Moisés fue instruido en toda
la sabiduría de los egipcios, y era poderoso en
palabra y en obra.

23»Cuando cumplió cuarenta años, Moisés
tuvo el deseo de allegarse a sus hermanos israe-
litas. 24Al ver que un egipcio maltrataba a uno
de ellos, acudió en su defensa y lo vengó matan-
do al egipcio. 25Moisés suponía que sus herma-
nos reconocerían que Dios iba a liberarlos por
medio de él, pero ellos no lo comprendieron así.
26Al día siguiente, Moisés sorprendió a dos
israelitas que estaban peleando. Trató de recon-
ciliarlos, diciéndoles: "Señores, ustedes son
hermanos; ¿por qué quieren hacerse daño?"

27»Pero el que estaba maltratando al otro em-
pujó a Moisés y le dijo: "¿Y quién te nombró a
ti gobernante y juez sobre nosotros? 28¿Acaso
quieres matarme a mí, como mataste ayer al
egipcio?"[a] 29Al oír esto, Moisés huyó a Ma-
dián; allí vivió como extranjero y tuvo dos hijos.

30»Pasados cuarenta años, se le apareció un
ángel en el desierto cercano al monte Sinaí, en

[z]7:20 *fue ... Dios.* Alt. *era sumamente hermoso.*
[a]7:28 Éx 2:14

9"Because the patriarchs were jealous of Jo-
seph, they sold him as a slave into Egypt. But
God was with him 10and rescued him from all
his troubles. He gave Joseph wisdom and en-
abled him to gain the goodwill of Pharaoh king
of Egypt; so he made him ruler over Egypt and
all his palace.

11"Then a famine struck all Egypt and Ca-
naan, bringing great suffering, and our fathers
could not find food. 12When Jacob heard that
there was grain in Egypt, he sent our fathers on
their first visit. 13On their second visit, Joseph
told his brothers who he was, and Pharaoh
learned about Joseph's family. 14After this, Jo-
seph sent for his father Jacob and his whole
family, seventy-five in all. 15Then Jacob went
down to Egypt, where he and our fathers died.
16Their bodies were brought back to Shechem
and placed in the tomb that Abraham had bought
from the sons of Hamor at Shechem for a certain
sum of money.

17"As the time drew near for God to fulfill his
promise to Abraham, the number of our people
in Egypt greatly increased. 18Then another king,
who knew nothing about Joseph, became ruler
of Egypt. 19He dealt treacherously with our
people and oppressed our forefathers by forcing
them to throw out their newborn babies so that
they would die.

20"At that time Moses was born, and he was
no ordinary child.[y] For three months he was
cared for in his father's house. 21When he was
placed outside, Pharaoh's daughter took him
and brought him up as her own son. 22Moses
was educated in all the wisdom of the Egyptians
and was powerful in speech and action.

23"When Moses was forty years old, he de-
cided to visit his fellow Israelites. 24He saw one
of them being mistreated by an Egyptian, so he
went to his defense and avenged him by killing
the Egyptian. 25Moses thought that his own
people would realize that God was using him to
rescue them, but they did not. 26The next day
Moses came upon two Israelites who were fight-
ing. He tried to reconcile them by saying, 'Men,
you are brothers; why do you want to hurt each
other?'

27"But the man who was mistreating the other
pushed Moses aside and said, 'Who made you
ruler and judge over us? 28Do you want to kill
me as you killed the Egyptian yesterday?'[z]
29When Moses heard this, he fled to Midian,
where he settled as a foreigner and had two sons.

30"After forty years had passed, an angel ap-
peared to Moses in the flames of a burning bush

[y]*20* Or *was fair in the sight of God* [z]*28* Exodus 2:14

las llamas de una zarza que ardía. 31 Moisés se asombró de lo que veía. Al acercarse para observar, oyó la voz del Señor: 32 "Yo soy el Dios de tus antepasados, el Dios de Abraham, de Isaac y de Jacob."[b] Moisés se puso a temblar de miedo, y no se atrevía a mirar.

33 »Le dijo el Señor: "Quítate las sandalias, porque estás pisando tierra santa. 34 Ciertamente he visto la opresión que sufre mi pueblo en Egipto. Los he escuchado quejarse, así que he descendido para librarlos. Ahora ven y te enviaré de vuelta a Egipto."[c]

35 »A este mismo Moisés, a quien habían rechazado diciéndole: "¿Y quién te nombró gobernante y juez?", Dios lo envió para ser gobernante y libertador, mediante el poder del ángel que se le apareció en la zarza. 36 Él los sacó de Egipto haciendo prodigios y señales milagrosas tanto en la tierra de Egipto como en el Mar Rojo, y en el desierto durante cuarenta años.

37 »Este Moisés les dijo a los israelitas: "Dios hará surgir para ustedes, de entre sus propios hermanos, un profeta como yo."[d] 38 Este mismo Moisés estuvo en la asamblea en el desierto, con el ángel que le habló en el monte Sinaí, y con nuestros antepasados. Fue también él quien recibió palabras de vida para comunicárnoslas a nosotros.

39 »Nuestros antepasados no quisieron obedecerlo a él, sino que lo rechazaron. Lo que realmente deseaban era volver a Egipto, 40 por lo cual le dijeron a Aarón: "Tienes que hacernos dioses que vayan delante de nosotros, porque a ese Moisés que nos sacó de Egipto, ¡no sabemos qué pudo haberle pasado!"[e]

41 »Entonces se hicieron un ídolo en forma de becerro. Le ofrecieron sacrificios y tuvieron fiesta en honor de la obra de sus manos. 42 Pero Dios les volvió la espalda y los entregó a que rindieran culto a los astros. Así está escrito en el libro de los profetas:

»"Casa de Israel, ¿acaso me ofrecieron
ustedes sacrificios y ofrendas
durante los cuarenta años en el desierto?
43 Por el contrario, ustedes se hicieron cargo
del tabernáculo de Moloc,
de la estrella del dios Refán,
y de las imágenes que hicieron para adorarlas.
Por lo tanto, los mandaré al exilio"[f] más
allá de Babilonia.

44 »Nuestros antepasados tenían en el desierto el tabernáculo del testimonio, hecho como Dios

[b]7:32 Éx 3:6 [c]7:34 Éx 3:5,7,8,10 [d]7:37 Dt 18:15
[e]7:40 Éx 32:1 [f]7:43 Am 5:25-27

in the desert near Mount Sinai. 31 When he saw this, he was amazed at the sight. As he went over to look more closely, he heard the Lord's voice: 32 'I am the God of your fathers, the God of Abraham, Isaac and Jacob.'[a] Moses trembled with fear and did not dare to look.

33 "Then the Lord said to him, 'Take off your sandals; the place where you are standing is holy ground. 34 I have indeed seen the oppression of my people in Egypt. I have heard their groaning and have come down to set them free. Now come, I will send you back to Egypt.'[b]

35 "This is the same Moses whom they had rejected with the words, 'Who made you ruler and judge?' He was sent to be their ruler and deliverer by God himself, through the angel who appeared to him in the bush. 36 He led them out of Egypt and did wonders and miraculous signs in Egypt, at the Red Sea[c] and for forty years in the desert.

37 "This is that Moses who told the Israelites, 'God will send you a prophet like me from your own people.'[d] 38 He was in the assembly in the desert, with the angel who spoke to him on Mount Sinai, and with our fathers; and he received living words to pass on to us.

39 "But our fathers refused to obey him. Instead, they rejected him and in their hearts turned back to Egypt. 40 They told Aaron, 'Make us gods who will go before us. As for this fellow Moses who led us out of Egypt—we don't know what has happened to him!'[e] 41 That was the time they made an idol in the form of a calf. They brought sacrifices to it and held a celebration in honor of what their hands had made. 42 But God turned away and gave them over to the worship of the heavenly bodies. This agrees with what is written in the book of the prophets:

" 'Did you bring me sacrifices and offerings
forty years in the desert, O house of Israel?
43 You have lifted up the shrine of Molech
and the star of your god Rephan,
the idols you made to worship.
Therefore I will send you into exile'[f]
beyond Babylon.

44 "Our forefathers had the tabernacle of the Testimony with them in the desert. It had been made as God directed Moses, according to the pattern he had seen. 45 Having received the

[a]32 Exodus 3:6 [b]34 Exodus 3:5,7,8,10 [c]36 That is, Sea of Reeds [d]37 Deut. 18:15 [e]40 Exodus 32:1
[f]43 Amos 5:25-27

le había ordenado a Moisés, según el modelo que
éste había visto. 45Después de haber recibido el
tabernáculo, lo trajeron consigo bajo el mando
de Josué, cuando conquistaron la tierra de las
naciones que Dios expulsó de la presencia de
ellos. Allí permaneció hasta el tiempo de David,
46quien disfrutó del favor de Dios y pidió que le
permitiera proveer una morada para el Dios[g] de
Jacob. 47Pero fue Salomón quien construyó la
casa.

48»Sin embargo, el Altísimo no habita en ca-
sas construidas por manos humanas. Como dice
el profeta:

49»"El cielo es mi trono,
y la tierra, el estrado de mis pies.
¿Qué clase de casa me construirán?
—dice el Señor—.
¿O qué lugar de descanso?
50¿No es mi mano la que ha hecho todas
estas cosas?"[h]

51»¡Tercos, duros de corazón y torpes de oí-
dos![i] Ustedes son iguales que sus antepasados:
¡Siempre resisten al Espíritu Santo! 52¿A cuál
de los profetas no persiguieron sus antepasados?
Ellos mataron a los que de antemano anunciaron
la venida del Justo, y ahora a éste lo han traicio-
nado y asesinado 53ustedes, que recibieron la ley
promulgada por medio de ángeles y no la han
obedecido.

Muerte de Esteban

54Al oír esto, rechinando los dientes montaron
en cólera contra él. 55Pero Esteban, lleno del
Espíritu Santo, fijó la mirada en el cielo y vio la
gloria de Dios, y a Jesús de pie a la *derecha de
Dios.

56—¡Veo el cielo abierto —exclamó—, y al
Hijo del hombre de pie a la derecha de Dios!

57Entonces ellos, gritando a voz en cue-
llo, se taparon los oídos y todos a una se
abalanzaron sobre él, 58lo sacaron a em-
pellones fuera de la ciudad y comenza-
ron a apedrearlo. Los acusadores le
encargaron sus mantos a un joven llama-
do Saulo.

59Mientras lo apedreaban, Esteban oraba.
—Señor Jesús —decía—, recibe mi espíritu.
60Luego cayó de rodillas y gritó:
—¡Señor, no les tomes en cuenta este pecado!
Cuando hubo dicho esto, murió.

[g]7:46 *para el Dios.* Var. *para la casa* (es decir, la familia).
[h]7:50 Is 66:1,2 [i]7:51 *¡Tercos … oídos!* Lit. *¡Duros de cuello e incircuncisos en los corazones y los oídos!*

tabernacle, our fathers under Joshua brought it
with them when they took the land from the
nations God drove out before them. It re-
mained in the land until the time of David,
46who enjoyed God's favor and asked that he
might provide a dwelling place for the God of
Jacob.[g] 47But it was Solomon who built the
house for him.

48"However, the Most High does not live in
houses made by men. As the prophet says:

49" 'Heaven is my throne,
and the earth is my footstool.
What kind of house will you build for me?
says the Lord.
Or where will my resting place be?
50Has not my hand made all these things?'[h]

51"You stiff-necked people, with uncircum-
cised hearts and ears! You are just like your
fathers: You always resist the Holy Spirit!
52Was there ever a prophet your fathers did
not persecute? They even killed those who
predicted the coming of the Righteous One.
And now you have betrayed and murdered
him— 53you who have received the law that
was put into effect through angels but have not
obeyed it."

The Stoning of Stephen

54When they heard this, they were furious and
gnashed their teeth at him. 55But Stephen, full
of the Holy Spirit, looked up to heaven and saw
the glory of God, and Jesus standing at the right
hand of God. 56"Look," he said, "I see heaven
open and the Son of Man standing at the right
hand of God."

57At this they covered their ears and, yelling
at the top of their voices, they all rushed at
him, 58dragged him out of the city and began
to stone him. Meanwhile, the witnesses laid
their clothes at the feet of a young man named
Saul.

59While they were stoning him, Stephen
prayed, "Lord Jesus, receive my spirit." 60Then
he fell on his knees and cried out, "Lord, do not
hold this sin against them." When he had said
this, he fell asleep.

[g]46 Some early manuscripts *the house of Jacob*
[h]50 Isaiah 66:1,2

8 Y Saulo estaba allí, aprobando la muerte de
Esteban.

La iglesia perseguida y dispersa

Aquel día se desató una gran persecución
contra la iglesia en Jerusalén, y todos, excepto
los apóstoles, se dispersaron por las regiones de
Judea y Samaria. 2Unos hombres piadosos se-
pultaron a Esteban e hicieron gran duelo por él.
3Saulo, por su parte, causaba estragos en la
iglesia: entrando de casa en casa, arrastraba a
hombres y mujeres y los metía en la cárcel.

Felipe en Samaria

4Los que se habían dispersado predicaban la
palabra por dondequiera que iban. 5Felipe bajó
a una ciudad de Samaria y les anunciaba al
*Mesías. 6Al oír a Felipe y ver las señales mila-
grosas que realizaba, mucha gente se reunía y
todos prestaban atención a su mensaje. 7De mu-
chos endemoniados los *espíritus malignos sa-
lían dando alaridos, y un gran número de para-
líticos y cojos quedaban sanos. 8Y aquella ciu-
dad se llenó de alegría.

Simón el hechicero

9Ya desde antes había en esa ciudad un hom-
bre llamado Simón que, jactándose de ser un
gran personaje, practicaba la hechicería y asom-
braba a la gente de Samaria. 10Todos, desde el
más pequeño hasta el más grande, le prestaban
atención y exclamaban: «¡Este hombre es al que
llaman el Gran Poder de Dios!»

11Lo seguían porque por mucho tiempo los
había tenido deslumbrados con sus artes mági-
cas. 12Pero cuando creyeron a Felipe, que les
anunciaba las buenas *nuevas del reino de Dios
y el nombre de *Jesucristo, tanto hombres como
mujeres se bautizaron. 13Simón mismo creyó y,
después de bautizarse, seguía a Felipe por todas
partes, asombrado de los grandes milagros y
señales que veía.

14Cuando los apóstoles que estaban en Jeru-
salén se enteraron de que los samaritanos habían
aceptado la palabra de Dios, les enviaron a Pedro
y a Juan. 15Éstos, al llegar, oraron por ellos para
que recibieran el Espíritu Santo, 16porque el
Espíritu aún no había descendido sobre ninguno
de ellos; solamente habían sido bautizados en el
nombre del Señor Jesús. 17Entonces Pedro y
Juan les impusieron las manos, y ellos recibie-
ron el Espíritu Santo.

18Al ver Simón que mediante la imposición
de las manos de los apóstoles se daba el Espíritu
Santo, les ofreció dinero 19y les pidió:

—Denme también a mí ese poder, para que
todos a quienes yo les imponga las manos reci-
ban el Espíritu Santo.

8 And Saul was there, giving approval to his
death.

The Church Persecuted and Scattered

On that day a great persecution broke out
against the church at Jerusalem, and all except
the apostles were scattered throughout Judea
and Samaria. 2Godly men buried Stephen and
mourned deeply for him. 3But Saul began to
destroy the church. Going from house to house,
he dragged off men and women and put them in
prison.

Philip in Samaria

4Those who had been scattered preached the
word wherever they went. 5Philip went down to
a city in Samaria and proclaimed the Christ[i]
there. 6When the crowds heard Philip and saw
the miraculous signs he did, they all paid close
attention to what he said. 7With shrieks, evil[j]
spirits came out of many, and many paralytics
and cripples were healed. 8So there was great
joy in that city.

Simon the Sorcerer

9Now for some time a man named Simon had
practiced sorcery in the city and amazed all the
people of Samaria. He boasted that he was
someone great, 10and all the people, both high
and low, gave him their attention and exclaimed,
"This man is the divine power known as the
Great Power." 11They followed him because he
had amazed them for a long time with his magic.
12But when they believed Philip as he preached
the good news of the kingdom of God and the
name of Jesus Christ, they were baptized, both
men and women. 13Simon himself believed and
was baptized. And he followed Philip every-
where, astonished by the great signs and mira-
cles he saw.

14When the apostles in Jerusalem heard that
Samaria had accepted the word of God, they
sent Peter and John to them. 15When they ar-
rived, they prayed for them that they might
receive the Holy Spirit, 16because the Holy
Spirit had not yet come upon any of them; they
had simply been baptized into[k] the name of
the Lord Jesus. 17Then Peter and John placed
their hands on them, and they received the
Holy Spirit.

18When Simon saw that the Spirit was given
at the laying on of the apostles' hands, he offered
them money 19and said, "Give me also this
ability so that everyone on whom I lay my hands
may receive the Holy Spirit."

[i] *5* Or *Messiah* [j] *7* Greek *unclean* [k] *16* Or *in*

20—¡Que tu dinero perezca contigo —le con-
testó Pedro—, porque intentaste comprar el don
de Dios con dinero! 21No tienes arte ni parte en
este asunto, porque no eres íntegro delante de
Dios. 22Por eso, *arrepiéntete de tu maldad y
ruega al Señor. Tal vez te perdone el haber
tenido esa mala intención. 23Veo que vas cami-
no a la amargura y a la esclavitud del pecado.

24—Rueguen al Señor por mí —respondió
Simón—, para que no me suceda nada de lo que
han dicho.

25Después de testificar y proclamar la palabra
del Señor, Pedro y Juan se pusieron en camino
de vuelta a Jerusalén, y de paso predicaron el
*evangelio en muchas poblaciones de los sama-
ritanos.

Felipe y el etíope

26Un ángel del Señor le dijo a Felipe: «Ponte
en marcha hacia el sur, por el camino del desier-
to que baja de Jerusalén a Gaza.» 27Felipe em-
prendió el viaje, y resulta que se encontró con
un etíope *eunuco, alto funcionario encargado
de todo el tesoro de la Candace, reina de los
etíopes. Éste había ido a Jerusalén para adorar
28y, en el viaje de regreso a su país, iba sentado
en su carro, leyendo el libro del profeta Isaías.
29El Espíritu le dijo a Felipe: «Acércate y júntate
a ese carro.»

30Felipe se acercó de prisa al carro y, al oír
que el hombre leía al profeta Isaías, le preguntó:

—¿Acaso entiende usted lo que está leyendo?

31—¿Y cómo voy a entenderlo —contestó—
si nadie me lo explica?

Así que invitó a Felipe a subir y sentarse con
él. 32El pasaje de la Escritura que estaba leyendo
era el siguiente:

«Como oveja, fue llevado al matadero;
y como cordero que enmudece ante su trasquilador,
ni siquiera abrió su boca.
33 Lo humillaron y no le hicieron justicia.
¿Quién describirá su descendencia?
Porque su vida fue arrancada de la tierra.»[j]

34—Dígame usted, por favor, ¿de quién habla
aquí el profeta, de sí mismo o de algún otro? —le
preguntó el eunuco a Felipe.

35Entonces Felipe, comenzando con ese mis-
mo pasaje de la Escritura, le anunció las buenas
*nuevas acerca de Jesús. 36Mientras iban por el
camino, llegaron a un lugar donde había agua, y
dijo el eunuco:

[j]8:33 Is 53:7,8

20Peter answered: "May your money perish
with you, because you thought you could buy
the gift of God with money! 21You have no part
or share in this ministry, because your heart is
not right before God. 22Repent of this wicked-
ness and pray to the Lord. Perhaps he will for-
give you for having such a thought in your heart.
23For I see that you are full of bitterness and
captive to sin."

24Then Simon answered, "Pray to the Lord
for me so that nothing you have said may happen
to me."

25When they had testified and proclaimed the
word of the Lord, Peter and John returned to
Jerusalem, preaching the gospel in many Samar-
itan villages.

Philip and the Ethiopian

26Now an angel of the Lord said to Philip,
"Go south to the road—the desert road—that
goes down from Jerusalem to Gaza." 27So he
started out, and on his way he met an Ethiopian[l]
eunuch, an important official in charge of all the
treasury of Candace, queen of the Ethiopians.
This man had gone to Jerusalem to worship,
28and on his way home was sitting in his chariot
reading the book of Isaiah the prophet. 29The
Spirit told Philip, "Go to that chariot and stay
near it."

30Then Philip ran up to the chariot and heard
the man reading Isaiah the prophet. "Do you
understand what you are reading?" Philip
asked.

31"How can I," he said, "unless someone
explains it to me?" So he invited Philip to come
up and sit with him.

32The eunuch was reading this passage of
Scripture:

"He was led like a sheep to the slaughter,
and as a lamb before the shearer is silent,
so he did not open his mouth.
33 In his humiliation he was deprived of justice.
Who can speak of his descendants?
For his life was taken from the earth."[m]

34The eunuch asked Philip, "Tell me, please,
who is the prophet talking about, himself or
someone else?" 35Then Philip began with that
very passage of Scripture and told him the good
news about Jesus.

36As they traveled along the road, they came
to some water and the eunuch said, "Look, here

[l]*27* That is, from the upper Nile region [m]*33* Isaiah 53:7,8

—Mire usted, aquí hay agua. ¿Qué impide que
yo sea bautizado?[k]

38Entonces mandó parar el carro, y ambos
bajaron al agua, y Felipe lo bautizó. 39Cuando
subieron del agua, el Espíritu del Señor se llevó
de repente a Felipe. El eunuco no volvió a verlo,
pero siguió alegre su camino. 40En cuanto a
Felipe, apareció en Azoto, y se fue predicando
el *evangelio en todos los pueblos hasta que
llegó a Cesarea.

Conversión de Saulo

9 Mientras tanto, Saulo, respirando aún amenazas de muerte contra los discípulos del
Señor, se presentó al sumo sacerdote 2y le pidió
cartas de extradición para las sinagogas de Damasco. Tenía la intención de encontrar y llevarse presos a Jerusalén a todos los que pertenecieran al Camino, fueran hombres o mujeres. 3En
el viaje sucedió que, al acercarse a Damasco,
una luz del cielo relampagueó de repente a su
alrededor. 4Él cayó al suelo y oyó una voz que
le decía:

—Saulo, Saulo, ¿por qué me persigues?

5—¿Quién eres, Señor? —preguntó.

—Yo soy Jesús, a quien tú persigues —le
contestó la voz—. 6Levántate y entra en la ciudad, que allí se te dirá lo que tienes que hacer.

7Los hombres que viajaban con Saulo se detuvieron atónitos, porque oían la voz pero no
veían a nadie. 8Saulo se levantó del suelo, pero
cuando abrió los ojos no podía ver, así que lo
tomaron de la mano y lo llevaron a Damasco.
9Estuvo ciego tres días, sin comer ni beber nada.

10Había en Damasco un discípulo llamado
Ananías, a quien el Señor llamó en una visión.

—¡Ananías!

—Aquí estoy, Señor.

11—Anda, ve a la casa de Judas, en la calle
llamada Derecha, y pregunta por un tal Saulo de
Tarso. Está orando, 12y ha visto en una visión a
un hombre llamado Ananías, que entra y pone
las manos sobre él para que recobre la vista.

13Entonces Ananías respondió:

—Señor, he oído hablar mucho de ese hombre
y de todo el mal que ha causado a tus *santos en
Jerusalén. 14Y ahora lo tenemos aquí, autorizado por los jefes de los sacerdotes, para llevarse
presos a todos los que invocan tu nombre.

15—¡Ve! —insistió el Señor—, porque ese
hombre es mi instrumento escogido para dar a
conocer mi nombre tanto a las *naciones y a sus
reyes como al pueblo de Israel. 16Yo le mostraré
cuánto tendrá que padecer por mi nombre.

is water. Why shouldn't I be baptized?"[n] 38And
he gave orders to stop the chariot. Then both
Philip and the eunuch went down into the water
and Philip baptized him. 39When they came up
out of the water, the Spirit of the Lord suddenly
took Philip away, and the eunuch did not see him
again, but went on his way rejoicing. 40Philip,
however, appeared at Azotus and traveled
about, preaching the gospel in all the towns until
he reached Caesarea.

Saul's Conversion

9 Meanwhile, Saul was still breathing out murderous threats against the Lord's disciples. He went to the high priest 2and asked him
for letters to the synagogues in Damascus, so
that if he found any there who belonged to the
Way, whether men or women, he might take
them as prisoners to Jerusalem. 3As he neared
Damascus on his journey, suddenly a light from
heaven flashed around him. 4He fell to the
ground and heard a voice say to him, "Saul,
Saul, why do you persecute me?"

5"Who are you, Lord?" Saul asked.

"I am Jesus, whom you are persecuting," he
replied. 6"Now get up and go into the city, and
you will be told what you must do."

7The men traveling with Saul stood there
speechless; they heard the sound but did not see
anyone. 8Saul got up from the ground, but when
he opened his eyes he could see nothing. So they
led him by the hand into Damascus. 9For three
days he was blind, and did not eat or drink
anything.

10In Damascus there was a disciple named
Ananias. The Lord called to him in a vision,
"Ananias!"

"Yes, Lord," he answered.

11The Lord told him, "Go to the house of
Judas on Straight Street and ask for a man
from Tarsus named Saul, for he is praying.
12In a vision he has seen a man named Ananias
come and place his hands on him to restore
his sight."

13"Lord," Ananias answered, "I have heard
many reports about this man and all the harm he
has done to your saints in Jerusalem. 14And he
has come here with authority from the chief
priests to arrest all who call on your name."

15But the Lord said to Ananias, "Go! This
man is my chosen instrument to carry my name
before the Gentiles and their kings and before
the people of Israel. 16I will show him how much
he must suffer for my name."

[k]**8:36** *bautizado?* Var. *bautizado? / 37—Si cree usted de todo corazón, bien puede —le dijo Felipe. / —Creo que Jesucristo es el Hijo de Dios —contestó el hombre.*

[n]*36* Some late manuscripts *baptized?" 37Philip said, "If you believe with all your heart, you may." The eunuch answered, "I believe that Jesus Christ is the Son of God."*

17 Ananías se fue y, cuando llegó a la casa, le impuso las manos a Saulo y le dijo: «Hermano Saulo, el Señor Jesús, que se te apareció en el camino, me ha enviado para que recobres la vista y seas lleno del Espíritu Santo.» 18 Al instante cayó de los ojos de Saulo algo como escamas, y recobró la vista. Se levantó y fue bautizado; 19 y habiendo comido, recobró las fuerzas.

Saulo en Damasco y en Jerusalén

Saulo pasó varios días con los discípulos que estaban en Damasco, 20 y en seguida se dedicó a predicar en las sinagogas, afirmando que Jesús es el Hijo de Dios. 21 Todos los que le oían se quedaban asombrados, y preguntaban: «¿No es éste el que en Jerusalén perseguía a muerte a los que invocan ese nombre? ¿Y no ha venido aquí para llevárselos presos y entregarlos a los jefes de los sacerdotes?» 22 Pero Saulo cobraba cada vez más fuerza y confundía a los judíos que vivían en Damasco, demostrándoles que Jesús es el *Mesías.

23 Después de muchos días, los judíos se pusieron de acuerdo para hacerlo desaparecer, 24 pero Saulo se enteró de sus maquinaciones. Día y noche vigilaban de cerca las puertas de la ciudad con el fin de eliminarlo. 25 Pero sus discípulos se lo llevaron de noche y lo bajaron en un canasto por una abertura en la muralla.

26 Cuando llegó a Jerusalén, trataba de juntarse con los discípulos, pero todos tenían miedo de él, porque no creían que de veras fuera discípulo. 27 Entonces Bernabé lo tomó a su cargo y lo llevó a los apóstoles. Saulo les describió en detalle cómo en el camino había visto al Señor, el cual le había hablado, y cómo en Damasco había predicado con libertad en el nombre de Jesús. 28 Así que se quedó con ellos, y andaba por todas partes en Jerusalén, hablando abiertamente en el nombre del Señor. 29 Conversaba y discutía con los judíos de habla griega,[l] pero ellos se proponían eliminarlo. 30 Cuando se enteraron de ello los hermanos, se lo llevaron a Cesarea y de allí lo mandaron a Tarso.

31 Mientras tanto, la iglesia disfrutaba de paz a la vez que se consolidaba en toda Judea, Galilea y Samaria, pues vivía en el temor del Señor. E iba creciendo en número, fortalecida por el Espíritu Santo.

Eneas y Dorcas

32 Pedro, que estaba recorriendo toda la región, fue también a visitar a los *santos que vivían en Lida. 33 Allí encontró a un paralítico llamado Eneas, que llevaba ocho años en cama.

[l] **9:29** *los judíos de habla griega.* Lit. *los helenistas.*

17 Then Ananias went to the house and entered it. Placing his hands on Saul, he said, "Brother Saul, the Lord—Jesus, who appeared to you on the road as you were coming here—has sent me so that you may see again and be filled with the Holy Spirit." 18 Immediately, something like scales fell from Saul's eyes, and he could see again. He got up and was baptized, 19 and after taking some food, he regained his strength.

Saul in Damascus and Jerusalem

Saul spent several days with the disciples in Damascus. 20 At once he began to preach in the synagogues that Jesus is the Son of God. 21 All those who heard him were astonished and asked, "Isn't he the man who raised havoc in Jerusalem among those who call on this name? And hasn't he come here to take them as prisoners to the chief priests?" 22 Yet Saul grew more and more powerful and baffled the Jews living in Damascus by proving that Jesus is the Christ.[o]

23 After many days had gone by, the Jews conspired to kill him, 24 but Saul learned of their plan. Day and night they kept close watch on the city gates in order to kill him. 25 But his followers took him by night and lowered him in a basket through an opening in the wall.

26 When he came to Jerusalem, he tried to join the disciples, but they were all afraid of him, not believing that he really was a disciple. 27 But Barnabas took him and brought him to the apostles. He told them how Saul on his journey had seen the Lord and that the Lord had spoken to him, and how in Damascus he had preached fearlessly in the name of Jesus. 28 So Saul stayed with them and moved about freely in Jerusalem, speaking boldly in the name of the Lord. 29 He talked and debated with the Grecian Jews, but they tried to kill him. 30 When the brothers learned of this, they took him down to Caesarea and sent him off to Tarsus.

31 Then the church throughout Judea, Galilee and Samaria enjoyed a time of peace. It was strengthened; and encouraged by the Holy Spirit, it grew in numbers, living in the fear of the Lord.

Aeneas and Dorcas

32 As Peter traveled about the country, he went to visit the saints in Lydda. 33 There he found a man named Aeneas, a paralytic who had been bedridden for eight years. 34 "Aeneas," Peter

[o] *22* Or *Messiah*

34 «Eneas —le dijo Pedro—, *Jesucristo te sana.
Levántate y tiende tu cama.» Y al instante se
levantó. 35 Todos los que vivían en Lida y en
Sarón lo vieron, y se convirtieron al Señor.

36 Había en Jope una discípula llamada Tabita
(que traducido es Dorcas[m]). Ésta se esmeraba en
hacer buenas obras y en ayudar a los pobres.
37 Sucedió que en esos días cayó enferma y
murió. Pusieron el cadáver, después de lavarlo,
en un cuarto de la planta alta. 38 Y como Lida
estaba cerca de Jope, los discípulos, al enterarse
de que Pedro se encontraba en Lida, enviaron a
dos hombres a rogarle: «¡Por favor, venga usted
a Jope en seguida!»

39 Sin demora, Pedro se fue con ellos, y cuan-
do llegó lo llevaron al cuarto de arriba. Todas
las viudas se presentaron, llorando y mostrándo-
le las túnicas y otros vestidos que Dorcas había
hecho cuando aún estaba con ellas.

40 Pedro hizo que todos salieran del cuarto;
luego se puso de rodillas y oró. Volviéndose
hacia la muerta, dijo: «Tabita, levántate.» Ella
abrió los ojos y, al ver a Pedro, se incorporó.
41 Él, tomándola de la mano, la levantó. Luego
llamó a los *creyentes y a las viudas, a quienes
la presentó viva. 42 La noticia se difundió por
todo Jope, y muchos creyeron en el Señor. 43 Pe-
dro se quedó en Jope un buen tiempo, en casa de
un tal Simón, que era curtidor.

Cornelio manda llamar a Pedro

10 Vivía en Cesarea un centurión llamado
Cornelio, del regimiento conocido como
el Italiano. 2 Él y toda su familia eran devotos y
temerosos de Dios. Realizaba muchas obras de
beneficencia para el pueblo de Israel y oraba a
Dios constantemente. 3 Un día, como a las tres
de la tarde,[n] tuvo una visión. Vio claramente a
un ángel de Dios que se le acercaba y le decía:

—¡Cornelio!

4 —¿Qué quieres, Señor? —le preguntó Cor-
nelio, mirándolo fijamente y con mucho miedo.

—Dios ha recibido tus oraciones y tus obras
de beneficencia como una ofrenda —le contestó
el ángel—. 5 Envía de inmediato a algunos hom-
bres a Jope para que hagan venir a un tal Simón,
apodado Pedro. 6 Él se hospeda con Simón el
curtidor, que tiene su casa junto al mar.

7 Después de que se fue el ángel que le había
hablado, Cornelio llamó a dos de sus siervos y
a un soldado devoto de los que le servían regu-
larmente. 8 Les explicó todo lo que había suce-
dido y los envió a Jope.

[m] **9:36** Tanto *Tabita* (arameo) como *Dorcas* (griego) significan *gacela*. [n] **10:3** *las tres de la tarde*. Lit. *la hora novena*; también en v. 30.

said to him, "Jesus Christ heals you. Get up and
take care of your mat." Immediately Aeneas got
up. 35 All those who lived in Lydda and Sharon
saw him and turned to the Lord.

36 In Joppa there was a disciple named Tabitha
(which, when translated, is Dorcas[p]), who was
always doing good and helping the poor.
37 About that time she became sick and died, and
her body was washed and placed in an upstairs
room. 38 Lydda was near Joppa; so when the
disciples heard that Peter was in Lydda, they
sent two men to him and urged him, "Please
come at once!"

39 Peter went with them, and when he arrived
he was taken upstairs to the room. All the wid-
ows stood around him, crying and showing him
the robes and other clothing that Dorcas had
made while she was still with them.

40 Peter sent them all out of the room; then
he got down on his knees and prayed. Turning
toward the dead woman, he said, "Tabitha, get
up." She opened her eyes, and seeing Peter
she sat up. 41 He took her by the hand and
helped her to her feet. Then he called the be-
lievers and the widows and presented her to
them alive. 42 This became known all over Jop-
pa, and many people believed in the Lord.
43 Peter stayed in Joppa for some time with a
tanner named Simon.

Cornelius Calls for Peter

10 At Caesarea there was a man named
Cornelius, a centurion in what was
known as the Italian Regiment. 2 He and all his
family were devout and God-fearing; he gave
generously to those in need and prayed to God
regularly. 3 One day at about three in the after-
noon he had a vision. He distinctly saw an angel
of God, who came to him and said, "Cornelius!"

4 Cornelius stared at him in fear. "What is it,
Lord?" he asked.

The angel answered, "Your prayers and gifts
to the poor have come up as a memorial offering
before God. 5 Now send men to Joppa to bring
back a man named Simon who is called Peter.
6 He is staying with Simon the tanner, whose
house is by the sea."

7 When the angel who spoke to him had gone,
Cornelius called two of his servants and a devout
soldier who was one of his attendants. 8 He told
them everything that had happened and sent
them to Joppa.

[p] *36* Both *Tabitha* (Aramaic) and *Dorcas* (Greek) mean *gazelle*.

La visión de Pedro

9 Al día siguiente, mientras ellos iban de camino y se acercaban a la ciudad, Pedro subió a la azotea a orar. Era casi el mediodía.[ñ] 10 Tuvo hambre y quiso algo de comer. Mientras se lo preparaban, le sobrevino un éxtasis. 11 Vio el cielo abierto y algo parecido a una gran sábana que, suspendida por las cuatro puntas, descendía hacia la tierra. 12 En ella había toda clase de cuadrúpedos, como también reptiles y aves.

13 —Levántate, Pedro; mata y come —le dijo una voz.

14 —¡De ninguna manera, Señor! —replicó Pedro—. Jamás he comido nada *impuro o inmundo.

15 Por segunda vez le insistió la voz:

—Lo que Dios ha purificado, tú no lo llames impuro.

16 Esto sucedió tres veces, y en seguida la sábana fue recogida al cielo.

17 Pedro no atinaba a explicarse cuál podría ser el significado de la visión. Mientras tanto, los hombres enviados por Cornelio, que estaban preguntando por la casa de Simón, se presentaron a la puerta. 18 Llamando, averiguaron si allí se hospedaba Simón, apodado Pedro.

19 Mientras Pedro seguía reflexionando sobre el significado de la visión, el Espíritu le dijo: «Mira, Simón, tres[o] hombres te buscan. 20 Date prisa, baja y no dudes en ir con ellos, porque yo los he enviado.»

21 Pedro bajó y les dijo a los hombres:

—Aquí estoy; yo soy el que ustedes buscan. ¿Qué asunto los ha traído por acá?

22 Ellos le contestaron:

—Venimos de parte del centurión Cornelio, un hombre justo y temeroso de Dios, respetado por todo el pueblo judío. Un ángel de Dios le dio instrucciones de invitarlo a usted a su casa para escuchar lo que usted tiene que decirle.

23 Entonces Pedro los invitó a pasar y los hospedó.

Pedro en casa de Cornelio

Al día siguiente, Pedro se fue con ellos acompañado de algunos creyentes de Jope. 24 Un día después llegó a Cesarea. Cornelio estaba esperándolo con los parientes y amigos íntimos que había reunido. 25 Al llegar Pedro a la casa, Cornelio salió a recibirlo y, postrándose delante de él, le rindió homenaje. 26 Pero Pedro hizo que se levantara, y le dijo:

[ñ] **10:9** *casi el mediodía.* Lit. *alrededor de la hora sexta.*
[o] **10:19** Var. no incluye *tres* (un ms. antiguo dice: *dos*).

Peter's Vision

9 About noon the following day as they were on their journey and approaching the city, Peter went up on the roof to pray. 10 He became hungry and wanted something to eat, and while the meal was being prepared, he fell into a trance. 11 He saw heaven opened and something like a large sheet being let down to earth by its four corners. 12 It contained all kinds of four-footed animals, as well as reptiles of the earth and birds of the air. 13 Then a voice told him, "Get up, Peter. Kill and eat."

14 "Surely not, Lord!" Peter replied. "I have never eaten anything impure or unclean."

15 The voice spoke to him a second time, "Do not call anything impure that God has made clean."

16 This happened three times, and immediately the sheet was taken back to heaven.

17 While Peter was wondering about the meaning of the vision, the men sent by Cornelius found out where Simon's house was and stopped at the gate. 18 They called out, asking if Simon who was known as Peter was staying there.

19 While Peter was still thinking about the vision, the Spirit said to him, "Simon, three[q] men are looking for you. 20 So get up and go downstairs. Do not hesitate to go with them, for I have sent them."

21 Peter went down and said to the men, "I'm the one you're looking for. Why have you come?"

22 The men replied, "We have come from Cornelius the centurion. He is a righteous and God-fearing man, who is respected by all the Jewish people. A holy angel told him to have you come to his house so that he could hear what you have to say." 23 Then Peter invited the men into the house to be his guests.

Peter at Cornelius' House

The next day Peter started out with them, and some of the brothers from Joppa went along. 24 The following day he arrived in Caesarea. Cornelius was expecting them and had called together his relatives and close friends. 25 As Peter entered the house, Cornelius met him and fell at his feet in reverence. 26 But Peter made

[q] *19* One early manuscript *two*; other manuscripts do not have the number.

—Ponte de pie, que sólo soy un hombre como
tú.
27Pedro entró en la casa conversando con él,
y encontró a muchos reunidos.
28Entonces les habló así:
—Ustedes saben muy bien que nuestra ley
prohíbe que un judío se junte con un extranjero
o lo visite. Pero Dios me ha hecho ver que a
nadie debo llamar *impuro o inmundo. 29Por
eso, cuando mandaron por mí, vine sin poner
ninguna objeción. Ahora permítanme pregun-
tarles: ¿para qué me hicieron venir?
30Cornelio contestó:
—Hace cuatro días a esta misma hora, las tres
de la tarde, estaba yo en casa orando.[p] De
repente apareció delante de mí un hombre ves-
tido con ropa brillante, 31y me dijo: "Cornelio,
Dios ha oído tu oración y se ha acordado de tus
obras de beneficencia. 32Por lo tanto, envía a
alguien a Jope para hacer venir a Simón, apoda-
do Pedro, que se hospeda en casa de Simón el
curtidor, junto al mar." 33Así que inmediata-
mente mandé a llamarte, y tú has tenido la
bondad de venir. Ahora estamos todos aquí, en
la presencia de Dios, para escuchar todo lo que
el Señor te ha encomendado que nos digas.
34Pedro tomó la palabra, y dijo:
—Ahora comprendo que en realidad para
Dios no hay favoritismos, 35sino que en toda
nación él ve con agrado a los que le temen y
actúan con justicia. 36Dios envió su mensaje al
pueblo de Israel, anunciando las buenas *nuevas
de la paz por medio de *Jesucristo, que es el
Señor de todos. 37Ustedes conocen este mensaje
que se difundió por toda Judea, comenzando
desde Galilea, después del bautismo que predicó
Juan. 38Me refiero a Jesús de Nazaret: cómo lo
ungió Dios con el Espíritu Santo y con poder, y
cómo anduvo haciendo el bien y sanando a todos
los que estaban oprimidos por el diablo, porque
Dios estaba con él. 39Nosotros somos testigos
de todo lo que hizo en la tierra de los judíos y en
Jerusalén. Lo mataron, colgándolo de un made-
ro, 40pero Dios lo resucitó al tercer día y dispuso
que se apareciera, 41no a todo el pueblo, sino a
nosotros, testigos previamente escogidos por
Dios, que comimos y bebimos con él después de
su *resurrección. 42Él nos mandó a predicar al
pueblo y a dar solemne testimonio de que ha sido
nombrado por Dios como juez de vivos y muer-
tos. 43De él dan testimonio todos los profetas,
que todo el que cree en él recibe, por medio de
su nombre, el perdón de los pecados.
44Mientras Pedro estaba todavía hablando, el
Espíritu Santo descendió sobre todos los que

him get up. "Stand up," he said, "I am only a
man myself."
27Talking with him, Peter went inside and
found a large gathering of people. 28He said
to them: "You are well aware that it is against
our law for a Jew to associate with a Gentile
or visit him. But God has shown me that I
should not call any man impure or unclean.
29So when I was sent for, I came without rais-
ing any objection. May I ask why you sent for
me?"
30Cornelius answered: "Four days ago I
was in my house praying at this hour, at three
in the afternoon. Suddenly a man in shining
clothes stood before me 31and said, 'Cornel-
ius, God has heard your prayer and remem-
bered your gifts to the poor. 32Send to Joppa
for Simon who is called Peter. He is a guest
in the home of Simon the tanner, who lives
by the sea.' 33So I sent for you immediately,
and it was good of you to come. Now we are
all here in the presence of God to listen to
everything the Lord has commanded you to
tell us."
34Then Peter began to speak: "I now realize
how true it is that God does not show favor-
itism 35but accepts men from every nation who
fear him and do what is right. 36You know the
message God sent to the people of Israel, tell-
ing the good news of peace through Jesus
Christ, who is Lord of all. 37You know what
has happened throughout Judea, beginning in
Galilee after the baptism that John preached—
38how God anointed Jesus of Nazareth with
the Holy Spirit and power, and how he went
around doing good and healing all who were
under the power of the devil, because God was
with him.
39"We are witnesses of everything he did in
the country of the Jews and in Jerusalem. They
killed him by hanging him on a tree, 40but God
raised him from the dead on the third day and
caused him to be seen. 41He was not seen by
all the people, but by witnesses whom God
had already chosen—by us who ate and drank
with him after he rose from the dead. 42He
commanded us to preach to the people and to
testify that he is the one whom God appointed
as judge of the living and the dead. 43All the
prophets testify about him that everyone who
believes in him receives forgiveness of sins
through his name."
44While Peter was still speaking these
words, the Holy Spirit came on all who heard
the message. 45The circumcised believers
who had come with Peter were astonished
that the gift of the Holy Spirit had been

[p] **10:30** *en casa orando.* Var. *en casa ayunando y orando.*

escuchaban el mensaje. 45Los defensores de la
circuncisión que habían llegado con Pedro se
quedaron asombrados de que el don del Espíritu
Santo se hubiera derramado también sobre los
*gentiles, 46pues los oían hablar en *lenguas y
alabar a Dios. Entonces Pedro respondió:

47—¿Acaso puede alguien negar el agua para
que sean bautizados estos que han recibido el
Espíritu Santo lo mismo que nosotros?

48Y mandó que fueran bautizados en el nom-
bre de Jesucristo. Entonces le pidieron que se
quedara con ellos algunos días.

Pedro explica su comportamiento

11 Los apóstoles y los hermanos de toda
Judea se enteraron de que también los
*gentiles habían recibido la palabra de Dios.
2Así que cuando Pedro subió a Jerusalén, los
defensores de la circuncisión lo criticaron 3di-
ciendo:

—Entraste en casa de hombres incircuncisos
y comiste con ellos.

4Entonces Pedro comenzó a explicarles paso
a paso lo que había sucedido:

5—Yo estaba orando en la ciudad de Jope y
tuve en éxtasis una visión. Vi que del cielo
descendía algo parecido a una gran sábana que,
suspendida por las cuatro puntas, bajaba hasta
donde yo estaba. 6Me fijé en lo que había en ella,
y vi cuadrúpedos, fieras, reptiles y aves. 7Luego
oí una voz que me decía: "Levántate, Pedro;
mata y come." 8Repliqué: "¡De ninguna mane-
ra, Señor! Jamás ha entrado en mi boca nada
*impuro o inmundo." 9Por segunda vez insistió
la voz del cielo: "Lo que Dios ha purificado, tú
no lo llames impuro." 10Esto sucedió tres veces,
y luego todo volvió a ser llevado al cielo.

11»En aquel momento se presentaron en la
casa donde yo estaba tres hombres que desde
Cesarea habían sido enviados a verme. 12El
Espíritu me dijo que fuera con ellos sin dudar.
También fueron conmigo estos seis hermanos,
y entramos en la casa de aquel hombre. 13Él nos
contó cómo en su casa se le había aparecido un
ángel que le dijo: "Manda a alguien a Jope para
hacer venir a Simón, apodado Pedro. 14Él te
traerá un mensaje mediante el cual serán salvos
tú y toda tu familia."

15»Cuando comencé a hablarles, el Espíritu
Santo descendió sobre ellos tal como al princi-
pio descendió sobre nosotros. 16Entonces recor-
dé lo que había dicho el Señor: "Juan bautizó
con[q] agua, pero ustedes serán bautizados con el
Espíritu Santo." 17Por tanto, si Dios les ha dado
a ellos el mismo don que a nosotros al creer en

[q] **11:16** *con.* Alt. *en.*

poured out even on the Gentiles. 46For they
heard them speaking in tongues[r] and praising
God.

Then Peter said, 47"Can anyone keep these
people from being baptized with water? They
have received the Holy Spirit just as we have."
48So he ordered that they be baptized in the
name of Jesus Christ. Then they asked Peter to
stay with them for a few days.

Peter Explains His Actions

11 The apostles and the brothers through-
out Judea heard that the Gentiles also
had received the word of God. 2So when Peter
went up to Jerusalem, the circumcised believers
criticized him 3and said, "You went into the
house of uncircumcised men and ate with
them."

4Peter began and explained everything to
them precisely as it had happened: 5"I was in
the city of Joppa praying, and in a trance I saw
a vision. I saw something like a large sheet being
let down from heaven by its four corners, and it
came down to where I was. 6I looked into it and
saw four-footed animals of the earth, wild
beasts, reptiles, and birds of the air. 7Then I
heard a voice telling me, 'Get up, Peter. Kill and
eat.'

8"I replied, 'Surely not, Lord! Nothing im-
pure or unclean has ever entered my mouth.'

9"The voice spoke from heaven a second
time, 'Do not call anything impure that God has
made clean.' 10This happened three times, and
then it was all pulled up to heaven again.

11"Right then three men who had been sent
to me from Caesarea stopped at the house
where I was staying. 12The Spirit told me to
have no hesitation about going with them.
These six brothers also went with me, and we
entered the man's house. 13He told us how
he had seen an angel appear in his house and
say, 'Send to Joppa for Simon who is called
Peter. 14He will bring you a message through
which you and all your household will be
saved.'

15"As I began to speak, the Holy Spirit came
on them as he had come on us at the beginning.
16Then I remembered what the Lord had said:
'John baptized with[s] water, but you will be
baptized with the Holy Spirit.' 17So if God gave
them the same gift as he gave us, who believed
in the Lord Jesus Christ, who was I to think that
I could oppose God?"

[r] *46* Or *other languages* [s] *16* Or *in*

el Señor *Jesucristo, ¿quién soy yo para preten-
der estorbar a Dios?
18Al oír esto, se apaciguaron y alabaron a Dios
diciendo:
—¡Así que también a los gentiles les ha con-
cedido Dios el *arrepentimiento para vida!

La iglesia en Antioquía

19Los que se habían dispersado a causa de la
persecución que se desató por el caso de Esteban
llegaron hasta Fenicia, Chipre y Antioquía, sin
anunciar a nadie el mensaje excepto a los judíos.
20Sin embargo, había entre ellos algunas perso-
nas de Chipre y de Cirene que, al llegar a Antio-
quía, comenzaron a hablarles también a los de
habla griega, anunciándoles las buenas *nuevas
acerca del Señor Jesús. 21El poder del Señor
estaba con ellos, y un gran número creyó y se
convirtió al Señor.
22La noticia de estos sucesos llegó a oídos de
la iglesia de Jerusalén, y mandaron a Bernabé a
Antioquía. 23Cuando él llegó y vio las eviden-
cias de la gracia de Dios, se alegró y animó a
todos a hacerse el firme propósito de permane-
cer fieles al Señor, 24pues era un hombre bueno,
lleno del Espíritu Santo y de fe. Un gran número
de personas aceptó al Señor.
25Después partió Bernabé para Tarso en busca
de Saulo, 26y cuando lo encontró, lo llevó a
Antioquía. Durante todo un año se reunieron los
dos con la iglesia y enseñaron a mucha gente.
Fue en Antioquía donde a los discípulos se les
llamó «cristianos» por primera vez.
27Por aquel tiempo unos profetas bajaron de
Jerusalén a Antioquía. 28Uno de ellos, llamado
Ágabo, se puso de pie y predijo por medio del
Espíritu que iba a haber una gran hambre en todo
el mundo, lo cual sucedió durante el reinado de
Claudio. 29Entonces decidieron que cada uno de
los discípulos, según los recursos de cada cual,
enviaría ayuda a los hermanos que vivían en
Judea. 30Así lo hicieron, mandando su ofrenda
a los *ancianos por medio de Bernabé y de
Saulo.

Pedro escapa milagrosamente de la cárcel

12 En ese tiempo el rey Herodes hizo arres-
tar a algunos de la iglesia con el fin de
maltratarlos. 2A *Jacobo, hermano de Juan, lo
mandó matar a espada. 3Al ver que esto agrada-
ba a los judíos, procedió a prender también a
Pedro. Esto sucedió durante la fiesta de los
Panes sin levadura. 4Después de arrestarlo, lo
metió en la cárcel y lo puso bajo la vigilancia de
cuatro grupos de cuatro soldados cada uno. Te-
nía la intención de hacerlo comparecer en juicio
público después de la Pascua. 5Pero mientras

18When they heard this, they had no further
objections and praised God, saying, "So then,
God has granted even the Gentiles repentance
unto life."

The Church in Antioch

19Now those who had been scattered by the
persecution in connection with Stephen traveled
as far as Phoenicia, Cyprus and Antioch, telling
the message only to Jews. 20Some of them,
however, men from Cyprus and Cyrene, went to
Antioch and began to speak to Greeks also,
telling them the good news about the Lord Jesus.
21The Lord's hand was with them, and a great
number of people believed and turned to the
Lord.
22News of this reached the ears of the church
at Jerusalem, and they sent Barnabas to Antioch.
23When he arrived and saw the evidence of the
grace of God, he was glad and encouraged them
all to remain true to the Lord with all their hearts.
24He was a good man, full of the Holy Spirit and
faith, and a great number of people were brought
to the Lord.
25Then Barnabas went to Tarsus to look for
Saul, 26and when he found him, he brought him
to Antioch. So for a whole year Barnabas and
Saul met with the church and taught great num-
bers of people. The disciples were called Chris-
tians first at Antioch.
27During this time some prophets came down
from Jerusalem to Antioch. 28One of them,
named Agabus, stood up and through the Spirit
predicted that a severe famine would spread
over the entire Roman world. (This happened
during the reign of Claudius.) 29The disciples,
each according to his ability, decided to provide
help for the brothers living in Judea. 30This they
did, sending their gift to the elders by Barnabas
and Saul.

Peter's Miraculous Escape From Prison

12 It was about this time that King Herod
arrested some who belonged to the
church, intending to persecute them. 2He had
James, the brother of John, put to death with
the sword. 3When he saw that this pleased the
Jews, he proceeded to seize Peter also. This
happened during the Feast of Unleavened
Bread. 4After arresting him, he put him in
prison, handing him over to be guarded by
four squads of four soldiers each. Herod in-
tended to bring him out for public trial after
the Passover.
5So Peter was kept in prison, but the church
was earnestly praying to God for him.

mantenían a Pedro en la cárcel, la iglesia oraba
constante y fervientemente a Dios por él.
6La misma noche en que Herodes estaba a
punto de sacar a Pedro para someterlo a juicio,
éste dormía entre dos soldados, sujeto con dos
cadenas. Unos guardias vigilaban la entrada de
la cárcel. 7De repente apareció un ángel del
Señor y una luz resplandeció en la celda. Des-
pertó a Pedro con unas palmadas en el costado
y le dijo: «¡Date prisa, levántate!» Las cadenas
cayeron de las manos de Pedro. 8Le dijo además
el ángel: «Vístete y cálzate las sandalias.» Así
lo hizo, y el ángel añadió: «Échate la capa enci-
ma y sígueme.»
9Pedro salió tras él, pero no sabía si realmente
estaba sucediendo lo que el ángel hacía. Le pare-
cía que se trataba de una visión. 10Pasaron por la
primera y la segunda guardia, y llegaron al portón
de hierro que daba a la ciudad. El portón se les
abrió por sí solo, y salieron. Caminaron unas
cuadras, y de repente el ángel lo dejó solo.
11Entonces Pedro volvió en sí y se dijo: «Aho-
ra estoy completamente seguro de que el Señor
ha enviado a su ángel para librarme del poder de
Herodes y de todo lo que el pueblo judío espe-
raba.»
12Cuando cayó en cuenta de esto, fue a casa
de María, la madre de Juan, apodado Marcos,
donde muchas personas estaban reunidas oran-
do. 13Llamó a la puerta de la calle, y salió a
responder una sierva llamada Rode. 14Al reco-
nocer la voz de Pedro, se puso tan contenta que
volvió corriendo sin abrir.
—¡Pedro está a la puerta! —exclamó.
15—¡Estás loca! —le dijeron.
Ella insistía en que así era, pero los otros
decían:
—Debe de ser su ángel.
16Entre tanto, Pedro seguía llamando. Cuando
abrieron la puerta y lo vieron, quedaron pasma-
dos. 17Con la mano Pedro les hizo señas de que
se callaran, y les contó cómo el Señor lo había
sacado de la cárcel.
—Cuéntenles esto a Jacobo y a los hermanos
—les dijo.
Luego salió y se fue a otro lugar.
18Al amanecer se produjo un gran alboroto
entre los soldados respecto al paradero de Pedro.
19Herodes hizo averiguaciones, pero al no en-
contrarlo, les tomó declaración a los guardias y
mandó matarlos. Después viajó de Judea a Ce-
sarea y se quedó allí.

Muerte de Herodes

20Herodes estaba furioso con los de Tiro y de
Sidón, pero ellos se pusieron de acuerdo y se
presentaron ante él. Habiéndose ganado el favor
de Blasto, camarero del rey, pidieron paz, por-

6The night before Herod was to bring him to
trial, Peter was sleeping between two soldiers,
bound with two chains, and sentries stood guard
at the entrance. 7Suddenly an angel of the Lord
appeared and a light shone in the cell. He struck
Peter on the side and woke him up. "Quick, get
up!" he said, and the chains fell off Peter's
wrists.
8Then the angel said to him, "Put on your
clothes and sandals." And Peter did so. "Wrap
your cloak around you and follow me," the
angel told him. 9Peter followed him out of the
prison, but he had no idea that what the angel
was doing was really happening; he thought
he was seeing a vision. 10They passed the first
and second guards and came to the iron gate
leading to the city. It opened for them by itself,
and they went through it. When they had
walked the length of one street, suddenly the
angel left him.
11Then Peter came to himself and said, "Now
I know without a doubt that the Lord sent his
angel and rescued me from Herod's clutches and
from everything the Jewish people were antici-
pating."
12When this had dawned on him, he went to the
house of Mary the mother of John, also called
Mark, where many people had gathered and were
praying. 13Peter knocked at the outer entrance,
and a servant girl named Rhoda came to answer
the door. 14When she recognized Peter's voice,
she was so overjoyed she ran back without open-
ing it and exclaimed, "Peter is at the door!"
15"You're out of your mind," they told her.
When she kept insisting that it was so, they said,
"It must be his angel."
16But Peter kept on knocking, and when they
opened the door and saw him, they were aston-
ished. 17Peter motioned with his hand for them
to be quiet and described how the Lord had
brought him out of prison. "Tell James and the
brothers about this," he said, and then he left for
another place.
18In the morning, there was no small commo-
tion among the soldiers as to what had become
of Peter. 19After Herod had a thorough search
made for him and did not find him, he cross-ex-
amined the guards and ordered that they be
executed.

Herod's Death

Then Herod went from Judea to Caesarea and
stayed there a while. 20He had been quarreling
with the people of Tyre and Sidon; they now
joined together and sought an audience with
him. Having secured the support of Blastus, a
trusted personal servant of the king, they asked

que su región dependía del país del rey para obtener sus provisiones.

21 El día señalado, Herodes, ataviado con su ropaje real y sentado en su trono, le dirigió un discurso al pueblo. 22 La gente gritaba: «¡Voz de un dios, no de hombre!» 23 Al instante un ángel del Señor lo hirió, porque no le había dado la gloria a Dios; y Herodes murió comido de gusanos.

24 Pero la palabra de Dios seguía extendiéndose y difundiéndose.

25 Cuando Bernabé y Saulo cumplieron su servicio, regresaron de[r] Jerusalén llevando con ellos a Juan, llamado también Marcos.

Despedida de Bernabé y Saulo

13 En la iglesia de Antioquía eran profetas y maestros Bernabé; Simeón, apodado el Negro; Lucio de Cirene; Manaén, que se había criado con Herodes el tetrarca; y Saulo. 2 Mientras ayunaban y participaban en el culto al Señor, el Espíritu Santo dijo: «Apártenme ahora a Bernabé y a Saulo para el trabajo al que los he llamado.»

3 Así que después de ayunar, orar e imponerles las manos, los despidieron.

En Chipre

4 Bernabé y Saulo, enviados por el Espíritu Santo, bajaron a Seleucia, y de allí navegaron a Chipre. 5 Al llegar a Salamina, predicaron la palabra de Dios en las sinagogas de los judíos. Tenían también a Juan como ayudante.

6 Recorrieron toda la isla hasta Pafos. Allí se encontraron con un hechicero, un falso profeta judío llamado Barjesús, 7 que estaba con el gobernador[s] Sergio Paulo. El gobernador, hombre inteligente, mandó llamar a Bernabé y a Saulo, en un esfuerzo por escuchar la palabra de Dios. 8 Pero Elimas el hechicero (que es lo que significa su nombre) se les oponía y procuraba apartar de la fe al gobernador. 9 Entonces Saulo, o sea Pablo, lleno del Espíritu Santo, clavó los ojos en Elimas y le dijo: 10 «¡Hijo del diablo y enemigo de toda justicia, lleno de todo tipo de engaño y de fraude! ¿Nunca dejarás de torcer los caminos rectos del Señor? 11 Ahora la mano del Señor está contra ti; vas a quedarte ciego y por algún tiempo no podrás ver la luz del sol.»

Al instante cayeron sobre él sombra y oscuridad, y comenzó a buscar a tientas quien lo llevara de la mano. 12 Al ver lo sucedido, el gobernador creyó, maravillado de la enseñanza acerca del Señor.

[r] **12:25** *regresaron de.* Var. *regresaron a.*
[s] **13:7** *gobernador.* Lit. *procónsul*; también en vv. 8 y 12.

for peace, because they depended on the king's country for their food supply.

21 On the appointed day Herod, wearing his royal robes, sat on his throne and delivered a public address to the people. 22 They shouted, "This is the voice of a god, not of a man." 23 Immediately, because Herod did not give praise to God, an angel of the Lord struck him down, and he was eaten by worms and died.

24 But the word of God continued to increase and spread.

25 When Barnabas and Saul had finished their mission, they returned from[t] Jerusalem, taking with them John, also called Mark.

Barnabas and Saul Sent Off

13 In the church at Antioch there were prophets and teachers: Barnabas, Simeon called Niger, Lucius of Cyrene, Manaen (who had been brought up with Herod the tetrarch) and Saul. 2 While they were worshiping the Lord and fasting, the Holy Spirit said, "Set apart for me Barnabas and Saul for the work to which I have called them." 3 So after they had fasted and prayed, they placed their hands on them and sent them off.

On Cyprus

4 The two of them, sent on their way by the Holy Spirit, went down to Seleucia and sailed from there to Cyprus. 5 When they arrived at Salamis, they proclaimed the word of God in the Jewish synagogues. John was with them as their helper.

6 They traveled through the whole island until they came to Paphos. There they met a Jewish sorcerer and false prophet named Bar-Jesus, 7 who was an attendant of the proconsul, Sergius Paulus. The proconsul, an intelligent man, sent for Barnabas and Saul because he wanted to hear the word of God. 8 But Elymas the sorcerer (for that is what his name means) opposed them and tried to turn the proconsul from the faith. 9 Then Saul, who was also called Paul, filled with the Holy Spirit, looked straight at Elymas and said, 10 "You are a child of the devil and an enemy of everything that is right! You are full of all kinds of deceit and trickery. Will you never stop perverting the right ways of the Lord? 11 Now the hand of the Lord is against you. You are going to be blind, and for a time you will be unable to see the light of the sun."

Immediately mist and darkness came over him, and he groped about, seeking someone to lead him by the hand. 12 When the proconsul saw what had happened, he believed, for he was amazed at the teaching about the Lord.

[t] *25* Some manuscripts *to*

En Antioquía de Pisidia

13Pablo y sus compañeros se hicieron a la mar
desde Pafos, y llegaron a Perge de Panfilia. Juan
se separó de ellos y regresó a Jerusalén; 14ellos,
por su parte, siguieron su viaje desde Perge hasta
Antioquía de Pisidia. El *sábado entraron en la
sinagoga y se sentaron. 15Al terminar la lectura
de la ley y los profetas, los jefes de la sinagoga
mandaron a decirles: «Hermanos, si tienen al-
gún mensaje de aliento para el pueblo, hablen.»

16Pablo se puso en pie, hizo una señal con la
mano y dijo: «Escúchenme, israelitas, y ustedes,
los *gentiles temerosos de Dios: 17El Dios de
este pueblo de Israel escogió a nuestros antepa-
sados y engrandeció al pueblo mientras vivían
como extranjeros en Egipto. Con gran poder los
sacó de aquella tierra 18y soportó su mal proce-
der[t] en el desierto unos cuarenta años. 19Luego
de destruir siete naciones en Canaán, dio a su
pueblo la tierra de ellas en herencia. 20Todo esto
duró unos cuatrocientos cincuenta años.

»Después de esto, Dios les asignó jueces hasta
los días del profeta Samuel. 21Entonces pidieron
un rey, y Dios les dio a Saúl, hijo de Quis, de la
tribu de Benjamín, que gobernó por cuarenta
años. 22Tras destituir a Saúl, les puso por rey a
David, de quien dio este testimonio: "He encon-
trado en David, hijo de Isaí, un hombre conforme
a mi corazón; él realizará todo lo que yo quiero."

23»De los descendientes de éste, conforme a
la promesa, Dios ha provisto a Israel un salva-
dor, que es Jesús. 24Antes de la venida de Jesús,
Juan predicó un bautismo de *arrepentimiento a
todo el pueblo de Israel. 25Cuando estaba com-
pletando su carrera, Juan decía: "¿Quién supo-
nen ustedes que soy? No soy aquél. Miren,
después de mí viene uno a quien no soy digno
ni siquiera de desatarle las sandalias."

26»Hermanos, descendientes de Abraham, y
ustedes, los gentiles temerosos de Dios: a noso-
tros se nos ha enviado este mensaje de salvación.
27Los habitantes de Jerusalén y sus gobernantes
no reconocieron a Jesús. Por tanto, al condenar-
lo, cumplieron las palabras de los profetas que
se leen todos los sábados. 28Aunque no encon-
traron ninguna causa digna de muerte, le pidie-
ron a Pilato que lo mandara a ejecutar. 29Des-
pués de llevar a cabo todas las cosas que estaban
escritas acerca de él, lo bajaron del madero y lo
sepultaron. 30Pero Dios lo *levantó de entre los
muertos. 31Durante muchos días lo vieron los
que habían subido con él de Galilea a Jerusalén,
y ellos son ahora sus testigos ante el pueblo.

32»Nosotros les anunciamos a ustedes las bue-
nas *nuevas respecto a la promesa hecha a nues-

[t] **13:18** *soportó su mal proceder.* Var. *los cuidó.*

In Pisidian Antioch

13From Paphos, Paul and his companions
sailed to Perga in Pamphylia, where John left
them to return to Jerusalem. 14From Perga
they went on to Pisidian Antioch. On the Sab-
bath they entered the synagogue and sat down.
15After the reading from the Law and the
Prophets, the synagogue rulers sent word to
them, saying, "Brothers, if you have a mes-
sage of encouragement for the people, please
speak."

16Standing up, Paul motioned with his hand
and said: "Men of Israel and you Gentiles who
worship God, listen to me! 17The God of the
people of Israel chose our fathers; he made the
people prosper during their stay in Egypt, with
mighty power he led them out of that country,
18he endured their conduct[u] for about forty
years in the desert, 19he overthrew seven nations
in Canaan and gave their land to his people as
their inheritance. 20All this took about 450
years.

"After this, God gave them judges until the
time of Samuel the prophet. 21Then the people
asked for a king, and he gave them Saul son
of Kish, of the tribe of Benjamin, who ruled
forty years. 22After removing Saul, he made
David their king. He testified concerning him:
'I have found David son of Jesse a man after
my own heart; he will do everything I want
him to do.'

23"From this man's descendants God has
brought to Israel the Savior Jesus, as he prom-
ised. 24Before the coming of Jesus, John
preached repentance and baptism to all the peo-
ple of Israel. 25As John was completing his
work, he said: 'Who do you think I am? I am not
that one. No, but he is coming after me, whose
sandals I am not worthy to untie.'

26"Brothers, children of Abraham, and you
God-fearing Gentiles, it is to us that this message
of salvation has been sent. 27The people of
Jerusalem and their rulers did not recognize
Jesus, yet in condemning him they fulfilled the
words of the prophets that are read every Sab-
bath. 28Though they found no proper ground for
a death sentence, they asked Pilate to have him
executed. 29When they had carried out all that
was written about him, they took him down from
the tree and laid him in a tomb. 30But God raised
him from the dead, 31and for many days he was
seen by those who had traveled with him from
Galilee to Jerusalem. They are now his wit-
nesses to our people.

[u] *18* Some manuscripts *and cared for them*

tros antepasados. 33Dios nos la ha cumplido
plenamente a nosotros, los descendientes de
ellos, al resucitar a Jesús. Como está escrito en
el segundo salmo:

»"Tú eres mi hijo;
hoy mismo te he engendrado."[u]

34Dios lo *resucitó para que no volviera jamás a la
corrupción. Así se cumplieron estas palabras:

»"Yo les daré las bendiciones santas y se-
guras prometidas a David."[v]

35Por eso dice en otro pasaje:

»"No permitirás que el fin de tu santo sea
la corrupción."[w]

36»Ciertamente David, después de servir a su
propia generación conforme al propósito de
Dios, murió, fue sepultado con sus antepasados,
y su cuerpo sufrió la corrupción. 37Pero aquel a
quien Dios resucitó no sufrió la corrupción de
su cuerpo.

38»Por tanto, hermanos, sepan que por medio
de Jesús se les anuncia a ustedes el perdón de
los pecados. 39Ustedes no pudieron ser *justifi-
cados de esos pecados por la ley de Moisés, pero
todo el que cree es justificado por medio de
Jesús. 40Tengan cuidado, no sea que les suceda
lo que han dicho los profetas:

41»"¡Miren, burlones!
¡Asómbrense y desaparezcan!
Estoy por hacer en estos días una obra
que ustedes nunca creerán,
aunque alguien se la explique."[x]»

42Al salir ellos de la sinagoga, los invitaron a
que el siguiente sábado les hablaran más de estas
cosas. 43Cuando se disolvió la asamblea, muchos
judíos y prosélitos fieles acompañaron a Pablo y
a Bernabé, los cuales en su conversación con ellos
les instaron a perseverar en la gracia de Dios.

44El siguiente sábado casi toda la ciudad se
congregó para oír la palabra del Señor. 45Pero
cuando los judíos vieron a las multitudes, se
llenaron de celos y contradecían con maldicio-
nes lo que Pablo decía.

46Pablo y Bernabé les contestaron valiente-
mente: «Era necesario que les anunciáramos la
palabra de Dios primero a ustedes. Como la
rechazan y no se consideran dignos de la vida
eterna, ahora vamos a dirigirnos a los gentiles.

[u]13:33 Sal 2:7 [v]13:34 Is 55:3 [w]13:35 Sal 16:10
[x]13:41 Hab 1:5

32"We tell you the good news: What God
promised our fathers 33he has fulfilled for us,
their children, by raising up Jesus. As it is writ-
ten in the second Psalm:

" 'You are my Son;
today I have become your Father.[v]'[w]

34The fact that God raised him from the dead,
never to decay, is stated in these words:

" 'I will give you the holy and sure bless-
ings promised to David.'[x]

35So it is stated elsewhere:

" 'You will not let your Holy One see de-
cay.'[y]

36"For when David had served God's purpose
in his own generation, he fell asleep; he was
buried with his fathers and his body decayed.
37But the one whom God raised from the dead
did not see decay.

38"Therefore, my brothers, I want you to
know that through Jesus the forgiveness of sins
is proclaimed to you. 39Through him everyone
who believes is justified from everything you
could not be justified from by the law of Moses.
40Take care that what the prophets have said
does not happen to you:

41" 'Look, you scoffers,
wonder and perish,
for I am going to do something in your
days
that you would never believe,
even if someone told you.'[z]"

42As Paul and Barnabas were leaving the
synagogue, the people invited them to speak
further about these things on the next Sabbath.
43When the congregation was dismissed,
many of the Jews and devout converts to Ju-
daism followed Paul and Barnabas, who talked
with them and urged them to continue in the
grace of God.

44On the next Sabbath almost the whole city
gathered to hear the word of the Lord. 45When
the Jews saw the crowds, they were filled with
jealousy and talked abusively against what Paul
was saying.

46Then Paul and Barnabas answered them
boldly: "We had to speak the word of God to

[v]*33* Or *have begotten you* [w]*33* Psalm 2:7 [x]*34* Isaiah 55:3
[y]*35* Psalm 16:10 [z]*41* Hab. 1:5

47Así nos lo ha mandado el Señor:

»"Te he puesto por luz para las *naciones,
a fin de que lleves mi salvación hasta
los confines de la tierra."[y]»

48Al oír esto, los gentiles se alegraron y cele-
braron la palabra del Señor; y creyeron todos los
que estaban destinados a la vida eterna.
49La palabra del Señor se difundía por toda la
región. 50Pero los judíos incitaron a mujeres
muy distinguidas y favorables al judaísmo, y a
los hombres más prominentes de la ciudad, y
provocaron una persecución contra Pablo y Ber-
nabé. Por tanto, los expulsaron de la región.
51Ellos, por su parte, se sacudieron el polvo de
los pies en señal de protesta contra la ciudad, y
se fueron a Iconio. 52Y los discípulos quedaron
llenos de alegría y del Espíritu Santo.

En Iconio

14 En Iconio, Pablo y Bernabé entraron,
como de costumbre, en la sinagoga judía
y hablaron de tal manera que creyó una multitud
de judíos y de *griegos. 2Pero los judíos incrédu-
los incitaron a los *gentiles y les amargaron el
ánimo contra los hermanos. 3En todo caso, Pablo
y Bernabé pasaron allí bastante tiempo, hablando
valientemente en el nombre del Señor, quien
confirmaba el mensaje de su gracia, haciendo
señales y prodigios por medio de ellos. 4La gente
de la ciudad estaba dividida: unos estaban de parte
de los judíos, y otros de parte de los apóstoles.
5Hubo un complot tanto de los gentiles como de
los judíos, apoyados por sus dirigentes, para mal-
tratarlos y apedrearlos. 6Al darse cuenta de esto,
los apóstoles huyeron a Listra y a Derbe, ciudades
de Licaonia, y a sus alrededores, 7donde siguie-
ron anunciando las buenas *nuevas.

En Listra y Derbe

8En Listra vivía un hombre lisiado de naci-
miento, que no podía mover las piernas y nunca
había caminado. Estaba sentado, 9escuchando a
Pablo, quien al reparar en él y ver que tenía fe
para ser sanado, 10le ordenó con voz fuerte:
—¡Ponte en pie y endérezate!
El hombre dio un salto y empezó a caminar.
11Al ver lo que Pablo había hecho, la gente
comenzó a gritar en el idioma de Licaonia:
—¡Los dioses han tomado forma humana y
han venido a visitarnos!
12A Bernabé lo llamaban Zeus, y a Pablo,
Hermes, porque era el que dirigía la palabra.
13El sacerdote de Zeus, el dios cuyo templo

[y]13:47 Is 49:6

you first. Since you reject it and do not consider
yourselves worthy of eternal life, we now turn
to the Gentiles. 47For this is what the Lord has
commanded us:

" 'I have made you[a] a light for the Gen-
tiles,
that you[b] may bring salvation to the
ends of the earth.'[c]"

48When the Gentiles heard this, they were
glad and honored the word of the Lord; and all
who were appointed for eternal life believed.
49The word of the Lord spread through the
whole region. 50But the Jews incited the God-
fearing women of high standing and the leading
men of the city. They stirred up persecution
against Paul and Barnabas, and expelled them
from their region. 51So they shook the dust from
their feet in protest against them and went to
Iconium. 52And the disciples were filled with
joy and with the Holy Spirit.

In Iconium

14 At Iconium Paul and Barnabas went as
usual into the Jewish synagogue. There
they spoke so effectively that a great number of
Jews and Gentiles believed. 2But the Jews who
refused to believe stirred up the Gentiles and
poisoned their minds against the brothers. 3So
Paul and Barnabas spent considerable time
there, speaking boldly for the Lord, who con-
firmed the message of his grace by enabling
them to do miraculous signs and wonders. 4The
people of the city were divided; some sided with
the Jews, others with the apostles. 5There was a
plot afoot among the Gentiles and Jews, together
with their leaders, to mistreat them and stone
them. 6But they found out about it and fled to
the Lycaonian cities of Lystra and Derbe and to
the surrounding country, 7where they continued
to preach the good news.

In Lystra and Derbe

8In Lystra there sat a man crippled in his feet,
who was lame from birth and had never walked.
9He listened to Paul as he was speaking. Paul
looked directly at him, saw that he had faith to
be healed 10and called out, "Stand up on your
feet!" At that, the man jumped up and began to
walk.
11When the crowd saw what Paul had done,
they shouted in the Lycaonian language, "The
gods have come down to us in human form!"

[a]*47* The Greek is singular. [b]*47* The Greek is singular.
[c]*47* Isaiah 49:6

estaba a las afueras de la ciudad, llevó toros y
guirnaldas a las puertas y, con toda la multitud,
quería ofrecerles sacrificios.

14 Al enterarse de esto los apóstoles Bernabé
y Pablo, se rasgaron las vestiduras y se lanzaron
por entre la multitud, gritando:

15 —Señores, ¿por qué hacen esto? Nosotros
también somos hombres mortales como ustedes.
Las buenas *nuevas que les anunciamos es que
dejen estas cosas sin valor y se vuelvan al Dios
viviente, que hizo el cielo, la tierra, el mar y todo
lo que hay en ellos. 16 En épocas pasadas él
permitió que todas las *naciones siguieran su
propio camino. 17 Sin embargo, no ha dejado de
dar testimonio de sí mismo haciendo el bien,
dándoles lluvias del cielo y estaciones fructíferas,
proporcionándoles comida y alegría de corazón.

18 A pesar de todo lo que dijeron, a duras penas
evitaron que la multitud les ofreciera sacrificios.

19 En eso llegaron de Antioquía y de Iconio
unos judíos que hicieron cambiar de parecer a la
multitud. Apedrearon a Pablo y lo arrastraron
fuera de la ciudad, creyendo que estaba muerto.
20 Pero cuando lo rodearon los discípulos, él se
levantó y volvió a entrar en la ciudad. Al día
siguiente, partió para Derbe en compañía de
Bernabé.

El regreso a Antioquía de Siria

21 Después de anunciar las buenas *nuevas en
aquella ciudad y de hacer muchos discípulos,
Pablo y Bernabé regresaron a Listra, a Iconio y
a Antioquía, 22 fortaleciendo a los discípulos y
animándolos a perseverar en la fe. «Es necesario
pasar por muchas dificultades para entrar en el
reino de Dios», les decían. 23 En cada iglesia
nombraron *ancianos y, con oración y ayuno,
los encomendaron al Señor, en quien habían
creído. 24 Atravesando Pisidia, llegaron a Panfi-
lia, 25 y cuando terminaron de predicar la palabra
en Perge, bajaron a Atalía.

26 De Atalía navegaron a Antioquía, donde se
los había encomendado a la gracia de Dios para
la obra que ya habían realizado. 27 Cuando lle-
garon, reunieron a la iglesia e informaron de
todo lo que Dios había hecho por medio de ellos,
y de cómo había abierto la puerta de la fe a los
*gentiles. 28 Y se quedaron allí mucho tiempo
con los discípulos.

El concilio de Jerusalén

15 Algunos que habían llegado de Judea a
Antioquía se pusieron a enseñar a los
hermanos: «A menos que ustedes se circunci-
den, conforme a la tradición de Moisés, no pue-
den ser salvos.» 2 Esto provocó un altercado y un
serio debate de Pablo y Bernabé con ellos. En-
tonces se decidió que Pablo y Bernabé, y algu-

12 Barnabas they called Zeus, and Paul they
called Hermes because he was the chief speaker.
13 The priest of Zeus, whose temple was just
outside the city, brought bulls and wreaths to the
city gates because he and the crowd wanted to
offer sacrifices to them.

14 But when the apostles Barnabas and Paul
heard of this, they tore their clothes and rushed
out into the crowd, shouting: 15 "Men, why are
you doing this? We too are only men, human like
you. We are bringing you good news, telling you
to turn from these worthless things to the living
God, who made heaven and earth and sea and
everything in them. 16 In the past, he let all
nations go their own way. 17 Yet he has not left
himself without testimony: He has shown kind-
ness by giving you rain from heaven and crops
in their seasons; he provides you with plenty of
food and fills your hearts with joy." 18 Even with
these words, they had difficulty keeping the
crowd from sacrificing to them.

19 Then some Jews came from Antioch and
Iconium and won the crowd over. They stoned
Paul and dragged him outside the city, thinking he
was dead. 20 But after the disciples had gathered
around him, he got up and went back into the city.
The next day he and Barnabas left for Derbe.

The Return to Antioch in Syria

21 They preached the good news in that city
and won a large number of disciples. Then they
returned to Lystra, Iconium and Antioch,
22 strengthening the disciples and encouraging
them to remain true to the faith. "We must go
through many hardships to enter the kingdom of
God," they said. 23 Paul and Barnabas appointed
elders[d] for them in each church and, with prayer
and fasting, committed them to the Lord, in
whom they had put their trust. 24 After going
through Pisidia, they came into Pamphylia,
25 and when they had preached the word in Per-
ga, they went down to Attalia.

26 From Attalia they sailed back to Antioch,
where they had been committed to the grace of
God for the work they had now completed. 27 On
arriving there, they gathered the church together
and reported all that God had done through them
and how he had opened the door of faith to the
Gentiles. 28 And they stayed there a long time
with the disciples.

The Council at Jerusalem

15 Some men came down from Judea to
Antioch and were teaching the brothers:
"Unless you are circumcised, according to the

[d] 23 Or *Barnabas ordained elders*; or *Barnabas had elders elected*

nos otros creyentes, subieran a Jerusalén para
tratar este asunto con los apóstoles y los *ancia-
nos. 3Enviados por la iglesia, al pasar por Feni-
cia y Samaria contaron cómo se habían convert-
tido los *gentiles. Estas noticias llenaron de
alegría a todos los creyentes. 4Al llegar a Jeru-
salén, fueron muy bien recibidos tanto por la
iglesia como por los apóstoles y los ancianos, a
quienes informaron de todo lo que Dios había
hecho por medio de ellos.

5Entonces intervinieron algunos creyentes
que pertenecían a la secta de los *fariseos y
afirmaron:

—Es necesario circuncidar a los gentiles y
exigirles que obedezcan la ley de Moisés.

6Los apóstoles y los ancianos se reunieron
para examinar este asunto. 7Después de una
larga discusión, Pedro tomó la palabra:

—Hermanos, ustedes saben que desde un
principio Dios me escogió de entre ustedes para
que por mi boca los gentiles oyeran el mensaje
del *evangelio y creyeran. 8Dios, que conoce el
corazón humano, mostró que los aceptaba dán-
doles el Espíritu Santo, lo mismo que a nosotros.
9Sin hacer distinción alguna entre nosotros y
ellos, purificó sus corazones por la fe. 10Enton-
ces, ¿por qué tratan ahora de provocar a Dios
poniendo sobre el cuello de esos discípulos un
yugo que ni nosotros ni nuestros antepasados
hemos podido soportar? 11¡No puede ser! Más
bien, como ellos, creemos que somos salvos[z]
por la gracia de nuestro Señor Jesús.

12Toda la asamblea guardó silencio para es-
cuchar a Bernabé y a Pablo, que les contaron las
señales y prodigios que Dios había hecho por
medio de ellos entre los gentiles. 13Cuando ter-
minaron, *Jacobo tomó la palabra y dijo:

—Hermanos, escúchenme. 14*Simón[a] nos ha
expuesto cómo Dios desde el principio tuvo a
bien escoger de entre los gentiles un pueblo para
honra de su nombre. 15Con esto concuerdan las
palabras de los profetas, tal como está escrito:

16»“Después de esto volveré
y reedificaré la choza caída de David.
Reedificaré sus ruinas,
y la restauraré,
17para que busque al Señor el resto de la
*humanidad,
todas las *naciones que llevan mi nombre.
18Así dice el Señor, que hace estas cosas”[b]
conocidas desde tiempos antiguos.[c]

[z]**15:11** *que somos salvos*. Alt. *a fin de ser salvos*.
[a]**15:14** *Simón*. Lit. *Simeón*. [b]**15:18** Am 9:11,12
[c]**15:18** “… *que hace … antiguos*. Var. “… *que hace todas estas cosas”; conocidas del Señor son todas sus obras desde tiempos antiguos*.

custom taught by Moses, you cannot be saved.”
2This brought Paul and Barnabas into sharp
dispute and debate with them. So Paul and Bar-
nabas were appointed, along with some other
believers, to go up to Jerusalem to see the apos-
tles and elders about this question. 3The church
sent them on their way, and as they traveled
through Phoenicia and Samaria, they told how
the Gentiles had been converted. This news
made all the brothers very glad. 4When they
came to Jerusalem, they were welcomed by the
church and the apostles and elders, to whom
they reported everything God had done through
them.

5Then some of the believers who belonged to
the party of the Pharisees stood up and said,
“The Gentiles must be circumcised and required
to obey the law of Moses.”

6The apostles and elders met to consider this
question. 7After much discussion, Peter got up
and addressed them: “Brothers, you know that
some time ago God made a choice among you
that the Gentiles might hear from my lips the
message of the gospel and believe. 8God, who
knows the heart, showed that he accepted them
by giving the Holy Spirit to them, just as he did
to us. 9He made no distinction between us and
them, for he purified their hearts by faith. 10Now
then, why do you try to test God by putting on
the necks of the disciples a yoke that neither we
nor our fathers have been able to bear? 11No!
We believe it is through the grace of our Lord
Jesus that we are saved, just as they are.”

12The whole assembly became silent as they
listened to Barnabas and Paul telling about the
miraculous signs and wonders God had done
among the Gentiles through them. 13When they
finished, James spoke up: “Brothers, listen to
me. 14Simon[e] has described to us how God at
first showed his concern by taking from the
Gentiles a people for himself. 15The words of
the prophets are in agreement with this, as it is
written:

16“ ‘After this I will return
and rebuild David’s fallen tent.
Its ruins I will rebuild,
and I will restore it,
17that the remnant of men may seek the
Lord,
and all the Gentiles who bear my name,
says the Lord, who does these things’[f]
18 that have been known for ages.[g]

[e]*14* Greek *Simeon*, a variant of *Simon*; that is, Peter
[f]*17* Amos 9:11,12 [g]*17,18* Some manuscripts *things’— / 18 known to the Lord for ages is his work*

19»Por lo tanto, yo considero que debemos
dejar de ponerles trabas a los gentiles que se
convierten a Dios. 20Más bien debemos escri-
birles que se abstengan de lo *contaminado por
los ídolos, de la inmoralidad sexual, de la carne
de animales estrangulados y de sangre. 21En
efecto, desde tiempos antiguos Moisés siempre
ha tenido en cada ciudad quien lo predique y lo
lea en las sinagogas todos los *sábados.

Carta del concilio a los creyentes gentiles

22Entonces los apóstoles y los *ancianos, de
común acuerdo con toda la iglesia, decidieron
escoger a algunos de ellos y enviarlos a Antio-
quía con Pablo y Bernabé. Escogieron a Judas,
llamado Barsabás, y a Silas, que tenían buena
reputación entre los hermanos. 23Con ellos man-
daron la siguiente carta:

Los apóstoles y los ancianos,

a nuestros hermanos *gentiles en Antioquía, Siria y Cilicia:

Saludos.

24Nos hemos enterado de que algunos de los
nuestros, sin nuestra autorización, los han in-
quietado a ustedes, alarmándoles con lo que
les han dicho. 25Así que de común acuerdo
hemos decidido escoger a algunos hombres y
enviarlos a ustedes con nuestros queridos her-
manos Pablo y Bernabé, 26quienes han arries-
gado su *vida por el nombre de nuestro Señor
*Jesucristo. 27Por tanto, les enviamos a Judas
y a Silas para que les confirmen personalmen-
te lo que les escribimos. 28Nos pareció bien al
Espíritu Santo y a nosotros no imponerles a
ustedes ninguna carga aparte de los siguientes
requisitos: 29abstenerse de lo sacrificado a los
ídolos, de sangre, de la carne de animales
estrangulados y de la inmoralidad sexual. Bien
harán ustedes si evitan estas cosas.

Con nuestros mejores deseos.

30Una vez despedidos, ellos bajaron a Antio-
quía, donde reunieron a la congregación y entre-
garon la carta. 31Los creyentes la leyeron y se
alegraron por su mensaje alentador. 32Judas y
Silas, que también eran profetas, hablaron ex-
tensamente para animarlos y fortalecerlos.
33Después de pasar algún tiempo allí, los herma-
nos los despidieron en paz, para que regresaran
a quienes los habían enviado.[d] 35Pablo y Berna-

[d]15:33 *enviado.* Var. *enviado,* 34*pero Silas decidió quedarse.*

19"It is my judgment, therefore, that we
should not make it difficult for the Gentiles who
are turning to God. 20Instead we should write to
them, telling them to abstain from food polluted
by idols, from sexual immorality, from the meat
of strangled animals and from blood. 21For Mo-
ses has been preached in every city from the
earliest times and is read in the synagogues on
every Sabbath."

The Council's Letter to Gentile Believers

22Then the apostles and elders, with the whole
church, decided to choose some of their own
men and send them to Antioch with Paul and
Barnabas. They chose Judas (called Barsabbas)
and Silas, two men who were leaders among the
brothers. 23With them they sent the following
letter:

The apostles and elders, your brothers,

To the Gentile believers in Antioch, Syria and Cilicia:

Greetings.

24We have heard that some went out from
us without our authorization and disturbed
you, troubling your minds by what they said.
25So we all agreed to choose some men and
send them to you with our dear friends Barna-
bas and Paul— 26men who have risked their
lives for the name of our Lord Jesus Christ.
27Therefore we are sending Judas and Silas to
confirm by word of mouth what we are writ-
ing. 28It seemed good to the Holy Spirit and to
us not to burden you with anything beyond the
following requirements: 29You are to abstain
from food sacrificed to idols, from blood,
from the meat of strangled animals and from
sexual immorality. You will do well to avoid
these things.

Farewell.

30The men were sent off and went down to
Antioch, where they gathered the church togeth-
er and delivered the letter. 31The people read it
and were glad for its encouraging message. 32Ju-
das and Silas, who themselves were prophets,
said much to encourage and strengthen the
brothers. 33After spending some time there, they
were sent off by the brothers with the blessing
of peace to return to those who had sent them.[h]

[h]*33* Some manuscripts *them,* *34 but Silas decided to remain there*

bé permanecieron en Antioquía, enseñando y
anunciando la palabra del Señor en compañía de
muchos otros.

Desacuerdo entre Pablo y Bernabé

36Algún tiempo después, Pablo le dijo a Ber-
nabé: «Volvamos a visitar a los creyentes en
todas las ciudades en donde hemos anunciado la
palabra del Señor, y veamos cómo están.» 37Re-
sulta que Bernabé quería llevar con ellos a Juan
Marcos, 38pero a Pablo no le pareció prudente
llevarlo, porque los había abandonado en Panfi-
lia y no había seguido con ellos en el trabajo.
39Se produjo entre ellos un conflicto tan serio
que acabaron por separarse. Bernabé se llevó a
Marcos y se embarcó rumbo a Chipre, 40mien-
tras que Pablo escogió a Silas. Después de que
los hermanos lo encomendaron a la gracia del
Señor, Pablo partió 41y viajó por Siria y Cilicia,
consolidando a las iglesias.

Timoteo se une a Pablo y a Silas

16 Llegó Pablo a Derbe y después a Listra,
donde se encontró con un discípulo lla-
mado Timoteo, hijo de una mujer judía creyente,
pero de padre *griego. 2Los hermanos en Listra
y en Iconio hablaban bien de Timoteo, 3así que
Pablo decidió llevárselo. Por causa de los judíos
que vivían en aquella región, lo circuncidó, pues
todos sabían que su padre era griego. 4Al pasar
por las ciudades, entregaban los acuerdos toma-
dos por los apóstoles y los *ancianos de Jerusa-
lén, para que los pusieran en práctica. 5Y así las
iglesias se fortalecían en la fe y crecían en
número día tras día.

La visión de Pablo del hombre macedonio

6Atravesaron la región de Frigia y Galacia, ya
que el Espíritu Santo les había impedido que
predicaran la palabra en la provincia de *Asia.
7Cuando llegaron cerca de Misia, intentaron
pasar a Bitinia, pero el Espíritu de Jesús no se lo
permitió. 8Entonces, pasando de largo por Mi-
sia, bajaron a Troas. 9Durante la noche Pablo
tuvo una visión en la que un hombre de Mace-
donia, puesto de pie, le rogaba: «Pasa a Mace-
donia y ayúdanos.» 10Después de que Pablo
tuvo la visión, en seguida nos preparamos para
partir hacia Macedonia, convencidos de que
Dios nos había llamado a anunciar el *evangelio
a los macedonios.

Conversión de Lidia en Filipos

11Zarpando de Troas, navegamos directamen-
te a Samotracia, y al día siguiente a Neápolis.
12De allí fuimos a Filipos, que es una colonia
romana y la ciudad principal de ese distrito de

35But Paul and Barnabas remained in Antioch,
where they and many others taught and
preached the word of the Lord.

Disagreement Between Paul and Barnabas

36Some time later Paul said to Barnabas, "Let
us go back and visit the brothers in all the towns
where we preached the word of the Lord and see
how they are doing." 37Barnabas wanted to take
John, also called Mark, with them, 38but Paul
did not think it wise to take him, because he had
deserted them in Pamphylia and had not contin-
ued with them in the work. 39They had such a
sharp disagreement that they parted company.
Barnabas took Mark and sailed for Cyprus,
40but Paul chose Silas and left, commended by
the brothers to the grace of the Lord. 41He went
through Syria and Cilicia, strengthening the
churches.

Timothy Joins Paul and Silas

16 He came to Derbe and then to Lystra,
where a disciple named Timothy
lived, whose mother was a Jewess and a be-
liever, but whose father was a Greek. 2The
brothers at Lystra and Iconium spoke well of
him. 3Paul wanted to take him along on the
journey, so he circumcised him because of the
Jews who lived in that area, for they all knew
that his father was a Greek. 4As they traveled
from town to town, they delivered the deci-
sions reached by the apostles and elders in
Jerusalem for the people to obey. 5So the
churches were strengthened in the faith and
grew daily in numbers.

Paul's Vision of the Man of Macedonia

6Paul and his companions traveled through-
out the region of Phrygia and Galatia, having
been kept by the Holy Spirit from preaching
the word in the province of Asia. 7When they
came to the border of Mysia, they tried to enter
Bithynia, but the Spirit of Jesus would not
allow them to. 8So they passed by Mysia and
went down to Troas. 9During the night Paul
had a vision of a man of Macedonia standing
and begging him, "Come over to Macedonia
and help us." 10After Paul had seen the vision,
we got ready at once to leave for Macedonia,
concluding that God had called us to preach
the gospel to them.

Lydia's Conversion in Philippi

11From Troas we put out to sea and sailed
straight for Samothrace, and the next day on to
Neapolis. 12From there we traveled to Philippi,
a Roman colony and the leading city of that

Macedonia. En esa ciudad nos quedamos varios
días.
13 El *sábado salimos a las afueras de la ciu-
dad, y fuimos por la orilla del río, donde espe-
rábamos encontrar un lugar de oración. Nos
sentamos y nos pusimos a conversar con las
mujeres que se habían reunido. 14 Una de ellas,
que se llamaba Lidia, adoraba a Dios. Era de la
ciudad de Tiatira y vendía telas de púrpura.
Mientras escuchaba, el Señor le abrió el corazón
para que respondiera al mensaje de Pablo.
15 Cuando fue bautizada con su familia, nos hizo
la siguiente invitación: «Si ustedes me conside-
ran creyente en el Señor, vengan a hospedarse
en mi casa.» Y nos persuadió.

Pablo y Silas en la cárcel

16 Una vez, cuando íbamos al lugar de oración,
nos salió al encuentro una joven esclava que
tenía un espíritu de adivinación. Con sus pode-
res ganaba mucho dinero para sus amos. 17 Nos
seguía a Pablo y a nosotros, gritando:
—Estos hombres son *siervos del Dios Altí-
simo, y les anuncian a ustedes el camino de
salvación.
18 Así continuó durante muchos días. Por fin
Pablo se molestó tanto que se volvió y reprendió
al espíritu:
—¡En el nombre de *Jesucristo, te ordeno que
salgas de ella!
Y en aquel mismo momento el espíritu la dejó.
19 Cuando los amos de la joven se dieron cuenta
de que se les había esfumado la esperanza de
ganar dinero, echaron mano a Pablo y a Silas y los
arrastraron a la plaza, ante las autoridades. 20 Los
presentaron ante los magistrados y dijeron:
—Estos hombres son judíos, y están alborotan-
do a nuestra ciudad, 21 enseñando costumbres que
a los romanos se nos prohíbe admitir o practicar.
22 Entonces la multitud se amotinó contra Pa-
blo y Silas, y los magistrados mandaron que les
arrancaran la ropa y los azotaran. 23 Después de
darles muchos golpes, los echaron en la cárcel,
y ordenaron al carcelero que los custodiara con
la mayor seguridad. 24 Al recibir tal orden, éste
los metió en el calabozo interior y les sujetó los
pies en el cepo.
25 A eso de la medianoche, Pablo y Silas se
pusieron a orar y a cantar himnos a Dios, y los
otros presos los escuchaban. 26 De repente se
produjo un terremoto tan fuerte que la cárcel se
estremeció hasta sus cimientos. Al instante se
abrieron todas las puertas y a los presos se les
soltaron las cadenas. 27 El carcelero despertó y,
al ver las puertas de la cárcel de par en par, sacó
la espada y estuvo a punto de matarse, porque
pensaba que los presos se habían escapado. Pero
Pablo le gritó:

district of Macedonia. And we stayed there sev-
eral days.
13 On the Sabbath we went outside the city
gate to the river, where we expected to find a
place of prayer. We sat down and began to speak
to the women who had gathered there. 14 One of
those listening was a woman named Lydia, a
dealer in purple cloth from the city of Thyatira,
who was a worshiper of God. The Lord opened
her heart to respond to Paul's message. 15 When
she and the members of her household were
baptized, she invited us to her home. "If you
consider me a believer in the Lord," she said,
"come and stay at my house." And she persuad-
ed us.

Paul and Silas in Prison

16 Once when we were going to the place of
prayer, we were met by a slave girl who had
a spirit by which she predicted the future. She
earned a great deal of money for her owners
by fortune-telling. 17 This girl followed Paul
and the rest of us, shouting, "These men are
servants of the Most High God, who are telling
you the way to be saved." 18 She kept this up
for many days. Finally Paul became so trou-
bled that he turned around and said to the
spirit, "In the name of Jesus Christ I command
you to come out of her!" At that moment the
spirit left her.
19 When the owners of the slave girl realized
that their hope of making money was gone,
they seized Paul and Silas and dragged them
into the marketplace to face the authorities.
20 They brought them before the magistrates
and said, "These men are Jews, and are throw-
ing our city into an uproar 21 by advocating
customs unlawful for us Romans to accept or
practice."
22 The crowd joined in the attack against Paul
and Silas, and the magistrates ordered them to
be stripped and beaten. 23 After they had been
severely flogged, they were thrown into prison,
and the jailer was commanded to guard them
carefully. 24 Upon receiving such orders, he put
them in the inner cell and fastened their feet in
the stocks.
25 About midnight Paul and Silas were pray-
ing and singing hymns to God, and the other
prisoners were listening to them. 26 Suddenly
there was such a violent earthquake that the
foundations of the prison were shaken. At
once all the prison doors flew open, and ev-
erybody's chains came loose. 27 The jailer
woke up, and when he saw the prison doors
open, he drew his sword and was about to kill
himself because he thought the prisoners had

28—¡No te hagas ningún daño! ¡Todos estamos aquí!

29El carcelero pidió luz, entró precipitadamente y se echó temblando a los pies de Pablo y de Silas. 30Luego los sacó y les preguntó:

—Señores, ¿qué tengo que hacer para ser salvo?

31—Cree en el Señor Jesús; así tú y tu familia serán salvos —le contestaron.

32Luego les expusieron la palabra de Dios a él y a todos los demás que estaban en su casa. 33A esas horas de la noche, el carcelero se los llevó y les lavó las heridas; en seguida fueron bautizados él y toda su familia. 34El carcelero los llevó a su casa, les sirvió comida y se alegró mucho junto con toda su familia por haber creído en Dios.

35Al amanecer, los magistrados mandaron a unos guardias al carcelero con esta orden: «Suelta a esos hombres.» 36El carcelero, entonces, le informó a Pablo:

—Los magistrados han ordenado que los suelte. Así que pueden irse. Vayan en paz.

37Pero Pablo respondió a los guardias:

—¿Cómo? A nosotros, que somos ciudadanos romanos, que nos han azotado públicamente y sin proceso alguno, y nos han echado en la cárcel, ¿ahora quieren expulsarnos a escondidas? ¡Nada de eso! Que vengan ellos personalmente a escoltarnos hasta la salida.

38Los guardias comunicaron la respuesta a los magistrados. Éstos se asustaron cuando oyeron que Pablo y Silas eran ciudadanos romanos, 39así que fueron a presentarles sus disculpas. Los escoltaron desde la cárcel, pidiéndoles que se fueran de la ciudad. 40Al salir de la cárcel, Pablo y Silas se dirigieron a la casa de Lidia, donde se vieron con los hermanos y los animaron. Después se fueron.

En Tesalónica

17 Atravesando Anfípolis y Apolonia, Pablo y Silas llegaron a Tesalónica, donde había una sinagoga de los judíos. 2Como era su costumbre, Pablo entró en la sinagoga y tres *sábados seguidos discutió con ellos. Basándose en las Escrituras, 3les explicaba y demostraba que era necesario que el *Mesías padeciera y *resucitara. Les decía: «Este Jesús que les anuncio es el Mesías.» 4Algunos de los judíos se convencieron y se unieron a Pablo y a Silas, como también lo hicieron un buen número de mujeres prominentes y muchos *griegos que adoraban a Dios.

5Pero los judíos, llenos de envidia, reclutaron a unos maleantes callejeros, con los que armaron una turba y empezaron a alborotar la ciudad. Asaltaron la casa de Jasón en busca de Pablo y Silas, con el fin de procesarlos públicamente. 6Pero como no los encontraron, arrastraron a

escaped. 28But Paul shouted, "Don't harm yourself! We are all here!"

29The jailer called for lights, rushed in and fell trembling before Paul and Silas. 30He then brought them out and asked, "Sirs, what must I do to be saved?"

31They replied, "Believe in the Lord Jesus, and you will be saved—you and your household." 32Then they spoke the word of the Lord to him and to all the others in his house. 33At that hour of the night the jailer took them and washed their wounds; then immediately he and all his family were baptized. 34The jailer brought them into his house and set a meal before them; he was filled with joy because he had come to believe in God—he and his whole family.

35When it was daylight, the magistrates sent their officers to the jailer with the order: "Release those men." 36The jailer told Paul, "The magistrates have ordered that you and Silas be released. Now you can leave. Go in peace."

37But Paul said to the officers: "They beat us publicly without a trial, even though we are Roman citizens, and threw us into prison. And now do they want to get rid of us quietly? No! Let them come themselves and escort us out."

38The officers reported this to the magistrates, and when they heard that Paul and Silas were Roman citizens, they were alarmed. 39They came to appease them and escorted them from the prison, requesting them to leave the city. 40After Paul and Silas came out of the prison, they went to Lydia's house, where they met with the brothers and encouraged them. Then they left.

In Thessalonica

17 When they had passed through Amphipolis and Apollonia, they came to Thessalonica, where there was a Jewish synagogue. 2As his custom was, Paul went into the synagogue, and on three Sabbath days he reasoned with them from the Scriptures, 3explaining and proving that the Christ[i] had to suffer and rise from the dead. "This Jesus I am proclaiming to you is the Christ,[j]" he said. 4Some of the Jews were persuaded and joined Paul and Silas, as did a large number of God-fearing Greeks and not a few prominent women.

5But the Jews were jealous; so they rounded up some bad characters from the marketplace, formed a mob and started a riot in the city. They rushed to Jason's house in search of Paul and Silas in order to bring them out to the crowd.[k]

i3 Or *Messiah* j3 Or *Messiah* k5 Or *the assembly of the people*

Jasón y a algunos otros hermanos ante las autori-
dades de la ciudad, gritando: «¡Estos que han
trastornado el mundo entero han venido también
acá, 7y Jasón los ha recibido en su casa! Todos
ellos actúan en contra de los decretos del *empe-
rador, afirmando que hay otro rey, uno que se
llama Jesús.» 8Al oír esto, la multitud y las auto-
ridades de la ciudad se alborotaron; 9entonces
éstas exigieron fianza a Jasón y a los demás para
dejarlos en libertad.

En Berea

10Tan pronto como se hizo de noche, los her-
manos enviaron a Pablo y a Silas a Berea, quienes
al llegar se dirigieron a la sinagoga de los judíos.
11Éstos eran de sentimientos más nobles que los
de Tesalónica, de modo que recibieron el mensaje
con toda avidez y todos los días examinaban las
Escrituras para ver si era verdad lo que se les
anunciaba. 12Muchos de los judíos creyeron, y
también un buen número de *griegos, incluso
mujeres distinguidas y no pocos hombres.

13Cuando los judíos de Tesalónica se entera-
ron de que también en Berea estaba Pablo pre-
dicando la palabra de Dios, fueron allá para
agitar y alborotar a las multitudes. 14En seguida
los hermanos enviaron a Pablo hasta la costa,
pero Silas y Timoteo se quedaron en Berea.
15Los que acompañaban a Pablo lo llevaron
hasta Atenas. Luego regresaron con instruccio-
nes de que Silas y Timoteo se reunieran con él
tan pronto como les fuera posible.

En Atenas

16Mientras Pablo los esperaba en Atenas, le
dolió en el alma ver que la ciudad estaba llena
de ídolos. 17Así que discutía en la sinagoga con
los judíos y con los *griegos que adoraban a
Dios, y a diario hablaba en la plaza con los que
se encontraban por allí. 18Algunos filósofos epi-
cúreos y estoicos entablaron conversación con
él. Unos decían: «¿Qué querrá decir este charla-
tán?» Otros comentaban: «Parece que es predi-
cador de dioses extranjeros.» Decían esto por-
que Pablo les anunciaba las buenas *nuevas de
Jesús y de la resurrección. 19Entonces se lo
llevaron a una reunión del Areópago.

—¿Se puede saber qué nueva enseñanza es esta
que usted presenta? —le preguntaron—. 20Por-
que nos viene usted con ideas que nos suenan
extrañas, y queremos saber qué significan.

21Es que todos los atenienses y los extranjeros
que vivían allí se pasaban el tiempo sin hacer
otra cosa más que escuchar y comentar las últi-
mas novedades.

22Pablo se puso en medio del Areópago y
tomó la palabra:

—¡Ciudadanos atenienses! Observo que uste-

6But when they did not find them, they dragged
Jason and some other brothers before the city
officials, shouting: "These men who have
caused trouble all over the world have now come
here, 7and Jason has welcomed them into his
house. They are all defying Caesar's decrees,
saying that there is another king, one called
Jesus." 8When they heard this, the crowd and
the city officials were thrown into turmoil.
9Then they made Jason and the others post bond
and let them go.

In Berea

10As soon as it was night, the brothers sent
Paul and Silas away to Berea. On arriving there,
they went to the Jewish synagogue. 11Now the
Bereans were of more noble character than the
Thessalonians, for they received the message
with great eagerness and examined the Scrip-
tures every day to see if what Paul said was true.
12Many of the Jews believed, as did also a
number of prominent Greek women and many
Greek men.

13When the Jews in Thessalonica learned that
Paul was preaching the word of God at Berea,
they went there too, agitating the crowds and
stirring them up. 14The brothers immediately
sent Paul to the coast, but Silas and Timothy
stayed at Berea. 15The men who escorted Paul
brought him to Athens and then left with instruc-
tions for Silas and Timothy to join him as soon
as possible.

In Athens

16While Paul was waiting for them in Athens,
he was greatly distressed to see that the city was
full of idols. 17So he reasoned in the synagogue
with the Jews and the God-fearing Greeks, as
well as in the marketplace day by day with those
who happened to be there. 18A group of Epicu-
rean and Stoic philosophers began to dispute
with him. Some of them asked, "What is this
babbler trying to say?" Others remarked, "He
seems to be advocating foreign gods." They said
this because Paul was preaching the good news
about Jesus and the resurrection. 19Then they
took him and brought him to a meeting of the
Areopagus, where they said to him, "May we
know what this new teaching is that you are
presenting? 20You are bringing some strange
ideas to our ears, and we want to know what they
mean." 21(All the Athenians and the foreigners
who lived there spent their time doing nothing
but talking about and listening to the latest
ideas.)

22Paul then stood up in the meeting of the
Areopagus and said: "Men of Athens! I see that
in every way you are very religious. 23For as I

des son sumamente religiosos en todo lo que
hacen. 23 Al pasar y fijarme en sus lugares sagra-
dos, encontré incluso un altar con esta inscrip-
ción: A UN DIOS DESCONOCIDO. Pues bien, eso
que ustedes adoran como algo desconocido es lo
que yo les anuncio.

24 »El Dios que hizo el mundo y todo lo que hay
en él es Señor del cielo y de la tierra. No vive en
templos construidos por hombres, 25 ni se deja
servir por manos *humanas, como si necesitara
de algo. Por el contrario, él es quien da a todos la
vida, el aliento y todas las cosas. 26 De un solo
hombre hizo todas las naciones[e] para que habita-
ran toda la tierra; y determinó los períodos de su
historia y las fronteras de sus territorios. 27 Esto lo
hizo Dios para que todos lo busquen y, aunque sea
a tientas, lo encuentren. En verdad, él no está lejos
de ninguno de nosotros, 28 "puesto que en él
vivimos, nos movemos y existimos". Como algu-
nos de sus propios poetas griegos han dicho: "De
él somos descendientes."

29 »Por tanto, siendo descendientes de Dios,
no debemos pensar que la divinidad sea como el
oro, la plata o la piedra: escultura hecha como
resultado del ingenio y de la destreza del *ser
humano. 30 Pues bien, Dios pasó por alto aque-
llos tiempos de tal ignorancia, pero ahora manda
a todos, en todas partes, que se *arrepientan. 31 Él
ha fijado un día en que juzgará al mundo con
justicia, por medio del hombre que ha designa-
do. De ello ha dado pruebas a todos al *levan-
tarlo de entre los muertos.

32 Cuando oyeron de la resurrección, unos se
burlaron; pero otros le dijeron:

—Queremos que usted nos hable en otra oca-
sión sobre este tema.

33 En ese momento Pablo salió de la reunión.
34 Algunas personas se unieron a Pablo y creye-
ron. Entre ellos estaba Dionisio, miembro del
Areópago, también una mujer llamada Dámaris,
y otros más.

En Corinto

18 Después de esto, Pablo se marchó de
Atenas y se fue a Corinto. 2 Allí se en-
contró con un judío llamado Aquila, natural del
Ponto, y con su esposa Priscila. Hacía poco
habían llegado de Italia, porque Claudio había
mandado que todos los judíos fueran expulsados
de Roma. Pablo fue a verlos 3 y, como hacía
tiendas de campaña al igual que ellos, se quedó
para que trabajaran juntos. 4 Todos los *sábados
discutía en la sinagoga, tratando de persuadir a
judíos y a *griegos.

5 Cuando Silas y Timoteo llegaron de Mace-
donia, Pablo se dedicó exclusivamente a la pre-

[e] 17:26 *todas las naciones*. Alt. *todo el género humano*.

walked around and looked carefully at your
objects of worship, I even found an altar with
this inscription: TO AN UNKNOWN GOD. Now
what you worship as something unknown I am
going to proclaim to you.

24 "The God who made the world and ev-
erything in it is the Lord of heaven and earth
and does not live in temples built by hands.
25 And he is not served by human hands, as if
he needed anything, because he himself gives
all men life and breath and everything else.
26 From one man he made every nation of men,
that they should inhabit the whole earth; and
he determined the times set for them and the
exact places where they should live. 27 God did
this so that men would seek him and perhaps
reach out for him and find him, though he is
not far from each one of us. 28 'For in him we
live and move and have our being.' As some
of your own poets have said, 'We are his off-
spring.'

29 "Therefore since we are God's offspring,
we should not think that the divine being is
like gold or silver or stone—an image made
by man's design and skill. 30 In the past God
overlooked such ignorance, but now he com-
mands all people everywhere to repent. 31 For
he has set a day when he will judge the world
with justice by the man he has appointed. He
has given proof of this to all men by raising
him from the dead."

32 When they heard about the resurrection of
the dead, some of them sneered, but others said,
"We want to hear you again on this subject."
33 At that, Paul left the Council. 34 A few men
became followers of Paul and believed. Among
them was Dionysius, a member of the Areopa-
gus, also a woman named Damaris, and a num-
ber of others.

In Corinth

18 After this, Paul left Athens and went to
Corinth. 2 There he met a Jew named
Aquila, a native of Pontus, who had recently
come from Italy with his wife Priscilla, because
Claudius had ordered all the Jews to leave
Rome. Paul went to see them, 3 and because he
was a tentmaker as they were, he stayed and
worked with them. 4 Every Sabbath he reasoned
in the synagogue, trying to persuade Jews and
Greeks.

5 When Silas and Timothy came from Mac-
edonia, Paul devoted himself exclusively to
preaching, testifying to the Jews that Jesus was
the Christ.[l] 6 But when the Jews opposed Paul

[l] 5 Or *Messiah*; also in verse 28

dicación, testificándoles a los judíos que Jesús era el *Mesías. 6Pero cuando los judíos se opusieron a Pablo y lo insultaron, éste se sacudió la ropa en señal de protesta y les dijo: «¡Caiga la sangre de ustedes sobre su propia cabeza! Estoy libre de responsabilidad. De ahora en adelante me dirigiré a los *gentiles.»

7Entonces Pablo salió de la sinagoga y se fue a la casa de un tal Ticio Justo, que adoraba a Dios y que vivía al lado de la sinagoga. 8Crispo, el jefe de la sinagoga, creyó en el Señor con toda su familia. También creyeron y fueron bautizados muchos de los corintios que oyeron a Pablo.

9Una noche el Señor le dijo a Pablo en una visión: «No tengas miedo; sigue hablando y no te calles, 10pues estoy contigo. Aunque te ataquen, no voy a dejar que nadie te haga daño, porque tengo mucha gente en esta ciudad.» 11Así que Pablo se quedó allí un año y medio, enseñando entre el pueblo la palabra de Dios.

12Mientras Galión era gobernador[f] de Acaya, los judíos a una atacaron a Pablo y lo condujeron al tribunal.

13—Este hombre —denunciaron ellos— anda persuadiendo a la gente a adorar a Dios de una manera que va en contra de nuestra ley.

14Pablo ya iba a hablar cuando Galión les dijo:

—Si ustedes los judíos estuvieran entablando una demanda sobre algún delito o algún crimen grave, sería razonable que los escuchara. 15Pero como se trata de cuestiones de palabras, de nombres y de su propia ley, arréglense entre ustedes. No quiero ser juez de tales cosas.

16Así que mandó que los expulsaran del tribunal. 17Entonces se abalanzaron todos sobre Sóstenes, el jefe de la sinagoga, y lo golpearon delante del tribunal. Pero Galión no le dio ninguna importancia al asunto.

Priscila, Aquila y Apolos

18Pablo permaneció en Corinto algún tiempo más. Después se despidió de los hermanos y emprendió el viaje rumbo a Siria, acompañado de Priscila y Aquila. En Cencreas, antes de embarcarse, se hizo rapar la cabeza a causa de un voto que había hecho. 19Al llegar a Éfeso, Pablo se separó de sus acompañantes y entró en la sinagoga, donde se puso a discutir con los judíos. 20Éstos le pidieron que se quedara más tiempo con ellos. Él no accedió, 21pero al despedirse les prometió: «Ya volveré, si Dios quiere.» Y zarpó de Éfeso. 22Cuando desembarcó en Cesarea, subió a Jerusalén a saludar a la iglesia y luego bajó a Antioquía.

23Después de pasar algún tiempo allí, Pablo se

f18:12 *gobernador.* Lit. *procónsul.*

and became abusive, he shook out his clothes in protest and said to them, "Your blood be on your own heads! I am clear of my responsibility. From now on I will go to the Gentiles."

7Then Paul left the synagogue and went next door to the house of Titius Justus, a worshiper of God. 8Crispus, the synagogue ruler, and his entire household believed in the Lord; and many of the Corinthians who heard him believed and were baptized.

9One night the Lord spoke to Paul in a vision: "Do not be afraid; keep on speaking, do not be silent. 10For I am with you, and no one is going to attack and harm you, because I have many people in this city." 11So Paul stayed for a year and a half, teaching them the word of God.

12While Gallio was proconsul of Achaia, the Jews made a united attack on Paul and brought him into court. 13"This man," they charged, "is persuading the people to worship God in ways contrary to the law."

14Just as Paul was about to speak, Gallio said to the Jews, "If you Jews were making a complaint about some misdemeanor or serious crime, it would be reasonable for me to listen to you. 15But since it involves questions about words and names and your own law—settle the matter yourselves. I will not be a judge of such things." 16So he had them ejected from the court. 17Then they all turned on Sosthenes the synagogue ruler and beat him in front of the court. But Gallio showed no concern whatever.

Priscilla, Aquila and Apollos

18Paul stayed on in Corinth for some time. Then he left the brothers and sailed for Syria, accompanied by Priscilla and Aquila. Before he sailed, he had his hair cut off at Cenchrea because of a vow he had taken. 19They arrived at Ephesus, where Paul left Priscilla and Aquila. He himself went into the synagogue and reasoned with the Jews. 20When they asked him to spend more time with them, he declined. 21But as he left, he promised, "I will come back if it is God's will." Then he set sail from Ephesus. 22When he landed at Caesarea, he went up and greeted the church and then went down to Antioch.

23After spending some time in Antioch, Paul set out from there and traveled from place to place throughout the region of Galatia and Phrygia, strengthening all the disciples.

24Meanwhile a Jew named Apollos, a native of Alexandria, came to Ephesus. He was a

fue a visitar una por una las congregaciones[g] de
Galacia y Frigia, animando a todos los discípulos.

24Por aquel entonces llegó a Éfeso un judío
llamado Apolos, natural de Alejandría. Era un
hombre ilustrado y convincente en el uso de las
Escrituras. 25Había sido instruido en el camino
del Señor, y con gran fervor[h] hablaba y enseña-
ba con la mayor exactitud acerca de Jesús, aun-
que conocía sólo el bautismo de Juan. 26Comen-
zó a hablar valientemente en la sinagoga. Al
oírlo Priscila y Aquila, lo tomaron a su cargo y
le explicaron con mayor precisión el camino de
Dios.

27Como Apolos quería pasar a Acaya, los
hermanos lo animaron y les escribieron a los
discípulos de allá para que lo recibieran. Cuando
llegó, ayudó mucho a quienes por la gracia
habían creído, 28pues refutaba vigorosamente
en público a los judíos, demostrando por las
Escrituras que Jesús es el *Mesías.

Pablo en Éfeso

19 Mientras Apolos estaba en Corinto, Pa-
blo recorrió las regiones del interior y
llegó a Éfeso. Allí encontró a algunos discípulos.

2—¿Recibieron ustedes el Espíritu Santo
cuando creyeron? —les preguntó.

—No, ni siquiera hemos oído hablar del Espí-
ritu Santo —respondieron.

3—Entonces, ¿qué bautismo recibieron?

—El bautismo de Juan.

4Pablo les explicó:

—El bautismo de Juan no era más que un
bautismo de *arrepentimiento. Él le decía al
pueblo que creyera en el que venía después de
él, es decir, en Jesús.

5Al oír esto, fueron bautizados en el nombre
del Señor Jesús. 6Cuando Pablo les impuso las
manos, el Espíritu Santo vino sobre ellos, y
empezaron a hablar en *lenguas y a profetizar.
7Eran en total unos doce hombres.

8Pablo entró en la sinagoga y habló allí con toda
valentía durante tres meses. Discutía acerca del
reino de Dios, tratando de convencerlos, 9pero
algunos se negaron obstinadamente a creer, y ante
la congregación hablaban mal del Camino. Así
que Pablo se alejó de ellos y formó un grupo
aparte con los discípulos; y a diario debatía en la
escuela de Tirano. 10Esto continuó por espacio de
dos años, de modo que todos los judíos y los
*griegos que vivían en la provincia de *Asia
llegaron a escuchar la palabra del Señor.

11Dios hacía milagros extraordinarios por
medio de Pablo, 12a tal grado que a los enfermos

learned man, with a thorough knowledge of the
Scriptures. 25He had been instructed in the way
of the Lord, and he spoke with great fervor[m] and
taught about Jesus accurately, though he knew
only the baptism of John. 26He began to speak
boldly in the synagogue. When Priscilla and
Aquila heard him, they invited him to their home
and explained to him the way of God more
adequately.

27When Apollos wanted to go to Achaia, the
brothers encouraged him and wrote to the disci-
ples there to welcome him. On arriving, he was
a great help to those who by grace had believed.
28For he vigorously refuted the Jews in public
debate, proving from the Scriptures that Jesus
was the Christ.

Paul in Ephesus

19 While Apollos was at Corinth, Paul took
the road through the interior and arrived
at Ephesus. There he found some disciples 2and
asked them, "Did you receive the Holy Spirit
when[n] you believed?"

They answered, "No, we have not even heard
that there is a Holy Spirit."

3So Paul asked, "Then what baptism did you
receive?"

"John's baptism," they replied.

4Paul said, "John's baptism was a baptism of
repentance. He told the people to believe in the
one coming after him, that is, in Jesus." 5On
hearing this, they were baptized into[o] the name
of the Lord Jesus. 6When Paul placed his hands
on them, the Holy Spirit came on them, and they
spoke in tongues[p] and prophesied. 7There were
about twelve men in all.

8Paul entered the synagogue and spoke boldly
there for three months, arguing persuasively
about the kingdom of God. 9But some of them
became obstinate; they refused to believe and
publicly maligned the Way. So Paul left them.
He took the disciples with him and had discus-
sions daily in the lecture hall of Tyrannus.
10This went on for two years, so that all the Jews
and Greeks who lived in the province of Asia
heard the word of the Lord.

11God did extraordinary miracles through
Paul, 12so that even handkerchiefs and aprons
that had touched him were taken to the sick, and
their illnesses were cured and the evil spirits left
them.

[g] **18:23** *una por una las congregaciones*. Lit. *por orden la región.* [h] **18:25** *con gran fervor*. Lit. *con fervor en el Espíritu.*

[m] *25* Or *with fervor in the Spirit* [n] *2* Or *after* [o] *5* Or *in*
[p] *6* Or *other languages*

les llevaban pañuelos y delantales que habían
tocado el cuerpo de Pablo, y quedaban sanos de
sus enfermedades, y los espíritus malignos sa-
lían de ellos.
13 Algunos judíos que andaban expulsando es-
píritus malignos intentaron invocar sobre los
endemoniados el nombre del Señor Jesús. De-
cían: «¡En el nombre de Jesús, a quien Pablo
predica, les ordeno que salgan!» 14 Esto lo ha-
cían siete hijos de un tal Esceva, que era uno de
los jefes de los sacerdotes judíos.
15 Un día el *espíritu maligno les replicó: «Co-
nozco a Jesús, y sé quién es Pablo, pero ustedes
¿quiénes son?» 16 Y abalanzándose sobre ellos,
el hombre que tenía el espíritu maligno los do-
minó a todos. Los maltrató con tanta violencia
que huyeron de la casa desnudos y heridos.
17 Cuando se enteraron los judíos y los griegos
que vivían en Éfeso, el temor se apoderó de
todos ellos, y el nombre del Señor Jesús era
glorificado. 18 Muchos de los que habían creído
llegaban ahora y confesaban públicamente sus
prácticas malvadas. 19 Un buen número de los
que practicaban la hechicería juntaron sus libros
en un montón y los quemaron delante de todos.
Cuando calcularon el precio de aquellos libros,
resultó un total de cincuenta mil monedas de
plata.[i] 20 Así la palabra del Señor crecía y se
difundía con poder arrollador.
21 Después de todos estos sucesos, Pablo tomó
la determinación de ir a Jerusalén, pasando por
Macedonia y Acaya. Decía: «Después de estar
allí, tengo que visitar Roma.» 22 Entonces envió
a Macedonia a dos de sus ayudantes, Timoteo y
Erasto, mientras él se quedaba por algún tiempo
en la provincia de Asia.

El disturbio en Éfeso

23 Por aquellos días se produjo un gran distur-
bio a propósito del Camino. 24 Un platero llama-
do Demetrio, que hacía figuras en plata del
templo de Artemisa,[j] proporcionaba a los arte-
sanos no poca ganancia. 25 Los reunió con otros
obreros del ramo, y les dijo:

—Compañeros, ustedes saben que obtenemos
buenos ingresos de este oficio. 26 Les consta
además que el tal Pablo ha logrado persuadir a
mucha gente, no sólo en Éfeso sino en casi toda
la provincia de *Asia. Él sostiene que no son
dioses los que se hacen con las manos. 27 Ahora
bien, no sólo hay el peligro de que se despresti-
gie nuestro oficio, sino también de que el templo
de la gran diosa Artemisa sea menospreciado, y
que la diosa misma, a quien adoran toda la

[i] **19:19** *monedas de plata.* Es decir, *dracmas.
[j] **19:24** Nombre griego de la Diana de los romanos; también en vv. 27,28,34 y 35.

13 Some Jews who went around driving out
evil spirits tried to invoke the name of the Lord
Jesus over those who were demon-possessed.
They would say, "In the name of Jesus, whom
Paul preaches, I command you to come out."
14 Seven sons of Sceva, a Jewish chief priest,
were doing this. 15 ⌊One day⌋ the evil spirit an-
swered them, "Jesus I know, and I know about
Paul, but who are you?" 16 Then the man who
had the evil spirit jumped on them and over-
powered them all. He gave them such a beating
that they ran out of the house naked and bleed-
ing.
17 When this became known to the Jews and
Greeks living in Ephesus, they were all seized
with fear, and the name of the Lord Jesus was
held in high honor. 18 Many of those who be-
lieved now came and openly confessed their evil
deeds. 19 A number who had practiced sorcery
brought their scrolls together and burned them
publicly. When they calculated the value of the
scrolls, the total came to fifty thousand drach-
mas.[q] 20 In this way the word of the Lord spread
widely and grew in power.
21 After all this had happened, Paul decided to
go to Jerusalem, passing through Macedonia
and Achaia. "After I have been there," he said,
"I must visit Rome also." 22 He sent two of his
helpers, Timothy and Erastus, to Macedonia,
while he stayed in the province of Asia a little
longer.

The Riot in Ephesus

23 About that time there arose a great distur-
bance about the Way. 24 A silversmith named
Demetrius, who made silver shrines of Arte-
mis, brought in no little business for the crafts-
men. 25 He called them together, along with the
workmen in related trades, and said: "Men,
you know we receive a good income from this
business. 26 And you see and hear how this
fellow Paul has convinced and led astray large
numbers of people here in Ephesus and in
practically the whole province of Asia. He
says that man-made gods are no gods at all.
27 There is danger not only that our trade will
lose its good name, but also that the temple of
the great goddess Artemis will be discredited,
and the goddess herself, who is worshiped
throughout the province of Asia and the world,
will be robbed of her divine majesty."

[q] *19* A drachma was a silver coin worth about a day's wages.

provincia de Asia y el mundo entero, sea despo-
jada de su divina majestad.
28 Al oír esto, se enfurecieron y comenzaron a
gritar:

—¡Grande es Artemisa de los efesios!

29 En seguida toda la ciudad se alborotó. La
turba en masa se precipitó en el teatro, arrastran-
do a Gayo y a Aristarco, compañeros de viaje de
Pablo, que eran de Macedonia. 30 Pablo quiso
presentarse ante la multitud, pero los discípulos
no se lo permitieron. 31 Incluso algunas autori-
dades de la provincia, que eran amigos de Pablo,
le enviaron un recado, rogándole que no se
arriesgara a entrar en el teatro.

32 Había confusión en la asamblea. Cada uno
gritaba una cosa distinta, y la mayoría ni siquiera
sabía para qué se habían reunido. 33 Los judíos
empujaron a un tal Alejandro hacia adelante, y
algunos de entre la multitud lo sacaron para que
tomara la palabra. Él agitó la mano para pedir
silencio y presentar su defensa ante el pueblo.
34 Pero cuando se dieron cuenta de que era judío,
todos se pusieron a gritar al unísono como por
dos horas:

—¡Grande es Artemisa de los efesios!

35 El secretario del concejo municipal logró
calmar a la multitud y dijo:

—Ciudadanos de Éfeso, ¿acaso no sabe todo
el mundo que la ciudad de Éfeso es guardiana
del templo de la gran Artemisa y de su estatua
bajada del cielo? 36 Ya que estos hechos son
innegables, es preciso que ustedes se calmen y
no hagan nada precipitadamente. 37 Ustedes han
traído a estos hombres, aunque ellos no han
cometido ningún sacrilegio ni han *blasfemado
contra nuestra diosa. 38 Así que si Demetrio y sus
compañeros de oficio tienen alguna queja contra
alguien, para eso hay tribunales y gobernado-
res.[k] Vayan y presenten allí sus acusaciones
unos contra otros. 39 Si tienen alguna otra de-
manda, que se resuelva en legítima asamblea.
40 Tal y como están las cosas, con los sucesos de
hoy corremos el riesgo de que nos acusen de
causar disturbios. ¿Qué razón podríamos dar de
este alboroto, si no hay ninguna?
41 Dicho esto, despidió la asamblea.

Recorrido por Macedonia y Grecia

20 Cuando cesó el alboroto, Pablo mandó
llamar a los discípulos y, después de
animarlos, se despidió y salió rumbo a Macedo-
nia. 2 Recorrió aquellas regiones, alentando a los
creyentes en muchas ocasiones, y por fin llegó
a Grecia, 3 donde se quedó tres meses. Como los
judíos tramaban un atentado contra él cuando
estaba a punto de embarcarse para Siria, decidió

28 When they heard this, they were furious and
began shouting: "Great is Artemis of the Ephe-
sians!" 29 Soon the whole city was in an uproar.
The people seized Gaius and Aristarchus, Paul's
traveling companions from Macedonia, and
rushed as one man into the theater. 30 Paul want-
ed to appear before the crowd, but the disciples
would not let him. 31 Even some of the officials
of the province, friends of Paul, sent him a
message begging him not to venture into the
theater.

32 The assembly was in confusion: Some were
shouting one thing, some another. Most of the
people did not even know why they were there.
33 The Jews pushed Alexander to the front, and
some of the crowd shouted instructions to him.
He motioned for silence in order to make a
defense before the people. 34 But when they
realized he was a Jew, they all shouted in unison
for about two hours: "Great is Artemis of the
Ephesians!"

35 The city clerk quieted the crowd and said:
"Men of Ephesus, doesn't all the world know
that the city of Ephesus is the guardian of the
temple of the great Artemis and of her image,
which fell from heaven? 36 Therefore, since
these facts are undeniable, you ought to be
quiet and not do anything rash. 37 You have
brought these men here, though they have nei-
ther robbed temples nor blasphemed our god-
dess. 38 If, then, Demetrius and his fellow
craftsmen have a grievance against anybody,
the courts are open and there are proconsuls.
They can press charges. 39 If there is anything
further you want to bring up, it must be settled
in a legal assembly. 40 As it is, we are in danger
of being charged with rioting because of to-
day's events. In that case we would not be able
to account for this commotion, since there is
no reason for it." 41 After he had said this, he
dismissed the assembly.

Through Macedonia and Greece

20 When the uproar had ended, Paul sent
for the disciples and, after encouraging
them, said good-by and set out for Macedonia.
2 He traveled through that area, speaking many
words of encouragement to the people, and fi-
nally arrived in Greece, 3 where he stayed three
months. Because the Jews made a plot against
him just as he was about to sail for Syria, he
decided to go back through Macedonia. 4 He was
accompanied by Sopater son of Pyrrhus from
Berea, Aristarchus and Secundus from Thessa-
lonica, Gaius from Derbe, Timothy also, and

[k] **19:38** *gobernadores*. Lit. *procónsules*.

regresar por Macedonia. 4Lo acompañaron Só-
pater hijo de Pirro, de Berea; Aristarco y Segun-
do, de Tesalónica; Gayo, de Derbe; Timoteo; y
por último, Tíquico y Trófimo, de la provincia
de *Asia. 5Éstos se adelantaron y nos esperaron
en Troas. 6Pero nosotros zarpamos de Filipos
después de la fiesta de los Panes sin levadura, y
a los cinco días nos reunimos con los otros en
Troas, donde pasamos siete días.

Visita de Pablo a Troas

7El primer día de la semana nos reunimos para
partir el pan. Como iba a salir al día siguiente,
Pablo estuvo hablando a los creyentes, y prolon-
gó su discurso hasta la medianoche. 8En el cuar-
to del piso superior donde estábamos reunidos
había muchas lámparas. 9Un joven llamado Eu-
tico, que estaba sentado en una ventana, comen-
zó a dormirse mientras Pablo alargaba su discur-
so. Cuando se quedó profundamente dormido,
se cayó desde el tercer piso y lo recogieron
muerto. 10Pablo bajó, se echó sobre el joven y
lo abrazó. «¡No se alarmen! —les dijo—. ¡Está
vivo!» 11Luego volvió a subir, partió el pan y
comió. Siguió hablando hasta el amanecer, y
entonces se fue. 12Al joven se lo llevaron vivo a
su casa, para gran consuelo de todos.

Pablo se despide de los ancianos de Éfeso

13Nosotros, por nuestra parte, nos embarca-
mos anticipadamente y zarpamos para Asón,
donde íbamos a recoger a Pablo. Así se había
planeado, ya que él iba a hacer esa parte del
viaje por tierra. 14Cuando se encontró con no-
sotros en Asón, lo tomamos a bordo y fuimos
a Mitilene. 15Desde allí zarpamos al día si-
guiente y llegamos frente a Quío. Al otro día
cruzamos en dirección a Samos, y un día des-
pués llegamos a Mileto. 16Pablo había decidi-
do pasar de largo a Éfeso para no demorarse
en la provincia de *Asia, porque tenía prisa
por llegar a Jerusalén para el día de Pentecos-
tés, si fuera posible.

17Desde Mileto, Pablo mandó llamar a los
*ancianos de la iglesia de Éfeso. 18Cuando
llegaron, les dijo: «Ustedes saben cómo me
porté todo el tiempo que estuve con ustedes,
desde el primer día que vine a la provincia de
Asia. 19He servido al Señor con toda humildad
y con lágrimas, a pesar de haber sido sometido
a duras *pruebas por las maquinaciones de los
judíos. 20Ustedes saben que no he vacilado en
predicarles nada que les fuera de provecho,
sino que les he enseñado públicamente y en
las casas. 21A judíos y a *griegos les he insta-
do a convertirse a Dios y a creer en nuestro
Señor Jesús.

Tychicus and Trophimus from the province of
Asia. 5These men went on ahead and waited for
us at Troas. 6But we sailed from Philippi after
the Feast of Unleavened Bread, and five days
later joined the others at Troas, where we stayed
seven days.

Eutychus Raised From the Dead at Troas

7On the first day of the week we came to-
gether to break bread. Paul spoke to the people
and, because he intended to leave the next day,
kept on talking until midnight. 8There were
many lamps in the upstairs room where we
were meeting. 9Seated in a window was a
young man named Eutychus, who was sinking
into a deep sleep as Paul talked on and on.
When he was sound asleep, he fell to the
ground from the third story and was picked up
dead. 10Paul went down, threw himself on the
young man and put his arms around him.
"Don't be alarmed," he said. "He's alive!"
11Then he went upstairs again and broke bread
and ate. After talking until daylight, he left.
12The people took the young man home alive
and were greatly comforted.

Paul's Farewell to the Ephesian Elders

13We went on ahead to the ship and sailed
for Assos, where we were going to take Paul
aboard. He had made this arrangement because
he was going there on foot. 14When he met us
at Assos, we took him aboard and went on to
Mitylene. 15The next day we set sail from
there and arrived off Kios. The day after that
we crossed over to Samos, and on the follow-
ing day arrived at Miletus. 16Paul had decided
to sail past Ephesus to avoid spending time in
the province of Asia, for he was in a hurry to
reach Jerusalem, if possible, by the day of
Pentecost.

17From Miletus, Paul sent to Ephesus for
the elders of the church. 18When they arrived,
he said to them: "You know how I lived the
whole time I was with you, from the first day
I came into the province of Asia. 19I served
the Lord with great humility and with tears,
although I was severely tested by the plots of
the Jews. 20You know that I have not hesitat-
ed to preach anything that would be helpful
to you but have taught you publicly and from
house to house. 21I have declared to both
Jews and Greeks that they must turn to God
in repentance and have faith in our Lord
Jesus.

22"And now, compelled by the Spirit, I am
going to Jerusalem, not knowing what will hap-

22»Y ahora tengan en cuenta que voy a Jerusalén obligado[l] por el Espíritu, sin saber lo que allí me espera. 23Lo único que sé es que en todas las ciudades el Espíritu Santo me asegura que me esperan prisiones y sufrimientos. 24Sin embargo, considero que mi *vida carece de valor para mí mismo, con tal de que termine mi carrera y lleve a cabo el servicio que me ha encomendado el Señor Jesús, que es el de dar testimonio del *evangelio de la gracia de Dios.

25»Escuchen, yo sé que ninguno de ustedes, entre quienes he andado predicando el reino de Dios, volverá a verme. 26Por tanto, hoy les declaro que soy inocente de la sangre de todos, 27porque sin vacilar les he proclamado todo el propósito de Dios. 28Tengan cuidado de sí mismos y de todo el rebaño sobre el cual el Espíritu Santo los ha puesto como *obispos para pastorear la iglesia de Dios,[m] que él adquirió con su propia sangre.[n] 29Sé que después de mi partida entrarán en medio de ustedes lobos feroces que procurarán acabar con el rebaño. 30Aun de entre ustedes mismos se levantarán algunos que enseñarán falsedades para arrastrar a los discípulos que los sigan. 31Así que estén alerta. Recuerden que día y noche, durante tres años, no he dejado de amonestar con lágrimas a cada uno en particular.

32»Ahora los encomiendo a Dios y al mensaje de su gracia, mensaje que tiene poder para edificarlos y darles herencia entre todos los *santificados. 33No he codiciado ni la plata ni el oro ni la ropa de nadie. 34Ustedes mismos saben bien que estas manos se han ocupado de mis propias necesidades y de las de mis compañeros. 35Con mi ejemplo les he mostrado que es preciso trabajar duro para ayudar a los necesitados, recordando las palabras del Señor Jesús: "Hay más *dicha en dar que en recibir."»

36Después de decir esto, Pablo se puso de rodillas con todos ellos y oró. 37Todos lloraban inconsolablemente mientras lo abrazaban y lo besaban. 38Lo que más los entristecía era su declaración de que ellos no volverían a verlo. Luego lo acompañaron hasta el barco.

Rumbo a Jerusalén

21 Después de separarnos de ellos, zarpamos y navegamos directamente a Cos. Al día siguiente fuimos a Rodas, y de allí a Pátara. 2Como encontramos un barco que iba para Fenicia, subimos a bordo y zarpamos. 3Después de avistar Chipre y de pasar al sur de la isla, navegamos hacia Siria y llegamos a Tiro, donde el barco tenía que descargar. 4Allí encontramos a los dis-

[l]20:22 *obligado*. Lit. *atado*. [m]20:28 *de Dios*. Var. *del Señor*. [n]20:28 *su propia sangre*. Var. *la sangre de su propio hijo*.

pen to me there. 23I only know that in every city the Holy Spirit warns me that prison and hardships are facing me. 24However, I consider my life worth nothing to me, if only I may finish the race and complete the task the Lord Jesus has given me—the task of testifying to the gospel of God's grace.

25"Now I know that none of you among whom I have gone about preaching the kingdom will ever see me again. 26Therefore, I declare to you today that I am innocent of the blood of all men. 27For I have not hesitated to proclaim to you the whole will of God. 28Keep watch over yourselves and all the flock of which the Holy Spirit has made you overseers.[r] Be shepherds of the church of God,[s] which he bought with his own blood. 29I know that after I leave, savage wolves will come in among you and will not spare the flock. 30Even from your own number men will arise and distort the truth in order to draw away disciples after them. 31So be on your guard! Remember that for three years I never stopped warning each of you night and day with tears.

32"Now I commit you to God and to the word of his grace, which can build you up and give you an inheritance among all those who are sanctified. 33I have not coveted anyone's silver or gold or clothing. 34You yourselves know that these hands of mine have supplied my own needs and the needs of my companions. 35In everything I did, I showed you that by this kind of hard work we must help the weak, remembering the words the Lord Jesus himself said: 'It is more blessed to give than to receive.'"

36When he had said this, he knelt down with all of them and prayed. 37They all wept as they embraced him and kissed him. 38What grieved them most was his statement that they would never see his face again. Then they accompanied him to the ship.

On to Jerusalem

21 After we had torn ourselves away from them, we put out to sea and sailed straight to Cos. The next day we went to Rhodes and from there to Patara. 2We found a ship crossing over to Phoenicia, went on board and set sail. 3After sighting Cyprus and passing to the south of it, we sailed on to Syria. We landed

[r]*28* Traditionally *bishops* [s]*28* Many manuscripts *of the Lord*

cípulos y nos quedamos con ellos siete días. Ellos,
por medio del Espíritu, exhortaron a Pablo a que
no subiera a Jerusalén. 5Pero al cabo de algunos
días, partimos y continuamos nuestro viaje. To-
dos los discípulos, incluso las mujeres y los niños,
nos acompañaron hasta las afueras de la ciudad, y
allí en la playa nos arrodillamos y oramos. 6Lue-
go de despedirnos, subimos a bordo y ellos regre-
saron a sus hogares.

7Nosotros continuamos nuestro viaje en barco
desde Tiro y arribamos a Tolemaida, donde salu-
damos a los hermanos y nos quedamos con ellos
un día. 8Al día siguiente salimos y llegamos a
Cesarea, y nos hospedamos en casa de Felipe el
evangelista, que era uno de los siete; 9éste tenía
cuatro hijas solteras que profetizaban.

10Llevábamos allí varios días, cuando bajó de
Judea un profeta llamado Ágabo. 11Éste vino a
vernos y, tomando el cinturón de Pablo, se ató
con él de pies y manos, y dijo:

—Así dice el Espíritu Santo: "De esta manera
atarán los judíos de Jerusalén al dueño de este
cinturón, y lo entregarán en manos de los *gen-
tiles."

12Al oír esto, nosotros y los de aquel lugar le
rogamos a Pablo que no subiera a Jerusalén.

13—¿Por qué lloran? ¡Me parten el alma!
—respondió Pablo—. Por el nombre del Señor
Jesús estoy dispuesto no sólo a ser atado sino
también a morir en Jerusalén.

14Como no se dejaba convencer, desistimos
exclamando:

—¡Que se haga la voluntad del Señor!

15Después de esto, acabamos los preparativos
y subimos a Jerusalén. 16Algunos de los discí-
pulos de Cesarea nos acompañaron y nos lleva-
ron a la casa de Mnasón, donde íbamos a alojar-
nos. Éste era de Chipre, y uno de los primeros
discípulos.

Llegada de Pablo a Jerusalén

17Cuando llegamos a Jerusalén, los creyentes
nos recibieron calurosamente. 18Al día siguiente
Pablo fue con nosotros a ver a *Jacobo, y todos
los *ancianos estaban presentes. 19Después de
saludarlos, Pablo les relató detalladamente lo
que Dios había hecho entre los *gentiles por
medio de su ministerio.

20Al oírlo, alabaron a Dios. Luego le dijeron
a Pablo: «Ya ves, hermano, cuántos miles de
judíos han creído, y todos ellos siguen aferrados
a la ley. 21Ahora bien, han oído decir que tú
enseñas que se aparten de Moisés todos los
judíos que viven entre los gentiles. Les reco-
miendas que no circunciden a sus hijos ni vivan
según nuestras costumbres. 22¿Qué vamos a
hacer? Sin duda se van a enterar de que has
llegado. 23Por eso, será mejor que sigas nuestro

at Tyre, where our ship was to unload its cargo.
4Finding the disciples there, we stayed with
them seven days. Through the Spirit they urged
Paul not to go on to Jerusalem. 5But when our
time was up, we left and continued on our way.
All the disciples and their wives and children
accompanied us out of the city, and there on the
beach we knelt to pray. 6After saying good-by
to each other, we went aboard the ship, and they
returned home.

7We continued our voyage from Tyre and
landed at Ptolemais, where we greeted the broth-
ers and stayed with them for a day. 8Leaving the
next day, we reached Caesarea and stayed at the
house of Philip the evangelist, one of the Seven.
9He had four unmarried daughters who prophe-
sied.

10After we had been there a number of days,
a prophet named Agabus came down from Ju-
dea. 11Coming over to us, he took Paul's belt,
tied his own hands and feet with it and said,
"The Holy Spirit says, 'In this way the Jews of
Jerusalem will bind the owner of this belt and
will hand him over to the Gentiles.'"

12When we heard this, we and the people there
pleaded with Paul not to go up to Jerusalem.
13Then Paul answered, "Why are you weeping
and breaking my heart? I am ready not only to
be bound, but also to die in Jerusalem for the
name of the Lord Jesus." 14When he would not
be dissuaded, we gave up and said, "The Lord's
will be done."

15After this, we got ready and went up to
Jerusalem. 16Some of the disciples from Caes-
area accompanied us and brought us to the
home of Mnason, where we were to stay. He
was a man from Cyprus and one of the early
disciples.

Paul's Arrival at Jerusalem

17When we arrived at Jerusalem, the brothers
received us warmly. 18The next day Paul and the
rest of us went to see James, and all the elders
were present. 19Paul greeted them and reported
in detail what God had done among the Gentiles
through his ministry.

20When they heard this, they praised God.
Then they said to Paul: "You see, brother, how
many thousands of Jews have believed, and
all of them are zealous for the law. 21They
have been informed that you teach all the Jews
who live among the Gentiles to turn away from
Moses, telling them not to circumcise their
children or live according to our customs.
22What shall we do? They will certainly hear
that you have come, 23so do what we tell you.
There are four men with us who have made a

consejo. Hay aquí entre nosotros cuatro hom-
bres que tienen que cumplir un voto. 24Llévate-
los, toma parte en sus ritos de *purificación y
paga los gastos que corresponden al voto de
rasurarse la cabeza. Así todos sabrán que no son
ciertos esos informes acerca de ti, sino que tú
también vives en obediencia a la ley. 25En cuan-
to a los creyentes gentiles, ya les hemos comu-
nicado por escrito nuestra decisión de que se
abstengan de lo sacrificado a los ídolos, de
sangre, de la carne de animales estrangulados y
de la inmoralidad sexual.»

26Al día siguiente Pablo se llevó a los hombres
y se purificó con ellos. Luego entró en el *tem-
plo para dar aviso de la fecha en que vencería el
plazo de la purificación y se haría la ofrenda por
cada uno de ellos.

Arresto de Pablo

27Cuando estaban a punto de cumplirse los
siete días, unos judíos de la provincia de *Asia
vieron a Pablo en el *templo. Alborotaron a toda
la multitud y le echaron mano, 28gritando: «¡Is-
raelitas! ¡Ayúdennos! Éste es el individuo que
anda por todas partes enseñando a toda la gente
contra nuestro pueblo, nuestra ley y este lugar.
Además, hasta ha metido a unos *griegos en el
templo, y ha profanado este lugar santo.»

29Ya antes habían visto en la ciudad a Trófimo
el efesio en compañía de Pablo, y suponían que
Pablo lo había metido en el templo.

30Toda la ciudad se alborotó. La gente se
precipitó en masa, agarró a Pablo y lo sacó del
templo a rastras, e inmediatamente se cerraron
las puertas. 31Estaban por matarlo, cuando se le
informó al comandante del batallón romano que
toda la ciudad de Jerusalén estaba amotinada.
32En seguida tomó algunos centuriones con sus
tropas, y bajó corriendo hacia la multitud. Al ver
al comandante y a sus soldados, los amotinados
dejaron de golpear a Pablo.

33El comandante se abrió paso, lo arrestó y
ordenó que lo sujetaran con dos cadenas. Lue-
go preguntó quién era y qué había hecho.
34Entre la multitud cada uno gritaba una cosa
distinta. Como el comandante no pudo averi-
guar la verdad a causa del alboroto, mandó que
condujeran a Pablo al cuartel. 35Cuando Pablo
llegó a las gradas, los soldados tuvieron que
llevárselo en vilo debido a la violencia de la
turba. 36El pueblo en masa iba detrás gritando:
«¡Que lo maten!»

Pablo se dirige a la multitud

37Cuando los soldados estaban a punto de
meterlo en el cuartel, Pablo le preguntó al co-
mandante:

—¿Me permite decirle algo?

vow. 24Take these men, join in their purifica-
tion rites and pay their expenses, so that they
can have their heads shaved. Then everybody
will know there is no truth in these reports
about you, but that you yourself are living in
obedience to the law. 25As for the Gentile be-
lievers, we have written to them our decision
that they should abstain from food sacrificed
to idols, from blood, from the meat of stran-
gled animals and from sexual immorality."

26The next day Paul took the men and purified
himself along with them. Then he went to the
temple to give notice of the date when the days
of purification would end and the offering would
be made for each of them.

Paul Arrested

27When the seven days were nearly over,
some Jews from the province of Asia saw Paul
at the temple. They stirred up the whole crowd
and seized him, 28shouting, "Men of Israel,
help us! This is the man who teaches all men
everywhere against our people and our law
and this place. And besides, he has brought
Greeks into the temple area and defiled this
holy place." 29(They had previously seen
Trophimus the Ephesian in the city with Paul
and assumed that Paul had brought him into
the temple area.)

30The whole city was aroused, and the peo-
ple came running from all directions. Seizing
Paul, they dragged him from the temple, and
immediately the gates were shut. 31While they
were trying to kill him, news reached the com-
mander of the Roman troops that the whole
city of Jerusalem was in an uproar. 32He at
once took some officers and soldiers and ran
down to the crowd. When the rioters saw the
commander and his soldiers, they stopped
beating Paul.

33The commander came up and arrested him
and ordered him to be bound with two chains.
Then he asked who he was and what he had
done. 34Some in the crowd shouted one thing
and some another, and since the commander
could not get at the truth because of the uproar,
he ordered that Paul be taken into the barracks.
35When Paul reached the steps, the violence of
the mob was so great he had to be carried by the
soldiers. 36The crowd that followed kept shout-
ing, "Away with him!"

Paul Speaks to the Crowd

37As the soldiers were about to take Paul into
the barracks, he asked the commander, "May I
say something to you?"

—¿Hablas griego? —replicó el comandante—. 38¿No eres el egipcio que hace algún tiempo provocó una rebelión y llevó al desierto a cuatro mil guerrilleros?

39—No, yo soy judío, natural de Tarso, una ciudad muy importante de Cilicia —le respondió Pablo—. Por favor, permítame hablarle al pueblo.

40Con el permiso del comandante, Pablo se puso de pie en las gradas e hizo una señal con la mano a la multitud. Cuando todos guardaron silencio, les dijo en arameo:[ñ]

22 «Padres y hermanos, escuchen ahora mi defensa.»

2Al oír que les hablaba en arameo, guardaron más silencio.

Pablo continuó: 3«Yo soy judío, nacido en Tarso de Cilicia, pero criado en esta ciudad. Bajo la tutela de Gamaliel recibí instrucción cabal en la ley de nuestros antepasados, y fui tan celoso de Dios como cualquiera de ustedes lo es hoy día. 4Perseguí a muerte a los seguidores de este Camino, arrestando y echando en la cárcel a hombres y mujeres por igual, 5y así lo pueden atestiguar el sumo sacerdote y todo el *Consejo de *ancianos. Incluso obtuve de parte de ellos cartas de extradición para nuestros hermanos judíos en Damasco, y fui allá con el fin de traer presos a Jerusalén a los que encontrara, para que fueran castigados.

6»Sucedió que a eso del mediodía, cuando me acercaba a Damasco, una intensa luz del cielo relampagueó de repente a mi alrededor. 7Caí al suelo y oí una voz que me decía: "Saulo, Saulo, ¿por qué me persigues?" 8"¿Quién eres, Señor?", pregunté. "Yo soy Jesús de Nazaret, a quien tú persigues", me contestó él. 9Los que me acompañaban vieron la luz, pero no percibieron la voz del que me hablaba. 10"¿Qué debo hacer, Señor?", le pregunté. "Levántate —dijo el Señor—, y entra en Damasco. Allí se te dirá todo lo que se ha dispuesto que hagas." 11Mis compañeros me llevaron de la mano hasta Damasco porque el resplandor de aquella luz me había dejado ciego.

12»Vino a verme un tal Ananías, hombre devoto que observaba la ley y a quien respetaban mucho los judíos que allí vivían. 13Se puso a mi lado y me dijo: "Hermano Saulo, ¡recibe la vista!" Y en aquel mismo instante recobré la vista y pude verlo. 14Luego dijo: "El Dios de nuestros antepasados te ha escogido para que conozcas su voluntad, y para que veas al Justo y oigas las palabras de su boca. 15Tú le serás testigo ante toda persona de lo que has visto y oído. 16Y ahora,

"Do you speak Greek?" he replied. 38"Aren't you the Egyptian who started a revolt and led four thousand terrorists out into the desert some time ago?"

39Paul answered, "I am a Jew, from Tarsus in Cilicia, a citizen of no ordinary city. Please let me speak to the people."

40Having received the commander's permission, Paul stood on the steps and motioned to the crowd. When they were all silent, he said to them in Aramaic[l]:

22 "Brothers and fathers, listen now to my defense." 2When they heard him speak to them in Aramaic, they became very quiet.

Then Paul said: 3"I am a Jew, born in Tarsus of Cilicia, but brought up in this city. Under Gamaliel I was thoroughly trained in the law of our fathers and was just as zealous for God as any of you are today. 4I persecuted the followers of this Way to their death, arresting both men and women and throwing them into prison, 5as also the high priest and all the Council can testify. I even obtained letters from them to their brothers in Damascus, and went there to bring these people as prisoners to Jerusalem to be punished.

6"About noon as I came near Damascus, suddenly a bright light from heaven flashed around me. 7I fell to the ground and heard a voice say to me, 'Saul! Saul! Why do you persecute me?'

8" 'Who are you, Lord?' I asked.

" 'I am Jesus of Nazareth, whom you are persecuting,' he replied. 9My companions saw the light, but they did not understand the voice of him who was speaking to me.

10" 'What shall I do, Lord?' I asked.

" 'Get up,' the Lord said, 'and go into Damascus. There you will be told all that you have been assigned to do.' 11My companions led me by the hand into Damascus, because the brilliance of the light had blinded me.

12"A man named Ananias came to see me. He was a devout observer of the law and highly respected by all the Jews living there. 13He stood beside me and said, 'Brother Saul, receive your sight!' And at that very moment I was able to see him.

14"Then he said: 'The God of our fathers has chosen you to know his will and to see the Righteous One and to hear words from his mouth. 15You will be his witness to all men of what you have seen and heard. 16And now what

[ñ]**21:40** *arameo.* Lit. *el dialecto hebreo*; también en 22:2.

[l]*40* Or possibly *Hebrew*; also in 22:2

¿qué esperas? Levántate, bautízate y lávate de tus
pecados, invocando su nombre."
17»Cuando volví a Jerusalén, mientras oraba
en el *templo tuve una visión 18y vi al Señor que
me hablaba: "¡Date prisa! Sal inmediatamente
de Jerusalén, porque no aceptarán tu testimonio
acerca de mí." 19"Señor —le respondí—, ellos
saben que yo andaba de sinagoga en sinagoga
encarcelando y azotando a los que creen en ti;
20y cuando se derramaba la sangre de tu testigo[o]
Esteban, ahí estaba yo, dando mi aprobación y
cuidando la ropa de quienes lo mataban." 21Pero
el Señor me replicó: "Vete; yo te enviaré lejos,
a los *gentiles."»

Pablo el ciudadano romano

22La multitud estuvo escuchando a Pablo hasta que pronunció esas palabras. Entonces levantaron la voz y gritaron: «¡Bórralo de la tierra! ¡Ese tipo no merece vivir!»
23Como seguían gritando, tirando sus mantos
y arrojando polvo al aire, 24el comandante ordenó que metieran a Pablo en el cuartel. Mandó
que lo interrogaran a latigazos con el fin de
averiguar por qué gritaban así contra él. 25Cuando lo estaban sujetando con cadenas para azotarlo, Pablo le dijo al centurión que estaba allí:

—¿Permite la ley que ustedes azoten a un ciudadano romano antes de ser juzgado?

26Al oír esto, el centurión fue y avisó al comandante.

—¿Qué va a hacer usted? Resulta que ese hombre es ciudadano romano.

27El comandante se acercó a Pablo y le dijo:

—Dime, ¿eres ciudadano romano?

—Sí, lo soy.

28—A mí me costó una fortuna adquirir mi ciudadanía —le dijo el comandante.

—Pues yo la tengo de nacimiento —replicó Pablo.

29Los que iban a interrogarlo se retiraron en seguida. Al darse cuenta de que Pablo era ciudadano romano, el comandante mismo se asustó de haberlo encadenado.

Pablo ante el Consejo

30Al día siguiente, como el comandante quería saber con certeza de qué acusaban los judíos a Pablo, lo desató y mandó que se reunieran los jefes de los sacerdotes y el *Consejo en pleno. Luego llevó a Pablo para que compareciera ante ellos.

23 Pablo se quedó mirando fijamente al Consejo y dijo:

—Hermanos, hasta hoy yo he actuado delante de Dios con toda buena conciencia.

[o]22:20 *testigo*. Alt. *mártir*.

are you waiting for? Get up, be baptized and
wash your sins away, calling on his name.'
17"When I returned to Jerusalem and was
praying at the temple, I fell into a trance 18and
saw the Lord speaking. 'Quick!' he said to me.
'Leave Jerusalem immediately, because they
will not accept your testimony about me.'
19" 'Lord,' I replied, 'these men know that I
went from one synagogue to another to imprison
and beat those who believe in you. 20And when
the blood of your martyr[u] Stephen was shed, I
stood there giving my approval and guarding the
clothes of those who were killing him.'
21"Then the Lord said to me, 'Go; I will send
you far away to the Gentiles.' "

Paul the Roman Citizen

22The crowd listened to Paul until he said this. Then they raised their voices and shouted, "Rid the earth of him! He's not fit to live!"
23As they were shouting and throwing off
their cloaks and flinging dust into the air, 24the
commander ordered Paul to be taken into the
barracks. He directed that he be flogged and
questioned in order to find out why the people
were shouting at him like this. 25As they
stretched him out to flog him, Paul said to the
centurion standing there, "Is it legal for you to
flog a Roman citizen who hasn't even been
found guilty?"

26When the centurion heard this, he went to the commander and reported it. "What are you going to do?" he asked. "This man is a Roman citizen."

27The commander went to Paul and asked, "Tell me, are you a Roman citizen?"

"Yes, I am," he answered.

28Then the commander said, "I had to pay a big price for my citizenship."

"But I was born a citizen," Paul replied.

29Those who were about to question him withdrew immediately. The commander himself was alarmed when he realized that he had put Paul, a Roman citizen, in chains.

Before the Sanhedrin

30The next day, since the commander wanted to find out exactly why Paul was being accused by the Jews, he released him and ordered the chief priests and all the Sanhedrin to assemble. Then he brought Paul and had him stand before them.

23 Paul looked straight at the Sanhedrin and said, "My brothers, I have fulfilled my duty to God in all good conscience to this

[u]20 Or *witness*

2 Ante esto, el sumo sacerdote Ananías ordenó
a los que estaban cerca de Pablo que lo golpea-
ran en la boca.

3 —¡Hipócrita,[p] a usted también lo va a gol-
pear Dios! —reaccionó Pablo—. ¡Ahí está sen-
tado para juzgarme según la ley!, ¿y usted mis-
mo viola la ley al mandar que me golpeen?

4 Los que estaban junto a Pablo le interpelaron:

—¿Cómo te atreves a insultar al sumo sacer-
dote de Dios?

5 —Hermanos, no me había dado cuenta de
que es el sumo sacerdote —respondió Pablo—;
de hecho está escrito: "No hables mal del jefe
de tu pueblo."[q]

6 Pablo, sabiendo que unos de ellos eran sadu-
ceos y los demás *fariseos, exclamó en el Con-
sejo:

—Hermanos, yo soy fariseo de pura cepa. Me
están juzgando porque he puesto mi esperanza
en la resurrección de los muertos.

7 Apenas dijo esto, surgió un altercado entre
los fariseos y los saduceos, y la asamblea quedó
dividida. 8 (Los saduceos sostienen que no hay
resurrección, ni ángeles ni espíritus; los fari-
seos, en cambio, reconocen todo esto.)

9 Se produjo un gran alboroto, y algunos de los
*maestros de la ley que eran fariseos se pusieron
de pie y protestaron. «No encontramos ningún
delito en este hombre —dijeron—. ¿Acaso no
podría haberle hablado un espíritu o un ángel?»
10 Se tornó tan violento el altercado que el co-
mandante tuvo miedo de que hicieran pedazos a
Pablo. Así que ordenó a los soldados que bajaran
para sacarlo de allí por la fuerza y llevárselo al
cuartel.

11 A la noche siguiente el Señor se apareció a
Pablo, y le dijo: «¡Ánimo! Así como has dado
testimonio de mí en Jerusalén, es necesario que
lo des también en Roma.»

Conspiración para matar a Pablo

12 Muy de mañana los judíos tramaron una
conspiración y juraron bajo maldición no comer
ni beber hasta que lograran matar a Pablo. 13 Más
de cuarenta hombres estaban implicados en esta
conspiración. 14 Se presentaron ante los jefes de
los sacerdotes y los *ancianos, y les dijeron:

—Nosotros hemos jurado bajo maldición no
comer nada hasta que logremos matar a Pablo.
15 Ahora, con el respaldo del *Consejo, pídanle
al comandante que haga comparecer al reo ante
ustedes, con el pretexto de obtener información
más precisa sobre su caso. Nosotros estaremos
listos para matarlo en el camino.

16 Pero cuando el hijo de la hermana de Pablo
se enteró de esta emboscada, entró en el cuartel

[p] **23:3** *Hipócrita.* Lit. *Pared blanqueada.* [q] **23:5** Éx 22:28

day." 2 At this the high priest Ananias ordered
those standing near Paul to strike him on the
mouth. 3 Then Paul said to him, "God will strike
you, you whitewashed wall! You sit there to
judge me according to the law, yet you yourself
violate the law by commanding that I be
struck!"

4 Those who were standing near Paul said,
"You dare to insult God's high priest?"

5 Paul replied, "Brothers, I did not realize
that he was the high priest; for it is written:
'Do not speak evil about the ruler of your
people.'[v]"

6 Then Paul, knowing that some of them were
Sadducees and the others Pharisees, called out
in the Sanhedrin, "My brothers, I am a Pharisee,
the son of a Pharisee. I stand on trial because of
my hope in the resurrection of the dead." 7 When
he said this, a dispute broke out between the
Pharisees and the Sadducees, and the assembly
was divided. 8 (The Sadducees say that there is
no resurrection, and that there are neither angels
nor spirits, but the Pharisees acknowledge them
all.)

9 There was a great uproar, and some of the
teachers of the law who were Pharisees stood up
and argued vigorously. "We find nothing wrong
with this man," they said. "What if a spirit or an
angel has spoken to him?" 10 The dispute be-
came so violent that the commander was afraid
Paul would be torn to pieces by them. He or-
dered the troops to go down and take him away
from them by force and bring him into the
barracks.

11 The following night the Lord stood near
Paul and said, "Take courage! As you have
testified about me in Jerusalem, so you must also
testify in Rome."

The Plot to Kill Paul

12 The next morning the Jews formed a con-
spiracy and bound themselves with an oath not
to eat or drink until they had killed Paul.
13 More than forty men were involved in this
plot. 14 They went to the chief priests and el-
ders and said, "We have taken a solemn oath
not to eat anything until we have killed Paul.
15 Now then, you and the Sanhedrin petition
the commander to bring him before you on the
pretext of wanting more accurate information
about his case. We are ready to kill him before
he gets here."

16 But when the son of Paul's sister heard of
this plot, he went into the barracks and told Paul.

[v] *5* Exodus 22:28

y avisó a Pablo. 17Éste llamó entonces a uno de
los centuriones y le pidió:
—Lleve a este joven al comandante, porque
tiene algo que decirle.
18Así que el centurión lo llevó al comandante,
y le dijo:
—El preso Pablo me llamó y me pidió que le
trajera este joven, porque tiene algo que decirle.
19El comandante tomó de la mano al joven, lo
llevó aparte y le preguntó:
—¿Qué quieres decirme?
20—Los judíos se han puesto de acuerdo para
pedirle a usted que mañana lleve a Pablo ante el
Consejo con el pretexto de obtener información
más precisa acerca de él. 21No se deje conven-
cer, porque más de cuarenta de ellos lo esperan
emboscados. Han jurado bajo maldición no co-
mer ni beber hasta que hayan logrado matarlo.
Ya están listos; sólo aguardan a que usted les
conceda su petición.
22El comandante despidió al joven con esta
advertencia:
—No le digas a nadie que me has informado
de esto.

Trasladan a Pablo a Cesarea

23Entonces el comandante llamó a dos de sus
centuriones y les ordenó:
—Alisten un destacamento de doscientos sol-
dados de infantería, setenta de caballería y dos-
cientos lanceros para que vayan a Cesarea esta
noche a las nueve.[r] 24Y preparen cabalgaduras
para llevar a Pablo sano y salvo al gobernador
Félix.
25Además, escribió una carta en estos térmi-
nos:

26Claudio Lisias,

a su excelencia el gobernador Félix:

Saludos.

27Los judíos prendieron a este hombre y
estaban a punto de matarlo, pero yo llegué con
mis soldados y lo rescaté, porque me había
enterado de que es ciudadano romano. 28Yo
quería saber de qué lo acusaban, así que lo
llevé al *Consejo judío. 29Descubrí que lo
acusaban de algunas cuestiones de su ley, pero
no había contra él cargo alguno que mereciera
la muerte o la cárcel. 30Cuando me informaron
que se tramaba una conspiración contra este
hombre, decidí enviarlo a usted en seguida.
También les ordené a sus acusadores que ex-

[r] **23:23** *esta … nueve.* Lit. *a la tercera hora de la noche.*

17Then Paul called one of the centurions and
said, "Take this young man to the commander;
he has something to tell him." 18So he took him
to the commander.
The centurion said, "Paul, the prisoner, sent
for me and asked me to bring this young man to
you because he has something to tell you."
19The commander took the young man by the
hand, drew him aside and asked, "What is it you
want to tell me?"
20He said: "The Jews have agreed to ask
you to bring Paul before the Sanhedrin tomor-
row on the pretext of wanting more accurate
information about him. 21Don't give in to
them, because more than forty of them are
waiting in ambush for him. They have taken
an oath not to eat or drink until they have
killed him. They are ready now, waiting for
your consent to their request."
22The commander dismissed the young man
and cautioned him, "Don't tell anyone that you
have reported this to me."

Paul Transferred to Caesarea

23Then he called two of his centurions and
ordered them, "Get ready a detachment of two
hundred soldiers, seventy horsemen and two
hundred spearmen[w] to go to Caesarea at nine
tonight. 24Provide mounts for Paul so that he
may be taken safely to Governor Felix."
25He wrote a letter as follows:

26Claudius Lysias,

To His Excellency, Governor Felix:

Greetings.

27This man was seized by the Jews and they
were about to kill him, but I came with my
troops and rescued him, for I had learned that
he is a Roman citizen. 28I wanted to know why
they were accusing him, so I brought him to
their Sanhedrin. 29I found that the accusation
had to do with questions about their law, but
there was no charge against him that deserved
death or imprisonment. 30When I was in-
formed of a plot to be carried out against the
man, I sent him to you at once. I also ordered
his accusers to present to you their case against
him.

[w] *23* The meaning of the Greek for this word is uncertain.

pongan delante de usted los cargos que tengan
contra él.

31Así que los soldados, según se les había
ordenado, tomaron a Pablo y lo llevaron de
noche hasta Antípatris. 32Al día siguiente deja-
ron que la caballería siguiera con él mientras
ellos volvían al cuartel. 33Cuando la caballería
llegó a Cesarea, le entregaron la carta al gober-
nador y le presentaron también a Pablo. 34Félix
leyó la carta y le preguntó de qué provincia era.
Al enterarse de que Pablo era de Cilicia, 35le
dijo: «Te daré audiencia cuando lleguen tus
acusadores.» Y ordenó que lo dejaran bajo cus-
todia en el palacio de Herodes.

El proceso ante Félix

24 Cinco días después, el sumo sacerdote
Ananías bajó a Cesarea con algunos de
los *ancianos y un abogado llamado Tértulo,
para presentar ante el gobernador las acusacio-
nes contra Pablo. 2Cuando se hizo comparecer
al acusado, Tértulo expuso su caso ante Félix:

—Excelentísimo Félix, bajo su mandato he-
mos disfrutado de un largo período de paz, y
gracias a la previsión suya se han llevado a cabo
reformas en pro de esta nación. 3En todas partes
y en toda ocasión reconocemos esto con profun-
da gratitud. 4Pero a fin de no importunarlo más,
le ruego que, con la bondad que lo caracteriza,
nos escuche brevemente. 5Hemos descubierto
que este hombre es una plaga que por todas
partes anda provocando disturbios entre los ju-
díos. Es cabecilla de la secta de los nazarenos.
6Incluso trató de profanar el *templo; por eso lo
prendimos. 8Usted[s] mismo, al interrogarlo, po-
drá cerciorarse de la verdad de todas las acusa-
ciones que presentamos contra él.

9Los judíos corroboraron la acusación, afir-
mando que todo esto era cierto. 10Cuando el
gobernador, con un gesto, le concedió la palabra,
Pablo respondió:

—Sé que desde hace muchos años usted ha sido
juez de esta nación; así que de buena gana presen-
to mi defensa. 11Usted puede comprobar fácil-
mente que no hace más de doce días que subí a
Jerusalén para adorar. 12Mis acusadores no me
encontraron discutiendo con nadie en el templo,
ni promoviendo motines entre la gente en las
sinagogas ni en ninguna otra parte de la ciudad.
13Tampoco pueden probarle a usted las cosas de
que ahora me acusan. 14Sin embargo, esto sí

31So the soldiers, carrying out their orders,
took Paul with them during the night and
brought him as far as Antipatris. 32The next
day they let the cavalry go on with him, while
they returned to the barracks. 33When the cav-
alry arrived in Caesarea, they delivered the
letter to the governor and handed Paul over to
him. 34The governor read the letter and asked
what province he was from. Learning that he
was from Cilicia, 35he said, "I will hear your
case when your accusers get here." Then he
ordered that Paul be kept under guard in Her-
od's palace.

The Trial Before Felix

24 Five days later the high priest Ananias
went down to Caesarea with some of the
elders and a lawyer named Tertullus, and they
brought their charges against Paul before the
governor. 2When Paul was called in, Tertullus
presented his case before Felix: "We have en-
joyed a long period of peace under you, and your
foresight has brought about reforms in this na-
tion. 3Everywhere and in every way, most ex-
cellent Felix, we acknowledge this with pro-
found gratitude. 4But in order not to weary you
further, I would request that you be kind enough
to hear us briefly.

5"We have found this man to be a trouble-
maker, stirring up riots among the Jews all
over the world. He is a ringleader of the Naz-
arene sect 6and even tried to desecrate the
temple; so we seized him. 8By[x] examining him
yourself you will be able to learn the truth
about all these charges we are bringing against
him."

9The Jews joined in the accusation, asserting
that these things were true.

10When the governor motioned for him to
speak, Paul replied: "I know that for a number
of years you have been a judge over this nation;
so I gladly make my defense. 11You can easily
verify that no more than twelve days ago I went
up to Jerusalem to worship. 12My accusers did
not find me arguing with anyone at the temple,
or stirring up a crowd in the synagogues or
anywhere else in the city. 13And they cannot
prove to you the charges they are now making
against me. 14However, I admit that I worship

[s] **24:6-8** *prendimos. [8] Usted.* Var. *prendimos y quisimos juzgarlo según nuestra ley. [7] Pero el comandante Lisias intervino, y con mucha fuerza lo arrebató de nuestras manos [8] y mandó que sus acusadores se presentaran ante usted. Usted*

[x] *6-8* Some manuscripts *him and wanted to judge him according to our law. [7] But the commander, Lysias, came and with the use of much force snatched him from our hands [8] and ordered his accusers to come before you. By*

confieso: que adoro al Dios de nuestros antepasa-
dos siguiendo este Camino que mis acusadores
llaman secta, pues estoy de acuerdo con todo lo
que enseña la ley y creo lo que está escrito en los
profetas. 15Tengo en Dios la misma esperanza
que estos hombres profesan, de que habrá una
resurrección de los justos y de los injustos. 16En
todo esto procuro conservar siempre limpia mi
conciencia delante de Dios y de los hombres.

17»Después de una ausencia de varios años,
volví a Jerusalén para traerle donativos a mi
pueblo y presentar ofrendas. 18En esto estaba,
habiéndome ya *purificado, cuando me encon-
traron en el templo. No me acompañaba ninguna
multitud, ni estaba implicado en ningún distur-
bio. 19Los que me vieron eran algunos judíos de
la provincia de *Asia, y son ellos los que debe-
rían estar delante de usted para formular sus
acusaciones, si es que tienen algo contra mí.
20De otro modo, estos que están aquí deberían
declarar qué delito hallaron en mí cuando com-
parecí ante el *Consejo, 21a no ser lo que excla-
mé en presencia de ellos: "Es por la resurrección
de los muertos por lo que hoy me encuentro
procesado delante de ustedes."

22Entonces Félix, que estaba bien informado
del Camino, suspendió la sesión.

—Cuando venga el comandante Lisias, deci-
diré su caso —les dijo.

23Luego le ordenó al centurión que mantuviera
custodiado a Pablo, pero que le diera cierta liber-
tad y permitiera que sus amigos lo atendieran.

24Algunos días después llegó Félix con su
esposa Drusila, que era judía. Mandó llamar a
Pablo y lo escuchó hablar acerca de la fe en
*Cristo Jesús. 25Al disertar Pablo sobre la justi-
cia, el dominio propio y el juicio venidero, Félix
tuvo miedo y le dijo: «¡Basta por ahora! Puedes
retirarte. Cuando sea oportuno te mandaré lla-
mar otra vez.» 26Félix también esperaba que
Pablo le ofreciera dinero; por eso mandaba lla-
marlo con frecuencia y conversaba con él.

27Transcurridos dos años, Félix tuvo como
sucesor a Porcio Festo, pero como Félix quería
congraciarse con los judíos, dejó preso a Pablo.

El proceso ante Festo

25 Tres días después de llegar a la provin-
cia, Festo subió de Cesarea a Jerusalén.
2Entonces los jefes de los sacerdotes y los diri-
gentes de los judíos presentaron sus acusaciones
contra Pablo. 3Insistentemente le pidieron a Fes-
to que les hiciera el favor de trasladar a Pablo a
Jerusalén. Lo cierto es que ellos estaban prepa-
rando una emboscada para matarlo en el camino.
4Festo respondió: «Pablo está preso en Cesarea,
y yo mismo partiré en breve para allá. 5Que
vayan conmigo algunos de los dirigentes de

the God of our fathers as a follower of the Way,
which they call a sect. I believe everything that
agrees with the Law and that is written in the
Prophets, 15and I have the same hope in God as
these men, that there will be a resurrection of
both the righteous and the wicked. 16So I strive
always to keep my conscience clear before God
and man.

17"After an absence of several years, I
came to Jerusalem to bring my people gifts
for the poor and to present offerings. 18I was
ceremonially clean when they found me in
the temple courts doing this. There was no
crowd with me, nor was I involved in any
disturbance. 19But there are some Jews from
the province of Asia, who ought to be here
before you and bring charges if they have
anything against me. 20Or these who are here
should state what crime they found in me
when I stood before the Sanhedrin— 21unless
it was this one thing I shouted as I stood in
their presence: 'It is concerning the resurrec-
tion of the dead that I am on trial before you
today.' "

22Then Felix, who was well acquainted with
the Way, adjourned the proceedings. "When
Lysias the commander comes," he said, "I will
decide your case." 23He ordered the centurion
to keep Paul under guard but to give him some
freedom and permit his friends to take care of
his needs.

24Several days later Felix came with his
wife Drusilla, who was a Jewess. He sent for
Paul and listened to him as he spoke about
faith in Christ Jesus. 25As Paul discoursed on
righteousness, self-control and the judgment
to come, Felix was afraid and said, "That's
enough for now! You may leave. When I find
it convenient, I will send for you." 26At the
same time he was hoping that Paul would offer
him a bribe, so he sent for him frequently and
talked with him.

27When two years had passed, Felix was suc-
ceeded by Porcius Festus, but because Felix
wanted to grant a favor to the Jews, he left Paul
in prison.

The Trial Before Festus

25 Three days after arriving in the prov-
ince, Festus went up from Caesarea to
Jerusalem, 2where the chief priests and Jewish
leaders appeared before him and presented the
charges against Paul. 3They urgently requested
Festus, as a favor to them, to have Paul trans-
ferred to Jerusalem, for they were preparing an
ambush to kill him along the way. 4Festus an-
swered, "Paul is being held at Caesarea, and I
myself am going there soon. 5Let some of your

ustedes y formulen allí sus acusaciones contra
él, si es que ha hecho algo malo.»
6 Después de pasar entre los judíos unos ocho
o diez días, Festo bajó a Cesarea, y al día si-
guiente convocó al tribunal y mandó que le
trajeran a Pablo. 7 Cuando éste se presentó, los
judíos que habían bajado de Jerusalén lo rodea-
ron, formulando contra él muchas acusaciones
graves que no podían probar.
8 Pablo se defendía:
—No he cometido ninguna falta, ni contra la
ley de los judíos ni contra el templo ni contra el
*emperador.
9 Pero Festo, queriendo congraciarse con los
judíos, le preguntó:
—¿Estás dispuesto a subir a Jerusalén para ser
juzgado allí ante mí?
10 Pablo contestó:
—Ya estoy ante el tribunal del emperador, que
es donde se me debe juzgar. No les he hecho
ningún agravio a los judíos, como usted sabe
muy bien. 11 Si soy culpable de haber hecho algo
que merezca la muerte, no me niego a morir.
Pero si no son ciertas las acusaciones que estos
judíos formulan contra mí, nadie tiene el dere-
cho de entregarme a ellos para complacerlos.
¡Apelo al emperador!
12 Después de consultar con sus asesores, Fes-
to declaró:
—Has apelado al emperador. ¡Al emperador
irás!

Festo consulta al rey Agripa

13 Pasados algunos días, el rey Agripa y Bere-
nice llegaron a Cesarea para saludar a Festo.
14 Como se entretuvieron allí varios días, Festo
le presentó al rey el caso de Pablo.
—Hay aquí un hombre —le dijo— que Félix
dejó preso. 15 Cuando fui a Jerusalén, los jefes
de los sacerdotes y los *ancianos de los judíos
presentaron acusaciones contra él y exigieron
que se le condenara. 16 Les respondí que no es
costumbre de los romanos entregar a ninguna
persona sin antes concederle al acusado un careo
con sus acusadores, y darle la oportunidad de
defenderse de los cargos. 17 Cuando acudieron a
mí, no dilaté el caso, sino que convoqué al
tribunal el día siguiente y mandé traer a este
hombre. 18 Al levantarse para hablar, sus acusa-
dores no alegaron en su contra ninguno de los
delitos que yo había supuesto. 19 Más bien, te-
nían contra él algunas cuestiones tocantes a su
propia religión y sobre un tal Jesús, ya muerto,
que Pablo sostiene que está vivo. 20 Yo no sabía
cómo investigar tales cuestiones, así que le pre-
gunté si estaba dispuesto a ir a Jerusalén para ser
juzgado allí con respecto a esos cargos. 21 Pero
como Pablo apeló para que se le reservara el

leaders come with me and press charges against
the man there, if he has done anything wrong."
6 After spending eight or ten days with them,
he went down to Caesarea, and the next day
he convened the court and ordered that Paul
be brought before him. 7 When Paul appeared,
the Jews who had come down from Jerusalem
stood around him, bringing many serious
charges against him, which they could not
prove.
8 Then Paul made his defense: "I have done
nothing wrong against the law of the Jews or
against the temple or against Caesar."
9 Festus, wishing to do the Jews a favor, said
to Paul, "Are you willing to go up to Jerusalem
and stand trial before me there on these
charges?"
10 Paul answered: "I am now standing before
Caesar's court, where I ought to be tried. I
have not done any wrong to the Jews, as you
yourself know very well. 11 If, however, I am
guilty of doing anything deserving death, I do
not refuse to die. But if the charges brought
against me by these Jews are not true, no one
has the right to hand me over to them. I appeal
to Caesar!"
12 After Festus had conferred with his council,
he declared: "You have appealed to Caesar. To
Caesar you will go!"

Festus Consults King Agrippa

13 A few days later King Agrippa and Bernice
arrived at Caesarea to pay their respects to Fes-
tus. 14 Since they were spending many days
there, Festus discussed Paul's case with the
king. He said: "There is a man here whom Felix
left as a prisoner. 15 When I went to Jerusalem,
the chief priests and elders of the Jews brought
charges against him and asked that he be con-
demned.
16 "I told them that it is not the Roman cus-
tom to hand over any man before he has faced
his accusers and has had an opportunity to
defend himself against their charges. 17 When
they came here with me, I did not delay the
case, but convened the court the next day and
ordered the man to be brought in. 18 When his
accusers got up to speak, they did not charge
him with any of the crimes I had expected.
19 Instead, they had some points of dispute
with him about their own religion and about
a dead man named Jesus who Paul claimed
was alive. 20 I was at a loss how to investigate
such matters; so I asked if he would be will-
ing to go to Jerusalem and stand trial there
on these charges. 21 When Paul made his ap-
peal to be held over for the Emperor's deci-

fallo al emperador,[t] ordené que quedara detenido hasta ser remitido a Roma.[u]

22—A mí también me gustaría oír a ese hombre —le dijo Agripa a Festo.

—Pues mañana mismo lo oirá usted —le contestó Festo.

Pablo ante Agripa

23Al día siguiente Agripa y Berenice se presentaron con gran pompa, y entraron en la sala de la audiencia acompañados por oficiales de alto rango y por las personalidades más distinguidas de la ciudad. Festo mandó que le trajeran a Pablo, 24y dijo:

—Rey Agripa y todos los presentes: Aquí tienen a este hombre. Todo el pueblo judío me ha presentado una demanda contra él, tanto en Jerusalén como aquí en Cesarea, pidiendo a gritos su muerte. 25He llegado a la conclusión de que él no ha hecho nada que merezca la muerte, pero como apeló al emperador, he decidido enviarlo a Roma. 26El problema es que no tengo definido nada que escribir al soberano acerca de él. Por eso lo he hecho comparecer ante ustedes, y especialmente delante de usted, rey Agripa, para que como resultado de esta investigación tenga yo algunos datos para mi carta; 27me parece absurdo enviar un preso sin especificar los cargos contra él.

26 Entonces Agripa le dijo a Pablo:

—Tienes permiso para defenderte.

Pablo hizo un ademán con la mano y comenzó así su defensa:

2—Rey Agripa, para mí es un privilegio presentarme hoy ante usted para defenderme de las acusaciones de los judíos, 3sobre todo porque usted está bien informado de todas las tradiciones y controversias de los judíos. Por eso le ruego que me escuche con paciencia.

4»Todos los judíos saben cómo he vivido desde que era niño, desde mi edad temprana entre mi gente y también en Jerusalén. 5Ellos me conocen desde hace mucho tiempo y pueden atestiguar, si quieren, que viví como *fariseo, de acuerdo con la secta más estricta de nuestra religión. 6Y ahora me juzgan por la esperanza que tengo en la promesa que Dios hizo a nuestros antepasados. 7Ésta es la promesa que nuestras doce tribus esperan alcanzar rindiendo culto a Dios con diligencia día y noche. Es por esta esperanza, oh rey, por lo que me acusan los judíos. 8¿Por qué les parece a ustedes increíble que Dios resucite a los muertos?

9»Pues bien, yo mismo estaba convencido de que debía hacer todo lo posible por combatir el nombre de Jesús de Nazaret. 10Eso es precisa-

[t]**25:21** *al emperador*. Lit. *al augusto*; también en v. 25.
[u]**25:21** *a Roma*. Lit. *al *césar*.

sion, I ordered him held until I could send him to Caesar."

22Then Agrippa said to Festus, "I would like to hear this man myself." He replied, "Tomorrow you will hear him."

Paul Before Agrippa

23The next day Agrippa and Bernice came with great pomp and entered the audience room with the high ranking officers and the leading men of the city. At the command of Festus, Paul was brought in. 24Festus said: "King Agrippa, and all who are present with us, you see this man! The whole Jewish community has petitioned me about him in Jerusalem and here in Caesarea, shouting that he ought not to live any longer. 25I found he had done nothing deserving of death, but because he made his appeal to the Emperor I decided to send him to Rome. 26But I have nothing definite to write to His Majesty about him. Therefore I have brought him before all of you, and especially before you, King Agrippa, so that as a result of this investigation I may have something to write. 27For I think it is unreasonable to send on a prisoner without specifying the charges against him."

26 Then Agrippa said to Paul, "You have permission to speak for yourself." So Paul motioned with his hand and began his defense: 2"King Agrippa, I consider myself fortunate to stand before you today as I make my defense against all the accusations of the Jews, 3and especially so because you are well acquainted with all the Jewish customs and controversies. Therefore, I beg you to listen to me patiently.

4"The Jews all know the way I have lived ever since I was a child, from the beginning of my life in my own country, and also in Jerusalem. 5They have known me for a long time and can testify, if they are willing, that according to the strictest sect of our religion, I lived as a Pharisee. 6And now it is because of my hope in what God has promised our fathers that I am on trial today. 7This is the promise our twelve tribes are hoping to see fulfilled as they earnestly serve God day and night. O king, it is because of this hope that the Jews are accusing me. 8Why should any of you consider it incredible that God raises the dead?

9"I too was convinced that I ought to do all that was possible to oppose the name of Jesus of Nazareth. 10And that is just what I did in Jerusalem. On the authority of the chief priests I put many of the saints in prison, and when they were

mente lo que hice en Jerusalén. Con la autoridad
de los jefes de los sacerdotes metí en la cárcel a
muchos de los *santos, y cuando los mataban,
yo manifestaba mi aprobación. 11 Muchas veces
anduve de sinagoga en sinagoga castigándolos
para obligarlos a *blasfemar. Mi obsesión con-
tra ellos me llevaba al extremo de perseguirlos
incluso en ciudades del extranjero.

12 »En uno de esos viajes iba yo hacia Damas-
co con la autoridad y la comisión de los jefes de
los sacerdotes. 13 A eso del mediodía, oh rey,
mientras iba por el camino, vi una luz del cielo,
más refulgente que el sol, que con su resplandor
nos envolvió a mí y a mis acompañantes. 14 To-
dos caímos al suelo, y yo oí una voz que me
decía en arameo:[v] "Saulo, Saulo, ¿por qué me
persigues? ¿Qué sacas con darte cabezazos con-
tra la pared?"[w] 15 Entonces pregunté: "¿Quién
eres, Señor?" "Yo soy Jesús, a quien tú persi-
gues —me contestó el Señor—. 16 Ahora, ponte
en pie y escúchame. Me he aparecido a ti con el
fin de designarte siervo y testigo de lo que has
visto de mí y de lo que te voy a revelar. 17 Te
libraré de tu propio pueblo y de los *gentiles. Te
envío a éstos 18 para que les abras los ojos y se
conviertan de las tinieblas a la luz, y del poder
de Satanás a Dios, a fin de que, por la fe en mí,
reciban el perdón de los pecados y la herencia
entre los *santificados."

19 »Así que, rey Agripa, no fui desobediente a
esa visión celestial. 20 Al contrario, comenzando
con los que estaban en Damasco, siguiendo con
los que estaban en Jerusalén y en toda Judea, y
luego con los gentiles, a todos les prediqué que
se *arrepintieran y se convirtieran a Dios, y que
demostraran su arrepentimiento con sus buenas
obras. 21 Sólo por eso los judíos me prendieron
en el *templo y trataron de matarme. 22 Pero
Dios me ha ayudado hasta hoy, y así me man-
tengo firme, testificando a grandes y pequeños.
No he dicho sino lo que los profetas y Moisés ya
dijeron que sucedería: 23 que el *Cristo padece-
ría y que, siendo el primero en resucitar, procla-
maría la luz a su propio pueblo y a los gentiles.

24 Al llegar Pablo a este punto de su defensa,
Festo interrumpió.

—¡Estás loco, Pablo! —le gritó—. El mucho
estudio te ha hecho perder la cabeza.

25 —No estoy loco, excelentísimo Festo
—contestó Pablo—. Lo que digo es cierto y
sensato. 26 El rey está familiarizado con estas
cosas, y por eso hablo ante él con tanto atrevi-
miento. Estoy convencido de que nada de esto
ignora, porque no sucedió en un rincón. 27 Rey

put to death, I cast my vote against them.
11 Many a time I went from one synagogue to
another to have them punished, and I tried to
force them to blaspheme. In my obsession
against them, I even went to foreign cities to
persecute them.

12 "On one of these journeys I was going to
Damascus with the authority and commission of
the chief priests. 13 About noon, O king, as I was
on the road, I saw a light from heaven, brighter
than the sun, blazing around me and my com-
panions. 14 We all fell to the ground, and I heard
a voice saying to me in Aramaic,[y] 'Saul, Saul,
why do you persecute me? It is hard for you to
kick against the goads.'

15 "Then I asked, 'Who are you, Lord?'

" 'I am Jesus, whom you are persecuting,'
the Lord replied. 16 'Now get up and stand on
your feet. I have appeared to you to appoint
you as a servant and as a witness of what you
have seen of me and what I will show you. 17 I
will rescue you from your own people and
from the Gentiles. I am sending you to them
18 to open their eyes and turn them from dark-
ness to light, and from the power of Satan to
God, so that they may receive forgiveness of
sins and a place among those who are sancti-
fied by faith in me.'

19 "So then, King Agrippa, I was not disobe-
dient to the vision from heaven. 20 First to
those in Damascus, then to those in Jerusalem
and in all Judea, and to the Gentiles also, I
preached that they should repent and turn to
God and prove their repentance by their deeds.
21 That is why the Jews seized me in the temple
courts and tried to kill me. 22 But I have had
God's help to this very day, and so I stand
here and testify to small and great alike. I am
saying nothing beyond what the prophets and
Moses said would happen— 23 that the Christ[z]
would suffer and, as the first to rise from the
dead, would proclaim light to his own people
and to the Gentiles."

24 At this point Festus interrupted Paul's de-
fense. "You are out of your mind, Paul!" he
shouted. "Your great learning is driving you
insane."

25 "I am not insane, most excellent Festus,"
Paul replied. "What I am saying is true and
reasonable. 26 The king is familiar with these
things, and I can speak freely to him. I am
convinced that none of this has escaped his
notice, because it was not done in a corner.
27 King Agrippa, do you believe the prophets? I
know you do."

[v]26:14 *arameo.* Lit. *el dialecto hebreo.* [w]26:14 *¿Qué sacas … pared?* Lit. *Te es difícil dar coces contra el aguijón.*

[y]*14* Or *Hebrew* [z]*23* Or *Messiah*

Agripa, ¿cree usted en los profetas? ¡A mí me
consta que sí!

28—Un poco más y me convences a hacerme
cristiano[x] —le dijo Agripa.

29—Sea por poco o por mucho —le replicó
Pablo—, le pido a Dios que no sólo usted, sino
también todos los que me están escuchando hoy,
lleguen a ser como yo, aunque sin estas cadenas.

30Se levantó el rey, y también el gobernador,
Berenice y los que estaban sentados con ellos.
31Al retirarse, decían entre sí:

—Este hombre no ha hecho nada que merezca
la muerte ni la cárcel.

32Y Agripa le dijo a Festo:

—Se podría poner en libertad a este hombre
si no hubiera apelado al *emperador.

Pablo viaja a Roma

27 Cuando se decidió que navegáramos
rumbo a Italia, entregaron a Pablo y a
algunos otros presos a un centurión llamado
Julio, que pertenecía al batallón imperial. 2Su-
bimos a bordo de un barco, con matrícula de
Adramitio, que estaba a punto de zarpar hacia
los puertos de la provincia de *Asia, y nos
hicimos a la mar. Nos acompañaba Aristarco, un
macedonio de Tesalónica.

3Al día siguiente hicimos escala en Sidón; y
Julio, con mucha amabilidad, le permitió a Pablo
visitar a sus amigos para que lo atendieran. 4Des-
de Sidón zarpamos y navegamos al abrigo de
Chipre, porque los vientos nos eran contrarios.
5Después de atravesar el mar frente a las costas de
Cilicia y Panfilia, arribamos a Mira de Licia. 6Allí
el centurión encontró un barco de Alejandría que
iba para Italia, y nos hizo subir a bordo. 7Durante
muchos días la navegación fue lenta, y a duras
penas llegamos frente a Gnido. Como el viento
nos era desfavorable para seguir el rumbo traza-
do, navegamos al amparo de Creta, frente a Sal-
mona. 8Seguimos con dificultad a lo largo de la
costa y llegamos a un lugar llamado Buenos
Puertos, cerca de la ciudad de Lasea.

9Se había perdido mucho tiempo, y era peli-
grosa la navegación por haber pasado ya la fiesta
del ayuno.[y] Así que Pablo les advirtió: 10«Seño-
res, veo que nuestro viaje va a ser desastroso y
que va a causar mucho perjuicio tanto para el
barco y su carga como para nuestras propias
*vidas.» 11Pero el centurión, en vez de hacerle
caso, siguió el consejo del timonel y del dueño
del barco. 12Como el puerto no era adecuado
para invernar, la mayoría decidió que debíamos

[x]26:28 *Un poco … cristiano.* Alt. *¿Con tan poco pretendes hacerme cristiano?* [y]27:9 Es decir, el día de la *Expiación (*Yom Kippur*) en septiembre, de manera que se acercaba el invierno.

28Then Agrippa said to Paul, "Do you think
that in such a short time you can persuade me to
be a Christian?"

29Paul replied, "Short time or long—I pray
God that not only you but all who are listening
to me today may become what I am, except for
these chains."

30The king rose, and with him the governor
and Bernice and those sitting with them.
31They left the room, and while talking with
one another, they said, "This man is not doing
anything that deserves death or imprison-
ment."

32Agrippa said to Festus, "This man could
have been set free if he had not appealed to
Caesar."

Paul Sails for Rome

27 When it was decided that we would
sail for Italy, Paul and some other
prisoners were handed over to a centurion
named Julius, who belonged to the Imperial
Regiment. 2We boarded a ship from Adramyt-
tium about to sail for ports along the coast of
the province of Asia, and we put out to sea.
Aristarchus, a Macedonian from Thessaloni-
ca, was with us.

3The next day we landed at Sidon; and Julius,
in kindness to Paul, allowed him to go to his
friends so they might provide for his needs.
4From there we put out to sea again and passed
to the lee of Cyprus because the winds were
against us. 5When we had sailed across the open
sea off the coast of Cilicia and Pamphylia, we
landed at Myra in Lycia. 6There the centurion
found an Alexandrian ship sailing for Italy and
put us on board. 7We made slow headway for
many days and had difficulty arriving off Cni-
dus. When the wind did not allow us to hold our
course, we sailed to the lee of Crete, opposite
Salmone. 8We moved along the coast with dif-
ficulty and came to a place called Fair Havens,
near the town of Lasea.

9Much time had been lost, and sailing had
already become dangerous because by now it
was after the Fast.[a] So Paul warned them,
10"Men, I can see that our voyage is going to
be disastrous and bring great loss to ship and
cargo, and to our own lives also." 11But the
centurion, instead of listening to what Paul
said, followed the advice of the pilot and of
the owner of the ship. 12Since the harbor was

[a]9 That is, the Day of Atonement (Yom Kippur)

seguir adelante, con la esperanza de llegar a Fenice, puerto de Creta que da al suroeste y al noroeste, y pasar allí el invierno.

La tempestad

13 Cuando comenzó a soplar un viento suave del sur, creyeron que podían conseguir lo que querían, así que levaron anclas y navegaron junto a la costa de Creta. 14 Poco después se nos vino encima un viento huracanado, llamado Nordeste, que venía desde la isla. 15 El barco quedó atrapado por la tempestad y no podía hacerle frente al viento, así que nos dejamos llevar a la deriva. 16 Mientras pasábamos al abrigo de un islote llamado Cauda, a duras penas pudimos sujetar el bote salvavidas. 17 Después de subirlo a bordo, amarraron con sogas todo el casco del barco para reforzarlo. Temiendo que fueran a encallar en los bancos de arena de la Sirte, echaron el ancla flotante y dejaron el barco a la deriva. 18 Al día siguiente, dado que la tempestad seguía arremetiendo con mucha fuerza contra nosotros, comenzaron a arrojar la carga por la borda. 19 Al tercer día, con sus propias manos arrojaron al mar los aparejos del barco. 20 Como pasaron muchos días sin que aparecieran ni el sol ni las estrellas, y la tempestad seguía arreciando, perdimos al fin toda esperanza de salvarnos.

21 Llevábamos ya mucho tiempo sin comer, así que Pablo se puso en medio de todos y dijo: «Señores, debían haber seguido mi consejo y no haber zarpado de Creta; así se habrían ahorrado este perjuicio y esta pérdida. 22 Pero ahora los exhorto a cobrar ánimo, porque ninguno de ustedes perderá la *vida; sólo se perderá el barco. 23 Anoche se me apareció un ángel del Dios a quien pertenezco y a quien sirvo, 24 y me dijo: "No tengas miedo, Pablo. Tienes que comparecer ante el *emperador; y Dios te ha concedido la vida de todos los que navegan contigo." 25 Así que ¡ánimo, señores! Confío en Dios que sucederá tal y como se me dijo. 26 Sin embargo, tenemos que encallar en alguna isla.»

El naufragio

27 Ya habíamos pasado catorce noches a la deriva por el mar Adriático,[z] cuando a eso de la medianoche los marineros presintieron que se aproximaban a tierra. 28 Echaron la sonda y encontraron que el agua tenía unos treinta y siete metros de profundidad. Más adelante volvieron a echar la sonda y encontraron que tenía cerca de veintisiete metros[a] de profundidad. 29 Te-

[z] **27:27** En la antigüedad el nombre *Adriático* se refería a una zona que se extendía muy al sur de Italia. [a] **27:28** *treinta y siete metros ... veintisiete metros*. Lit. *veinte *brazas ... quince brazas*.

unsuitable to winter in, the majority decided that we should sail on, hoping to reach Phoenix and winter there. This was a harbor in Crete, facing both southwest and northwest.

The Storm

13 When a gentle south wind began to blow, they thought they had obtained what they wanted; so they weighed anchor and sailed along the shore of Crete. 14 Before very long, a wind of hurricane force, called the "northeaster," swept down from the island. 15 The ship was caught by the storm and could not head into the wind; so we gave way to it and were driven along. 16 As we passed to the lee of a small island called Cauda, we were hardly able to make the lifeboat secure. 17 When the men had hoisted it aboard, they passed ropes under the ship itself to hold it together. Fearing that they would run aground on the sandbars of Syrtis, they lowered the sea anchor and let the ship be driven along. 18 We took such a violent battering from the storm that the next day they began to throw the cargo overboard. 19 On the third day, they threw the ship's tackle overboard with their own hands. 20 When neither sun nor stars appeared for many days and the storm continued raging, we finally gave up all hope of being saved.

21 After the men had gone a long time without food, Paul stood up before them and said: "Men, you should have taken my advice not to sail from Crete; then you would have spared yourselves this damage and loss. 22 But now I urge you to keep up your courage, because not one of you will be lost; only the ship will be destroyed. 23 Last night an angel of the God whose I am and whom I serve stood beside me 24 and said, 'Do not be afraid, Paul. You must stand trial before Caesar; and God has graciously given you the lives of all who sail with you.' 25 So keep up your courage, men, for I have faith in God that it will happen just as he told me. 26 Nevertheless, we must run aground on some island."

The Shipwreck

27 On the fourteenth night we were still being driven across the Adriatic[b] Sea, when about midnight the sailors sensed they were approaching land. 28 They took soundings and found that the water was a hundred and twenty feet[c] deep. A short time later they took soundings again and found it was ninety feet[d] deep. 29 Fearing that we

[b] *27* In ancient times the name referred to an area extending well south of Italy. [c] *28* Greek *twenty orguias* (about 37 meters) [d] *28* Greek *fifteen orguias* (about 27 meters)

miendo que fuéramos a estrellarnos contra las
rocas, echaron cuatro anclas por la popa y se
pusieron a rogar que amaneciera. 30 En un inten-
to por escapar del barco, los marineros comen-
zaron a bajar el bote salvavidas al mar, con el
pretexto de que iban a echar algunas anclas
desde la proa. 31 Pero Pablo les advirtió al cen-
turión y a los soldados: «Si ésos no se quedan
en el barco, no podrán salvarse ustedes.» 32 Así
que los soldados cortaron las amarras del bote
salvavidas y lo dejaron caer al agua.

33 Estaba a punto de amanecer cuando Pablo
animó a todos a tomar alimento: «Hoy hace ya
catorce días que ustedes están con la vida en un
hilo, y siguen sin probar bocado. 34 Les ruego que
coman algo, pues lo necesitan para sobrevivir.
Ninguno de ustedes perderá ni un solo cabello de
la cabeza.» 35 Dicho esto, tomó pan y dio gracias
a Dios delante de todos. Luego lo partió y comen-
zó a comer. 36 Todos se animaron y también
comieron. 37 Éramos en total doscientas setenta y
seis personas en el barco. 38 Una vez satisfechos,
aligeraron el barco echando el trigo al mar.

39 Cuando amaneció, no reconocieron la tie-
rra, pero vieron una bahía que tenía playa, donde
decidieron encallar el barco a como diera lugar.
40 Cortaron las anclas y las dejaron caer en el
mar, desatando a la vez las amarras de los timo-
nes. Luego izaron a favor del viento la vela de
proa y se dirigieron a la playa. 41 Pero el barco
fue a dar en un banco de arena y encalló. La proa
se encajó en el fondo y quedó varada, mientras
la popa se hacía pedazos al embate de las olas.

42 Los soldados pensaron matar a los presos
para que ninguno escapara a nado. 43 Pero el
centurión quería salvarle la vida a Pablo, y les
impidió llevar a cabo el plan. Dio orden de que
los que pudieran nadar saltaran primero por la
borda para llegar a tierra, 44 y de que los demás
salieran valiéndose de tablas o de restos del
barco. De esta manera todos llegamos sanos y
salvos a tierra.

En la isla de Malta

28 Una vez a salvo, nos enteramos de que la
isla se llamaba Malta. 2 Los isleños nos
trataron con toda clase de atenciones. Encendie-
ron una fogata y nos invitaron a acercarnos,
porque estaba lloviendo y hacía frío. 3 Sucedió
que Pablo recogió un montón de leña y la estaba
echando al fuego, cuando una víbora que huía del
calor se le prendió en la mano. 4 Al ver la serpiente
colgada de la mano de Pablo, los isleños se
pusieron a comentar entre sí: «Sin duda este
hombre es un asesino, pues aunque se salvó del
mar, la justicia divina no va a consentir que siga
con vida.» 5 Pero Pablo sacudió la mano y la
serpiente cayó en el fuego, y él no sufrió ningún

would be dashed against the rocks, they dropped
four anchors from the stern and prayed for day-
light. 30 In an attempt to escape from the ship,
the sailors let the lifeboat down into the sea,
pretending they were going to lower some an-
chors from the bow. 31 Then Paul said to the
centurion and the soldiers, "Unless these men
stay with the ship, you cannot be saved." 32 So
the soldiers cut the ropes that held the lifeboat
and let it fall away.

33 Just before dawn Paul urged them all to eat.
"For the last fourteen days," he said, "you have
been in constant suspense and have gone with-
out food—you haven't eaten anything. 34 Now I
urge you to take some food. You need it to
survive. Not one of you will lose a single hair
from his head." 35 After he said this, he took
some bread and gave thanks to God in front of
them all. Then he broke it and began to eat.
36 They were all encouraged and ate some food
themselves. 37 Altogether there were 276 of us
on board. 38 When they had eaten as much as
they wanted, they lightened the ship by throwing
the grain into the sea.

39 When daylight came, they did not recognize
the land, but they saw a bay with a sandy beach,
where they decided to run the ship aground if
they could. 40 Cutting loose the anchors, they left
them in the sea and at the same time untied the
ropes that held the rudders. Then they hoisted
the foresail to the wind and made for the beach.
41 But the ship struck a sandbar and ran aground.
The bow stuck fast and would not move, and the
stern was broken to pieces by the pounding of
the surf.

42 The soldiers planned to kill the prisoners
to prevent any of them from swimming away
and escaping. 43 But the centurion wanted to
spare Paul's life and kept them from carrying
out their plan. He ordered those who could
swim to jump overboard first and get to land.
44 The rest were to get there on planks or on
pieces of the ship. In this way everyone
reached land in safety.

Ashore on Malta

28 Once safely on shore, we found out that
the island was called Malta. 2 The island-
ers showed us unusual kindness. They built a
fire and welcomed us all because it was raining
and cold. 3 Paul gathered a pile of brushwood
and, as he put it on the fire, a viper, driven out
by the heat, fastened itself on his hand. 4 When
the islanders saw the snake hanging from his
hand, they said to each other, "This man must
be a murderer; for though he escaped from the
sea, Justice has not allowed him to live." 5 But
Paul shook the snake off into the fire and suf-

daño. 6La gente esperaba que se hinchara o cayera
muerto de repente, pero después de esperar un
buen rato y de ver que nada extraño le sucedía,
cambiaron de parecer y decían que era un dios.

7Cerca de allí había una finca que pertenecía
a Publio, el funcionario principal de la isla. Éste
nos recibió en su casa con amabilidad y nos
hospedó durante tres días. 8El padre de Publio
estaba en cama, enfermo con fiebre y disentería.
Pablo entró a verlo y, después de orar, le impuso
las manos y lo sanó. 9Como consecuencia de
esto, los demás enfermos de la isla también
acudían y eran sanados. 10Nos colmaron de
muchas atenciones y nos proveyeron de todo lo
necesario para el viaje.

Llegada a Roma

11Al cabo de tres meses en la isla, zarpamos
en un barco que había invernado allí. Era una
nave de Alejandría que tenía por insignia a los
dioses Dióscuros.[b] 12Hicimos escala en Siracu-
sa, donde nos quedamos tres días. 13Desde allí
navegamos bordeando la costa y llegamos a
Regio. Al día siguiente se levantó el viento del
sur, y al segundo día llegamos a Poteoli. 14Allí
encontramos a algunos creyentes que nos invi-
taron a pasar una semana con ellos. Y por fin
llegamos a Roma. 15Los hermanos de Roma,
habiéndose enterado de nuestra situación, salie-
ron hasta el Foro de Apio y Tres Tabernas a
recibirnos. Al verlos, Pablo dio gracias a Dios y
cobró ánimo. 16Cuando llegamos a Roma, a
Pablo se le permitió tener su domicilio particu-
lar, con un soldado que lo custodiara.

Pablo predica bajo custodia en Roma

17Tres días más tarde, Pablo convocó a los
dirigentes de los judíos. Cuando estuvieron reu-
nidos, les dijo:

—A mí, hermanos, a pesar de no haber hecho
nada contra mi pueblo ni contra las costumbres
de nuestros antepasados, me arrestaron en Jeru-
salén y me entregaron a los romanos. 18Éstos me
interrogaron y quisieron soltarme por no ser yo
culpable de ningún delito que mereciera la
muerte. 19Cuando los judíos se opusieron, me vi
obligado a apelar al *emperador, pero no porque
tuviera alguna acusación que presentar contra
mi nación. 20Por este motivo he pedido verlos y
hablar con ustedes. Precisamente por la esperan-
za de Israel estoy encadenado.

21—Nosotros no hemos recibido ninguna
carta de Judea que tenga que ver contigo —le
contestaron ellos—, ni ha llegado ninguno de

[b]28:11 Dioses gemelos de la mitología griega, probablemente Cástor y Pólux

fered no ill effects. 6The people expected him to
swell up or suddenly fall dead, but after waiting
a long time and seeing nothing unusual happen
to him, they changed their minds and said he was
a god.

7There was an estate nearby that belonged
to Publius, the chief official of the island. He
welcomed us to his home and for three days
entertained us hospitably. 8His father was sick
in bed, suffering from fever and dysentery.
Paul went in to see him and, after prayer,
placed his hands on him and healed him.
9When this had happened, the rest of the sick
on the island came and were cured. 10They
honored us in many ways and when we were
ready to sail, they furnished us with the sup-
plies we needed.

Arrival at Rome

11After three months we put out to sea in a
ship that had wintered in the island. It was an
Alexandrian ship with the figurehead of the
twin gods Castor and Pollux. 12We put in at
Syracuse and stayed there three days. 13From
there we set sail and arrived at Rhegium. The
next day the south wind came up, and on the
following day we reached Puteoli. 14There we
found some brothers who invited us to spend
a week with them. And so we came to Rome.
15The brothers there had heard that we were
coming, and they traveled as far as the Forum
of Appius and the Three Taverns to meet us.
At the sight of these men Paul thanked God
and was encouraged. 16When we got to Rome,
Paul was allowed to live by himself, with a
soldier to guard him.

Paul Preaches at Rome Under Guard

17Three days later he called together the
leaders of the Jews. When they had assembled,
Paul said to them: "My brothers, although I
have done nothing against our people or
against the customs of our ancestors, I was
arrested in Jerusalem and handed over to the
Romans. 18They examined me and wanted to
release me, because I was not guilty of any
crime deserving death. 19But when the Jews
objected, I was compelled to appeal to Cae-
sar—not that I had any charge to bring against
my own people. 20For this reason I have asked
to see you and talk with you. It is because of
the hope of Israel that I am bound with this
chain."

21They replied, "We have not received any
letters from Judea concerning you, and none of
the brothers who have come from there has

los hermanos de allá con malos informes o que
haya hablado mal de ti. 22Pero queremos oír
tu punto de vista, porque lo único que sabemos
es que en todas partes se habla en contra de
esa secta.

23Señalaron un día para reunirse con Pablo, y
acudieron en mayor número a la casa donde
estaba alojado. Desde la mañana hasta la tarde
estuvo explicándoles y testificándoles acerca
del reino de Dios y tratando de convencerlos
respecto a Jesús, partiendo de la ley de Moisés
y de los profetas. 24Unos se convencieron por lo
que él decía, pero otros se negaron a creer. 25No
pudieron ponerse de acuerdo entre sí, y comen-
zaron a irse cuando Pablo añadió esta última
declaración: «Con razón el Espíritu Santo les
habló a sus antepasados por medio del profeta
Isaías diciendo:

26»"Ve a este pueblo y dile:
'Por mucho que oigan, no entenderán;
por mucho que vean, no percibirán.'
27Porque el corazón de este pueblo se ha
vuelto insensible;
se les han embotado los oídos,
y se les han cerrado los ojos.
De lo contrario, verían con los ojos,
oirían con los oídos,
entenderían con el corazón
y se convertirían, y yo los sanaría."[c]

28»Por tanto, quiero que sepan que esta salva-
ción de Dios se ha enviado a los *gentiles, y ellos
sí escucharán.»[d]

30Durante dos años completos permaneció
Pablo en la casa que tenía alquilada, y recibía a
todos los que iban a verlo. 31Y predicaba el reino
de Dios y enseñaba acerca del Señor *Jesucristo
sin impedimento y sin temor alguno.

[c]**28:27** Is 6:9,10 [d]**28:28** *escucharán.»* Var. *escucharán.»* [29]*Después que él dijo esto, los judíos se fueron, discutiendo acaloradamente entre ellos.*

reported or said anything bad about you. 22But
we want to hear what your views are, for we
know that people everywhere are talking against
this sect."

23They arranged to meet Paul on a certain day,
and came in even larger numbers to the place
where he was staying. From morning till evening
he explained and declared to them the kingdom
of God and tried to convince them about Jesus
from the Law of Moses and from the Prophets.
24Some were convinced by what he said, but
others would not believe. 25They disagreed
among themselves and began to leave after Paul
had made this final statement: "The Holy Spirit
spoke the truth to your forefathers when he said
through Isaiah the prophet:

26" 'Go to this people and say,
"You will be ever hearing but never
understanding;
you will be ever seeing but never per-
ceiving."
27For this people's heart has become
calloused;
they hardly hear with their ears,
and they have closed their eyes.
Otherwise they might see with their eyes,
hear with their ears,
understand with their hearts
and turn, and I would heal them.'[e]

28"Therefore I want you to know that God's
salvation has been sent to the Gentiles, and they
will listen!"[f]

30For two whole years Paul stayed there in his
own rented house and welcomed all who came
to see him. 31Boldly and without hindrance he
preached the kingdom of God and taught about
the Lord Jesus Christ.

[e]*27* Isaiah 6:9,10 [f]*28* Some manuscripts *listen!"* [29]*After he said this, the Jews left, arguing vigorously among themselves.*

Carta a los Romanos

1 Pablo, *siervo de *Cristo Jesús, llamado a ser apóstol, apartado para anunciar el *evangelio de Dios, 2que por medio de sus profetas ya había prometido en las sagradas Escrituras. 3Este evangelio habla de su Hijo, que según la *naturaleza humana era descendiente de David, 4pero que según el Espíritu de *santidad fue designado[a] con poder Hijo de Dios por la resurrección. Él es Jesucristo nuestro Señor. 5Por medio de él, y en honor a su nombre, recibimos el don apostólico para persuadir a todas las *naciones que obedezcan a la fe.[b] 6Entre ellas están incluidos también ustedes, a quienes Jesucristo ha llamado.

7Les escribo a todos ustedes, los amados de Dios que están en Roma, que han sido llamados a ser *santos.

Que Dios nuestro Padre y el Señor Jesucristo les concedan gracia y paz.

Pablo anhela visitar Roma

8En primer lugar, por medio de Jesucristo doy gracias a mi Dios por todos ustedes, pues en el mundo entero se habla bien de su fe. 9Dios, a quien sirvo de corazón predicando el *evangelio de su Hijo, me es testigo de que los recuerdo a ustedes sin cesar. 10Siempre pido en mis oraciones que, si es la voluntad de Dios, por fin se me abra ahora el camino para ir a visitarlos.

11Tengo muchos deseos de verlos para impartirles algún don espiritual que los fortalezca; 12mejor dicho, para que unos a otros nos animemos con la fe que compartimos. 13Quiero que sepan, hermanos, que aunque hasta ahora no he podido visitarlos, muchas veces me he propuesto hacerlo, para recoger algún fruto entre ustedes, tal como lo he recogido entre las otras naciones.

14Estoy en deuda con todos, sean cultos o incultos,[c] instruidos o ignorantes. 15De allí mi gran anhelo de predicarles el evangelio también a ustedes que están en Roma.

16A la verdad, no me avergüenzo del evangelio, pues es poder de Dios para la salvación de todos los que creen: de los judíos primeramente, pero también de los *gentiles. 17De hecho, en el

[a]1:4 *según el Espíritu de *santidad fue designado.* Alt. *según su espíritu de santidad fue declarado.* [b]1:5 *para … la fe.* Lit. *para la obediencia de la fe entre todas las naciones.* [c]1:14 *sean cultos o incultos.* Lit. **griegos y bárbaros.*

Romans

1 Paul, a servant of Christ Jesus, called to be an apostle and set apart for the gospel of God— 2the gospel he promised beforehand through his prophets in the Holy Scriptures 3regarding his Son, who as to his human nature was a descendant of David, 4and who through the Spirit[a] of holiness was declared with power to be the Son of God[b] by his resurrection from the dead: Jesus Christ our Lord. 5Through him and for his name's sake, we received grace and apostleship to call people from among all the Gentiles to the obedience that comes from faith. 6And you also are among those who are called to belong to Jesus Christ.

7To all in Rome who are loved by God and called to be saints:

Grace and peace to you from God our Father and from the Lord Jesus Christ.

Paul's Longing to Visit Rome

8First, I thank my God through Jesus Christ for all of you, because your faith is being reported all over the world. 9God, whom I serve with my whole heart in preaching the gospel of his Son, is my witness how constantly I remember you 10in my prayers at all times; and I pray that now at last by God's will the way may be opened for me to come to you.

11I long to see you so that I may impart to you some spiritual gift to make you strong— 12that is, that you and I may be mutually encouraged by each other's faith. 13I do not want you to be unaware, brothers, that I planned many times to come to you (but have been prevented from doing so until now) in order that I might have a harvest among you, just as I have had among the other Gentiles.

14I am obligated both to Greeks and non-Greeks, both to the wise and the foolish. 15That is why I am so eager to preach the gospel also to you who are at Rome.

16I am not ashamed of the gospel, because it is the power of God for the salvation of everyone who believes: first for the Jew, then for the Gentile. 17For in the gospel a righteousness

[a]4 Or *who as to his spirit* [b]4 Or *was appointed to be the Son of God with power*

evangelio se revela la justicia que proviene de Dios, la cual es por fe de principio a fin,[d] tal como está escrito: «El justo vivirá por la fe.»[e]

La ira de Dios contra la humanidad

18 Ciertamente, la ira de Dios viene revelándose desde el cielo contra toda impiedad e injusticia de los *seres humanos, que con su maldad obstruyen la verdad. 19 Me explico: lo que se puede conocer acerca de Dios es evidente para ellos, pues él mismo se lo ha revelado. 20 Porque desde la creación del mundo las cualidades invisibles de Dios, es decir, su eterno poder y su naturaleza divina, se perciben claramente a través de lo que él creó, de modo que nadie tiene excusa. 21 A pesar de haber conocido a Dios, no lo glorificaron como a Dios ni le dieron gracias, sino que se extraviaron en sus inútiles razonamientos, y se les oscureció su insensato corazón. 22 Aunque afirmaban ser sabios, se volvieron necios 23 y cambiaron la gloria del Dios inmortal por imágenes que eran réplicas del hombre mortal, de las aves, de los cuadrúpedos y de los reptiles.

24 Por eso Dios los entregó a los malos deseos de sus corazones, que conducen a la impureza sexual, de modo que degradaron sus cuerpos los unos con los otros. 25 Cambiaron la verdad de Dios por la mentira, adorando y sirviendo a los seres creados antes que al Creador, quien es bendito por siempre. Amén.

26 Por tanto, Dios los entregó a pasiones vergonzosas. En efecto, las mujeres cambiaron las relaciones naturales por las que van contra la naturaleza. 27 Así mismo los hombres dejaron las relaciones naturales con la mujer y se encendieron en pasiones lujuriosas los unos con los otros. Hombres con hombres cometieron actos indecentes, y en sí mismos recibieron el castigo que merecía su perversión.

28 Además, como estimaron que no valía la pena tomar en cuenta el conocimiento de Dios, él a su vez los entregó a la depravación mental, para que hicieran lo que no debían hacer. 29 Se han llenado de toda clase de maldad, perversidad, avaricia y depravación. Están repletos de envidia, homicidios, disensiones, engaño y malicia. Son chismosos, 30 calumniadores, enemigos de Dios, insolentes, soberbios y arrogantes; se ingenian maldades; se rebelan contra sus padres; 31 son insensatos, desleales, insensibles, despiadados. 32 Saben bien que, según el justo decreto de Dios, quienes practican tales cosas merecen la muerte; sin embargo, no sólo siguen practicándolas sino que incluso aprueban a quienes las practican.

[d] **1:17** *por fe … fin.* Lit. *de fe a fe.* [e] **1:17** Hab 2:4

from God is revealed, a righteousness that is by faith from first to last,[c] just as it is written: "The righteous will live by faith."[d]

God's Wrath Against Mankind

18 The wrath of God is being revealed from heaven against all the godlessness and wickedness of men who suppress the truth by their wickedness, 19 since what may be known about God is plain to them, because God has made it plain to them. 20 For since the creation of the world God's invisible qualities—his eternal power and divine nature—have been clearly seen, being understood from what has been made, so that men are without excuse.

21 For although they knew God, they neither glorified him as God nor gave thanks to him, but their thinking became futile and their foolish hearts were darkened. 22 Although they claimed to be wise, they became fools 23 and exchanged the glory of the immortal God for images made to look like mortal man and birds and animals and reptiles.

24 Therefore God gave them over in the sinful desires of their hearts to sexual impurity for the degrading of their bodies with one another. 25 They exchanged the truth of God for a lie, and worshiped and served created things rather than the Creator—who is forever praised. Amen.

26 Because of this, God gave them over to shameful lusts. Even their women exchanged natural relations for unnatural ones. 27 In the same way the men also abandoned natural relations with women and were inflamed with lust for one another. Men committed indecent acts with other men, and received in themselves the due penalty for their perversion.

28 Furthermore, since they did not think it worthwhile to retain the knowledge of God, he gave them over to a depraved mind, to do what ought not to be done. 29 They have become filled with every kind of wickedness, evil, greed and depravity. They are full of envy, murder, strife, deceit and malice. They are gossips, 30 slanderers, God-haters, insolent, arrogant and boastful; they invent ways of doing evil; they disobey their parents; 31 they are senseless, faithless, heartless, ruthless. 32 Although they know God's righteous decree that those who do such things deserve death, they not only continue to do these very things but also approve of those who practice them.

[c] *17* Or *is from faith to faith* [d] *17* Hab. 2:4

El justo juicio de Dios

2 Por tanto, no tienes excusa tú, quienquiera que seas, cuando juzgas a los demás, pues al juzgar a otros te condenas a ti mismo, ya que practicas las mismas cosas. 2 Ahora bien, sabemos que el juicio de Dios contra los que practican tales cosas se basa en la verdad. 3 ¿Piensas entonces que vas a escapar del juicio de Dios, tú que juzgas a otros y sin embargo haces lo mismo que ellos? 4 ¿No ves que desprecias las riquezas de la bondad de Dios, de su tolerancia y de su paciencia, al no reconocer que su bondad quiere llevarte al *arrepentimiento?

5 Pero por tu obstinación y por tu corazón empedernido sigues acumulando castigo contra ti mismo para el día de la ira, cuando Dios revelará su justo juicio. 6 Porque Dios «pagará a cada uno según lo que merezcan sus obras».[f] 7 Él dará vida eterna a los que, perseverando en las buenas obras, buscan gloria, honor e inmortalidad. 8 Pero los que por egoísmo rechazan la verdad para aferrarse a la maldad, recibirán el gran castigo de Dios. 9 Habrá sufrimiento y angustia para todos los que hacen el mal, los judíos primeramente, y también los *gentiles; 10 pero gloria, honor y paz para todos los que hacen el bien, los judíos primeramente, y también los gentiles. 11 Porque con Dios no hay favoritismos.

12 Todos los que han pecado sin conocer la ley, también perecerán sin la ley; y todos los que han pecado conociendo la ley, por la ley serán juzgados. 13 Porque Dios no considera justos a los que oyen la ley sino a los que la cumplen. 14 De hecho, cuando los gentiles, que no tienen la ley, cumplen por naturaleza lo que la ley exige,[g] ellos son ley para sí mismos, aunque no tengan la ley. 15 Éstos muestran que llevan escrito en el corazón lo que la ley exige, como lo atestigua su conciencia, pues sus propios pensamientos algunas veces los acusan y otras veces los excusan. 16 Así sucederá el día en que, por medio de Jesucristo, Dios juzgará los secretos de toda persona, como lo declara mi *evangelio.

Los judíos y la ley

17 Ahora bien, tú que llevas el nombre de judío; que dependes de la ley y te *jactas de tu relación con Dios; 18 que conoces su voluntad y sabes discernir lo que es mejor porque eres instruido por la ley; 19 que estás convencido de ser guía de los ciegos y luz de los que están en

[f] **2:6** Sal 62:12; Pr 24:12 [g] **2:14** *que no tienen … exige.* Alt. *que por naturaleza no tienen la ley, cumplen lo que la ley exige.*

God's Righteous Judgment

2 You, therefore, have no excuse, you who pass judgment on someone else, for at whatever point you judge the other, you are condemning yourself, because you who pass judgment do the same things. 2 Now we know that God's judgment against those who do such things is based on truth. 3 So when you, a mere man, pass judgment on them and yet do the same things, do you think you will escape God's judgment? 4 Or do you show contempt for the riches of his kindness, tolerance and patience, not realizing that God's kindness leads you toward repentance?

5 But because of your stubbornness and your unrepentant heart, you are storing up wrath against yourself for the day of God's wrath, when his righteous judgment will be revealed. 6 God "will give to each person according to what he has done."[e] 7 To those who by persistence in doing good seek glory, honor and immortality, he will give eternal life. 8 But for those who are self-seeking and who reject the truth and follow evil, there will be wrath and anger. 9 There will be trouble and distress for every human being who does evil: first for the Jew, then for the Gentile; 10 but glory, honor and peace for everyone who does good: first for the Jew, then for the Gentile. 11 For God does not show favoritism.

12 All who sin apart from the law will also perish apart from the law, and all who sin under the law will be judged by the law. 13 For it is not those who hear the law who are righteous in God's sight, but it is those who obey the law who will be declared righteous. 14 (Indeed, when Gentiles, who do not have the law, do by nature things required by the law, they are a law for themselves, even though they do not have the law, 15 since they show that the requirements of the law are written on their hearts, their consciences also bearing witness, and their thoughts now accusing, now even defending them.) 16 This will take place on the day when God will judge men's secrets through Jesus Christ, as my gospel declares.

The Jews and the Law

17 Now you, if you call yourself a Jew; if you rely on the law and brag about your relationship to God; 18 if you know his will and approve of what is superior because you are instructed by the law; 19 if you are convinced that you are a guide for the blind, a light for those who are in

[e] *6* Psalm 62:12; Prov. 24:12

la oscuridad, 20instructor de los ignorantes,
maestro de los sencillos, pues tienes en la ley la
esencia misma del conocimiento y de la verdad;
21en fin, tú que enseñas a otros, ¿no te enseñas
a ti mismo? Tú que predicas contra el robo,
¿robas? 22Tú que dices que no se debe cometer
adulterio, ¿adulteras? Tú que aborreces a los
ídolos, ¿robas de sus templos? 23Tú que te jactas
de la ley, ¿deshonras a Dios quebrantando la
ley? 24Así está escrito: «Por causa de ustedes se
*blasfema el nombre de Dios entre los *genti-
les.»[h]

25La circuncisión tiene valor si observas la
ley; pero si la quebrantas, vienes a ser como un
*incircunciso. 26Por lo tanto, si los gentiles cum-
plen[i] los requisitos de la ley, ¿no se les conside-
rará como si estuvieran circuncidados? 27El que
no está físicamente circuncidado, pero obedece
la ley, te condenará a ti que, a pesar de tener el
mandamiento escrito[j] y la circuncisión, que-
brantas la ley.

28Lo exterior no hace a nadie judío, ni consiste
la circuncisión en una señal en el cuerpo. 29El
verdadero judío lo es interiormente; y la circun-
cisión es la del corazón, la que realiza el Espíri-
tu, no el mandamiento escrito. Al que es judío
así, lo alaba Dios y no la gente.

Fidelidad de Dios

3 Entonces, ¿qué se gana con ser judío, o qué
valor tiene la circuncisión? 2Mucho, desde
cualquier punto de vista. En primer lugar, a los
judíos se les confiaron las palabras mismas de
Dios.

3Pero entonces, si a algunos les faltó la fe,
¿acaso su falta de fe anula la *fidelidad de Dios?
4¡De ninguna manera! Dios es siempre veraz,
aunque el hombre sea mentiroso. Así está escrito:

«Por eso, eres justo en tu sentencia,
y triunfarás cuando te juzguen.»[k]

5Pero si nuestra injusticia pone de relieve la
justicia de Dios, ¿qué diremos? ¿Que Dios es
injusto al descargar sobre nosotros su ira? (Hablo
en términos humanos.) 6¡De ninguna manera! Si
así fuera, ¿cómo podría Dios juzgar al mundo?
7Alguien podría objetar: «Si mi mentira destaca la
verdad de Dios y así aumenta su gloria, ¿por qué
todavía se me juzga como pecador? 8¿Por qué no
decir: Hagamos lo malo para que venga lo bue-
no?» Así nos calumnian algunos, asegurando que
eso es lo que enseñamos. ¡Pero bien merecida se
tienen la condenación!

[h]**2:24** Is 52:5; Ez 36:22 [i]**2:26** *si … cumplen.* Lit. *si la incircuncisión guarda.* [j]**2:27** *el mandamiento escrito.* Lit. *la letra*; también en v. 29. [k]**3:4** Sal 51:4

the dark, 20an instructor of the foolish, a teacher
of infants, because you have in the law the
embodiment of knowledge and truth— 21you,
then, who teach others, do you not teach your-
self? You who preach against stealing, do you
steal? 22You who say that people should not
commit adultery, do you commit adultery? You
who abhor idols, do you rob temples? 23You
who brag about the law, do you dishonor God
by breaking the law? 24As it is written: "God's
name is blasphemed among the Gentiles be-
cause of you."[f]

25Circumcision has value if you observe the
law, but if you break the law, you have become as
though you had not been circumcised. 26If those
who are not circumcised keep the law's require-
ments, will they not be regarded as though they
were circumcised? 27The one who is not circum-
cised physically and yet obeys the law will con-
demn you who, even though you have the[g] writ-
ten code and circumcision, are a lawbreaker.

28A man is not a Jew if he is only one outward-
ly, nor is circumcision merely outward and phys-
ical. 29No, a man is a Jew if he is one inwardly;
and circumcision is circumcision of the heart, by
the Spirit, not by the written code. Such a man's
praise is not from men, but from God.

God's Faithfulness

3 What advantage, then, is there in being a
Jew, or what value is there in circumcision?
2Much in every way! First of all, they have been
entrusted with the very words of God.

3What if some did not have faith? Will their
lack of faith nullify God's faithfulness? 4Not at
all! Let God be true, and every man a liar. As it
is written:

"So that you may be proved right when
you speak
and prevail when you judge."[h]

5But if our unrighteousness brings out God's
righteousness more clearly, what shall we say?
That God is unjust in bringing his wrath on us?
(I am using a human argument.) 6Certainly not!
If that were so, how could God judge the world?
7Someone might argue, "If my falsehood en-
hances God's truthfulness and so increases his
glory, why am I still condemned as a sinner?"
8Why not say—as we are being slanderously
reported as saying and as some claim that we
say—"Let us do evil that good may result"?
Their condemnation is deserved.

[f]*24* Isaiah 52:5; Ezek. 36:22 [g]*27* Or *who, by means of a*
[h]*4* Psalm 51:4

No hay un solo justo

9¿A qué conclusión llegamos? ¿Acaso los
judíos somos mejores? ¡De ninguna manera!
Ya hemos demostrado que tanto los judíos co-
mo los *gentiles están bajo el pecado. 10Así
está escrito:

«No hay un solo justo, ni siquiera uno;
11 no hay nadie que entienda,
nadie que busque a Dios.
12 Todos se han descarriado,
a una se han corrompido.
No hay nadie que haga lo bueno;
¡no hay uno solo!»[l]
13 «Su garganta es un sepulcro abierto;
con su lengua profieren engaños.»[m]
«¡Veneno de víbora hay en sus labios!»[n]
14 «Llena está su boca de maldiciones y de
amargura.»[ñ]
15 «Veloces son sus pies para ir a derramar
sangre;
16 dejan ruina y miseria en sus caminos,
17 y no conocen la senda de la paz.»[o]
18 «No hay temor de Dios delante de sus
ojos.»[p]

19Ahora bien, sabemos que todo lo que dice
la ley, lo dice a quienes están sujetos a ella, para
que todo el mundo se calle la boca y quede
convicto delante de Dios. 20Por tanto, nadie será
*justificado en presencia de Dios por hacer las
obras que exige la ley; más bien, mediante la ley
cobramos conciencia del pecado.

La justicia mediante la fe

21Pero ahora, sin la mediación de la ley, se ha
manifestado la justicia de Dios, de la que dan
testimonio la ley y los profetas. 22Esta justicia
de Dios llega, mediante la *fe en Jesucristo, a
todos los que creen. De hecho, no hay distinción,
23pues todos han pecado y están privados de la
gloria de Dios, 24pero por su gracia son *justi-
ficados gratuitamente mediante la redención que
Cristo Jesús efectuó.[q] 25Dios lo ofreció como un
sacrificio de *expiación[r] que se recibe por la fe
en su sangre, para así demostrar su justicia.
Anteriormente, en su paciencia, Dios había pa-
sado por alto los pecados; 26pero en el tiempo
presente ha ofrecido a Jesucristo para manifestar
su justicia. De este modo Dios es justo y, a la
vez, el que justifica a los que tienen fe en Jesús.

[l]**3:12** Sal 14:1-3; 53:1-3; Ec 7:20 [m]**3:13** Sal 5:9
[n]**3:13** Sal 140:3 [ñ]**3:14** Sal 10:7 [o]**3:17** Is 59:7,8
[p]**3:18** Sal 36:1 [q]**3:24** *redención … efectuó.* Lit. *redención en Cristo Jesús.* [r]**3:25** *un sacrificio de *expiación.* Lit. *propiciación.*

No One is Righteous

9What shall we conclude then? Are we any
better[i]? Not at all! We have already made the
charge that Jews and Gentiles alike are all under
sin. 10As it is written:

"There is no one righteous, not even one;
11 there is no one who understands,
no one who seeks God.
12 All have turned away,
they have together become worthless;
there is no one who does good,
not even one."[j]
13 "Their throats are open graves;
their tongues practice deceit."[k]
"The poison of vipers is on their lips."[l]
14 "Their mouths are full of cursing and
bitterness."[m]
15 "Their feet are swift to shed blood;
16 ruin and misery mark their ways,
17 and the way of peace they do not know."[n]
18 "There is no fear of God before their
eyes."[o]

19Now we know that whatever the law says,
it says to those who are under the law, so that
every mouth may be silenced and the whole
world held accountable to God. 20Therefore no
one will be declared righteous in his sight by
observing the law; rather, through the law we
become conscious of sin.

Righteousness Through Faith

21But now a righteousness from God, apart
from law, has been made known, to which the
Law and the Prophets testify. 22This righteous-
ness from God comes through faith in Jesus
Christ to all who believe. There is no difference,
23for all have sinned and fall short of the glory
of God, 24and are justified freely by his grace
through the redemption that came by Christ
Jesus. 25God presented him as a sacrifice of
atonement,[p] through faith in his blood. He did
this to demonstrate his justice, because in his
forbearance he had left the sins committed be-
forehand unpunished— 26he did it to demon-
strate his justice at the present time, so as to be
just and the one who justifies those who have
faith in Jesus.

[i]*9* Or *worse* [j]*12* Psalms 14:1-3; 53:1-3; Eccles. 7:20
[k]*13* Psalm 5:9 [l]*13* Psalm 140:3 [m]*14* Psalm 10:7
[n]*17* Isaiah 59:7,8 [o]*18* Psalm 36:1 [p]*25* Or *as the one who would turn aside his wrath, taking away sin*

27¿Dónde, pues, está la *jactancia? Queda
excluida. ¿Por cuál principio? ¿Por el de la
observancia de la ley? No, sino por el de la fe.
28Porque sostenemos que todos somos justifica-
dos por la fe, y no por las obras que la ley exige.
29¿Es acaso Dios sólo Dios de los judíos? ¿No
lo es también de los *gentiles? Sí, también es
Dios de los gentiles, 30pues no hay más que un
solo Dios. Él justificará por la fe a los que están
circuncidados y, mediante esa misma fe, a los
que no lo están. 31¿Quiere decir que anulamos
la ley con la fe? ¡De ninguna manera! Más bien,
confirmamos la ley.

Abraham, justificado por la fe

4 Entonces, ¿qué diremos en el caso de nues-
tro antepasado Abraham?[s] 2En realidad, si
Abraham hubiera sido *justificado por las obras,
habría tenido de qué *jactarse, pero no delante
de Dios. 3Pues ¿qué dice la Escritura? «Le creyó
Abraham a Dios, y esto se le tomó en cuenta
como justicia.»[t]

4Ahora bien, cuando alguien trabaja, no se le
toma en cuenta el salario como un favor sino
como una deuda. 5Sin embargo, al que no traba-
ja, sino que cree en el que justifica al malvado,
se le toma en cuenta la fe como justicia. 6David
dice lo mismo cuando habla de la dicha de aquel
a quien Dios le atribuye justicia sin la mediación
de las obras:

7«¡*Dichosos aquellos
a quienes se les perdonan las transgresio-
nes
y se les cubren los pecados!
8¡Dichoso aquel
cuyo pecado el Señor no tomará en
cuenta!»[u]

9¿Acaso se ha reservado esta dicha sólo para
los que están circuncidados? ¿Acaso no es tam-
bién para los *gentiles?[v] Hemos dicho que a
Abraham se le tomó en cuenta la fe como justi-
cia. 10¿Bajo qué circunstancias sucedió esto?
¿Fue antes o después de ser circuncidado? ¡An-
tes, y no después! 11Es más, cuando todavía no
estaba circuncidado, recibió la señal de la cir-
cuncisión como sello de la justicia que se le
había tomado en cuenta por la fe. Por tanto,
Abraham es padre de todos los que creen, aun-
que no hayan sido circuncidados, y a éstos se les
toma en cuenta su fe como justicia. 12Y también
es padre de aquellos que, además de haber sido

[s]**4:1** *¿qué ... Abraham?* Lit. *¿qué diremos que descubrió Abraham, nuestro antepasado según la *carne?*
[t]**4:3** Gn 15:6; también en v. 22 [u]**4:8** Sal 32:1,2
[v]**4:9** *los *gentiles.* Lit. *la *incircuncisión.*

27Where, then, is boasting? It is excluded. On
what principle? On that of observing the law?
No, but on that of faith. 28For we maintain that
a man is justified by faith apart from observing
the law. 29Is God the God of Jews only? Is he
not the God of Gentiles too? Yes, of Gentiles too,
30since there is only one God, who will justify
the circumcised by faith and the uncircumcised
through that same faith. 31Do we, then, nullify
the law by this faith? Not at all! Rather, we
uphold the law.

Abraham Justified by Faith

4 What then shall we say that Abraham, our
forefather, discovered in this matter? 2If, in
fact, Abraham was justified by works, he had
something to boast about—but not before God.
3What does the Scripture say? "Abraham be-
lieved God, and it was credited to him as righ-
teousness."[q]

4Now when a man works, his wages are not
credited to him as a gift, but as an obligation.
5However, to the man who does not work but
trusts God who justifies the wicked, his faith is
credited as righteousness. 6David says the same
thing when he speaks of the blessedness of the
man to whom God credits righteousness apart
from works:

7"Blessed are they
whose transgressions are forgiven,
whose sins are covered.
8Blessed is the man
whose sin the Lord will never count
against him."[r]

9Is this blessedness only for the circum-
cised, or also for the uncircumcised? We have
been saying that Abraham's faith was credited
to him as righteousness. 10Under what circum-
stances was it credited? Was it after he was
circumcised, or before? It was not after, but
before! 11And he received the sign of circum-
cision, a seal of the righteousness that he had
by faith while he was still uncircumcised. So
then, he is the father of all who believe but
have not been circumcised, in order that righ-
teousness might be credited to them. 12And he
is also the father of the circumcised who not
only are circumcised but who also walk in the
footsteps of the faith that our father Abraham
had before he was circumcised.

[q]*3* Gen. 15:6; also in verse 22 [r]*8* Psalm 32:1,2

circuncidados, siguen las huellas de nuestro pa-
dre Abraham, quien creyó cuando todavía era
incircunciso.

13En efecto, no fue mediante la ley como
Abraham y su descendencia recibieron la pro-
mesa de que él sería heredero del mundo, sino
mediante la fe, la cual se le tomó en cuenta como
justicia. 14Porque si los que viven por la ley
fueran los herederos, entonces la fe no tendría
ya ningún valor y la promesa no serviría de nada.
15La ley, en efecto, acarrea castigo. Pero donde
no hay ley, tampoco hay transgresión.

16Por eso la promesa viene por la fe, a fin de
que por la gracia quede garantizada para toda la
descendencia de Abraham; esta promesa no es
sólo para los que son de la ley sino para los que
son también de la fe de Abraham, quien es el
padre que tenemos en común 17delante de Dios,
tal como está escrito: «Te he confirmado como
padre de muchas naciones.»[w] Así que Abraham
creyó en el Dios que da vida a los muertos y que
llama las cosas que no son como si ya existieran.

18Contra toda esperanza, Abraham creyó y
esperó, y de este modo llegó a ser padre de
muchas naciones, tal como se le había dicho:
«¡Así de numerosa será tu descendencia!»[x] 19Su
fe no flaqueó, aunque reconocía que su cuerpo
estaba como muerto, pues ya tenía unos cien años,
y que también estaba muerta la matriz de Sara.
20Ante la promesa de Dios no vaciló como un
incrédulo, sino que se reafirmó en su fe y dio
gloria a Dios, 21plenamente convencido de que
Dios tenía poder para cumplir lo que había pro-
metido. 22Por eso se le tomó en cuenta su fe como
justicia. 23Y esto de que «se le tomó en cuenta» no
se escribió sólo para Abraham, 24sino también
para nosotros. Dios tomará en cuenta nuestra fe
como justicia, pues creemos en aquel que *levan-
tó de entre los muertos a Jesús nuestro Señor. 25Él
fue entregado a la muerte por nuestros pecados, y
resucitó para nuestra justificación.

Paz y alegría

5 En consecuencia, ya que hemos sido *jus-
tificados mediante la fe, tenemos[y] paz con
Dios por medio de nuestro Señor Jesucristo.
2También por medio de él, y mediante la fe,
tenemos acceso a esta gracia en la cual nos
mantenemos firmes. Así que nos *regocijamos
en la esperanza de alcanzar la gloria de Dios. 3Y
no sólo en esto, sino también en nuestros sufri-
mientos, porque sabemos que el sufrimiento
produce perseverancia; 4la perseverancia, ente-
reza de carácter; la entereza de carácter, espe-

[w]**4:17** Gn 17:5 [x]**4:18** Gn 15:5 [y]**5:1** *tenemos*. Var. *tengamos*.

13It was not through law that Abraham and
his offspring received the promise that he
would be heir of the world, but through the
righteousness that comes by faith. 14For if
those who live by law are heirs, faith has no
value and the promise is worthless, 15because
law brings wrath. And where there is no law
there is no transgression.

16Therefore, the promise comes by faith, so
that it may be by grace and may be guaranteed
to all Abraham's offspring—not only to those
who are of the law but also to those who are of
the faith of Abraham. He is the father of us all.
17As it is written: "I have made you a father of
many nations."[s] He is our father in the sight of
God, in whom he believed—the God who gives
life to the dead and calls things that are not as
though they were.

18Against all hope, Abraham in hope be-
lieved and so became the father of many na-
tions, just as it had been said to him, "So shall
your offspring be."[t] 19Without weakening in
his faith, he faced the fact that his body was
as good as dead—since he was about a hun-
dred years old—and that Sarah's womb was
also dead. 20Yet he did not waver through un-
belief regarding the promise of God, but was
strengthened in his faith and gave glory to
God, 21being fully persuaded that God had
power to do what he had promised. 22This is
why "it was credited to him as righteousness."
23The words "it was credited to him" were
written not for him alone, 24but also for us, to
whom God will credit righteousness—for us
who believe in him who raised Jesus our Lord
from the dead. 25He was delivered over to
death for our sins and was raised to life for
our justification.

Peace and Joy

5 Therefore, since we have been justified
through faith, we[u] have peace with God
through our Lord Jesus Christ, 2through
whom we have gained access by faith into this
grace in which we now stand. And we[v] rejoice
in the hope of the glory of God. 3Not only so,
but we[w] also rejoice in our sufferings, because
we know that suffering produces perserver-
ance; 4perseverance, character; and character,

[s]*17* Gen. 17:5 [t]*18* Gen. 15:5 [u]*1* Or *let us* [v]*2* Or *let us* [w]*3* Or *let us*

ranza. **5**Y esta esperanza no nos defrauda, por-
que Dios ha derramado su amor en nuestro
corazón por el Espíritu Santo que nos ha dado.
6A la verdad, como éramos incapaces de sal-
varnos,[z] en el tiempo señalado Cristo murió por
los malvados. **7**Difícilmente habrá quien muera
por un justo, aunque tal vez haya quien se atreva
a morir por una persona buena. **8**Pero Dios
demuestra su amor por nosotros en esto: en que
cuando todavía éramos pecadores, Cristo murió
por nosotros.
9Y ahora que hemos sido justificados por su
sangre, ¡con cuánta más razón, por medio de él,
seremos salvados del castigo de Dios! **10**Porque
si, cuando éramos enemigos de Dios, fuimos
reconciliados con él mediante la muerte de su
Hijo, ¡con cuánta más razón, habiendo sido re-
conciliados, seremos salvados por su vida! **11**Y
no sólo esto, sino que también nos regocijamos
en Dios por nuestro Señor Jesucristo, pues gra-
cias a él ya hemos recibido la reconciliación.

De Adán, la muerte; de Cristo, la vida

12Por medio de un solo hombre el pecado
entró en el mundo, y por medio del pecado entró
la muerte; fue así como la muerte pasó a toda la
*humanidad, porque todos pecaron.[a] **13**Antes de
promulgarse la ley, ya existía el pecado en el
mundo. Es cierto que el pecado no se toma en
cuenta cuando no hay ley; **14**sin embargo, desde
Adán hasta Moisés la muerte reinó, incluso so-
bre los que no pecaron quebrantando un manda-
to, como lo hizo Adán, quien es figura de aquel
que había de venir.
15Pero la transgresión de Adán no puede com-
pararse con la gracia de Dios. Pues si por la
transgresión de un solo hombre murieron todos,
¡cuánto más el don que vino por la gracia de un
solo hombre, Jesucristo, abundó para todos!
16Tampoco se puede comparar la dádiva de Dios
con las consecuencias del pecado de Adán. El
juicio que lleva a la condenación fue resultado
de un solo pecado, pero la dádiva que lleva a la
*justificación tiene que ver con[b] una multitud de
transgresiones. **17**Pues si por la transgresión de
un solo hombre reinó la muerte, con mayor
razón los que reciben en abundancia la gracia y
el don de la justicia reinarán en vida por medio
de un solo hombre, Jesucristo.
18Por tanto, así como una sola transgresión
causó la condenación de todos, también un solo
acto de justicia produjo la justificación que da

[z]**5:6** *como … salvarnos.* Lit. *cuando todavía éramos débiles.*
[a]**5:12** En el griego este versículo es la primera parte de una oración comparativa que se reinicia y concluye en el v. 18.
[b]**5:16** *resultado … con.* Alt. *resultado del pecado de uno solo, pero la dádiva que lleva a la justificación fue resultado de.*

hope. **5**And hope does not disappoint us, be-
cause God has poured out his love into our
hearts by the Holy Spirit, whom he has given
us.
6You see, at just the right time, when we were
still powerless, Christ died for the ungodly.
7Very rarely will anyone die for a righteous
man, though for a good man someone might
possibly dare to die. **8**But God demonstrates his
own love for us in this: While we were still
sinners, Christ died for us.
9Since we have now been justified by his
blood, how much more shall we be saved from
God's wrath through him! **10**For if, when we
were God's enemies, we were reconciled to
him through the death of his Son, how much
more, having been reconciled, shall we be
saved through his life! **11**Not only is this so,
but we also rejoice in God through our Lord
Jesus Christ, through whom we have now re-
ceived reconciliation.

Death Through Adam, Life Through Christ

12Therefore, just as sin entered the world
through one man, and death through sin, and in
this way death came to all men, because all
sinned— **13**for before the law was given, sin was
in the world. But sin is not taken into account
when there is no law. **14**Nevertheless, death
reigned from the time of Adam to the time of
Moses, even over those who did not sin by
breaking a command, as did Adam, who was a
pattern of the one to come.
15But the gift is not like the trespass. For
if the many died by the trespass of the one
man, how much more did God's grace and
the gift that came by the grace of the one
man, Jesus Christ, overflow to the many!
16Again, the gift of God is not like the result
of the one man's sin: The judgment followed
one sin and brought condemnation, but the
gift followed many trespasses and brought
justification. **17**For if, by the trespass of the
one man, death reigned through that one man,
how much more will those who receive God's
abundant provision of grace and of the gift
of righteousness reign in life through the one
man, Jesus Christ.
18Consequently, just as the result of one tres-
pass was condemnation for all men, so also the
result of one act of righteousness was justifica-

vida a todos. 19Porque así como por la desobe-
diencia de uno solo muchos fueron constituidos
pecadores, también por la obediencia de uno
solo muchos serán constituidos justos.
20En lo que atañe a la ley, ésta intervino para
que aumentara la transgresión. Pero allí donde
abundó el pecado, sobreabundó la gracia, 21a fin
de que, así como reinó el pecado en la muerte,
reine también la gracia que nos trae justificación
y vida eterna por medio de Jesucristo nuestro
Señor.

Muertos al pecado, vivos en Cristo

6 ¿Qué concluiremos? ¿Vamos a persistir en
el pecado, para que la gracia abunde? 2¡De
ninguna manera! Nosotros, que hemos muerto al
pecado, ¿cómo podemos seguir viviendo en él?
3¿Acaso no saben ustedes que todos los que
fuimos bautizados para unirnos con Cristo Jesús,
en realidad fuimos bautizados para participar en
su muerte? 4Por tanto, mediante el bautismo fui-
mos sepultados con él en su muerte, a fin de que,
así como Cristo *resucitó por el poder[c] del Padre,
también nosotros llevemos una vida nueva.
5En efecto, si hemos estado unidos con él en
su muerte, sin duda también estaremos unidos
con él en su resurrección. 6Sabemos que nuestra
vieja naturaleza fue crucificada con él para que
nuestro cuerpo pecaminoso perdiera su poder,
de modo que ya no siguiéramos siendo esclavos
del pecado; 7porque el que muere queda libera-
do del pecado.
8Ahora bien, si hemos muerto con Cristo, con-
fiamos que también viviremos con él. 9Pues sabe-
mos que Cristo, por haber sido *levantado de
entre los muertos, ya no puede volver a morir; la
muerte ya no tiene dominio sobre él. 10En cuanto
a su muerte, murió al pecado una vez y para
siempre; en cuanto a su vida, vive para Dios.
11De la misma manera, también ustedes consi-
dérense muertos al pecado, pero vivos para Dios
en Cristo Jesús. 12Por lo tanto, no permitan uste-
des que el pecado reine en su cuerpo mortal, ni
obedezcan a sus malos deseos. 13No ofrezcan los
miembros de su cuerpo al pecado como instru-
mentos de injusticia; al contrario, ofrézcanse más
bien a Dios como quienes han vuelto de la muerte
a la vida, presentando los miembros de su cuerpo
como instrumentos de justicia. 14Así el pecado no
tendrá dominio sobre ustedes, porque ya no están
bajo la ley sino bajo la gracia.

Esclavos de la justicia

15Entonces, ¿qué? ¿Vamos a pecar porque no
estamos ya bajo la ley sino bajo la gracia? ¡De

tion that brings life for all men. 19For just as
through the disobedience of the one man the
many were made sinners, so also through the
obedience of the one man the many will be made
righteous.
20The law was added so that the trespass
might increase. But where sin increased, grace
increased all the more, 21so that, just as sin
reigned in death, so also grace might reign
through righteousness to bring eternal life
through Jesus Christ our Lord.

Dead to Sin, Alive in Christ

6 What shall we say, then? Shall we go on
sinning so that grace may increase? 2By
no means! We died to sin; how can we live in
it any longer? 3Or don't you know that all of
us who were baptized into Christ Jesus were
baptized into his death? 4We were therefore
buried with him through baptism into death in
order that, just as Christ was raised from the
dead through the glory of the Father, we too
may live a new life.
5If we have been united with him like this
in his death, we will certainly also be united
with him in his resurrection. 6For we know
that our old self was crucified with him so that
the body of sin might be done away with,[x] that
we should no longer be slaves to sin— 7be-
cause anyone who has died has been freed
from sin.
8Now if we died with Christ, we believe that
we will also live with him. 9For we know that
since Christ was raised from the dead, he cannot
die again; death no longer has mastery over him.
10The death he died, he died to sin once for all;
but the life he lives, he lives to God.
11In the same way, count yourselves dead to
sin but alive to God in Christ Jesus. 12Therefore
do not let sin reign in your mortal body so that
you obey its evil desires. 13Do not offer the parts
of your body to sin, as instruments of wicked-
ness, but rather offer yourselves to God, as those
who have been brought from death to life; and
offer the parts of your body to him as instru-
ments of righteousness. 14For sin shall not be
your master, because you are not under law, but
under grace.

Slaves to Righteousness

15What then? Shall we sin because we are not
under law but under grace? By no means!

[c] **6:4** *el poder.* Lit. *la gloria.*

[x] *6* Or *be rendered powerless*

ninguna manera! 16¿Acaso no saben ustedes
que, cuando se entregan a alguien para obede-
cerlo, son *esclavos de aquel a quien obedecen?
Claro que lo son, ya sea del pecado que lleva a
la muerte, o de la obediencia que lleva a la
justicia. 17Pero gracias a Dios que, aunque antes
eran esclavos del pecado, ya se han sometido de
corazón a la enseñanza[d] que les fue transmitida.
18En efecto, habiendo sido liberados del pecado,
ahora son ustedes esclavos de la justicia.

19Hablo en términos humanos, por las limita-
ciones de su *naturaleza humana. Antes ofrecían
ustedes los miembros de su cuerpo para servir a la
impureza, que lleva más y más a la maldad;
ofrézcanlos ahora para servir a la justicia que
lleva a la *santidad. 20Cuando ustedes eran escla-
vos del pecado, estaban libres del dominio de la
justicia. 21¿Qué fruto cosechaban entonces? ¡Co-
sas que ahora los avergüenzan y que conducen a
la muerte! 22Pero ahora que han sido liberados del
pecado y se han puesto al servicio de Dios,
cosechan la santidad que conduce a la vida eterna.
23Porque la paga del pecado es muerte, mientras
que la dádiva de Dios es vida eterna en Cristo
Jesús, nuestro Señor.

Analogía tomada del matrimonio

7 Hermanos, les hablo como a quienes cono-
cen la ley. ¿Acaso no saben que uno está
sujeto a la ley solamente en vida? 2Por ejemplo,
la casada está ligada por ley a su esposo sólo
mientras éste vive; pero si su esposo muere, ella
queda libre de la ley que la unía a su esposo. 3Por
eso, si se casa con otro hombre mientras su
esposo vive, se le considera adúltera. Pero si
muere su esposo, ella queda libre de esa ley, y
no es adúltera aunque se case con otro hombre.

4Así mismo, hermanos míos, ustedes murie-
ron a la ley mediante el cuerpo crucificado de
Cristo, a fin de pertenecer al que fue *levantado
de entre los muertos. De este modo daremos
fruto para Dios. 5Porque cuando nuestra *natu-
raleza pecaminosa aún nos dominaba,[e] las ma-
las pasiones que la ley nos despertaba actuaban
en los miembros de nuestro cuerpo, y dábamos
fruto para muerte. 6Pero ahora, al morir a lo que
nos tenía subyugados, hemos quedado libres de
la ley, a fin de servir a Dios con el nuevo poder
que nos da el Espíritu, y no por medio del
antiguo mandamiento escrito.

Conflicto con el pecado

7¿Qué concluiremos? ¿Que la ley es pecado?
¡De ninguna manera! Sin embargo, si no fuera

[d]6:17 *a la enseñanza.* Lit. *al modelo de enseñanza.*
[e]7:5 *cuando … dominaba.* Lit. *cuando estábamos en la *carne.*

16Don't you know that when you offer your-
selves to someone to obey him as slaves, you are
slaves to the one whom you obey—whether you
are slaves to sin, which leads to death, or to
obedience, which leads to righteousness? 17But
thanks be to God that, though you used to be
slaves to sin, you wholeheartedly obeyed the
form of teaching to which you were entrusted.
18You have been set free from sin and have
become slaves to righteousness.

19I put this in human terms because you are
weak in your natural selves. Just as you used to
offer the parts of your body in slavery to impu-
rity and to ever-increasing wickedness, so now
offer them in slavery to righteousness leading to
holiness. 20When you were slaves to sin, you
were free from the control of righteousness.
21What benefit did you reap at that time from
the things you are now ashamed of? Those
things result in death! 22But now that you have
been set free from sin and have become slaves
to God, the benefit you reap leads to holiness,
and the result is eternal life. 23For the wages of
sin is death, but the gift of God is eternal life in[y]
Christ Jesus our Lord.

An Illustration From Marriage

7 Do you not know, brothers—for I am
speaking to men who know the law—that
the law has authority over a man only as long
as he lives? 2For example, by law a married
woman is bound to her husband as long as he
is alive, but if her husband dies, she is re-
leased from the law of marriage. 3So then, if
she marries another man while her husband is
still alive, she is called an adulteress. But if
her husband dies, she is released from that law
and is not an adulteress, even though she mar-
ries another man.

4So, my brothers, you also died to the law
through the body of Christ, that you might
belong to another, to him who was raised from
the dead, in order that we might bear fruit to
God. 5For when we were controlled by the
sinful nature,[z] the sinful passions aroused by
the law were at work in our bodies, so that we
bore fruit for death. 6But now, by dying to
what once bound us, we have been released
from the law so that we serve in the new way
of the Spirit, and not in the old way of the
written code.

Struggling With Sin

7What shall we say, then? Is the law sin?
Certainly not! Indeed I would not have known

[y]*23* Or *through* [z]*5* Or *the flesh*; also in verse 25

por la ley, no me habría dado cuenta de lo que es el pecado. Por ejemplo, nunca habría sabido yo lo que es codiciar si la ley no hubiera dicho: «No codicies.»[f] 8Pero el pecado, aprovechando la oportunidad que le proporcionó el mandamiento, despertó en mí toda clase de codicia. Porque aparte de la ley el pecado está muerto. 9En otro tiempo yo tenía vida aparte de la ley; pero cuando vino el mandamiento, cobró vida el pecado y yo morí. 10Se me hizo evidente que el mismo mandamiento que debía haberme dado vida me llevó a la muerte; 11porque el pecado se aprovechó del mandamiento, me engañó, y por medio de él me mató.

12Concluimos, pues, que la ley es santa, y que el mandamiento es santo, justo y bueno. 13Pero entonces, ¿lo que es bueno se convirtió en muerte para mí? ¡De ninguna manera! Más bien fue el pecado lo que, valiéndose de lo bueno, me produjo la muerte; ocurrió así para que el pecado se manifestara claramente, o sea, para que mediante el mandamiento se demostrara lo extremadamente malo que es el pecado.

14Sabemos, en efecto, que la ley es espiritual. Pero yo soy meramente *humano, y estoy vendido como esclavo al pecado. 15No entiendo lo que me pasa, pues no hago lo que quiero, sino lo que aborrezco. 16Ahora bien, si hago lo que no quiero, estoy de acuerdo en que la ley es buena; 17pero, en ese caso, ya no soy yo quien lo lleva a cabo sino el pecado que habita en mí. 18Yo sé que en mí, es decir, en mi *naturaleza pecaminosa, nada bueno habita. Aunque deseo hacer lo bueno, no soy capaz de hacerlo. 19De hecho, no hago el bien que quiero, sino el mal que no quiero. 20Y si hago lo que no quiero, ya no soy yo quien lo hace sino el pecado que habita en mí.

21Así que descubro esta ley: que cuando quiero hacer el bien, me acompaña el mal. 22Porque en lo íntimo de mi ser me deleito en la ley de Dios; 23pero me doy cuenta de que en los miembros de mi cuerpo hay otra ley, que es la ley del pecado. Esta ley lucha contra la ley de mi mente, y me tiene cautivo. 24¡Soy un pobre miserable! ¿Quién me librará de este cuerpo mortal? 25¡Gracias a Dios por medio de Jesucristo nuestro Señor!

En conclusión, con la mente yo mismo me someto a la ley de Dios, pero mi *naturaleza pecaminosa está sujeta a la ley del pecado.

Vida mediante el Espíritu

8 Por lo tanto, ya no hay ninguna condenación para los que están unidos a Cristo Jesús,[g] 2pues por medio de él la ley del Espíritu

[f]7:7 Éx 20:17; Dt 5:21 [g]8:1 *Jesús.* Var. *Jesús, los que no viven según la naturaleza pecaminosa sino según el Espíritu* (véase v. 4).

what sin was except through the law. For I would not have known what coveting really was if the law had not said, "Do not covet."[a] 8But sin, seizing the opportunity afforded by the commandment, produced in me every kind of covetous desire. For apart from law, sin is dead. 9Once I was alive apart from law; but when the commandment came, sin sprang to life and I died. 10I found that the very commandment that was intended to bring life actually brought death.

11For sin, seizing the opportunity afforded by the commandment, deceived me, and through the commandment put me to death. 12So then, the law is holy, and the commandment is holy, righteous and good. 13Did that which is good, then, become death to me? By no means! But in order that sin might be recognized as sin, it produced death in me through what was good, so that through the commandment sin might become utterly sinful.

14We know that the law is spiritual; but I am unspiritual, sold as a slave to sin. 15I do not understand what I do. For what I want to do I do not do, but what I hate I do. 16And if I do what I do not want to do, I agree that the law is good. 17As it is, it is no longer I myself who do it, but it is sin living in me. 18I know that nothing good lives in me, that is, in my sinful nature.[b] For I have the desire to do what is good, but I cannot carry it out. 19For what I do is not the good I want to do; no, the evil I do not want to do—this I keep on doing. 20Now if I do what I do not want to do, it is no longer I who do it, but it is sin living in me that does it.

21So I find this law at work: When I want to do good, evil is right there with me. 22For in my inner being I delight in God's law; 23but I see another law at work in the members of my body, waging war against the law of my mind and making me a prisoner of the law of sin at work within my members. 24What a wretched man I am! Who will rescue me from this body of death? 25Thanks be to God—through Jesus Christ our Lord!

So then, I myself in my mind am a slave to God's law, but in the sinful nature a slave to the law of sin.

Life Through the Spirit

8 Therefore, there is now no condemnation for those who are in Christ Jesus,[c] 2because through Christ Jesus the law of the Spirit of life set me free from the law of sin and death. 3For

[a]*7* Exodus 20:17; Deut. 5:21 [b]*18* Or *my flesh* [c]*1* Some later manuscripts *Jesus, who do not live according to the sinful nature but according to the Spirit,*

de vida me[h] ha liberado de la ley del pecado y
de la muerte. 3En efecto, la ley no pudo liberar-
nos porque la *naturaleza pecaminosa anuló su
poder; por eso Dios envió a su propio Hijo en
condición semejante a nuestra condición de pe-
cadores,[i] para que se ofreciera en sacrificio por
el pecado. Así condenó Dios al pecado en la
naturaleza humana, 4a fin de que las justas de-
mandas de la ley se cumplieran en nosotros, que
no vivimos según la naturaleza pecaminosa sino
según el Espíritu.

5Los que viven conforme a la naturaleza peca-
minosa fijan la mente en los deseos de tal natura-
leza; en cambio, los que viven conforme al Espí-
ritu fijan la mente en los deseos del Espíritu. 6La
mentalidad pecaminosa es muerte, mientras que
la mentalidad que proviene del Espíritu es vida y
paz. 7La mentalidad pecaminosa es enemiga de
Dios, pues no se somete a la ley de Dios, ni es
capaz de hacerlo. 8Los que viven según la natura-
leza pecaminosa no pueden agradar a Dios.

9Sin embargo, ustedes no viven según la na-
turaleza pecaminosa sino según el Espíritu, si es
que el Espíritu de Dios vive en ustedes. Y si
alguno no tiene el Espíritu de Cristo, no es de
Cristo. 10Pero si Cristo está en ustedes, el cuerpo
está muerto a causa del pecado, pero el Espíritu
que está en ustedes es vida[j] a causa de la justicia.
11Y si el Espíritu de aquel que *levantó a Jesús
de entre los muertos vive en ustedes, el mismo
que levantó a Cristo de entre los muertos tam-
bién dará vida a sus cuerpos mortales por medio
de su Espíritu, que vive en ustedes.

12Por tanto, hermanos, tenemos una obliga-
ción, pero no es la de vivir conforme a la naturale-
za pecaminosa. 13Porque si ustedes viven confor-
me a ella, morirán; pero si por medio del Espíritu
dan muerte a los malos hábitos del cuerpo, vivi-
rán. 14Porque todos los que son guiados por el
Espíritu de Dios son hijos de Dios. 15Y ustedes no
recibieron un espíritu que de nuevo los esclavice
al miedo, sino el Espíritu que los adopta como
hijos y les permite clamar: «¡*Abba!* ¡Padre!»
16El Espíritu mismo le asegura a nuestro espíritu
que somos hijos de Dios. 17Y si somos hijos,
somos herederos; herederos de Dios y coherede-
ros con Cristo, pues si ahora sufrimos con él,
también tendremos parte con él en su gloria.

La gloria futura

18De hecho, considero que en nada se compa-
ran los sufrimientos actuales con la gloria que
habrá de revelarse en nosotros. 19La creación
aguarda con ansiedad la revelación de los hijos de

[h]**8:2** *me.* Var. *te.* [i]**8:3** *en condición semejante … pecadores.* Lit. *en semejanza de *carne de pecado.* [j]**8:10** *el Espíritu … vida.* Alt. *el espíritu de ustedes vive.*

what the law was powerless to do in that it was
weakened by the sinful nature,[d] God did by
sending his own Son in the likeness of sinful
man to be a sin offering.[e] And so he condemned
sin in sinful man,[f] 4in order that the righteous
requirements of the law might be fully met in us,
who do not live according to the sinful nature
but according to the Spirit.

5Those who live according to the sinful na-
ture have their minds set on what that nature
desires; but those who live in accordance with
the Spirit have their minds set on what the
Spirit desires. 6The mind of sinful man[g] is
death, but the mind controlled by the Spirit is
life and peace; 7the sinful mind[h] is hostile to
God. It does not submit to God's law, nor can
it do so. 8Those controlled by the sinful nature
cannot please God.

9You, however, are controlled not by the sin-
ful nature but by the Spirit, if the Spirit of God
lives in you. And if anyone does not have the
Spirit of Christ, he does not belong to Christ.
10But if Christ is in you, your body is dead
because of sin, yet your spirit is alive because of
righteousness. 11And if the Spirit of him who
raised Jesus from the dead is living in you, he
who raised Christ from the dead will also give
life to your mortal bodies through his Spirit, who
lives in you.

12Therefore, brothers, we have an obliga-
tion—but it is not to the sinful nature, to live
according to it. 13For if you live according to
the sinful nature, you will die; but if by the
Spirit you put to death the misdeeds of the
body, you will live, 14because those who are
led by the Spirit of God are sons of God. 15For
you did not receive a spirit that makes you a
slave again to fear, but you received the Spirit
of sonship.[i] And by him we cry, "Abba,[j] Fa-
ther." 16The Spirit himself testifies with our
spirit that we are God's children. 17Now if we
are children, then we are heirs—heirs of God
and co-heirs with Christ, if indeed we share
in his sufferings in order that we may also
share in his glory.

Future Glory

18I consider that our present sufferings are not
worth comparing with the glory that will be
revealed in us. 19The creation waits in eager
expectation for the sons of God to be revealed.

[d]*3* Or *the flesh*; also in verses 4, 5, 8, 9, 12 and 13 [e]*3* Or *man, for sin* [f]*3* Or *in the flesh* [g]*6* Or *mind set on the flesh* [h]*7* Or *the mind set on the flesh* [i]*15* Or *adoption* [j]*15* Aramaic for *Father*

Dios, 20porque fue sometida a la frustración. Esto
no sucedió por su propia voluntad, sino por la del
que así lo dispuso. Pero queda la firme esperanza
21de que la creación misma ha de ser liberada de
la corrupción que la esclaviza, para así alcanzar la
gloriosa libertad de los hijos de Dios.

22Sabemos que toda la creación todavía gime
a una, como si tuviera dolores de parto. 23Y no
sólo ella, sino también nosotros mismos, que
tenemos las *primicias del Espíritu, gemimos
interiormente, mientras aguardamos nuestra
adopción como hijos, es decir, la redención de
nuestro cuerpo. 24Porque en esa esperanza fui-
mos salvados. Pero la esperanza que se ve, ya
no es esperanza. ¿Quién espera lo que ya tiene?
25Pero si esperamos lo que todavía no tenemos,
en la espera mostramos nuestra constancia.

26Así mismo, en nuestra debilidad el Espíritu
acude a ayudarnos. No sabemos qué pedir, pero
el Espíritu mismo intercede por nosotros con
gemidos que no pueden expresarse con palabras.
27Y Dios, que examina los corazones, sabe cuál
es la intención del Espíritu, porque el Espíritu
intercede por los *creyentes conforme a la vo-
luntad de Dios.

Más que vencedores

28Ahora bien, sabemos que Dios dispone to-
das las cosas para el bien de quienes lo aman,[k]
los que han sido llamados de acuerdo con su
propósito. 29Porque a los que Dios conoció de
antemano, también los predestinó a ser transfor-
mados según la imagen de su Hijo, para que él
sea el primogénito entre muchos hermanos. 30A
los que predestinó, también los llamó; a los que
llamó, también los *justificó; y a los que justifi-
có, también los glorificó.

31¿Qué diremos frente a esto? Si Dios está de
nuestra parte, ¿quién puede estar en contra nues-
tra? 32El que no escatimó ni a su propio Hijo,
sino que lo entregó por todos nosotros, ¿cómo
no habrá de darnos generosamente, junto con él,
todas las cosas? 33¿Quién acusará a los que Dios
ha escogido? Dios es el que justifica. 34¿Quién
condenará? Cristo Jesús es el que murió, e in-
cluso *resucitó, y está a la *derecha de Dios e
intercede por nosotros. 35¿Quién nos apartará
del amor de Cristo? ¿La tribulación, o la angus-
tia, la persecución, el hambre, la indigencia, el
peligro, o la violencia? 36Así está escrito:

> «Por tu causa siempre nos llevan a la
> muerte;
> ¡nos tratan como a ovejas para el mata-
> dero!»[l]

[k]**8:28** *Dios … aman.* Var. *todo actúa para el bien de quienes aman a Dios.* [l]**8:36** Sal 44:22

20For the creation was subjected to frustration,
not by its own choice, but by the will of the one
who subjected it, in hope 21that[k] the creation
itself will be liberated from its bondage to decay
and brought into the glorious freedom of the
children of God.

22We know that the whole creation has been
groaning as in the pains of childbirth right up to
the present time. 23Not only so, but we our-
selves, who have the firstfruits of the Spirit,
groan inwardly as we wait eagerly for our adop-
tion as sons, the redemption of our bodies. 24For
in this hope we were saved. But hope that is seen
is no hope at all. Who hopes for what he already
has? 25But if we hope for what we do not yet
have, we wait for it patiently.

26In the same way, the Spirit helps us in our
weakness. We do not know what we ought to
pray for, but the Spirit himself intercedes for us
with groans that words cannot express. 27And
he who searches our hearts knows the mind of
the Spirit, because the Spirit intercedes for the
saints in accordance with God's will.

More Than Conquerors

28And we know that in all things God works
for the good of those who love him,[l] who[m] have
been called according to his purpose. 29For
those God foreknew he also predestined to be
conformed to the likeness of his Son, that he
might be the firstborn among many brothers.
30And those he predestined, he also called; those
he called, he also justified; those he justified, he
also glorified.

31What, then, shall we say in response to
this? If God is for us, who can be against us?
32He who did not spare his own Son, but gave
him up for us all—how will he not also, along
with him, graciously give us all things? 33Who
will bring any charge against those whom God
has chosen? It is God who justifies. 34Who is
he that condemns? Christ Jesus, who
died—more than that, who was raised to
life—is at the right hand of God and is also
interceding for us. 35Who shall separate us
from the love of Christ? Shall trouble or hard-
ship or persecution or famine or nakedness or
danger or sword? 36As it is written:

> "For your sake we face death all day long;
> we are considered as sheep to be slaugh-
> tered."[n]

[k]*21* Or *subjected it in hope. 21 For* [l]*28* Some manuscripts *And we know that all things work together for good to those who love God* [m]*28* Or *works together with those who love him to bring about what is good—with those who* [n]*36* Psalm 44:22

37Sin embargo, en todo esto somos más que
vencedores por medio de aquel que nos amó.
38Pues estoy convencido de que ni la muerte ni
la vida, ni los ángeles ni los demonios,[m] ni lo
presente ni lo por venir, ni los poderes, 39ni lo
alto ni lo profundo, ni cosa alguna en toda la
creación, podrá apartarnos del amor que Dios
nos ha manifestado en Cristo Jesús nuestro
Señor.

La elección soberana de Dios

9 Digo la verdad en Cristo; no miento. Mi
conciencia me lo confirma en el Espíritu
Santo. 2Me invade una gran tristeza y me em-
barga un continuo dolor. 3Desearía yo mismo
ser maldecido y separado de Cristo por el bien
de mis hermanos, los de mi propia raza, 4el
pueblo de Israel. De ellos son la adopción como
hijos, la gloria divina, los pactos, la ley, y el
privilegio de adorar a Dios y contar con sus
promesas. 5De ellos son los patriarcas, y de
ellos, según la *naturaleza humana, nació Cris-
to, quien es Dios sobre todas las cosas. ¡Alabado
sea por siempre![n] Amén.

6Ahora bien, no digamos que la Palabra de Dios
ha fracasado. Lo que sucede es que no todos los
que descienden de Israel son Israel. 7Tampoco
por ser descendientes de Abraham son todos hijos
suyos. Al contrario: «Tu descendencia se estable-
cerá por medio de Isaac.»[ñ] 8En otras palabras, los
hijos de Dios no son los descendientes *naturales;
más bien, se considera descendencia de Abraham
a los hijos de la promesa. 9Y la promesa es ésta:
«Dentro de un año vendré, y para entonces Sara
tendrá un hijo.»[o]

10No sólo eso. También sucedió que los hijos
de Rebeca tuvieron un mismo padre, que fue
nuestro antepasado Isaac. 11Sin embargo, antes
de que los mellizos nacieran, o hicieran algo
bueno o malo, y para confirmar el propósito de
la elección divina, 12no en base a las obras sino
al llamado de Dios, se le dijo a ella: «El mayor
servirá al menor.»[p] 13Y así está escrito: «Amé
a Jacob, pero aborrecí a Esaú.»[q]

14¿Qué concluiremos? ¿Acaso es Dios injus-
to? ¡De ninguna manera! 15Es un hecho que a
Moisés le dice:

> «Tendré clemencia de quien yo quiera tenerla,
> y seré compasivo con quien yo quiera serlo.»[r]

[m]**8:38** *demonios.* Alt. *gobernantes celestiales.* [n]**9:5** *Cristo … siempre!* Alt. *Cristo. ¡Dios, que está sobre todas las cosas, sea alabado por siempre!* [ñ]**9:7** Gn 21:12 [o]**9:9** Gn 18:10,14 [p]**9:12** Gn 25:23 [q]**9:13** Mal 1:2,3 [r]**9:15** Éx 33:19

37No, in all these things we are more than con-
querors through him who loved us. 38For I am
convinced that neither death nor life, neither
angels nor demons,[o] neither the present nor the
future, nor any powers, 39neither height nor
depth, nor anything else in all creation, will be
able to separate us from the love of God that is
in Christ Jesus our Lord.

God's Sovereign Choice

9 I speak the truth in Christ—I am not ly-
ing, my conscience confirms it in the
Holy Spirit— 2I have great sorrow and un-
ceasing anguish in my heart. 3For I could wish
that I myself were cursed and cut off from
Christ for the sake of my brothers, those of
my own race, 4the people of Israel. Theirs is
the adoption as sons; theirs the divine glory,
the covenants, the receiving of the law, the
temple worship and the promises. 5Theirs are
the patriarchs, and from them is traced the
human ancestry of Christ, who is God over
all, forever praised![p] Amen.

6It is not as though God's word had failed.
For not all who are descended from Israel are
Israel. 7Nor because they are his descendants
are they all Abraham's children. On the con-
trary, "It is through Isaac that your offspring
will be reckoned."[q] 8In other words, it is not
the natural children who are God's children,
but it is the children of the promise who are
regarded as Abraham's offspring. 9For this
was how the promise was stated: "At the ap-
pointed time I will return, and Sarah will have
a son."[r]

10Not only that, but Rebekah's children had
one and the same father, our father Isaac.
11Yet, before the twins were born or had done
anything good or bad—in order that God's
purpose in election might stand: 12not by
works but by him who calls—she was told,
"The older will serve the younger."[s] 13Just as
it is written: "Jacob I loved, but Esau I hat-
ed."[t]

14What then shall we say? Is God unjust? Not
at all! 15For he says to Moses,

> "I will have mercy on whom I have mercy,
> and I will have compassion on whom I have compassion."[u]

[o]*38* Or *nor heavenly rulers* [p]*5* Or *Christ, who is over all. God be forever praised!* Or *Christ. God who is over all be forever praised!* [q]*7* Gen. 21:12 [r]*9* Gen. 18:10,14 [s]*12* Gen. 25:23 [t]*13* Mal. 1:2,3 [u]*15* Exodus 33:19

16Por lo tanto, la elección no depende del deseo
ni del esfuerzo humano sino de la misericordia
de Dios. 17Porque la Escritura le dice al faraón:
«Te he levantado precisamente para mostrar en
ti mi poder, y para que mi nombre sea proclama-
do por toda la tierra.»[s] 18Así que Dios tiene
misericordia de quien él quiere tenerla, y endu-
rece a quien él quiere endurecer.

19Pero tú me dirás: «Entonces, ¿por qué toda-
vía nos echa la culpa Dios? ¿Quién puede opo-
nerse a su voluntad?» 20Respondo: ¿Quién eres
tú para pedirle cuentas a Dios? «¿Acaso le dirá
la olla de barro al que la modeló: "¿Por qué me
hiciste así?"»[t] 21¿No tiene derecho el alfarero
de hacer del mismo barro unas vasijas para usos
especiales y otras para fines ordinarios?

22¿Y qué si Dios, queriendo mostrar su ira y
dar a conocer su poder, soportó con mucha
paciencia a los que eran objeto de su castigo[u] y
estaban destinados a la destrucción? 23¿Qué si
lo hizo para dar a conocer sus gloriosas riquezas
a los que eran objeto de su misericordia, y a
quienes de antemano preparó para esa gloria?
24Ésos somos nosotros, a quienes Dios llamó no
sólo de entre los judíos sino también de entre los
*gentiles. 25Así lo dice Dios en el libro de Oseas:

> «Llamaré "mi pueblo" a los que no son
> mi pueblo;
> y llamaré "mi amada" a la que no es mi
> amada»,[v]
> 26«Y sucederá que en el mismo lugar donde
> se les dijo:
> "Ustedes no son mi pueblo",
> serán llamados "hijos del Dios
> viviente".»[w]

27Isaías, por su parte, proclama respecto de
Israel:

> «Aunque los israelitas sean tan numerosos
> como la arena del mar,
> sólo el remanente será salvo;
> 28porque plenamente y sin demora
> el Señor cumplirá su sentencia en la tie-
> rra.»[x]

29Así había dicho Isaías:

> «Si el Señor Todopoderoso
> no nos hubiera dejado descendientes,
> seríamos ya como Sodoma,
> nos pareceríamos a Gomorra.»[y]

[s]9:17 Éx 9:16 [t]9:20 Is 29:16; 45:9 [u]9:22 *objeto de su castigo.* Lit. *vasijas de ira.* [v]9:25 Os 2:23 [w]9:26 Os 1:10 [x]9:28 Is 10:22,23 [y]9:29 Is 1:9

16It does not, therefore, depend on man's desire
or effort, but on God's mercy. 17For the Scrip-
ture says to Pharaoh: "I raised you up for this
very purpose, that I might display my power in
you and that my name might be proclaimed in
all the earth."[v] 18Therefore God has mercy on
whom he wants to have mercy, and he hardens
whom he wants to harden.

19One of you will say to me: "Then why does
God still blame us? For who resists his will?"
20But who are you, O man, to talk back to God?
"Shall what is formed say to him who formed
it, 'Why did you make me like this?'"[w] 21Does
not the potter have the right to make out of the
same lump of clay some pottery for noble pur-
poses and some for common use?

22What if God, choosing to show his wrath
and make his power known, bore with great
patience the objects of his wrath—prepared for
destruction? 23What if he did this to make the
riches of his glory known to the objects of his
mercy, whom he prepared in advance for glo-
ry— 24even us, whom he also called, not only
from the Jews but also from the Gentiles? 25As
he says in Hosea:

> "I will call them 'my people' who are not
> my people;
> and I will call her 'my loved one' who
> is not my loved one,"[x]

26and,

> "It will happen that in the very place
> where it was said to them,
> 'You are not my people,'
> they will be called 'sons of the living
> God.'"[y]

27Isaiah cries out concerning Israel:

> "Though the number of the Israelites be
> like the sand by the sea,
> only the remnant will be saved.
> 28For the Lord will carry out
> his sentence on earth with speed and fi-
> nality."[z]

29It is just as Isaiah said previously:

> "Unless the Lord Almighty
> had left us descendants,
> we would have become like Sodom,
> we would have been like Gomorrah."[a]

[v]*17* Exodus 9:16 [w]*20* Isaiah 29:16; 45:9 [x]*25* Hosea 2:23 [y]*26* Hosea 1:10 [z]*28* Isaiah 10:22,23 [a]*29* Isaiah 1:9

Incredulidad de Israel

30¿Qué concluiremos? Pues que los *gentiles,
que no buscaban la justicia, la han alcanzado.
Me refiero a la justicia que es por la fe. 31En
cambio Israel, que iba en busca de una ley que
le diera justicia, no ha alcanzado esa justicia.
32¿Por qué no? Porque no la buscaron mediante
la fe sino mediante las obras, como si fuera
posible alcanzarla así. Por eso tropezaron con la
«piedra de tropiezo», 33como está escrito:

«Miren que pongo en Sión una piedra de
tropiezo
y una roca que hace *caer;
pero el que confíe en él no será
defraudado.»[z]

10 Hermanos, el deseo de mi corazón, y
mi oración a Dios por los israelitas, es
que lleguen a ser salvos. 2Puedo declarar en
favor de ellos que muestran celo por Dios,
pero su celo no se basa en el conocimiento.
3No conociendo la justicia que proviene de
Dios, y procurando establecer la suya propia,
no se sometieron a la justicia de Dios. 4De
hecho, Cristo es el fin de la ley, para que todo
el que cree reciba la justicia.

5Así describe Moisés la justicia que se basa
en la ley: «Quien practique estas cosas vivirá por
ellas.»[a] 6Pero la justicia que se basa en la fe
afirma: «No digas en tu corazón: "¿Quién subirá
al cielo?"[b] (es decir, para hacer bajar a Cristo),
7o "¿Quién bajará al *abismo?" » (es decir, para
hacer subir a Cristo de entre los muertos). 8¿Qué
afirma entonces? «La palabra está cerca de ti; la
tienes en la boca y en el corazón.»[c] Ésta es la
palabra de fe que predicamos: 9que si confiesas
con tu boca que Jesús es el Señor, y crees en tu
corazón que Dios lo *levantó de entre los muer-
tos, serás salvo. 10Porque con el corazón se cree
para ser *justificado, pero con la boca se confie-
sa para ser salvo. 11Así dice la Escritura: «Todo
el que confíe en él no será jamás defraudado.»[d]
12No hay diferencia entre judíos y *gentiles,
pues el mismo Señor es Señor de todos y bendice
abundantemente a cuantos lo invocan, 13porque
«todo el que invoque el nombre del Señor será
salvo».[e]

14Ahora bien, ¿cómo invocarán a aquel en
quien no han creído? ¿Y cómo creerán en aquel
de quien no han oído? ¿Y cómo oirán si no hay
quien les predique? 15¿Y quién predicará sin ser

Israel's Unbelief

30What then shall we say? That the Gentiles,
who did not pursue righteousness, have ob-
tained it, a righteousness that is by faith; 31but
Israel, who pursued a law of righteousness, has
not attained it. 32Why not? Because they pur-
sued it not by faith but as if it were by works.
They stumbled over the "stumbling stone."
33As it is written:

"See, I lay in Zion a stone that causes
men to stumble
and a rock that makes them fall,
and the one who trusts in him will never
be put to shame."[b]

10 Brothers, my heart's desire and prayer
to God for the Israelites is that they may
be saved. 2For I can testify about them that they
are zealous for God, but their zeal is not based
on knowledge. 3Since they did not know the
righteousness that comes from God and sought
to establish their own, they did not submit to
God's righteousness. 4Christ is the end of the
law so that there may be righteousness for ev-
eryone who believes.

5Moses describes in this way the righteous-
ness that is by the law: "The man who does these
things will live by them."[c] 6But the righteous-
ness that is by faith says: "Do not say in your
heart, 'Who will ascend into heaven?'[d]" (that
is, to bring Christ down) 7"or 'Who will de-
scend into the deep?'[e]" (that is, to bring Christ
up from the dead). 8But what does it say? "The
word is near you; it is in your mouth and in your
heart,"[f] that is, the word of faith we are pro-
claiming: 9That if you confess with your mouth,
"Jesus is Lord," and believe in your heart that
God raised him from the dead, you will be saved.
10For it is with your heart that you believe and
are justified, and it is with your mouth that you
confess and are saved. 11As the Scripture says,
"Anyone who trusts in him will never be put to
shame."[g] 12For there is no difference between
Jew and Gentile—the same Lord is Lord of all
and richly blesses all who call on him, 13for,
"Everyone who calls on the name of the Lord
will be saved."[h]

14How, then, can they call on the one they
have not believed in? And how can they be-
lieve in the one of whom they have not heard?
And how can they hear without someone
preaching to them? 15And how can they

[z] **9:33** Is 8:14; 28:16 [a] **10:5** Lv 18:5 [b] **10:6** Dt 30:12
[c] **10:8** Dt 30:14 [d] **10:11** Is 28:16 [e] **10:13** Jl 2:32

[b] *33* Isaiah 8:14; 28:16 [c] *5* Lev. 18:5 [d] *6* Deut. 30:12
[e] *7* Deut. 30:13 [f] *8* Deut. 30:14 [g] *11* Isaiah 28:16
[h] *13* Joel 2:32

enviado? Así está escrito: «¡Qué hermoso es
recibir al mensajero que trae[f] buenas *nuevas!»
16Sin embargo, no todos los israelitas aceptaron las buenas nuevas. Isaías dice: «Señor,
¿quién ha creído a nuestro mensaje?»[g] 17Así que
la fe viene como resultado de oír el mensaje, y
el mensaje que se oye es la palabra de Cristo.[h]
18Pero pregunto: ¿Acaso no oyeron? ¡Claro que
sí!

«Por toda la tierra se difundió su voz,
¡sus palabras llegan hasta los confines
del mundo!»[i]

19Pero insisto: ¿Acaso no entendió Israel? En
primer lugar, Moisés dice:

«Yo haré que ustedes sientan envidia de
los que no son nación;
voy a irritarlos con una nación insensata.»[j]

20Luego Isaías se atreve a decir:

«Dejé que me hallaran los que no me buscaban;
me di a conocer a los que no preguntaban por mí.»[k]

21En cambio, respecto de Israel, dice:

«Todo el día extendí mis manos
hacia un pueblo desobediente y rebelde.»[l]

El remanente de Israel

11 Por lo tanto, pregunto: ¿Acaso rechazó
Dios a su pueblo? ¡De ninguna manera!
Yo mismo soy israelita, descendiente de Abraham, de la tribu de Benjamín. 2Dios no rechazó
a su pueblo, al que de antemano conoció. ¿No
saben lo que relata la Escritura en cuanto a
Elías? Acusó a Israel delante de Dios: 3«Señor,
han matado a tus profetas y han derribado tus
altares. Yo soy el único que ha quedado con vida,
¡y ahora quieren matarme a mí también!»[m] 4¿Y
qué le contestó la voz divina? «He apartado para
mí siete mil hombres, los que no se han arrodillado ante Baal.»[n] 5Así también hay en la actua-
lidad un remanente escogido por gracia. 6Y si es
por gracia, ya no es por obras; porque en tal caso
la gracia ya no sería gracia.[ñ]

[f]**10:15** *¡Qué hermoso … trae.* Lit. *¡Qué hermosos son los pies de los que anuncian;* Is 52:7. [g]**10:16** Is 53:1
[h]**10:17** *Cristo.* Var. *Dios.* [i]**10:18** Sal 19:4
[j]**10:19** Dt 32:21 [k]**10:20** Is 65:1 [l]**10:21** Is 65:2
[m]**11:3** 1R 19:10,14 [n]**11:4** 1R 19:18 [ñ]**11:6** *no sería gracia.* Var. *no sería gracia. Pero si es por obras, ya no es gracia; porque en tal caso la obra ya no sería obra.*

preach unless they are sent? As it is written,
"How beautiful are the feet of those who bring
good news!"[i]
16But not all the Israelites accepted the good
news. For Isaiah says, "Lord, who has believed
our message?"[j] 17Consequently, faith comes
from hearing the message, and the message is
heard through the word of Christ. 18But I ask:
Did they not hear? Of course they did:

"Their voice has gone out into all the
earth,
their words to the ends of the world."[k]

19Again I ask: Did Israel not understand? First,
Moses says,

"I will make you envious by those who
are not a nation;
I will make you angry by a nation that
has no understanding."[l]

20And Isaiah boldly says,

"I was found by those who did not seek
me;
I revealed myself to those who did not
ask for me."[m]

21But concerning Israel he says,

"All day long I have held out my hands
to a disobedient and obstinate people."[n]

The Remnant of Israel

11 I ask then: Did God reject his people?
By no means! I am an Israelite myself,
a descendant of Abraham, from the tribe of
Benjamin. 2God did not reject his people, whom
he foreknew. Don't you know what the Scripture says in the passage about Elijah—how he
appealed to God against Israel: 3"Lord, they
have killed your prophets and torn down your
altars; I am the only one left, and they are trying
to kill me"[o]? 4And what was God's answer to
him? "I have reserved for myself seven thousand who have not bowed the knee to Baal."[p]
5So too, at the present time there is a remnant
chosen by grace. 6And if by grace, then it is no
longer by works; if it were, grace would no
longer be grace.[q]

[i]*15* Isaiah 52:7 [j]*16* Isaiah 53:1 [k]*18* Psalm 19:4
[l]*19* Deut. 32:21 [m]*20* Isaiah 65:1 [n]*21* Isaiah 65:2
[o]*3* 1 Kings 19:10,14 [p]*4* 1 Kings 19:18 [q]*6* Some manuscripts *by grace. But if by works, then it is no longer grace; if it were, work would no longer be work.*

7¿Qué concluiremos? Pues que Israel no con-
siguió lo que tanto deseaba, pero sí lo consiguie-
ron los elegidos. Los demás fueron endurecidos,
8como está escrito:

«Dios les dio un espíritu insensible,
ojos con los que no pueden ver
y oídos con los que no pueden oír,
hasta el día de hoy.»[o]

9Y David dice:

«Que sus banquetes se les conviertan en
red y en trampa,
en *tropezadero y en castigo.
10Que se les nublen los ojos para que no
vean,
y se encorven sus espaldas para siem-
pre.»[p]

Ramas injertadas

11Ahora pregunto: ¿Acaso tropezaron para no
volver a levantarse? ¡De ninguna manera! Más
bien, gracias a su transgresión ha venido la
salvación a los *gentiles, para que Israel sienta
celos. 12Pero si su transgresión ha enriquecido
al mundo, es decir, si su fracaso ha enriquecido
a los gentiles, ¡cuánto mayor será la riqueza que
su plena restauración producirá!

13Me dirijo ahora a ustedes, los gentiles. Co-
mo apóstol que soy de ustedes, le hago honor a
mi ministerio, 14pues quisiera ver si de algún
modo despierto los celos de mi propio pueblo,
para así salvar a algunos de ellos. 15Pues si el
haberlos rechazado dio como resultado la recon-
ciliación entre Dios y el mundo, ¿no será su
restitución una vuelta a la vida? 16Si se consagra
la parte de la masa que se ofrece como *primi-
cias, también se consagra toda la masa; si la raíz
es santa, también lo son las ramas.

17Ahora bien, es verdad que algunas de las
ramas han sido desgajadas, y que tú, siendo de
olivo silvestre, has sido injertado entre las otras
ramas. Ahora participas de la savia nutritiva de
la raíz del olivo. 18Sin embargo, no te vayas a
creer mejor que las ramas originales. Y si te
jactas de ello, ten en cuenta que no eres tú quien
nutre a la raíz, sino que es la raíz la que te nutre
a ti. 19Tal vez dirás: «Desgajaron unas ramas
para que yo fuera injertado.» 20De acuerdo. Pero
ellas fueron desgajadas por su falta de fe, y tú
por la fe te mantienes firme. Así que no seas
arrogante sino temeroso; 21porque si Dios no
tuvo miramientos con las ramas originales, tam-
poco los tendrá contigo.

[o]**11:8** Dt 29:4; Is 29:10 [p]**11:10** Sal 69:22,23

7What then? What Israel sought so earnestly
it did not obtain, but the elect did. The others
were hardened, 8as it is written:

"God gave them a spirit of stupor,
eyes so that they could not see
and ears so that they could not hear,
to this very day."[r]

9And David says:

"May their table become a snare and a
trap,
a stumbling block and a retribution for
them.
10May their eyes be darkened so they
cannot see,
and their backs be bent forever."[s]

Ingrafted Branches

11Again I ask: Did they stumble so as to fall
beyond recovery? Not at all! Rather, because
of their transgression, salvation has come to
the Gentiles to make Israel envious. 12But if
their transgression means riches for the world,
and their loss means riches for the Gentiles,
how much greater riches will their fullness
bring!

13I am talking to you Gentiles. Inasmuch as I
am the apostle to the Gentiles, I make much of
my ministry 14in the hope that I may somehow
arouse my own people to envy and save some
of them. 15For if their rejection is the reconcil-
iation of the world, what will their acceptance
be but life from the dead? 16If the part of the
dough offered as firstfruits is holy, then the
whole batch is holy; if the root is holy, so are the
branches.

17If some of the branches have been broken
off, and you, though a wild olive shoot, have
been grafted in among the others and now share
in the nourishing sap from the olive root, 18do
not boast over those branches. If you do, consid-
er this: You do not support the root, but the root
supports you. 19You will say then, "Branches
were broken off so that I could be grafted in."
20Granted. But they were broken off because of
unbelief, and you stand by faith. Do not be
arrogant, but be afraid. 21For if God did not
spare the natural branches, he will not spare you
either.

[r]*8* Deut. 29:4; Isaiah 29:10 [s]*10* Psalm 69:22,23

22Por tanto, considera la bondad y la severi-
dad de Dios: severidad hacia los que cayeron y
bondad hacia ti. Pero si no te mantienes en su
bondad, tú también serás desgajado. 23Y si ellos
dejan de ser incrédulos, serán injertados, porque
Dios tiene poder para injertarlos de nuevo.
24Después de todo, si tú fuiste cortado de un
olivo silvestre, al que por naturaleza pertenecías,
y contra tu condición natural fuiste injertado en
un olivo cultivado, ¡con cuánta mayor facilidad
las ramas naturales de ese olivo serán injertadas
de nuevo en él!

Todo Israel será salvo

25Hermanos, quiero que entiendan este *mis-
terio para que no se vuelvan presuntuosos. Parte
de Israel se ha endurecido, y así permanecerá
hasta que haya entrado la totalidad de los *gen-
tiles. 26De esta manera todo Israel será salvo,
como está escrito:

«El redentor vendrá de Sión
y apartará de Jacob la impiedad.
27Y éste será mi pacto con ellos
cuando perdone sus pecados.»[q]

28Con respecto al *evangelio, los israelitas
son enemigos de Dios para bien de ustedes; pero
si tomamos en cuenta la elección, son amados
de Dios por causa de los patriarcas, 29porque las
dádivas de Dios son irrevocables, como lo es
también su llamamiento. 30De hecho, en otro
tiempo ustedes fueron desobedientes a Dios;
pero ahora, por la desobediencia de los israeli-
tas, han sido objeto de su misericordia. 31Así
mismo, estos que han desobedecido recibirán
misericordia ahora, como resultado de la mise-
ricordia de Dios hacia ustedes. 32En fin, Dios ha
sujetado a todos a la desobediencia, con el fin de
tener misericordia de todos.

Doxología

33¡Qué profundas son las riquezas de la sabi-
duría y del conocimiento de Dios!

¡Qué indescifrables sus juicios
e impenetrables sus caminos!
34«¿Quién ha conocido la mente del Señor,
o quién ha sido su consejero?»[r]
35«¿Quién le ha dado primero a Dios,
para que luego Dios le pague?»[s]
36Porque todas las cosas proceden de él,
y existen por él y para él.
¡A él sea la gloria por siempre! Amén.

[q] **11:27** Is 59:20,21; 27:9; Jer 31:33,34 [r] **11:34** Is 40:13
[s] **11:35** Job 41:11

22Consider therefore the kindness and stern-
ness of God: sternness to those who fell, but
kindness to you, provided that you continue in
his kindness. Otherwise, you also will be cut
off. 23And if they do not persist in unbelief,
they will be grafted in, for God is able to graft
them in again. 24After all, if you were cut out
of an olive tree that is wild by nature, and
contrary to nature were grafted into a cultivat-
ed olive tree, how much more readily will
these, the natural branches, be grafted into
their own olive tree!

All Israel Will Be Saved

25I do not want you to be ignorant of this
mystery, brothers, so that you may not be con-
ceited: Israel has experienced a hardening in part
until the full number of the Gentiles has come
in. 26And so all Israel will be saved, as it is
written:

"The deliverer will come from Zion;
he will turn godlessness away from Ja-
cob.
27And this is[t] my covenant with them
when I take away their sins."[u]

28As far as the gospel is concerned, they are
enemies on your account; but as far as election
is concerned, they are loved on account of the
patriarchs, 29for God's gifts and his call are
irrevocable. 30Just as you who were at one time
disobedient to God have now received mercy as
a result of their disobedience, 31so they too have
now become disobedient in order that they too
may now[v] receive mercy as a result of God's
mercy to you. 32For God has bound all men over
to disobedience so that he may have mercy on
them all.

Doxology

33Oh, the depth of the riches of the wisdom
and[w] knowledge of God!
How unsearchable his judgments,
and his paths beyond tracing out!
34"Who has known the mind of the Lord?
Or who has been his counselor?"[x]
35"Who has ever given to God,
that God should repay him?"[y]
36For from him and through him and to him
are all things.
To him be the glory forever! Amen.

[t] *27* Or *will be* [u] *27* Isaiah 59:20,21; 27:9; Jer. 31:33,34
[v] *31* Some manuscripts do not have *now.* [w] *33* Or *riches and the wisdom and the* [x] *34* Isaiah 40:13 [y] *35* Job 41:11

Sacrificios vivos

12 Por lo tanto, hermanos, tomando en cuenta la misericordia de Dios, les ruego que cada uno de ustedes, en adoración espiritual,[t] ofrezca su cuerpo como sacrificio vivo, *santo y agradable a Dios. 2 No se amolden al mundo actual, sino sean transformados mediante la renovación de su mente. Así podrán comprobar cuál es la voluntad de Dios, buena, agradable y perfecta.

3 Por la gracia que se me ha dado, les digo a todos ustedes: Nadie tenga un concepto de sí más alto que el que debe tener, sino más bien piense de sí mismo con moderación, según la medida de fe que Dios le haya dado. 4 Pues así como cada uno de nosotros tiene un solo cuerpo con muchos miembros, y no todos estos miembros desempeñan la misma función, 5 también nosotros, siendo muchos, formamos un solo cuerpo en Cristo, y cada miembro está unido a todos los demás. 6 Tenemos dones diferentes, según la gracia que se nos ha dado. Si el don de alguien es el de profecía, que lo use en proporción con su fe;[u] 7 si es el de prestar un servicio, que lo preste; si es el de enseñar, que enseñe; 8 si es el de animar a otros, que los anime; si es el de socorrer a los necesitados, que dé con generosidad; si es el de dirigir, que dirija con esmero; si es el de mostrar compasión, que lo haga con alegría.

El amor

9 El amor debe ser sincero. Aborrezcan el mal; aférrense al bien. 10 Ámense los unos a los otros con amor fraternal, respetándose y honrándose mutuamente. 11 Nunca dejen de ser diligentes; antes bien, sirvan al Señor con el fervor que da el Espíritu. 12 Alégrense en la esperanza, muestren paciencia en el sufrimiento, perseveren en la oración. 13 Ayuden a los hermanos necesitados. Practiquen la hospitalidad. 14 Bendigan a quienes los persigan; bendigan y no maldigan. 15 Alégrense con los que están alegres; lloren con los que lloran. 16 Vivan en armonía los unos con los otros. No sean arrogantes, sino háganse solidarios con los humildes.[v] No se crean los únicos que saben.

17 No paguen a nadie mal por mal. Procuren hacer lo bueno delante de todos. 18 Si es posible, y en cuanto dependa de ustedes, vivan en paz con todos. 19 No tomen venganza, hermanos míos, sino dejen el castigo en las manos de Dios,

[t] **12:1** *espiritual.* Alt. *racional.* [u] **12:6** *en proporción con su fe.* Alt. *de acuerdo con la fe.* [v] **12:16** *háganse … humildes.* Alt. *estén dispuestos a ocuparse en oficios humildes.*

Living Sacrifices

12 Therefore, I urge you, brothers, in view of God's mercy, to offer your bodies as living sacrifices, holy and pleasing to God—this is your spiritual[z] act of worship. 2 Do not conform any longer to the pattern of this world, but be transformed by the renewing of your mind. Then you will be able to test and approve what God's will is—his good, pleasing and perfect will.

3 For by the grace given me I say to every one of you: Do not think of yourself more highly than you ought, but rather think of yourself with sober judgment, in accordance with the measure of faith God has given you. 4 Just as each of us has one body with many members, and these members do not all have the same function, 5 so in Christ we who are many form one body, and each member belongs to all the others. 6 We have different gifts, according to the grace given us. If a man's gift is prophesying, let him use it in proportion to his[a] faith. 7 If it is serving, let him serve; if it is teaching, let him teach; 8 if it is encouraging, let him encourage; if it is contributing to the needs of others, let him give generously; if it is leadership, let him govern diligently; if it is showing mercy, let him do it cheerfully.

Love

9 Love must be sincere. Hate what is evil; cling to what is good. 10 Be devoted to one another in brotherly love. Honor one another above yourselves. 11 Never be lacking in zeal, but keep your spiritual fervor, serving the Lord. 12 Be joyful in hope, patient in affliction, faithful in prayer. 13 Share with God's people who are in need. Practice hospitality.

14 Bless those who persecute you; bless and do not curse. 15 Rejoice with those who rejoice; mourn with those who mourn. 16 Live in harmony with one another. Do not be proud, but be willing to associate with people of low position.[b] Do not be conceited.

17 Do not repay anyone evil for evil. Be careful to do what is right in the eyes of everybody. 18 If it is possible, as far as it depends on you, live at peace with everyone. 19 Do not take revenge, my friends, but leave room for God's wrath, for it is written: "It is mine to avenge;

[z] *1* Or *reasonable* [a] *6* Or *in agreement with the* [b] *16* Or *willing to do menial work*

porque está escrito: «Mía es la venganza; yo
pagaré»,[w] dice el Señor. 20Antes bien,

«Si tu enemigo tiene hambre, dale de comer;
si tiene sed, dale de beber.
Actuando así, harás que se avergüence de su conducta.»[x]

21No te dejes vencer por el mal; al contrario,
vence el mal con el bien.

El respeto a las autoridades

13 Todos deben someterse a las autorida-
des públicas, pues no hay autoridad que
Dios no haya dispuesto, así que las que existen
fueron establecidas por él. 2Por lo tanto, todo el
que se opone a la autoridad se rebela contra lo
que Dios ha instituido. Los que así proceden
recibirán castigo. 3Porque los gobernantes no
están para infundir terror a los que hacen lo
bueno sino a los que hacen lo malo. ¿Quieres
librarte del miedo a la autoridad? Haz lo bueno,
y tendrás su aprobación, 4pues está al servicio
de Dios para tu bien. Pero si haces lo malo,
entonces debes tener miedo. No en vano lleva la
espada, pues está al servicio de Dios para impar-
tir justicia y castigar al malhechor. 5Así que es
necesario someterse a las autoridades, no sólo
para evitar el castigo sino también por razones
de conciencia.

6Por eso mismo pagan ustedes impuestos,
pues las autoridades están al servicio de Dios,
dedicadas precisamente a gobernar. 7Paguen a
cada uno lo que le corresponda: si deben im-
puestos, paguen los impuestos; si deben contri-
buciones, paguen las contribuciones; al que de-
ban respeto, muéstrenle respeto; al que deban
honor, ríndanle honor.

La responsabilidad hacia los demás

8No tengan deudas pendientes con nadie, a no
ser la de amarse unos a otros. De hecho, quien
ama al prójimo ha cumplido la ley. 9Porque los
mandamientos que dicen: «No cometas adulte-
rio», «No mates», «No robes», «No codicies»,[y]
y todos los demás mandamientos, se resumen en
este precepto: «Ama a tu prójimo como a ti
mismo.»[z] 10El amor no perjudica al prójimo. Así
que el amor es el cumplimiento de la ley.

11Hagan todo esto estando conscientes del
tiempo en que vivimos. Ya es hora de que des-
pierten del sueño, pues nuestra salvación está
ahora más cerca que cuando inicialmente creí-

[w]**12:19** Dt 32:35 [x]**12:20** *harás … conducta.* Lit. *ascuas de fuego amontonarás sobre su cabeza* (Pr 25:21,22).
[y]**13:9** Éx 20:13-15,17; Dt 5:17-19,21 [z]**13:9** Lv 19:18

I will repay,"[c] says the Lord. 20On the con-
trary:

"If your enemy is hungry, feed him;
if he is thirsty, give him something to drink.
In doing this, you will heap burning coals on his head."[d]

21Do not be overcome by evil, but overcome evil
with good.

Submission to the Authorities

13 Everyone must submit himself to the
governing authorities, for there is no
authority except that which God has estab-
lished. The authorities that exist have been
established by God. 2Consequently, he who
rebels against the authority is rebelling against
what God has instituted, and those who do so
will bring judgment on themselves. 3For rul-
ers hold no terror for those who do right, but
for those who do wrong. Do you want to be
free from fear of the one in authority? Then
do what is right and he will commend you.
4For he is God's servant to do you good. But
if you do wrong, be afraid, for he does not
bear the sword for nothing. He is God's ser-
vant, an agent of wrath to bring punishment
on the wrongdoer. 5Therefore, it is necessary
to submit to the authorities, not only because
of possible punishment but also because of
conscience. 6This is also why you pay taxes,
for the authorities are God's servants, who
give their full time to governing. 7Give every-
one what you owe him: If you owe taxes, pay
taxes; if revenue, then revenue; if respect,
then respect; if honor, then honor.

Love, for the Day is Near

8Let no debt remain outstanding, except the
continuing debt to love one another, for he who
loves his fellowman has fulfilled the law. 9The
commandments, "Do not commit adultery,"
"Do not murder," "Do not steal," "Do not
covet,"[e] and whatever other commandment
there may be, are summed up in this one rule:
"Love your neighbor as yourself."[f] 10Love
does no harm to its neighbor. Therefore love is
the fulfillment of the law.

11And do this, understanding the present time.
The hour has come for you to wake up from your
slumber, because our salvation is nearer now

[c]*19* Deut. 32:35 [d]*20* Prov. 25:21,22
[e]*9* Exodus 20:13-15,17; Deut. 5:17-19,21 [f]*9* Lev. 19:18

mos. 12La noche está muy avanzada y ya se
acerca el día. Por eso, dejemos a un lado las
obras de la oscuridad y pongámonos la armadu-
ra de la luz. 13Vivamos decentemente, como a
la luz del día, no en orgías y borracheras, ni en
inmoralidad sexual y libertinaje, ni en disensio-
nes y envidias. 14Más bien, revístanse ustedes
del Señor Jesucristo, y no se preocupen por
satisfacer los deseos de la *naturaleza pecami-
nosa.

Los débiles y los fuertes

14 Reciban al que es débil en la fe, pero no
para entrar en discusiones. 2A algunos
su fe les permite comer de todo, pero hay quie-
nes son débiles en la fe, y sólo comen verduras.
3El que come de todo no debe menospreciar al
que no come ciertas cosas, y el que no come de
todo no debe condenar al que lo hace, pues Dios
lo ha aceptado. 4¿Quién eres tú para juzgar al
siervo de otro? Que se mantenga en pie, o que
caiga, es asunto de su propio señor. Y se man-
tendrá en pie, porque el Señor tiene poder para
sostenerlo.

5Hay quien considera que un día tiene más
importancia que otro, pero hay quien considera
iguales todos los días. Cada uno debe estar firme
en sus propias opiniones. 6El que le da impor-
tancia especial a cierto día, lo hace para el Señor.
El que come de todo, come para el Señor, y lo
demuestra dándole gracias a Dios; y el que no
come, para el Señor se abstiene, y también da
gracias a Dios. 7Porque ninguno de nosotros
vive para sí mismo, ni tampoco muere para sí.
8Si vivimos, para el Señor vivimos; y si mori-
mos, para el Señor morimos. Así pues, sea que
vivamos o que muramos, del Señor somos. 9Pa-
ra esto mismo murió Cristo, y volvió a vivir,
para ser Señor tanto de los que han muerto como
de los que aún viven. 10Tú, entonces, ¿por qué
juzgas a tu hermano? O tú, ¿por qué lo menos-
precias? ¡Todos tendremos que comparecer ante
el tribunal de Dios! 11Está escrito:

> «Tan cierto como que yo vivo —dice el
> Señor—,
> ante mí se doblará toda rodilla
> y toda lengua confesará a Dios.»[a]

12Así que cada uno de nosotros tendrá que dar
cuentas de sí a Dios.

13Por tanto, dejemos de juzgarnos unos a
otros. Más bien, propónganse no poner *tropie-
zos ni obstáculos al hermano. 14Yo, de mi parte,
estoy plenamente convencido en el Señor Jesús

than when we first believed. 12The night is
nearly over; the day is almost here. So let us put
aside the deeds of darkness and put on the armor
of light. 13Let us behave decently, as in the
daytime, not in orgies and drunkenness, not in
sexual immorality and debauchery, not in dis-
sension and jealousy. 14Rather, clothe your-
selves with the Lord Jesus Christ, and do not
think about how to gratify the desires of the
sinful nature.[g]

The Weak and the Strong

14 Accept him whose faith is weak, with-
out passing judgment on disputable mat-
ters. 2One man's faith allows him to eat every-
thing, but another man, whose faith is weak, eats
only vegetables. 3The man who eats everything
must not look down on him who does not, and
the man who does not eat everything must not
condemn the man who does, for God has accept-
ed him. 4Who are you to judge someone else's
servant? To his own master he stands or falls.
And he will stand, for the Lord is able to make
him stand.

5One man considers one day more sacred than
another; another man considers every day alike.
Each one should be fully convinced in his own
mind. 6He who regards one day as special, does
so to the Lord. He who eats meat, eats to the
Lord, for he gives thanks to God; and he who
abstains, does so to the Lord and gives thanks to
God. 7For none of us lives to himself alone and
none of us dies to himself alone. 8If we live, we
live to the Lord; and if we die, we die to the Lord.
So, whether we live or die, we belong to the
Lord.

9For this very reason, Christ died and re-
turned to life so that he might be the Lord of
both the dead and the living. 10You, then, why
do you judge your brother? Or why do you
look down on your brother? For we will all
stand before God's judgment seat. 11It is writ-
ten:

> " 'As surely as I live,' says the Lord,
> 'every knee will bow before me;
> every tongue will confess to God.' "[h]

12So then, each of us will give an account of
himself to God.

13Therefore let us stop passing judgment on
one another. Instead, make up your mind not to
put any stumbling block or obstacle in your
brother's way. 14As one who is in the Lord

[a]**14:11** Is 45:23

[g]*14* Or *the flesh* [h]*11* Isaiah 45:23

de que no hay nada *impuro en sí mismo. Si algo
es impuro, lo es solamente para quien así lo
considera. 15Ahora bien, si tu hermano se angus-
tia por causa de lo que comes, ya no te comportas
con amor. No destruyas, por causa de la comida,
al hermano por quien Cristo murió. 16En una
palabra, no den lugar a que se hable mal del bien
que ustedes practican, 17porque el reino de Dios
no es cuestión de comidas o bebidas sino de
justicia, paz y alegría en el Espíritu Santo. 18El
que de esta manera sirve a Cristo, agrada a Dios
y es aprobado por sus semejantes.

19Por lo tanto, esforcémonos por promover
todo lo que conduzca a la paz y a la mutua
edificación. 20No destruyas la obra de Dios por
causa de la comida. Todo alimento es puro; lo
malo es hacer tropezar a otros por lo que uno
come. 21Más vale no comer carne ni beber vino,
ni hacer nada que haga *caer a tu hermano.

22Así que la convicción[b] que tengas tú al
respecto, manténla como algo entre Dios y tú.
*Dichoso aquel a quien su conciencia no lo
acusa por lo que hace. 23Pero el que tiene dudas
en cuanto a lo que come, se condena; porque no
lo hace por convicción. Y todo lo que no se hace
por convicción es pecado.

15 Los fuertes en la fe debemos apoyar a
los débiles, en vez de hacer lo que nos
agrada. 2Cada uno debe agradar al prójimo para
su bien, con el fin de edificarlo. 3Porque ni
siquiera Cristo se agradó a sí mismo sino que,
como está escrito: «Sobre mí han recaído los
insultos de tus detractores.»[c] 4De hecho, todo lo
que se escribió en el pasado se escribió para
enseñarnos, a fin de que, alentados por las Es-
crituras, perseveremos en mantener nuestra es-
peranza.

5Que el Dios que infunde aliento y perseve-
rancia les conceda vivir juntos en armonía,
conforme al ejemplo de Cristo Jesús, 6para que
con un solo corazón y a una sola voz glorifi-
quen al Dios y Padre de nuestro Señor Jesu-
cristo.

7Por tanto, acéptense mutuamente, así como
Cristo los aceptó a ustedes para gloria de Dios.
8Les digo que Cristo se hizo servidor de los
judíos[d] para demostrar la fidelidad de Dios, a fin
de confirmar las promesas hechas a los patriar-
cas, 9y para que los *gentiles glorifiquen a Dios
por su compasión, como está escrito:

«Por eso te alabaré entre las *naciones;
cantaré salmos a tu nombre.»[e]

[b]**14:22** *convicción.* Lit. *fe;* también en v. 23.
[c]**15:3** Sal 69:9 [d]**15:8** *de los judíos.* Lit. *de la *circuncisión.*
[e]**15:9** 2S 22:50; Sal 18:49

Jesus, I am fully convinced that no food[i] is
unclean in itself. But if anyone regards some-
thing as unclean, then for him it is unclean. 15If
your brother is distressed because of what you
eat, you are no longer acting in love. Do not by
your eating destroy your brother for whom
Christ died. 16Do not allow what you consider
good to be spoken of as evil. 17For the kingdom
of God is not a matter of eating and drinking, but
of righteousness, peace and joy in the Holy
Spirit, 18because anyone who serves Christ in
this way is pleasing to God and approved by
men.

19Let us therefore make every effort to do
what leads to peace and to mutual edification.
20Do not destroy the work of God for the sake
of food. All food is clean, but it is wrong for a
man to eat anything that causes someone else to
stumble. 21It is better not to eat meat or drink
wine or to do anything else that will cause your
brother to fall.

22So whatever you believe about these things
keep between yourself and God. Blessed is the
man who does not condemn himself by what he
approves. 23But the man who has doubts is
condemned if he eats, because his eating is not
from faith; and everything that does not come
from faith is sin.

15 We who are strong ought to bear with
the failings of the weak and not to please
ourselves. 2Each of us should please his neigh-
bor for his good, to build him up. 3For even
Christ did not please himself but, as it is written:
"The insults of those who insult you have fallen
on me."[j] 4For everything that was written in the
past was written to teach us, so that through
endurance and the encouragement of the Scrip-
tures we might have hope.

5May the God who gives endurance and en-
couragement give you a spirit of unity among
yourselves as you follow Christ Jesus, 6so that
with one heart and mouth you may glorify the
God and Father of our Lord Jesus Christ.

7Accept one another, then, just as Christ ac-
cepted you, in order to bring praise to God. 8For
I tell you that Christ has become a servant of the
Jews[k] on behalf of God's truth, to confirm the
promises made to the patriarchs 9so that the
Gentiles may glorify God for his mercy, as it is
written:

"Therefore I will praise you among the
Gentiles;
I will sing hymns to your name."[l]

[i]*14* Or *that nothing* [j]*3* Psalm 69:9 [k]*8* Greek *circumcision*
[l]*9* 2 Samuel 22:50; Psalm 18:49

10En otro pasaje dice:

«Alégrense, naciones, con el pueblo de
Dios.»[f]

11Y en otra parte:

«¡Alaben al Señor, naciones todas!
¡Pueblos todos, cántenle alabanzas!»[g]

12A su vez, Isaías afirma:

«Brotará la raíz de Isaí,
el que se levantará para gobernar a las
naciones;
en él los pueblos pondrán su esperanza.»[h]

13Que el Dios de la esperanza los llene de toda
alegría y paz a ustedes que creen en él, para que
rebosen de esperanza por el poder del Espíritu
Santo.

Pablo, ministro de los gentiles

14Por mi parte, hermanos míos, estoy seguro
de que ustedes mismos rebosan de bondad,
abundan en conocimiento y están capacitados
para instruirse unos a otros. 15Sin embargo, les
he escrito con mucha franqueza sobre algunos
asuntos, como para refrescarles la memoria. Me
he atrevido a hacerlo por causa de la gracia que
Dios me dio 16para ser ministro de Cristo Jesús
a los *gentiles. Yo tengo el deber sacerdotal de
proclamar el *evangelio de Dios, a fin de que los
gentiles lleguen a ser una ofrenda aceptable a
Dios, *santificada por el Espíritu Santo.
17Por tanto, mi servicio a Dios es para mí
motivo de *orgullo en Cristo Jesús. 18No me
atreveré a hablar de nada sino de lo que Cristo
ha hecho por medio de mí para que los gentiles
lleguen a obedecer a Dios. Lo ha hecho con
palabras y obras, 19mediante poderosas señales
y milagros, por el poder del Espíritu de Dios. Así
que, habiendo comenzado en Jerusalén, he com-
pletado la proclamación del evangelio de Cristo
por todas partes, hasta la región de Iliria. 20En
efecto, mi propósito ha sido predicar el evange-
lio donde Cristo no sea conocido, para no edifi-
car sobre fundamento ajeno. 21Más bien, como
está escrito:

«Los que nunca habían recibido noticia
de él, lo verán;
y entenderán los que no habían oído ha-
blar de él.»[i]

[f]**15:10** Dt 32:43 [g]**15:11** Sal 117:1 [h]**15:12** Is 11:10
[i]**15:21** Is 52:15

10Again, it says,

"Rejoice, O Gentiles, with his people."[m]

11And again,

"Praise the Lord, all you Gentiles,
and sing praises to him, all you peo-
ples."[n]

12And again, Isaiah says,

"The Root of Jesse will spring up,
one who will arise to rule over the na-
tions;
the Gentiles will hope in him."[o]

13May the God of hope fill you with all joy
and peace as you trust in him, so that you may
overflow with hope by the power of the Holy
Spirit.

Paul the Minister to the Gentiles

14I myself am convinced, my brothers, that
you yourselves are full of goodness, complete
in knowledge and competent to instruct one
another. 15I have written you quite boldly on
some points, as if to remind you of them again,
because of the grace God gave me 16to be a
minister of Christ Jesus to the Gentiles with
the priestly duty of proclaiming the gospel of
God, so that the Gentiles might become an
offering acceptable to God, sanctified by the
Holy Spirit.
17Therefore I glory in Christ Jesus in my
service to God. 18I will not venture to speak
of anything except what Christ has accom-
plished through me in leading the Gentiles to
obey God by what I have said and done— 19by
the power of signs and miracles, through the
power of the Spirit. So from Jerusalem all the
way around to Illyricum, I have fully pro-
claimed the gospel of Christ. 20It has always
been my ambition to preach the gospel where
Christ was not known, so that I would not be
building on someone else's foundation.
21Rather, as it is written:

"Those who were not told about him will
see,
and those who have not heard will un-
derstand."[p]

[m]*10* Deut. 32:43 [n]*11* Psalm 117:1 [o]*12* Isaiah 11:10
[p]*21* Isaiah 52:15

22 Este trabajo es lo que muchas veces me ha
impedido ir a visitarlos.

Pablo piensa visitar Roma

23 Pero ahora que ya no me queda un lugar
dónde trabajar en estas regiones, y como desde
hace muchos años anhelo verlos, 24 tengo planes
de visitarlos cuando vaya rumbo a España. Es-
pero que, después de que haya disfrutado de la
compañía de ustedes por algún tiempo, me ayu-
den a continuar el viaje. 25 Por ahora, voy a
Jerusalén para llevar ayuda a los *hermanos,
26 ya que Macedonia y Acaya tuvieron a bien
hacer una colecta para los hermanos pobres de
Jerusalén. 27 Lo hicieron de buena voluntad,
aunque en realidad era su obligación hacerlo.
Porque si los *gentiles han participado de las
bendiciones espirituales de los judíos, están en
deuda con ellos para servirles con las bendicio-
nes materiales. 28 Así que, una vez que yo haya
cumplido esta tarea y entregado en sus manos
este fruto, saldré para España y de paso los
visitaré a ustedes. 29 Sé que, cuando los visite,
iré con la abundante bendición de Cristo.

30 Les ruego, hermanos, por nuestro Señor
Jesucristo y por el amor del Espíritu, que se unan
conmigo en esta lucha y que oren a Dios por mí.
31 Pídanle que me libre de caer en manos de los
incrédulos que están en Judea, y que los herma-
nos de Jerusalén reciban bien la ayuda que les
llevo. 32 De este modo, por la voluntad de Dios,
llegaré a ustedes con alegría y podré descansar
entre ustedes por algún tiempo. 33 El Dios de paz
sea con todos ustedes. Amén.

Saludos personales

16 Les recomiendo a nuestra hermana Fe-
be, diaconisa de la iglesia de Cencreas.
2 Les pido que la reciban dignamente en el Señor,
como conviene hacerlo entre hermanos en la fe;
préstenle toda la ayuda que necesite, porque ella
ha ayudado a muchas personas, entre las que me
cuento yo.

3 Saluden a *Priscila y a Aquila, mis compañe-
ros de trabajo en Cristo Jesús. 4 Por
salvarme la *vida, ellos arriesgaron la
suya. Tanto yo como todas las iglesias
de los *gentiles les estamos agradeci-
dos.
5 Saluden igualmente a la iglesia que se reúne
en la casa de ellos.
Saluden a mi querido hermano Epeneto, el
primer convertido a Cristo en la pro-
vincia de *Asia.[j]

[j] 16:5 *el primer … *Asia.* Lit. *las *primicias de Asia.*

22 This is why I have often been hindered from
coming to you.

Paul's Plan to Visit Rome

23 But now that there is no more place for
me to work in these regions, and since I have
been longing for many years to see you, 24 I
plan to do so when I go to Spain. I hope to
visit you while passing through and to have
you assist me on my journey there, after I have
enjoyed your company for a while. 25 Now,
however, I am on my way to Jerusalem in the
service of the saints there. 26 For Macedonia
and Achaia were pleased to make a contribu-
tion for the poor among the saints in Jerusa-
lem. 27 They were pleased to do it, and indeed
they owe it to them. For if the Gentiles have
shared in the Jews' spiritual blessings, they
owe it to the Jews to share with them their
material blessings. 28 So after I have completed
this task and have made sure that they have
received this fruit, I will go to Spain and visit
you on the way. 29 I know that when I come
to you, I will come in the full measure of the
blessing of Christ.

30 I urge you, brothers, by our Lord Jesus
Christ and by the love of the Spirit, to join me
in my struggle by praying to God for me. 31 Pray
that I may be rescued from the unbelievers in
Judea and that my service in Jerusalem may be
acceptable to the saints there, 32 so that by God's
will I may come to you with joy and together
with you be refreshed. 33 The God of peace be
with you all. Amen.

Personal Greetings

16 I commend to you our sister Phoebe, a
servant[q] of the church in Cenchrea. 2 I
ask you to receive her in the Lord in a way
worthy of the saints and to give her any help she
may need from you, for she has been a great help
to many people, including me.

3 Greet Priscilla[r] and Aquila, my fellow work-
ers in Christ Jesus. 4 They risked their
lives for me. Not only I but all the
churches of the Gentiles are grateful to
them.
5 Greet also the church that meets at their
house.
Greet my dear friend Epenetus, who was the
first convert to Christ in the province
of Asia.

[q] *1* Or *deaconess* [r] *3* Greek *Prisca,* a variant of *Priscilla*

6 Saluden a María, que tanto ha trabajado por ustedes.

7 Saluden a Andrónico y a Junías,[k] mis parientes y compañeros de cárcel, destacados entre los apóstoles y convertidos a Cristo antes que yo.

8 Saluden a Amplias, mi querido hermano en el Señor.

9 Saluden a Urbano, nuestro compañero de trabajo en Cristo, y a mi querido hermano Estaquis.

10 Saluden a Apeles, que ha dado tantas pruebas de su fe en Cristo.

Saluden a los de la familia de Aristóbulo.

11 Saluden a Herodión, mi pariente.

Saluden a los de la familia de Narciso, fieles en el Señor.

12 Saluden a Trifena y a Trifosa, las cuales se esfuerzan trabajando por el Señor.

Saluden a mi querida hermana Pérsida, que ha trabajado muchísimo en el Señor.

13 Saluden a Rufo, distinguido creyente,[l] y a su madre, que ha sido también como una madre para mí.

14 Saluden a Asíncrito, a Flegonte, a Hermes, a Patrobas, a Hermas y a los hermanos que están con ellos.

15 Saluden a Filólogo, a Julia, a Nereo y a su hermana, a Olimpas y a todos los hermanos que están con ellos.

16 Salúdense unos a otros con un beso santo.

Todas las iglesias de Cristo les mandan saludos.

17 Les ruego, hermanos, que se cuiden de los
que causan divisiones y dificultades, y van en
contra de lo que a ustedes se les ha enseñado.
Apártense de ellos. 18 Tales individuos no sirven
a Cristo nuestro Señor, sino a sus propios de-
seos.[m] Con palabras suaves y lisonjeras engañan
a los ingenuos. 19 Es cierto que ustedes viven en
obediencia, lo que es bien conocido de todos y
me alegra mucho; pero quiero que sean sagaces
para el bien e inocentes para el mal.

20 Muy pronto el Dios de paz aplastará a Satanás bajo los pies de ustedes.

Que la gracia de nuestro Señor Jesús sea con ustedes.

21 Saludos de parte de Timoteo, mi compañero de trabajo, como también de Lucio, Jasón y Sosípater, mis parientes.

22 Yo, Tercio, que escribo esta carta, los saludo en el Señor.

[k] **16:7** *Junías.* Alt. *Junia.* [l] **16:13** *distinguido creyente.* Lit. *escogido en el Señor.* [m] **16:18** *sus propios deseos.* Lit. *su propio estómago.*

6 Greet Mary, who worked very hard for you.

7 Greet Andronicus and Junias, my relatives who have been in prison with me. They are outstanding among the apostles, and they were in Christ before I was.

8 Greet Ampliatus, whom I love in the Lord.

9 Greet Urbanus, our fellow worker in Christ, and my dear friend Stachys.

10 Greet Apelles, tested and approved in Christ.

Greet those who belong to the household of Aristobulus.

11 Greet Herodion, my relative.

Greet those in the household of Narcissus who are in the Lord.

12 Greet Tryphena and Tryphosa, those women who work hard in the Lord.

Greet my dear friend Persis, another woman who has worked very hard in the Lord.

13 Greet Rufus, chosen in the Lord, and his mother, who has been a mother to me, too.

14 Greet Asyncritus, Phlegon, Hermes, Patrobas, Hermas and the brothers with them.

15 Greet Philologus, Julia, Nereus and his sister, and Olympas and all the saints with them.

16 Greet one another with a holy kiss.

All the churches of Christ send greetings.

17 I urge you, brothers, to watch out for those
who cause divisions and put obstacles in your
way that are contrary to the teaching you have
learned. Keep away from them. 18 For such
people are not serving our Lord Christ, but
their own appetites. By smooth talk and flat-
tery they deceive the minds of naive people.
19 Everyone has heard about your obedience,
so I am full of joy over you; but I want you to
be wise about what is good, and innocent about
what is evil.

20 The God of peace will soon crush Satan under your feet.

The grace of our Lord Jesus be with you.

21 Timothy, my fellow worker, sends his greetings to you, as do Lucius, Jason and Sosipater, my relatives.

22 I, Tertius, who wrote down this letter, greet you in the Lord.

23Saludos de parte de Gayo, de cuya hospita-
lidad disfrutamos yo y toda la iglesia de este
lugar.

También les mandan saludos Erasto, que es el
tesorero de la ciudad, y nuestro hermano Cuarto.[n]

25-26El Dios eterno ocultó su *misterio duran-
te largos siglos, pero ahora lo ha revelado por
medio de los escritos proféticos, según su propio
mandato, para que todas las *naciones obedez-
can a la fe.[ñ] ¡Al que puede fortalecerlos a uste-
des conforme a mi *evangelio y a la predicación
acerca de Jesucristo, 27al único sabio Dios, sea
la gloria para siempre por medio de Jesucristo!
Amén.

23Gaius, whose hospitality I and the whole
church here enjoy, sends you his greetings.

Erastus, who is the city's director of public
works, and our brother Quartus send you their
greetings.[s]

25Now to him who is able to establish you by
my gospel and the proclamation of Jesus Christ,
according to the revelation of the mystery hid-
den for long ages past, 26but now revealed and
made known through the prophetic writings by
the command of the eternal God, so that all
nations might believe and obey him— 27to the
only wise God be glory forever through Jesus
Christ! Amen.

[n]**16:23** *Cuarto.* Var. *Cuarto.* **24***La gracia de nuestro Señor Jesucristo sea con todos ustedes. Amén.* [ñ]**16:25-26** *para … la fe.* Lit. *para la obediencia de la fe a todas las naciones.*

[s]*23* Some manuscripts *their greetings.* **24***May the grace of our Lord Jesus Christ be with all of you. Amen.*

Primera Carta a los Corintios

1 Pablo, llamado por la voluntad de Dios a ser apóstol de *Cristo Jesús, y nuestro hermano Sóstenes,

2 a la iglesia de Dios que está en Corinto, a los que han sido *santificados en Cristo Jesús y llamados a ser su santo pueblo, junto con todos los que en todas partes invocan el nombre de nuestro Señor Jesucristo, Señor de ellos y de nosotros:

3 Que Dios nuestro Padre y el Señor Jesucristo les concedan gracia y paz.

Acción de gracias

4 Siempre doy gracias a Dios por ustedes, pues él, en Cristo Jesús, les ha dado su gracia. 5 Unidos a Cristo ustedes se han llenado de toda riqueza, tanto en palabra como en conocimiento. 6 Así se ha confirmado en ustedes nuestro testimonio acerca de Cristo, 7 de modo que no les falta ningún don espiritual mientras esperan con ansias que se manifieste nuestro Señor Jesucristo. 8 Él los mantendrá firmes hasta el fin, para que sean irreprochables en el día de nuestro Señor Jesucristo. 9 Fiel es Dios, quien los ha llamado a tener comunión con su Hijo Jesucristo, nuestro Señor.

Divisiones en la iglesia

10 Les suplico, hermanos, en el nombre de nuestro Señor Jesucristo, que todos vivan en armonía y que no haya divisiones entre ustedes, sino que se mantengan unidos en un mismo pensar y en un mismo propósito. 11 Digo esto, hermanos míos, porque algunos de la familia de Cloé me han informado que hay rivalidades entre ustedes. 12 Me refiero a que unos dicen: «Yo sigo a Pablo»; otros afirman: «Yo, a Apolos»; otros: «Yo, a *Cefas»; y otros: «Yo, a Cristo.»

13 ¡Cómo! ¿Está dividido Cristo? ¿Acaso Pablo fue crucificado por ustedes? ¿O es que fueron bautizados en el nombre de Pablo? 14 Gracias a Dios que no bauticé a ninguno de ustedes, excepto a Crispo y a Gayo, 15 de modo que nadie puede decir que fue bautizado en mi nombre. 16 Bueno, también bauticé a la familia de Estéfanas; fuera de éstos, no recuerdo haber bautizado a ningún otro. 17 Pues Cristo no me envió a

1 Corinthians

1 Paul, called to be an apostle of Christ Jesus by the will of God, and our brother Sosthenes,

2 To the church of God in Corinth, to those sanctified in Christ Jesus and called to be holy, together with all those everywhere who call on the name of our Lord Jesus Christ—their Lord and ours:

3 Grace and peace to you from God our Father and the Lord Jesus Christ.

Thanksgiving

4 I always thank God for you because of his grace given you in Christ Jesus. 5 For in him you have been enriched in every way—in all your speaking and in all your knowledge— 6 because our testimony about Christ was confirmed in you. 7 Therefore you do not lack any spiritual gift as you eagerly wait for our Lord Jesus Christ to be revealed. 8 He will keep you strong to the end, so that you will be blameless on the day of our Lord Jesus Christ. 9 God, who has called you into fellowship with his Son Jesus Christ our Lord, is faithful.

Divisions in the Church

10 I appeal to you, brothers, in the name of our Lord Jesus Christ, that all of you agree with one another so that there may be no divisions among you and that you may be perfectly united in mind and thought. 11 My brothers, some from Chloe's household have informed me that there are quarrels among you. 12 What I mean is this: One of you says, "I follow Paul"; another, "I follow Apollos"; another, "I follow Cephas[a]"; still another, "I follow Christ."

13 Is Christ divided? Was Paul crucified for you? Were you baptized into[b] the name of Paul? 14 I am thankful that I did not baptize any of you except Crispus and Gaius, 15 so no one can say that you were baptized into my name. 16 (Yes, I also baptized the household of Stephanas; beyond that, I don't remember if I baptized anyone else.) 17 For Christ did not send me to baptize,

[a] *12* That is, Peter [b] *13* Or *in*; also in verse 15

bautizar sino a predicar el *evangelio, y eso sin
discursos de sabiduría humana, para que la cruz
de Cristo no perdiera su eficacia.

Cristo, sabiduría y poder de Dios

18 Me explico: El mensaje de la cruz es una
locura para los que se pierden; en cambio, para
los que se salvan, es decir, para nosotros, este
mensaje es el poder de Dios. 19 Pues está escrito:

> «Destruiré la sabiduría de los sabios;
> frustraré la inteligencia de los inteligentes.»[a]

20 ¿Dónde está el sabio? ¿Dónde el erudito?
¿Dónde el filósofo de esta época? ¿No ha con-
vertido Dios en locura la sabiduría de este mun-
do? 21 Ya que Dios, en su sabio designio, dispuso
que el mundo no lo conociera mediante la sabi-
duría humana, tuvo a bien salvar, mediante la
locura de la predicación, a los que creen. 22 Los
judíos piden señales milagrosas y los *gentiles
buscan sabiduría, 23 mientras que nosotros pre-
dicamos a Cristo crucificado. Este mensaje es
motivo de *tropiezo para los judíos, y es locura
para los gentiles, 24 pero para los que Dios ha
llamado, lo mismo judíos que gentiles, Cristo es
el poder de Dios y la sabiduría de Dios. 25 Pues
la locura de Dios es más sabia que la sabiduría
humana, y la debilidad de Dios es más fuerte que
la fuerza humana.

26 Hermanos, consideren su propio llamamien-
to: No muchos de ustedes son sabios, según
criterios meramente *humanos; ni son muchos
los poderosos ni muchos los de noble cuna. 27 Pe-
ro Dios escogió lo insensato del mundo para
avergonzar a los sabios, y escogió lo débil del
mundo para avergonzar a los poderosos. 28 Tam-
bién escogió Dios lo más bajo y despreciado, y lo
que no es nada, para anular lo que es, 29 a fin de que
en su presencia nadie pueda *jactarse. 30 Pero
gracias a él ustedes están unidos a Cristo Jesús, a
quien Dios ha hecho nuestra sabiduría —es decir,
nuestra *justificación, *santificación y reden-
ción— 31 para que, como está escrito: «Si alguien
ha de gloriarse, que se gloríe en el Señor.»[b]

2 Yo mismo, hermanos, cuando fui a anun-
ciarles el testimonio[c] de Dios, no lo hice
con gran elocuencia y sabiduría. 2 Me propuse
más bien, estando entre ustedes, no saber de cosa
alguna, excepto de Jesucristo, y de éste crucifi-
cado. 3 Es más, me presenté ante ustedes con
tanta debilidad que temblaba de miedo. 4 No les
hablé ni les prediqué con palabras sabias y elo-

[a] 1:19 Is 29:14 [b] 1:31 Jer 9:24 [c] 2:1 *testimonio*. Var. **misterio*.

but to preach the gospel—not with words of
human wisdom, lest the cross of Christ be emp-
tied of its power.

Christ the Wisdom and Power of God

18 For the message of the cross is foolishness
to those who are perishing, but to us who are
being saved it is the power of God. 19 For it is
written:

> "I will destroy the wisdom of the wise;
> the intelligence of the intelligent I will frustrate."[c]

20 Where is the wise man? Where is the
scholar? Where is the philosopher of this age?
Has not God made foolish the wisdom of the
world? 21 For since in the wisdom of God the
world through its wisdom did not know him,
God was pleased through the foolishness of
what was preached to save those who believe.
22 Jews demand miraculous signs and Greeks
look for wisdom, 23 but we preach Christ cru-
cified: a stumbling block to Jews and foolish-
ness to Gentiles, 24 but to those whom God has
called, both Jews and Greeks, Christ the power
of God and the wisdom of God. 25 For the
foolishness of God is wiser than man's wis-
dom, and the weakness of God is stronger than
man's strength.

26 Brothers, think of what you were when
you were called. Not many of you were wise
by human standards; not many were influen-
tial; not many were of noble birth. 27 But God
chose the foolish things of the world to shame
the wise; God chose the weak things of the
world to shame the strong. 28 He chose the
lowly things of this world and the despised
things—and the things that are not—to nullify
the things that are, 29 so that no one may boast
before him. 30 It is because of him that you are
in Christ Jesus, who has become for us wis-
dom from God—that is, our righteousness, ho-
liness and redemption. 31 Therefore, as it is
written: "Let him who boasts boast in the
Lord."[d]

2 When I came to you, brothers, I did not
come with eloquence or superior wisdom
as I proclaimed to you the testimony about
God.[e] 2 For I resolved to know nothing while I
was with you except Jesus Christ and him cru-
cified. 3 I came to you in weakness and fear, and
with much trembling. 4 My message and my
preaching were not with wise and persuasive

[c] *19* Isaiah 29:14 [d] *31* Jer. 9:24 [e] *1* Some manuscripts *as I proclaimed to you God's mystery*

cuentes sino con demostración del poder del Espíritu, 5para que la fe de ustedes no dependiera de la sabiduría humana sino del poder de Dios.

Sabiduría procedente del Espíritu

6En cambio, hablamos con sabiduría entre los que han alcanzado madurez,[d] pero no con la sabiduría de este mundo ni con la de sus gobernantes, los cuales terminarán en nada. 7Más bien, exponemos el *misterio de la sabiduría de Dios, una sabiduría que ha estado escondida y que Dios había destinado para nuestra gloria desde la eternidad. 8Ninguno de los gobernantes de este mundo la entendió, porque de haberla entendido no habrían crucificado al Señor de la gloria. 9Sin embargo, como está escrito:

«Ningún ojo ha visto,
ningún oído ha escuchado,
ninguna mente humana ha concebido
lo que Dios ha preparado para quienes
lo aman.»[e]

10Ahora bien, Dios nos ha revelado esto por medio de su Espíritu, pues el Espíritu lo examina todo, hasta las profundidades de Dios. 11En efecto, ¿quién conoce los pensamientos del *ser humano sino su propio espíritu que está en él? Así mismo, nadie conoce los pensamientos de Dios sino el Espíritu de Dios. 12Nosotros no hemos recibido el espíritu del mundo sino el Espíritu que procede de Dios, para que entendamos lo que por su gracia él nos ha concedido. 13Esto es precisamente de lo que hablamos, no con las palabras que enseña la sabiduría humana sino con las que enseña el Espíritu, de modo que expresamos verdades espirituales en términos espirituales.[f] 14El que no tiene el Espíritu[g] no acepta lo que procede del Espíritu de Dios, pues para él es locura. No puede entenderlo, porque hay que discernirlo espiritualmente. 15En cambio, el que es espiritual lo juzga todo, aunque él mismo no está sujeto al juicio de nadie, porque

16«¿quién ha conocido la mente del Señor
para que pueda instruirlo?»[h]

Nosotros, por nuestra parte, tenemos la mente de Cristo.

[d]**2:6** *los que … madurez.* Lit. *los *perfectos.* [e]**2:9** Is 64:4
[f]**2:13** *expresamos … espirituales.* Alt. *interpretamos verdades espirituales a personas espirituales.* [g]**2:14** *El que no tiene el Espíritu.* Lit. *El hombre *síquico* (o *natural*).
[h]**2:16** Is 40:13

words, but with a demonstration of the Spirit's power, 5so that your faith might not rest on men's wisdom, but on God's power.

Wisdom From the Spirit

6We do, however, speak a message of wisdom among the mature, but not the wisdom of this age or of the rulers of this age, who are coming to nothing. 7No, we speak of God's secret wisdom, a wisdom that has been hidden and that God destined for our glory before time began. 8None of the rulers of this age understood it, for if they had, they would not have crucified the Lord of glory. 9However, as it is written:

"No eye has seen,
no ear has heard,
no mind has conceived
what God has prepared for those who
love him"[f]—

10but God has revealed it to us by his Spirit.

The Spirit searches all things, even the deep things of God. 11For who among men knows the thoughts of a man except the man's spirit within him? In the same way no one knows the thoughts of God except the Spirit of God. 12We have not received the spirit of the world but the Spirit who is from God, that we may understand what God has freely given us. 13This is what we speak, not in words taught us by human wisdom but in words taught by the Spirit, expressing spiritual truths in spiritual words.[g] 14The man without the Spirit does not accept the things that come from the Spirit of God, for they are foolishness to him, and he cannot understand them, because they are spiritually discerned. 15The spiritual man makes judgments about all things, but he himself is not subject to any man's judgment:

16"For who has known the mind of the Lord
that he may instruct him?"[h]

But we have the mind of Christ.

[f]*9* Isaiah 64:4 [g]*13* Or *Spirit, interpreting spiritual truths to spiritual men* [h]*16* Isaiah 40:13

Sobre las divisiones en la iglesia

3 Yo, hermanos, no pude dirigirme a ustedes
como a espirituales sino como a inmadu-
ros,[i] apenas niños en Cristo. 2Les di leche por-
que no podían asimilar alimento sólido, ni pue-
den todavía, 3pues aún son inmaduros. Mientras
haya entre ustedes celos y contiendas, ¿no serán
inmaduros? ¿Acaso no se están comportando
según criterios meramente *humanos? 4Cuando
uno afirma: «Yo sigo a Pablo», y otro: «Yo sigo
a Apolos», ¿no es porque están actuando con
criterios humanos?[j]

5Después de todo, ¿qué es Apolos? ¿Y qué es
Pablo? Nada más que servidores por medio de los
cuales ustedes llegaron a creer, según lo que el
Señor le asignó a cada uno. 6Yo sembré, Apolos
regó, pero Dios ha dado el crecimiento. 7Así que
no cuenta ni el que siembra ni el que riega, sino
sólo Dios, quien es el que hace crecer. 8El que
siembra y el que riega están al mismo nivel,
aunque cada uno será recompensado según su
propio trabajo. 9En efecto, nosotros somos cola-
boradores al servicio de Dios; y ustedes son el
campo de cultivo de Dios, son el edificio de Dios.

10Según la gracia que Dios me ha dado, yo,
como maestro constructor, eché los cimientos, y
otro construye sobre ellos. Pero cada uno tenga
cuidado de cómo construye, 11porque nadie pue-
de poner un fundamento diferente del que ya
está puesto, que es Jesucristo. 12Si alguien
construye sobre este fundamento, ya sea con
oro, plata y piedras preciosas, o con madera,
heno y paja, 13su obra se mostrará tal cual es,
pues el día del juicio la dejará al descubierto. El
fuego la dará a conocer, y pondrá a prueba la
calidad del trabajo de cada uno. 14Si lo que
alguien ha construido permanece, recibirá su
recompensa, 15pero si su obra es consumida por
las llamas, él sufrirá pérdida. Será salvo, pero
como quien pasa por el fuego.

16¿No saben que ustedes son templo de Dios
y que el Espíritu de Dios habita en ustedes? 17Si
alguno destruye el templo de Dios, él mismo
será destruido por Dios; porque el templo de
Dios es sagrado, y ustedes son ese templo.

18Que nadie se engañe. Si alguno de ustedes se
cree sabio según las normas de esta época, hágase
ignorante para así llegar a ser sabio. 19Porque a los
ojos de Dios la sabiduría de este mundo es locura.
Como está escrito: «Él atrapa a los sabios en su
propia astucia»;[k] 20y también dice: «El Señor
conoce los pensamientos de los sabios y sabe que
son absurdos.»[l] 21Por lo tanto, ¡que nadie base su

[i]**3:1** *inmaduros.* Lit. **carnales*; también en v. 3.
[j]**3:4** *¿no es … humanos?* Lit. *¿no son ustedes hombres?*
[k]**3:19** Job 5:13 [l]**3:20** Sal 94:11

On Divisions in the Church

3 Brothers, I could not address you as spir-
itual but as worldly—mere infants in
Christ. 2I gave you milk, not solid food, for
you were not yet ready for it. Indeed, you are
still not ready. 3You are still worldly. For
since there is jealousy and quarreling among
you, are you not worldly? Are you not acting
like mere men? 4For when one says, "I follow
Paul," and another, "I follow Apollos," are
you not mere men?

5What, after all, is Apollos? And what is Paul?
Only servants, through whom you came to be-
lieve—as the Lord has assigned to each his task.
6I planted the seed, Apollos watered it, but God
made it grow. 7So neither he who plants nor he
who waters is anything, but only God, who
makes things grow. 8The man who plants and
the man who waters have one purpose, and each
will be rewarded according to his own labor.
9For we are God's fellow workers; you are
God's field, God's building.

10By the grace God has given me, I laid a
foundation as an expert builder, and someone
else is building on it. But each one should be
careful how he builds. 11For no one can lay any
foundation other than the one already laid,
which is Jesus Christ. 12If any man builds on this
foundation using gold, silver, costly stones,
wood, hay or straw, 13his work will be shown
for what it is, because the Day will bring it to
light. It will be revealed with fire, and the fire
will test the quality of each man's work. 14If
what he has built survives, he will receive his
reward. 15If it is burned up, he will suffer loss;
he himself will be saved, but only as one escap-
ing through the flames.

16Don't you know that you yourselves are
God's temple and that God's Spirit lives in you?
17If anyone destroys God's temple, God will
destroy him; for God's temple is sacred, and you
are that temple.

18Do not deceive yourselves. If any one of
you thinks he is wise by the standards of this
age, he should become a "fool" so that he may
become wise. 19For the wisdom of this world
is foolishness in God's sight. As it is written:
"He catches the wise in their craftiness"[i];
20and again, "The Lord knows that the
thoughts of the wise are futile."[j] 21So then,

[i]*19* Job 5:13 [j]*20* Psalm 94:11

*orgullo en el hombre! Al fin y al cabo, todo es de
ustedes, 22ya sea Pablo, o Apolos, o *Cefas, o el
universo, o la vida, o la muerte, o lo presente o lo
por venir; todo es de ustedes, 23y ustedes son de
Cristo, y Cristo es de Dios.

Apóstoles de Cristo

4 Que todos nos consideren servidores de
Cristo, encargados de administrar los *mis-
terios de Dios. 2Ahora bien, a los que reciben un
encargo se les exige que demuestren ser dignos
de confianza. 3Por mi parte, muy poco me preo-
cupa que me juzguen ustedes o cualquier tribu-
nal humano; es más, ni siquiera me juzgo a mí
mismo. 4Porque aunque la conciencia no me
remuerde, no por eso quedo absuelto; el que me
juzga es el Señor. 5Por lo tanto, no juzguen nada
antes de tiempo; esperen hasta que venga el
Señor. Él sacará a la luz lo que está oculto en la
oscuridad y pondrá al descubierto las intencio-
nes de cada corazón. Entonces cada uno recibirá
de Dios la alabanza que le corresponda.

6Hermanos, todo esto lo he aplicado a Apolos
y a mí mismo para beneficio de ustedes, con el
fin de que aprendan de nosotros aquello de «no
ir más allá de lo que está escrito». Así ninguno
de ustedes podrá engreírse de haber favorecido
al uno en perjuicio del otro. 7¿Quién te distingue
de los demás? ¿Qué tienes que no hayas recibi-
do? Y si lo recibiste, ¿por qué presumes como
si no te lo hubieran dado?

8¡Ya tienen todo lo que desean! ¡Ya se han
enriquecido! ¡Han llegado a ser reyes, y eso sin
nosotros! ¡Ojalá fueran de veras reyes para que
también nosotros reináramos con ustedes! 9Por
lo que veo, a nosotros los apóstoles Dios nos ha
hecho desfilar en el último lugar, como a los
sentenciados a muerte. Hemos llegado a ser un
espectáculo para todo el universo, tanto para los
ángeles como para los hombres. 10¡Por causa de
Cristo, nosotros somos los ignorantes; ustedes,
en Cristo, son los inteligentes! ¡Los débiles so-
mos nosotros; los fuertes son ustedes! ¡A uste-
des se les estima; a nosotros se nos desprecia!
11Hasta el momento pasamos hambre, tenemos
sed, nos falta ropa, se nos maltrata, no tenemos
dónde vivir. 12Con estas manos nos matamos
trabajando. Si nos maldicen, bendecimos; si nos
persiguen, lo soportamos; 13si nos calumnian,
los tratamos con gentileza. Se nos considera la
escoria de la tierra, la basura del mundo, y así
hasta el día de hoy.

14No les escribo esto para avergonzarlos sino
para amonestarlos, como a hijos míos amados.
15De hecho, aunque tuvieran ustedes miles de
tutores en Cristo, padres sí que no tienen mu-
chos, porque mediante el *evangelio yo fui el
padre que los engendró en Cristo Jesús. 16Por

no more boasting about men! All things are
yours, 22whether Paul or Apollos or Cephas[k]
or the world or life or death or the present or
the future—all are yours, 23and you are of
Christ, and Christ is of God.

Apostles of Christ

4 So then, men ought to regard us as ser-
vants of Christ and as those entrusted
with the secret things of God. 2Now it is re-
quired that those who have been given a trust
must prove faithful. 3I care very little if I am
judged by you or by any human court; indeed,
I do not even judge myself. 4My conscience
is clear, but that does not make me innocent.
It is the Lord who judges me. 5Therefore
judge nothing before the appointed time; wait
till the Lord comes. He will bring to light what
is hidden in darkness and will expose the mo-
tives of men's hearts. At that time each will
receive his praise from God.

6Now, brothers, I have applied these things
to myself and Apollos for your benefit, so
that you may learn from us the meaning of
the saying, "Do not go beyond what is writ-
ten." Then you will not take pride in one man
over against another. 7For who makes you
different from anyone else? What do you
have that you did not receive? And if you did
receive it, why do you boast as though you
did not?

8Already you have all you want! Already you
have become rich! You have become
kings—and that without us! How I wish that you
really had become kings so that we might be
kings with you! 9For it seems to me that God has
put us apostles on display at the end of the
procession, like men condemned to die in the
arena. We have been made a spectacle to the
whole universe, to angels as well as to men.
10We are fools for Christ, but you are so wise in
Christ! We are weak, but you are strong! You
are honored, we are dishonored! 11To this very
hour we go hungry and thirsty, we are in rags,
we are brutally treated, we are homeless. 12We
work hard with our own hands. When we are
cursed, we bless; when we are persecuted, we
endure it; 13when we are slandered, we answer
kindly. Up to this moment we have become the
scum of the earth, the refuse of the world.

14I am not writing this to shame you, but to
warn you, as my dear children. 15Even though
you have ten thousand guardians in Christ, you do
not have many fathers, for in Christ Jesus I
became your father through the gospel. 16There-

[k]*22* That is, Peter

tanto, les ruego que sigan mi ejemplo. 17Con
este propósito les envié a Timoteo, mi amado y
fiel hijo en el Señor. Él les recordará mi manera
de comportarme en Cristo Jesús, como enseño
por todas partes y en todas las iglesias.

18Ahora bien, algunos de ustedes se han vuelto
presuntuosos, pensando que no iré a verlos. 19Lo
cierto es que, si Dios quiere, iré a visitarlos muy
pronto, y ya veremos no sólo cómo hablan sino
cuánto poder tienen esos presumidos. 20Porque el
reino de Dios no es cuestión de palabras sino de
poder. 21¿Qué prefieren? ¿Que vaya a verlos con
un látigo, o con amor y espíritu apacible?

¡Expulsen al hermano inmoral!

5 Es ya del dominio público que hay entre
ustedes un caso de inmoralidad sexual que
ni siquiera entre los *paganos se tolera, a saber,
que uno de ustedes tiene por mujer a la esposa
de su padre. 2¡Y de esto se sienten orgullosos!
¿No debieran, más bien, haber lamentado lo
sucedido y expulsado de entre ustedes al que
hizo tal cosa? 3Yo, por mi parte, aunque no estoy
físicamente entre ustedes, sí estoy presente en
espíritu, y ya he juzgado, como si estuviera
presente, al que cometió este pecado. 4Cuando
se reúnan en el nombre de nuestro Señor Jesús,
y con su poder yo los acompañe en espíritu,
5entreguen a este hombre a Satanás para des-
trucción de su *naturaleza pecaminosa[m] a fin de
que su espíritu sea salvo en el día del Señor.

6Hacen mal en *jactarse. ¿No se dan cuenta de
que un poco de levadura hace fermentar toda la
masa? 7Deshäganse de la vieja levadura para que
sean masa nueva, panes sin levadura, como lo son
en realidad. Porque Cristo, nuestro Cordero pas-
cual, ya ha sido sacrificado. 8Así que celebremos
nuestra Pascua no con la vieja levadura, que es la
malicia y la perversidad, sino con pan sin levadu-
ra, que es la sinceridad y la verdad.

9Por carta ya les he dicho que no se relacionen
con personas inmorales. 10Por supuesto, no me
refería a la gente inmoral de este mundo, ni a los
avaros, estafadores o idólatras. En tal caso, ten-
drían ustedes que salirse de este mundo. 11Pero
en esta carta quiero aclararles que no deben
relacionarse con nadie que, llamándose herma-
no, sea inmoral o avaro, idólatra, calumniador,
borracho o estafador. Con tal persona ni siquiera
deben juntarse para comer.

12¿Acaso me toca a mí juzgar a los de afuera?
¿No son ustedes los que deben juzgar a los de
adentro? 13Dios juzgará a los de afuera. «Expul-
sen al malvado de entre ustedes.»[n]

[m] **5:5** *su *naturaleza pecaminosa.* Alt. *su cuerpo.* Lit. *la *carne.* [n] **5:13** Dt 17:7; 19:19; 21:21; 22:21,24; 24:7

fore I urge you to imitate me. 17For this reason I
am sending to you Timothy, my son whom I love,
who is faithful in the Lord. He will remind you of
my way of life in Christ Jesus, which agrees with
what I teach everywhere in every church.

18Some of you have become arrogant, as if I
were not coming to you. 19But I will come to
you very soon, if the Lord is willing, and then I
will find out not only how these arrogant people
are talking, but what power they have. 20For the
kingdom of God is not a matter of talk but of
power. 21What do you prefer? Shall I come to
you with a whip, or in love and with a gentle
spirit?

Expel the Immoral Brother!

5 It is actually reported that there is sexual
immorality among you, and of a kind that
does not occur even among pagans: A man has
his father's wife. 2And you are proud! Shouldn't
you rather have been filled with grief and have
put out of your fellowship the man who did this?
3Even though I am not physically present, I am
with you in spirit. And I have already passed
judgment on the one who did this, just as if I
were present. 4When you are assembled in the
name of our Lord Jesus and I am with you in
spirit, and the power of our Lord Jesus is present,
5hand this man over to Satan, so that the sinful
nature[l] may be destroyed and his spirit saved on
the day of the Lord.

6Your boasting is not good. Don't you know
that a little yeast works through the whole batch
of dough? 7Get rid of the old yeast that you may
be a new batch without yeast—as you really are.
For Christ, our Passover lamb, has been sacri-
ficed. 8Therefore let us keep the Festival, not
with the old yeast, the yeast of malice and wick-
edness, but with bread without yeast, the bread
of sincerity and truth.

9I have written you in my letter not to associ-
ate with sexually immoral people— 10not at all
meaning the people of this world who are im-
moral, or the greedy and swindlers, or idolaters.
In that case you would have to leave this world.
11But now I am writing you that you must not
associate with anyone who calls himself a broth-
er but is sexually immoral or greedy, an idolater
or a slanderer, a drunkard or a swindler. With
such a man do not even eat.

12What business is it of mine to judge those
outside the church? Are you not to judge those
inside? 13God will judge those outside. "Expel
the wicked man from among you."[m]

[l] *5* Or *that his body*; or *that the flesh* [m] *13* Deut. 17:7; 19:19; 21:21; 22:21,24; 24:7

Pleitos entre creyentes

6 Si alguno de ustedes tiene un pleito con
otro, ¿cómo se atreve a presentar demanda
ante los inconversos, en vez de acudir a los
*creyentes? 2¿Acaso no saben que los creyentes
juzgarán al mundo? Y si ustedes han de juzgar
al mundo, ¿cómo no van a ser capaces de juzgar
casos insignificantes? 3¿No saben que aun a los
ángeles los juzgaremos? ¡Cuánto más los asun-
tos de esta vida! 4Por tanto, si tienen pleitos
sobre tales asuntos, ¿cómo es que nombran co-
mo jueces a los que no cuentan para nada ante
la iglesia?[ñ] 5Digo esto para que les dé vergüen-
za. ¿Acaso no hay entre ustedes nadie lo bastan-
te sabio como para juzgar un pleito entre creyen-
tes? 6Al contrario, un hermano demanda a otro,
¡y esto ante los incrédulos!

7En realidad, ya es una grave falla el solo
hecho de que haya pleitos entre ustedes. ¿No
sería mejor soportar la injusticia? ¿No sería me-
jor dejar que los defrauden? 8Lejos de eso, son
ustedes los que defraudan y cometen injusticias,
¡y conste que se trata de sus hermanos!

9¿No saben que los malvados no heredarán el
reino de Dios? ¡No se dejen engañar! Ni los
fornicarios, ni los idólatras, ni los adúlteros, ni
los sodomitas, ni los pervertidos sexuales, 10ni
los ladrones, ni los avaros, ni los borrachos, ni
los calumniadores, ni los estafadores heredarán
el reino de Dios. 11Y eso eran algunos de uste-
des. Pero ya han sido lavados, ya han sido *san-
tificados, ya han sido *justificados en el nombre
del Señor Jesucristo y por el Espíritu de nuestro
Dios.

La inmoralidad sexual

12«Todo me está permitido», pero no todo es
para mi bien. «Todo me está permitido», pero
no dejaré que nada me domine. 13«Los alimen-
tos son para el estómago y el estómago para los
alimentos»; así es, y Dios los destruirá a ambos.
Pero el cuerpo no es para la inmoralidad sexual
sino para el Señor, y el Señor para el cuerpo.
14Con su poder Dios resucitó al Señor, y nos
resucitará también a nosotros. 15¿No saben que
sus cuerpos son miembros de Cristo mismo?
¿Tomaré acaso los miembros de Cristo para
unirlos con una prostituta? ¡Jamás! 16¿No saben
que el que se une a una prostituta se hace un solo
cuerpo con ella? Pues la Escritura dice: «Los dos
llegarán a ser un solo cuerpo.»[o] 17Pero el que se
une al Señor se hace uno con él en espíritu.

[ñ]6:4 *¿cómo … iglesia?* Alt. *¡nombren como jueces aun a los que no cuentan para nada ante la iglesia!* [o]6:16 *un solo cuerpo.* Lit. *una sola *carne*; Gn 2:24.

Lawsuits Among Believers

6 If any of you has a dispute with another,
dare he take it before the ungodly for judg-
ment instead of before the saints? 2Do you not
know that the saints will judge the world? And
if you are to judge the world, are you not com-
petent to judge trivial cases? 3Do you not know
that we will judge angels? How much more the
things of this life! 4Therefore, if you have dis-
putes about such matters, appoint as judges even
men of little account in the church![n] 5I say this
to shame you. Is it possible that there is nobody
among you wise enough to judge a dispute be-
tween believers? 6But instead, one brother goes
to law against another—and this in front of
unbelievers!

7The very fact that you have lawsuits among
you means you have been completely defeated
already. Why not rather be wronged? Why not
rather be cheated? 8Instead, you yourselves
cheat and do wrong, and you do this to your
brothers.

9Do you not know that the wicked will not
inherit the kingdom of God? Do not be deceived:
Neither the sexually immoral nor idolaters nor
adulterers nor male prostitutes nor homosexual
offenders 10nor thieves nor the greedy nor
drunkards nor slanderers nor swindlers will in-
herit the kingdom of God. 11And that is what
some of you were. But you were washed, you
were sanctified, you were justified in the name
of the Lord Jesus Christ and by the Spirit of our
God.

Sexual Immorality

12"Everything is permissible for me"—but
not everything is beneficial. "Everything is per-
missible for me"—but I will not be mastered by
anything. 13"Food for the stomach and the stom-
ach for food"—but God will destroy them both.
The body is not meant for sexual immorality, but
for the Lord, and the Lord for the body. 14By his
power God raised the Lord from the dead, and
he will raise us also. 15Do you not know that
your bodies are members of Christ himself?
Shall I then take the members of Christ and unite
them with a prostitute? Never! 16Do you not
know that he who unites himself with a prosti-
tute is one with her in body? For it is said, "The
two will become one flesh."[o] 17But he who
unites himself with the Lord is one with him in
spirit.

[n]4 Or *matters, do you appoint as judges men of little account in the church?* [o]*16* Gen. 2:24

18Huyan de la inmoralidad sexual. Todos los
demás pecados que una persona comete quedan
fuera de su cuerpo; pero el que comete inmora-
lidades sexuales peca contra su propio cuerpo.
19¿Acaso no saben que su cuerpo es templo del
Espíritu Santo, quien está en ustedes y al que han
recibido de parte de Dios? Ustedes no son sus
propios dueños; 20fueron comprados por un pre-
cio. Por tanto, honren con su cuerpo a Dios.

Consejos matrimoniales

7 Paso ahora a los asuntos que me plantearon
por escrito: «Es mejor no tener relaciones
sexuales.»[p] 2Pero en vista de tanta inmoralidad,
cada hombre debe tener su propia esposa, y cada
mujer su propio esposo. 3El hombre debe cum-
plir su deber conyugal con su esposa, e igual-
mente la mujer con su esposo. 4La mujer ya no
tiene derecho sobre su propio cuerpo, sino su
esposo. Tampoco el hombre tiene derecho sobre
su propio cuerpo, sino su esposa. 5No se nieguen
el uno al otro, a no ser de común acuerdo, y sólo
por un tiempo, para dedicarse a la oración. No
tarden en volver a unirse nuevamente; de lo
contrario, pueden caer en *tentación de Satanás,
por falta de dominio propio. 6Ahora bien, esto
lo digo como una concesión y no como una
orden. 7En realidad, preferiría que todos fueran
como yo. No obstante, cada uno tiene de Dios
su propio don: éste posee uno; aquél, otro.

8A los solteros y a las viudas les digo que sería
mejor que se quedaran como yo. 9Pero si no
pueden dominarse, que se casen, porque es pre-
ferible casarse que quemarse de pasión.

10A los casados les doy la siguiente orden (no
yo sino el Señor): que la mujer no se separe de
su esposo. 11Sin embargo, si se separa, que no
se vuelva a casar; de lo contrario, que se recon-
cilie con su esposo. Así mismo, que el hombre
no se divorcie de su esposa.

12A los demás les digo yo (no es mandamiento
del Señor): Si algún hermano tiene una esposa
que no es creyente, y ella consiente en vivir con
él, que no se divorcie de ella. 13Y si una mujer
tiene un esposo que no es creyente, y él consien-
te en vivir con ella, que no se divorcie de él.
14Porque el esposo no creyente ha sido *santifi-
cado por la unión con su esposa, y la esposa no
creyente ha sido santificada por la unión con su
esposo creyente. Si así no fuera, sus hijos serían
impuros, mientras que, de hecho, son santos.

15Sin embargo, si el cónyuge no creyente
decide separarse, no se lo impidan. En tales
circunstancias, el cónyuge creyente queda sin

p7:1 *«Es … sexuales.»* Alt. *«Es mejor no casarse.»* Lit. *Es bueno para el hombre no tocar mujer.*

18Flee from sexual immorality. All other sins
a man commits are outside his body, but he who
sins sexually sins against his own body. 19Do
you not know that your body is a temple of the
Holy Spirit, who is in you, whom you have
received from God? You are not your own;
20you were bought at a price. Therefore honor
God with your body.

Marriage

7 Now for the matters you wrote about: It
is good for a man not to marry.[p] 2But
since there is so much immorality, each man
should have his own wife, and each woman
her own husband. 3The husband should fulfill
his marital duty to his wife, and likewise the
wife to her husband. 4The wife's body does
not belong to her alone but also to her hus-
band. In the same way, the husband's body
does not belong to him alone but also to his
wife. 5Do not deprive each other except by
mutual consent and for a time, so that you
may devote yourselves to prayer. Then come
together again so that Satan will not tempt you
because of your lack of self-control. 6I say
this as a concession, not as a command. 7I
wish that all men were as I am. But each man
has his own gift from God; one has this gift,
another has that.

8Now to the unmarried and the widows I say:
It is good for them to stay unmarried, as I am.
9But if they cannot control themselves, they
should marry, for it is better to marry than to
burn with passion.

10To the married I give this command (not
I, but the Lord): A wife must not separate from
her husband. 11But if she does, she must re-
main unmarried or else be reconciled to her
husband. And a husband must not divorce his
wife.

12To the rest I say this (I, not the Lord): If any
brother has a wife who is not a believer and she
is willing to live with him, he must not divorce
her. 13And if a woman has a husband who is not
a believer and he is willing to live with her, she
must not divorce him. 14For the unbelieving
husband has been sanctified through his wife,
and the unbelieving wife has been sanctified
through her believing husband. Otherwise your
children would be unclean, but as it is, they are
holy.

15But if the unbeliever leaves, let him do so.
A believing man or woman is not bound in

p1 Or *"It is good for a man not to have sexual relations with a woman."*

obligación; Dios nos ha llamado a vivir en paz. 16¿Cómo sabes tú, mujer, si acaso salvarás a tu esposo? ¿O cómo sabes tú, hombre, si acaso salvarás a tu esposa?

17En cualquier caso, cada uno debe vivir conforme a la condición que el Señor le asignó y a la cual Dios lo ha llamado. Ésta es la norma que establezco en todas las iglesias. 18¿Fue llamado alguno estando ya *circuncidado? Que no disimule su condición. ¿Fue llamado alguno sin estar circuncidado? Que no se circuncide. 19Para nada cuenta estar o no estar circuncidado; lo que importa es cumplir los mandatos de Dios. 20Que cada uno permanezca en la condición en que estaba cuando Dios lo llamó. 21¿Eras *esclavo cuando fuiste llamado? No te preocupes, aunque si tienes la oportunidad de conseguir tu libertad, aprovéchala. 22Porque el que era esclavo cuando el Señor lo llamó es un liberto del Señor; del mismo modo, el que era libre cuando fue llamado es un esclavo de Cristo. 23Ustedes fueron comprados por un precio; no se vuelvan esclavos de nadie. 24Hermanos, cada uno permanezca ante Dios en la condición en que estaba cuando Dios lo llamó.

25En cuanto a las personas solteras,[q] no tengo ningún mandato del Señor, pero doy mi opinión como quien por la misericordia del Señor es digno de confianza. 26Pienso que, a causa de la crisis actual, es bueno que cada persona se quede como está. 27¿Estás casado? No procures divorciarte. ¿Estás soltero? No busques esposa. 28Pero si te casas, no pecas; y si una joven[r] se casa, tampoco comete pecado. Sin embargo, los que se casan tendrán que pasar por muchos aprietos,[s] y yo quiero evitárselos.

29Lo que quiero decir, hermanos, es que nos queda poco tiempo. De aquí en adelante los que tienen esposa deben vivir como si no la tuvieran; 30los que lloran, como si no lloraran; los que se alegran, como si no se alegraran; los que compran algo, como si no lo poseyeran; 31los que disfrutan de las cosas de este mundo, como si no disfrutaran de ellas; porque este mundo, en su forma actual, está por desaparecer.

32Yo preferiría que estuvieran libres de preocupaciones. El soltero se preocupa de las cosas del Señor y de cómo agradarlo. 33Pero el casado se preocupa de las cosas de este mundo y de cómo agradar a su esposa; 34sus intereses están divididos. La mujer no casada, lo mismo que la joven soltera,[t] se preocupa[u] de las cosas del

[q]**7:25** *personas solteras*. Lit. *vírgenes*. [r]**7:28** *joven*. Lit. *virgen*. [s]**7:28** *tendrán … aprietos*. Lit. *tendrán aflicción en la *carne*. [t]**7:34** *La mujer … soltera*. Lit. *La mujer no casada y la virgen*. [u]**7:33-34** *su esposa; … se preocupa*. Var. *su esposa.* [34]*También hay diferencia entre la esposa y la joven soltera. La que no es casada se preocupa.*

such circumstances; God has called us to live in peace. 16How do you know, wife, whether you will save your husband? Or, how do you know, husband, whether you will save your wife?

17Nevertheless, each one should retain the place in life that the Lord assigned to him and to which God has called him. This is the rule I lay down in all the churches. 18Was a man already circumcised when he was called? He should not become uncircumcised. Was a man uncircumcised when he was called? He should not be circumcised. 19Circumcision is nothing and uncircumcision is nothing. Keeping God's commands is what counts. 20Each one should remain in the situation which he was in when God called him. 21Were you a slave when you were called? Don't let it trouble you—although if you can gain your freedom, do so. 22For he who was a slave when he was called by the Lord is the Lord's freedman; similarly, he who was a free man when he was called is Christ's slave. 23You were bought at a price; do not become slaves of men. 24Brothers, each man, as responsible to God, should remain in the situation God called him to.

25Now about virgins: I have no command from the Lord, but I give a judgment as one who by the Lord's mercy is trustworthy. 26Because of the present crisis, I think that it is good for you to remain as you are. 27Are you married? Do not seek a divorce. Are you unmarried? Do not look for a wife. 28But if you do marry, you have not sinned; and if a virgin marries, she has not sinned. But those who marry will face many troubles in this life, and I want to spare you this.

29What I mean, brothers, is that the time is short. From now on those who have wives should live as if they had none; 30those who mourn, as if they did not; those who are happy, as if they were not; those who buy something, as if it were not theirs to keep; 31those who use the things of the world, as if not engrossed in them. For this world in its present form is passing away.

32I would like you to be free from concern. An unmarried man is concerned about the Lord's affairs—how he can please the Lord. 33But a married man is concerned about the affairs of this world—how he can please his wife— 34and his interests are divided. An unmarried woman or virgin is concerned about the Lord's affairs: Her aim is to be devoted to the

Señor; se afana por consagrarse al Señor tanto en cuerpo como en espíritu. Pero la casada se preocupa de las cosas de este mundo y de cómo agradar a su esposo. 35Les digo esto por su propio bien, no para ponerles restricciones sino para que vivan con decoro y plenamente dedicados al Señor.

36Si alguno piensa que no está tratando a su prometida[v] como es debido, y ella ha llegado ya a su madurez, por lo cual él se siente obligado a casarse, que lo haga. Con eso no peca; que se casen. 37Pero el que se mantiene firme en su propósito, y no está dominado por sus impulsos sino que domina su propia voluntad, y ha resuelto no casarse con su prometida, también hace bien. 38De modo que el que se casa con su prometida hace bien, pero el que no se casa hace mejor.[w]

39La mujer está ligada a su esposo mientras él vive; pero si el esposo muere, ella queda libre para casarse con quien quiera, con tal de que sea en el Señor. 40En mi opinión, ella será más feliz si no se casa, y creo que yo también tengo el Espíritu de Dios.

Lo sacrificado a los ídolos

8 En cuanto a lo sacrificado a los ídolos, es cierto que todos tenemos conocimiento. El conocimiento envanece, mientras que el amor edifica. 2El que cree que sabe algo, todavía no sabe como debiera saber. 3Pero el que ama a Dios es conocido por él.

4De modo que, en cuanto a comer lo sacrificado a los ídolos, sabemos que un ídolo no es absolutamente nada, y que hay un solo Dios. 5Pues aunque haya los así llamados dioses, ya sea en el cielo o en la tierra (y por cierto que hay muchos «dioses» y muchos «señores»), 6para nosotros no hay más que un solo Dios, el Padre, de quien todo procede y para el cual vivimos; y no hay más que un solo Señor, es decir, Jesucristo, por quien todo existe y por medio del cual vivimos.

7Pero no todos tienen conocimiento de esto. Algunos siguen tan acostumbrados a los ídolos, que comen carne a sabiendas de que ha sido sacrificada a un ídolo, y su conciencia se contamina por ser débil. 8Pero lo que comemos no nos acerca a Dios; no somos mejores por comer ni peores por no comer.

[v]**7:36** *prometida.* Lit. *virgen*; también en vv. 37 y 38.
[w]**7:36-38** Alt. *36Si alguno piensa que no está tratando a su hija como es debido, y ella ha llegado a su madurez, por lo cual él se siente obligado a darla en matrimonio, que lo haga. Con eso no peca; que la dé en matrimonio. 37Pero el que se mantiene firme en su propósito, y no está dominado por sus impulsos sino que domina su propia voluntad, y ha resuelto mantener soltera a su hija, también hace bien. 38De modo que el que da a su hija en matrimonio hace bien, pero el que no la da en matrimonio hace mejor.*

Lord in both body and spirit. But a married woman is concerned about the affairs of this world—how she can please her husband. 35I am saying this for your own good, not to restrict you, but that you may live in a right way in undivided devotion to the Lord.

36If anyone thinks he is acting improperly toward the virgin he is engaged to, and if she is getting along in years and he feels he ought to marry, he should do as he wants. He is not sinning. They should get married. 37But the man who has settled the matter in his own mind, who is under no compulsion but has control over his own will, and who has made up his mind not to marry the virgin—this man also does the right thing. 38So then, he who marries the virgin does right, but he who does not marry her does even better.[q]

39A woman is bound to her husband as long as he lives. But if her husband dies, she is free to marry anyone she wishes, but he must belong to the Lord. 40In my judgment, she is happier if she stays as she is—and I think that I too have the Spirit of God.

Food Sacrificed to Idols

8 Now about food sacrificed to idols: We know that we all possess knowledge.[r] Knowledge puffs up, but love builds up. 2The man who thinks he knows something does not yet know as he ought to know. 3But the man who loves God is known by God.

4So then, about eating food sacrificed to idols: We know that an idol is nothing at all in the world and that there is no God but one. 5For even if there are so-called gods, whether in heaven or on earth (as indeed there are many "gods" and many "lords"), 6yet for us there is but one God, the Father, from whom all things came and for whom we live; and there is but one Lord, Jesus Christ, through whom all things came and through whom we live.

7But not everyone knows this. Some people are still so accustomed to idols that when they eat such food they think of it as having been sacrificed to an idol, and since their conscience is weak, it is defiled. 8But food does not bring us near to God; we are no worse if we do not eat, and no better if we do.

[q]*36-38* Or *36If anyone thinks he is not treating his daughter properly, and if she is getting along in years, and he feels she ought to marry, he should do as he wants. He is not sinning. He should let her get married. 37But the man who has settled the matter in his own mind, who is under no compulsion but has control over his own will, and who has made up his mind to keep the virgin unmarried—this man also does the right thing. 38So then, he who gives his virgin in marriage does right, but he who does not give her in marriage does even better.* [r]*1* Or *"We all possess knowledge," as you say*

9 Sin embargo, tengan cuidado de que su libertad no se convierta en motivo de tropiezo para los débiles. 10 Porque si alguien de conciencia débil te ve a ti, que tienes este conocimiento, comer en el templo de un ídolo, ¿no se sentirá animado a comer lo que ha sido sacrificado a los ídolos? 11 Entonces ese hermano débil, por quien Cristo murió, se perderá a causa de tu conocimiento. 12 Al pecar así contra los hermanos, hiriendo su débil conciencia, pecan ustedes contra Cristo. 13 Por lo tanto, si mi comida ocasiona la caída de mi hermano, no comeré carne jamás, para no hacerlo *caer en pecado.

Los derechos de un apóstol

9 ¿No soy libre? ¿No soy apóstol? ¿No he visto a Jesús nuestro Señor? ¿No son ustedes el fruto de mi trabajo en el Señor? 2 Aunque otros no me reconozcan como apóstol, ¡para ustedes sí lo soy! Porque ustedes mismos son el sello de mi apostolado en el Señor.

3 Ésta es mi defensa contra los que me critican: 4 ¿Acaso no tenemos derecho a comer y a beber? 5 ¿No tenemos derecho a viajar acompañados por una esposa creyente, como hacen los demás apóstoles y *Cefas y los hermanos del Señor? 6 ¿O es que sólo Bernabé y yo estamos obligados a ganarnos la vida con otros trabajos?

7 ¿Qué soldado presta servicio militar pagándose sus propios gastos? ¿Qué agricultor planta un viñedo y no come de sus uvas? ¿Qué pastor cuida un rebaño y no toma de la leche que ordeña? 8 No piensen que digo esto solamente desde un punto de vista humano. ¿No lo dice también la ley? 9 Porque en la ley de Moisés está escrito: «No le pongas bozal al buey mientras esté trillando.»[x] ¿Acaso se preocupa Dios por los bueyes, 10 o lo dice más bien por nosotros? Por supuesto que lo dice por nosotros, porque cuando el labrador ara y el segador trilla, deben hacerlo con la esperanza de participar de la cosecha. 11 Si hemos sembrado semilla espiritual entre ustedes, ¿será mucho pedir que cosechemos de ustedes lo material?[y] 12 Si otros tienen derecho a este sustento de parte de ustedes, ¿no lo tendremos aún más nosotros?

Sin embargo, no ejercimos este derecho, sino que lo soportamos todo con tal de no crear obstáculo al *evangelio de Cristo. 13 ¿No saben que los que sirven en el templo reciben su alimento del templo, y que los que atienden el altar participan de lo que se ofrece en el altar? 14 Así también el Señor ha ordenado que quienes predican el evangelio vivan de este ministerio.

15 Pero no me he aprovechado de ninguno de estos derechos, ni escribo de esta manera porque

[x]9:9 Dt 25:4 [y]9:11 *lo material.* Lit. *las cosas *carnales.*

9 Be careful, however, that the exercise of your freedom does not become a stumbling block to the weak. 10 For if anyone with a weak conscience sees you who have this knowledge eating in an idol's temple, won't he be emboldened to eat what has been sacrificed to idols? 11 So this weak brother, for whom Christ died, is destroyed by your knowledge. 12 When you sin against your brothers in this way and wound their weak conscience, you sin against Christ. 13 Therefore, if what I eat causes my brother to fall into sin, I will never eat meat again, so that I will not cause him to fall.

The Rights of an Apostle

9 Am I not free? Am I not an apostle? Have I not seen Jesus our Lord? Are you not the result of my work in the Lord? 2 Even though I may not be an apostle to others, surely I am to you! For you are the seal of my apostleship in the Lord.

3 This is my defense to those who sit in judgment on me. 4 Don't we have the right to food and drink? 5 Don't we have the right to take a believing wife along with us, as do the other apostles and the Lord's brothers and Cephas[s]? 6 Or is it only I and Barnabas who must work for a living?

7 Who serves as a soldier at his own expense? Who plants a vineyard and does not eat of its grapes? Who tends a flock and does not drink of the milk? 8 Do I say this merely from a human point of view? Doesn't the Law say the same thing? 9 For it is written in the Law of Moses: "Do not muzzle an ox while it is treading out the grain."[t] Is it about oxen that God is concerned? 10 Surely he says this for us, doesn't he? Yes, this was written for us, because when the plowman plows and the thresher threshes, they ought to do so in the hope of sharing in the harvest. 11 If we have sown spiritual seed among you, is it too much if we reap a material harvest from you? 12 If others have this right of support from you, shouldn't we have it all the more?

But we did not use this right. On the contrary, we put up with anything rather than hinder the gospel of Christ. 13 Don't you know that those who work in the temple get their food from the temple, and those who serve at the altar share in what is offered on the altar? 14 In the same way, the Lord has commanded that those who preach the gospel should receive their living from the gospel.

[s]*5* That is, Peter [t]*9* Deut. 25:4

quiera reclamarlos. Prefiero morir a que alguien me prive de este motivo de *orgullo. 16 Sin embargo, cuando predico el evangelio, no tengo de qué enorgullecerme, ya que estoy bajo la obligación de hacerlo. ¡Ay de mí si no predico el evangelio! 17 En efecto, si lo hiciera por mi propia voluntad, tendría recompensa; pero si lo hago por obligación, no hago más que cumplir la tarea que se me ha encomendado. 18 ¿Cuál es, entonces, mi recompensa? Pues que al predicar el evangelio pueda presentarlo gratuitamente, sin hacer valer mi derecho.

19 Aunque soy libre respecto a todos, de todos me he hecho *esclavo para ganar a tantos como sea posible. 20 Entre los judíos me volví judío, a fin de ganarlos a ellos. Entre los que viven bajo la ley me volví como los que están sometidos a ella (aunque yo mismo no vivo bajo la ley), a fin de ganar a éstos. 21 Entre los que no tienen la ley me volví como los que están sin ley (aunque no estoy libre de la ley de Dios sino comprometido con la ley de Cristo), a fin de ganar a los que están sin ley. 22 Entre los débiles me hice débil, a fin de ganar a los débiles. Me hice todo para todos, a fin de salvar a algunos por todos los medios posibles. 23 Todo esto lo hago por causa del evangelio, para participar de sus frutos.

24 ¿No saben que en una carrera todos los corredores compiten, pero sólo uno obtiene el premio? Corran, pues, de tal modo que lo obtengan. 25 Todos los deportistas se entrenan con mucha disciplina. Ellos lo hacen para obtener un premio que se echa a perder; nosotros, en cambio, por uno que dura para siempre. 26 Así que yo no corro como quien no tiene meta; no lucho como quien da golpes al aire. 27 Más bien, golpeo mi cuerpo y lo domino, no sea que, después de haber predicado a otros, yo mismo quede descalificado.

Advertencias basadas en la historia de Israel

10 No quiero que desconozcan, hermanos, que nuestros antepasados estuvieron todos bajo la nube y que todos atravesaron el mar. 2 Todos ellos fueron bautizados en la nube y en el mar para unirse a Moisés. 3 Todos también comieron el mismo alimento espiritual 4 y tomaron la misma bebida espiritual, pues bebían de la roca espiritual que los acompañaba, y la roca era Cristo. 5 Sin embargo, la mayoría de ellos no agradaron a Dios, y sus cuerpos quedaron tendidos en el desierto.

6 Todo eso sucedió para servirnos de ejemplo,[z] a fin de que no nos apasionemos por lo malo,

[z] **10:6** *ejemplo.* Lit. *tipo*; también en v. 11.

15 But I have not used any of these rights. And I am not writing this in the hope that you will do such things for me. I would rather die than have anyone deprive me of this boast. 16 Yet when I preach the gospel, I cannot boast, for I am compelled to preach. Woe to me if I do not preach the gospel! 17 If I preach voluntarily, I have a reward; if not voluntarily, I am simply discharging the trust committed to me. 18 What then is my reward? Just this: that in preaching the gospel I may offer it free of charge, and so not make use of my rights in preaching it.

19 Though I am free and belong to no man, I make myself a slave to everyone, to win as many as possible. 20 To the Jews I became like a Jew, to win the Jews. To those under the law I became like one under the law (though I myself am not under the law), so as to win those under the law. 21 To those not having the law I became like one not having the law (though I am not free from God's law but am under Christ's law), so as to win those not having the law. 22 To the weak I became weak, to win the weak. I have become all things to all men so that by all possible means I might save some. 23 I do all this for the sake of the gospel, that I may share in its blessings.

24 Do you not know that in a race all the runners run, but only one gets the prize? Run in such a way as to get the prize.

25 Everyone who competes in the games goes into strict training. They do it to get a crown that will not last; but we do it to get a crown that will last forever. 26 Therefore I do not run like a man running aimlessly; I do not fight like a man beating the air. 27 No, I beat my body and make it my slave so that after I have preached to others, I myself will not be disqualified for the prize.

Warnings From Israel's History

10 For I do not want you to be ignorant of the fact, brothers, that our forefathers were all under the cloud and that they all passed through the sea. 2 They were all baptized into Moses in the cloud and in the sea. 3 They all ate the same spiritual food 4 and drank the same spiritual drink; for they drank from the spiritual rock that accompanied them, and that rock was Christ. 5 Nevertheless, God was not pleased with most of them; their bodies were scattered over the desert.

6 Now these things occurred as examples[u] to keep us from setting our hearts on evil things as

[u] *6* Or *types*; also in verse 11

como lo hicieron ellos. 7No sean idólatras, como
lo fueron algunos de ellos, según está escrito:
«Se sentó el pueblo a comer y a beber, y se
entregó al desenfreno.»[a] 8No cometamos inmo-
ralidad sexual, como algunos lo hicieron, por lo
que en un sólo día perecieron veintitrés mil.
9Tampoco pongamos a *prueba al Señor, como
lo hicieron algunos y murieron víctimas de las
serpientes. 10Ni murmuren contra Dios, como lo
hicieron algunos y sucumbieron a manos del
ángel destructor.

11Todo eso les sucedió para servir de ejemplo,
y quedó escrito para advertencia nuestra, pues a
nosotros nos ha llegado el fin de los tiempos.
12Por lo tanto, si alguien piensa que está firme,
tenga cuidado de no caer. 13Ustedes no han
sufrido ninguna *tentación que no sea común al
género *humano. Pero Dios es fiel, y no permi-
tirá que ustedes sean tentados más allá de lo que
puedan aguantar. Más bien, cuando llegue la
tentación, él les dará también una salida a fin de
que puedan resistir.

Las fiestas idólatras y la Cena del Señor

14Por tanto, mis queridos hermanos, huyan de
la idolatría. 15Me dirijo a personas sensatas;
juzguen ustedes mismos lo que digo. 16Esa copa
de bendición por la cual damos gracias,[b] ¿no
significa que entramos en comunión con la san-
gre de Cristo? Ese pan que partimos, ¿no signi-
fica que entramos en comunión con el cuerpo de
Cristo? 17Hay un solo pan del cual todos parti-
cipamos; por eso, aunque somos muchos, for-
mamos un solo cuerpo.

18Consideren al pueblo de Israel como tal:[c]
¿No entran en comunión con el altar los que
comen de lo sacrificado? 19¿Qué quiero decir
con esta comparación? ¿Que el sacrificio que los
*gentiles ofrecen a los ídolos sea algo, o que el
ídolo mismo sea algo? 20No, sino que cuando
ellos ofrecen sacrificios, lo hacen para los de-
monios, no para Dios, y no quiero que ustedes
entren en comunión con los demonios. 21No
pueden beber de la copa del Señor y también de
la copa de los demonios; no pueden participar
de la mesa del Señor y también de la mesa de los
demonios. 22¿O vamos a provocar a celos al
Señor? ¿Somos acaso más fuertes que él?

La libertad del creyente

23«Todo está permitido», pero no todo es pro-
vechoso. «Todo está permitido», pero no todo
es constructivo. 24Que nadie busque sus propios
intereses sino los del prójimo.

[a]**10:7** Éx 32:6 [b]**10:16** *por la cual damos gracias.* Lit. *que bendecimos.* [c]**10:18** *como tal.* Lit. *según la *carne.*

they did. 7Do not be idolaters, as some of them
were; as it is written: "The people sat down to
eat and drink and got up to indulge in pagan
revelry."[v] 8We should not commit sexual im-
morality, as some of them did—and in one day
twenty-three thousand of them died. 9We should
not test the Lord, as some of them did—and
were killed by snakes. 10And do not grumble, as
some of them did—and were killed by the de-
stroying angel.

11These things happened to them as exam-
ples and were written down as warnings for
us, on whom the fulfillment of the ages has
come. 12So, if you think you are standing
firm, be careful that you don't fall! 13No
temptation has seized you except what is
common to man. And God is faithful; he will
not let you be tempted beyond what you can
bear. But when you are tempted, he will also
provide a way out so that you can stand up
under it.

Idol Feasts and the Lord's Supper

14Therefore, my dear friends, flee from idol-
atry. 15I speak to sensible people; judge for
yourselves what I say. 16Is not the cup of
thanksgiving for which we give thanks a par-
ticipation in the blood of Christ? And is not
the bread that we break a participation in the
body of Christ? 17Because there is one loaf,
we, who are many, are one body, for we all
partake of the one loaf.

18Consider the people of Israel: Do not those
who eat the sacrifices participate in the altar?
19Do I mean then that a sacrifice offered to an
idol is anything, or that an idol is anything?
20No, but the sacrifices of pagans are offered to
demons, not to God, and I do not want you to be
participants with demons. 21You cannot drink
the cup of the Lord and the cup of demons too;
you cannot have a part in both the Lord's table
and the table of demons. 22Are we trying to
arouse the Lord's jealousy? Are we stronger
than he?

The Believer's Freedom

23"Everything is permissible"—but not ev-
erything is beneficial. "Everything is permissi-
ble"—but not everything is constructive. 24No-
body should seek his own good, but the good of
others.

[v]7 Exodus 32:6

25Coman de todo lo que se vende en la carni-
cería, sin preguntar nada por motivos de con-
ciencia, 26porque «del Señor es la tierra y todo
cuanto hay en ella».[d]

27Si algún incrédulo los invita a comer, y uste-
des aceptan la invitación, coman de todo lo que les
sirvan sin preguntar nada por motivos de concien-
cia. 28Ahora bien, si alguien les dice: «Esto ha
sido ofrecido en sacrificio a los ídolos», entonces
no lo coman, por consideración al que se lo
mencionó, y por motivos de conciencia.[e] 29(Me
refiero a la conciencia del otro, no a la de ustedes.)
¿Por qué se ha de juzgar mi libertad de acuerdo
con la conciencia ajena? 30Si con gratitud partici-
po de la comida, ¿me van a condenar por comer
algo por lo cual doy gracias a Dios?

31En conclusión, ya sea que coman o beban o
hagan cualquier otra cosa, háganlo todo para la
gloria de Dios. 32No hagan *tropezar a nadie, ni
a judíos, ni a *gentiles ni a la iglesia de Dios.
33Hagan como yo, que procuro agradar a todos
en todo. No busco mis propios intereses sino los
de los demás, para que sean salvos.

11 Imítenme a mí, como yo imito a Cristo.

Decoro en el culto

2Los elogio porque se acuerdan de mí en todo
y retienen las enseñanzas,[f] tal como se las
transmití.

3Ahora bien, quiero que entiendan que Cristo
es cabeza de todo hombre, mientras que el hom-
bre es cabeza de la mujer y Dios es cabeza de
Cristo. 4Todo hombre que ora o profetiza con la
cabeza cubierta[g] deshonra al que es su cabeza.
5En cambio, toda mujer que ora o profetiza con
la cabeza descubierta deshonra al que es su
cabeza; es como si estuviera rasurada. 6Si la
mujer no se cubre la cabeza, que se corte tam-
bién el cabello; pero si es vergonzoso para la
mujer tener el pelo corto o la cabeza rasurada,
que se la cubra. 7El hombre no debe cubrirse la
cabeza, ya que él es imagen y gloria de Dios,
mientras que la mujer es gloria del hombre. 8De
hecho, el hombre no procede de la mujer sino la
mujer del hombre; 9ni tampoco fue creado el
hombre a causa de la mujer, sino la mujer a causa
del hombre. 10Por esta razón, y a causa de los
ángeles, la mujer debe llevar sobre la cabeza
señal de autoridad.[h]

11Sin embargo, en el Señor, ni la mujer existe
aparte del hombre ni el hombre aparte de la mujer.

[d]**10:26** Sal 24:1 [e]**10:28** *conciencia.* Var. *conciencia, porque «del Señor es la tierra y todo cuanto hay en ella».* [f]**11:2** *enseñanzas.* Alt. *tradiciones.* [g]**11:4** *la cabeza cubierta.* Alt. *el cabello largo*; también en el resto del pasaje. [h]**11:10** *debe … autoridad.* Lit. *debe tener autoridad sobre la cabeza.*

25Eat anything sold in the meat market with-
out raising questions of conscience, 26for, "The
earth is the Lord's, and everything in it."[w]

27If some unbeliever invites you to a meal and
you want to go, eat whatever is put before you
without raising questions of conscience. 28But
if anyone says to you, "This has been offered in
sacrifice," then do not eat it, both for the sake
of the man who told you and for conscience'
sake[x]— 29the other man's conscience, I mean,
not yours. For why should my freedom be
judged by another's conscience? 30If I take part
in the meal with thankfulness, why am I de-
nounced because of something I thank God for?

31So whether you eat or drink or whatever you
do, do it all for the glory of God. 32Do not cause
anyone to stumble, whether Jews, Greeks or the
church of God— 33even as I try to please every-
body in every way. For I am not seeking my own
good but the good of many, so that they may be
saved.

11 Follow my example, as I follow the
example of Christ.

Propriety in Worship

2I praise you for remembering me in every-
thing and for holding to the teachings,[y] just as I
passed them on to you.

3Now I want you to realize that the head of
every man is Christ, and the head of the woman
is man, and the head of Christ is God. 4Every
man who prays or prophesies with his head
covered dishonors his head. 5And every woman
who prays or prophesies with her head uncov-
ered dishonors her head—it is just as though her
head were shaved. 6If a woman does not cover
her head, she should have her hair cut off; and
if it is a disgrace for a woman to have her hair
cut or shaved off, she should cover her head. 7A
man ought not to cover his head,[z] since he is the
image and glory of God; but the woman is the
glory of man. 8For man did not come from
woman, but woman from man; 9neither was
man created for woman, but woman for man.
10For this reason, and because of the angels, the
woman ought to have a sign of authority on her
head.

11In the Lord, however, woman is not inde-
pendent of man, nor is man independent of

[w]*26* Psalm 24:1 [x]*28* Some manuscripts *conscience' sake, for "the earth is the Lord's and everything in it"* [y]*2* Or *traditions* [z]*4-7* Or [4]*Every man who prays or prophesies with long hair dishonors his head.* [5]*And every woman who prays or prophesies with no covering* ⌞of hair⌟ on her head dishonors her head—*she is just like one of the "shorn women."* [6]*If a woman has no covering, let her be for now with short hair, but since it is a disgrace for a woman to have her hair shorn or shaved, she should grow it again.* [7]*A man ought not to have long hair*

12Porque así como la mujer procede del hombre,
también el hombre nace de la mujer; pero todo
proviene de Dios. 13Juzguen ustedes mismos: ¿Es
apropiado que la mujer ore a Dios sin cubrirse la
cabeza? 14¿No les enseña el mismo orden natural
de las cosas que es una vergüenza para el hombre
dejarse crecer el cabello, 15mientras que es una
gloria para la mujer llevar cabello largo? Es que a
ella se le ha dado su cabellera como velo. 16Si
alguien insiste en discutir este asunto, tenga en
cuenta que nosotros no tenemos otra costumbre,
ni tampoco las iglesias de Dios.

La Cena del Señor

17Al darles las siguientes instrucciones, no
puedo elogiarlos, ya que sus reuniones traen más
perjuicio que beneficio. 18En primer lugar, oigo
decir que cuando se reúnen como iglesia hay
divisiones entre ustedes, y hasta cierto punto lo
creo. 19Sin duda, tiene que haber grupos secta-
rios entre ustedes, para que se demuestre quié-
nes cuentan con la aprobación de Dios. 20De
hecho, cuando se reúnen, ya no es para comer la
Cena del Señor, 21porque cada uno se adelanta
a comer su propia cena, de manera que unos se
quedan con hambre mientras otros se emborra-
chan. 22¿Acaso no tienen casas donde comer y
beber? ¿O es que menosprecian a la iglesia de
Dios y quieren avergonzar a los que no tienen
nada? ¿Qué les diré? ¿Voy a elogiarlos por esto?
¡Claro que no!

23Yo recibí del Señor lo mismo que les
transmití a ustedes: Que el Señor Jesús, la noche
en que fue traicionado, tomó pan, 24y después
de dar gracias, lo partió y dijo: «Este pan es mi
cuerpo, que por ustedes entrego; hagan esto en
memoria de mí.» 25De la misma manera, des-
pués de cenar, tomó la copa y dijo: «Esta copa
es el nuevo pacto en mi sangre; hagan esto, cada
vez que beban de ella, en memoria de mí.»
26Porque cada vez que comen este pan y beben
de esta copa, proclaman la muerte del Señor
hasta que él venga.

27Por lo tanto, cualquiera que coma el pan o
beba de la copa del Señor de manera indigna, será
culpable de pecar contra el cuerpo y la sangre del
Señor. 28Así que cada uno debe examinarse a sí
mismo antes de comer el pan y beber de la copa.
29Porque el que come y bebe sin discernir el
cuerpo,[i] come y bebe su propia condena. 30Por
eso hay entre ustedes muchos débiles y enfermos,
e incluso varios han muerto. 31Si nos examináramos
a nosotros mismos, no se nos juzgaría; 32pero
si nos juzga el Señor, nos disciplina para que no
seamos condenados con el mundo.

[i] **11:29** *cuerpo*. Var. *cuerpo del Señor*.

woman. 12For as woman came from man, so
also man is born of woman. But everything
comes from God. 13Judge for yourselves: Is it
proper for a woman to pray to God with her head
uncovered? 14Does not the very nature of things
teach you that if a man has long hair, it is a
disgrace to him, 15but that if a woman has long
hair, it is her glory? For long hair is given to her
as a covering. 16If anyone wants to be conten-
tious about this, we have no other practice—nor
do the churches of God.

The Lord's Supper

17In the following directives I have no praise
for you, for your meetings do more harm than
good. 18In the first place, I hear that when you
come together as a church, there are divisions
among you, and to some extent I believe it.
19No doubt there have to be differences among
you to show which of you have God's approv-
al. 20When you come together, it is not the
Lord's Supper you eat, 21for as you eat, each
of you goes ahead without waiting for anybody
else. One remains hungry, another gets drunk.
22Don't you have homes to eat and drink in?
Or do you despise the church of God and hu-
miliate those who have nothing? What shall I
say to you? Shall I praise you for this? Cer-
tainly not!

23For I received from the Lord what I also
passed on to you: The Lord Jesus, on the night
he was betrayed, took bread, 24and when he
had given thanks, he broke it and said, "This
is my body, which is for you; do this in re-
membrance of me." 25In the same way, after
supper he took the cup, saying, "This cup is
the new covenant in my blood; do this, when-
ever you drink it, in remembrance of me."
26For whenever you eat this bread and drink
this cup, you proclaim the Lord's death until
he comes.

27Therefore, whoever eats the bread or drinks
the cup of the Lord in an unworthy manner will
be guilty of sinning against the body and blood
of the Lord. 28A man ought to examine himself
before he eats of the bread and drinks of the cup.
29For anyone who eats and drinks without rec-
ognizing the body of the Lord eats and drinks
judgment on himself. 30That is why many
among you are weak and sick, and a number of
you have fallen asleep. 31But if we judged our-
selves, we would not come under judgment.
32When we are judged by the Lord, we are being
disciplined so that we will not be condemned
with the world.

33So then, my brothers, when you come to-
gether to eat, wait for each other. 34If anyone is

33Así que, hermanos míos, cuando se reúnan para comer, espérense unos a otros. 34Si alguno tiene hambre, que coma en su casa, para que las reuniones de ustedes no resulten dignas de condenación.

Los demás asuntos los arreglaré cuando los visite.

Los dones espirituales

12 En cuanto a los dones espirituales, hermanos, quiero que entiendan bien este asunto. 2Ustedes saben que cuando eran *paganos se dejaban arrastrar hacia los ídolos mudos. 3Por eso les advierto que nadie que esté hablando por el Espíritu de Dios puede maldecir a Jesús; ni nadie puede decir: «Jesús es el Señor» sino por el Espíritu Santo.

4Ahora bien, hay diversos dones, pero un mismo Espíritu. 5Hay diversas maneras de servir, pero un mismo Señor. 6Hay diversas funciones, pero es un mismo Dios el que hace todas las cosas en todos.

7A cada uno se le da una manifestación especial del Espíritu para el bien de los demás. 8A unos Dios les da por el Espíritu palabra de sabiduría; a otros, por el mismo Espíritu, palabra de conocimiento; 9a otros, fe por medio del mismo Espíritu; a otros, y por ese mismo Espíritu, dones para sanar enfermos; 10a otros, poderes milagrosos; a otros, profecía; a otros, el discernir espíritus; a otros, el hablar en diversas *lenguas; y a otros, el interpretar lenguas. 11Todo esto lo hace un mismo y único Espíritu, quien reparte a cada uno según él lo determina.

Un cuerpo con muchos miembros

12De hecho, aunque el cuerpo es uno solo, tiene muchos miembros, y todos los miembros, no obstante ser muchos, forman un solo cuerpo. Así sucede con Cristo. 13Todos fuimos bautizados por[j] un solo Espíritu para constituir un solo cuerpo —ya seamos judíos o *gentiles, esclavos o libres—, y a todos se nos dio a beber de un mismo Espíritu.

14Ahora bien, el cuerpo no consta de un solo miembro sino de muchos. 15Si el pie dijera: «Como no soy mano, no soy del cuerpo», no por eso dejaría de ser parte del cuerpo. 16Y si la oreja dijera: «Como no soy ojo, no soy del cuerpo», no por eso dejaría de ser parte del cuerpo. 17Si todo el cuerpo fuera ojo, ¿qué sería del oído? Si todo el cuerpo fuera oído, ¿qué sería del olfato? 18En realidad, Dios colocó cada miembro del cuerpo como mejor le pareció. 19Si todos ellos fueran un solo miembro, ¿qué sería del cuerpo?

[j] **12:13** *por.* Alt. *con,* o *en.*

hungry, he should eat at home, so that when you meet together it may not result in judgment.

And when I come I will give further directions.

Spiritual Gifts

12 Now about spiritual gifts, brothers, I do not want you to be ignorant. 2You know that when you were pagans, somehow or other you were influenced and led astray to mute idols. 3Therefore I tell you that no one who is speaking by the Spirit of God says, "Jesus be cursed," and no one can say, "Jesus is Lord," except by the Holy Spirit.

4There are different kinds of gifts, but the same Spirit. 5There are different kinds of service, but the same Lord. 6There are different kinds of working, but the same God works all of them in all men.

7Now to each one the manifestation of the Spirit is given for the common good. 8To one there is given through the Spirit the message of wisdom, to another the message of knowledge by means of the same Spirit, 9to another faith by the same Spirit, to another gifts of healing by that one Spirit, 10to another miraculous powers, to another prophecy, to another distinguishing between spirits, to another speaking in different kinds of tongues,[a] and to still another the interpretation of tongues.[b] 11All these are the work of one and the same Spirit, and he gives them to each one, just as he determines.

12The body is a unit, though it is made up of many parts; and though all its parts are many, they form one body. So it is with Christ. 13For we were all baptized by[c] one Spirit into one body—whether Jews or Greeks, slave or free—and we were all given the one Spirit to drink.

14Now the body is not made up of one part but of many. 15If the foot should say, "Because I am not a hand, I do not belong to the body," it would not for that reason cease to be part of the body. 16And if the ear should say, "Because I am not an eye, I do not belong to the body," it would not for that reason cease to be part of the body. 17If the whole body were an eye, where would the sense of hearing be? If the whole body were an ear, where would the sense of smell be? 18But in fact God has arranged the parts in the body, every one of them, just as he wanted them to be. 19If they were all one part, where would the

[a] *10* Or *languages*; also in verse 28 [b] *10* Or *languages*; also in verse 28 [c] *13* Or *with*; or *in*

20 Lo cierto es que hay muchos miembros, pero
el cuerpo es uno solo.

21 El ojo no puede decirle a la mano: «No te
necesito.» Ni puede la cabeza decirles a los pies:
«No los necesito.» 22 Al contrario, los miembros
del cuerpo que parecen más débiles son indispen-
sables, 23 y a los que nos parecen menos honrosos
los tratamos con honra especial. Y se les trata con
especial modestia a los miembros que nos pare-
cen menos presentables, 24 mientras que los más
presentables no requieren trato especial. Así Dios
ha dispuesto los miembros de nuestro cuerpo,
dando mayor honra a los que menos tenían, 25 a fin
de que no haya división en el cuerpo, sino que sus
miembros se preocupen por igual unos por otros.
26 Si uno de los miembros sufre, los demás com-
parten su sufrimiento; y si uno de ellos recibe
honor, los demás se alegran con él.

27 Ahora bien, ustedes son el cuerpo de Cristo,
y cada uno es miembro de ese cuerpo. 28 En la
iglesia Dios ha puesto, en primer lugar, apósto-
les; en segundo lugar, profetas; en tercer lugar,
maestros; luego los que hacen milagros; después
los que tienen dones para sanar enfermos, los
que ayudan a otros, los que administran y los que
hablan en diversas *lenguas. 29 ¿Son todos após-
toles? ¿Son todos profetas? ¿Son todos maes-
tros? ¿Hacen todos milagros? 30 ¿Tienen todos
dones para sanar enfermos? ¿Hablan todos en
lenguas? ¿Acaso interpretan todos? 31 Ustedes,
por su parte, ambicionen[k] los mejores dones.

El amor

Ahora les voy a mostrar un camino más exce-
lente.

13 Si hablo en *lenguas *humanas y ange-
licales, pero no tengo amor, no soy más
que un metal que resuena o un platillo que hace
ruido. 2 Si tengo el don de profecía y entiendo
todos los *misterios y poseo todo conocimiento,
y si tengo una fe que logra trasladar montañas,
pero me falta el amor, no soy nada. 3 Si reparto
entre los pobres todo lo que poseo, y si entrego
mi cuerpo para que lo consuman las llamas,[l]
pero no tengo amor, nada gano con eso.

4 El amor es paciente, es bondadoso. El amor
no es envidioso ni jactancioso ni orgulloso. 5 No
se comporta con rudeza, no es egoísta, no se
enoja fácilmente, no guarda rencor. 6 El amor no
se deleita en la maldad sino que se regocija con
la verdad. 7 Todo lo disculpa, todo lo cree, todo
lo espera, todo lo soporta.

8 El amor jamás se extingue, mientras que el
don de profecía cesará, el de lenguas será silen-

[k] **12:31** *ambicionen*. Alt. *ambicionan*. [l] **13:3** *para … llamas*. Var. *para tener de qué *jactarme*.

body be? 20 As it is, there are many parts, but one
body.

21 The eye cannot say to the hand, "I don't
need you!" And the head cannot say to the feet,
"I don't need you!" 22 On the contrary, those
parts of the body that seem to be weaker are
indispensable, 23 and the parts that we think are
less honorable we treat with special honor. And
the parts that are unpresentable are treated with
special modesty, 24 while our presentable parts
need no special treatment. But God has com-
bined the members of the body and has given
greater honor to the parts that lacked it, 25 so that
there should be no division in the body, but that
its parts should have equal concern for each
other. 26 If one part suffers, every part suffers
with it; if one part is honored, every part rejoices
with it.

27 Now you are the body of Christ, and each
one of you is a part of it. 28 And in the church
God has appointed first of all apostles, second
prophets, third teachers, then workers of mira-
cles, also those having gifts of healing, those
able to help others, those with gifts of adminis-
tration, and those speaking in different kinds of
tongues. 29 Are all apostles? Are all prophets?
Are all teachers? Do all work miracles? 30 Do all
have gifts of healing? Do all speak in tongues[d]?
Do all interpret? 31 But eagerly desire[e] the great-
er gifts.

And now I will show you the most excellent
way.

Love

13 If I speak in the tongues[f] of men and of
angels, but have not love, I am only a
resounding gong or a clanging cymbal. 2 If I have
the gift of prophecy and can fathom all mysteries
and all knowledge, and if I have a faith that can
move mountains, but have not love, I am noth-
ing. 3 If I give all I possess to the poor and
surrender my body to the flames,[g] but have not
love, I gain nothing.

4 Love is patient, love is kind. It does not envy,
it does not boast, it is not proud. 5 It is not rude,
it is not self-seeking, it is not easily angered, it
keeps no record of wrongs. 6 Love does not
delight in evil but rejoices with the truth. 7 It
always protects, always trusts, always hopes,
always perseveres.

8 Love never fails. But where there are proph-
ecies, they will cease; where there are tongues,

[d] *30* Or *other languages* [e] *31* Or *But you are eagerly desiring* [f] *1* Or *languages* [g] *3* Some early manuscripts *body that I may boast*

ciado y el de conocimiento desaparecerá. 9Porque conocemos y profetizamos de manera imperfecta; 10pero cuando llegue lo perfecto, lo imperfecto desaparecerá. 11Cuando yo era niño, hablaba como niño, pensaba como niño, razonaba como niño; cuando llegué a ser adulto, dejé atrás las cosas de niño. 12Ahora vemos de manera indirecta y velada, como en un espejo; pero entonces veremos cara a cara. Ahora conozco de manera imperfecta, pero entonces conoceré tal y como soy conocido.

13Ahora, pues, permanecen estas tres virtudes: la fe, la esperanza y el amor. Pero la más excelente de ellas es el amor.

El don de lenguas y el de profecía

14 Empéñense en seguir el amor y ambicionen los dones espirituales, sobre todo el de profecía. 2Porque el que habla en *lenguas no habla a los demás sino a Dios. En realidad, nadie le entiende lo que dice, pues habla *misterios por el Espíritu.[m] 3En cambio, el que profetiza habla a los demás para edificarlos, animarlos y consolarlos. 4El que habla en lenguas se edifica a sí mismo; en cambio, el que profetiza edifica a la iglesia. 5Yo quisiera que todos ustedes hablaran en lenguas, pero mucho más que profetizaran. El que profetiza aventaja al que habla en lenguas, a menos que éste también interprete, para que la iglesia reciba edificación.

6Hermanos, si ahora fuera a visitarlos y les hablara en lenguas, ¿de qué les serviría, a menos que les presentara alguna revelación, conocimiento, profecía o enseñanza? 7Aun en el caso de los instrumentos musicales, tales como la flauta o el arpa, ¿cómo se reconocerá lo que tocan si no dan distintamente sus sonidos? 8Y si la trompeta no da un toque claro, ¿quién se va a preparar para la batalla? 9Así sucede con ustedes. A menos que su lengua pronuncie palabras comprensibles, ¿cómo se sabrá lo que dicen? Será como si hablaran al aire. 10¡Quién sabe cuántos idiomas hay en el mundo, y ninguno carece de sentido! 11Pero si no capto el sentido de lo que alguien dice, seré como un extranjero para el que me habla, y él lo será para mí. 12Por eso ustedes, ya que tanto ambicionan dones espirituales, procuren que éstos abunden para la edificación de la iglesia.

13Por esta razón, el que habla en lenguas pida en oración el don de interpretar lo que diga. 14Porque si yo oro en lenguas, mi espíritu ora, pero mi entendimiento no se beneficia en nada. 15¿Qué debo hacer entonces? Pues orar con el espíritu, pero también con el entendimiento;

[m]14:2 *por el Espíritu.* Alt. *en su espíritu.*

they will be stilled; where there is knowledge, it will pass away. 9For we know in part and we prophesy in part, 10but when perfection comes, the imperfect disappears. 11When I was a child, I talked like a child, I thought like a child, I reasoned like a child. When I became a man, I put childish ways behind me. 12Now we see but a poor reflection as in a mirror; then we shall see face to face. Now I know in part; then I shall know fully, even as I am fully known.

13And now these three remain: faith, hope and love. But the greatest of these is love.

Gifts of Prophecy and Tongues

14 Follow the way of love and eagerly desire spiritual gifts, especially the gift of prophecy. 2For anyone who speaks in a tongue[h] does not speak to men but to God. Indeed, no one understands him; he utters mysteries with his spirit.[i] 3But everyone who prophesies speaks to men for their strengthening, encouragement and comfort. 4He who speaks in a tongue edifies himself, but he who prophesies edifies the church. 5I would like every one of you to speak in tongues,[j] but I would rather have you prophesy. He who prophesies is greater than one who speaks in tongues,[k] unless he interprets, so that the church may be edified.

6Now, brothers, if I come to you and speak in tongues, what good will I be to you, unless I bring you some revelation or knowledge or prophecy or word of instruction? 7Even in the case of lifeless things that make sounds, such as the flute or harp, how will anyone know what tune is being played unless there is a distinction in the notes? 8Again, if the trumpet does not sound a clear call, who will get ready for battle? 9So it is with you. Unless you speak intelligible words with your tongue, how will anyone know what you are saying? You will just be speaking into the air. 10Undoubtedly there are all sorts of languages in the world, yet none of them is without meaning. 11If then I do not grasp the meaning of what someone is saying, I am a foreigner to the speaker, and he is a foreigner to me. 12So it is with you. Since you are eager to have spiritual gifts, try to excel in gifts that build up the church.

13For this reason anyone who speaks in a tongue should pray that he may interpret what he says. 14For if I pray in a tongue, my spirit prays, but my mind is unfruitful. 15So what shall I do? I will pray with my spirit, but I will also

[h]2 Or *another language*; also in verses 4, 13, 14, 19, 26 and 27 [i]2 Or *by the Spirit* [j]5 Or *other languages*; also in verses 6, 18, 22, 23 and 39 [k]5 Or *other languages*; also in verses 6, 18, 22, 23 and 39

cantar con el espíritu, pero también con el en-
tendimiento. 16De otra manera, si alabas a Dios
con el espíritu, ¿cómo puede quien no es instrui-
do[n] decir «amén» a tu acción de gracias, puesto
que no entiende lo que dices? 17En ese caso tu
acción de gracias es admirable, pero no edifica
al otro.

18Doy gracias a Dios porque hablo en lenguas
más que todos ustedes. 19Sin embargo, en la
iglesia prefiero emplear cinco palabras com-
prensibles y que me sirvan para instruir a los
demás, que diez mil palabras en lenguas.

20Hermanos, no sean niños en su modo de
pensar. Sean niños en cuanto a la malicia, pero
adultos en su modo de pensar. 21En la ley está
escrito:

«Por medio de gente de lengua extraña
  y por boca de extranjeros
hablaré a este pueblo,
  pero ni aun así me escucharán»,[ñ] dice el
    Señor.

22De modo que el hablar en lenguas es una
señal, no para los creyentes sino para los incré-
dulos; en cambio, la profecía no es señal para los
incrédulos sino para los creyentes. 23Así que, si
toda la iglesia se reúne y todos hablan en len-
guas, y entran algunos que no entienden o no
creen, ¿no dirán que ustedes están locos? 24Pero
si uno que no cree o uno que no entiende entra
cuando todos están profetizando, se sentirá re-
prendido y juzgado por todos, 25y los secretos
de su corazón quedarán al descubierto. Así que
se postrará ante Dios y lo adorará, exclamando:
«¡Realmente Dios está entre ustedes!»

Orden en los cultos

26¿Qué concluimos, hermanos? Que cuando
se reúnan, cada uno puede tener un himno, una
enseñanza, una revelación, un mensaje en *len-
guas, o una interpretación. Todo esto debe ha-
cerse para la edificación de la iglesia. 27Si se
habla en lenguas, que hablen dos —o cuando
mucho tres—, cada uno por turno; y que alguien
interprete. 28Si no hay intérprete, que guarden
silencio en la iglesia y cada uno hable para sí
mismo y para Dios.

29En cuanto a los profetas, que hablen dos o
tres, y que los demás examinen con cuidado lo
dicho. 30Si alguien que está sentado recibe una
revelación, el que esté hablando ceda la palabra.
31Así todos pueden profetizar por turno, para
que todos reciban instrucción y aliento. 32El don

[n]**14:16** *quien no es instruido.* Lit. *el que ocupa el lugar del indocto.* [ñ]**14:21** Is 28:11,12

pray with my mind; I will sing with my spirit,
but I will also sing with my mind. 16If you are
praising God with your spirit, how can one who
finds himself among those who do not under-
stand[l] say "Amen" to your thanksgiving, since
he does not know what you are saying? 17You
may be giving thanks well enough, but the other
man is not edified.

18I thank God that I speak in tongues more
than all of you. 19But in the church I would
rather speak five intelligible words to instruct
others than ten thousand words in a tongue.

20Brothers, stop thinking like children. In re-
gard to evil be infants, but in your thinking be
adults. 21In the Law it is written:

"Through men of strange tongues
  and through the lips of foreigners
I will speak to this people,
  but even then they will not listen to
    me,"[m]

says the Lord.

22Tongues, then, are a sign, not for believers
but for unbelievers; prophecy, however, is for
believers, not for unbelievers. 23So if the whole
church comes together and everyone speaks in
tongues, and some who do not understand[n] or
some unbelievers come in, will they not say that
you are out of your mind? 24But if an unbeliever
or someone who does not understand[o] comes in
while everybody is prophesying, he will be con-
vinced by all that he is a sinner and will be
judged by all, 25and the secrets of his heart will
be laid bare. So he will fall down and worship
God, exclaiming, "God is really among you!"

Orderly Worship

26What then shall we say, brothers? When
you come together, everyone has a hymn, or a
word of instruction, a revelation, a tongue or an
interpretation. All of these must be done for the
strengthening of the church. 27If anyone speaks
in a tongue, two—or at the most three—should
speak, one at a time, and someone must inter-
pret. 28If there is no interpreter, the speaker
should keep quiet in the church and speak to
himself and God.

29Two or three prophets should speak, and
the others should weigh carefully what is said.
30And if a revelation comes to someone who
is sitting down, the first speaker should stop.
31For you can all prophesy in turn so that
everyone may be instructed and encouraged.

[l]*16* Or *among the inquirers* [m]*21* Isaiah 28:11,12 [n]*23* Or *some inquirers* [o]*24* Or *or some inquirer*

de profecía está[o] bajo el control de los profetas,
33porque Dios no es un Dios de desorden sino
de paz.

Como es costumbre en las congregaciones de
los *creyentes, 34guarden las mujeres silencio
en la iglesia, pues no les está permitido hablar.
Que estén sumisas, como lo establece la ley. 35Si
quieren saber algo, que se lo pregunten en casa
a sus esposos; porque no está bien visto que una
mujer hable en la iglesia.

36¿Acaso la palabra de Dios procedió de ustedes? ¿O son ustedes los únicos que la han recibido? 37Si alguno se cree profeta o espiritual,
reconozca que esto que les escribo es mandato
del Señor. 38Si no lo reconoce, tampoco él será
reconocido.[p]

39Así que, hermanos míos, ambicionen el don
de profetizar, y no prohíban que se hable en
lenguas. 40Pero todo debe hacerse de una manera apropiada y con orden.

La resurrección de Cristo

15 Ahora, hermanos, quiero recordarles el
*evangelio que les prediqué, el mismo
que recibieron y en el cual se mantienen firmes.
2Mediante este evangelio son salvos, si se aferran a la palabra que les prediqué. De otro modo,
habrán creído en vano.

3Porque ante todo[q] les transmití a ustedes lo
que yo mismo recibí: que Cristo murió por
nuestros pecados según las Escrituras, 4que fue
sepultado, que resucitó al tercer día según las
Escrituras, 5y que se apareció a *Cefas, y luego
a los doce. 6Después se apareció a más de quinientos hermanos a la vez, la mayoría de los
cuales vive todavía, aunque algunos han muerto.
7Luego se apareció a *Jacobo, más tarde a todos
los apóstoles, 8y por último, como a uno nacido
fuera de tiempo, se me apareció también a mí.

9Admito que yo soy el más insignificante de
los apóstoles y que ni siquiera merezco ser llamado apóstol, porque perseguí a la iglesia de
Dios. 10Pero por la gracia de Dios soy lo que
soy, y la gracia que él me concedió no fue
infructuosa. Al contrario, he trabajado con más
tesón que todos ellos, aunque no yo sino la
gracia de Dios que está conmigo. 11En fin, ya
sea que se trate de mí o de ellos, esto es lo que
predicamos, y esto es lo que ustedes han creído.

La resurrección de los muertos

12Ahora bien, si se predica que Cristo ha sido
levantado de entre los muertos, ¿cómo dicen
algunos de ustedes que no hay resurrección?

32The spirits of prophets are subject to the
control of prophets. 33For God is not a God
of disorder but of peace.

As in all the congregations of the saints,
34women should remain silent in the churches.
They are not allowed to speak, but must be in
submission, as the Law says. 35If they want to
inquire about something, they should ask their
own husbands at home; for it is disgraceful for
a woman to speak in the church.

36Did the word of God originate with you? Or
are you the only people it has reached? 37If
anybody thinks he is a prophet or spiritually
gifted, let him acknowledge that what I am
writing to you is the Lord's command. 38If he
ignores this, he himself will be ignored.[p]

39Therefore, my brothers, be eager to prophesy, and do not forbid speaking in tongues. 40But
everything should be done in a fitting and orderly way.

The Resurrection of Christ

15 Now, brothers, I want to remind you of
the gospel I preached to you, which you
received and on which you have taken your
stand. 2By this gospel you are saved, if you hold
firmly to the word I preached to you. Otherwise,
you have believed in vain.

3For what I received I passed on to you as
of first importance[q]: that Christ died for our
sins according to the Scriptures, 4that he was
buried, that he was raised on the third day
according to the Scriptures, 5and that he appeared to Peter,[r] and then to the Twelve. 6After that, he appeared to more than five hundred
of the brothers at the same time, most of whom
are still living, though some have fallen asleep.
7Then he appeared to James, then to all the
apostles, 8and last of all he appeared to me
also, as to one abnormally born.

9For I am the least of the apostles and do
not even deserve to be called an apostle, because I persecuted the church of God. 10But
by the grace of God I am what I am, and his
grace to me was not without effect. No, I
worked harder than all of them—yet not I, but
the grace of God that was with me. 11Whether,
then, it was I or they, this is what we preach,
and this is what you believed.

The Resurrection of the Dead

12But if it is preached that Christ has been
raised from the dead, how can some of you
say that there is no resurrection of the dead?

[o] **14:32** *El don … está.* Lit. *Los espíritus de los profetas están.*
[p] **14:38** *tampoco … reconocido.* Var. *que no lo reconozca.*
[q] **15:3** *ante todo.* Alt. *al principio.*

[p] 38 Some manuscripts *If he is ignorant of this, let him be ignorant* [q] 3 Or *you at the first* [r] 5 Greek *Cephas*

13Si no hay resurrección, entonces ni siquiera
Cristo ha resucitado. 14Y si Cristo no ha resuci-
tado, nuestra predicación no sirve para nada,
como tampoco la fe de ustedes. 15Aún más,
resultaríamos falsos testigos de Dios por haber
testificado que Dios resucitó a Cristo, lo cual no
habría sucedido, si en verdad los muertos no
resucitan. 16Porque si los muertos no resucitan,
tampoco Cristo ha resucitado. 17Y si Cristo no
ha resucitado, la fe de ustedes es ilusoria y
todavía están en sus pecados. 18En este caso,
también están perdidos los que murieron en
Cristo. 19Si la esperanza que tenemos en Cristo
fuera sólo para esta vida, seríamos los más des-
dichados de todos los *mortales.

20Lo cierto es que Cristo ha sido *levantado
de entre los muertos, como *primicias de los que
murieron. 21De hecho, ya que la muerte vino por
medio de un hombre, también por medio de un
hombre viene la resurrección de los muertos.
22Pues así como en Adán todos mueren, también
en Cristo todos volverán a vivir, 23pero cada uno
en su debido orden: Cristo, las primicias; des-
pués, cuando él venga, los que le pertenecen.
24Entonces vendrá el fin, cuando él entregue el
reino a Dios el Padre, luego de destruir todo
dominio, autoridad y poder. 25Porque es nece-
sario que Cristo reine hasta poner a todos sus
enemigos debajo de sus pies. 26El último enemi-
go que será destruido es la muerte, 27pues Dios
«ha sometido todo a su dominio».[r] Al decir que
«todo» ha quedado sometido a su dominio, es
claro que no se incluye a Dios mismo, quien todo
lo sometió a Cristo. 28Y cuando todo le sea
sometido, entonces el Hijo mismo se someterá
a aquel que le sometió todo, para que Dios sea
todo en todos.

29Si no hay resurrección, ¿qué sacan los que
se bautizan por los muertos? Si en definitiva los
muertos no resucitan, ¿por qué se bautizan por
ellos? 30Y nosotros, ¿por qué nos exponemos al
peligro a todas horas? 31Que cada día muero,
hermanos, es tan cierto como el *orgullo que
siento por ustedes en Cristo Jesús nuestro Señor.
32¿Qué he ganado si, sólo por motivos humanos,
en Éfeso luché contra las fieras? Si los muertos
no resucitan,

«comamos y bebamos,
que mañana moriremos».[s]

33No se dejen engañar: «Las malas compañías
corrompen las buenas costumbres.» 34Vuelvan
a su sano juicio, como conviene, y dejen de
pecar. En efecto, hay algunos de ustedes que no

[r]**15:27** Sal 8:6 [s]**15:32** Is 22:13

13If there is no resurrection of the dead, then
not even Christ has been raised. 14And if
Christ has not been raised, our preaching is
useless and so is your faith. 15More than that,
we are then found to be false witnesses about
God, for we have testified about God that he
raised Christ from the dead. But he did not
raise him if in fact the dead are not raised.
16For if the dead are not raised, then Christ
has not been raised either. 17And if Christ has
not been raised, your faith is futile; you are
still in your sins. 18Then those also who have
fallen asleep in Christ are lost. 19If only for
this life we have hope in Christ, we are to be
pitied more than all men.

20But Christ has indeed been raised from
the dead, the firstfruits of those who have fall-
en asleep. 21For since death came through a
man, the resurrection of the dead comes also
through a man. 22For as in Adam all die, so
in Christ all will be made alive. 23But each in
his own turn: Christ, the firstfruits; then, when
he comes, those who belong to him. 24Then
the end will come, when he hands over the
kingdom to God the Father after he has de-
stroyed all dominion, authority and power.
25For he must reign until he has put all his
enemies under his feet. 26The last enemy to
be destroyed is death. 27For he "has put ev-
erything under his feet."[s] Now when it says
that "everything" has been put under him, it
is clear that this does not include God himself,
who put everything under Christ. 28When he
has done this, then the Son himself will be
made subject to him who put everything under
him, so that God may be all in all.

29Now if there is no resurrection, what will
those do who are baptized for the dead? If the
dead are not raised at all, why are people bap-
tized for them? 30And as for us, why do we
endanger ourselves every hour? 31I die every
day—I mean that, brothers—just as surely as I
glory over you in Christ Jesus our Lord. 32If I
fought wild beasts in Ephesus for merely human
reasons, what have I gained? If the dead are not
raised,

"Let us eat and drink,
for tomorrow we die."[t]

33Do not be misled: "Bad company corrupts
good character." 34Come back to your senses as
you ought, and stop sinning; for there are some

[s]*27* Psalm 8:6 [t]*32* Isaiah 22:13

tienen conocimiento de Dios; para vergüenza de
ustedes lo digo.

El cuerpo resucitado

35Tal vez alguien pregunte: «¿Cómo resucita-
rán los muertos? ¿Con qué clase de cuerpo ven-
drán?» 36¡Qué tontería! Lo que tú siembras no
cobra vida a menos que muera. 37No plantas el
cuerpo que luego ha de nacer sino que siembras
una simple semilla de trigo o de otro grano.
38Pero Dios le da el cuerpo que quiso darle, y a
cada clase de semilla le da un cuerpo propio.
39No todos los cuerpos son iguales: hay cuerpos
*humanos; también los hay de animales terres-
tres, de aves y de peces. 40Así mismo hay cuer-
pos celestes y cuerpos terrestres; pero el esplen-
dor de los cuerpos celestes es uno, y el de los
cuerpos terrestres es otro. 41Uno es el esplendor
del sol, otro el de la luna y otro el de las estrellas.
Cada estrella tiene su propio brillo.

42Así sucederá también con la resurrección de
los muertos. Lo que se siembra en corrupción,
resucita en incorrupción; 43lo que se siembra en
oprobio, resucita en gloria; lo que se siembra en
debilidad, resucita en poder; 44se siembra un
cuerpo natural,[t] resucita un cuerpo espiritual.

Si hay un cuerpo natural, también hay un
cuerpo espiritual. 45Así está escrito: «El primer
hombre, Adán, se convirtió en un ser viviente»;[u]
el último Adán, en el Espíritu que da vida. 46No
vino primero lo espiritual sino lo natural, y
después lo espiritual. 47El primer hombre era del
polvo de la tierra; el segundo hombre, del cielo.
48Como es aquel hombre terrenal, así son tam-
bién los de la tierra; y como es el celestial, así
son también los del cielo. 49Y así como hemos
llevado la imagen de aquel hombre terrenal,
llevaremos[v] también la imagen del celestial.

50Les declaro, hermanos, que el cuerpo mor-
tal[w] no puede heredar el reino de Dios, ni lo
corruptible puede heredar lo incorruptible. 51Fí-
jense bien en el *misterio que les voy a revelar:
No todos moriremos, pero todos seremos
transformados, 52en un instante, en un abrir y
cerrar de ojos, al toque final de la trompeta. Pues
sonará la trompeta y los muertos resucitarán con
un cuerpo incorruptible, y nosotros seremos
transformados. 53Porque lo corruptible tiene que
revestirse de lo incorruptible, y lo mortal, de
inmortalidad. 54Cuando lo corruptible se revista
de lo incorruptible, y lo mortal, de inmortalidad,
entonces se cumplirá lo que está escrito: «La
muerte ha sido devorada por la victoria.»[x]

[t]**15:44** *natural.* Lit. **síquico*; también en v. 46.
[u]**15:45** Gn 2:7 [v]**15:49** *llevaremos.* Var. *llevemos.*
[w]**15:50** *el cuerpo mortal.* Lit. **carne y sangre.*
[x]**15:54** Is 25:8

who are ignorant of God—I say this to your
shame.

The Resurrection Body

35But someone may ask, "How are the dead
raised? With what kind of body will they
come?" 36How foolish! What you sow does not
come to life unless it dies. 37When you sow, you
do not plant the body that will be, but just a seed,
perhaps of wheat or of something else. 38But
God gives it a body as he has determined, and
to each kind of seed he gives its own body. 39All
flesh is not the same: Men have one kind of
flesh, animals have another, birds another and
fish another. 40There are also heavenly bodies
and there are earthly bodies; but the splendor of
the heavenly bodies is one kind, and the splen-
dor of the earthly bodies is another. 41The sun
has one kind of splendor, the moon another and
the stars another; and star differs from star in
splendor.

42So will it be with the resurrection of the
dead. The body that is sown is perishable, it is
raised imperishable; 43it is sown in dishonor, it
is raised in glory; it is sown in weakness, it is
raised in power; 44it is sown a natural body, it is
raised a spiritual body.

If there is a natural body, there is also a
spiritual body. 45So it is written: "The first man
Adam became a living being"[u]; the last Adam,
a life-giving spirit. 46The spiritual did not come
first, but the natural, and after that the spiritual.
47The first man was of the dust of the earth, the
second man from heaven. 48As was the earthly
man, so are those who are of the earth; and as is
the man from heaven, so also are those who are
of heaven. 49And just as we have borne the
likeness of the earthly man, so shall we[v] bear the
likeness of the man from heaven.

50I declare to you, brothers, that flesh and
blood cannot inherit the kingdom of God, nor
does the perishable inherit the imperishable.
51Listen, I tell you a mystery: We will not all
sleep, but we will all be changed— 52in a flash,
in the twinkling of an eye, at the last trumpet.
For the trumpet will sound, the dead will be
raised imperishable, and we will be changed.
53For the perishable must clothe itself with the
imperishable, and the mortal with immortality.
54When the perishable has been clothed with the
imperishable, and the mortal with immortality,
then the saying that is written will come true:
"Death has been swallowed up in victory."[w]

[u]*45* Gen. 2:7 [v]*49* Some early manuscripts *so let us*
[w]*54* Isaiah 25:8

55«¿Dónde está, oh muerte, tu victoria?
¿Dónde está, oh muerte, tu aguijón?»[y]

56El aguijón de la muerte es el pecado, y el poder
del pecado es la ley. 57¡Pero gracias a Dios, que
nos da la victoria por medio de nuestro Señor
Jesucristo!
58Por lo tanto, mis queridos hermanos, man-
ténganse firmes e inconmovibles, progresando
siempre en la obra del Señor, conscientes de que
su trabajo en el Señor no es en vano.

La colecta para el pueblo de Dios

16 En cuanto a la colecta para los *cre-
yentes, sigan las instrucciones que di
a las iglesias de Galacia. 2El primer día de la
semana, cada uno de ustedes aparte y guarde
algún dinero conforme a sus ingresos, para
que no se tengan que hacer colectas cuando
yo vaya. 3Luego, cuando llegue, daré cartas
de presentación a los que ustedes hayan apro-
bado y los enviaré a Jerusalén con los donati-
vos que hayan recogido. 4Si conviene que yo
también vaya, iremos juntos.

Encargos personales

5Después de pasar por Macedonia, pues tengo
que atravesar esa región, iré a verlos. 6Es posible
que me quede con ustedes algún tiempo, y tal
vez pase allí el invierno, para que me ayuden a
seguir el viaje a dondequiera que vaya. 7Esta vez
no quiero verlos sólo de paso; más bien, espero
permanecer algún tiempo con ustedes, si el
Señor así lo permite. 8Pero me quedaré en Éfeso
hasta Pentecostés, 9porque se me ha presentado
una gran oportunidad para un trabajo eficaz, a
pesar de que hay muchos en mi contra.
10Si llega Timoteo, procuren que se sienta
cómodo entre ustedes, porque él trabaja como
yo en la obra del Señor. 11Por tanto, que nadie
lo menosprecie. Ayúdenlo a seguir su viaje en
paz para que pueda volver a reunirse conmigo,
pues estoy esperándolo junto con los hermanos.
12En cuanto a nuestro hermano Apolos, le
rogué encarecidamente que en compañía de
otros hermanos les hiciera una visita. No quiso
de ninguna manera ir ahora, pero lo hará cuando
se le presente la oportunidad.
13Manténganse alerta; permanezcan firmes
en la fe; sean valientes y fuertes. 14Hagan todo
con amor.
15Bien saben que los de la familia de Estéfa-
nas fueron los primeros convertidos de Acaya,[z]
y que se han dedicado a servir a los *creyentes.

[y]**15:55** Os 13:14 [z]**16:15** *los primeros convertidos de Acaya.* Lit. *las *primicias de Acaya.*

55"Where, O death, is your victory?
Where, O death, is your sting?"[x]

56The sting of death is sin, and the power of
sin is the law. 57But thanks be to God! He
gives us the victory through our Lord Jesus
Christ.
58Therefore, my dear brothers, stand firm.
Let nothing move you. Always give your-
selves fully to the work of the Lord, because
you know that your labor in the Lord is not in
vain.

The Collection for God's People

16 Now about the collection for God's peo-
ple: Do what I told the Galatian
churches to do. 2On the first day of every week,
each one of you should set aside a sum of money
in keeping with his income, saving it up, so that
when I come no collections will have to be
made. 3Then, when I arrive, I will give letters of
introduction to the men you approve and send
them with your gift to Jerusalem. 4If it seems
advisable for me to go also, they will accompany
me.

Personal Requests

5After I go through Macedonia, I will come to
you—for I will be going through Macedonia.
6Perhaps I will stay with you awhile, or even
spend the winter, so that you can help me on my
journey, wherever I go. 7I do not want to see you
now and make only a passing visit; I hope to
spend some time with you, if the Lord permits.
8But I will stay on at Ephesus until Pentecost,
9because a great door for effective work has
opened to me, and there are many who oppose
me.
10If Timothy comes, see to it that he has
nothing to fear while he is with you, for he is
carrying on the work of the Lord, just as I am.
11No one, then, should refuse to accept him.
Send him on his way in peace so that he may
return to me. I am expecting him along with the
brothers.
12Now about our brother Apollos: I strongly
urged him to go to you with the brothers. He was
quite unwilling to go now, but he will go when
he has the opportunity.
13Be on your guard; stand firm in the faith; be
men of courage; be strong. 14Do everything in
love.
15You know that the household of Stephanas
were the first converts in Achaia, and they have
devoted themselves to the service of the saints.

[x]*55* Hosea 13:14

Les recomiendo, hermanos, 16que se pongan a
disposición de aquéllos y de todo el que colabore
en este arduo trabajo. 17Me alegré cuando llega-
ron Estéfanas, Fortunato y Acaico, porque ellos
han suplido lo que ustedes no podían darme,
18ya que han tranquilizado mi espíritu y también
el de ustedes. Tales personas merecen que se les
exprese reconocimiento.

Saludos finales

19Las iglesias de la provincia de *Asia les
mandan saludos. Aquila y *Priscila los saludan
cordialmente en el Señor, como también la igle-
sia que se reúne en la casa de ellos. 20Todos los
hermanos les mandan saludos. Salúdense unos
a otros con un beso santo.

21Yo, Pablo, escribo este saludo de mi puño y
letra.

22Si alguno no ama al Señor, quede bajo mal-
dición. *¡Marana ta!*[a]

23Que la gracia del Señor Jesús sea con ustedes.

24Los amo a todos ustedes en Cristo Jesús.
Amén.[b]

I urge you, brothers, 16to submit to such as these
and to everyone who joins in the work, and
labors at it. 17I was glad when Stephanas, For-
tunatus and Achaicus arrived, because they have
supplied what was lacking from you. 18For they
refreshed my spirit and yours also. Such men
deserve recognition.

Final Greetings

19The churches in the province of Asia send
you greetings. Aquila and Priscilla[y] greet you
warmly in the Lord, and so does the church that
meets at their house. 20All the brothers here send
you greetings. Greet one another with a holy
kiss.

21I, Paul, write this greeting in my own hand.

22If anyone does not love the Lord—a curse
be on him. Come, O Lord[z]!

23The grace of the Lord Jesus be with you.

24My love to all of you in Christ Jesus.
Amen.[a]

[a] **16:22** *¡Marana ta!* Expresión aramea que significa: «Ven, Señor»; otra posible lectura es *Maran ata,* que significa: «El Señor viene.» [b] **16:24** Var. no incluye: *Amén.*

[y] *19* Greek *Prisca,* a variant of *Priscilla* [z] *22* In Aramaic the expression *Come, O Lord* is *Marana tha.* [a] *24* Some manuscripts do not have *Amen.*

Segunda Carta a los Corintios

1 Pablo, apóstol de *Cristo Jesús por la volun-
tad de Dios, y Timoteo nuestro hermano,

a la iglesia de Dios que está en Corinto y a
todos los *santos en toda la región de Acaya:

2Que Dios nuestro padre y el Señor Jesucristo
les concedan gracia y paz.

El Dios de toda consolación

3Alabado sea el Dios y Padre de nuestro Señor
Jesucristo, Padre misericordioso y Dios de toda
consolación, 4quien nos consuela en todas nues-
tras tribulaciones para que con el mismo consue-
lo que de Dios hemos recibido, también nosotros
podamos consolar a todos los que sufren. 5Pues
así como participamos abundantemente en los
sufrimientos de Cristo, así también por medio
de él tenemos abundante consuelo. 6Si sufrimos,
es para que ustedes tengan consuelo y salvación;
y si somos consolados, es para que ustedes
tengan el consuelo que los ayude a soportar con
paciencia los mismos sufrimientos que nosotros
padecemos. 7Firme es la esperanza que tenemos
en cuanto a ustedes, porque sabemos que así
como participan de nuestros sufrimientos, así
también participan de nuestro consuelo.
8Hermanos, no queremos que desconozcan
las aflicciones que sufrimos en la provincia de
*Asia. Estábamos tan agobiados bajo tanta pre-
sión, que hasta perdimos la esperanza de salir
con vida: 9nos sentíamos como sentenciados a
muerte. Pero eso sucedió para que no confiára-
mos en nosotros mismos sino en Dios, que resu-
cita a los muertos. 10Él nos libró y nos librará de
tal peligro de muerte. En él tenemos puesta
nuestra esperanza, y él seguirá librándonos.
11Mientras tanto, ustedes nos ayudan orando por
nosotros. Así muchos darán gracias a Dios por
nosotros[a] a causa del don que se nos ha conce-
dido en respuesta a tantas oraciones.

Pablo cambia de planes

12Para nosotros, el motivo de *satisfacción es
el testimonio de nuestra conciencia: Nos hemos
comportado en el mundo, y especialmente entre

[a] **1:11** *nosotros*. Var. *ustedes*.

2 Corinthians

1 Paul, an apostle of Christ Jesus by the will
of God, and Timothy our brother,

To the church of God in Corinth, together with
all the saints throughout Achaia:

2Grace and peace to you from God our Father
and the Lord Jesus Christ.

The God of All Comfort

3Praise be to the God and Father of our Lord
Jesus Christ, the Father of compassion and the
God of all comfort, 4who comforts us in all
our troubles, so that we can comfort those in
any trouble with the comfort we ourselves
have received from God. 5For just as the suf-
ferings of Christ flow over into our lives, so
also through Christ our comfort overflows. 6If
we are distressed, it is for your comfort and
salvation; if we are comforted, it is for your
comfort, which produces in you patient endur-
ance of the same sufferings we suffer. 7And
our hope for you is firm, because we know
that just as you share in our sufferings, so also
you share in our comfort.
8We do not want you to be uninformed, broth-
ers, about the hardships we suffered in the prov-
ince of Asia. We were under great pressure, far
beyond our ability to endure, so that we de-
spaired even of life. 9Indeed, in our hearts we
felt the sentence of death. But this happened that
we might not rely on ourselves but on God, who
raises the dead. 10He has delivered us from such
a deadly peril, and he will deliver us. On him we
have set our hope that he will continue to deliver
us, 11as you help us by your prayers. Then many
will give thanks on our[a] behalf for the gracious
favor granted us in answer to the prayers of
many.

Paul's Change of Plans

12Now this is our boast: Our conscience testi-
fies that we have conducted ourselves in the
world, and especially in our relations with you,

[a] *11* Many manuscripts *your*

ustedes, con la *santidad y sinceridad que vie-
nen de Dios. Nuestra conducta no se ha ajustado
a la sabiduría *humana sino a la gracia de Dios.
13No estamos escribiéndoles nada que no pue-
dan leer ni entender. Espero que comprenderán
del todo, 14así como ya nos han comprendido en
parte, que pueden sentirse *orgullosos de noso-
tros como también nosotros nos sentiremos or-
gullosos de ustedes en el día del Señor Jesús.

15Confiando en esto, quise visitarlos primero
a ustedes para que recibieran una doble bendi-
ción; 16es decir, visitarlos de paso a Macedonia,
y verlos otra vez a mi regreso de allá. Así
podrían ayudarme a seguir el viaje a Judea. 17Al
proponerme esto, ¿acaso lo hice a la ligera? ¿O
es que hago mis planes según criterios mera-
mente *humanos, de manera que diga «sí, sí» y
«no, no» al mismo tiempo?

18Pero tan cierto como que Dios es fiel, el
mensaje que les hemos dirigido no es «sí» y
«no». 19Porque el Hijo de Dios, Jesucristo, a
quien *Silvano, Timoteo y yo predicamos entre
ustedes, no fue «sí» y «no»; en él siempre ha
sido «sí». 20Todas las promesas que ha hecho
Dios son «sí» en Cristo. Así que por medio de
Cristo respondemos «amén» para la gloria de
Dios. 21Dios es el que nos mantiene firmes en
Cristo, tanto a nosotros como a ustedes. Él nos
ungió, 22nos selló como propiedad suya y puso
su Espíritu en nuestro corazón, como garantía
de sus promesas.

23¡Por mi *vida! Pongo a Dios por testigo de
que es sólo por consideración a ustedes por lo
que todavía no he ido a Corinto. 24No es que
intentemos imponerles la fe, sino que deseamos
contribuir a la alegría de ustedes, pues por la fe
se mantienen firmes.

2 En efecto, decidí no hacerles otra visita que
les causara tristeza. 2Porque si yo los en-
tristezco, ¿quién me brindará alegría sino aquel
a quien yo haya entristecido? 3Les escribí como
lo hice para que, al llegar yo, los que debían
alegrarme no me causaran tristeza. Estaba con-
fiado de que todos ustedes harían suya mi ale-
gría. 4Les escribí con gran tristeza y angustia de
corazón, y con muchas lágrimas, no para entris-
tecerlos sino para darles a conocer la profundi-
dad del amor que les tengo.

Perdón para el pecador

5Si alguno ha causado tristeza, no me la ha
causado sólo a mí; hasta cierto punto —y lo digo
para no exagerar— se la ha causado a todos
ustedes. 6Para él es suficiente el castigo que le
impuso la mayoría. 7Más bien debieran perdo-
narlo y consolarlo para que no sea consumido
por la excesiva tristeza. 8Por eso les ruego que
reafirmen su amor hacia él. 9Con este propósito

in the holiness and sincerity that are from God.
We have done so not according to worldly wis-
dom but according to God's grace. 13For we do
not write you anything you cannot read or un-
derstand. And I hope that, 14as you have under-
stood us in part, you will come to understand
fully that you can boast of us just as we will boast
of you in the day of the Lord Jesus.

15Because I was confident of this, I planned
to visit you first so that you might benefit twice.
16I planned to visit you on my way to Macedonia
and to come back to you from Macedonia, and
then to have you send me on my way to Judea.
17When I planned this, did I do it lightly? Or do
I make my plans in a worldly manner so that in
the same breath I say, "Yes, yes" and "No, no"?

18But as surely as God is faithful, our message
to you is not "Yes" and "No." 19For the Son of
God, Jesus Christ, who was preached among
you by me and Silas[b] and Timothy, was not
"Yes" and "No," but in him it has always been
"Yes." 20For no matter how many promises
God has made, they are "Yes" in Christ. And so
through him the "Amen" is spoken by us to the
glory of God. 21Now it is God who makes both
us and you stand firm in Christ. He anointed us,
22set his seal of ownership on us, and put his
Spirit in our hearts as a deposit, guaranteeing
what is to come.

23I call God as my witness that it was in order
to spare you that I did not return to Corinth.
24Not that we lord it over your faith, but we work
with you for your joy, because it is by faith you
stand firm.

2 So I made up my mind that I would not
make another painful visit to you. 2For if I
grieve you, who is left to make me glad but you
whom I have grieved? 3I wrote as I did so that
when I came I should not be distressed by those
who ought to make me rejoice. I had confidence
in all of you, that you would all share my joy.
4For I wrote you out of great distress and an-
guish of heart and with many tears, not to grieve
you but to let you know the depth of my love for
you.

Forgiveness for the Sinner

5If anyone has caused grief, he has not so
much grieved me as he has grieved all of you,
to some extent—not to put it too severely.
6The punishment inflicted on him by the ma-
jority is sufficient for him. 7Now instead, you
ought to forgive and comfort him, so that he
will not be overwhelmed by excessive sorrow.
8I urge you, therefore, to reaffirm your love

b 19 Greek *Silvanus*, a variant of *Silas*

les escribí: para ver si pasan la prueba de la completa obediencia. 10A quien ustedes perdonen, yo también lo perdono. De hecho, si había algo que perdonar, lo he perdonado por consideración a ustedes en presencia de Cristo, 11para que Satanás no se aproveche de nosotros, pues no ignoramos sus artimañas.

Ministros del nuevo pacto

12Ahora bien, cuando llegué a Troas para predicar el *evangelio de Cristo, descubrí que el Señor me había abierto las puertas. 13Aun así, me sentí intranquilo por no haber encontrado allí a mi hermano Tito, por lo cual me despedí de ellos y me fui a Macedonia.

14Sin embargo, gracias a Dios que en Cristo siempre nos lleva triunfantes[b] y, por medio de nosotros, esparce por todas partes la fragancia de su conocimiento. 15Porque para Dios nosotros somos el aroma de Cristo entre los que se salvan y entre los que se pierden. 16Para éstos somos olor de muerte que los lleva a la muerte; para aquéllos, olor de vida que los lleva a la vida. ¿Y quién es competente para semejante tarea? 17A diferencia de muchos, nosotros no somos de los que trafican con la palabra de Dios. Más bien, hablamos con sinceridad delante de él en Cristo, como enviados de Dios que somos.

3 ¿Acaso comenzamos otra vez a recomendarnos a nosotros mismos? ¿O acaso tenemos que presentarles o pedirles a ustedes cartas de recomendación, como hacen algunos? 2Ustedes mismos son nuestra carta, escrita en nuestro corazón, conocida y leída por todos. 3Es evidente que ustedes son una carta de Cristo, expedida[c] por nosotros, escrita no con tinta sino con el Espíritu del Dios viviente; no en tablas de piedra sino en tablas de carne, en los corazones.

4Ésta es la confianza que delante de Dios tenemos por medio de Cristo. 5No es que nos consideremos competentes en nosotros mismos. Nuestra capacidad viene de Dios. 6Él nos ha capacitado para ser servidores de un nuevo pacto, no el de la letra sino el del Espíritu; porque la letra mata, pero el Espíritu da vida.

La gloria del nuevo pacto

7El ministerio que causaba muerte, el que estaba grabado con letras en piedra, fue tan glorioso que los israelitas no podían mirar la cara de Moisés debido a la gloria que se reflejaba en su rostro, la cual ya se estaba extinguiendo. 8Pues bien, si aquel ministerio fue así, ¿no será todavía más glorioso el ministerio del Espíritu?

for him. 9The reason I wrote you was to see if you would stand the test and be obedient in everything. 10If you forgive anyone, I also forgive him. And what I have forgiven—if there was anything to forgive—I have forgiven in the sight of Christ for your sake, 11in order that Satan might not outwit us. For we are not unaware of his schemes.

Ministers of the New Covenant

12Now when I went to Troas to preach the gospel of Christ and found that the Lord had opened a door for me, 13I still had no peace of mind, because I did not find my brother Titus there. So I said good-by to them and went on to Macedonia.

14But thanks be to God, who always leads us in triumphal procession in Christ and through us spreads everywhere the fragrance of the knowledge of him. 15For we are to God the aroma of Christ among those who are being saved and those who are perishing. 16To the one we are the smell of death; to the other, the fragrance of life. And who is equal to such a task? 17Unlike so many, we do not peddle the word of God for profit. On the contrary, in Christ we speak before God with sincerity, like men sent from God.

3 Are we beginning to commend ourselves again? Or do we need, like some people, letters of recommendation to you or from you? 2You yourselves are our letter, written on our hearts, known and read by everybody. 3You show that you are a letter from Christ, the result of our ministry, written not with ink but with the Spirit of the living God, not on tablets of stone but on tablets of human hearts.

4Such confidence as this is ours through Christ before God. 5Not that we are competent in ourselves to claim anything for ourselves, but our competence comes from God. 6He has made us competent as ministers of a new covenant—not of the letter but of the Spirit; for the letter kills, but the Spirit gives life.

The Glory of the New Covenant

7Now if the ministry that brought death, which was engraved in letters on stone, came with glory, so that the Israelites could not look steadily at the face of Moses because of its glory, fading though it was, 8will not the ministry of the Spirit be even more glorious? 9If the minis-

[b] 2:14 *nos lleva triunfantes.* Alt. *nos conduce en desfile victorioso.* [c] 3:3 *expedida.* Lit. *ministrada.*

9Si es glorioso el ministerio que trae condenación, ¡cuánto más glorioso será el ministerio que trae la justicia! 10En efecto, lo que fue glorioso ya no lo es, si se le compara con esta excelsa gloria. 11Y si vino con gloria lo que ya se estaba extinguiendo, ¡cuánto mayor será la gloria de lo que permanece!

12Así que, como tenemos tal esperanza, actuamos con plena confianza. 13No hacemos como Moisés, quien se ponía un velo sobre el rostro para que los israelitas no vieran el fin del resplandor que se iba extinguiendo. 14Sin embargo, la mente de ellos se embotó, de modo que hasta el día de hoy tienen puesto el mismo velo al leer el antiguo pacto. El velo no les ha sido quitado, porque sólo se quita en Cristo. 15Hasta el día de hoy, siempre que leen a Moisés, un velo les cubre el corazón. 16Pero cada vez que alguien se vuelve al Señor, el velo es quitado. 17Ahora bien, el Señor es el Espíritu; y donde está el Espíritu del Señor, allí hay libertad. 18Así, todos nosotros, que con el rostro descubierto reflejamos[d] como en un espejo la gloria del Señor, somos transformados a su semejanza con más y más gloria por la acción del Señor, que es el Espíritu.

Tesoros en vasijas de barro

4 Por esto, ya que por la misericordia de Dios tenemos este ministerio, no nos desanimamos. 2Más bien, hemos renunciado a todo lo vergonzoso que se hace a escondidas; no actuamos con engaño ni torcemos la palabra de Dios. Al contrario, mediante la clara exposición de la verdad, nos recomendamos a toda conciencia *humana en la presencia de Dios. 3Pero si nuestro *evangelio está encubierto, lo está para los que se pierden. 4El dios de este mundo ha cegado la mente de estos incrédulos, para que no vean la luz del glorioso evangelio de Cristo, el cual es la imagen de Dios. 5No nos predicamos a nosotros mismos sino a Jesucristo como Señor; nosotros no somos más que servidores de ustedes por causa de Jesús. 6Porque Dios, que ordenó que la luz resplandeciera en las tinieblas,[e] hizo brillar su luz en nuestro corazón para que conociéramos la gloria de Dios que resplandece en el rostro de Cristo.

7Pero tenemos este tesoro en vasijas de barro para que se vea que tan sublime poder viene de Dios y no de nosotros. 8Nos vemos atribulados en todo, pero no abatidos; perplejos, pero no desesperados; 9perseguidos, pero no abandonados; derribados, pero no destruidos. 10Dondequiera que vamos, siempre llevamos en nuestro cuerpo la muerte de Jesús, para que también su

[d]3:18 *reflejamos*. Alt. *contemplamos*. [e]4:6 Gn 1:3

try that condemns men is glorious, how much more glorious is the ministry that brings righteousness! 10For what was glorious has no glory now in comparison with the surpassing glory. 11And if what was fading away came with glory, how much greater is the glory of that which lasts!

12Therefore, since we have such a hope, we are very bold. 13We are not like Moses, who would put a veil over his face to keep the Israelites from gazing at it while the radiance was fading away. 14But their minds were made dull, for to this day the same veil remains when the old covenant is read. It has not been removed, because only in Christ is it taken away. 15Even to this day when Moses is read, a veil covers their hearts. 16But whenever anyone turns to the Lord, the veil is taken away. 17Now the Lord is the Spirit, and where the Spirit of the Lord is, there is freedom. 18And we, who with unveiled faces all reflect[c] the Lord's glory, are being transformed into his likeness with ever-increasing glory, which comes from the Lord, who is the Spirit.

Treasures in Jars of Clay

4 Therefore, since through God's mercy we have this ministry, we do not lose heart. 2Rather, we have renounced secret and shameful ways; we do not use deception, nor do we distort the word of God. On the contrary, by setting forth the truth plainly we commend ourselves to every man's conscience in the sight of God. 3And even if our gospel is veiled, it is veiled to those who are perishing. 4The god of this age has blinded the minds of unbelievers, so that they cannot see the light of the gospel of the glory of Christ, who is the image of God. 5For we do not preach ourselves, but Jesus Christ as Lord, and ourselves as your servants for Jesus' sake. 6For God, who said, "Let light shine out of darkness,"[d] made his light shine in our hearts to give us the light of the knowledge of the glory of God in the face of Christ.

7But we have this treasure in jars of clay to show that this all-surpassing power is from God and not from us. 8We are hard pressed on every side, but not crushed; perplexed, but not in despair; 9persecuted, but not abandoned; struck down, but not destroyed. 10We always carry around in our body the death of Jesus,

[c]*18* Or *contemplate* [d]*6* Gen. 1:3

vida se manifieste en nuestro cuerpo. 11Pues a
nosotros, los que vivimos, siempre se nos entre-
ga a la muerte por causa de Jesús, para que
también su vida se manifieste en nuestro cuer-
po[f] mortal. 12Así que la muerte actúa en noso-
tros, y en ustedes la vida.

13Escrito está: «Creí, y por eso hablé.»[g] Con
ese mismo espíritu de fe también nosotros cree-
mos, y por eso hablamos. 14Pues sabemos que
aquel que resucitó al Señor Jesús nos resucitará
también a nosotros con él y nos llevará junto con
ustedes a su presencia. 15Todo esto es por el bien
de ustedes, para que la gracia que está alcanzan-
do a más y más personas haga abundar la acción
de gracias para la gloria de Dios.

16Por tanto, no nos desanimamos. Al contra-
rio, aunque por fuera nos vamos desgastando,
por dentro nos vamos renovando día tras día.
17Pues los sufrimientos ligeros y efímeros que
ahora padecemos producen una gloria eterna
que vale muchísimo más que todo sufrimiento.
18Así que no nos fijamos en lo visible sino en lo
invisible, ya que lo que se ve es pasajero, mien-
tras que lo que no se ve es eterno.

Nuestra morada celestial

5 De hecho, sabemos que si esta tienda de
campaña en que vivimos se deshace, tene-
mos de Dios un edificio, una casa eterna en el
cielo, no construida por manos humanas. 2Mien-
tras tanto suspiramos, anhelando ser revestidos
de nuestra morada celestial, 3porque cuando
seamos revestidos, no se nos hallará desnudos.
4Realmente, vivimos en esta tienda de campaña,
suspirando y agobiados, pues no deseamos ser
desvestidos sino revestidos, para que lo mortal
sea absorbido por la vida. 5Es Dios quien nos ha
hecho para este fin y nos ha dado su Espíritu
como garantía de sus promesas.

6Por eso mantenemos siempre la confianza,
aunque sabemos que mientras vivamos en este
cuerpo estaremos alejados del Señor. 7Vivimos
por fe, no por vista. 8Así que nos mantenemos
confiados, y preferiríamos ausentarnos de este
cuerpo y vivir junto al Señor. 9Por eso nos
empeñamos en agradarle, ya sea que vivamos en
nuestro cuerpo o que lo hayamos dejado. 10Por-
que es necesario que todos comparezcamos ante
el tribunal de Cristo, para que cada uno reciba
lo que le corresponda, según lo bueno o malo
que haya hecho mientras vivió en el cuerpo.

El ministerio de la reconciliación

11Por tanto, como sabemos lo que es temer al
Señor, tratamos de persuadir a todos, aunque

so that the life of Jesus may also be revealed
in our body. 11For we who are alive are always
being given over to death for Jesus' sake, so
that his life may be revealed in our mortal
body. 12So then, death is at work in us, but
life is at work in you.

13It is written: "I believed; therefore I have
spoken."[e] With that same spirit of faith we also
believe and therefore speak, 14because we know
that the one who raised the Lord Jesus from the
dead will also raise us with Jesus and present us
with you in his presence. 15All this is for your
benefit, so that the grace that is reaching more
and more people may cause thanksgiving to
overflow to the glory of God.

16Therefore we do not lose heart. Though
outwardly we are wasting away, yet inwardly we
are being renewed day by day. 17For our light
and momentary troubles are achieving for us an
eternal glory that far outweighs them all. 18So
we fix our eyes not on what is seen, but on what
is unseen. For what is seen is temporary, but
what is unseen is eternal.

Our Heavenly Dwelling

5 Now we know that if the earthly tent we
live in is destroyed, we have a building
from God, an eternal house in heaven, not
built by human hands. 2Meanwhile we groan,
longing to be clothed with our heavenly dwell-
ing, 3because when we are clothed, we will
not be found naked. 4For while we are in this
tent, we groan and are burdened, because we
do not wish to be unclothed but to be clothed
with our heavenly dwelling, so that what is
mortal may be swallowed up by life. 5Now it
is God who has made us for this very purpose
and has given us the Spirit as a deposit, guar-
anteeing what is to come.

6Therefore we are always confident and
know that as long as we are at home in the
body we are away from the Lord. 7We live by
faith, not by sight. 8We are confident, I say,
and would prefer to be away from the body
and at home with the Lord. 9So we make it
our goal to please him, whether we are at home
in the body or away from it. 10For we must
all appear before the judgment seat of Christ,
that each one may receive what is due him for
the things done while in the body, whether
good or bad.

The Ministry of Reconciliation

11Since, then, we know what it is to fear the
Lord, we try to persuade men. What we are is

[f]**4:11** *nuestro cuerpo.* Lit. *nuestra* *carne. [g]**4:13** Sal 116:10

[e]*13* Psalm 116:10

para Dios es evidente lo que somos, y espero que
también lo sea para la conciencia de ustedes.
12No buscamos el recomendarnos otra vez a
ustedes, sino que les damos una oportunidad de
sentirse *orgullosos de nosotros, para que ten-
gan con qué responder a los que se dejan llevar
por las apariencias y no por lo que hay dentro
del corazón. 13Si estamos locos, es por Dios; y
si estamos cuerdos, es por ustedes. 14El amor de
Cristo nos obliga, porque estamos convencidos
de que uno murió por todos, y por consiguiente
todos murieron. 15Y él murió por todos, para que
los que viven ya no vivan para sí, sino para el
que murió por ellos y fue resucitado.

16Así que de ahora en adelante no considera-
mos a nadie según criterios meramente *huma-
nos.[h] Aunque antes conocimos a Cristo de esta
manera, ya no lo conocemos así. 17Por lo tanto,
si alguno está en Cristo, es una nueva creación.
¡Lo viejo ha pasado, ha llegado ya lo nuevo!
18Todo esto proviene de Dios, quien por medio
de Cristo nos reconcilió consigo mismo y nos
dio el ministerio de la reconciliación: 19esto es,
que en Cristo, Dios estaba reconciliando al mun-
do consigo mismo, no tomándole en cuenta sus
pecados y encargándonos a nosotros el mensaje
de la reconciliación. 20Así que somos embaja-
dores de Cristo, como si Dios los exhortara a
ustedes por medio de nosotros: «En nombre de
Cristo les rogamos que se reconcilien con Dios.»
21Al que no cometió pecado alguno, por noso-
tros Dios lo trató como pecador,[i] para que en él
recibiéramos[j] la justicia de Dios.

6 Nosotros, colaboradores de Dios, les roga-
mos que no reciban su gracia en vano.
2Porque él dice:

> «En el momento propicio te escuché,
> y en el día de salvación te ayudé.»[k]

Les digo que éste es el momento propicio de
Dios; ¡hoy es el día de salvación!

Privaciones de Pablo

3Por nuestra parte, a nadie damos motivo
alguno de tropiezo, para que no se desacredite
nuestro servicio. 4Más bien, en todo y con mu-
cha paciencia nos acreditamos como servidores
de Dios: en sufrimientos, privaciones y angus-
tias; 5en azotes, cárceles y tumultos; en trabajos
pesados, desvelos y hambre. 6Servimos con pu-
reza, conocimiento, constancia y bondad; en el
Espíritu Santo y en amor sincero; 7con palabras

[h] **5:16** *criterios … humanos.* Lit. *la carne.* [i] **5:21** *lo trató como pecador.* Alt. *lo hizo sacrificio por el pecado.* Lit. *lo hizo pecado.* [j] **5:21** *recibiéramos.* Lit. *llegáramos a ser.* [k] **6:2** Is 49:8

plain to God, and I hope it is also plain to your
conscience. 12We are not trying to commend
ourselves to you again, but are giving you an
opportunity to take pride in us, so that you can
answer those who take pride in what is seen
rather than in what is in the heart. 13If we are out
of our mind, it is for the sake of God; if we are
in our right mind, it is for you. 14For Christ's
love compels us, because we are convinced that
one died for all, and therefore all died. 15And he
died for all, that those who live should no longer
live for themselves but for him who died for
them and was raised again.

16So from now on we regard no one from a
worldly point of view. Though we once regard-
ed Christ in this way, we do so no longer.
17Therefore, if anyone is in Christ, he is a new
creation; the old has gone, the new has come!
18All this is from God, who reconciled us to
himself through Christ and gave us the ministry
of reconciliation: 19that God was reconciling the
world to himself in Christ, not counting men's
sins against them. And he has committed to us
the message of reconciliation. 20We are there-
fore Christ's ambassadors, as though God were
making his appeal through us. We implore you
on Christ's behalf: Be reconciled to God. 21God
made him who had no sin to be sin[f] for us, so
that in him we might become the righteousness
of God.

6 As God's fellow workers we urge you not
to receive God's grace in vain. 2For he says,

> "In the time of my favor I heard you,
> and in the day of salvation I helped
> you."[g]

I tell you, now is the time of God's favor, now
is the day of salvation.

Paul's Hardships

3We put no stumbling block in anyone's
path, so that our ministry will not be discred-
ited. 4Rather, as servants of God we commend
ourselves in every way: in great endurance; in
troubles, hardships and distresses; 5in beat-
ings, imprisonments and riots; in hard work,
sleepless nights and hunger; 6in purity, under-
standing, patience and kindness; in the Holy
Spirit and in sincere love; 7in truthful speech

[f] *21* Or *be a sin offering* [g] *2* Isaiah 49:8

de verdad y con el poder de Dios; con armas de
justicia, tanto ofensivas como defensivas;[l] 8 por
honra y por deshonra, por mala y por buena
fama; veraces, pero tenidos por engañadores;
9 conocidos, pero tenidos por desconocidos; co-
mo moribundos, pero aún con vida; golpeados,
pero no muertos; 10 aparentemente tristes, pero
siempre alegres; pobres en apariencia, pero en-
riqueciendo a muchos; como si no tuviéramos
nada, pero poseyéndolo todo.

11 Hermanos corintios, les hemos hablado con
toda franqueza; les hemos abierto de par en par
nuestro corazón. 12 Nunca les hemos negado
nuestro afecto, pero ustedes sí nos niegan el
suyo. 13 Para corresponder del mismo modo
—les hablo como si fueran mis hijos—, ¡abran
también su corazón de par en par!

No formen yunta con los incrédulos

14 No formen yunta con los incrédulos. ¿Qué
tienen en común la justicia y la maldad? ¿O qué
comunión puede tener la luz con la oscuridad?
15 ¿Qué armonía tiene Cristo con el diablo?[m]
¿Qué tiene en común un creyente con un incrédu-
lo? 16 ¿En qué concuerdan el templo de Dios y los
ídolos? Porque nosotros somos templo del Dios
viviente. Como él ha dicho: «Viviré con ellos y
caminaré entre ellos. Yo seré su Dios, y ellos
serán mi pueblo.»[n] Por tanto, el Señor añade:

17 «Salgan de en medio de ellos
y apártense.
No toquen nada *impuro,
y yo los recibiré.»[ñ]
18 «Yo seré un padre para ustedes,
y ustedes serán mis hijos y mis hijas,
dice el Señor Todopoderoso.»[o]

7 Como tenemos estas promesas, queridos
hermanos, purifiquémonos de todo lo que
contamina el cuerpo y el espíritu, para completar
en el temor de Dios la obra de nuestra *santifi-
cación.

La alegría de Pablo

2 Hagan lugar para nosotros en su corazón. A
nadie hemos agraviado, a nadie hemos corrom-
pido, a nadie hemos explotado. 3 No digo esto
para condenarlos; ya les he dicho que tienen un
lugar tan amplio en nuestro corazón que con
ustedes viviríamos o moriríamos. 4 Les tengo
mucha confianza y me siento muy *orgulloso de
ustedes. Estoy muy animado; en medio de todas
nuestras aflicciones se desborda mi alegría.

[l] 6:7 *ofensivas como defensivas*. Lit. *en la mano derecha como en la izquierda*. [m] 6:15 *el diablo*. Lit. *Beliar*, otra forma de *Belial*. [n] 6:16 Lv 26:12; Jer 32:38; Ez 37:27 [ñ] 6:17 Is 52:11; Ez 20:34,41 [o] 6:18 2S 7:8,14; 1Cr 17:13

and in the power of God; with weapons of
righteousness in the right hand and in the left;
8 through glory and dishonor, bad report and
good report; genuine, yet regarded as impos-
tors; 9 known, yet regarded as unknown; dying,
and yet we live on; beaten, and yet not killed;
10 sorrowful, yet always rejoicing; poor, yet
making many rich; having nothing, and yet
possessing everything.

11 We have spoken freely to you, Corinthians,
and opened wide our hearts to you. 12 We are not
withholding our affection from you, but you are
withholding yours from us. 13 As a fair ex-
change—I speak as to my children—open wide
your hearts also.

Do Not Be Yoked With Unbelievers

14 Do not be yoked together with unbelievers.
For what do righteousness and wickedness have
in common? Or what fellowship can light have
with darkness? 15 What harmony is there be-
tween Christ and Belial[h]? What does a believer
have in common with an unbeliever? 16 What
agreement is there between the temple of God
and idols? For we are the temple of the living
God. As God has said: "I will live with them and
walk among them, and I will be their God, and
they will be my people."[i]

17 "Therefore come out from them
and be separate,
says the Lord.
Touch no unclean thing,
and I will receive you."[j]
18 "I will be a Father to you,
and you will be my sons and daughters,
says the Lord Almighty."[k]

7 Since we have these promises, dear friends,
let us purify ourselves from everything that
contaminates body and spirit, perfecting holi-
ness out of reverence for God.

Paul's Joy

2 Make room for us in your hearts. We have
wronged no one, we have corrupted no one,
we have exploited no one. 3 I do not say this
to condemn you; I have said before that you
have such a place in our hearts that we would
live or die with you. 4 I have great confidence
in you; I take great pride in you. I am greatly
encouraged; in all our troubles my joy knows
no bounds.

[h] *15* Greek *Beliar*, a variant of *Belial* [i] *16* Lev. 26:12; Jer. 32:38; Ezek. 37:27 [j] *17* Isaiah 52:11; Ezek. 20:34,41 [k] *18* 2 Samuel 7:14; 7:8

5Cuando llegamos a Macedonia, nuestro
cuerpo no tuvo ningún descanso, sino que nos
vimos acosados por todas partes; conflictos por
fuera, temores por dentro. 6Pero Dios, que con-
suela a los abatidos, nos consoló con la llegada
de Tito, 7y no sólo con su llegada sino también
con el consuelo que él había recibido de ustedes.
Él nos habló del anhelo, de la profunda tristeza
y de la honda preocupación que ustedes tienen
por mí, lo cual me llenó de alegría.

8Si bien los entristecí con mi carta, no me pesa.
Es verdad que antes me pesó, porque me di cuenta
de que por un tiempo mi carta los había entristeci-
do. 9Sin embargo, ahora me alegro, no porque se
hayan entristecido sino porque su tristeza los
llevó al *arrepentimiento. Ustedes se entristecie-
ron tal como Dios lo quiere, de modo que nosotros
de ninguna manera los hemos perjudicado. 10La
tristeza que proviene de Dios produce el arrepen-
timiento que lleva a la salvación, de la cual no hay
que arrepentirse, mientras que la tristeza del mun-
do produce la muerte. 11Fíjense lo que ha produ-
cido en ustedes esta tristeza que proviene de Dios:
¡qué empeño, qué afán por disculparse, qué indig-
nación, qué temor, qué anhelo, qué preocupación,
qué disposición para ver que se haga justicia! En
todo han demostrado su inocencia en este asunto.
12Así que, a pesar de que les escribí, no fue por
causa del ofensor ni del ofendido, sino más bien
para que delante de Dios se dieran cuenta por
ustedes mismos de cuánto interés tienen en noso-
tros. 13Todo esto nos reanima.

Además del consuelo que hemos recibido, nos
alegró muchísimo el ver lo feliz que estaba Tito
debido a que todos ustedes fortalecieron su es-
píritu. 14Ya le había dicho que me sentía orgu-
lloso de ustedes, y no me han hecho quedar mal.
Al contrario, así como todo lo que les dijimos es
verdad, también resultaron ciertos los elogios
que hice de ustedes delante de Tito. 15Y él les
tiene aún más cariño al recordar que todos uste-
des fueron obedientes y lo recibieron con temor
y temblor. 16Me alegro de que puedo confiar
plenamente en ustedes.

Estímulo a la generosidad

8 Ahora, hermanos, queremos que se enteren
de la gracia que Dios ha dado a las iglesias
de Macedonia. 2En medio de las pruebas más
difíciles, su desbordante alegría y su extrema
pobreza abundaron en rica generosidad. 3Soy
testigo de que dieron espontáneamente tanto
como podían, y aún más de lo que podían,
4rogándonos con insistencia que les concediéra-
mos el privilegio de tomar parte en esta ayuda
para los *santos. 5Incluso hicieron más de lo que
esperábamos, ya que se entregaron a sí mismos,
primeramente al Señor y después a nosotros,

5For when we came into Macedonia, this
body of ours had no rest, but we were harassed
at every turn—conflicts on the outside, fears
within. 6But God, who comforts the downcast,
comforted us by the coming of Titus, 7and not
only by his coming but also by the comfort
you had given him. He told us about your
longing for me, your deep sorrow, your ardent
concern for me, so that my joy was greater
than ever.

8Even if I caused you sorrow by my letter,
I do not regret it. Though I did regret it—I
see that my letter hurt you, but only for a
little while— 9yet now I am happy, not be-
cause you were made sorry, but because your
sorrow led you to repentance. For you be-
came sorrowful as God intended and so were
not harmed in any way by us. 10Godly sorrow
brings repentance that leads to salvation and
leaves no regret, but worldly sorrow brings
death. 11See what this godly sorrow has pro-
duced in you: what earnestness, what eager-
ness to clear yourselves, what indignation,
what alarm, what longing, what concern, what
readiness to see justice done. At every point
you have proved yourselves to be innocent in
this matter. 12So even though I wrote to you,
it was not on account of the one who did the
wrong or of the injured party, but rather that
before God you could see for yourselves how
devoted to us you are. 13By all this we are
encouraged.

In addition to our own encouragement, we
were especially delighted to see how happy
Titus was, because his spirit has been refreshed
by all of you. 14I had boasted to him about you,
and you have not embarrassed me. But just as
everything we said to you was true, so our
boasting about you to Titus has proved to be true
as well. 15And his affection for you is all the
greater when he remembers that you were all
obedient, receiving him with fear and trembling.
16I am glad I can have complete confidence in
you.

Generosity Encouraged

8 And now, brothers, we want you to know
about the grace that God has given the
Macedonian churches. 2Out of the most severe
trial, their overflowing joy and their extreme
poverty welled up in rich generosity. 3For I
testify that they gave as much as they were able,
and even beyond their ability. Entirely on their
own, 4they urgently pleaded with us for the
privilege of sharing in this service to the saints.
5And they did not do as we expected, but they
gave themselves first to the Lord and then to us

conforme a la voluntad de Dios. 6De modo que rogamos a Tito que llevara a feliz término esta obra de gracia entre ustedes, puesto que ya la había comenzado. 7Pero ustedes, así como sobresalen en todo —en fe, en palabras, en conocimiento, en dedicación y en su amor hacia nosotros[p]—, procuren también sobresalir en esta gracia de dar.

8No es que esté dándoles órdenes, sino que quiero probar la sinceridad de su amor en comparación con la dedicación de los demás. 9Ya conocen la gracia de nuestro Señor Jesucristo, que aunque era rico, por causa de ustedes se hizo pobre, para que mediante su pobreza ustedes llegaran a ser ricos.

10Aquí va mi consejo sobre lo que les conviene en este asunto: El año pasado ustedes fueron los primeros no sólo en dar sino también en querer hacerlo. 11Lleven ahora a feliz término la obra, para que, según sus posibilidades, cumplan con lo que de buena gana propusieron. 12Porque si uno lo hace de buena voluntad, lo que da es bien recibido según lo que tiene, y no según lo que no tiene.

13No se trata de que otros encuentren alivio mientras que ustedes sufren escasez; es más bien cuestión de igualdad. 14En las circunstancias actuales la abundancia de ustedes suplirá lo que ellos necesitan, para que a su vez la abundancia de ellos supla lo que ustedes necesitan. Así habrá igualdad, 15como está escrito: «Ni al que recogió mucho le sobraba, ni al que recogió poco le faltaba.»[q]

Tito enviado a Corinto

16Gracias a Dios que puso en el corazón de Tito la misma preocupación que yo tengo por ustedes. 17De hecho, cuando accedió a nuestra petición de ir a verlos, lo hizo con mucho entusiasmo y por su propia voluntad. 18Junto con él les enviamos al hermano que se ha ganado el reconocimiento de todas las iglesias por los servicios prestados al *evangelio. 19Además, las iglesias lo escogieron para que nos acompañe cuando llevemos la ofrenda, la cual administramos para honrar al Señor y demostrar nuestro ardiente deseo de servir. 20Queremos evitar cualquier crítica sobre la forma en que administramos este generoso donativo; 21porque procuramos hacer lo correcto, no sólo delante del Señor sino también delante de los demás.

22Con ellos les enviamos a nuestro hermano que nos ha demostrado con frecuencia y de muchas maneras que es diligente, y ahora lo es

[p] **8:7** *su amor hacia nosotros.* Var. *nuestro amor hacia ustedes.* [q] **8:15** Éx 16:18

in keeping with God's will. 6So we urged Titus, since he had earlier made a beginning, to bring also to completion this act of grace on your part. 7But just as you excel in everything—in faith, in speech, in knowledge, in complete earnestness and in your love for us[l]—see that you also excel in this grace of giving.

8I am not commanding you, but I want to test the sincerity of your love by comparing it with the earnestness of others. 9For you know the grace of our Lord Jesus Christ, that though he was rich, yet for your sakes he became poor, so that you through his poverty might become rich.

10And here is my advice about what is best for you in this matter: Last year you were the first not only to give but also to have the desire to do so. 11Now finish the work, so that your eager willingness to do it may be matched by your completion of it, according to your means. 12For if the willingness is there, the gift is acceptable according to what one has, not according to what he does not have.

13Our desire is not that others might be relieved while you are hard pressed, but that there might be equality. 14At the present time your plenty will supply what they need, so that in turn their plenty will supply what you need. Then there will be equality, 15as it is written: "He who gathered much did not have too much, and he who gathered little did not have too little."[m]

Titus Sent to Corinth

16I thank God, who put into the heart of Titus the same concern I have for you. 17For Titus not only welcomed our appeal, but he is coming to you with much enthusiasm and on his own initiative. 18And we are sending along with him the brother who is praised by all the churches for his service to the gospel. 19What is more, he was chosen by the churches to accompany us as we carry the offering, which we administer in order to honor the Lord himself and to show our eagerness to help. 20We want to avoid any criticism of the way we administer this liberal gift. 21For we are taking pains to do what is right, not only in the eyes of the Lord but also in the eyes of men.

22In addition, we are sending with them our brother who has often proved to us in many

[l] *7* Some manuscripts *in our love for you* [m] *15* Exodus 16:18

aún más por la gran confianza que tiene en
ustedes. 23En cuanto a Tito, es mi compañero y
colaborador entre ustedes; y en cuanto a los
otros hermanos, son enviados de las iglesias, son
una honra para Cristo. 24Por tanto, den a estos
hombres una prueba de su amor y muéstrenles
por qué nos sentimos *orgullosos de ustedes,
para testimonio ante las iglesias.

9 No hace falta que les escriba acerca de esta
ayuda para los *santos, 2porque conozco la
buena disposición que ustedes tienen. Esto lo he
comentado con orgullo entre los macedonios,
diciéndoles que desde el año pasado ustedes los
de Acaya estaban preparados para dar. El entu-
siasmo de ustedes ha servido de estímulo a la
mayoría de ellos. 3Con todo, les envío a estos
hermanos para que en este asunto no resulte vano
nuestro *orgullo por ustedes, sino que estén pre-
parados, como ya he dicho que lo estarían, 4no sea
que algunos macedonios vayan conmigo y los
encuentren desprevenidos. En ese caso nosotros
—por no decir nada de ustedes— nos avergonza-
ríamos por haber estado tan seguros. 5Así que me
pareció necesario rogar a estos hermanos que se
adelantaran a visitarlos y completaran los prepa-
rativos para esa generosa colecta que ustedes
habían prometido. Entonces estará lista como una
ofrenda generosa,[r] y no como una tacañería.

Sembrar con generosidad

6Recuerden esto: El que siembra escasamen-
te, escasamente cosechará, y el que siembra en
abundancia, en abundancia cosechará.[s] 7Cada
uno debe dar según lo que haya decidido en su
corazón, no de mala gana ni por obligación,
porque Dios ama al que da con alegría. 8Y Dios
puede hacer que toda gracia abunde para uste-
des, de manera que siempre, en toda circunstan-
cia, tengan todo lo necesario, y toda buena obra
abunde en ustedes. 9Como está escrito:

> «Repartió sus bienes entre los pobres;
> su justicia permanece para siempre.»[t]

10El que le suple semilla al que siembra también
le suplirá pan para que coma, aumentará los
cultivos y hará que ustedes produzcan una abun-
dante cosecha de justicia. 11Ustedes serán enri-
quecidos en todo sentido para que en toda oca-
sión puedan ser generosos, y para que por medio
de nosotros la generosidad de ustedes resulte en
acciones de gracias a Dios.

12Esta ayuda que es un servicio sagrado no
sólo suple las necesidades de los *santos sino

[r]**9:5** *una ofrenda generosa*. Lit. *una bendición*.
[s]**9:6** *siembra … cosechará*. Lit. *siembra en bendición, en bendición cosechará*. [t]**9:9** Sal 112:9

ways that he is zealous, and now even more
so because of his great confidence in you. 23As
for Titus, he is my partner and fellow worker
among you; as for our brothers, they are rep-
resentatives of the churches and an honor to
Christ. 24Therefore show these men the proof
of your love and the reason for our pride in
you, so that the churches can see it.

9 There is no need for me to write to you
about this service to the saints. 2For I know
your eagerness to help, and I have been boasting
about it to the Macedonians, telling them that
since last year you in Achaia were ready to give;
and your enthusiasm has stirred most of them to
action. 3But I am sending the brothers in order
that our boasting about you in this matter should
not prove hollow, but that you may be ready, as
I said you would be. 4For if any Macedonians
come with me and find you unprepared,
we—not to say anything about you—would be
ashamed of having been so confident. 5So I
thought it necessary to urge the brothers to visit
you in advance and finish the arrangements for
the generous gift you had promised. Then it will
be ready as a generous gift, not as one grudging-
ly given.

Sowing Generously

6Remember this: Whoever sows sparingly
will also reap sparingly, and whoever sows
generously will also reap generously. 7Each
man should give what he has decided in his
heart to give, not reluctantly or under compul-
sion, for God loves a cheerful giver. 8And God
is able to make all grace abound to you, so
that in all things at all times, having all that
you need, you will abound in every good work.
9As it is written:

> "He has scattered abroad his gifts to the
> poor;
> his righteousness endures forever."[n]

10Now he who supplies seed to the sower and
bread for food will also supply and increase your
store of seed and will enlarge the harvest of your
righteousness. 11You will be made rich in every
way so that you can be generous on every occa-
sion, and through us your generosity will result
in thanksgiving to God.

12This service that you perform is not only
supplying the needs of God's people but is also

[n]*9* Psalm 112:9

que también redunda en abundantes acciones de
gracias a Dios. 13En efecto, al recibir esta de-
mostración de servicio, ellos alabarán a Dios por
la obediencia con que ustedes acompañan la
confesión del *evangelio de Cristo, y por su
generosa solidaridad con ellos y con todos.
14Además, en las oraciones de ellos por ustedes,
expresarán el afecto que les tienen por la sobrea-
bundante gracia que ustedes han recibido de
Dios. 15¡Gracias a Dios por su don inefable!

Pablo defiende su ministerio

10 Por la ternura y la bondad de Cristo, yo,
Pablo, apelo a ustedes personalmente; yo
mismo que, según dicen, soy tímido cuando me
encuentro cara a cara con ustedes pero atrevido
cuando estoy lejos. 2Les ruego que cuando vaya
no tenga que ser tan atrevido como me he pro-
puesto ser con algunos que opinan que vivimos
según criterios meramente *humanos, 3pues aun-
que vivimos en el *mundo, no libramos batallas
como lo hace el mundo. 4Las armas con que
luchamos no son del mundo, sino que tienen el
poder divino para derribar fortalezas. 5Destrui-
mos argumentos y toda altivez que se levanta
contra el conocimiento de Dios, y llevamos cauti-
vo todo pensamiento para que se someta a Cristo.
6Y estamos dispuestos a castigar cualquier acto
de desobediencia una vez que yo pueda contar
con la completa obediencia de ustedes.

7Fíjense en lo que está a la vista.[u] Si alguno
está convencido de ser de Cristo, considere esto
de nuevo: nosotros somos tan de Cristo como él.
8No me avergonzaré de *jactarme de nuestra
autoridad más de la cuenta, autoridad que el
Señor nos ha dado para la edificación y no para
la destrucción de ustedes. 9No quiero dar la
impresión de que trato de asustarlos con mis
cartas, 10pues algunos dicen: «Sus cartas son
duras y fuertes, pero él en persona no impresiona
a nadie, y como orador es un fracaso.» 11Tales
personas deben darse cuenta de que lo que so-
mos por escrito estando ausentes, lo seremos
con hechos estando presentes.

12No nos atrevemos a igualarnos ni a compa-
rarnos con algunos que tanto se recomiendan a
sí mismos. Al medirse con su propia medida y
compararse unos con otros, no saben lo que
hacen. 13Nosotros, por nuestra parte, no vamos
a jactarnos más de lo debido. Nos limitaremos
al campo que Dios nos ha asignado según su
medida, en la cual también ustedes están inclui-
dos. 14Si no hubiéramos estado antes entre uste-
des, se podría alegar que estamos rebasando

[u] **10:7** *Fíjense … vista.* Alt. *Ustedes se fijan en las apariencias.*

overflowing in many expressions of thanks to
God. 13Because of the service by which you
have proved yourselves, men will praise God for
the obedience that accompanies your confession
of the gospel of Christ, and for your generosity
in sharing with them and with everyone else.
14And in their prayers for you their hearts will
go out to you, because of the surpassing grace
God has given you. 15Thanks be to God for his
indescribable gift!

Paul's Defense of His Ministry

10 By the meekness and gentleness of
Christ, I appeal to you—I, Paul, who am
"timid" when face to face with you, but "bold"
when away! 2I beg you that when I come I may
not have to be as bold as I expect to be toward
some people who think that we live by the
standards of this world. 3For though we live in
the world, we do not wage war as the world does.
4The weapons we fight with are not the weapons
of the world. On the contrary, they have divine
power to demolish strongholds. 5We demolish
arguments and every pretension that sets itself
up against the knowledge of God, and we take
captive every thought to make it obedient to
Christ. 6And we will be ready to punish every
act of disobedience, once your obedience is
complete.

7You are looking only on the surface of
things.[o] If anyone is confident that he belongs
to Christ, he should consider again that we
belong to Christ just as much as he. 8For even
if I boast somewhat freely about the authority
the Lord gave us for building you up rather
than pulling you down, I will not be ashamed
of it. 9I do not want to seem to be trying to
frighten you with my letters. 10For some say,
"His letters are weighty and forceful, but in
person he is unimpressive and his speaking
amounts to nothing." 11Such people should
realize that what we are in our letters when
we are absent, we will be in our actions when
we are present.

12We do not dare to classify or compare our-
selves with some who commend themselves.
When they measure themselves by themselves
and compare themselves with themselves, they
are not wise. 13We, however, will not boast
beyond proper limits, but will confine our boast-
ing to the field God has assigned to us, a field
that reaches even to you. 14We are not going too
far in our boasting, as would be the case if we

[o] 7 Or *Look at the obvious facts*

estos límites, cuando lo cierto es que fuimos los
primeros en llevarles el *evangelio de Cristo.
15No nos jactamos desmedidamente a costa del
trabajo que otros han hecho. Al contrario, espe-
ramos que, según vaya creciendo la fe de uste-
des, también nuestro campo de acción entre
ustedes se amplíe grandemente, 16para poder
predicar el evangelio más allá de sus regiones,
sin tener que jactarnos del trabajo ya hecho por
otros. 17Más bien, «Si alguien ha de gloriarse,
que se gloríe en el Señor».[v] 18Porque no es
aprobado el que se recomienda a sí mismo sino
aquel a quien recomienda el Señor.

Pablo y los falsos apóstoles

11 ¡Ojalá me aguanten unas cuantas tonte-
rías! ¡Sí, aguántenmelas![w] 2El celo que
siento por ustedes proviene de Dios, pues los
tengo prometidos a un solo esposo, que es Cris-
to, para presentárselos como una virgen pura.
3Pero me temo que, así como la serpiente con su
astucia engañó a Eva, los pensamientos de uste-
des sean desviados de un compromiso puro y[x]
sincero con Cristo. 4Si alguien llega a ustedes
predicando a un Jesús diferente del que les he-
mos predicado nosotros, o si reciben un espíritu
o un *evangelio diferentes de los que ya recibie-
ron, a ése lo aguantan con facilidad. 5Pero con-
sidero que en nada soy inferior a esos «supera-
póstoles». 6Quizás yo sea un mal orador, pero
tengo conocimiento. Esto se lo hemos demostra-
do a ustedes de una y mil maneras.

7¿Es que cometí un pecado al humillarme yo
para enaltecerlos a ustedes, predicándoles el
*evangelio de Dios gratuitamente? 8De hecho,
despojé a otras iglesias al recibir de ellas ayuda
para servirles a ustedes. 9Cuando estuve entre
ustedes y necesité algo, no fui una carga para
nadie, ya que los hermanos que llegaron de
Macedonia suplieron mis necesidades. He evi-
tado serles una carga en cualquier sentido, y
seguiré evitándolo. 10Es tan cierto que la verdad
de Cristo está en mí, como lo es que nadie en las
regiones de Acaya podrá privarme de este mo-
tivo de *orgullo. 11¿Por qué? ¿Porque no los
amo? ¡Dios sabe que sí! 12Pero seguiré haciendo
lo que hago, a fin de quitar todo pretexto a
aquellos que, buscando una oportunidad para
hacerse iguales a nosotros, se *jactan de lo que
hacen.

13Tales individuos son falsos apóstoles, obre-
ros estafadores, que se disfrazan de apóstoles de
Cristo. 14Y no es de extrañar, ya que Satanás
mismo se disfraza de ángel de luz. 15Por eso no

[v]**10:17** Jer 9:24 [w]**11:1** *¡Sí, aguántenmelas!* Alt. *En realidad, ya me las están aguantando.* [x]**11:3** Var. no incluye: *puro y.*

had not come to you, for we did get as far as you
with the gospel of Christ. 15Neither do we go
beyond our limits by boasting of work done by
others.[p] Our hope is that, as your faith continues
to grow, our area of activity among you will
greatly expand, 16so that we can preach the
gospel in the regions beyond you. For we do not
want to boast about work already done in anoth-
er man's territory. 17But, "Let him who boasts
boast in the Lord."[q] 18For it is not the one who
commends himself who is approved, but the one
whom the Lord commends.

Paul and the False Apostles

11 I hope you will put up with a little of my
foolishness; but you are already doing
that. 2I am jealous for you with a godly jealousy.
I promised you to one husband, to Christ, so that
I might present you as a pure virgin to him. 3But
I am afraid that just as Eve was deceived by the
serpent's cunning, your minds may somehow be
led astray from your sincere and pure devotion
to Christ. 4For if someone comes to you and
preaches a Jesus other than the Jesus we
preached, or if you receive a different spirit from
the one you received, or a different gospel from
the one you accepted, you put up with it easily
enough. 5But I do not think I am in the least
inferior to those "super-apostles." 6I may not be
a trained speaker, but I do have knowledge. We
have made this perfectly clear to you in every
way.

7Was it a sin for me to lower myself in order
to elevate you by preaching the gospel of God
to you free of charge? 8I robbed other
churches by receiving support from them so
as to serve you. 9And when I was with you
and needed something, I was not a burden to
anyone, for the brothers who came from Mac-
edonia supplied what I needed. I have kept
myself from being a burden to you in any way,
and will continue to do so. 10As surely as the
truth of Christ is in me, nobody in the regions
of Achaia will stop this boasting of mine.
11Why? Because I do not love you? God
knows I do! 12And I will keep on doing what
I am doing in order to cut the ground from
under those who want an opportunity to be
considered equal with us in the things they
boast about. 13For such men are false apostles,
deceitful workmen, masquerading as apostles

[p]*13-15* Or [13] *We, however, will not boast about things that cannot be measured, but we will boast according to the standard of measurement that the God of measure has assigned us—a measurement that relates even to you.* [14] *...* [15] *Neither do we boast about things that cannot be measured in regard to the work done by others.* [q]*17* Jer. 9:24

es de sorprenderse que sus servidores se disfra-
cen de servidores de la justicia. Su fin corres-
ponderá con lo que merecen sus acciones.

Los sufrimientos de Pablo

16Lo repito: Que nadie me tenga por insensa-
to. Pero aun cuando así me consideren, de todos
modos recíbanme, para poder *jactarme un po-
co. 17Al jactarme tan confiadamente, no hablo
como quisiera el Señor sino con insensatez. 18Ya
que muchos se ufanan como lo hace el mundo,[y]
yo también lo haré. 19Por ser tan sensatos, uste-
des de buena gana aguantan a los insensatos.
20Aguantan incluso a cualquiera que los escla-
viza, o los explota, o se aprovecha de ustedes, o
se comporta con altanería, o les da de bofetadas.
21¡Para vergüenza mía, confieso que hemos sido
demasiado débiles!

Si alguien se atreve a dárselas de algo, también
yo me atrevo a hacerlo; lo digo como un insensa-
to. 22¿Son ellos hebreos? Pues yo también. ¿Son
israelitas? También yo lo soy. ¿Son descendien-
tes de Abraham? Yo también. 23¿Son servidores
de Cristo? ¡Qué locura! Yo lo soy más que ellos.
He trabajado más arduamente, he sido encarcela-
do más veces, he recibido los azotes más severos,
he estado en peligro de muerte repetidas veces.
24Cinco veces recibí de los judíos los treinta y
nueve azotes. 25Tres veces me golpearon con
varas, una vez me apedrearon, tres veces naufra-
gué, y pasé un día y una noche como náufrago en
alta mar. 26Mi vida ha sido un continuo ir y venir
de un sitio a otro; en peligros de ríos, peligros de
bandidos, peligros de parte de mis compatriotas,
peligros a manos de los *gentiles, peligros en la
ciudad, peligros en el campo, peligros en el mar y
peligros de parte de falsos hermanos. 27He pasado
muchos trabajos y fatigas, y muchas veces me he
quedado sin dormir; he sufrido hambre y sed, y
muchas veces me he quedado en ayunas; he
sufrido frío y desnudez. 28Y como si fuera poco,
cada día pesa sobre mí la preocupación por todas
las iglesias. 29¿Cuando alguien se siente débil, no
comparto yo su debilidad? ¿Y cuando a alguien se
le hace *tropezar, no ardo yo de indignación?

30Si me veo obligado a jactarme, me jactaré
de mi debilidad. 31El Dios y Padre del Señor
Jesús (¡sea por siempre alabado!) sabe que no
miento. 32En Damasco, el gobernador bajo el
rey Aretas mandó que se vigilara la ciudad de
los damascenos con el fin de arrestarme; 33pero
me bajaron en un canasto por una ventana de la
muralla, y así escapé de las manos del goberna-
dor.

[y]**11:18** *se ufanan … mundo.* Lit. *se *jactan según la *carne.*

of Christ. 14And no wonder, for Satan himself
masquerades as an angel of light. 15It is not
surprising, then, if his servants masquerade as
servants of righteousness. Their end will be
what their actions deserve.

Paul Boasts About His Sufferings

16I repeat: Let no one take me for a fool.
But if you do, then receive me just as you
would a fool, so that I may do a little boast-
ing. 17In this self-confident boasting I am not
talking as the Lord would, but as a fool.
18Since many are boasting in the way the
world does, I too will boast. 19You gladly put
up with fools since you are so wise! 20In fact,
you even put up with anyone who enslaves
you or exploits you or takes advantage of you
or pushes himself forward or slaps you in the
face. 21To my shame I admit that we were
too weak for that!

What anyone else dares to boast about—I
am speaking as a fool—I also dare to boast
about. 22Are they Hebrews? So am I. Are
they Israelites? So am I. Are they Abraham's
descendants? So am I. 23Are they servants of
Christ? (I am out of my mind to talk like
this.) I am more. I have worked much harder,
been in prison more frequently, been flogged
more severely, and been exposed to death
again and again. 24Five times I received from
the Jews the forty lashes minus one. 25Three
times I was beaten with rods, once I was
stoned, three times I was shipwrecked, I spent
a night and a day in the open sea, 26I have
been constantly on the move. I have been in
danger from rivers, in danger from bandits,
in danger from my own countrymen, in dan-
ger from Gentiles; in danger in the city, in
danger in the country, in danger at sea; and
in danger from false brothers. 27I have la-
bored and toiled and have often gone without
sleep; I have known hunger and thirst and
have often gone without food; I have been
cold and naked. 28Besides everything else, I
face daily the pressure of my concern for all
the churches. 29Who is weak, and I do not
feel weak? Who is led into sin, and I do not
inwardly burn?

30If I must boast, I will boast of the things
that show my weakness. 31The God and Fa-
ther of the Lord Jesus, who is to be praised
forever, knows that I am not lying. 32In Da-
mascus the governor under King Aretas had
the city of the Damascenes guarded in order
to arrest me. 33But I was lowered in a basket
from a window in the wall and slipped
through his hands.

Visión y debilidad de Pablo

12 Me veo obligado a *jactarme, aunque nada se gane con ello. Paso a referirme a las visiones y revelaciones del Señor. 2 Conozco a un seguidor de Cristo que hace catorce años fue llevado al tercer cielo (no sé si en el cuerpo o fuera del cuerpo; Dios lo sabe). 3 Y sé que este hombre (no sé si en el cuerpo o aparte del cuerpo; Dios lo sabe) 4 fue llevado al paraíso y escuchó cosas indecibles que a los *humanos no se nos permite expresar. 5 De tal hombre podría hacer alarde; pero de mí no haré alarde sino de mis debilidades. 6 Sin embargo, no sería insensato si decidiera jactarme, porque estaría diciendo la verdad. Pero no lo hago, para que nadie suponga que soy más de lo que aparento o de lo que digo.

7 Para evitar que me volviera presumido por estas sublimes revelaciones, una espina me fue clavada en el cuerpo, es decir, un mensajero de Satanás, para que me atormentara. 8 Tres veces le rogué al Señor que me la quitara; 9 pero él me dijo: «Te basta con mi gracia, pues mi poder se perfecciona en la debilidad.» Por lo tanto, gustosamente haré más bien alarde de mis debilidades, para que permanezca sobre mí el poder de Cristo. 10 Por eso me regocijo en debilidades, insultos, privaciones, persecuciones y dificultades que sufro por Cristo; porque cuando soy débil, entonces soy fuerte.

Preocupación de Pablo por los corintios

11 Me he portado como un insensato, pero ustedes me han obligado a ello. Ustedes debían haberme elogiado, pues de ningún modo soy inferior a los «superapóstoles», aunque yo no soy nada. 12 Las marcas distintivas de un apóstol, tales como señales, prodigios y milagros, se dieron constantemente entre ustedes. 13 ¿En qué fueron ustedes inferiores a las demás iglesias? Pues sólo en que yo mismo nunca les fui una carga. ¡Perdónenme si los ofendo!

14 Miren que por tercera vez estoy listo para visitarlos, y no les seré una carga, pues no me interesa lo que ustedes tienen sino lo que ustedes son. Después de todo, no son los hijos los que deben ahorrar para los padres, sino los padres para los hijos. 15 Así que de buena gana gastaré todo lo que tengo, y hasta yo mismo me desgastaré del todo por ustedes. Si los amo hasta el extremo, ¿me amarán menos? 16 En todo caso, no les he sido una carga. ¿Es que, como soy tan astuto, les tendí una trampa para estafarlos? 17 ¿Acaso los exploté por medio de alguno de mis enviados? 18 Le rogué a Tito que fuera a verlos y con él envié al hermano. ¿Acaso se aprovechó Tito de ustedes? ¿No procedimos los dos con el mismo espíritu y seguimos el mismo camino?

Paul's Vision and His Thorn

12 I must go on boasting. Although there is nothing to be gained, I will go on to visions and revelations from the Lord. 2 I know a man in Christ who fourteen years ago was caught up to the third heaven. Whether it was in the body or out of the body I do not know—God knows. 3 And I know that this man—whether in the body or apart from the body I do not know, but God knows— 4 was caught up to paradise. He heard inexpressible things, things that man is not permitted to tell. 5 I will boast about a man like that, but I will not boast about myself, except about my weaknesses. 6 Even if I should choose to boast, I would not be a fool, because I would be speaking the truth. But I refrain, so no one will think more of me than is warranted by what I do or say.

7 To keep me from becoming conceited because of these surpassingly great revelations, there was given me a thorn in my flesh, a messenger of Satan, to torment me. 8 Three times I pleaded with the Lord to take it away from me. 9 But he said to me, "My grace is sufficient for you, for my power is made perfect in weakness." Therefore I will boast all the more gladly about my weaknesses, so that Christ's power may rest on me. 10 That is why, for Christ's sake, I delight in weaknesses, in insults, in hardships, in persecutions, in difficulties. For when I am weak, then I am strong.

Paul's Concern for the Corinthians

11 I have made a fool of myself, but you drove me to it. I ought to have been commended by you, for I am not in the least inferior to the "super-apostles," even though I am nothing. 12 The things that mark an apostle—signs, wonders and miracles—were done among you with great perseverance. 13 How were you inferior to the other churches, except that I was never a burden to you? Forgive me this wrong!

14 Now I am ready to visit you for the third time, and I will not be a burden to you, because what I want is not your possessions but you. After all, children should not have to save up for their parents, but parents for their children. 15 So I will very gladly spend for you everything I have and expend myself as well. If I love you more, will you love me less? 16 Be that as it may, I have not been a burden to you. Yet, crafty fellow that I am, I caught you by trickery! 17 Did I exploit you through any of the men I sent you? 18 I urged Titus to go to you and I sent our brother with him. Titus did not exploit you, did he? Did we not act in the same spirit and follow the same course?

19¿Todo este tiempo han venido pensando que nos estábamos justificando ante ustedes? ¡Más bien, hemos estado hablando delante de Dios en Cristo! Todo lo que hacemos, queridos hermanos, es para su edificación. 20En realidad, me temo que cuando vaya a verlos no los encuentre como quisiera, ni ustedes me encuentren a mí como quisieran. Temo que haya peleas, celos, arrebatos de ira, rivalidades, calumnias, chismes, insultos y alborotos. 21Temo que, al volver a visitarlos, mi Dios me humille delante de ustedes, y que yo tenga que llorar por muchos que han pecado desde hace algún tiempo pero no se han *arrepentido de la impureza, de la inmoralidad sexual y de los vicios a que se han entregado.

Advertencias finales

13 Ésta será la tercera vez que los visito. «Todo asunto se resolverá mediante el testimonio de dos o tres testigos.»[z] 2Cuando estuve con ustedes por segunda vez les advertí, y ahora que estoy ausente se lo repito: Cuando vuelva a verlos, no seré indulgente con los que antes pecaron ni con ningún otro, 3ya que están exigiendo una prueba de que Cristo habla por medio de mí. Él no se muestra débil en su trato con ustedes, sino que ejerce su poder entre ustedes. 4Es cierto que fue crucificado en debilidad, pero ahora vive por el poder de Dios. De igual manera, nosotros participamos de su debilidad, pero por el poder de Dios viviremos con Cristo para ustedes.

5Examínense para ver si están en la fe; pruébense a sí mismos. ¿No se dan cuenta de que Cristo Jesús está en ustedes? ¡A menos que fracasen en la *prueba! 6Espero que reconozcan que nosotros no hemos fracasado. 7Pedimos a Dios que no hagan nada malo, no para demostrar mi éxito, sino para que hagan lo bueno, aunque parezca que nosotros hemos fracasado. 8Pues nada podemos hacer contra la verdad, sino a favor de la verdad. 9De hecho, nos alegramos cuando nosotros somos débiles y ustedes fuertes; y oramos a Dios para que los restaure plenamente. 10Por eso les escribo todo esto en mi ausencia, para que cuando vaya no tenga que ser severo en el uso de mi autoridad, la cual el Señor me ha dado para edificación y no para destrucción.

Saludos finales

11En fin, hermanos, alégrense, busquen[a] su restauración, hagan caso de mi exhortación,

[z]**13:1** Dt 19:15 [a]**13:11** *alégrense, busquen.* Alt. *los saludo. Busquen.*

19Have you been thinking all along that we have been defending ourselves to you? We have been speaking in the sight of God as those in Christ; and everything we do, dear friends, is for your strengthening. 20For I am afraid that when I come I may not find you as I want you to be, and you may not find me as you want me to be. I fear that there may be quarreling, jealousy, outbursts of anger, factions, slander, gossip, arrogance and disorder. 21I am afraid that when I come again my God will humble me before you, and I will be grieved over many who have sinned earlier and have not repented of the impurity, sexual sin and debauchery in which they have indulged.

Final Warnings

13 This will be my third visit to you. "Every matter must be established by the testimony of two or three witnesses."[r] 2I already gave you a warning when I was with you the second time. I now repeat it while absent: On my return I will not spare those who sinned earlier or any of the others, 3since you are demanding proof that Christ is speaking through me. He is not weak in dealing with you, but is powerful among you. 4For to be sure, he was crucified in weakness, yet he lives by God's power. Likewise, we are weak in him, yet by God's power we will live with him to serve you.

5Examine yourselves to see whether you are in the faith; test yourselves. Do you not realize that Christ Jesus is in you—unless, of course, you fail the test? 6And I trust that you will discover that we have not failed the test. 7Now we pray to God that you will not do anything wrong. Not that people will see that we have stood the test but that you will do what is right even though we may seem to have failed. 8For we cannot do anything against the truth, but only for the truth. 9We are glad whenever we are weak but you are strong; and our prayer is for your perfection. 10This is why I write these things when I am absent, that when I come I may not have to be harsh in my use of authority—the authority the Lord gave me for building you up, not for tearing you down.

Final Greetings

11Finally, brothers, good-by. Aim for perfection, listen to my appeal, be of one mind, live in

[r]*1* Deut. 19:15

sean de un mismo sentir, vivan en paz. Y el Dios
de amor y de paz estará con ustedes.
12 Salúdense unos a otros con un beso santo.
13 Todos los *santos les mandan saludos.
14 Que la gracia del Señor Jesucristo, el amor
de Dios y la comunión del Espíritu Santo sean
con todos ustedes.

peace. And the God of love and peace will be
with you.
12 Greet one another with a holy kiss. 13 All the
saints send their greetings.
14 May the grace of the Lord Jesus Christ, and
the love of God, and the fellowship of the Holy
Spirit be with you all.

Carta a los Gálatas

1 Pablo, apóstol, no por investidura ni media-
ción *humanas, sino por *Jesucristo y por
Dios Padre, que lo *levantó de entre los muertos;
2 y todos los hermanos que están conmigo,

a las iglesias de Galacia:

3 Que Dios nuestro Padre y el Señor Jesucristo
les concedan gracia y paz. 4 Jesucristo dio su
vida por nuestros pecados para rescatarnos de
este mundo malvado, según la voluntad de nues-
tro Dios y Padre, 5 a quien sea la gloria por los
siglos de los siglos. Amén.

No hay otro evangelio

6 Me asombra que tan pronto estén dejando
ustedes a quien los llamó por la gracia de Cristo,
para pasarse a otro *evangelio. 7 No es que haya
otro evangelio, sino que ciertos individuos están
sembrando confusión entre ustedes y quieren
tergiversar el evangelio de Cristo. 8 Pero aun si
alguno de nosotros o un ángel del cielo les
predicara un evangelio distinto del que les he-
mos predicado, ¡que caiga bajo maldición! 9 Co-
mo ya lo hemos dicho, ahora lo repito: si alguien
les anda predicando un evangelio distinto del
que recibieron, ¡que caiga bajo maldición!
10 ¿Qué busco con esto: ganarme la aproba-
ción *humana o la de Dios? ¿Piensan que pro-
curo agradar a los demás? Si yo buscara agradar
a otros, no sería *siervo de Cristo.

Pablo, llamado por Dios

11 Quiero que sepan, hermanos, que el *evan-
gelio que yo predico no es invención *humana.
12 No lo recibí ni lo aprendí de ningún *ser
humano, sino que me llegó por revelación de
Jesucristo.
13 Ustedes ya están enterados de mi conducta
cuando pertenecía al judaísmo, de la furia con
que perseguía a la iglesia de Dios, tratando de
destruirla. 14 En la práctica del judaísmo, yo
aventajaba a muchos de mis contemporáneos en
mi celo exagerado por las tradiciones de mis
antepasados. 15 Sin embargo, Dios me había
apartado desde el vientre de mi madre y me
llamó por su gracia. Cuando él tuvo a bien
16 revelarme a su Hijo para que yo lo predicara
entre los *gentiles, no consulté con nadie.
17 Tampoco subí a Jerusalén para ver a los que
eran apóstoles antes que yo, sino que fui de

Galatians

1 Paul, an apostle—sent not from men nor by
man, but by Jesus Christ and God the Fa-
ther, who raised him from the dead— 2 and all
the brothers with me,

To the churches in Galatia:

3 Grace and peace to you from God our Father
and the Lord Jesus Christ, 4 who gave himself
for our sins to rescue us from the present evil
age, according to the will of our God and Father,
5 to whom be glory for ever and ever. Amen.

No Other Gospel

6 I am astonished that you are so quickly
deserting the one who called you by the grace
of Christ and are turning to a different gos-
pel— 7 which is really no gospel at all. Evi-
dently some people are throwing you into con-
fusion and are trying to pervert the gospel of
Christ. 8 But even if we or an angel from heav-
en should preach a gospel other than the one
we preached to you, let him be eternally con-
demned! 9 As we have already said, so now I
say again: If anybody is preaching to you a
gospel other than what you accepted, let him
be eternally condemned!
10 Am I now trying to win the approval of men,
or of God? Or am I trying to please men? If I
were still trying to please men, I would not be a
servant of Christ.

Paul Called by God

11 I want you to know, brothers, that the gospel
I preached is not something that man made up.
12 I did not receive it from any man, nor was I
taught it; rather, I received it by revelation from
Jesus Christ.
13 For you have heard of my previous way of
life in Judaism, how intensely I persecuted the
church of God and tried to destroy it. 14 I was
advancing in Judaism beyond many Jews of my
own age and was extremely zealous for the
traditions of my fathers. 15 But when God, who
set me apart from birth[a] and called me by his
grace, was pleased 16 to reveal his Son in me so
that I might preach him among the Gentiles, I
did not consult any man, 17 nor did I go up to

[a] *15* Or *from my mother's womb*

inmediato a Arabia, de donde luego regresé a
Damasco.
18Después de tres años, subí a Jerusalén para
visitar a Pedro,[a] y me quedé con él quince días.
19No vi a ningún otro de los apóstoles; sólo vi a
*Jacobo, el hermano del Señor. 20Dios me es
testigo que en esto que les escribo no miento.
21Más tarde fui a las regiones de Siria y Cilicia.
22Pero en Judea las iglesias de[b] Cristo no me
conocían personalmente. 23Sólo habían oído de-
cir: «El que antes nos perseguía ahora predica la
fe que procuraba destruir.» 24Y por causa mía
glorificaban a Dios.

Los apóstoles aceptan a Pablo

2 Catorce años después subí de nuevo a Jeru-
salén, esta vez con Bernabé, llevando tam-
bién a Tito. 2Fui en obediencia a una revelación,
y me reuní en privado con los que eran reconoci-
dos como dirigentes, y les expliqué el *evangelio
que predico entre los *gentiles, para que todo mi
esfuerzo no fuera en vano.[c] 3Ahora bien, ni si-
quiera Tito, que me acompañaba, fue obligado a
circuncidarse, aunque era *griego. 4El problema
era que algunos falsos hermanos se habían infil-
trado entre nosotros para coartar la libertad que
tenemos en Cristo Jesús a fin de esclavizarnos.
5Ni por un momento accedimos a someternos a
ellos, pues queríamos que se preservara entre
ustedes la integridad del evangelio.
6En cuanto a los que eran reconocidos como
personas importantes —aunque no me interesa lo
que fueran, porque Dios no juzga por las aparien-
cias—, no me impusieron nada nuevo. 7Al con-
trario, reconocieron que a mí se me había enco-
mendado predicar el evangelio a los gentiles, de la
misma manera que se le había encomendado a
Pedro predicarlo a los judíos.[d] 8El mismo Dios
que facultó a Pedro como apóstol de los judíos[e]
me facultó también a mí como apóstol de los
gentiles. 9En efecto, *Jacobo, Pedro y Juan, que
eran considerados columnas, al reconocer la gra-
cia que yo había recibido, nos dieron la mano a
Bernabé y a mí en señal de compañerismo, de
modo que nosotros fuéramos a los gentiles y ellos
a los judíos. 10Sólo nos pidieron que nos acordá-
ramos de los pobres, y eso es precisamente lo que
he venido haciendo con esmero.

Pablo se opone a Pedro

11Pues bien, cuando Pedro fue a Antioquía, le
eché en cara su comportamiento condenable.

[a]**1:18** Aquí el autor usa **Cefas*, nombre arameo de Pedro; también en 2:9,11,14. [b]**1:22** *de.* Lit. *en.* [c]**2:2** *para … vano.* Lit. *para que yo no estuviera corriendo o hubiera corrido en vano.* [d]**2:7** *el evangelio … judíos.* Lit. *el evangelio de la incircunción, como a Pedro el de la *circuncisión.* [e]**2:8** *los judíos.* Lit. *la circuncisión*; también en v. 9.

Jerusalem to see those who were apostles before
I was, but I went immediately into Arabia and
later returned to Damascus.
18Then after three years, I went up to Jerusa-
lem to get acquainted with Peter[b] and stayed
with him fifteen days. 19I saw none of the other
apostles—only James, the Lord's brother. 20I
assure you before God that what I am writing
you is no lie. 21Later I went to Syria and Cilicia.
22I was personally unknown to the churches of
Judea that are in Christ. 23They only heard the
report: "The man who formerly persecuted us is
now preaching the faith he once tried to de-
stroy." 24And they praised God because of me.

Paul Accepted by the Apostles

2 Fourteen years later I went up again to
Jerusalem, this time with Barnabas. I took
Titus along also. 2I went in response to a reve-
lation and set before them the gospel that I
preach among the Gentiles. But I did this pri-
vately to those who seemed to be leaders, for
fear that I was running or had run my race in
vain. 3Yet not even Titus, who was with me, was
compelled to be circumcised, even though he
was a Greek. 4⌊This matter arose⌋ because some
false brothers had infiltrated our ranks to spy on
the freedom we have in Christ Jesus and to make
us slaves. 5We did not give in to them for a
moment, so that the truth of the gospel might
remain with you.
6As for those who seemed to be impor-
tant—whatever they were makes no difference
to me; God does not judge by external appear-
ance—those men added nothing to my message.
7On the contrary, they saw that I had been
entrusted with the task of preaching the gospel
to the Gentiles,[c] just as Peter had been to the
Jews.[d] 8For God, who was at work in the min-
istry of Peter as an apostle to the Jews, was also
at work in my ministry as an apostle to the
Gentiles. 9James, Peter[e] and John, those reputed
to be pillars, gave me and Barnabas the right
hand of fellowship when they recognized the
grace given to me. They agreed that we should
go to the Gentiles, and they to the Jews. 10All
they asked was that we should continue to re-
member the poor, the very thing I was eager to
do.

Paul Opposes Peter

11When Peter came to Antioch, I opposed him
to his face, because he was clearly in the wrong.

[b]*18* Greek *Cephas* [c]*7* Greek *uncircumcised* [d]*7* Greek *circumcised*; also in verses 8 and 9 [e]*9* Greek *Cephas*; also in verses 11 and 14

12Antes que llegaran algunos de parte de *Jacobo, Pedro solía comer con los *gentiles. Pero cuando aquéllos llegaron, comenzó a retraerse y a separarse de los gentiles por temor a los partidarios de la *circuncisión.[f] 13Entonces los demás judíos se unieron a Pedro en su *hipocresía, y hasta el mismo Bernabé se dejó arrastrar por esa conducta hipócrita.

14Cuando vi que no actuaban rectamente, como corresponde a la integridad del *evangelio, le dije a Pedro delante de todos: «Si tú, que eres judío, vives como si no lo fueras, ¿por qué obligas a los gentiles a practicar el judaísmo?

15»Nosotros somos judíos de nacimiento y no *"pecadores paganos". 16Sin embargo, al reconocer que nadie es *justificado por las obras que demanda la ley sino por la *fe en Jesucristo, también nosotros hemos puesto nuestra fe en Cristo Jesús, para ser justificados por la fe en él y no por las obras de la ley; porque por éstas nadie será justificado.

17»Ahora bien, cuando buscamos ser justificados por[g] Cristo, se hace evidente que nosotros mismos somos pecadores. ¿Quiere esto decir que Cristo está al servicio del pecado? ¡De ninguna manera! 18Si uno vuelve a edificar lo que antes había destruido, se hace[h] transgresor. 19Yo, por mi parte, mediante la ley he muerto a la ley, a fin de vivir para Dios. 20He sido crucificado con Cristo, y ya no vivo yo sino que Cristo vive en mí. Lo que ahora vivo en el cuerpo, lo vivo por la fe en el Hijo de Dios, quien me amó y dio su vida por mí. 21No desecho la gracia de Dios. Si la justicia se obtuviera mediante la ley, Cristo habría muerto en vano.»[i]

La fe o la observancia de la ley

3 ¡Gálatas torpes! ¿Quién los ha hechizado a ustedes, ante quienes Jesucristo crucificado ha sido presentado tan claramente? 2Sólo quiero que me respondan a esto: ¿Recibieron el Espíritu por las obras que demanda la ley, o por la fe con que aceptaron el mensaje? 3¿Tan torpes son? Después de haber comenzado con el Espíritu, ¿pretenden ahora perfeccionarse con esfuerzos *humanos?[j] 4¿Tanto sufrir, para nada?[k] ¡Si es que de veras fue para nada! 5Al darles Dios su Espíritu y hacer milagros entre ustedes, ¿lo hace por las obras que demanda la ley o por la fe con que han aceptado el mensaje? 6Así fue con Abraham: «Le creyó a Dios, y esto se le tomó en cuenta como justicia.»[l]

f**2:12** *los partidarios de la circuncisión.* Alt. *los judíos.*
g**2:17** *por.* Lit. *en.* h**2:18** *Si uno vuelve … se hace.* Lit. *Si vuelvo … me hago.* i**2:21** Algunos intérpretes consideran que la cita termina al final del v. 14. j**3:3** *¿pretenden … humanos?* Lit. *¿se perfeccionan ahora con la *carne?*
k**3:4** *¿Tanto sufrir, para nada?* Alt. *¿Han tenido tan grandes experiencias en vano?* l**3:6** Gn 15:6

12Before certain men came from James, he used to eat with the Gentiles. But when they arrived, he began to draw back and separate himself from the Gentiles because he was afraid of those who belonged to the circumcision group. 13The other Jews joined him in his hypocrisy, so that by their hypocrisy even Barnabas was led astray.

14When I saw that they were not acting in line with the truth of the gospel, I said to Peter in front of them all, "You are a Jew, yet you live like a Gentile and not like a Jew. How is it, then, that you force Gentiles to follow Jewish customs?

15"We who are Jews by birth and not 'Gentile sinners' 16know that a man is not justified by observing the law, but by faith in Jesus Christ. So we, too, have put our faith in Christ Jesus that we may be justified by faith in Christ and not by observing the law, because by observing the law no one will be justified.

17"If, while we seek to be justified in Christ, it becomes evident that we ourselves are sinners, does that mean that Christ promotes sin? Absolutely not! 18If I rebuild what I destroyed, I prove that I am a lawbreaker. 19For through the law I died to the law so that I might live for God. 20I have been crucified with Christ and I no longer live, but Christ lives in me. The life I live in the body, I live by faith in the Son of God, who loved me and gave himself for me. 21I do not set aside the grace of God, for if righteousness could be gained through the law, Christ died for nothing!"[f]

Faith or Observance of the Law

3 You foolish Galatians! Who has bewitched you? Before your very eyes Jesus Christ was clearly portrayed as crucified. 2I would like to learn just one thing from you: Did you receive the Spirit by observing the law, or by believing what you heard? 3Are you so foolish? After beginning with the Spirit, are you now trying to attain your goal by human effort? 4Have you suffered so much for nothing—if it really was for nothing? 5Does God give you his Spirit and work miracles among you because you observe the law, or because you believe what you heard?

6Consider Abraham: "He believed God, and it was credited to him as righteousness."[g] 7Understand, then, that those who believe are children of Abraham. 8The Scripture foresaw that God would justify the Gentiles by faith, and announced the gospel in advance to Abraham:

f21 Some interpreters end the quotation after verse 14.
g6 Gen. 15:6

7Por lo tanto, sepan que los descendientes de
Abraham son aquellos que viven por la fe. 8En
efecto, la Escritura, habiendo previsto que Dios
*justificaría por la fe a las *naciones, anunció de
antemano el *evangelio a Abraham: «Por medio
de ti serán bendecidas todas las naciones.»[m]
9Así que los que viven por la fe son bendecidos
junto con Abraham, el hombre de fe.

10Todos los que viven por las obras que de-
manda la ley están bajo maldición, porque está
escrito: «Maldito sea quien no practique fiel-
mente todo lo que está escrito en el libro de la
ley.»[n] 11Ahora bien, es evidente que por la ley
nadie es justificado delante de Dios, porque «el
justo vivirá por la fe».[ñ] 12La ley no se basa en
la fe; por el contrario, «quien practique estas
cosas vivirá por ellas».[o] 13Cristo nos rescató de
la maldición de la ley al hacerse maldición por
nosotros, pues está escrito: «Maldito todo el que
es colgado de un madero.»[p] 14Así sucedió, para
que, por medio de Cristo Jesús, la bendición
prometida a Abraham llegara a las naciones, y
para que por la fe recibiéramos el Espíritu según
la promesa.

La ley y la promesa

15Hermanos, voy a ponerles un ejemplo: aun
en el caso de un pacto[q] *humano, nadie puede
anularlo ni añadirle nada una vez que ha sido
ratificado. 16Ahora bien, las promesas se le hi-
cieron a Abraham y a su descendencia. La Es-
critura no dice: «y a los descendientes», como
refiriéndose a muchos, sino: «y a tu descenden-
cia»,[r] dando a entender uno solo, que es Cristo.
17Lo que quiero decir es esto: La ley, que vino
cuatrocientos treinta años después, no anula el
pacto que Dios había ratificado previamente; de
haber sido así, quedaría sin efecto la promesa.
18Si la herencia se basa en la ley, ya no se basa
en la promesa; pero Dios se la concedió gratui-
tamente a Abraham mediante una promesa.

19Entonces, ¿cuál era el propósito de la ley?
Fue añadida por causa de[s] las transgresiones
hasta que viniera la descendencia a la cual se
hizo la promesa. La ley se promulgó por medio
de ángeles, por conducto de un mediador.
20Ahora bien, no hace falta mediador si hay una
sola parte, y sin embargo Dios es uno solo.

21Si esto es así, ¿estará la ley en contra de las
promesas de Dios? ¡De ninguna manera! Si se
hubiera promulgado una ley capaz de dar vida,
entonces sí que la justicia se basaría en la ley.
22Pero la Escritura declara que todo el mundo es

[m]**3:8** Gn 12:3; 18:18; 22:18 [n]**3:10** Dt 27:26
[ñ]**3:11** Hab 2:4 [o]**3:12** Lv 18:5 [p]**3:13** Dt 21:23
[q]**3:15** *pacto.* Alt. *testamento.* [r]**3:16** Gn 12:7; 13:15; 24:7
[s]**3:19** *por causa de.* Alt. *para manifestar*, o *para aumentar.*

"All nations will be blessed through you."[h] 9So
those who have faith are blessed along with
Abraham, the man of faith.

10All who rely on observing the law are under
a curse, for it is written: "Cursed is everyone
who does not continue to do everything written
in the Book of the Law."[i] 11Clearly no one is
justified before God by the law, because, "The
righteous will live by faith."[j] 12The law is not
based on faith; on the contrary, "The man who
does these things will live by them."[k] 13Christ
redeemed us from the curse of the law by be-
coming a curse for us, for it is written: "Cursed
is everyone who is hung on a tree."[l] 14He re-
deemed us in order that the blessing given to
Abraham might come to the Gentiles through
Christ Jesus, so that by faith we might receive
the promise of the Spirit.

The Law and the Promise

15Brothers, let me take an example from
everyday life. Just as no one can set aside or
add to a human covenant that has been duly
established, so it is in this case. 16The prom-
ises were spoken to Abraham and to his seed.
The Scripture does not say "and to seeds,"
meaning many people, but "and to your
seed,"[m] meaning one person, who is Christ.
17What I mean is this: The law, introduced
430 years later, does not set aside the covenant
previously established by God and thus do
away with the promise. 18For if the inheritance
depends on the law, then it no longer depends
on a promise; but God in his grace gave it to
Abraham through a promise.

19What, then, was the purpose of the law?
It was added because of transgressions until
the Seed to whom the promise referred had
come. The law was put into effect through
angels by a mediator. 20A mediator, however,
does not represent just one party; but God is
one.

21Is the law, therefore, opposed to the prom-
ises of God? Absolutely not! For if a law had
been given that could impart life, then righ-
teousness would certainly have come by the
law. 22But the Scripture declares that the
whole world is a prisoner of sin, so that what
was promised, being given through faith in
Jesus Christ, might be given to those who be-
lieve.

[h]*8* Gen. 12:3; 18:18; 22:18 [i]*10* Deut. 27:26
[j]*11* Hab. 2:4 [k]*12* Lev. 18:5 [l]*13* Deut. 21:23
[m]*16* Gen. 12:7; 13:15; 24:7

prisionero del pecado,[t] para que mediante la *fe en Jesucristo lo prometido se les conceda a los que creen.

23 Antes de venir esta fe, la ley nos tenía presos, encerrados hasta que la fe se revelara. 24 Así que la ley vino a ser nuestro guía encargado de conducirnos a Cristo,[u] para que fuéramos *justificados por la fe. 25 Pero ahora que ha llegado la fe, ya no estamos sujetos al guía.

Hijos de Dios

26 Todos ustedes son hijos de Dios mediante la *fe en Cristo Jesús, 27 porque todos los que han sido bautizados en Cristo se han revestido de Cristo. 28 Ya no hay judío ni *griego, esclavo ni libre, hombre ni mujer, sino que todos ustedes son uno solo en Cristo Jesús. 29 Y si ustedes pertenecen a Cristo, son la descendencia de Abraham y herederos según la promesa.

4 En otras palabras, mientras el heredero es menor de edad, en nada se diferencia de un *esclavo, a pesar de ser dueño de todo. 2 Al contrario, está bajo el cuidado de tutores y administradores hasta la fecha fijada por su padre. 3 Así también nosotros, cuando éramos menores, estábamos esclavizados por los *principios[v] de este mundo. 4 Pero cuando se cumplió el plazo,[w] Dios envió a su Hijo, nacido de una mujer, nacido bajo la ley, 5 para rescatar a los que estaban bajo la ley, a fin de que fuéramos adoptados como hijos. 6 Ustedes ya son hijos. Dios ha enviado a nuestros corazones el Espíritu de su Hijo, que clama: «*¡*Abba!* ¡Padre!» 7 Así que ya no eres esclavo sino hijo; y como eres hijo, Dios te ha hecho también heredero.

Preocupación de Pablo por los gálatas

8 Antes, cuando ustedes no conocían a Dios, eran esclavos de los que en realidad no son dioses. 9 Pero ahora que conocen a Dios —o más bien que Dios los conoce a ustedes—, ¿cómo es que quieren regresar a esos *principios ineficaces y sin valor? ¿Quieren volver a ser esclavos de ellos? 10 ¡Ustedes siguen guardando los días de fiesta, meses, estaciones y años! 11 Temo por ustedes, que tal vez me haya estado esforzando en vano.

12 Hermanos, yo me he identificado con ustedes. Les suplico que ahora se identifiquen conmigo. No es que me hayan ofendido en algo. 13 Como bien saben, la primera vez que les prediqué el *evangelio fue debido a una enfermedad, 14 y

[t]3:22 *declara … pecado.* Lit. *lo ha encerrado todo bajo pecado.* [u]3:24 *la ley … Cristo.* Alt. *la ley fue nuestro guía hasta que vino Cristo.* [v]4:3 *los principios.* Alt. *los poderes espirituales,* o *las normas;* también en v. 9. [w]4:4 *se cumplió el plazo.* Lit. *vino la plenitud del tiempo.*

23 Before this faith came, we were held prisoners by the law, locked up until faith should be revealed. 24 So the law was put in charge to lead us to Christ[n] that we might be justified by faith. 25 Now that faith has come, we are no longer under the supervision of the law.

Sons of God

26 You are all sons of God through faith in Christ Jesus, 27 for all of you who were baptized into Christ have clothed yourselves with Christ. 28 There is neither Jew nor Greek, slave nor free, male nor female, for you are all one in Christ Jesus. 29 If you belong to Christ, then you are Abraham's seed, and heirs according to the promise.

4 What I am saying is that as long as the heir is a child, he is no different from a slave, although he owns the whole estate. 2 He is subject to guardians and trustees until the time set by his father. 3 So also, when we were children, we were in slavery under the basic principles of the world. 4 But when the time had fully come, God sent his Son, born of a woman, born under law, 5 to redeem those under law, that we might receive the full rights of sons. 6 Because you are sons, God sent the Spirit of his Son into our hearts, the Spirit who calls out, "Abba,[o] Father." 7 So you are no longer a slave, but a son; and since you are a son, God has made you also an heir.

Paul's Concern for the Galatians

8 Formerly, when you did not know God, you were slaves to those who by nature are not gods. 9 But now that you know God—or rather are known by God—how is it that you are turning back to those weak and miserable principles? Do you wish to be enslaved by them all over again? 10 You are observing special days and months and seasons and years! 11 I fear for you, that somehow I have wasted my efforts on you.

12 I plead with you, brothers, become like me, for I became like you. You have done me no wrong. 13 As you know, it was because of an illness that I first preached the gospel to

[n]*24* Or *charge until Christ came* [o]*6* Aramaic for *Father*

aunque ésta fue una *prueba para ustedes, no me trataron con desprecio ni desdén. Al contrario, me recibieron como a un ángel de Dios, como si se tratara de Cristo Jesús. 15Pues bien, ¿qué pasó con todo ese entusiasmo? Me consta que, de haberles sido posible, se habrían sacado los ojos para dármelos. 16¡Y ahora resulta que por decirles la verdad me he vuelto su enemigo!

17Esos que muestran mucho interés por ganárselos a ustedes no abrigan buenas intenciones. Lo que quieren es alejarlos de nosotros para que ustedes se entreguen a ellos. 18Está bien mostrar interés, con tal de que ese interés sea bien intencionado y constante, y que no se manifieste sólo cuando yo estoy con ustedes. 19Queridos hijos, por quienes vuelvo a sufrir dolores de parto hasta que Cristo sea formado en ustedes, 20¡cómo quisiera estar ahora con ustedes y hablarles de otra manera, porque lo que están haciendo me tiene perplejo!

Agar y Sara

21Díganme ustedes, los que quieren estar bajo la ley: ¿por qué no le prestan atención a lo que la ley misma dice? 22¿Acaso no está escrito que Abraham tuvo dos hijos, uno de la esclava y otro de la libre? 23El de la esclava nació por decisión *humana, pero el de la libre nació en cumplimiento de una promesa.

24Ese relato puede interpretarse en sentido figurado: estas mujeres representan dos pactos. Uno, que es Agar, procede del monte Sinaí y tiene hijos que nacen para ser esclavos. 25Agar representa el monte Sinaí en Arabia, y corresponde a la actual ciudad de Jerusalén, porque junto con sus hijos vive en esclavitud. 26Pero la Jerusalén celestial es libre, y ésa es nuestra madre. 27Porque está escrito:

> «Tú, mujer estéril que nunca has dado a luz,
> ¡grita de alegría!
> Tú, que nunca tuviste dolores de parto,
> ¡prorrumpe en gritos de júbilo!
> Porque más hijos que la casada
> tendrá la desamparada.»[x]

28Ustedes, hermanos, al igual que Isaac, son hijos por la promesa. 29Y así como en aquel tiempo el hijo nacido por decisión humana persiguió al hijo nacido por el Espíritu, así también sucede ahora. 30Pero, ¿qué dice la Escritura? «¡Echa de aquí a la esclava y a su hijo! El hijo de la esclava jamás tendrá parte en la herencia con el hijo de la libre.»[y] 31Así que, hermanos, no somos hijos de la esclava sino de la libre.

[x]4:27 Is 54:1 [y]4:30 Gn 21:10

you. 14Even though my illness was a trial to you, you did not treat me with contempt or scorn. Instead, you welcomed me as if I were an angel of God, as if I were Christ Jesus himself. 15What has happened to all your joy? I can testify that, if you could have done so, you would have torn out your eyes and given them to me. 16Have I now become your enemy by telling you the truth?

17Those people are zealous to win you over, but for no good. What they want is to alienate you ⌊from us⌋, so that you may be zealous for them. 18It is fine to be zealous, provided the purpose is good, and to be so always and not just when I am with you. 19My dear children, for whom I am again in the pains of childbirth until Christ is formed in you, 20how I wish I could be with you now and change my tone, because I am perplexed about you!

Hagar and Sarah

21Tell me, you who want to be under the law, are you not aware of what the law says? 22For it is written that Abraham had two sons, one by the slave woman and the other by the free woman. 23His son by the slave woman was born in the ordinary way; but his son by the free woman was born as the result of a promise.

24These things may be taken figuratively, for the women represent two covenants. One covenant is from Mount Sinai and bears children who are to be slaves: This is Hagar. 25Now Hagar stands for Mount Sinai in Arabia and corresponds to the present city of Jerusalem, because she is in slavery with her children. 26But the Jerusalem that is above is free, and she is our mother. 27For it is written:

> "Be glad, O barren woman,
> who bears no children;
> break forth and cry aloud,
> you who have no labor pains;
> because more are the children of the
> desolate woman
> than of her who has a husband."[p]

28Now you, brothers, like Isaac, are children of promise. 29At that time the son born in the ordinary way persecuted the son born by the power of the Spirit. It is the same now. 30But what does the Scripture say? "Get rid of the slave woman and her son, for the slave woman's son will never share in the inheritance with the free woman's son."[q] 31Therefore, brothers, we are not children of the slave woman, but of the free woman.

[p]27 Isaiah 54:1 [q]30 Gen. 21:10

Libertad en Cristo

5 Cristo nos libertó para que vivamos en libertad. Por lo tanto, manténganse firmes[z] y no se sometan nuevamente al yugo de esclavitud.

2Escuchen bien: yo, Pablo, les digo que si se hacen circuncidar, Cristo no les servirá de nada. 3De nuevo declaro que todo el que se hace circuncidar está obligado a practicar toda la ley. 4Aquellos de entre ustedes que tratan de ser *justificados por la ley, han roto con Cristo; han caído de la gracia. 5Nosotros, en cambio, por obra del Espíritu y mediante la fe, aguardamos con ansias la justicia que es nuestra esperanza. 6En Cristo Jesús de nada vale estar o no estar circuncidados; lo que vale es la fe que actúa mediante el amor.

7Ustedes estaban corriendo bien. ¿Quién los estorbó para que dejaran de obedecer a la verdad? 8Tal instigación no puede venir de Dios, que es quien los ha llamado.

9«Un poco de levadura fermenta toda la masa.» 10Yo por mi parte confío en el Señor que ustedes no pensarán de otra manera. El que los está perturbando será castigado, sea quien sea. 11Hermanos, si es verdad que yo todavía predico la circuncisión, ¿por qué se me sigue persiguiendo? Si tal fuera mi predicación, la cruz no *ofendería tanto. 12¡Ojalá que esos instigadores acabaran por mutilarse del todo!

13Les hablo así, hermanos, porque ustedes han sido llamados a ser libres; pero no se valgan de esa libertad para dar rienda suelta a sus *pasiones. Más bien sírvanse unos a otros con amor. 14En efecto, toda la ley se resume en un solo mandamiento: «Ama a tu prójimo como a ti mismo.»[a] 15Pero si siguen mordiéndose y devorándose, tengan cuidado, no sea que acaben por destruirse unos a otros.

La vida por el Espíritu

16Así que les digo: Vivan por el Espíritu, y no seguirán los deseos de la *naturaleza pecaminosa. 17Porque ésta desea lo que es contrario al Espíritu, y el Espíritu desea lo que es contrario a ella. Los dos se oponen entre sí, de modo que ustedes no pueden hacer lo que quieren. 18Pero si los guía el Espíritu, no están bajo la ley.

19Las obras de la naturaleza pecaminosa se conocen bien: inmoralidad sexual, impureza y libertinaje; 20idolatría y brujería; odio, discordia, celos, arrebatos de ira, rivalidades, disensiones, sectarismos 21y envidia; borracheras, or-

Freedom in Christ

5 It is for freedom that Christ has set us free. Stand firm, then, and do not let yourselves be burdened again by a yoke of slavery.

2Mark my words! I, Paul, tell you that if you let yourselves be circumcised, Christ will be of no value to you at all. 3Again I declare to every man who lets himself be circumcised that he is obligated to obey the whole law. 4You who are trying to be justified by law have been alienated from Christ; you have fallen away from grace. 5But by faith we eagerly await through the Spirit the righteousness for which we hope. 6For in Christ Jesus neither circumcision nor uncircumcision has any value. The only thing that counts is faith expressing itself through love.

7You were running a good race. Who cut in on you and kept you from obeying the truth? 8That kind of persuasion does not come from the one who calls you. 9"A little yeast works through the whole batch of dough." 10I am confident in the Lord that you will take no other view. The one who is throwing you into confusion will pay the penalty, whoever he may be. 11Brothers, if I am still preaching circumcision, why am I still being persecuted? In that case the offense of the cross has been abolished. 12As for those agitators, I wish they would go the whole way and emasculate themselves!

13You, my brothers, were called to be free. But do not use your freedom to indulge the sinful nature[r]; rather, serve one another in love. 14The entire law is summed up in a single command: "Love your neighbor as yourself."[s] 15If you keep on biting and devouring each other, watch out or you will be destroyed by each other.

Life by the Spirit

16So I say, live by the Spirit, and you will not gratify the desires of the sinful nature. 17For the sinful nature desires what is contrary to the Spirit, and the Spirit what is contrary to the sinful nature. They are in conflict with each other, so that you do not do what you want. 18But if you are led by the Spirit, you are not under law.

19The acts of the sinful nature are obvious: sexual immorality, impurity and debauchery; 20idolatry and witchcraft; hatred, discord, jealousy, fits of rage, selfish ambition, dissensions,

[z]**5:1** *Cristo … firmes.* Var. *Por lo tanto, manténganse firmes en la libertad con que Cristo nos libertó.* [a]**5:14** Lv 19:18

[r]*13* Or *the flesh*; also in verses 16, 17, 19 and 24
[s]*14* Lev. 19:18

gías, y otras cosas parecidas. Les advierto ahora, como antes lo hice, que los que practican tales cosas no heredarán el reino de Dios.

22En cambio, el fruto del Espíritu es amor, alegría, paz, paciencia, amabilidad, bondad, *fidelidad, 23humildad y dominio propio. No hay ley que condene estas cosas. 24Los que son de Cristo Jesús han crucificado la naturaleza pecaminosa, con sus pasiones y deseos. 25Si el Espíritu nos da vida, andemos guiados por el Espíritu. 26No dejemos que la vanidad nos lleve a irritarnos y a envidiarnos unos a otros.

La ayuda mutua

6 Hermanos, si alguien es sorprendido en pecado, ustedes que son espirituales deben restaurarlo con una actitud humilde. Pero cuídese cada uno, porque también puede ser *tentado. 2Ayúdense unos a otros a llevar sus cargas, y así cumplirán la ley de Cristo. 3Si alguien cree ser algo, cuando en realidad no es nada, se engaña a sí mismo. 4Cada cual examine su propia conducta; y si tiene algo de qué presumir, que no se compare con nadie. 5Que cada uno cargue con su propia responsabilidad.

6El que recibe instrucción en la palabra de Dios, comparta todo lo bueno con quien le enseña.

7No se engañen: de Dios nadie se burla. Cada uno cosecha lo que siembra. 8El que siembra para agradar a su *naturaleza pecaminosa, de esa misma naturaleza cosechará destrucción; el que siembra para agradar al Espíritu, del Espíritu cosechará vida eterna. 9No nos cansemos de hacer el bien, porque a su debido tiempo cosecharemos si no nos damos por vencidos. 10Por lo tanto, siempre que tengamos la oportunidad, hagamos bien a todos, y en especial a los de la familia de la fe.

No la circuncisión, sino una nueva creación

11Miren que les escribo de mi puño y letra, ¡y con letras bien grandes!

12Los que tratan de obligarlos a ustedes a circuncidarse lo hacen únicamente para dar una buena impresión y evitar ser perseguidos por causa de la cruz de Cristo. 13Ni siquiera esos que están circuncidados obedecen la ley; lo que pasa es que quieren obligarlos a circuncidarse para luego *jactarse de la señal que ustedes llevarían en el cuerpo.[b] 14En cuanto a mí, jamás se me ocurra jactarme de otra cosa sino de la cruz de nuestro Señor Jesucristo, por quien[c] el mundo

[b]6:13 *jactarse … cuerpo.* Lit. *jactarse en la *carne.*
[c]6:14 *por quien.* Alt. *por la cual.*

factions 21and envy; drunkenness, orgies, and the like. I warn you, as I did before, that those who live like this will not inherit the kingdom of God.

22But the fruit of the Spirit is love, joy, peace, patience, kindness, goodness, faithfulness, 23gentleness and self-control. Against such things there is no law. 24Those who belong to Christ Jesus have crucified the sinful nature with its passions and desires. 25Since we live by the Spirit, let us keep in step with the Spirit. 26Let us not become conceited, provoking and envying each other.

Doing Good to All

6 Brothers, if someone is caught in a sin, you who are spiritual should restore him gently. But watch yourself, or you also may be tempted. 2Carry each other's burdens, and in this way you will fulfill the law of Christ. 3If anyone thinks he is something when he is nothing, he deceives himself. 4Each one should test his own actions. Then he can take pride in himself, without comparing himself to somebody else, 5for each one should carry his own load.

6Anyone who receives instruction in the word must share all good things with his instructor.

7Do not be deceived: God cannot be mocked. A man reaps what he sows. 8The one who sows to please his sinful nature, from that nature[f] will reap destruction; the one who sows to please the Spirit, from the Spirit will reap eternal life. 9Let us not become weary in doing good, for at the proper time we will reap a harvest if we do not give up. 10Therefore, as we have opportunity, let us do good to all people, especially to those who belong to the family of believers.

Not Circumcision but a New Creation

11See what large letters I use as I write to you with my own hand!

12Those who want to make a good impression outwardly are trying to compel you to be circumcised. The only reason they do this is to avoid being persecuted for the cross of Christ. 13Not even those who are circumcised obey the law, yet they want you to be circumcised that they may boast about your flesh.

[f]8 Or *his flesh, from the flesh*

ha sido crucificado para mí, y yo para el mundo.
15Para nada cuenta estar o no estar circuncida-
dos; lo que importa es ser parte de una nueva
creación. 16Paz y misericordia desciendan sobre
todos los que siguen esta norma, y sobre el Israel
de Dios.

17Por lo demás, que nadie me cause más pro-
blemas, porque yo llevo en el cuerpo las cicatri-
ces de Jesús.

18Hermanos, que la gracia de nuestro Señor
Jesucristo sea con el espíritu de cada uno de
ustedes. Amén.

14May I never boast except in the cross of our
Lord Jesus Christ, through which[u] the world
has been crucified to me, and I to the world.
15Neither circumcision nor uncircumcision
means anything; what counts is a new creation.
16Peace and mercy to all who follow this rule,
even to the Israel of God.

17Finally, let no one cause me trouble, for I
bear on my body the marks of Jesus.

18The grace of our Lord Jesus Christ be with
your spirit, brothers. Amen.

[u] *14* Or *whom*

Carta a los Efesios

1 Pablo, apóstol de *Cristo Jesús por la voluntad de Dios,

a los *santos y fieles[a] en Cristo Jesús que están en Éfeso:[b]

2 Que Dios nuestro Padre y el Señor Jesucristo les concedan gracia y paz.

Bendiciones espirituales en Cristo

3 Alabado sea Dios, Padre de nuestro Señor
Jesucristo, que nos ha bendecido en las regiones
celestiales con toda bendición espiritual en Cris-
to. 4 Dios nos escogió en él antes de la creación
del mundo, para que seamos santos y sin mancha
delante de él. En amor 5 nos predestinó para ser
adoptados como hijos suyos por medio de Jesu-
cristo, según el buen propósito de su voluntad,
6 para alabanza de su gloriosa gracia, que nos
concedió en su Amado. 7 En él tenemos la reden-
ción mediante su sangre, el perdón de nuestros
pecados, conforme a las riquezas de la gracia
8 que Dios nos dio en abundancia con toda sabi-
duría y entendimiento. 9 Él nos hizo conocer el
*misterio de su voluntad conforme al buen pro-
pósito que de antemano estableció en Cristo,
10 para llevarlo a cabo cuando se cumpliera el
tiempo: reunir en él todas las cosas, tanto las del
cielo como las de la tierra.

11 En Cristo también fuimos hechos herederos,[c]
pues fuimos predestinados según el plan de aquel
que hace todas las cosas conforme al designio de
su voluntad, 12 a fin de que nosotros, que ya hemos
puesto nuestra esperanza en Cristo, seamos para
alabanza de su gloria. 13 En él también ustedes,
cuando oyeron el mensaje de la verdad, el *evan-
gelio que les trajo la salvación, y lo creyeron,
fueron marcados con el sello que es el Espíritu
Santo prometido. 14 Éste garantiza nuestra heren-
cia hasta que llegue la redención final del pueblo
adquirido por Dios,[d] para alabanza de su gloria.

Acción de gracias e intercesión

15 Por eso yo, por mi parte, desde que me enteré
de la fe que tienen en el Señor Jesús y del amor

[a] **1:1** *fieles*. Alt. *creyentes*. [b] **1:1** *los santos … Éfeso*. Var. *los santos que también son fieles en Cristo Jesús* (es decir, sin indicación de lugar). [c] **1:11** *fuimos hechos herederos*. Alt. *fuimos escogidos*. [d] **1:14** *hasta … Dios*. Alt. *hasta que lleguemos a adquirirla*.

Ephesians

1 Paul, an apostle of Christ Jesus by the will of God,

To the saints in Ephesus,[a] the faithful[b] in Christ Jesus:

2 Grace and peace to you from God our Father and the Lord Jesus Christ.

Spiritual Blessings in Christ

3 Praise be to the God and Father of our Lord
Jesus Christ, who has blessed us in the heavenly
realms with every spiritual blessing in Christ.
4 For he chose us in him before the creation of
the world to be holy and blameless in his sight.
In love 5 he[c] predestined us to be adopted as his
sons through Jesus Christ, in accordance with
his pleasure and will— 6 to the praise of his
glorious grace, which he has freely given us in
the One he loves. 7 In him we have redemption
through his blood, the forgiveness of sins, in
accordance with the riches of God's grace 8 that
he lavished on us with all wisdom and under-
standing. 9 And he[d] made known to us the mys-
tery of his will according to his good pleasure,
which he purposed in Christ, 10 to be put into
effect when the times will have reached their
fulfillment—to bring all things in heaven and on
earth together under one head, even Christ.

11 In him we were also chosen,[e] having been
predestined according to the plan of him who
works out everything in conformity with the
purpose of his will, 12 in order that we, who
were the first to hope in Christ, might be for
the praise of his glory. 13 And you also were
included in Christ when you heard the word
of truth, the gospel of your salvation. Having
believed, you were marked in him with a seal,
the promised Holy Spirit, 14 who is a deposit
guaranteeing our inheritance until the redemp-
tion of those who are God's possession—to
the praise of his glory.

Thanksgiving and Prayer

15 For this reason, ever since I heard about
your faith in the Lord Jesus and your love for

[a] *1* Some early manuscripts do not have *in Ephesus*. [b] *1* Or *believers who are* [c] *5* Or *sight in love.* [5] *He* [d] *9* Or *us. With all wisdom and understanding,* [9] *he* [e] *11* Or *were made heirs*

que demuestran por todos los *santos, 16no he dejado de dar gracias por ustedes al recordarlos en mis oraciones. 17Pido que el Dios de nuestro Señor Jesucristo, el Padre glorioso, les dé el Espíritu de sabiduría y de revelación, para que lo conozcan mejor. 18Pido también que les sean iluminados los ojos del corazón para que sepan a qué esperanza él los ha llamado, cuál es la riqueza de su gloriosa herencia entre los santos, 19y cuán incomparable es la grandeza de su poder a favor de los que creemos. Ese poder es la fuerza grandiosa y eficaz 20que Dios ejerció en Cristo cuando lo resucitó de entre los muertos y lo sentó a su *derecha en las regiones celestiales, 21muy por encima de todo gobierno y autoridad, poder y dominio, y de cualquier otro nombre que se invoque, no sólo en este mundo sino también en el venidero. 22Dios sometió todas las cosas al dominio de Cristo,[e] y lo dio como cabeza de todo a la iglesia. 23Ésta, que es su cuerpo, es la plenitud de aquel que lo llena todo por completo.

La vida en Cristo

2 En otro tiempo ustedes estaban muertos en sus transgresiones y pecados, 2en los cuales andaban conforme a los poderes de este mundo. Se conducían según el que gobierna las tinieblas, según el espíritu que ahora ejerce su poder en los que viven en la desobediencia. 3En ese tiempo también todos nosotros vivíamos como ellos, impulsados por nuestros deseos pecaminosos, siguiendo nuestra propia voluntad y nuestros propósitos.[f] Como los demás, éramos por naturaleza objeto de la ira de Dios. 4Pero Dios, que es rico en misericordia, por su gran amor por nosotros, 5nos dio vida con Cristo, aun cuando estábamos muertos en pecados. ¡Por gracia ustedes han sido salvados! 6Y en unión con Cristo Jesús, Dios nos resucitó y nos hizo sentar con él en las regiones celestiales, 7para mostrar en los tiempos venideros la incomparable riqueza de su gracia, que por su bondad derramó sobre nosotros en Cristo Jesús. 8Porque por gracia ustedes han sido salvados mediante la fe; esto no procede de ustedes, sino que es el regalo de Dios, 9no por obras, para que nadie se *jacte. 10Porque somos hechura de Dios, creados en Cristo Jesús para buenas obras, las cuales Dios dispuso de antemano a fin de que las pongamos en práctica.

Unidad en Cristo

11Por lo tanto, recuerden ustedes los *gentiles de nacimiento —los que son llamados «incir-

[e]1:22 *Dios … Cristo.* Lit. *Dios sujetó todas las cosas debajo de sus pies.* [f]2:3 *impulsados … propósitos.* Lit. *en los deseos de nuestra *carne, haciendo la voluntad de la carne y los pensamientos.*

all the saints, 16I have not stopped giving thanks for you, remembering you in my prayers. 17I keep asking that the God of our Lord Jesus Christ, the glorious Father, may give you the Spirit[f] of wisdom and revelation, so that you may know him better. 18I pray also that the eyes of your heart may be enlightened in order that you may know the hope to which he has called you, the riches of his glorious inheritance in the saints, 19and his incomparably great power for us who believe. That power is like the working of his mighty strength, 20which he exerted in Christ when he raised him from the dead and seated him at his right hand in the heavenly realms, 21far above all rule and authority, power and dominion, and every title that can be given, not only in the present age but also in the one to come. 22And God placed all things under his feet and appointed him to be head over everything for the church, 23which is his body, the fullness of him who fills everything in every way.

Made Alive in Christ

2 As for you, you were dead in your transgressions and sins, 2in which you used to live when you followed the ways of this world and of the ruler of the kingdom of the air, the spirit who is now at work in those who are disobedient. 3All of us also lived among them at one time, gratifying the cravings of our sinful nature[g] and following its desires and thoughts. Like the rest, we were by nature objects of wrath. 4But because of his great love for us, God, who is rich in mercy, 5made us alive with Christ even when we were dead in transgressions—it is by grace you have been saved. 6And God raised us up with Christ and seated us with him in the heavenly realms in Christ Jesus, 7in order that in the coming ages he might show the incomparable riches of his grace, expressed in his kindness to us in Christ Jesus. 8For it is by grace you have been saved, through faith—and this not from yourselves, it is the gift of God— 9not by works, so that no one can boast. 10For we are God's workmanship, created in Christ Jesus to do good works, which God prepared in advance for us to do.

One in Christ

11Therefore, remember that formerly you who are Gentiles by birth and called "uncircum-

[f]*17* Or *a spirit* [g]*3* Or *our flesh*

cuncisos» por aquellos que se llaman «de la *circuncisión», la cual se hace en el cuerpo por mano humana—, 12recuerden que en ese entonces ustedes estaban separados de Cristo, excluidos de la ciudadanía de Israel y ajenos a los pactos de la promesa, sin esperanza y sin Dios en el mundo. 13Pero ahora en Cristo Jesús, a ustedes que antes estaban lejos, Dios los ha acercado mediante la sangre de Cristo.

14Porque Cristo es nuestra paz: de los dos pueblos ha hecho uno solo, derribando mediante su sacrificio[g] el muro de enemistad que nos separaba, 15pues anuló la ley con sus mandamientos y requisitos. Esto lo hizo para crear en sí mismo de los dos pueblos una nueva *humanidad al hacer la paz, 16para reconciliar con Dios a ambos en un solo cuerpo mediante la cruz, por la que dio muerte a la enemistad. 17Él vino y proclamó paz a ustedes que estaban lejos y paz a los que estaban cerca. 18Pues por medio de él tenemos acceso al Padre por un mismo Espíritu.

19Por lo tanto, ustedes ya no son extraños ni extranjeros, sino conciudadanos de los *santos y miembros de la familia de Dios, 20edificados sobre el fundamento de los apóstoles y los profetas, siendo Cristo Jesús mismo la piedra angular. 21En él todo el edificio, bien armado, se va levantando para llegar a ser un templo santo en el Señor. 22En él también ustedes son edificados juntamente para ser morada de Dios por su Espíritu.

Pablo y el misterio de Cristo

3 Por esta razón yo, Pablo, prisionero de Cristo Jesús por el bien de ustedes los *gentiles, me arrodillo en oración.[h] 2Sin duda se han enterado del plan de la gracia de Dios que él me encomendó para ustedes, 3es decir, el *misterio que me dio a conocer por revelación, como ya les escribí brevemente. 4Al leer esto, podrán darse cuenta de que comprendo el misterio de Cristo. 5Ese misterio, que en otras generaciones no se les dio a conocer a los *seres humanos, ahora se les ha revelado por el Espíritu a los santos apóstoles y profetas de Dios; 6es decir, que los gentiles son, junto con Israel, beneficiarios de la misma herencia, miembros de un mismo cuerpo y participantes igualmente de la promesa en Cristo Jesús mediante el *evangelio.

7De este evangelio llegué a ser servidor como regalo que Dios, por su gracia, me dio conforme a su poder eficaz. 8Aunque soy el más insignificante de todos los *santos, recibí esta gracia de predicar a las *naciones las incalculables rique-

[g]2:14 *mediante su sacrificio.* Lit. *en su carne.* [h]3:1 En el griego este versículo termina con la palabra *gentiles*, y el tema se reinicia en el v. 14.

cised" by those who call themselves "the circumcision" (that done in the body by the hands of men)— 12remember that at that time you were separate from Christ, excluded from citizenship in Israel and foreigners to the covenants of the promise, without hope and without God in the world. 13But now in Christ Jesus you who once were far away have been brought near through the blood of Christ.

14For he himself is our peace, who has made the two one and has destroyed the barrier, the dividing wall of hostility, 15by abolishing in his flesh the law with its commandments and regulations. His purpose was to create in himself one new man out of the two, thus making peace, 16and in this one body to reconcile both of them to God through the cross, by which he put to death their hostility. 17He came and preached peace to you who were far away and peace to those who were near. 18For through him we both have access to the Father by one Spirit.

19Consequently, you are no longer foreigners and aliens, but fellow citizens with God's people and members of God's household, 20built on the foundation of the apostles and prophets, with Christ Jesus himself as the chief cornerstone. 21In him the whole building is joined together and rises to become a holy temple in the Lord. 22And in him you too are being built together to become a dwelling in which God lives by his Spirit.

Paul the Preacher to the Gentiles

3 For this reason I, Paul, the prisoner of Christ Jesus for the sake of you Gentiles— 2Surely you have heard about the administration of God's grace that was given to me for you, 3that is, the mystery made known to me by revelation, as I have already written briefly. 4In reading this, then, you will be able to understand my insight into the mystery of Christ, 5which was not made known to men in other generations as it has now been revealed by the Spirit to God's holy apostles and prophets. 6This mystery is that through the gospel the Gentiles are heirs together with Israel, members together of one body, and sharers together in the promise in Christ Jesus.

7I became a servant of this gospel by the gift of God's grace given me through the working of his power. 8Although I am less than the least of all God's people, this grace was given me: to preach to the Gentiles the unsearchable riches

zas de Cristo, 9y de hacer entender a todos la realización del plan de Dios, el misterio que desde los tiempos eternos se mantuvo oculto en Dios, creador de todas las cosas. 10El fin de todo esto es que la sabiduría de Dios, en toda su diversidad, se dé a conocer ahora, por medio de la iglesia, a los poderes y autoridades en las regiones celestiales, 11conforme a su eterno propósito realizado en Cristo Jesús nuestro Señor. 12En él, mediante la fe, disfrutamos de libertad y confianza para acercarnos a Dios. 13Así que les pido que no se desanimen a causa de lo que sufro por ustedes, ya que estos sufrimientos míos son para ustedes un honor.

Oración por los efesios

14Por esta razón me arrodillo delante del Padre, 15de quien recibe nombre toda familia[i] en el cielo y en la tierra. 16Le pido que, por medio del Espíritu y con el poder que procede de sus gloriosas riquezas, los fortalezca a ustedes en lo íntimo de su ser, 17para que por fe Cristo habite en sus corazones. Y pido que, arraigados y cimentados en amor, 18puedan comprender, junto con todos los *santos, cuán ancho y largo, alto y profundo es el amor de Cristo; 19en fin, que conozcan ese amor que sobrepasa nuestro conocimiento, para que sean llenos de la plenitud de Dios.

20Al que puede hacer muchísimo más que todo lo que podamos imaginarnos o pedir, por el poder que obra eficazmente en nosotros, 21¡a él sea la gloria en la iglesia y en Cristo Jesús por todas las generaciones, por los siglos de los siglos! Amén.

Unidad en el cuerpo de Cristo

4 Por eso yo, que estoy preso por la causa del Señor, les ruego que vivan de una manera digna del llamamiento que han recibido, 2siempre humildes y amables, pacientes, tolerantes unos con otros en amor. 3Esfuércense por mantener la unidad del Espíritu mediante el vínculo de la paz. 4Hay un solo cuerpo y un solo Espíritu, así como también fueron llamados a una sola esperanza; 5un solo Señor, una sola fe, un solo bautismo; 6un solo Dios y Padre de todos, que está sobre todos y por medio de todos y en todos.

7Pero a cada uno de nosotros se nos ha dado gracia en la medida en que Cristo ha repartido los dones. 8Por esto dice:

> «Cuando ascendió a lo alto,
> se llevó consigo a los cautivos
> y dio dones a los hombres.»[j]

[i] **3:15** *familia.* Alt. *paternidad.* [j] **4:8** Sal 68:18

of Christ, 9and to make plain to everyone the administration of this mystery, which for ages past was kept hidden in God, who created all things. 10His intent was that now, through the church, the manifold wisdom of God should be made known to the rulers and authorities in the heavenly realms, 11according to his eternal purpose which he accomplished in Christ Jesus our Lord. 12In him and through faith in him we may approach God with freedom and confidence. 13I ask you, therefore, not to be discouraged because of my sufferings for you, which are your glory.

A Prayer for the Ephesians

14For this reason I kneel before the Father, 15from whom his whole family[h] in heaven and on earth derives its name. 16I pray that out of his glorious riches he may strengthen you with power through his Spirit in your inner being, 17so that Christ may dwell in your hearts through faith. And I pray that you, being rooted and established in love, 18may have power, together with all the saints, to grasp how wide and long and high and deep is the love of Christ, 19and to know this love that surpasses knowledge—that you may be filled to the measure of all the fullness of God.

20Now to him who is able to do immeasurably more than all we ask or imagine, according to his power that is at work within us, 21to him be glory in the church and in Christ Jesus throughout all generations, for ever and ever! Amen.

Unity in the Body of Christ

4 As a prisoner for the Lord, then, I urge you to live a life worthy of the calling you have received. 2Be completely humble and gentle; be patient, bearing with one another in love. 3Make every effort to keep the unity of the Spirit through the bond of peace. 4There is one body and one Spirit—just as you were called to one hope when you were called—5one Lord, one faith, one baptism; 6one God and Father of all, who is over all and through all and in all.

7But to each one of us grace has been given as Christ apportioned it. 8This is why it[i] says:

> "When he ascended on high,
> he led captives in his train
> and gave gifts to men."[j]

[h] *15* Or *whom all fatherhood* [i] *8* Or *God* [j] *8* Psalm 68:18

9(¿Qué quiere decir eso de que «ascendió», sino
que también descendió a las partes bajas, o sea,
a la tierra?[k] 10El que descendió es el mismo que
ascendió por encima de todos los cielos, para
llenarlo todo.) 11Él mismo constituyó a unos,
apóstoles; a otros, profetas; a otros, evangelis-
tas; y a otros, pastores y maestros, 12a fin de
capacitar al *pueblo de Dios para la obra de
servicio, para edificar el cuerpo de Cristo. 13De
este modo, todos llegaremos a la unidad de la fe
y del conocimiento del Hijo de Dios, a una
*humanidad *perfecta que se conforme a la
plena estatura de Cristo.

14Así ya no seremos niños, zarandeados por
las olas y llevados de aquí para allá por todo
viento de enseñanza y por la astucia y los artifi-
cios de quienes emplean artimañas engañosas.
15Más bien, al vivir la verdad con amor, crece-
remos hasta ser en todo como aquel que es la
cabeza, es decir, Cristo. 16Por su acción todo el
cuerpo crece y se edifica en amor, sostenido y
ajustado por todos los ligamentos, según la ac-
tividad propia de cada miembro.

Vivan como hijos de luz

17Así que les digo esto y les insisto en el
Señor: no vivan más con pensamientos frívolos
como los *paganos. 18A causa de la ignorancia
que los domina y por la dureza de su corazón,
éstos tienen oscurecido el entendimiento y están
alejados de la vida que proviene de Dios. 19Han
perdido toda vergüenza, se han entregado a la
inmoralidad, y no se sacian de cometer toda
clase de actos indecentes.

20No fue ésta la enseñanza que ustedes reci-
bieron acerca de Cristo, 21si de veras se les habló
y enseñó de Jesús según la verdad que está en
él. 22Con respecto a la vida que antes llevaban,
se les enseñó que debían quitarse el ropaje de la
vieja naturaleza, la cual está corrompida por los
deseos engañosos; 23ser renovados en la actitud
de su mente; 24y ponerse el ropaje de la nueva
naturaleza, creada a imagen de Dios, en verda-
dera justicia y *santidad.

25Por lo tanto, dejando la mentira, hable cada
uno a su prójimo con la verdad, porque todos
somos miembros de un mismo cuerpo. 26«Si se
enojan, no pequen.»[l] No dejen que el sol se
ponga estando aún enojados, 27ni den cabida al
diablo. 28El que robaba, que no robe más, sino
que trabaje honradamente con las manos para
tener qué compartir con los necesitados.

29Eviten toda conversación obscena. Por el
contrario, que sus palabras contribuyan a la

[k]4:9 *las partes bajas, o sea, a la tierra?* Alt. *las partes bajas de la tierra?* [l]4:26 Sal 4:4

9(What does "he ascended" mean except that he
also descended to the lower, earthly regions[k]?
10He who descended is the very one who as-
cended higher than all the heavens, in order to
fill the whole universe.) 11It was he who gave
some to be apostles, some to be prophets, some
to be evangelists, and some to be pastors and
teachers, 12to prepare God's people for works of
service, so that the body of Christ may be built
up 13until we all reach unity in the faith and in
the knowledge of the Son of God and become
mature, attaining to the whole measure of the
fullness of Christ.

14Then we will no longer be infants, tossed
back and forth by the waves, and blown here and
there by every wind of teaching and by the
cunning and craftiness of men in their deceitful
scheming. 15Instead, speaking the truth in love,
we will in all things grow up into him who is the
Head, that is, Christ. 16From him the whole
body, joined and held together by every support-
ing ligament, grows and builds itself up in love,
as each part does its work.

Living as Children of Light

17So I tell you this, and insist on it in the Lord,
that you must no longer live as the Gentiles do,
in the futility of their thinking. 18They are dark-
ened in their understanding and separated from
the life of God because of the ignorance that is
in them due to the hardening of their hearts.
19Having lost all sensitivity, they have given
themselves over to sensuality so as to indulge in
every kind of impurity, with a continual lust for
more.

20You, however, did not come to know Christ
that way. 21Surely you heard of him and were
taught in him in accordance with the truth that
is in Jesus. 22You were taught, with regard to
your former way of life, to put off your old self,
which is being corrupted by its deceitful desires;
23to be made new in the attitude of your minds;
24and to put on the new self, created to be like
God in true righteousness and holiness.

25Therefore each of you must put off false-
hood and speak truthfully to his neighbor, for we
are all members of one body. 26"In your anger
do not sin"[l]: Do not let the sun go down while
you are still angry, 27and do not give the devil a
foothold. 28He who has been stealing must steal
no longer, but must work, doing something use-
ful with his own hands, that he may have some-
thing to share with those in need.

29Do not let any unwholesome talk come
out of your mouths, but only what is helpful

[k]9 Or *the depths of the earth* [l]26 Psalm 4:4

necesaria edificación y sean de bendición para
quienes escuchan. 30 No agravien al Espíritu
Santo de Dios, con el cual fueron sellados para
el día de la redención. 31 Abandonen toda amar-
gura, ira y enojo, gritos y calumnias, y toda
forma de malicia. 32 Más bien, sean bondadosos
y compasivos unos con otros, y perdónense
mutuamente, así como Dios los perdonó a uste-
des en Cristo.

5 Por tanto, imiten a Dios, como hijos muy
amados, 2 y lleven una vida de amor, así
como Cristo nos amó y se entregó por nosotros
como ofrenda y sacrificio fragante para Dios.

3 Entre ustedes ni siquiera debe mencionarse
la inmoralidad sexual, ni ninguna clase de impu-
reza o de avaricia, porque eso no es propio del
*pueblo santo de Dios. 4 Tampoco debe haber
palabras indecentes, conversaciones necias ni
chistes groseros, todo lo cual está fuera de lugar;
haya más bien acción de gracias. 5 Porque pue-
den estar seguros de que nadie que sea avaro (es
decir, idólatra), inmoral o impuro tendrá heren-
cia en el reino de Cristo y de Dios.[m] 6 Que nadie
los engañe con argumentaciones vanas, porque
por esto viene el castigo de Dios sobre los que
viven en la desobediencia. 7 Así que no se hagan
cómplices de ellos.

8 Porque ustedes antes eran oscuridad, pero
ahora son luz en el Señor. Vivan como hijos de
luz 9 (el fruto de la luz consiste en toda bondad,
justicia y verdad) 10 y comprueben lo que agrada
al Señor. 11 No tengan nada que ver con las obras
infructuosas de la oscuridad, sino más bien de-
núncienlas, 12 porque da vergüenza aun mencio-
nar lo que los desobedientes hacen en secreto.
13 Pero todo lo que la luz pone al descubierto se
hace visible, 14 porque la luz es lo que hace que
todo sea visible. Por eso se dice:

«Despiértate, tú que duermes,
*levántate de entre los muertos,
y te alumbrará Cristo.»

15 Así que tengan cuidado de su manera de
vivir. No vivan como necios sino como sabios,
16 aprovechando al máximo cada momento
oportuno, porque los días son malos. 17 Por tan-
to, no sean insensatos, sino entiendan cuál es la
voluntad del Señor. 18 No se emborrachen con
vino, que lleva al desenfreno. Al contrario, sean
llenos del Espíritu. 19 Anímense unos a otros con
salmos, himnos y canciones espirituales. Canten
y alaben al Señor con el corazón, 20 dando siem-
pre gracias a Dios el Padre por todo, en el
nombre de nuestro Señor Jesucristo.

[m] 5:5 *de Cristo y de Dios*. Alt. *de Cristo, que es Dios*.

for building others up according to their needs,
that it may benefit those who listen. 30 And do
not grieve the Holy Spirit of God, with whom
you were sealed for the day of redemption.
31 Get rid of all bitterness, rage and anger,
brawling and slander, along with every form
of malice. 32 Be kind and compassionate to one
another, forgiving each other, just as in Christ
God forgave you.

5 Be imitators of God, therefore, as dearly
loved children 2 and live a life of love, just
as Christ loved us and gave himself up for us as
a fragrant offering and sacrifice to God.

3 But among you there must not be even a
hint of sexual immorality, or of any kind of
impurity, or of greed, because these are im-
proper for God's holy people. 4 Nor should
there be obscenity, foolish talk or coarse jok-
ing, which are out of place, but rather thanks-
giving. 5 For of this you can be sure: No im-
moral, impure or greedy person—such a man
is an idolater—has any inheritance in the king-
dom of Christ and of God.[m] 6 Let no one de-
ceive you with empty words, for because of
such things God's wrath comes on those who
are disobedient. 7 Therefore do not be partners
with them.

8 For you were once darkness, but now you are
light in the Lord. Live as children of light 9 (for
the fruit of the light consists in all goodness,
righteousness and truth) 10 and find out what
pleases the Lord. 11 Have nothing to do with the
fruitless deeds of darkness, but rather expose
them. 12 For it is shameful even to mention what
the disobedient do in secret. 13 But everything
exposed by the light becomes visible, 14 for it is
light that makes everything visible. This is why
it is said:

"Wake up, O sleeper,
rise from the dead,
and Christ will shine on you."

15 Be very careful, then, how you live—not
as unwise but as wise, 16 making the most of
every opportunity, because the days are evil.
17 Therefore do not be foolish, but understand
what the Lord's will is. 18 Do not get drunk on
wine, which leads to debauchery. Instead, be
filled with the Spirit. 19 Speak to one another
with psalms, hymns and spiritual songs. Sing
and make music in your heart to the Lord,
20 always giving thanks to God the Father for
everything, in the name of our Lord Jesus
Christ.

[m] 5 Or *kingdom of the Christ and God*

Deberes conyugales

21 Sométanse unos a otros, por reverencia a Cristo. 22 Esposas, sométanse a sus propios esposos como al Señor. 23 Porque el esposo es cabeza de su esposa, así como Cristo es cabeza y salvador de la iglesia, la cual es su cuerpo. 24 Así como la iglesia se somete a Cristo, también las esposas deben someterse a sus esposos en todo.

25 Esposos, amen a sus esposas, así como Cristo amó a la iglesia y se entregó por ella 26 para hacerla santa. Él la purificó, lavándola con agua mediante la palabra, 27 para presentársela a sí mismo como una iglesia radiante, sin mancha ni arruga ni ninguna otra imperfección, sino santa e intachable. 28 Así mismo el esposo debe amar a su esposa como a su propio cuerpo. El que ama a su esposa se ama a sí mismo, 29 pues nadie ha odiado jamás a su propio cuerpo; al contrario, lo alimenta y lo cuida, así como Cristo hace con la iglesia, 30 porque somos miembros de su cuerpo. 31 «Por eso dejará el hombre a su padre y a su madre, y se unirá a su esposa, y los dos llegarán a ser un solo cuerpo.»[n] 32 Esto es un *misterio profundo; yo me refiero a Cristo y a la iglesia. 33 En todo caso, cada uno de ustedes ame también a su esposa como a sí mismo, y que la esposa respete a su esposo.

Deberes filiales

6 Hijos, obedezcan en el Señor a sus padres, porque esto es justo. 2 «Honra a tu padre y a tu madre —que es el primer mandamiento con promesa— 3 para que te vaya bien y disfrutes de una larga vida en la tierra.»[ñ]

4 Y ustedes, padres, no hagan enojar a sus hijos, sino críenlos según la disciplina e instrucción del Señor.

Deberes de los esclavos y de sus amos

5 *Esclavos, obedezcan a sus amos terrenales con respeto y temor, y con integridad de corazón, como a Cristo. 6 No lo hagan sólo cuando los estén mirando, como los que quieren ganarse el favor *humano, sino como esclavos de Cristo, haciendo de todo corazón la voluntad de Dios. 7 Sirvan de buena gana, como quien sirve al Señor y no a los hombres, 8 sabiendo que el Señor recompensará a cada uno por el bien que haya hecho, sea esclavo o sea libre.

9 Y ustedes, amos, correspondan a esta actitud de sus esclavos, dejando de amenazarlos. Recuerden que tanto ellos como ustedes tienen un mismo Amo[o] en el cielo, y que con él no hay favoritismos.

[n] **5:31** Gn 2:24 [ñ] **6:3** Éx 20:12; Dt 5:16 [o] **6:9** *Amo.* Lit. *Señor.*

21 Submit to one another out of reverence for Christ.

Wives and Husbands

22 Wives, submit to your husbands as to the Lord. 23 For the husband is the head of the wife as Christ is the head of the church, his body, of which he is the Savior. 24 Now as the church submits to Christ, so also wives should submit to their husbands in everything.

25 Husbands, love your wives, just as Christ loved the church and gave himself up for her 26 to make her holy, cleansing[n] her by the washing with water through the word, 27 and to present her to himself as a radiant church, without stain or wrinkle or any other blemish, but holy and blameless. 28 In this same way, husbands ought to love their wives as their own bodies. He who loves his wife loves himself. 29 After all, no one ever hated his own body, but he feeds and cares for it, just as Christ does the church— 30 for we are members of his body. 31 "For this reason a man will leave his father and mother and be united to his wife, and the two will become one flesh."[o] 32 This is a profound mystery—but I am talking about Christ and the church. 33 However, each one of you also must love his wife as he loves himself, and the wife must respect her husband.

Children and Parents

6 Children, obey your parents in the Lord, for this is right. 2 "Honor your father and mother"—which is the first commandment with a promise— 3 "that it may go well with you and that you may enjoy long life on the earth."[p] 4 Fathers, do not exasperate your children; instead, bring them up in the training and instruction of the Lord.

Slaves and Masters

5 Slaves, obey your earthly masters with respect and fear, and with sincerity of heart, just as you would obey Christ. 6 Obey them not only to win their favor when their eye is on you, but like slaves of Christ, doing the will of God from your heart. 7 Serve wholeheartedly, as if you were serving the Lord, not men, 8 because you know that the Lord will reward everyone for whatever good he does, whether he is slave or free.

9 And masters, treat your slaves in the same way. Do not threaten them, since you know that he who is both their Master and yours is in heaven, and there is no favoritism with him.

[n] *26* Or *having cleansed* [o] *31* Gen. 2:24 [p] *3* Deut. 5:16

La armadura de Dios

10Por último, fortalézcanse con el gran poder del Señor. 11Pónganse toda la armadura de Dios para que puedan hacer frente a las artimañas del diablo. 12Porque nuestra lucha no es contra *seres humanos, sino contra poderes, contra autoridades, contra potestades que dominan este mundo de tinieblas, contra fuerzas espirituales malignas en las regiones celestiales. 13Por lo tanto, pónganse toda la armadura de Dios, para que cuando llegue el día malo puedan resistir hasta el fin con firmeza. 14Manténganse firmes, ceñidos con el cinturón de la verdad, protegidos por la coraza de justicia, 15y calzados con la disposición de proclamar el *evangelio de la paz. 16Además de todo esto, tomen el escudo de la fe, con el cual pueden apagar todas las flechas encendidas del maligno. 17Tomen el casco de la salvación y la espada del Espíritu, que es la palabra de Dios.

18Oren en el Espíritu en todo momento, con peticiones y ruegos. Manténganse alerta y perseveren en oración por todos los *santos.

19Oren también por mí para que, cuando hable, Dios me dé las palabras para dar a conocer con valor el *misterio del evangelio, 20por el cual soy embajador en cadenas. Oren para que lo proclame valerosamente, como debo hacerlo.

Saludos finales

21Nuestro querido hermano Tíquico, fiel servidor en el Señor, les contará todo, para que también ustedes sepan cómo me va y qué estoy haciendo. 22Lo envío a ustedes precisamente para que sepan cómo estamos y para que cobren ánimo.

23Que Dios el Padre y el Señor Jesucristo les concedan paz, amor y fe a los hermanos. 24La gracia sea con todos los que aman a nuestro Señor Jesucristo con amor imperecedero.

The Armor of God

10Finally, be strong in the Lord and in his mighty power. 11Put on the full armor of God so that you can take your stand against the devil's schemes. 12For our struggle is not against flesh and blood, but against the rulers, against the authorities, against the powers of this dark world and against the spiritual forces of evil in the heavenly realms. 13Therefore put on the full armor of God, so that when the day of evil comes, you may be able to stand your ground, and after you have done everything, to stand. 14Stand firm then, with the belt of truth buckled around your waist, with the breastplate of righteousness in place, 15and with your feet fitted with the readiness that comes from the gospel of peace. 16In addition to all this, take up the shield of faith, with which you can extinguish all the flaming arrows of the evil one. 17Take the helmet of salvation and the sword of the Spirit, which is the word of God. 18And pray in the Spirit on all occasions with all kinds of prayers and requests. With this in mind, be alert and always keep on praying for all the saints.

19Pray also for me, that whenever I open my mouth, words may be given me so that I will fearlessly make known the mystery of the gospel, 20for which I am an ambassador in chains. Pray that I may declare it fearlessly, as I should.

Final Greetings

21Tychicus, the dear brother and faithful servant in the Lord, will tell you everything, so that you also may know how I am and what I am doing. 22I am sending him to you for this very purpose, that you may know how we are, and that he may encourage you.

23Peace to the brothers, and love with faith from God the Father and the Lord Jesus Christ. 24Grace to all who love our Lord Jesus Christ with an undying love.

Carta a los Filipenses

1 Pablo y Timoteo, *siervos de *Cristo Jesús,

a todos los *santos en Cristo Jesús que están en Filipos, junto con los *obispos y diáconos:

2 Que Dios nuestro Padre y el Señor Jesucristo les concedan gracia y paz.

Acción de gracias e intercesión

3 Doy gracias a mi Dios cada vez que me acuerdo de ustedes. 4 En todas mis oraciones por todos ustedes, siempre oro con alegría, 5 porque han participado en el *evangelio desde el primer día hasta ahora. 6 Estoy convencido de esto: el que comenzó tan buena obra en ustedes la irá *perfeccionando hasta el día de Cristo Jesús. 7 Es justo que yo piense así de todos ustedes porque los llevo[a] en el corazón; pues, ya sea que me encuentre preso o defendiendo y confirmando el evangelio, todos ustedes participan conmigo de la gracia que Dios me ha dado. 8 Dios es testigo de cuánto los quiero a todos con el entrañable amor de Cristo Jesús.

9 Esto es lo que pido en oración: que el amor de ustedes abunde cada vez más en conocimiento y en buen juicio, 10 para que disciernan lo que es mejor, y sean puros e irreprochables para el día de Cristo, 11 llenos del fruto de justicia que se produce por medio de Jesucristo, para gloria y alabanza de Dios.

El vivir es Cristo

12 Hermanos, quiero que sepan que, en realidad, lo que me ha pasado ha contribuido al avance del *evangelio. 13 Es más, se ha hecho evidente a toda la guardia del palacio[b] y a todos los demás que estoy encadenado por causa de Cristo. 14 Gracias a mis cadenas, ahora más que nunca la mayoría de los hermanos, confiados en el Señor, se han atrevido a anunciar sin temor la palabra de Dios.

15 Es cierto que algunos predican a Cristo por envidia y rivalidad, pero otros lo hacen con buenas intenciones. 16 Estos últimos lo hacen por amor, pues saben que he sido puesto para la defensa del evangelio. 17 Aquéllos predican a Cristo por ambición personal y no por motivos

[a] **1:7** *los llevo.* Alt. *me llevan.* [b] **1:13** *a toda la guardia del palacio.* Alt. *en todo el palacio.*

Philippians

1 Paul and Timothy, servants of Christ Jesus,

To all the saints in Christ Jesus at Philippi, together with the overseers[a] and deacons:

2 Grace and peace to you from God our Father and the Lord Jesus Christ.

Thanksgiving and Prayer

3 I thank my God every time I remember you. 4 In all my prayers for all of you, I always pray with joy 5 because of your partnership in the gospel from the first day until now, 6 being confident of this, that he who began a good work in you will carry it on to completion until the day of Christ Jesus.

7 It is right for me to feel this way about all of you, since I have you in my heart; for whether I am in chains or defending and confirming the gospel, all of you share in God's grace with me. 8 God can testify how I long for all of you with the affection of Christ Jesus.

9 And this is my prayer: that your love may abound more and more in knowledge and depth of insight, 10 so that you may be able to discern what is best and may be pure and blameless until the day of Christ, 11 filled with the fruit of righteousness that comes through Jesus Christ—to the glory and praise of God.

Paul's Chains Advance the Gospel

12 Now I want you to know, brothers, that what has happened to me has really served to advance the gospel. 13 As a result, it has become clear throughout the whole palace guard[b] and to everyone else that I am in chains for Christ. 14 Because of my chains, most of the brothers in the Lord have been encouraged to speak the word of God more courageously and fearlessly.

15 It is true that some preach Christ out of envy and rivalry, but others out of goodwill. 16 The latter do so in love, knowing that I am put here for the defense of the gospel. 17 The former preach Christ out of selfish ambition, not sin-

[a] *1* Traditionally *bishops* [b] *13* Or *whole palace*

puros, creyendo que así van a aumentar las
angustias que sufro en mi prisión.[c]

18¿Qué importa? Al fin y al cabo, y sea como
sea, con motivos falsos o con sinceridad, se
predica a Cristo. Por eso me alegro; es más,
seguiré alegrándome 19porque sé que, gracias a
las oraciones de ustedes y a la ayuda que me da
el Espíritu de Jesucristo, todo esto resultará en
mi liberación.[d] 20Mi ardiente anhelo y esperan-
za es que en nada seré avergonzado, sino que
con toda libertad, ya sea que yo viva o muera,
ahora como siempre, Cristo será exaltado en mi
cuerpo. 21Porque para mí el vivir es Cristo y el
morir es ganancia. 22Ahora bien, si seguir vi-
viendo en este mundo[e] representa para mí un
trabajo fructífero, ¿qué escogeré? ¡No lo sé!
23Me siento presionado por dos posibilidades:
deseo partir y estar con Cristo, que es muchísi-
mo mejor, 24pero por el bien de ustedes es
preferible que yo permanezca en este mundo.
25Convencido de esto, sé que permaneceré y
continuaré con todos ustedes para contribuir a
su jubiloso avance en la fe. 26Así, cuando yo
vuelva, su *satisfacción en Cristo Jesús abunda-
rá por causa mía.

27Pase lo que pase, compórtense de una ma-
nera digna del evangelio de Cristo. De este
modo, ya sea que vaya a verlos o que, estando
ausente, sólo tenga noticias de ustedes, sabré
que siguen firmes en un mismo propósito, lu-
chando unánimes por la fe del evangelio 28y sin
temor alguno a sus adversarios, lo cual es para
ellos señal de destrucción. Para ustedes, en cam-
bio, es señal de salvación, y esto proviene de
Dios. 29Porque a ustedes se les ha concedido no
sólo creer en Cristo, sino también sufrir por él,
30pues sostienen la misma lucha que antes me
vieron sostener, y que ahora saben que sigo
sosteniendo.

Humillación y exaltación de Cristo

2 Por tanto, si sienten algún estímulo en su
unión con Cristo, algún consuelo en su
amor, algún compañerismo en el Espíritu, algún
afecto entrañable, 2llénenme de alegría teniendo
un mismo parecer, un mismo amor, unidos en
alma y pensamiento. 3No hagan nada por egoís-
mo o vanidad; más bien, con humildad conside-
ren a los demás como superiores a ustedes mis-
mos. 4Cada uno debe velar no sólo por sus
propios intereses sino también por los intereses
de los demás.

5La actitud de ustedes debe ser como la de
Cristo Jesús,

cerely, supposing that they can stir up trouble for
me while I am in chains.[c] 18But what does it
matter? The important thing is that in every way,
whether from false motives or true, Christ is
preached. And because of this I rejoice.

Yes, and I will continue to rejoice, 19for I
know that through your prayers and the help
given by the Spirit of Jesus Christ, what has
happened to me will turn out for my deliver-
ance.[d] 20I eagerly expect and hope that I will in
no way be ashamed, but will have sufficient
courage so that now as always Christ will be
exalted in my body, whether by life or by death.
21For to me, to live is Christ and to die is gain.
22If I am to go on living in the body, this will
mean fruitful labor for me. Yet what shall I
choose? I do not know! 23I am torn between the
two: I desire to depart and be with Christ, which
is better by far; 24but it is more necessary for you
that I remain in the body. 25Convinced of this, I
know that I will remain, and I will continue with
all of you for your progress and joy in the faith,
26so that through my being with you again your
joy in Christ Jesus will overflow on account of
me.

27Whatever happens, conduct yourselves in a
manner worthy of the gospel of Christ. Then,
whether I come and see you or only hear about
you in my absence, I will know that you stand
firm in one spirit, contending as one man for the
faith of the gospel 28without being frightened in
any way by those who oppose you. This is a sign
to them that they will be destroyed, but that you
will be saved—and that by God. 29For it has
been granted to you on behalf of Christ not only
to believe on him, but also to suffer for him,
30since you are going through the same struggle
you saw I had, and now hear that I still have.

Imitating Christ's Humility

2 If you have any encouragement from being
united with Christ, if any comfort from his
love, if any fellowship with the Spirit, if any
tenderness and compassion, 2then make my joy
complete by being like-minded, having the same
love, being one in spirit and purpose. 3Do noth-
ing out of selfish ambition or vain conceit, but
in humility consider others better than your-
selves. 4Each of you should look not only to
your own interests, but also to the interests of
others.

5Your attitude should be the same as that of
Christ Jesus:

[c] **1:16-17** Var. invierte el orden de vv. 16 y 17.
[d] **1:19** *liberación*. Alt. *salvación*. [e] **1:22** *este mundo*. Lit. *la *carne*; también en v. 24.

[c] *16,17* Some late manuscripts have verses 16 and 17 in reverse order. [d] *19* Or *salvation*

6 quien, siendo por naturaleza[f] Dios,
no consideró el ser igual a Dios como algo a qué aferrarse.
7 Por el contrario, se rebajó voluntariamente,
tomando la naturaleza[g] de *siervo
y haciéndose semejante a los seres *humanos.
8 Y al manifestarse como hombre,
se humilló a sí mismo
y se hizo obediente hasta la muerte,
¡y muerte de cruz!
9 Por eso Dios lo exaltó hasta lo sumo
y le otorgó el nombre
que está sobre todo nombre,
10 para que ante el nombre de Jesús
se doble toda rodilla
en el cielo y en la tierra
y debajo de la tierra,
11 y toda lengua confiese que Jesucristo es el Señor,
para gloria de Dios Padre.

Testimonio de luz

12 Así que, mis queridos hermanos, como han
obedecido siempre —no sólo en mi presencia
sino mucho más ahora en mi ausencia— lleven
a cabo su salvación con temor y temblor, 13 pues
Dios es quien produce en ustedes tanto el querer
como el hacer para que se cumpla su buena
voluntad.
14 Háganlo todo sin quejas ni contiendas, 15 pa-
ra que sean intachables y puros, hijos de Dios
sin culpa en medio de una generación torcida y
depravada. En ella ustedes brillan como estrellas
en el firmamento, 16 manteniendo en alto[h] la
palabra de vida. Así en el día de Cristo me
sentiré *satisfecho de no haber corrido ni traba-
jado en vano. 17 Y aunque mi vida fuera derra-
mada[i] sobre el sacrificio y servicio que proce-
den de su fe, me alegro y comparto con todos
ustedes mi alegría. 18 Así también ustedes, alé-
grense y compartan su alegría conmigo.

Dos colaboradores ejemplares

19 Espero en el Señor Jesús enviarles pronto a
Timoteo, para que también yo cobre ánimo al
recibir noticias de ustedes. 20 No tengo a nadie
más que, como él, se preocupe de veras por el
bienestar de ustedes, 21 pues todos los demás
buscan sus propios intereses y no los de Jesu-
cristo. 22 Pero ustedes conocen bien la entereza
de carácter de Timoteo, que ha servido conmigo
en la obra del *evangelio, como un hijo junto a

[f]2:6 *por naturaleza.* Lit. *en forma de.* [g]2:7 *la naturaleza.* Lit. *la forma.* [h]2:16 *manteniendo en alto.* Alt. *ya que se aferran a.* [i]2:17 *derramada.* Es decir, como libación.

6 Who, being in very nature[e] God,
did not consider equality with God
something to be grasped,
7 but made himself nothing,
taking the very nature[f] of a servant,
being made in human likeness.
8 And being found in appearance as a man,
he humbled himself
and became obedient to death—
even death on a cross!
9 Therefore God exalted him to the highest place
and gave him the name that is above every name,
10 that at the name of Jesus every knee should bow,
in heaven and on earth and under the earth,
11 and every tongue confess that Jesus Christ is Lord,
to the glory of God the Father.

Shining as Stars

12 Therefore, my dear friends, as you have
always obeyed—not only in my presence, but
now much more in my absence—continue to
work out your salvation with fear and trembling,
13 for it is God who works in you to will and to
act according to his good purpose.
14 Do everything without complaining or argu-
ing, 15 so that you may become blameless and
pure, children of God without fault in a crooked
and depraved generation, in which you shine
like stars in the universe 16 as you hold out[g] the
word of life—in order that I may boast on the
day of Christ that I did not run or labor for
nothing. 17 But even if I am being poured out like
a drink offering on the sacrifice and service
coming from your faith, I am glad and rejoice
with all of you. 18 So you too should be glad and
rejoice with me.

Timothy and Epaphroditus

19 I hope in the Lord Jesus to send Timothy to
you soon, that I also may be cheered when I
receive news about you. 20 I have no one else like
him, who takes a genuine interest in your wel-
fare. 21 For everyone looks out for his own inter-
ests, not those of Jesus Christ. 22 But you know
that Timothy has proved himself, because as a
son with his father he has served with me in the
work of the gospel. 23 I hope, therefore, to send
him as soon as I see how things go with me.

[e]6 Or *in the form of* [f]7 Or *the form* [g]16 Or *hold on to*

su padre. 23Así que espero enviárselo tan pronto
como se aclaren mis asuntos. 24Y confío en el
Señor que yo mismo iré pronto.
25Ahora bien, creo que es necesario enviarles
de vuelta a Epafrodito, mi hermano, colaborador
y compañero de lucha, a quien ustedes han envia-
do para atenderme en mis necesidades. 26Él los
extraña mucho a todos y está afligido porque
ustedes se enteraron de que estaba enfermo. 27En
efecto, estuvo enfermo y al borde de la muerte;
pero Dios se compadeció de él, y no sólo de él sino
también de mí, para no añadir tristeza a mi triste-
za. 28Así que lo envío urgentemente para que, al
verlo de nuevo, ustedes se alegren y yo esté
menos preocupado. 29Recíbanlo en el Señor con
toda alegría y honren a los que son como él,
30porque estuvo a punto de morir por la obra de
Cristo, arriesgando la *vida para suplir el servicio
que ustedes no podían prestarme.

Plena confianza en Cristo

3 Por lo demás, hermanos míos, alégrense en
el Señor. Para mí no es molestia volver a
escribirles lo mismo, y a ustedes les da seguridad.
2Cuídense de esos *perros, cuídense de esos
que hacen el mal, cuídense de esos que mutilan
el cuerpo. 3Porque la *circuncisión somos noso-
tros, los que por medio del Espíritu de Dios
adoramos, nos *enorgullecemos en Cristo Jesús
y no ponemos nuestra confianza en esfuerzos
*humanos. 4Yo mismo tengo motivos para tal
confianza. Si cualquier otro cree tener motivos
para confiar en esfuerzos humanos, yo más:
5circuncidado al octavo día, del pueblo de Israel,
de la tribu de Benjamín, hebreo de pura cepa; en
cuanto a la interpretación de la ley, *fariseo; 6en
cuanto al celo, perseguidor de la iglesia; en
cuanto a la justicia que la ley exige, intachable.
7Sin embargo, todo aquello que para mí era
ganancia, ahora lo considero pérdida por causa
de Cristo. 8Es más, todo lo considero pérdida
por razón del incomparable valor de conocer a
Cristo Jesús, mi Señor. Por él lo he perdido todo,
y lo tengo por estiércol, a fin de ganar a Cristo
9y encontrarme unido a él. No quiero mi propia
justicia que procede de la ley, sino la que se
obtiene mediante la *fe en Cristo, la justicia que
procede de Dios, basada en la fe. 10Lo he perdi-
do todo a fin de conocer a Cristo, experimentar
el poder que se manifestó en su resurrección,
participar en sus sufrimientos y llegar a ser
semejante a él en su muerte. 11Así espero alcan-
zar la resurrección de entre los muertos.

Ciudadanos del cielo

12No es que ya lo haya conseguido todo, o que
ya sea *perfecto. Sin embargo, sigo adelante
esperando alcanzar aquello para lo cual Cristo

24And I am confident in the Lord that I myself
will come soon.
25But I think it is necessary to send back to
you Epaphroditus, my brother, fellow worker
and fellow soldier, who is also your messen-
ger, whom you sent to take care of my needs.
26For he longs for all of you and is distressed
because you heard he was ill. 27Indeed he was
ill, and almost died. But God had mercy on
him, and not on him only but also on me, to
spare me sorrow upon sorrow. 28Therefore I
am all the more eager to send him, so that
when you see him again you may be glad and
I may have less anxiety. 29Welcome him in
the Lord with great joy, and honor men like
him, 30because he almost died for the work of
Christ, risking his life to make up for the help
you could not give me.

No Confidence in the Flesh

3 Finally, my brothers, rejoice in the Lord! It
is no trouble for me to write the same things
to you again, and it is a safeguard for you.
2Watch out for those dogs, those men who
do evil, those mutilators of the flesh. 3For it
is we who are the circumcision, we who wor-
ship by the Spirit of God, who glory in Christ
Jesus, and who put no confidence in the
flesh— 4though I myself have reasons for such
confidence.
If anyone else thinks he has reasons to put
confidence in the flesh, I have more: 5circum-
cised on the eighth day, of the people of Israel,
of the tribe of Benjamin, a Hebrew of Hebrews;
in regard to the law, a Pharisee; 6as for zeal,
persecuting the church; as for legalistic righ-
teousness, faultless.
7But whatever was to my profit I now consid-
er loss for the sake of Christ. 8What is more, I
consider everything a loss compared to the sur-
passing greatness of knowing Christ Jesus my
Lord, for whose sake I have lost all things. I
consider them rubbish, that I may gain Christ
9and be found in him, not having a righteousness
of my own that comes from the law, but that
which is through faith in Christ—the righteous-
ness that comes from God and is by faith. 10I
want to know Christ and the power of his resur-
rection and the fellowship of sharing in his suf-
ferings, becoming like him in his death, 11and
so, somehow, to attain to the resurrection from
the dead.

Pressing on Toward the Goal

12Not that I have already obtained all this, or
have already been made perfect, but I press on
to take hold of that for which Christ Jesus took

Jesús me alcanzó a mí. 13Hermanos, no pienso que yo mismo lo haya logrado ya. Más bien, una cosa hago: olvidando lo que queda atrás y esforzándome por alcanzar lo que está delante, 14sigo avanzando hacia la meta para ganar el premio que Dios ofrece mediante su llamamiento celestial en Cristo Jesús.

15Así que, ¡escuchen los perfectos! Todos debemos[j] tener este modo de pensar. Y si en algo piensan de forma diferente, Dios les hará ver esto también. 16En todo caso, vivamos de acuerdo con lo que ya hemos alcanzado.[k]

17Hermanos, sigan todos mi ejemplo, y fíjense en los que se comportan conforme al modelo que les hemos dado. 18Como les he dicho a menudo, y ahora lo repito hasta con lágrimas, muchos se comportan como enemigos de la cruz de Cristo. 19Su destino es la destrucción, adoran al dios de sus propios deseos[l] y se enorgullecen de lo que es su vergüenza. Sólo piensan en lo terrenal. 20En cambio, nosotros somos ciudadanos del cielo, de donde anhelamos recibir al Salvador, el Señor Jesucristo. 21Él transformará nuestro cuerpo miserable para que sea como su cuerpo glorioso, mediante el poder con que somete a sí mismo todas las cosas.

4 Por lo tanto, queridos hermanos míos, a quienes amo y extraño mucho, ustedes que son mi alegría y mi corona, manténganse así firmes en el Señor.

Exhortaciones

2Ruego a Evodia y también a Síntique que se pongan de acuerdo en el Señor. 3Y a ti, mi fiel compañero,[m] te pido que ayudes a estas mujeres que han luchado a mi lado en la obra del *evangelio, junto con Clemente y los demás colaboradores míos, cuyos nombres están en el libro de la vida.

4Alégrense siempre en el Señor. Insisto: ¡Alégrense! 5Que su amabilidad sea evidente a todos. El Señor está cerca. 6No se inquieten por nada; más bien, en toda ocasión, con oración y ruego, presenten sus peticiones a Dios y denle gracias. 7Y la paz de Dios, que sobrepasa todo entendimiento, cuidará sus corazones y sus pensamientos en Cristo Jesús.

8Por último, hermanos, consideren bien todo lo verdadero, todo lo respetable, todo lo justo, todo lo puro, todo lo amable, todo lo digno de admiración, en fin, todo lo que sea excelente o merezca elogio. 9Pongan en práctica lo que de

[j]3:15 *Así ... debemos.* Alt. *Así que los que somos perfectos debemos.* [k]3:16 *alcanzado.* Var. *alcanzado, una misma regla, un mismo modo de pensar.* [l]3:19 *adoran ... deseos.* Lit. *su dios es el estómago.* [m]4:3 *mi fiel compañero.* Alt. *fiel Sícigo.*

hold of me. 13Brothers, I do not consider myself yet to have taken hold of it. But one thing I do: Forgetting what is behind and straining toward what is ahead, 14I press on toward the goal to win the prize for which God has called me heavenward in Christ Jesus.

15All of us who are mature should take such a view of things. And if on some point you think differently, that too God will make clear to you. 16Only let us live up to what we have already attained.

17Join with others in following my example, brothers, and take note of those who live according to the pattern we gave you. 18For, as I have often told you before and now say again even with tears, many live as enemies of the cross of Christ. 19Their destiny is destruction, their god is their stomach, and their glory is in their shame. Their mind is on earthly things. 20But our citizenship is in heaven. And we eagerly await a Savior from there, the Lord Jesus Christ, 21who, by the power that enables him to bring everything under his control, will transform our lowly bodies so that they will be like his glorious body.

4 Therefore, my brothers, you whom I love and long for, my joy and crown, that is how you should stand firm in the Lord, dear friends!

Exhortations

2I plead with Euodia and I plead with Syntyche to agree with each other in the Lord. 3Yes, and I ask you, loyal yokefellow,[h] help these women who have contended at my side in the cause of the gospel, along with Clement and the rest of my fellow workers, whose names are in the book of life.

4Rejoice in the Lord always. I will say it again: Rejoice! 5Let your gentleness be evident to all. The Lord is near. 6Do not be anxious about anything, but in everything, by prayer and petition, with thanksgiving, present your requests to God. 7And the peace of God, which transcends all understanding, will guard your hearts and your minds in Christ Jesus.

8Finally, brothers, whatever is true, whatever is noble, whatever is right, whatever is pure, whatever is lovely, whatever is admirable—if anything is excellent or praiseworthy—think about such things. 9Whatever you have learned

[h]3 Or *loyal Syzygus*

mí han aprendido, recibido y oído, y lo que han
visto en mí, y el Dios de paz estará con ustedes.

Gratitud por la ayuda recibida

10Me alegro muchísimo en el Señor de que al
fin hayan vuelto a interesarse en mí. Claro está
que tenían interés, sólo que no habían tenido la
oportunidad de demostrarlo. 11No digo esto por-
que esté necesitado, pues he aprendido a estar
satisfecho en cualquier situación en que me
encuentre. 12Sé lo que es vivir en la pobreza, y
lo que es vivir en la abundancia. He aprendido a
vivir en todas y cada una de las circunstancias,
tanto a quedar saciado como a pasar hambre, a
tener de sobra como a sufrir escasez. 13Todo lo
puedo en Cristo que me fortalece.

14Sin embargo, han hecho bien en participar
conmigo en mi angustia. 15Y ustedes mismos,
filipenses, saben que en el principio de la obra
del *evangelio, cuando salí de Macedonia, nin-
guna iglesia participó conmigo en mis ingresos
y gastos, excepto ustedes. 16Incluso a Tesalóni-
ca me enviaron ayuda una y otra vez para suplir
mis necesidades. 17No digo esto porque esté
tratando de conseguir más ofrendas, sino que
trato de aumentar el crédito a su cuenta. 18Ya he
recibido todo lo que necesito y aún más; tengo
hasta de sobra ahora que he recibido de Epafro-
dito lo que me enviaron. Es una ofrenda fragan-
te, un sacrificio que Dios acepta con agrado.
19Así que mi Dios les proveerá de todo lo que
necesiten, conforme a las gloriosas riquezas que
tiene en Cristo Jesús.

20A nuestro Dios y Padre sea la gloria por los
siglos de los siglos. Amén.

Saludos finales

21Saluden a todos los *santos en Cristo Jesús.
Los hermanos que están conmigo les mandan
saludos. 22Saludos de parte de todos los santos,
especialmente los de la casa del *emperador.

23Que la gracia del Señor Jesucristo sea con
su espíritu. Amén.[n]

or received or heard from me, or seen in
me—put it into practice. And the God of peace
will be with you.

Thanks for Their Gifts

10I rejoice greatly in the Lord that at last you
have renewed your concern for me. Indeed, you
have been concerned, but you had no opportu-
nity to show it. 11I am not saying this because I
am in need, for I have learned to be content
whatever the circumstances. 12I know what it is
to be in need, and I know what it is to have
plenty. I have learned the secret of being content
in any and every situation, whether well fed or
hungry, whether living in plenty or in want. 13I
can do everything through him who gives me
strength.

14Yet it was good of you to share in my
troubles. 15Moreover, as you Philippians know,
in the early days of your acquaintance with the
gospel, when I set out from Macedonia, not one
church shared with me in the matter of giving
and receiving, except you only; 16for even when
I was in Thessalonica, you sent me aid again and
again when I was in need. 17Not that I am
looking for a gift, but I am looking for what may
be credited to your account. 18I have received
full payment and even more; I am amply sup-
plied, now that I have received from Epaphrodi-
tus the gifts you sent. They are a fragrant offer-
ing, an acceptable sacrifice, pleasing to God.
19And my God will meet all your needs accord-
ing to his glorious riches in Christ Jesus.

20To our God and Father be glory for ever and
ever. Amen.

Final Greetings

21Greet all the saints in Christ Jesus. The
brothers who are with me send greetings. 22All
the saints send you greetings, especially those
who belong to Caesar's household.

23The grace of the Lord Jesus Christ be with
your spirit. Amen.[i]

[n] **4:23** Var. no incluye: *Amén.*

[i] *23* Some manuscripts do not have *Amen.*

Carta a los Colosenses

1 Pablo, apóstol de *Cristo Jesús por la vo-
luntad de Dios, y el hermano Timoteo,

2a los *santos y fieles hermanos[a] en Cristo
que están en Colosas:

Que Dios nuestro Padre les conceda[b] gracia y
paz.

Acción de gracias e intercesión

3Siempre que oramos por ustedes, damos gra-
cias a Dios, el Padre de nuestro Señor Jesucristo,
4pues hemos recibido noticias de su fe en Cristo
Jesús y del amor que tienen por todos los *santos
5a causa de la esperanza reservada para ustedes en
el cielo. De esta esperanza ya han sabido por la
palabra de verdad, que es el *evangelio 6que ha
llegado hasta ustedes. Este evangelio está dando
fruto y creciendo en todo el mundo, como tam-
bién ha sucedido entre ustedes desde el día en que
supieron de la gracia de Dios y la comprendieron
plenamente. 7Así lo aprendieron de Epafras,
nuestro querido colaborador[c] y fiel servidor de
Cristo para el bien de ustedes.[d] 8Fue él quien nos
contó del amor que tienen en el Espíritu.

9Por eso, desde el día en que lo supimos no
hemos dejado de orar por ustedes. Pedimos que
Dios les haga conocer plenamente su voluntad
con toda sabiduría y comprensión espiritual,
10para que vivan de manera digna del Señor,
agradándole en todo. Esto implica dar fruto en
toda buena obra, crecer en el conocimiento de
Dios 11y ser fortalecidos en todo sentido con su
glorioso poder. Así perseverarán con paciencia
en toda situación, 12dando gracias con alegría al
Padre. Él los[e] ha facultado para participar de la
herencia de los santos en el reino de la luz. 13Él
nos libró del dominio de la oscuridad y nos
trasladó al reino de su amado Hijo, 14en quien
tenemos redención,[f] el perdón de pecados.

La supremacía de Cristo

15Él es la imagen del Dios invisible,
el primogénito[g] de toda creación,

[a]1:2 *santos y fieles hermanos*. Alt. *santos hermanos creyentes*. [b]1:2 *Padre les conceda*. Var. *Padre y el Señor Jesucristo les concedan*. [c]1:7 *colaborador*. Lit. *coesclavo*. [d]1:7 *de ustedes*. Var. *de nosotros*. [e]1:12 *los*. Var. *nos*. [f]1:14 *redención*. Var. *redención mediante su sangre* (véase Ef 1:7). [g]1:15 *el primogénito*. Es decir, el que tiene anterioridad y preeminencia; también en v. 18.

Colossians

1 Paul, an apostle of Christ Jesus by the will
of God, and Timothy our brother,

2To the holy and faithful[a] brothers in Christ
at Colosse:

Grace and peace to you from God our Father.[b]

Thanksgiving and Prayer

3We always thank God, the Father of our Lord
Jesus Christ, when we pray for you, 4because
we have heard of your faith in Christ Jesus and
of the love you have for all the saints— 5the faith
and love that spring from the hope that is stored
up for you in heaven and that you have already
heard about in the word of truth, the gospel 6that
has come to you. All over the world this gospel
is bearing fruit and growing, just as it has been
doing among you since the day you heard it and
understood God's grace in all its truth. 7You
learned it from Epaphras, our dear fellow ser-
vant, who is a faithful minister of Christ on our[c]
behalf, 8and who also told us of your love in the
Spirit.

9For this reason, since the day we heard
about you, we have not stopped praying for
you and asking God to fill you with the knowl-
edge of his will through all spiritual wisdom
and understanding. 10And we pray this in order
that you may live a life worthy of the Lord
and may please him in every way: bearing fruit
in every good work, growing in the knowledge
of God, 11being strengthened with all power
according to his glorious might so that you
may have great endurance and patience, and
joyfully 12giving thanks to the Father, who has
qualified you[d] to share in the inheritance of
the saints in the kingdom of light. 13For he has
rescued us from the dominion of darkness and
brought us into the kingdom of the Son he
loves, 14in whom we have redemption,[e] the
forgiveness of sins.

The Supremacy of Christ

15He is the image of the invisible God, the
firstborn over all creation. 16For by him all

[a]2 Or *believing* [b]2 Some manuscripts *Father and the Lord Jesus Christ* [c]7 Some manuscripts *your* [d]12 Some manuscripts *us* [e]14 A few late manuscripts *redemption through his blood*

16 porque por medio de él fueron creadas
todas las cosas
en el cielo y en la tierra, visibles e invisibles,
sean tronos, poderes, principados o autoridades:
todo ha sido creado
por medio de él y para él.
17 Él es anterior a todas las cosas,
que por medio de él forman un todo coherente.[h]
18 Él es la cabeza del cuerpo,
que es la iglesia.
Él es el principio,
el primogénito de la resurrección,
para ser en todo el primero.
19 Porque a Dios le agradó habitar en él con
toda su plenitud
20 y, por medio de él, reconciliar consigo
todas las cosas,
tanto las que están en la tierra como las
que están en el cielo,
haciendo la paz mediante la sangre que
derramó en la cruz.

21 En otro tiempo ustedes, por su actitud y sus
malas acciones, estaban alejados de Dios y eran
sus enemigos. 22 Pero ahora Dios, a fin de pre-
sentarlos *santos, intachables e irreprochables
delante de él, los ha reconciliado en el cuerpo
mortal de Cristo mediante su muerte, 23 con tal
de que se mantengan firmes en la fe, bien cimen-
tados y estables, sin abandonar la esperanza que
ofrece el *evangelio. Éste es el evangelio que
ustedes oyeron y que ha sido proclamado en toda
la creación debajo del cielo, y del que yo, Pablo,
he llegado a ser servidor.

Trabajo de Pablo por la iglesia

24 Ahora me alegro en medio de mis sufri-
mientos por ustedes, y voy completando en mí
mismo[i] lo que falta de las aflicciones de Cristo,
en favor de su cuerpo, que es la iglesia. 25 De ésta
llegué a ser servidor según el plan que Dios me
encomendó para ustedes: el dar cumplimiento a
la palabra de Dios, 26 anunciando el *misterio
que se ha mantenido oculto por siglos y genera-
ciones, pero que ahora se ha manifestado a sus
*santos. 27 A éstos Dios se propuso dar a conocer
cuál es la gloriosa riqueza de este misterio entre
las *naciones, que es Cristo en ustedes, la espe-
ranza de gloria.
28 A este Cristo proclamamos, aconsejando y
enseñando con toda sabiduría a todos los *seres

[h] 1:17 *por medio … coherente.* Alt. *por medio de él continúan existiendo.* [i] 1:24 *en mí mismo.* Lit. *en mi *carne.*

things were created: things in heaven and on
earth, visible and invisible, whether thrones or
powers or rulers or authorities; all things were
created by him and for him. 17 He is before all
things, and in him all things hold together.
18 And he is the head of the body, the church;
he is the beginning and the firstborn from
among the dead, so that in everything he might
have the supremacy. 19 For God was pleased
to have all his fullness dwell in him, 20 and
through him to reconcile to himself all things,
whether things on earth or things in heaven,
by making peace through his blood, shed on
the cross.
21 Once you were alienated from God and
were enemies in your minds because of[f] your
evil behavior. 22 But now he has reconciled
you by Christ's physical body through death
to present you holy in his sight, without blem-
ish and free from accusation— 23 if you con-
tinue in your faith, established and firm, not
moved from the hope held out in the gospel.
This is the gospel that you heard and that has
been proclaimed to every creature under heav-
en, and of which I, Paul, have become a ser-
vant.

Paul's Labor for the Church

24 Now I rejoice in what was suffered for you,
and I fill up in my flesh what is still lacking in
regard to Christ's afflictions, for the sake of his
body, which is the church. 25 I have become its
servant by the commission God gave me to
present to you the word of God in its fullness—
26 the mystery that has been kept hidden for ages
and generations, but is now disclosed to the
saints. 27 To them God has chosen to make
known among the Gentiles the glorious riches
of this mystery, which is Christ in you, the hope
of glory.
28 We proclaim him, admonishing and teach-
ing everyone with all wisdom, so that we may

[f] 21 Or *minds, as shown by*

humanos, para presentarlos a todos *perfectos en él. 29Con este fin trabajo y lucho fortalecido por el poder de Cristo que obra en mí.

2 Quiero que sepan qué gran lucha sostengo por el bien de ustedes y de los que están en Laodicea, y de tantos que no me conocen personalmente. 2Quiero que lo sepan para que cobren ánimo, permanezcan unidos por amor, y tengan toda la riqueza que proviene de la convicción y del entendimiento. Así conocerán el *misterio de Dios, es decir, a Cristo, 3en quien están escondidos todos los tesoros de la sabiduría y del conocimiento. 4Les digo esto para que nadie los engañe con argumentos capciosos. 5Aunque estoy físicamente ausente, los acompaño en espíritu, y me alegro al ver su buen orden y la firmeza de su fe en Cristo.

Libertad en Cristo

6Por eso, de la manera que recibieron a Cristo Jesús como Señor, vivan ahora en él, 7arraigados y edificados en él, confirmados en la fe como se les enseñó, y llenos de gratitud.

8Cuídense de que nadie los cautive con la vana y engañosa filosofía que sigue tradiciones *humanas, la que va de acuerdo con los *principios[j] de este mundo y no conforme a Cristo.

9Toda la plenitud de la divinidad habita en forma corporal en Cristo; 10y en él, que es la cabeza de todo poder y autoridad, ustedes han recibido esa plenitud. 11Además, en él fueron *circuncidados, no por mano humana sino con la circuncisión que consiste en despojarse del cuerpo pecaminoso.[k] Esta circuncisión la efectuó Cristo. 12Ustedes la recibieron al ser sepultados con él en el bautismo. En él también fueron resucitados mediante la fe en el poder de Dios, quien lo resucitó de entre los muertos.

13Antes de recibir esa circuncisión, ustedes estaban muertos en sus pecados. Sin embargo, Dios nos[l] dio vida en unión con Cristo, al perdonarnos todos los pecados 14y anular la deuda[m] que teníamos pendiente por los requisitos de la ley. Él anuló esa deuda que nos era adversa, clavándola en la cruz. 15Desarmó a los poderes y a las potestades, y por medio de Cristo[n] los humilló en público al exhibirlos en su desfile triunfal.

16Así que nadie los juzgue a ustedes por lo que comen o beben, o con respecto a días de fiesta religiosa, de luna nueva o de reposo. 17Todo esto es una sombra de las cosas que están por venir; la realidad se halla en Cristo. 18No dejen que les

[j]**2:8** *los principios*. Alt. *los poderes espirituales*, o *las normas*; también en v. 20. [k]**2:11** *cuerpo pecaminoso*. Lit. *cuerpo de la *carne*. [l]**2:13** *nos*. Var. *les*. [m]**2:14** *la deuda*. Lit. *el pagaré*. [n]**2:15** *por medio de Cristo*. Alt. *mediante la cruz*.

present everyone perfect in Christ. 29To this end I labor, struggling with all his energy, which so powerfully works in me.

2 I want you to know how much I am struggling for you and for those at Laodicea, and for all who have not met me personally. 2My purpose is that they may be encouraged in heart and united in love, so that they may have the full riches of complete understanding, in order that they may know the mystery of God, namely, Christ, 3in whom are hidden all the treasures of wisdom and knowledge. 4I tell you this so that no one may deceive you by fine-sounding arguments. 5For though I am absent from you in body, I am present with you in spirit and delight to see how orderly you are and how firm your faith in Christ is.

Freedom From Human Regulations Through Life With Christ

6So then, just as you received Christ Jesus as Lord, continue to live in him, 7rooted and built up in him, strengthened in the faith as you were taught, and overflowing with thankfulness.

8See to it that no one takes you captive through hollow and deceptive philosophy, which depends on human tradition and the basic principles of this world rather than on Christ.

9For in Christ all the fullness of the Deity lives in bodily form, 10and you have been given fullness in Christ, who is the head over every power and authority. 11In him you were also circumcised, in the putting off of the sinful nature,[g] not with a circumcision done by the hands of men but with the circumcision done by Christ, 12having been buried with him in baptism and raised with him through your faith in the power of God, who raised him from the dead.

13When you were dead in your sins and in the uncircumcision of your sinful nature,[h] God made you[i] alive with Christ. He forgave us all our sins, 14having canceled the written code, with its regulations, that was against us and that stood opposed to us; he took it away, nailing it to the cross. 15And having disarmed the powers and authorities, he made a public spectacle of them, triumphing over them by the cross.[j]

16Therefore do not let anyone judge you by what you eat or drink, or with regard to a religious festival, a New Moon celebration or a Sabbath day. 17These are a shadow of the things that were to come; the reality, however, is found in Christ. 18Do not let anyone who delights in

[g]*11* Or *the flesh* [h]*13* Or *your flesh* [i]*13* Some manuscripts *us* [j]*15* Or *them in him*

prive de esta realidad ninguno de esos que se
ufanan en fingir humildad y adoración de ánge-
les. Los tales hacen alarde de lo que no han visto;
y, envanecidos por su razonamiento *humano,
19no se mantienen firmemente unidos a la Cabe-
za. Por la acción de ésta, todo el cuerpo, soste-
nido y ajustado mediante las articulaciones y
ligamentos, va creciendo como Dios quiere.

20Si con Cristo ustedes ya han muerto a los
principios de este mundo, ¿por qué, como si
todavía pertenecieran al mundo, se someten a
preceptos tales como: 21«No tomes en tus ma-
nos, no pruebes, no toques»? 22Estos preceptos,
basados en reglas y enseñanzas humanas, se
refieren a cosas que van a desaparecer con el
uso. 23Tienen sin duda apariencia de sabiduría,
con su afectada piedad, falsa humildad y severo
trato del cuerpo, pero de nada sirven frente a los
apetitos de la naturaleza pecaminosa.[ñ]

Normas para una vida santa

3 Ya que han resucitado con Cristo, busquen
las cosas de arriba, donde está Cristo sentado
a la *derecha de Dios. 2Concentren su atención en
las cosas de arriba, no en las de la tierra, 3pues
ustedes han muerto y su vida está escondida con
Cristo en Dios. 4Cuando Cristo, que es la vida de
ustedes,[o] se manifieste, entonces también ustedes
serán manifestados con él en gloria.

5Por tanto, hagan morir todo lo que es propio
de la naturaleza terrenal: inmoralidad sexual,
impureza, bajas pasiones, malos deseos y avari-
cia, la cual es idolatría. 6Por estas cosas viene el
castigo de Dios.[p] 7Ustedes las practicaron en
otro tiempo, cuando vivían en ellas. 8Pero ahora
abandonen también todo esto: enojo, ira, mali-
cia, calumnia y lenguaje obsceno. 9Dejen de
mentirse unos a otros, ahora que se han quitado
el ropaje de la vieja naturaleza con sus vicios,
10y se han puesto el de la nueva naturaleza, que
se va renovando en conocimiento a imagen de
su Creador. 11En esta nueva naturaleza no hay
*griego ni judío, *circunciso ni incircunciso,
culto ni inculto,[q] esclavo ni libre, sino que Cristo
es todo y está en todos.

12Por lo tanto, como escogidos de Dios, *san-
tos y amados, revístanse de afecto entrañable y
de bondad, humildad, amabilidad y paciencia,
13de modo que se toleren unos a otros y se
perdonen si alguno tiene queja contra otro. Así
como el Señor los perdonó, perdonen también
ustedes. 14Por encima de todo, vístanse de amor,
que es el vínculo perfecto.

false humility and the worship of angels disqual-
ify you for the prize. Such a person goes into
great detail about what he has seen, and his
unspiritual mind puffs him up with idle notions.
19He has lost connection with the Head, from
whom the whole body, supported and held to-
gether by its ligaments and sinews, grows as
God causes it to grow.

20Since you died with Christ to the basic
principles of this world, why, as though you still
belonged to it, do you submit to its rules: 21"Do
not handle! Do not taste! Do not touch!"?
22These are all destined to perish with use, be-
cause they are based on human commands and
teachings. 23Such regulations indeed have an
appearance of wisdom, with their self-imposed
worship, their false humility and their harsh
treatment of the body, but they lack any value in
restraining sensual indulgence.

Rules for Holy Living

3 Since, then, you have been raised with
Christ, set your hearts on things above,
where Christ is seated at the right hand of God.
2Set your minds on things above, not on earthly
things. 3For you died, and your life is now
hidden with Christ in God. 4When Christ, who
is your[k] life, appears, then you also will appear
with him in glory.

5Put to death, therefore, whatever belongs
to your earthly nature: sexual immorality, im-
purity, lust, evil desires and greed, which is
idolatry. 6Because of these, the wrath of God
is coming.[l] 7You used to walk in these ways,
in the life you once lived. 8But now you must
rid yourselves of all such things as these: an-
ger, rage, malice, slander, and filthy language
from your lips. 9Do not lie to each other, since
you have taken off your old self with its prac-
tices 10and have put on the new self, which is
being renewed in knowledge in the image of
its Creator. 11Here there is no Greek or Jew,
circumcised or uncircumcised, barbarian,
Scythian, slave or free, but Christ is all, and
is in all.

12Therefore, as God's chosen people, holy
and dearly loved, clothe yourselves with com-
passion, kindness, humility, gentleness and pa-
tience. 13Bear with each other and forgive what-
ever grievances you may have against one an-
other. Forgive as the Lord forgave you. 14And
over all these virtues put on love, which binds
them all together in perfect unity.

[ñ]**2:23** *los apetitos de la naturaleza pecaminosa.* Lit. *la satisfacción de la *carne.* [o]**3:4** *de ustedes.* Var. *de nosotros.* [p]**3:6** *de Dios.* Var. *de Dios sobre los que son desobedientes.* [q]**3:11** *culto ni inculto.* Lit. *bárbaro, escita.*

[k]*4* Some manuscripts *our* [l]*6* Some early manuscripts *coming on those who are disobedient*

15Que gobierne en sus corazones la paz de
Cristo, a la cual fueron llamados en un solo
cuerpo. Y sean agradecidos. 16Que habite en
ustedes la palabra de Cristo con toda su rique-
za: instrúyanse y aconséjense unos a otros con
toda sabiduría; canten salmos, himnos y can-
ciones espirituales a Dios, con gratitud de co-
razón. 17Y todo lo que hagan, de palabra o de
obra, háganlo en el nombre del Señor Jesús,
dando gracias a Dios el Padre por medio de
él.

Normas para la familia cristiana

18Esposas, sométanse a sus esposos, como
conviene en el Señor.

19Esposos, amen a sus esposas y no sean
duros con ellas.

20Hijos, obedezcan a sus padres en todo, por-
que esto agrada al Señor.

21Padres, no exasperen a sus hijos, no sea que
se desanimen.

22*Esclavos, obedezcan en todo a sus amos
terrenales, no sólo cuando ellos los estén miran-
do, como si ustedes quisieran ganarse el favor
*humano, sino con integridad de corazón y por
respeto al Señor. 23Hagan lo que hagan, trabajen
de buena gana, como para el Señor y no como
para nadie en este mundo, 24conscientes de que
el Señor los recompensará con la herencia. Us-
tedes sirven a Cristo el Señor. 25El que hace el
mal pagará por su propia maldad, y en esto no
hay favoritismos.

4 Amos, proporcionen a sus esclavos lo que
es justo y equitativo, conscientes de que
ustedes también tienen un Amo en el cielo.

Instrucciones adicionales

2Dedíquense a la oración: perseveren en ella
con agradecimiento 3y, al mismo tiempo, inter-
cedan por nosotros a fin de que Dios nos abra
las puertas para proclamar la palabra, el *miste-
rio de Cristo por el cual estoy preso. 4Oren para
que yo lo anuncie con claridad, como debo
hacerlo. 5Compórtense sabiamente con los que
no creen en Cristo,[r] aprovechando al máximo
cada momento oportuno. 6Que su conversación
sea siempre amena y de buen gusto. Así sabrán
cómo responder a cada uno.

Saludos finales

7Nuestro querido hermano Tíquico, fiel servi-
dor y colaborador[s] en el Señor, les contará en
detalle cómo me va. 8Lo envío a ustedes preci-
samente para que tengan noticias de nosotros, y

15Let the peace of Christ rule in your hearts,
since as members of one body you were called
to peace. And be thankful. 16Let the word of
Christ dwell in you richly as you teach and
admonish one another with all wisdom, and as
you sing psalms, hymns and spiritual songs with
gratitude in your hearts to God. 17And whatever
you do, whether in word or deed, do it all in the
name of the Lord Jesus, giving thanks to God the
Father through him.

Rules for Christian Households

18Wives, submit to your husbands, as is fitting
in the Lord.

19Husbands, love your wives and do not be
harsh with them.

20Children, obey your parents in everything,
for this pleases the Lord.

21Fathers, do not embitter your children, or
they will become discouraged.

22Slaves, obey your earthly masters in ev-
erything; and do it, not only when their eye is
on you and to win their favor, but with sincer-
ity of heart and reverence for the Lord.
23Whatever you do, work at it with all your
heart, as working for the Lord, not for men,
24since you know that you will receive an in-
heritance from the Lord as a reward. It is the
Lord Christ you are serving. 25Anyone who
does wrong will be repaid for his wrong, and
there is no favoritism.

4 Masters, provide your slaves with what is
right and fair, because you know that you
also have a Master in heaven.

Further Instructions

2Devote yourselves to prayer, being watchful
and thankful. 3And pray for us, too, that God
may open a door for our message, so that we
may proclaim the mystery of Christ, for which
I am in chains. 4Pray that I may proclaim it
clearly, as I should. 5Be wise in the way you act
toward outsiders; make the most of every oppor-
tunity. 6Let your conversation be always full of
grace, seasoned with salt, so that you may know
how to answer everyone.

Final Greetings

7Tychicus will tell you all the news about me.
He is a dear brother, a faithful minister and
fellow servant in the Lord. 8I am sending him to
you for the express purpose that you may know

[r] **4:5** *los que no creen en Cristo.* Lit. *los de afuera.*
[s] **4:7** *colaborador.* Lit. *coesclavo.*

así cobren ánimo.[t] 9Va con Onésimo, querido y fiel hermano, que es uno de ustedes. Ellos los pondrán al tanto de todo lo que sucede aquí.

10Aristarco, mi compañero de cárcel, les manda saludos, como también Marcos, el primo de Bernabé. En cuanto a Marcos, ustedes ya han recibido instrucciones; si va a visitarlos, recíbanlo bien. 11También los saluda Jesús, llamado el Justo. Éstos son los únicos judíos que colaboran conmigo en pro del reino de Dios, y me han sido de mucho consuelo. 12Les manda saludos Epafras, que es uno de ustedes. Este *siervo de Cristo Jesús está siempre luchando en oración por ustedes, para que, plenamente convencidos,[u] se mantengan firmes, cumpliendo en todo la voluntad de Dios. 13A mí me consta que él se preocupa mucho por ustedes y por los que están en Laodicea y en Hierápolis. 14Los saludan Lucas, el querido médico, y Demas. 15Saluden a los hermanos que están en Laodicea, como también a Ninfas y a la iglesia que se reúne en su casa.

16Una vez que se les haya leído a ustedes esta carta, que se lea también en la iglesia de Laodicea, y ustedes lean la carta dirigida a esa iglesia.

17Díganle a Arquipo que se ocupe de la tarea que recibió en el Señor, y que la lleve a cabo.

18Yo, Pablo, escribo este saludo de mi puño y letra. Recuerden que estoy preso. Que la gracia sea con ustedes.

[t]**4:8** *para que … ánimo.* Var. *para que él tenga noticias de ustedes, y los anime.* [u]**4:12** *plenamente convencidos.* Alt. **perfectos y convencidos.*

about our[m] circumstances and that he may encourage your hearts. 9He is coming with Onesimus, our faithful and dear brother, who is one of you. They will tell you everything that is happening here.

10My fellow prisoner Aristarchus sends you his greetings, as does Mark, the cousin of Barnabas. (You have received instructions about him; if he comes to you, welcome him.) 11Jesus, who is called Justus, also sends greetings. These are the only Jews among my fellow workers for the kingdom of God, and they have proved a comfort to me. 12Epaphras, who is one of you and a servant of Christ Jesus, sends greetings. He is always wrestling in prayer for you, that you may stand firm in all the will of God, mature and fully assured. 13I vouch for him that he is working hard for you and for those at Laodicea and Hierapolis. 14Our dear friend Luke, the doctor, and Demas send greetings. 15Give my greetings to the brothers at Laodicea, and to Nympha and the church in her house.

16After this letter has been read to you, see that it is also read in the church of the Laodiceans and that you in turn read the letter from Laodicea.

17Tell Archippus: "See to it that you complete the work you have received in the Lord."

18I, Paul, write this greeting in my own hand. Remember my chains. Grace be with you.

[m]*8* Some manuscripts *that he may know about your*

Primera Carta a los Tesalonicenses

1 Pablo, *Silvano y Timoteo,

a la iglesia de los tesalonicenses que está en Dios el Padre y en el Señor *Jesucristo:

Gracia y paz a ustedes.[a]

Acción de gracias por los tesalonicenses

2Siempre damos gracias a Dios por todos ustedes cuando los mencionamos en nuestras oraciones. 3Los recordamos constantemente delante de nuestro Dios y Padre a causa de la obra realizada por su fe, el trabajo motivado por su amor, y la constancia sostenida por su esperanza en nuestro Señor Jesucristo.

4Hermanos amados de Dios, sabemos que él los ha escogido, 5porque nuestro *evangelio les llegó no sólo con palabras sino también con poder, es decir, con el Espíritu Santo y con profunda convicción. Como bien saben, estuvimos entre ustedes buscando su bien. 6Ustedes se hicieron imitadores nuestros y del Señor cuando, a pesar de mucho sufrimiento, recibieron el mensaje con la alegría que infunde el Espíritu Santo. 7De esta manera se constituyeron en ejemplo para todos los creyentes de Macedonia y de Acaya. 8Partiendo de ustedes, el mensaje del Señor se ha proclamado no sólo en Macedonia y en Acaya sino en todo lugar; a tal punto se ha divulgado su fe en Dios que ya no es necesario que nosotros digamos nada. 9Ellos mismos cuentan de lo bien que ustedes nos recibieron, y de cómo se convirtieron a Dios dejando los ídolos para servir al Dios vivo y verdadero, 10y esperar del cielo a Jesús, su Hijo a quien *resucitó, que nos libra del castigo venidero.

Ministerio de Pablo en Tesalónica

2 Hermanos, bien saben que nuestra visita a ustedes no fue un fracaso. 2Y saben también que, a pesar de las aflicciones e insultos que antes sufrimos en Filipos, cobramos confianza en nuestro Dios y nos atrevimos a comunicarles el *evangelio en medio de una gran lucha. 3Nuestra predicación no se origina en el error ni en malas intenciones, ni procura engañar a na-

[a]1:1 *a ustedes.* Var. *a ustedes de nuestro Padre y del Señor Jesucristo.*

1 Thessalonians

1 Paul, Silas[a] and Timothy,

To the church of the Thessalonians in God the Father and the Lord Jesus Christ:

Grace and peace to you.[b]

Thanksgiving for the Thessalonians' Faith

2We always thank God for all of you, mentioning you in our prayers. 3We continually remember before our God and Father your work produced by faith, your labor prompted by love, and your endurance inspired by hope in our Lord Jesus Christ.

4For we know, brothers loved by God, that he has chosen you, 5because our gospel came to you not simply with words, but also with power, with the Holy Spirit and with deep conviction. You know how we lived among you for your sake. 6You became imitators of us and of the Lord; in spite of severe suffering, you welcomed the message with the joy given by the Holy Spirit. 7And so you became a model to all the believers in Macedonia and Achaia. 8The Lord's message rang out from you not only in Macedonia and Achaia—your faith in God has become known everywhere. Therefore we do not need to say anything about it, 9for they themselves report what kind of reception you gave us. They tell how you turned to God from idols to serve the living and true God, 10and to wait for his Son from heaven, whom he raised from the dead—Jesus, who rescues us from the coming wrath.

Paul's Ministry in Thesalonica

2 You know, brothers, that our visit to you was not a failure. 2We had previously suffered and been insulted in Philippi, as you know, but with the help of our God we dared to tell you his gospel in spite of strong opposition. 3For the appeal we make does not

[a]*1* Greek *Silvanus*, a variant of *Silas* [b]*1* Some early manuscripts *you from God our Father and the Lord Jesus Christ*

die. 4Al contrario, hablamos como hombres a
quienes Dios aprobó y les confió el evangelio:
no tratamos de agradar a la gente sino a Dios,
que examina nuestro corazón. 5Como saben,
nunca hemos recurrido a las adulaciones ni a las
excusas para obtener dinero; Dios es testigo.
6Tampoco hemos buscado honores de nadie; ni
de ustedes ni de otros. 7Aunque como apóstoles
de Cristo hubiéramos podido ser exigentes con
ustedes, los tratamos con delicadeza.[b] Como
una madre[c] que amamanta y cuida a sus hijos,
8así nosotros, por el cariño que les tenemos, nos
deleitamos en compartir con ustedes no sólo el
evangelio de Dios sino también nuestra *vida.
¡Tanto llegamos a quererlos! 9Recordarán, her-
manos, nuestros esfuerzos y fatigas para procla-
marles el evangelio de Dios, y cómo trabajamos
día y noche para no serles una carga.

10Dios y ustedes me son testigos de que nos
comportamos con ustedes los creyentes en una
forma santa, justa e irreprochable. 11Saben tam-
bién que a cada uno de ustedes lo hemos tratado
como trata un padre a sus propios hijos. 12Los
hemos animado, consolado y exhortado a llevar
una vida digna de Dios, que los llama a su reino
y a su gloria.

13Así que no dejamos de dar gracias a Dios,
porque al oír ustedes la palabra de Dios que les
predicamos, la aceptaron no como palabra *hu-
mana sino como lo que realmente es, palabra de
Dios, la cual actúa en ustedes los creyentes.
14Ustedes, hermanos, siguieron el ejemplo de
las iglesias de Dios en Cristo Jesús que están en
Judea, ya que sufrieron a manos de sus compa-
triotas lo mismo que sufrieron aquellas iglesias
a manos de los judíos. 15Éstos mataron al Señor
Jesús y a los profetas, y a nosotros nos expulsa-
ron. No agradan a Dios y son hostiles a todos,
16pues procuran impedir que prediquemos a los
*gentiles para que sean salvos. Así en todo lo
que hacen llegan al colmo de su pecado. Pero el
castigo de Dios vendrá sobre ellos con toda
severidad.[d]

Pablo anhela ver a los tesalonicenses

17Nosotros, hermanos, luego de estar separa-
dos de ustedes por algún tiempo, en lo físico
pero no en lo espiritual, con ferviente anhelo
hicimos todo lo humanamente posible por ir a
verlos. 18Sí, deseábamos visitarlos —yo mismo,
Pablo, más de una vez intenté ir—, pero Satanás
nos lo impidió. 19En resumidas cuentas, ¿cuál es
nuestra esperanza, alegría o motivo[e] de *orgullo

[b]2:7 *exigentes … delicadeza.* Var. *exigentes, fuimos niños entre ustedes.* [c]2:7 *madre.* Alt. *nodriza.* [d]2:16 *Pero … severidad.* Lit. *Pero la ira vino sobre ellos hasta el fin.* [e]2:19 *motivo.* Lit. *corona.*

spring from error or impure motives, nor are
we trying to trick you. 4On the contrary, we
speak as men approved by God to be entrusted
with the gospel. We are not trying to please
men but God, who tests our hearts. 5You
know we never used flattery, nor did we put
on a mask to cover up greed—God is our wit-
ness. 6We were not looking for praise from
men, not from you or anyone else.

As apostles of Christ we could have been a
burden to you, 7but we were gentle among
you, like a mother caring for her little children.
8We loved you so much that we were delight-
ed to share with you not only the gospel of
God but our lives as well, because you had
become so dear to us. 9Surely you remember,
brothers, our toil and hardship; we worked
night and day in order not to be a burden to
anyone while we preached the gospel of God
to you.

10You are witnesses, and so is God, of how
holy, righteous and blameless we were among
you who believed. 11For you know that we dealt
with each of you as a father deals with his own
children, 12encouraging, comforting and urging
you to live lives worthy of God, who calls you
into his kingdom and glory.

13And we also thank God continually be-
cause, when you received the word of God,
which you heard from us, you accepted it not as
the word of men, but as it actually is, the word
of God, which is at work in you who believe.
14For you, brothers, became imitators of God's
churches in Judea, which are in Christ Jesus:
You suffered from your own countrymen the
same things those churches suffered from the
Jews, 15who killed the Lord Jesus and the proph-
ets and also drove us out. They displease God
and are hostile to all men 16in their effort to keep
us from speaking to the Gentiles so that they may
be saved. In this way they always heap up their
sins to the limit. The wrath of God has come
upon them at last.[c]

Paul's Longing to See the Thessalonians

17But, brothers, when we were torn away
from you for a short time (in person, not in
thought), out of our intense longing we made
every effort to see you. 18For we wanted to come
to you—certainly I, Paul, did, again and
again—but Satan stopped us. 19For what is our
hope, our joy, or the crown in which we will

[c]*16* Or *them fully*

delante de nuestro Señor Jesús para cuando él venga? ¿Quién más sino ustedes? 20Sí, ustedes son nuestro orgullo y alegría.

3 Por tanto, cuando ya no pudimos soportarlo más, pensamos que era mejor quedarnos solos en Atenas. 2Así que les enviamos a Timoteo, hermano nuestro y colaborador de Dios[f] en el *evangelio de Cristo, con el fin de afianzarlos y animarlos en la fe 3para que nadie fuera perturbado por estos sufrimientos. Ustedes mismos saben que se nos destinó para esto, 4pues cuando estábamos con ustedes les advertimos que íbamos a padecer sufrimientos. Y así sucedió. 5Por eso, cuando ya no pude soportarlo más, mandé a Timoteo a indagar acerca de su fe, no fuera que el *tentador los hubiera inducido a hacer lo malo y que nuestro trabajo hubiera sido en vano.

El informe alentador de Timoteo

6Ahora Timoteo acaba de volver de Tesalónica con buenas noticias de la fe y del amor de ustedes. Nos dice que conservan gratos recuerdos de nosotros y que tienen muchas ganas de vernos, tanto como nosotros a ustedes. 7Por eso, hermanos, en medio de todas nuestras angustias y sufrimientos ustedes nos han dado ánimo por su fe. 8¡Ahora sí que vivimos al saber que están firmes en el Señor! 9¿Cómo podemos agradecer bastante a nuestro Dios por ustedes y por toda la alegría que nos han proporcionado delante de él? 10Día y noche le suplicamos que nos permita verlos de nuevo para suplir lo que le falta a su fe.

11Que el Dios y Padre nuestro, y nuestro Señor Jesús, nos preparen el camino para ir a verlos. 12Que el Señor los haga crecer para que se amen más y más unos a otros, y a todos, tal como nosotros los amamos a ustedes. 13Que los fortalezca interiormente para que, cuando nuestro Señor Jesús venga con todos sus *santos, la santidad de ustedes sea intachable delante de nuestro Dios y Padre.

La vida que agrada a Dios

4 Por lo demás, hermanos, les pedimos encarecidamente en el nombre del Señor Jesús que sigan progresando en el modo de vivir que agrada a Dios, tal como lo aprendieron de nosotros. De hecho, ya lo están practicando. 2Ustedes saben cuáles son las instrucciones que les dimos de parte del Señor Jesús.

3La voluntad de Dios es que sean *santificados; que se aparten de la inmoralidad sexual; 4que cada uno aprenda a controlar su propio

[f]3:2 *colaborador de Dios*. Var. *servidor de Dios*; otra var. *servidor de Dios y colaborador nuestro*.

glory in the presence of our Lord Jesus when he comes? Is it not you? 20Indeed, you are our glory and joy.

3 So when we could stand it no longer, we thought it best to be left by ourselves in Athens. 2We sent Timothy, who is our brother and God's fellow worker[d] in spreading the gospel of Christ, to strengthen and encourage you in your faith, 3so that no one would be unsettled by these trials. You know quite well that we were destined for them. 4In fact, when we were with you, we kept telling you that we would be persecuted. And it turned out that way, as you well know. 5For this reason, when I could stand it no longer, I sent to find out about your faith. I was afraid that in some way the tempter might have tempted you and our efforts might have been useless.

Timothy's Encouraging Report

6But Timothy has just now come to us from you and has brought good news about your faith and love. He has told us that you always have pleasant memories of us and that you long to see us, just as we also long to see you. 7Therefore, brothers, in all our distress and persecution we were encouraged about you because of your faith. 8For now we really live, since you are standing firm in the Lord. 9How can we thank God enough for you in return for all the joy we have in the presence of our God because of you? 10Night and day we pray most earnestly that we may see you again and supply what is lacking in your faith.

11Now may our God and Father himself and our Lord Jesus clear the way for us to come to you. 12May the Lord make your love increase and overflow for each other and for everyone else, just as ours does for you. 13May he strengthen your hearts so that you will be blameless and holy in the presence of our God and Father when our Lord Jesus comes with all his holy ones.

Living to Please God

4 Finally, brothers, we instructed you how to live in order to please God, as in fact you are living. Now we ask you and urge you in the Lord Jesus to do this more and more. 2For you know what instructions we gave you by the authority of the Lord Jesus.

3It is God's will that you should be sanctified: that you should avoid sexual immorality; 4that each of you should learn to control his own

[d]2 Some manuscripts *brother and fellow worker*; other manuscripts *brother and God's servant*

cuerpo[g] de una manera santa y honrosa, 5 sin
dejarse llevar por los malos deseos como hacen
los *paganos, que no conocen a Dios; 6 y que
nadie perjudique a su hermano ni se aproveche
de él en este asunto. El Señor castiga todo esto,
como ya les hemos dicho y advertido. 7 Dios no
nos llamó a la impureza sino a la santidad; 8 por
tanto, el que rechaza estas instrucciones no re-
chaza a un hombre sino a Dios, quien les da a
ustedes su Espíritu Santo.

9 En cuanto al amor fraternal, no necesitan que
les escribamos, porque Dios mismo les ha en-
señado a amarse unos a otros. 10 En efecto, uste-
des aman a todos los hermanos que viven en
Macedonia. No obstante, hermanos, les anima-
mos a amarse aún más, 11 a procurar vivir en paz
con todos, a ocuparse de sus propias responsa-
bilidades y a trabajar con sus propias manos. Así
les he mandado, 12 para que por su modo de vivir
se ganen el respeto de los que no son creyentes,
y no tengan que depender de nadie.

La venida del Señor

13 Hermanos, no queremos que ignoren lo que
va a pasar con los que ya han muerto,[h] para que
no se entristezcan como esos otros que no tienen
esperanza. 14 ¿Acaso no creemos que Jesús mu-
rió y resucitó? Así también Dios resucitará con
Jesús a los que han muerto en unión con él.
15 Conforme a lo dicho por el Señor, afirmamos
que nosotros, los que estemos vivos y hayamos
quedado hasta la venida del Señor, de ninguna
manera nos adelantaremos a los que hayan
muerto. 16 El Señor mismo descenderá del cielo
con voz de mando, con voz de arcángel y con
trompeta de Dios, y los muertos en Cristo resu-
citarán primero. 17 Luego los que estemos vivos,
los que hayamos quedado, seremos arrebatados
junto con ellos en las nubes para encontrarnos
con el Señor en el aire. Y así estaremos con el
Señor para siempre. 18 Por lo tanto, anímense
unos a otros con estas palabras.

5 Ahora bien, hermanos, ustedes no necesi-
tan que se les escriba acerca de tiempos y
fechas, 2 porque ya saben que el día del Señor
llegará como ladrón en la noche. 3 Cuando estén
diciendo: «Paz y seguridad», vendrá de impro-
viso sobre ellos la destrucción, como le llegan a
la mujer encinta los dolores de parto. De ninguna
manera podrán escapar.

4 Ustedes, en cambio, hermanos, no están en
la oscuridad para que ese día los sorprenda como
un ladrón. 5 Todos ustedes son hijos de la luz y
del día. No somos de la noche ni de la oscuridad.

body[e] in a way that is holy and honorable, 5 not
in passionate lust like the heathen, who do not
know God; 6 and that in this matter no one should
wrong his brother or take advantage of him. The
Lord will punish men for all such sins, as we
have already told you and warned you. 7 For God
did not call us to be impure, but to live a holy
life. 8 Therefore, he who rejects this instruction
does not reject man but God, who gives you his
Holy Spirit.

9 Now about brotherly love we do not need to
write to you, for you yourselves have been
taught by God to love each other. 10 And in fact,
you do love all the brothers throughout Mace-
donia. Yet we urge you, brothers, to do so more
and more.

11 Make it your ambition to lead a quiet life,
to mind your own business and to work with
your hands, just as we told you, 12 so that your
daily life may win the respect of outsiders
and so that you will not be dependent on any-
body.

The Coming of the Lord

13 Brothers, we do not want you to be igno-
rant about those who fall asleep, or to grieve
like the rest of men, who have no hope. 14 We
believe that Jesus died and rose again and so
we believe that God will bring with Jesus those
who have fallen asleep in him. 15 According to
the Lord's own word, we tell you that we who
are still alive, who are left till the coming of
the Lord, will certainly not precede those who
have fallen asleep. 16 For the Lord himself will
come down from heaven, with a loud com-
mand, with the voice of the archangel and with
the trumpet call of God, and the dead in Christ
will rise first. 17 After that, we who are still
alive and are left will be caught up together
with them in the clouds to meet the Lord in
the air. And so we will be with the Lord for-
ever. 18 Therefore encourage each other with
these words.

5 Now, brothers, about times and dates we do
not need to write to you, 2 for you know
very well that the day of the Lord will come like
a thief in the night. 3 While people are saying,
"Peace and safety," destruction will come on
them suddenly, as labor pains on a pregnant
woman, and they will not escape.

4 But you, brothers, are not in darkness so that
this day should surprise you like a thief. 5 You
are all sons of the light and sons of the day. We

[g] **4:4** *aprenda … cuerpo.* Alt. *trate a su esposa*, o *consiga esposa.* [h] **4:13** *han muerto.* Lit. *duermen*; el mismo verbo en vv. 14 y 15.

[e] 4 Or *learn to live with his own wife*; or *learn to acquire a wife*

6No debemos, pues, dormirnos como los demás,
sino mantenernos alerta y en nuestro sano juicio.
7Los que duermen, de noche duermen, y los que
se emborrachan, de noche se emborrachan. 8No-
sotros que somos del día, por el contrario, este-
mos siempre en nuestro sano juicio, protegidos
por la coraza de la fe y del amor, y por el casco
de la esperanza de salvación; 9pues Dios no nos
destinó a sufrir el castigo sino a recibir la salva-
ción por medio de nuestro Señor Jesucristo. 10Él
murió por nosotros para que, en la vida o en la
muerte,[i] vivamos junto con él. 11Por eso, aní-
mense y edifíquense unos a otros, tal como lo
vienen haciendo.

Instrucciones finales

12Hermanos, les pedimos que sean considera-
dos con los que trabajan arduamente entre uste-
des, y los guían y amonestan en el Señor. 13Tén-
ganlos en alta estima, y ámenlos por el trabajo
que hacen. Vivan en paz unos con otros. 14Her-
manos, también les rogamos que amonesten a
los holgazanes, estimulen a los desanimados,
ayuden a los débiles y sean pacientes con todos.
15Asegúrense de que nadie pague mal por mal;
más bien, esfuércense siempre por hacer el bien,
no sólo entre ustedes sino a todos.

16Estén siempre alegres, 17oren sin cesar,
18den gracias a Dios en toda situación, porque
esta es su voluntad para ustedes en Cristo Jesús.

19No apaguen el Espíritu, 20no desprecien las
profecías, 21sométanlo todo a prueba, aférrense
a lo bueno, 22eviten toda clase de mal.

23Que Dios mismo, el Dios de paz, los *san-
tifique por completo, y conserve todo su ser
—espíritu, alma y cuerpo— irreprochable para
la venida de nuestro Señor Jesucristo. 24El que
los llama es fiel, y así lo hará.

25Hermanos, oren también por nosotros.
26Saluden a todos los hermanos con un beso
santo. 27Les encargo delante del Señor que lean
esta carta a todos los hermanos.

28Que la gracia de nuestro Señor Jesucristo
sea con ustedes.

do not belong to the night or to the darkness. 6So
then, let us not be like others, who are asleep,
but let us be alert and self-controlled. 7For those
who sleep, sleep at night, and those who get
drunk, get drunk at night. 8But since we belong
to the day, let us be self-controlled, putting on
faith and love as a breastplate, and the hope of
salvation as a helmet. 9For God did not appoint
us to suffer wrath but to receive salvation
through our Lord Jesus Christ. 10He died for us
so that, whether we are awake or asleep, we may
live together with him. 11Therefore encourage
one another and build each other up, just as in
fact you are doing.

Final Instructions

12Now we ask you, brothers, to respect
those who work hard among you, who are over
you in the Lord and who admonish you.
13Hold them in the highest regard in love be-
cause of their work. Live in peace with each
other. 14And we urge you, brothers, warn
those who are idle, encourage the timid, help
the weak, be patient with everyone. 15Make
sure that nobody pays back wrong for wrong,
but always try to be kind to each other and to
everyone else.

16Be joyful always; 17pray continually; 18give
thanks in all circumstances, for this is God's will
for you in Christ Jesus.

19Do not put out the Spirit's fire; 20do not treat
prophecies with contempt. 21Test everything.
Hold on to the good. 22Avoid every kind of evil.

23May God himself, the God of peace, sanc-
tify you through and through. May your whole
spirit, soul and body be kept blameless at the
coming of our Lord Jesus Christ. 24The one who
calls you is faithful and he will do it.

25Brothers, pray for us. 26Greet all the broth-
ers with a holy kiss. 27I charge you before the
Lord to have this letter read to all the brothers.

28The grace of our Lord Jesus Christ be with
you.

[i] **5:10** *en la vida o en la muerte.* Lit. *despiertos o dormidos.*

Segunda Carta a los Tesalonicenses

1 Pablo, *Silvano y Timoteo,

a la iglesia de los tesalonicenses, unida a Dios nuestro Padre y al Señor *Jesucristo:

2Que Dios el Padre y el Señor Jesucristo les concedan gracia y paz.

Acción de gracias y oración

3Hermanos, siempre debemos dar gracias a Dios por ustedes, como es justo, porque su fe se acrecienta cada vez más, y en cada uno de ustedes sigue abundando el amor hacia los otros. 4Así que nos sentimos orgullosos de ustedes ante las iglesias de Dios por la perseverancia y la fe que muestran al soportar toda clase de persecuciones y sufrimientos. 5Todo esto prueba que el juicio de Dios es justo, y por tanto él los considera dignos de su reino, por el cual están sufriendo.

6Dios, que es justo, pagará con sufrimiento a quienes los hacen sufrir a ustedes. 7Y a ustedes que sufren, les dará descanso, lo mismo que a nosotros. Esto sucederá cuando el Señor Jesús se manifieste desde el cielo entre llamas de fuego, con sus poderosos ángeles, 8para castigar a los que no conocen a Dios ni obedecen el *evangelio de nuestro Señor Jesús. 9Ellos sufrirán el castigo de la destrucción eterna, lejos de la presencia del Señor y de la majestad de su poder, 10el día en que venga para ser glorificado por medio de sus *santos y admirado por todos los que hayan creído, entre los cuales están ustedes porque creyeron el testimonio que les dimos.

11Por eso oramos constantemente por ustedes, para que nuestro Dios los considere dignos del llamamiento que les ha hecho, y por su poder *perfeccione toda disposición al bien y toda obra que realicen por la fe. 12Oramos así, de modo que el nombre de nuestro Señor Jesús sea glorificado por medio de ustedes, y ustedes por él, conforme a la gracia de nuestro Dios y del Señor Jesucristo.[a]

Manifestación y juicio del malvado

2 Ahora bien, hermanos, en cuanto a la venida de nuestro Señor Jesucristo y a nuestra

[a]1:12 *Dios y del Señor Jesucristo.* Alt. *Dios y Señor, Jesucristo.*

2 Thessalonians

1 Paul, Silas[a] and Timothy,

To the church of the Thessalonians in God our Father and the Lord Jesus Christ:

2Grace and peace to you from God the Father and the Lord Jesus Christ.

Thanksgiving and Prayer

3We ought always to thank God for you, brothers, and rightly so, because your faith is growing more and more, and the love every one of you has for each other is increasing. 4Therefore, among God's churches we boast about your perseverance and faith in all the persecutions and trials you are enduring.

5All this is evidence that God's judgment is right, and as a result you will be counted worthy of the kingdom of God, for which you are suffering. 6God is just: He will pay back trouble to those who trouble you 7and give relief to you who are troubled, and to us as well. This will happen when the Lord Jesus is revealed from heaven in blazing fire with his powerful angels. 8He will punish those who do not know God and do not obey the gospel of our Lord Jesus. 9They will be punished with everlasting destruction and shut out from the presence of the Lord and from the majesty of his power 10on the day he comes to be glorified in his holy people and to be marveled at among all those who have believed. This includes you, because you believed our testimony to you.

11With this in mind, we constantly pray for you, that our God may count you worthy of his calling, and that by his power he may fulfill every good purpose of yours and every act prompted by your faith. 12We pray this so that the name of our Lord Jesus may be glorified in you, and you in him, according to the grace of our God and the Lord Jesus Christ.[b]

The Man of Lawlessness

2 Concerning the coming of our Lord Jesus Christ and our being gathered to him, we ask you, brothers, 2not to become easily un-

[a]*1* Greek *Silvanus*, a variant of *Silas* [b]*12* Or God and Lord, Jesus Christ

reunión con él, les pedimos que 2no pierdan la cabeza ni se alarmen por ciertas profecías,[b] ni por mensajes orales o escritos supuestamente nuestros, que digan: «¡Ya llegó el día del Señor!» 3No se dejen engañar de ninguna manera, porque primero tiene que llegar la rebelión contra Dios[c] y manifestarse el hombre de maldad,[d] el destructor por naturaleza.[e] 4Éste se opone y se levanta contra todo lo que lleva el nombre de Dios o es objeto de adoración, hasta el punto de adueñarse del templo de Dios y pretender ser Dios.

5¿No recuerdan que ya les hablaba de esto cuando estaba con ustedes? 6Bien saben que hay algo que detiene a este hombre, a fin de que él se manifieste a su debido tiempo. 7Es cierto que el *misterio de la maldad ya está ejerciendo su poder; pero falta que sea quitado de en medio el que ahora lo detiene. 8Entonces se manifestará aquel malvado, a quien el Señor Jesús derrocará con el soplo de su boca y destruirá con el esplendor de su venida. 9El malvado vendrá, por obra de Satanás, con toda clase de milagros, señales y prodigios falsos. 10Con toda perversidad engañará a los que se pierden por haberse negado a amar la verdad y así ser salvos. 11Por eso Dios permite que, por el poder del engaño, crean en la mentira. 12Así serán condenados todos los que no creyeron en la verdad sino que se deleitaron en el mal.

Exhortación a la perseverancia

13Nosotros, en cambio, siempre debemos dar gracias a Dios por ustedes, hermanos amados por el Señor, porque desde el principio Dios los escogió[f] para ser salvos, mediante la obra *santificadora del Espíritu y la fe que tienen en la verdad. 14Para esto Dios los llamó por nuestro *evangelio, a fin de que tengan parte en la gloria de nuestro Señor Jesucristo. 15Así que, hermanos, sigan firmes y manténganse fieles a las enseñanzas[g] que, oralmente o por carta, les hemos transmitido.

16Que nuestro Señor Jesucristo mismo y Dios nuestro Padre, que nos amó y por su gracia nos dio consuelo eterno y una buena esperanza, 17los anime y les fortalezca el corazón, para que tanto en palabra como en obra hagan todo lo que sea bueno.

[b]**2:2** *por ciertas profecías.* Lit. *por espíritu.* [c]**2:3** *la rebelión contra Dios.* Lit. *la apostasía.* [d]**2:3** *maldad.* Var. *pecado.* [e]**2:3** *el destructor por naturaleza.* Alt. *el que está destinado a la destrucción.* Lit. *el hijo de la destrucción.* [f]**2:13** *desde … escogió.* Var. *Dios los escogió como sus *primicias.* [g]**2:15** *enseñanzas.* Alt. *tradiciones.*

settled or alarmed by some prophecy, report or letter supposed to have come from us, saying that the day of the Lord has already come. 3Don't let anyone deceive you in any way, for ⌞that day will not come⌟ until the rebellion occurs and the man of lawlessness[c] is revealed, the man doomed to destruction. 4He will oppose and will exalt himself over everything that is called God or is worshiped, so that he sets himself up in God's temple, proclaiming himself to be God.

5Don't you remember that when I was with you I used to tell you these things? 6And now you know what is holding him back, so that he may be revealed at the proper time. 7For the secret power of lawlessness is already at work; but the one who now holds it back will continue to do so till he is taken out of the way. 8And then the lawless one will be revealed, whom the Lord Jesus will overthrow with the breath of his mouth and destroy by the splendor of his coming. 9The coming of the lawless one will be in accordance with the work of Satan displayed in all kinds of counterfeit miracles, signs and wonders, 10and in every sort of evil that deceives those who are perishing. They perish because they refused to love the truth and so be saved. 11For this reason God sends them a powerful delusion so that they will believe the lie 12and so that all will be condemned who have not believed the truth but have delighted in wickedness.

Stand Firm

13But we ought always to thank God for you, brothers loved by the Lord, because from the beginning God chose you[d] to be saved through the sanctifying work of the Spirit and through belief in the truth. 14He called you to this through our gospel, that you might share in the glory of our Lord Jesus Christ. 15So then, brothers, stand firm and hold to the teachings[e] we passed on to you, whether by word of mouth or by letter.

16May our Lord Jesus Christ himself and God our Father, who loved us and by his grace gave us eternal encouragement and good hope, 17encourage your hearts and strengthen you in every good deed and word.

[c]*3* Some manuscripts *sin* [d]*13* Some manuscripts *because God chose you as his firstfruits* [e]*15* Or *traditions*

Oración por la difusión del evangelio

3 Por último, hermanos, oren por nosotros
para que el mensaje del Señor se difunda
rápidamente y se le reciba con honor, tal como
sucedió entre ustedes. 2Oren además para que
seamos librados de personas perversas y malva-
das, porque no todos tienen fe. 3Pero el Señor es
fiel, y él los fortalecerá y los protegerá del
maligno. 4Confiamos en el Señor de que ustedes
cumplen y seguirán cumpliendo lo que les he-
mos enseñado. 5Que el Señor los lleve a amar
como Dios ama, y a perseverar como Cristo
perseveró.

Exhortación al trabajo

6Hermanos, en el nombre del Señor Jesucristo
les ordenamos que se aparten de todo hermano
que esté viviendo como un vago y no según las
enseñanzas recibidas[h] de nosotros. 7Ustedes
mismos saben cómo deben seguir nuestro ejem-
plo. Nosotros no vivimos como ociosos entre
ustedes, 8ni comimos el pan de nadie sin pagar-
lo. Al contrario, día y noche trabajamos ardua-
mente y sin descanso para no ser una carga a
ninguno de ustedes. 9Y lo hicimos así, no porque
no tuviéramos derecho a tal ayuda, sino para
darles buen ejemplo. 10Porque incluso cuando
estábamos con ustedes, les ordenamos: «El que
no quiera trabajar, que tampoco coma.»

11Nos hemos enterado de que entre ustedes hay
algunos que andan de vagos, sin trabajar en nada,
y que sólo se ocupan de lo que no les importa. 12A
tales personas les ordenamos y exhortamos en el
Señor Jesucristo que tranquilamente se pongan a
trabajar para ganarse la vida. 13Ustedes, herma-
nos, no se cansen de hacer el bien.

14Si alguno no obedece las instrucciones que
les damos en esta carta, denúncienlo pública-
mente y no se relacionen con él, para que se
avergüence. 15Sin embargo, no lo tengan por
enemigo, sino amonéstenlo como a hermano.

Saludos finales

16Que el Señor de paz les conceda su paz
siempre y en todas las circunstancias. El Señor
sea con todos ustedes.

17Yo, Pablo, escribo este saludo de mi puño y
letra. Ésta es la señal distintiva de todas mis
cartas; así escribo yo.

18Que la gracia de nuestro Señor Jesucristo
sea con todos ustedes.

[h]3:6 *las enseñanzas recibidas*. Alt. *la tradición recibida*.

Request for Prayer

3 Finally, brothers, pray for us that the mes-
sage of the Lord may spread rapidly and be
honored, just as it was with you. 2And pray that
we may be delivered from wicked and evil men,
for not everyone has faith. 3But the Lord is
faithful, and he will strengthen and protect you
from the evil one. 4We have confidence in the
Lord that you are doing and will continue to do
the things we command. 5May the Lord direct
your hearts into God's love and Christ's perse-
verance.

Warning Against Idleness

6In the name of the Lord Jesus Christ, we
command you, brothers, to keep away from
every brother who is idle and does not live
according to the teaching[f] you received from
us. 7For you yourselves know how you ought
to follow our example. We were not idle when
we were with you, 8nor did we eat anyone's
food without paying for it. On the contrary,
we worked night and day, laboring and toiling
so that we would not be a burden to any of
you. 9We did this, not because we do not have
the right to such help, but in order to make
ourselves a model for you to follow. 10For
even when we were with you, we gave you
this rule: "If a man will not work, he shall not
eat."

11We hear that some among you are idle. They
are not busy; they are busybodies. 12Such peo-
ple we command and urge in the Lord Jesus
Christ to settle down and earn the bread they eat.
13And as for you, brothers, never tire of doing
what is right.

14If anyone does not obey our instruction in
this letter, take special note of him. Do not
associate with him, in order that he may feel
ashamed. 15Yet do not regard him as an enemy,
but warn him as a brother.

Special Greetings

16Now may the Lord of peace himself give
you peace at all times and in every way. The
Lord be with all of you.

17I, Paul, write this greeting in my own hand,
which is the distinguishing mark in all my let-
ters. This is how I write.

18The grace of our Lord Jesus Christ be with
you all.

[f]6 Or *tradition*

Primera Carta a Timoteo

1 Pablo, apóstol de *Cristo Jesús por mandato de Dios nuestro Salvador y de Cristo Jesús nuestra esperanza,

2 a Timoteo, mi verdadero hijo en la fe:

Que Dios el Padre y Cristo Jesús nuestro Señor te concedan gracia, misericordia y paz.

Advertencia contra los falsos maestros de la ley

3 Al partir para Macedonia, te encargué que permanecieras en Éfeso y les ordenaras a algunos supuestos maestros que dejen de enseñar doctrinas falsas 4 y de prestar atención a leyendas y genealogías interminables. Esas cosas provocan controversias en vez de llevar adelante la obra de Dios que es por la fe. 5 Debes hacerlo así para que el amor brote de un corazón limpio, de una buena conciencia y de una fe sincera. 6 Algunos se han desviado de esa línea de conducta y se han enredado en discusiones inútiles. 7 Pretenden ser maestros de la ley, pero en realidad no saben de qué hablan ni entienden lo que con tanta seguridad afirman.

8 Ahora bien, sabemos que la ley es buena, si se aplica como es debido. 9 Tengamos en cuenta que la ley no se ha instituido para los justos sino para los desobedientes y rebeldes, para los impíos y pecadores, para los irreverentes y profanos. La ley es para los que maltratan a sus propios padres,[a] para los asesinos, 10 para los adúlteros y los homosexuales, para los traficantes de esclavos, los embusteros y los que juran en falso. En fin, la ley es para todo lo que está en contra de la sana doctrina 11 enseñada por el glorioso *evangelio que el Dios bendito me ha confiado.

La gracia que el Señor dio a Pablo

12 Doy gracias al que me fortalece, Cristo Jesús nuestro Señor, pues me consideró digno de confianza al ponerme a su servicio. 13 Anteriormente, yo era un *blasfemo, un perseguidor y un insolente; pero Dios tuvo misericordia de mí porque yo era un incrédulo y actuaba con ignorancia. 14 Pero la gracia de nuestro Señor se

[a] **1:9** *los que maltratan a sus propios padres.* Lit. *los parricidas y matricidas.*

1 Timothy

1 Paul, an apostle of Christ Jesus by the command of God our Savior and of Christ Jesus our hope,

2 To Timothy my true son in the faith:

Grace, mercy and peace from God the Father and Christ Jesus our Lord.

Warning Against False Teachers of the Law

3 As I urged you when I went into Macedonia, stay there in Ephesus so that you may command certain men not to teach false doctrines any longer 4 nor to devote themselves to myths and endless genealogies. These promote controversies rather than God's work—which is by faith. 5 The goal of this command is love, which comes from a pure heart and a good conscience and a sincere faith. 6 Some have wandered away from these and turned to meaningless talk. 7 They want to be teachers of the law, but they do not know what they are talking about or what they so confidently affirm.

8 We know that the law is good if one uses it properly. 9 We also know that law[a] is made not for the righteous but for lawbreakers and rebels, the ungodly and sinful, the unholy and irreligious; for those who kill their fathers or mothers, for murderers, 10 for adulterers and perverts, for slave traders and liars and perjurers—and for whatever else is contrary to the sound doctrine 11 that conforms to the glorious gospel of the blessed God, which he entrusted to me.

The Lord's Grace to Paul

12 I thank Christ Jesus our Lord, who has given me strength, that he considered me faithful, appointing me to his service. 13 Even though I was once a blasphemer and a persecutor and a violent man, I was shown mercy because I acted in ignorance and unbelief. 14 The grace of our Lord was poured out on

[a] *9* Or *that the law*

derramó sobre mí con abundancia, junto con la
fe y el amor que hay en Cristo Jesús.

15Este mensaje es digno de crédito y merece
ser aceptado por todos: que Cristo Jesús vino al
mundo a salvar a los pecadores, de los cuales yo
soy el primero. 16Pero precisamente por eso
Dios fue misericordioso conmigo, a fin de que
en mí, el peor de los pecadores, pudiera Cristo
Jesús mostrar su infinita bondad. Así vengo a ser
ejemplo para los que, creyendo en él, recibirán
la vida eterna. 17Por tanto, al Rey eterno, inmor-
tal, invisible, al único Dios, sea honor y gloria
por los siglos de los siglos. Amén.

18Timoteo, hijo mío, te doy este encargo por-
que tengo en cuenta las profecías que antes se
hicieron acerca de ti. Deseo que, apoyado en
ellas, pelees la buena batalla 19y mantengas la
fe y una buena conciencia. Por no hacerle caso
a su conciencia, algunos han naufragado en la
fe. 20Entre ellos están Himeneo y Alejandro, a
quienes he entregado a Satanás para que apren-
dan a no blasfemar.

Instrucciones sobre la adoración

2 Así que recomiendo, ante todo, que se ha-
gan plegarias, oraciones, súplicas y accio-
nes de gracias por todos, 2especialmente por los
gobernantes[b] y por todas las autoridades, para
que tengamos paz y tranquilidad, y llevemos una
vida piadosa y digna. 3Esto es bueno y agradable
a Dios nuestro Salvador, 4pues él quiere que
todos sean salvos y lleguen a conocer la verdad.
5Porque hay un solo Dios y un solo mediador
entre Dios y los hombres, Jesucristo hombre,
6quien dio su vida como rescate por todos. Este
testimonio Dios lo ha dado a su debido tiempo,
7y para proclamarlo me nombró heraldo y após-
tol. Digo la verdad y no miento: Dios me hizo
maestro de los *gentiles para enseñarles la ver-
dadera fe.

8Quiero, pues, que en todas partes los hom-
bres levanten las manos al cielo con pureza de
corazón, sin enojos ni contiendas.

9En cuanto a las mujeres, quiero que ellas se
vistan decorosamente, con modestia y recato,
sin peinados ostentosos, ni oro, ni perlas ni
vestidos costosos. 10Que se adornen más bien
con buenas obras, como corresponde a mujeres
que profesan servir a Dios.

11La mujer debe aprender con serenidad,[c] con
toda sumisión. 12No permito que la mujer en-
señe al hombre y ejerza autoridad sobre él; debe
mantenerse ecuánime.[d] 13Porque primero fue
formado Adán, y Eva después. 14Además, no

[b]2:2 *gobernantes.* Lit. *reyes.* [c]2:11 *con serenidad.* Alt. *en silencio.* [d]2:12 *debe mantenerse ecuánime.* Alt. *debe guardar silencio.*

me abundantly, along with the faith and love
that are in Christ Jesus.

15Here is a trustworthy saying that deserves
full acceptance: Christ Jesus came into the
world to save sinners—of whom I am the
worst. 16But for that very reason I was shown
mercy so that in me, the worst of sinners,
Christ Jesus might display his unlimited pa-
tience as an example for those who would
believe on him and receive eternal life. 17Now
to the King eternal, immortal, invisible, the
only God, be honor and glory for ever and
ever. Amen.

18Timothy, my son, I give you this instruc-
tion in keeping with the prophecies once made
about you, so that by following them you may
fight the good fight, 19holding on to faith and
a good conscience. Some have rejected these
and so have shipwrecked their faith. 20Among
them are Hymenaeus and Alexander, whom I
have handed over to Satan to be taught not to
blaspheme.

Instructions on Worship

2 I urge, then, first of all, that requests,
prayers, intercession and thanksgiving be
made for everyone— 2for kings and all those
in authority, that we may live peaceful and
quiet lives in all godliness and holiness. 3This
is good, and pleases God our Savior, 4who
wants all men to be saved and to come to a
knowledge of the truth. 5For there is one God
and one mediator between God and men, the
man Christ Jesus, 6who gave himself as a ran-
som for all men—the testimony given in its
proper time. 7And for this purpose I was ap-
pointed a herald and an apostle—I am telling
the truth, I am not lying—and a teacher of the
true faith to the Gentiles.

8I want men everywhere to lift up holy hands
in prayer, without anger or disputing.

9I also want women to dress modestly, with
decency and propriety, not with braided hair or
gold or pearls or expensive clothes, 10but with
good deeds, appropriate for women who profess
to worship God.

11A woman should learn in quietness and full
submission. 12I do not permit a woman to teach
or to have authority over a man; she must be
silent. 13For Adam was formed first, then Eve.
14And Adam was not the one deceived; it was

fue Adán el engañado, sino la mujer; y ella, una vez engañada, incurrió en pecado. 15 Pero la mujer se salvará[e] siendo madre y permaneciendo con sensatez en la fe, el amor y la *santidad.

Obispos y diáconos

3 Se dice, y es verdad, que si alguno desea ser *obispo, a noble función aspira. 2 Así que el obispo debe ser intachable, esposo de una sola mujer, moderado, sensato, respetable, hospitalario, capaz de enseñar; 3 no debe ser borracho ni pendenciero, ni amigo del dinero, sino amable y apacible. 4 Debe gobernar bien su casa y hacer que sus hijos le obedezcan con el debido respeto; 5 porque el que no sabe gobernar su propia familia, ¿cómo podrá cuidar de la iglesia de Dios? 6 No debe ser un recién convertido, no sea que se vuelva presuntuoso y caiga en la misma condenación en que cayó el diablo. 7 Se requiere además que hablen bien de él los que no pertenecen a la iglesia,[f] para que no caiga en descrédito y en la trampa del diablo.

8 Los diáconos, igualmente, deben ser honorables, sinceros, no amigos del mucho vino ni codiciosos de las ganancias mal habidas. 9 Deben guardar, con una conciencia limpia, las grandes verdades[g] de la fe. 10 Que primero sean puestos a prueba, y después, si no hay nada que reprocharles, que sirvan como diáconos.

11 Así mismo, las esposas de los diáconos[h] deben ser honorables, no calumniadoras sino moderadas y dignas de toda confianza.

12 El diácono debe ser esposo de una sola mujer y gobernar bien a sus hijos y su propia casa. 13 Los que ejercen bien el diaconado se ganan un lugar de honor y adquieren mayor confianza para hablar de su fe en Cristo Jesús.

14 Aunque espero ir pronto a verte, escribo estas instrucciones para que, 15 si me retraso, sepas cómo hay que portarse en la casa de Dios, que es la iglesia del Dios viviente, columna y fundamento de la verdad. 16 No hay duda de que es grande el *misterio de nuestra fe:[i]

Él[j] se manifestó como hombre;[k]
  fue vindicado por[l] el Espíritu,
visto por los ángeles,
  proclamado entre las *naciones,
creído en el mundo,
  recibido en la gloria.

[e]**2:15** *se salvará.* Alt. *será restaurada.* [f]**3:7** *hablen … iglesia.* Lit. *tenga buen testimonio de los de afuera.* [g]**3:9** *las grandes verdades.* Lit. *el *misterio.* [h]**3:11** *las esposas de los diáconos.* Alt. *las diaconisas.* [i]**3:16** *de nuestra fe.* Lit. *de la piedad.* [j]**3:16** *Él.* Lit. *Quien.* Var. *Dios.* [k]**3:16** *como hombre.* Lit. *en la *carne.* [l]**3:16** *vindicado por.* Lit. *justificado en.*

the woman who was deceived and became a sinner. 15 But women[b] will be saved[c] through childbearing—if they continue in faith, love and holiness with propriety.

Overseers and Deacons

3 Here is a trustworthy saying: If anyone sets his heart on being an overseer,[d] he desires a noble task. 2 Now the overseer must be above reproach, the husband of but one wife, temperate, self-controlled, respectable, hospitable, able to teach, 3 not given to drunkenness, not violent but gentle, not quarrelsome, not a lover of money. 4 He must manage his own family well and see that his children obey him with proper respect. 5 (If anyone does not know how to manage his own family, how can he take care of God's church?) 6 He must not be a recent convert, or he may become conceited and fall under the same judgment as the devil. 7 He must also have a good reputation with outsiders, so that he will not fall into disgrace and into the devil's trap.

8 Deacons, likewise, are to be men worthy of respect, sincere, not indulging in much wine, and not pursuing dishonest gain. 9 They must keep hold of the deep truths of the faith with a clear conscience. 10 They must first be tested; and then if there is nothing against them, let them serve as deacons.

11 In the same way, their wives[e] are to be women worthy of respect, not malicious talkers but temperate and trustworthy in everything.

12 A deacon must be the husband of but one wife and must manage his children and his household well. 13 Those who have served well gain an excellent standing and great assurance in their faith in Christ Jesus.

14 Although I hope to come to you soon, I am writing you these instructions so that, 15 if I am delayed, you will know how people ought to conduct themselves in God's household, which is the church of the living God, the pillar and foundation of the truth. 16 Beyond all question, the mystery of godliness is great:

He[f] appeared in a body,[g]
  was vindicated by the Spirit,
was seen by angels,
  was preached among the nations,
was believed on in the world,
  was taken up in glory.

[b]*15* Greek *she* [c]*15* Or *restored* [d]*1* Traditionally *bishop*; also in verse 2 [e]*11* Or *wives, deaconesses* [f]*16* Some manuscripts *God* [g]*16* Or *in the flesh*

Instrucciones a Timoteo

4 El Espíritu dice claramente que, en los últimos tiempos, algunos abandonarán la fe para seguir a inspiraciones engañosas y doctrinas diabólicas. 2Tales enseñanzas provienen de embusteros hipócritas, que tienen la conciencia encallecida.[m] 3Prohíben el matrimonio y no permiten comer ciertos alimentos que Dios ha creado para que los creyentes,[n] conocedores de la verdad, los coman con acción de gracias. 4Todo lo que Dios ha creado es bueno, y nada es despreciable si se recibe con acción de gracias, 5porque la palabra de Dios y la oración lo *santifican.

6Si enseñas estas cosas a los hermanos, serás un buen servidor de Cristo Jesús, nutrido con las verdades de la fe y de la buena enseñanza que paso a paso has seguido. 7Rechaza las leyendas profanas y otros mitos semejantes.[ñ] Más bien, ejercítate en la piedad, 8pues aunque el ejercicio físico trae algún provecho, la piedad es útil para todo, ya que incluye una promesa no sólo para la vida presente sino también para la venidera. 9Este mensaje es digno de crédito y merece ser aceptado por todos. 10En efecto, si trabajamos y nos esforzamos es porque hemos puesto nuestra esperanza en el Dios viviente, que es el Salvador de todos, especialmente de los que creen.

11Encarga y enseña estas cosas. 12Que nadie te menosprecie por ser joven. Al contrario, que los creyentes vean en ti un ejemplo a seguir en la manera de hablar, en la conducta, y en amor, fe y pureza. 13En tanto que llego, dedícate a la lectura pública de las Escrituras, y a enseñar y animar a los hermanos. 14Ejercita el don que recibiste mediante profecía, cuando los *ancianos te impusieron las manos.

15Sé diligente en estos asuntos; entrégate de lleno a ellos, de modo que todos puedan ver que estás progresando. 16Ten cuidado de tu conducta y de tu enseñanza. Persevera en todo ello, porque así te salvarás a ti mismo y a los que te escuchen.

Cómo tratar a viudas, ancianos y esclavos

5 No reprendas con dureza al anciano, sino aconséjalo como si fuera tu padre. Trata a los jóvenes como a hermanos; 2a las ancianas, como a madres; a las jóvenes, como a hermanas, con toda pureza.

3Reconoce debidamente a las viudas que de veras están desamparadas. 4Pero si una viuda tiene hijos o nietos, que éstos aprendan primero a cumplir sus obligaciones con su propia familia

[m]4:2 *encallecida.* Lit. *cauterizada.* [n]4:3 *creyentes.* Alt. *fieles.* [ñ]4:7 *Rechaza … semejantes.* Lit. *Rechaza los mitos profanos y de viejas.*

Instructions to Timothy

4 The Spirit clearly says that in later times some will abandon the faith and follow deceiving spirits and things taught by demons. 2Such teachings come through hypocritical liars, whose consciences have been seared as with a hot iron. 3They forbid people to marry and order them to abstain from certain foods, which God created to be received with thanksgiving by those who believe and who know the truth. 4For everything God created is good, and nothing is to be rejected if it is received with thanksgiving, 5because it is consecrated by the word of God and prayer.

6If you point these things out to the brothers, you will be a good minister of Christ Jesus, brought up in the truths of the faith and of the good teaching that you have followed. 7Have nothing to do with godless myths and old wives' tales; rather, train yourself to be godly. 8For physical training is of some value, but godliness has value for all things, holding promise for both the present life and the life to come.

9This is a trustworthy saying that deserves full acceptance 10(and for this we labor and strive), that we have put our hope in the living God, who is the Savior of all men, and especially of those who believe.

11Command and teach these things. 12Don't let anyone look down on you because you are young, but set an example for the believers in speech, in life, in love, in faith and in purity. 13Until I come, devote yourself to the public reading of Scripture, to preaching and to teaching. 14Do not neglect your gift, which was given you through a prophetic message when the body of elders laid their hands on you.

15Be diligent in these matters; give yourself wholly to them, so that everyone may see your progress. 16Watch your life and doctrine closely. Persevere in them, because if you do, you will save both yourself and your hearers.

Advice About Widows, Elders and Slaves

5 Do not rebuke an older man harshly, but exhort him as if he were your father. Treat younger men as brothers, 2older women as mothers, and younger women as sisters, with absolute purity.

3Give proper recognition to those widows who are really in need. 4But if a widow has children or grandchildren, these should learn first of all to put their religion into practice by

y correspondan así a sus padres y abuelos, porque eso agrada a Dios. 5La viuda desamparada, como ha quedado sola, pone su esperanza en Dios y persevera noche y día en sus oraciones y súplicas. 6En cambio, la viuda que se entrega al placer ya está muerta en vida. 7Encárgales estas cosas para que sean intachables. 8El que no provee para los suyos, y sobre todo para los de su propia casa, ha negado la fe y es peor que un incrédulo.

9En la lista de las viudas debe figurar únicamente la que tenga más de sesenta años, que haya sido fiel a su esposo,[o] 10y que sea reconocida por sus buenas obras, tales como criar hijos, practicar la hospitalidad, lavar los pies de los *creyentes, ayudar a los que sufren y aprovechar toda oportunidad para hacer el bien.

11No incluyas en esa lista a las viudas más jóvenes, porque cuando sus pasiones las alejan de Cristo, les da por casarse. 12Así resultan culpables de faltar a su primer compromiso. 13Además se acostumbran a estar ociosas y andar de casa en casa. Y no sólo se vuelven holgazanas sino también chismosas y entrometidas, hablando de lo que no deben. 14Por eso exhorto a las viudas jóvenes a que se casen y tengan hijos, y a que lleven bien su hogar y no den lugar a las críticas del enemigo. 15Y es que algunas ya se han descarriado para seguir a Satanás.

16Si alguna creyente tiene viudas en su familia, debe ayudarlas para que no sean una carga a la iglesia; así la iglesia podrá atender a las viudas desamparadas.

17Los *ancianos que dirigen bien los asuntos de la iglesia son dignos de doble honor,[p] especialmente los que dedican sus esfuerzos a la predicación y a la enseñanza. 18Pues la Escritura dice: «No le pongas bozal al buey mientras esté trillando»,[q] y «El trabajador merece que se le pague su salario».[r] 19No admitas ninguna acusación contra un anciano, a no ser que esté respaldada por dos o tres testigos. 20A los que pecan, repréndelos en público para que sirva de escarmiento.

21Te insto delante de Dios, de Cristo Jesús y de los santos ángeles, a que sigas estas instrucciones sin dejarte llevar de prejuicios ni favoritismos.

22No te apresures a imponerle las manos a nadie, no sea que te hagas cómplice de pecados ajenos. Consérvate puro.

[o]**5:9** *que haya sido fiel a su esposo.* Alt. *que no haya tenido más de un esposo.* [p]**5:17** *honor.* Alt. *honorario.*
[q]**5:18** Dt 25:4 [r]**5:18** Lc 10:7

caring for their own family and so repaying their parents and grandparents, for this is pleasing to God. 5The widow who is really in need and left all alone puts her hope in God and continues night and day to pray and to ask God for help. 6But the widow who lives for pleasure is dead even while she lives. 7Give the people these instructions, too, so that no one may be open to blame. 8If anyone does not provide for his relatives, and especially for his immediate family, he has denied the faith and is worse than an unbeliever.

9No widow may be put on the list of widows unless she is over sixty, has been faithful to her husband,[h] 10and is well known for her good deeds, such as bringing up children, showing hospitality, washing the feet of the saints, helping those in trouble and devoting herself to all kinds of good deeds.

11As for younger widows, do not put them on such a list. For when their sensual desires overcome their dedication to Christ, they want to marry. 12Thus they bring judgment on themselves, because they have broken their first pledge. 13Besides, they get into the habit of being idle and going about from house to house. And not only do they become idlers, but also gossips and busybodies, saying things they ought not to. 14So I counsel younger widows to marry, to have children, to manage their homes and to give the enemy no opportunity for slander. 15Some have in fact already turned away to follow Satan.

16If any woman who is a believer has widows in her family, she should help them and not let the church be burdened with them, so that the church can help those widows who are really in need.

17The elders who direct the affairs of the church well are worthy of double honor, especially those whose work is preaching and teaching. 18For the Scripture says, "Do not muzzle the ox while it is treading out the grain,"[i] and "The worker deserves his wages."[j] 19Do not entertain an accusation against an elder unless it is brought by two or three witnesses. 20Those who sin are to be rebuked publicly, so that the others may take warning.

21I charge you, in the sight of God and Christ Jesus and the elect angels, to keep these instructions without partiality, and to do nothing out of favoritism.

22Do not be hasty in the laying on of hands, and do not share in the sins of others. Keep yourself pure.

[h]*9* Or *has had but one husband* [i]*18* Deut. 25:4
[j]*18* Luke 10:7

23No sigas bebiendo sólo agua; toma también un poco de vino a causa de tu mal de estómago y tus frecuentes enfermedades.

24Los pecados de algunos son evidentes aun antes de ser investigados, mientras que los pecados de otros se descubren después. 25De igual manera son evidentes las buenas obras, y aunque estén ocultas, tarde o temprano se manifestarán.[s]

6 Todos los que aún son esclavos deben reconocer que sus amos merecen todo respeto; así evitarán que se hable mal del nombre de Dios y de nuestra enseñanza. 2Los que tienen amos creyentes no deben faltarles al respeto por ser hermanos. Al contrario, deben servirles todavía mejor, porque los que se benefician de sus servicios son creyentes y hermanos queridos. Esto es lo que debes enseñar y recomendar.

El amor al dinero

3Si alguien enseña falsas doctrinas, apartándose de la sana enseñanza de nuestro Señor Jesucristo y de la doctrina que se ciñe a la verdadera religión,[t] 4es un obstinado que nada entiende. Ese tal padece del afán enfermizo de provocar discusiones inútiles que generan envidias, discordias, insultos, suspicacias 5y altercados entre personas de mente depravada, carentes de la verdad. Éste es de los que piensan que la religión es un medio de obtener ganancias. 6Es cierto que con la verdadera religión se obtienen grandes ganancias, pero sólo si uno está satisfecho con lo que tiene. 7Porque nada trajimos a este mundo, y nada podemos llevarnos. 8Así que, si tenemos ropa y comida, contentémonos con eso. 9Los que quieren enriquecerse caen en la *tentación y se vuelven esclavos de sus muchos deseos. Estos afanes insensatos y dañinos hunden a la gente en la ruina y en la destrucción. 10Porque el amor al dinero es la raíz de toda clase de males. Por codiciarlo, algunos se han desviado de la fe y se han causado muchísimos sinsabores.

Encargo de Pablo a Timoteo

11Tú, en cambio, hombre de Dios, huye de todo eso, y esmérate en seguir la justicia, la piedad, la fe, el amor, la constancia y la humildad. 12Pelea la buena batalla de la fe; haz tuya la vida eterna, a la que fuiste llamado y por la cual hiciste aquella admirable declaración de fe delante de muchos testigos. 13Teniendo a Dios por testigo, el cual da vida a todas las cosas, y a Cristo Jesús, que dio su admirable testimonio delante de Poncio Pilato, te encargo 14que guar-

[s]5:25 *y aunque … se manifestarán.* Alt. *y si son malas, no podrán quedar ocultas.* [t]6:3 *la verdadera religión.* Lit. *la piedad*; también en vv. 5 y 6.

23Stop drinking only water, and use a little wine because of your stomach and your frequent illnesses.

24The sins of some men are obvious, reaching the place of judgment ahead of them; the sins of others trail behind them. 25In the same way, good deeds are obvious, and even those that are not cannot be hidden.

6 All who are under the yoke of slavery should consider their masters worthy of full respect, so that God's name and our teaching may not be slandered. 2Those who have believing masters are not to show less respect for them because they are brothers. Instead, they are to serve them even better, because those who benefit from their service are believers, and dear to them. These are the things you are to teach and urge on them.

Love of Money

3If anyone teaches false doctrines and does not agree to the sound instruction of our Lord Jesus Christ and to godly teaching, 4he is conceited and understands nothing. He has an unhealthy interest in controversies and quarrels about words that result in envy, strife, malicious talk, evil suspicions 5and constant friction between men of corrupt mind, who have been robbed of the truth and who think that godliness is a means to financial gain.

6But godliness with contentment is great gain. 7For we brought nothing into the world, and we can take nothing out of it. 8But if we have food and clothing, we will be content with that. 9People who want to get rich fall into temptation and a trap and into many foolish and harmful desires that plunge men into ruin and destruction. 10For the love of money is a root of all kinds of evil. Some people, eager for money, have wandered from the faith and pierced themselves with many griefs.

Paul's Charge to Timothy

11But you, man of God, flee from all this, and pursue righteousness, godliness, faith, love, endurance and gentleness. 12Fight the good fight of the faith. Take hold of the eternal life to which you were called when you made your good confession in the presence of many witnesses. 13In the sight of God, who gives life to everything, and of Christ Jesus, who while testifying before Pontius Pilate made the good confession, I charge you 14to keep this

des este mandato sin mancha ni reproche hasta
la venida de nuestro Señor Jesucristo, 15la cual
Dios a su debido tiempo hará que se cumpla.

Al único y bendito Soberano,
Rey de reyes y Señor de señores,
16al único inmortal,
que vive en luz inaccesible,
a quien nadie ha visto ni puede ver,
a él sea el honor y el poder eternamente.
Amén.

17A los ricos de este mundo, mándales que no
sean arrogantes ni pongan su esperanza en las
riquezas, que son tan inseguras, sino en Dios,
que nos provee de todo en abundancia para que
lo disfrutemos. 18Mándales que hagan el bien,
que sean ricos en buenas obras, y generosos,
dispuestos a compartir lo que tienen. 19De este
modo atesorarán para sí un seguro caudal para
el futuro y obtendrán la vida verdadera.

20Timoteo, ¡cuida bien lo que se te ha confia-
do! Evita las discusiones profanas e inútiles, y
los argumentos de la falsa ciencia. 21Algunos,
por abrazarla, se han desviado de la fe.

Que la gracia sea con ustedes.

command without spot or blame until the ap-
pearing of our Lord Jesus Christ, 15which God
will bring about in his own time—God, the
blessed and only Ruler, the King of kings and
Lord of lords, 16who alone is immortal and
who lives in unapproachable light, whom no
one has seen or can see. To him be honor and
might forever. Amen.

17Command those who are rich in this
present world not to be arrogant nor to put their
hope in wealth, which is so uncertain, but to
put their hope in God, who richly provides us
with everything for our enjoyment. 18Com-
mand them to do good, to be rich in good
deeds, and to be generous and willing to share.
19In this way they will lay up treasure for
themselves as a firm foundation for the coming
age, so that they may take hold of the life that
is truly life.

20Timothy, guard what has been entrusted to
your care. Turn away from godless chatter and
the opposing ideas of what is falsely called
knowledge, 21which some have professed and
in so doing have wandered from the faith.

Grace be with you.

Segunda Carta a Timoteo

1 Pablo, apóstol de *Cristo Jesús por la vo-
luntad de Dios, según la promesa de vida
que tenemos en Cristo Jesús,

2a mi querido hijo Timoteo:

Que Dios el Padre y Cristo Jesús nuestro
Señor te concedan gracia, misericordia y paz.

Exhortación a la fidelidad

3Al recordarte de día y de noche en mis
oraciones, siempre doy gracias a Dios, a quien
sirvo con una conciencia limpia como lo hi-
cieron mis antepasados. 4Y al acordarme de
tus lágrimas, anhelo verte para llenarme de
alegría. 5Traigo a la memoria tu fe sincera, la
cual animó primero a tu abuela Loida y a tu
madre Eunice, y ahora te anima a ti. De eso
estoy convencido. 6Por eso te recomiendo que
avives la llama del don de Dios que recibiste
cuando te impuse las manos. 7Pues Dios no
nos ha dado un espíritu de timidez, sino de
poder, de amor y de dominio propio.
8Así que no te avergüences de dar testimonio
de nuestro Señor, ni tampoco de mí, que por su
causa soy prisionero. Al contrario, tú también,
con el poder de Dios, debes soportar sufrimien-
tos por el *evangelio. 9Pues Dios nos salvó y nos
llamó a una vida *santa, no por nuestras propias
obras, sino por su propia determinación y gracia.
Nos concedió este favor en Cristo Jesús antes
del comienzo del tiempo; 10y ahora lo ha reve-
lado con la venida de nuestro Salvador Cristo
Jesús, quien destruyó la muerte y sacó a la luz
la vida incorruptible mediante el evangelio.
11De este evangelio he sido yo designado heral-
do, apóstol y maestro. 12Por ese motivo padezco
estos sufrimientos. Pero no me avergüenzo, por-
que sé en quién he creído, y estoy seguro de que
tiene poder para guardar hasta aquel día lo que
le he confiado.[a]
13Con fe y amor en Cristo Jesús, sigue el
ejemplo de la sana doctrina que de mí aprendis-
te. 14Con el poder del Espíritu Santo que vive en
nosotros, cuida la preciosa enseñanza[b] que se te
ha confiado.

[a]1:12 *lo que le he confiado.* Alt. *lo que me ha confiado.*
[b]1:14 *la preciosa enseñanza.* Lit. *el buen depósito.*

2 Timothy

1 Paul, an apostle of Christ Jesus by the will
of God, according to the promise of life that
is in Christ Jesus,

2To Timothy, my dear son:

Grace, mercy and peace from God the Father
and Christ Jesus our Lord.

Encouragement to Be Faithful

3I thank God, whom I serve, as my forefa-
thers did, with a clear conscience, as night
and day I constantly remember you in my
prayers. 4Recalling your tears, I long to see
you, so that I may be filled with joy. 5I have
been reminded of your sincere faith, which
first lived in your grandmother Lois and in
your mother Eunice and, I am persuaded, now
lives in you also. 6For this reason I remind
you to fan into flame the gift of God, which
is in you through the laying on of my hands.
7For God did not give us a spirit of timidity,
but a spirit of power, of love and of self-dis-
cipline.
8So do not be ashamed to testify about our
Lord, or ashamed of me his prisoner. But join
with me in suffering for the gospel, by the
power of God, 9who has saved us and called
us to a holy life—not because of anything we
have done but because of his own purpose and
grace. This grace was given us in Christ Jesus
before the beginning of time, 10but it has now
been revealed through the appearing of our
Savior, Christ Jesus, who has destroyed death
and has brought life and immortality to light
through the gospel. 11And of this gospel I was
appointed a herald and an apostle and a teach-
er. 12That is why I am suffering as I am. Yet
I am not ashamed, because I know whom I
have believed, and am convinced that he is
able to guard what I have entrusted to him for
that day.
13What you heard from me, keep as the pat-
tern of sound teaching, with faith and love in
Christ Jesus. 14Guard the good deposit that was
entrusted to you—guard it with the help of the
Holy Spirit who lives in us.

15Ya sabes que todos los de la provincia de *Asia me han abandonado, incluso Figelo y Hermógenes.

16Que el Señor le conceda misericordia a la familia de Onesíforo, porque muchas veces me dio ánimo y no se avergonzó de mis cadenas. 17Al contrario, cuando estuvo en Roma me buscó sin descanso hasta encontrarme. 18Que el Señor le conceda hallar misericordia divina en aquel día. Tú conoces muy bien los muchos servicios que me prestó en Éfeso.

2 Así que tú, hijo mío, fortalécete por la gracia que tenemos en Cristo Jesús. 2Lo que me has oído decir en presencia de muchos testigos, encomiéndalo a creyentes dignos de confianza, que a su vez estén capacitados para enseñar a otros. 3Comparte nuestros sufrimientos, como buen soldado de Cristo Jesús. 4Ningún soldado que quiera agradar a su superior se enreda en cuestiones civiles. 5Así mismo, el atleta no recibe la corona de vencedor si no compite según el reglamento. 6El labrador que trabaja duro tiene derecho a recibir primero parte de la cosecha. 7Reflexiona en lo que te digo, y el Señor te dará una mayor comprensión de todo esto.

8No dejes de recordar a Jesucristo, descendiente de David, *levantado de entre los muertos. Este es mi *evangelio, 9por el que sufro al extremo de llevar cadenas como un criminal. Pero la palabra de Dios no está encadenada. 10Así que todo lo soporto por el bien de los elegidos, para que también ellos alcancen la gloriosa y eterna salvación que tenemos en Cristo Jesús.

11Este mensaje es digno de crédito:

Si morimos con él,
también viviremos con él;
12 si resistimos,
también reinaremos con él.
Si lo negamos,
también él nos negará;
13 si somos infieles,
él sigue siendo fiel,
ya que no puede negarse a sí mismo.

Un obrero aprobado por Dios

14No dejes de recordarles esto. Adviérteles delante de Dios que eviten las discusiones inútiles, pues no sirven nada más que para destruir a los oyentes. 15Esfuérzate por presentarte a Dios aprobado, como obrero que no tiene de qué avergonzarse y que interpreta rectamente la palabra de verdad. 16Evita las palabrerías profanas, porque los que se dan a ellas se alejan cada vez más de la vida piadosa, 17y sus enseñanzas se extienden como gangrena. Entre ellos están Himeneo y Fileto, 18que se han desviado de la verdad. Andan diciendo que la resurrección ya

15You know that everyone in the province of Asia has deserted me, including Phygelus and Hermogenes.

16May the Lord show mercy to the household of Onesiphorus, because he often refreshed me and was not ashamed of my chains. 17On the contrary, when he was in Rome, he searched hard for me until he found me. 18May the Lord grant that he will find mercy from the Lord on that day! You know very well in how many ways he helped me in Ephesus.

2 You then, my son, be strong in the grace that is in Christ Jesus. 2And the things you have heard me say in the presence of many witnesses entrust to reliable men who will also be qualified to teach others. 3Endure hardship with us like a good soldier of Christ Jesus. 4No one serving as a soldier gets involved in civilian affairs—he wants to please his commanding officer. 5Similarly, if anyone competes as an athlete, he does not receive the victor's crown unless he competes according to the rules. 6The hardworking farmer should be the first to receive a share of the crops. 7Reflect on what I am saying, for the Lord will give you insight into all this.

8Remember Jesus Christ, raised from the dead, descended from David. This is my gospel, 9for which I am suffering even to the point of being chained like a criminal. But God's word is not chained. 10Therefore I endure everything for the sake of the elect, that they too may obtain the salvation that is in Christ Jesus, with eternal glory.

11Here is a trustworthy saying:

If we died with him,
we will also live with him;
12 if we endure,
we will also reign with him.
If we disown him,
he will also disown us;
13 if we are faithless,
he will remain faithful,
for he cannot disown himself.

A Workman Approved by God

14Keep reminding them of these things. Warn them before God against quarreling about words; it is of no value, and only ruins those who listen. 15Do your best to present yourself to God as one approved, a workman who does not need to be ashamed and who correctly handles the word of truth. 16Avoid godless chatter, because those who indulge in it will become more and more ungodly. 17Their teaching will spread like gangrene. Among them are Hymenaeus and Philetus, 18who have wandered away from the truth. They say that the resurrection has already

tuvo lugar, y así trastornan la fe de algunos. 19 A pesar de todo, el fundamento de Dios es sólido y se mantiene firme, pues está sellado con esta inscripción: «El Señor conoce a los suyos»,[c] y esta otra: «Que se aparte de la maldad todo el que invoca el nombre del Señor».[d]

20 En una casa grande no sólo hay vasos de oro y de plata sino también de madera y de barro, unos para los usos más nobles y otros para los usos más bajos. 21 Si alguien se mantiene limpio, llegará a ser un vaso noble, *santificado, útil para el Señor y preparado para toda obra buena.

22 Huye de las malas pasiones de la juventud, y esmérate en seguir la justicia, la fe, el amor y la paz, junto con los que invocan al Señor con un corazón limpio. 23 No tengas nada que ver con discusiones necias y sin sentido, pues ya sabes que terminan en pleitos. 24 Y un *siervo del Señor no debe andar peleando; más bien, debe ser amable con todos, capaz de enseñar y no propenso a irritarse. 25 Así, humildemente, debe corregir a los adversarios, con la esperanza de que Dios les conceda el *arrepentimiento para conocer la verdad, 26 de modo que se despierten y escapen de la trampa en que el diablo los tiene cautivos, sumisos a su voluntad.

La impiedad en los últimos días

3 Ahora bien, ten en cuenta que en los últimos días vendrán tiempos difíciles. 2 La gente estará llena de egoísmo y avaricia; serán jactanciosos, arrogantes, *blasfemos, desobedientes a los padres, ingratos, impíos, 3 insensibles, implacables, calumniadores, libertinos, despiadados, enemigos de todo lo bueno, 4 traicioneros, impetuosos, vanidosos y más amigos del placer que de Dios. 5 Aparentarán ser piadosos, pero su conducta desmentirá el poder de la piedad. ¡Con esa gente ni te metas!

6 Así son los que van de casa en casa cautivando a mujeres débiles cargadas de pecados, que se dejan llevar de toda clase de pasiones. 7 Ellas siempre están aprendiendo, pero nunca logran conocer la verdad. 8 Del mismo modo que Janes y Jambres se opusieron a Moisés, también esa gente se opone a la verdad. Son personas de mente depravada, reprobadas en la fe. 9 Pero no llegarán muy lejos, porque todo el mundo se dará cuenta de su insensatez, como pasó con aquellos dos.

Encargo de Pablo a Timoteo

10 Tú, en cambio, has seguido paso a paso mis enseñanzas, mi manera de vivir, mi propósito,

[c] 2:19 Nm 16:5, según LXX [d] 2:19 Véanse Nm 16:26 y Jl 3:5

taken place, and they destroy the faith of some. 19 Nevertheless, God's solid foundation stands firm, sealed with this inscription: "The Lord knows those who are his,"[a] and, "Everyone who confesses the name of the Lord must turn away from wickedness."

20 In a large house there are articles not only of gold and silver, but also of wood and clay; some are for noble purposes and some for ignoble. 21 If a man cleanses himself from the latter, he will be an instrument for noble purposes, made holy, useful to the Master and prepared to do any good work.

22 Flee the evil desires of youth, and pursue righteousness, faith, love and peace, along with those who call on the Lord out of a pure heart. 23 Don't have anything to do with foolish and stupid arguments, because you know they produce quarrels. 24 And the Lord's servant must not quarrel; instead, he must be kind to everyone, able to teach, not resentful. 25 Those who oppose him he must gently instruct, in the hope that God will grant them repentance leading them to a knowledge of the truth, 26 and that they will come to their senses and escape from the trap of the devil, who has taken them captive to do his will.

Godlessness in the Last Days

3 But mark this: There will be terrible times in the last days. 2 People will be lovers of themselves, lovers of money, boastful, proud, abusive, disobedient to their parents, ungrateful, unholy, 3 without love, unforgiving, slanderous, without self-control, brutal, not lovers of the good, 4 treacherous, rash, conceited, lovers of pleasure rather than lovers of God— 5 having a form of godliness but denying its power. Have nothing to do with them.

6 They are the kind who worm their way into homes and gain control over weak-willed women, who are loaded down with sins and are swayed by all kinds of evil desires, 7 always learning but never able to acknowledge the truth. 8 Just as Jannes and Jambres opposed Moses, so also these men oppose the truth—men of depraved minds, who, as far as the faith is concerned, are rejected. 9 But they will not get very far because, as in the case of those men, their folly will be clear to everyone.

Paul's Charge to Timothy

10 You, however, know all about my teaching, my way of life, my purpose, faith, patience,

[a] 19 Num. 16:5 (see Septuagint)

mi fe, mi paciencia, mi amor, mi constancia,
11mis persecuciones y mis sufrimientos. Estás
enterado de lo que sufrí en Antioquía, Iconio y
Listra, y de las persecuciones que soporté. Y de
todas ellas me libró el Señor. 12Así mismo serán
perseguidos todos los que quieran llevar una
vida piadosa en Cristo Jesús, 13mientras que
esos malvados embaucadores irán de mal en
peor, engañando y siendo engañados. 14Pero tú,
permanece firme en lo que has aprendido y de
lo cual estás convencido, pues sabes de quiénes
lo aprendiste. 15Desde tu niñez conoces las Sa-
gradas Escrituras, que pueden darte la sabiduría
necesaria para la salvación mediante la fe en
Cristo Jesús. 16Toda la Escritura es inspirada
por Dios y útil para enseñar, para reprender, para
corregir y para instruir en la justicia, 17a fin de
que el siervo de Dios esté enteramente capacita-
do para toda buena obra.

4 En presencia de Dios y de Cristo Jesús, que
ha de venir en su reino y que juzgará a los
vivos y a los muertos, te doy este solemne
encargo: 2Predica la Palabra; persiste en hacer-
lo, sea o no sea oportuno; corrige, reprende y
anima con mucha paciencia, sin dejar de en-
señar. 3Porque llegará el tiempo en que no van
a tolerar la sana doctrina, sino que, llevados de
sus propios deseos, se rodearán de maestros que
les digan las novelerías que quieren oír. 4Deja-
rán de escuchar la verdad y se volverán a los
mitos. 5Tú, por el contrario, sé prudente en todas
las circunstancias, soporta los sufrimientos, de-
dícate a la evangelización; cumple con los debe-
res de tu ministerio.

6Yo, por mi parte, ya estoy a punto de ser
ofrecido como un sacrificio, y el tiempo de mi
partida ha llegado. 7He peleado la buena batalla,
he terminado la carrera, me he mantenido en la
fe. 8Por lo demás me espera la corona de justicia
que el Señor, el juez justo, me otorgará en aquel
día; y no sólo a mí, sino también a todos los que
con amor hayan esperado su venida.

Instrucciones personales

9Haz todo lo posible por venir a verme cuanto
antes, 10pues Demas, por amor a este mundo, me
ha abandonado y se ha ido a Tesalónica. Cres-
cente se ha ido a Galacia y Tito a Dalmacia.
11Sólo Lucas está conmigo. Recoge a Marcos y
tráelo contigo, porque me es de ayuda en mi
ministerio. 12A Tíquico lo mandé a Éfeso.
13Cuando vengas, trae la capa que dejé en Troas,
en casa de Carpo; trae también los libros, espe-
cialmente los pergaminos.

14Alejandro el herrero me ha hecho mucho
daño. El Señor le dará su merecido. 15Tú tam-
bién cuídate de él, porque se opuso tenazmente
a nuestro mensaje.

love, endurance, 11persecutions, suffer-
ings—what kinds of things happened to me in
Antioch, Iconium and Lystra, the persecutions I
endured. Yet the Lord rescued me from all of
them. 12In fact, everyone who wants to live a
godly life in Christ Jesus will be persecuted,
13while evil men and impostors will go from bad
to worse, deceiving and being deceived. 14But
as for you, continue in what you have learned
and have become convinced of, because you
know those from whom you learned it, 15and
how from infancy you have known the holy
Scriptures, which are able to make you wise for
salvation through faith in Christ Jesus. 16All
Scripture is God-breathed and is useful for
teaching, rebuking, correcting and training in
righteousness, 17so that the man of God may be
thoroughly equipped for every good work.

4 In the presence of God and of Christ Jesus,
who will judge the living and the dead, and
in view of his appearing and his kingdom, I give
you this charge: 2Preach the Word; be prepared
in season and out of season; correct, rebuke and
encourage—with great patience and careful in-
struction. 3For the time will come when men
will not put up with sound doctrine. Instead, to
suit their own desires, they will gather around
them a great number of teachers to say what their
itching ears want to hear. 4They will turn their
ears away from the truth and turn aside to myths.
5But you, keep your head in all situations, en-
dure hardship, do the work of an evangelist,
discharge all the duties of your ministry.

6For I am already being poured out like a drink
offering, and the time has come for my depar-
ture. 7I have fought the good fight, I have fin-
ished the race, I have kept the faith. 8Now there
is in store for me the crown of righteousness,
which the Lord, the righteous Judge, will award
to me on that day—and not only to me, but also
to all who have longed for his appearing.

Personal Remarks

9Do your best to come to me quickly, 10for
Demas, because he loved this world, has desert-
ed me and has gone to Thessalonica. Crescens
has gone to Galatia, and Titus to Dalmatia.
11Only Luke is with me. Get Mark and bring him
with you, because he is helpful to me in my
ministry. 12I sent Tychicus to Ephesus. 13When
you come, bring the cloak that I left with Carpus
at Troas, and my scrolls, especially the parch-
ments.

14Alexander the metalworker did me a great
deal of harm. The Lord will repay him for what
he has done. 15You too should be on your guard
against him, because he strongly opposed our
message.

16En mi primera defensa, nadie me respaldó,
sino que todos me abandonaron. Que no les
sea tomado en cuenta. 17Pero el Señor estuvo
a mi lado y me dio fuerzas para que por medio
de mí se llevara a cabo la predicación del men-
saje y lo oyeran todos los *paganos. Y fui
librado de la boca del león. 18El Señor me
librará de todo mal y me preservará para su
reino celestial. A él sea la gloria por los siglos
de los siglos. Amén.

Saludos finales

19Saludos a *Priscila y a Aquila, y a la fa-
milia de Onesíforo. 20Erasto se quedó en Co-
rinto; a Trófimo lo dejé enfermo en Mileto.
21Haz todo lo posible por venir antes del in-
vierno. Te mandan saludos Eubulo, Pudente,
Lino, Claudia y todos los hermanos. 22El
Señor esté con tu espíritu. Que la gracia sea
con ustedes.

16At my first defense, no one came to my
support, but everyone deserted me. May it not
be held against them. 17But the Lord stood at my
side and gave me strength, so that through me
the message might be fully proclaimed and all
the Gentiles might hear it. And I was delivered
from the lion's mouth. 18The Lord will rescue
me from every evil attack and will bring me
safely to his heavenly kingdom. To him be glory
for ever and ever. Amen.

Final Greetings

19Greet Priscilla[b] and Aquila and the house-
hold of Onesiphorus. 20Erastus stayed in Cor-
inth, and I left Trophimus sick in Miletus. 21Do
your best to get here before winter. Eubulus
greets you, and so do Pudens, Linus, Claudia
and all the brothers.

22The Lord be with your spirit. Grace be with
you.

[b] *19* Greek *Prisca,* a variant of *Priscilla*

Carta a Tito

1 Pablo, *siervo de Dios y apóstol de Jesu-
cristo, llamado para que, mediante la fe, los
elegidos de Dios lleguen a conocer la verdadera
religión.[a] 2Nuestra esperanza es la vida eterna,
la cual Dios, que no miente, ya había prometido
antes de la creación. 3Ahora, a su debido tiempo,
él ha cumplido esta promesa mediante la predi-
cación que se me ha confiado por orden de Dios
nuestro Salvador.

4A Tito, mi verdadero hijo en esta fe que
compartimos:

Que Dios el Padre y Cristo Jesús nuestro
Salvador te concedan gracia y paz.

Tarea de Tito en Creta

5Te dejé en Creta para que pusieras en orden
lo que quedaba por hacer y en cada pueblo
nombraras[b] *ancianos de la iglesia, de acuerdo
con las instrucciones que te di. 6El anciano debe
ser intachable, esposo de una sola mujer; sus
hijos deben ser creyentes,[c] libres de sospecha de
libertinaje o de desobediencia. 7El *obispo tiene
a su cargo la obra de Dios, y por lo tanto debe
ser intachable: no arrogante, ni iracundo, ni bo-
rracho, ni violento, ni codicioso de ganancias
mal habidas. 8Al contrario, debe ser hospitala-
rio, amigo del bien, sensato, justo, santo y dis-
ciplinado. 9Debe apegarse a la palabra fiel, se-
gún la enseñanza que recibió, de modo que
también pueda exhortar a otros con la sana doc-
trina y refutar a los que se opongan.
10Y es que hay muchos rebeldes, charlatanes
y engañadores, especialmente los partidarios de
la *circuncisión. 11A ésos hay que taparles la
boca, ya que están arruinando familias enteras
al enseñar lo que no se debe; y lo hacen para
obtener ganancias mal habidas. 12Fue precisa-
mente uno de sus propios profetas el que dijo:
«Los cretenses son siempre mentirosos, malas
bestias, glotones perezosos.» 13¡Y es la verdad!
Por eso, repréndelos con severidad a fin de que
sean sanos en la fe 14y no hagan caso de leyendas
judías ni de lo que exigen esos que rechazan la
verdad. 15Para los puros todo es puro, pero para
los corruptos e incrédulos no hay nada puro. Al

[a]1:1 *la verdadera religión*. Lit. *la verdad que es según la piedad*. [b]1:5 *nombraras*. Alt. *ordenaras*. [c]1:6 *creyentes*. Alt. *fieles*.

Titus

1 Paul, a servant of God and an apostle of
Jesus Christ for the faith of God's elect and
the knowledge of the truth that leads to godli-
ness— 2a faith and knowledge resting on the
hope of eternal life, which God, who does not
lie, promised before the beginning of time, 3and
at his appointed season he brought his word to
light through the preaching entrusted to me by
the command of God our Savior,

4To Titus, my true son in our common faith:

Grace and peace from God the Father and
Christ Jesus our Savior.

Titus' Task on Crete

5The reason I left you in Crete was that you
might straighten out what was left unfinished
and appoint[a] elders in every town, as I direct-
ed you. 6An elder must be blameless, the hus-
band of but one wife, a man whose children
believe and are not open to the charge of being
wild and disobedient. 7Since an overseer[b] is
entrusted with God's work, he must be blame-
less—not overbearing, not quick-tempered,
not given to drunkenness, not violent, not pur-
suing dishonest gain. 8Rather he must be hos-
pitable, one who loves what is good, who is
self-controlled, upright, holy and disciplined.
9He must hold firmly to the trustworthy mes-
sage as it has been taught, so that he can en-
courage others by sound doctrine and refute
those who oppose it.
10For there are many rebellious people,
mere talkers and deceivers, especially those of
the circumcision group. 11They must be si-
lenced, because they are ruining whole house-
holds by teaching things they ought not to
teach—and that for the sake of dishonest gain.
12Even one of their own prophets has said,
"Cretans are always liars, evil brutes, lazy
gluttons." 13This testimony is true. Therefore,
rebuke them sharply, so that they will be sound
in the faith 14and will pay no attention to Jew-
ish myths or to the commands of those who
reject the truth. 15To the pure, all things are
pure, but to those who are corrupted and do

[a]*5* Or *ordain* [b]*7* Traditionally *bishop*

contrario, tienen corrompidas la mente y la con-
ciencia. 16 Profesan conocer a Dios, pero con sus
acciones lo niegan; son abominables, desobe-
dientes e incapaces de hacer nada bueno.

Lo que se debe enseñar

2 Tú, en cambio, predica lo que va de acuerdo
con la sana doctrina. 2 A los *ancianos,
enséñales que sean moderados, respetables, sen-
satos, e íntegros en la fe, en el amor y en la
constancia.

3 A las ancianas, enséñales que sean reveren-
tes en su conducta, y no calumniadoras ni adictas
al mucho vino. Deben enseñar lo bueno 4 y acon-
sejar a las jóvenes a amar a sus esposos y a sus
hijos, 5 a ser sensatas y puras, cuidadosas del
hogar, bondadosas y sumisas a sus esposos, para
que no se hable mal de la palabra de Dios.

6 A los jóvenes, exhórtalos a ser sensatos.
7 Con tus buenas obras, dales tú mismo ejemplo
en todo. Cuando enseñes, hazlo con integridad
y seriedad, 8 y con un mensaje sano e intachable.
Así se avergonzará cualquiera que se oponga,
pues no podrá decir nada malo de nosotros.

9 Enseña a los *esclavos a someterse en todo
a sus amos, a procurar agradarles y a no ser
respondones. 10 No deben robarles sino demos-
trar que son dignos de toda confianza, para que
en todo hagan honor a la enseñanza de Dios
nuestro Salvador.

11 En verdad, Dios ha manifestado a toda la
*humanidad su gracia, la cual trae salvación 12 y
nos enseña a rechazar la impiedad y las pasiones
mundanas. Así podremos vivir en este mundo
con justicia, piedad y dominio propio, 13 mien-
tras aguardamos la bendita esperanza, es decir,
la gloriosa venida de nuestro gran Dios y Salva-
dor Jesucristo. 14 Él se entregó por nosotros para
rescatarnos de toda maldad y purificar para sí un
pueblo elegido, dedicado a hacer el bien.

15 Esto es lo que debes enseñar. Exhorta y
reprende con toda autoridad. Que nadie te me-
nosprecie.

La conducta del creyente

3 Recuérdales a todos que deben mostrarse
obedientes y sumisos ante los gobernantes y
las autoridades. Siempre deben estar dispuestos a
hacer lo bueno: 2 a no hablar mal de nadie, sino a
buscar la paz y ser respetuosos, demostrando
plena humildad en su trato con todo el mundo.

3 En otro tiempo también nosotros éramos ne-
cios y desobedientes. Estábamos descarriados y
éramos esclavos de todo género de pasiones y
placeres. Vivíamos en la malicia y en la envidia.
Éramos detestables y nos odiábamos unos a
otros. 4 Pero cuando se manifestaron la bondad
y el amor de Dios nuestro Salvador, 5 él nos

not believe, nothing is pure. In fact, both their
minds and consciences are corrupted. 16 They
claim to know God, but by their actions they
deny him. They are detestable, disobedient and
unfit for doing anything good.

What Must Be Taught to Various Groups

2 You must teach what is in accord with
sound doctrine. 2 Teach the older men to
be temperate, worthy of respect, self-con-
trolled, and sound in faith, in love and in en-
durance.

3 Likewise, teach the older women to be rev-
erent in the way they live, not to be slanderers
or addicted to much wine, but to teach what is
good. 4 Then they can train the younger women
to love their husbands and children, 5 to be self-
controlled and pure, to be busy at home, to be
kind, and to be subject to their husbands, so that
no one will malign the word of God.

6 Similarly, encourage the young men to be
self-controlled. 7 In everything set them an ex-
ample by doing what is good. In your teaching
show integrity, seriousness 8 and soundness of
speech that cannot be condemned, so that those
who oppose you may be ashamed because they
have nothing bad to say about us.

9 Teach slaves to be subject to their masters in
everything, to try to please them, not to talk back
to them, 10 and not to steal from them, but to
show that they can be fully trusted, so that in
every way they will make the teaching about
God our Savior attractive.

11 For the grace of God that brings salvation
has appeared to all men. 12 It teaches us to say
"No" to ungodliness and worldly passions, and
to live self-controlled, upright and godly lives in
this present age, 13 while we wait for the blessed
hope—the glorious appearing of our great God
and Savior, Jesus Christ, 14 who gave himself for
us to redeem us from all wickedness and to
purify for himself a people that are his very own,
eager to do what is good.

15 These, then, are the things you should teach.
Encourage and rebuke with all authority. Do not
let anyone despise you.

Doing What is Good

3 Remind the people to be subject to rulers
and authorities, to be obedient, to be ready
to do whatever is good, 2 to slander no one, to be
peaceable and considerate, and to show true
humility toward all men.

3 At one time we too were foolish, disobedi-
ent, deceived and enslaved by all kinds of pas-
sions and pleasures. We lived in malice and
envy, being hated and hating one another. 4 But
when the kindness and love of God our Savior

salvó, no por nuestras propias obras de justicia
sino por su misericordia. Nos salvó mediante el
lavamiento de la regeneración y de la renova-
ción por el Espíritu Santo, 6el cual fue derrama-
do abundantemente sobre nosotros por medio de
Jesucristo nuestro Salvador. 7Así lo hizo para
que, *justificados por su gracia, llegáramos a ser
herederos que abrigan la esperanza de recibir la
vida eterna. 8Este mensaje es digno de confian-
za, y quiero que lo recalques, para que los que
han creído en Dios se empeñen en hacer buenas
obras. Esto es excelente y provechoso para to-
dos.

9Evita las necias controversias y genealogías,
las discusiones y peleas sobre la ley, porque
carecen de provecho y de sentido. 10Al que
cause divisiones, amonéstalo dos veces, y des-
pués evítalo. 11Puedes estar seguro de que tal
individuo se condena a sí mismo por ser un
perverso pecador.

Instrucciones personales y saludos finales

12Tan pronto como te haya enviado a Artemas
o a Tíquico, haz todo lo posible por ir a Nicópolis
a verme, pues he decidido pasar allí el invierno.
13Ayuda en todo lo que puedas al abogado Ze-
nas y a Apolos, de modo que no les falte nada
para su viaje. 14Que aprendan los nuestros a
empeñarse en hacer buenas obras, a fin de que
atiendan a lo que es realmente necesario y no
lleven una vida inútil.

15Saludos de parte de todos los que me acom-
pañan. Saludos a los que nos aman en la fe.

Que la gracia sea con todos ustedes.

appeared, 5he saved us, not because of righ-
teous things we had done, but because of his
mercy. He saved us through the washing of
rebirth and renewal by the Holy Spirit, 6whom
he poured out on us generously through Jesus
Christ our Savior, 7so that, having been justi-
fied by his grace, we might become heirs hav-
ing the hope of eternal life. 8This is a trust-
worthy saying. And I want you to stress these
things, so that those who have trusted in God
may be careful to devote themselves to doing
what is good. These things are excellent and
profitable for everyone.

9But avoid foolish controversies and gene-
alogies and arguments and quarrels about the
law, because these are unprofitable and use-
less. 10Warn a divisive person once, and then
warn him a second time. After that, have noth-
ing to do with him. 11You may be sure that
such a man is warped and sinful; he is self-
condemned.

Final Remarks

12As soon as I send Artemas or Tychicus to
you, do your best to come to me at Nicopolis,
because I have decided to winter there. 13Do
everything you can to help Zenas the lawyer and
Apollos on their way and see that they have
everything they need. 14Our people must learn
to devote themselves to doing what is good, in
order that they may provide for daily necessities
and not live unproductive lives.

15Everyone with me sends you greetings.
Greet those who love us in the faith.

Grace be with you all.

Carta a Filemón

1Pablo, prisionero de *Cristo Jesús, y el her-
mano Timoteo,

a ti, querido Filemón, compañero de trabajo,
2a la hermana Apia, a Arquipo nuestro com-
pañero de lucha, y a la iglesia que se reúne en tu
casa:

3Que Dios nuestro Padre y el Señor Jesucristo
les concedan gracia y paz.

Acción de gracias y petición

4Siempre doy gracias a mi Dios al recordarte
en mis oraciones, 5porque tengo noticias de tu
amor y tu *fidelidad hacia el Señor Jesús y
hacia todos los creyentes. 6Pido a Dios que el
compañerismo que brota de tu fe sea eficaz
para la causa de Cristo mediante el reconoci-
miento de todo lo bueno que compartimos.
7Hermano, tu amor me ha alegrado y animado
mucho porque has reconfortado el corazón de
los *santos.

Intercesión de Pablo por Onésimo

8Por eso, aunque en Cristo tengo la franqueza
suficiente para ordenarte lo que debes hacer,
9prefiero rogártelo en nombre del amor. Yo,
Pablo, ya anciano y ahora, además, prisionero
de Cristo Jesús, 10te suplico por mi hijo Onési-
mo,[a] quien llegó a ser hijo mío mientras yo
estaba preso. 11En otro tiempo te era inútil, pero
ahora nos es útil tanto a ti como a mí.

12Te lo envío de vuelta, y con él va mi pro-
pio corazón. 13Yo hubiera querido retenerlo
para que me sirviera en tu lugar mientras estoy
preso por causa del *evangelio. 14Sin embar-
go, no he querido hacer nada sin tu consenti-
miento, para que tu favor no sea por obligación
sino espontáneo. 15Tal vez por eso Onésimo
se alejó de ti por algún tiempo, para que ahora
lo recibas para siempre, 16ya no como a escla-
vo, sino como algo mejor: como a un hermano
querido, muy especial para mí, pero mucho
más para ti, como persona y como hermano
en el Señor.

17De modo que, si me tienes por compañero,
recíbelo como a mí mismo. 18Si te ha perjudica-
do o te debe algo, cárgalo a mi cuenta. 19Yo,

[a]**10** *Onésimo* significa *útil.*

Philemon

1Paul, a prisoner of Christ Jesus, and Timothy
our brother,

To Philemon our dear friend and fellow work-
er, 2to Apphia our sister, to Archippus our fel-
low soldier and to the church that meets in your
home:

3Grace to you and peace from God our Father
and the Lord Jesus Christ.

Thanksgiving and Prayer

4I always thank my God as I remember you
in my prayers, 5because I hear about your faith
in the Lord Jesus and your love for all the saints.
6I pray that you may be active in sharing your
faith, so that you will have a full understanding
of every good thing we have in Christ. 7Your
love has given me great joy and encouragement,
because you, brother, have refreshed the hearts
of the saints.

Paul's Plea for Onesimus

8Therefore, although in Christ I could be bold
and order you to do what you ought to do, 9yet
I appeal to you on the basis of love. I then, as
Paul—an old man and now also a prisoner of
Christ Jesus— 10I appeal to you for my son
Onesimus,[a] who became my son while I was in
chains. 11Formerly he was useless to you, but
now he has become useful both to you and to
me.

12I am sending him—who is my very
heart—back to you. 13I would have liked to keep
him with me so that he could take your place in
helping me while I am in chains for the gospel.
14But I did not want to do anything without your
consent, so that any favor you do will be spon-
taneous and not forced. 15Perhaps the reason he
was separated from you for a little while was that
you might have him back for good— 16no longer
as a slave, but better than a slave, as a dear
brother. He is very dear to me but even dearer
to you, both as a man and as a brother in the
Lord.

17So if you consider me a partner, welcome
him as you would welcome me. 18If he has done
you any wrong or owes you anything, charge it

[a]*10 Onesimus* means *useful.*

Pablo, lo escribo de mi puño y letra: te lo pagaré;
por no decirte que tú mismo me debes lo que
eres. 20 Sí, hermano, ¡que reciba yo de ti algún
beneficio en el Señor! Reconforta mi corazón en
Cristo. 21 Te escribo confiado en tu obediencia,
seguro de que harás aún más de lo que te pido.

22 Además de eso, prepárame alojamiento,
porque espero que Dios les conceda el tenerme
otra vez con ustedes en respuesta a sus oraciones.

23 Te mandan saludos Epafras, mi compañero
de cárcel en Cristo Jesús, 24 y también Marcos,
Aristarco, Demas y Lucas, mis compañeros de
trabajo.

25 Que la gracia del Señor Jesucristo sea con
su espíritu.

to me. 19 I, Paul, am writing this with my own
hand. I will pay it back—not to mention that you
owe me your very self. 20 I do wish, brother, that
I may have some benefit from you in the Lord;
refresh my heart in Christ. 21 Confident of your
obedience, I write to you, knowing that you will
do even more than I ask.

22 And one thing more: Prepare a guest room
for me, because I hope to be restored to you in
answer to your prayers.

23 Epaphras, my fellow prisoner in Christ
Jesus, sends you greetings. 24 And so do Mark,
Aristarchus, Demas and Luke, my fellow workers.

25 The grace of the Lord Jesus Christ be with
your spirit.

Carta a los Hebreos

El Hijo, superior a los ángeles

1 Dios, que muchas veces y de varias maneras
habló a nuestros antepasados en otras épocas
por medio de los profetas, 2en estos días finales
nos ha hablado por medio de su Hijo. A éste lo
designó heredero de todo, y por medio de él hizo
el universo. 3El Hijo es el resplandor de la gloria
de Dios, la fiel imagen de lo que él es, y el que
sostiene todas las cosas con su palabra poderosa.
Después de llevar a cabo la purificación de los
pecados, se sentó a la *derecha de la Majestad en
las alturas. 4Así llegó a ser superior a los ángeles
en la misma medida en que el nombre que ha
heredado supera en excelencia al de ellos.

5Porque, ¿a cuál de los ángeles dijo Dios
jamás:

«Tú eres mi hijo;
hoy mismo te he engendrado»;[a]

y en otro pasaje:

«Yo seré su padre,
y él será mi hijo»?[b]

6Además, al introducir a su Primogénito en el
mundo, Dios dice:

«Que lo adoren todos los ángeles de Dios.»[c]

7En cuanto a los ángeles dice:

«Él hace de los vientos sus ángeles,
y de las llamas de fuego sus servidores.»[d]

8Pero con respecto al Hijo dice:

«Tu trono, oh Dios, permanece por los siglos de los siglos,
y el cetro de tu reino es un cetro de justicia.
9Has amado la justicia y odiado la maldad;
por eso Dios, tu Dios, te ha ungido con aceite de alegría,
exaltándote por encima de tus compañeros.»[e]

[a]1:5 Sal 2:7 [b]1:5 2 S 7:14; 1 Cr 17:13 [c]1:6 Dt 32:43 (según Qumrán y LXX) [d]1:7 Sal 104:4 [e]1:9 Sal 45:6,7

Hebrews

The Son Superior to Angels

1 In the past God spoke to our forefathers
through the prophets at many times and
in various ways, 2but in these last days he has
spoken to us by his Son, whom he appointed
heir of all things, and through whom he made
the universe. 3The Son is the radiance of
God's glory and the exact representation of
his being, sustaining all things by his powerful
word. After he had provided purification for
sins, he sat down at the right hand of the Majesty in heaven. 4So he became as much superior to the angels as the name he has inherited
is superior to theirs.

5For to which of the angels did God ever say,

"You are my Son;
today I have become your Father[a]"[b]?

Or again,

"I will be his Father,
and he will be my Son"[c]?

6And again, when God brings his firstborn into
the world, he says,

"Let all God's angels worship him."[d]

7In speaking of the angels he says,

"He makes his angels winds,
his servants flames of fire."[e]

8But about the Son he says,

"Your throne, O God, will last for ever and ever,
and righteousness will be the scepter of your kingdom.
9You have loved righteousness and hated wickedness;
therefore God, your God, has set you above your companions
by anointing you with the oil of joy."[f]

[a]5 Or *have begotten you* [b]5 Psalm 2:7 [c]5 2 Samuel 7:14; 1 Chron. 17:13 [d]6 Deut. 32:43 (see Dead Sea Scrolls and Septuagint) [e]7 Psalm 104:4 [f]9 Psalm 45:6,7

10También dice:

«En el principio, oh Señor, tú afirmaste la tierra,
y los cielos son la obra de tus manos.
11 Ellos perecerán, pero tú permaneces para siempre.
Todos ellos se desgastarán como un vestido.
12 Los doblarás como un manto,
y cambiarán como ropa que se muda;
pero tú eres siempre el mismo,
y tus años no tienen fin.»[f]

13¿A cuál de los ángeles dijo Dios jamás:
«Siéntate a mi derecha,
hasta que ponga a tus enemigos
por estrado de tus pies»?[g]

14¿No son todos los ángeles espíritus dedicados al servicio divino, enviados para ayudar a los que han de heredar la salvación?

Advertencia a prestar atención

2 Por eso es necesario que prestemos más
atención a lo que hemos oído, no sea que
perdamos el rumbo. 2Porque si el mensaje anun-
ciado por los ángeles tuvo validez, y toda
transgresión y desobediencia recibió su justo cas-
tigo, 3¿cómo escaparemos nosotros si descuida-
mos una salvación tan grande? Esta salvación fue
anunciada primeramente por el Señor, y los que la
oyeron nos la confirmaron. 4A la vez, Dios ratifi-
có su testimonio acerca de ella con señales, prodi-
gios, diversos milagros y dones distribuidos por
el Espíritu Santo según su voluntad.

Jesús, hecho igual a sus hermanos

5Dios no puso bajo el dominio de los ángeles
el mundo venidero del que estamos hablando.
6Como alguien ha atestiguado en algún lugar:

«¿Qué es el hombre, para que en él pienses?
¿Qué es el *ser humano,[h] para que lo tomes en cuenta?
7 Lo hiciste un poco[i] menor que los ángeles,
y lo coronaste de gloria y de honra;
8 ¡todo lo sometiste a su dominio!»[j]

Si Dios puso bajo él todas las cosas, entonces no
hay nada que no le esté sujeto. Ahora bien, es
cierto que todavía no vemos que todo le esté
sujeto. 9Sin embargo, vemos a Jesús, que fue
hecho un poco inferior a los ángeles, coronado

[f]1:12 Sal 102:25-27 [g]1:13 Sal 110:1 [h]2:6 *el *ser humano.* Lit. *o hijo de hombre.* [i]2:7 *un poco.* Alt. *por un poco de tiempo*; también en v. 9. [j]2:8 Sal 8:4-6

10He also says,

"In the beginning, O Lord, you laid the foundations of the earth,
and the heavens are the work of your hands.
11 They will perish, but you remain;
they will all wear out like a garment.
12 You will roll them up like a robe;
like a garment they will be changed.
But you remain the same,
and your years will never end."[g]

13To which of the angels did God ever say,
"Sit at my right hand
until I make your enemies
a footstool for your feet"[h]?

14Are not all angels ministering spirits sent to serve those who will inherit salvation?

Warning to Pay Attention

2 We must pay more careful attention,
therefore, to what we have heard, so that
we do not drift away. 2For if the message
spoken by angels was binding, and every vio-
lation and disobedience received its just pun-
ishment, 3how shall we escape if we ignore
such a great salvation? This salvation, which
was first announced by the Lord, was con-
firmed to us by those who heard him. 4God
also testified to it by signs, wonders and var-
ious miracles, and gifts of the Holy Spirit dis-
tributed according to his will.

Jesus Made Like His Brothers

5It is not to angels that he has subjected the
world to come, about which we are speaking.
6But there is a place where someone has testi-
fied:

"What is man that you are mindful of him,
the son of man that you care for him?
7 You made him a little[i] lower than the angels;
you crowned him with glory and honor
8 and put everything under his feet."[j]

In putting everything under him, God left noth-
ing that is not subject to him. Yet at present we
do not see everything subject to him. 9But we
see Jesus, who was made a little lower than the

[g]*12* Psalm 102:25-27 [h]*13* Psalm 110:1 [i]*7* Or *him for a little while*; also in verse 9 [j]*8* Psalm 8:4-6

de gloria y honra por haber padecido la muerte.
Así, por la gracia de Dios, la muerte que él sufrió
resulta en beneficio de todos.

10 En efecto, a fin de llevar a muchos hijos a
la gloria, convenía que Dios, para quien y por
medio de quien todo existe, *perfeccionara me-
diante el sufrimiento al autor de la salvación de
ellos. 11 Tanto el que *santifica como los que son
santificados tienen un mismo origen, por lo cual
Jesús no se avergüenza de llamarlos hermanos,
12 cuando dice:

> «Proclamaré tu nombre a mis hermanos;
> en medio de la congregación te alabaré.»[k]

13 En otra parte dice:

> «Yo confiaré en él.»[l]

Y añade:

> «Aquí me tienen, con los hijos que Dios
> me ha dado.»[m]

14 Por tanto, ya que ellos son de carne y hue-
so,[n] él también compartió esa naturaleza huma-
na para anular, mediante la muerte, al que tiene
el dominio de la muerte —es decir, al diablo—,
15 y librar a todos los que por temor a la muerte
estaban sometidos a esclavitud durante toda la
vida. 16 Pues, ciertamente, no vino en auxilio de
los ángeles sino de los descendientes de Abra-
ham. 17 Por eso era preciso que en todo se ase-
mejara a sus hermanos, para ser un sumo sacer-
dote fiel y misericordioso al servicio de Dios, a
fin de *expiar[ñ] los pecados del pueblo. 18 Por
haber sufrido él mismo la *tentación, puede
socorrer a los que son tentados.

Jesús, superior a Moisés

3 Por lo tanto, hermanos, ustedes que han
sido *santificados y que tienen parte en el
mismo llamamiento celestial, consideren a
Jesús, apóstol y sumo sacerdote de la fe que
profesamos. 2 Él fue fiel al que lo nombró, como
lo fue también Moisés en toda la casa de Dios.
3 De hecho, Jesús ha sido estimado digno de
mayor honor que Moisés, así como el construc-
tor de una casa recibe mayor honor que la casa
misma. 4 Porque toda casa tiene su constructor,
pero el constructor de todo es Dios. 5 Moisés fue
fiel como siervo en toda la casa de Dios, para
dar testimonio de lo que Dios diría en el futuro.
6 *Cristo, en cambio, es fiel como Hijo al frente

[k]**2:12** Sal 22:22 [l]**2:13** Is 8:17 [m]**2:13** Is 8:18
[n]**2:14** *carne y hueso.* Lit. *sangre y carne.* [ñ]**2:17** *expiar.* Lit. *hacer propiciación por.*

angels, now crowned with glory and honor be-
cause he suffered death, so that by the grace of
God he might taste death for everyone.

10 In bringing many sons to glory, it was
fitting that God, for whom and through whom
everything exists, should make the author of
their salvation perfect through suffering.
11 Both the one who makes men holy and those
who are made holy are of the same family. So
Jesus is not ashamed to call them brothers.
12 He says,

> "I will declare your name to my brothers;
> in the presence of the congregation I
> will sing your praises."[k]

13 And again,

> "I will put my trust in him."[l]

And again he says,

> "Here am I, and the children God has giv-
> en me."[m]

14 Since the children have flesh and blood, he
too shared in their humanity so that by his death
he might destroy him who holds the power of
death—that is, the devil— 15 and free those who
all their lives were held in slavery by their fear
of death. 16 For surely it is not angels he helps,
but Abraham's descendants. 17 For this reason
he had to be made like his brothers in every way,
in order that he might become a merciful and
faithful high priest in service to God, and that he
might make atonement for[n] the sins of the peo-
ple. 18 Because he himself suffered when he was
tempted, he is able to help those who are being
tempted.

Jesus Greater Than Moses

3 Therefore, holy brothers, who share in the
heavenly calling, fix your thoughts on
Jesus, the apostle and high priest whom we
confess. 2 He was faithful to the one who ap-
pointed him, just as Moses was faithful in all
God's house. 3 Jesus has been found worthy of
greater honor than Moses, just as the builder of
a house has greater honor than the house itself.
4 For every house is built by someone, but God
is the builder of everything. 5 Moses was faithful
as a servant in all God's house, testifying to what
would be said in the future. 6 But Christ is faith-
ful as a son over God's house. And we are his

[k]*12* Psalm 22:22 [l]*13* Isaiah 8:17 [m]*13* Isaiah 8:18
[n]*17* Or *and that he might turn aside God's wrath, taking away*

de la casa de Dios. Y esa casa somos nosotros, con tal que mantengamos[o] nuestra confianza y la esperanza que nos *enorgullece.

Advertencia contra la incredulidad

7 Por eso, como dice el Espíritu Santo:

«Si ustedes oyen hoy su voz,
8 no endurezcan el corazón
como sucedió en la rebelión,
en aquel día de *prueba en el desierto.
9 Allí sus antepasados me *tentaron y me pusieron a prueba,
a pesar de haber visto mis obras cuarenta años.
10 Por eso me enojé con aquella generación,
y dije: "Siempre se descarría su corazón,
y no han reconocido mis caminos."
11 Así que, en mi enojo, hice este juramento:
"Jamás entrarán en mi reposo."»[p]

12 Cuídense, hermanos, de que ninguno de
ustedes tenga un corazón pecaminoso e incrédu-
lo que los haga apartarse del Dios vivo. 13 Más
bien, mientras dure ese «hoy», anímense unos a
otros cada día, para que ninguno de ustedes se
endurezca por el engaño del pecado. 14 Hemos
llegado a tener parte con *Cristo, con tal que
retengamos firme hasta el fin la confianza que
tuvimos al principio. 15 Como se acaba de decir:

«Si ustedes oyen hoy su voz,
no endurezcan el corazón
como sucedió en la rebelión.»[q]

16 Ahora bien, ¿quiénes fueron los que oyeron y
se rebelaron? ¿No fueron acaso todos los que
salieron de Egipto guiados por Moisés? 17 ¿Y con
quiénes se enojó Dios durante cuarenta años?
¿No fue acaso con los que pecaron, los cuales
cayeron muertos en el desierto? 18 ¿Y a quiénes
juró Dios que jamás entrarían en su reposo, sino a
los que desobedecieron?[r] 19 Como podemos ver,
no pudieron entrar por causa de su incredulidad.

Reposo del pueblo de Dios

4 Cuidémonos, por tanto, no sea que, aunque
la promesa de entrar en su reposo sigue
vigente, alguno de ustedes parezca quedarse
atrás. 2 Porque a nosotros, lo mismo que a ellos,
se nos ha anunciado la buena *noticia; pero el
mensaje que escucharon no les sirvió de nada,
porque no se unieron en la fe a[s] los que habían

house, if we hold on to our courage and the hope of which we boast.

Warning Against Unbelief

7 So, as the Holy Spirit says:

"Today, if you hear his voice,
8 do not harden your hearts
as you did in the rebellion,
during the time of testing in the desert,
9 where your fathers tested and tried me
and for forty years saw what I did.
10 That is why I was angry with that generation,
and I said, 'Their hearts are always going astray,
and they have not known my ways.'
11 So I declared on oath in my anger,
'They shall never enter my rest.'"[o]

12 See to it, brothers, that none of you has a
sinful, unbelieving heart that turns away from
the living God. 13 But encourage one another
daily, as long as it is called Today, so that none
of you may be hardened by sin's deceitfulness.
14 We have come to share in Christ if we hold
firmly till the end the confidence we had at first.
15 As has just been said:

"Today, if you hear his voice,
do not harden your hearts
as you did in the rebellion."[p]

16 Who were they who heard and rebelled?
Were they not all those Moses led out of
Egypt? 17 And with whom was he angry for
forty years? Was it not with those who sinned,
whose bodies fell in the desert? 18 And to
whom did God swear that they would never
enter his rest if not to those who disobeyed[q]?
19 So we see that they were not able to enter,
because of their unbelief.

A Sabbath-Rest for the People of God

4 Therefore, since the promise of entering
his rest still stands, let us be careful that
none of you be found to have fallen short of
it. 2 For we also have had the gospel preached
to us, just as they did; but the message they
heard was of no value to them, because those
who heard did not combine it with faith.[r]

[o] **3:6** *mantengamos.* Var. *mantengamos firme hasta el fin.* [p] **3:11** Sal 95:7-11 [q] **3:15** Sal 95:7,8 [r] **3:18** *los que desobedecieron.* Alt. *los que no creyeron.* [s] **4:2** *no se unieron en la fe a.* Var. *no se combinó con fe para.*

[o] *11* Psalm 95:7-11 [p] *15* Psalm 95:7,8 [q] *18* Or *disbelieved* [r] *2* Many manuscripts *because they did not share in the faith of those who obeyed*

prestado atención a ese mensaje. 3En tal reposo
entramos los que somos creyentes, conforme
Dios ha dicho:

> «Así que, en mi enojo, hice este juramento:
> "Jamás entrarán en mi reposo."»[t]

Es cierto que su trabajo quedó terminado con la
creación del mundo, 4pues en algún lugar se ha
dicho así del séptimo día: «Y en el séptimo día
reposó Dios de todas sus obras.»[u] 5Y en el
pasaje citado también dice: «Jamás entrarán en
mi reposo.»

6Sin embargo, todavía falta que algunos entren
en ese reposo, y los primeros a quienes se les
anunció la buena noticia no entraron por causa de
su desobediencia. 7Por eso, Dios volvió a fijar un
día, que es «hoy», cuando mucho después declaró
por medio de David lo que ya se ha mencionado:

> «Si ustedes oyen hoy su voz,
> no endurezcan el corazón.»[v]

8Si Josué les hubiera dado el reposo, Dios no
habría hablado posteriormente de otro día. 9Por
consiguiente, queda todavía un reposo especial[w]
para el pueblo de Dios; 10porque el que entra en el
reposo de Dios descansa también de sus obras, así
como Dios descansó de las suyas. 11Esforcémo-
nos, pues, por entrar en ese reposo, para que nadie
caiga al seguir aquel ejemplo de desobediencia.

12Ciertamente, la palabra de Dios es viva y
poderosa, y más cortante que cualquier espada
de dos filos. Penetra hasta lo más profundo del
alma y del espíritu, hasta la médula de los hue-
sos,[x] y juzga los pensamientos y las intenciones
del corazón. 13Ninguna cosa creada escapa a la
vista de Dios. Todo está al descubierto, expuesto
a los ojos de aquel a quien hemos de rendir
cuentas.

Jesús, el gran sumo sacerdote

14Por lo tanto, ya que en Jesús, el Hijo de Dios,
tenemos un gran sumo sacerdote que ha atrave-
sado los cielos, aferrémonos a la fe que profesa-
mos. 15Porque no tenemos un sumo sacerdote
incapaz de compadecerse de nuestras debilida-
des, sino uno que ha sido *tentado en todo de la
misma manera que nosotros, aunque sin pecado.
16Así que acerquémonos confiadamente al trono
de la gracia para recibir misericordia y hallar la
gracia que nos ayude en el momento que más la
necesitemos.

[t]**4:3** Sal 95:11; también en v. 5 [u]**4:4** Gn 2:2
[v]**4:7** Sal 95:7,8 [w]**4:9** *un reposo especial.* Lit. *un sabático.*
[x]**4:12** *Penetra … huesos.* Lit. *Penetra hasta la división de alma y espíritu, y de articulaciones y médulas.*

3Now we who have believed enter that rest,
just as God has said,

> "So I declared on oath in my anger,
> 'They shall never enter my rest.'"[s]

And yet his work has been finished since the
creation of the world. 4For somewhere he has
spoken about the seventh day in these words:
"And on the seventh day God rested from all his
work."[t] 5And again in the passage above he
says, "They shall never enter my rest."

6It still remains that some will enter that rest,
and those who formerly had the gospel
preached to them did not go in, because of
their disobedience. 7Therefore God again set
a certain day, calling it Today, when a long
time later he spoke through David, as was said
before:

> "Today, if you hear his voice,
> do not harden your hearts."[u]

8For if Joshua had given them rest, God would
not have spoken later about another day. 9There
remains, then, a Sabbath-rest for the people of
God; 10for anyone who enters God's rest also
rests from his own work, just as God did from
his. 11Let us, therefore, make every effort to
enter that rest, so that no one will fall by follow-
ing their example of disobedience.

12For the word of God is living and active.
Sharper than any double-edged sword, it pene-
trates even to dividing soul and spirit, joints and
marrow; it judges the thoughts and attitudes of
the heart. 13Nothing in all creation is hidden
from God's sight. Everything is uncovered and
laid bare before the eyes of him to whom we
must give account.

Jesus the Great High Priest

14Therefore, since we have a great high
priest who has gone through the heavens,[v]
Jesus the Son of God, let us hold firmly to the
faith we profess. 15For we do not have a high
priest who is unable to sympathize with our
weaknesses, but we have one who has been
tempted in every way, just as we are—yet was
without sin. 16Let us then approach the throne
of grace with confidence, so that we may re-
ceive mercy and find grace to help us in our
time of need.

[s]*3* Psalm 95:11; also in verse 5 [t]*4* Gen. 2:2
[u]*7* Psalm 95:7,8 [v]*14* Or *gone into heaven*

5 Todo sumo sacerdote es escogido de entre los hombres. Él mismo es nombrado para representar a su pueblo ante Dios, y ofrecer dones y sacrificios por los pecados. 2 Puede tratar con paciencia a los ignorantes y extraviados, ya que él mismo está sujeto a las debilidades humanas. 3 Por tal razón se ve obligado a ofrecer sacrificios por sus propios pecados, como también por los del pueblo.

4 Nadie ocupa ese cargo por iniciativa propia; más bien, lo ocupa el que es llamado por Dios, como sucedió con Aarón. 5 Tampoco *Cristo se glorificó a sí mismo haciéndose sumo sacerdote, sino que Dios le dijo:

> «Tú eres mi hijo;
> hoy mismo te he engendrado.»[y]

6 Y en otro pasaje dice:

> «Tú eres sacerdote para siempre,
> según el orden de Melquisedec.»[z]

7 En los días de su vida *mortal, Jesús ofreció oraciones y súplicas con fuerte clamor y lágrimas al que podía salvarlo de la muerte, y fue escuchado por su reverente sumisión. 8 Aunque era Hijo, mediante el sufrimiento aprendió a obedecer; 9 y consumada su *perfección, llegó a ser autor de salvación eterna para todos los que le obedecen, 10 y Dios lo nombró sumo sacerdote según el orden de Melquisedec.

Advertencia contra la apostasía

11 Sobre este tema tenemos mucho que decir aunque es difícil explicarlo, porque a ustedes lo que les entra por un oído les sale por el otro.[a] 12 En realidad, a estas alturas ya deberían ser maestros, y sin embargo necesitan que alguien vuelva a enseñarles las verdades más elementales de la palabra de Dios. Dicho de otro modo, necesitan leche en vez de alimento sólido. 13 El que sólo se alimenta de leche es inexperto en el mensaje de justicia; es como un niño de pecho. 14 En cambio, el alimento sólido es para los adultos, para los que tienen la capacidad de distinguir entre lo bueno y lo malo, pues han ejercitado su facultad de percepción espiritual.

6 Por eso, dejando a un lado las enseñanzas elementales acerca de *Cristo, avancemos hacia la madurez. No volvamos a poner los fundamentos, tales como el *arrepentimiento de las obras que conducen a la muerte, la fe en Dios, 2 la instrucción sobre bautismos, la imposición

[y] 5:5 Sal 2:7 [z] 5:6 Sal 110:4 [a] 5:11 *a ustedes … por el otro.* Lit. *se han vuelto torpes en los oídos.*

5 Every high priest is selected from among men and is appointed to represent them in matters related to God, to offer gifts and sacrifices for sins. 2 He is able to deal gently with those who are ignorant and are going astray, since he himself is subject to weakness. 3 This is why he has to offer sacrifices for his own sins, as well as for the sins of the people.

4 No one takes this honor upon himself; he must be called by God, just as Aaron was. 5 So Christ also did not take upon himself the glory of becoming a high priest. But God said to him,

> "You are my Son;
> today I have become your Father.[w]"[x]

6 And he says in another place,

> "You are a priest forever,
> in the order of Melchizedek."[y]

7 During the days of Jesus' life on earth, he offered up prayers and petitions with loud cries and tears to the one who could save him from death, and he was heard because of his reverent submission. 8 Although he was a son, he learned obedience from what he suffered 9 and, once made perfect, he became the source of eternal salvation for all who obey him 10 and was designated by God to be high priest in the order of Melchizedek.

Warning Against Falling Away

11 We have much to say about this, but it is hard to explain because you are slow to learn. 12 In fact, though by this time you ought to be teachers, you need someone to teach you the elementary truths of God's word all over again. You need milk, not solid food! 13 Anyone who lives on milk, being still an infant, is not acquainted with the teaching about righteousness. 14 But solid food is for the mature, who by constant use have trained themselves to distinguish good from evil.

6 Therefore let us leave the elementary teachings about Christ and go on to maturity, not laying again the foundation of repentance from acts that lead to death,[z] and of faith in God, 2 instruction about baptisms, the

[w] *5* Or *have begotten you* [x] *5* Psalm 2:7 [y] *6* Psalm 110:4
[z] *1* Or *from useless rituals*

de manos, la resurrección de los muertos y el
juicio eterno. 3Así procederemos, si Dios lo
permite.

4-6Es imposible que renueven su arrepenti-
miento aquellos que han sido una vez ilumina-
dos, que han saboreado el don celestial, que han
tenido parte en el Espíritu Santo y que han
experimentado la buena palabra de Dios y los
poderes del mundo venidero, y después de todo
esto se han apartado. Es imposible, porque así
vuelven a crucificar, para su propio mal, al Hijo
de Dios, y lo exponen a la vergüenza pública.

7Cuando la tierra bebe la lluvia que con fre-
cuencia cae sobre ella, y produce una buena
cosecha para los que la cultivan, recibe bendi-
ción de Dios. 8En cambio, cuando produce es-
pinos y cardos, no vale nada; está a punto de ser
maldecida, y acabará por ser quemada.

9En cuanto a ustedes, queridos hermanos,
aunque nos expresamos así, estamos seguros de
que les espera lo mejor, es decir, lo que atañe a
la salvación. 10Porque Dios no es injusto como
para olvidarse de las obras y del amor que, para
su gloria,[b] ustedes han mostrado sirviendo a los
*santos, como lo siguen haciendo. 11Deseamos,
sin embargo, que cada uno de ustedes siga mos-
trando ese mismo empeño hasta la realización
final y completa de su esperanza. 12No sean
perezosos; más bien, imiten a quienes por su fe
y paciencia heredan las promesas.

La certeza de la promesa de Dios

13Cuando Dios hizo su promesa a Abraham,
como no tenía a nadie superior por quien jurar,
juró por sí mismo, 14y dijo: «Te bendeciré en
gran manera y multiplicaré tu descendencia.»[c]
15Y así, después de esperar con paciencia, Abra-
ham recibió lo que se le había prometido.

16Los *seres humanos juran por alguien supe-
rior a ellos mismos, y el juramento, al confirmar
lo que se ha dicho, pone punto final a toda
discusión. 17Por eso Dios, queriendo demostrar
claramente a los herederos de la promesa que su
propósito es inmutable, la confirmó con un jura-
mento. 18Lo hizo así para que, mediante la pro-
mesa y el juramento, que son dos realidades
inmutables en las cuales es imposible que Dios
mienta, tengamos un estímulo poderoso los que,
buscando refugio, nos aferramos a la esperanza
que está delante de nosotros. 19Tenemos como
firme y segura ancla del alma una esperanza que
penetra hasta detrás de la cortina del *santuario,
20hasta donde Jesús, el precursor, entró por no-
sotros, llegando a ser sumo sacerdote para siem-
pre, según el orden de Melquisedec.

[b]**6:10** *gloria.* Lit. *nombre.* [c]**6:14** Gn 22:17

laying on of hands, the resurrection of the
dead, and eternal judgment. 3And God permit-
ting, we will do so.

4It is impossible for those who have once
been enlightened, who have tasted the heav-
enly gift, who have shared in the Holy Spirit,
5who have tasted the goodness of the word of
God and the powers of the coming age, 6if
they fall away, to be brought back to repen-
tance, because[a] to their loss they are crucify-
ing the Son of God all over again and subject-
ing him to public disgrace.

7Land that drinks in the rain often falling on
it and that produces a crop useful to those for
whom it is farmed receives the blessing of God.
8But land that produces thorns and thistles is
worthless and is in danger of being cursed. In the
end it will be burned.

9Even though we speak like this, dear
friends, we are confident of better things in
your case—things that accompany salvation.
10God is not unjust; he will not forget your
work and the love you have shown him as you
have helped his people and continue to help
them. 11We want each of you to show this
same diligence to the very end, in order to
make your hope sure. 12We do not want you
to become lazy, but to imitate those who
through faith and patience inherit what has
been promised.

The Certainty of God's Promise

13When God made his promise to Abraham,
since there was no one greater for him to swear
by, he swore by himself, 14saying, "I will surely
bless you and give you many descendants."[b]
15And so after waiting patiently, Abraham re-
ceived what was promised.

16Men swear by someone greater than
themselves, and the oath confirms what is
said and puts an end to all argument. 17Be-
cause God wanted to make the unchanging
nature of his purpose very clear to the heirs
of what was promised, he confirmed it with
an oath. 18God did this so that, by two un-
changeable things in which it is impossible
for God to lie, we who have fled to take hold
of the hope offered to us may be greatly en-
couraged. 19We have this hope as an anchor
for the soul, firm and secure. It enters the in-
ner sanctuary behind the curtain, 20where
Jesus, who went before us, has entered on our
behalf. He has become a high priest forever,
in the order of Melchizedek.

[a]*6* Or *repentance while* [b]*14* Gen. 22:17

El sacerdocio de Melquisedec

7 Este Melquisedec, rey de Salén y sacerdote del Dios Altísimo, salió al encuentro de Abraham, que regresaba de derrotar a los reyes, y lo bendijo. 2Abraham, a su vez, le dio la décima parte de todo. El nombre Melquisedec significa, en primer lugar, «rey de justicia» y, además, «rey de Salén», esto es, «rey de paz». 3No tiene padre ni madre ni genealogía; no tiene comienzo ni fin, pero a semejanza del Hijo de Dios, permanece como sacerdote para siempre.

4Consideren la grandeza de ese hombre, a quien nada menos que el patriarca Abraham dio la décima parte del botín. 5Ahora bien, los descendientes de Leví que reciben el sacerdocio tienen, por ley, el mandato de cobrar los diezmos del pueblo, es decir, de sus hermanos, aunque éstos también son descendientes de Abraham. 6En cambio, Melquisedec, que no era descendiente de Leví, recibió los diezmos de Abraham y bendijo al que tenía las promesas. 7Es indiscutible que la persona que bendice es superior a la que recibe la bendición. 8En el caso de los levitas, los diezmos los reciben hombres mortales; en el otro caso, los recibe Melquisedec, de quien se da testimonio de que vive. 9Hasta podría decirse que Leví, quien ahora recibe los diezmos, los pagó por medio de Abraham, 10ya que Leví estaba presente en su antepasado Abraham cuando Melquisedec le salió al encuentro.

Jesús, semejante a Melquisedec

11Si hubiera sido posible alcanzar la *perfección mediante el sacerdocio levítico (pues bajo éste se le dio la ley al pueblo), ¿qué necesidad había de que más adelante surgiera otro sacerdote, según el orden de Melquisedec y no según el de Aarón? 12Porque cuando cambia el sacerdocio, también tiene que cambiarse la ley. 13En efecto, Jesús, de quien se dicen estas cosas, era de otra tribu, de la cual nadie se ha dedicado al servicio del altar. 14Es evidente que nuestro Señor procedía de la tribu de Judá, respecto a la cual nada dijo Moisés con relación al sacerdocio. 15Y lo que hemos dicho resulta aún más evidente si, a semejanza de Melquisedec, surge otro sacerdote 16que ha llegado a serlo, no conforme a un requisito legal respecto a linaje *humano, sino conforme al poder de una vida indestructible. 17Pues de él se da testimonio:

> «Tú eres sacerdote para siempre,
> según el orden de Melquisedec.»[d]

18Por una parte, la ley anterior queda anulada

[d]7:17 Sal 110:4; también en v. 21

Melchizedek the Priest

7 This Melchizedek was king of Salem and priest of God Most High. He met Abraham returning from the defeat of the kings and blessed him, 2and Abraham gave him a tenth of everything. First, his name means "king of righteousness"; then also, "king of Salem" means "king of peace." 3Without father or mother, without genealogy, without beginning of days or end of life, like the Son of God he remains a priest forever.

4Just think how great he was: Even the patriarch Abraham gave him a tenth of the plunder! 5Now the law requires the descendants of Levi who become priests to collect a tenth from the people—that is, their brothers—even though their brothers are descended from Abraham. 6This man, however, did not trace his descent from Levi, yet he collected a tenth from Abraham and blessed him who had the promises. 7And without doubt the lesser person is blessed by the greater. 8In the one case, the tenth is collected by men who die; but in the other case, by him who is declared to be living. 9One might even say that Levi, who collects the tenth, paid the tenth through Abraham, 10because when Melchizedek met Abraham, Levi was still in the body of his ancestor.

Jesus Like Melchizedek

11If perfection could have been attained through the Levitical priesthood (for on the basis of it the law was given to the people), why was there still need for another priest to come—one in the order of Melchizedek, not in the order of Aaron? 12For when there is a change of the priesthood, there must also be a change of the law. 13He of whom these things are said belonged to a different tribe, and no one from that tribe has ever served at the altar. 14For it is clear that our Lord descended from Judah, and in regard to that tribe Moses said nothing about priests. 15And what we have said is even more clear if another priest like Melchizedek appears, 16one who has become a priest not on the basis of a regulation as to his ancestry but on the basis of the power of an indestructible life. 17For it is declared:

> "You are a priest forever,
> in the order of Melchizedek."[c]

[c]17 Psalm 110:4

por ser inútil e ineficaz, 19ya que no *perfeccionó
nada. Y por la otra, se introduce una esperanza
mejor, mediante la cual nos acercamos a Dios.
20¡Y no fue sin juramento! Los otros sacerdo-
tes llegaron a serlo sin juramento, 21mientras
que éste llegó a serlo con el juramento de aquel
que le dijo:

«El Señor ha jurado,
y no cambiará de parecer:
"Tú eres sacerdote para siempre."»

22Por tanto, Jesús ha llegado a ser el que garan-
tiza un pacto superior.
23Ahora bien, como a aquellos sacerdotes la
muerte les impedía seguir ejerciendo sus funcio-
nes, ha habido muchos de ellos; 24pero como
Jesús permanece para siempre, su sacerdocio es
imperecedero. 25Por eso también puede salvar
por completo[e] a los que por medio de él se
acercan a Dios, ya que vive siempre para inter-
ceder por ellos.
26Nos convenía tener un sumo sacerdote así:
santo, irreprochable, puro, apartado de los peca-
dores y exaltado sobre los cielos. 27A diferencia
de los otros sumos sacerdotes, él no tiene que
ofrecer sacrificios día tras día, primero por sus
propios pecados y luego por los del pueblo;
porque él ofreció el sacrificio una sola vez y para
siempre cuando se ofreció a sí mismo. 28De
hecho, la ley designa como sumos sacerdotes a
hombres débiles; pero el juramento, posterior a
la ley, designa al Hijo, quien ha sido hecho
*perfecto para siempre.

El sumo sacerdote de un nuevo pacto

8 Ahora bien, el punto principal de lo que
venimos diciendo es que tenemos tal sumo
sacerdote, aquel que se sentó a la *derecha del
trono de la Majestad en el cielo, 2el que sirve en
el *santuario, es decir, en el verdadero taber-
náculo levantado por el Señor y no por ningún
*ser humano.
3A todo sumo sacerdote se le nombra para
presentar ofrendas y sacrificios, por lo cual es
necesario que también tenga algo que ofrecer.
4Si Jesús estuviera en la tierra, no sería sacerdo-
te, pues aquí ya hay sacerdotes que presentan las
ofrendas en conformidad con la ley. 5Estos sa-
cerdotes sirven en un santuario que es copia y
sombra del que está en el cielo, tal como se le
advirtió a Moisés cuando estaba a punto de
construir el tabernáculo: «Asegúrate de hacerlo
todo según el modelo que se te ha mostrado en
la montaña.»[f] 6Pero el servicio sacerdotal que
Jesús ha recibido es superior al de ellos, así

[e]7:25 *por completo.* Alt. *para siempre.* [f]8:5 Éx 25:40

18The former regulation is set aside because
it was weak and useless 19(for the law made
nothing perfect), and a better hope is introduced,
by which we draw near to God.
20And it was not without an oath! Others
became priests without any oath, 21but he be-
came a priest with an oath when God said to
him:

"The Lord has sworn
and will not change his mind:
'You are a priest forever.'"[d]

22Because of this oath, Jesus has become the
guarantee of a better covenant.
23Now there have been many of those priests,
since death prevented them from continuing in
office; 24but because Jesus lives forever, he has
a permanent priesthood. 25Therefore he is able
to save completely[e] those who come to God
through him, because he always lives to inter-
cede for them.
26Such a high priest meets our need—one
who is holy, blameless, pure, set apart from
sinners, exalted above the heavens. 27Unlike the
other high priests, he does not need to offer
sacrifices day after day, first for his own sins,
and then for the sins of the people. He sacrificed
for their sins once for all when he offered him-
self. 28For the law appoints as high priests men
who are weak; but the oath, which came after
the law, appointed the Son, who has been made
perfect forever.

The High Priest of a New Covenant

8 The point of what we are saying is this:
We do have such a high priest, who sat
down at the right hand of the throne of the
Majesty in heaven, 2and who serves in the
sanctuary, the true tabernacle set up by the
Lord, not by man.
3Every high priest is appointed to offer both
gifts and sacrifices, and so it was necessary
for this one also to have something to offer.
4If he were on earth, he would not be a priest,
for there are already men who offer the gifts
prescribed by the law. 5They serve at a sanc-
tuary that is a copy and shadow of what is in
heaven. This is why Moses was warned when
he was about to build the tabernacle: "See to
it that you make everything according to the
pattern shown you on the mountain."[f] 6But

[d]*21* Psalm 110:4 [e]*25* Or *forever* [f]*5* Exodus 25:40

como el pacto del cual es mediador es superior al antiguo, puesto que se basa en mejores promesas.

7Efectivamente, si ese primer pacto hubiera
sido *perfecto, no habría lugar para un segundo
pacto. 8Pero Dios, reprochándoles sus defectos,
dijo:

«Vienen días —dice el Señor—,
en que haré un nuevo pacto
con la casa de Israel
y con la casa de Judá.
9 No será un pacto
como el que hice con sus antepasados
el día en que los tomé de la mano
y los saqué de Egipto,
ya que ellos no permanecieron fieles a mi pacto,
y yo los abandoné
—dice el Señor—.
10 Éste es el pacto que después de aquel tiempo
haré con la casa de Israel —dice el Señor—:
Pondré mis leyes en su mente
y las escribiré en su corazón.
Yo seré su Dios,
y ellos serán mi pueblo.
11 Ya no tendrá nadie que enseñar a su prójimo,
ni dirá nadie a su hermano: "¡Conoce al Señor!",
porque todos, desde el más pequeño hasta el más grande,
me conocerán.
12 Yo les perdonaré sus iniquidades,
y nunca más me acordaré de sus pecados.»[g]

13 Al llamar «nuevo» a ese pacto, ha declarado obsoleto al anterior; y lo que se vuelve obsoleto y envejece ya está por desaparecer.

El culto en el tabernáculo terrenal

9 Ahora bien, el primer pacto tenía sus nor-
mas para el culto, y un *santuario terrenal.
2En efecto, se habilitó un tabernáculo de tal
modo que en su primera parte, llamada el Lugar
Santo, estaban el candelabro, la mesa y los panes
consagrados. 3Tras la segunda cortina estaba la
parte llamada el Lugar Santísimo, 4el cual tenía
el altar de oro para el incienso y el arca del pacto,
toda recubierta de oro. Dentro del arca había una urna de oro que contenía el maná, la vara de Aarón que había retoñado, y las tablas del pacto.

[g]8:12 Jer 31:31-34

the ministry Jesus has received is as superior to theirs as the covenant of which he is mediator is superior to the old one, and it is founded on better promises.

7For if there had been nothing wrong with that
first covenant, no place would have been sought
for another. 8But God found fault with the peo-
ple and said[g]:

"The time is coming, declares the Lord,
when I will make a new covenant
with the house of Israel
and with the house of Judah.
9 It will not be like the covenant
I made with their forefathers
when I took them by the hand
to lead them out of Egypt,
because they did not remain faithful to my covenant,
and I turned away from them,
declares the Lord.
10 This is the covenant I will make with the house of Israel
after that time, declares the Lord.
I will put my laws in their minds
and write them on their hearts.
I will be their God,
and they will be my people.
11 No longer will a man teach his neighbor,
or a man his brother, saying, 'Know the Lord,'
because they will all know me,
from the least of them to the greatest.
12 For I will forgive their wickedness
and will remember their sins no more."[h]

13 By calling this covenant "new," he has made the first one obsolete; and what is obsolete and aging will soon disappear.

Worship in the Earthly Tabernacle

9 Now the first covenant had regulations
for worship and also an earthly sanctuary.
2A tabernacle was set up. In its first room
were the lampstand, the table and the conse-
crated bread; this was called the Holy Place.
3Behind the second curtain was a room called
the Most Holy Place, 4which had the golden
altar of incense and the gold-covered ark of the covenant. This ark contained the gold jar of manna, Aaron's staff that had budded, and

[g]8 Some manuscripts may be translated *fault and said to the people.* [h]12 Jer. 31:31-34

5Encima del arca estaban los *querubines de la
gloria, que cubrían con su sombra el lugar de la
*expiación.[h] Pero ahora no se puede hablar de
eso en detalle.

6Así dispuestas todas estas cosas, los sacerdo-
tes entran continuamente en la primera parte del
tabernáculo para celebrar el culto. 7Pero en la
segunda parte entra únicamente el sumo sacer-
dote, y sólo una vez al año, provisto siempre de
sangre que ofrece por sí mismo y por los pecados
de ignorancia cometidos por el pueblo. 8Con
esto el Espíritu Santo da a entender que, mien-
tras siga en pie el primer tabernáculo, aún no se
habrá revelado el camino que conduce al Lugar
Santísimo. 9Esto nos ilustra hoy día que las
ofrendas y los sacrificios que allí se ofrecen no
tienen poder alguno para *perfeccionar la con-
ciencia de los que celebran ese culto. 10No se
trata más que de reglas externas relacionadas
con alimentos, bebidas y diversas ceremonias de
*purificación, válidas sólo hasta el tiempo seña-
lado para reformarlo todo.

La sangre de Cristo

11*Cristo, por el contrario, al presentarse co-
mo sumo sacerdote de los bienes definitivos[i] en
el tabernáculo más excelente y *perfecto, no
hecho por manos humanas (es decir, que no es
de esta creación), 12entró una sola vez y para
siempre en el Lugar Santísimo. No lo hizo con
sangre de machos cabríos y becerros, sino con
su propia sangre, logrando así un rescate eterno.
13La sangre de machos cabríos y de toros, y las
cenizas de una novilla rociadas sobre personas
*impuras, las *santifican de modo que quedan
*limpias por fuera. 14Si esto es así, ¡cuánto más
la sangre de Cristo, quien por medio del Espíritu
eterno se ofreció sin mancha a Dios, purificará
nuestra conciencia de las obras que conducen a
la muerte, a fin de que sirvamos al Dios viviente!

15Por eso Cristo es mediador de un nuevo
pacto, para que los llamados reciban la herencia
eterna prometida, ahora que él ha muerto para
liberarlos de los pecados cometidos bajo el pri-
mer pacto.

16En el caso de un testamento,[j] es necesario
constatar la muerte del testador, 17pues un tes-
tamento sólo adquiere validez cuando el testador
muere, y no entra en vigor mientras vive. 18De
ahí que ni siquiera el primer pacto se haya
establecido sin sangre. 19Después de promulgar
todos los mandamientos de la ley a todo el
pueblo, Moisés tomó la sangre de los becerros

[h]9:5 *el lugar de la expiación.* Lit. *el *propiciatorio.*
[i]9:11 *definitivos.* Var. *venideros.* [j]9:16 En griego la misma palabra se emplea para *pacto* y para *testamento*; también en v. 17.

the stone tablets of the covenant. 5Above the
ark were the cherubim of the Glory, overshad-
owing the atonement cover.[i] But we cannot
discuss these things in detail now.

6When everything had been arranged like
this, the priests entered regularly into the outer
room to carry on their ministry. 7But only the
high priest entered the inner room, and that
only once a year, and never without blood,
which he offered for himself and for the sins
the people had committed in ignorance. 8The
Holy Spirit was showing by this that the way
into the Most Holy Place had not yet been
disclosed as long as the first tabernacle was
still standing. 9This is an illustration for the
present time, indicating that the gifts and sac-
rifices being offered were not able to clear the
conscience of the worshiper. 10They are only
a matter of food and drink and various cere-
monial washings—external regulations apply-
ing until the time of the new order.

The Blood of Christ

11When Christ came as high priest of the
good things that are already here,[j] he went
through the greater and more perfect taberna-
cle that is not man-made, that is to say, not a
part of this creation. 12He did not enter by
means of the blood of goats and calves; but
he entered the Most Holy Place once for all
by his own blood, having obtained eternal re-
demption. 13The blood of goats and bulls and
the ashes of a heifer sprinkled on those who
are ceremonially unclean sanctify them so that
they are outwardly clean. 14How much more,
then, will the blood of Christ, who through the
eternal Spirit offered himself unblemished to
God, cleanse our consciences from acts that
lead to death,[k] so that we may serve the living
God!

15For this reason Christ is the mediator of
a new covenant, that those who are called may
receive the promised eternal inheritance—now
that he has died as a ransom to set them free
from the sins committed under the first cov-
enant.

16In the case of a will,[l] it is necessary to
prove the death of the one who made it, 17be-
cause a will is in force only when somebody
has died; it never takes effect while the one
who made it is living. 18This is why even the
first covenant was not put into effect without
blood. 19When Moses had proclaimed every

[i]*5* Traditionally *the mercy seat* [j]*11* Some early manuscripts *are to come* [k]*14* Or *from useless rituals* [l]*16* Same Greek word as *covenant*; also in verse 17

junto con agua, lana escarlata y ramas de hisopo,
y roció el libro de la ley y a todo el pueblo,
20diciendo: «Ésta es la sangre del pacto que Dios
ha mandado que ustedes cumplan.»[k] 21De la
misma manera roció con la sangre el tabernáculo
y todos los objetos que se usaban en el culto.
22De hecho, la ley exige que casi todo sea puri-
ficado con sangre, pues sin derramamiento de
sangre no hay perdón.

23Así que era necesario que las copias de las
realidades celestiales fueran purificadas con
esos sacrificios, pero que las realidades mismas
lo fueran con sacrificios superiores a aquéllos.
24En efecto, Cristo no entró en un santuario
hecho por manos humanas, simple copia del
verdadero santuario, sino en el cielo mismo,
para presentarse ahora ante Dios en favor nues-
tro. 25Ni entró en el cielo para ofrecerse vez tras
vez, como entra el sumo sacerdote en el Lugar
Santísimo cada año con sangre ajena. 26Si así
fuera, Cristo habría tenido que sufrir muchas
veces desde la creación del mundo. Al contrario,
ahora, al final de los tiempos, se ha presentado
una sola vez y para siempre a fin de acabar con
el pecado mediante el sacrificio de sí mismo.
27Y así como está establecido que los seres
*humanos mueran una sola vez, y después ven-
ga el juicio, 28también Cristo fue ofrecido en
sacrificio una sola vez para quitar los pecados
de muchos; y aparecerá por segunda vez, ya no
para cargar con pecado alguno, sino para traer
salvación a quienes lo esperan.

El sacrificio de Cristo, ofrecido una vez y para siempre

10 La ley es sólo una sombra de los bienes
venideros, y no la presencia[l] misma de
estas realidades. Por eso nunca puede, mediante
los mismos sacrificios que se ofrecen sin cesar
año tras año, hacer *perfectos a los que adoran.
2De otra manera, ¿no habrían dejado ya de ha-
cerse sacrificios? Pues los que rinden culto,
*purificados de una vez por todas, ya no se
habrían sentido culpables de pecado. 3Pero esos
sacrificios son un recordatorio anual de los pe-
cados, 4ya que es imposible que la sangre de los
toros y de los machos cabríos quite los pecados.

5Por eso, al entrar en el mundo, *Cristo dijo:

«A ti no te complacen sacrificios ni ofren-
das;
en su lugar, me preparaste un cuerpo;
6no te agradaron ni holocaustos
ni sacrificios por el pecado.
7Por eso dije: "Aquí me tienes

commandment of the law to all the people, he
took the blood of calves, together with water,
scarlet wool and branches of hyssop, and
sprinkled the scroll and all the people. 20He
said, "This is the blood of the covenant, which
God has commanded you to keep."[m] 21In the
same way, he sprinkled with the blood both
the tabernacle and everything used in its cer-
emonies. 22In fact, the law requires that nearly
everything be cleansed with blood, and with-
out the shedding of blood there is no forgive-
ness.

23It was necessary, then, for the copies of
the heavenly things to be purified with these
sacrifices, but the heavenly things themselves
with better sacrifices than these. 24For Christ
did not enter a man-made sanctuary that was
only a copy of the true one; he entered heaven
itself, now to appear for us in God's presence.
25Nor did he enter heaven to offer himself
again and again, the way the high priest enters
the Most Holy Place every year with blood
that is not his own. 26Then Christ would have
had to suffer many times since the creation of
the world. But now he has appeared once for
all at the end of the ages to do away with sin
by the sacrifice of himself. 27Just as man is
destined to die once, and after that to face
judgment, 28so Christ was sacrificed once to
take away the sins of many people; and he will
appear a second time, not to bear sin, but to
bring salvation to those who are waiting for
him.

Christ's Sacrifice Once for All

10 The law is only a shadow of the good
things that are coming—not the realities
themselves. For this reason it can never, by the
same sacrifices repeated endlessly year after
year, make perfect those who draw near to wor-
ship. 2If it could, would they not have stopped
being offered? For the worshipers would have
been cleansed once for all, and would no longer
have felt guilty for their sins. 3But those sacri-
fices are an annual reminder of sins, 4because it
is impossible for the blood of bulls and goats to
take away sins.

5Therefore, when Christ came into the world,
he said:

"Sacrifice and offering you did not desire,
but a body you prepared for me;
6with burnt offerings and sin offerings
you were not pleased.

[k] 9:20 Éx 24:8 [l] 10:1 *presencia.* Lit. *imagen.*

[m] *20* Exodus 24:8

—como el libro dice de mí—.
He venido, oh Dios, a hacer tu
voluntad." »[m]

8 Primero dijo: «Sacrificios y ofrendas, holo-
caustos y expiaciones no te complacen ni fueron
de tu agrado» (a pesar de que la ley exigía que
se ofrecieran). 9 Luego añadió: «Aquí me tienes:
He venido a hacer tu voluntad.» Así quitó lo
primero para establecer lo segundo. 10 Y en vir-
tud de esa voluntad somos *santificados me-
diante el sacrificio del cuerpo de *Jesucristo,
ofrecido una vez y para siempre.

11 Todo sacerdote celebra el culto día tras día
ofreciendo repetidas veces los mismos sacrifi-
cios, que nunca pueden quitar los pecados. 12 Pe-
ro este sacerdote, después de ofrecer por los
pecados un solo sacrificio para siempre, se sentó
a la *derecha de Dios, 13 en espera de que sus
enemigos sean puestos por estrado de sus pies.
14 Porque con un solo sacrificio ha hecho perfec-
tos para siempre a los que está santificando.

15 También el Espíritu Santo nos da testimonio
de ello. Primero dice:

16 «Éste es el pacto que haré con ellos
después de aquel tiempo —dice el
Señor—:
Pondré mis leyes en su corazón,
y las escribiré en su mente.»[n]

17 Después añade:

«Y nunca más me acordaré de sus peca-
dos y maldades.»[ñ]

18 Y cuando éstos han sido perdonados, ya no
hace falta otro sacrificio por el pecado.

Llamada a la perseverancia

19 Así que, hermanos, mediante la sangre de
Jesús, tenemos plena libertad para entrar en el
Lugar Santísimo, 20 por el camino nuevo y vivo
que él nos ha abierto a través de la cortina, es
decir, a través de su cuerpo; 21 y tenemos además
un gran sacerdote al frente de la familia de Dios.
22 Acerquémonos, pues, a Dios con corazón sin-
cero y con la plena seguridad que da la fe,
interiormente purificados de una conciencia
culpable y exteriormente lavados con agua pura.
23 Mantengamos firme la esperanza que profesa-
mos, porque fiel es el que hizo la promesa.
24 Preocupémonos los unos por los otros, a fin de
estimularnos al amor y a las buenas obras. 25 No

[m] **10:7** Sal 40:6-8 (véase LXX) [n] **10:16** Jer 31:33
[ñ] **10:17** Jer 31:34

7 Then I said, 'Here I am—it is written
about me in the scroll—
I have come to do your will, O God.'"[n]

8 First he said, "Sacrifices and offerings, burnt
offerings and sin offerings you did not desire,
nor were you pleased with them" (although the
law required them to be made). 9 Then he said,
"Here I am, I have come to do your will." He
sets aside the first to establish the second. 10 And
by that will, we have been made holy through
the sacrifice of the body of Jesus Christ once for
all.

11 Day after day every priest stands and per-
forms his religious duties; again and again he
offers the same sacrifices, which can never
take away sins. 12 But when this priest had
offered for all time one sacrifice for sins, he
sat down at the right hand of God. 13 Since that
time he waits for his enemies to be made his
footstool, 14 because by one sacrifice he has
made perfect forever those who are being
made holy.

15 The Holy Spirit also testifies to us about
this. First he says:

16 "This is the covenant I will make with
them
after that time, says the Lord.
I will put my laws in their hearts,
and I will write them on their minds."[o]

17 Then he adds:

"Their sins and lawless acts
I will remember no more."[p]

18 And where these have been forgiven, there
is no longer any sacrifice for sin. 19 Therefore,
brothers, since we have confidence to enter the
Most Holy Place by the blood of Jesus, 20 by
a new and living way opened for us through
the curtain, that is, his body, 21 and since we
have a great priest over the house of God, 22 let
us draw near to God with a sincere heart in
full assurance of faith, having our hearts sprin-
kled to cleanse us from a guilty conscience
and having our bodies washed with pure water.
23 Let us hold unswervingly to the hope we
profess, for he who promised is faithful. 24 And
let us consider how we may spur one another

[n] *7* Psalm 40:6-8 (see Septuagint) [o] *16* Jer. 31:33
[p] *17* Jer. 31:34

dejemos de congregarnos, como acostumbran hacerlo algunos, sino animémonos unos a otros, y con mayor razón ahora que vemos que aquel día se acerca.

26Si después de recibir el conocimiento de la verdad pecamos obstinadamente, ya no hay sacrificio por los pecados. 27Sólo queda una terrible expectativa de juicio, el fuego ardiente que ha de devorar a los enemigos de Dios. 28Cualquiera que rechazaba la ley de Moisés moría irremediablemente por el testimonio de dos o tres testigos. 29¿Cuánto mayor castigo piensan ustedes que merece el que ha pisoteado al Hijo de Dios, que ha profanado la sangre del pacto por la cual había sido *santificado, y que ha insultado al Espíritu de la gracia? 30Pues conocemos al que dijo: «Mía es la venganza; yo pagaré»;[o] y también: «El Señor juzgará a su pueblo.»[p] 31¡Terrible cosa es caer en las manos del Dios vivo!

32Recuerden aquellos días pasados cuando ustedes, después de haber sido iluminados, sostuvieron una dura lucha y soportaron mucho sufrimiento. 33Unas veces se vieron expuestos públicamente al insulto y a la persecución; otras veces se solidarizaron con los que eran tratados de igual manera. 34También se compadecieron de los encarcelados, y cuando a ustedes les confiscaron sus bienes, lo aceptaron con alegría, conscientes de que tenían un patrimonio mejor y más permanente.

35Así que no pierdan la confianza, porque ésta será grandemente recompensada. 36Ustedes necesitan perseverar para que, después de haber cumplido la voluntad de Dios, reciban lo que él ha prometido. 37Pues dentro de muy poco tiempo,

«el que ha de venir vendrá, y no tardará.
38 Pero mi justo[q] vivirá por la fe.
Y si se vuelve atrás,
no será de mi agrado.»[r]

39Pero nosotros no somos de los que se vuelven atrás y acaban por perderse, sino de los que tienen fe y preservan su *vida.

Por la fe

11 Ahora bien, la fe es la garantía de lo que se espera, la certeza de lo que no se ve. 2Gracias a ella fueron aprobados los antiguos.

3Por la fe entendemos que el universo fue formado por la palabra de Dios, de modo que lo visible no provino de lo que se ve.

4Por la fe Abel ofreció a Dios un sacrificio

[o] **10:30** Dt 32:35 [p] **10:30** Dt 32:36; Sal 135:14 [q] **10:38** *mi justo.* Var. *el justo.* [r] **10:38** Hab 2:3,4

on toward love and good deeds. 25Let us not give up meeting together, as some are in the habit of doing, but let us encourage one another—and all the more as you see the Day approaching.

26If we deliberately keep on sinning after we have received the knowledge of the truth, no sacrifice for sins is left, 27but only a fearful expectation of judgment and of raging fire that will consume the enemies of God. 28Anyone who rejected the law of Moses died without mercy on the testimony of two or three witnesses. 29How much more severely do you think a man deserves to be punished who has trampled the Son of God under foot, who has treated as an unholy thing the blood of the covenant that sanctified him, and who has insulted the Spirit of grace? 30For we know him who said, "It is mine to avenge; I will repay,"[q] and again, "The Lord will judge his people."[r] 31It is a dreadful thing to fall into the hands of the living God.

32Remember those earlier days after you had received the light, when you stood your ground in a great contest in the face of suffering. 33Sometimes you were publicly exposed to insult and persecution; at other times you stood side by side with those who were so treated. 34You sympathized with those in prison and joyfully accepted the confiscation of your property, because you knew that you yourselves had better and lasting possessions.

35So do not throw away your confidence; it will be richly rewarded. 36You need to persevere so that when you have done the will of God, you will receive what he has promised. 37For in just a very little while,

"He who is coming will come and will
not delay.
38 But my righteous one[s] will live by faith.
And if he shrinks back,
I will not be pleased with him."[t]

39But we are not of those who shrink back and are destroyed, but of those who believe and are saved.

By Faith

11 Now faith is being sure of what we hope for and certain of what we do not see. 2This is what the ancients were commended for.

3By faith we understand that the universe was formed at God's command, so that what is seen was not made out of what was visible. 4By faith

[q] *30* Deut. 32:35 [r] *30* Deut. 32:36; Psalm 135:14 [s] *38* One early manuscript *But the righteous* [t] *38* Hab. 2:3,4

más aceptable que el de Caín, por lo cual recibió
testimonio de ser justo, pues Dios aceptó su
ofrenda. Y por la fe Abel, a pesar de estar
muerto, habla todavía.
5Por la fe Enoc fue sacado de este mundo sin
experimentar la muerte; no fue hallado porque
Dios se lo llevó, pero antes de ser llevado recibió
testimonio de haber agradado a Dios. 6En reali-
dad, sin fe es imposible agradar a Dios, ya que
cualquiera que se acerca a Dios tiene que creer
que él existe y que recompensa a quienes lo
buscan.
7Por la fe Noé, advertido sobre cosas que aún
no se veían, con temor reverente construyó un
arca para salvar a su familia. Por esa fe condenó
al mundo y llegó a ser heredero de la justicia que
viene por la fe.
8Por la fe Abraham, cuando fue llamado para
ir a un lugar que más tarde recibiría como heren-
cia, obedeció y salió sin saber a dónde iba. 9Por
la fe se radicó como extranjero en la tierra
prometida, y habitó en tiendas de campaña con
Isaac y Jacob, herederos también de la misma
promesa, 10porque esperaba la ciudad de ci-
mientos sólidos, de la cual Dios es arquitecto y
constructor.
11Por la fe Abraham, a pesar de su avanzada
edad y de que Sara misma era estéril,[s] recibió
fuerza para tener hijos, porque consideró fiel al
que le había hecho la promesa. 12Así que de este
solo hombre, ya en decadencia, nacieron descen-
dientes numerosos como las estrellas del cielo e
incontables como la arena a la orilla del mar.
13Todos ellos vivieron por la fe, y murieron
sin haber recibido las cosas prometidas; más
bien, las reconocieron a lo lejos, y confesaron
que eran extranjeros y peregrinos en la tierra.
14Al expresarse así, claramente dieron a enten-
der que andaban en busca de una patria. 15Si
hubieran estado pensando en aquella patria de
donde habían emigrado, habrían tenido oportu-
nidad de regresar a ella. 16Antes bien, anhelaban
una patria mejor, es decir, la celestial. Por lo
tanto, Dios no se avergonzó de ser llamado su
Dios, y les preparó una ciudad.
17Por la fe Abraham, que había recibido las
promesas, fue puesto a *prueba y ofreció a Isaac,
su hijo único, 18a pesar de que Dios le había
dicho: «Tu *descendencia se establecerá por
medio de Isaac.»[t] 19Consideraba Abraham que
Dios tiene poder hasta para resucitar a los muer-
tos, y así, en sentido figurado, recobró a Isaac de
entre los muertos.
20Por la fe Isaac bendijo a Jacob y a Esaú,

[s] **11:11** *Por … estéril.* Alt. *Por la fe incluso Sara, a pesar de su avanzada edad y de que era estéril.* [t] **11:18** Gn 21:12

Abel offered God a better sacrifice than Cain
did. By faith he was commended as a righteous
man, when God spoke well of his offerings. And
by faith he still speaks, even though he is dead.
5By faith Enoch was taken from this life, so
that he did not experience death; he could not be
found, because God had taken him away. For
before he was taken, he was commended as one
who pleased God. 6And without faith it is im-
possible to please God, because anyone who
comes to him must believe that he exists and that
he rewards those who earnestly seek him.
7By faith Noah, when warned about things not
yet seen, in holy fear built an ark to save his
family. By his faith he condemned the world and
became heir of the righteousness that comes by
faith.
8By faith Abraham, when called to go to a
place he would later receive as his inheritance,
obeyed and went, even though he did not know
where he was going. 9By faith he made his home
in the promised land like a stranger in a foreign
country; he lived in tents, as did Isaac and Jacob,
who were heirs with him of the same promise.
10For he was looking forward to the city with
foundations, whose architect and builder is God.
11By faith Abraham, even though he was past
age—and Sarah herself was barren—was en-
abled to become a father because he[u] considered
him faithful who had made the promise. 12And
so from this one man, and he as good as dead,
came descendants as numerous as the stars in
the sky and as countless as the sand on the
seashore.
13All these people were still living by faith
when they died. They did not receive the things
promised; they only saw them and welcomed
them from a distance. And they admitted that
they were aliens and strangers on earth. 14People
who say such things show that they are looking
for a country of their own. 15If they had been
thinking of the country they had left, they would
have had opportunity to return. 16Instead, they
were longing for a better country—a heavenly
one. Therefore God is not ashamed to be called
their God, for he has prepared a city for them.
17By faith Abraham, when God tested him,
offered Isaac as a sacrifice. He who had received
the promises was about to sacrifice his one and
only son, 18even though God had said to him,
"It is through Isaac that your offspring[v] will be
reckoned."[w] 19Abraham reasoned that God
could raise the dead, and figuratively speaking,
he did receive Isaac back from death.

[u] *11* Or *By faith even Sarah, who was past age, was enabled to bear children because she* [v] *18* Greek *seed*
[w] *18* Gen. 21:12

previendo lo que les esperaba en el futuro.
21 Por la fe Jacob, cuando estaba a punto de
morir, bendijo a cada uno de los hijos de José, y
adoró apoyándose en la punta de su bastón.
22 Por la fe José, al fin de su vida, se refirió a
la salida de los israelitas de Egipto y dio instruc-
ciones acerca de sus restos mortales.
23 Por la fe Moisés, recién nacido, fue escon-
dido por sus padres durante tres meses, porque
vieron que era un niño precioso, y no tuvieron
miedo del edicto del rey.
24 Por la fe Moisés, ya adulto, renunció a ser
llamado hijo de la hija del faraón. 25 Prefirió ser
maltratado con el pueblo de Dios a disfrutar de los
efímeros placeres del pecado. 26 Consideró que el
oprobio por causa del *Mesías era una mayor
riqueza que los tesoros de Egipto, porque tenía la
mirada puesta en la recompensa. 27 Por la fe salió
de Egipto sin tenerle miedo a la ira del rey, pues se
mantuvo firme como si estuviera viendo al Invisi-
ble. 28 Por la fe celebró la Pascua y el rociamiento
de la sangre, para que el exterminador de los
primogénitos no tocara a los de Israel.
29 Por la fe el pueblo cruzó el Mar Rojo como
por tierra seca; pero cuando los egipcios inten-
taron cruzarlo, se ahogaron.
30 Por la fe cayeron las murallas de Jericó,
después de haber marchado el pueblo siete días
a su alrededor.
31 Por la fe la prostituta Rajab no murió junto
con los desobedientes,[u] pues había recibido en
paz a los espías.
32 ¿Qué más voy a decir? Me faltaría tiempo
para hablar de Gedeón, Barac, Sansón, Jefté,
David, Samuel y los profetas, 33 los cuales por la
fe conquistaron reinos, hicieron justicia y alcan-
zaron lo prometido; cerraron bocas de leones,
34 apagaron la furia de las llamas y escaparon del
filo de la espada; sacaron fuerzas de flaqueza; se
mostraron valientes en la guerra y pusieron en
fuga a ejércitos extranjeros. 35 Hubo mujeres que
por la resurrección recobraron a sus muertos.
Otros, en cambio, fueron muertos a golpes, pues
para alcanzar una mejor resurrección no acepta-
ron que los pusieran en libertad. 36 Otros sufrie-
ron la prueba de burlas y azotes, e incluso de
cadenas y cárceles. 37 Fueron apedreados,[v] ase-
rrados por la mitad, asesinados a filo de espada.
Anduvieron fugitivos de aquí para allá, cubier-
tos de pieles de oveja y de cabra, pasando nece-
sidades, afligidos y maltratados. 38 ¡El mundo no
merecía gente así! Anduvieron sin rumbo por
desiertos y montañas, por cuevas y cavernas.
39 Aunque todos obtuvieron un testimonio fa-

[u] 11:31 *desobedientes*. Alt. *incrédulos*. [v] 11:37 *apedreados*. Var. *apedreados, puestos a prueba*.

20 By faith Isaac blessed Jacob and Esau in
regard to their future.
21 By faith Jacob, when he was dying, blessed
each of Joseph's sons, and worshiped as he
leaned on the top of his staff.
22 By faith Joseph, when his end was near,
spoke about the exodus of the Israelites from
Egypt and gave instructions about his bones.
23 By faith Moses' parents hid him for three
months after he was born, because they saw he
was no ordinary child, and they were not afraid
of the king's edict.
24 By faith Moses, when he had grown up,
refused to be known as the son of Pharaoh's
daughter. 25 He chose to be mistreated along
with the people of God rather than to enjoy the
pleasures of sin for a short time. 26 He regarded
disgrace for the sake of Christ as of greater value
than the treasures of Egypt, because he was
looking ahead to his reward. 27 By faith he left
Egypt, not fearing the king's anger; he perse-
vered because he saw him who is invisible. 28 By
faith he kept the Passover and the sprinkling of
blood, so that the destroyer of the firstborn
would not touch the firstborn of Israel.
29 By faith the people passed through the Red
Sea[x] as on dry land; but when the Egyptians
tried to do so, they were drowned.
30 By faith the walls of Jericho fell, after the
people had marched around them for seven days.
31 By faith the prostitute Rahab, because she
welcomed the spies, was not killed with those
who were disobedient.[y]
32 And what more shall I say? I do not have
time to tell about Gideon, Barak, Samson, Jeph-
thah, David, Samuel and the prophets, 33 who
through faith conquered kingdoms, adminis-
tered justice, and gained what was promised;
who shut the mouths of lions, 34 quenched the
fury of the flames, and escaped the edge of the
sword; whose weakness was turned to strength;
and who became powerful in battle and routed
foreign armies. 35 Women received back their
dead, raised to life again. Others were tortured
and refused to be released, so that they might
gain a better resurrection. 36 Some faced jeers
and flogging, while still others were chained and
put in prison. 37 They were stoned[z]; they were
sawed in two; they were put to death by the
sword. They went about in sheepskins and goat-
skins, destitute, persecuted and mistreated—
38 the world was not worthy of them. They wan-
dered in deserts and mountains, and in caves and
holes in the ground.

[x] *29* That is, Sea of Reeds [y] *31* Or *unbelieving* [z] *37* Some early manuscripts *stoned; they were put to the test;*

vorable mediante la fe, ninguno de ellos vio el
cumplimiento de la promesa. 40Esto sucedió
para que ellos no llegaran a la meta[w] sin noso-
tros, pues Dios nos había preparado algo mejor.

Dios disciplina a sus hijos

12 Por tanto, también nosotros, que esta-
mos rodeados de una multitud tan gran-
de de testigos, despojémonos del lastre que nos
estorba, en especial del pecado que nos asedia,
y corramos con perseverancia la carrera que
tenemos por delante. 2Fijemos la mirada en
Jesús, el iniciador y *perfeccionador de nuestra
fe, quien por el gozo que le esperaba, soportó la
cruz, menospreciando la vergüenza que ella sig-
nificaba, y ahora está sentado a la *derecha del
trono de Dios. 3Así, pues, consideren a aquel
que perseveró frente a tanta oposición por parte
de los pecadores, para que no se cansen ni
pierdan el ánimo.

4En la lucha que ustedes libran contra el pe-
cado, todavía no han tenido que resistir hasta
derramar su sangre. 5Y ya han olvidado por
completo las palabras de aliento que como a
hijos se les dirige:

> «Hijo mío, no tomes a la ligera la discipli-
> na del Señor
> ni te desanimes cuando te reprenda,
> 6porque el Señor disciplina a los que ama,
> y azota a todo el que recibe como hijo.»[x]

7Lo que soportan es para su disciplina, pues
Dios los está tratando como a hijos. ¿Qué hijo
hay a quien el padre no disciplina? 8Si a ustedes
se les deja sin la disciplina que todos reciben,
entonces son bastardos y no hijos legítimos.
9Después de todo, aunque nuestros padres *hu-
manos nos disciplinaban, los respetábamos. ¿No
hemos de someternos, con mayor razón, al Pa-
dre de los espíritus, para que vivamos? 10En
efecto, nuestros padres nos disciplinaban por un
breve tiempo, como mejor les parecía; pero Dios
lo hace para nuestro bien, a fin de que participe-
mos de su *santidad. 11Ciertamente, ninguna
disciplina, en el momento de recibirla, parece
agradable, sino más bien penosa; sin embargo,
después produce una cosecha de justicia y paz
para quienes han sido entrenados por ella.

12Por tanto, renueven las fuerzas de sus manos
cansadas y de sus rodillas debilitadas. 13«Hagan
sendas derechas para sus pies»,[y] para que la
pierna coja no se disloque sino que se sane.

[w] 11:40 *meta.* Alt. *perfección.* [x] 12:6 Pr 3:11,12
[y] 12:13 Pr 4:26

39These were all commended for their faith,
yet none of them received what had been prom-
ised. 40God had planned something better for us
so that only together with us would they be made
perfect.

God Disciplines His Sons

12 Therefore, since we are surrounded by
such a great cloud of witnesses, let us
throw off everything that hinders and the sin
that so easily entangles, and let us run with
perseverance the race marked out for us. 2Let
us fix our eyes on Jesus, the author and per-
fecter of our faith, who for the joy set before
him endured the cross, scorning its shame, and
sat down at the right hand of the throne of
God. 3Consider him who endured such oppo-
sition from sinful men, so that you will not
grow weary and lose heart.

4In your struggle against sin, you have not yet
resisted to the point of shedding your blood.
5And you have forgotten that word of encour-
agement that addresses you as sons:

> "My son, do not make light of the Lord's
> discipline,
> and do not lose heart when he rebukes
> you,
> 6because the Lord disciplines those he
> loves,
> and he punishes everyone he accepts as
> a son."[a]

7Endure hardship as discipline; God is treat-
ing you as sons. For what son is not disciplined
by his father? 8If you are not disciplined (and
everyone undergoes discipline), then you are
illegitimate children and not true sons. 9More-
over, we have all had human fathers who dis-
ciplined us and we respected them for it. How
much more should we submit to the Father of
our spirits and live! 10Our fathers disciplined
us for a little while as they thought best; but
God disciplines us for our good, that we may
share in his holiness. 11No discipline seems
pleasant at the time, but painful. Later on,
however, it produces a harvest of righteous-
ness and peace for those who have been
trained by it.

12Therefore, strengthen your feeble arms and
weak knees. 13"Make level paths for your
feet,"[b] so that the lame may not be disabled, but
rather healed.

[a] *6* Prov. 3:11,12 [b] *13* Prov. 4:26

Advertencia a los que rechazan a Dios

14Busquen la paz con todos, y la *santidad,
sin la cual nadie verá al Señor. 15Asegúrense de
que nadie deje de alcanzar la gracia de Dios; de
que ninguna raíz amarga brote y cause dificul-
tades y corrompa a muchos; 16y de que nadie sea
inmoral ni profano como Esaú, quien por un solo
plato de comida vendió sus derechos de hijo
mayor.[z] 17Después, como ya saben, cuando qui-
so heredar esa bendición, fue rechazado: No se
le dio lugar para el *arrepentimiento, aunque
con lágrimas buscó la bendición.

18Ustedes no se han acercado a una montaña
que se pueda tocar o que esté ardiendo en fuego;
ni a oscuridad, tinieblas y tormenta; 19ni a soni-
do de trompeta, ni a tal clamor de palabras que
quienes lo oyeron suplicaron que no se les ha-
blara más, 20porque no podían soportar esta
orden: «¡Será apedreado todo el que toque la
montaña, aunque sea un animal!»[a] 21Tan terri-
ble era este espectáculo que Moisés dijo: «Estoy
temblando de miedo.»[b]

22Por el contrario, ustedes se han acercado al
monte Sión, a la Jerusalén celestial, la ciudad del
Dios viviente. Se han acercado a millares y
millares de ángeles, a una asamblea gozosa, 23a
la iglesia de los primogénitos inscritos en el
cielo. Se han acercado a Dios, el juez de todos;
a los espíritus de los justos que han llegado a la
*perfección; 24a Jesús, el mediador de un nuevo
pacto; y a la sangre rociada, que habla con más
fuerza que la de Abel.

25Tengan cuidado de no rechazar al que habla,
pues si no escaparon aquellos que rechazaron al
que los amonestaba en la tierra, mucho menos
escaparemos nosotros si le volvemos la espalda
al que nos amonesta desde el cielo. 26En aquella
ocasión, su voz conmovió la tierra, pero ahora
ha prometido: «Una vez más haré que se estre-
mezca no sólo la tierra sino también el cielo.»[c]
27La frase «una vez más» indica la transforma-
ción[d] de las cosas movibles, es decir, las crea-
das, para que permanezca lo inconmovible.

28Así que nosotros, que estamos recibiendo
un reino inconmovible, seamos agradecidos.
Inspirados por esta gratitud, adoremos a Dios
como a él le agrada, con temor reverente, 29por-
que nuestro «Dios es fuego consumidor».[e]

Exhortaciones finales

13 Sigan amándose unos a otros fraternal-
mente. 2No se olviden de practicar la
hospitalidad, pues gracias a ella algunos, sin

[z]**12:16** *sus derechos de hijo mayor.* Lit. *su primogenitura.*
[a]**12:20** Éx 19:12,13 [b]**12:21** Dt 9:19 [c]**12:26** Hag 2:6
[d]**12:27** *transformación.* Alt. *remoción.* [e]**12:29** Dt 4:24

Warning Against Refusing God

14Make every effort to live in peace with all
men and to be holy; without holiness no one
will see the Lord. 15See to it that no one misses
the grace of God and that no bitter root grows
up to cause trouble and defile many. 16See that
no one is sexually immoral, or is godless like
Esau, who for a single meal sold his inheri-
tance rights as the oldest son. 17Afterward, as
you know, when he wanted to inherit this
blessing, he was rejected. He could bring about
no change of mind, though he sought the bless-
ing with tears.

18You have not come to a mountain that can
be touched and that is burning with fire; to
darkness, gloom and storm; 19to a trumpet blast
or to such a voice speaking words that those who
heard it begged that no further word be spoken
to them, 20because they could not bear what was
commanded: "If even an animal touches the
mountain, it must be stoned."[c] 21The sight was
so terrifying that Moses said, "I am trembling
with fear."[d]

22But you have come to Mount Zion, to the
heavenly Jerusalem, the city of the living God.
You have come to thousands upon thousands of
angels in joyful assembly, 23to the church of the
firstborn, whose names are written in heaven.
You have come to God, the judge of all men, to
the spirits of righteous men made perfect, 24to
Jesus the mediator of a new covenant, and to the
sprinkled blood that speaks a better word than
the blood of Abel.

25See to it that you do not refuse him who
speaks. If they did not escape when they refused
him who warned them on earth, how much less
will we, if we turn away from him who warns
us from heaven? 26At that time his voice shook
the earth, but now he has promised, "Once more
I will shake not only the earth but also the
heavens."[e] 27The words "once more" indicate
the removing of what can be shaken—that is,
created things—so that what cannot be shaken
may remain.

28Therefore, since we are receiving a king-
dom that cannot be shaken, let us be thankful,
and so worship God acceptably with reverence
and awe, 29for our "God is a consuming fire."[f]

Concluding Exhortations

13 Keep on loving each other as brothers.
2Do not forget to entertain strangers, for
by so doing some people have entertained angels

[c]*20* Exodus 19:12,13 [d]*21* Deut. 9:19 [e]*26* Haggai 2:6
[f]*29* Deut. 4:24

saberlo, hospedaron ángeles. 3 Acuérdense de los presos, como si ustedes fueran sus compañeros de cárcel, y también de los que son maltratados, como si fueran ustedes mismos los que sufren.

4 Tengan todos en alta estima el matrimonio y la fidelidad conyugal, porque Dios juzgará a los adúlteros y a todos los que cometen inmoralidades sexuales. 5 Manténganse libres del amor al dinero, y conténtense con lo que tienen, porque Dios ha dicho:

> «Nunca te dejaré;
> jamás te abandonaré.»[f]

6 Así que podemos decir con toda confianza:

> «El Señor es quien me ayuda; no temeré.
> ¿Qué me puede hacer un simple mortal?»[g]

7 Acuérdense de sus dirigentes, que les comunicaron la palabra de Dios. Consideren cuál fue el resultado de su estilo de vida, e imiten su fe. 8 *Jesucristo es el mismo ayer y hoy y por los siglos.

9 No se dejen llevar por ninguna clase de enseñanzas extrañas. Conviene que el corazón sea fortalecido por la gracia, y no por alimentos rituales que de nada aprovechan a quienes los comen.

10 Nosotros tenemos un altar del cual no tienen derecho a comer los que ofician en el tabernáculo. 11 Porque el sumo sacerdote introduce la sangre de los animales en el Lugar Santísimo como sacrificio por el pecado, pero los cuerpos de esos animales se queman fuera del campamento. 12 Por eso también Jesús, para *santificar al pueblo mediante su propia sangre, sufrió fuera de la puerta de la ciudad. 13 Por lo tanto, salgamos a su encuentro fuera del campamento, llevando la deshonra que él llevó, 14 pues aquí no tenemos una ciudad permanente, sino que buscamos la ciudad venidera.

15 Así que ofrezcamos continuamente a Dios, por medio de Jesucristo, un sacrificio de alabanza, es decir, el fruto de los labios que confiesan su nombre. 16 No se olviden de hacer el bien y de compartir con otros lo que tienen, porque ésos son los sacrificios que agradan a Dios.

17 Obedezcan a sus dirigentes y sométanse a ellos, pues cuidan de ustedes como quienes tienen que rendir cuentas. Obedézcanlos a fin de que ellos cumplan su tarea con alegría y sin quejarse, pues el quejarse no les trae ningún provecho.

[f] 13:5 Dt 31:6 [g] 13:6 Sal 118:6,7

without knowing it. 3 Remember those in prison as if you were their fellow prisoners, and those who are mistreated as if you yourselves were suffering.

4 Marriage should be honored by all, and the marriage bed kept pure, for God will judge the adulterer and all the sexually immoral. 5 Keep your lives free from the love of money and be content with what you have, because God has said,

> "Never will I leave you;
> never will I forsake you."[g]

6 So we say with confidence,

> "The Lord is my helper; I will not be
> afraid.
> What can man do to me?"[h]

7 Remember your leaders, who spoke the word of God to you. Consider the outcome of their way of life and imitate their faith. 8 Jesus Christ is the same yesterday and today and forever.

9 Do not be carried away by all kinds of strange teachings. It is good for our hearts to be strengthened by grace, not by ceremonial foods, which are of no value to those who eat them. 10 We have an altar from which those who minister at the tabernacle have no right to eat.

11 The high priest carries the blood of animals into the Most Holy Place as a sin offering, but the bodies are burned outside the camp. 12 And so Jesus also suffered outside the city gate to make the people holy through his own blood. 13 Let us, then, go to him outside the camp, bearing the disgrace he bore. 14 For here we do not have an enduring city, but we are looking for the city that is to come.

15 Through Jesus, therefore, let us continually offer to God a sacrifice of praise—the fruit of lips that confess his name. 16 And do not forget to do good and to share with others, for with such sacrifices God is pleased. 17 Obey your leaders and submit to their authority. They keep watch over you as men who must give an account. Obey them so that their work will be a joy, not a burden, for that would be of no advantage to you.

[g] 5 Deut. 31:6 [h] 6 Psalm 118:6,7

18Oren por nosotros, porque estamos seguros
de tener la conciencia tranquila y queremos
portarnos honradamente en todo. 19Les ruego
encarecidamente que oren para que cuanto antes
se me permita estar de nuevo con ustedes.

20El Dios que da la paz levantó de entre los
muertos al gran Pastor de las ovejas, a nuestro
Señor Jesús, por la sangre del pacto eterno.
21Que él los capacite en todo lo bueno para hacer
su voluntad. Y que, por medio de Jesucristo,
Dios cumpla en nosotros lo que le agrada. A él
sea la gloria por los siglos de los siglos. Amén.

22Hermanos, les ruego que reciban bien estas
palabras de exhortación, ya que les he escrito
brevemente.

23Quiero que sepan que nuestro hermano Ti-
moteo ha sido puesto en libertad. Si llega pronto,
iré con él a verlos.

24Saluden a todos sus dirigentes y a todos los
*santos. Los de Italia les mandan saludos.

25Que la gracia sea con todos ustedes.

18Pray for us. We are sure that we have a clear
conscience and desire to live honorably in every
way. 19I particularly urge you to pray so that I
may be restored to you soon.

20May the God of peace, who through the
blood of the eternal covenant brought back
from the dead our Lord Jesus, that great Shep-
herd of the sheep, 21equip you with everything
good for doing his will, and may he work in
us what is pleasing to him, through Jesus
Christ, to whom be glory for ever and ever.
Amen.

22Brothers, I urge you to bear with my word
of exhortation, for I have written you only a
short letter.

23I want you to know that our brother Timothy
has been released. If he arrives soon, I will come
with him to see you.

24Greet all your leaders and all God's people.
Those from Italy send you their greetings.

25Grace be with you all.

Carta de Santiago

1 *Santiago, *siervo de Dios y del Señor
*Jesucristo,

a las doce tribus que se hallan dispersas por el mundo:

Saludos.

Pruebas y tentaciones

2Hermanos míos, considérense muy dicho-
sos cuando tengan que enfrentarse con diver-
sas *pruebas, 3pues ya saben que la prueba de
su fe produce constancia. 4Y la constancia de-
be llevar a feliz término la obra, para que sean
*perfectos e íntegros, sin que les falte nada.
5Si a alguno de ustedes le falta sabiduría, pí-
dasela a Dios, y él se la dará, pues Dios da a
todos generosamente sin menospreciar a na-
die. 6Pero que pida con fe, sin dudar, porque
quien duda es como las olas del mar, agitadas
y llevadas de un lado a otro por el viento.
7Quien es así no piense que va a recibir cosa
alguna del Señor; 8es indeciso e inconstante
en todo lo que hace.
9El hermano de condición humilde debe sen-
tirse *orgulloso de su alta dignidad, 10y el rico,
de su humilde condición. El rico pasará como la
flor del campo. 11El sol, cuando sale, seca la
planta con su calor abrasador. A ésta se le cae la
flor y pierde su belleza. Así se marchitará tam-
bién el rico en todas sus empresas.
12*Dichoso el que resiste la *tentación por-
que, al salir aprobado, recibirá la corona de la
vida que Dios ha prometido a quienes lo aman.
13Que nadie, al ser tentado, diga: «Es Dios
quien me tienta.» Porque Dios no puede ser
tentado por el mal, ni tampoco tienta él a nadie.
14Todo lo contrario, cada uno es tentado cuando
sus propios malos deseos lo arrastran y seducen.
15Luego, cuando el deseo ha concebido, engen-
dra el pecado; y el pecado, una vez que ha sido
consumado, da a luz la muerte.
16Mis queridos hermanos, no se engañen.
17Toda buena dádiva y todo don perfecto des-
cienden de lo alto, donde está el Padre que
creó las lumbreras celestes, y que no cambia
como los astros ni se mueve como las sombras.
18Por su propia voluntad nos hizo nacer me-
diante la palabra de verdad, para que fuéramos
como los primeros y mejores frutos de su crea-
ción.

James

1 James, a servant of God and of the Lord
Jesus Christ,

To the twelve tribes scattered among the nations:

Greetings.

Trials and Temptations

2Consider it pure joy, my brothers, when-
ever you face trials of many kinds, 3because
you know that the testing of your faith devel-
ops perseverance. 4Perseverance must finish
its work so that you may be mature and com-
plete, not lacking anything. 5If any of you
lacks wisdom, he should ask God, who gives
generously to all without finding fault, and it
will be given to him. 6But when he asks, he
must believe and not doubt, because he who
doubts is like a wave of the sea, blown and
tossed by the wind. 7That man should not
think he will receive anything from the Lord;
8he is a double-minded man, unstable in all
he does.
9The brother in humble circumstances ought
to take pride in his high position. 10But the one
who is rich should take pride in his low position,
because he will pass away like a wild flower.
11For the sun rises with scorching heat and
withers the plant; its blossom falls and its beauty
is destroyed. In the same way, the rich man will
fade away even while he goes about his busi-
ness.
12Blessed is the man who perseveres under
trial, because when he has stood the test, he will
receive the crown of life that God has promised
to those who love him.
13When tempted, no one should say, "God is
tempting me." For God cannot be tempted by
evil, nor does he tempt anyone; 14but each one
is tempted when, by his own evil desire, he is
dragged away and enticed. 15Then, after desire
has conceived, it gives birth to sin; and sin, when
it is full-grown, gives birth to death.
16Don't be deceived, my dear brothers. 17Ev-
ery good and perfect gift is from above, coming
down from the Father of the heavenly lights,
who does not change like shifting shadows. 18He
chose to give us birth through the word of truth,
that we might be a kind of firstfruits of all he
created.

Hay que poner en práctica la palabra

19 Mis queridos hermanos, tengan presente esto: Todos deben estar listos para escuchar, y ser lentos para hablar y para enojarse; 20 pues la ira *humana no produce la vida justa que Dios quiere. 21 Por esto, despójense de toda inmundicia y de la maldad que tanto abunda, para que puedan recibir con humildad la palabra sembrada en ustedes, la cual tiene poder para salvarles la *vida.

22 No se contenten sólo con escuchar la palabra, pues así se engañan ustedes mismos. Llévenla a la práctica. 23 El que escucha la palabra pero no la pone en práctica es como el que se mira el rostro en un espejo 24 y, después de mirarse, se va y se olvida en seguida de cómo es. 25 Pero quien se fija atentamente en la ley perfecta que da libertad, y persevera en ella, no olvidando lo que ha oído sino haciéndolo, recibirá bendición al practicarla.

26 Si alguien se cree religioso pero no le pone freno a su lengua, se engaña a sí mismo, y su religión no sirve para nada. 27 La religión pura y sin mancha delante de Dios nuestro Padre es ésta: atender a los huérfanos y a las viudas en sus aflicciones, y conservarse limpio de la corrupción del mundo.

Prohibición del favoritismo

2 Hermanos míos, la fe que tienen en nuestro glorioso Señor *Jesucristo no debe dar lugar a favoritismos. 2 Supongamos que en el lugar donde se reúnen entra un hombre con anillo de oro y ropa elegante, y entra también un pobre desharrapado. 3 Si atienden bien al que lleva ropa elegante y le dicen: «Siéntese usted aquí, en este lugar cómodo», pero al pobre le dicen: «Quédate ahí de pie» o «Siéntate en el suelo, a mis pies», 4 ¿acaso no hacen discriminación entre ustedes, juzgando con malas intenciones?

5 Escuchen, mis queridos hermanos: ¿No ha escogido Dios a los que son pobres según el mundo para que sean ricos en la fe y hereden el reino que prometió a quienes lo aman? 6 ¡Pero ustedes han menospreciado al pobre! ¿No son los ricos quienes los explotan a ustedes y los arrastran ante los tribunales? 7 ¿No son ellos los que *blasfeman el buen nombre de aquel a quien ustedes pertenecen?

8 Hacen muy bien si de veras cumplen la ley suprema de la Escritura: «Ama a tu prójimo como a ti mismo»;[a] 9 pero si muestran algún favoritismo, pecan y son culpables, pues la misma ley los acusa de ser transgresores. 10 Porque

[a] 2:8 Lv 19:18

Listening and Doing

19 My dear brothers, take note of this: Everyone should be quick to listen, slow to speak and slow to become angry, 20 for man's anger does not bring about the righteous life that God desires. 21 Therefore, get rid of all moral filth and the evil that is so prevalent and humbly accept the word planted in you, which can save you.

22 Do not merely listen to the word, and so deceive yourselves. Do what it says. 23 Anyone who listens to the word but does not do what it says is like a man who looks at his face in a mirror 24 and, after looking at himself, goes away and immediately forgets what he looks like. 25 But the man who looks intently into the perfect law that gives freedom, and continues to do this, not forgetting what he has heard, but doing it—he will be blessed in what he does.

26 If anyone considers himself religious and yet does not keep a tight rein on his tongue, he deceives himself and his religion is worthless. 27 Religion that God our Father accepts as pure and faultless is this: to look after orphans and widows in their distress and to keep oneself from being polluted by the world.

Favoritism Forbidden

2 My brothers, as believers in our glorious Lord Jesus Christ, don't show favoritism. 2 Suppose a man comes into your meeting wearing a gold ring and fine clothes, and a poor man in shabby clothes also comes in. 3 If you show special attention to the man wearing fine clothes and say, "Here's a good seat for you," but say to the poor man, "You stand there" or "Sit on the floor by my feet," 4 have you not discriminated among yourselves and become judges with evil thoughts?

5 Listen, my dear brothers: Has not God chosen those who are poor in the eyes of the world to be rich in faith and to inherit the kingdom he promised those who love him? 6 But you have insulted the poor. Is it not the rich who are exploiting you? Are they not the ones who are dragging you into court? 7 Are they not the ones who are slandering the noble name of him to whom you belong?

8 If you really keep the royal law found in Scripture, "Love your neighbor as yourself,"[a] you are doing right. 9 But if you show favoritism, you sin and are convicted by the law as lawbreakers. 10 For whoever keeps the whole

[a] 8 Lev. 19:18

el que cumple con toda la ley pero falla en un
solo punto ya es culpable de haberla quebranta-
do toda. 11 Pues el que dijo: «No cometas adul-
terio»,[b] también dijo: «No mates.»[c] Si no come-
tes adulterio, pero matas, ya has violado la ley.
12 Hablen y pórtense como quienes han de ser
juzgados por la ley que nos da libertad, 13 porque
habrá un juicio sin compasión para el que actúe
sin compasión. ¡La compasión triunfa en el jui-
cio!

La fe y las obras

14 Hermanos míos, ¿de qué le sirve a uno
alegar que tiene fe, si no tiene obras? ¿Acaso
podrá salvarlo esa fe? 15 Supongamos que un
hermano o una hermana no tienen con qué ves-
tirse y carecen del alimento diario, 16 y uno de
ustedes les dice: «Que les vaya bien; abríguense
y coman hasta saciarse», pero no les da lo nece-
sario para el cuerpo. ¿De qué servirá eso? 17 Así
también la fe por sí sola, si no tiene obras, está
muerta.
18 Sin embargo, alguien dirá: «Tú tienes fe, y
yo tengo obras.»
Pues bien, muéstrame tu fe sin las obras, y yo
te mostraré la fe por mis obras. 19 ¿Tú crees que
hay un solo Dios? ¡Magnífico! También los
demonios lo creen, y tiemblan.
20 ¡Qué tonto eres! ¿Quieres convencerte de
que la fe sin obras es estéril?[d] 21 ¿No fue decla-
rado justo nuestro padre Abraham por lo que
hizo cuando ofreció sobre el altar a su hijo Isaac?
22 Ya lo ves: Su fe y sus obras actuaban conjun-
tamente, y su fe llegó a la *perfección por las
obras que hizo. 23 Así se cumplió la Escritura que
dice: «Le creyó Abraham a Dios, y esto se le
tomó en cuenta como justicia»,[e] y fue llamado
amigo de Dios. 24 Como pueden ver, a una per-
sona se le declara justa por las obras, y no sólo
por la fe.
25 De igual manera, ¿no fue declarada justa por
las obras aun la prostituta Rajab, cuando hospe-
dó a los espías y les ayudó a huir por otro
camino? 26 Pues como el cuerpo sin el espíritu
está muerto, así también la fe sin obras está
muerta.

Hay que domar la lengua

3 Hermanos míos, no pretendan muchos de
ustedes ser maestros, pues, como saben,
seremos juzgados con más severidad. 2 Todos
fallamos mucho. Si alguien nunca falla en lo que
dice, es una persona *perfecta, capaz también de
controlar todo su cuerpo.

[b]**2:11** Éx 20:14; Dt 5:18 [c]**2:11** Éx 20:13; Dt 5:17
[d]**2:20** *es estéril.* Var. *está muerta.* [e]**2:23** Gn 15:6

law and yet stumbles at just one point is guilty
of breaking all of it. 11 For he who said, "Do
not commit adultery," [b] also said, "Do not
murder." [c] If you do not commit adultery but
do commit murder, you have become a law-
breaker.
12 Speak and act as those who are going to be
judged by the law that gives freedom, 13 because
judgment without mercy will be shown to any-
one who has not been merciful. Mercy triumphs
over judgment!

Faith and Deeds

14 What good is it, my brothers, if a man claims
to have faith but has no deeds? Can such faith
save him? 15 Suppose a brother or sister is with-
out clothes and daily food. 16 If one of you says
to him, "Go, I wish you well; keep warm and
well fed," but does nothing about his physical
needs, what good is it? 17 In the same way, faith
by itself, if it is not accompanied by action, is
dead.
18 But someone will say, "You have faith; I
have deeds."
Show me your faith without deeds, and I will
show you my faith by what I do. 19 You believe
that there is one God. Good! Even the demons
believe that—and shudder.
20 You foolish man, do you want evidence that
faith without deeds is useless[d]? 21 Was not our
ancestor Abraham considered righteous for
what he did when he offered his son Isaac on the
altar? 22 You see that his faith and his actions
were working together, and his faith was made
complete by what he did. 23 And the scripture
was fulfilled that says, "Abraham believed God,
and it was credited to him as righteousness," [e]
and he was called God's friend. 24 You see that
a person is justified by what he does and not by
faith alone.
25 In the same way, was not even Rahab the
prostitute considered righteous for what she did
when she gave lodging to the spies and sent them
off in a different direction? 26 As the body with-
out the spirit is dead, so faith without deeds is
dead.

Taming the Tongue

3 Not many of you should presume to be
teachers, my brothers, because you know
that we who teach will be judged more strictly.
2 We all stumble in many ways. If anyone is
never at fault in what he says, he is a perfect
man, able to keep his whole body in check.

[b]*11* Exodus 20:14; Deut. 5:18 [c]*11* Exodus 20:13; Deut.
5:17 [d]*20* Some early manuscripts *dead* [e]*23* Gen. 15:6

3Cuando ponemos freno en la boca de los
caballos para que nos obedezcan, podemos con-
trolar todo el animal. 4Fíjense también en los
barcos. A pesar de ser tan grandes y de ser
impulsados por fuertes vientos, se gobiernan por
un pequeño timón a voluntad del piloto. 5Así
también la lengua es un miembro muy pequeño
del cuerpo, pero hace alarde de grandes hazañas.
¡Imagínense qué gran bosque se incendia con
tan pequeña chispa! 6También la lengua es un
fuego, un mundo de maldad. Siendo uno de
nuestros órganos, contamina todo el cuerpo y,
encendida por el infierno,[f] prende a su vez
fuego a todo el curso de la vida.

7El *ser humano sabe domar y, en efecto, ha
domado toda clase de fieras, de aves, de reptiles
y de bestias marinas; 8pero nadie puede domar
la lengua. Es un mal irrefrenable, lleno de vene-
no mortal.

9Con la lengua bendecimos a nuestro Señor y
Padre, y con ella maldecimos a las personas,
creadas a imagen de Dios. 10De una misma boca
salen bendición y maldición. Hermanos míos,
esto no debe ser así. 11¿Puede acaso brotar de
una misma fuente agua dulce y agua salada?[g]
12Hermanos míos, ¿acaso puede dar aceitunas
una higuera o higos una vid? Pues tampoco una
fuente de agua salada puede dar agua dulce.

Dos clases de sabiduría

13¿Quién es sabio y entendido entre ustedes?
Que lo demuestre con su buena conducta, me-
diante obras hechas con la humildad que le da su
sabiduría. 14Pero si ustedes tienen envidias amar-
gas y rivalidades en el corazón, dejen de presumir
y de faltar a la verdad. 15Ésa no es la sabiduría que
desciende del cielo, sino que es terrenal, pura-
mente *humana y diabólica. 16Porque donde hay
envidias y rivalidades, también hay confusión y
toda clase de acciones malvadas.

17En cambio, la sabiduría que desciende del
cielo es ante todo pura, y además pacífica, bon-
dadosa, dócil, llena de compasión y de buenos
frutos, imparcial y sincera. 18En fin, el fruto de
la justicia se siembra en paz para[h] los que hacen
la paz.

Sométanse a Dios

4 ¿De dónde surgen las guerras y los conflic-
tos entre ustedes? ¿No es precisamente de
las pasiones que luchan dentro de ustedes mis-
mos?[i] 2Desean algo y no lo consiguen. Matan y
sienten envidia, y no pueden obtener lo que
quieren. Riñen y se hacen la guerra. No tienen,

[f]3:6 *el infierno.* Lit. *la *Gehenna.* [g]3:11 *salada.* Lit. *amarga* (véase también v. 12). [h]3:18 *para.* Alt. *por.*
[i]4:1 *luchan … mismos.* Lit. *hacen guerra en sus miembros.*

3When we put bits into the mouths of horses
to make them obey us, we can turn the whole
animal. 4Or take ships as an example. Al-
though they are so large and are driven by
strong winds, they are steered by a very small
rudder wherever the pilot wants to go. 5Like-
wise the tongue is a small part of the body,
but it makes great boasts. Consider what a
great forest is set on fire by a small spark.
6The tongue also is a fire, a world of evil
among the parts of the body. It corrupts the
whole person, sets the whole course of his life
on fire, and is itself set on fire by hell.

7All kinds of animals, birds, reptiles and
creatures of the sea are being tamed and have
been tamed by man, 8but no man can tame the
tongue. It is a restless evil, full of deadly poi-
son.

9With the tongue we praise our Lord and
Father, and with it we curse men, who have been
made in God's likeness. 10Out of the same
mouth come praise and cursing. My brothers,
this should not be. 11Can both fresh water and
salt[f] water flow from the same spring? 12My
brothers, can a fig tree bear olives, or a grape-
vine bear figs? Neither can a salt spring produce
fresh water.

Two Kinds of Wisdom

13Who is wise and understanding among you?
Let him show it by his good life, by deeds done
in the humility that comes from wisdom. 14But
if you harbor bitter envy and selfish ambition in
your hearts, do not boast about it or deny the
truth. 15Such "wisdom" does not come down
from heaven but is earthly, unspiritual, of the
devil. 16For where you have envy and selfish
ambition, there you find disorder and every evil
practice.

17But the wisdom that comes from heaven is
first of all pure; then peace-loving, considerate,
submissive, full of mercy and good fruit, impar-
tial and sincere. 18Peacemakers who sow in
peace raise a harvest of righteousness.

Submit Yourselves to God

4 What causes fights and quarrels among
you? Don't they come from your desires
that battle within you? 2You want something but
don't get it. You kill and covet, but you cannot
have what you want. You quarrel and fight. You
do not have, because you do not ask God. 3When
you ask, you do not receive, because you ask

[f]11 Greek *bitter* (see also verse 14)

porque no piden. 3Y cuando piden, no reciben
porque piden con malas intenciones, para satis-
facer sus propias pasiones.
4¡Oh gente adúltera! ¿No saben que la amistad
con el mundo es enemistad con Dios? Si alguien
quiere ser amigo del mundo se vuelve enemigo
de Dios. 5¿O creen que la Escritura dice en vano
que Dios ama celosamente al espíritu que hizo
morar en nosotros?[j] 6Pero él nos da mayor
ayuda con su gracia. Por eso dice la Escritura:

«Dios se opone a los orgullosos,
pero da gracia a los humildes.»[k]

7Así que sométanse a Dios. Resistan al diablo,
y él huirá de ustedes. 8Acérquense a Dios, y él
se acercará a ustedes. ¡Pecadores, límpiense las
manos! ¡Ustedes los inconstantes, purifiquen su
corazón! 9Reconozcan sus miserias, lloren y
laméntense. Que su risa se convierta en llanto,
y su alegría en tristeza. 10Humíllense delante del
Señor, y él los exaltará.
11Hermanos, no hablen mal unos de otros. Si
alguien habla mal de su hermano, o lo juzga,
habla mal de la ley y la juzga. Y si juzgas la ley,
ya no eres cumplidor de la ley, sino su juez. 12No
hay más que un solo legislador y juez, aquel que
puede salvar y destruir. Tú, en cambio, ¿quién
eres para juzgar a tu prójimo?

Alarde sobre el mañana

13Ahora escuchen esto, ustedes que dicen:
«Hoy o mañana iremos a tal o cual ciudad,
pasaremos allí un año, haremos negocios y ga-
naremos dinero.» 14¡Y eso que ni siquiera saben
qué sucederá mañana! ¿Qué es su vida? Ustedes
son como la niebla, que aparece por un momento
y luego se desvanece. 15Más bien, debieran
decir: «Si el Señor quiere, viviremos y haremos
esto o aquello.» 16Pero ahora se *jactan en sus
fanfarronerías. Toda esta jactancia es mala.
17Así que comete pecado todo el que sabe hacer
el bien y no lo hace.

Advertencia a los ricos opresores

5 Ahora escuchen, ustedes los ricos: ¡lloren
a gritos por las calamidades que se les
vienen encima! 2Se ha podrido su riqueza, y sus
ropas están comidas por la polilla. 3Se han oxi-
dado su oro y su plata. Ese óxido dará testimonio
contra ustedes y consumirá como fuego sus
cuerpos. Han amontonado riquezas, ¡y eso que
estamos en los últimos tiempos! 4Oigan cómo
clama contra ustedes el salario no pagado a los

[j]4:5 *Dios … nosotros.* Alt. *el espíritu que él hizo morar en nosotros envidia intensamente,* o *el Espíritu que él hizo morar en nosotros ama celosamente.* [k]4:6 Pr 3:34

with wrong motives, that you may spend what
you get on your pleasures.
4You adulterous people, don't you know that
friendship with the world is hatred toward God?
Anyone who chooses to be a friend of the world
becomes an enemy of God. 5Or do you think
Scripture says without reason that the spirit he
caused to live in us envies intensely?[g] 6But he
gives us more grace. That is why Scripture says:

"God opposes the proud
but gives grace to the humble."[h]

7Submit yourselves, then, to God. Resist the
devil, and he will flee from you. 8Come near to
God and he will come near to you. Wash your
hands, you sinners, and purify your hearts, you
double-minded. 9Grieve, mourn and wail.
Change your laughter to mourning and your joy
to gloom. 10Humble yourselves before the Lord,
and he will lift you up.
11Brothers, do not slander one another. Any-
one who speaks against his brother or judges
him speaks against the law and judges it. When
you judge the law, you are not keeping it, but
sitting in judgment on it. 12There is only one
Lawgiver and Judge, the one who is able to save
and destroy. But you—who are you to judge
your neighbor?

Boasting About Tomorrow

13Now listen, you who say, "Today or tomor-
row we will go to this or that city, spend a year
there, carry on business and make money."
14Why, you do not even know what will happen
tomorrow. What is your life? You are a mist that
appears for a little while and then vanishes.
15Instead, you ought to say, "If it is the Lord's
will, we will live and do this or that." 16As it is,
you boast and brag. All such boasting is evil.
17Anyone, then, who knows the good he ought
to do and doesn't do it, sins.

Warning to Rich Oppressors

5 Now listen, you rich people, weep and wail
because of the misery that is coming upon
you. 2Your wealth has rotted, and moths have
eaten your clothes. 3Your gold and silver are
corroded. Their corrosion will testify against
you and eat your flesh like fire. You have hoard-
ed wealth in the last days. 4Look! The wages
you failed to pay the workmen who mowed your
fields are crying out against you. The cries of the

[g]*5* Or *that God jealously longs for the spirit that he made to live in us*; or *that the Spirit he caused to live in us longs jealously* [h]*6* Prov. 3:34

obreros que les trabajaron sus campos. El clamor de esos trabajadores ha llegado a oídos del Señor Todopoderoso. 5 Ustedes han llevado en este mundo una vida de lujo y de placer desenfrenado. Lo que han hecho es engordar para el día de la matanza.[l] 6 Han condenado y matado al justo sin que él les ofreciera resistencia.

Paciencia en los sufrimientos

7 Por tanto, hermanos, tengan paciencia hasta la venida del Señor. Miren cómo espera el agricultor a que la tierra dé su precioso fruto y con qué paciencia aguarda las temporadas de lluvia. 8 Así también ustedes, manténganse firmes y aguarden con paciencia la venida del Señor, que ya se acerca. 9 No se quejen unos de otros, hermanos, para que no sean juzgados. ¡El juez ya está a la puerta!

10 Hermanos, tomen como ejemplo de sufrimiento y de paciencia a los profetas que hablaron en el nombre del Señor. 11 En verdad, consideramos *dichosos a los que perseveraron. Ustedes han oído hablar de la perseverancia de Job, y han visto lo que al final le dio el Señor. Es que el Señor es muy compasivo y misericordioso.

12 Sobre todo, hermanos míos, no juren ni por el cielo ni por la tierra ni por ninguna otra cosa. Que su «sí» sea «sí», y su «no», «no», para que no sean condenados.

La oración de fe

13 ¿Está afligido alguno entre ustedes? Que ore. ¿Está alguno de buen ánimo? Que cante alabanzas. 14 ¿Está enfermo alguno de ustedes? Haga llamar a los *ancianos de la iglesia para que oren por él y lo unjan con aceite en el nombre del Señor. 15 La oración de fe sanará al enfermo y el Señor lo levantará. Y si ha pecado, su pecado se le perdonará. 16 Por eso, confiésense unos a otros sus pecados, y oren unos por otros, para que sean sanados. La oración del justo es poderosa y eficaz.

17 Elías era un hombre con debilidades como las nuestras. Con fervor oró que no lloviera, y no llovió sobre la tierra durante tres años y medio. 18 Volvió a orar, y el cielo dio su lluvia y la tierra produjo sus frutos.

19 Hermanos míos, si alguno de ustedes se extravía de la verdad, y otro lo hace volver a ella, 20 recuerden que quien hace volver a un pecador de su extravío, lo salvará de la muerte y cubrirá muchísimos pecados.

[l] 5:5 *Lo … matanza.* Alt. *Han engordado como en un banquete.*

harvesters have reached the ears of the Lord Almighty. 5 You have lived on earth in luxury and self-indulgence. You have fattened yourselves in the day of slaughter.[i] 6 You have condemned and murdered innocent men, who were not opposing you.

Patience in Suffering

7 Be patient, then, brothers, until the Lord's coming. See how the farmer waits for the land to yield its valuable crop and how patient he is for the autumn and spring rains. 8 You too, be patient and stand firm, because the Lord's coming is near. 9 Don't grumble against each other, brothers, or you will be judged. The Judge is standing at the door!

10 Brothers, as an example of patience in the face of suffering, take the prophets who spoke in the name of the Lord. 11 As you know, we consider blessed those who have persevered. You have heard of Job's perseverance and have seen what the Lord finally brought about. The Lord is full of compassion and mercy.

12 Above all, my brothers, do not swear—not by heaven or by earth or by anything else. Let your "Yes" be yes, and your "No," no, or you will be condemned.

The Prayer of Faith

13 Is any one of you in trouble? He should pray. Is anyone happy? Let him sing songs of praise. 14 Is any one of you sick? He should call the elders of the church to pray over him and anoint him with oil in the name of the Lord. 15 And the prayer offered in faith will make the sick person well; the Lord will raise him up. If he has sinned, he will be forgiven. 16 Therefore confess your sins to each other and pray for each other so that you may be healed. The prayer of a righteous man is powerful and effective.

17 Elijah was a man just like us. He prayed earnestly that it would not rain, and it did not rain on the land for three and a half years. 18 Again he prayed, and the heavens gave rain, and the earth produced its crops. 19 My brothers, if one of you should wander from the truth and someone should bring him back, 20 remember this: Whoever turns a sinner from the error of his way will save him from death and cover over a multitude of sins.

[i] 5 Or *yourselves as in a day of feasting*

Primera Carta de Pedro

1 Pedro, apóstol de *Jesucristo,

a los elegidos, extranjeros dispersos por el
Ponto, Galacia, Capadocia, *Asia y Bitinia, 2se-
gún la previsión[a] de Dios el Padre, mediante la
obra *santificadora del Espíritu, para obedecer
a Jesucristo y ser redimidos[b] por su sangre:

Que abunden en ustedes la gracia y la paz.

Alabanza a Dios por una esperanza viva

3¡Alabado sea Dios, Padre de nuestro Señor
Jesucristo! Por su gran misericordia, nos ha
hecho nacer de nuevo mediante la resurrección
de Jesucristo, para que tengamos una esperanza
viva 4y recibamos una herencia indestructible,
incontaminada e inmarchitable. Tal herencia es-
tá reservada en el cielo para ustedes, 5a quienes
el poder de Dios protege mediante la fe hasta que
llegue la salvación que se ha de revelar en los
últimos tiempos. 6Esto es para ustedes motivo
de gran alegría, a pesar de que hasta ahora han
tenido que sufrir diversas *pruebas por un tiem-
po. 7El oro, aunque perecedero, se acrisola al
fuego. Así también la fe de ustedes, que vale
mucho más que el oro, al ser acrisolada por las
pruebas demostrará que es digna de aprobación,
gloria y honor cuando Jesucristo se revele. 8Us-
tedes lo aman a pesar de no haberlo visto; y
aunque no lo ven ahora, creen en él y se alegran
con un gozo indescriptible y glorioso, 9pues
están obteniendo la meta de su fe, que es su
salvación.

10Los profetas, que anunciaron la gracia reser-
vada para ustedes, estudiaron y observaron esta
salvación. 11Querían descubrir a qué tiempo y a
cuáles circunstancias se refería el Espíritu de
*Cristo, que estaba en ellos, cuando testificó de
antemano acerca de los sufrimientos de Cristo y
de la gloria que vendría después de éstos. 12A
ellos se les reveló que no se estaban sirviendo a
sí mismos, sino que les servían a ustedes. Habla-
ban de las cosas que ahora les han anunciado los
que les predicaron el *evangelio por medio del
Espíritu Santo enviado del cielo. Aun los mis-
mos ángeles anhelan contemplar esas cosas.

[a]1:2 *la previsión*. Lit. *el conocimiento previo*.
[b]1:2 *redimidos*. Lit. *rociados*.

1 Peter

1 Peter, an apostle of Jesus Christ,

To God's elect, strangers in the world, scat-
tered throughout Pontus, Galatia, Cappadocia,
Asia and Bithynia, 2who have been chosen ac-
cording to the foreknowledge of God the Father,
through the sanctifying work of the Spirit, for
obedience to Jesus Christ and sprinkling by his
blood:

Grace and peace be yours in abundance.

Praise to God for a Living Hope

3Praise be to the God and Father of our
Lord Jesus Christ! In his great mercy he has
given us new birth into a living hope through
the resurrection of Jesus Christ from the dead,
4and into an inheritance that can never perish,
spoil or fade—kept in heaven for you, 5who
through faith are shielded by God's power un-
til the coming of the salvation that is ready to
be revealed in the last time. 6In this you
greatly rejoice, though now for a little while
you may have had to suffer grief in all kinds
of trials. 7These have come so that your
faith—of greater worth than gold, which per-
ishes even though refined by fire—may be
proved genuine and may result in praise, glo-
ry and honor when Jesus Christ is revealed.
8Though you have not seen him, you love
him; and even though you do not see him
now, you believe in him and are filled with
an inexpressible and glorious joy, 9for you
are receiving the goal of your faith, the salva-
tion of your souls.

10Concerning this salvation, the prophets,
who spoke of the grace that was to come to you,
searched intently and with the greatest care,
11trying to find out the time and circumstances
to which the Spirit of Christ in them was point-
ing when he predicted the sufferings of Christ
and the glories that would follow. 12It was re-
vealed to them that they were not serving them-
selves but you, when they spoke of the things
that have now been told you by those who have
preached the gospel to you by the Holy Spirit
sent from heaven. Even angels long to look into
these things.

Sean santos

13Por eso, dispónganse para actuar con inteligencia;[c] tengan dominio propio; pongan su esperanza completamente en la gracia que se les dará cuando se revele *Jesucristo. 14Como hijos obedientes, no se amolden a los malos deseos que tenían antes, cuando vivían en la ignorancia. 15Más bien, sean ustedes *santos en todo lo que hagan, como también es santo quien los llamó; 16pues está escrito: «Sean santos, porque yo soy santo.»[d] 17Ya que invocan como Padre al que juzga con imparcialidad las obras de cada uno, vivan con temor reverente mientras sean peregrinos en este mundo. 18Como bien saben, ustedes fueron rescatados de la vida absurda que heredaron de sus antepasados. El precio de su rescate no se pagó con cosas perecederas, como el oro o la plata, 19sino con la preciosa sangre de Cristo, como de un cordero sin mancha y sin defecto. 20Cristo, a quien Dios escogió antes de la creación del mundo, se ha manifestado en estos últimos tiempos en beneficio de ustedes. 21Por medio de él ustedes creen en Dios, que lo *resucitó y glorificó, de modo que su fe y su esperanza están puestas en Dios.

22Ahora que se han purificado obedeciendo a la verdad y tienen un amor sincero por sus hermanos, ámense de todo corazón[e] los unos a los otros. 23Pues ustedes han nacido de nuevo, no de simiente perecedera, sino de simiente imperecedera, mediante la palabra de Dios que vive y permanece. 24Porque

«todo *mortal es como la hierba,
y toda su gloria como la flor del campo;
la hierba se seca y la flor se cae,
25 pero la palabra del Señor permanece
para siempre.»[f]

Y ésta es la palabra del evangelio que se les ha anunciado a ustedes.

2 Por lo tanto, abandonando toda maldad y todo engaño, hipocresía, envidias y toda calumnia, 2deseen con ansias la leche pura de la palabra,[g] como niños recién nacidos. Así, por medio de ella, crecerán en su salvación, 3ahora que han probado lo bueno que es el Señor.

La piedra viva y su pueblo escogido

4*Cristo es la piedra viva, rechazada por los *seres humanos pero escogida y preciosa ante

[c] **1:13** *dispónganse … inteligencia.* Lit. *ceñidos los lomos de su mente.* [d] **1:16** Lv 11:44,45; 19:2; 20:7; Is 40:6-8
[e] **1:22** *de todo corazón.* Var. *con corazón puro.* [f] **1:25** Is 40:6-8 [g] **2:2** *leche pura de la palabra.* Alt. *leche espiritual pura.*

Be Holy

13Therefore, prepare your minds for action; be self-controlled; set your hope fully on the grace to be given you when Jesus Christ is revealed. 14As obedient children, do not conform to the evil desires you had when you lived in ignorance. 15But just as he who called you is holy, so be holy in all you do; 16for it is written: "Be holy, because I am holy."[a]

17Since you call on a Father who judges each man's work impartially, live your lives as strangers here in reverent fear. 18For you know that it was not with perishable things such as silver or gold that you were redeemed from the empty way of life handed down to you from your forefathers, 19but with the precious blood of Christ, a lamb without blemish or defect. 20He was chosen before the creation of the world, but was revealed in these last times for your sake. 21Through him you believe in God, who raised him from the dead and glorified him, and so your faith and hope are in God.

22Now that you have purified yourselves by obeying the truth so that you have sincere love for your brothers, love one another deeply, from the heart.[b] 23For you have been born again, not of perishable seed, but of imperishable, through the living and enduring word of God. 24For,

"All men are like grass,
and all their glory is like the flowers of
the field;
the grass withers and the flowers fall,
25 but the word of the Lord stands
forever."[c]

And this is the word that was preached to you.

2 Therefore, rid yourselves of all malice and all deceit, hypocrisy, envy, and slander of every kind. 2Like newborn babies, crave pure spiritual milk, so that by it you may grow up in your salvation, 3now that you have tasted that the Lord is good.

The Living Stone and a Chosen People

4As you come to him, the living Stone—rejected by men but chosen by God and precious

[a] *16* Lev. 11:44,45; 19:2; 20:7 [b] *22* Some early manuscripts *from a pure heart* [c] *25* Isaiah 40:6-8

Dios. Al acercarse a él, 5también ustedes son
como piedras vivas, con las cuales se está edifi-
cando una casa espiritual. De este modo llegan
a ser un sacerdocio *santo, para ofrecer sacrifi-
cios espirituales que Dios acepta por medio de
Jesucristo. 6Así dice la Escritura:

> «Miren que pongo en Sión
> una piedra principal escogida y preciosa,
> y el que confíe en ella
> no será jamás defraudado.»[h]

7Para ustedes los creyentes, esta piedra es pre-
ciosa; pero para los incrédulos,

> «la piedra que desecharon los constructores
> ha llegado a ser la piedra angular»,[i]

8y también:

> «una piedra de *tropiezo
> y una roca que hace *caer.»[j]

Tropiezan al desobedecer la palabra, para lo cual estaban destinados.

9Pero ustedes son linaje escogido, real sacer-
docio, nación santa, pueblo que pertenece a
Dios, para que proclamen las obras maravillosas
de aquel que los llamó de las tinieblas a su luz
admirable. 10Ustedes antes ni siquiera eran pue-
blo, pero ahora son pueblo de Dios; antes no
habían recibido misericordia, pero ahora ya la
han recibido.

11Queridos hermanos, les ruego como a ex-
tranjeros y peregrinos en este mundo, que se
aparten de los deseos pecaminosos[k] que comba-
ten contra la *vida. 12Mantengan entre los incré-
dulos[l] una conducta tan ejemplar que, aunque
los acusen de hacer el mal, ellos observen las
buenas obras de ustedes y glorifiquen a Dios en
el día de la salvación.[m]

Sumisión a los gobernantes y a los superiores

13Sométanse por causa del Señor a toda auto-
ridad humana, ya sea al rey como suprema
autoridad, 14o a los gobernadores que él envía
para castigar a los que hacen el mal y reconocer
a los que hacen el bien. 15Porque ésta es la
voluntad de Dios: que, practicando el bien, ha-
gan callar la ignorancia de los insensatos. 16Eso
es actuar como personas libres que no se valen
de su libertad para disimular la maldad, sino que

[h]2:6 Is 28:16 [i]2:7 Sal 118:22 [j]2:8 Is 8:14
[k]2:11 *pecaminosos.* Lit. **carnales.* [l]2:12 *incrédulos.* Lit. **gentiles.* [m]2:12 *de la salvación.* Alt. *del juicio.* Lit. *de la visitación.*

to him— 5you also, like living stones, are being
built into a spiritual house to be a holy priest-
hood, offering spiritual sacrifices acceptable to
God through Jesus Christ. 6For in Scripture it
says:

> "See, I lay a stone in Zion,
> a chosen and precious cornerstone,
> and the one who trusts in him
> will never be put to shame."[d]

7Now to you who believe, this stone is precious.
But to those who do not believe,

> "The stone the builders rejected
> has become the capstone,[e]"[f]

8and,

> "A stone that causes men to stumble
> and a rock that makes them fall."[g]

They stumble because they disobey the message—which is also what they were destined for.

9But you are a chosen people, a royal priest-
hood, a holy nation, a people belonging to God,
that you may declare the praises of him who
called you out of darkness into his wonderful
light. 10Once you were not a people, but now
you are the people of God; once you had not
received mercy, but now you have received
mercy.

11Dear friends, I urge you, as aliens and
strangers in the world, to abstain from sinful
desires, which war against your soul. 12Live
such good lives among the pagans that, though
they accuse you of doing wrong, they may see
your good deeds and glorify God on the day he
visits us.

Submission to Rulers and Masters

13Submit yourselves for the Lord's sake to
every authority instituted among men: whether
to the king, as the supreme authority, 14or to
governors, who are sent by him to punish those
who do wrong and to commend those who do
right. 15For it is God's will that by doing good
you should silence the ignorant talk of foolish
men. 16Live as free men, but do not use your
freedom as a cover-up for evil; live as servants
of God. 17Show proper respect to everyone:

[d]6 Isaiah 28:16 [e]7 Or *cornerstone* [f]7 Psalm 118:22
[g]8 Isaiah 8:14

viven como *siervos de Dios. 17 Den a todos el
debido respeto: amen a los hermanos, teman a
Dios, respeten al rey.

18 Criados, sométanse con todo respeto a sus
amos, no sólo a los buenos y comprensivos sino
también a los insoportables. 19 Porque es digno
de elogio que, por sentido de responsabilidad
delante de Dios, se soporten las penalidades, aun
sufriendo injustamente. 20 Pero ¿cómo pueden
ustedes atribuirse mérito alguno si soportan que
los maltraten por hacer el mal? En cambio, si
sufren por hacer el bien, eso merece elogio
delante de Dios. 21 Para esto fueron llamados,
porque *Cristo sufrió por ustedes, dándoles
ejemplo para que sigan sus pasos.

> 22 «Él no cometió ningún pecado,
> ni hubo engaño en su boca.»[n]

23 Cuando proferían insultos contra él, no replicaba con insultos; cuando padecía, no amenazaba, sino que se entregaba a aquel que juzga con
justicia. 24 Él mismo, en su cuerpo, llevó al madero nuestros pecados, para que muramos al
pecado y vivamos para la justicia. Por sus heridas ustedes han sido sanados. 25 Antes eran ustedes como ovejas descarriadas, pero ahora han
vuelto al Pastor que cuida[ñ] de sus vidas.

Deberes conyugales

3 Así mismo, esposas, sométanse a sus esposos, de modo que si algunos de ellos no
creen en la palabra, puedan ser ganados más por
el comportamiento de ustedes que por sus palabras, 2 al observar su conducta íntegra y respetuosa. 3 Que la belleza de ustedes no sea la
externa, que consiste en adornos tales como
peinados ostentosos, joyas de oro y vestidos
lujosos. 4 Que su belleza sea más bien la incorruptible, la que procede de lo íntimo del corazón y consiste en un espíritu suave y apacible.
Ésta sí que tiene mucho valor delante de Dios.
5 Así se adornaban en tiempos antiguos las *santas mujeres que esperaban en Dios, cada una
sumisa a su esposo. 6 Tal es el caso de Sara, que
obedecía a Abraham y lo llamaba su señor.
Ustedes son hijas de ella si hacen el bien y viven
sin ningún temor.

7 De igual manera, ustedes esposos, sean comprensivos en su vida conyugal, tratando cada
uno a su esposa con respeto, ya que como mujer
es más delicada,[o] y ambos son herederos del
grato don de la vida. Así nada estorbará las
oraciones de ustedes.

[n] 2:22 Is 53:9 [ñ] 2:25 *Pastor que cuida.* Lit. *Pastor y *Obispo.* [o] 3:7 *ya que … delicada.* Lit. *como a vaso más frágil.*

Love the brotherhood of believers, fear God,
honor the king.

18 Slaves, submit yourselves to your masters
with all respect, not only to those who are good
and considerate, but also to those who are harsh.
19 For it is commendable if a man bears up under
the pain of unjust suffering because he is conscious of God. 20 But how is it to your credit if
you receive a beating for doing wrong and endure it? But if you suffer for doing good and you
endure it, this is commendable before God. 21 To
this you were called, because Christ suffered for
you, leaving you an example, that you should
follow in his steps.

> 22 "He committed no sin,
> and no deceit was found in his mouth."[h]

23 When they hurled their insults at him, he did
not retaliate; when he suffered, he made no
threats. Instead, he entrusted himself to him
who judges justly. 24 He himself bore our sins
in his body on the tree, so that we might die
to sins and live for righteousness; by his
wounds you have been healed. 25 For you were
like sheep going astray, but now you have
returned to the Shepherd and Overseer of your
souls.

Wives and Husbands

3 Wives, in the same way be submissive to
your husbands so that, if any of them do
not believe the word, they may be won over
without words by the behavior of their wives,
2 when they see the purity and reverence of
your lives. 3 Your beauty should not come
from outward adornment, such as braided hair
and the wearing of gold jewelry and fine
clothes. 4 Instead, it should be that of your inner self, the unfading beauty of a gentle and
quiet spirit, which is of great worth in God's
sight. 5 For this is the way the holy women of
the past who put their hope in God used to
make themselves beautiful. They were submissive to their own husbands, 6 like Sarah,
who obeyed Abraham and called him her master. You are her daughters if you do what is
right and do not give way to fear.

7 Husbands, in the same way be considerate as
you live with your wives, and treat them with
respect as the weaker partner and as heirs with
you of the gracious gift of life, so that nothing
will hinder your prayers.

[h] *22* Isaiah 53:9

Sufriendo por hacer el bien

8En fin, vivan en armonía los unos con los
otros; compartan penas y alegrías, practiquen el
amor fraternal, sean compasivos y humildes.
9No devuelvan mal por mal ni insulto por insul-
to; más bien, bendigan, porque para esto fueron
llamados, para heredar una bendición. 10En
efecto,

«el que quiera amar la vida
y gozar de días felices,
que refrene su lengua de hablar el mal
y sus labios de proferir engaños;
11 que se aparte del mal y haga el bien;
que busque la paz y la siga.
12 Porque los ojos del Señor están sobre los
justos,
y sus oídos, atentos a sus oraciones;
pero el rostro del Señor está contra los
que hacen el mal.»[p]

13Y a ustedes, ¿quién les va a hacer daño si se
esfuerzan por hacer el bien? 14¡*Dichosos si
sufren por causa de la justicia! «No teman lo que
ellos temen,[q] ni se dejen asustar.»[r] 15Más bien,
honren en su corazón a *Cristo como Señor.
Estén siempre preparados para responder a todo
el que les pida razón de la esperanza que hay en
ustedes. 16Pero háganlo con gentileza y respeto,
manteniendo la conciencia limpia, para que los
que hablan mal de la buena conducta de ustedes
en Cristo, se avergüencen de sus calumnias. 17Si
es la voluntad de Dios, es preferible sufrir por
hacer el bien que por hacer el mal.

18Porque Cristo murió por los pecados una
vez por todas, el justo por los injustos, a fin de
llevarlos a ustedes a Dios. Él sufrió la muerte en
su *cuerpo, pero el Espíritu hizo que volviera a
la vida.[s] 19Por medio del Espíritu fue y predicó
a los espíritus encarcelados, 20que en los tiem-
pos antiguos, en los días de Noé, desobedecie-
ron, cuando Dios esperaba con paciencia mien-
tras se construía el arca. En ella sólo pocas
personas, ocho en total, se salvaron mediante el
agua, 21la cual simboliza el bautismo que ahora
los salva también a ustedes. El bautismo no
consiste en la limpieza del cuerpo, sino en el
compromiso de tener una buena conciencia de-
lante de Dios. Esta salvación es posible por la
resurrección de Jesucristo, 22quien subió al cielo
y tomó su lugar a la *derecha de Dios, y a quien
están sometidos los ángeles, las autoridades y
los poderes.

[p]**3:12** Sal 34:12-16 [q]**3:14** *lo que ellos temen.* Alt. *sus amenazas.* [r]**3:14** Is 8:12 [s]**3:18** *pero … vida.* Alt. *pero volvió a la vida en su espíritu.*

Suffering for Doing Good

8Finally, all of you, live in harmony with one
another; be sympathetic, love as brothers, be
compassionate and humble. 9Do not repay evil
with evil or insult with insult, but with blessing,
because to this you were called so that you may
inherit a blessing. 10For,

"Whoever would love life
and see good days
must keep his tongue from evil
and his lips from deceitful speech.
11 He must turn from evil and do good;
he must seek peace and pursue it.
12 For the eyes of the Lord are on the
righteous
and his ears are attentive to their
prayer,
but the face of the Lord is against those
who do evil."[i]

13Who is going to harm you if you are eager
to do good? 14But even if you should suffer
for what is right, you are blessed. "Do not fear
what they fear[j]; do not be frightened."[k] 15But
in your hearts set apart Christ as Lord. Always
be prepared to give an answer to everyone who
asks you to give the reason for the hope that
you have. But do this with gentleness and re-
spect, 16keeping a clear conscience, so that
those who speak maliciously against your
good behavior in Christ may be ashamed of
their slander. 17It is better, if it is God's will,
to suffer for doing good than for doing evil.
18For Christ died for sins once for all, the
righteous for the unrighteous, to bring you to
God. He was put to death in the body but made
alive by the Spirit, 19through whom[l] also he
went and preached to the spirits in prison
20who disobeyed long ago when God waited
patiently in the days of Noah while the ark was
being built. In it only a few people, eight in
all, were saved through water, 21and this water
symbolizes baptism that now saves you
also—not the removal of dirt from the body
but the pledge[m] of a good conscience toward
God. It saves you by the resurrection of Jesus
Christ, 22who has gone into heaven and is at
God's right hand—with angels, authorities and
powers in submission to him.

[i]*12* Psalm 34:12-16 [j]*14* Or *not fear their threats* [k]*14* Isaiah 8:12 [l]*18,19* Or *alive in the spirit,* [19]*through which* [m]*21* Or *response*

Viviendo el ejemplo de Cristo

4 Por tanto, ya que *Cristo sufrió en el cuerpo, asuman también ustedes la misma actitud; porque el que ha sufrido en el *cuerpo ha roto con el pecado, 2 para vivir el resto de su vida terrenal no satisfaciendo sus pasiones *humanas sino cumpliendo la voluntad de Dios. 3 Pues ya basta con el tiempo que han desperdiciado haciendo lo que agrada a los incrédulos,[t] entregados al desenfreno, a las pasiones, a las borracheras, a las orgías, a las parrandas y a las idolatrías abominables. 4 A ellos les parece extraño que ustedes ya no corran con ellos en ese mismo desbordamiento de inmoralidad, y por eso los insultan. 5 Pero ellos tendrán que rendirle cuentas a aquel que está preparado para juzgar a los vivos y a los muertos. 6 Por esto también se les predicó el *evangelio aun a los muertos, para que, a pesar de haber sido juzgados según criterios *humanos en lo que atañe al cuerpo, vivan conforme a Dios en lo que atañe al espíritu.[u]

7 Ya se acerca el fin de todas las cosas. Así que, para orar bien, manténganse sobrios y con la mente despejada. 8 Sobre todo, ámense los unos a los otros profundamente, porque el amor cubre multitud de pecados. 9 Practiquen la hospitalidad entre ustedes sin quejarse. 10 Cada uno ponga al servicio de los demás el don que haya recibido, administrando fielmente la gracia de Dios en sus diversas formas. 11 El que habla, hágalo como quien expresa las palabras mismas de Dios; el que presta algún servicio, hágalo como quien tiene el poder de Dios. Así Dios será en todo alabado por medio de Jesucristo, a quien sea la gloria y el poder por los siglos de los siglos. Amén.

Sufriendo por seguir a Cristo

12 Queridos hermanos, no se extrañen del fuego de la *prueba que están soportando, como si fuera algo insólito. 13 Al contrario, alégrense de tener parte en los sufrimientos de *Cristo, para que también sea inmensa su alegría cuando se revele la gloria de Cristo. 14 *Dichosos ustedes si los insultan por causa del nombre de Cristo, porque el glorioso Espíritu de Dios reposa sobre ustedes. 15 Que ninguno tenga que sufrir por asesino, ladrón o delincuente, ni siquiera por entrometido. 16 Pero si alguien sufre por ser cristiano, que no se avergüence, sino que alabe a Dios por llevar el nombre de Cristo. 17 Porque es tiempo de que el juicio comience por la familia de Dios; y si comienza por nosotros, ¡cuál no será el fin de los que se rebelan contra el *evangelio de Dios!

[t]4:3 *incrédulos.* Lit. **gentiles.* [u]4:6 *en lo que atañe al espíritu.* Alt. *en el Espíritu.*

Living for God

4 Therefore, since Christ suffered in his body, arm yourselves also with the same attitude, because he who has suffered in his body is done with sin. 2 As a result, he does not live the rest of his earthly life for evil human desires, but rather for the will of God. 3 For you have spent enough time in the past doing what pagans choose to do—living in debauchery, lust, drunkenness, orgies, carousing and detestable idolatry. 4 They think it strange that you do not plunge with them into the same flood of dissipation, and they heap abuse on you. 5 But they will have to give account to him who is ready to judge the living and the dead. 6 For this is the reason the gospel was preached even to those who are now dead, so that they might be judged according to men in regard to the body, but live according to God in regard to the spirit.

7 The end of all things is near. Therefore be clear minded and self-controlled so that you can pray. 8 Above all, love each other deeply, because love covers over a multitude of sins. 9 Offer hospitality to one another without grumbling. 10 Each one should use whatever gift he has received to serve others, faithfully administering God's grace in its various forms. 11 If anyone speaks, he should do it as one speaking the very words of God. If anyone serves, he should do it with the strength God provides, so that in all things God may be praised through Jesus Christ. To him be the glory and the power for ever and ever. Amen.

Suffering for Being a Christian

12 Dear friends, do not be surprised at the painful trial you are suffering, as though something strange were happening to you. 13 But rejoice that you participate in the sufferings of Christ, so that you may be overjoyed when his glory is revealed. 14 If you are insulted because of the name of Christ, you are blessed, for the Spirit of glory and of God rests on you. 15 If you suffer, it should not be as a murderer or thief or any other kind of criminal, or even as a meddler. 16 However, if you suffer as a Christian, do not be ashamed, but praise God that you bear that name. 17 For it is time for judgment to begin with the family of God; and if it begins with us, what will the outcome be for those who do not obey the gospel of God? 18 And,

18 «Si el justo a duras penas se salva,
¿qué será del impío y del pecador?»[v]

19 Así pues, los que sufren según la voluntad de Dios, entréguense a su fiel Creador y sigan practicando el bien.

Exhortación a los ancianos y a los jóvenes

5 A los *ancianos que están entre ustedes, yo, que soy anciano como ellos, testigo de los sufrimientos de *Cristo y partícipe con ellos de la gloria que se ha de revelar, les ruego esto: 2 cuiden como pastores el rebaño de Dios que está a su cargo, no por obligación ni por ambición de dinero, sino con afán de servir, como Dios quiere. 3 No sean tiranos con los que están a su cuidado, sino sean ejemplos para el rebaño. 4 Así, cuando aparezca el Pastor supremo, ustedes recibirán la inmarcesible corona de gloria.

5 Así mismo, jóvenes, sométanse a los ancianos. Revístanse todos de humildad en su trato mutuo, porque

«Dios se opone a los orgullosos,
pero da gracia a los humildes».[w]

6 Humíllense, pues, bajo la poderosa mano de Dios, para que él los exalte a su debido tiempo. 7 Depositen en él toda ansiedad, porque él cuida de ustedes.

8 Practiquen el dominio propio y manténganse alerta. Su enemigo el diablo ronda como león rugiente, buscando a quién devorar. 9 Resístanlo, manteniéndose firmes en la fe, sabiendo que sus hermanos en todo el mundo están soportando la misma clase de sufrimientos.

10 Y después de que ustedes hayan sufrido un poco de tiempo, Dios mismo, el Dios de toda gracia que los llamó a su gloria eterna en Cristo, los restaurará y los hará fuertes, firmes y estables. 11 A él sea el poder por los siglos de los siglos. Amén.

Saludos finales

12 Con la ayuda de *Silvano, a quien considero un hermano fiel, les he escrito brevemente, para animarlos y confirmarles que ésta es la verdadera gracia de Dios. Manténganse firmes en ella.

13 Saludos de parte de la que está en Babilonia, escogida como ustedes, y también de mi hijo Marcos. 14 Salúdense los unos a los otros con un beso de amor fraternal.

Paz a todos ustedes que están en *Cristo.

[v] **4:18** Pr 11:31 [w] **5:5** Pr 3:34

"If it is hard for the righteous to be saved,
what will become of the ungodly and
the sinner?"[n]

19 So then, those who suffer according to God's will should commit themselves to their faithful Creator and continue to do good.

To Elders and Young Men

5 To the elders among you, I appeal as a fellow elder, a witness of Christ's sufferings and one who also will share in the glory to be revealed: 2 Be shepherds of God's flock that is under your care, serving as overseers—not because you must, but because you are willing, as God wants you to be; not greedy for money, but eager to serve; 3 not lording it over those entrusted to you, but being examples to the flock. 4 And when the Chief Shepherd appears, you will receive the crown of glory that will never fade away.

5 Young men, in the same way be submissive to those who are older. All of you, clothe yourselves with humility toward one another, because,

"God opposes the proud
but gives grace to the humble."[o]

6 Humble yourselves, therefore, under God's mighty hand, that he may lift you up in due time. 7 Cast all your anxiety on him because he cares for you.

8 Be self-controlled and alert. Your enemy the devil prowls around like a roaring lion looking for someone to devour. 9 Resist him, standing firm in the faith, because you know that your brothers throughout the world are undergoing the same kind of sufferings.

10 And the God of all grace, who called you to his eternal glory in Christ, after you have suffered a little while, will himself restore you and make you strong, firm and steadfast. 11 To him be the power for ever and ever. Amen.

Final Greetings

12 With the help of Silas,[p] whom I regard as a faithful brother, I have written to you briefly, encouraging you and testifying that this is the true grace of God. Stand fast in it. 13 She who is in Babylon, chosen together with you, sends you her greetings, and so does my son Mark. 14 Greet one another with a kiss of love. Peace to all of you who are in Christ.

[n] *18* Prov. 11:31 [o] *5* Prov. 3:34 [p] *12* Greek *Silvanus*, a variant of *Silas*

Segunda Carta de Pedro

1 Simón Pedro, *siervo y apóstol de *Jesu-
cristo,

a los que por la justicia de nuestro Dios y Salvador Jesucristo han recibido una fe tan preciosa como la nuestra.

2Que abunden en ustedes la gracia y la paz por medio del conocimiento que tienen de Dios y de Jesús nuestro Señor.

Firmeza en el llamamiento y en la elección

3Su divino poder, al darnos el conocimiento
de aquel que nos llamó por su propia gloria y
potencia, nos ha concedido todas las cosas que
necesitamos para vivir como Dios manda.[a] 4Así
Dios nos ha entregado sus preciosas y magníficas promesas para que ustedes, luego de escapar de la corrupción que hay en el mundo debido a los malos deseos, lleguen a tener parte en la naturaleza divina.[b]
5Precisamente por eso, esfuércense por aña-
dir a su fe, virtud; a su virtud, entendimiento;
6al entendimiento, dominio propio; al dominio
propio, constancia; a la constancia, devoción
a Dios; 7a la devoción a Dios, afecto fraternal;
y al afecto fraternal, amor. 8Porque estas cua-
lidades, si abundan en ustedes, les harán crecer
en el conocimiento de nuestro Señor Jesu-
cristo, y evitarán que sean inútiles e improduc-
tivos. 9En cambio, el que no las tiene es tan
corto de vista que ya ni ve, y se olvida de que
ha sido limpiado de sus antiguos pecados.
10Por lo tanto, hermanos, esfuércense más to-
davía por asegurarse del llamado de Dios, que
fue quien los eligió. Si hacen estas cosas, no
caerán jamás, 11y se les abrirán de par en par
las puertas del reino eterno de nuestro Señor
y Salvador Jesucristo.

La veracidad de la Escritura

12Por eso siempre les recordaré estas cosas,
por más que las sepan y estén afianzados en la
verdad que ahora tienen. 13Además, considero

[a] 1:3 *para vivir como Dios manda.* Lit. *para la vida y la piedad.* [b] 1:4 *lleguen … divina.* Alt. *lleguen a ser colaboradores con Dios.*

2 Peter

1 Simon Peter, a servant and apostle of Jesus
Christ,

To those who through the righteousness of our God and Savior Jesus Christ have received a faith as precious as ours:

2Grace and peace be yours in abundance through the knowledge of God and of Jesus our Lord.

Making One's Calling and Election Sure

3His divine power has given us everything we
need for life and godliness through our knowl-
edge of him who called us by his own glory and
goodness. 4Through these he has given us his
very great and precious promises, so that through them you may participate in the divine nature and escape the corruption in the world caused by evil desires.
5For this very reason, make every effort to
add to your faith goodness; and to goodness,
knowledge; 6and to knowledge, self-control;
and to self-control, perseverance; and to per-
severance, godliness; 7and to godliness, broth-
erly kindness; and to brotherly kindness, love.
8For if you possess these qualities in increas-
ing measure, they will keep you from being
ineffective and unproductive in your knowl-
edge of our Lord Jesus Christ. 9But if anyone
does not have them, he is nearsighted and
blind, and has forgotten that he has been
cleansed from his past sins.
10Therefore, my brothers, be all the more
eager to make your calling and election sure.
For if you do these things, you will never fall,
11and you will receive a rich welcome into the
eternal kingdom of our Lord and Savior Jesus
Christ.

Prophecy of Scripture

12So I will always remind you of these
things, even though you know them and are
firmly established in the truth you now have.

que tengo la obligación de refrescarles la memoria mientras viva en esta habitación pasajera que es mi cuerpo; 14porque sé que dentro de poco tendré que abandonarlo, según me lo ha manifestado nuestro Señor *Jesucristo. 15También me esforzaré con empeño para que aun después de mi partida[c] ustedes puedan recordar estas cosas en todo tiempo.

16Cuando les dimos a conocer la venida de nuestro Señor Jesucristo en todo su poder, no estábamos siguiendo sutiles cuentos supersticiosos sino dando testimonio de su grandeza, que vimos con nuestros propios ojos. 17Él recibió honor y gloria de parte de Dios el Padre, cuando desde la majestuosa gloria se le dirigió aquella voz que dijo: «Éste es mi Hijo amado; estoy muy complacido con él.»[d] 18Nosotros mismos oímos esa voz que vino del cielo cuando estábamos con él en el monte santo. 19Esto ha venido a confirmarnos la palabra[e] de los profetas, a la cual ustedes hacen bien en prestar atención, como a una lámpara que brilla en un lugar oscuro, hasta que despunte el día y salga el lucero de la mañana en sus corazones. 20Ante todo, tengan muy presente que ninguna profecía de la Escritura surge de la interpretación particular de nadie. 21Porque la profecía no ha tenido su origen en la voluntad *humana, sino que los profetas hablaron de parte de Dios, impulsados por el Espíritu Santo.

Los falsos maestros y su destrucción

2 En el pueblo judío hubo falsos profetas, y también entre ustedes habrá falsos maestros que encubiertamente introducirán herejías destructivas, al extremo de negar al mismo Señor que los rescató. Esto les traerá una pronta destrucción. 2Muchos los seguirán en sus prácticas vergonzosas, y por causa de ellos se difamará el camino de la verdad. 3Llevados por la avaricia, estos maestros los explotarán a ustedes con palabras engañosas. Desde hace mucho tiempo su condenación está preparada y su destrucción los acecha.

4Dios no perdonó a los ángeles cuando pecaron, sino que los arrojó al *abismo, metiéndolos en tenebrosas cavernas[f] y reservándolos para el juicio. 5Tampoco perdonó al mundo antiguo cuando mandó un diluvio sobre los impíos, aunque protegió a ocho personas, incluyendo a Noé, predicador de la justicia. 6Además, condenó a las ciudades de Sodoma y Gomorra, y las redujo a cenizas, poniéndolas como escarmiento para los impíos. 7Por otra parte, libró al justo Lot, que se hallaba abrumado por la vida desenfrenada de

13I think it is right to refresh your memory as long as I live in the tent of this body, 14because I know that I will soon put it aside, as our Lord Jesus Christ has made clear to me. 15And I will make every effort to see that after my departure you will always be able to remember these things.

16We did not follow cleverly invented stories when we told you about the power and coming of our Lord Jesus Christ, but we were eyewitnesses of his majesty. 17For he received honor and glory from God the Father when the voice came to him from the Majestic Glory, saying, "This is my Son, whom I love; with him I am well pleased."[a] 18We ourselves heard this voice that came from heaven when we were with him on the sacred mountain.

19And we have the word of the prophets made more certain, and you will do well to pay attention to it, as to a light shining in a dark place, until the day dawns and the morning star rises in your hearts. 20Above all, you must understand that no prophecy of Scripture came about by the prophet's own interpretation. 21For prophecy never had its origin in the will of man, but men spoke from God as they were carried along by the Holy Spirit.

False Teachers and Their Destruction

2 But there were also false prophets among the people, just as there will be false teachers among you. They will secretly introduce destructive heresies, even denying the sovereign Lord who bought them—bringing swift destruction on themselves. 2Many will follow their shameful ways and will bring the way of truth into disrepute. 3In their greed these teachers will exploit you with stories they have made up. Their condemnation has long been hanging over them, and their destruction has not been sleeping.

4For if God did not spare angels when they sinned, but sent them to hell,[b] putting them into gloomy dungeons[c] to be held for judgment; 5if he did not spare the ancient world when he brought the flood on its ungodly people, but protected Noah, a preacher of righteousness, and seven others; 6if he condemned the cities of Sodom and Gomorrah by burning them to ashes, and made them an example of what is going to happen to the ungodly; 7and if he rescued Lot, a righteous man, who was distressed by the

[c] **1:15** *partida*. Lit. *éxodo*. [d] **1:17** Mt 17:5; Mr 9:7; Lc 9:35
[e] **1:19** *Esto … palabra*. Lit. *También tenemos la muy segura palabra*. [f] **2:4** *cavernas*. Var. *cadenas*.

[a] *17* Matt. 17:5; Mark 9:7; Luke 9:35 [b] *4* Greek *Tartarus*
[c] *4* Some manuscripts *into chains of darkness*

esos perversos, 8pues este justo, que convivía
con ellos y amaba el bien, día tras día sentía que
se le despedazaba el alma por las obras inicuas
que veía y oía. 9Todo esto demuestra que el
Señor sabe librar de la *prueba a los que viven
como Dios quiere, y reservar a los impíos para
castigarlos en el día del juicio. 10Esto les espera
sobre todo a los que siguen los corrompidos
deseos de la *naturaleza humana y desprecian la
autoridad del Señor.

¡Atrevidos y arrogantes que son! No tienen
reparo en insultar a los seres celestiales, 11mien-
tras que los ángeles, a pesar de superarlos en
fuerza y en poder, no pronuncian contra tales
seres ninguna acusación insultante en la presen-
cia del Señor. 12Pero aquéllos *blasfeman en
asuntos que no entienden. Como animales irra-
cionales, se guían únicamente por el instinto, y
nacieron para ser atrapados y degollados. Lo
mismo que esos animales, perecerán también en
su corrupción 13y recibirán el justo pago por sus
injusticias. Su concepto de placer es entregarse a
las pasiones desenfrenadas en pleno día. Son
manchas y suciedad, que gozan de sus placeres
mientras los acompañan a ustedes en sus comi-
das. 14Tienen los ojos llenos de adulterio y son
insaciables en el pecar; seducen a las personas
inconstantes; son expertos en la avaricia, ¡hijos de
maldición! 15Han abandonado el camino recto, y
se han extraviado para seguir la senda de Balán,
hijo de Bosor,[g] a quien le encantaba el salario de
la injusticia. 16Pero fue reprendido por su maldad:
su burra —una muda bestia de carga— habló con
voz humana y refrenó la locura del profeta.

17Estos individuos son fuentes sin agua, nie-
bla empujada por la tormenta, para quienes está
reservada la más densa oscuridad. 18Pronun-
ciando discursos arrogantes y sin sentido, sedu-
cen con los instintos *naturales desenfrenados a
quienes apenas comienzan a apartarse de los que
viven en el error. 19Les prometen libertad, cuan-
do ellos mismos son *esclavos de la corrupción,
ya que cada uno es esclavo de aquello que lo ha
dominado. 20Si habiendo escapado de la conta-
minación del mundo por haber conocido a nues-
tro Señor y Salvador *Jesucristo, vuelven a en-
redarse en ella y son vencidos, terminan en
peores condiciones que al principio. 21Más les
hubiera valido no conocer el camino de la justi-
cia, que abandonarlo después de haber conocido
el santo mandamiento que se les dio. 22En su
caso ha sucedido lo que acertadamente afirman
estos proverbios: «El *perro vuelve a su vómi-
to»,[h] y «la puerca lavada, a revolcarse en el
lodo».

[g]2:15 *Bosor.* Var. *Beor.* [h]2:22 Pr 26:11

filthy lives of lawless men 8(for that righteous
man, living among them day after day, was
tormented in his righteous soul by the lawless
deeds he saw and heard)— 9if this is so, then the
Lord knows how to rescue godly men from trials
and to hold the unrighteous for the day of judg-
ment, while continuing their punishment.[d]
10This is especially true of those who follow the
corrupt desire of the sinful nature[e] and despise
authority.

Bold and arrogant, these men are not afraid to
slander celestial beings; 11yet even angels, al-
though they are stronger and more powerful, do
not bring slanderous accusations against such
beings in the presence of the Lord. 12But these
men blaspheme in matters they do not under-
stand. They are like brute beasts, creatures of
instinct, born only to be caught and destroyed,
and like beasts they too will perish.

13They will be paid back with harm for the
harm they have done. Their idea of pleasure is
to carouse in broad daylight. They are blots and
blemishes, reveling in their pleasures while they
feast with you.[f] 14With eyes full of adultery,
they never stop sinning; they seduce the unsta-
ble; they are experts in greed—an accursed
brood! 15They have left the straight way and
wandered off to follow the way of Balaam son
of Beor, who loved the wages of wickedness.
16But he was rebuked for his wrongdoing by a
donkey—a beast without speech—who spoke
with a man's voice and restrained the prophet's
madness.

17These men are springs without water and
mists driven by a storm. Blackest darkness is
reserved for them. 18For they mouth empty,
boastful words and, by appealing to the lustful
desires of sinful human nature, they entice peo-
ple who are just escaping from those who live in
error. 19They promise them freedom, while they
themselves are slaves of depravity—for a man
is a slave to whatever has mastered him. 20If
they have escaped the corruption of the world
by knowing our Lord and Savior Jesus Christ
and are again entangled in it and overcome, they
are worse off at the end than they were at the
beginning. 21It would have been better for them
not to have known the way of righteousness,
than to have known it and then to turn their backs
on the sacred command that was passed on to
them. 22Of them the proverbs are true: "A dog
returns to its vomit,"[g] and, "A sow that is
washed goes back to her wallowing in the mud."

[d]*9* Or *unrighteous for punishment until the day of judgment*
[e]*10* Or *the flesh* [f]*13* Some manuscripts *in their love feasts*
[g]*22* Prov. 26:11

El día del Señor

3 Queridos hermanos, ésta es ya la segunda
carta que les escribo. En las dos he procu-
rado refrescarles la memoria para que, con una
mente íntegra, 2recuerden las palabras que los
*santos profetas pronunciaron en el pasado, y el
mandamiento que dio nuestro Señor y Salvador
por medio de los apóstoles.
3Ante todo, deben saber que en los últimos
días vendrá gente burlona que, siguiendo sus
malos deseos, se mofará: 4«¿Qué hubo de esa
promesa de su venida? Nuestros padres murie-
ron, y nada ha cambiado desde el principio de la
creación.» 5Pero intencionalmente olvidan que
desde tiempos antiguos, por la palabra de Dios,
existía el cielo y también la tierra, que surgió del
agua y mediante el agua. 6Por la palabra y el
agua, el mundo de aquel entonces pereció inun-
dado. 7Y ahora, por esa misma palabra, el cielo
y la tierra están guardados para el fuego, reser-
vados para el día del juicio y de la destrucción
de los impíos.
8Pero no olviden, queridos hermanos, que
para el Señor un día es como mil años, y mil años
como un día. 9El Señor no tarda en cumplir su
promesa, según entienden algunos la tardanza.
Más bien, él tiene paciencia con ustedes, porque
no quiere que nadie perezca sino que todos se
*arrepientan.
10Pero el día del Señor vendrá como un la-
drón. En aquel día los cielos desaparecerán con
un estruendo espantoso, los elementos serán
destruidos por el fuego, y la tierra, con todo lo
que hay en ella, será quemada.[i]
11Ya que todo será destruido de esa manera,
¿no deberían vivir ustedes como Dios manda,
siguiendo una conducta intachable 12y esperan-
do ansiosamente[j] la venida del día de Dios? Ese
día los cielos serán destruidos por el fuego, y los
elementos se derretirán con el calor de las lla-
mas. 13Pero, según su promesa, esperamos un
cielo nuevo y una tierra nueva, en los que habite
la justicia.
14Por eso, queridos hermanos, mientras espe-
ran estos acontecimientos, esfuércense para que
Dios los halle sin mancha y sin defecto, y en paz
con él. 15Tengan presente que la paciencia de
nuestro Señor significa salvación, tal como les
escribió también nuestro querido hermano Pa-
blo, con la sabiduría que Dios le dio. 16En todas
sus cartas se refiere a estos mismos temas. Hay
en ellas algunos puntos difíciles de entender,
que los ignorantes e inconstantes tergiversan,

[i]**3:10** *será quemada.* Var. *quedará al descubierto.*
[j]**3:12** *esperando ansiosamente.* Alt. *esperando y apresurando.*

The Day of the Lord

3 Dear friends, this is now my second letter
to you. I have written both of them as
reminders to stimulate you to wholesome think-
ing. 2I want you to recall the words spoken in
the past by the holy prophets and the command
given by our Lord and Savior through your
apostles.
3First of all, you must understand that in the
last days scoffers will come, scoffing and fol-
lowing their own evil desires. 4They will say,
"Where is this 'coming' he promised? Ever
since our fathers died, everything goes on as it
has since the beginning of creation." 5But they
deliberately forget that long ago by God's word
the heavens existed and the earth was formed
out of water and by water. 6By these waters also
the world of that time was deluged and de-
stroyed. 7By the same word the present heavens
and earth are reserved for fire, being kept for the
day of judgment and destruction of ungodly
men.
8But do not forget this one thing, dear friends:
With the Lord a day is like a thousand years, and
a thousand years are like a day. 9The Lord is not
slow in keeping his promise, as some understand
slowness. He is patient with you, not wanting
anyone to perish, but everyone to come to repen-
tance.
10But the day of the Lord will come like a
thief. The heavens will disappear with a roar; the
elements will be destroyed by fire, and the earth
and everything in it will be laid bare.[h]
11Since everything will be destroyed in this
way, what kind of people ought you to be?
You ought to live holy and godly lives 12as
you look forward to the day of God and speed
its coming.[i] That day will bring about the de-
struction of the heavens by fire, and the ele-
ments will melt in the heat. 13But in keeping
with his promise we are looking forward to a
new heaven and a new earth, the home of
righteousness.
14So then, dear friends, since you are looking
forward to this, make every effort to be found
spotless, blameless and at peace with him.
15Bear in mind that our Lord's patience means
salvation, just as our dear brother Paul also
wrote you with the wisdom that God gave him.
16He writes the same way in all his letters,
speaking in them of these matters. His letters
contain some things that are hard to understand,
which ignorant and unstable people distort, as

[h]*10* Some manuscripts *be burned up* [i]*12* Or *as you wait eagerly for the day of God to come*

como lo hacen también con las demás Escrituras, para su propia perdición.

17 Así que ustedes, queridos hermanos, puesto que ya saben esto de antemano, manténganse alerta, no sea que, arrastrados por el error de esos libertinos, pierdan la estabilidad y caigan.
18 Más bien, crezcan en la gracia y en el conocimiento de nuestro Señor y Salvador *Jesucristo. ¡A él sea la gloria ahora y para siempre! Amén.[k]

they do the other Scriptures, to their own destruction.

17 Therefore, dear friends, since you already know this, be on your guard so that you may not be carried away by the error of lawless men and fall from your secure position.
18 But grow in the grace and knowledge of our Lord and Savior Jesus Christ. To him be glory both now and forever! Amen.

[k] 3:18 Var. no incluye: *Amén.*

Primera Carta de Juan

El Verbo de vida

1 Lo que ha sido desde el principio, lo que
hemos oído, lo que hemos visto con nues-
tros propios ojos, lo que hemos contemplado, lo
que hemos tocado con las manos, esto les anun-
ciamos respecto al *Verbo que es vida. 2Esta
vida se manifestó. Nosotros la hemos visto y
damos testimonio de ella, y les anunciamos a
ustedes la vida eterna que estaba con el Padre y
que se nos ha manifestado. 3Les anunciamos lo
que hemos visto y oído, para que también uste-
des tengan comunión con nosotros. Y nuestra
comunión es con el Padre y con su Hijo *Jesu-
cristo. 4Les escribimos estas cosas para que
nuestra alegría[a] sea completa.

Caminemos en la luz

5Éste es el mensaje que hemos oído de él y que
les anunciamos: Dios es luz y en él no hay
ninguna oscuridad. 6Si afirmamos que tenemos
comunión con él, pero vivimos en la oscuridad,
mentimos y no ponemos en práctica la verdad.
7Pero si vivimos en la luz, así como él está en la
luz, tenemos comunión unos con otros, y la
sangre de su Hijo Jesucristo nos limpia de todo
pecado.

8Si afirmamos que no tenemos pecado, nos
engañamos a nosotros mismos y no tenemos la
verdad. 9Si confesamos nuestros pecados, Dios,
que es fiel y justo, nos los perdonará y nos
limpiará de toda maldad. 10Si afirmamos que no
hemos pecado, lo hacemos pasar por mentiroso
y su palabra no habita en nosotros.

2 Mis queridos hijos, les escribo estas cosas
para que no pequen. Pero si alguno peca,
tenemos ante el Padre a un *intercesor, a *Jesu-
cristo, el Justo. 2Él es el sacrificio por el perdón
de[b] nuestros pecados, y no sólo por los nuestros
sino por los de todo el mundo.

3¿Cómo sabemos si hemos llegado a conocer
a Dios? Si obedecemos sus mandamientos. 4El
que afirma: «Lo conozco», pero no obedece sus
mandamientos, es un mentiroso y no tiene la
verdad. 5En cambio, el amor de Dios se mani-
fiesta plenamente[c] en la vida del que obedece su

[a]1:4 *nuestra alegría.* Var. *la alegría de ustedes.* [b]2:2 *el sacrificio por el perdón de.* Lit. *la *propiciación por.* [c]2:5 *se manifiesta plenamente.* Lit. *se ha *perfeccionado.*

1 John

The Word of Life

1 That which was from the beginning,
which we have heard, which we have
seen with our eyes, which we have looked at
and our hands have touched—this we pro-
claim concerning the Word of life. 2The life
appeared; we have seen it and testify to it, and
we proclaim to you the eternal life, which was
with the Father and has appeared to us. 3We
proclaim to you what we have seen and heard,
so that you also may have fellowship with us.
And our fellowship is with the Father and with
his Son, Jesus Christ. 4We write this to make
our[a] joy complete.

Walking in the light

5This is the message we have heard from
him and declare to you: God is light; in him
there is no darkness at all. 6If we claim to
have fellowship with him yet walk in the
darkness, we lie and do not live by the truth.
7But if we walk in the light, as he is in the
light, we have fellowship with one another,
and the blood of Jesus, his Son, purifies us
from all[b] sin.

8If we claim to be without sin, we deceive
ourselves and the truth is not in us. 9If we
confess our sins, he is faithful and just and will
forgive us our sins and purify us from all unrigh-
teousness. 10If we claim we have not sinned, we
make him out to be a liar and his word has no
place in our lives.

2 My dear children, I write this to you so
that you will not sin. But if anybody does
sin, we have one who speaks to the Father in
our defense—Jesus Christ, the Righteous
One. 2He is the atoning sacrifice for our sins,
and not only for ours but also for[c] the sins of
the whole world.

3We know that we have come to know him if
we obey his commands. 4The man who says, "I
know him," but does not do what he commands
is a liar, and the truth is not in him. 5But if
anyone obeys his word, God's love[d] is truly

[a]*4* Some manuscripts *your* [b]*7* Or *every* [c]*2* Or *He is the one who turns aside God's wrath, taking away our sins, and not only ours but also* [d]*5* Or *word, love for God*

palabra. De este modo sabemos que estamos
unidos a él: 6el que afirma que permanece en él,
debe vivir como él vivió.

7Queridos hermanos, lo que les escribo no es
un mandamiento nuevo, sino uno antiguo que
han tenido desde el principio. Este mandamiento
antiguo es el mensaje que ya oyeron. 8Por otra
parte, lo que les escribo es un mandamiento
nuevo, cuya verdad se manifiesta tanto en la vida
de *Cristo como en la de ustedes, porque la
oscuridad se va desvaneciendo y ya brilla la luz
verdadera.

9El que afirma que está en la luz, pero odia a
su hermano, todavía está en la oscuridad. 10El
que ama a su hermano permanece en la luz, y no
hay nada en su vida[d] que lo haga *tropezar.
11Pero el que odia a su hermano está en la
oscuridad y en ella vive, y no sabe a dónde va
porque la oscuridad no lo deja ver.

12 Les escribo a ustedes, queridos hijos,
porque sus pecados han sido perdonados
por el nombre de Cristo.
13 Les escribo a ustedes, padres,
porque han conocido al que es desde el
principio.
Les escribo a ustedes, jóvenes,
porque han vencido al maligno.
Les he escrito a ustedes, queridos hijos,
porque han conocido al Padre.
14 Les he escrito a ustedes, padres,
porque han conocido al que es desde el
principio.
Les he escrito a ustedes, jóvenes,
porque son fuertes,
y la palabra de Dios permanece en ustedes,
y han vencido al maligno.

No amemos al mundo

15No amen al mundo ni nada de lo que hay en
él. Si alguien ama al mundo, no tiene el amor del
Padre. 16Porque nada de lo que hay en el mundo
—los malos deseos del *cuerpo, la codicia de
los ojos y la arrogancia de la vida— proviene del
Padre sino del mundo. 17El mundo se acaba con
sus malos deseos, pero el que hace la voluntad
de Dios permanece para siempre.

Cuidémonos de los anticristos

18Queridos hijos, ésta es la hora final, y así
como ustedes oyeron que el anticristo vendría,
muchos son los anticristos que han surgido ya.
Por eso nos damos cuenta de que ésta es la hora
final. 19Aunque salieron de entre nosotros, en
realidad no eran de los nuestros; si lo hubieran

[d]2:10 *en su vida.* Alt. *en la luz.*

made complete in him. This is how we know we
are in him: 6Whoever claims to live in him must
walk as Jesus did.

7Dear friends, I am not writing you a new
command but an old one, which you have had
since the beginning. This old command is the
message you have heard. 8Yet I am writing you
a new command; its truth is seen in him and you,
because the darkness is passing and the true light
is already shining.

9Anyone who claims to be in the light but
hates his brother is still in the darkness. 10Who-
ever loves his brother lives in the light, and there
is nothing in him[e] to make him stumble. 11But
whoever hates his brother is in the darkness and
walks around in the darkness; he does not know
where he is going, because the darkness has
blinded him.

12 I write to you, dear children,
because your sins have been forgiven on
account of his name.
13 I write to you, fathers,
because you have known him who is
from the beginning.
I write to you, young men,
because you have overcome the evil one.
I write to you, dear children,
because you have known the Father.
14 I write to you, fathers,
because you have known him who is
from the beginning.
I write to you, young men,
because you are strong,
and the word of God lives in you,
and you have overcome the evil one.

Do Not Love the World

15Do not love the world or anything in the
world. If anyone loves the world, the love of the
Father is not in him. 16For everything in the
world—the cravings of sinful man, the lust of
his eyes and the boasting of what he has and
does—comes not from the Father but from the
world. 17The world and its desires pass away,
but the man who does the will of God lives
forever.

Warning Against Antichrists

18Dear children, this is the last hour; and as
you have heard that the antichrist is coming,
even now many antichrists have come. This is
how we know it is the last hour. 19They went out
from us, but they did not really belong to us. For

[e]*10* Or *it*

sido, se habrían quedado con nosotros. Su salida
sirvió para comprobar que ninguno de ellos era
de los nuestros.
20Todos ustedes, en cambio, han recibido un-
ción del Santo, de manera que conocen la ver-
dad.[e] 21No les escribo porque ignoren la verdad,
sino porque la conocen y porque ninguna men-
tira procede de la verdad. 22¿Quién es el menti-
roso sino el que niega que Jesús es el *Cristo?
Es el anticristo, el que niega al Padre y al Hijo.
23Todo el que niega al Hijo no tiene al Padre; el
que reconoce al Hijo tiene también al Padre.
24Permanezca en ustedes lo que han oído des-
de el principio, y así ustedes[f] permanecerán
también en el Hijo y en el Padre. 25Ésta es la
promesa que él nos dio: la vida eterna.
26Estas cosas les escribo acerca de los que
procuran engañarlos. 27En cuanto a ustedes, la
unción que de él recibieron permanece en uste-
des, y no necesitan que nadie les enseñe. Esa
unción es auténtica —no es falsa— y les enseña
todas las cosas. Permanezcan en él, tal y como
él les enseñó.

Permanezcamos en Dios

28Y ahora, queridos hijos, permanezcamos[g]
en él para que, cuando se manifieste, podamos
presentarnos ante él confiadamente, seguros de
no ser avergonzados en su venida.
29Si reconocen que *Jesucristo es justo, reco-
nozcan también que todo el que practica la jus-
ticia ha nacido de él.
3 ¡Fíjense qué gran amor nos ha dado el
Padre, que se nos llame hijos de Dios! ¡Y
lo somos! El mundo no nos conoce, precisamen-
te porque no lo conoció a él. 2Queridos herma-
nos, ahora somos hijos de Dios, pero todavía no
se ha manifestado lo que habremos de ser. Sa-
bemos, sin embargo, que cuando Cristo venga
seremos semejantes a él, porque lo veremos tal
como él es. 3Todo el que tiene esta esperanza en
Cristo, se purifica a sí mismo, así como él es
puro.
4Todo el que comete pecado quebranta la ley;
de hecho, el pecado es transgresión de la ley.
5Pero ustedes saben que Jesucristo se manifestó
para quitar nuestros pecados. Y él no tiene pe-
cado. 6Todo el que permanece en él, no practica
el pecado.[h] Todo el que practica el pecado, no
lo ha visto ni lo ha conocido.
7Queridos hijos, que nadie los engañe. El que
practica la justicia es justo, así como él es justo.
8El que practica el pecado es del diablo, porque

[e]2:20 *la verdad.* Var. *todas las cosas.* [f]2:24 *principio … ustedes.* Lit. *principio. Si permanece en ustedes lo que han oído desde el principio, ustedes* [g]2:28 *permanezcamos.* Lit. *permanezcan.* [h]3:6 *no practica el pecado.* Alt. *no peca.*

if they had belonged to us, they would have
remained with us; but their going showed that
none of them belonged to us.
20But you have an anointing from the Holy
One, and all of you know the truth.[f] 21I do not
write to you because you do not know the truth,
but because you do know it and because no lie
comes from the truth. 22Who is the liar? It is the
man who denies that Jesus is the Christ. Such a
man is the antichrist—he denies the Father and
the Son. 23No one who denies the Son has the
Father; whoever acknowledges the Son has the
Father also.
24See that what you have heard from the
beginning remains in you. If it does, you also
will remain in the Son and in the Father.
25And this is what he promised us—even
eternal life.
26I am writing these things to you about
those who are trying to lead you astray. 27As
for you, the anointing you received from him
remains in you, and you do not need anyone
to teach you. But as his anointing teaches you
about all things and as that anointing is real,
not counterfeit—just as it has taught you, re-
main in him.

Children of God

28And now, dear children, continue in him, so
that when he appears we may be confident and
unashamed before him at his coming.
29If you know that he is righteous, you know
that everyone who does what is right has been
born of him.
3 How great is the love the Father has lav-
ished on us, that we should be called chil-
dren of God! And that is what we are! The
reason the world does not know us is that it did
not know him. 2Dear friends, now we are chil-
dren of God, and what we will be has not yet
been made known. But we know that when he
appears,[g] we shall be like him, for we shall see
him as he is. 3Everyone who has this hope in him
purifies himself, just as he is pure.
4Everyone who sins breaks the law; in fact,
sin is lawlessness. 5But you know that he ap-
peared so that he might take away our sins. And
in him is no sin. 6No one who lives in him keeps
on sinning. No one who continues to sin has
either seen him or known him.
7Dear children, do not let anyone lead you
astray. He who does what is right is righteous,
just as he is righteous. 8He who does what is

[f]20 Some manuscripts *and you know all things* [g]2 Or *when it is made known*

el diablo ha estado pecando desde el principio.
El Hijo de Dios fue enviado precisamente para
destruir las obras del diablo. 9Ninguno que haya
nacido de Dios practica el pecado, porque la
semilla de Dios permanece en él; no puede
practicar el pecado,[i] porque ha nacido de Dios.
10Así distinguimos entre los hijos de Dios y los
hijos del diablo: el que no practica la justicia no
es hijo de Dios; ni tampoco lo es el que no ama
a su hermano.

Amémonos los unos a los otros

11Éste es el mensaje que han oído desde el
principio: que nos amemos los unos a los otros.
12No seamos como Caín que, por ser del malig-
no, asesinó a su hermano. ¿Y por qué lo hizo?
Porque sus propias obras eran malas, y las de su
hermano justas. 13Hermanos, no se extrañen si
el mundo los odia. 14Nosotros sabemos que
hemos pasado de la muerte a la vida porque
amamos a nuestros hermanos. El que no ama
permanece en la muerte. 15Todo el que odia a su
hermano es un asesino, y ustedes saben que en
ningún asesino permanece la vida eterna.

16En esto conocemos lo que es el amor: en que
Jesucristo entregó su *vida por nosotros. Así
también nosotros debemos entregar la vida por
nuestros hermanos. 17Si alguien que posee bie-
nes materiales ve que su hermano está pasando
necesidad, y no tiene compasión de él, ¿cómo se
puede decir que el amor de Dios habita en él?
18Queridos hijos, no amemos de palabra ni de
labios para afuera, sino con hechos y de verdad.

19En esto sabremos que somos de la verdad, y
nos sentiremos seguros delante de él: 20que aun-
que nuestro corazón nos condene, Dios es más
grande que nuestro corazón y lo sabe todo. 21Que-
ridos hermanos, si el corazón no nos condena,
tenemos confianza delante de Dios, 22y recibimos
todo lo que le pedimos porque obedecemos sus
mandamientos y hacemos lo que le agrada. 23Y
éste es su mandamiento: que creamos en el nom-
bre de su Hijo Jesucristo, y que nos amemos los
unos a los otros, pues así lo ha dispuesto. 24El que
obedece sus mandamientos permanece en Dios, y
Dios en él. ¿Cómo sabemos que él permanece en
nosotros? Por el Espíritu que nos dio.

Vivamos en el Espíritu

4 Queridos hermanos, no crean a cualquiera
que pretenda estar inspirado por el Espíri-
tu,[j] sino sométanlo a prueba para ver si es de
Dios, porque han salido por el mundo muchos
falsos profetas. 2En esto pueden discernir quién

sinful is of the devil, because the devil has
been sinning from the beginning. The reason
the Son of God appeared was to destroy the
devil's work. 9No one who is born of God will
continue to sin, because God's seed remains
in him; he cannot go on sinning, because he
has been born of God. 10This is how we know
who the children of God are and who the chil-
dren of the devil are: Anyone who does not
do what is right is not a child of God; nor is
anyone who does not love his brother.

Love one another

11This is the message you heard from the
beginning: We should love one another. 12Do
not be like Cain, who belonged to the evil one
and murdered his brother. And why did he
murder him? Because his own actions were
evil and his brother's were righteous. 13Do not
be surprised, my brothers, if the world hates
you. 14We know that we have passed from
death to life, because we love our brothers.
Anyone who does not love remains in death.
15Anyone who hates his brother is a murderer,
and you know that no murderer has eternal life
in him.

16This is how we know what love is: Jesus
Christ laid down his life for us. And we ought
to lay down our lives for our brothers. 17If
anyone has material possessions and sees his
brother in need but has no pity on him, how
can the love of God be in him? 18Dear chil-
dren, let us not love with words or tongue but
with actions and in truth. 19This then is how
we know that we belong to the truth, and how
we set our hearts at rest in his presence
20whenever our hearts condemn us. For God
is greater than our hearts, and he knows ev-
erything.

21Dear friends, if our hearts do not condemn
us, we have confidence before God 22and re-
ceive from him anything we ask, because we
obey his commands and do what pleases him.
23And this is his command: to believe in the
name of his Son, Jesus Christ, and to love one
another as he commanded us. 24Those who obey
his commands live in him, and he in them. And
this is how we know that he lives in us: We know
it by the Spirit he gave us.

Test the Spirits

4 Dear friends, do not believe every spirit,
but test the spirits to see whether they are
from God, because many false prophets have
gone out into the world. 2This is how you can

[i]3:9 *no puede practicar el pecado.* Alt. *no puede pecar.*
[j]4:1 *no crean … por el Espíritu.* Lit. *no crean a todo espíritu.*

tiene el Espíritu de Dios: todo profeta[k] que
reconoce que *Jesucristo ha venido en cuerpo
humano, es de Dios; 3todo profeta que no reco-
noce a Jesús, no es de Dios sino del anticristo.
Ustedes han oído que éste viene; en efecto, ya
está en el mundo.

4Ustedes, queridos hijos, son de Dios y han
vencido a esos falsos profetas, porque el que está
en ustedes es más poderoso que el que está en el
mundo. 5Ellos son del mundo; por eso hablan
desde el punto de vista del mundo, y el mundo
los escucha. 6Nosotros somos de Dios, y todo el
que conoce a Dios nos escucha; pero el que no
es de Dios no nos escucha. Así distinguimos
entre el Espíritu de la verdad y el espíritu del
engaño.

Permanezcamos en el amor

7Queridos hermanos, amémonos los unos a
los otros, porque el amor viene de Dios, y todo
el que ama ha nacido de él y lo conoce. 8El que
no ama no conoce a Dios, porque Dios es amor.
9Así manifestó Dios su amor entre nosotros: en
que envió a su Hijo unigénito al mundo para que
vivamos por medio de él. 10En esto consiste el
amor: no en que nosotros hayamos amado a
Dios, sino en que él nos amó y envió a su Hijo
para que fuera ofrecido como sacrificio por el
perdón de[l] nuestros pecados. 11Queridos her-
manos, ya que Dios nos ha amado así, también
nosotros debemos amarnos los unos a los otros.
12Nadie ha visto jamás a Dios, pero si nos ama-
mos los unos a los otros, Dios permanece entre
nosotros, y entre[m] nosotros su amor se ha mani-
festado plenamente.[n]

13¿Cómo sabemos que permanecemos en él,
y que él permanece en nosotros? Porque nos ha
dado de su Espíritu. 14Y nosotros hemos visto y
declaramos que el Padre envió a su Hijo para ser
el Salvador del mundo. 15Si alguien reconoce
que Jesús es el Hijo de Dios, Dios permanece en
él, y él en Dios. 16Y nosotros hemos llegado a
saber y creer que Dios nos ama.

Dios es amor. El que permanece en amor,
permanece en Dios, y Dios en él. 17Ese amor se
manifiesta plenamente[ñ] entre nosotros para que
en el día del juicio comparezcamos con toda
confianza, porque en este mundo hemos vivido
como vivió Jesús. En el amor no hay temor,
18sino que el amor *perfecto echa fuera el temor.
El que teme espera el castigo, así que no ha sido
perfeccionado en el amor.

[k]**4:2** *profeta.* Lit. *espíritu*; también en v. 3. [l]**4:10** *sacrificio por el perdón de.* Lit. **propiciación por.* [m]**4:12** *entre … entre.* Alt. *en … en.* [n]**4:12** *se ha manifestado plenamente.* Lit. *se ha *perfeccionado.* [ñ]**4:17** *se manifiesta plenamente.* Lit. *se ha perfeccionado.*

recognize the Spirit of God: Every spirit that
acknowledges that Jesus Christ has come in
the flesh is from God, 3but every spirit that
does not acknowledge Jesus is not from God.
This is the spirit of the antichrist, which you
have heard is coming and even now is already
in the world.

4You, dear children, are from God and have
overcome them, because the one who is in you
is greater than the one who is in the world.
5They are from the world and therefore speak
from the viewpoint of the world, and the world
listens to them. 6We are from God, and who-
ever knows God listens to us; but whoever is
not from God does not listen to us. This is how
we recognize the Spirit[h] of truth and the spirit
of falsehood.

God's Love and Ours

7Dear friends, let us love one another, for
love comes from God. Everyone who loves
has been born of God and knows God. 8Who-
ever does not love does not know God, be-
cause God is love. 9This is how God showed
his love among us: He sent his one and only
Son[i] into the world that we might live through
him. 10This is love: not that we loved God,
but that he loved us and sent his Son as an
atoning sacrifice for[j] our sins. 11Dear friends,
since God so loved us, we also ought to love
one another. 12No one has ever seen God; but
if we love one another, God lives in us and
his love is made complete in us.

13We know that we live in him and he in
us, because he has given us of his Spirit. 14And
we have seen and testify that the Father has
sent his Son to be the Savior of the world. 15If
anyone acknowledges that Jesus is the Son of
God, God lives in him and he in God. 16And
so we know and rely on the love God has for
us.

God is love. Whoever lives in love lives in
God, and God in him. 17In this way, love is made
complete among us so that we will have confi-
dence on the day of judgment, because in this
world we are like him. 18There is no fear in love.
But perfect love drives out fear, because fear has
to do with punishment. The one who fears is not
made perfect in love.

[h]*6* Or *spirit* [i]*9* Or *his only begotten Son* [j]*10* Or *as the one who would turn aside his wrath, taking away*

19 Nosotros amamos a Dios porque él nos amó primero. 20 Si alguien afirma: «Yo amo a Dios», pero odia a su hermano, es un mentiroso; pues el que no ama a su hermano, a quien ha visto, no puede amar a Dios, a quien no ha visto. 21 Y él nos ha dado este mandamiento: el que ama a Dios, ame también a su hermano.

Vivamos en la fe

5 Todo el que cree que Jesús es el *Cristo, ha nacido de Dios, y todo el que ama al padre, ama también a sus hijos. 2 Así, cuando amamos a Dios y cumplimos sus mandamientos, sabemos que amamos a los hijos de Dios. 3 En esto consiste el amor a Dios: en que obedezcamos sus mandamientos. Y éstos no son difíciles de cumplir, 4 porque todo el que ha nacido de Dios vence al mundo. Ésta es la victoria que vence al mundo: nuestra fe. 5 ¿Quién es el que vence al mundo sino el que cree que Jesús es el Hijo de Dios?

6 Éste es el que vino mediante agua y sangre, Jesucristo; no sólo mediante agua, sino mediante agua y sangre. El Espíritu es quien da testimonio de esto, porque el Espíritu es la verdad. 7 Tres son los que dan testimonio, 8 y los tres están de acuerdo: el Espíritu[o], el agua y la sangre. 9 Aceptamos el testimonio *humano, pero el testimonio de Dios vale mucho más, precisamente porque es el testimonio de Dios, que él ha dado acerca de su Hijo. 10 El que cree en el Hijo de Dios acepta este testimonio. El que no cree a Dios lo hace pasar por mentiroso, por no haber creído el testimonio que Dios ha dado acerca de su Hijo. 11 Y el testimonio es éste: que Dios nos ha dado vida eterna, y esa vida está en su Hijo. 12 El que tiene al Hijo, tiene la vida; el que no tiene al Hijo de Dios, no tiene la vida.

Observaciones finales

13 Les escribo estas cosas a ustedes que creen en el nombre del Hijo de Dios, para que sepan que tienen vida eterna. 14 Ésta es la confianza que tenemos al acercarnos a Dios: que si pedimos conforme a su voluntad, él nos oye. 15 Y si sabemos que Dios oye todas nuestras oraciones, podemos estar seguros de que ya tenemos lo que le hemos pedido.

16 Si alguno ve a su hermano cometer un pecado que no lleva a la muerte, ore por él y Dios le dará vida. Me refiero a quien comete un pecado que no lleva a la muerte. Hay un pecado

[o] 5:7-8 *testimonio … Espíritu.* Var. *testimonio en el cielo: el Padre, el Verbo y el Espíritu Santo, y estos tres son uno.* [8] *Y hay tres que dan testimonio en la tierra: el Espíritu* (este pasaje se encuentra en mss. posteriores de la Vulgata, pero no está en ningún ms. griego anterior al siglo XVI).

19 We love because he first loved us. 20 If anyone says, "I love God," yet hates his brother, he is a liar. For anyone who does not love his brother, whom he has seen, cannot love God, whom he has not seen. 21 And he has given us this command: Whoever loves God must also love his brother.

Faith in the Son of God

5 Everyone who believes that Jesus is the Christ is born of God, and everyone who loves the father loves his child as well. 2 This is how we know that we love the children of God: by loving God and carrying out his commands. 3 This is love for God: to obey his commands. And his commands are not burdensome, 4 for everyone born of God overcomes the world. This is the victory that has overcome the world, even our faith. 5 Who is it that overcomes the world? Only he who believes that Jesus is the Son of God.

6 This is the one who came by water and blood—Jesus Christ. He did not come by water only, but by water and blood. And it is the Spirit who testifies, because the Spirit is the truth. 7 For there are three that testify: 8 the[k] Spirit, the water and the blood; and the three are in agreement. 9 We accept man's testimony, but God's testimony is greater because it is the testimony of God, which he has given about his Son. 10 Anyone who believes in the Son of God has this testimony in his heart. Anyone who does not believe God has made him out to be a liar, because he has not believed the testimony God has given about his Son. 11 And this is the testimony: God has given us eternal life, and this life is in his Son. 12 He who has the Son has life; he who does not have the Son of God does not have life.

Concluding Remarks

13 I write these things to you who believe in the name of the Son of God so that you may know that you have eternal life. 14 This is the confidence we have in approaching God: that if we ask anything according to his will, he hears us. 15 And if we know that he hears us—whatever we ask—we know that we have what we asked of him.

16 If anyone sees his brother commit a sin that does not lead to death, he should pray and God will give him life. I refer to those whose sin does not lead to death. There is a sin that leads to

[k] 7,8 Late manuscripts of the Vulgate *testify in heaven: the Father, the Word and the Holy Spirit, and these three are one.* [8] *And there are three that testify on earth: the* (not found in any Greek manuscript before the sixteenth century)

que sí lleva a la muerte, y en ese caso no digo
que se ore por él. 17 Toda maldad es pecado, pero
hay pecado que no lleva a la muerte.

18 Sabemos que el que ha nacido de Dios no
está en pecado: *Jesucristo, que nació de Dios,
lo protege, y el maligno no llega a tocarlo.
19 Sabemos que somos hijos de Dios, y que el
mundo entero está bajo el control del maligno.
20 También sabemos que el Hijo de Dios ha
venido y nos ha dado entendimiento para que
conozcamos al Dios verdadero. Y estamos con
el Verdadero, con[p] su Hijo Jesucristo. Éste es el
Dios verdadero y la vida eterna.

21 Queridos hijos, apártense de los ídolos.

death. I am not saying that he should pray about
that. 17 All wrongdoing is sin, and there is sin that
does not lead to death.

18 We know that anyone born of God does not
continue to sin; the one who was born of God
keeps him safe, and the evil one cannot harm
him. 19 We know that we are children of God,
and that the whole world is under the control of
the evil one. 20 We know also that the Son of God
has come and has given us understanding, so that
we may know him who is true. And we are in
him who is true—even in his Son Jesus Christ.
He is the true God and eternal life.

21 Dear children, keep yourselves from idols.

[p] **5:20** *con.* Alt. *por medio de.*

Segunda Carta de Juan

1 El *anciano,

a la iglesia elegida y a sus miembros,[a] a quienes amo en la verdad —y no sólo yo sino todos los que han conocido la verdad—, 2 a causa de esa verdad que permanece en nosotros y que estará con nosotros para siempre:

3 La gracia, la misericordia y la paz de Dios el Padre y de *Jesucristo, el Hijo del Padre, estarán con nosotros en verdad y en amor.

4 Me alegré muchísimo al encontrarme con algunos de ustedes[b] que están practicando la verdad, según el mandamiento que nos dio el Padre. 5 Y ahora, hermanos, les ruego que nos amemos los unos a los otros. Y no es que les[c] esté escribiendo un mandamiento nuevo sino el que hemos tenido desde el principio. 6 En esto consiste el amor: en que pongamos en práctica sus mandamientos. Y éste es el mandamiento: que vivan en este amor, tal como ustedes lo han escuchado desde el principio.

7 Es que han salido por el mundo muchos engañadores que no reconocen que Jesucristo ha venido en cuerpo humano. El que así actúa es el engañador y el anticristo. 8 Cuídense de no echar a perder el fruto de nuestro trabajo;[d] procuren más bien recibir la recompensa completa. 9 Todo el que se descarría y no permanece en la enseñanza de Cristo, no tiene a Dios; el que permanece en la enseñanza[e] sí tiene al Padre y al Hijo. 10 Si alguien los visita y no lleva esta enseñanza, no lo reciban en casa ni le den la bienvenida, 11 pues quien le da la bienvenida se hace cómplice de sus malas obras.

12 Aunque tengo muchas cosas que decirles, no he querido hacerlo por escrito, pues espero visitarlos y hablar personalmente con ustedes para que nuestra alegría sea completa.

13 Los miembros de la iglesia hermana, la elegida, les[f] mandan saludos.

[a]1 *la iglesia … miembros.* Lit. *la señora elegida y a sus hijos.* [b]4 *ustedes.* Lit. *tus hijos.* [c]5 *hermanos, les ruego … Y no es que les.* Lit. *señora, te ruego … Y no es que te.* [d]8 *el fruto de nuestro trabajo.* Lit. *lo que hemos trabajado.* Var. *lo que ustedes han trabajado.* [e]9 *enseñanza.* Var. *enseñanza de Cristo.* [f]13 *Los miembros … les.* Lit. *Los hijos de tu hermana, la elegida, te.*

2 John

1 The elder,

To the chosen lady and her children, whom I love in the truth—and not I only, but also all who know the truth— 2 because of the truth, which lives in us and will be with us forever:

3 Grace, mercy and peace from God the Father and from Jesus Christ, the Father's Son, will be with us in truth and love.

4 It has given me great joy to find some of your children walking in the truth, just as the Father commanded us. 5 And now, dear lady, I am not writing you a new command but one we have had from the beginning. I ask that we love one another. 6 And this is love: that we walk in obedience to his commands. As you have heard from the beginning, his command is that you walk in love.

7 Many deceivers, who do not acknowledge Jesus Christ as coming in the flesh, have gone out into the world. Any such person is the deceiver and the antichrist. 8 Watch out that you do not lose what you have worked for, but that you may be rewarded fully. 9 Anyone who runs ahead and does not continue in the teaching of Christ does not have God; whoever continues in the teaching has both the Father and the Son. 10 If anyone comes to you and does not bring this teaching, do not take him into your house or welcome him. 11 Anyone who welcomes him shares in his wicked work.

12 I have much to write to you, but I do not want to use paper and ink. Instead, I hope to visit you and talk with you face to face, so that our joy may be complete.

13 The children of your chosen sister send their greetings.

Tercera Carta de Juan

1El *anciano,

al querido hermano Gayo, a quien amo en la verdad.

2Querido hermano, oro para que te vaya bien en todos tus asuntos y goces de buena salud, así como prosperas espiritualmente. 3Me alegré mucho cuando vinieron unos hermanos y dieron testimonio de tu fidelidad,[a] y de cómo estás poniendo en práctica la verdad. 4Nada me produce más alegría que oír que mis hijos practican la verdad.

5Querido hermano, te comportas fielmente en todo lo que haces por los hermanos, aunque no los conozcas.[b] 6Delante de la iglesia ellos han dado testimonio de tu amor. Harás bien en ayudarlos a seguir su viaje, como es digno de Dios. 7Ellos salieron por causa del Nombre, sin nunca recibir nada de los *paganos; 8nosotros, por lo tanto, debemos brindarles hospitalidad, y así colaborar con ellos en la verdad.

9Le escribí algunas líneas a la iglesia, pero Diótrefes, a quien le encanta ser el primero entre ellos, no nos recibe. 10Por eso, si voy no dejaré de reprocharle su comportamiento, ya que, con palabras malintencionadas, habla contra nosotros sólo por hablar. Como si fuera poco, ni siquiera recibe a los hermanos, y a quienes quieren hacerlo, no los deja y los expulsa de la iglesia.

11Querido hermano, no imites lo malo sino lo bueno. El que hace lo bueno es de Dios; el que hace lo malo no ha visto a Dios. 12En cuanto a Demetrio, todos dan buen testimonio de él, incluso la verdad misma. También nosotros lo recomendamos, y bien sabes que nuestro testimonio es verdadero.

13Tengo muchas cosas que decirte, pero prefiero no hacerlo por escrito; 14espero verte muy pronto, y entonces hablaremos personalmente.

15La paz sea contigo. Tus amigos aquí te mandan saludos. Saluda a los amigos allá, a cada uno en particular.

[a]3 *fidelidad.* Lit. *verdad.* [b]5 *aunque no los conozcas.* Alt. *aunque para ti sean extraños.*

3 John

1The elder,

To my dear friend Gaius, whom I love in the truth.

2Dear friend, I pray that you may enjoy good health and that all may go well with you, even as your soul is getting along well. 3It gave me great joy to have some brothers come and tell about your faithfulness to the truth and how you continue to walk in the truth. 4I have no greater joy than to hear that my children are walking in the truth.

5Dear friend, you are faithful in what you are doing for the brothers, even though they are strangers to you. 6They have told the church about your love. You will do well to send them on their way in a manner worthy of God. 7It was for the sake of the Name that they went out, receiving no help from the pagans. 8We ought therefore to show hospitality to such men so that we may work together for the truth.

9I wrote to the church, but Diotrephes, who loves to be first, will have nothing to do with us. 10So if I come, I will call attention to what he is doing, gossiping maliciously about us. Not satisfied with that, he refuses to welcome the brothers. He also stops those who want to do so and puts them out of the church.

11Dear friend, do not imitate what is evil but what is good. Anyone who does what is good is from God. Anyone who does what is evil has not seen God. 12Demetrius is well spoken of by everyone—and even by the truth itself. We also speak well of him, and you know that our testimony is true.

13I have much to write you, but I do not want to do so with pen and ink. 14I hope to see you soon, and we will talk face to face.

Peace to you. The friends here send their greetings. Greet the friends there by name.

Carta de Judas

1 Judas, *siervo de *Jesucristo y hermano de *Jacobo,

a los que son amados por Dios el Padre, guardados por[a] Jesucristo y llamados a la salvación:

2 Que reciban misericordia, paz y amor en abundancia.

Pecado y condenación de los impíos

3 Queridos hermanos, he deseado intensa-
mente escribirles acerca de la salvación que
tenemos en común, y ahora siento la necesidad
de hacerlo para rogarles que sigan luchando
vigorosamente por la fe encomendada una vez
por todas a los *santos. 4 El problema es que
se han infiltrado entre ustedes ciertos indivi-
duos que desde hace mucho tiempo han estado
señalados[b] para condenación. Son impíos que
cambian en libertinaje la gracia de nuestro
Dios y niegan a Jesucristo, nuestro único So-
berano y Señor.
5 Aunque ustedes ya saben muy bien todo esto,
quiero recordarles que el Señor,[c] después de
liberar de la tierra de Egipto a su pueblo, destru-
yó a los que no creían. 6 Y a los ángeles que no
mantuvieron su posición de autoridad, sino que
abandonaron su propia morada, los tiene perpe-
tuamente encarcelados en oscuridad para el jui-
cio del gran Día. 7 Así también Sodoma y Go-
morra y las ciudades vecinas son puestas como
escarmiento, al sufrir el castigo de un fuego
eterno, por haber practicado, como aquéllos,
inmoralidad sexual y vicios contra la naturaleza.
8 De la misma manera estos individuos, lleva-
dos por sus delirios, contaminan su *cuerpo,
desprecian la autoridad y maldicen a los seres
celestiales. 9 Ni siquiera el arcángel Miguel,
cuando argumentaba con el diablo disputándole
el cuerpo de Moisés, se atrevió a pronunciar
contra él un juicio de maldición, sino que dijo:
«¡Que el Señor te reprenda!» 10 Éstos, en cam-
bio, maldicen todo lo que no entienden; y como
animales irracionales, lo que entienden por
instinto es precisamente lo que los corrompe.
11 ¡Ay de los que siguieron el camino de Caín!

[a] 1 *por*. Alt. *para* [b] 4 *señalados*. Lit. *inscritos de antemano*. [c] 5 *el Señor*. Var. *Jesús*.

Jude

1 Jude, a servant of Jesus Christ and a brother of James,

To those who have been called, who are loved by God the Father and kept by[a] Jesus Christ:

2 Mercy, peace and love be yours in abundance.

The sin and doom of Godless men

3 Dear friends, although I was very eager to
write to you about the salvation we share, I felt
I had to write and urge you to contend for the
faith that was once for all entrusted to the saints.
4 For certain men whose condemnation was
written about[b] long ago have secretly slipped in
among you. They are godless men, who change
the grace of our God into a license for immoral-
ity and deny Jesus Christ our only Sovereign and
Lord.
5 Though you already know all this, I want
to remind you that the Lord[c] delivered his
people out of Egypt, but later destroyed those
who did not believe. 6 And the angels who did
not keep their positions of authority but aban-
doned their own home—these he has kept in
darkness, bound with everlasting chains for
judgment on the great Day. 7 In a similar way,
Sodom and Gomorrah and the surrounding
towns gave themselves up to sexual immoral-
ity and perversion. They serve as an example
of those who suffer the punishment of eternal
fire.
8 In the very same way, these dreamers pol-
lute their own bodies, reject authority and slan-
der celestial beings. 9 But even the archangel
Michael, when he was disputing with the devil
about the body of Moses, did not dare to bring
a slanderous accusation against him, but said,
"The Lord rebuke you!" 10 Yet these men
speak abusively against whatever they do not
understand; and what things they do under-
stand by instinct, like unreasoning ani-
mals—these are the very things that destroy
them.

[a] *1* Or *for*; or *in* [b] *4* Or *men who were marked out for condemnation* [c] *5* Some early manuscripts *Jesus*

Por ganar dinero se entregaron al error de
Balán y perecieron en la rebelión de Coré.

12 Estos individuos son un peligro oculto:[d]
sin ningún respeto convierten en parrandas las
fiestas de amor fraternal que ustedes celebran.
Buscan sólo su propio provecho.[e] Son nubes
sin agua, llevadas por el viento. Son árboles
que no dan fruto cuando debieran darlo; están
doblemente muertos, arrancados de raíz. 13 Son
violentas olas del mar, que arrojan la espuma
de sus actos vergonzosos. Son estrellas fu-
gaces, para quienes está reservada eternamente
la más densa oscuridad.

14 También Enoc, el séptimo patriarca a par-
tir de Adán, profetizó acerca de ellos: «Miren,
el Señor viene con millares y millares de sus
ángeles[f] 15 para someter a juicio a todos y para
reprender a todos los pecadores impíos por
todas las malas obras que han cometido, y por
todas las injurias que han proferido contra él.»
16 Estos individuos son refunfuñadores y criti-
cones; se dejan llevar por sus propias pasiones;
hablan con arrogancia y adulan a los demás
para sacar ventaja.

Exhortación a la perseverancia

17 Ustedes, queridos hermanos, recuerden el
mensaje anunciado anteriormente por los após-
toles de nuestro Señor Jesucristo. 18 Ellos les
decían: «En los últimos tiempos habrá burla-
dores que vivirán según sus propias pasiones
impías.» 19 Éstos son los que causan divisiones
y se dejan llevar por sus propios instintos, pues
no tienen el Espíritu.

20-21 Ustedes, en cambio, queridos hermanos,
manténganse en el amor de Dios, edificándose
sobre la base de su santísima fe y orando en el
Espíritu Santo, mientras esperan que nuestro
Señor Jesucristo, en su misericordia, les conce-
da vida eterna.

22 Tengan compasión de los que dudan; 23 a
otros, sálvenlos arrebatándolos del fuego. Com-
padézcanse de los demás, pero tengan cuidado;
aborrezcan hasta la ropa que haya sido conta-
minada por su *cuerpo.

Doxología

24 ¡Al único Dios, nuestro Salvador, que puede
guardarlos para que no *caigan, y establecerlos
sin tacha y con gran alegría ante su gloriosa
presencia, 25 sea la gloria, la majestad, el do-
minio y la autoridad, por medio de Jesucristo
nuestro Señor, antes de todos los siglos, ahora
y para siempre! Amén.

[d] 12 *un peligro oculto.* Lit. *escollos,* o *manchas.*
[e] 12 *Buscan ... provecho.* Lit. *Se pastorean a sí mismos.*
[f] 14 *ángeles.* Lit. **santos.*

11 Woe to them! They have taken the way of
Cain; they have rushed for profit into Balaam's
error; they have been destroyed in Korah's
rebellion.

12 These men are blemishes at your love
feasts, eating with you without the slightest
qualm—shepherds who feed only themselves.
They are clouds without rain, blown along by
the wind; autumn trees, without fruit and
uprooted—twice dead. 13 They are wild waves
of the sea, foaming up their shame; wandering
stars, for whom blackest darkness has been
reserved forever.

14 Enoch, the seventh from Adam, prophe-
sied about these men: "See, the Lord is coming
with thousands upon thousands of his holy
ones 15 to judge everyone, and to convict all the
ungodly of all the ungodly acts they have done
in the ungodly way, and of all the harsh words
ungodly sinners have spoken against him."
16 These men are grumblers and faultfinders;
they follow their own evil desires; they boast
about themselves and flatter others for their
own advantage.

A call to persevere

17 But, dear friends, remember what the
apostles of our Lord Jesus Christ foretold.
18 They said to you, "In the last times there
will be scoffers who will follow their own
ungodly desires." 19 These are the men who
divide you, who follow mere natural instincts
and do not have the Spirit.

20 But you, dear friends, build yourselves up
in your most holy faith and pray in the Holy
Spirit. 21 Keep yourselves in God's love as you
wait for the mercy of our Lord Jesus Christ to
bring you to eternal life.

22 Be merciful to those who doubt; 23 snatch
others from the fire and save them; to others
show mercy, mixed with fear—hating even the
clothing stained by corrupted flesh.

Doxology

24 To him who is able to keep you from falling
and to present you before his glorious presence
without fault and with great joy— 25 to the only
God our Savior be glory, majesty, power and
authority, through Jesus Christ our Lord, before
all ages, now and forevermore! Amen.

Apocalipsis

Prólogo

1 Ésta es la revelación de *Jesucristo, que Dios le dio para mostrar a sus *siervos lo que sin demora tiene que suceder. Jesucristo envió a su ángel para dar a conocer la revelación a su siervo Juan, 2quien por su parte da fe de la verdad, escribiendo todo lo que vio, a saber, la palabra de Dios y el testimonio de Jesucristo. 3*Dichoso el que lee y dichosos los que escuchan las palabras de este mensaje profético y hacen caso de lo que aquí está escrito, porque el tiempo de su cumplimiento está cerca.

Saludos y doxología

4Yo, Juan, escribo a las siete iglesias que están en la provincia de *Asia:

Gracia y paz a ustedes de parte de aquel que es y que era y que ha de venir; y de parte de los siete espíritus que están delante de su trono; 5y de parte de *Jesucristo, el testigo fiel, el primogénito de la resurrección, el soberano de los reyes de la tierra.

Al que nos ama
y que por su sangre
nos ha librado de nuestros pecados,
6al que ha hecho de nosotros un reino,
sacerdotes al servicio de Dios su Padre,
¡a él sea la gloria y el poder
por los siglos de los siglos! Amén.

7¡Miren que viene en las nubes!
Y todos lo verán con sus propios ojos,
incluso quienes lo traspasaron;
y por él harán lamentación
todos los pueblos de la tierra.
¡Así será! Amén.

8«Yo soy el Alfa y la Omega —dice el Señor Dios—, el que es y que era y que ha de venir, el Todopoderoso.»

Alguien semejante al Hijo del hombre

9Yo, Juan, hermano de ustedes y compañero en el sufrimiento, en el reino y en la perseverancia que tenemos en unión con Jesús, estaba en la isla de Patmos por causa de la palabra de Dios y del testimonio de Jesús. 10En el día del Señor vino sobre mí el Espíritu, y oí detrás de mí una

Revelation

Prologue

1 The revelation of Jesus Christ, which God gave him to show his servants what must soon take place. He made it known by sending his angel to his servant John, 2who testifies to everything he saw—that is, the word of God and the testimony of Jesus Christ. 3Blessed is the one who reads the words of this prophecy, and blessed are those who hear it and take to heart what is written in it, because the time is near.

Greetings and doxology

4John,

To the seven churches in the province of Asia:

Grace and peace to you from him who is, and who was, and who is to come, and from the seven spirits[a] before his throne, 5and from Jesus Christ, who is the faithful witness, the firstborn from the dead, and the ruler of the kings of the earth.

To him who loves us and has freed us from our sins by his blood, 6and has made us to be a kingdom and priests to serve his God and Father—to him be glory and power for ever and ever! Amen.

7Look, he is coming with the clouds,
and every eye will see him,
even those who pierced him;
and all the peoples of the earth will
mourn because of him.
So shall it be! Amen.

8"I am the Alpha and the Omega," says the Lord God, "who is, and who was, and who is to come, the Almighty."

One like a Son of Man

9I, John, your brother and companion in the suffering and kingdom and patient endurance that are ours in Jesus, was on the island of Patmos because of the word of God and the testimony of Jesus. 10On the Lord's Day I was in the Spirit, and I heard behind me a loud voice

a4 Or *the sevenfold Spirit*

voz fuerte, como de trompeta, 11que decía: «Escribe en un libro lo que veas y envíalo a las siete iglesias: a Éfeso, a Esmirna, a Pérgamo, a Tiatira, a Sardis, a Filadelfia y a Laodicea.»

12Me volví para ver de quién era la voz que me hablaba y, al volverme, vi siete candelabros de oro. 13En medio de los candelabros estaba alguien «semejante al Hijo del hombre»,[a] vestido con una túnica que le llegaba hasta los pies y ceñido con una banda de oro a la altura del pecho. 14Su cabellera lucía blanca como la lana, como la nieve; y sus ojos resplandecían como llama de fuego. 15Sus pies parecían bronce al rojo vivo en un horno, y su voz era tan fuerte como el estruendo de una catarata. 16En su mano derecha tenía siete estrellas, y de su boca salía una aguda espada de dos filos. Su rostro era como el sol cuando brilla en todo su esplendor.

17Al verlo, caí a sus pies como muerto; pero él, poniendo su mano derecha sobre mí, me dijo: «No tengas miedo. Yo soy el Primero y el Último, 18y el que vive. Estuve muerto, pero ahora vivo por los siglos de los siglos, y tengo las llaves de la muerte y del infierno.[b]

19»Escribe, pues, lo que has visto, lo que sucede ahora y lo que sucederá después. 20Ésta es la explicación del *misterio de las siete estrellas que viste en mi mano derecha, y de los siete candelabros de oro: las siete estrellas son los ángeles[c] de las siete iglesias, y los siete candelabros son las siete iglesias.

A la iglesia de Éfeso

2 »Escribe al ángel[d] de la iglesia de Éfeso:

Esto dice el que tiene las siete estrellas en su mano derecha y se pasea en medio de los siete candelabros de oro: 2Conozco tus obras, tu duro trabajo y tu perseverancia. Sé que no puedes soportar a los malvados, y que has puesto a *prueba a los que dicen ser apóstoles pero no lo son; y has descubierto que son falsos. 3Has perseverado y sufrido por mi nombre, sin desanimarte.

4Sin embargo, tengo en tu contra que has abandonado tu primer amor. 5¡Recuerda de dónde has caído! *Arrepiéntete y vuelve a practicar las obras que hacías al principio. Si no te arrepientes, iré y quitaré de su lugar tu candelabro. 6Pero tienes a tu favor que aborreces las prácticas de los nicolaítas, las cuales yo también aborrezco.

7El que tenga oídos, que oiga lo que el Espíritu dice a las iglesias. Al que salga ven-

[a]**1:13** Dn 7:13 [b]**1:18** *infierno.* Lit. **Hades.*
[c]**1:20** *ángeles.* Alt. *mensajeros.* [d]**2:1** *ángel.* Alt. *mensajero*; también en vv. 8, 12 y 18.

like a trumpet, 11which said: "Write on a scroll what you see and send it to the seven churches: to Ephesus, Smyrna, Pergamum, Thyatira, Sardis, Philadelphia and Laodicea."

12I turned around to see the voice that was speaking to me. And when I turned I saw seven golden lampstands, 13and among the lampstands was someone "like a son of man,"[b] dressed in a robe reaching down to his feet and with a golden sash around his chest. 14His head and hair were white like wool, as white as snow, and his eyes were like blazing fire. 15His feet were like bronze glowing in a furnace, and his voice was like the sound of rushing waters. 16In his right hand he held seven stars, and out of his mouth came a sharp double-edged sword. His face was like the sun shining in all its brilliance.

17When I saw him, I fell at his feet as though dead. Then he placed his right hand on me and said: "Do not be afraid. I am the First and the Last. 18I am the Living One; I was dead, and behold I am alive for ever and ever! And I hold the keys of death and Hades.

19"Write, therefore, what you have seen, what is now and what will take place later. 20The mystery of the seven stars that you saw in my right hand and of the seven golden lampstands is this: The seven stars are the angels[c] of the seven churches, and the seven lampstands are the seven churches.

To the church in Ephesus

2 "To the angel[d] of the church in Ephesus write:

These are the words of him who holds the seven stars in his right hand and walks among the seven golden lampstands: 2I know your deeds, your hard work and your perseverance. I know that you cannot tolerate wicked men, that you have tested those who claim to be apostles but are not, and have found them false. 3You have persevered and have endured hardships for my name, and have not grown weary.

4Yet I hold this against you: You have forsaken your first love. 5Remember the height from which you have fallen! Repent and do the things you did at first. If you do not repent, I will come to you and remove your lampstand from its place. 6But you have this in your favor: You hate the practices of the Nicolaitans, which I also hate.

7He who has an ear, let him hear what the Spirit says to the churches. To him who over-

[b]*13* Daniel 7:13 [c]*20* Or *messengers* [d]*1* Or *messenger*; also in verses 8, 12 and 18

cedor le daré derecho a comer del árbol de
la vida, que está en el paraíso de Dios.

A la iglesia de Esmirna

8«Escribe al ángel de la iglesia de Esmirna:

Esto dice el Primero y el Último, el que
murió y volvió a vivir: 9Conozco tus
sufrimientos y tu pobreza. ¡Sin embargo,
eres rico! Sé cómo te calumnian los que
dicen ser judíos pero que, en realidad, no
son más que una sinagoga de Satanás. 10No
tengas miedo de lo que estás por sufrir. Te
advierto que a algunos de ustedes el diablo
los meterá en la cárcel para ponerlos a
*prueba, y sufrirán persecución durante
diez días. Sé fiel hasta la muerte, y yo te
daré la corona de la vida.

11El que tenga oídos, que oiga lo que el
Espíritu dice a las iglesias. El que salga
vencedor no sufrirá daño alguno de la
segunda muerte.

A la iglesia de Pérgamo

12»Escribe al ángel de la iglesia de Pérgamo:

Esto dice el que tiene la aguda espada de
dos filos: 13Sé dónde vives: allí donde
Satanás tiene su trono. Sin embargo, sigues
fiel a mi nombre. No renegaste de tu fe en
mí, ni siquiera en los días en que Antipas,
mi testigo fiel, sufrió la muerte en esa ciu-
dad donde vive Satanás.

14No obstante, tengo unas cuantas cosas
en tu contra: que toleras ahí a los que se
aferran a la doctrina de Balán, el que enseñó
a Balac a poner *tropiezos a los israelitas,
incitándolos a comer alimentos sacrificados
a los ídolos y a cometer inmoralidades sex-
uales. 15Toleras así mismo a los que
sostienen la doctrina de los nicolaítas. 16Por
lo tanto, ¡*arrepiéntete! De otra manera, iré
pronto a ti para pelear contra ellos con la
espada que sale de mi boca.

17El que tenga oídos, que oiga lo que el
Espíritu dice a las iglesias. Al que salga
vencedor le daré del maná escondido, y le
daré también una piedrecita blanca en la que
está escrito un nombre nuevo que sólo
conoce el que lo recibe.

A la iglesia de Tiatira

18«Escribe al ángel de la iglesia de Tiatira:

Esto dice el Hijo de Dios, el que tiene
ojos que resplandecen como llamas de fuego
y pies que parecen bronce al rojo vivo:
19Conozco tus obras, tu amor y tu fe, tu ser-
vicio y tu perseverancia, y sé que tus últimas
obras son más abundantes que las primeras.

comes, I will give the right to eat from the
tree of life, which is in the paradise of God.

To the Church in Smyrna

8"To the angel of the church in Smyrna write:

These are the words of him who is the First
and the Last, who died and came to life again.
9I know your afflictions and your poverty—
yet you are rich! I know the slander of those
who say they are Jews and are not, but are a
synagogue of Satan. 10Do not be afraid of
what you are about to suffer. I tell you, the
devil will put some of you in prison to test
you, and you will suffer persecution for ten
days. Be faithful, even to the point of death,
and I will give you the crown of life. 11He
who has an ear, let him hear what the Spirit
says to the churches. He who overcomes will
not be hurt at all by the second death.

To the Church in Pergamum

12"To the angel of the church in Pergamum
write:

These are the words of him who has the
sharp, double-edged sword. 13I know where
you live—where Satan has his throne. Yet
you remain true to my name. You did not
renounce your faith in me, even in the days
of Antipas, my faithful witness, who was put
to death in your city—where Satan lives.

14Nevertheless, I have a few things
against you: You have people there who
hold to the teaching of Balaam, who taught
Balak to entice the Israelites to sin by eating
food sacrificed to idols and by committing
sexual immorality. 15Likewise you also
have those who hold to the teaching of the
Nicolaitans. 16Repent therefore! Otherwise,
I will soon come to you and will fight
against them with the sword of my mouth.
17He who has an ear, let him hear what the
Spirit says to the churches. To him who
overcomes, I will give some of the hidden
manna. I will also give him a white stone
with a new name written on it, known only
to him who receives it.

To the Church in Thyatira

18"To the angel of the church in Thyatira
write:

These are the words of the Son of God,
whose eyes are like blazing fire and whose
feet are like burnished bronze. 19I know
your deeds, your love and faith, your service
and perseverance, and that you are now
doing more than you did at first.

20 Sin embargo, tengo en tu contra que tole-
ras a Jezabel, esa mujer que dice ser profetisa.
Con su enseñanza engaña a mis *siervos, pues
los induce a cometer inmoralidades sexuales
y a comer alimentos sacrificados a los ídolos.
21 Le he dado tiempo para que se *arrepienta
de su inmoralidad, pero no quiere hacerlo.
22 Por eso la voy a postrar en un lecho de dolor,
y a los que cometen adulterio con ella los haré
sufrir terriblemente, a menos que se arrepien-
tan de lo que aprendieron de ella. 23 A los hijos
de esa mujer los heriré de muerte. Así sabrán
todas las iglesias que yo soy el que escudriña
la mente y el corazón; y a cada uno de ustedes
lo trataré de acuerdo con sus obras. 24 Ahora,
al resto de los que están en Tiatira, es decir, a
ustedes que no siguen esa enseñanza ni han
aprendido los mal llamados "profundos secre-
tos de Satanás", les digo que ya no les impon-
dré ninguna otra carga. 25 Eso sí, retengan con
firmeza lo que ya tienen, hasta que yo venga.

26 Al que salga vencedor y cumpla mi volun-
tad[e] hasta el fin, le daré autoridad sobre las
*naciones 27—así como yo la he recibido de
mi Padre— y

"él las gobernará con puño de hierro;[f]
las hará pedazos como a vasijas de
barro".[g]

28 También le daré la estrella de la mañana.
29 El que tenga oídos, que oiga lo que el Espí-
ritu dice a las iglesias.

A la iglesia de Sardis

3 »Escribe al ángel[h] de la iglesia de Sardis:

Esto dice el que tiene los siete espíritus de
Dios y las siete estrellas: Conozco tus obras;
tienes fama de estar vivo, pero en realidad
estás muerto. 2 ¡Despierta! Reaviva lo que aún
es rescatable,[i] pues no he encontrado que tus
obras sean perfectas delante de mi Dios. 3 Así
que recuerda lo que has recibido y oído; obe-
décelo y *arrepiéntete. Si no te mantienes
despierto, cuando menos lo esperes caeré so-
bre ti como un ladrón.

4 Sin embargo, tienes en Sardis a unos cuan-
tos que no se han manchado la ropa. Ellos, por
ser dignos, andarán conmigo vestidos de blan-
co. 5 El que salga vencedor se vestirá de blan-
co. Jamás borraré su nombre del libro de la

[e] **2:26** *cumpla mi voluntad.* Lit. *guarde mis obras.*
[f] **2:27** *gobernará … hierro.* Lit. *pastoreará con cetro de hierro.* [g] **2:27** Sal 2:9 [h] **3:1** *ángel.* Alt. *mensajero*; también en vv. 7 y 14. [i] **3:2** *Reaviva … rescatable.* Lit. *Fortalece las otras cosas que están por morir.*

20 Nevertheless, I have this against you: You
tolerate that woman Jezebel, who calls herself
a prophetess. By her teaching she misleads my
servants into sexual immorality and the eating
of food sacrificed to idols. 21 I have given her
time to repent of her immorality, but she is
unwilling. 22 So I will cast her on a bed of
suffering, and I will make those who commit
adultery with her suffer intensely, unless they
repent of her ways. 23 I will strike her children
dead. Then all the churches will know that I
am he who searches hearts and minds, and I
will repay each of you according to your
deeds. 24 Now I say to the rest of you in Thy-
atira, to you who do not hold to her teaching
and have not learned Satan's so-called deep
secrets (I will not impose any other burden on
you): 25 Only hold on to what you have until I
come.

26 To him who overcomes and does my will
to the end, I will give authority over the na-
tions—

27 'He will rule them with an iron scepter;
he will dash them to pieces like pot-
tery'[e]—

just as I have received authority from my Father.
28 I will also give him the morning star. 29 He who
has an ear, let him hear what the Spirit says to
the churches.

To the Church in Sardis

3 "To the angel[f] of the church in Sardis
write:

These are the words of him who holds the
seven spirits[g] of God and the seven stars. I
know your deeds; you have a reputation of
being alive, but you are dead. 2 Wake up!
Strengthen what remains and is about to die,
for I have not found your deeds complete in
the sight of my God. 3 Remember, therefore,
what you have received and heard; obey it, and
repent. But if you do not wake up, I will come
like a thief, and you will not know at what time
I will come to you.

4 Yet you have a few people in Sardis who
have not soiled their clothes. They will walk
with me, dressed in white, for they are worthy.
5 He who overcomes will, like them, be
dressed in white. I will never blot out his name
from the book of life, but will acknowledge his
name before my Father and his angels. 6 He

[e] *27* Psalm 2:9 [f] *1* Or *messenger*; also in verses 7 and 14
[g] *1* Or *the sevenfold Spirit*

vida, sino que reconoceré su nombre delante de mi Padre y delante de sus ángeles. 6El que tenga oídos, que oiga lo que el Espíritu dice a las iglesias.

A la iglesia de Filadelfia

7»Escribe al ángel de la iglesia de Filadelfia:

Esto dice el Santo, el Verdadero, el que tiene la llave de David, el que abre y nadie puede cerrar, el que cierra y nadie puede abrir: 8Conozco tus obras. Mira que delante de ti he dejado abierta una puerta que nadie puede cerrar. Ya sé que tus fuerzas son pocas, pero has obedecido mi palabra y no has renegado de mi nombre. 9Voy a hacer que los de la sinagoga de Satanás, que dicen ser judíos pero que en realidad mienten, vayan y se postren a tus pies, y reconozcan que yo te he amado. 10Ya que has guardado mi mandato de ser constante, yo por mi parte te guardaré de la hora de *tentación, que vendrá sobre el mundo entero para poner a prueba a los que viven en la tierra.

11Vengo pronto. Aférrate a lo que tienes, para que nadie te quite la corona. 12Al que salga vencedor lo haré columna del templo de mi Dios, y ya no saldrá jamás de allí. Sobre él grabaré el nombre de mi Dios y el nombre de la nueva Jerusalén, ciudad de mi Dios, la que baja del cielo de parte de mi Dios; y también grabaré sobre él mi nombre nuevo. 13El que tenga oídos, que oiga lo que el Espíritu dice a las iglesias.

A la iglesia de Laodicea

14»Escribe al ángel de la iglesia de Laodicea:

Esto dice el Amén, el testigo fiel y veraz, el soberano[j] de la creación de Dios: 15Conozco tus obras; sé que no eres ni frío ni caliente. ¡Ojalá fueras lo uno o lo otro! 16Por tanto, como no eres ni frío ni caliente, sino tibio, estoy por vomitarte de mi boca. 17Dices: "Soy rico; me he enriquecido y no me hace falta nada"; pero no te das cuenta de que el infeliz y miserable, el pobre, ciego y desnudo eres tú. 18Por eso te aconsejo que de mí compres oro refinado por el fuego, para que te hagas rico; ropas blancas para que te vistas y cubras tu vergonzosa desnudez; y colirio para que te lo pongas en los ojos y recobres la vista.

19Yo reprendo y disciplino a todos los que amo. Por lo tanto, sé fervoroso y *arrepiéntete. 20Mira que estoy a la puerta y llamo. Si alguno

[j]**3:14** *soberano.* Lit. *comienzo* u *origen.*

who has an ear, let him hear what the Spirit says to the churches.

To the Church in Philadelphia

7"To the angel of the church in Philadelphia write:

These are the words of him who is holy and true, who holds the key of David. What he opens no one can shut, and what he shuts no one can open. 8I know your deeds. See, I have placed before you an open door that no one can shut. I know that you have little strength, yet you have kept my word and have not denied my name. 9I will make those who are of the synagogue of Satan, who claim to be Jews though they are not, but are liars—I will make them come and fall down at your feet and acknowledge that I have loved you. 10Since you have kept my command to endure patiently, I will also keep you from the hour of trial that is going to come upon the whole world to test those who live on the earth.

11I am coming soon. Hold on to what you have, so that no one will take your crown. 12Him who overcomes I will make a pillar in the temple of my God. Never again will he leave it. I will write on him the name of my God and the name of the city of my God, the new Jerusalem, which is coming down out of heaven from my God; and I will also write on him my new name. 13He who has an ear, let him hear what the Spirit says to the churches.

To the Church in Laodicea

14"To the angel of the church in Laodicea write:

These are the words of the Amen, the faithful and true witness, the ruler of God's creation. 15I know your deeds, that you are neither cold nor hot. I wish you were either one or the other! 16So, because you are lukewarm—neither hot nor cold—I am about to spit you out of my mouth. 17You say, 'I am rich; I have acquired wealth and do not need a thing.' But you do not realize that you are wretched, pitiful, poor, blind and naked. 18I counsel you to buy from me gold refined in the fire, so you can become rich; and white clothes to wear, so you can cover your shameful nakedness; and salve to put on your eyes, so you can see.

19Those whom I love I rebuke and discipline. So be earnest, and repent. 20Here I am! I stand at the door and knock. If anyone hears my voice and opens the door, I will come in and eat with him, and he with me.

oye mi voz y abre la puerta, entraré, y cenaré
con él, y él conmigo.
21 Al que salga vencedor le daré el derecho
de sentarse conmigo en mi trono, como tam-
bién yo vencí y me senté con mi Padre en su
trono. 22 El que tenga oídos, que oiga lo que el
Espíritu dice a las iglesias.»

El trono en el cielo

4 Después de esto miré, y allí en el cielo había
una puerta abierta. Y la voz que me había
hablado antes con sonido como de trompeta me
dijo: «Sube acá: voy a mostrarte lo que tiene que
suceder después de esto.» 2 Al instante vino so-
bre mí el Espíritu y vi un trono en el cielo, y a
alguien sentado en el trono. 3 El que estaba sen-
tado tenía un aspecto semejante a una piedra de
jaspe y de cornalina. Alrededor del trono había
un arco iris que se asemejaba a una esmeralda.
4 Rodeaban al trono otros veinticuatro tronos, en
los que estaban sentados veinticuatro *ancianos
vestidos de blanco y con una corona de oro en
la cabeza. 5 Del trono salían relámpagos, es-
truendos[k] y truenos. Delante del trono ardían
siete antorchas de fuego, que son los siete espí-
ritus de Dios, 6 y había algo parecido a un mar
de vidrio, como de cristal transparente.

En el centro, alrededor del trono, había cuatro
seres vivientes cubiertos de ojos por delante y
por detrás. 7 El primero de los seres vivientes era
semejante a un león; el segundo, a un toro; el
tercero tenía rostro como de hombre; el cuarto
era semejante a un águila en vuelo. 8 Cada uno
de ellos tenía seis alas y estaba cubierto de ojos,
por encima y por debajo de las alas. Y día y
noche repetían sin cesar:

«Santo, santo, santo
es el Señor Dios Todopoderoso,
el que era y que es y que ha de venir.»

9 Cada vez que estos seres vivientes daban glo-
ria, honra y acción de gracias al que estaba
sentado en el trono, al que vive por los siglos de
los siglos, 10 los veinticuatro ancianos se postra-
ban ante él y adoraban al que vive por los siglos
de los siglos. Y rendían sus coronas delante del
trono exclamando:

11 «Digno eres, Señor y Dios nuestro,
de recibir la gloria, la honra y el poder,
porque tú creaste todas las cosas;
por tu voluntad existen
y fueron creadas.»

[k]4:5 *estruendos*. Lit. *voces*; y así en otros pasajes semejantes.

21 To him who overcomes, I will give the
right to sit with me on my throne, just as I
overcame and sat down with my Father on his
throne. 22 He who has an ear, let him hear what
the Spirit says to the churches."

The Throne in Heaven

4 After this I looked, and there before me
was a door standing open in heaven. And
the voice I had first heard speaking to me like
a trumpet said, "Come up here, and I will
show you what must take place after this."
2 At once I was in the Spirit, and there before
me was a throne in heaven with someone sit-
ting on it. 3 And the one who sat there had the
appearance of jasper and carnelian. A rain-
bow, resembling an emerald, encircled the
throne. 4 Surrounding the throne were twenty-
four other thrones, and seated on them were
twenty-four elders. They were dressed in
white and had crowns of gold on their heads.
5 From the throne came flashes of lightning,
rumblings and peals of thunder. Before the
throne, seven lamps were blazing. These are
the seven spirits[h] of God. 6 Also before the
throne there was what looked like a sea of
glass, clear as crystal.

In the center, around the throne, were four
living creatures, and they were covered with
eyes, in front and in back. 7 The first living
creature was like a lion, the second was like
an ox, the third had a face like a man, the
fourth was like a flying eagle. 8 Each of the
four living creatures had six wings and was
covered with eyes all around, even under his
wings. Day and night they never stop saying:

"Holy, holy, holy
is the Lord God Almighty,
who was, and is, and is to come."

9 Whenever the living creatures give glory, hon-
or and thanks to him who sits on the throne and
who lives for ever and ever, 10 the twenty-four
elders fall down before him who sits on the
throne, and worship him who lives for ever and
ever. They lay their crowns before the throne
and say:

11 "You are worthy, our Lord and God,
to receive glory and honor and power,
for you created all things,
and by your will they were created
and have their being."

[h]5 Or *the sevenfold Spirit*

El rollo escrito y el Cordero

5 En la mano derecha del que estaba senta-
do en el trono vi un rollo escrito por am-
bos lados y sellado con siete sellos. 2También
vi a un ángel poderoso que proclamaba a gran
voz: «¿Quién es digno de romper los sellos y
de abrir el rollo?» 3Pero ni en el cielo ni en
la tierra, ni debajo de la tierra, hubo nadie
capaz de abrirlo ni de examinar su contenido.
4Y lloraba yo mucho porque no se había en-
contrado a nadie que fuera digno de abrir el
rollo ni de examinar su contenido. 5Uno de los
*ancianos me dijo: «¡Deja de llorar, que ya el
León de la tribu de Judá, la Raíz de David, ha
vencido! Él sí puede abrir el rollo y sus siete
sellos.»

6Entonces vi, en medio de los cuatro seres
vivientes y del trono y los ancianos, a un Corde-
ro que estaba de pie y parecía haber sido sacri-
ficado. Tenía siete cuernos y siete ojos, que son
los siete espíritus de Dios enviados por toda la
tierra. 7Se acercó y recibió el rollo de la mano
derecha del que estaba sentado en el trono.
8Cuando lo tomó, los cuatro seres vivientes y los
veinticuatro ancianos se postraron delante del
Cordero. Cada uno tenía un arpa y copas de oro
llenas de incienso, que son las oraciones del
*pueblo de Dios. 9Y entonaban este nuevo cán-
tico:

«Digno eres de recibir el rollo escrito
y de romper sus sellos,
porque fuiste sacrificado,
y con tu sangre compraste para Dios
gente de toda raza, lengua, pueblo y na-
ción.
10De ellos hiciste un reino;
los hiciste sacerdotes al servicio de nues-
tro Dios,
y reinarán sobre la tierra.»

11Luego miré, y oí la voz de muchos ángeles
que estaban alrededor del trono, de los seres
vivientes y de los ancianos. El número de ellos
era millares de millares y millones de millones.
12Cantaban con todas sus fuerzas:

«¡Digno es el Cordero, que ha sido sacrifi-
cado,
de recibir el poder,
la riqueza y la sabiduría,
la fortaleza y la honra,
la gloria y la alabanza!»

13Y oí a cuanta criatura hay en el cielo, y en
la tierra, y debajo de la tierra y en el mar, a todos
en la creación, que cantaban:

The Scroll and the Lamb

5 Then I saw in the right hand of him who
sat on the throne a scroll with writing on
both sides and sealed with seven seals. 2And
I saw a mighty angel proclaiming in a loud
voice, "Who is worthy to break the seals and
open the scroll?" 3But no one in heaven or on
earth or under the earth could open the scroll
or even look inside it. 4I wept and wept be-
cause no one was found who was worthy to
open the scroll or look inside. 5Then one of
the elders said to me, "Do not weep! See, the
Lion of the tribe of Judah, the Root of David,
has triumphed. He is able to open the scroll
and its seven seals."

6Then I saw a Lamb, looking as if it had
been slain, standing in the center of the throne,
encircled by the four living creatures and the
elders. He had seven horns and seven eyes,
which are the seven spirits[i] of God sent out
into all the earth. 7He came and took the scroll
from the right hand of him who sat on the
throne. 8And when he had taken it, the four
living creatures and the twenty-four elders fell
down before the Lamb. Each one had a harp
and they were holding golden bowls full of
incense, which are the prayers of the saints.
9And they sang a new song:

"You are worthy to take the scroll
and to open its seals,
because you were slain,
and with your blood you purchased men
for God
from every tribe and language and peo-
ple and nation.
10You have made them to be a kingdom and
priests to serve our God,
and they will reign on the earth."

11Then I looked and heard the voice of many
angels, numbering thousands upon thousands,
and ten thousand times ten thousand. They en-
circled the throne and the living creatures and
the elders. 12In a loud voice they sang:

"Worthy is the Lamb, who was slain,
to receive power and wealth and wisdom
and strength
and honor and glory and praise!"

13Then I heard every creature in heaven and
on earth and under the earth and on the sea, and
all that is in them, singing:

i6 Or *the sevenfold Spirit*

«¡Al que está sentado en el trono y al Cordero,
sean la alabanza y la honra, la gloria y el poder,
por los siglos de los siglos!»

14 Los cuatro seres vivientes exclamaron:
«¡Amén!», y los ancianos se postraron y adora-
ron.

Los sellos

6 Vi cuando el Cordero rompió el primero de
los siete sellos, y oí a uno de los cuatro seres
vivientes, que gritaba con voz de trueno:
«¡Ven!» 2 Miré, ¡y apareció un caballo blanco!
El jinete llevaba un arco; se le dio una corona, y
salió como vencedor, para seguir venciendo.

3 Cuando el Cordero rompió el segundo sello,
oí al segundo ser viviente, que gritaba: «¡Ven!»
4 En eso salió otro caballo, de color rojo encen-
dido. Al jinete se le entregó una gran espada; se
le permitió quitar la paz de la tierra y hacer que
sus habitantes se mataran unos a otros.

5 Cuando el Cordero rompió el tercer sello, oí
al tercero de los seres vivientes, que gritaba:
«¡Ven!» Miré, ¡y apareció un caballo negro! El
jinete tenía una balanza en la mano. 6 Y oí como
una voz en medio de los cuatro seres vivientes,
que decía: «Un kilo de trigo, o tres kilos de
cebada, por el salario de un día; pero no afectes
el precio del aceite y del vino.»[l]

7 Cuando el Cordero rompió el cuarto sello, oí
la voz del cuarto ser viviente, que gritaba:
«¡Ven!» 8 Miré, ¡y apareció un caballo amari-
llento! El jinete se llamaba Muerte, y el Infier-
no[m] lo seguía de cerca. Y se les otorgó poder
sobre la cuarta parte de la tierra, para matar por
medio de la espada, el hambre, las epidemias y
las fieras de la tierra.

9 Cuando el Cordero rompió el quinto sello, vi
debajo del altar las almas de los que habían
sufrido el martirio por causa de la palabra de Dios
y por mantenerse fieles en su testimonio. 10 Grita-
ban a gran voz: «¿Hasta cuándo, Soberano Señor,
santo y veraz, seguirás sin juzgar a los habitantes
de la tierra y sin vengar nuestra muerte?» 11 En-
tonces cada uno de ellos recibió ropas blancas, y
se les dijo que esperaran un poco más, hasta que
se completara el número de sus consiervos y
hermanos que iban a sufrir el martirio como ellos.

12 Vi que el Cordero rompió el sexto sello, y
se produjo un gran terremoto. El sol se oscureció
como si se hubiera vestido de luto,[n] la luna

[l] **6:6** *por el salario … vino.* Lit. *por un *denario, y no dañes el aceite ni el vino.* [m] **6:8** *Infierno.* Lit. **Hades.* [n] **6:12** *se oscureció … luto.* Lit. *se puso negro como un saco hecho de pelo* (es decir, pelo de cabra).

"To him who sits on the throne and to the Lamb
be praise and honor and glory and power,
for ever and ever!"

14 The four living creatures said, "Amen," and
the elders fell down and worshiped.

The Seals

6 I watched as the Lamb opened the first of
the seven seals. Then I heard one of the four
living creatures say in a voice like thunder,
"Come!" 2 I looked, and there before me was a
white horse! Its rider held a bow, and he was
given a crown, and he rode out as a conqueror
bent on conquest.

3 When the Lamb opened the second seal, I
heard the second living creature say, "Come!"
4 Then another horse came out, a fiery red one.
Its rider was given power to take peace from the
earth and to make men slay each other. To him
was given a large sword.

5 When the Lamb opened the third seal, I heard
the third living creature say, "Come!" I looked,
and there before me was a black horse! Its rider
was holding a pair of scales in his hand. 6 Then
I heard what sounded like a voice among the four
living creatures, saying, "A quart[j] of wheat for
a day's wages,[k] and three quarts of barley for a
day's wages,[l] and do not damage the oil and the
wine!"

7 When the Lamb opened the fourth seal, I
heard the voice of the fourth living creature say,
"Come!" 8 I looked, and there before me was a
pale horse! Its rider was named Death, and
Hades was following close behind him. They
were given power over a fourth of the earth to
kill by sword, famine and plague, and by the
wild beasts of the earth.

9 When he opened the fifth seal, I saw under
the altar the souls of those who had been slain
because of the word of God and the testimony
they had maintained. 10 They called out in a loud
voice, "How long, Sovereign Lord, holy and
true, until you judge the inhabitants of the earth
and avenge our blood?" 11 Then each of them
was given a white robe, and they were told to
wait a little longer, until the number of their
fellow servants and brothers who were to be
killed as they had been was completed.

12 I watched as he opened the sixth seal.
There was a great earthquake. The sun turned

[j] *6* Greek *a choinix* (probably about a liter) [k] *6* Greek *a denarius* [l] *6* Greek *a denarius*

entera se tornó roja como la sangre, 13 y las
estrellas del firmamento cayeron sobre la tierra,
como caen los higos verdes de la higuera sacu-
dida por el vendaval. 14 El firmamento desapa-
reció como cuando se enrolla un pergamino, y
todas las montañas y las islas fueron removidas
de su lugar.

15 Los reyes de la tierra, los magnates, los jefes
militares, los ricos, los poderosos, y todos los
demás, esclavos y libres, se escondieron en las
cuevas y entre las peñas de las montañas. 16 To-
dos gritaban a las montañas y a las peñas: «¡Cai-
gan sobre nosotros y escóndannos de la mirada
del que está sentado en el trono y de la ira del
Cordero, 17 porque ha llegado el gran día del
castigo! ¿Quién podrá mantenerse en pie?»

Los 144.000 sellados

7 Después de esto vi a cuatro ángeles en los
cuatro ángulos de la tierra. Estaban allí de
pie, deteniendo los cuatro vientos para que éstos
no se desataran sobre la tierra, el mar y los
árboles. 2 Vi también a otro ángel que venía del
oriente con el sello del Dios vivo. Gritó con voz
potente a los cuatro ángeles a quienes se les
había permitido hacer daño a la tierra y al mar:
3 «¡No hagan daño ni a la tierra, ni al mar ni a los
árboles, hasta que hayamos puesto un sello en la
frente de los *siervos de nuestro Dios!» 4 Y oí el
número de los que fueron sellados: ciento cua-
renta y cuatro mil de todas las tribus de Israel.

5 De la tribu de Judá fueron sellados doce mil;
de la tribu de Rubén, doce mil;
de la tribu de Gad, doce mil;
6 de la tribu de Aser, doce mil;
de la tribu de Neftalí, doce mil;
de la tribu de Manasés, doce mil;
7 de la tribu de Simeón, doce mil;
de la tribu de Leví, doce mil;
de la tribu de Isacar, doce mil;
8 de la tribu de Zabulón, doce mil;
de la tribu de José, doce mil;
de la tribu de Benjamín, doce mil.

La gran multitud con túnicas blancas

9 Después de esto miré, y apareció una mul-
titud tomada de todas las naciones, tribus, pue-
blos y lenguas; era tan grande que nadie podía
contarla. Estaban de pie delante del trono y del
Cordero, vestidos de túnicas blancas y con ra-
mas de palma en la mano. 10 Gritaban a gran
voz:

«¡La salvación viene de nuestro Dios,
que está sentado en el trono,
y del Cordero!»

black like sackcloth made of goat hair, the
whole moon turned blood red, 13 and the stars
in the sky fell to earth, as late figs drop from
a fig tree when shaken by a strong wind. 14 The
sky receded like a scroll, rolling up, and every
mountain and island was removed from its
place.

15 Then the kings of the earth, the princes, the
generals, the rich, the mighty, and every slave
and every free man hid in caves and among the
rocks of the mountains. 16 They called to the
mountains and the rocks, "Fall on us and hide
us from the face of him who sits on the throne
and from the wrath of the Lamb! 17 For the great
day of their wrath has come, and who can
stand?"

144,000 Sealed

7 After this I saw four angels standing at the
four corners of the earth, holding back the
four winds of the earth to prevent any wind from
blowing on the land or on the sea or on any tree.
2 Then I saw another angel coming up from the
east, having the seal of the living God. He called
out in a loud voice to the four angels who had
been given power to harm the land and the sea:
3 "Do not harm the land or the sea or the trees
until we put a seal on the foreheads of the
servants of our God." 4 Then I heard the number
of those who were sealed: 144,000 from all the
tribes of Israel.

5 From the tribe of Judah 12,000 were sealed,
from the tribe of Reuben 12,000,
from the tribe of Gad 12,000,
6 from the tribe of Asher 12,000,
from the tribe of Naphtali 12,000,
from the tribe of Manasseh 12,000,
7 from the tribe of Simeon 12,000,
from the tribe of Levi 12,000,
from the tribe of Issachar 12,000,
8 from the tribe of Zebulun 12,000,
from the tribe of Joseph 12,000,
from the tribe of Benjamin 12,000.

The Great Multitude in White Robes

9 After this I looked and there before me was
a great multitude that no one could count, from
every nation, tribe, people and language, stand-
ing before the throne and in front of the Lamb.
They were wearing white robes and were hold-
ing palm branches in their hands. 10 And they
cried out in a loud voice:

"Salvation belongs to our God,
who sits on the throne,
and to the Lamb."

11Todos los ángeles estaban de pie alrededor del
trono, de los *ancianos y de los cuatro seres
vivientes. Se postraron rostro en tierra delante
del trono, y adoraron a Dios 12diciendo:

«¡Amén!
La alabanza, la gloria,
la sabiduría, la acción de gracias,
la honra, el poder y la fortaleza
son de nuestro Dios por los siglos de los siglos.
¡Amén!»

13Entonces uno de los ancianos me preguntó:
—Esos que están vestidos de blanco, ¿quiénes son, y de dónde vienen?
14—Eso usted lo sabe, mi señor —respondí.
Él me dijo:

—Aquéllos son los que están saliendo de la gran tribulación;
han lavado y blanqueado sus túnicas en la sangre del Cordero.
15Por eso, están delante del trono de Dios,
y día y noche le sirven en su templo;
y el que está sentado en el trono
les dará refugio en su santuario.[ñ]
16Ya no sufrirán hambre ni sed.
No los abatirá el sol ni ningún calor abrasador.
17Porque el Cordero que está en el trono los pastoreará
y los guiará a fuentes de agua viva;
y Dios les enjugará toda lágrima de sus ojos.

El séptimo sello y el incensario de oro

8 Cuando el Cordero rompió el séptimo sello, hubo silencio en el cielo como por media hora.
2Y vi a los siete ángeles que están de pie delante de Dios, a los cuales se les dieron siete trompetas.
3Se acercó otro ángel y se puso de pie frente
al altar. Tenía un incensario de oro, y se le
entregó mucho incienso para ofrecerlo, junto
con las oraciones de todo el *pueblo de Dios,
sobre el altar de oro que está delante del trono.
4Y junto con esas oraciones, subió el humo del
incienso desde la mano del ángel hasta la presencia de Dios.
5Luego el ángel tomó el incensario y lo llenó con brasas del altar, las cuales
arrojó sobre la tierra; y se produjeron truenos,
estruendos,[o] relámpagos y un terremoto.

[ñ]7:15 *les dará … santuario*. Lit. *extenderá su tienda sobre ellos*. [o]8:5 *estruendos*. Lit. *voces*.

11All the angels were standing around the
throne and around the elders and the four living creatures. They fell down on their faces
before the throne and worshiped God, 12saying:

"Amen!
Praise and glory
and wisdom and thanks and honor
and power and strength
be to our God for ever and ever.
Amen!"

13Then one of the elders asked me, "These in
white robes—who are they, and where did they
come from?"
14I answered, "Sir, you know."
And he said, "These are they who have come
out of the great tribulation; they have washed
their robes and made them white in the blood of
the Lamb. 15Therefore,

"they are before the throne of God
and serve him day and night in his temple;
and he who sits on the throne will spread his tent over them.
16Never again will they hunger;
never again will they thirst.
The sun will not beat upon them,
nor any scorching heat.
17For the Lamb at the center of the throne
will be their shepherd;
he will lead them to springs of living water.
And God will wipe away every tear from their eyes."

The Seventh Seal and the Golden Censer

8 When he opened the seventh seal, there was silence in heaven for about half an hour.
2And I saw the seven angels who stand before God, and to them were given seven trumpets.
3Another angel, who had a golden censer,
came and stood at the altar. He was given
much incense to offer, with the prayers of all
the saints, on the golden altar before the
throne. 4The smoke of the incense, together
with the prayers of the saints, went up before
God from the angel's hand. 5Then the angel
took the censer, filled it with fire from the
altar, and hurled it on the earth; and there came
peals of thunder, rumblings, flashes of lightning and an earthquake.

Las trompetas

6Los siete ángeles que tenían las siete trompe-
tas se dispusieron a tocarlas.

7Tocó el primero su trompeta, y fueron arro-
jados sobre la tierra granizo y fuego mezclados
con sangre. Y se quemó la tercera parte de la
tierra, la tercera parte de los árboles y toda la
hierba verde.

8Tocó el segundo ángel su trompeta, y fue
arrojado al mar algo que parecía una enorme
montaña envuelta en llamas. La tercera parte del
mar se convirtió en sangre, 9y murió la tercera
parte de las criaturas que viven en el mar; tam-
bién fue destruida la tercera parte de los barcos.

10Tocó el tercer ángel su trompeta, y una
enorme estrella, que ardía como una antorcha,
cayó desde el cielo sobre la tercera parte de los
ríos y sobre los manantiales. 11La estrella se
llama Amargura.[p] Y la tercera parte de las aguas
se volvió amarga, y por causa de esas aguas
murió mucha gente.

12Tocó el cuarto ángel su trompeta, y fue
asolada la tercera parte del sol, de la luna y de
las estrellas, de modo que se oscureció la tercera
parte de ellos. Así quedó sin luz la tercera parte
del día y la tercera parte de la noche.

13Seguí observando, y oí un águila que volaba
en medio del cielo y gritaba fuertemente: «¡Ay!
¡Ay! ¡Ay de los habitantes de la tierra cuando
suenen las tres trompetas que los últimos tres
ángeles están a punto de tocar!»

9 Tocó el quinto ángel su trompeta, y vi que
había caído del cielo a la tierra una estrella,
a la cual se le entregó la llave del pozo del
*abismo. 2Lo abrió, y del pozo subió una huma-
reda, como la de un horno gigantesco; y la
humareda oscureció el sol y el aire. 3De la
humareda descendieron langostas sobre la tie-
rra, y se les dio poder como el que tienen los
escorpiones de la tierra. 4Se les ordenó que no
dañaran la hierba de la tierra, ni ninguna planta
ni ningún árbol, sino sólo a las personas que no
llevaran en la frente el sello de Dios. 5No se les
dio permiso para matarlas sino sólo para tortu-
rarlas durante cinco meses. Su tormento es como
el producido por la picadura de un escorpión.
6En aquellos días la gente buscará la muerte,
pero no la encontrará; desearán morir, pero la
muerte huirá de ellos.

7El aspecto de las langostas era como de
caballos equipados para la guerra. Llevaban en
la cabeza algo que parecía una corona de oro, y
su cara se asemejaba a un rostro humano. 8Su
crin parecía cabello de mujer, y sus dientes eran

[p]8:11 *Amargura.* Lit. *Ajenjo.*

The Trumpets

6Then the seven angels who had the seven
trumpets prepared to sound them.

7The first angel sounded his trumpet, and
there came hail and fire mixed with blood, and
it was hurled down upon the earth. A third of the
earth was burned up, a third of the trees were
burned up, and all the green grass was burned
up.

8The second angel sounded his trumpet, and
something like a huge mountain, all ablaze, was
thrown into the sea. A third of the sea turned into
blood, 9a third of the living creatures in the sea
died, and a third of the ships were destroyed.

10The third angel sounded his trumpet, and a
great star, blazing like a torch, fell from the sky
on a third of the rivers and on the springs of
water— 11the name of the star is Wormwood.[m]
A third of the waters turned bitter, and many
people died from the waters that had become
bitter.

12The fourth angel sounded his trumpet, and
a third of the sun was struck, a third of the moon,
and a third of the stars, so that a third of them
turned dark. A third of the day was without light,
and also a third of the night.

13As I watched, I heard an eagle that was
flying in midair call out in a loud voice: "Woe!
Woe! Woe to the inhabitants of the earth, be-
cause of the trumpet blasts about to be sounded
by the other three angels!"

9 The fifth angel sounded his trumpet, and I
saw a star that had fallen from the sky to the
earth. The star was given the key to the shaft of
the Abyss. 2When he opened the Abyss, smoke
rose from it like the smoke from a gigantic
furnace. The sun and sky were darkened by the
smoke from the Abyss. 3And out of the smoke
locusts came down upon the earth and were
given power like that of scorpions of the earth.
4They were told not to harm the grass of the
earth or any plant or tree, but only those people
who did not have the seal of God on their fore-
heads. 5They were not given power to kill them,
but only to torture them for five months. And the
agony they suffered was like that of the sting of
a scorpion when it strikes a man. 6During those
days men will seek death, but will not find it;
they will long to die, but death will elude them.

7The locusts looked like horses prepared for
battle. On their heads they wore something like
crowns of gold, and their faces resembled hu-
man faces. 8Their hair was like women's hair,
and their teeth were like lions' teeth. 9They had

[m]*11* That is, Bitterness

como de león. 9Llevaban coraza como de hierro,
y el ruido de sus alas se escuchaba como el
estruendo de carros de muchos caballos que se
lanzan a la batalla. 10Tenían cola y aguijón como
de escorpión; y en la cola tenían poder para
torturar a la gente durante cinco meses. 11El rey
que los dirigía era el ángel del abismo, que en
hebreo se llama Abadón y en griego Apolión.[q]

12El primer ¡ay! ya pasó, pero vienen todavía
otros dos.

13Tocó el sexto ángel su trompeta, y oí una
voz que salía de entre los cuernos del altar de
oro que está delante de Dios. 14A este ángel que
tenía la trompeta, la voz le dijo: «Suelta a los
cuatro ángeles que están atados a la orilla del
gran río Éufrates.» 15Así que los cuatro ángeles
que habían sido preparados precisamente para
esa hora, y ese día, mes y año, quedaron sueltos
para matar a la tercera parte de la *humanidad.
16Oí que el número de las tropas de caballería
llegaba a doscientos millones.

17Así vi en la visión a los caballos y a sus
jinetes: Tenían coraza de color rojo encendido,
azul violeta y amarillo como azufre. La cabeza
de los caballos era como de león, y por la boca
echaban fuego, humo y azufre. 18La tercera
parte de la humanidad murió a causa de las tres
plagas de fuego, humo y azufre que salían de la
boca de los caballos. 19Es que el poder de los
caballos radicaba en su boca y en su cola; pues
sus colas, semejantes a serpientes, tenían cabe-
zas con las que hacían daño.

20El resto de la humanidad, los que no murie-
ron a causa de estas plagas, tampoco se *arre-
pintieron de sus malas acciones ni dejaron de
adorar a los demonios y a los ídolos de oro, plata,
bronce, piedra y madera, los cuales no pueden
ver ni oír ni caminar. 21Tampoco se arrepintie-
ron de sus asesinatos ni de sus artes mágicas,
inmoralidad sexual y robos.

El ángel y el rollo pequeño

10 Después vi a otro ángel poderoso que
bajaba del cielo envuelto en una nube. Un
arco iris rodeaba su cabeza; su rostro era como el
sol, y sus piernas parecían columnas de fuego.
2Llevaba en la mano un pequeño rollo escrito que
estaba abierto. Puso el pie derecho sobre el mar y
el izquierdo sobre la tierra, 3y dio un grito tan
fuerte que parecía el rugido de un león. Entonces
los siete truenos levantaron también sus voces.
4Una vez que hablaron los siete truenos, estaba yo
por escribir, pero oí una voz del cielo que me
decía: «Guarda en secreto lo que han dicho los
siete truenos, y no lo escribas.»

[q]9:11 *Abadón* y *Apolión* significan *Destructor*.

breastplates like breastplates of iron, and the
sound of their wings was like the thundering of
many horses and chariots rushing into battle.
10They had tails and stings like scorpions, and
in their tails they had power to torment people
for five months. 11They had as king over them
the angel of the Abyss, whose name in Hebrew
is Abaddon, and in Greek, Apollyon.[n]

12The first woe is past; two other woes are yet
to come.

13The sixth angel sounded his trumpet, and I
heard a voice coming from the horns[o] of the
golden altar that is before God. 14It said to the
sixth angel who had the trumpet, "Release the
four angels who are bound at the great river
Euphrates." 15And the four angels who had
been kept ready for this very hour and day and
month and year were released to kill a third of
mankind. 16The number of the mounted troops
was two hundred million. I heard their number.

17The horses and riders I saw in my vision
looked like this: Their breastplates were fiery
red, dark blue, and yellow as sulfur. The heads
of the horses resembled the heads of lions, and
out of their mouths came fire, smoke and sulfur.
18A third of mankind was killed by the three
plagues of fire, smoke and sulfur that came out
of their mouths. 19The power of the horses was
in their mouths and in their tails; for their tails
were like snakes, having heads with which they
inflict injury.

20The rest of mankind that were not killed by
these plagues still did not repent of the work of
their hands; they did not stop worshiping de-
mons, and idols of gold, silver, bronze, stone and
wood—idols that cannot see or hear or walk.
21Nor did they repent of their murders, their
magic arts, their sexual immorality or their
thefts.

The Angel and the Little Scroll

10 Then I saw another mighty angel com-
ing down from heaven. He was robed in
a cloud, with a rainbow above his head; his face
was like the sun, and his legs were like fiery
pillars. 2He was holding a little scroll, which lay
open in his hand. He planted his right foot on the
sea and his left foot on the land, 3and he gave a
loud shout like the roar of a lion. When he
shouted, the voices of the seven thunders spoke.
4And when the seven thunders spoke, I was
about to write; but I heard a voice from heaven
say, "Seal up what the seven thunders have said
and do not write it down."

[n]*11 Abaddon* and *Apollyon* mean *Destroyer*. [o]*13* That is, projections

5 El ángel que yo había visto de pie sobre el
mar y sobre la tierra levantó al cielo su mano
derecha 6 y juró por el que vive por los siglos de
los siglos, el que creó el cielo, la tierra, el mar y
todo lo que hay en ellos, y dijo: «¡El tiempo ha
terminado! 7 En los días en que hable el séptimo
ángel, cuando comience a tocar su trompeta, se
cumplirá el designio *secreto de Dios, tal y
como lo anunció a sus *siervos los profetas.»

8 La voz del cielo que yo había escuchado se
dirigió a mí de nuevo: «Acércate al ángel que
está de pie sobre el mar y sobre la tierra, y toma
el rollo que tiene abierto en la mano.»

9 Me acerqué al ángel y le pedí que me diera
el rollo. Él me dijo: «Tómalo y cómetelo. Te
amargará las entrañas, pero en la boca te sabrá
dulce como la miel.» 10 Lo tomé de la mano del
ángel y me lo comí. Me supo dulce como la miel,
pero al comérmelo se me amargaron las en-
trañas. 11 Entonces se me ordenó: «Tienes que
volver a profetizar acerca de muchos pueblos,
naciones, lenguas y reyes.»

Los dos testigos

11 Se me dio una caña que servía para
medir, y se me ordenó: «Levántate y
mide el templo de Dios y el altar, y calcula
cuántos pueden adorar allí. 2 Pero no incluyas
el atrio exterior del templo; no lo midas, por-
que ha sido entregado a las naciones paganas,
las cuales pisotearán la ciudad santa durante
cuarenta y dos meses. 3 Por mi parte, yo en-
cargaré a mis dos testigos que, vestidos de
luto,[r] profeticen durante mil doscientos sesen-
ta días.» 4 Estos dos testigos son los dos olivos
y los dos candelabros que permanecen delante
del Señor de la tierra. 5 Si alguien quiere ha-
cerles daño, ellos lanzan fuego por la boca y
consumen a sus enemigos. Así habrá de morir
cualquiera que intente hacerles daño. 6 Estos
testigos tienen poder para cerrar el cielo a fin
de que no llueva mientras estén profetizando;
y tienen poder para convertir las aguas en san-
gre y para azotar la tierra, cuantas veces quie-
ran, con toda clase de plagas.

7 Ahora bien, cuando hayan terminado de dar
su testimonio, la bestia que sube del *abismo les
hará la guerra, los vencerá y los matará. 8 Sus
cadáveres quedarán tendidos en la plaza de la
gran ciudad, llamada en sentido figurado[s] Sodo-
ma y Egipto, donde también fue crucificado su
Señor. 9 Y gente de todo pueblo, tribu, lengua y
nación contemplará sus cadáveres por tres días
y medio, y no permitirá que se les dé sepultura.

[r] **11:3** *luto*. Lit. *cilicio*. [s] **11:8** *en sentido figurado*. Lit. *espiritualmente*.

5 Then the angel I had seen standing on the
sea and on the land raised his right hand to
heaven. 6 And he swore by him who lives for
ever and ever, who created the heavens and
all that is in them, the earth and all that is in
it, and the sea and all that is in it, and said,
"There will be no more delay! 7 But in the days
when the seventh angel is about to sound his
trumpet, the mystery of God will be accom-
plished, just as he announced to his servants
the prophets."

8 Then the voice that I had heard from heaven
spoke to me once more: "Go, take the scroll that
lies open in the hand of the angel who is standing
on the sea and on the land."

9 So I went to the angel and asked him to
give me the little scroll. He said to me, "Take
it and eat it. It will turn your stomach sour,
but in your mouth it will be as sweet as hon-
ey." 10 I took the little scroll from the angel's
hand and ate it. It tasted as sweet as honey in
my mouth, but when I had eaten it, my stom-
ach turned sour. 11 Then I was told, "You must
prophesy again about many peoples, nations,
languages and kings."

The Two Witnesses

11 I was given a reed like a measuring rod
and was told, "Go and measure the tem-
ple of God and the altar, and count the worship-
ers there. 2 But exclude the outer court; do not
measure it, because it has been given to the
Gentiles. They will trample on the holy city for
42 months. 3 And I will give power to my two
witnesses, and they will prophesy for 1,260
days, clothed in sackcloth." 4 These are the two
olive trees and the two lampstands that stand
before the Lord of the earth. 5 If anyone tries to
harm them, fire comes from their mouths and
devours their enemies. This is how anyone who
wants to harm them must die. 6 These men have
power to shut up the sky so that it will not rain
during the time they are prophesying; and they
have power to turn the waters into blood and to
strike the earth with every kind of plague as
often as they want.

7 Now when they have finished their testimony,
the beast that comes up from the Abyss will attack
them, and overpower and kill them. 8 Their bodies
will lie in the street of the great city, which is
figuratively called Sodom and Egypt, where also
their Lord was crucified. 9 For three and a half
days men from every people, tribe, language and
nation will gaze on their bodies and refuse them

10Los habitantes de la tierra se alegrarán de su
muerte y harán fiesta e intercambiarán regalos,
porque estos dos profetas les estaban haciendo
la vida imposible.

11Pasados los tres días y medio, entró en ellos
un aliento de vida enviado por Dios, y se pusie-
ron de pie, y quienes los observaban quedaron
sobrecogidos de terror. 12Entonces los dos tes-
tigos oyeron una potente voz del cielo que les
decía: «Suban acá.» Y subieron al cielo en una
nube, a la vista de sus enemigos.

13En ese mismo instante se produjo un violen-
to terremoto y se derrumbó la décima parte de
la ciudad. Perecieron siete mil personas, pero los
sobrevivientes, llenos de temor, dieron gloria al
Dios del cielo.

14El segundo ¡ay! ya pasó, pero se acerca el
tercero.

La séptima trompeta

15Tocó el séptimo ángel su trompeta, y en el
cielo resonaron fuertes voces que decían:

«El reino del mundo ha pasado a ser de
nuestro Señor y de su *Cristo,
y él reinará por los siglos de los siglos.»

16Los veinticuatro *ancianos que estaban senta-
dos en sus tronos delante de Dios se postraron
rostro en tierra y adoraron a Dios 17diciendo:

«Señor, Dios Todopoderoso,
que eres y que eras,[r]
te damos gracias porque has asumido tu
gran poder
y has comenzado a reinar.
18Las *naciones se han enfurecido;
pero ha llegado tu castigo,
el momento de juzgar a los muertos,
y de recompensar a tus *siervos los pro-
fetas,
a tus *santos y a los que temen tu nombre,
sean grandes o pequeños,
y de destruir a los que destruyen la tierra.»

19Entonces se abrió en el cielo el templo de
Dios; allí se vio el arca de su pacto, y hubo
relámpagos, estruendos, truenos, un terremoto y
una fuerte granizada.

La mujer y el dragón

12 Apareció en el cielo una señal maravillo-
sa: una mujer revestida del sol, con la luna
debajo de sus pies y con una corona de doce
estrellas en la cabeza. 2Estaba encinta y gritaba

[r] **11:17** *eras*. Var. *eras y que has de venir*.

burial. 10The inhabitants of the earth will gloat
over them and will celebrate by sending each
other gifts, because these two prophets had tor-
mented those who live on the earth.

11But after the three and a half days a breath
of life from God entered them, and they stood
on their feet, and terror struck those who saw
them. 12Then they heard a loud voice from
heaven saying to them, "Come up here." And
they went up to heaven in a cloud, while their
enemies looked on.

13At that very hour there was a severe earth-
quake and a tenth of the city collapsed. Seven
thousand people were killed in the earthquake,
and the survivors were terrified and gave glory
to the God of heaven.

14The second woe has passed; the third woe
is coming soon.

The Seventh Trumpet

15The seventh angel sounded his trumpet, and
there were loud voices in heaven, which said:

"The kingdom of the world has become the
kingdom of our Lord and of his Christ,
and he will reign for ever and ever."

16And the twenty-four elders, who were seated
on their thrones before God, fell on their faces
and worshiped God, 17saying:

"We give thanks to you, Lord God Al-
mighty,
the One who is and who was,
because you have taken your great power
and have begun to reign.
18The nations were angry; and your wrath
has come.
The time has come for judging the dead,
and for rewarding your servants the
prophets
and your saints and those who reverence
your name,
both small and great—
and for destroying those who destroy the
earth."

19Then God's temple in heaven was opened,
and within his temple was seen the ark of his
covenant. And there came flashes of lightning,
rumblings, peals of thunder, an earthquake and
a great hailstorm.

The Woman and the Dragon

12 A great and wondrous sign appeared
in heaven: a woman clothed with the
sun, with the moon under her feet and a crown
of twelve stars on her head. 2She was preg-

por los dolores y angustias del parto. 3Y apareció
en el cielo otra señal: un enorme dragón de color
rojo encendido que tenía siete cabezas y diez
cuernos, y una diadema en cada cabeza. 4Con la
cola arrastró la tercera parte de las estrellas del
cielo y las arrojó sobre la tierra. Cuando la mujer
estaba a punto de dar a luz, el dragón se plantó
delante de ella para devorar a su hijo tan pronto
como naciera. 5Ella dio a luz un hijo varón que
gobernará a todas las *naciones con puño de
hierro.[u] Pero su hijo fue arrebatado y llevado
hasta Dios, que está en su trono. 6Y la mujer huyó
al desierto, a un lugar que Dios le había preparado
para que allí la sustentaran durante mil doscientos
sesenta días.

7Se desató entonces una guerra en el cielo:
Miguel y sus ángeles combatieron al dragón;
éste y sus ángeles, a su vez, les hicieron frente,
8pero no pudieron vencer, y ya no hubo lugar
para ellos en el cielo. 9Así fue expulsado el gran
dragón, aquella serpiente antigua que se llama
Diablo y Satanás, y que engaña al mundo entero.
Junto con sus ángeles, fue arrojado a la tierra.

10Luego oí en el cielo un gran clamor:

«Han llegado ya la salvación y el poder y
el reino de nuestro Dios;
ha llegado ya la autoridad de su *Cristo.
Porque ha sido expulsado
el acusador de nuestros hermanos,
el que los acusaba día y noche delante
de nuestro Dios.
11 Ellos lo han vencido
por medio de la sangre del Cordero
y por el mensaje del cual dieron testimonio;
no valoraron tanto su *vida
como para evitar la muerte.
12 Por eso, ¡alégrense, cielos,
y ustedes que los habitan!
Pero ¡ay de la tierra y del mar!
El diablo, lleno de furor, ha descendido
a ustedes,
porque sabe que le queda poco tiempo.»

13Cuando el dragón se vio arrojado a la tierra,
persiguió a la mujer que había dado a luz al
varón. 14Pero a la mujer se le dieron las dos alas
de la gran águila, para que volara al desierto, al
lugar donde sería sustentada durante un tiempo
y tiempos y medio tiempo, lejos de la vista de la
serpiente. 15La serpiente, persiguiendo a la mujer,
arrojó por sus fauces agua como un río, para
que la corriente la arrastrara. 16Pero la tierra

[u] **12:5** *gobernará … con puño de hierro.* Lit. *pastoreará … con cetro de hierro.*

nant and cried out in pain as she was about to
give birth. 3Then another sign appeared in
heaven: an enormous red dragon with seven
heads and ten horns and seven crowns on his
heads. 4His tail swept a third of the stars out
of the sky and flung them to the earth. The
dragon stood in front of the woman who was
about to give birth, so that he might devour
her child the moment it was born. 5She gave
birth to a son, a male child, who will rule all
the nations with an iron scepter. And her child
was snatched up to God and to his throne.
6The woman fled into the desert to a place
prepared for her by God, where she might be
taken care of for 1,260 days.

7And there was war in heaven. Michael and
his angels fought against the dragon, and the
dragon and his angels fought back. 8But he
was not strong enough, and they lost their
place in heaven. 9The great dragon was hurled
down—that ancient serpent called the devil, or
Satan, who leads the whole world astray. He
was hurled to the earth, and his angels with
him.

10Then I heard a loud voice in heaven say:

"Now have come the salvation and the
power and the kingdom of our God,
and the authority of his Christ.
For the accuser of our brothers,
who accuses them before our God day
and night,
has been hurled down.
11 They overcame him
by the blood of the Lamb
and by the word of their testimony;
they did not love their lives so much
as to shrink from death.
12 Therefore rejoice, you heavens
and you who dwell in them!
But woe to the earth and the sea,
because the devil has gone down to you!
He is filled with fury,
because he knows that his time is short."

13When the dragon saw that he had been
hurled to the earth, he pursued the woman who
had given birth to the male child. 14The woman
was given the two wings of a great eagle, so that
she might fly to the place prepared for her in the
desert, where she would be taken care of for a
time, times and half a time, out of the serpent's
reach. 15Then from his mouth the serpent
spewed water like a river, to overtake the woman
and sweep her away with the torrent. 16But

ayudó a la mujer: abrió la boca y se tragó el río que el dragón había arrojado por sus fauces. 17Entonces el dragón se enfureció contra la mujer, y se fue a hacer guerra contra el resto de sus descendientes, los cuales obedecen los mandamientos de Dios y se mantienen fieles al testimonio de Jesús.

13 Y el dragón se plantó[v] a la orilla del mar.

La bestia que surge del mar

Entonces vi que del mar subía una bestia, la cual tenía diez cuernos y siete cabezas. En cada cuerno tenía una diadema, y en cada cabeza un nombre *blasfemo contra Dios. 2La bestia parecía un leopardo, pero tenía patas como de oso y fauces como de león. El dragón le confirió a la bestia su poder, su trono y gran autoridad. 3Una de las cabezas de la bestia parecía haber sufrido una herida mortal, pero esa herida ya había sido sanada. El mundo entero, fascinado, iba tras la bestia 4y adoraba al dragón porque había dado su autoridad a la bestia. También adoraban a la bestia y decían: «¿Quién como la bestia? ¿Quién puede combatirla?»

5A la bestia se le permitió hablar con arrogancia y proferir blasfemias contra Dios, y se le confirió autoridad para actuar durante cuarenta y dos meses. 6Abrió la boca para blasfemar contra Dios, para maldecir su nombre y su morada y a los que viven en el cielo. 7También se le permitió hacer la guerra a los *santos y vencerlos, y se le dio autoridad sobre toda raza, pueblo, lengua y nación. 8A la bestia la adorarán todos los habitantes de la tierra, aquellos cuyos nombres no han sido escritos en el libro de la vida, el libro del Cordero que fue sacrificado desde la creación del mundo.[w]

9El que tenga oídos, que oiga.

10El que deba ser llevado cautivo,
a la cautividad irá.
El que deba morir[x] a espada,
a filo de espada morirá.

¡En esto consisten[y] la perseverancia y la *fidelidad de los santos!

La bestia que sube de la tierra

11Después vi que de la tierra subía otra bestia. Tenía dos cuernos como de cordero, pero hablaba como dragón. 12Ejercía toda la autoridad de

[v]13:1 *el dragón se plantó.* Var. *yo estaba de pie.*
[w]13:8 *escritos … mundo.* Alt. *escritos desde la creación del mundo en el libro de la vida, el libro del Cordero que fue sacrificado.* [x]13:10 *que deba morir.* Var. *que mata.*
[y]13:10 *En esto consisten.* Alt. *Aquí se verán.*

the earth helped the woman by opening its mouth and swallowing the river that the dragon had spewed out of his mouth. 17Then the dragon was enraged at the woman and went off to make war against the rest of her offspring—those who obey God's commandments and hold to the testimony of Jesus.

13 And the dragon[p] stood on the shore of the sea.

The Beast out of the Sea

And I saw a beast coming out of the sea. He had ten horns and seven heads, with ten crowns on his horns, and on each head a blasphemous name. 2The beast I saw resembled a leopard, but had feet like those of a bear and a mouth like that of a lion. The dragon gave the beast his power and his throne and great authority. 3One of the heads of the beast seemed to have had a fatal wound, but the fatal wound had been healed. The whole world was astonished and followed the beast. 4Men worshiped the dragon because he had given authority to the beast, and they also worshiped the beast and asked, "Who is like the beast? Who can make war against him?"

5The beast was given a mouth to utter proud words and blasphemies and to exercise his authority for forty-two months. 6He opened his mouth to blaspheme God, and to slander his name and his dwelling place and those who live in heaven. 7He was given power to make war against the saints and to conquer them. And he was given authority over every tribe, people, language and nation. 8All inhabitants of the earth will worship the beast—all whose names have not been written in the book of life belonging to the Lamb that was slain from the creation of the world.[q]

9He who has an ear, let him hear.

10If anyone is to go into captivity,
into captivity he will go.
If anyone is to be killed[r] with the sword,
with the sword he will be killed.

This calls for patient endurance and faithfulness on the part of the saints.

The Beast out of the Earth

11Then I saw another beast, coming out of the earth. He had two horns like a lamb, but he spoke like a dragon. 12He exercised all the

[p] *1* Some late manuscripts *And I* [q] *8* Or *written from the creation of the world in the book of life belonging to the Lamb that was slain* [r] *10* Some manuscripts *anyone kills*

la primera bestia en presencia de ella, y hacía
que la tierra y sus habitantes adoraran a la pri-
mera bestia, cuya herida mortal había sido sana-
da. 13También hacía grandes señales milagro-
sas, incluso la de hacer caer fuego del cielo a la
tierra, a la vista de todos. 14Con estas señales
que se le permitió hacer en presencia de la
primera bestia, engañó a los habitantes de la
tierra. Les ordenó que hicieran una imagen en
honor de la bestia que, después de ser herida a
espada, revivió. 15Se le permitió infundir vida a
la imagen de la primera bestia, para que hablara
y mandara matar a quienes no adoraran la ima-
gen. 16Además logró que a todos, grandes y
pequeños, ricos y pobres, libres y esclavos, se
les pusiera una marca en la mano derecha o en
la frente, 17de modo que nadie pudiera comprar
ni vender, a menos que llevara la marca, que es
el nombre de la bestia o el número de ese nom-
bre.

18En esto consiste[z] la sabiduría: el que tenga
entendimiento, calcule el número de la bestia,
pues es número de un ser *humano: seiscientos
sesenta y seis.

El Cordero y los 144.000

14 Luego miré, y apareció el Cordero. Es-
taba de pie sobre el monte Sión, en
compañía de ciento cuarenta y cuatro mil perso-
nas que llevaban escrito en la frente el nombre
del Cordero y de su Padre. 2Oí un sonido que
venía del cielo, como el estruendo de una cata-
rata y el retumbar de un gran trueno. El sonido
se parecía al de músicos que tañen sus arpas. 3Y
cantaban un himno nuevo delante del trono y
delante de los cuatro seres vivientes y de los
*ancianos. Nadie podía aprender aquel himno,
aparte de los ciento cuarenta y cuatro mil que
habían sido rescatados de la tierra. 4Éstos se
mantuvieron puros, sin contaminarse con ritos
sexuales.[a] Son los que siguen al Cordero por
dondequiera que va. Fueron rescatados como los
primeros frutos de la *humanidad para Dios y el
Cordero. 5No se encontró mentira alguna en su
boca, pues son intachables.

Los tres ángeles

6Luego vi a otro ángel que volaba en medio
del cielo, y que llevaba el *evangelio eterno para
anunciarlo a los que viven en la tierra, a toda
nación, raza, lengua y pueblo. 7Gritaba a gran
voz: «Teman a Dios y denle gloria, porque ha
llegado la hora de su juicio. Adoren al que hizo
el cielo, la tierra, el mar y los manantiales.»

[z]**13:18** *En esto consiste.* Alt. *Aquí se verá.* [a]**14:4** *Éstos … sexuales.* Lit. *Éstos no se contaminaron con mujeres, pues son vírgenes.*

authority of the first beast on his behalf, and
made the earth and its inhabitants worship the
first beast, whose fatal wound had been
healed. 13And he performed great and mirac-
ulous signs, even causing fire to come down
from heaven to earth in full view of men. 14Be-
cause of the signs he was given power to do
on behalf of the first beast, he deceived the
inhabitants of the earth. He ordered them to
set up an image in honor of the beast who was
wounded by the sword and yet lived. 15He was
given power to give breath to the image of the
first beast, so that it could speak and cause all
who refused to worship the image to be killed.
16He also forced everyone, small and great,
rich and poor, free and slave, to receive a mark
on his right hand or on his forehead, 17so that
no one could buy or sell unless he had the
mark, which is the name of the beast or the
number of his name.

18This calls for wisdom. If anyone has insight,
let him calculate the number of the beast, for it
is man's number. His number is 666.

The Lamb and the 144,000

14 Then I looked, and there before me was
the Lamb, standing on Mount Zion, and
with him 144,000 who had his name and his
Father's name written on their foreheads. 2And
I heard a sound from heaven like the roar of
rushing waters and like a loud peal of thunder.
The sound I heard was like that of harpists
playing their harps. 3And they sang a new song
before the throne and before the four living
creatures and the elders. No one could learn the
song except the 144,000 who had been re-
deemed from the earth. 4These are those who
did not defile themselves with women, for they
kept themselves pure. They follow the Lamb
wherever he goes. They were purchased from
among men and offered as firstfruits to God and
the Lamb. 5No lie was found in their mouths;
they are blameless.

The Three Angels

6Then I saw another angel flying in midair,
and he had the eternal gospel to proclaim to
those who live on the earth—to every nation,
tribe, language and people. 7He said in a loud
voice, "Fear God and give him glory, because
the hour of his judgment has come. Worship him
who made the heavens, the earth, the sea and the
springs of water."

8Lo seguía un segundo ángel que gritaba: «¡Ya cayó! Ya cayó la gran Babilonia, la que hizo que todas las *naciones bebieran el excitante vino[b] de su adulterio.»

9Los seguía un tercer ángel que clamaba a grandes voces: «Si alguien adora a la bestia y a su imagen, y se deja poner en la frente o en la mano la marca de la bestia, 10beberá también el vino del furor de Dios, que en la copa de su ira está puro, no diluido. Será atormentado con fuego y azufre, en presencia de los santos ángeles y del Cordero. 11El humo de ese tormento sube por los siglos de los siglos. No habrá descanso ni de día ni de noche para el que adore a la bestia y su imagen, ni para quien se deje poner la marca de su nombre.» 12¡En esto consiste[c] la perseverancia de los *santos, los cuales obedecen los mandamientos de Dios y se mantienen fieles a Jesús!

13Entonces oí una voz del cielo, que decía: «Escribe: *Dichosos los que de ahora en adelante mueren en el Señor.»

«Sí —dice el Espíritu—, ellos descansarán de sus fatigosas tareas, pues sus obras los acompañan.»

La cosecha de la tierra

14Miré, y apareció una nube blanca, sobre la cual estaba sentado alguien «semejante al Hijo del hombre».[d] En la cabeza tenía una corona de oro, y en la mano, una hoz afilada. 15Entonces salió del templo otro ángel y le gritó al que estaba sentado en la nube: «Mete la hoz y recoge la cosecha; ya es tiempo de segar, pues la cosecha de la tierra está madura.» 16Así que el que estaba sentado sobre la nube pasó la hoz, y la tierra fue segada.

17Del templo que está en el cielo salió otro ángel, que también llevaba una hoz afilada. 18Del altar salió otro ángel, que tenía autoridad sobre el fuego, y le gritó al que llevaba la hoz afilada: «Mete tu hoz y corta los racimos del viñedo de la tierra, porque sus uvas ya están maduras.» 19El ángel pasó la hoz sobre la tierra, recogió las uvas y las echó en el gran lagar de la ira de Dios. 20Las uvas fueron exprimidas fuera de la ciudad, y del lagar salió sangre, la cual llegó hasta los frenos de los caballos en una extensión de trescientos kilómetros.[e]

Siete ángeles con siete plagas

15 Vi en el cielo otra señal grande y maravillosa: siete ángeles con las siete plagas, que son las últimas, pues con ellas se consumará la ira de Dios. 2Vi también un mar como

[b]**14:8** *el excitante vino.* Lit. *el vino del furor.* [c]**14:12** *En esto consiste.* Alt. *Aquí se verá.* [d]**14:14** Dn 7:13
[e]**14:20** *trescientos kilómetros.* Lit. *mil seiscientos *estadios.*

8A second angel followed and said, "Fallen! Fallen is Babylon the Great, which made all the nations drink the maddening wine of her adulteries."

9A third angel followed them and said in a loud voice: "If anyone worships the beast and his image and receives his mark on the forehead or on the hand, 10he, too, will drink of the wine of God's fury, which has been poured full strength into the cup of his wrath. He will be tormented with burning sulfur in the presence of the holy angels and of the Lamb. 11And the smoke of their torment rises for ever and ever. There is no rest day or night for those who worship the beast and his image, or for anyone who receives the mark of his name." 12This calls for patient endurance on the part of the saints who obey God's commandments and remain faithful to Jesus.

13Then I heard a voice from heaven say, "Write: Blessed are the dead who die in the Lord from now on."

"Yes," says the Spirit, "they will rest from their labor, for their deeds will follow them."

The Harvest of the Earth

14I looked, and there before me was a white cloud, and seated on the cloud was one "like a son of man"[s] with a crown of gold on his head and a sharp sickle in his hand. 15Then another angel came out of the temple and called in a loud voice to him who was sitting on the cloud, "Take your sickle and reap, because the time to reap has come, for the harvest of the earth is ripe." 16So he who was seated on the cloud swung his sickle over the earth, and the earth was harvested.

17Another angel came out of the temple in heaven, and he too had a sharp sickle. 18Still another angel, who had charge of the fire, came from the altar and called in a loud voice to him who had the sharp sickle, "Take your sharp sickle and gather the clusters of grapes from the earth's vine, because its grapes are ripe." 19The angel swung his sickle on the earth, gathered its grapes and threw them into the great winepress of God's wrath. 20They were trampled in the winepress outside the city, and blood flowed out of the press, rising as high as the horses' bridles for a distance of 1,600 stadia.[t]

Seven Angels with Seven Plagues

15 I saw in heaven another great and marvelous sign: seven angels with the seven last plagues—last, because with them God's wrath is completed. 2And I saw what looked like

[s]*14* Daniel 7:13 [t]*20* That is, about 180 miles (about 300 kilometers)

de vidrio mezclado con fuego. De pie, a la orilla
del mar, estaban los que habían vencido a la
bestia, a su imagen y al número de su nombre.
Tenían las arpas que Dios les había dado, 3y
cantaban el himno de Moisés, *siervo de Dios,
y el himno del Cordero:

«Grandes y maravillosas son tus obras,
Señor, Dios Todopoderoso.
Justos y verdaderos son tus caminos,
Rey de las *naciones.[f]
4 ¿Quién no te temerá, oh Señor?
¿Quién no glorificará tu nombre?
Sólo tú eres santo.
Todas las naciones vendrán
y te adorarán,
porque han salido a la luz
las obras de tu justicia.»

5Después de esto miré, y en el cielo se abrió
el templo, el tabernáculo del testimonio. 6Del
templo salieron los siete ángeles que llevaban
las siete plagas. Estaban vestidos de lino limpio
y resplandeciente, y ceñidos con bandas de oro
a la altura del pecho. 7Uno de los cuatro seres
vivientes dio a cada uno de los siete ángeles una
copa de oro llena del furor de Dios, quien vive
por los siglos de los siglos. 8El templo se llenó
del humo que procedía de la gloria y del poder
de Dios, y nadie podía entrar allí hasta que se
terminaran las siete plagas de los siete ángeles.

Las siete copas de la ira de Dios

16 Oí una voz que desde el templo decía a
gritos a los siete ángeles: «¡Vayan y
derramen sobre la tierra las siete copas del furor
de Dios!»

2El primer ángel fue y derramó su copa sobre
la tierra, y a toda la gente que tenía la marca de
la bestia y que adoraba su imagen le salió una
llaga maligna y repugnante.

3El segundo ángel derramó su copa sobre el
mar, y el mar se convirtió en sangre como de
gente masacrada, y murió todo ser viviente que
había en el mar.

4El tercer ángel derramó su copa sobre los ríos
y los manantiales, y éstos se convirtieron en
sangre. 5Oí que el ángel de las aguas decía:

«Justo eres tú, el Santo,
que eres y que eras,
porque juzgas así:
6 ellos derramaron la sangre de *santos y
de profetas,
y tú les has dado a beber sangre, como
se lo merecen.»

[f] 15:3 *de las naciones.* Var. *de los siglos.*

a sea of glass mixed with fire and, standing
beside the sea, those who had been victorious
over the beast and his image and over the num-
ber of his name. They held harps given them by
God 3and sang the song of Moses the servant of
God and the song of the Lamb:

"Great and marvelous are your deeds,
Lord God Almighty.
Just and true are your ways,
King of the ages.
4 Who will not fear you, O Lord,
and bring glory to your name?
For you alone are holy.
All nations will come
and worship before you,
for your righteous acts have been
revealed."

5After this I looked and in heaven the temple,
that is, the tabernacle of the Testimony, was
opened. 6Out of the temple came the seven
angels with the seven plagues. They were
dressed in clean, shining linen and wore golden
sashes around their chests. 7Then one of the four
living creatures gave to the seven angels seven
golden bowls filled with the wrath of God, who
lives for ever and ever. 8And the temple was
filled with smoke from the glory of God and
from his power, and no one could enter the
temple until the seven plagues of the seven
angels were completed.

The Seven Bowls of God's Wrath

16 Then I heard a loud voice from the tem-
ple saying to the seven angels, "Go,
pour out the seven bowls of God's wrath on the
earth." 2The first angel went and poured out his
bowl on the land, and ugly and painful sores
broke out on the people who had the mark of the
beast and worshiped his image.

3The second angel poured out his bowl on the
sea, and it turned into blood like that of a dead
man, and every living thing in the sea died.

4The third angel poured out his bowl on the
rivers and springs of water, and they became
blood. 5Then I heard the angel in charge of the
waters say:

"You are just in these judgments,
you who are and who were, the Holy
One,
because you have so judged;
6 for they have shed the blood of your
saints and prophets,
and you have given them blood to drink
as they deserve."

7Oí también que el altar respondía:

«Así es, Señor, Dios Todopoderoso,
verdaderos y justos son tus juicios.»

8El cuarto ángel derramó su copa sobre el sol,
al cual se le permitió quemar con fuego a la
gente. 9Todos sufrieron terribles quemaduras,
pero ni así se *arrepintieron; en vez de darle
gloria a Dios, que tiene poder sobre esas plagas,
maldijeron su nombre.

10El quinto ángel derramó su copa sobre el
trono de la bestia, y el reino de la bestia quedó
sumido en la oscuridad. La gente se mordía la
lengua de dolor 11y, por causa de sus padeci-
mientos y de sus llagas, maldecían al Dios del
cielo, pero no se arrepintieron de sus malas
obras.

12El sexto ángel derramó su copa sobre el gran
río Éufrates, y se secaron sus aguas para abrir
paso a los reyes del oriente. 13Y vi salir de la
boca del dragón, de la boca de la bestia y de la
boca del falso profeta tres espíritus malignos
que parecían ranas. 14Son espíritus de demonios
que hacen señales milagrosas y que salen a
reunir a los reyes del mundo entero para la
batalla del gran día del Dios Todopoderoso.

15«¡Cuidado! ¡Vengo como un ladrón! *Di-
choso el que se mantenga despierto, con su ropa
a la mano, no sea que ande desnudo y sufra
vergüenza por su desnudez.»

16Entonces los espíritus de los demonios reu-
nieron a los reyes en el lugar que en hebreo se
llama Armagedón.

17El séptimo ángel derramó su copa en el aire,
y desde el trono del templo salió un vozarrón que
decía: «¡Se acabó!» 18Y hubo relámpagos, es-
truendos, truenos y un violento terremoto. Nun-
ca, desde que el género *humano existe en la
tierra, se había sentido un terremoto tan grande
y violento. 19La gran ciudad se partió en tres, y
las ciudades de las *naciones se desplomaron.
Dios se acordó de la gran Babilonia y le dio a
beber de la copa llena del vino del furor de su
castigo. 20Entonces huyeron todas las islas y
desaparecieron las montañas. 21Del cielo caye-
ron sobre la gente enormes granizos, de casi
cuarenta kilos cada uno.[g] Y maldecían a Dios
por esa terrible plaga.

La mujer montada en la bestia

17 Uno de los siete ángeles que tenían las
siete copas se me acercó y me dijo:
«Ven, y te mostraré el castigo de la gran prosti-
tuta que está sentada sobre muchas aguas. 2Con

7And I heard the altar respond:

"Yes, Lord God Almighty,
true and just are your judgments."

8The fourth angel poured out his bowl on the
sun, and the sun was given power to scorch
people with fire. 9They were seared by the in-
tense heat and they cursed the name of God, who
had control over these plagues, but they refused
to repent and glorify him.

10The fifth angel poured out his bowl on the
throne of the beast, and his kingdom was
plunged into darkness. Men gnawed their
tongues in agony 11and cursed the God of heav-
en because of their pains and their sores, but they
refused to repent of what they had done.

12The sixth angel poured out his bowl on the
great river Euphrates, and its water was dried up
to prepare the way for the kings from the East.
13Then I saw three evil[u] spirits that looked like
frogs; they came out of the mouth of the dragon,
out of the mouth of the beast and out of the mouth
of the false prophet. 14They are spirits of demons
performing miraculous signs, and they go out to
the kings of the whole world, to gather them for
the battle on the great day of God Almighty.

15"Behold, I come like a thief! Blessed is he
who stays awake and keeps his clothes with him,
so that he may not go naked and be shamefully
exposed."

16Then they gathered the kings together to the
place that in Hebrew is called Armageddon.

17The seventh angel poured out his bowl into
the air, and out of the temple came a loud voice
from the throne, saying, "It is done!" 18Then
there came flashes of lightning, rumblings, peals
of thunder and a severe earthquake. No earth-
quake like it has ever occurred since man has
been on earth, so tremendous was the quake.
19The great city split into three parts, and the
cities of the nations collapsed. God remembered
Babylon the Great and gave her the cup filled
with the wine of the fury of his wrath. 20Every
island fled away and the mountains could not be
found. 21From the sky huge hailstones of about
a hundred pounds each fell upon men. And they
cursed God on account of the plague of hail,
because the plague was so terrible.

The Woman and the Beast

17 One of the seven angels who had the
seven bowls came and said to me,
"Come, I will show you the punishment of the
great prostitute, who sits on many waters. 2With

[g] **16:21** *granizos … cada uno.* Lit. *granizos como *talentos.*

[u] *13* Greek *unclean*

ella cometieron adulterio los reyes de la tierra, y los habitantes de la tierra se embriagaron con el vino de su inmoralidad.»

3Luego el ángel me llevó en el Espíritu a un desierto. Allí vi a una mujer montada en una bestia escarlata. La bestia estaba cubierta de nombres *blasfemos contra Dios, y tenía siete cabezas y diez cuernos. 4La mujer estaba vestida de púrpura y escarlata, y adornada con oro, piedras preciosas y perlas. Tenía en la mano una copa de oro llena de abominaciones y de la inmundicia de sus adulterios. 5En la frente llevaba escrito un nombre misterioso:

LA GRAN BABILONIA
MADRE DE LAS PROSTITUTAS
Y DE LAS ABOMINABLES IDOLATRÍAS
DE LA TIERRA.

6Vi que la mujer se había emborrachado con la sangre de los *santos y de los mártires de Jesús.

Al verla, quedé sumamente asombrado. 7Entonces el ángel me dijo: «¿Por qué te asombras? Yo te explicaré el misterio de esa mujer y de la bestia de siete cabezas y diez cuernos en la que va montada. 8La bestia que has visto es la que antes era pero ya no es, y está a punto de subir del *abismo, pero va rumbo a la destrucción. Los habitantes de la tierra, cuyos nombres, desde la creación del mundo, no han sido escritos en el libro de la vida, se asombrarán al ver a la bestia, porque antes era pero ya no es, y sin embargo reaparecerá.

9»¡En esto consisten[h] el entendimiento y la sabiduría! Las siete cabezas son siete colinas sobre las que está sentada esa mujer. 10También son siete reyes: cinco han caído, uno está gobernando, el otro no ha llegado todavía; pero cuando llegue, es preciso que dure poco tiempo. 11La bestia, que antes era pero ya no es, es el octavo rey. Está incluido entre los siete, y va rumbo a la destrucción.

12»Los diez cuernos que has visto son diez reyes que todavía no han comenzado a reinar, pero que por una hora recibirán autoridad como reyes, junto con la bestia. 13Éstos tienen un mismo propósito, que es poner su poder y autoridad a disposición de la bestia. 14Le harán la guerra al Cordero, pero el Cordero los vencerá, porque es Señor de señores y Rey de reyes, y los que están con él son sus llamados, sus escogidos y sus fieles.»

15Además el ángel me dijo: «Las aguas que has visto, donde está sentada la prostituta, son pueblos, multitudes, naciones y lenguas. 16Los

her the kings of the earth committed adultery and the inhabitants of the earth were intoxicated with the wine of her adulteries."

3Then the angel carried me away in the Spirit into a desert. There I saw a woman sitting on a scarlet beast that was covered with blasphemous names and had seven heads and ten horns. 4The woman was dressed in purple and scarlet, and was glittering with gold, precious stones and pearls. She held a golden cup in her hand, filled with abominable things and the filth of her adulteries. 5This title was written on her forehead:

MYSTERY
BABYLON THE GREAT
THE MOTHER OF PROSTITUTES
AND OF THE ABOMINATIONS OF THE EARTH.

6I saw that the woman was drunk with the blood of the saints, the blood of those who bore testimony to Jesus.

When I saw her, I was greatly astonished. 7Then the angel said to me: "Why are you astonished? I will explain to you the mystery of the woman and of the beast she rides, which has the seven heads and ten horns. 8The beast, which you saw, once was, now is not, and will come up out of the Abyss and go to his destruction. The inhabitants of the earth whose names have not been written in the book of life from the creation of the world will be astonished when they see the beast, because he once was, now is not, and yet will come.

9"This calls for a mind with wisdom. The seven heads are seven hills on which the woman sits. 10They are also seven kings. Five have fallen, one is, the other has not yet come; but when he does come, he must remain for a little while. 11The beast who once was, and now is not, is an eighth king. He belongs to the seven and is going to his destruction.

12"The ten horns you saw are ten kings who have not yet received a kingdom, but who for one hour will receive authority as kings along with the beast. 13They have one purpose and will give their power and authority to the beast. 14They will make war against the Lamb, but the Lamb will overcome them because he is Lord of lords and King of kings—and with him will be his called, chosen and faithful followers."

15Then the angel said to me, "The waters you saw, where the prostitute sits, are peoples, multitudes, nations and languages. 16The beast

[h] **17:9** *En esto consisten.* Alt. *Aquí se verán.*

diez cuernos y la bestia que has visto le co-
brarán odio a la prostituta. Causarán su ruina
y la dejarán desnuda; devorarán su cuerpo y
la destruirán con fuego, 17porque Dios les ha
puesto en el corazón que lleven a cabo su
divino propósito. Por eso, y de común acuerdo,
ellos le entregarán a la bestia el poder que
tienen de gobernar, hasta que se cumplan las
palabras de Dios. 18La mujer que has visto es
aquella gran ciudad que tiene poder de gober-
nar sobre los reyes de la tierra.»

La caída de Babilonia

18 Después de esto vi a otro ángel que
bajaba del cielo. Tenía mucho poder, y
la tierra se iluminó con su resplandor. 2Gritó a
gran voz:

«¡Ha caído! ¡Ha caído la gran Babilonia!
Se ha convertido en morada de demonios
y en guarida de todo espíritu *maligno,
en nido de toda ave *impura y detestable.
3 Porque todas las *naciones han bebido
el excitante vino de su adulterio;
los reyes de la tierra cometieron adulterio con ella,
y los comerciantes de la tierra se enriquecieron
a costa de lo que ella despilfarraba en sus lujos.»

4Luego oí otra voz del cielo que decía:

«Salgan de ella, pueblo mío,
para que no sean cómplices de sus pecados,
ni los alcance ninguna de sus plagas;
5 pues sus pecados se han amontonado hasta el cielo,
y de sus injusticias se ha acordado Dios.
6 Páguenle con la misma moneda;
denle el doble de lo que ha cometido,
y en la misma copa en que ella preparó bebida
mézclenle una doble porción.
7 En la medida en que ella se entregó a la vanagloria y al arrogante lujo
denle tormento y aflicción;
porque en su corazón se jacta:
"Estoy sentada como reina;
no soy viuda ni sufriré jamás."
8 Por eso, en un solo día le sobrevendrán sus plagas:
pestilencia, aflicción y hambre.
Será consumida por el fuego,
porque poderoso es el Señor Dios que la juzga.»

and the ten horns you saw will hate the pros-
titute. They will bring her to ruin and leave
her naked; they will eat her flesh and burn her
with fire. 17For God has put it into their hearts
to accomplish his purpose by agreeing to give
the beast their power to rule, until God's words
are fulfilled. 18The woman you saw is the
great city that rules over the kings of the
earth."

18 After this I saw another angel coming
down from heaven. He had great author-
ity, and the earth was illuminated by his splen-
dor. 2With a mighty voice he shouted:

"Fallen! Fallen is Babylon the Great!
She has become a home for demons
and a haunt for every evil[v] spirit,
a haunt for every unclean and detestable bird.
3 For all the nations have drunk
the maddening wine of her adulteries.
The kings of the earth committed adultery with her,
and the merchants of the earth grew rich from her excessive luxuries."

4Then I heard another voice from heaven
say:

"Come out of her, my people,
so that you will not share in her sins,
so that you will not receive any of her plagues;
5 for her sins are piled up to heaven,
and God has remembered her crimes.
6 Give back to her as she has given;
pay her back double for what she has done.
Mix her a double portion from her own cup.
7 Give her as much torture and grief
as the glory and luxury she gave herself.
In her heart she boasts,
'I sit as queen; I am not a widow,
and I will never mourn.'
8 Therefore in one day her plagues will overtake her:
death, mourning and famine.
She will be consumed by fire,
for mighty is the Lord God who judges her.

[v]2 Greek *unclean*

9 Cuando los reyes de la tierra que cometieron
adulterio con ella y compartieron su lujo vean el
humo del fuego que la consume, llorarán de
dolor por ella. 10 Aterrorizados al ver semejante
castigo, se mantendrán a distancia y gritarán:

«¡Ay! ¡Ay de ti, la gran ciudad,
Babilonia, ciudad poderosa,
porque en una sola hora ha llegado tu
juicio!»

11 Los comerciantes de la tierra llorarán y ha-
rán duelo por ella, porque ya no habrá quien les
compre sus mercaderías: 12 artículos de oro, pla-
ta, piedras preciosas y perlas; lino fino, púrpura,
telas de seda y escarlata; toda clase de maderas
de cedro; los más variados objetos, hechos de
marfil, de madera preciosa, de bronce, de hierro
y de mármol; 13 cargamentos de canela y espe-
cias aromáticas; de incienso, mirra y perfumes;
de vino y aceite; de harina refinada y trigo; de
ganado vacuno y de corderos; de caballos y
carruajes; y hasta de seres *humanos, vendidos
como esclavos.
14 Y dirán: «Se ha apartado de ti el fruto que
con toda el alma codiciabas. Has perdido todas
tus cosas suntuosas y espléndidas, y nunca las
recuperarás.» 15 Los comerciantes que vendían
estas mercaderías y se habían enriquecido a
costa de ella se mantendrán a distancia, aterro-
rizados al ver semejante castigo. Llorarán y
harán lamentación:

16 «¡Ay! ¡Ay de la gran ciudad,
vestida de lino fino, de púrpura y escar-
lata,
y adornada con oro, piedras preciosas y
perlas,
17 porque en una sola hora ha quedado
destruida toda tu riqueza!»

Todos los capitanes de barco, los pasajeros,
los marineros y todos los que viven del mar se
detendrán a lo lejos. 18 Al ver el humo del fuego
que la consume, exclamarán: «¿Hubo jamás al-
guna ciudad como esta gran ciudad?» 19 Harán
duelo,[i] llorando y lamentándose a gritos:

«¡Ay! ¡Ay de la gran ciudad,
con cuya opulencia se enriquecieron
todos los dueños de flotas navieras!
¡En una sola hora ha quedado destruida!
20 ¡Alégrate, oh cielo, por lo que le ha
sucedido!
¡Alégrense también ustedes, *santos,
apóstoles y profetas!,

[i] **18:19** *Harán duelo.* Lit. *Se echaron polvo en la cabeza.*

9 "When the kings of the earth who committed
adultery with her and shared her luxury see the
smoke of her burning, they will weep and mourn
over her. 10 Terrified at her torment, they will
stand far off and cry:

" 'Woe! Woe, O great city,
O Babylon, city of power!
In one hour your doom has come!'

11 "The merchants of the earth will weep and
mourn over her because no one buys their car-
goes any more— 12 cargoes of gold, silver, pre-
cious stones and pearls; fine linen, purple, silk
and scarlet cloth; every sort of citron wood, and
articles of every kind made of ivory, costly
wood, bronze, iron and marble; 13 cargoes of
cinnamon and spice, of incense, myrrh and
frankincense, of wine and olive oil, of fine flour
and wheat; cattle and sheep; horses and car-
riages; and bodies and souls of men.
14 "They will say, 'The fruit you longed for is
gone from you. All your riches and splendor
have vanished, never to be recovered.' 15 The
merchants who sold these things and gained
their wealth from her will stand far off, terrified
at her torment. They will weep and mourn 16 and
cry out:

" 'Woe! Woe, O great city,
dressed in fine linen, purple and scarlet,
and glittering with gold, precious stones
and pearls!
17 In one hour such great wealth has been
brought to ruin!'

"Every sea captain, and all who travel by ship,
the sailors, and all who earn their living from the
sea, will stand far off. 18 When they see the
smoke of her burning, they will exclaim, 'Was
there ever a city like this great city?' 19 They will
throw dust on their heads, and with weeping and
mourning cry out:

" 'Woe! Woe, O great city,
where all who had ships on the sea
became rich through her wealth!
In one hour she has been brought to ruin!
20 Rejoice over her, O heaven!
Rejoice, saints and apostles and proph-
ets!

porque Dios, al juzgarla,
les ha hecho justicia a ustedes.»

21 Entonces un ángel poderoso levantó una
piedra del tamaño de una gran rueda de molino,
y la arrojó al mar diciendo:

«Así también tú, Babilonia, gran ciudad,
serás derribada con la misma violencia,
y desaparecerás de la faz de la tierra.
22 Jamás volverá a oírse en ti
la música de los cantantes
y de arpas, flautas y trompetas.
Jamás volverá a hallarse en ti
ningún tipo de artesano.
Jamás volverá a oírse en ti
el ruido de la rueda de molino.
23 Jamás volverá a brillar en ti
la luz de ninguna lámpara.
Jamás volverá a sentirse en ti
el regocijo de las nupcias.[j]
Porque tus comerciantes
eran los magnates del mundo,
porque con tus hechicerías
engañaste a todas las naciones,
24 porque en ti se halló sangre de profetas y de santos,
y de todos los que han sido asesinados en la tierra.»

¡Aleluya!

19 Después de esto oí en el cielo un tremen-
do bullicio, como el de una inmensa
multitud que exclamaba:

«¡Aleluya!
La salvación, la gloria y el poder son de nuestro Dios,
2 pues sus juicios son verdaderos y justos:
ha condenado a la famosa prostituta
que con sus adulterios corrompía la tierra;
ha vindicado la sangre de los *siervos de Dios derramada por ella.»

3 Y volvieron a exclamar:

«¡Aleluya!
El humo de ella sube por los siglos de los siglos.»

4 Entonces los veinticuatro *ancianos y los
cuatro seres vivientes se postraron y adoraron a
Dios, que estaba sentado en el trono, y dijeron:

«¡Amén, Aleluya!»

[j] **18:23** *el regocijo de las nupcias*. Lit. *la voz del novio y de la novia.*

God has judged her for the way she treated you.'"

21 Then a mighty angel picked up a boulder the
size of a large millstone and threw it into the sea,
and said:

"With such violence
the great city of Babylon will be thrown down,
never to be found again.
22 The music of harpists and musicians,
flute players and trumpeters,
will never be heard in you again.
No workman of any trade
will ever be found in you again.
The sound of a millstone
will never be heard in you again.
23 The light of a lamp will never shine in you again.
The voice of bridegroom and bride
will never be heard in you again.
Your merchants were the world's great men.
By your magic spell all the nations were led astray.
24 In her was found the blood of prophets and of the saints,
and of all who have been killed on the earth."

Hallelujah!

19 After this I heard what sounded like the
roar of a great multitude in heaven
shouting:

"Hallelujah!
Salvation and glory and power belong to our God,
2 for true and just are his judgments.
He has condemned the great prostitute
who corrupted the earth by her adulteries.
He has avenged on her the blood of his servants."

3 And again they shouted:

"Hallelujah!
The smoke from her goes up for ever and ever."

4 The twenty-four elders and the four living
creatures fell down and worshiped God, who
was seated on the throne. And they cried:

"Amen, Hallelujah!"

5 Y del trono salió una voz que decía:

> «¡Alaben ustedes a nuestro Dios,
> todos sus siervos, grandes y pequeños,
> que con reverente temor le sirven!»

6 Después oí voces como el rumor de una
inmensa multitud, como el estruendo de una
catarata y como el retumbar de potentes truenos,
que exclamaban:

> «¡Aleluya!
> Ya ha comenzado a reinar el Señor,
> nuestro Dios Todopoderoso.
> 7 ¡Alegrémonos y regocijémonos
> y démosle gloria!
> Ya ha llegado el día de las bodas del
> Cordero.
> Su novia se ha preparado,
> 8 y se le ha concedido vestirse
> de lino fino, limpio y resplandeciente.»

(El lino fino representa las acciones justas de los
*santos.)

9 El ángel me dijo: «Escribe: "¡*Dichosos los
que han sido convidados a la cena de las bodas
del Cordero!"» Y añadió: «Estas son las pala-
bras verdaderas de Dios.»
10 Me postré a sus pies para adorarlo. Pero él
me dijo: «¡No, cuidado! Soy un siervo como tú
y como tus hermanos que se mantienen fieles al
testimonio de Jesús. ¡Adora sólo a Dios! El
testimonio de Jesús es el espíritu que inspira la
profecía.»

El jinete del caballo blanco

11 Luego vi el cielo abierto, y apareció un
caballo blanco. Su jinete se llama Fiel y Verda-
dero. Con justicia dicta sentencia y hace la gue-
rra. 12 Sus ojos resplandecen como llamas de
fuego, y muchas diademas ciñen su cabeza.
Lleva escrito un nombre que nadie conoce sino
sólo él. 13 Está vestido de un manto teñido en
sangre, y su nombre es «el *Verbo de Dios».
14 Lo siguen los ejércitos del cielo, montados en
caballos blancos y vestidos de lino fino, blanco
y limpio. 15 De su boca sale una espada afilada,
con la que herirá a las *naciones. «Las goberna-
rá con puño de hierro.»[k] Él mismo exprime uvas
en el lagar del furor del castigo que viene de Dios
Todopoderoso. 16 En su manto y sobre el muslo
lleva escrito este nombre:

REY DE REYES Y SEÑOR DE SEÑORES.

[k] **19:15** *gobernará … hierro.* Lit. *pastoreará con cetro de hierro*; Sal 2:9.

5 Then a voice came from the throne, saying:

> "Praise our God,
> all you his servants,
> you who fear him,
> both small and great!"

6 Then I heard what sounded like a great mul-
titude, like the roar of rushing waters and like
loud peals of thunder, shouting:

> "Hallelujah!
> For our Lord God Almighty reigns.
> 7 Let us rejoice and be glad
> and give him glory!
> For the wedding of the Lamb has come,
> and his bride has made herself ready.
> 8 Fine linen, bright and clean,
> was given her to wear."

(Fine linen stands for the righteous acts of the
saints.)

9 Then the angel said to me, "Write: 'Blessed
are those who are invited to the wedding supper
of the Lamb!'" And he added, "These are the
true words of God."
10 At this I fell at his feet to worship him. But
he said to me, "Do not do it! I am a fellow
servant with you and with your brothers who
hold to the testimony of Jesus. Worship God!
For the testimony of Jesus is the spirit of proph-
ecy."

The Rider on the White Horse

11 I saw heaven standing open and there before
me was a white horse, whose rider is called
Faithful and True. With justice he judges and
makes war. 12 His eyes are like blazing fire, and
on his head are many crowns. He has a name
written on him that no one knows but he himself.
13 He is dressed in a robe dipped in blood, and
his name is the Word of God. 14 The armies of
heaven were following him, riding on white
horses and dressed in fine linen, white and clean.
15 Out of his mouth comes a sharp sword with
which to strike down the nations. "He will rule
them with an iron scepter."[w] He treads the wine-
press of the fury of the wrath of God Almighty.
16 On his robe and on his thigh he has this name
written:

KING OF KINGS AND LORD OF LORDS.

[w] *15* Psalm 2:9

17Vi a un ángel que, parado sobre el sol,
gritaba a todas las aves que vuelan en medio del
cielo: «Vengan, reúnanse para la gran cena de
Dios, 18para que coman carne de reyes, de jefes
militares y de magnates; carne de caballos y de
sus jinetes; carne de toda clase de gente, libres
y esclavos, grandes y pequeños.»

19Entonces vi a la bestia y a los reyes de la
tierra con sus ejércitos, reunidos para hacer
guerra contra el jinete de aquel caballo y con-
tra su ejército. 20Pero la bestia fue capturada
junto con el falso profeta. Éste es el que hacía
señales milagrosas en presencia de ella, con
las cuales engañaba a los que habían recibido
la marca de la bestia y adoraban su imagen.
Los dos fueron arrojados vivos al lago de fue-
go y azufre. 21Los demás fueron exterminados
por la espada que salía de la boca del que
montaba a caballo, y todas las aves se hartaron
de la carne de ellos.

Los mil años

20 Vi además a un ángel que bajaba del
cielo con la llave del *abismo y una gran
cadena en la mano. 2Sujetó al dragón, a aquella
serpiente antigua que es el diablo y Satanás, y lo
encadenó por mil años. 3Lo arrojó al abismo, lo
encerró y tapó la salida para que no engañara
más a las *naciones, hasta que se cumplieran los
mil años. Después habrá de ser soltado por algún
tiempo.

4Entonces vi tronos donde se sentaron los que
recibieron autoridad para juzgar. Vi también las
almas de los que habían sido decapitados por
causa del testimonio de Jesús y por la palabra de
Dios. No habían adorado a la bestia ni a su
imagen, ni se habían dejado poner su marca en
la frente ni en la mano. Volvieron a vivir y
reinaron con *Cristo mil años. 5Ésta es la prime-
ra resurrección; los demás muertos no volvieron
a vivir hasta que se cumplieron los mil años.
6*Dichosos y santos los que tienen parte en la
primera resurrección. La segunda muerte no
tiene poder sobre ellos, sino que serán sacerdo-
tes de Dios y de Cristo, y reinarán con él mil
años.

Juicio final de Satanás

7Cuando se cumplan los mil años, Satanás
será liberado de su prisión, 8y saldrá para en-
gañar a las *naciones que están en los cuatro
ángulos de la tierra —a Gog y a Magog—, a fin
de reunirlas para la batalla. Su número será
como el de las arenas del mar. 9Marcharán a lo
largo y a lo ancho de la tierra, y rodearán el
campamento del *pueblo de Dios, la ciudad que
él ama. Pero caerá fuego del cielo y los consu-
mirá por completo. 10El diablo, que los había

17And I saw an angel standing in the sun, who
cried in a loud voice to all the birds flying in
midair, "Come, gather together for the great
supper of God, 18so that you may eat the flesh
of kings, generals, and mighty men, of horses
and their riders, and the flesh of all people, free
and slave, small and great."

19Then I saw the beast and the kings of the earth
and their armies gathered together to make war
against the rider on the horse and his army. 20But
the beast was captured, and with him the false
prophet who had performed the miraculous signs
on his behalf. With these signs he had deluded
those who had received the mark of the beast and
worshiped his image. The two of them were
thrown alive into the fiery lake of burning sulfur.
21The rest of them were killed with the sword that
came out of the mouth of the rider on the horse,
and all the birds gorged themselves on their flesh.

The Thousand Years

20 And I saw an angel coming down out of
heaven, having the key to the Abyss and
holding in his hand a great chain. 2He seized the
dragon, that ancient serpent, who is the devil, or
Satan, and bound him for a thousand years. 3He
threw him into the Abyss, and locked and sealed
it over him, to keep him from deceiving the
nations anymore until the thousand years were
ended. After that, he must be set free for a short
time.

4I saw thrones on which were seated those
who had been given authority to judge. And I
saw the souls of those who had been beheaded
because of their testimony for Jesus and because
of the word of God. They had not worshiped the
beast or his image and had not received his mark
on their foreheads or their hands. They came to
life and reigned with Christ a thousand years.
5(The rest of the dead did not come to life until
the thousand years were ended.) This is the first
resurrection. 6Blessed and holy are those who
have part in the first resurrection. The second
death has no power over them, but they will be
priests of God and of Christ and will reign with
him for a thousand years.

Satan's Doom

7When the thousand years are over, Satan will
be released from his prison 8and will go out to
deceive the nations in the four corners of the
earth—Gog and Magog—to gather them for
battle. In number they are like the sand on the
seashore. 9They marched across the breadth of
the earth and surrounded the camp of God's
people, the city he loves. But fire came down
from heaven and devoured them. 10And the
devil, who deceived them, was thrown into the

engañado, será arrojado al lago de fuego y azu-
fre, donde también habrán sido arrojados la bes-
tia y el falso profeta. Allí serán atormentados día
y noche por los siglos de los siglos.

Juicio de los muertos

11Luego vi un gran trono blanco y a alguien
que estaba sentado en él. De su presencia huye-
ron la tierra y el cielo, sin dejar rastro alguno.
12Vi también a los muertos, grandes y pequeños,
de pie delante del trono. Se abrieron unos libros,
y luego otro, que es el libro de la vida. Los
muertos fueron juzgados según lo que habían
hecho, conforme a lo que estaba escrito en los
libros. 13El mar devolvió sus muertos; la muerte
y el infierno[l] devolvieron los suyos; y cada uno
fue juzgado según lo que había hecho. 14La
muerte y el infierno fueron arrojados al lago de
fuego. Este lago de fuego es la muerte segunda.
15Aquel cuyo nombre no estaba escrito en el
libro de la vida era arrojado al lago de fuego.

La nueva Jerusalén

21 Después vi un cielo nuevo y una tierra
nueva, porque el primer cielo y la pri-
mera tierra habían dejado de existir, lo mismo
que el mar. 2Vi además la ciudad santa, la nueva
Jerusalén, que bajaba del cielo, procedente de
Dios, preparada como una novia hermosamente
vestida para su prometido. 3Oí una potente voz
que provenía del trono y decía: «¡Aquí, entre los
seres *humanos, está la morada de Dios! Él
acampará en medio de ellos, y ellos serán su
pueblo; Dios mismo estará con ellos y será su
Dios. 4Él les enjugará toda lágrima de los ojos.
Ya no habrá muerte, ni llanto, ni lamento ni
dolor, porque las primeras cosas han dejado de
existir.»

5El que estaba sentado en el trono dijo: «¡Yo
hago nuevas todas las cosas!» Y añadió: «Escri-
be, porque estas palabras son verdaderas y dig-
nas de confianza.»

6También me dijo: «Ya todo está hecho. Yo
soy el Alfa y la Omega, el Principio y el Fin. Al
que tenga sed le daré a beber gratuitamente de
la fuente del agua de la vida. 7El que salga
vencedor heredará todo esto, y yo seré su Dios
y él será mi hijo. 8Pero los cobardes, los incré-
dulos, los abominables, los asesinos, los que
cometen inmoralidades sexuales, los que practi-
can artes mágicas, los idólatras y todos los men-
tirosos recibirán como herencia el lago de fuego
y azufre. Ésta es la segunda muerte.»

9Se acercó uno de los siete ángeles que tenían
las siete copas llenas con las últimas siete plagas.

lake of burning sulfur, where the beast and the
false prophet had been thrown. They will be
tormented day and night for ever and ever.

The Dead Are Judged

11Then I saw a great white throne and him
who was seated on it. Earth and sky fled from
his presence, and there was no place for them.
12And I saw the dead, great and small, standing
before the throne, and books were opened. An-
other book was opened, which is the book of life.
The dead were judged according to what they
had done as recorded in the books. 13The sea
gave up the dead that were in it, and death and
Hades gave up the dead that were in them, and
each person was judged according to what he
had done. 14Then death and Hades were thrown
into the lake of fire. The lake of fire is the second
death. 15If anyone's name was not found written
in the book of life, he was thrown into the lake
of fire.

The New Jerusalem

21 Then I saw a new heaven and a new
earth, for the first heaven and the first
earth had passed away, and there was no longer
any sea. 2I saw the Holy City, the new Jerusa-
lem, coming down out of heaven from God,
prepared as a bride beautifully dressed for her
husband. 3And I heard a loud voice from the
throne saying, "Now the dwelling of God is with
men, and he will live with them. They will be
his people, and God himself will be with them
and be their God. 4He will wipe every tear from
their eyes. There will be no more death or
mourning or crying or pain, for the old order of
things has passed away."

5He who was seated on the throne said, "I am
making everything new!" Then he said, "Write
this down, for these words are trustworthy and
true."

6He said to me: "It is done. I am the Alpha
and the Omega, the Beginning and the End. To
him who is thirsty I will give to drink without
cost from the spring of the water of life. 7He who
overcomes will inherit all this, and I will be his
God and he will be my son. 8But the cowardly,
the unbelieving, the vile, the murderers, the sex-
ually immoral, those who practice magic arts,
the idolaters and all liars—their place will be in
the fiery lake of burning sulfur. This is the
second death."

9One of the seven angels who had the seven
bowls full of the seven last plagues came and

[l]**20:13** *infierno.* Lit. **Hades*; también en v. 14.

Me habló así: «Ven, que te voy a presentar a la
novia, la esposa del Cordero.» 10Me llevó en el
Espíritu a una montaña grande y elevada, y me
mostró la ciudad santa, Jerusalén, que bajaba del
cielo, procedente de Dios. 11Resplandecía con
la gloria de Dios, y su brillo era como el de una
piedra preciosa, semejante a una piedra de jaspe
transparente. 12Tenía una muralla grande y alta,
y doce puertas custodiadas por doce ángeles, en
las que estaban escritos los nombres de las doce
tribus de Israel. 13Tres puertas daban al este, tres
al norte, tres al sur y tres al oeste. 14La muralla
de la ciudad tenía doce cimientos, en los que
estaban los nombres de los doce apóstoles del
Cordero.

15El ángel que hablaba conmigo llevaba una
caña de oro para medir la ciudad, sus puertas y
su muralla. 16La ciudad era cuadrada; medía lo
mismo de largo que de ancho. El ángel midió la
ciudad con la caña, y tenía dos mil doscientos
kilómetros:[m] su longitud, su anchura y su altura
eran iguales. 17Midió también la muralla, y tenía
sesenta y cinco metros,[n] según las medidas hu-
manas que el ángel empleaba. 18La muralla
estaba hecha de jaspe, y la ciudad era de oro
puro, semejante a cristal pulido. 19Los cimientos
de la muralla de la ciudad estaban decorados con
toda clase de piedras preciosas: el primero con
jaspe, el segundo con zafiro, el tercero con ágata,
el cuarto con esmeralda, 20el quinto con ónice,
el sexto con cornalina, el séptimo con crisólito,
el octavo con berilo, el noveno con topacio, el
décimo con crisoprasa, el undécimo con jacinto
y el duodécimo con amatista.[ñ] 21Las doce puer-
tas eran doce perlas, y cada puerta estaba hecha
de una sola perla. La calle[o] principal de la
ciudad era de oro puro, como cristal transparen-
te.

22No vi ningún templo en la ciudad, porque el
Señor Dios Todopoderoso y el Cordero son su
templo. 23La ciudad no necesita ni sol ni luna
que la alumbren, porque la gloria de Dios la
ilumina, y el Cordero es su lumbrera. 24Las
*naciones caminarán a la luz de la ciudad, y los
reyes de la tierra le entregarán sus espléndidas
riquezas.[p] 25Sus puertas estarán abiertas todo el
día, pues allí no habrá noche. 26Y llevarán a ella
todas las riquezas[q] y el honor de las *naciones.
27Nunca entrará en ella nada impuro, ni los
idólatras ni los farsantes, sino sólo aquellos que
tienen su nombre escrito en el libro de la vida,
el libro del Cordero.

[m]**21:16** *dos mil doscientos kilómetros*. Lit. *doce mil *estadios*.
[n]**21:17** *sesenta y cinco metros*. Lit. *ciento cuarenta y cuatro *codos*. [ñ]**21:20** No se sabe con certeza la identificación precisa de algunas de estas piedras. [o]**21:21** *calle*. Alt. *plaza*.
[p]**21:24** *entregarán ... riquezas*. Lit. *llevarán su gloria*.
[q]**21:26** *todas las riquezas*. Lit. *la gloria*.

said to me, "Come, I will show you the bride,
the wife of the Lamb." 10And he carried me
away in the Spirit to a mountain great and high,
and showed me the Holy City, Jerusalem, com-
ing down out of heaven from God. 11It shone
with the glory of God, and its brilliance was like
that of a very precious jewel, like a jasper, clear
as crystal. 12It had a great, high wall with twelve
gates, and with twelve angels at the gates. On
the gates were written the names of the twelve
tribes of Israel. 13There were three gates on the
east, three on the north, three on the south and
three on the west. 14The wall of the city had
twelve foundations, and on them were the names
of the twelve apostles of the Lamb.

15The angel who talked with me had a mea-
suring rod of gold to measure the city, its gates
and its walls. 16The city was laid out like a
square, as long as it was wide. He measured the
city with the rod and found it to be 12,000 stadia[x]
in length, and as wide and high as it is long. 17He
measured its wall and it was 144 cubits[y] thick,[z]
by man's measurement, which the angel was
using. 18The wall was made of jasper, and the
city of pure gold, as pure as glass. 19The foun-
dations of the city walls were decorated with
every kind of precious stone. The first founda-
tion was jasper, the second sapphire, the third
chalcedony, the fourth emerald, 20the fifth sar-
donyx, the sixth carnelian, the seventh chryso-
lite, the eighth beryl, the ninth topaz, the tenth
chrysoprase, the eleventh jacinth, and the
twelfth amethyst.[a] 21The twelve gates were
twelve pearls, each gate made of a single pearl.
The great street of the city was of pure gold, like
transparent glass.

22I did not see a temple in the city, because
the Lord God Almighty and the Lamb are its
temple. 23The city does not need the sun or
the moon to shine on it, for the glory of God
gives it light, and the Lamb is its lamp. 24The
nations will walk by its light, and the kings of
the earth will bring their splendor into it. 25On
no day will its gates ever be shut, for there
will be no night there. 26The glory and honor
of the nations will be brought into it. 27Nothing
impure will ever enter it, nor will anyone who
does what is shameful or deceitful, but only
those whose names are written in the Lamb's
book of life.

[x]*16* That is, about 1,400 miles (about 2,200 kilometers)
[y]*17* That is, about 200 feet (about 65 meters) [z]*17* Or *high*
[a]*20* The precise identification of some of these precious stones is uncertain.

El río de vida

22 Luego el ángel me mostró un río de agua de vida, claro como el cristal, que salía del trono de Dios y del Cordero, 2y corría por el centro de la calle[r] principal de la ciudad. A cada lado del río estaba el árbol de la vida, que produce doce cosechas al año, una por mes; y las hojas del árbol son para la salud de las *naciones. 3Ya no habrá maldición. El trono de Dios y del Cordero estará en la ciudad. Sus *siervos lo adorarán; 4lo verán cara a cara, y llevarán su nombre en la frente. 5Ya no habrá noche; no necesitarán luz de lámpara ni de sol, porque el Señor Dios los alumbrará. Y reinarán por los siglos de los siglos.

6El ángel me dijo: «Estas palabras son verdaderas y dignas de confianza. El Señor, el Dios que inspira a los profetas,[s] ha enviado a su ángel para mostrar a sus siervos lo que tiene que suceder sin demora.»

Cristo viene pronto

7«¡Miren que vengo pronto! *Dichoso el que cumple las palabras del mensaje profético de este libro.»

8Yo, Juan, soy el que vio y oyó todas estas cosas. Y cuando lo vi y oí, me postré para adorar al ángel que me había estado mostrando todo esto. 9Pero él me dijo: «¡No, cuidado! Soy un siervo como tú, como tus hermanos los profetas y como todos los que cumplen las palabras de este libro. ¡Adora sólo a Dios!»

10También me dijo: «No guardes en secreto las palabras del mensaje profético de este libro, porque el tiempo de su cumplimiento está cerca. 11Deja que el malo siga haciendo el mal y que el vil siga envileciéndose; deja que el justo siga practicando la justicia y que el *santo siga santificándose.»

12«¡Miren que vengo pronto! Traigo conmigo mi recompensa, y le pagaré a cada uno según lo que haya hecho. 13Yo soy el Alfa y la Omega, el Primero y el Último, el Principio y el Fin.

14»Dichosos los que lavan sus ropas para tener derecho al árbol de la vida y para poder entrar por las puertas de la ciudad. 15Pero afuera se quedarán los *perros, los que practican las artes mágicas, los que cometen inmoralidades sexuales, los asesinos, los idólatras y todos los que aman y practican la mentira.

16»Yo, Jesús, he enviado a mi ángel para darles

[r]*22:2 calle.* Alt. *plaza.* [s]**22:6** *el Dios … profetas.* Lit. *el Dios de los espíritus de los profetas.*

The River of Life

22 Then the angel showed me the river of the water of life, as clear as crystal, flowing from the throne of God and of the Lamb 2down the middle of the great street of the city. On each side of the river stood the tree of life, bearing twelve crops of fruit, yielding its fruit every month. And the leaves of the tree are for the healing of the nations. 3No longer will there be any curse. The throne of God and of the Lamb will be in the city, and his servants will serve him. 4They will see his face, and his name will be on their foreheads. 5There will be no more night. They will not need the light of a lamp or the light of the sun, for the Lord God will give them light. And they will reign for ever and ever.

6The angel said to me, "These words are trustworthy and true. The Lord, the God of the spirits of the prophets, sent his angel to show his servants the things that must soon take place."

Jesus Is Coming

7"Behold, I am coming soon! Blessed is he who keeps the words of the prophecy in this book."

8I, John, am the one who heard and saw these things. And when I had heard and seen them, I fell down to worship at the feet of the angel who had been showing them to me. 9But he said to me, "Do not do it! I am a fellow servant with you and with your brothers the prophets and of all who keep the words of this book. Worship God!"

10Then he told me, "Do not seal up the words of the prophecy of this book, because the time is near. 11Let him who does wrong continue to do wrong; let him who is vile continue to be vile; let him who does right continue to do right; and let him who is holy continue to be holy."

12"Behold, I am coming soon! My reward is with me, and I will give to everyone according to what he has done. 13I am the Alpha and the Omega, the First and the Last, the Beginning and the End.

14"Blessed are those who wash their robes, that they may have the right to the tree of life and may go through the gates into the city. 15Outside are the dogs, those who practice magic arts, the sexually immoral, the murderers, the idolaters and everyone who loves and practices falsehood.

16"I, Jesus, have sent my angel to give you[b] this testimony for the churches. I am the Root

[b]*16* The Greek is plural.

a ustedes testimonio de estas cosas que concier-
nen a las iglesias. Yo soy la raíz y la descendencia
de David, la brillante estrella de la mañana.»

17 El Espíritu y la novia dicen: «¡Ven!»; y el
que escuche diga: «¡Ven!» El que tenga sed,
venga; y el que quiera, tome gratuitamente del
agua de la vida.

18 A todo el que escuche las palabras del men-
saje profético de este libro le advierto esto: Si
alguno le añade algo, Dios le añadirá a él las
plagas descritas en este libro. 19 Y si alguno quita
palabras de este libro de profecía, Dios le quitará
su parte del árbol de la vida y de la ciudad santa,
descritos en este libro.

20 El que da testimonio de estas cosas, dice:
«Sí, vengo pronto.»

Amén. ¡Ven, Señor Jesús!

21 Que la gracia del Señor Jesús sea con todos.
Amén.

and the Offspring of David, and the bright
Morning Star."

17 The Spirit and the bride say, "Come!" And
let him who hears say, "Come!" Whoever is
thirsty, let him come; and whoever wishes, let
him take the free gift of the water of life.

18 I warn everyone who hears the words of the
prophecy of this book: If anyone adds anything
to them, God will add to him the plagues de-
scribed in this book. 19 And if anyone takes
words away from this book of prophecy, God
will take away from him his share in the tree of
life and in the holy city, which are described in
this book.

20 He who testifies to these things says, "Yes,
I am coming soon."

Amen. Come, Lord Jesus.

21 The grace of the Lord Jesus be with God's
people. Amen.